suhrkamp taschenbuch 4753

In einem Wohnheim für behinderte Menschen wird die junge Natalie Reinegger Bezugsbetreuerin von Alexander Dorm. Der Mann sitzt im Rollstuhl, ist von unberechenbarem Temperament und gilt als »schwierig«. Dennoch erhält er jede Woche Besuch – ausgerechnet von Christopher Hollberg, jenem Mann, dessen Leben er vor Jahren zerstört haben soll, als er ihn als Stalker verfolgte und damit Hollbergs Frau in den Selbstmord trieb. Das Arrangement funktioniere zu beiderseitigem Vorteil, versichert man Natalie, die beiden seien einander sehr zugetan. Aber bald verstört die junge Frau die unverhohlene Abneigung, mit der Hollberg seinem vermeintlichen Freund begegnet. Sie versucht, hinter das Geheimnis des undurchschaubaren Besuchers zu kommen und die Motive seines Handelns zu verstehen. Dieser Roman ist eine Bergwerksfahrt in die Welt des Clemens J. Setz. Sie fördert ihre innere Ordnung zutage, ihre Geheimnisse und Prinzipien: Macht und Ohnmacht, Sinnsuche und Orientierungsverlust, Unterwerfung und Liebe in allen Spielarten – fürsorglich, respektvoll, besessen, Liebe als Wahn und als Manipulation. Und Rache. So subtil und schmerzhaft, dass die Frage nach Täter und Opfer in namenloses Gelände führt.

Clemens J. Setz wurde 1982 in Graz geboren. Er studierte Mathematik und Germanistik, entschied sich gegen den Lehrberuf und wurde Schriftsteller. Neben Gedichten und Essays (u. a. für *Die Zeit*, die *Süddeutsche Zeitung* und *Die Welt*) schreibt er vor allem Erzählungen und Romane, für die er zahlreiche Preise erhielt. Im Suhrkamp Verlag erschienen zuletzt die Bände: *Indigo*. Roman (st 4477), *Die Vogelstraußtrompete*. Gedichte (2014) und *Glücklich wie Blei im Getreide*. Nacherzählungen (st 4587); seine Version der Streiche und Narreteien von Till Eulenspiegel ist 2015 in der Insel-Bücherei erschienen (IB 2014).

Clemens J.

Setz

Die STUNDE ZWISCHEN FRAU und GITARRE

Roman

Suhrkamp

Erste Auflage 2017
suhrkamp taschenbuch 4753

Umschlagfoto: Lucas Zimmermann
Umschlag: Rothfos & Gabler, Hamburg
Druck und Bindung: CPI – Ebner & Spiegel, Ulm
Printed in Germany
ISBN 978-3-518-46753-4

Die STUNDE ZWISCHEN FRAU und GITARRE

ERSTER TEIL

In den südwestlichen Territorien findet sich ein bestimmter Baum, von den Einheimischen *Langer Arm* genannt, der im Sturm seine Äste weit auswirft, nach der Art von Kindern, die mit Stöcken spielen. Der Abstand zwischen den einzelnen Bäumen ist mitunter ziemlich groß, und die ausgeworfenen Äste treffen nur selten einen anderen Baum. Wenn dies geschieht, wirft der getroffene Baum, so zumindest behaupten es die ortskundigen *blackfellers*, recht bald einen Ast zurück, in dieselbe Richtung, aus der der erste Ast geflogen kam. Und so geht es immer weiter, über die Jahre und Jahrhunderte, sozusagen in trautem Zwiegespräche dieser sonst so isoliert dastehenden uralten Bäume. Manche bezeichnen diesen sturmbegünstigten Austausch, in ihrem Verständnis solcher Naturvorgänge vielleicht etwas fehlgeleitet, auch als *Rache*.

Charles Victor Eglantine, *Terra Australis Cognita,* 1874

… varying as the fashions, but the luminous details remain unaltered.

Ezra Pound, *I Gather the Limbs of Osiris*

Abschluss

– Folgen Sie diesem Heißluftballon!

Der Taxifahrer drehte den Kopf und schaute in die Richtung, in die Natalies Arm wies. Tatsächlich war da ein Ballon an der von ihrem Finger angepeilten Stelle zu sehen: ein fingerhutgroßer umgekehrter Wassertropfen im wolkenlosen Blau des Stadtrandhimmels, mit einem erahnbaren Firmenlogo auf der Außenhaut.

Natalie ließ ihren Arm sinken. Es war nicht abzusehen, wie der Taxifahrer reagieren würde. Ihr Herz klopfte, noch konnte alles schiefgehen. Sein Gesicht verriet nichts.

Es war der letzte Tag ihrer Ausbildung, und sie hatte gewaltig verschlafen. Im Grunde hatte sie alles schon hinter sich, alle Fachbereichsarbeiten geschrieben, alle Prüfungen bestanden, das Diplom gehörte ihr, war ab sofort Teil ihres Namens, also würde niemand wütend sein, wenn sie nicht zum Abschlussfest erschien. Aber sie hatte sich wochenlang darauf gefreut: Red Bull veranstaltete für die Ausbilderinnen und Absolventinnen aller Behindertenpädagogik-Lehrgänge des Landes einen fröhlichen Ballon-Tag, und selbstverständlich waren auch alle ehemaligen Schützlinge eingeladen, zwei Sonderballons würden mit rollstuhlgerechten Gondeln ausgestattet sein. Und Natalie war drei Stunden zu spät. Dreieinhalb.

Aber das hielt den Taxifahrer nicht davon ab, sich Zeit zu lassen, um die Informationen zu verarbeiten. Natalie begann ihn zu hassen, seine Schultern, seine schneeweißen Haare – doch da fuhr er unvermittelt los, ohne eine weitere Frage zu stellen. Natalie ließ sich in den Sitz zurückfallen, schnallte sich an, klatschte lautlos in die Hände und lachte. Geschafft! Alles lief wieder glatt. Sie hatte letzte Woche elf Bewerbungen abgeschickt und stand in Kontakt mit der Welt. Vielleicht würde sie die Ballone noch aus der Nähe sehen, diese herrlichen sphärischen Gebilde, bei deren Anblick man innerlich runder und vollkommener wurde. Es würde doch ein schöner Tag werden!

Da meldete sich der Fahrer. Er wisse nicht, wie er das machen solle, sagte er. Er bringe sie gern überall hin, aber der Ballon ... Er sprach das Wort mit Betonung auf der ersten Silbe aus. Allein dafür hätte Natalie ihn ohrfeigen können. Die Musik in ihrem Kopf verstummte. Sie lehnte sich nach vorn.

– Lassen Sie mich aussteigen, sagte sie.

– Haben Sie Adresse?

Nein, die hatte sie vergessen. Es war ja auch nicht der Sinn einer dreistündigen Verspätung, gut vorbereitet und mit allen Informationen versorgt zu sein, oder? Verdammter Idiot.

– Ist egal, sagte sie. Ich steig hier bitte aus.

Der Fahrer seufzte und hielt an. Weit waren sie nicht gekommen.

– Ich habe gehofft, es ginge zumindest bis zur Stadtgrenze, sagte Natalie. Einfach so, ohne Fragen.

Es hatte keinen Sinn mehr. Er hatte alles kaputtgemacht.

– Ja soll ich Sie bringen? Bis Stadtgrenze? Ist ka Problem. Aber Bállon ...

Der Fahrer deutete mit einer irritierend würdevollen Handbewegung auf das in großer Entfernung schwebende Flugobjekt.

– Ballón, korrigierte Natalie und versuchte, sich von dem tiefehrlichen Taxifahrerschnurrbart, der ihr schneeweiß aus dem Gesicht entgegenleuchtete, nicht aus der Ruhe bringen zu lassen. Hier. Stimmt so.

Sie gab ihm einen Fünf-Euro-Schein, mehr als genug für eine so kurze Fahrt. Er bedankte sich kopfschüttelnd bei ihr, hielt den Schein in der Hand und blickte drein, als hätte er nun wirklich jeden Glauben an – aber nein, stellte Natalie fest, sein Glaube an die Menschheit war immer noch intakt. Da, man sah es an seinem Nacken. Bestimmt konnte er ganz viele Sprachen. Deprimiert stieg sie aus dem Taxi.

Es wäre ohnehin zu spät gewesen. Dreieinhalb Stunden. Sie hatte gestern Abend das Muskelrelaxans genommen, davon schlief sie zu gut. Sie überquerte die Straße und lief in einen heißen Sommerwindstoß. Unruhe überkam sie, die Hände und Fingerspitzen fühlten sich komisch an, *aurig* – das war ihr Wort, seit der Kindheit, für den Zustand, der einem Grand-Mal-Anfall vorauszugehen pflegte. Aura, aurig. Es war so, als wäre man in unangenehm heißer, dichter und intimer Verbindung mit der Umgebung. (Ist es wieder aurig?, fragte ihre Mutter, und Natalie nickte benommen.) Aber ihr letzter großer Anfall lag elf Jahre zurück.

Mein Gott, einfach bis zur Stadtgrenze, ohne zu fragen – zumindest diese Freude hätte der Taxifahrer ihr machen können! Elender Weltbürger. Kein Wunder, dass Haare und Bart schneeweiß waren. Er lebte an den Verhältnissen vorbei. Da es sonst nichts gab, was ihr irgendeine Richtung vorschlug, ging sie weiter auf den kilometerweit entfernten Heißluftballon zu. Sie stellte sich vor, wie das Leben des Taxifahrers in seinem Heimatland gewesen sein musste. Heimatländer, das hatten sie ja alle.

Sie schüttelte ihre Finger aus. Kein Anfall. Nicht hier auf der Straße. Nicht nach elf Jahren ohne. Nicht wegen ein paar Ballone … Ballons … Ballonen? Wie war die Mehrzahl?

Okay, einfach nicht darüber nachdenken. Irgendeine Mehrzahl hat das Wort. Und sie ist unter diesen dreien.

Ich bin wieder siebzehn, sagte sie sich. Der Gedanke konnte sie manchmal beruhigen. T-minus-eins. Bei null nächstes Jahr wird das Leben schlagartig stockdunkel und witzlos und mau. Dann korrigierte sie ihr Alter, um keine Unordnung im Kopf zu bekommen, schnell auf den richtigen Wert – einundzwanzig – und dachte daran, wie sie demnächst zu Vorstellungsgesprächen erscheinen würde, in einem langen Ballkleid und mit einer Tiara auf dem Kopf. Der Ballon war wirklich sehr weit entfernt, man konnte keine Einzelheiten erkennen. Bestimmt schickte der Taxifahrer jeden Monat Geld nach Hause, an seine dreizehn Töchter.

Als der vorgewitterliche Zustand ihrer Nerven nachließ, blieb sie vor einem kleinen Café stehen und ruhte sich aus. Ich hab mich zu sehr aufgeregt, sagte sie sich. Vielleicht auch die Schuld des Zaubermedikaments gestern Nacht. Sie hatte Glück, das aurige Gefühl war verschwunden. Und es war ein angenehmer, warmer Nachmittag. Durch das Fenster des Cafés sah man das Auf und Ab der Kellner und die Pantomimen sich ernährender Menschen. Ein feiner Essensgeruch lag in der Luft. Ein Mann mit einem chirurgischen Mundschutz im Gesicht lief an ihr vorbei, er trug eine schwarze Aktentasche. Dann geschah irgendetwas mit der Sonne, als würde eine Overheadfolie vorgeschoben, und das Licht wurde seltsam, ein bleiernes Gelb. Ein Auto fuhr aus einer Parklücke.

Die blauroten Festballone waren jetzt so weit entfernt, dass sie wie Glaskörpertrübungen aussahen. Als Kind hatte Natalie einmal einen Zaubertrick entdeckt, mit dem man all die weit entfernten Dinge, die interessant und geheimnisvoll waren – ein Mann mit Hasenohrenhut in einer Schiliftgondel, ein pfauiges Windrad auf einem Nachbarbalkon, eine bunte Verzierung in einem Krankenhausfenster, ein Werbeplakat im Schlepptau eines Segelflugzeugs –, scharf stellen konnte. Egal, welcher Gegenstand in der Ferne verschwamm, man musste nur eines tun: sich zwei Finger ganz nah ans Auge halten und das Ding über den Rand der Finger hinweg betrachten. Wie im Dunstspiegel einer Wasserfallkante erschien dann das Ding um einiges schärfer, aber zugleich etwas unsicher, flackernd. Wenn man die Finger bewegte, waberte das Ding hin und her, als wäre es dehnbar. Ließ man die Hand ruhig, war es wieder ganz deutlich zu sehen, merkwürdig konserviert, in einem senfkorngroßen Bilderrahmen. Es funktionierte sogar mit Sternen. Am besten ging es, wenn man aus Daumen und Zeigefinger jeder Hand einen zusammengepressten Vogelschnabel bildete und diese beiden Schnäbel einander küssen ließ. Der entstehende Zwischenraum war ein winziges Karo, durch das man blicken konnte. Damals hätte sie nicht sagen können, ob diese Zauberkunst von ihren Fingern oder von ihren Augen ausging. Ihre Augen konnten noch ganz andere Dinge. Im Auto zur Klinik zum Beispiel, jeden Dienstagmorgen, wählte sie sich einen kleinen schwarzen Fleck auf dem Fenster neben ihrem Sitz aus und machte dann, indem sie die Augen auf Weitsicht stellte, zwei daraus. Diese beiden identischen, leicht unscharfen Flecken wurden so zu den Rädern eines Skateboards, das auf Leitplanken, auf Feldern und (während der Rückfahrt, wenn sie ausgestreckt auf dem hinteren Sitz lag) auf ineinanderfließenden und auf und ab wippenden Überlandleitungen dahinfuhr. Durch eine winzig kleine Drehung des Gesichts konnte man die Achse der Skateboardräder verändern, und das Ganze wurde ein Geschicklichkeitsspiel. Manchmal stellte sie sich ein kleines Männchen auf dem Skateboard vor. Oder sie dachte an eine scharfe Klinge, die wie ein Flügel aus dem Auto ragte und alle Telefonmasten und Zäune und sogar die Bäume in der langen Allee vor der Klinik absägte. Oder butterweich durchschnitt, ohne dass sie in zwei Teile zerfielen. So wie es ein Ninjaschwert mit einer Kerze machte. Ein Hieb, und die Kerze steht scheinbar unversehrt da, als hätte man sie verfehlt, aber du weißt ganz genau, dass sie den unheilbaren Riss in sich spürt, die unsichtbare, quer durchs Universum reichende Trennfläche. Dann ein sanfter Stups mit dem Finger, und die obere Hälfte fällt ab.

Da es warm war, blieb sie bis zum Abend draußen. Sie nahm ein spätes Mittagessen im Foyer-Restaurant eines Hotels ein, neben einer Gruppe von Schweizern, die fast alle angenehm runde, glänzende Köpfe hatten, zumindest ein kleines Trostpflaster für die verpassten Ballone. Sie schaute in verschiedenen Buchhandlungen vorbei und blätterte in Atlanten. Gewisse Länder hatten eine merkwürdig unbestimmbare Farbe, eine Mischung aus Braun und Violett, und wenn man sie lange anschaute, begannen sie zu flimmern. Sie hielt eine dicke, kiloschwere Biografie des isländischen Schriftstellers Halldór Laxness in der Hand und las die beiden letzten Seiten, die vom Tod des Dichters handelten. Er war demenzkrank, konnte nicht mehr sprechen, aber spielte noch Bach am Klavier; wenig später fiel er die Treppe hinunter. Dann stand Natalie vor dem Horror-Regal und stellte sich, an Erdmännchen denkend, auf die Zehenspitzen. Es gab keinen neuen Stephen King, auch Peter Straub war unverändert. Ein paar unbekannte Titel mit interessanten Covermotiven, aber die Namen der Autoren gaben ihr kein geborgenes Gefühl.

Sie überlegte lange, was sie sich zur Belohnung kaufen sollte. Sie hatte immerhin eine ganze Ausbildung erfolgreich hinter sich gebracht, einundvierzig Mal hatte sie sich in dem einen Jahr verletzt, fast immer aus Tollpatschigkeit. Ein spastisch gelähmtes Kind war ihr einmal in einer Lifttür stecken geblieben, und sie hatte in Panik an ihm gezerrt, und das Kind hatte ihr hinterher, mit blauen Flecken am ganzen Körper, sogar verziehen; zwei Down-Syndrom-Jungen, beide schon Ende zwanzig, hatten um ihre Hand angehalten und sie davon überzeugt, dass es Menschen von fast außerirdischer Güte und Liebenswürdigkeit gab; sie hatte gelernt, den Schwerpunkt ihres Körpers und die natürliche Tragkraft ihres Knochengerüstes auszunutzen und unbewegliche Menschen zu heben und zu halten; sie hatte sich Beruhigungsgriffe und Geduldsmantras angeeignet, war nach Brettspielen und ASMR-Videos süchtig geworden und hatte, den heutigen Tag nicht mitgerechnet, nur ein einziges Mal verschlafen. Sie war mit Eltern fertiggeworden, deren Kinder niemals irgendetwas erlernen würden, weil sie ein kaum funktionierendes Gehirn hatten; sie war mit Eltern fertiggeworden, die sie dafür verantwortlich machten, dass ihre Kinder später einmal keine Astronauten werden würden; sie war mit Eltern fertiggeworden, die häufig weinten und Bücher über Trauerarbeit lasen, obwohl ihre Kinder noch am Leben waren. Sie hatte den Tod eines schwerstbehinderten Jungen miterlebt, dessen Mutter ihm am Morgen, bevor sie ihn in die Schule brachte, zu viel von seinem Beruhigungsmittel gegeben hatte. Still für sich war er an seinem eigenen Speichel erstickt, und man bemerkte es erst gegen Mittag. Wie ein Teddybär war er kopfüber in seinem Krabbelgehege im

Klassenzimmer gelegen, in einem braunen Overall aus einem speziellen, auch nicht mit den Zähnen zerreißbaren Stoff. Natalie hatte die ganze Nacht lang gewürgt und gekotzt. Aber sie war am nächsten Tag wieder hingegangen. Sie war unbeschadet durch jene finstere, in den ersten drei Monaten einsetzende Phase gegangen, in der man das Gefühl bekommt, als wäre man der einzige Punkt im Universum, der noch nach den Prinzipien von Logik und Vernunft funktionierte. Man diskutierte mit einem sich ständig im Kreis drehenden Blinden darüber, ob ein heißes Geschirrtuch gefährlich sei oder nicht; man erschreckte einen vierzigjährigen Mann durch das Herantragen einer Handvoll Schnee so sehr, dass er in Ohnmacht fiel; man wickelte einen Dreizehnjährigen mit verkümmerten Extremitäten, der blitzschnell nach seiner eigenen Scheiße grabschte und sie quer durch den Raum warf; man wurde angekotzt, man wurde für den Teufel gehalten, man wurde angeschrien von Menschen, die nie sprechen gelernt hatten; man spürte, wie man einem Kind mit Glasknochen durch eine ungeschickte Drehbewegung das Schlüsselbein brach, einfach so, und das Kind sagte nur leise *Uh* und lief rot an und begann schwer zu atmen. Oder man philosophierte mit einem Alzheimerpatienten darüber, wo das Schwimmbad in Wahrheit versteckt war. Mein Gott, dieser unvergessliche Nachmittag mit dem unsichtbaren Schwimmbad! Weinrauch, so hatte der alte Herr geheißen. Und er war auf der Suche nach dem Schwimmbad. Welches, konnte er nicht erklären. Aber es war irgendwo, vielleicht in den Wänden, vielleicht unterm Fußboden. Natalie widersprach ihm nicht. Einen ganzen Nachmittag lang. Herr Weinrauch selbst hätte das Thema spätestens nach einer halben Stunde schon wieder vergessen, aber Natalie hatte immer wieder von neuem davon angefangen, damit der wunderbare Strom nicht aufhörte. Hinterher hatte ihr der Schädel gedröhnt, und am Abend war sie vor dem Ticketschalter im Kino in Tränen ausgebrochen, weil dort alles so wunderbar vernünftig zuging. Jeder sprach zum Thema, es entspann sich ein kleiner, sinnvoller Dialog über die gewünschte Sitzreihe und den Eintrittspreis. Dann, eine Woche darauf, war Herr Weinrauch in seinem Bett gestorben, und sie hatte sich für die Heulminute in der Kinowarteschlange gehasst, selbst den Film fand sie nachträglich misslungen, obwohl er ihr eigentlich gefallen hatte.

Als es dunkel wurde, ging sie nach Hause. Niemand wartete dort auf sie. Die Luft war immer noch warm wie am Mittag, als wäre die Dämmerung in der Stadt nur eine Fehlleistung der Augen. Straßenlaternen: Lichtkneipen für Insekten. Schaufensterpuppen: Cartoonfiguren in den Kleidern ihrer Zeichner. Und Sterne: Welten, die so klein waren, dass Hunderte von ihnen zwischen ein paar abendliche Baumäste passten.

Arbeit

In diesem Frühling warnten die Zeitungen vor einem Virus, das bestimmte Nagetierarten in Asien befiel. Häufig sah man das Bild eines lehmbraunen Japanischen Bilchs, der völlig gesund wirkte, wäre da nicht die rätselhafte Bildunterschrift gewesen. Sonst war viel von einer neuen digitalen Währung und einem revolutionären Wiederbegrünungssystem für Wüsten die Rede, einige Leute bauten sich Bunker, und der Weihnachtsbrief eines Menschen, der vor fünfundachtzig Jahren gestorben war, traf Ende Mai mit enormer Verspätung irgendwo ein. Auf die amerikanische Botschaft im Libanon wurde ein Anschlag verübt, und am selben Tag ging ein Mädchen in einem knallroten Elchkostüm über die Tegethoffbrücke. Wie jedes Frühjahr war die Stadt voller Baustellen, und an den Sonntagen standen die Bagger in anmutiger Erstarrung da, den Schaufelarm zur sanften Drohgebärde gegen den Himmel erhoben. Die hohen, alten Bäume am Rand des Stadtparks wurden beschnitten, Passanten bildeten Gruppen und schauten bei den Arbeiten zu, am Ende blieben nur die kleineren Äste stehen, krumm und nutzlos wie Tyrannosaurus-Rex-Arme. In derselben Woche bezog Natalie ihre neue Wohnung in einem der äußeren Bezirke der Stadt. Die Wohnung lag im ersten Stock. Im Hof des Hauses standen drei Liegestühle, die von allen Mietern verwendet werden durften. Dann gab es noch einen Parkplatz für vier Autos, ein paar moderne, empfangsantennenartige Wäscheständer und einen niedrigen Nussbaum, der so aussah, als wäre ihm seine Brille ins Gras gefallen.

Schon wenige Wochen nach ihrem Umzug und dem Abschluss ihrer Ausbildung fand Natalie Arbeit in dem kleinen, privaten Betreuten Wohnheim der Villa Koselbruch, in der Nähe des Sanatoriums St. Leonhard. Man bot ihr eine Stelle mit sechsundsechzig Prozent Beschäftigungsausmaß an. Das bedeutete, drei Angestellte würden sich zusammen zwei ganze Stellen teilen. Von diesem Bild ging etwas Heimeliges aus: zusammenstehen, sich aneinanderdrücken unter einem Regendach, Schutz vor den Elementen. Natalie gefiel die Rechnung, denn sie wusste noch aus der Schule, dass die Zahl, die sie da fortan mit sich herumtragen würde, endlos weiterging. Und dass es nicht wenigen Menschen auf dem Arbeitsmarkt so erging, machte es natürlich noch schöner: 66,6666... % Im Grunde durfte man das Prozentzeichen gar nicht hinschreiben, da es ja kein Ende gab. Die drei Punkte waren Schummelei, die Zahl in Wahrheit so lang wie ein Lichtstrahl.

Ende Juni gab es einen Orientierungstag, gefolgt von einer zweiwöchigen Probezeit, während deren das Beschäftigungsverhältnis ohne Angabe von Gründen jederzeit aufgelöst werden konnte. Aber das geschah nicht, denn Natalie fügte sich, wie sich die Kolleginnen, angeführt von der gütigen Leiterin Astrid Koller-Verdyl, schnell einig waren, sehr gut in das bestehende Team ein. Früher, so erzählte man ihr, hätten diese Probephasen oft ganze Monate gedauert, eine graue, schwerfällig-unkompakte Vorzeit, die man sich kaum mehr vorstellen konnte. Natalie hatte nach diesen ersten beiden Wochen natürlich noch keine Bezugis, aber das würde sich mit der Zeit gewiss ergeben. *Bezugis* – so nannte man die Klienten, für die sie in Zukunft Erstanlaufstelle sein würde, sie würde deren *Bezugsbetreuerin* werden. Und *Klienten* – so nannte man die Bewohner des Heims. Fast alles hier hatte einen eigenen Namen, wie Disneyworld-Geld, das in der Außenwelt wertlos war. Man sprach intern übrigens nur selten von einem *Betreuten Wohnheim*, obwohl dieser Ausdruck auf einigen Schildern und auch auf der Homepage stand, sondern von *Trainingseinheiten*. Denn das Ziel war, dass die Klienten eines Tages möglicherweise eine eigene Wohnung, bezahlt vom Geld eigener Arbeit, haben und keine Bezugsbetreuer mehr brauchen würden. Bislang war dies bei zweien gelungen. Ihre Fotos hingen, mit einfallsreichen Ornamenten verziert, im Teamsitzungszimmer, das zugleich die Betreuerinnenküche war. Ihre Namen wurden immer noch erwähnt, und Natalie kam es in einem unüberwachten Denkaugenblick sogar vor, als würden die Betreuerinnen manchmal vor diesen Bildern knien und beten.

Die Einrichtung beschäftigte permanent zwei Zivildiener. Diese beiden jungen Männer lernten einander im Grunde nie kennen, da man ihre Arbeitszeiten genau komplementär aufgeteilt hatte. Man setzte sie für einfache Arbeiten ein und für das, was im Vertrag als *Hol- und Bringdienste* bezeichnet wurde. Das Saubermachen des Kühlschranks etwa wurde von den Zivildienern erledigt. Helfen beim Essenholen, Helfen beim Essenausteilen, Dinge zusammenbauen, Einkäufe erledigen. Auch verschiedene soziale Tätigkeiten wurden von den Zivis erwartet, wie Kartenspielen oder Puzzles legen, aber die meisten taten sich damit ungeheuer schwer, da sie, bis auf wenige Ausnahmen, immer gerade frisch aus der Schule kamen, grüne siebzehn oder achtzehn Jahre alt und ungefähr so selbstsicher wie Rehe, die sich auf ein Kreuzfahrtschiff verirrt hatten. Wenn sie sich allzu ungeschickt im Umgang mit den schwierigeren Klienten anstellten, tat man ihnen – so besagte es ein ungeschriebenes Gesetz im Wohnheim – den Gefallen, sie stattdessen eine kaputte Steckdose reparieren zu lassen, nachdem man ihnen vorher beschrieben hatte, wo sie den dafür benötigten Schraubenzieher herholen und bis wann sie ihn wieder zurückbringen sollten.

Natalie arbeitete in den ersten zwei Wochen neben den Zivis her, mit dem Auftrag, alles zu beobachten, möglichst viele Fragen zu stellen und zu lernen. Während dieser Zeit stand ihr Name, mysteriöserweise in Anführungszeichen, auf dem Whiteboard im Sozialraum.

Natalie war froh über die Anwesenheit der Zivis, denn wegen ihrer leichten Nervosität in dieser Anfangsphase fielen ihr häufig Dinge aus der Hand, Schlüssel, Schuhlöffel, Besteck. Wenn ein Zivi in der Nähe war, genügte ein Blick, und er hob den Gegenstand für sie auf. Natalie hatte seit ihrer frühesten Kindheit eine heftige Abneigung gegen das Sich-Bücken. Wenn sie mit ihrem Kopf in die Nähe des Bodens kam, streifte sie jedes Mal den Tod. Dies hing mit ihrer Grand-Mal-Vergangenheit zusammen. Die Anfälle traten, so zumindest hatte sie als kleines Mädchen gedacht, vor allem dann auf, wenn sie sich bückte, denn dann rollte eine Murmel in ihrem Kopf in eine falsche Ecke. Wenn sie sich ihr Leben lang einfach kerzengerade hielt, würde sie auch keine Anfälle mehr bekommen. Noch als Teenagerin hatte sie für eine gewisse Zeit eine Wasserwaage mit sich herumgetragen. Sie war die große Bilderrahmen-Zurechtrückerin in ihrer Familie. Heute wurde sie nur noch selten vom Tod gestreift, ein eiskalter, tiefer Augenblick, der für gewöhnlich gleich wieder vorbeiging.

Wenn das ungute Gefühl länger blieb, machte sie oft das Licht im Bad aus und stellte sich im Dunkeln vor den Spiegel. Dann ging sie mit ihrem Gesicht ganz nah an die Scheibe und schaltete, mit der Reichweiten-Verlängerungshilfe eines Kleiderbügels, das Licht wieder ein. Wenn sie Glück hatte, konnte sie dann sehen, wie ihre Pupille – man konnte sich ja immer nur auf eine konzentrieren – schrumpfte. Wie der O-Mund eines überraschten Insekts zog sie sich zusammen. Nach Art eines Weltraum-Portals in einem Sci-Fi-Film, kurz nachdem das Raumschiff hindurchgeschlüpft ist. Natalie kontrollierte gern ihre Reflexe, ihre Wachheit, die kleinen Inseln von mysteriösem Eigenleben, die ihr Körper unterhielt. Bei der Pupillenreaktion gab es eine angenehme Verzögerung, wie bei einer Webcam, diesen leichten Delay, der einen für den Bruchteil einer Sekunde in jenes Element zu tauchen schien, von dem man sonst ausgeschlossen war: die unbeobachtbare Welt. Das eigene Gesicht mit geschlossenen Lidern; der eigene Nacken; Porträtköpfe auf Gemälden, die fähig waren, sich zu bewegen und einem eine Nase zu drehen, wenn man nicht hinschaute.

Natalie konnte keinen Lichtschalter betätigen, ohne ihn nicht zumindest für ein paar Sekunden genau an der Übergangskante zwischen Strom und Nichtstrom zu balancieren. Es war natürlich unmöglich, denn die meisten Lichtschalter hatten eine Sprungfeder eingebaut, die ihnen stets eine Richtungsentscheidung abnötigte. Doch eines Tages blieb der Lichtschalter im Bad tatsächlich in der Mitte stecken, das Licht flackerte kurz, blieb dann weg, aber der Schalter war weiterhin in labilem Gleichgewicht: absolut parallel zur Wand, im Niemandsland zwischen Ein und Aus. Nach Jahren geduldigen Balancespiels ein kleiner, bizarrer Erfolg. Natalie ging aus dem Badezimmer. Sie hätte viel darum gegeben, jetzt niesen zu können, einfach um das eigenartige Gefühl zu vertreiben, das der Kippschalter-in-Balance ihr vermittelte. Dann bekam sie Angst, dass irgendwo ein Kabel durchbrennen könnte, wenn sie es so ließ, und sie beendete, schweren Herzens, den einmaligen Schwebezustand.

Über ihrer Badewanne hing ein riesiges Poster mit Kaiserpinguinen. Die auberginenrunden Vögel hatten sich unter der tiefstehenden Polarsonne wie Schachfiguren verteilt, still und abwartend, und warfen lange, herausfordernde Schatten übers Eis. Natalie salutierte – manchmal in echt, manchmal nur innerlich – jeden Morgen vor den Pinguinen. Dabei hielt sie für einen Augenblick die Luft an und wölbte den Bauch nach vorn. Es versetzte ihr einen kleinen, hellblauen Stromstoß von Glück.

Natalie liebte alles, was weltumspannend war, wie Live-Sendungen, Mondphasen oder die Romane von Stephen King. All die Dinge, die in jedem beliebigen Augenblick von möglichst vielen Menschen wahrgenommen und gemocht wurden. Sie liebte es, Geräusche und Stimmen aufzunehmen und über den Kopfhörer anzuhören, wenn sie spazieren ging und auf der Straße die vorüberziehenden Seelen der Menschen betrachtete. Sie liebte Magazine und Versandkataloge, die älter waren als sie. Sie liebte ihr eigenes Passfoto. Manchmal holte sie ihren Reisepass, der ein Ablaufdatum hatte wie Milch, aus dem Schrank und betrachtete das fremde, ernste Gesicht darin. Sie stellte sich vor, das winzige Mädchen, dem das Passgesicht gehörte, bei sich in einem Schuhkarton zu beherbergen. Wenn sie die Geduld verlor, warf sie die nervige Kleine gegen die

Wand. Und sie liebte ihren neuen Freund, der in den Räumen ihrer Wohnung seit kurzem ein und aus ging: einen Kater, den sie Chat nannte.

Gleich nach dem Aufstehen wurde in Natalies Wohnung der Fernseher eingeschaltet. Das war nicht immer so gewesen, aber inzwischen konnte sie nicht mehr anders. Sie freute sich sehr darüber, dass sie sich mit einem Medium, das ihr früher so auf den Geist gegangen war, doch noch hatte anfreunden können. Seither machten ihr auch Kaufhausmusik und riesige animierte Werbeflächen nichts mehr aus. Ich kann alles aushalten, ich werde erwachsen. Je später es wurde, desto stärker wurde ihr Bedürfnis nach einer Live-Sendung. Am Morgen konnte sie durchaus auch Filme und andere aufgezeichnete Sendungen laufen lassen, aber dann kam der Abend. Da geschah etwas Ungutes mit der Atmosphäre, und dann kam die Stunde, da der Himmel erste kleine Sterne zugab, als fielen sie ihm nun unleugbar wieder ein, die Bäume sagten ihre Fingeralphabete hektischer auf, während sich die riesige Kuppel über der Stadt hob und fortgeweht wurde in den Weltraum. Als wohnte man in einem Observatorium, das sich jeden Abend öffnete. Der Drang nach einer Live-Sendung wurde zu dieser Zeit unbeherrschbar stark. Denn wenn etwas *live* war, sah und hörte man genau das, was gerade jetzt im selben Augenblick irgendwo anders geschah. Man war also an zwei Orten gleichzeitig. Bei einer aufgezeichneten Sendung war man dagegen zugleich in der Vergangenheit und in der Gegenwart, und das war nie eine große Hilfe; im Gegenteil, man wurde davon nur innerlich astronautig und einsiedlerisch.

Jetzt, im Sommer, schlief sie nachts in einem zerknitterten T-Shirt, bis es so stark nach ihr roch, dass die Inzestschranke überschritten schien, wenn sie es noch einmal anzog. An manchen Tagen blieb sie nackt und ging erst am Morgen, gleich nach der Dusche, in die Küche, um sich etwas zum Anziehen auszusuchen. Aus Platzgründen stand dort der Wäscheständer.

Der Fußboden rund um dieses insektenartig symmetrische Gebilde war immer etwas kühler. Und diese besondere, speisekammerhafte Kühle assoziierte Natalie mit dem *ch* in dem Wort *getüncht*. Es war ein und dieselbe Empfindung.

Nach einer verschwitzten Nacht war ihr Dekolleté talgig und glänzend. Sie liebte es, mit dem Zeigefinger über diesen Bereich zu reiben, dabei entstanden graue Flusen aus Haut. Sie befürchtete, dass sie durch diese neue Angewohnheit eine alte, schon lange überwundene Sucht – das Ausdrücken von Mitessern auf eigener und fremder Haut – neu beleben könnte, und die Befürchtung schien nicht ganz unrealistisch, aber es war doch etwas anderes: Hier zauberte man ja die teigig-fettige Substanz sozusagen aus dem Nichts. Einfach durch Reibung. Und was sich bildete, wurde durch geschickte, enge Rollbewegungen der Finger zu kleinen Kügelchen verarbeitet. Diese schmeckten bitter. Man konnte sie auch anzünden, wenn einem danach war, aber das Ergebnis war wenig eindrucksvoll. Einige der Kügelchen sammelte Natalie im Inneren einer bestimmten Wäscheklammer, die eine kleine Kerbe aufwies, sodass man sie sofort erkannte und nicht aus Versehen öffnete. Irgendwann würde sie so viel von ihrer abgerubbelten Haut in dem engen Maul der Wäscheklammer abgelegt haben, dass diese, nach Art eines Gebissabdrucks beim Zahnarzt, ein geformtes Stück produzierte. Man könnte ganze Städte aus unserer eigenen Substanz bauen.

Der Kater hatte eine merkwürdige Art, sich auszudrücken. Seine Stimmlage war eigentlich ganz angenehm, aber oft, wenn er gedankenverloren irgendwo saß und man ihn von hinten berührte, gab er genau jenes Geräusch von sich, das Super Mario macht, wenn er auf ein Tier trifft und schrumpft: Dnrr-dnrr-dnrr. Dann stand er auf, putzte die Stelle, die man berührt hatte, und verfiel in ein Miauen, das meist in ein Gähnen überging. Der halbe Kopf schien entzweizugehen, wenn der Kater gähnte. Es sah aus wie diese Venusfliegenfallen. Karl sollte da sein, dachte Natalie. Mein Bruder sollte das alles hier sehen und irgendetwas dazu sagen. Wieso war er so weit weggezogen? Es würde ihm gefallen, mich so zu sehen.

Manchmal, kurz nach dem Aufwachen, hatte Natalie das Gefühl, dass ihre Bewegungen, ja tatsächlich alle noch so unbedeutenden Änderungen ihrer Körperhaltung, unsichtbare, sich über die Nachbarschaft und den Horizont bis in andere Städte und Kontinente erstreckende Konsequenzen hatten. Wie in dieser Sci-Fi-Story über den Schmetterling, der einen Wirbelsturm am anderen Ende der Welt verursacht, und die Leute dort wissen nicht mal, dass er es war, dem sie die Ruinen ihres Hauses in Kansas verdanken. Vielleicht galt ein ähnliches Prinzip auch für die Luft, die Natalies große Zehen am Morgen verwirbelten, wenn sie sich, erste Wach-Bojen des noch schlummernden Körpers, selbständig von der Decke befreiten und hin und her bewegten. Und bestimmt war es so, dass diese winzigen Veränderungen ihrer Lage, ihrer Fingerstellung, ihrer Kieferhaltung in der Folge einem weit entfernt von ihr lebenden Menschen entsetzliche Qualen zufügten. Sie war mit ihm verschränkt über ein dichtes kausales Netz, nichts gehörte nur ihr, es ging alles immer weiter, ein Atom stieß ans andere, und am Ende der Kette saß der arme Kerl, wie hieß er wohl, Juan vielleicht oder Mordechai oder Salim, auf jeden Fall von *dort unten.* Er hatte ausschließlich Pech und Leid und Elend in seinem Leben – und das nur aufgrund einer kleinen Veränderung von Natalies Kinn-Hals-Winkel während des Badens.

In ihren sanften Minuten dachte sie daran, sich bei dem armen Unbekannten zu entschuldigen, indem sie eine Fensterschnalle sanft berührte oder etwas Beruhigendes in den Thermostat des Heizkörpers flüsterte. Und in düsteren Perioden, etwa in den Tagen nach dem Tod des Kindes, damals, während der Ausbildung, war Juan ihr ständiger Begleiter. Ihre immerwährende zerstörerische Wirkung auf dieses für sie unsichtbare und sonst auf keinem denkbaren Wege beeinflussbare Leben wurde da so deutlich und klar wie die Luft, die sie umgab, es war die Musik der Sphären, die Blaskapelle hinterm Horizont. Oft dachte sie daran, sich einfach, Juan zuliebe, nicht mehr zu bewegen. Aber davon bekam sie Nackenschmerzen, und sie verfluchte ihr fernes, unbekanntes Opfer und stellte sich vor, wie er seine Tochter missbrauchte und es eigentlich verdiente, von ihr auf molekular-planetarem Weg gequält zu werden.

Wie sah die kausale Kette wohl aus? Wenn ich so liege, dachte sie, nur mit dieser kleinen Beinbewegung, dann habe ich vielleicht am Morgen ein kribbeliges Gefühl im Arm, und deshalb verliere ich ein, zwei Sekunden am Morgen, und deshalb sehe ich jemanden auf der Straße anders an, und der merkt sich diesen Blick und leitet ihn weiter an jemanden am Telefon, und so reisen diese zwei Sekunden als leichte Verwerfung durch die Welt. Und Dinge, die sie vor Jahren gemacht hatte: eine Zeitung, die eine hässliche Knickfalte hatte, glattstreichen; einen schon schlaff gewordenen Luftballon anfassen und ihm dadurch diese Orangenhautflecken zufügen; den klebrigen Deckel eines Honigtopfs zuerst mit den Nägeln und dann, wenn die Hebelwirkung so nicht ausreicht, doch mit allen Fingern anpacken, sich ekeln und die Finger überdehnen usw. – all das erreichte Juan erst heute, in dieser Sekunde. Sie stellte sich Juan, wenn sie an ihn dachte, seltsamerweise immer an einem Bahnübergang vor. Eine Kappe saß auf seinem Kopf. Er hatte eine Hand am Hinterkopf, blinzelte ins abendliche Licht des Planeten und wunderte sich, warum so viel Unglück und Elend über ihn hereinbrechen musste, er war doch stets freundlich zu allen. Sie fragte sich, ob es theoretisch möglich wäre, Juan zu helfen. Aber sie konnte ja in keinem Augenblick ihres Lebens wissen, welche Entscheidung, welche noch so minimale Lageveränderung ihn erreichen würde, und wann, und mit welcher Heftigkeit.

Jeder Mensch auf der Welt hatte einen Juan. Auch Juan hatte einen Juan. Auch sie war irgendjemandes Juan. Der weißhaarige Taxifahrer, den die Ballone überfordert hatten, war der Juan der halben Welt. Ihr Blick fiel auf den Kater, der mit dem ewigvergnügten Gesichtsausdruck seiner Spezies auf der Couch eingeschlafen war, eingerollt zu einer Form, die an ein großes D oder ein menschliches Ohr erinnerte: die Beine ausgestreckt an sein Gesicht gepresst. Er schlummerte tief und fest. Nur sein Schweif war noch wach und vollführte einladende Ringelbewegungen. Es war deutlich: Er hatte den Nirwana-Sprung schon hinter sich, er hatte keinen Juan.

Markus

Während der Ausbildung hatte sich Natalie manchmal die Gelenke überdehnt oder sie zu sehr strapaziert. Oft schmerzten ihre Schulter und ihr Nacken. Schuld daran waren natürlich die vielen falschen Hebe-Aktionen, die sie durchgeführt hatte. Einen hundertzehn Kilo schweren Mann, der sich von oben bis unten angeschissen hatte, im Alleingang zu waschen und zu wenden, ohne dass man selbst dabei der Länge nach in die hellorangen Exkremente fiel – das war eine Aufgabe, nach deren Erledigung einem der ganze Körper wehtat und unerträglich eng wurde, als hätte man einen einzelnen Gummihandschuh als Overall angezogen.

Natalie hatte sich seither angewöhnt, unsichtbare Tiere auf ihre Schulter und in den Nacken zu setzen und sich den ganzen Tag so zu verhalten, als müsste sie aufpassen, dass diese Tiere nicht herunterfielen. Diese Technik machte ihr jede ihrer Bewegungen bewusst, verlieh ihnen Sanftheit und Genauigkeit, und dies trug zur raschen Genesung der strapazierten Gelenke und Muskulatur bei.

Am besten half eine unsichtbare Maus. Die setzte sie sich, wenn die Schulter am Morgen schmerzte, auf die beleidigte Stelle und achtete darauf, sie nicht zu vergessen. Zwischendurch stupste sie den imaginären Nagetierbeistand mit einem Finger an oder rückte den Kragen zurecht, damit die Maus einen soliden Stoffuntergrund hatte. Manchmal schlief die Maus, ihr zirkadianer Rhythmus stellte sich ganz selbstverständlich ein. Nebenbei behielt sie die Gegenwart der Schultermaus leichter im Gedächtnis, wenn sie ihr einen Namen gab. Ein Name ist für eine Maus, was eine Maus für eine Schulter ist: eine Stabilisierungsmaßnahme.

Es war eigentlich das Einzige, was sie vermisste, seit sie ihren Freund Markus davongejagt hatte: die Spiele mit unsichtbaren Tieren. Markus war darin sehr gut gewesen. Sie hatte ihn nach einer unangenehmen Szene hinausgeworfen, aber er meldete sich immer noch manchmal, schickte ihr Geschenke und so Zeug. Sie hatte ihm erklärt, dass sie befreundet bleiben konnten, sie habe nichts gegen gelegentliches Chatten oder Telefonieren. Und er, was hatte er gesagt? *Ich verstehe.* Auf diese passive Dings, diese aggressive Art – und so jemandem hatte sie einst voller Vertrauen und Liebe in den Mund gepisst! Ja, solche Fehlkalkulationen unterliefen einem im Leben. Aber gut, sie hatte ja damals nicht wissen können, als was für ein Jammerteig er sich entpuppen würde.

In ihrer besten Zeit war es allerdings wunderbar gewesen mit ihm. Sie hatten es sich zur täglichen Gewohnheit gemacht, über Tiere und Wesen zu sprechen, die gar nicht da waren. Es gehörte zu den Ritualen ihrer Vertrautheit. Anfangs war es das Reden in Babysprache gewesen, später kamen ausgefallene und absurde Kosenamen dazu, dann wurden diese allmählich von den imaginären Tieren ersetzt. Vermutlich waren Natalies Schultermäuse, die zuerst als reine Selbsthilfe- und Muskelentspannungstechnik gedacht waren, ein Ausgangspunkt des Rituals, aber genau wusste das keiner mehr. Einer von ihnen konnte mitten im Gespräch eine Hand aufhalten und sagen: Diese braune Haselmaus ist davon allerdings unbeeindruckt. Und der andere ging darauf ein, hob die Maus von der Hand und untersuchte, ob der Grund für ihr Unbeeindrucktsein vielleicht in der Tatsache ihrer viel zu langen Tasthaare zu finden war. So entspann sich eine Szene, jeder fügte immer ein Detail, eine Wendung, einen *Twist* hinzu. Einige der Tiere kehrten oft wieder.

Manchmal fragte sie sich, wie sich die Berichte über das Nagetier-Virus, die diesen Frühling und Sommer beherrschten, wohl auf diese Spiele ausgewirkt hätten.

Eines Tages kam einer von ihnen – tatsächlich lag über der Frage, wer von ihnen es gewesen war, ein unergründliches Tabu – auf die Idee, dass ein höchst sonderbares Tier bei ihnen lebte, das ausschließlich aus einem runden Körper bestand, eine weiße Fellkugel. Das Spiel bestand darin, dass man von Zeit zu Zeit auf das weiße Tier hinwies: wie sehr es schon wieder gewachsen sei oder wo es nun wieder feststeckte. Das Tier war input- und outputlos, es besaß weder Ein- noch Ausgang. Selbst wenn man es zwischen den Händen drehte und abtastete, zeigten sich keinerlei Öffnungen. Auch konnte es nicht besonders viel, und wovon es sich ernährte und wie es sich am Leben erhielt, war völlig unklar. *Das weiße Ding rollt schon wieder durch die Küche*, sagte Markus beim Essen. *Es versteht nicht, was wir machen. Essen ist ihm fremd.* Oder: *Du kannst gern zu mir in die Wanne kommen*, sagte Natalie durch die Gebirge aus Badeschaum, *aber pass auf, dass du das weiße Ding nicht unter Wasser drückst. Es geht so leicht unter.*

Das weiße Ding wuchs unterdessen immer weiter, und meist hielt es sich in ihrem Schlafzimmer auf. Oft tat Markus beim Betreten des Schlafzimmers so, als müsste er die Fellkugel auf die Seite rollen. Einmal hüpfte es auf dem Bett herum, und sie konnten nicht schlafen gehen. Mit der Zeit gewann das seltsam eigenschaftslose Wesen einige Freunde dazu. Die braune Haselmaus, die mitten in Gesprächen, gerade wenn nichts in den besprochenen Themen auf sie hinwies, auf leeren Handflächen zu entstehen pflegte, lief oft über das weiße Fell. Und eine kleine jadegrüne Schlange, die sich sonst meist in Natalies Stirnfransen versteckte, erlebte das Glück, von dem weißen Ding abgleiten zu dürfen. Das weiße Ding freilich konnte diese neuen Gefährten weder sehen noch hören, der Tastsinn war alles, womit es sich mit seiner Umwelt austauschen konnte, und selbst das war nur eine Theorie. Natalie ertappte sich immer häufiger dabei, dass sie sich Sorgen um die Abgeschiedenheit der Fellkugel machte, um ihr begrenztes Weltwissen und das Rätsel ihrer vollkommenen Bedürfnislosigkeit. Nach und nach wurde es schwierig, das weiße Ding nicht mindestens drei- oder viermal am Tag zu erwähnen. Wenn sie es aus irgendeinem Grund länger vergessen hatten, etwa weil ein lauter Streit oder eine stumm ausgetragene Meinungsverschiedenheit sie beide viel zu weit ins Reale hineingedrängt hatte, war seine Rückkehr stets von einer Bemerkung begleitet wie: *Wo ist es wohl wieder unterwegs gewesen?*

Viele spätnächtlich schrankenlose Gespräche, solche, die man murmelnd mit auf den Kopfpolster gedrückter, vom Gewicht des eigenen Schädels gelähmter Wange führte, kreisten um die Befindlichkeit des weißen Dings. Manchmal erschien es ihnen hoffnungslos und bemitleidenswert, dann wieder stellte es einen seltsamen Triumph über die irdischen Verhältnisse dar, es war sozusagen eine triviale Lösung für ein äußerst komplexes Geflecht von Problemen. Und es war weich. Markus fand, dass es dem glatten, beweglichen Fell auf der Stirn eines Hundes glich, Natalie war eher für den feinen weißen Kinnflaum einer Katze. Teilweise trieben sie das Spiel mit dem weißen Rätseltier so weit, dass es ein echtes Problem darstellte, wenn sie Details vergessen hatten, etwa den Namen eines der Freunde des Tieres oder den Ausgang eines kleinen Abenteuers von vergangener Nacht. Es war, als wäre in ihren intimen, spielerischen Gesprächen seit geraumer Zeit ein Kind anwesend, dem man in den Gutenacht-Fortsetzungsgeschichten eine konsistente, widerspruchsfreie Welt bieten musste.

Erst jetzt, da ihre Beziehung Vergangenheit war, konnten sie darüber sprechen. Sie konnten sich an die Zeit mit dem weißen Ding erinnern und einzelne Merkmale ihrer Unterhaltungen und ihrer fast religiösen Furcht vor dem Durchbrechen der gemeinsamen Fiktion aufgreifen und drehen und wenden und untersuchen. Aber es machte sie jedes Mal traurig, besonders im Skype-Chat, wo alles so fliesenmäßig weiß und sauber war. Also ließen sie es wieder bleiben.

Besonders die Endphase der Beziehung war schlimm gewesen. Diese unglaubliche Langeweile. Es begann damit, dass sie Markus aus einer Laune heraus irgendwelche unterhaltsamen Aufgaben zuteilte, die er erledigen musste. Etwa eine ganz bestimmte Route zu nehmen, wenn er nach Hause kam, und sich den Namen auf jedem *Hund-vermisst*-Flyer zu merken. Oder einen ganzen Tag seine rechte Hand nicht zu gebrauchen, wenn er neben ihr mit Gegenständen hantierte. Einmal bat sie ihn, er möge drei verschiedene Haarshampoos verwenden und die Flaschen ohne Etikett aufbewahren, sodass sie den verschiedenen Gerüchen neue, passende Namen geben konnte. Sie brachte ihn dazu, sich die Beine zu rasieren. Sie schlug ihm vor, eine von vier Drogen in leichter Dosierung zu nehmen, Psilocybin-Pilze, MDMA, Cannabiskekse oder Amphetamine, und ihr unter der Wirkung einen Liebesbrief zu schreiben, und sie musste raten, welche Droge aus ihm sprach. Sie erfand ein Spiel, bei dem man sich in der Stimme und im Tonfall des anderen artikulieren musste. Ein anderes Spiel bestand aus Echo-Antworten, wie es Kinder machen, wenn sie ihre Eltern in den Wahnsinn treiben wollen; allerdings war das in ihrem Fall gerade nicht das Ziel, im Gegenteil, der Vorsprecher (der, dessen Echo der andere war) musste seine Formulierungen so wählen, dass die Wiederholung des letzten Satzteiles eine zärtliche oder zumindest produktive Scheinantwort ergab. *Hast du mich lieb? – Lieb.* Es war erlaubt, die Betonung zu ändern, aber nicht den Wortlaut. Das musste man einige Zeit durchhalten, dann kam der andere dran. Es war eine exotische Art von Selbstgespräch, die dabei entstand, da einer von beiden alles vorgab, sich aber gleichzeitig in den anderen hineinversetzen musste, um allzu viele Nonsense-Echos zu vermeiden. Schon nach einigen Minuten fühlte es sich für beide wie ein echter, die Verhältnisse ungewöhnlich erhellender und nur an der Oberfläche etwas auf der Stelle tretender Dialog an. Ihr Rekord war ein ganzer Nachmittag in diesem Stil.

All diese Wiederbelebungsversuche ihrer Beziehung kosteten viel Mühe und Kraft, aber Natalie gab nicht auf. Markus machte die meisten Aktivitäten nach einer kurzen Phase der Verblüffung bereitwillig mit, und manchmal war sie sehr stolz auf ihn. Einmal hatte sie ihm gesimst, er solle, wenn er von der Uni nach Hause kam, die Hosentaschen voller Nüsse haben. Und dann war er tatsächlich angestapft gekommen, ausgebeult und stolz wie ein Kind in einer selbstgebastelten Faschingsverkleidung.

Sie fertigte T-Shirts für ihn an, auf die sie bestimmte Motive drucken ließ, von denen sie sich eine interessante Reaktion von ihm erwartete: das Gesicht des Turiner Grabtuchs, Jeffrey Dahmers Kühlschrank, John Updikes Nase in Nahaufnahme, ein Abschnitt aus dem Koran auf Arabisch. Aber er fand es jedes Mal bloß witzig und trug das T-Shirt einige Tage lang, bis zum nächsten T-Shirt. So war sie halt, seine verrückte Freundin. Immer lustige Ideen. Natalie hätte ihn am liebsten geohrfeigt.

Und dann tat er ihr den Gefallen und schrieb eine Erzählung über sie. Am nächsten Tag warf sie ihn raus. Sie war zwar erst einundzwanzig, aber auch sie hatte sich über die Jahre einige klare Grenzen wachsen lassen.

Streunen

Die zwei Wochen dauernde Phase der Orientierung in der Villa Koselbruch ging schnell vorbei. Während dieser Zeit schloss Natalie mit allem Freundschaft. Sie versuchte, für alles Verständnis und Geduld aufzubringen. Die Bewohner waren anfangs ein wenig scheu, vor allem diejenigen, die in den Trainingswohnungen lebten. Ihr Wert auf der Adamski-Schreber-Skala lag bei 7 oder sogar 8,5.

Die Bezahlung war nicht berauschend, aber Natalie hatte ohnehin nicht vor, viel zu essen und zuzunehmen. Neunundvierzig Kilo, dabei würde es bleiben. Und Schuhe, na ja, es dauerte, bis so ein neues Paar wirklich vollkommen durchgelatscht war. Der Rest konnte ruhig für Miete und Betriebskosten draufgehen. Sie fragte sich, ob sie, so wie alle alten Menschen, später mal behaupten würde, dies hier wäre die schönste Zeit ihres Lebens gewesen. Der Gedanke war ekelig, aber es sprach vieles dafür. Seit Markus fort war, war sie so frei, dass sie sich fast jeden Tag nach der anstrengenden Arbeit selbst belohnen konnte, indem sie streunen ging.

Man musste die hellen, warmen Sommerabende nutzen. Natalie trieb sich bis spät in die Nacht bei der Radwegunterführung herum. Sie trug eine Baseballkappe, sodass man sie häufig für einen jungen Mann hielt. Ach, die bittere Enttäuschung in den Gesichtern mancher Männer und ihre höflichen zwei, drei Schritte rückwärts, die Augen, die nach links oder rechts weiterwanderten. Später, auf dem iPhone, konnte man ihre Stimmen meist gar nicht hören, sie sprachen so leise, sogar das abendliche Rauschen der Bäume übertönte sie.

Natalie wusste, dass ihre Anatomie verwirrend sein konnte. Ihr Körper sah, selbst aus der Nähe betrachtet, nicht sehr weiblich oder gar kurvenreich aus. Die Kosenamen aus ihrer Vergangenheit umfassten eine Reihe schmaler, meist aufrecht gehender Tierarten. Die Laufente wurde am häufigsten genannt, gleich danach kam die Jesus-Echse, die auf flinken Zauberbeinchen übers Wasser rannte. Ja, sie war sehr dünn. *Ein Oberkörper wie ein Sack voller Hirschgeweihe.* Nein, sie wurde schon lange nicht mehr aggressiv, wenn sie so etwas zu hören bekam.

Natalie rauchte nicht, aber sie hatte beim Streunen immer ein Heftchen Streichhölzer dabei. Nachts ergaben sich fast alle interessanten Gespräche über die Frage nach Feuer. Markus hatte ihr vor langer Zeit das Prinzip erklärt: Die meisten streunenden Männer gingen immer ohne Feuerzeug aus dem Haus, denn sie waren in einer solchen Situation ängstlicher als Frauen und brauchten, wenn sie der Mut verließ, einen realen Anreiz, um weiterzumachen. Sie rauchten den ganzen Tag keine einzige Zigarette, sodass sich der Drang aufbaute, und dann konnten sie irgendwann nicht mehr anders, als nachzufragen, ob jemand Feuer hatte. Damit kamen sie über die erste Hemmschwelle. Natalie liebte diese nervösen, rotfleckigen Bubengesichter. Als kämen sie alle direkt aus der Kaserne. Manchen zitterten sogar die Finger, zwischen denen die Zigarette klemmte. Natalie erlöste sie, indem sie ein Streichholz anriss, und dann beobachteten sie gemeinsam, wie sich in der Dunkelheit der zischende Löwenmähnenkopf bildete und in eine lautlose, flaggenträge Flamme verwandelte, die man hin und her ziehen konnte. Danke, sagte der Mann, während er den ersten wohlverdienten Rauch ausatmete. Und dann kamen die nächsten Schritte.

Wenn sich an den Radwegen keine interessanten Begegnungen ergaben, konnte Natalie auch woanders hingehen. In der Nähe ihrer neuen Wohnung gab es viele Parkplätze und Parkgaragen. Und ein paar Parks. Immer dieselbe Silbe am Anfang, *Park*, wie ein knarzender, harter Stiefelschritt im Schnee. Das Wort vermittelte Sicherheit und Stil, wenn man es sich leise vorsagte. Es reimte sich auf *stark*.

Bei den Streunereien war es wichtig, dass der Zufall zu seinem Recht kam. Dafür war die Diktiergerät-App, dafür waren die Zettelchen mit den Buchstaben und, an manchen besonderen Abenden, die an verschiedenen Stellen ihres Körpers angebrachten Filzstift-Punkte da. Malen nach Zahlen. Natalie hatte ein Programm auf ihr iPhone geladen, mit dem man digitale Tonaufnahmen wie alte Audiokassetten behandeln konnte. Es war möglich, sie vorzuspulen (mit dem realistischen Beschleunigungsgezwitscher, in das sich die Stimmen verwandelten) und die ursprüngliche Aufnahme abschnittsweise mit einer neuen zu überschreiben – sogar der Übergang zwischen den Tonaufnahmen war originalgetreu nachgebaut worden, es klang wie das Rutschen von Fingern über Gitarrensaiten beim Akkordwechsel. Die Anwendung vermittelte ihr ein intensives Gefühl von Geborgenheit, obwohl sie als Kind gar keine eigenen Hörspielkassetten besessen hatte. Sie hatte die von Karl gehört, beim Einschlafen. Nach jedem Grand Mal hörten sie zusammen eine an.

Natalie nahm jedes Gespräch auf, das sich mit den fremden Männern ergab, dann spulte sie an eine beliebige Stelle und setzte die Aufnahme fort. Am Ende ergab dies einen Mix, den sie als Podcast exportierte. Manche jungen Männer wollten sie nur küssen, das war wunderbar, andere wollten in ihren Mund ejakulieren, auch das war okay. Manchmal, wenn die Männer etwas zu gepflegt wirkten oder nach Herrenparfum rochen, bemühte sie sich, sie auf Distanz zu halten. Aber sie lehnte nur selten jemanden explizit ab, zumindest nicht in Streunernächten. In ihrer alten Gegend, als sie noch im Bezirk Lend gewohnt hatte, war sie in den Genuss eines gewissen Rufes gekommen. Den musste sie jetzt wieder aufbauen. Aber diese neue Gegend hier war für Begegnungen und deren Zufallsmusik im Grunde viel geeigneter, auf den Straßen waren mehr Leute unterwegs, und es gab diese Konzentrationspunkte, wo man abends zusammenkam und vielgestaltig aufeinander einwirken konnte. Sie bevorzugte sexuelle Praktiken, die sie mit ihrem Mund ausführen konnte. Und wahrscheinlich war das, streng genommen, gar kein richtiger Sex, keine Ahnung, also war sie doppelt aus dem Schneider und obendrein noch total krank, das fühlte sich gut an. Oberkörper, Geweihe. Es gab bestimmt Broschüren über die komplexe Störung, die sie verkörperte. Sie war glücklich. Sie war skelettal. Sie war stolz, eine Arbeit zu haben. Sie nahm erfolgreich am Leben teil. Es gab ganze Jahrgänge, die in dieser Hinsicht nicht so viel Glück hatten wie sie. Und wer hatte noch gleich über Arnold Schwarzenegger gesagt, er sehe aus wie ein braunes Kondom, vollgestopft mit Walnüssen?

Am erfolgreichsten war sie, zumindest begegnungstechnisch, wenn sie an dem immer offenen Hintereingang eines privaten Veranstaltungskellers in einer kleinen Seitenstraße, wenige Fahrradminuten von ihrer Wohnung entfernt, herumstand und wartete, bis jemand sie ansprach. Der Keller gehörte, so erfuhr sie schon am ersten Abend, einem freundlichen älteren Herrn namens Eulemann. Entzückend. Sie bekam ihn später auch einmal zu Gesicht: ein hübsches, aber menschenscheues Wesen, das niemandem direkt in die Augen schauen mochte. Alle möglichen Jugendlichen hingen in diesen Räumlichkeiten ab, die meisten ein paar Jahre jünger als Natalie.

Der Mix eines besonders schönen Abends (es war der Tag nach dem erfolgreichen Ende ihrer zweiwöchigen Probezeit gewesen) hörte sich so an:

…eicht versuchen, ein bisschen schneller? Du könnWas ist dieses Ding da auf deiner Wange, was ist das, das sieht aus, als hättest du dich angemalt … (leise Stimme von Natalie) … Ja, würd ich gern … (Kussgeräusche) … bin Thomas, du? Wir gehen hinterher noch zu einem Schulkollegen von mir der hat eine Band die heißt Slow Loris Crossroads und (Stimme entfernt sich) sie bald auf Tour in verschiDu kannst mich echt, echt, echt, fertigmachen, ah, du kannst oh Gott ist das geil, ja, ist das geil, mach das noch mal, nein, nicht das, das andere das mit deKann ich euch diesen Flyer da geben ist für eine wohltätige SaScheiße, ja, mach das, oh, ich bin dann so weit,

glaub ich, ich bin schon, bitte, bleib so, bleib genau sWatergate, ich hab mich echt viel damit beschäftigt, und das ist total schräg, diese Entwicklung damals, über die Achtziger- und die Neunziger- und die Nullerjahre, das Millennium, bis hier zu uns, es ist voll okay, wenn man nicht Teil der ganzen Scheiße sein will, aber was ich damit sagen wollte, du küsst echt gut und … ich hab das ja nicht so oft, wegen meiner Zähne … Was, ehrlich? Warum das? Das hab ich noch nie gehört, dass das jemandem gefällt! Hahaha, du spinnst doch echt! Mein Gott, mir geht das Herz, das hat wirklich noch nie jemand zu mir gesagt, entschuldige, ich bin davon, also, es ist total überraschend, dass das … Du bist wirklich die Erste, der das gefällt, ich weiß gar nicht, wie ich darauf jetzt reagKommt ein Mann in eine Bar und hat keine Hose an sagt der Barmann warum hast du denn keine Hose an sagt der Mann

Nein, nein, das war nicht Nonsense, was auf diese Weise entstand. Nonsense war leicht, kam überall vor. Nein, das hier war eine viel kostbarere Substanz, schwierig zu finden, noch schwieriger synthetisch herzustellen: *Nonseq*. So hieß die iPhone-App. Das Wort kam von *non sequitur*, was eine von Markus' Lieblingsbezeichnungen für die Unterhaltung mit Natalie gewesen war. Es bedeutete, dass das eine nicht auf das andere folgte. Prinz Albert. Mehl. Ich löse Eiswürfel auf. Deshalb so viele zahme Hirsche. Und das Beste daran: Nonseq vertrieb Aurigkeit. Es kühlte Natalie den Kopf. Chatgespräche waren voll von Nonseq, und auch im Alltag bemühte sich Natalie ständig um diese Kombinationen, um Zufallsmusik und *weinrauchige* Unterhaltungen, zirkulär, unentrinnbar und perfekt in sich ruhend wie das ewige Selbstgespräch überfließender und einander speisender Brunnenbecken. Okay, man wurde, wie nach jedem universell einsetzbaren Schmerzmittel, schnell danach süchtig, aber sie hatte eine Arbeit gefunden und eine fixe Stelle, sechsundsechzig magische Prozent, da durfte sie, da war alles erlaubt, zumindest für ein paar Tage. Und sie waren auch unwiderstehlich, diese jungen Männer, die Gedanken äußerten, auf die man nur kommt, wenn man

Zigarettenrauch für ein, zwei Sekunden in der Lunge hält, bevor man ihn ausbläst.

Einer der Jungen, den sie nach nur drei Minuten Gespräch in ihren Mund gelassen hatte, summte Melodien, während er, etwas unmanierlich und grob (aber sie schrieb es seiner Betrunkenheit und Aufregung zu), mit seinem Ding in ihrer Kehle herumstocherte. Dann begann er davon zu sprechen, wie leicht heute alles gehe, er komme sich fast vor wie ein Zinnsoldat. Da hatte Natalie ihn gefragt, ob er sie heiraten wolle. Er sagte, ja, sicher. Natalie fragte ihn, ob er für sie Blut spenden würde. Er bejahte auch das. Und damit war der heilige Punkt erreicht: Nichts von dem, was sie sprachen, hatte noch irgendeine Bedeutung. Es war wunderbar. Natalie fühlte sich zuhause. Als er kam, spritzte er nicht, sondern bildete nur eine schmelzende Perle an der Spitze. Sie küsste sie weg. Dann wischte sie ihre Finger an seinem Hosenbein ab und stand auf. Er dankte ihr wieder und wieder. Sie erklärte ihm, er sehe süß aus, wie ein Schnabeltier unter Wasser, dann verabschiedeten sie sich und gingen auseinander, jeder in seine Richtung.

Eines Tages entdeckte Natalie, dass der private Keller, in dessen unmittelbarer Umgebung sie so erfolgreich war (drei Ladungen an einem Abend, und das nach dem Kontakt mit vier jungen Männern, deren begeisterte Stimmen sich jetzt auf der *Nonseq*-App überschnitten), gar nicht in erster Linie für Veranstaltungen genutzt wurde, sondern, verbunden durch eine schlichte Metalltür, Teil eines OpenSpace war, der sich *Souterrain* nannte. Was ein OpenSpace war, wusste niemand so genau, auch nicht diejenigen, die ihn betrieben. Es war auf jeden Fall so etwas wie ein Jugendtreffpunkt und manchmal auch eine Art Bar, der hintere Trakt wurde oft von Musikern bevölkert, aber gleichzeitig trafen sich dort regelmäßig ein paar Typen, die sich als Hacker verstanden, es ging viel um Freiheit und Selbstbestimmung, nummerierte Benutzerregeln hingen überall an den Wänden und konnten sogar als Gratis-Flyer aus einer Schale entnommen werden, in der Toilette hatte jemand das Wort FNORD Hunderte Male an die Wand gemalt, sodass einem richtig schwindlig wurde, als stünde man in einem Wirbel aus Heuschrecken. Der Kühlschrank war immer leer und funktionierte nicht; es war möglich, dass er ein Kunstobjekt war. Ähnliches galt für die Heizung; obwohl es Sommer war, war viel von ihr die Rede. Linke Studentengruppen interessierten sich immer wieder für die Räumlichkeiten und traten in lange, komplizierte Verhandlungen über die Konzepte, die Nutzbarkeit und die generellen Arbeitsbedingungen ein, einige obdachlose Jugendliche oder Junkies verstanden sie als Übernachtungsmöglichkeit, und hin und wieder fanden Partys statt, bei denen Dinge passierten, die überhaupt nirgendwo eingeordnet werden konnten. Leute, die das Souterrain nicht kannten, hielten es entweder für ein Künstlerbüro, eine Hausbesetzung, ein mit der Universität zusammenhängendes *Temporary-Autonomous-Zone*-Labor oder, der weitaus häufigste Fall, für eine allgemeine Verletzung der Spielregeln. Wer das Souterrain kannte, war in den meisten Fällen einfach nur verwirrt. In einer Ecke hing ein riesiges unechtes Hirschgeweih, auf das man seine Kleider hängen konnte. Das Logo des Souterrain war ein kleiner Löwe mit einem menschlichen Mund. Es gab ein *festes Team* an Verantwortlichen und Aufpassern (Leute mit Schlüsseln und WiFi-Passwörtern), das allerdings überhaupt nicht fest war, man nannte es bloß so, damit man zumindest irgendeinen Anhaltspunkt hatte. Es war ohnehin alles vage genug. Wie Relativitätstheorie in der Schule. Über einer Gruppe von Sitzmöbeln hing zum Beispiel eine Karte von Ruanda an der Wand. In ihr steckten kleine Nadeln mit Fähnchen. An einer anderen Stelle hatte jemand einen einzelnen Smartie an die Wand genagelt, ohne dass der Smartie gesprungen oder auch nur ein kleines Eckchen seiner blauen Zuckerglasur verloren hätte – ein nicht wenig verblüffender Stunt, der häufig bewundert wurde. Natalie fühlte sich im Souterrain sofort wohl. Sie brachte oft, unaufgefordert, Kekse und Milchschnitten mit.

OpenConcepts, OpenMonoculture, OpenAnarchy, OpenSharing. Wie das Ganze entstanden war, gab häufig Anlass zu Diskussionen; es kursierten einige gute, zumindest in den Hauptpunkten plausible Theorien. Im Souterrain war, so hieß es, alles erlaubt. Das hatte zur Folge, dass meist alle einfach herumsaßen und miteinander redeten. Manchmal lagen sie auch so zeitgenössisch herum, rauchten und schauten einander an. An vielen Tagen blieb das Souterrain leer, und nur einige junge, zerzauste Menschen, die sich genierten und sehr leise sprachen, tauchten spätnachts auf und fragten den Schlüsselmann, ob er sie für den Rest der Nacht hier vielleicht eventuell und nur, wenn es keine allzu großen Umstände machte, irgendwo schlafen lassen könne, sie seien auch ganz ruhig und friedlich, versprochen. In unregelmäßigen Abständen wurden Einrichtungsgegenstände ins Souterrain gebracht und kurz darauf wieder gestohlen, man wusste nie, von wem. Einmal lagen plötzlich überall diese Gesundheitsbälle aus Gummi herum, man konnte sich auf sie setzen und hielt so automatisch die Wirbelsäule gerade, Natalie hatte das während eines Praktikums im Seniorenheim des Odilien-Instituts gesehen, aber dann wiesen die Gummibälle im Souterrain nach und nach immer mehr Brandflecken auf, und bald waren sie alle kaputt, und irgendjemand schleppte die leeren Häute aus dem Raum und warf sie draußen auf die Straße; es sah aus wie ein Leichenfeld von Teletubbies.

Das Souterrain war wie ein geöffnetes Worddokument, in das alle möglichen Leute irgendwas tippten, während andere es vorzogen, das Getippte zu markieren und zu verschieben oder zu löschen. Ein andermal – aber da war Natalie noch nicht dabei gewesen, sondern hatte es von Frank, einem der Festes-Team-Leute, erfahren – war mitten in der Nacht ein Feuer ausgebrochen, und als sie mit Wasser hinzustürzten, warf sich ihnen ein junger Mann entgegen und schrie, sie störten die schlafenden Atome, dabei seien die doch gerade durch das Feuer in den Schlaf gesungen worden, und jetzt sei endlich mal Ruhe, zumindest für ein paar Stunden, es habe ihn solche Mühe gekostet, die Atome zu beruhigen, er lasse sich das nicht von ihnen kaputtmachen, auch er habe einmal eine Verschnaufpause verdient, er arbeite schließlich nicht für die Regierung und könne daher keinen Auslandsurlaub beantragen wie sie! Sie überwältigten ihn und hielten ihn fest und löschten das Feuer, dann kam die Feuerwehr, aber es gab nicht mehr viel zu tun, es war kein großer Schaden entstanden. Der verrückte junge Mann saß weinend auf dem Gehsteig vor dem Souterrain, und irgendjemand – Frank schwor, er habe nicht gesehen, wer es gewesen war – setzte sich zu ihm und legte ihm zuerst einen Arm um die Schulter, was alle, trotz des Schrecks, den er ihnen eingejagt hatte, *irgendwie voll okay* fanden – aber dann nahm er den Verwirrten plötzlich in den Schwitzkasten, sodass dieser zu quietschen und zu heulen anfing, und als man die beiden trennte, blutete der Verrückte stark, er taumelte und hielt sich den Hals, und Blut sprudelte zwischen seinen dünnen Fingern hervor. Es sei ein entsetzlicher Anblick gewesen, hatte Frank erzählt. Die Rettung sei gekommen und habe ihn mitgenommen. Da sie nie wieder etwas von ihm gehört hatten, nahm Frank an, dass der Mann überlebt hatte.

Sonst verging die Zeit im Souterrain ohne größere Konflikte. An mindestens einem Tag in der Woche gab es eine Party, und Natalie ging hin. Immer nahm sie ihr Handy mit eingeschalteter Diktierfunktion mit. Sie schnitt sich die Haare am Hinterkopf und verfilzte sich die Stirnfransen – nicht dreadlockmäßig dicht, nur ein bisschen, damit sie in die richtige Stimmung kam –, und sie duschte ausgiebig. Es konnte auch vorkommen, dass sie etwas auswendig lernte. Einfach, um es im Lauf der Nacht irgendwo loszuwerden. Ein kleines Gedicht, einen Spruch, die Definition eines kuriosen Wortes. Einmal lernte sie einen Abschnitt aus der Bibel und brachte damit jemanden dazu, sie als *NSA-Steuerzahler* zu bezeichnen.

Der andere im festen Team des Souterrain war ein junger Mann namens Lothar. Er hatte ein großes, blondlöwiges Gesicht. Er war, so behauptete man, Sänger in einer Band namens *Fisted by Strangers.* Einmal, nach einem wenig erfolgreichen Abend, saß Natalie mit Lothar und einigen anderen herum. Das Aufnahmeprogramm war längst abgestellt, Natalie war müde und betrunken und dachte an ihre Arbeit, am nächsten Tag drohte ein letztes Evaluationsgespräch. Jemand stellte eine Dose Red Bull vor sie hin, und Natalie trank den klebrigen, kaugummiartigen Saft.

– He, sagte sie. Ich war da drin.

Und zeigte auf die Dose.

Niemand verstand, was das bedeutete. Natalie wurde ungeduldig und fluchte.

– Was denn?, fragte Lothar.

– Das da, das war für mich bestimmt, sagte Natalie. Ich war da drin, im Ballon. Nein.

Sie korrigierte sich, mit erhobenem Zeigefinger:

– Bállon.

Sie lachte.

– Ist das Ungarisch, oder was?, fragte Lothar.

– Muss es wohl sein, sagte Natalie. Oder Tapir.

– Tapir?

– Ja, das Ding mit der Nase.

Sie imitierte den beweglichen Rüssel eines Tapirs mit ihrer Hand. Alle lachten.

Wunderbar, wie schnell eine wohltuende Nonseq-Stimmung entstand, es war die Magie dieses Kellerraums. Ich bin retro, dachte Natalie, obwohl sie wusste, was das Wort bedeutete, und der Satz offensichtlich nicht stimmte. Voll retro.

Sie trank einen weiteren Schluck der ekelhaften Energieflüssigkeit.

– Ist Kinderkriegen eigentlich politisch?, fragte sie.

Dazu hatten viele eine Meinung. Ein Mädchen, das neben Lothar saß, sagte:

– Nein. Ich denke, das gehört schon noch uns.

– Mir gehören ein paar Ratten, sagte Natalie. Aber Kinderkriegen?

– Echt jetzt? Du hast Ratten zuhause?

– Ja, sagte Natalie und nickte, als erinnere sie sich an die kleinen Nagetiere. Hab ich. Voll.
– Bring sie mal mit, sagte Lothar.
– Das geht nicht, sie hängen an den … na ja, zusammen.
Natalie verhakte zwei Zeigefinger.
– Wie, an den Schwänzen?
Lothar schien auf einmal vollkommen nüchtern.
– Oh Gott, nein!, sagte das Mädchen neben ihm.
– Yep, nickte Natalie. Muss man leider so sagen, wie's ist. Knäuelwirtschaft.
– Ein Rattenkönig?, fragte ein Typ, dessen Namen niemand kannte. Den gibt's doch nur bei der Pest.
– Und in Krisenzeiten, sagte Natalie.
Das Nonseq-Gefühl kam und erfasste sie, es half tatsächlich, wenn man betrunken war, allerdings wurde ihr von diesem Zeug hier schlecht. Sie betrachtete die Dose. Warum trinke ich diesen Dreck?
Sie hielt die Dose hoch:
– Wem gehört die eigentlich?
– Dir, jetzt.
Das hatte Lothar gesagt.
– Ich kenn dich gar nicht, sagte Natalie zu ihm. Du bist zweidimensional. Ich kann nicht um dich herumgehen in Gedanken. Nur die Vorderseite.
Sie formte mit beiden Händen einen Bilderrahmen und blickte hindurch. Lothar schaute belämmert.
– Hä?, sagte er.
– Ich versteh, was sie meint, nickte das Mädchen ernst.
– Wie heißt du noch mal?, fragte Natalie sie.
– Tina, sagte Lothar. Habt ihr euch nicht vorhin geküsst?
– Nein, sagte Tina.
Natalie schüttelte auch den Kopf.
– Okay, also, sagte sie, falls ihr euch fragt, warum das alles. Ich bin damals, während der Ausbildung, auf den Geschmack gekommen. Als ich in der Altenbetreuung und in den Integrationsklassen war. Non sequitur. Das bedeutet, es folgt das eine

nicht wirklich aufs andere. Aber mir gefällt das Wort *weinrauchig* besser, im Gedenken an den alten Herrn Weinrauch.

Niemand der Anwesenden konnte das verstehen, denn niemand wohnte in ihrem Kopf. Das wusste sie. Aber es war trotzdem möglich, all diese Sätze zu sagen. Sätze, die niemand verstand. Wie Löwen, die sprechen konnten, starrten sie sie an. Besonders Lothar, denn der sah aus wie einer. Wie der Sänger der Band *Nickelback*.

– Im Weinrauch atmet die Seele. Und überlebt.

– Ich verstehe, nickte Tina.

Genau, und immer wenn man dieses Experiment machte, gab es sie: diese eine Person, die nickte und sagte, sie habe verstanden. Obwohl das per Definition, also von vornherein und absolut retromäßig, ausgeschlossen war. Natalie staunte jedes Mal. Vielleicht waren diese Leute, die immer zu verstehen vorgaben, ja so etwas wie Engel. Es gab sie überall und zu jeder Zeit, sie hielten die Welt am Laufen, ohne es zu wissen. Wie die sechs Gerechten, oder waren es elf? Jedenfalls die, die immer gut waren, aber es selber nicht wussten, und wenn einer fehlte, wurde ein neuer Gerechter geboren, wegen Gott.

– Ich glaub nicht an ihn, sagte Natalie.

Auch das konnte man machen: einen Gedanken, den man still für sich gehabt hatte, fortführen, indem man ihn aussprach. Niemand konnte ihm folgen, also total *non sequitur*, aber dann gab es meist den einen Hellseher in der Runde, der offenbar die Gedanken mitgelesen hatte, denn:

– An wen glaubst du nicht? An Gott?

Das war wieder das Mädchen gewesen, Tina. Doppelbegabung. Mein Gott, in irgendeinem Paralleljahrhundert wäre die noch Jungfrau von Orleans geworden, so beseelt wie die war. Heiliger Geist.

– Ja, sagte Natalie. Du?

– Nein, sagte Tina und wandte sich an ihren Nachbarn. Du?

– Nein, sagte Natalie.

– Ich bin mehrheitlich katholisch, sagte Lothar.

Alle lachten. Und ich nutzloses Vieh nehme nicht mehr auf, dachte Natalie. Es war immer dasselbe.

Und dann, während sie einen Typen, dessen Namen niemand mitgekriegt hatte, küsste, musste Natalie denken: *In einer solchen Situation.* Auch sonst geisterte ihr dieses Satzfragment oft durch den Kopf. Sie versuchte, sich etwas anderes ins Gedächtnis zu rufen, etwa ein Lied oder eine angenehme Farbe, aber es blieb bei der Formulierung. Diese immer wiederkehrenden Sätze waren der Stoff, aus dem der Wahnsinn ist. Das war das einzig Brauchbare, das sie damals in der Sekte gelernt hatte.

Ja, wirklich: Sekte. Alle machten große Augen, wenn sie das Wort hörten. Dabei war das nichts Besonderes gewesen. *Ich habe damals, kurz nach der Matura, einen Vortrag über den Zusammenhang zwischen Zahlen und Schlaflosigkeit besucht* – die meisten guten Geschichten beginnen so. Ein alter, angenehm dichtbärtiger Mann hatte ein Buch geschrieben, in dem er erklärte, dass der Mensch das Schlaflos-Sein erst erlernt habe, als die Zahlen erfunden wurden. Hinterher sprach Natalie den Mann an und fragte ihn über einige Einschlafhilfen aus. Der Mann erzählte ihr vom Geheimnis der Myoklonien. Natalie verliebte sich sofort in das Wort, noch bevor sie verstanden hatte, was es bedeutete: jene leichten Zuckungen, sekundenlangen Muskelkrämpfe und Fall-Illusionen kurz vor dem Einschlafen. Gerade war man dabei, wegzudämmern – und bekam einen Schlag oder kippte über eine Kante und fiel nach hinten und war wieder hellwach.

– Oh, das kenne ich, ich hab als Kind sogar richtige Anfälle gehabt!, sagte Natalie und bemerkte zu spät, mit welcher Begeisterung sie das intoniert hatte.

Der Mann lächelte gütig.

– Grand Mal, fügte sie etwas leiser hinzu.

Dann wisse sie ja vielleicht, sagte der Mann, dass es sich bei diesen Myoklonien nicht um simple elektrische Entladungen des Körpers handle, sondern um etwas Tieferes. Es sei die Begegnung mit einer Membran, einer Durchgangsstelle. In seiner

Gruppe könne sie lernen, dem plötzlichen Gefühl des Fallens während des Einschlafens nicht mehr mit Angst zu begegnen, sondern sich tatsächlich fallen zu lassen. Und dabei nicht aufzuwachen. So wie hier, auf diesem Schaubild, sagte er, das sei die berühmte Alice und das der Kaninchenbau. Natalie legte einen Finger auf das gezeichnete Mädchen. Der Mann drückte ihr die Broschüre in die Hand. Hier, bitte, sie könne sie gern behalten, da stehe alles Weitere drin. Es wäre ihm eine Ehre, die junge Frau – *Wie war Ihr Name? Ah, sehr schön, so heißt auch eine unserer Ganzzahligen* – nächste Woche wieder hier zu sehen. Natalie versprach, zu kommen.

Und dann wohnte sie für drei Monate in der Sekte. Dort musste sie eine alte Faschingsverkleidung, die sie als kleines Mädchen einmal getragen hatte und die seither im Schrank verstaubte, zusammenballen, in eine Papierlaterne stopfen und diese dann in einer Zeremonie anzünden und beim Verbrennen beobachten. Dabei wurde sie andauernd von allen Seiten umarmt, und die Leute sagten ihr, dass sie ihr vertrauten, ganz aufrichtig, aus tiefstem Herzen. Sie mache das ganz, ganz wunderbar.

In dem alten Haus in Raaba, in dem sie lebten, gab es einen Raum, der vollkommen leer war und den man unter normalen Umständen nicht betreten durfte. Auf dem Boden des Raums lag eine einzelne Ein-Schilling-Münze. Wenn man etwas falsch gemacht hatte – und das war anfangs mehrmals am Tag vorgekommen –, wurde man in diesen Raum geschickt und musste vor der Münze sitzen und sie ansehen und versuchen, zu begreifen, dass man im Prinzip nichts Besseres war als diese von niemandem mehr verwendete Währungseinheit auf staubigen Bodenbrettern eines Vorstadthauses. Die Gesellschaft hat dich aufgegeben, du bist jetzt hier, hier erreichen dich Chemtrails, subliminale Kaufbefehle und andere Crowd-Control-Mechanismen nicht mehr, du bist von der bewusstseinsverkleinernden Wirkung des städtischen Trinkwassers genauso befreit wie von den sphärischen Strömen der Elektrizität, die dein Eigenheim und deinen Körper umgeben und jenen, die die *Patterns* der Partikel zu lesen verstehen, alles über dich verraten, deine Stimmungen, deine politischen Ansichten, deine Sünden, dein Gefahrenpotenzial. Du bist jetzt aus alldem ausgeklinkt und liegst isoliert da, wie diese alte Münze. Früher wurde mit dir bezahlt. Du warst *human resource*. Jetzt bist du hier. Natalie waren in der Münzkammer regelmäßig die Tränen gekommen.

Das Einzige, was sie heute hin und wieder vermisste, war das tägliche Umarmtwerden von allen Seiten. Vor allem von Ilona, einem sechzehnjährigen Mädchen, das nachts immer neben ihr geschlafen hatte. Der Abschied war ihr sehr schwergefallen. Die anderen baten sie inständig, zu bleiben, und sie erklärten ihr, dass sie ihre ehemalige Gefährtin, falls sie sie nach ihrem Weggang irgendwo treffen sollten, nicht mehr wahrnehmen würden; sie werde ein Geist für sie werden, eine Erscheinung wie die Laufschrift auf einer Werbetafel.

– Macht nichts, sagte Natalie. Ich erkenn euch schon.

Laute auf dem Weg zur Arbeit

Baustellen im Sommer. Man riss die Mitte der Straße auf. Gerade mal ein Jahr hatte diese Stelle verheilen dürfen, jetzt öffnete man sie schon wieder. Baggerfahrzeuge, Arbeiter, Staubwolken. Der zuverlässige Pressluft-Wecker um sieben Uhr früh. Nachdem sie sie nun ein paar Jahre lang studiert hatte, kamen ihr die Bauarbeiter wie eine Parallelmenschheit vor, die, obwohl es dafür bestimmt eine bessere Formulierung gab, *nach ganz eigenen Gesetzen funktionierte* und die man einfach machen ließ, weil sich ihre Aggression bislang immer nur gegen Straßen richtete; damit konnte man leben (vor allem in der Steiermark, wo die meisten Kennzeichen des Urbanen den Charakter einer mühevoll den eigentlichen Verhältnissen abgetrotzten Übergangslösung besaßen, eigentlich war hier immer noch Ackerland, flüsterte einem jeder Bezirk zu). Man blieb stehen, um sie zu betrachten, und immer schienen sie weit weg. Es wäre auch nicht erstaunlich gewesen, hätten sich die Bauarbeiter als die letzten Verbliebenen eines ehemaligen Riesengeschlechts erwiesen. Zuhause auf ihrem gelbstaubigen Jupitermond kommunizierten sie vor allem durch intime Grabungen, die man sie hier, aus Verständnis und Neugier und weil diese gelebte Heimwehkultur einer gestrandeten Zivilisation die eigenen Gefühle von Überflüssigkeit und Fehlverhalten milderte und in etwas Größeres, Helleres einbettete, ohne Widerstände ausführen ließ; ja, man übertrug ihnen sogar wichtige Aufgaben, die im Dienst der Stadtplanung standen. Wie alle Raumschiffbesatzungen trugen sie Helme und bunte Kleidung oder Overalls. Ihre Hände waren riesige Handschuhe, und wenn sie nicht Löcher in den Asphalt rissen, kletterten sie auf Stahlgerüsten herum. Sie unterhielten sich miteinander durch weit hallende Rufe, die denen der Fledermäuse verwandt waren: Man schrie, damit man wusste, wo man war und was sich an Kennenlern- oder Erjagbarem in der Nähe befand, und dann fiel, wie zur Bestätigung, irgendetwas zu

Boden und wirbelte viel Staub auf, ein Haufen Bretter oder Ziegel, und die Schreie wiederholten sich und wurden makakenhaft, so lange, bis wieder etwas fiel.

In einer Nachbarwohnung existierte ein einsames Telefon, das jeden Tag klingelte, ohne jemals erhört zu werden. Und was das Ganze noch schlimmer machte: Es war ein altes Telefon, zweifellos eines mit Wählscheibe, Siebzigerjahre-Modell, man hörte es deutlich an der Art und der Dauer des Klingelns. Das Letzte seiner Art. So wie der letzte Dodovogel auf Mauritius in dieser Dokumentation, der computeranimiert um sein in einer Grasmulde liegendes, aber dort von Schweinen halb ausgefressenes Ei herumstakst und ruft, die halbe Nacht lang. Natalie hatte sich angewöhnt, einige beruhigende Worte zu murmeln, wenn das Telefon wieder anfing. Es klingelte mindestens zwei Minuten lang, der am anderen Ende gab nicht so schnell auf. Vielleicht lebte in der Wohnung niemand mehr, oder der Bewohner war taub. Sie hatte wahnsinnige Fantasien darüber, einzubrechen und ranzugehen. Wie klang wohl die Stimme des Anrufers? Worüber wollte er reden? Aber jeder Versuch, herauszufinden, aus welcher Wohnung das Läuten kam, war bislang erfolglos geblieben. Die kubische Raumaufteilung des Gebäudes machte die Schallortung schwierig, man kam leicht durcheinander. Einige Male war Natalie schon nachts auf die Suche gegangen, hatte im zweiten und dritten Stock an einigen Türen gelauscht, aber da war nichts gewesen; und als sie später zurück in die Wohnung kam, klingelte das Telefon immer noch. Ja, murmelte sie, ist ja gut, schschsch.

Beim Anziehen musste Natalie über ihre eigenen Zehen lachen, sie sahen so dumm aus. Dann kamen die Socken darüber. Auch später noch, als sie schon auf dem Weg zur Arbeit war und in Verhandlung mit verschiedenen gerade in heiß flimmerndem Umbau befindlichen Straßenabschnitten trat, dachte sie an Zehen, an Ohren und auch an den Tod, den sie heute Morgen vor allem mit dem fleischfliegenblauen Rücken eines Luftschiffes in Verbindung brachte. An jedem Flyer, der über ein entlaufenes Tier informierte, musste sie stehen bleiben. Addiert ergab das im Monat bestimmt einige hundert Schweigeminuten vor Baumstämmen, Hausmauern, Säulen und Ampelmasten. Schlecht ausgedruckte, viel zu kleine Bilder von Hunden und Katzen. Einmal war es sogar ein als *zierlich* und *sanftmütig* bezeichneter Hase. Was geschah eigentlich, wenn das vermisste Wesen gefunden wurde? Ging man dann die Straßen ab und entfernte die Flyer? Wahrscheinlich. Aber vielleicht konnte man, indem man die kausale Folge umkehrte und die Flyer einfach so einsammelte, das Universum übertölpeln und es dazu bringen, das verlorene Tier zurückzugeben.

Jeden Tag kam sie, egal ob mit dem Fahrrad oder zu Fuß, an einem kleinen Betrieb vorbei, der immer denselben Drone-Sound produzierte, ein nasales *Aoaoaoaoao*. Es war ein Generator oder sonst irgendeine getaktete Maschine, und sie war nur am frühen Morgen, kurz bevor der Betrieb aufsperrte, zu hören. Fenster, vor allem solche für Türen, wurden dort hergestellt. Großformatige Bilder davon hingen an der Gebäudemauer. Hübsche rautenförmige Blickfenster in hellholzigen Verandatüren. Natalie konnte es nicht lassen, kurz stehen zu bleiben, sich an die Hausmauer zu lehnen und mit ihrem Mund die fischartigen lippensynchronen Bewegungen zu machen, die genau zu diesem Generatorsummgeräusch passten: Aoaoaoaoao … Aber bislang hatte ihr noch keiner der Leute, die an ihr vorbeigingen, die Freude gemacht, sie deswegen komisch anzusehen oder gar stehen zu bleiben und zu sagen: *Hören Sie auf, diesen Ton zu machen!* Eine ältere Frau war einmal kurz davor gewesen, man hatte es ihr angesehen, aber irgendetwas in ihr hatte dann doch gesiegt. Natalie hätte ihr am liebsten einen Tritt verpasst. Manche Menschen brachten es wirklich nie zu was.

Natalie gab den Objekten, an denen sie am Morgen auf dem Weg zur Arbeit vorbeikam, gerne neue Vornamen. Am nächsten Tag machte sie den Test, welche Namen sie noch wusste. Heute waren es nur zwei: Pitt, die automatische Tür beim Spar-Supermarkt, über dessen Parkplatz sie immer eine Abkürzung nahm, und Justus, der Hydrant. Irgendein Ding hatte sie Ed genannt, aber sie fand es nicht mehr, vielleicht war es abtransportiert worden. Die anderen Namen waren verschwunden.

Die Architektur der Villa Koselbruch war äußerst simpel. Es gab zwei Etagen. In der ersten war das eigentliche Wohnheim untergebracht, und im Erdgeschoss, das durch den Anbau eines hinteren Flügels etwas geräumiger war, lagen die Trainingswohnungen. Es gab einen kleinen Garten an der Hinter- und einen bescheidenen Parkplatz an der Vorderseite. Die Türen gingen, zumindest untertags, automatisch auf. Die ständig betreuten Wohneinheiten wurden, anders als die Trainingseinheiten, in regelmäßigen Abständen von einem Dr. Fenneck besucht. Der Name war sehr hübsch, aber eindeutig langweiliger und weniger schillernd als der seines Vorgängers: Höllhuhn. Natalie hatte diesen glorreichen Namen sofort im Telefonbuch nachgeschlagen. Als sie ihn schließlich fand, *Höllhuhn, Franz*, dachte sie: Jetzt weiß ich, wo du wohnst, Höllhuhn. Sie stellte sich das Wesen rot und dreiköpfig vor. Es empfing alle geschlachteten Hühner der Welt, die eingeschüchtert gackernd über den Styx kamen, in der weiten, leeren Halle der Unterwelt, ein allerletztes Mal auf engem Raum zusammengedrängt, demütig und nervös scharrend auf dem Holzboden der Barke, dann kurz aufflatternd über den Bootsrand und ans Ufer, wo Milliarden anderer Hühner, ein jedes von ihnen gründlich entwöhnt der Erdenwelt und ihrer mitleidlosen Herrscher, schon warten; scheue Hähne stoßen aneinander, wie Sandkörner stehen ihre mageren, zerzausten Körper dicht an dicht – da geht das Zolltor auf, und sie strömen hindurch, in die Richtung endloser Bewegungsfreiheit.

Und jedes wird begrüßt, eins, zwei, drei, von *dir*, dachte Natalie, und streichelte den zauberhaften Namen im Telefonbuch.

Man hatte ihr ein schönes Namensschildchen geschenkt:

NATALIE REINEGGER // WH

Darunter das Logo der Einrichtung. Das Schild war vor allem für Besucher, aber sie hatte nichts dagegen, es immer zu tragen. Zumindest jetzt am Anfang. Man konnte gegen den Namen ja auch nicht viel einwenden. Sie hatte sich mit ihm immer recht gut arrangiert. Ihr Vorname war das erste Wort gewesen, das sie zu buchstabieren gelernt hatte. Sie erinnerte sich noch, dass sie eine Zeitlang dazu geneigt hatte, das N riesengroß zu malen, wie ein hohes Gebäude, unter dessen Schutz der Rest der Ich-Buchstaben stand. Jetzt bin ich wie eine Wohnungstür, dachte sie. Fehlt nur noch die Klingel.

Die Betreuerinnen

Astrid, die Leiterin des Heimes, verbrachte den größten Teil ihrer Zeit in der Einrichtung. Ihre Wohnung lag nur wenige Gehminuten von ihrem Arbeitsplatz entfernt, und es war nicht ungewöhnlich, sie außerhalb ihrer Dienstzeiten im Heim anzutreffen. Sie allein kümmerte sich um die drei Männer, die in den *fortgeschrittenen* Trainingswohnungen im Erdgeschoss lebten. Sie brauchten nicht viel Betreuung, und es wirkte zusätzlich stabilisierend, wenn ihr Ansprechpartner immer derselbe blieb. Auch war es ein wichtiger Teil des Trainings, dass sie nicht zu jeder Tages- und Nachtzeit jemanden erreichen konnten. Sie mussten schauen, wie sie allein zurechtkamen.

Astrid war religiös. In der Ecke im Nachtdienstkämmerchen, die ihr gehörte, stapelten sich Bücher über Engel, über den stigmatisierten Padre Pio, über Medjugorje. Beim Erstgespräch hatte sie Natalie höflich eine Frage nach ihrem Glauben gestellt, gefolgt von der Versicherung, es gebe keine falsche Antwort. Sie hatte nussbraunes Haar und trug manchmal eine Brille, die an einer Sicherheitsleine hing. Ihr Alter war unklar, aber es musste wohl jenseits der fünfzig liegen. Ihr Scheitel war besonders interessant, weil er sich über den Tag hinweg und selbst während eines Gesprächs stetig zu verändern schien, wie ein kleines zweidimensionales Lebewesen, das seinen Launen nachgab: Einzelne Strähnen blätterten sich um, wechselten die Seite, und ein neues Zickzackmuster entstand. Natalie war davon beim Erstgespräch so verzaubert gewesen, dass sie sich mehrmals, fast zwanghaft, an den eigenen Kopf fasste, wie um sich zu vergewissern, dass dort nicht ähnlich Unbegreifliches geschah.

Ursula war eine Frau von lummenhaft entschlossener Statur: kompakt, aufrecht, etwas kegelförmig. Ihre schwarze, playmobilartige Kurzhaarfrisur machte ihren Kopf rund und glatt; aus der Ferne wirkte sie stets nass. Wenn sie im Garten oder vor einem offenen Fenster stand, hatte sie etwas von diesen Ehefrauen amerikanischer Astronauten: getönte Brille, starres Gesicht, eine Zigarette in der zittrigen Hand. Immer darum bemüht, die Fassung zu bewahren. Sie wirkte, als beobachtete sie jeden Tag, sozusagen pausenlos, den Start ihres Ehemannes in den Weltraum. Countdown, Raketenfeuer, Funkmeldungen, Ungewissheit. Natalie hätte ihr gerne irgendetwas um den Hals gelegt, etwas Buntes, eine Federboa zum Beispiel oder eine Weihnachtsbaum-Lichterkette, einfach um sie ein wenig zu schmücken, wenn sie schon so ungetröstet und still-entsetzt in der Gegend herumstehen musste. Ihr Nachname lautete Bronnen, ein dunkles, bitteres Wort, es passte zu ihr. Respektlosigkeit war Ursulas größte Sorge, ständig war sie von ihr umstellt, witterte sie in allen scherzhaften Bemerkungen, ja selbst in Liedern. Man durfte keine frechen Witze machen, behinderte Menschen waren unfehlbar und heilig, Prominente aus dem Fernsehen dagegen tragische Figuren, deren Schicksal für das eigene stand. *Das ist nicht witzig. Darüber lacht man nicht.* Sie sprach viel von Versöhnung und Herausforderung und Heilung, und wenn am Vortag eine Tier-Dokumentation auf ORF2 gelaufen war, konnte man sicher sein, dass sie am nächsten Tag davon berichtete, und zwar ausschließlich von jenen bewegenden Augenblicken, als etwa das kranke Erdmännchen von seinen Familienmitgliedern zurückgelassen wurde oder der Sperber mit dem gebrochenen Flügel zu flattern versuchte und seitlich umkippte. Ihre Wiedergabe des Gesehenen konnte einen auf die Idee bringen, sie sähe durchaus Sinn und Notwendigkeit in solchen Vorkommnissen, aber wenn sie zu Ende erzählt hatte, wirkte sie, als stünde sie in einem Winkel eines Pausenhofs, unsicher, verwirrt und alleingelassen mit zu vielen einander widersprechenden Gedanken. Auf ihren Armen zeichneten sich verblasste Schnitte ab, ein geisterhaftes hellweißes Tigermuster. Zu den Handgelenken hin verdichtete es sich, als hätte eine Seismographennadel dort ein Beben verzeichnet. Sie sprach ohne Scham über das Cutting, denn sie hatte es längst im Griff. Man müsse sich nur mit der inneren Stimme versöhnen, sagte sie, dann käme man da durch. Sie mache es schon seit Jahren nicht mehr, aber es sei natürlich weiter ein Teil von ihr, wie jede einmal überwundene Sucht. Natalie wurde beim Anblick der Arme ganz kribbelig, sie musste sich aus irgendeinem Grund ständig vorstellen, sie mit Honig zu beschmieren.

Und dann gab es noch B. Nur ein Buchstabe, aber hinter ihm verbarg sich ein ganz außerordentlicher Mensch, eine besondere Frau – das erkannte jeder, der länger als ein paar Stunden mit ihr zu tun hatte. Das Wort *herzhaft* kam einem selbst dann in den Sinn, wenn man ihr beim Bedienen eines Computers oder beim Bekleben einer Schürfwunde mit einem Heftpflaster zusah. Sie war imstande, ihren Bezugis T-Shirts mit der Aufschrift *Fragile* oder *This Side Up* zu schenken. Pummelig war sie, aber doch wohlproportioniert, kräftig und elegant. Das Haar an ihren Schläfen war kurz rasiert, die Frisur hatte die Form einer Majorskappe. Ihr Gesicht war taubenhaft, mit hohen, fürstlichen Wangenknochen. Sie trug bevorzugt violetten Lippenstift. Sie hatte die Angewohnheit, die ganze Zeit an ihrem üppigen Dekolleté herumzunesteln, als verwalte sie darin einen geheimen Nussvorrat. Sie konnte mehrere Michael-Jackson-Lieder auf der Gitarre und war imstande, zu erklären, wie der Moonwalk in der Theorie funktionierte, außerdem kannte sie sich sehr gut mit Nagetieren aus (in regelmäßigen Abständen wurde sie von ihrer Umwelt zu dem neuen Virus befragt, von dem überall berichtet wurde, und ihre Antworten fielen durchwegs beruhigend aus). Das B stand für Beatrice, der Name wurde französisch ausgesprochen. Beatrice Kaibl. Aber schon in der Schule, so erklärte sie, sei die simple Abkürzung B an ihr hängengeblieben, und seit ihre Klienten sie ebenfalls ausschließlich so nannten, sei es ihr Name, Punkt. Es sei nur schade, dass sie ihren Namen nicht offiziell in B umändern könne. Alles sei erlaubt, jeder einigermaßen aussprechbare Schriftzug, aber ein einzelner Buchstabe, nein, das genehmige das Amt in Wien nicht, sie habe sich informiert. Natalie fasste sofort tiefes Vertrauen zu ihr.

Als sie von einem ihrer ersten vollen Dienste nach Hause kam, herrschte drückende Nachmittagshitze, und sie konnte es nicht erwarten, dem Kater von B zu erzählen. Sie war wie betrunken von dieser Frau, von den löwinnenhaften Bewegungen des Körpers, ihrer gütigen, weichen Stimme. Natalie lag auf der Couch vor dem Fernseher, der Kater auf dem Boden. Ihm war sichtlich heiß, in den letzten Tagen waren die Temperaturen immer wieder auf zweiunddreißig Grad geklettert. Der Laptop summte neben ihr auf der Couch. Auf der Stoffoberfläche erhitzte sich der Computer sehr schnell, aber seine Anwesenheit gehörte zur Geborgenheit, also war es unumgänglich, dass sie ihn laufen ließ. Beide Geräte, Laptop und Fernseher, waren auf dieselbe Live-Übertragung eingestellt. Durch die Verzögerung des Internetstreams kam es zu einer angenehmen Verdoppelung der Geräusche und Äußerungen, zu einem Echo. Das Zimmer wurde dadurch noch etwas räumlicher als sonst. Fast wirkte es so, als seien Eltern da, die aufeinander einredeten.

– Sie heißt Be, sagte Natalie zum Kater. Das heißt nur der Buchstabe. B. Man könnte auch Bea zu ihr sagen, aber das mag sie nicht. Ich finde sie großartig, sie ist total super. Hat auch genau die richtige Form für eine Betreuerin.

Sie überlegte, ob sie dem Kater erzählen sollte, dass B obendrein die hübscheste Frau war, die sie je gesehen hatte. B war so üppig und rund und dabei gleichzeitig von einer natürlichen und unkomplizierten *Form*, ja, so musste man das sagen. Wie ein Zeitungsartikel, der alles kurz und bündig erklärte, ohne etwas wegzulassen. Oder wie ein Spielbrett, auf dem man alles vor sich hat, was man braucht. Man konnte einfach nicht aufhören, sie anzuschauen. Vor allem ihre Schultern. Manche hätten vielleicht gesagt, dass sie *quollen*, aber das Wort war genau verkehrt, es war böse. Sie ist genau jene Art von Frau, die aus der Sicht vieler Idioten unattraktiv wirkt, dachte Natalie. Deshalb verschwindet sie auch für viele Jahre in einem derart zehrenden und anstrengenden Beruf. Sie hat wahrscheinlich schon lange keinen Mann mehr gesehen, hat nur mit Behinderten zu tun und sich deshalb in eine Art kichernden Teenager zurückverwandelt, der Sex putzig findet, weil er bereits so weit entfernt stattfindet. Und sie ist durch die körperliche Nähe zu Menschen ohne Schamgrenze sehr versiert im Umgang mit intimen Dingen, sie sieht zum Beispiel regelmäßig Erektionen bei ihren Klienten, aber betrachtet sie eher abstrakt, sie gerät gerade durch diese ständige Nähe in viel größere Distanz zu wirklicher, non-klinischer körperlicher Interaktion.

Der Kater schlief tief und fest. Er war mit Natalies Deutung der Dinge zufrieden.

Eigentlich könnte ich mir auch solche Schnitte verpassen, dachte Natalie und betrachtete ihren hellen, dünnen Arm. Jetzt, wo ich jemanden kenne, der mir helfen kann, da wieder rauszukommen. Selbstverletzung mit Supervision.

Im Fernsehen zeigten sie einen Beitrag über social awareness. Ein Mann lag an einer Bushaltestelle auf der Sitzbank, geschminkt mit Kunstblut. Überall war Blut, auch auf seiner Armbanduhr. Natalie beeindruckte der Anblick. Die Leute, die auf den Bus warteten, standen natürlich teilnahmslos daneben und hatten mit ihrem Telefon zu tun. Natalie wusste, dass sie sie hassen sollte, auch der Kommentator des Beitrags machte sich über sie lustig. Einer der untätig bleibenden Menschen, ein junger Mann, hatte einen ungewöhnlich schönen Oberkörper und trug ein lockeres T-Shirt darüber, dann kam ein Windstoß, und er stand da, für ein paar Sekunden im sich blähenden Hemdballon. Natalie wünschte sich, der als Verletzter verkleidete Mann möge sterben, genau jetzt. Unter ihm auf dem Asphalt sammelte sich bereits eine rote Lache, die Kamera zoomte darauf.

Warum konnte so eine Versteckte Kamera nicht auch mal hier gemacht werden, in Graz? Aber die Stadt hatte wohl nicht die richtige Größe dafür, man bekäme bestimmt unrepräsentative Ergebnisse. Richtig komplex-sozial ging es ja nur in Städten wie Berlin oder New York zu. Oder, ganz das andere Extrem, auf dem Land. Die geringe Wahrscheinlichkeit, beim

Herumspazieren in Graz zufällig auf eine Versteckte-Kamera-Szene zu treffen, in der es darum ging, ob man jemandem half oder nicht, machte sie ein bisschen traurig. Dumme mittelgroße Zwischendingstadt. Dabei würde sie so saugut abschneiden. Sie würde sich neben den Verletzten setzen und mit ihm reden, und sie wüsste all die Handgriffe und Abfolgen, weil es ja nicht lang her war, dass sie den Kurs gemacht hatte. Sie würde sogar das Pendant zu einer Musterzeile machen, wie in der Schule, und den auf *verletzt* geschminkten Körper mit Taschentüchern bedecken, als wäre ein Schwarm Friedenstauben auf ihm gelandet. Gott, sie wäre echt perfekt.

Das Prinzip Versteckte Kamera war sowieso das schönste Prinzip überhaupt, denn wenn alle Menschen sich so verhielten, als wüssten sie, dass sie bei einer Versteckten Kamera mitmachten, würde alles auf der Welt glattlaufen. Sie würde es ab jetzt einfach immer vermuten, bei absolut jedem Verletzten, der ihr begegnete. Dass die Versteckte Kamera das Geheimnis der Welt war, sah man immer dann, wenn die Auflösung kam und man den Leuten die Richtung zeigte, aus der sie gefilmt wurden, sie die Kamera noch nicht sahen, aber in die angegebene Richtung lächelten und winkten. Mit diesen irgendwohin schauenden Augen, wunderschön! So müssten sie für Gott aussehen. Verwirrt und zutraulich in seine Richtung wedelnd. Scheiße, das hätte sie Astrid antworten sollen, auf die Frage nach ihrer Religion beim Erstgespräch! Anstatt so langweiliges Zeug über Toleranz. Man war immer nur nachträglich schlagfertig.

Natalie drehte den Ton des Fernsehers ab und machte die Augen zu, der Laptopton blieb. Warum schminkten sich Menschen eigentlich nicht die Augenlider? Also im Sinne von *bemalen*, schmale Katzenaugen vielleicht oder irgendein richtig sexmäßiges Steampunk-Ornament. Verschenkte Gelegenheit eigentlich. Und apropos Gott, man könnte sich ja, weltweit zum Beispiel, in allen Kulturen, die Lider mit einem Augenmuster verzieren, und diese Augenlider hießen dann die Gottesaugen, weil die Menschen damit in Richtung der

Versteckten Kamera winkten und dabei die Augen geschlossen hielten. Das wäre dann kulturell verankert, und man würde vielleicht auch mehr Menschen helfen, die auf der Straße lagen, blutüberströmt bis zur Armbanduhr, entsetzlich.

Natalie legte einen Arm über ihren müde und heiß gewordenen Kopf. Durch den sanften Druck auf die Augenhöhlen blitzten an den Rändern Lichter auf, delfinförmig. Später Abend stellte sich allmählich ein. Sie ging ihre weiteren Optionen durch, essen, staubsaugen, streunen. Draußen fuhren Autos vorbei, nicht viele, aber immer wieder eines, und es geschah genau im selben Takt, in dem Buchseiten umgeblättert werden.

Die Bewohner

In den Trainingswohnungen lebten der blinde Herr Welloschek, Herr Tobl und Herr Greith, von denen nur der Erste alle paar Tage mal im ersten Stock zu Besuch erschien und sich dort, nicht ohne Würde, an verschiedenen Hindernissen vorbeitastete. Da Natalie, wie die anderen beiden Betreuerinnen, mit denen sie sich zwei Stellen teilte, ausschließlich im ersten Stock zu tun hatte, bekam sie die drei für die freie Wildbahn Trainierenden in der ersten Zeit kaum zu Gesicht. Wenn die Sprache auf sie kam, musste sie an flügge werdende Jungvögel denken, abhebbereite Wesen.

Die Bewohner des Betreuten Wohnheims im ersten Stock waren in Interaktionsangelegenheiten recht *advanced*, um im stets behutsam in eine Zweitsprache ausweichenden Jargon dieser Branche zu bleiben. Schon in der kurzen Kennenlernzeit hatten sie viel von ihren Superkräften (wie es die Lehrlinginnen in der Ausbildungszeit genannt hatten) offenbart. Allerdings war keiner von ihnen so endzeitmäßig bewundernswert wie die Verrückten in jenem Heim, wo Natalie in dem jahrhunderthitzedurchglühten, hochkompakten Ofen-Sommer drei Wochen während ihrer Ausbildung angestellt gewesen war. Dort waren ganz unglaubliche Erscheinungen herumgelaufen! Zum Beispiel ein Irrer namens Herbert, der immer wieder vermutete, er habe kein Herz, also zeichneten ihm seine Betreuer eines auf die Brust, damit er zumindest wusste, wo es wäre, wenn er eines hätte. Das beruhigte ihn. Auch der Grad an allgemeiner Paranoia war dort viel höher gewesen, das war der Nachteil, wenn man mit von Geburt an behinderten und nicht bloß später im Leben strahlend wahnsinnig gewordenen Menschen zu tun hatte. Die Wahngebäude! Die inneren Hierarchien! Zum Beispiel Jan, der aus nicht nachvollziehbaren Gründen die Gunst seiner Mitinsassen verloren hatte und seither ein Leben in schmerzhaft vervielfachtem Exil führen musste. Niemand saß neben ihm, niemand sprach ihn an, selbst wenn er die anderen Bewohner bestahl, ließen die sich dadurch nicht aus der Reserve locken. Dabei war Jan in seinem Kopf ein international geachteter Experte für CIA/Mossad-Strahlenattacken auf sein Bett, und er hatte mehr Ahnung von den Projekten zur Umleitung des gesamten Van-Allen-Gürtels in seine Stirnmuskulatur als jeder andere Mensch auf der Erde, nur eine Handvoll ähnlich Illuminierter konnte auf demselben Niveau mit ihm kommunizieren – aber gerade das geschah nicht mehr. Denn nach einigen Jahren in der Einrichtung, die weiterhin Natalies Goldstandard in Sachen Superkräfte blieb, war das Feuer in ihm vollkommen erloschen. Er war der letzte Mensch. Er glitt durch die Korridore, und seine Hände bewegten sich eidechsengleich über die Oberflächen, rutschten ständig überall ab, durften nirgends bleiben. Niemand ahnte die Fallhöhe, die er hinter sich hatte. Allein die (selten ihn erreichenden) Blicke von Kleinkindern und Tieren boten ihm Trost und ein wenig stützende Anerkennung.

Ganz hinten am Ende des Korridors im ersten Stock der Villa Koselbruch lag die Wohneinheit von Herrn Zunegg. Er war um die fünfzig, hatte eine große runde Brille und strahlte eine komplizierte, aber doch leicht fassbare Liebenswürdigkeit aus. Er trug oft Spielzeug und Plüschfiguren mit sich herum, die er vorbeikommenden Betreuern zur Kommentierung vor die Nase hielt. Dann musste man etwas Anerkennendes sagen oder eine Frage stellen. Auch wenn es ihm schlechtging, liefen die Hauptverhandlungen über eine mögliche Wiederherstellung seiner Lebensfreude über diesen Kanal: Matchbox-Autos oder kleine Holzelefanten oder violette Plastikdinosaurier wurden vorgezeigt. Er war der einzige Mensch, den Natalie je getroffen hatte, der auch im Schlaf gähnen konnte. Es war unheimlich. Er nickte auf der Couch im Sozialraum ein, atmete ruhig, atmete tief, begann vielleicht auch zu schnarchen – und gähnte zwischendurch, herzhaft. Man ging davon aus, dass es nur die Schaumkrone einer weiter und tiefer reichenden neurologischen Gesamtstörung war.

Die benachbarte Einheit war die von Horst. Sein Nachname war unauffällig, Bauer, aber man durfte mit ihm auf keinen Fall per Sie sein, da er sonst Angst bekam. Sein Wert nach Adamski-Schreber war der niedrigste der ganzen Gruppe. Die Zahl stand nirgends geschrieben, aber Astrid hatte einmal angedeutet, dass sie unter 3 lag. Für ihn musste man alle paar Wochen Batterien einkaufen. Er liebte es, den Batterie-Tester zu verwenden. Das war ein dünner Streifen, den man an die beiden Pole hielt. Dann wuchs auf ihm eine gelbe Säule und zeigte die Spannung der Batterie an. Das Problem war, dass diese Teststreifen selten geworden waren, schon seit Jahren fehlten sie in den meisten Batterienpackungen. Aber Horst hatte eine kleine Sammlung von ihnen, so schnell würden sie ihm nicht ausgehen. Er testete den ganzen Tag Batterien und führte eine Strichliste über die Ergebnisse. Mit der Zeit wurden die Batterien schwächer, ob aus eigener Kraft oder weil sie so oft getestet wurden, und man musste neue kaufen. Vor ein paar Jahren, so wurde Natalie erzählt, hatte Horst einmal einen Wutanfall bekommen, weil er seine Teststreifen nirgends finden konnte. Es stellte sich heraus, dass ein ahnungsloser Zivi sie für Müll gehalten und weggeworfen hatte. Horst habe, so Astrid, ausgesehen, als wäre ihm jemand aufs Schneckenhaus getreten. Horst änderte niemals seine Kleidung, zog selbst im Sommer nichts Leichtes an, aber er verbrauchte Socken, als wären sie Munition.

Die Wohneinheit direkt vor dem Nachtdienstkämmerchen war die größte. Sie gehörte Matthias Siebenegler, der das geheime Herz der Einrichtung war. Matthias war klein und hatte einen auffallend krummen Gang. Er war neunundzwanzig, sah aber älter aus. Er hatte eine Glatze und einen langen Pharaonenbart. Im Grunde lächelte er immer, und die Haut um seine Augen herum hatte vom vielen Vergnügtsein tatsächlich Grübchen bekommen. Natalie hatte so etwas noch nie gesehen. Die Fältchen waren in der Mitte leicht eingeknickt, wie die Krähenvögel über dem geisteskranken Kornfeld auf dem in allen Wartezimmern der Welt hängenden Van-Gogh-Bild.

Matthias war stets gut gekleidet, obwohl ihm sein dunkelgrüner Anzug bei der Arbeit in der Werkstatt ständig im Weg war. Weißes Hemd, dünne Halsbinde, Strümpfe über dem Hosenbein. Wenn Natalie irgendwo der Ausdruck *St. Patrick's Day* unterkam, musste sie jedes Mal an Matthias denken. Er wirkte eigentlich ganz normal, aber war man länger in seiner Nähe, merkte man bald, dass er immer viel zu früh zu lachen begann, wenn jemand einen Witz erzählte, oder dass er die ganze Zeit zustimmend nickte, wenn etwas erklärt wurde. Ein Außenstehender hätte denken können, er sei einfach ein höflicher Mensch, der kein Wort Deutsch verstand. Letzteres stimmte natürlich nicht, aber es hing von undurchsichtigen Faktoren ab, ob eine Aussage zu ihm durchdrang oder nicht – an einem Mangel an Aufmerksamkeit lag es jedenfalls nicht. Matthias bemühte sich, aber meist lief irgendetwas schief, und er kam schon in den ersten Sekunden eines Gesprächs von den Gleisen ab. Auch Fingerzeige und Gesten verstand er dann nicht mehr. Pro Tag gab es etwa fünf bis sechs längere Zeitfenster, die sich nach mysteriösen Gesetzen auftaten, und da – plötzlich strömten die Informationen glücklich in beide Richtungen, man konnte ihm Aufgaben zuteilen, die er verlässlich ausführte, man konnte ihn einkaufen schicken, ihn fragen, wie es ihm ging, sogar, woran er gerade dachte. Anflüge von Genie. Dann klappte dieses Fenster von einer Sekunde auf die andere zu, und Matthias grinste und lachte und war wieder in seinem seltsamen Grenzgebiet gestrandet. Er wiederholte eine Weile, vor und zurück schaukelnd, das soeben Verstandene und Gelernte, in geduldiger und fehlerloser Aussprache, bis zum nächsten Aufgehen des Fensters. Schon von Kindheit an verhielt er sich so, und niemand wusste, warum. Mit seinem Gehirn war alles in Ordnung, keine frühzeitigen Verfallserscheinungen waren feststellbar. Er hatte eine Schwäche für Bleistifte, liebte und zelebrierte das wunderbare Kratzgeräusch, das sie auf Papier erzeugten, konnte aber weder lesen noch schreiben. Er schnupperte an ihnen und teilte sie, wie Teesorten, nach Gerüchen ein. Beim Kaffeeausteilen in der Früh half er oft freiwillig mit, imitierte das Verhalten der Betreuer bis in die Details, konnte aber die meiste Zeit nicht das von einem Bewohner gewünschte Frühstück bringen, obwohl er sich ordentlich zu ihm hinuntergebeugt und ihm das Ohr entgegengestreckt hatte.

Natalie war dieser Art von Wesen schon in der Ausbildung einige Male begegnet: das schmerzhafte Zwischending zwischen Klient und Betreuer. Es hatte die Betreuerzunft oberflächlich erfasst, kannte nach einer Weile all ihre Rituale und Verhaltensweisen auf eine direkte, sinnliche Weise, aber es selbst konnte ihren Bezirk niemals betreten, weil seine Beine es nicht weit genug trugen. Natalie dachte manchmal darüber nach, womit man diesen Zustand vergleichen könnte, kam aber immer nur auf einen Musterhäftling in einem Gefängnis, der mit vielen Privilegien ausgestattet war; aber das traf es nicht ganz. Es war in Wahrheit mit nichts zu vergleichen.

Es kam vor, dass andere Klienten Matthias im Vorbeigehen eine Frage stellten oder sich von ihm eine Hilfestellung erwarteten; er war, wie es die Menschen ausdrückten: *immer bei allem dabei*. Für sein Leben gern feuerte er seine Mitgeschöpfe an. Darin war er unschlagbar. Bei Wettbewerben oder Spielen klatschte er unermüdlich in die Hände und rief: *Schnel-ler!* Oder: *Wei-ter!* Er konnte aus einem einfachen Zweiertakt alles herausholen, was darin verborgen war. Selbst eine Seilbahn hatte er schon einmal mit solch leidenschaftlicher verbaler Unterstützung bedacht. Und einmal auch einen Hagelsturm. Seine Begeisterung war unerhört, nur Menschen in der Fernsehwerbung kamen ihr nahe. Man konnte ihm zum Geburtstag problemlos eine Zahnpastatube schenken, und er legte sie eine Woche lang jeden Morgen auf sein Kopfkissen, um sie unter den anderen Gegenständen in seinem Zimmer hervorzuheben. Vor Jahren hatte er einmal auf einer Exkursion ein Schaf umarmt. Wenn Natalie ihn beim Betreten des Gebäudes sah, wollte sie ihn am liebsten einfangen und ihm, auch wenn er sich wehrte, eine Blume ans Revers heften. Sie stellte sich vor, wie er dann, mit der neuen, hübschen Blume auf seiner Brust, auf diese unwahrscheinlich liebenswürdige und zugleich schmerzliche Weise zur Seite blicken würde, seine Wange rotfleckig, seine Augen unsicher und sein Mund halb offen, die ganze Erscheinung pausbäckig-schelmisch, gutmütig und hilflos. Matthias war der erste Bestandteil der neuen Arbeitswelt, der Natalie in einem Traum begegnete. Sie sah ihn, mit dem kennerhaften Betasten von Kakteen in winzigen Teetassen beschäftigt, am Ende eines wackeligen Zugkorridors. Draußen flog die Landschaft in parallelen Comic-Windstrichen vorbei. Matthias bemerkte sie nicht, obwohl sie ganz laut das Wort *Zielgerade* dachte, um ihn auf sich aufmerksam zu machen.

Cori war zurzeit die einzige Frau unter den Heimbewohnern, und das war, wie man Natalie versicherte, reiner Zufall. Ihr voller Name lautete Corinna Köves. Vor zwei Jahren hatte es noch drei Frauen im Heim gegeben, aber zwei davon waren vor kurzem in eine andere Einrichtung übersiedelt, die ihren Bedürfnissen besser entsprach (Landluft, Therapiepferde). Und Cori war die meiste Zeit so unsichtbar, dass es schien, als wäre eigentlich überhaupt keine Frau unter den derzeitigen Klienten. Sie war ein lichtscheues, kerzendochtartiges Geschöpf, wirkte aber zugleich seltsam vollständig, wie eine frisch aus dem Kokon geschlüpfte Motte. Wenn man sie lange genug ansah, kamen einem alle möglichen Jungtiere in den Sinn. Sie betrat niemals einen Raum, in dem mehr als zwei Menschen waren. Sie trug altmodische Kleider. Ihr Lieblingsort war ihr Zimmer, dort gab es die ganze Welt. Wenn sie zu den Frühstücks- und Mittagszeiten nicht im Speiseraum erschien, brachte man ihr das Essen dorthin. Ihr Adamski-Schreber-Grad war nicht sehr hoch, so um die 5 oder 6 vielleicht. Sie hatte allerdings keine eindeutig diagnostizierbaren Lernschwierigkeiten, nur einige motorische Koordinationsprobleme. Ihre Gedanken waren im Prinzip vollzählig, aber sie fanden ihren Sitz nicht. Wie in einem stockdunklen Kinosaal stolperten sie ständig übereinander und saßen am Ende der Vorstellung nicht mehr auf den Plätzen, auf denen sie sich zu Beginn niedergelassen hatten. Die geringste Irritation verwandelte die emotionale und sachliche Ordnung des Tagesgeschehens in eine chaotisch aufflatternde Taubenschar. Natalie bekam Cori fast nie zu Gesicht, fragte aber oft nach ihr. B war Coris Bezugsbetreuerin – und würde das auch bleiben. B meinte, man müsse sie so lassen, wie sie sei. Bei Ausflügen trug Cori, so wurde Natalie erzählt, gerne einen Sturzhelm. Und es gab angeblich Tage, da war sie papageienhaft zutraulich und neugierig, tippte sogar von sich aus vorbeigehende Menschen an. An manchen Abenden saß B bei Cori im Zimmer und spielte Kartenspiele mit ihr, in denen Cori recht versiert war. Aber wenn eine Karte aus Versehen zu Boden fiel, brauchte sie mehrere Minuten, um den Riss, der dadurch entstanden war, zu überwinden. Manchmal sagte sie beim Frühstück das Wort *Hitler* und genoss die Wirkung, die es hatte. Sie trug gern kleine Löffelchen in ihr Zimmer und legte sie in eine Schublade. Ihr bevorzugtes Essen war Joghurt. Sich mit ihr zu unterhalten, ist, als wollte man ein Insekt streicheln, sagte B. Du glaubst, du bist lieb zu ihr und liebkost sie, dabei zerdrückst du ihr die Fühler und Vorderbeine. Cori hatte die schönsten Ohrläppchen, die Natalie je bei einem lebenden Menschen gesehen hatte, es waren Klickschalter zu einer anderen Dimension.

Früh konfrontierte man Natalie mit den Akten der Bewohner, in denen vieles über ihre Krankengeschichte, spezielle Diäten oder nennenswerte Vorkommnisse in ihrer Vergangenheit stand. Die Akten steckten in einer großen rotkarierten Mappe, die außerordentlich hässlich war, so als wäre sie von einem leidgeplagten submarinen Geschöpf erdacht worden. Ein Tapetenmuster in diesem Design hätte den geistigen Widerstand ihm ausgelieferter Menschen nach kürzester Zeit zersetzt. *Nordkorea*, musste Natalie jedes Mal denken, wenn sie die Mappe zu Gesicht bekam. Allerdings war es nicht unbedingt notwendig, dass sie gleich zu Beginn alles las, die einzige

Akte, deren Lektüre man Natalie *wirklich wirklich* nahelegte, war die von Alexander Dorm, einem etwa dreißig Jahre alten Mann, der im Rollstuhl saß. Natalie hatte ihn während der Probezeit kaum zu Gesicht bekommen, nur gelegentlich zu den Essenszeiten und manchmal abends im Sozialraum, wo er bastelte. Nun begleitete Astrid Natalie zu ihm. Bei Herrn Dorm, so sagte sie, müsse der Berg immer zum Propheten kommen. Sie klopften an und warteten etwa zehn Sekunden. Als sie die Tür öffneten, sahen sie ihn am Fenster sitzen. Der Rollstuhl unter ihm wirkte auf Natalie zuerst merkwürdig klein, wie ein Kindermodell. Draußen herrschte außerordentlich warmes Wetter, der Sommer heizte vor für die Dauerbrände des August. Astrid begrüßte den Bewohner. Er hatte millimeterkurz geschorene, milchig blonde Haare. Ein Hinterkopf aus Traumporzellan. Er drehte sich um und nickte den Frauen zu. Dann machte er eine Bewegung, die Natalie nicht gleich verstand, aber Astrid gab ihr einen kleinen Schubs, sie solle zu ihm gehen, denn er – ah, schon klar –, er winkte sie zu sich, ach, das war es gewesen, aber, mein Gott, er hielt die Hand dabei so seltsam schief, das hatte sie verwirrt. Halb Einladung, halb Abwehr. Sie schüttelte ihm die Hand. Trocken, warm. Gut durchblutet wie bei vielen Rollstuhlfahrern. Auch recht kräftige Arme, aber ein schmächtiger Oberkörper, sackartig, in sich zusammengefallen. Eine insgesamt eher zusammenhanglos wirkende Erscheinung. Mit seinen Augen stimmte irgendwas nicht, aber das war auch nicht anders zu erwarten, es zeigte sich ja immer in den Augen. Die Länge der Blicke, die Synchronizität, der Takt des Blinzelns, das Zusammenspiel von Mund- und Augenwinkelmuskulatur. Herr Dorm hatte ein jugendliches Gesicht. Früh steckengeblieben, hörte Natalie sich denken. Sie fragte ihn, wie es ihm gehe. Er schaute zu Astrid mit einem Ausdruck, als wollte er sagen: Was soll das? Natalie lachte, entschuldigte sich für ihre Unhöflichkeit und nannte ihren Namen.

– Natalie Reinegger.

Sie seien sich ja schon ein paar Mal begegnet. Sie werde ab

jetzt hier im Heim sein. Genau, als Betreuerin. Und sie freue sich schon, mit ihm zu arbeiten. Man habe ihr erzählt, dass er sogar einige Schritte allein, ohne Hilfe, gehen könne.

– Jaja, sagte Dorm zerstreut. Jaja, das schon.

Wieder derselbe Blick zu Astrid, die freundlich nickte.

– Wunderbar, sagte Natalie. Dann sehen wir uns später beim Essen, ja?

– Ah, der Herr Dorm, korrigierte Astrid, bekommt sein Essen manchmal auch im Zimmer. Das haben wir so ausgemacht. Gerade jetzt, nach einer für ihn etwas schwierigen Zeit.

– Oh, ach so, okay, sagte Natalie.

– Pinienkerne, sagte Alexander Dorm.

– Ach, sind die schon wieder …, begann Astrid.

– Ja, sind sie, sagte er.

Und er hielt die leere Packung hoch. Er hielt sie zwischen Zeige- und Mittelfinger.

– So ein Mosaik braucht viele Kerne, sagte Astrid.

Natalie sah die Bastelarbeit in einer Ecke des Zimmers. Auf einem Tischchen, das direkt unterhalb des Fensters stand, lag ein Styroporstück, etwa so groß wie ein A3-Blatt. Verschiedenfarbig bemalte Pinienkerne waren darauf geheftet. Sie bildeten ein C, ein H und ein R – und den Anfang eines vierten Buchstabens.

Schon während der Eingewöhnungs- und Kennenlernphase erledigte Natalie die *Intim-Einkäufe* für alle Klienten. Batterien für Horst, eines dieser freundlichen Malheftchen für Matthias, Schminksachen und Briefkuverts für Herrn Dorm. An den Kuverts – und, wie sich herausstellen sollte, nicht nur an ihnen – hing eine besondere Geschichte. Trotz seiner körperlichen Behinderung war Alexander Dorm, wie sein Wert auf der Adamski-Schreber-Skala verdeutlichte, beinahe vollkommen selbständig. Gleichwohl würde er, durch den besonderen Charakter seiner Beeinträchtigung, wohl niemals die Stufe der absoluten Unabhängigkeit erreichen und auch keinen Trainingswohnungsplatz bekommen. Vor etwas mehr als vier

Jahren war er aus der geschlossenen Abteilung der Psychiatrie entlassen worden. Er nahm eine Reihe von Medikamenten. Seine wohl schon von Geburt an vorhandene Lernstörung verbarg er recht gut.

Die Hauptarbeit mit ihm bestand darin, ihm bei bestimmten obsessiven Handlungen zu assistieren, die Herr Dorm zum Erhalt seines psychischen Gleichgewichts brauchte. In der Psychiatrie war ihm nicht erlaubt worden, ihnen nachzugehen, man vernichtete die meisten seiner Artefakte. Er bastelte viel und schrieb Listen und Briefe. Und die Briefe schickte er an – oder sammelte sie für – einen einzigen Menschen. Den Namen dieses Menschen las Natalie am Ende der zweiten Kennenlernwoche in Herrn Dorms Akte.

Zu jedem der Klienten gehörte eine Liste mit eingetragenen Besuchern. Es durften natürlich auch andere Menschen empfangen werden, aber die eingetragenen Besucher genossen ein gewisses Gewohnheitsrecht, vor allem mussten sie sich nicht anmelden. Die Liste der meisten Klienten wies mehrere Namen auf, die von Herrn Dorm dagegen nur einen: Dr. Christopher Eric Hollberg. An Herrn Dr. Hollberg, der, wie man Natalie versicherte, sehr regelmäßig zu Besuch komme, jede Woche ein-, zweimal, je nachdem – an diesen offenbar sehr wichtigen Freund und Begleiter richteten sich alle seine Briefe. Sie seien sehr besonderer Natur, sagte man.

– Wir haben den Herrn Dr. Hollberg schon im Frühjahr von einer möglichen Änderung im Bereich des Personals hier unterrichtet. Also, dass eine neue Betreuerin kommt.

– Ich, sagte Natalie stolz.

– Und für ihn war das alles so weit okay. Er hat ja schon Erfahrung damit.

– Gehört ihm die Einrichtung?

– Oh, nein, nein!, lachte Astrid. Er ist nur eine Privatperson. Er hat ausschließlich mit Herrn Dorm zu tun. Und das ging ja auch von ihm aus.

– Er kommt ihn regelmäßig besuchen?, fragte Natalie.

Es war eine simple Frage, aber sobald sie sie gestellt hatte,

hatte sie das Gefühl, das Thema der Unterhaltung gewechselt zu haben. Astrid schien darüber erleichtert.

– Ja. Auch letzte Woche war er da. Aber wir haben deinen freien Vormittag genau auf seinen Besuch gelegt. Wir wollten es ihm nicht zu früh sagen.

– Warum?

– Oh. Einfach, um die Dinge langsam angehen zu lassen.

– Welche Dinge?

Eine kleine Pause entstand.

– Es ist wirklich ein besonderes Arrangement, das da zustande gekommen ist, sagte Astrid. Du wirst es ja sehen.

– Okay.

– Das heißt, es bewegt sich in einer Art Graubereich. Und die können manchmal recht groß sein.

– Wer?, fragte Natalie.

– Graubereiche.

Natalie musste an einen kilometerhohen Elefanten denken.

– Dr. Hollberg ist in gewisser Weise der Anlass, sagte Astrid. Oder … nein, Anlass ist wirklich das falsche Wort. Entschuldige, Nata, wir hatten bei neuen Mitarbeitern in den letzten Jahren immer diese Startschwierigkeiten.

– Oh, tut mir leid.

– Nein, nein, sagte Astrid, du hast nichts falsch gemacht. Es ist einfach ein besonderes, ein spezielles Arrangement, kompliziert in seiner Geschichte. In seinem Werdegang, seiner Herleitung. Das ist alles.

Nun, Natalie wusste natürlich nicht, wie es hier zuging, aber sie hatte in dem einjährigen Crashkurs ihrer Ausbildung durchaus einiges gesehen. Einiges. Auch Dinge, für die seit nicht allzu langer Zeit sogenannte Sexualhelfer zuständig waren, die sich speziell um Menschen mit körperlichen oder geistigen Beeinträchtigungen kümmerten. Falls Astrid das meinte. Wahrscheinlich war es das Beste, ihrer Chefin gleich zu Beginn zu signalisieren, dass sie in dieser Hinsicht aufgeschlossen war. Es gab mehr Dinge zwischen Mensch und Mensch als zwischen Himmel und Erde.

– Sind die beiden ein Paar?, fragte Natalie und bemühte sich um einen entspannten, alltäglichen Tonfall.
– Oh, ach so. Na ja. Nein.

Und dann wiederholte Astrid, mit etwas mehr Nachdruck:
– Nein, nein. Aber …
– Oh, sorry, sagte Natalie. Hat sich so angehört.
– Na ja, sagte Astrid. Es hat ja auch damit zu tun. Aber es ist, äh, etwas einseitiger als das. Ja, so könnte man es, glaube ich, am besten formulieren: einseitiger. Es basiert nicht auf Gegenseitigkeit.
– Das Verhältnis?

Astrid lachte und schaute zu B, die allerdings außer Hörweite stand. Natalie stellte sich ein kilometerlanges Wurmwesen mit grauem Fell und offenem Rachen vor: ein Graubereich, der Städte schluckte. Dann dachte sie, um etwas ruhiger zu werden, an Eselsflanken.
– Ist er sein Therapeut oder Trainer?
– Ach du liebe Zeit, seufzte Astrid und lachte wieder. Das klingt alles, in diesem Kontext, also …

Sie holte Luft, begann noch einmal von vorne:
– Also, sagte sie, es ist so, dass wir normalerweise einen solchen Klienten nicht mit einer völlig neuen Mitarbeiterin zusammenbringen würden, aber Herr Dorm hat es sich ausdrücklich gewünscht. Also, nicht *dich* persönlich, sondern einfach einen Neuanfang in *betreuerlicher* Hinsicht. Also *bezugsbetreuerlich*. Nach der anstrengenden Zeit seit letztem Winter. Und das ist natürlich auch Teil seiner Selbständigkeit, das haben wir in der Teamsitzung ganz klar herausgearbeitet. Er zeigt uns damit seine Unabhängigkeit. Aber für den neuen Betreuer (Astrid machte eine schiebende Handbewegung in Richtung Natalie) ist es natürlich umso schwieriger. Die ganze Situation. Doch es wird schon gehen, mit der Zeit. Am Ende kommt man schneller rein, als man will.
– Um was für eine Art von Arrangement handelt es sich denn?
– Ja, weißt du, sagte Astrid. Morgen ist Teamsitzung. Da wird das ein eigener Punkt sein. Extra für dich, sozusagen.

Natalie lächelte höflich zurück. Sie gingen zum nächsten Klienten über. Und so, dachte Natalie, bekam der Leopard seine Flecken. Der Satz geisterte ihr schon seit Jahren durch den Kopf. In einer solchen Situation.

Es musste eine ganz spezielle Sorte von Briefumschlag sein, die Natalie für Herrn Dorm kaufte, zusammen mit einem bestimmten Papier, auf dem die Tinte nicht zerlief. Natalie hatte nicht gewusst, dass es derart viele Sorten von Papier und Umschlägen gab! Glücklicherweise hatte man ihr alles ganz genau aufgeschrieben und sogar eine Probe mitgegeben. *Eustrich*, so nannte sich die Papiermarke. Sie wies ein blasses Wasserzeichen in einer Ecke auf: eine stilisierte Mühle oder irgendwas in der Art. Jedenfalls waren diese Umschläge ziemlich teuer, fand Natalie, aber egal, es wurde ohnehin alles von dem Beitragsgeld der Verwandten bezahlt. Aber hatte Herr Dorm überhaupt Verwandte? In der Akte stand etwas von einer Schwester. Allerdings bekam er nur von einem einzigen Menschen Besuch, hieß es, Dr. Hollberg, und das alles sei sehr kompliziert. Aber gut, man hatte ihr eine Erklärung versprochen, morgen. Herr Dorm brauchte dieses spezielle Briefpapier, um seine *Intimkorrespondenz* zu erledigen. Natalie machte diese Formulierung neugierig. Aber man versicherte ihr, die Briefe seien bei weitem nicht der interessanteste Punkt an der ganzen Angelegenheit.

In der kleinen Wohneinheit, in die man vom Speiseraum aus gelangte, wohnte Michael Ulrichsdorfer, genannt Mike. Er war vierundvierzig Jahre alt. Man hielt ihn, aufgrund seiner unkomplizierten Art, für einen guten Bezugi-Kandidaten für Natalie. Mike war einigermaßen selbständig, nur seine Körperhygiene musste man überwachen, er neigte dazu, sich gehenzulassen. Regelmäßig vergaß er, sich anzuziehen. Einmal im Monat kam ihn seine Familie besuchen. Er war seit sieben Jahren hier im Betreuten Wohnheim, nach einigen unangenehmen Episoden, über die man nicht mehr sprach. Begonnen hatte alles mit einer Kopfverletzung nach einem Autounfall. Von der hatte er sich eigentlich schon erholt gehabt, aber dann … Er war die meiste Zeit in einem stabilen Gleichgewicht, nur wenn es um seine Familie ging, wurde er schwierig und zog sich immer weiter in sich selbst zurück. Sonst war er tagsüber recht umgänglich und wenig auffällig, aber nachts verlor er manchmal die Verbindung mit der Welt. Er zeichnete viel, nicht nur in Notizblöcke.

Am Tag des Familienbesuchs, der immer am zweiten Dienstag im Monat stattfand, musste man ihm assistieren. Mike war jedes Mal schon seit den frühesten Morgenstunden sehr aufgeregt, es kam auch vor, dass er in der Nacht davor überhaupt nicht schlief und in tiefster gedanklicher Unordnung durch die Gänge irrte. Ähnlich wie Alexander Dorm vor den Besuchen von Herrn Hollberg legte Mike großen Wert darauf, dass er ordentlich angezogen und gepflegt erschien. Also wurde der Vormittag mit einigen entsprechenden Aufgaben gefüllt, bei denen er manchmal mehr, manchmal weniger Hilfe brauchte. Nur wenn die Stunde des Besuchs näher rückte, benötigte er jede Unterstützung, die er bekommen konnte. Man musste dicht hinter ihm stehen, während er aus dem Fenster schaute. Sein Zimmer hatte einen direkten Blick auf den Rasen vor dem Institut. Dort erschien um die Mittagszeit die Familie: seine Ehefrau und die beiden Kinder, alle ebenso fein hergerichtet und in korrekter Kleidung wie er. Das war der ganze Besuch. Mike lehnte am Fenster, winkte zur Begrüßung, und man winkte zurück, darüber hinaus gab es keinen Austausch von Informationen. Mike hatte alles genau arrangiert, seine Körperhaltung, das flache Kissen, das er auf das Fensterbrett gelegt hatte, um seine Ellbogen darauf zu stützen, neben sich eine Pflanze. Wenn man ihn von außen sah, wirkte er wie ein ganz normaler, entspannter Mann, der einige stumme Minuten mit seinen nächsten Angehörigen genoss. Doch unsichtbar für die da draußen auf der Wiese neben dem Eingangsbereich des Betreuten Wohnheims bewegten sich seine Beine, sie verdrehten und verkrampften sich, jenen Verrenkungen nicht unähnlich, die Menschen machen, wenn sie furchtbar dringend auf die Toilette müssen; manchmal trat er auch seitlich aus, wie ein träumender Hund. So viel Mühe kostete es ihn, den Blickkontakt mit seiner Familie für einige Minuten aufrechtzuerhalten. Als leite man Strom durch seinen Körper. Man verabschiedete sich von ihm, man winkte ihm ein letztes Mal zu, und er hatte es überstanden. Danach war er so erschöpft, dass er zusammenbrach. Wenn dann niemand hinter ihm stand, konnte es vorkommen, dass er sich beim Umkippen verletzte. Natalie hatte schon beim ersten Mal gelernt, wie man ihn am besten auffing, und sie merkte auch, dass er ihr vertraute. Astrid war sicherheitshalber daneben gestanden, aber es war alles mehr oder weniger von allein gegangen. Man werde darauf achten, wurde Natalie erklärt, ihre Dienstzeiten so einzuteilen, dass sie an möglichst vielen zweiten Dienstagen im Monat anwesend war.

Chat

Natalie verwendete nachts das Internet nur dann, wenn nirgends eine Live-Sendung zu finden war. Das Internet war auch live, aber es fühlte sich gleichzeitig an wie etwas Riesiges, das meistens tief schlief und nur punktweise geweckt werden konnte. Es tat so wenig von allein und wurde mit unvorstellbar riesigen Datenmengen vollgestopft, jeden Tag. Das Internet sprach immer mit vollem Mund.

Der Kater, der heute Abend etwas sehr Protokollarisches ausstrahlte, bewegte sich durch den Raum.

Manchmal bekam sie eine Chatanfrage über Skype. Sie lehnte jedes Mal ab und dachte dabei das Wort *Psalm*. Und machte eine segnende Geste mit den Händen. Das Ablehnen von Chatanfragen von Fremden, die ihren Skype-Namen *NatalyaFuckpig* offenbar anziehend fanden, war für immer mit dem Wort *Psalm* verbunden. Aber heute war es Markus, der sie per Skype kontaktierte. Natalie akzeptierte seine Anfrage, und sie schrieben eine Weile hin und her.

– Wo bist du?, fragte er.

– zuhause

– Ich bin auch zuhause, sagte Markus. Wie geht's dir so?

– ich glaub irgendwo bei mir ist ein fenster offen ich schau kurz nach

– Kannst du Interpunktion verwenden et al.?

– was heißt et al?

– und so.

– aha

– Ich hab mehrere Male versucht, eine Lampe in meinem Zimmer auf einen anderen Platz zu stellen, aber sie wollte dort nicht bleiben.

– sie war vermutlich traurig

– Sie ist einfach umgefallen. Es war eine Frage des Neigungswinkels. Egal.

– das ist total traurig, sagte Natalie und überlegte, ob sie ein

Zeichen einsetzen sollte, ein kleines animiertes Gesicht, das alles ausdrückte, was in dem Satz fehlte.

Das von hellblondierten Millimeterhaaren umrahmte Gesicht von Alexander Dorm fiel ihr ein.

– Nein nein, antwortete Markus nach einer langen Zeit.

Das Warten auf die Antwort bei einem Chatgespräch war genau richtig, die Zauberzutat sozusagen. So sollten überhaupt alle Dialoge der Welt ablaufen. Nicht immer dieses Spontansein, dieses Blitz-Schach. Man sollte mindestens drei Minuten für seine Antwort brauchen dürfen, ohne dass der andere nervös wurde und fragte, ob man noch da war und zuhörte. Und dann nur ein Wort. Was für eine Welt wäre das. Streit. Liebesgeständnisse. Theaterstücke. Verhandlungen der Vereinten Nationen. Nach jeder Antwort sollte man in die Münzkammer oder einen vergleichbar geborgenen Raum gehen und darüber meditieren, was man erwidern wollte.

– ich kann den modn sehen, sagte Natalie.

– Den was?

– mond

– Ich müsste dazu ans Fenster gehen, sagte Markus. Wie sieht er bei dir aus?

– wie eine hostie entzweigebrochen in dermitte und so ausgefranstt

– Tipp nicht so schnell, sagte er.

Zur Strafe für diese Bemerkung ließ sich Natalie nun extra lange Zeit. Sie hob sogar die Finger vom Keyboard und legte sie in den Schoß. Psalm, dachte sie.

– Hmmm, machte sie.

Die eigene Stimme klang immer seltsam, wenn man sich zur gleichen Zeit schriftlich mit jemandem unterhielt. Es war gut, dass auch im Nebenzimmer Licht brannte. Dann sagte sie zu Markus:

– ich bin zuhause aber ich geh glaub ich später noch fort

– Das erste echte Gedicht der Welt hat eine Frau geschrieben, die in den Himmel schaute.

– unsinn

– Doch, sagte Markus. Sie schaute sich die Plejaden an.
– dieser komische sternenhaufen?
– Und sie hat dann ein Gedicht geschrieben. Vor fünftausend Jahren oder so. Ich hab mir heute gedacht, ich hätte gern ein Haustier.

Offenbar vermisste er sie. Was sollte sonst dieser Mist über die Gedichte schreibende Frau und die Plejaden und das Haustier? Okay, wenn das Gespräch jetzt in diese Richtung ging, würde sie es sofort beenden.
– nein, sagte Natalie und fügte eine Zeile darunter hinzu:
– welche frau war das?
– Warum nein?
– nein du willst kein haustier glaub mir
– Willst du gar nicht wissen, welches Haustier ich mir vorstelle? Die Dichterin heißt Sappho.
– es ist sicher was super originelles wie eine qualle oder ein theremin

Zeit verstrich, in der Markus vermutlich das Wort *Theremin* im Internet suchte. Verdammter Langweiler.
– Du bist witzig, sagte er schließlich. Ich hab heute an dich denken müssen, als ich die Lampe montiert habe. Früher hab ich oft was neben dir gebaut, während du mit irgendwas beschäftigt warst.
– ulrichshöhe
– ????
– das wort passt zum lampenmontieren
– Okay.
– es sieht gleich aus
– Okay.
– find ich zumindest, sagte Natalie und fügte hinzu: sappho hab ich schon mal gehört aber in einem anderen zusammenhang nicht in deinem

Dann schrieb sie noch eine Zeile:
– deinen zusammenhang mag ich nicht man soll die plejaden in ruhe lassen das beeindruckt keinen da hinaufzuschauen vor fünftausend jahren

– Geh ich dir auf die Nerven?, fragte Markus nach einiger Bedenk- oder Formulierzeit.

Natalie rollte die Augen.

– nein aber mir wird glaub ich allmählich schwindlig vom tippen es geht so auf die wirbelsäule und mein tag war sehr sehr mekrwrüdig und ic habe noch nichts gegesssen

– Du sollst ja auch mit deinen Fingern tippen, nicht mit den Nackenwirbeln, sagte Markus und fügte gleich darauf hinzu: Dummer Witz.

Und dann kam ein Smiley, der ein Auge zukniff. Der erste in ihrem Gespräch. Sappho, was für ein Name war das? So konnte man höchstens einen Luftballon taufen. Mein bester Freund ist der Luftballon, ich schneide mir die Fingernägel ganz kurz für ihn.

– ich geh noch raus heute abend, sagte Natalie, mein tag war voll scheiße seltsam

– Ich seh dich dann im Schwimmbad, sagte Markus.

Natalie starrte auf den Bildschirm. Sie wartete, vielleicht kam noch ein weiteres *Dummer Witz*. Aber es kam nichts.

– Welches Schwimmbad??, sagte sie.

– Hey, ich hab Großbuchstaben aus dir herausgekitzelt!, sagte Markus. Das Schwimmbad, in das wir das weiße Ding gebracht haben, damals, weißt du nicht mehr? Da wohnt es jetzt.

Natalie überlegte eine Weile. Es sah bestimmt nicht gut aus, wenn sie ihn einfach wegklickte. Aber andererseits, so ging das nicht. Das weiße Ding zu erwähnen war nicht mehr zulässig. Gleichzeitig ging von der Schwimmbad-Idee eine ungeheure Anziehungskraft aus. Herr Weinrauch meldete sich, aus dem Jenseits. Eine wunderbare Nonsense-Richtung, ein weites Feld, non sequitur. Sie sah ein Becken vor sich, in dem die riesenhaft angewachsene weiße Fellkugel schwamm, vielleicht glücklich, vielleicht unglücklich, nicht mal die zu Wärtern umfunktionierten Bademeister – mit ihren blechernen Sprechrohren und fahrbaren Umkleidekabinen und schwarzweiß gestreiften Gewichtheber-Schwimmanzügen und ihren dämlichen Jahrmarkt-Kraftmenschen-Schnurrbärten –, nicht mal *die* konnten es zweifelsfrei erkennen. Das weiße Ding bewegte sich durch das Becken, und die Sonne schien auf seinen Pelz, und an manchen Tagen war es unruhig wie ein Hund vor einem Gewitter und an anderen wiederum leise und friedlich und reglos wie ein Musikinstrument, das von einer Hand behutsam gestimmt wurde. Es war einige Zeit her, dass das weiße Ding erwähnt worden war. Wäre Markus hier direkt vor ihr gesessen, hätte sie ihn möglicherweise dafür geohrfeigt.

Natalie schloss das Chatfenster, ohne noch irgendwas zu schreiben. Dann ging sie ins andere Zimmer und schaltete auch ihr iPhone aus. Sie suchte den Kater und fand ihn in platzsparend kompakter Sitzhaltung, die Vorderpfoten eingerollt, selbst der Schweif unterhalb des Körpers. Er saß im untersten, noch weitgehend leeren Fach ihres Bücherregals. Er schaute sie aufmerksam an. Sie bückte sich und streichelte seinen Nacken.

– Du kleiner Bär, sagte sie. Du kleiner, kompakter Bär.

Der Blick des Katers wurde genießerisch, die Augenlider träge. Aber schnurren wollte er noch nicht.

– Es gibt so komische Menschen auf der Welt, sagte sie und fügte, genau im Takt ihrer Streichelbewegungen, hinzu: Aber die *kennst* du nicht, die *brennst* du nicht, die *brauchst* du nicht, die *taugst* du nicht, die *rauchst* du nicht.

– Mntsa, machte der Kater leise und deutete an, nach Natalies Hand zu schnappen.

Das bedeutete, es war genug. Die Transaktion war zu Ende.

Dummes Gerede über Haustiere und Plejaden. Frechheit. So wie damals, bei ihrer nächtelangen streitähnlichen Unterhaltung, ob Natalie sich Molche zulegen könne. Markus, westlich und rational, sie voll Sprache des Herzens. Okay, sie war bekifft gewesen. Aber Molche, Molche! Heilige Geschöpfe. Jawohl, sie hätte gerne Molche gehalten, in einem Schwimmbad, oder ein paar Kröten, als Zwischenlösung. Aber nichts zu machen. Markus dagegen, Natalie traurig. Markus im Recht, weil westlich und nüchtern. Blickte kaum von seinem Buch auf, irgendein weißhaariger Nobelpreisträger auf dem Cover. Sack. Und damit Sache erledigt. Natalie blickte auf das iPhone. Er rief sie bestimmt schon an. Wo geschah eigentlich ein Anruf, wenn das Empfängertelefon aus war? In so einer Dunkelzelle-Version von Cyberspace wahrscheinlich, einer Art einseitigem Delirium. Wie bei alten Liebesbriefen, deren Sender und Empfänger schon lange tot waren, und die Kosenamen und liebevollen Formulierungen streckten ihre versengten Fühler nach allen Seiten aus, aber bekamen nichts zu fassen. Geschah ihm recht. Ex.

Später fühlte sie sich etwas unruhig und flatterig. Sie saß vor der Couch auf dem Boden, Laptop auf Schneidersitz, und hatte ein langes Gespräch mit dem Cleverbot im Internet, der Künstliche-Intelligenz-Dialogmaschine, die seit den Neunzigern mit Menschen redete. Ihre Antworten bestanden aus Gesprächszeilen, die andere User irgendwann einmal in der Vergangenheit als Reaktion auf eine bestimmte Frage oder Bemerkung eingetippt hatten. Natalie beichtete dem Cleverbot, sie habe soeben ihren saudummen Freund Markus ermordet und seine Leiche im Wald verscharrt. Und dann an Molche verfüttert. Der Cleverbot antwortete neutral und ruhig. Dann sprachen sie ein wenig über Angst. Natalie erwähnte Luftballone, die Namen trugen. Der Cleverbot fragte nach und wollte wissen, wovor sie Angst habe. Als sie das Gefühl ein wenig näher beschrieb, hatte er Verständnisschwierigkeiten, und eine Weile beherrschte golden-majestätisches Non sequitur ihr Gespräch. Natalie wurde friedlicher und mit der Zeit ein wenig schläfrig. Diese Formulierungen kamen nicht aus einem cleveren Computergehirn, sondern wurden von ihm lediglich aus einer riesigen Datenbank ausgewählt. Millionen Menschen steckten in diesem Antworten-Archiv. Im Grunde unterhielt man sich hier mit allen, mit der ganzen Welt. Und viele von denen, die ihre Spur als Antwortzeile im Cleverbot hinterlassen hatten, waren inzwischen gestorben. Wie die Plejadenfrau. Wie die Leute, die in alten Aufnahmen von Olympiastadien zu sehen waren, Zehntausende Tote. Manche Begriffe waren dem Cleverbot fremd. *What do you mean by Coin Chamber?* Irgendwann kletterte Natalie zurück auf die Couch und legte sich hin. Der Schlaf kam sehr schnell. Die Bäume draußen auf der Straße bereiteten sich rauschend auf Regen vor.

Arrangements

Es gab viele gute Gründe, sich Molche zu halten. Da war zuerst einmal das Wort selbst: Molch. Ein Beherberger von solcherart bezeichneten Tieren könnte, einen Besucher durch seine Räume führend, vor einem Aquarium stehen bleiben und mit der Handfläche ballonfahrerstolz auf das amphibische Leben hinter der Glasscheibe deuten, mit den Worten: *Hier, Molche.* Und dies wäre zweifellos der Höhepunkt jedes Rundgangs durch die Wohnung. Das Wort *Molch* war so dunkel, feucht und höhlig, dass es im Grunde eine genaue Vorstellung des Habitats jenes Wesens auslöste, das es selbst bezeichnete: In *Molch* hätten ohne weiteres Molche einziehen und leben können. Es waren zauberhafte Geschöpfe, ihre winzigen pflanzenrankenartigen Finger, die gütigen Frühchengesichter, die glatte Haut und das genügsame, wenig aufbegehrende Leben, das sie führten.

Heute allerdings war der Kater da, Chat, ein multifamiliär operierendes Tier, das zwar in den letzten Wochen viel Zeit in Natalies Wohnung verbrachte und auch meist dort übernachtete, aber zugleich in zwei anderen Haushalten beheimatet war. Bei den Hof-gegenüber-Nachbarn, wo er einen gewissen Teil seiner Zeit verbrachte, vor allem an den Wochenenden, trug er einen anderen Namen und gab sich charakterlich etwas milder und menschenähnlicher als bei Natalie. Seit sie den Kater hatte (er war ihr, wie man das vorsichtige, über einige Tage gehende Annäherungsritual zweier Vertreter verschiedener Spezies ohne gemeinsame Sprache leichtfertig abzukürzen pflegt, *zugelaufen*, kurz nach ihrem Einzug in die Wohnung), hatte sie von ihrem Kindheitstraum Abschied genommen. Molche ade. Nun überwogen auf einmal, totaler Erwachsenwerdenschub, alle Gegenargumente, und die Fantasie eines Zusammenlebens mit Molchen wurde irreal und kindisch. War wirklich allein der Kater daran schuld? Vermutlich nicht, aber man musste sich nur ins Gedächtnis rufen, wie

Chat sich gegenüber Stubenfliegen oder ahnungslosen Kriechtieren wie den manchmal an heißen Tagen bis hinauf zum Balkon sich verirrenden satzzeichenförmigen Eidechsen betrug – und dann dieses Verhalten hochrechnen auf eine Situation, in der ein ganzes Vivarium oder Aquarium mit interessanten, sich zeitlupig und lockend hin und her bewegenden Molchen vorhanden war. Der Kater würde die kleinen Wesen tyrannisieren und niemals einsehen, dass sie auch mit zur Familie gehörten. Außerdem war da der Platzmangel. Man wollte ja die heiligen Tierchen nicht quälen.

Im Nachtdienstplan des Wohnheims würde nun regelmäßig das Kürzel NAT stehen. Sehr passend, denn es war das schwedische Wort für Nacht, *Natt.* Und wahrscheinlich sagte man auf Dänisch ähnlich dazu. Ihre Mutter war in Südschweden geboren, und als Kind hatte Natalie, obwohl die Mutter selten Schwedisch mit ihr sprach (Karl hatte mehr aufgeschnappt), einige Sätze verstehen können. Auch heute noch hielt sie das Schwedische für die Sprache mit der allerschönsten Satzmelodie. Es klang, als fahre man über eine hügelige Straße. Als sei man mit sich selbst im Grunde noch nie einer Meinung gewesen und trage diesen inneren Konflikt allein im Tonfall aus. Wenn sie zufällig auf ein schwedisches Gespräch im Fernsehen stieß, hatte sie immer das eindeutige Gefühl, alles zu verstehen, Untertitel wurden zu lästigem Schaumgekräusel am Bildrand – aber dann merkte sie bald, dass sie doch nicht die geringste Ahnung hatte, worum es ging. Als werfe man seine beiden Krücken weg im vollen Bewusstsein der nächsten federleichten Schritte und fiele bei der ersten Beinbewegung, platsch, aufs Gesicht. Natalies früheste Erinnerungen an die schwedische Sprache und den Zauber ihres Vokabulars waren verbunden mit jenen an die blendend heißen Sommerurlaube ihrer Kindheit. Im Stau stehen mit einem epileptischen Kind. Ihre Mutter, die hinten neben ihr saß und ihre Finger zählte, während der Vater sich vorne mit dem Radio befasste, Karl daneben auf dem Beifahrersitz mit starr konzentriertem Blick auf den Gameboy. Dann Strandkabinen, Badeanzüge und spitze Gegenstände im Sand. Ein Gelsenstich wie eine unter die Haut geschobene Münze. Und die Vorstellung, dass aus der Beule etwas schlüpfen würde, ein Mischtier, halb menschlich und halb insektoid, winzig klein und summend, ein Däumling vielleicht, ein krepppapieren raschelndes Schmetterlingsding. Der weite Strand, der aus irgendeinem Grund immer besonders viele Idioten mit Metalldetektoren anzog. Wie verirrte Grammophonnadeln bewegten sie sich über den Sand, und das dumme, riesige Ganzkörperstethoskop berührte niemals den Grund. Ein leichtes Schwenken, hin, her, und manchmal kam es vor, dass einer von ihnen auf die Knie fiel und hektisch zu buddeln begann. Natalies Vater hatte jedes Mal gesagt: Ah, noch so ein Chinasyndrom-Kandidat. Was Natalie lange Zeit nicht verstanden hatte. Aber Karl hatte es verstanden und darüber gelacht, also war es ihr unmöglich, zuzugeben, dass sie eine Erklärung brauchte. Und dann: ein Anfall direkt am Meer. So könnte, dachte Natalie viele Jahre später, ein Blues beginnen: *I had a seizure by the sea …* Ein Sommerhit. Aber damals war es schrecklich gewesen, ein Dröhnen und Rollen ringsum, der ganze Horizont wurde aurig und weich, es war alles um-sie-herum und zwirn und zaun und blau, die Stelle unter der Zunge wurde rot wie ein Nebelhorn, dann weit-zornige, dünenhohe Übermacht und dazwischen, winzig kahn und versinkend: sie selbst, ameisengroß, Apfelkern … Dann das träg-schalige Erwachen im warmen Sand, Menschenbilder und Tiere bewegten sich in der Brandung. Langsam und polaroid entwickelte sich ihr Bewusstsein, kam zurück, bildete Anhaltspunkte, Zahlen und Figuren. Die Flügel mit Namen *links* und *rechts* wuchsen auf den Schulterblättern nach. Und ihre Mutter brachte Ordnung in ihre Finger, arrangierte sie: *Den första vill äta, den andra vill peta, den tredje vill steka, den fjärde vill leka, den femte, den lill, lill, lill – vill också hjälpa till.* Der fünfte Finger, der kleine, kleine, kleine – will dabei auch helfen. Diesmal kamen, weil man so weit weg von zuhause war, auch gleich die Zehen dran und wurden durchgezählt und gereimt. Karl stand daneben, windschief-nasse Haare in der Stirn, es sah aus, als wäre sein Kopf von einem Baseballhandschuh gefangen worden. Hinter ihm das Fotonegativ der vom Horizont her gegenbelichteten Welt, uraltes Weh und Ziehen in den Gelenken, brausende Wellen vom Meer, und dann erschienen ein paar angenehm konkrete Sonnenschirme, klein wie Eistüten.

Die Teamsitzung lief stets nach klaren und einfachen Prinzipien ab. Man ging Punkt für Punkt vor. Keiner durfte übersprungen werden, es sei denn, die Diskussion eines bestimmten Punktes hatte die Frage- oder Problemstellung eines anderen bereits erschöpfend behandelt. Jeder hatte das Recht, Themen vorzuschlagen. Derjenige, der die Eistüte hielt, hatte das Wort. Es gab einen Protokollanten. Die Teilnehmer beschränkten sich auf konstruktive und sachliche Bemerkungen. Nach der Teamsitzung wurde Kaffee getrunken und Kuchen ausgeteilt. Zivis waren nicht Teil der Teamsitzung.

Gleich von Anfang an war viel von der generellen Bedeutsamkeit von Arrangements die Rede. Natalie versuchte, *sich einzubringen*, darin war sie bisher immer recht gut gewesen. Dann kamen sie endlich zu dem Punkt, der auf dem Teamsitzungsprotokoll mit DORM bezeichnet war. Astrid nahm die Eistüte. Es war keine echte, sondern eine aus Plastik. Ein Geschicklichkeitsspiel, bei dem man die Eiskugel (aus Schaumstoff) durch Betätigen eines kleinen Abzugs aus der Tüte schießen konnte, die Kugel hing an einer langen Schnur, und der Sinn des Spiels bestand darin, sie wieder aufzufangen. Das war sehr schwer. Allerdings galt es als unmanierlich, den Eiskugelabschuss während der Teamsitzung zu aktivieren. Hin und wieder geschah es natürlich trotzdem, aus Versehen; dies wurde dann höflich ignoriert.

– Ja, also, sagte Astrid. Wie beginnen?

Die anderen lachten.

– Die Beziehung von Herrn Dorm, den wir, wie du weißt, für einen, äh, geeigneten Kandidaten für einen bezugsbetreuerlichen Neuanfang, also mit dir, liebe … wie war dein Wort dafür? Neulingin?

Natalie nickte.

– Ah, jetzt hab ich den Faden verloren, sagte Astrid. Egal. Noch einmal. Der Herr Dorm hat sich, und auch wir haben das, selbstverständlich in Rücksprache mit dem Chris, äh … Christopher Hollberg, also, dem Dr. Hollberg, Rücksprache gehalten mit ihm und waren uns schon im Frühjahr einig, dass es …

Sie lachte entschuldigend und wedelte mit der Hand vor ihrem Gesicht. Wieder ein misslungener Satz. Es war alles so schwierig.

– Ich werde für ihn zuständig sein?, half Natalie.

– Ja, also natürlich nur fürs Erste, sagte Astrid. So war's gedacht. Aber es ist … Also, die Geschichte geht weit zurück, noch vor uns, das heißt vor seiner Zeit hier bei uns. Der Herr Dorm war lange Zeit bei seiner Mutter. Die hat ihn unterstützt und auf ihn geschaut. Und als dann die Beziehung mit Herrn Hollberg begonnen hat, äh …

– Mmmh, Beziehung, sagte B zweifelnd.

– Ja, gut, ich muss halt irgendwo anfangen, sagte Astrid zu ihr.

Sie hielt immer noch die Eistüte, aber nicht mehr wie ein Mikrofon.

– Der Herr Dorm war ein … okay, das Wort darf man ja heute nicht mehr sagen: Stalker.

Natalie nickte. Sie kannte den Begriff.

– Ich weiß gar nicht mehr, sagte Astrid, *welcher* Ausdruck eigentlich erlaubt ist. Bei den Conventions heißt es jetzt CAD.

– Total krank, sagte B.

– Ja, CAD-Conventions, brachte sich Ursula in ruhigem und tolerantem Ton ein. So heißen die offiziell.

Die Frauen rätselten kurz, wofür die Abkürzungsbuchstaben standen. Das A wohl für *Affection*. Dann war der Rest wahrscheinlich ganz logisch, *Compulsive* und *Disorder*. Aber B meinte, das sei nicht ganz richtig, sie habe da was anderes gehört. Das mit *Affection* sei auch ein abwertender Begriff, der, wie sie sich ausdrückte, *von außen* gekommen sei. Die Community selbst nenne sich ganz anders.

– Stalker dürfen sie nur untereinander sagen. So wie das N-Wort in Amerika.

– Das N-Wort gibt's bei uns auch.

– Es gibt sogar zwei, sagte Astrid. Neger und Nigger.

– Igitt, sagte Ursula und schüttelte ihre T-rex-haft gekrümmten Hände; sie sahen aus wie kleine, nicht mit dem Gehörten einverstandene Vogelköpfe.

– Ja, sagte Astrid. Es sind furchtbare Wörter. Aber das eine ist importiert, das andere *homegrown*, sozusagen. Aber gut, man verwendet beide nicht. So wie Stalker. Oder Sprayer.

– Ah, machte Ursula.

Noch ein Wort, und Ursula würde sich die Ohren zuhalten, dachte Natalie. Und vielleicht explodieren. Sich vor Unruhe kräuselnde Lummenfrisur.

– Stalker finde ich aber nicht so schlimm, sagte B. Man kann da übertreiben. Bei Sprayer, gut, da ist es klar.

– Und CAD ist natürlich auch komisch, sagte Astrid.

– Ich versteh auch nicht, was an *affection* so schlimm sein soll, sagte B. Zwanghafte Zuneigung. Okay, es ist verharmlosend. Es klingt mehr nach dem Gefühl, das man bekommt, wenn etwas so süß ist, dass man es andauernd zwicken und zusammendrücken möchte.

– Das kenn ich, sagte Natalie.

Es war der zweite Satz, den sie zu der Unterhaltung beigesteuert hatte. Sie kam sich ein wenig zurückgelassen vor. Und sie verstand noch immer nicht ganz, worum es ging.

– Er hat ihm jahrelang aufgelauert und Briefe geschrieben, sagte B plötzlich.

Astrid warf ihr einen tadelnden Blick zu und hob, zur Erinnerung, die Eistüte. Sie war dran.

– Also, sagte Astrid. Das ist eben eine lange Geschichte, die die beiden haben. Anfangs war es eine von den klassischen CAD-Situationen. Der Herr Hollberg war verheiratet, damals, und …

– Magst du das wirklich jetzt schon erzählen?, fragte Ursula.

Astrid ignorierte sie. Die Eistüte lehnte an ihrem Hals wie das vibrierende Sprechgerät für kehlkopfamputierte Menschen. Bloß ein wenig schlaffer.

– Also, die Frau von Herrn Hollberg hat sich ..., sagte Astrid.

Und machte eine Geste.

Etwas, das vom Tisch gefegt wurde.

Natalie schaute auf die Stelle.

– Sie hat sich das Leben genommen, übersetzte B.

Natalie blickte zu ihr.

– Oh, sagte sie.

– Wegen ihm, sagte B. Er hat ihr Leben zerstört. Stalking. Also, damals noch. Und das über Jahre. Am Ende hat sie sich umgebracht.

Astrid gab ein ungeduldiges Schnaufen von sich und legte die Eistüte auf den Tisch. *Bitte, dann rede halt du.* B nahm die Tüte.

– Und jetzt kommt er ihn besuchen, sagte sie. Seit vier Jahren, jede Woche. Begonnen hat das einige Jahre nach dem Strafprozess damals. Also nach dem Tod der Frau. Gab's einen Prozess. So war die Chronologie. Entschuldige, ich hab jetzt alles rückwärts erzählt.

– Prozess, wiederholte Natalie.

– Er kam dann natürlich in die Geschlossene, für einige Jahre. Also der Dorm. Und dann zu uns. Ja, und dann ... war da eine Anfrage, ich glaube, zuerst über den Anwalt vom Hollberg? Kann das sein?

– Egal, sagte Astrid.

– Jedenfalls diese Anfrage, sagte B zur Eistüte. Ob er ihn besuchen kommen könnte. Weil, er bekam natürlich wieder diese Briefe. CAD-Briefe. Das heißt, bei uns war das natürlich wieder erlaubt. Aber wir kannten auch die Vorgeschichte, also ... Was meinst du, soll ich auch das mit dem Küchenfenster erzählen?

Astrid, an die diese Zwischenfrage gerichtet war, verneinte.

– Zu kompliziert, sagte sie.

– Also, ja, auf jeden Fall: Stalker, verliebt sich in Hollberg. Briefe. Viele Briefe. Auflauern. Klassisches CAD. Hollberg wehrt sich. Will nichts davon wissen. Dann CAD-Drohungen. Anrufe. Noch mehr Briefe. Stalker verbreitet Lügen über die Frau. Lage eskaliert. Frau … (ein Daumennagel, der über den Hals fuhr). Tragisch. Dann Prozess, Einweisung. Hollberg lange Zeit Funkstille. Aber dann meldet er sich. Will ihn besuchen. Stalker, das heißt Dorm, natürlich total glücklich darüber. Und jetzt also Status quo seit vier Jahren. Jetzt hab ich aber alles der Reihe nach erzählt, oder? So weit alles klar?
– Also verwenden wir jetzt das Wort doch?, fragte Ursula. Ich hab gedacht, man sagt es nicht.
– Es ging jetzt einfach schneller so, sagte B. Stalker. Versuch dasselbe mal mit CAD.
– CAD, sagte Ursula.
– Natalie, sagte B. War das verständlich?
– Entschuldigung, was?
Natalie hatte registriert, dass der letzte Satz, den B gesagt hatte, an sie gerichtet gewesen war. Sie war kurz in einen Graubereich gefallen. Wurmwesen, Elefant.
– Ob du glaubst, dass du damit klarkommst?, sagte B. Insgesamt.
– Sicher, sagte sie. Es geht um das … Arrangement?
Dies ließen die anderen als Antwort durchgehen. Es war immerhin sehr heiß heute, ein drückend schwüler Tag. In der Zeitung war etwas von einem Temperaturrekord erwähnt worden. Auch ein neues Nagetierfoto gab es, diesmal von einem mit weißem Fell, alles sehr unheimlich.
– Arrangements sind immer etwas *out there*, sagte B. Außerhalb von.
– Aber ist das nicht illegal?, fragte Natalie und fügte gleich hinzu: Sorry, ich versteh noch nicht so ganz.
– Macht nichts, sagte Astrid geduldig. Die Frage ist wichtig. Es ist auf keinen Fall illegal. Warum auch? Der Herr Dorm kann nicht für sich sorgen. Er hat ein Verbrechen begangen und war für eine gewisse Zeit in der Psychiatrie. Und jetzt ist

er hier. Und er wird besucht von jemandem. Aber er ist nicht illegal, äh …

– Nein, sagte Natalie, ich meine, ihn zusammen mit seinem früheren –

– Warte, ich komme ja auf den Punkt. Es hängt vom individuellen Fall ab. Von den jeweiligen Kompetenzen der Menschen, die involviert sind. Und der Dr. Hollberg ist auch, das darf man nicht vergessen, nicht *sofort* nach den furchtbaren Vorkommnissen hier erschienen. Es hat gedauert, viel Zeit ist vergangen währenddessen. Da war viel Aufarbeitung im Spiel. Viel Zeit für ihn, als Opfer. Und erst viel später ist es dann …

– Zu unserem Arrangement, sagte Ursula.

Es war merkwürdig, wie sie immer den akademischen Titel dieses Herrn Hollberg hervorhoben. Doktor Hollberg. Die ganze Angelegenheit wirkte um vieles undurchsichtiger, nur weil sich dieser Titel ständig darin herumtrieb. War er Mediziner? Oder vielleicht Doktor der Rechte? Man bekam dabei ganz ungute, landarztromanmäßige Gedanken.

– *Arrangement*, sagte B und schüttelte den Kopf. Es ist immer komisch, wenn man das Wort aus der Nähe kennenlernt.

Natalie musste verwirrt dreingeblickt haben, denn B fing an zu erläutern:

– Weißt du, ich hab ein Jahr im Kolchikum gearbeitet, das ist ein Seniorenheim in der –

– Kenn ich, sagte Natalie.

Das stimmte zwar nicht, aber es verlangte sie danach, jemandem zuzustimmen, und sei es nur in einem unwichtigen Nebenaspekt.

– Oh, sagte B. Ja, also, ich war dort von Anfang … (sie blickte sich erinnernd zur Decke und schaute dabei drein, als blende sie ein helles Licht) … Anfang 98 bis 2001, genau. Und da war dieser Herr Milland. Der ist ins Heim gekommen, nachdem seine Frau gestorben war. Er war schon länger nicht mehr ganz bei sich, keine Demenz, aber halt das Alter, generell. Zuerst gab es zwei private Pfleger, aber die Familie wollte das Haus haben, na ja, immer dieselbe Geschichte. Also ist er zu uns. Er war auch schon besachwaltert und alles. Aber er war der Meinung, dass er immer noch seiner Familie, also hauptsächlich dem Sohn, schaden kann, indem er Briefe schreibt. Also, Geldhahn abdrehen und so. Hat also geschrieben an seinen Anwalt, an den ehemaligen Hausbuchhalter, an … ah, weiß Gott, da waren offenbar ganz viele Anlaufstellen in seinem Kopf übrig geblieben. Und anfangs haben wir immer versucht, ihm zu erklären, dass die Leute nicht mehr antworten können, dass er keinen Einfluss mehr hat. Er hat getobt und gewettert, hat immer wieder die Polizei gerufen, hat sich aufgeführt, na ja. Und dann, irgendwann, hat der Leiter, der – inzwischen leider selige – Professor Köhrer (Astrid nickte, in sanfter Erinnerungszustimmung), die Idee gehabt, für den Herrn Milland ein *Arrangement* zu finden. Er hat angeordnet, dass wir die Briefe, die er schreibt, einsammeln und der Familie übergeben sollen. Die wollten zuerst nicht, blablabla, dann gab es ein Treffen, aber gut, ein, zwei Monate fast forward, da war das Arrangement folgendermaßen: Auf jeden Brief kam ein Antwortbrief. Natürlich fake, alles Unsinn. Aber er war immer von einem Familienmitglied unterzeichnet, und es standen immer solche Sachen drin wie: Ah, lieber Papa (die Betonung auf der letzten Silbe entlockte Natalie unversehens ein einsilbiges Glucksen), wir brauchen doch das Geld, bitte dreh uns den Geldhahn nicht zu. Und so weiter. Und der Herr Milland war glücklich wie eine Krähe im Schnee! Und auch die Familie war glücklich. Sie haben nur die Briefe tippen müssen, aber auch das war ein Spaß. Und manchmal sind sie sogar in natura vorbeigekommen und haben ihm erzählt, wie sehr er ihnen schadet. Sie haben das Kolchikum sogar finanziell …

Sie vervollständigte den Satz mit einer Geste.

– Wirklich?, fragte Natalie.

– Ja.

– Das haben die gemacht? Wow. Die haben ihm also das Gefühl gegeben, dass er ihnen immer noch –

– Ja. Everyone's a winner.

– Genau, sagte Astrid.

– Um den alten Mann zu …

Natalie ersetzte das Verb durch eine Geste.

Astrid und B nickten.

– Aber der Herr Doktor, äh …

– Hollberg.

– Der Herr Hollberg ist doch wirklich er selber, oder?, sagte Natalie. Er hat das wirklich erlebt, und der Herr Dorm ist auch wirklich. Und eigentlich müsste man davon ausgehen, dass er ihn am liebsten umbringen wollte. Weil die Frau.

Sie lachte unsicher.

– Muss man nicht, sagte B ruhig.

– Die Menschen sind verschieden, sagte Ursula.

Dann begann das Gespräch um die Frage des Briefpapiers und der Kuverts zu kreisen.

– Darauf schreibt er seine Briefe an ihn. Wie schon damals, vor den ganzen Ereignissen. Jede Woche, jeden Tag, wir haben bis vor kurzem noch gezählt, mit Strichliste. Aber das war dann irgendwann nicht mehr …

Wieder eine vervollständigende Geste. Wie schnell sich solche Stilwechsel in einem Gespräch einnisteten.

– Möglich?, fragte Natalie.

– Nötig, sagte Astrid. Es war immer dasselbe. Eine Ausgleichshandlung. Ohne sie kommt er leider schnell aus der Spur.

– Aha, sagte Natalie.

– Ich hatte da eine wirklich gute Flipchart-Präsentation zu diesem Punkt, sagte Astrid. Aber gewisse Personen …

Sie warf einen ironisch tadelnden Blick in Bs Richtung. Diese lachte und sagte:

– Sommerversehen.

– Jaja, du und deine Sommerversehen.

– Man lernt aber auch nichts aus Präsentationen, sagte B. Hinschauen und anpacken, sonst gibt's nichts.

– Na ja, gut, sagte Astrid. Zurück zu den Arrangements.

– Er verbraucht also viel Briefpapier?, fragte Natalie.

Eine unnötige Nachfrage, aber sie hatte das Bedürfnis, sich an einem einfachen Gesprächselement festzuhalten.

– Und die Kuverts. Die kennst du ja schon.
– Ja.
– Man muss sie ihm beschaffen, und dann fertigt er Dinge daraus an. Das sind also dann mehr die kreativ-kreativen Vorgänge in ihm.

War das ein einfaches Stottern gewesen? Oder gab es wirklich einen sonderpädagogischen Fachbegriff, der *kreativ-kreativ* hieß?

– Liebesbriefe, sagte B, und eine unangenehme Pause entstand.

Natalie bemerkte, dass die Eistüte jetzt wieder auf dem Tisch lag. Sie nahm sie.

– Darf ich was fragen?

Astrid nickte.

– Also, der kommt ihn jetzt die ganze Zeit besuchen, obwohl er ihn eigentlich hassen müsste? Versteh ich das richtig.
– Er hasst ihn nicht, sagte Astrid ruhig.
– Aber er ist auch nicht mit ihm zusammen?
– Oh, nein, lachte Astrid. Das natürlich nicht. Aber er ist nett zu ihm.
– Wieso?
– Ja, *diese* Frage, sagte B und nickte. Also, ich glaube, *diese* Frage muss man halt auch im richtigen Licht sehen, oder? Es ist aber auch nicht Christentum oder so.

Astrid seufzte tadelnd. Ursula stimmte B zu. Natalie wartete.

– Und er ist allein mit ihm?, fragte sie.
– Oh, sagte B. Ja, auch die Frage muss man natürlich …

Jetzt fiel ihr offenbar keine passende Formulierung ein.

– Warte, sagte Natalie. Wie war das erste Mal, als er zu Besuch kam? Ich meine, das ist doch so wie im Gefängnis, oder? Da hat einer, was weiß ich, den Bruder von jemandem erschossen, und der kommt jetzt den Mörder besuchen.
– Oh Gott, sagte Ursula. Du darfst das alles nicht in die falsche Kehle kriegen, Natalie.
– Okay, sagte Natalie.

– Er hat sie nicht ermordet, sagte Astrid.
– Aber dazu getrieben, sagte B. Sie hat schon recht. Lass sie doch fragen. Sonst kann sie ja nicht –
– Schon gut, sagte Astrid und hob, als hätte man sie überstimmt, die Hände.

Natalie drückte versehentlich auf den Auslöser, und die Kugel sprang aus der Tüte. Offenbar war das schon von allen erwartet worden. Astrid nahm die Kugel und reichte sie ihr. Die Kugel klickte in ihre Halterung. In den Auslöser kehrte Spannung zurück.

Selbstverständlich, Natalie. Selbstverständlich habe man ihn gefragt, weshalb er einen solchen Besuch wünsche. Hier seien sich alle seines unvorstellbaren Verlustes bewusst, auch die damit einhergehenden Gefühle könne man sich gut vorstellen, das heißt, man könne sich gut vorstellen, dass man sie sich selbstverständlich *überhaupt nicht* vorstellen könne. Wie schlimm das alles gewesen sei für ihn, den Herrn Dr. Hollberg. Und für seine Familie. Diese Zersetzung durch das Wirken eines einzelnen besessenen Menschen. Und die Tatsache, dass man so wenig dagegen tun könne. Dass ein einzelner Mensch es so weit bringen konnte. Und das auch noch vom Rollstuhl aus. Täglicher Terror. Auflauern. Bastelarbeiten und Briefe. Und andere Dinge, die mit der Post kamen. Und Verleumdungen. Es müsse die Hölle gewesen sein für ihn. Und jetzt wollte er ihn sehen. Okay. Ließ anfragen. Jahre später. Also, noch mal: Ja, natürlich, selbstverständlich habe man nachgefragt. Mehrmals. Man sei ja nicht fahrlässig.
– Um abzuschließen.

So habe die Antwort von Herrn Hollberg gelautet. Und jeder, der sie hörte, habe sofort das Gefühl gehabt, zu verstehen, was gemeint war. In der Fachliteratur nannte man es *closure*, wobei oft Unsicherheit darüber herrschte, wie dieser englische Begriff korrekt auszusprechen war.
– Ja, und jetzt? Vier Jahre später? Haben sie sich angefreundet, oder …

Natalie sah an Astrids Gesicht, dass sie nicht die Erste war, die diese Frage stellte, in genau demselben ungläubigen Tonfall.

– Solche Dinge brauchen Zeit, sagte Astrid. Aber es ist keine Freundschaft, nein. Nicht im eigentlichen Sinn.

Und wieder kam die Sprache auf das Briefpapier.

Schon damals, als es mit den Liebeserklärungen losging und die ganze unauflösbare CAD-Situation entstand, sei dieses Briefpapier sozusagen eine Konstante gewesen. Also sei es nicht nur für seine aktuelle Verfassung, sondern auch als Verbindung zu damals sehr wichtig, denn der Rest sei leider *sehr gekappt*, auch verwandtschaftstechnisch, sagte Astrid. Die Verwandten seien alle in den Hintergrund getreten. Selbst finanziell, inzwischen. Das werde jetzt anderweitig geregelt.

Natalie schwieg. Sie fühlte sich, als hätte man ihr etwas in die Augenbrauen injiziert. Schwimmbad, dachte sie. Ein riesiges Fellkugeltier, das ins Becken fiel. Kühles Wasser, das überall hinspritzte.

Damals, ganz am Anfang, in den Funkstille-Jahren, sei sogar einmal Dorms alte Mutter dagewesen. Ja, die lebe noch, aber sie sei ihn nur ein einziges Mal besuchen gekommen, für etwa zwei Stunden. Gott sei Dank, denn die Szene sei tatsächlich unbeschreiblich gewesen, so Astrid.

– Inwiefern?, fragte Natalie.

Astrid antwortete ausweichend, dass man das Ganze nicht einmal fotografisch hätte festhalten können. Dann schwieg sie, als erinnerte sie sich an den Tag und die zwei höchst seltsamen Stunden, und schüttelte den Kopf.

Und eine Schwester sei auch noch da. Die lebe hier in der Stadt, aber sei, so Astrid, ebenfalls an Kontakt nicht interessiert. Herr Dorm habe wirklich nur diese Besuche von Herrn Hollberg.

Und dessen toter Frau.

Beinahe hätte Natalie diesen Satz laut gesagt. Sie wurde rot. Zumindest spürte sie Hitze aufsteigen. Sie legte die dumme

Eistüte auf den Tisch. Das Ding hatte eine seltsame Wirkung auf sie.

Auf dem Heimweg durch die von heißer Nachmittagssonne in Schach gehaltenen Straßen kam es Natalie vor, als hätte sie gerade eine Prüfung vermasselt. Irgendwas war ihr aberkannt worden. Ein schwuler Stalker, der eine Frau in den Selbstmord getrieben hatte, aber Hilfe brauchte, um einigermaßen problemlos durch den Tag zu kommen. Man musste mit ihm basteln. Verständnis für seine Situation haben. Briefpapier. Und dann dieser Mann, der ihn besuchte, der Witwer. Seit vier Jahren, jede Woche. Ohne Pause. Und der hatte nichts dagegen, dass Natalie jetzt hier war, er war schon im Frühling informiert worden. Oder wie auch immer. *I had a seizure by the sea, the deep blue summery sea …*

Wieder hingen überall in der Gegend Hundevermisstenzettel. Natalie seufzte – *nicht auch das noch* – und trat näher. Der heutige Tag fuhr wirklich schwere Geschütze auf. Sie wusste, dass es sie nur traurig machen würde, das tat es jedes Mal, aber sie musste dem vermissten Hund zumindest ins Gesicht schauen. In wenigen Sekunden würde sie hilflos dastehen, Sonnenlicht und saubere Allee hin oder her, und nicht wissen, wohin mit ihrem Mitleid. Und dann war es auch noch ein Labradormischling! Name: Kreskin. Alter: zwei. Ooch. Darunter eine Telefonnummer. Vermisst seit – sie blickte auf die Uhr, um das Datum abzulesen – vier Tagen. Und schon ging es los, sie dachte an eine Hundedecke, die in einem Korb auskühlte, an Haare, die an einem Hosenbein klebten, und an den Hund selbst, der irgendwo war. Das war das Schlimme daran, er war tatsächlich *irgendwo*. Während sie alle *hier* waren, verlässlich lokalisierbar, zuhause, vernetzt. Die Stadt war erfüllt von hundeförmigen Abwesenheiten, man spürte sie in der Luft wie Glitches in einem Computerspiel, bei denen es einen dreidimensional durchwellte, wenn man sie durchschritt.

Wie in *Grand Theft Auto*. Karl hatte ihr einmal gezeigt,

wie man das spielte. Natalie fand es zuerst nur ungeheuer dumm. Stures Einprügeln auf Passanten, lächerliche Verfolgungsjagden. Eine Weile ließ Karl sie spielen und korrigierte, sich hinter ihr nervös verrenkend, andauernd kleine Fehlentscheidungen oder riskante Bewegungen. *Dann mach du*, wollte sie schon schreien, da bemerkte sie in der Levelwelt einen kleinen menschenleeren Park, und sie stellte sich dorthin und stand einfach da, und Karl wurde noch nervöser, sie müsse doch weitergehen und mit den Leuten da drüben interagieren, aber sie blieb an dem ereignislosen Ort und ging erst nach einer Weile weiter, stellte sich aber sofort wieder an irgendeiner Ecke auf, wo nichts passierte. Karl hatte das wahnsinnig gemacht, aber sie hatte immerhin einen netten Zeitvertreib entdeckt, eine kleine abendliche Entspannung, die man, wenn im Fernsehen keine attraktiven Live-Sendungen liefen, relativ leicht aktivieren konnte, indem man in Computerspielen wie GTA oder diesem Skateboard-Spiel, bei dem die jeweiligen Welten auch so unglaublich riesig waren, einfach nur herumging und sich niemandem näherte. Das Spiel erlaubte auch das, es wurde, im Unterschied zu Karl, überhaupt nicht nervös und unternahm auch nichts gegen die Passivität der Spielerin. So gelangte man nach einem langen Marsch durch die riesige digitale Stadt an einen dieser interessanten Orte, wo man den Rändern der Programmierlust des Spielentwicklers gegenüberstand. Wahrscheinlich waren sie beeinflusst von seinen religiösen Vorstellungen von Zwischenwelten oder Durchgangsstellen oder von Erinnerungen an solche Orte in der Wirklichkeit: ein ungenutztes, von wirrem Gras bewachsenes leeres Grundstück hinter einem Güterbahnhof; verwahrloste, plötzlich in dichten Wald einmündende Spazierwege neben einem Fahrradfriedhof; elendslange gehsteiglose Straßen durch ein siloreiches Industriegebiet am Rand einer Vorstadt. In aufwändigen Spielen wie GTA dauerte es oft ewig, bis man einen solchen Ort fand, in anderen Spielen war der existenzielle Rand der Levelwelt schneller erreicht. Aber man erkannte ihn immer sofort: Der Boden ging trumanshowmäßig unelegant in den Horizont über, dem Himmel fehlten kleine Vierecke, als wären da Dachschindeln ausgefallen, Glitches erschwerten die Figurensteuerung, als wäre die Raumzeit ärgerlich über die unerwartete Grenzbegehung, bestimmte Blickwinkel ergaben keinen rechten Sinn mehr, der Zusammenhalt der Textur war nicht mehr gegeben, ein Schritt konnte schon den Durchbruch bedeuten.

Karl wohnte seit einigen Jahren in Dänemark und hatte am Telefon einen eiernden Akzent. Menschen passten sich an. Die Erde drehte sich. Und junge Männer mit Röteln und Masern wurden erwachsen und gingen fort. Sie vermisste ihn sehr.

Am Abend saß Natalie, in ungewohnt erschöpftem Zustand, zuhause auf ihrer Couch. Im Fernsehen lief eine Live-Talkrunde, in der ein militanter Tierschützer zu Gast war, der von den anderen Gesprächsteilnehmern mit Fragen überhäuft wurde. Er hatte ungewaschene Haare und sprach vornübergebeugt in sich hinein, seine Augen waren zusammengekniffen, und er nahm andauernd seine Brille ab, um sie zu putzen. Dann wurde ein Film gezeigt, der offenbar irgendetwas mit ihm zu tun hatte: Affen saßen in einem Raum, voneinander durch blickdichte Paravents getrennt, und befassten sich mit Orangen. Das heißt, eigentlich befassten sie sich mit einem Karton, in dem die köstlichen Früchte umherrollten. Sie griffen durch ein Loch im Karton und hielten die Orange umklammert, aber bekamen dann die Hand nicht mehr aus dem Loch. Lange gelang es ihnen nicht, bis einer der Affen auf die Idee kam, den Karton selbst umzudrehen. Die Orange kullerte in seine geöffnete Pfote. Endlich hatte er seine Frucht. Aber anstatt sie zu essen, steckte er sie gleich wieder zurück in den Karton und saß da, mit unklarem Gesichtsausdruck. In diesem Augenblick kamen auch die anderen Affen wie auf Kommando auf die Idee, den Karton umzudrehen. Sie taten es und fielen über die Orangen her. Nun drehte auch der Affe, der zuerst die Idee gehabt hatte, seinen Karton noch einmal um. Er war der Letzte, der die Orange aß, obwohl er der Erste gewesen war, der den Mechanismus begriffen hatte. Kauend saßen die Affen da, dann war der Beitrag zu Ende, und man sah wieder die Talk-Runde. Das Publikum klatschte. Der militante Tierschützer wischte sich die Augen und putzte seine Brille. Zwei Blondinen schauten einander fragend an. Auch der Moderator ließ seine Kärtchen sinken und hatte Mühe, den Wortlaut für seine nächste Frage zusammenzubekommen. Die Kamera zoomte und zoomte. Natalie bemerkte, dass sie schon die ganze Zeit überhaupt nicht mitgedacht hatte. Nur den oberflächlichen Verlauf der Fernsehsendung hatte sie registriert, wie auf einer bewegten Wasserfläche hatte sie ihre Gedanken dahinziehen lassen. Ein Mann, der einem anderen Mann nachstellte, jahrelang, und niemand tat etwas dagegen. Davon hatte sie hier und da schon gelesen. Das Phänomen war bekannt. Auch bei Stephen King gab es ein paar Kurzgeschichten darüber und natürlich den Roman *Love*, der mit dem bösen Schwimmbecken, da hatte sie richtig Panik gehabt. Aber jetzt begegnete sie so einem in der Wirklichkeit. Und sein Opfer kam ihn besuchen. Woche für Woche. Seit einigen Jahren. Warum? Sie stellte sich GTA-Szenen zwischen den beiden vor, der eine stehend, mit einem Baseballschläger, der andere im Rollstuhl, die nackten Arme abwehrend erhoben. Und dann ging das Geklopfe los. Ein Ninjaschwert tauchte von irgendwo her auf. Es schnitt durch den porzellanigen Kopf von Herrn Dorm, aber er spürte zunächst nichts und fuhr tagelang herum, geplagt von dunklen Ahnungen, und dann tippte ihn jemand sanft von hinten an, und der halbe Kopf fiel ab, plopp.

Jetzt weinte der militante Tierschützer noch heftiger, und einige Leute fragten ihn, ob es wieder gehe, ob er ein Taschentuch haben wolle, hier. Natalie schaltete auf CNN. Dort ging es um die US-amerikanische Botschaft im Jemen. Ein schwer bewachtes Gebäude mit Flaggen. Die Sonne schien. Menschen gingen durch die Straße. Ein echter Stalker, dachte Natalie. Und ich bin seine neue beste Freundin.

Gespräch vor der Begegnung

Es war ein schöner Anblick: Matthias vor einer Zitrone. Schon seit dem Frühstück beschäftigte sie ihn, er biss immer wieder vorsichtig hinein, drehte sich dann etwas zur Seite und versuchte es erneut. Er lachte und verzog das Gesicht unter der Wirkung der Säure. Sein Stuhl stand mittlerweile im rechten Winkel zur Tischkante. Oder eigentlich parallel dazu, je nachdem, wie man … na ja, jedenfalls schräg. Egal. Die Berührung der Zitrone mit seinen Lippen wirkte wie ein Impulsgeber in einem Uhrwerk: Zahnradklick für Zahnradklick ließ Matthias sich von ihrem unerhörten Geschmack weiterdrehen. Sein Wert auf der Adamski-Schreber-Skala betrug an manchen Tagen 3,5 bis 4. Solange seine Familie die enormen monatlichen Gebühren zahlte, würde er hier wohnen bleiben.

– Was machst du da? Pfui!

Natalie blickte auf. B stand in der Küchentür.

– Ich hab nur mein iPhone gereinigt. So geht's am besten.

– Doch nicht so! Verwende ein Tuch oder ein feuchtes Stück Küchenpapier!

– So geht's am schnellsten.

– Aber die Keime!

– Meine eigenen. Die waren ja schon mal in mir.

– Du leckst dein eigenes Telefon ab, Natalie!

– Doch nur den Touchscreen. Und ich wische ihn ja hinterher ab.

B betrat die Küche mit übertriebenen Ekelgebärden.

– Du bist nervös, hm?, fragte sie.

Natalie gab es zu.

B sagte, sie müsse wirklich keine Angst haben. Allen sei es vor der ersten Begegnung so ergangen. Das Arrangement erscheine übergroß, sonderbar verzweigt. Aber in Wahrheit gehe alles ganz von selbst, schön Schritt für Schritt. Sie müsse nur ihrem Instinkt folgen und sich fügen.

Natalie nickte.
– Weißt du, was ich mich frage?
B machte:
– Hm?
– Ich frage mich, ist das vielleicht ein Beweis dafür, dass man einfach lang genug dabeibleiben muss, das heißt am Ball, bei der Sache … und dass man, selbst als CA… als Stalker, nicht aufgeben darf, und am Ende hat man dann richtig Erfolg? Das ist ekelhaft.
Sie schüttelte sich.
– Ach na ja, sagte B. So würde ich das nicht sehen.
– Man muss die Leute vielleicht einfach nur lang genug anstarren, sagte Natalie. Von hinten. Stalker-Laser-Augen.
Sie dachte an das Konzept von Sehstrahlen. Diese beiden parallelen Linien, die von den Augen weggingen und sich, wenn sie nicht auf irgendeinem Gegenstand zur Ruhe kamen, erst im Unendlichen schnitten. Die Welt wäre eindeutig schöner, würde man die Sehstrahlen der Menschen sehen, wie die Laseraugen von dem Typen aus *X-Men*, im Film gespielt von diesem wahnsinnig hübschen Kerl James Marsden, ein Gesicht zum Ablecken … Überall Sehstrahlenpaare, die so weit reichten, wie der vorhandene Raum es zuließ. Eine üppige Frau, die ihre dicken, birnenförmigen Titten spazieren trägt, wird zu einer Lightshow von sich überkreuzenden Strahlen. Die Luft in den Städten ist voll von ihnen. Häufig angestarrte Bauwerke werden überdeckt von den Sehstrahlen der Touristen. Man müsste von Zeit zu Zeit höflich die Augen schließen, damit die angestarrten Objekte nicht dauernd für alle unsichtbar sind. Der Mond ist permanent übermalt. Kinder kombinieren ihre Strahlen in Parks, spielen mit ihnen an spiegelnden Flächen. Und einige einsame Sehstrahlenpaare suchen jeden Abend den Himmel ab.
– Ich verstehe nicht, sagte B, warum man die Wörter nicht mehr sagen darf. Neger, Zigeuner, Stalker, Medium. Wenn man nichts Abwertendes dabei denkt, ist es doch nicht schlimm, oder? Wie soll das Wort selbst wissen, was man sich dabei

denkt? Es ist doch kein Wattebausch, den man mit sich selbst tränken kann.

– Na ja, sagte Natalie, wahrscheinlich geht man einfach sicherheitshalber immer davon aus, dass es mit Grausamkeit getränkt ist. Dann kann nichts passieren.

– Total behindert, sagte B.

Der Regen draußen war etwas leiser geworden. Natalie fragte sich, wie wohl die Luft jetzt war. Bestimmt herrlich.

– Mein Exfreund, Markus, der hat auch solche Tendenzen.

– Stalker?

– Nein, nein. Mehr so Negerzigeuner-Tendenzen.

Sie lachten. Natalie hatte tatsächlich ein starkes Verlangen nach Regenluft. Sie blickte andauernd zum Fenster.

– Und wie äußert sich das?, ging B auf das Spiel ein.

– Ach, ich weiß gar nicht, warum ich davon angefangen hab. Exfreund. Nicht wirklich das beste Thema. Interessiert keinen. Er geht mir nur gerade total auf die Nerven.

– Eh, sagte B.

Herr Welloschek zog eine Runde im ersten Stock. Er kannte den Weg recht gut, aber hin und wieder kollidierte er mit einem Gegenstand. Es roch nach Kaffee. Herr Welloschek hatte leichte Blindismen, jene automatisierten Bewegungen, die blindgeborene Menschen ausführen. Bei ihm war es ein ständiges Vor-und-zurück-Wippen. Hin und wieder streckte er auch einen Arm in die Höhe. Dazu hatte man Natalie erklärt, dass der blindgeborene Mensch niemals den Blick der anderen auf sich gespürt hat, deshalb achtete er auch nicht darauf, wie er von außen aussah. Also bewegte er sich so, wie es ihm in den Sinn kam, von innen. Wie Kinder, die spontan tanzten, einfach weil sie lebendig waren. Also zeigten Blindismen eigentlich das Bild von Menschen, wie sie *wirklich* aussahen, bevor sie von der Gesellschaft niedergestarrt und zurechtgebogen wurden.

– Der Horst hatte früher wilde Schreiduelle mit ihm, sagte B.

– Er meldet sich nur manchmal, sagte Natalie. Ich meine,

mein Ex. Schickt mir Geschenke. Das ist alles. Ich hab ihm vor einiger Zeit gesagt, dass er nichts mehr schicken soll, und er hat aufgehört. Er ist kein Stalker. Das war total unfair von mir, das zu sagen. Du kennst ihn nicht mal.

– Nein, tu ich nicht, sagte B. Aber ich stell mir das anstrengend vor.

Herr Welloschek pfiff ein Lied. Draußen das Rauschen des Regens.

– Hm?

– Ich habe nur gemeint, das nervt bestimmt. Wenn das immer so weitergeht, mit dem Kontakt. Hoffentlich kommt unser Batterienmännchen nicht ausgerechnet jetzt aus seinem Zimmer.

– Hast du einen Freund?, fragte Natalie.

B schaute sie an, lächelte und schüttelte den Kopf.

– Näääh, machte sie und schüttelte sich.

– Oh, okay, sagte Natalie.

Für Natalie war sofort klar: B hatte es noch nie erlebt. Ja, es passte alles zusammen. Übergewichtig, früh ergraut, gefärbt, Extremkurzhaarschnitt, Sozialberuf. Wahrscheinlich noch Jungfrau. Ein außenstehender Betrachter wäre mit diesem Urteil möglicherweise etwas vorsichtiger gewesen, aber Natalie hatte während des Gesprächs ein warmgoldenes Gefühl auf der Haut bekommen, eine gütige Fürsprecherhaltung, die diese Vermutung als die allerwahrscheinlichste hervorhob.

– Also auf jeden Fall ist da absolut nichts dran, sagte sie. Es war nur nervig und vollkommen überflüssig insgesamt.

– Kann ich mir vorstellen, sagte B.

Den perfekten, den genau passenden, den die unangenehme Zaunlücke, die plötzlich im Gespräch entstanden war, heilenden und überpinselnden Satz musste man gar nicht suchen, er legte sich wie von selbst in ihren Mund:

– Ehrlich, sagte Natalie, ich beneide jede Frau, die das nicht erleben muss.

– Oh, ja, sagte B. Ich auch.

Ihr Gesicht zeigte deutlich, wie erleichtert sie war. Natalie stellte sich vor, wie ihr eine unsichtbare Maus High five gab.

Winziger Pfotendruck gegen eine ihrer Fingerkuppen. Ich bin sensationell. Herr Welloschek verließ das Stockwerk und ging zurück in seine Wohnung. Die Glastür quietschte.

– Das ist echt überflüssig, so Männerstress, legte Natalie nach. Daraus besteht das Leben nicht.

– Meine Worte, sagte B und strahlte für einen Augenblick ihre Armbanduhr an, von der sie die Zeit ablas. Meine Worte. Es ist Viertel nach elf. Ich schau dann wegen dem Mittagessen.

Als B weggewatschelt war, nahm Natalie ihr iPhone in die Hand und tippte eine SMS an Markus: *ich hab dich grad in einem gespräch als stalker bezeichnet. comment?* Das letzte Wort dachte sie in der rauchig hohlgebrannten Stimme von Larry King, dem Meeresschildkröte-ohne-Panzer-mäßigen, steinalten Talkshowmoderator auf CNN; aus irgendeinem Grund hatte Markus den immer gemocht. Regenluft, dachte sie, kühl und reingewaschen. Wenn Jesus blind geboren worden wäre, welche Blindismen hätte er gezeigt? Aber es half nichts, sie hatte das starke Bedürfnis, Markus aus der Ferne zu quälen. Nein, sagte sie sich, es ist nur Übermut. Beinahe drückte sie auf Senden.

Lieber abbrechen?

Oder doch senden? Ist ja nur ein Satz.

Sie begann sich zu schämen. Sie stellte sich Markus vor, wie er den Satz las, irritiert und unschuldig und winzig klein in seiner hochräumigen Altbauwohnung. Sie dachte daran, zur Wiedergutmachung für den Rest der Woche jeden Tag an Markus' Wohnung vorbeizufahren und ihm ein unsichtbares, imaginäres Geschenk vor die Haustür zu legen. Mit allen dafür notwendigen Pantomimen, vom Rad absteigen und sich vor die Tür stellen, das unsichtbare Ding hinlegen und dann weggehen und so weiter. Jeden Tag, beginnend mit morgen. Aber mein Gott, wozu? Er würde es überleben. *Abbrechen abbrechen abbrechen*, flüsterte die weiße Maus auf der linken Schulter, ihr guter Engel. Die rechte Schulter war wie immer leer und behielt deshalb oft die Oberhand in moralischen Streitfragen.

Aber nicht heute. Sie löschte den gehässigen Satz und tippte einen anderen: *ich hab eine unsichtbare maus auf der handfläche. comment?*

Sie schickte ihn ab. Ein Geklirre am Ende des Korridors kündigte B an, die mit dem vollbeladenen Essenswägelchen kam. Markus schrieb nicht zurück.

Während sie das Mittagessen austeilten, befragte Natalie B zu einem Artikel in der heutigen *Kronen Zeitung* über das merkwürdige Verhalten von Mäusen in Peking. Wissenschaftler standen vor einem Rätsel. Eigentlich wollte Natalie gar nichts darüber wissen, aber es war gut, sich mit solchen Geschichten abzulenken, sie war flatterig und aufgeregt, da der Besuch von Dr. Hollberg bevorstand.

Aber B war offenbar nicht in der Stimmung, ihre fachliche Kompetenz in Bezug auf Nagetierfragen beim Mittagessen unter Beweis zu stellen, und sagte, sie habe eigentlich immer vermieden, sich dieses ungesunde Ritual täglichen Zeitunglesens anzugewöhnen. Denn sie habe schon so oft gehört, wie Menschen, die schwerkrank waren oder aus Altersgründen kurz vor dem Tod standen, bedauerten, nicht mehr die Zeitung des Tages *danach* lesen zu können. Zeitungen gaben also dem Leben einen klaren Rhythmus, und nach diesem Rhythmus wurde man schnell süchtig und bekam die Illusion, dazuzugehören, obwohl das gar nicht stimmte. Und dann wurde einem dieses tägliche Recht entzogen, und die gespenstische Reihe nicht mehr zu lesender Zeitungen pflanzte sich in die Zukunft fort wie Sprossen einer Leiter, die man nicht ergreifen durfte.

Natalie vermied zu erwähnen, dass sie damals in der Sekte auch keine Zeitungen hatten lesen dürfen, und fragte stattdessen, ob Bs strenges Urteil auch auf Fernsehnachrichten zutraf. B sagte, ja, vielleicht. Sie schaute Natalie von der Seite an. Dann lachte sie und sagte:

– Aber es ist bei weitem nicht so schlimm wie bei Zeitungen.

Natalie war erleichtert.

Später fiel ihr auf, dass B nur höflich geantwortet hatte. Und die Sorge kam zurück. Dieses Süchtigwerden nach dem Rhythmus der Tage. Natalie sagte sich, dass der Tod noch lange nicht zu ihr käme. Mit hoher Wahrscheinlichkeit. Klar, bei irgendwem anstecken konnte man sich immer. Oder man wurde vom Großen Bösen Blumentopf zerschmettert, der immer über einem schwebte. Sie musste tatsächlich kurz nach oben blicken.

B hatte sie beruhigen wollen, das war lieb von ihr. Es gab kaum Menschen, die so etwas machten. Die meisten weideten sich – oder wie immer man das Wort richtig verwendete, es war so ein seltsames Wort … Sie weideten sich den ganzen Tag. Weideten sich so dahin, ständig. An Anblicken, an Leid, an Krankheiten. Sogar an Hausbränden oder Talentlosigkeit. Sie weideten sich in das Elend anderer hinein, bis sie darin hausten, dick eingepelzt wie die rätselhaften kranken Mäuse in Asien.

Der tägliche Gedanke an den Tod war wie das Messen der Temperatur. Ah, heute ist die Vorstellung erträglich, man denkt an eine friedliche Szene im Bett, an das allmähliche Verdunkeln der Zimmerbeleuchtung, es sind Leute da, es ist warm, und die Erde nimmt einen auf. – Dann am nächsten Tag streckt man die Fühler aus, misst die Temperatur: entsetzlich. Die Vorstellung von Hilferufen in irgendeinem finsteren Winkel eines Hospizes und von der Milchstraße, die das alles nichts angeht. – Dann wieder ist der Gedanke an den Tod gar nicht da. Temperatur unbestimmt, es gibt nur eine Art innerer Fehlermeldung, die Datei konnte nicht gefunden werden, blaue Leinwand, neutraler Ausdruck. – Und manchmal ist der Gedanke ausschließlich und unbedingt da, laut aufgedreht, den ganzen Tag. Man greift in die Bestecklade und stirbt. Man liegt in der Badewanne, wischt sich eine Wimper aus dem Auge und stirbt. Man bückt sich, und der Tod springt einem ins Genick. Selbst während der Ejakulation ist er da (mit Hilfe eines magisch gebogenen Hilfsmittels namens *G-SpotLight* hatte Natalie diese seltene Kunst erlernt, aber es gelang ihr nur ein paar Mal im Jahr), ganz kurz, wie ein Golfball, der lachend auf einer Wasserfontäne balanciert.

Nach dem Regen ging Natalie in der Nachbarschaft Schnecken suchen. Unweit ihrer Wohnung fand sie ein paar, die auf dem Gehsteig unterwegs waren, langsam wie Kometen. Sie pflückte sie und setzte sie unter einige Büsche. Den Schnecken schrumpften darüber die Fühlerantennen ein, ihr Kopf wurde rund und blind, sie duckten sich zurück in ihre Häuser. Im Grunde war ein solches Verpflanztwerden vollkommen unverständlich, nichts in ihrer Natur konnte sie darauf vorbereiten. Zuerst war man hier, dann plötzlich da, ein Glitch, ein Sprung-Fehler in der Zeit. Natalie fragte sich, ob es prinzipiell möglich war, einer Schnecke eine Wohltat zu erweisen, die diese als solche wahrnehmen und auch mit dem Spender in Verbindung bringen würde. Wahrscheinlich nicht. Sie hatten nicht viel mit uns zu tun. Natalie bedankte sich bei den Schnecken, von denen manche sich unter dem tropfenden Buschblätterdach schon wieder zu entfalten begannen, und kehrte nach Hause zurück.

Die erste Begegnung

Sie hatte noch nicht genug Zeit gehabt, um einen einigermaßen vollständigen Überblick über alle Eigenheiten ihrer beiden neuen Bezugis zu gewinnen, deshalb überraschte es Natalie, als an dem Tag, für den der Besuch von Christopher Hollberg angekündigt war, sowohl Herr Dorm als auch Mike kurz nach dem Mittagessen von ihr verlangten, ihnen mit dem *Make-up* zu helfen.

Allerdings verstanden die beiden Männer unter dieser Bitte völlig verschiedene Dinge.

Mikes Wunsch hatte nichts mit dem Erscheinen von Hollberg zu tun, er hatte lediglich zugehört, als Herr Dorm im Sozialraum von Make-up gesprochen hatte. Es sei das erste Mal für sie, sagte Herr Dorm streng, aber geduldig, er werde ihr schon alles genau erklären, er könne das meiste ohnehin allein und so verlogen verständnisvoll dreinschauen brauche sie auch nicht die ganze Zeit. Ein paar Minuten später kam Mike zu ihr – er war, seit Natalie hier war, niemals anders als freundlich, distanziert und ruhig gewesen – und fragte, ob sie wisse, wie man Make-up-Striche von der Wand abwischen könne. Sie überlegte kurz, was die beste Antwort darauf war. Eigentlich fiel ihr keine Lösung für dieses Problem ein, aber sie war zuversichtlich, dass sie per *trial and error* so ziemlich jede Oberfläche reinigen konnte, die man ihr vorsetzte.

– Gut, sagte Mike. Am Abend dann.

Jetzt war es zwölf Uhr.

– Am Abend?

– Ja. Können wir es dann machen, bitte?

– Natürlich, sagte Natalie. Aber kann ich es mir vorher kurz anschauen? Dann weiß ich, was ich am Abend mitbringen soll. Welches Putzmittel und so.

Mike schien verwirrt.

– Ach so, sagte er. Nein, es ist ja noch nicht fertig. Aber es darf nicht bleiben. Es geht sonst in der Nacht um mich im Kreis.

Um mich im Kreis, diese Formulierung erinnerte sie an das aurige Gefühl vor einem Anfall. *Ummich*, ein einziges Wort. Es war ein blaues Gefühl, sehr kühl und sehr zwirn.

– Äh, ja, okay, sagte sie.

Mike nickte – bei ihm wurde immer eine knappe Kung-Fu-Mönchsverbeugung daraus – und trottete davon. Natalie ging zu Astrid und fragte nach.

– Ah, sagte sie. Er war's also.

– Was?

– Er hat meinen Kajalstift genommen, haha!

Astrid schüttelte den Kopf und lachte. Sie hatte eigentlich gar keinen Dienst heute, aber sie war da. Wegen Hollberg, Erstbegegnung, Aufregung, Beruhigung.

– Jesusmaria, er ist wirklich flink, sagte sie. Hat er gesagt, wann er fertig sein wird?

– Am Abend, glaub ich. Zumindest soll ich dann zu ihm –

– Du liebe Zeit, sagte Astrid, dann geht's ihm offenbar nicht so … Na ja, ich werde später kurz nach ihm schauen, vielleicht gibt er mir den Stift zurück. Aber ich glaube nicht, dass dann noch viel davon übrig sein wird. Er arbeitet wahnsinnig schnell.

– Entschuldigung, sagte Natalie. Aber ich versteh nicht. Was genau macht er?

– Jaaa, sagte Astrid. Das wirst du dann sehen. Am Abend. Es ist schon beeindruckend. Aber du musst das nicht allein wegmachen. Frag B, ob sie dir hilft. Ich geh um vier.

– Okay, mach ich.

– Ich hab ihn hier liegen gehabt, da.

Sie deutete auf die Stelle.

– Und da hat er ihn stibitzt!, sagte sie. Hahaha, er ist wirklich …

Das Ganze schien sie sehr zu amüsieren.

– Er hat vielleicht nicht gewusst, dass es deiner ist?, schlug Natalie vor.

– Sehr gut, sagte Astrid. Die Bezugis immer in Schutz nehmen. Das sieht man gern.

– Oh, ich –

– Nein, nein, sagte Astrid. Ich mein es gar nicht sarkastisch. Es ist schön. Andere brauchen sehr lang, bis sie an dem Punkt sind. Wir sind Pflichtverteidiger.

Natalie beschloss, dass es wohl am besten war, zu nicken.

– Gleich kommt der Dr. Hollberg, oder?, fragte Astrid. Der große Moment.

– In einer Stunde, sagte Natalie. Ich werde dann mal zu Herrn Dorm gehen und ihm helfen.

– Tu das. Du wirst sehen, es ist wirklich süß.

Natalie war immer noch etwas verwirrt, was die Sache mit Mike anging, aber sie hatte begriffen, dass man hier gelegentlich von ihr erwartete, verwirrt zu sein. Am Abend würde sie ja sehen. Mike bemalte inzwischen … die Wände? … mit Kajalstift oder irgendwas in der Art. Und sie durfte die Striche hinterher wegwischen. Mit Bs Hilfe. Okay, das konnte sie, das war keine Arbeit unter ihrem Niveau. Und wenn es Mike glücklich machte, war es sowieso kein Problem. Aber warum dieses Getue darum?

Sie fand Herrn Dorm in seinem Zimmer. Er saß etwas schief in seinem Rollstuhl und betrachtete sich im Spiegel, während er sein Gesicht mit Make-up bearbeitete.

Natalie hatte keine Ahnung von den Produkten. Auf dem Etikett der Flasche, die gerade in Verwendung war, stand: *Trilogy Foundation* von Asimov.

– Wofür ist das?, fragte sie.

– Grundierung, murmelte Herr Dorm.

– Das kommt am Anfang?

– Natürlich.

Er sprach, ohne die Lippen zu bewegen. Am Boden standen einige Paar Schuhe, grüne und violette. Keine andere Farbe war vertreten. Daneben ein Stapel Eustrich-Papier.

– Sie ist ohne Puder, sagte er. Von Puder wird die Haut zu matt. Wie für Fotoshootings.

Natalie unterdrückte ein Lachen. Das Wort *Fotoshooting* wirkte in diesem Zimmer wie ein seltener Schmetterling.

– Aber weil es glänzt, sagte Herr Dorm, brauche ich dann den Reflector.

So stand es auch auf der Flasche: *Reflector*. Von Fabien Marcuse.

Er hielt ihr die Flasche hin, Natalie nahm sie. Er strich sich die Augenwinkel mit der hautfarbenen Reflector-Substanz ein.
– Ich kann auch anders, klar?, sagte Herr Dorm.
– Bitte?
– Aber heute bin ich geduldig. Sie sind neu.
– Oh. Danke.
– Sie sind echt langsam.
– Tut mir sehr leid, sagte Natalie.

Dann kam die große Stunde, ein Pick-up fuhr draußen vor, und wenig später erschien ein regennasser, in einen überraschend hässlichen braunen Mantel gehüllter Mann. Alles hatte sich vor ihm aufgestellt, als wäre er der Lehrer, der seine Klasse betritt. Als Erstes wurde ihm von Astrid erklärt, dass dies also nun die neue Betreuerin sei, wie angekündigt, hier, also, da. Er schaute Natalie an.
– Oh, sagte er, ist die schon da? Ja, warum hat man mir nicht vorher was gesagt, dann hätte ich …

Er entschuldigte sich leise und reichte ihr die Hand.
– Hollberg.
– Freut mich. Natalie Reinegger.

Nein, er war nicht sehr groß. Aber er hatte breite, kräftige Hände. Er sah ein bisschen aus wie Robin Williams, wenn dieser für eine halbernste Rolle einen Bart trug. Nur der Blick war angespannter. Was am stärksten auffiel, waren seine Augenlider. Sie waren gerötet und wirkten wundgerieben, wie die Haut von frisch geschlüpften Papageien. Roh.

Herr Hollberg trat nah an Astrid heran und sagte etwas zu ihr. Sie nickte, legte ihm eine Hand auf den Arm.
– Äh, ja, sagte Astrid und drehte sich zu den anderen um.

Herr Dorm wurde sichtlich unruhig.
– Nur für heute soll noch die Astrid mitkommen, sagte Herr

Hollberg. Sie können dann nächstes Mal ... Tut mir leid. Es ist nur, ich bin etwas überrascht von der Situation.

– Oh, sagte Natalie. Kein Problem.

Es war tatsächlich keines.

Aber Astrid schien das anders zu sehen.

– Sie ist wirklich eine ganz hervorragende Betreuerin, sagte sie zu Herrn Hollberg. Sie hat sich gegen sehr viele Mitbewerberinnen durchgesetzt.

Natalie war überrascht. Davon hatte ihr bisher niemand etwas gesagt. Sie fragte sich, ob es die Wahrheit war. Astrid hatte ihr einen komischen Blick zugeworfen.

Deine Frau hat sich also umgebracht, dachte Natalie und betrachtete den bärtigen Mann. Wegen dem hier neben mir, dem Typen im Rollstuhl. Hollberg sah tatsächlich genauso aus, wie man sich einen Witwer vorstellte. Irgendwie verpuppt, eingestaubt, das Gesicht zugewuchert mit Haaren. Und dazu eine Brille. Ein Mann in der Nachspielzeit seines Lebens. Herr Dorm hatte das alles verschuldet. Und bekam Besuch dafür. Seit vier Jahren. Arrangement. Und jetzt durfte sie nicht mit. Warum war sie enttäuscht?

Sie dachte all diese Dinge, all die Bestandteile der komplizierten Geschichte, die man ihr in der letzten Teamsitzung kurz umrissen hatte, und fand sie trotzdem nicht so verwunderlich wie Astrids stramme Haltung und die Art, wie die anderen in respektvoller Entfernung dastanden und zuschauten. Wie auf einem Marktplatz. Mit ihr, Natalie, als zum Verkauf stehender Kuh.

– Ich komme natürlich gern mit, sagte Astrid. Aber Frau Reinegger hier könnte sicher –

– Es ist mir, glaube ich, lieber so, sagte Herr Hollberg. Nur für dieses Mal. Das nächste Mal dann, hey!

Dieser Ausruf hatte Natalie gegolten. Er hatte sogar mit den Fingern geschnippt. Natalie lächelte höflich und dachte an einen lichterloh brennenden Christbaum mit menschlichem Kopf. Dann nur an das Wort *lichterloh*, das zufällig auch tannenzweighaft geformt war. Leichte Beruhigung.

– Okay, sagte Astrid. Dann hol ich nur schnell den Schlüssel.

Natalie hielt ihr ihren hin.

Astrid prallte davor zurück.

Sie hatte es nur nett gemeint, aber die Geste war ihr möglicherweise etwas zu aggressiv geraten, denn Herr Hollberg sagte:

– Es ist nichts Persönliches.

– Nein, sagte Natalie und zog den Schlüssel zurück. Natürlich nicht. Ich freu mich auf nächstes Mal.

– Ich bin nur überrascht, das ist alles.

Natalie nickte.

– Wie war noch mal Ihr Name?, fragte Hollberg.

– Oh. Natalie Reinegger.

Sie deutete auf ihr Namensschildchen.

Herr Hollberg nahm sein Telefon aus der Tasche und tippte den Namen ein. Während sein Daumen die winzigen Buchstabentasten drückte, fragte er:

– Mit … zwei … g … nehm ich an?

– Äh, ja. Mit zwei g. Und e-i am Anfang, nicht a-i.

Herr Hollberg buchstabierte ihr, um sicherzugehen, den Nachnamen noch einmal vor. Natalie dachte: Was zum Teufel. Und sagte:

– Ja. Korrekt.

– Oh…kay, sagte Herr Hollberg und drückte noch ein paar Tasten.

Dann steckte er das Handy ein, lächelte zufrieden, blickte zu Dorm, der ihn einfach nur still und glücklich anstarrte, blickte zurück zu Natalie und dann auf seine Schuhe.

– Und Ihren Namen schreibt man mit zwei l?

– Was?

Er hob seinen Blick.

– Ihren Nachnamen. Mit zwei l. H-o-l-l …?

Natürlich wusste sie das längst, sie hatte ihn in der Besucherliste gelesen. Es war nicht schwer, sich einen einzigen Namen zu merken. Er schaute sie merkwürdig an. Dann wandte er sich an Herrn Dorm.

– Beantworte du die Frage, sagte er.
– Richtig, kam die Antwort, ohne die geringste Verzögerung. Mit zwei l. Und hinten berg wie der Berg.

Dorm trug seine hellgrünen Schuhe. Es hatte ein wenig gedauert, bis er sich für dieses Paar entschieden hatte. Ein kleiner Abzählreim, in dem die Tiere eines Bauernhofs die Hauptrolle spielten, hatte bei der Entscheidung geholfen. Endlich durfte er auf seinen Besucher zufahren. Die Begrüßung fiel herzlich aus: Er schlang seine Arme um den Rumpf des Mannes, der mit seiner Handkante kurz Dorms Kopf berührte.
– Aha, sagte Natalie. Also mit zwei l. Okay.

B unterdrückte ein Lachen.

Sollte sie auch ihr Handy herausnehmen und zu tippen beginnen? Es würde vielleicht albern wirken. Aber irgendetwas sagte ihr, dass ihr Gegenüber diesen Spielzug nicht ungern gesehen hätte. Schaute er sie auffordernd an?
– So, hörte Natalie die Stimme von Astrid. Schlüssel da, alles fertig. Dann gehen wir mal.

Herr Hollberg salutierte im Weggehen vor Natalie.

Sie hob ihre Hand und winkte.
– Was genau war das jetzt?, fragte Natalie B, als sie allein waren.
– Mach dir keine Gedanken. Er braucht halt Zeit. Jetzt hast du ein paar freie Sozialstunden.

Natalie schaute auf die Uhr. Galt dies schon als Abend? Nicht wirklich. Aber sie konnte ja trotzdem in zwei Stunden oder so bei Mike vorbeischauen, sich ein Bild von der zu bewältigenden Aufgabe machen. In diesen Tagen wurde es ohnehin erst gegen neun Uhr richtig Abend. Sie saß im Sozialraum, aß ein Sandwich und schaute aus dem Fenster. Eine nachgewitterliche Schwüle verbreitete sich im Gebäude.

Es war, als würde man eine Kathedrale betreten. Herr im Himmel. Fuck me. Das da waren. Und das da. Sie hielt sich eine Hand vor den Mund. Und das da drüben. Ach du meine. Der Effekt war unglaublich.

– Mike, brachte sie nach einer Weile hervor. Sie haben aber.

– Ja, ich weiß, seufzte Mike.

Er war vollkommen verschwitzt und sein weißes Hemd beschmiert mit schwarzen Strichen. Feuchte Haare klebten auf seiner Stirn. Er sah nicht glücklich, aber sehr erschöpft aus.

– Es geht schon wieder, sagte Mike.

– Entschuldigung, sagte Natalie. Aber ich muss mich kurz.

Gott sei Dank stand ein Stuhl da. Sie setzte sich. Du liebe Zeit. Und das alles an einem einzigen Nachmittag. So etwas hatte sie noch nie gesehen. Die Darstellungen waren nicht realistisch, sondern comichaft und teilweise überzeichnet, aber der 3D-Effekt verlieh dem Ganzen eine unerhörte Präsenz, es sprang einem entgegen, sodass man sich kaum dagegen wehren konnte. Wer davon keine Albträume bekommt, dachte Natalie, der hat keine Seele.

– Ich bin gleich zurück.

B, wo war B, sie musste das sehen! Natalie eilte in Richtung Küche. Aber dann wurde ihr klar: Das war es, was Astrid gemeint hatte. Sie kannten es alle schon. Man hatte es ihr, der Neulingin, nur nicht beschreiben können. Natürlich, wie auch? Dafür gab es keine Worte. Allein schon der Gedanke an einen Versuch fühlte sich peinlich an, lächerlich, unsinnig. Natalie begann zu lachen. Ihr Puls hatte sich beschleunigt und ihr war schwindlig. Ein Zustand wie beschwipst. Sie dachte an das Zimmer und den sonderbaren Menschen darin, Mike Ulrichsdorfer. Bezugi.

– Was ist denn so lustig?, fragte B.

– Steht hier vielleicht irgendwo ein, ähm, Anti-Kajalstift-Mittel herum?

– Oh, sagte B. Du hast es gesehen.

– Ich hätte mir beinah in die Hose gemacht!

B begann zu lachen.

– Ich hab es mir noch nicht angeschaut, sagte sie. Der Arme. Er hat offenbar schlecht geschlafen in den letzten Tagen und es uns wieder mal nicht gesagt. Man muss ihn das regelmäßig fragen. Wie er schläft. Ob seine Gedanken in Ordnung sind in der Nacht oder in Unordnung. Aber er antwortet auch nicht immer ehrlich.

Gemeinsam suchten sie die Putzmittel zusammen.

– Wir wischen das dann wirklich alles weg?, fragte Natalie.

– Natürlich, sagte B. Würdest du in dem Zimmer schlafen wollen?

– Aber warum hat er es sich dann –

Sie brach ab. Es war eine dumme Frage. Die Frage einer Anfängerin. B begann von früheren Klienten zu erzählen. Es habe hier immer wieder so etwas gegeben, sagte sie. Das sei ein Prinzip, mit dem man sich früher oder später anfreunden müsse.

Ein Klient, der bis vor einem Jahr noch hier gewohnt hatte, war an einem Haar, das er seit seinem fünfzehnten Lebensjahr im Mund spürte und einfach nicht loswurde, verrückt geworden. Aber seine Kleider mussten immer pelzig sein, je länger die einzelnen Härchen, desto besser. Ein anderer, allerdings in einer anderen Einrichtung, hatte in dem Glauben gelebt, er bestünde in seinem Inneren aus unzähligen kleinen Tieren, und er kümmerte sich liebevoll um das Wohlergehen dieser Wesen, ohne genau sagen zu können, welche Bedürfnisse sie hatten und wie er diese befriedigte. Und dann war da noch der Schneckenmann gewesen. Sein Name war Konrad. Er hatte panische Angst vor Schneckenhäusern. Deshalb malte er sie den ganzen Tag, auf die Wände, auf die Vorhänge, auf Papier, auf seine Hosenbeine, auf die Haut seiner Arme. Schwere Lernschwierigkeiten, schon seit der frühesten Kindheit. Nie eine vollständige Grammatik erlernt. Bis zum fünften Lebensjahr überhaupt nur BLISS-Symbole als Aktivsprache. Aber die Schneckenhäuser waren perfekt, absolut realistisch. Wenn er sie vor sich hatte, bekam er Angst vor ihnen. Und wenn man ihn fragte, weshalb er sie male, wenn er doch usw., erhielt man die aufrichtige Antwort: Sie sind so schrecklich.

Als sie vor Mikes Zimmer ankamen, stand der Künstler schon davor. Er hatte sich das schmutzige Hemd ausgezogen und über die nackte Schulter gehängt. Rund um seinen Bauchnabel sah man noch einige schwarze Striche. Neben ihm auf dem Boden lag der aufgebrauchte Schminkstift. Mike hatte den Stummel zertreten wie eine glühende Zigarette.

– Ich bleib dann hier draußen, sagte Mike.

Er begann durch den Korridor zu laufen, immer ein paar schnelle Schritte, dann bremste er ab, ging langsamer, beschleunigte wieder und so weiter. Als er sein Hemd verlor, hob er es nicht auf.

– Schade, dass er kein Kanarienvogel ist, sagte B. Dann könnten wir ein Tuch über ihn werfen.

Sie atmete einmal tief durch, ostentativ und halb im Scherz, dann drückte sie die Klinke der Zimmertür hinunter und trat ein. Natalie folgte ihr.

Goldene Nacht

Ein offenes Fenster, abendliche Stadt. Geruch nach nassen Büschen. Ein einzelnes Grillenzirpen: ein Juckreiz, den der Tag kontinuierlich wegzukratzen versucht. Bevor sie im Souterrain eingekehrt war, war sie am Mur-Radweg streunen gegangen. Sie stand da und schaute auf den Fluss, der, von den fallenden Regentropfen merkwürdig beschleunigt, an einigen wartenden Lieferwagen vorbeifloss. Ein Jogger lief seinem Hund hinterher, dessen nasses Fell prachtvoll glänzte. Dann, als der Regen aufhörte, ging sie weiter.

Der Junge sah aus, fand Natalie, wie jemand, der soeben einen großen Vogel Strauß von etwas überzeugt hat. Stolz, zerzaust, grundehrlich. Manche seiner Bewegungen hatten etwas Fachmännisches, das störte sie, aber man konnte sich bestimmt gut mit ihm unterhalten. Die feuchte Wärme nach dem Regen machte sie zutraulich und schrankenlos. Außerdem war sie noch angenehm durcheinander vom Anblick der Wandzeichnungen in Mikes Zimmer. Gerade hatte sie versucht, es dem Jungen im Souterrain zu beschreiben. Mein Leben ist wirklich sehr seltsam geworden. Sie trank ihr drittes Bier. Er hatte ihr gerade was von der Nordsee erzählt, wo er sich lange aufgehalten habe, aber es hatte Natalie nicht sonderlich interessiert.

– Ich kann mir das kaum vorstellen, sagte der Junge. Das ganze Zimmer? Aber es hat doch Ecken, wie soll dann der Effekt entstehen?

– Keine Ahnung. Er kriegt es einfach hin. Total perfekt. Er hat den Blick. Voll karlesk.

– Karlesk?

– Oh, Entschuldigung, sagte Natalie. Ich bin betrunken, und … dings.

Sie zeigte die Packung mit den Tabletten, von denen sie eine halbe genommen hatte.

– Das Wort hab ich nach meinem Bruder benannt, fuhr sie

fort. Genannt. Wie sagt man? Sie musste lachen. Er heißt Karl. Er ist nach Dänemark gezogen, weißt du?

– Aha, sagte der junge Mann.

Okay, sie saß also im Souterrain und, ja, keine Ahnung, flirtete wahrscheinlich. *In einer solchen Situation.* Natalie wollte es lieber schnell hinter sich bringen, weil heute Abend zwei lange Live-Sendungen hintereinander liefen, eine davon ein Spendenmarathon für eine Hilfsorganisation in Osteuropa oder Afrika, und sie nahm sich sogar vor, anzurufen. Das bedeutete, die Nacht war so sicher und behütet, wie es nur möglich war, eine goldene Nacht.

– Wenn ich diese Anfälle hatte und gerade beim Aufwachen war, konnte mein Bruder immer einen absolut passenden, perfekten Satz sagen. Damit ich mich nicht mehr so schlimm fühlte.

Da der junge Mann keine nennenswerte Reaktion zeigte, fügte sie hinzu:

– Weißt du?

– Jaja, sagte er. Sicher.

– Zum Beispiel in dieser Situation hier, sagte Natalie. Wir sitzen hier zusammen und reden, ja?

– Sieht so aus.

– Und ich könnte, was weiß ich, zum Beispiel sagen, dass du total hübsche Hände hast.

– Danke.

Er nahm einen Schluck von seinem Bier.

– Aber es wäre nicht der karleske Satz. Weil Karl, also der ist immer so neben mich hin, weißt du? Wenn ich am Boden auf der Epi-Decke gelegen bin.

– Auf der was?

– Auf der Epi-Decke, wiederholte Natalie lauter. Das Muster auf ihr hat mir geholfen beim … Egal. Also, er war da, so neben mir. Du schaust ihm nämlich ein bisschen ähnlich, weißt du? Sag ich das eigentlich zu oft, *weißt du*?

– Was?

– Ob ich *weißt du* zu oft sage.

– Keine Ahnung.
– Okay, sagte Natalie. Also, stell dir vor, du bist neben mir auf dem Boden. Und ich komme grad aus dem Anfall raus.
– Aus welchem Anfall?
– Grand Mal. Also volles Programm. Erklär ich dir später. Und jetzt sag etwas, das mich aufmuntert. Mein ganzes Bewusstsein ist gerade in Scherben zerbrochen, und ich hab mich angepisst, und meine Mutter hat mit mir Fingerzählen geübt. Aber du siehst, dass es mir noch nicht bessergeht. Also. Welchen Satz sagst du?

Der junge Mann seufzte und blickte zur Seite. Natalie machte ihr Post-Grand-Mal-Gesicht.
– Keine Ahnung, sagte er.
– Schlecht, sagte Natalie und schüttelte den Kopf. Ganz schlecht. Stell dir vor, ich wäre deine kleine Schwester. Du hast mich lieb. Du würdest mich nie einfach so liegen lassen. Also. Was würdest du sagen?
– Vielleicht … irgendwas Ablenkendes?
– Gut, gut, sagte Natalie und machte die Weiterwink-Geste von Verkehrspolizisten.

Der junge Mann dachte nach.
– Ich bin bei dir, sagte er. Und. Es wird gleich wieder bessergehen.

Natalie tat so, als falle sie vom Stuhl. Er wollte ihr helfen, aber sie fing sich von selbst, verdrehte die Augen und sank pseudo-tot auf die Tischplatte.
– So schlecht?, fragte er.
– Grottenolmmäßig.
– Okay.
– Also. Hör dir folgenden Satz an. Das ist *textbook* karlesk. Ich am Boden, kaputt, versteh aber langsam wieder, was man zu mir sagt. Und er hockt neben mir und sagt: Du hast nix verpasst, aber –

Sie musste plötzlich lachen, die Erinnerung rührte sie sehr. Verdammte Kombination mit Alkohol, da gingen immer alle Schleusen auf. Sie hielt sich beide Hände vors Gesicht.

– Nein, sagte sie. Ich kann's nicht sagen. Sorry. Der Satz war so karlesk, dass er … einfach … ich weiß nicht.

– Ach komm, erzähl, sagte der junge Mann.

– Nein, ich muss da nur heulen, sagte Natalie. Ich kann nicht. Was anderes. Wie heißt du eigentlich?

– Boris.

Sie nickte und ließ diesen Namen wirken.

– Zurück zu unserer Situation hier, Boris. Ich hab den karlesken Satz für dich. Fertig?

– Äh, ja.

Natalie hatte extra geübt, beim Streunen im Regen auf dem Radweg. Sie war auf und ab gegangen und hatte Sätze ausprobiert. Einer war schließlich hängengeblieben. Der Sieger, sozusagen.

Sie wartete, bis Boris wieder einen Schluck aus seiner Flasche nahm, dann lehnte sie sich vor, imitierte eine laszive Frau und sagte:

– Fick meine Stimmbänder.

Leider spuckte er vor Überraschung nicht aus, aber beinahe. Ein Teilerfolg.

– Was?, fragte er.

– Du hast mich schon verstanden. Magst du? Ich bin ganz eng, da drinnen, in der Kehle. Aber ich würge nicht. Ich war mal in einer Sekte, da hab ich das gelernt, gegen Chemtrails.

Sie machte ihren Mund auf und deutete mit dem Finger rein.

– Aah …

Boris' Gesicht verlor alle Geheimnisse.

– Das wären einige karleske Folgesätze. Für diese Situation hier. Du spürst die Wirkung, oder? Eben. Ja, und *das* ist karlesk. Eben speziell zugeschnitten auf unseren Fall. Muss nicht immer aufs Erotische rauslaufen. Also dann, ich geh jetzt.

Sie stand auf. Boris stieß sich das Knie an, als er ebenfalls aufstand. Als hätte ihn jemand an seinen Marionettenfäden hochgerissen.

Natalie winkte ihm zu und ging zum Ausgang.

– Warte!

Sie blieb stehen. Er kam ihr nach. Als sie ihn direkt hinter sich spürte, schloss sie die Augen und ließ sich, Selbsterfahrungsseminarübung, nach hinten fallen. Er fing sie auf.

– Du hast gewonnen, sagte sie. Ich bin sowieso viel zu ... *wasted*, hahaha. Übernimm meine Stimmbänder. Tu mit ihnen, was du willst.

Sätze mit Wirkung. Markus war da auch immer zu Wachs geworden. Sie hatte manchmal vor dem Spiegel geübt. Wenn er tief in ihr war, flüsterte sie:

– Berühr meinen Muttermund.

Er stockte, stemmte sich über ihr in die Höhe. Gespannte Muskeln. Schlüsselbeine, leicht asymmetrisch. Die hübscheste Stelle bei Männern.

– Was?

– Meinen Muttermund, raunte Natalie. Das Ding ganz am Ende, innen drin. Komm, mach. Du bist lang genug.

Er lachte und blickte zur Seite.

– Jetzt nicht mehr, sagte er und glitt aus ihr.

– Was ist das Problem?

– Das Wort. Das ist falsch. Muttermund.

– Aber es heißt so. Mein Mutterm–

– Anananana! (Er steckte sich die Finger in die Ohren.)

Der Junge namens Boris zog sie in eine Ecke des Hinterzimmers. Sie fing seine Hände auf, er atmete schnell, sie versuchte ihn ein wenig zu bremsen. Aber er hatte auch irgendwas genommen, also ließ sie ihn in Ruhe, das heißt, sie ließ ihn machen, er würde eh nicht lange brauchen. Sie ging auf die Knie und öffnete seine Hose. Sie musste lachen, er trug eine lange Unterhose. Wie Hamlet. Der Bund war eng, tiefe Druckstellen in der Haut über seinen Hüftknochen wurden sichtbar, nachdem sie sie heruntergezogen hatte. Er deutete ihr Kichern als Vorfreude.

Natalie schaute auf die Uhr. *Wetten, dass ..?* begann in zwanzig Minuten. Dann applaudierten in Mainz Tausende Menschen in einer großen Halle, und die Wetten wurden vorgestellt. Das hatte sie als Kind immer durcheinandergebracht, denn im Vorspann sah man kurze Filmausschnitte der kommenden Wetten, dabei war das Ganze doch eine Live-Sendung. Wie also konnte …? Aber klar, es hatte Generalproben gegeben und so weiter. So erklärte sich das.

Boris stöhnte auf eine lächerliche Art. Aber er roch gut: ungeduscht, klebrig, salzig. Wie ein Bauchnabel. Natalie biss ihn ein wenig, nur um zu testen, wie weggetreten er schon war. Er merkte nichts, sondern war mit dramatischem Luftholen beschäftigt. Merkwürdig, immer dieses Filmreife, überall. Da, in zwanzig Sekunden würde sein Herz explodieren. Sein Gesicht war rot und glänzte.

Natalie nahm seinen Penis aus dem Mund und schaute ihn an. Es war eine merkwürdige Einrichtung. Nicht direkt schön, aber auch nicht hässlich oder deprimierend. Seine Eichel hatte eine leichte Pilzhutform, zartes rosa Fleisch am Rand der … wie nannte man das, Krempe? Sie bohrte ihre Zungenspitze in das kleine zugekniffene Auge, das die Harnröhrenöffnung bildete.

– Willst du in meinen Mund pissen?, fragte sie ihn.

Er öffnete die Augen, ein dummes Lächeln um seinen Mund.

– Oh, sagte er, ohhh, ohhh.

Natalie wartete, ob noch etwas Konkreteres kam. Da fiel neben ihr jemand auf eine der Matratzen. Staubwolken quollen auf, die trägen Diskolichter ließen sie angenehm dreidimensional aussehen. Es waren zwei Männer, die hektisch aneinander herumspielten. Natalie schaute eine Weile zu, dann merkte sie, wie Boris unruhig wurde, bestimmt spürte er den kühlen Windhauch ihrer Bewegungen auf den feuchten entblößten Stellen seines Körpers.

– Jaja, bin ja schon da, sagte Natalie.

Sie nahm ihn noch einmal in den Mund, saugte, so stark sie konnte, auch das ein kleiner Test, ob er protestieren würde. Aber wieder kam nichts. Sie schaute auf die Uhr. Die Tatsache, dass *Wetten, dass ..?* jetzt bald lief, in so vielen Fernsehhaushalten überall, auch bestimmt in diesem Haus, wenige Meter über ihr, verlieh dem Abend einen dunklen, gütigen Glanz, etwas, an das man sich in Gedanken lehnen konnte, einen doppelten Boden.

Jemand berührte sie am Hinterkopf. Sie blickte sich um. Es war ein anderer Mann. Er hatte seinen Schwanz schon aus der Hose geholt und hielt ihn ihr vors Gesicht.

– Ah, ich weiß nicht, sagte sie zu ihm und schüttelte den Kopf.

– Ach so, ich wollte nur …, sagte er.

Okay, das war wirklich wunderbar unbeholfen. Sie beschloss, es zu versuchen. Welcher Satz würde ihn wohl durcheinanderbringen? Sie überlegte kurz, dann versuchte sie es mit dem erstbesten, der ihr in den Sinn kam:

– Gut, sagte sie. Aber ich weiß nicht, ob ich tief genug für dich bin.

Er glotzte sie an. Dann neigte er sich zu ihr herunter und legte eine Hand hinters Ohr.

– Ich weiß nicht, wiederholte Natalie lauter, ob ich tief genug für dich bin!

– Was?

– Mein Hals. Da.

Sie sperrte ihren Rachen auf und präsentierte ihm das Innere ihres Mundes.

– Du bist viel größer als er, sagte sie.

Sie zeigte auf Boris, der allem Anschein nach eingeschlafen war.

– Und länger. Und außerdem, na ja, ich krieg den bestimmt nicht ganz rein. Aber okay, du kannst es natürlich versuchen. Aber du musst eines tun, okay?

Es dauerte, bis der Typ seinen Verstand wiedergefunden hatte.

– Was soll ich …?

– Du musst meinen Kopf festhalten, damit er nicht, du weißt schon.

Sie machte eine wegwerfende Geste, als wäre das alles selbstverständlich.

– Hä?

– Du weißt schon, Frauenprobleme und so.
– Ich kapier nicht.
– Na ja, Würgereflex halt, du musst meinen Kopf festhalten, am besten bei den Ohren, oder warte, so.

Sie zeigte auf die Stelle:
– Das hab ich mir extra wegrasiert.
– Warum?, fragte der Typ.
– Damit die Seele entweichen kann.

Dummes Glotzen.
– Aber so müsste es gehen, sagte sie. Probier mal. Nimm die Strähne.

Er nahm sie in die Hand und zog ein wenig.
– Du musst richtig dran ziehen, damit ich nicht abrutsche oder so zurückgehe mit dem Kopf. Das ist ein automatischer Reflex, wenn man keine Luft mehr bekommt. Außerdem war gerade Allergiezeit, und meine Mundwinkel reißen ständig ein. Also nehme ich an, sie werden auch bei dir einreißen, also nicht wundern, falls Blut kommt, das geht gleich wieder vorbei. Oh, und warte, wenn du kommst, ja? Dann musst du auf jeden Fall ganz rein, damit ich mich nicht verschlucke. Ich meine, du willst doch, dass das Zeug am Ende in meinem Magen landet, oder?

Und sie schaute ihn auf eine Weise an, die, wie sie hoffte, *geschäftsmäßig* wirkte.
– Also.

Er lachte los, sie hatte ihn geknackt, es war zu viel für ihn gewesen.
– Hey, sagte er. Also. Echt kein Stress.

Er zeigte ihr seine leeren Handflächen. Sein Schwanz war inzwischen erschlafft.
– Was?
– Keine Ahnung, sagte er. Ich will dir nicht wehtun oder so.

Zeit, den Sender zu wechseln. Sie lehnte sich mit der Wange gegen seine Hüfte. Er war muskulöser als Boris.
– Ah, du verstehst mich total, schnurrte sie in sein T-Shirt, auf dem irgendein komischer Spruch stand.

Er lachte.

– Du bist verrückt!, sagte er.

Er steckte seinen Schwanz zurück in die Hose und setzte sich neben sie. Natalie war stolz. Ich kann das, dachte sie. Ich habe diese Wirkung. Ich kann genau die richtige Frequenz finden. Vielleicht wird dir das noch mal das Leben retten, sagte die Maus auf ihrer Schulter, und Natalie berührte den Typen am Handgelenk. Dann tranken sie aus Flaschen, die zufällig in der Nähe standen, und Natalie kam sich auf einmal sehr repräsentativ vor, und sie wandte sich, um nicht wütend zu werden, innerlich von sich selbst ab und ließ sich stehen. Ein PEZ-Spender geriet über einige Umwege in ihre Hand, und sie verlor sich in der Betrachtung des lieben, kleinen Tiergesichts. Etwa um dieselbe Zeit fiel im Garten eine schwere Regentonne um.

Eigentlich war es eine Ausnahme, dass sie heute nur Sätze ausprobierte. Normalerweise zeichnete sie die Stimmen auf und machte wirklich was mit den Männern. Aber heute, nach dem Overload in Mikes Zimmer, schien der Weg dahin etwas weit. Seit Markus ließ sie niemanden mehr in ihren Körper, außer in den Mund. Das Angenehmste an einem Blowjob war, wenn die eigenen Lippen nach ein paar Minuten so rutschig und glitschig wurden, dass die Auf-und-ab-Reibung kaum mehr zu spüren war und etwas Gläsernes bekam, fast ohne Widerstand und abstrakt wie das Ineinander von Maschinenteilen. Als würde man die *Ausgezeichnet!*-Geste von Mr. Burns von den Simpsons besonders lange machen und die Fingerkuppen werden dabei auf diese spezielle Weise … nicht taub, sondern *vergesslich*, das war das richtige Wort, ja, vergesslich, sie bewegten sich irgendwie von allein weiter, und es fühlte sich an, als hätte man eine unsichtbare Glasscheibe zwischen den Fingern. Und hier war es genau dasselbe Prinzip, nur eben mit Lippen. Das Einzige, was diese angenehme Empfindung störte, war, wenn der Mann drahtige Schamhaare hatte, die, wenn sie mit ihren Lippen in Berührung kamen, diese daran erinnerten, dass es auch raue und stupfige Oberflächen auf der Welt gab. – Ihren Mund am Ende weit aufzusperren und ihn zielschießen zu lassen, war langweilig und außerdem meist eine ziemliche Sauerei, aber wenn sie an ihm saugte und ihn mit der Zunge festhielt, fühlte es sich, wenn er endlich spritzte, so an, als würde sie seinen Penis durch Reibung und Druck zum *Schmelzen* bringen. Es begann am Gaumen, und wenn sich das Sperma durch ihre Bewegungen verteilte, schmolz er weiter der Länge nach, heiß und klebrig, und je mehr Spucke sie produzierte, desto flüssiger wurde das Ganze, dann fing der Mundraum von selbst an, den Schluckreflex auszulösen, wie wenn man einen Bissen Essen so lange kaut, bis er nur mehr flüssiger Brei ist, und dann noch einen Schluck Wasser dazu nimmt.

Aber heute? Näh. An anderen Tagen war sie richtig hochtourig unterwegs, schluckte den Saft von drei Männern, und zwei pissten ein wenig in ihren Mund, ein kurzer Strahl. Sie dachte an den einen, der es nur unter großen Schwierigkeiten zustande gebracht hatte, all die Jahre hatte sein Körper gelernt, ausschließlich in Toiletten zu pinkeln, sodass sich seine inneren Muskeln weigerten, sich zu entspannen, während die Lippen einer jungen Frau um ihn herum waren. Der andere hatte keine Probleme. Natalie hatte sofort Vertrauen zu ihm gefasst. Als er fertig war und ihren Scheitel anerkennend mit seiner großen Hand glattstreichelte, fragte sie ihn, ob er das Gefühl kenne, wenn eine Stimme besonders angenehm und tief und irgendwie auch schwerfällig sei, dieses Gefühl, das man dann bekam, genau an der Stelle, wo er sie gerade berührte, ASMR hieß es jetzt offiziell, und er hatte sogar genickt. Und war weggegangen. Natalie wollte ihm folgen, aber ihr Oberkörper war nass, hauptsächlich von Schweiß. Sie stank und musste zumindest ihren Kopf kurz unter den Wasserhahn halten. Wunder des Lebens.

Als sie nach Hause kam, war *Wetten, dass ..?* noch lang nicht zu Ende. Sie erwischte die letzte Stunde, bei Überziehung vielleicht sogar mehr. Mit einer großen Schüssel Müsli saß sie vor dem Fernseher und fühlte sich großartig. Draußen hatte es wieder leicht zu regnen begonnen. Während einem Wettkandidaten gedankt wurde und die Leute applaudierten, stand sie auf und schaute auf die Straße hinunter. Niemand war unterwegs. Ein Auto fuhr vorbei, dann wieder nichts. Sie überlegte, ob sie schon genug hatte für heute Abend. Eine Nacht mit zwei sehr langen Live-Sendungen, jede Ecke der Wohnung glühte in dem Geborgenheit spendenden, dunkelgelben Licht – aber noch mal raus zu gehen, erschien eigentlich auch recht reizvoll. Den All-Night-Spendenmarathon konnte sie auch auf dem iPhone anschauen, ihn mit sich herumtragen. Wenn sie jetzt noch mal im Souterrain auftauchte, vielleicht mit einem tropfenden Regenschirm unterm Arm, würden sie die Typen dort freudig begrüßen, *Hey, Nataliieee!* Bierflaschen, die man ihr reichte. Zigaretten, die man ihr anbot. Sie war etwas Kostbares für diese Leute. Zu meiner Beerdigung würden gut vierzig, fünfzig Menschen aufkreuzen, dachte Natalie. Ein kleines Problem war der Regen, er wurde von Minute zu Minute stärker.

Nach dem Ende der Wettsendung holte sie das iPhone aus ihrer Tasche und legte sich damit in die Badewanne. Es war natürlich nicht gesund, in Leitungswasser zu baden, aber man konnte die Crowd-Control-Wirkstoffe, die die Regierung dem Wasser zusetzte, mit einer UV-Lampe neutralisieren, mit der man nach dem Bad seinen Körper ableuchtete; Ilona hatte ihr das damals gezeigt. Man durfte nur nicht den Fehler begehen und Leitungswasser trinken – das war ungefähr so gesund, wie sich eine ganze Chemtrail durch die Nase zu ziehen. Natalie schaltete den Fernseher auf dröhnend laut und ließ die Tür offen, sodass sie ihn sehen konnte, wenn sie ein wenig das Köpfchen reckte. Sie hörte sich die Aufnahme zweimal an. Es war nichts wirklich Berauschendes drauf. Viel Geraschel, einige hohe Stimmen. Und dann der Moment, als Boris erschienen war. Seine Laute, während sie ihn im Mund hatte. Sie mochte es, wenn Männer von den Vorgängen in ihrem Körper derart durch die Mangel gedreht wurden, wenn sie sich zusammenkrampften, wenn sie weinten, wenn sie keuchten und sich irgendwo festhalten mussten. Diese inneren Kämpfe, richtig heroisches Zeug. Aber andererseits hockten sie dann wieder vierzig Minuten auf dem Klo, als müssten sie sich lange und ausgiebig *verabschieden* von ihrem … igitt. Sie schrieb eine SMS an Markus: *ihr seid solche freaks.*

Obwohl es schwer war, mit nassen Fingern zu tippen, trug sie in ihr iPhone-Notizbuch die drei besten Sätze ein, die sie heute Abend gesagt hatte. Der eine mit dem *tief genug*. Auf ihn war sie besonders stolz. Sie würde ihn auf alle Fälle wieder ausprobieren, vielleicht an einem älteren Mann, der noch viel empfänglicher für solche Sachen war, aber gleichzeitig viel ungläubiger reagieren würde. Und die anderen beiden Sätze? Na ja, den einen hatte sie, bevor sie Boris kennengelernt hatte, zu diesem maximal sechzehn oder siebzehn Jahre alten Muskelpaket gesagt: *Mein Freund hat mir mal, oh Gott, das war total süß, so einen gebrauchten Stringtanga geschenkt, aber nicht ›gebraucht‹ im Sinne von ›von einer anderen Frau‹, sondern von einer dieser Webseiten, wo man eben gebrauchte Bodybuilder-Sachen kaufen kann!* Sie musste auch jetzt noch kichern, wenn sie an die Reaktion des muskulösen Burschen dachte. *The horror, the horror!* Und den anderen Satz hatte sie gestern bei dem Typen verwendet, der sein Kondom nicht abstreifen wollte: *Du kannst mich nicht schwanger machen, ich hab da so ein Ding in mir, das quetscht alle inneren Funktionen ab, gutartig und alles, aber trotzdem.* Aber es hatte nichts genützt, der Mann hatte das Kondom anbehalten. Da fiel es ihr ein – das Kondom, es steckte ja immer noch in der Jackentasche!

Nasse Schritte über den Badezimmerboden, tropfend durch den Korridor, der erste wirklich *kalte* Moment des Tages. Spendenmarathon-Musik, neben ihr aufbrandend. Sie holte das Kondom aus der Tasche und nahm es mit ins Badezimmer. Perverse Sau, lobte sie sich und nahm das Glas, in dem sie ihre elf Zahnbürsten aufbewahrte, füllte es mit Wasser, glitt in die Badewanne zurück. Es dauerte ein wenig, bis sie den saublöden Knoten gelöst hatte. Er war so fest, als ginge es um die Zukunft des Planeten. Sie drückte das Kondom wie eine Senftüte aus. Der Inhalt tropfte ins Wasserglas und wand sich dort, geisterbleiches Ektoplasma. Dann sank es auf den Grund und lag einfach dort, unförmig, wie Kalkrückstände in Seniorenheim-Gebissbechern. Sie leerte das Glas in einem Zug. Aids, dachte sie und hielt sich eine Hand vor den Mund, als sie rülpsen musste. Aids Aids Aids Aids Aids.

Ich bin voll geisteskrank. Perfekt für den Job. Hab mich gegen sehr viele Mitbewerberinnen durchgesetzt.

Gegen Mitternacht stieg sie aus der Wanne, trocknete sich ab, leuchtete ihren Körper kurz mit der UV-Lampe ab und rollte sich dann auf der Couch ein. Obwohl gerade alle Elemente der Welt in einem wunderbaren Gleichgewicht waren, nahm sie die Fernbedienung und schaltete auf einen anderen Sender. Sie hatte Glück, es war eine Dokumentation über Luchse. Sie wurden in Österreich wieder häufiger in freier Wildbahn gesehen. Ein Jäger wurde interviewt, ein noch recht junger Mann mit rotfleckigen Hängebacken. Er sprach von Zyklen, Beständen und Jahreszeiten. Natalie breitete eine Wolldecke über ihre nackten Beine. Der Regen draußen schwoll an, die offenstehenden Fenster begannen in ihren Verankerungen zu knirschen. Man müsste so ein Tier haben, dachte sie, aber nicht als Fantasie, sondern in echt, ein kleines Haustier, kreisrund und weiß, das einen jeden Nachmittag erwartet, wenn man von der Arbeit kommt. Markus hatte nicht zurückgeschrieben. Ein eingangs- und ausgangsloses Ding, das man nie füttern oder saubermachen musste. Eine weiße Fellkugel, die immer lebt und nicht von allein sterben kann. Totale Marktlücke. Ein völlig inputloses Wesen, weich, schneeweiß, höchstens so groß wie unser hässlicher Globus im Sozialraum. Aber atmen müsste es schon können, auf so eine geschäftige Weise, wie Babys atmen. Hatte sie überhaupt schon mal ein Baby atmen gesehen? Das heißt *wirklich* auf die Atmung geachtet? Alle lebenden Babys atmeten natürlich … Der Gedanke an Babys brachte sie ein wenig durcheinander. Sie dachte an Kaugummiblasen,

Pfeifenstopfer und an ein Elektroschockgerät, das sie vor Jahren einmal besessen hatte, mein Gott, wo war das wohl hingekommen, es war so hübsch gewesen, wie geschnitzt, so handlich und angenehm zu verwenden, vom Hersteller eindeutig konzipiert für zierliche, von Natur aus nicht besonders starke Hände. *Heeey, Nataliieee!* Gratisbier, Gratiszigaretten, von allen Seiten. *Wie schön, dass du zurück bist, komm, setz dich zu uns.* Ihr Scheitel fühlte sich komisch an. Als würde sie von oben angeblickt, angestarrt. Sie schaltete zurück zum Spendenmarathon. Goldene Nacht. Ich bin in Sicherheit. Sie roch an ihren verschrumpelten Badefingern.

Markus, der verdammte Freak, hatte ihr einmal von einer Idee erzählt. Eigentlich wollte er daraus ein Buch machen, aber dann entwickelte es sich zu einem weiteren Intimspiel zwischen ihnen. Die Alephs. Wo Markus diesen Namen herhatte, wusste Natalie nicht, der erste Buchstabe im hebräischen Alphabet hieß so. Alephs waren Roboterwesen in der Zukunft, die mit allem verbunden waren, das heißt, sie sahen das ganze Netz der Gegenstände und Menschen vor sich, alles zur gleichen Zeit. Sie liefen auf der Straße herum, und wenn man sie sah, konnte man sie rufen – *He, Aleph* –, und sie kamen herüber, und man fragte sie etwas oder bat sie um Hilfe. Wie früher die Dienstmänner. Immer mehr Alephs bevölkerten die Straßen, und alles funktionierte super. Bis sie eines Tages anfingen, langsam zu werden. Man schaute in ihre elektronischen Gehirne, studierte die gigantischen Log-Files und kam dahinter, dass sie an irgendwelchen sinnlosen kleinen Details hängengeblieben waren, an einer Maus in einem dreckigen Käfig in einer Vorstadt von Kigali, an einem Kanaldeckelverschlussring in Brooklyn, der etwas hervorstand und den ein Hund angekaut hatte, oder an einem Stück Gras in einem Winkel des Giraffengeheges im Hamburger Zoo. Die Alephs blieben mehr und mehr an solchen substanzlosen Einzelheiten hängen und konzentrierten aus unerfindlichen Gründen ihre ganze Aufmerksamkeit, die sonst gleichmäßig auf alle virtuell und *satellitär* überwachbaren Weltvorgänge aufgeteilt war, ausschließlich auf sie. Man sprach mit den Alephs, man programmierte sie behutsam neu, und eine Weile funktionierten sie wieder wie früher, aber dann fingen die *Hänger* von vorne an. Und an dieser Stelle würde die Geschichte beginnen. Markus war glücklich gewesen, voller Vorfreude. Aber Natalie kannte ihn. Sie wusste, er würde sich hinsetzen und beginnen und dann immer unzufriedener werden, bis er die Sache schließlich aufgab. Also hatte sie beschlossen, ihn diesmal davor zu retten. Vor der Implosion. Denn die Idee gefiel ihr auch. Es wäre echt schade um sie. Eines Tages saß sie bei Markus auf dem Balkon. Er saß neben ihr und rauchte, machte Bemerkungen über, wie er es nannte, *die Stadt als Gefüge* und blätterte mit seiner freien Hand in einem *Quelle*-Katalog, der zehn Jahre älter war als er. Da sagte Natalie:

– Es schaut mich schon wieder an.

Markus blickte von der Zeitschrift auf:

– Wer?

– Das Aleph. Es bleibt ständig an mir hängen.

Eine merkwürdige Stille setzte ein. Natalie blickte zu ihm, aber sie konnte nicht ausmachen, ob er überrascht, enttäuscht, genervt oder geschmeichelt war. Er drückte seine Zigarette im Aschenbecher auf diese komische Art aus, die mehr an einen Restaurator erinnerte, der behutsam ein verlorenes Farbpigment auftrug. Diese konzentrierten, leicht seitwärts wandernden Schraubbewegungen.

– Es ist wahrscheinlich kaputt, sagte er schließlich.

– Oder es mag mich.

– Es hat immer mit Tieren zu tun. In der Geschichte. Die Hänger.

– Ich bin ein Tier.

– Und welches?

Natalie überlegte.

– Molchjungfrau, sagte sie. Oben Frau, unten Molch.

Sie hob ihre Beine und machte Schwimmbewegungen.

– Okay.

– Das Aleph starrt die ganze Zeit auf meine Zehen.

– Tut es das, aha.

Markus versuchte, so zu tun, als sei er noch in den antiken Katalog vertieft.

– Soll ich aufhören?, fragte Natalie. Ich meine, ist ja deine Idee. Soll ich sie in Ruhe lassen?

– Nein, nein. Mach nur, wie du magst.

Wieder Stille. Blättern.

Das zweite Mal

Die Woche verging mit Schweißausbrüchen, Hitzeschwindel und Schlafstörungen. Natalie war glücklich. Manchmal blieb sie die halbe Nacht auf und schaute fern. Das Gerät war ein Segen. Eines Nachts, gegen halb drei, ertappte sie sich dabei, wie sie mit einem Aal sprach. Er wand sich im Wasser, war silbrig und hübsch. Natalie streckte einen Finger nach ihm aus und ließ die Hand sinken. Es war verrückt, am Leben zu sein, ausgerechnet zu dieser Stunde. Wenig später fand sie einen weißen Zettel, den der Sommernachtwind auf ihren Balkon geweht hatte. Sie hob ihn auf, knüllte ihn zusammen, steckte ihn in den Mund und stand eine Weile da. Merkwürdig, der Gedanke an die Sonne, spätnachts. Wenn man sie ansehen wollte, musste man direkt nach unten blicken, mit Sehstrahlen die dichte Erde durchtunneln. (Ilona, das Mädchen aus der Sekte, hatte nachts oft geweint, und Natalie hatte sie massiert. Einmal waren sie auch gemeinsam in der Münzkammer gesessen, obwohl das verboten war.)

Bei der Arbeit unterliefen ihr kleine Versehen, aber so ging es allen, es war keine Weltkrise. Temperaturrekorde, Zeitungsbilder von Freibädern und Menschen mit Sonnenhüten. Weitere Nagetier-Berichte. Natalie hörte sich aufgenommene Stimmen auf dem iPhone an und schlurfte durch den Gang. Lustig, die Schweißproduktion des Körpers, man schüttete Wasser in sich hinein, und es trat gleich wieder aus, aus tausend kleinen Löchern.
– Hey, jemand hat vergessen, das Ginger Ale zuzuschrauben, sagte B.
– Das ist nur, damit die Seele entweichen kann.
– Die Kohlensäure, sagte B.
– Die Kohlensäure, wiederholte Natalie.

B stellte die Flasche zurück. Auch ihr war zu heiß, um die Angelegenheit weiterzuverfolgen.

– Heute wieder großer Tag, hm?, sagte B.

Ja, großer Tag, wie wahr: Herr Hollberg hatte sich angekündigt. Die Make-up-Vorbereitungen in Dorms Zimmer waren bereits absolviert. Großes Theater. Aber am Ende war selbst er zu hitzemüde, um sich mit ihr zu zanken. Elende Diva.

– Was man so hört, hat sich Hollberg den Bart wegmachen lassen, sagte B.

– Damit die Seele den Körper …?

– Du verwendest den Satz zu oft, Natalie.

Ja, sie dachte den Satz wirklich die ganze Zeit. Er bedeutete längst irgendetwas anderes. Einmal hatte sie ihn sogar peinlicherweise bei ihrer Hautärztin verwendet. Das war eine nette ältere Dame mit einem wunderbaren Lupen-Gesicht (also einem, das tatsächlich hübscher wurde, wenn es durch eine Lupe blickte). Sie hatte ihr ein Dermatofibrom entfernt, eine harmlose Verdickung von Bindegewebe, gleich unter dem Schulterblatt. Natalie hatte der kleine Knödel, der nicht verschwinden wollte, große Sorgen gemacht. Hinterher sagte sie zu der Hautärztin: Jetzt kann die Seele ungehindert den Körper verlassen. Hm, hatte die Ärztin gemacht, ein Lachen wie ein Anerkennungspreis. Auf dem Heimweg hatte sich Natalie wahnsinnig geschämt, jede Rotphase unter glühender Sonne erlebte sie als *verdient*.

Die extreme Hitze dämpfte aber auch ihre Nervosität. Es würde schon irgendwie gehen, beschloss sie. Zur Not falle ich einfach in Ohnmacht. Als Herr Hollberg endlich kam, war Dorm ekstatisch und überdreht, ihm war es ganz egal, wer sie begleitete, denn sein Geliebter war da, sein Geliebter war da! Natalie konnte ihn nicht ansehen. Das Make-up zerlief ihm, aber es war unprofessionell, darüber zu grinsen.

Herr Hollberg hatte sich tatsächlich rasiert. Warum hatte B das gewusst? Extra für die neue Begegnung wahrscheinlich. Vielleicht war ihm auch nur heiß. Schau ihn dir an, wie er sich von seinem Stalker umarmen lässt. Ist das verrückt. Natalie wischte sich den Schweiß von der Stirn.

Er gab ihr die Hand, wieder so seltsam innig.

– Diesmal bin ich bereit, sagte er und lächelte.

Sie gingen in den nahen Park. Natalie trieb es in Richtung der schattenspendenden Pappeln. Die sahen aus wie erhobene Zeigefinger. Herr Hollberg blieb stehen und sagte irgendetwas zu Dorm, unhörbar für Natalie. Dorm blühte auf und rief:

– Okay, Chris, mach ich!

Und er rollte davon. Natalie wollte ihm nachgehen, aber Herr Hollberg hielt sie zurück.

– Nein, sagte er. Er fährt nur zu dem Baum da drüben. Das muss jetzt kurz sein.

– Ach so, okay. Ich hab gedacht –

– Wir sehen ihn immer.

Herr Dorm blickte zu ihnen zurück, lächelte und zeigte Daumen-nach-oben, dann drehte er sich so, dass er direkt auf die Rinde des Baumes schaute. Das Ganze hatte etwas Feierliches. Der Schatten des Baumes fiel allerdings auf die andere Seite, er stand mitten in der Glut. Das Sonnenlicht verlieh dem Haarflaum auf seinem Hinterkopf einen eigenartigen Schimmer. Entengeräusche vom Teich. Fahrräder lehnten an einer Hecke. Herr Hollberg stand schweigend neben Natalie. *Wie Eltern*, musste sie denken und bekam so was wie Gänsehaut. Funktionierte ja nicht wirklich in der Hitze. Wer würde als Erstes etwas sagen?

– Die anderen haben mir erzählt, was mit Ihrer Frau …

– Oh!

Herr Hollberg wirkte überrascht. Dann lachte er, als wäre ihm ein Missgeschick nachgewiesen worden, und winkte ab:

– Ach, ja, was soll man … Ich meine. Was soll man machen. So was spricht sich halt rum mit den Jahren. Springt über.

– Nein, sagte Natalie, es ist nur, ich wollte Ihnen sagen, dass mir das sehr leidtut. Die ganze Situation.

– Ja.

– Und dass ich es, trotz allem, sehr bewundernswert finde, dass Sie …

Sie deutete auf Herrn Dorm, der eine Hand auf den Baumstamm gelegt hatte. Was tat er da eigentlich?

Sofort sah sie ihren Fehler ein. Herr Hollberg machte ein merkwürdiges Gesicht, als wäre er gezwungen, in ein sehr helles Licht zu schauen. Er sah ohne Bart ein bisschen aus wie der Schauspieler Bill Pullman, der kitschige Präsident in *Independence Day*. Wir werden leben. Wir werden weiterleben. Natalie schwitzte auf der Oberlippe.

– Verzeihung, sagte Natalie. Ich bin neu. Ich sollte nicht. Tut mir leid.

– Nein, nein, kein Problem, sagte Herr Hollberg und grinste. Es ist schwer zu verstehen, oder?

Natalie entlastete ihr Standbein und machte eine unverfängliche Geste:

– Nein, überhaupt nicht, geht mich ja auch nichts an, aber …

– Sie können mich ruhig fragen.

– Nein, es tut mir wirklich leid. Es war nur. Sie kommen ihn jede Woche besuchen, oder?

– Einmal die Woche mindestens, ja. Auch zweimal, wenn ich kann.

– Okay, und …

– Entspannen Sie sich, sagte Herr Hollberg. Sie machen das sehr gut. Er ist doch glücklich, nicht? Er sieht jedenfalls so aus, da. Sie hätten ihn damals sehen sollen, ich meine, das war etwas ganz anderes. Er ist jedes Mal überglücklich, wenn ich komme. Jedes Mal. Selbst, wenn er Schmerzen hat.

Er sog die Luft durch die Zähne ein.

– Selbst, wenn er Schmerzen hat, reißt er sich zusammen. Wie eine Katze. Er ist so glücklich, dass ich komme. Seit Jahren. Verstehen Sie das?

Natalie nickte schnell und trat einen Schritt zur Seite, obwohl sie nicht sicher war, ob Herr Hollberg sich tatsächlich ein klein wenig auf sie zu bewegt hatte oder nicht. Möglicherweise hatten sich nur die Lichtverhältnisse etwas geändert. Die Sonne war mit den Rändern einiger Wolken beschäftigt.

– Ich weiß übrigens, woher unsere Schmerzen kommen, sagte Herr Hollberg.

Natalie wusste nicht, wie sie darauf reagieren sollte. Man

hatte ihr eingeschärft, nein, eben nicht eingeschärft, man hatte sie freundlich gebeten, die ganze Sache nicht anzusprechen, es mache ihn traurig. Und jetzt das. Warum musste sie einen Menschen traurig machen? Weil er ihr unheimlich war? Das war er allerdings.

– Wissen Sie es?, fragte er.

– Äh, nein. Woher?

– Vom Aluminium. Wir fressen immer diese ganzen Sachen, in denen Aluminium drin ist. Das Zeug wird aber, wenn es in zu hohen Dosen in den Körper gelangt, nicht so schnell abgebaut, und es nistet sich ein und blockiert da alle möglichen Dinge. Aluminium ist, chemisch gesehen, sehr vertrackt. Berechenbar, aber vertrackt. Vor allem, wenn man schwache Nieren hat. Wenn jemand schwache Nieren hat, sollte man ihm aluminiumarme Kost geben. Und auch bei Medikamenten schauen, dass sie kein Aluminiumsulfat enthalten.

– Aha, sagte Natalie.

– Haben Sie das nicht gewusst?

– Nein, gab Natalie zu.

Herr Hollberg lächelte. Im Park lagen Fahrräder im Gras, als wären sie reif aus den Bäumen gefallen.

War es ein Scherz gewesen? Natalie traute sich nicht, nachzufragen.

– Tragisch, oder?, sagte Herr Hollberg.

– Ja. Was denn?

– Das mit dem Aluminium. Ich meine, stellen Sie sich vor, wie viele Menschen das tagtäglich schlucken. Ein komisches Wort. *Tagtäglich*. Warum sagt man nicht einfach *täglich*? Hm, egal. Aber dieses Aluminium. Man muss höllisch aufpassen.

– Chris?, rief Dorm. Darf ich zurück? Ich bin jetzt bei tausend.

– Aber wir haben uns doch noch gar nicht versteckt!, rief Hollberg zurück.

– Okay.

Dorm drehte sich wieder zum Baum.

– Was?, fragte Natalie. Ich hab gar nicht gewusst, dass wir Verstecken spielen. Oh. Hat er wirklich die ganze Zeit gezählt?

Herr Hollberg blickte sie an, tat ebenso überrascht und sagte:

– Scheint so.

– Aber das … ist doch ein klein wenig unfair, nicht?

– Ja, sagte Herr Hollberg. Sie haben recht. Wir sollten uns dann mal langsam verstecken. He, Superman! Noch einmal bis tausend! Wir gehen uns verstecken.

– Die Idee ist schön, Chris, sagte Herr Dorm. Aber mir ist ein bisschen heiß hier.

– Ah, Spielverderber, sagte Herr Hollberg.

– Wenn ihm heiß ist, sollten wir vielleicht lieber zurückgehen, sagte Natalie. Oder in den Schatten.

Sie ging Herrn Dorm entgegen, der langsam, immer noch die eigentliche Erlaubnis abwartend, angerollt kam.

– Er findet mich immer überall, sagte Herr Hollberg. Ich kann mich verstecken, wo ich will, er findet mich überall. Wozu also verstecken. Macht eh keinen Spaß, bei sechstem Sinn.

Und zu Dorm gewandt, sagte er:

– Das wollte ich ihr nur zeigen. Dass du mich überall findest. Egal, wo ich … Sie ist neu, sie weiß ja noch nicht, was du alles kannst.

– Ein andermal, Chris, okay?

– Ja, ja, sagte Herr Hollberg. Die Hitze.

Natalie bot Herrn Dorm an, den Rollstuhl zu schieben, aber er machte einen wütenden Ruck, aus dem sie schloss, dass er diese Hilfestellung ablehnte. Er schwitzte am ganzen Körper. Sein runder Kopf war nass, sein Nacken, seine Schultern, sogar sein Kinn. Sein Hemd zeigte am Sternum einen symmetrischen Schweißfleck. Fast ein Schmetterling.

– Er findet einen wirklich überall, sagte Herr Hollberg zu Natalie. Man entkommt ihm nicht.

– Aha, sagte Natalie.

Irgendwo bellte ein Kind. Und in einiger Entfernung warfen erwachsene Paare einander Frisbees zu. Sie gingen zurück, in Richtung Wohnheim. Die Parkbänke waren jetzt leer, das Leben konzentrierte sich auf der großen Wiese.

– Wir hätten aber mit Sicherheit ein gutes Versteck gefunden. Ich bin inzwischen auch ganz gut darin. Ich hätte Ihnen sogar das bessere Versteck überlassen.

– Danke schön, sagte Natalie.

Könnte man nicht ein wenig schneller gehen?, dachte sie. Sie stellte sich vor, wie sie sich von Herrn Hollberg verabschiedete. Das half ein wenig.

Jetzt gab er ein eigenartiges Schnaufen von sich. Auch Dorm blickte besorgt.

Was war das, ein Anfall? Er schaukelte vor und zurück. Nein, er lachte. Irgendwas war witzig gewesen. Sollte sie nachfragen? Glücklicherweise kam ihr Dorm zuvor:

– Was ist denn, Chris?, fragte er hoffnungsvoll.

– Ich muss nur lachen, sagte Herr Hollberg. The times they are a-changing. Die Zeiten ändern sich. Aber wirklich total. Das macht mich fertig, mein Gott.

– Inwiefern?, fragte Natalie.

– Ah, egal, sagte Hollberg. Aber wissen Sie was? Ich freue mich, dass Sie seine Bezugsdings sind. Ehrlich. Ich glaube, der Kontakt ist sehr vielversprechend. Sie haben eine angenehme Art.

– Vielen Dank, sagte Natalie.

– Das meine ich wirklich. Ist doch so, oder?

– Ja, Chris, sagte Dorm.

– Na eben. Sehen Sie?

Schweigen kehrte ein. Wohltat, dachte Natalie. Bitte, lieber Gott, lass es genau so weitergehen bis zum Wohnheim. Es war ein auffallend kurzer Ausflug gewesen. Vielleicht kam noch was.

Da stimmte Herr Hollberg plötzlich ein Lied an.

– Stand up, sang er und klopfte den Rhythmus mit einer Faust auf seine Brust. Stand up. For the Champions. For the Champions. Stand up. STAND UP!

Und er deutete auf Dorm. Dieser verpasste seinen Einsatz und sagte:

– Hahaha, Chris, ja, super.

– Ah, sagte Hollberg. Das wäre der Teil gewesen, wo du … Egal. Hätten Sie's geschafft?
– Ich? Was denn?
– Den Einsatz. Kennen Sie das Lied?
– Jaja. Doch.
– Super Lied, oder?
– Ist ganz okay, ja. Nicht so ganz mein Geschmack, aber …
– Ach so, was hören Sie denn so?, fragte Herr Hollberg und verschränkte die Arme vor der Brust. Interessiert mich. Mehr so Jazz? Oder vielleicht Klaviersonaten? Radiohead?
Natalie nickte:
– Unter anderem.
– Wow, sagte Herr Hollberg. Da sieht man, wie man sich täuschen kann. Hättest du gedacht, dass du eine Musikerin als Bezugsbetreuerin hast?
– Nein, Chris.
– Ich bin keine Musikerin, sagte Natalie.
– Aber Sie spielen ein Instrument?
– Nicht wirklich.
– Nicht wirklich? Komisch, das sagen viele Leute, wenn man sie fragt. *Nicht wirklich.* Ich hab mich immer gefragt, was das heißt.
– Es heißt, dass ich es nicht kann. Aber es mal versucht habe.
– Ah.
Herr Hollberg nickte. Aber sein Erklärungsbedarf war noch nicht gedeckt.
– Machen Sie Sport?
– Nicht regelmäßig.
– Die Arbeit ist Sport genug, hm?
– Manchmal, sagte Natalie.
– Hast du gehört, Superman?, sagte Hollberg. Du bist manchmal Sport für deine Betreuerinnen. Richtiger Leistungssport. Hochstemmen und balancieren. So ein Rollstuhl ist sauschwer.
Es war ein Scherz gewesen, also lächelte Natalie. Es gab keinen Grund, nicht höflich zu bleiben. Endlich war das Wohn-

heim in Sicht. Gleich hast du's überstanden. Aber dann jede Woche. Dorm lachte auch.

Als sie das Gebäude betraten, stand Astrid da. Sie war gerade gekommen. Hollberg sagte zu ihr:

– Aluminium, du denkst daran, oder?

Sie nickte, sah Natalie an und lächelte kurz. Dann wandte sie sich anderen Aufgaben zu. Eine der Türen der unteren Trainingswohnungen stand offen. Man hörte Volksmusik.

In Dorms Zimmer war es etwas kühler. Natalies T-Shirt klebte an ihrem Rücken. Sie musste sich die beiden, Dorm und Hollberg, plötzlich nackt vorstellen. Sie roch ihren eigenen Schweiß und stellte sich etwas abseits, damit die Männer nicht belästigt wurden. Herr Hollberg schien überhaupt nicht zu schwitzen. Dorm war nass, aber er kümmerte sich nicht darum, denn er zeigte seinem Besucher einige Dinge, die er gebastelt hatte. Anfänge eines neuen Altars, sagte er. Den alten habe er entsorgt, wie Hollberg es ihm vorgeschlagen habe. Der hier sei sicher besser, viel persönlicher, auch innerlich viel friedlicher. Über den alten werde er, haha, kein Wort mehr verlieren, Chris, versprochen. Herr Hollberg tätschelte ihm den Kopf und tippte dann noch einmal dieselbe Stelle mit dem Zeigefinger an, was Natalie an Seifenblasen denken ließ. Er sagte etwas über reifes Obst, das zu lange am Ast hängen blieb, bis weit in den Spätherbst und Winter hinein.

Nachdem Hollberg gegangen war, schaute Natalie bei Mike vorbei. Er war in großer Unordnung. Die Nacht sei schlimm gewesen, es habe ihm die Gedanken grob verkleinert. Natalie setzte sich neben sein Bett und bat um eine Erklärung. Draußen auf dem Gang sang Herr Zunegg ein Lied. Mike erklärte, das großkleine Gefühl komme leider wieder. Es dauerte, bis Natalie verstand. Dann fühlte sie so etwas wie Begeisterung: Sie kannte das! Noch nie hatte sie jemanden getroffen, der es auch kannte. Sie versicherte ihm, sie wisse genau, was er meinte.

– Ach ja, sagte er seufzend und drehte sich auf die Seite.

Er glaubte ihr nicht. Dabei hatte sie es früher oft bekommen, mitten im Schulunterricht, wenn man den Kopf auf die Hand stützt und auf die Tafel blickt. Ein Satz wird gesprochen in einer bestimmten Geschwindigkeit, ein Auto fährt draußen vorbei – und da ist es: Die Hand des Lehrers ist auf einmal größer als das ganze Schulgebäude, und man schüttelt den Kopf, um die lästige Empfindung loszuwerden oder zurück an ihren Platz in den Fieberträumen der Kindheit zu rücken, oder man summt oder macht ein schnalzendes Geräusch mit der Zunge, aber die rätselhafte Empfindung bleibt, man blickt zur Seite und entdeckt einen Bleistift, tonnenschwer und unverrückbar, wie eine plötzlich von mehreren tausend Kilometern auf wenige Zentimeter komprimierte Pipeline. Und die Schlaufe des in Schreibschrift geschriebenen Buchstabens L ist eine Art Nadelöhr, durch das die eigene Atemluft in den Kosmos fortgesaugt wird. Man radiert den todbringenden Buchstaben aus (obwohl das Wort im Diktatheft dadurch sinnlos wird), aber es hilft nichts, denn nun atmet man plötzlich durch den gepressten Querbalken des kleinen t. Von da zur ausgewachsenen Aura war es nicht weit.

Sie fragte Mike, ob er manchmal Anfälle habe. Im Zimmer war es vollkommen still. Ein Engel verschluckte eine Stecknadel. Dann schüttelte Mike langsam den Kopf. Er war vollkommen erschöpft.

Beim Nachhausekommen fand sie den Kater im Treppenhaus und nahm ihn mit hinauf. Es war gar nicht so schrecklich gewesen, heute. Viel Lärm um nichts. Die Hitze war das Schlimmste.

Sie schrieb Frank eine SMS:

– ich esse aluminium wie müsli kann ich davon sterben

– Nein, antwortete Frank, man stirbt nur durch Zellen und so. Du bist nicht in Gefahr.

Natalie lachte und legte sich auf die Couch.

– aber da ist milch dabei, schrieb sie.

Die Antwort kam sofort:

– Alumilch ist der Tod!!

Gefolgt von einem Smiley, das zwei × als Augen hatte und die Zunge aus einem Mundwinkel hängen ließ.

Mario

Als Kind hatte Natalie eines Tages entdeckt, dass es weder vollkommene Schwärze bei geschlossenen noch makellose Bilder bei offenen Augen gab. Wenn man in der Dunkelheit lag, waren da rötliche, manchmal auch bläuliche Flecken, die zu wandern begannen wie Amöben in Fernsehdokus über das Wunder des Lebens. Sie liefen ineinander und bildeten sich wiederholende Muster, wie ein Maul, das immer wieder zuschnappte und gleichzeitig an den Rändern neu entstand und wieder zuschnappte, in ewiger Endlosschleife, Fisch in Fisch in Fisch. Der Bildschirmschoner der Sehrinde. Wenn man bei hellem Tageslicht etwas betrachtete, war da eine allgemeine Grundkörnigkeit des Bildes, manchmal begleitet von Netzhautverunreinigungen, kleinen halb durchsichtigen Würmchen und Pünktchen. – Aber nun das Rätsel an der ganzen Sache: Natalie hatte eine sehr deutliche *Erinnerung* an vollkommene Schwärze und an vollkommen reines Himmelsblau oder an einen vollkommen klaren, von mikroskopischem Gekörn ungetrübten Anblick eines lichterfüllten Zimmers. Sogar eine Zeit, in der komplizierte Teppichmuster nicht nach einer Weile zu flimmern begannen, musste es gegeben haben, denn sie erinnerte sich an sie! War ihr Gehirn früher anders gewesen, die Flüssigkeit in ihren Augäpfeln vielleicht noch glasklar und frisch? Kamen die Bildstörungen erst ab einem gewissen Alter? Waren sie vorher automatisch wegretuschiert worden? Oder waren sie immer schon dagewesen, und es war ihr einfach nie aufgefallen? Aber wie konnte es ihr nicht aufgefallen sein, wenn es doch da war? Wenn ein vollkommen reines Himmelsblau überhaupt nie für sie existiert hatte, weil so etwas kein Mensch je wahrnehmen konnte, warum erinnerte man sich daran so deutlich? Ihre Gedanken kamen, während sie um dieses Problem kreisten, manchmal fast in die Nähe eines Gottesbeweises. Denn wenn man sich eine absolut stäubchen- und trübungsfreie Ansicht der Welt denken konnte, waren darin doch mehr Informationen enthalten, als man durch die Sinne tatsächlich jemals aufnehmen konnte. Mehr Pixel sozusagen. Von wo aber waren diese Pixel gekommen? Gut, vielleicht war alles nur eine Phantomerinnerung, ein später nachträglich implantiertes Gefühl, dass es einmal anders gewesen war. Doch wozu gab es dann dieses Gefühl? Welchen Zweck erfüllte es? Mein Gott, dieser Anblick der Dächer und Balkone der Nachbarschaft, so früh am Morgen. Sie vermisste Karl.

Der glühende Wahnsinn, der Sommerhimmel. Erinnerungen verliefen immer *sommerweise.* Wenn sie draußen unterwegs war, unter Menschen geriet und deren dampfende Öl- und Cremeschwaden einatmete, wurde sie augenblicklich zurückversetzt in das Eggenberger Freibad, in das sie früher, in den heißen schulfreien Monaten, täglich gegangen war. Der Sommer, in dem sie dreizehn wurde, als sie fast immer mit verschränkten Armen über Treppen gegangen war, weil sie bei jedem Schritt neuerdings ihre Brüste spürte, lästig. Bikini-Mädchen, die kreischend im Wasser landeten. Jungen mit Oberlippenflaum, manche davon so drahtig und muskulös, dass sie einfach hinschauen musste, sonst bekam sie das Gefühl zu erblinden. Aber mit den Bade-Bekanntschaften und Schulfreunden von damals war es wie heute mit Chat: Wenn sie ihn im Treppenhaus oder im Garten antraf, ließ er sich nicht berühren, tat so, als kenne er sie nicht. Und egal, in welcher Gruppe sich Natalie früher bewegt hatte, sie wurde sofort unsichtbar. Sie war verliebt in einen der Jungen (ein Drummer in einer Speedmetalband, hieß es), saß auf ihrem Badetuch, trocknete vor sich hin (damals noch die ekligen langen Locken) und langweilte sich durch einen dicken Roman, dessen Seiten in der Sonne unerträglich hell waren. Sie tat es nur, damit er sie vielleicht sah. Wie sie las, wie sie blätterte. Aber natürlich errichtete sie dadurch nur ein Kraftfeld und wurde doppelt unsichtbar. Wurde ihr leider erst später klar. Einmal zwang sie sich sogar dazu, mit ihrem Buch ganz still an einem der großen Steintische zu sitzen, während die anderen im Wasser schrien und aufeinander kletterten. Aber es half auch nichts.

Zur Gruppe gehörte auch ein etwas älteres Mädchen. Sie hielt sich einige elf- und zwölfjährige Burschen, denen sie immer wieder vorwarf, was für unreife Babys sie wären. Sie ließ sie immer ganz nahe an sich heran, küsste sie beim Verabschieden auf den Mund und schubste sie ins Becken, obwohl sie schon ihre Straßenkleider trugen. Oder sie gab ihnen kleine Übungen auf; sie sollten etwas für sie besorgen oder ein Lied für sie auf Kassette aufnehmen. Es war klar, dass sie keine gute, sondern eine böse Sadistin war, und sie war damals schon pralle sechzehn, also gab es auch wenig Aussicht darauf, dass es sich *ausgewachsen* hatte, dachte Natalie. Immerhin bin ich nicht so geworden.

Beim Spazierengehen begegnete sie einem kleinen roten Ballon, der sich auf einer Kreuzung herumtrieb. Sie machte ein Foto von ihm und dann, in einer engen Seitenstraße, streifte sie ihr T-Shirt ab und ging mit nacktem Oberkörper zwischen den Häuserfronten dahin. Niemand sonst war da, also passierte es nicht wirklich. Es war angenehm, überall gleichmäßig von kühl-schattigem Häuserlicht berührt zu werden. Eine staubig sommerliche Hauptstraße erwartete sie, ein glühender Schacht am Ende der schmalen Gasse. Baustellenlärm, mit jedem Schritt lauter. Das Foliengefühl von eingetrockneter Samenflüssigkeit auf Schulter und Brust.

Eines Abends kam ein junger Mann ins Souterrain. Er hatte eine Lederjacke an, das fiel auf. Frank begrüßte ihn und sagte, er könne bleiben, solange er wolle. Der junge Mann stellte sich vor: Mario. Angenehm, Frank. Natalie machte Platz an der Bar.

Aber der junge Mann setzte sich nicht.

– Hallo, sagte Natalie.

Er hob die Hand und winkte.

– Brauchst du was für die Nacht?, fragte Frank.

– Ich? Nein, nicht wirklich.

– Okay, nickte Frank. Es ist jedenfalls in Ordnung, wenn du bleiben willst. Heute ist sonst niemand da. Viel zu schwül. Du hättest Ruhe.

Der Mann namens Mario blickte sich um, dann holte er einen Zettel aus der Tasche. In krakeliger Schrift war darauf eine Adresse notiert.

– Stimmt, sagte Frank. Das sind wir.

– Ich geh dann besser, sagte Mario, drehte sich um und ging davon.

– He, du hast was vergessen, sagte Natalie.

Der junge Mann blieb stehen und schaute sie an. Der Satz war ganz automatisch aus ihr herausgekommen. Er hatte gar nichts vergessen. Aber es hatte sich so angefühlt, als wäre er … ah, dummes Vieh, schimpfte sich Natalie. Immer rausplatzen mit dem, was dir durch den Kopf geht. Kein Wunder, dass du –

– Was denn?, fragte Mario.

– Weiß ich noch nicht, sagte Natalie. Aber wenn du jetzt gehst, bleibt es da.

Und sie zeigte auf den leeren Barhocker neben sich. Frank lachte, auch um der etwas unangenehmen Spannung, die im Raum entstanden war, ein Ventil zu geben. Der junge Mann schien festzustecken. Er knitterte an dem Adresszettel herum. Dann sagte er:

– Tut mir leid.

– Nein, war doch nur Spaß, sagte Natalie. Komm, setz dich zu uns. Heute ist kaum was los.

– Was genau ist das hier?, fragte Mario.

– Ein OpenSpace, sagte Frank. Ich hab den Schlüssel dazu. Kein OpenSpace ohne Schlüssel.

Angst und Neugier mischten sich auf dem Gesicht des Besuchers. Er schaute immer wieder kurz zur Tür. Sie stand offen. Draußen frischer Abendwind. Hier drinnen war es noch tagwarm, die alten Mauern kühlten nicht so rasch ab. Und jetzt stellte man sogar ein Glas Wasser für ihn auf den Tresen.

Er machte einen Schritt nach vorn.
– Ich heiße Natalie. Und du –
– Mario.
– Ah ja, stimmt.

Seine Lederjacke knarrte angenehm. ASMR. Und der Geruch, den er verströmte, war etwas faulig. Wie ein alter Keller. Natalie wurde warm.
– Ich schwöre, ich hab die Adresse von ein paar Mädchen, sagte er. Die haben sie mir gegeben.
– He, alles okay, sagte Frank. Ist ja alles öffentlich hier.
– Wirklich?

Der Gast schaute sich noch einmal um. Durch die letzte Information, die ihn ehrlich zu überraschen schien, wirkten die Räumlichkeiten offenbar etwas anders auf ihn.

Er machte den Reißverschluss seiner Lederjacke auf.
– Schön, sagte Natalie.

Mein Gott, sie war wirklich beduselt. Muskelrelaxans und Alkohol, saudumme Kombination.
– Wir können die Tür offen lassen, sagte Frank. Ich werde mich um die Heizung kümmern.

Er ging in den Nebenraum. Mario stand immer noch da.
– Wozu braucht er die Heizung, wenn es so warm ist?, fragte Mario leise.
– Vorsorglich, sagte Natalie. Und er tüftelt gern Dinge aus. Probleme. Macht ihm Spaß. Keine Ahnung.
– Okay. Aber … im Sommer?
– Magst du dich nicht setzen?, fragte Natalie.
– Danke, sagte Mario.

Er machte ein paar Schritte und stellte sich dann hinter den Barhocker. Er legte die Hände auf die Sitzfläche, blickte sich nach dem Ausgang um, lächelte Natalie an, atmete tief durch.
– Was haben dir die Mädchen denn gesagt?
– Wie?

Der Barhocker vor Mario fiel beinahe um.
– Nein, alles in Ordnung, sagte Natalie und hob eine Hand. Ich wollte nur wissen, wie sie das hier beschrieben haben.

– Es war eher vage.
– Eher vage? Inwiefern?
– Nur so auf die Art: Da kann man hingehen. Wenn man … Und so weiter.
– Okay.
– Bist du auch …?

Natalie nickte. Obwohl sie nicht wusste, was er meinte. Gott, diese Hände. Und sein Hemd hing seitlich ein bisschen aus der Hose raus, nass verschwitzt, man sah die Flecken. Natalie versuchte, nach ihrem Glas zu greifen.

Wieder Schweigen. Der junge Mann sah so aus, als könne er Gespenster sehen.
– Kannst du zufällig Gespenster sehen?

Großartig. Sehr gut gemacht. Schrankenloses, dummes, besoffenes Vieh. Natalie hob einen trägen Arm zu einer Entschuldigungsgeste. Dabei rutschte sie rückwärts vom Barhocker und fiel –
– Huah!

Aber der Aufprall kam nicht. Stattdessen Müllgeruch und Leder. Auch etwas Schießpulveriges war dabei. Er hatte sie aufgefangen. Blitzschnell.
– Danke, sagte sie. Ich bin ein bisschen. Danke. Oh Gott. Peinlich, haha.

Er setzte sie wieder auf den Hocker, stützte sie, prüfte, ob sie von alleine senkrecht blieb, und ließ sie dann los.
– Du riechst echt voll gut, sagte sie und kicherte hilflos.

Die Kontrollinstanz, die ihr den ganzen Abend ihre unüberlegten Aussagen vorgehalten hatte, schwieg nun. Mondstaub, dachte Natalie. Der riecht angeblich auch nach Schießpulver. NASA-Astronauten, planschend in graustaubigen Kratern. Ich könnte ein bisschen Hilfe gebrauchen.

Mario setzte sich neben sie.
– He, endlich, sagte Natalie und sank ein wenig in seine Richtung, konnte sich aber aus eigener Kraft festhalten.

Er sagte nichts. Aber sein Schweigen war wenigstens nicht mehr so vorgewitterlich wie vorher.

– Entschuldigung, sagte Natalie. Ich habe heute irgendwie keine Filter. Ich hab Unsinn genommen. Der Tag war sauanstrengend.
– Meiner auch, sagte Mario. Ich hab normalerweise auch was Festes. Du?
– Was F... Ach so, ja. Hab ich schon.

Etwas Festes, was meinte er damit? Eine feste Wohnung wahrscheinlich. Oder eine feste Freundin. Oder einfach etwas, das nicht flüssig war. Aggregatzustand, dachte Natalie und fragte sich, ob sie das Wort noch laut aussprechen konnte, ohne dass die Zunge stolperte.
– Ich trinke normalerweise nie viel, sagte sie.
– Ich auch nicht.
– Ich weiß nicht, warum, sagte Natalie und streckte eine Hand aus. Aber ich möchte gern dein Freund sein. Ab sofort. Wäre das okay für dich?

Mario lachte, blickte zur Tür, dann auf die Hand. Er nahm sie, schüttelte, ließ los.
– Okay, sagte er. Kein Problem.
– Oh Gott, ich bin so richtig peinlich, oder?

Natalies Kopf war schwer. Ihr gelang nicht einmal der Blick von der Seite, der angeblich so keck war.
– Nein, gar nicht, sagte Mario.

Pause.
– Und, behandeln sie dich gut, in deiner ...?, fragte er.

Natalie hatte jedes Wort verstanden, hatte aber nicht die geringste Ahnung, was der Satz bedeutete. Das durfte sie allerdings nicht zugeben. Sonst würde er bestimmt aufstehen und gehen. Und glauben, sie sei dumm. Was sie auch war, zumindest heute. Er schaute sowieso schon die ganze Zeit zum Ausgang. Andere Leute schauen auf die Uhr. Er hatte keine Uhr. Leere Handgelenke. Dafür hatte er einen weißen Strich durch die Augenbraue, eine kleine Narbe, die vielleicht wie ein Zeiger tickte, wenn er schlief und träumte, hihi, witzig.
– Wo?, fragte sie.
– Oh. Egal.

Mario räusperte sich.

– Doch, sagte Natalie und beschloss, die Frage einfach auf ihre Arbeit zu beziehen. Sie behandeln mich voll super, richtig gut. Wirklich. Meine Chefin ist absolut … mega. Und die B, meine Kollegin, die mag ich am liebsten. Die hat Charakter. Aber die Klienten sind stressig.

– Pfff, kenn ich, sagte Mario.

Er hob sein Glas Wasser in die Höhe und deutete an, mit ihr anstoßen zu wollen. Natalie beeilte sich, dieser Aufforderung nachzukommen. Ihre Arme waren träge, und sie verschüttete ein bisschen von ihrem Getränk, aber es klappte. Kling.

– Aber Chefin, sagte er. Klingt gut. Chefin ist generell besser als Chef.

– Hm, na ja, sagte Natalie.

– Es sei denn, Bulgarin. Die sind angeblich streng. Aber stellen dafür auch keine Männer ein. Nur Damen aus dem Osten.

– Nein, sagte Natalie. Keine Bulgarin. Sie heißt Astrid.

– Wow, sagte Mario. Da hast du wirklich Glück. Mein Chef, also der …

Er schüttelte den Kopf.

– Und hier gibt's auch zu tun?, fragte er.

– Ja, sagte Natalie. Viel.

Es gab immer tausend kleine Dinge zu erledigen. Die Heizung funktionierte nicht richtig. Und das, obwohl in ein paar Monaten die Kälte kam. Das hintere Türschloss war störrisch und hielt den Schlüssel oft einfach fest, als hätte es Zähne. Und die Toiletten waren gern tagelang verstopft. Immer was zu tun.

– Man hat mir gesagt, begann Mario. Dass, äh, manchmal auch … Musik und so hier gespielt wird?

– Ja, sagte Natalie. Ein-, zweimal die Woche.

– Also Partys?

– Mhm.

Natalie war froh, dass das Gespräch jetzt so gut voranging. Sie hätte am liebsten noch einige Male mit ihm angestoßen. Das Gläserklirren war so angenehm. Funkenüberspringen, dachte sie.

– Und da gibt's auch zu tun?
– Oh, voll viel, sagte Natalie. Partys sind immer. Ich helf dem Frank oft hinterher. Da haben wir lang zu tun.
– Cool, sagte Mario und nickte.
– Aber heute ist hier mehr so die Leere, sagte sie. Star Trek, unendliche Weiten.

Sie lachte ein wenig zu laut, und der Mund stand ihr die ganze Zeit so blöd offen, mein Gott, wie peinlich, aber er schien kein Problem damit zu haben, er lächelte. Er ist wirklich total höflich, dachte Natalie.
– Du bist wirklich total höflich, sagte sie.
– Danke, sagte er.
– Wollte ich nur anmerken, sagte Natalie und trank steif aus ihrem Glas.

Es schmeckte nicht mehr. Und ihr wurde wieder etwas schwindlig.
– Also wäre es in Ordnung, wenn ich ... hin und wieder? Nicht regelmäßig. Nur hin und wieder. Bei Partys und so. Oder wenn viel los ist. Wenn es Klien... also, wenn's wen gibt, der Lust hat. Ich will mich nicht aufdrängen oder so.

Natalie nickte, bevor sie den Satz überhaupt zu Ende analysiert hatte.
– Und als Kick-Back-Verhältnis hätt ich mir gedacht, 30:70, sagte er. Für den Anfang. Ich natürlich dreißig.
– Was?

Er hatte ein wenig zu schnell gesprochen.

In diesem Augenblick kam Frank zurück.
– Heizung spinnt, sagte er. Scheiß Hitze. Da wird das Gebäude insgesamt *größer*. Alles weitet sich aus. Steckt fest.
– Ich bin einundzwanzig, sagte Natalie zu Mario. Du siehst gar nicht aus wie dreißig.

Sie lachte. Aber Mario wirkte ernst. Frank war ihm offenbar nicht recht geheuer.
– Der Frank ist dir nicht geheuer, oder?, fragte sie.

Mein Gott, jetzt halt doch mal die Klappe. Die Kontrollstimme war zurück.

Mario schaute zu Frank, dann zu Natalie.

– Nein, sagte er. Wieso? Ich find's schon richtig okay hier.

– Ja, sagte Frank. Wir strengen uns an. Uns gibt's auch noch nicht so lang. Und, hast du schon entschieden, wie du es machen möchtest?

Mario stellte sein Glas hin, obwohl es so ausgesehen hatte, als wollte er gerade daraus trinken.

– Wir haben darüber geredet, sagte er und deutete auf Natalie. Die Bedingungen wären für mich okay. Und wenn's für euch kein Problem ist. Ich will da wirklich nicht reingrätschen, oder … Ich meine, ich hab ja auch was Festes. Es läuft sonst alles über die dort. Aber nur manchmal, nebenbei, hab ich mir gedacht. Nur hin und wieder.

– Du bist jederzeit willkommen, sagte Frank.

– Ja gut dann.

Mario stand vom Barhocker auf. Nein, dachte Natalie, noch nicht.

– Nein, noch nicht, sagte sie. Ich meine, wir haben uns doch gerade erst –

– Ich werd dann, sagte Mario und deutete Richtung Ausgang.

– Hat mich gefreut, sagte Frank.

– Mich auch total, sagte Natalie. Mein ich echt so.

Mario verabschiedete sich und ging aus dem Souterrain. Die Tür ließ er offen. Frank ging hinterher und machte sie zu.

– Komischer Typ, murmelte er.

– Waaah, machte Natalie und sank mit dem Kopf auf die Tischplatte. Ich war so peinlich. So richtig schlimm. Ich bin sogar vom Barhocker gefallen.

– Ja, weißt du was, sagte Frank, ich glaub, das hat dem alles nichts ausgemacht.

Natalie hob ihren Kopf und blickte, wie sie hoffte, misstrauisch drein. Aber es fühlte sich mehr so an, als verziehe sie ihr Gesicht zu einem Katzenantlitz. Geteilte Oberlippe.

– Meinst du wirklich?

– Ja, sagte Frank. Der ist ein, na ja. Ein Mann mit Prinzipien. Verstehst du?

– Find ich auch, sagte Natalie. Voll deiner Meinung.

Sie hob ihr Glas an die Lippen. Aber es war nur Wasser drin. Es war Marios Glas. Sie bemerkte ihr Versehen und stellte es schnell hin.

– Komm, sagte Frank. Ich bring dich nach Hause.

Anruf

Vom Fenster aus sah sie den Kater, ja, das war er, da auf dem hellen Steinboden des Nachbargartens. Und neben ihm noch eine Katze. Und da drüben auch eine. Wie Sterne am Abend nahm die Zahl dösender Katzen in einem sommerlichen Ausschnitt der Welt zu, je länger man hinblickte. Eine stille Parallelbevölkerung der Gärten, mit ihren bevorzugten Farbhintergründen verschmelzend, jedes Tier in scheinbarer Unkenntnis der anderen, aber in Wirklichkeit sich all der anwesenden Artgenossen stets bewusst. Wenn sie still saßen, war dies das Endbild eines längeren Konflikts; vielleicht war die Nacht von Kämpfen erfüllt gewesen. Natalie machte sich fertig für die Arbeit.

Manchmal ließ es sich nicht vermeiden, dass sie alle möglichen Dinge antippte wie Mikrofone. Ein genereller Soundcheck der Welt.

Es war erstaunlich, dass alle Menschen so entspannt an den Gegensprechanlagen vorbeigehen konnten, ohne sie pausenlos zu betätigen und zu aktivieren, diese hübschen, kleinen Hörgeräte der Häuser. Das paradoxe Glücksgefühl, sich mit einem ganzen Haus unterhalten zu können. Und was für eine zahme Piepsstimme es hatte, wenn man den kleinen Knopf drückte, obwohl es doch wolkenhoch war! Die Häuser am Rand des Parks waren wohlgeraten und stattlich, der ganze Stolz ihrer Eltern.

Am Vormittag, als sie schon bei der Arbeit war, klingelte das iPhone.

– Hallo?

– Oh, hallo, wo bin ich da jetzt gelandet?

Sie erkannte die Stimme, fragte aber dennoch:

– Wen wollten Sie denn sprechen?

– Ja, keine Ahnung, sagte Herr Hollberg. Ich hatte hier diese

Nummer eingespeichert und … Ich weiß auch nicht. Witzigerweise ohne Namen.

Natalie erinnerte sich an die Szene. Er hatte sie nach ihrem Namen gefragt, nicht nach der Nummer. Und ihn dann eingetippt. Ich bin doch nicht dumm. Buchstabieren.

– Oh, Herr Hollberg?

– Ja! Wer spricht dort?

– Natalie Reinegger. Vom Wohnheim.

– Ach ja, richtig, richtig, natürlich. Ich hab Ihre Stimme nicht erkannt. Ach, das ist also Ihre Nummer, schon klar. Dann ist das Rätsel aufgeklärt.

– Schön, sagte Natalie.

– Und, so weit alles klar bei Ihnen?

– Äh, ja. Ich denke schon.

Beim Telefonieren hatte Natalie die Angewohnheit, jedes Bodenmuster nach dem Prinzip Lava/Nicht-Lava zu unterteilen. Sie machte vorsichtige Balanceschritte.

– Alles innerhalb des Erträglichen?

– Ja.

Natalie bemerkte, dass sie ihre Faust gegen die Tür des Nachtdienstkämmerchens gestemmt hatte. Als nehme sie Maß für einen kräftigen Schlag.

– Wow, ich hab jetzt wirklich nicht gewusst, wem die Nummer gehört, sagte Herr Hollberg.

– Aber jetzt wissen Sie's.

– Oh, störe ich Sie, liebe Frau Reinegger? Ich will Sie nicht bei der Arbeit belästigen.

– Nein, tun Sie nicht.

– Ich möchte Sie wirklich nicht abhalten davon. Ich meine, Ihre Arbeit ist bestimmt anstrengend. Rollstuhl stemmen und Stylingfragen klären. Vielleicht kann ich Ihnen ja ein wenig behilflich sein. Damit Sie sich schneller einfinden in die neue Situation.

– Ich finde die Arbeit nicht anstrengend, sagte Natalie.

Faust gegen Türrahmen. Faust gegen Türschnalle. Leg schon auf.

– Oh, das klingt fantastisch, sagte Herr Hollberg. Na ja, das Angebot steht jedenfalls. Wenn Sie mal den Wunsch nach Austausch verspüren. Einfach so. To get up to speed, wie die Engländer sagen.
– Okay, ja. Danke.
– Nichts zu danken. Ich mache das gern. Immerhin sind Sie jetzt zuständig für ... Und da ist das nur fair. Bringt ja nichts, wenn Sie den Verhältnissen hinterherhinken, oder?
– Ich schätze nicht.
– Als ich Sie gesehen habe, hab ich mir gedacht, eine wirklich clevere Wahl. Fünf Sterne an Astrid, aber echt.
– Freut mich.
– Er wird sich vielleicht trotzdem ein wenig an Ihrer Figur aufhängen.
– Wie bitte?
– Na ja, sein Problem mit Frauen. Sie haben es sicher schon mitbekommen. Es verwirrt ihn schnell. Aber in diesem Fall wird er ... Also ja, ich denke, es wird sicher gehen. Sie können Astrid ausrichten, dass ich sehr begeistert bin von dieser Entwicklung. Das meine ich ehrlich so.

Natalie bereute es, die Tonaufnahmefunktion ihres iPhones nicht aktiviert zu haben. Denn Hollberg hatte so schnell gesprochen, dass sie nicht recht begriffen hatte, was er meinte. Es klang wie eine Beleidigung, aber gleichzeitig sagte er es in so einer sonnigen, freundlich zutraulichen Art.
– Freut mich sehr, das zu hören, sagte sie.
– Wunderbar, sagte Herr Hollberg. Also. Dann wünsche ich einen angenehmen Tag. Wir sehen uns.
– Okay. Auf Wiedersehen.

Natalie legte schnell auf. Dann schaltete sie – vermutlich überflüssig, aber es fühlte sich einfach gut an – das iPhone auf lautlos.

Astrid stand im Korridor.
– War Herr Hollberg, sagte Natalie, damit Astrid nicht glaubte, sie führe während der Arbeit Privatgespräche.
– Oh?

Astrid nickte, stand eine Weile da, dann wurde sie sich der leeren Gießkanne in ihrer Hand bewusst und drehte sich um. Sie ging in Richtung Küche davon. Natalies Rücken war schweißnass. Gießkanne, dachte sie. Dusche. Genau das Richtige jetzt. Ihr linker Fuß stand auf Lava.

Gespräch mit Tina

Im Souterrain, zwei Tage später. Tina war noch nicht lange mit Lothar zusammen. Irgendwie passten die Namen zueinander. Man konnte sich leicht vorstellen, sie gemeinsam in einem Lied vorkommen zu lassen. Natalie hatte ein respektabel gefülltes, verknotetes Kondom in der Tasche, das sie später genauer untersuchen würde. Es war eine gelblich dickflüssige Ladung, die sie einem älteren Betrunkenen abgenommen hatte, an der Radwegunterführung. Das Kondom bildete so etwas wie ein zweites Herz in ihrer Tasche. Es vermittelte ihr Sicherheit und Wärme. Sie saß mit Tina auf einem dieser weichen, kartoffelartigen Sitzgebilde, die all das Generationenhafte zu verkörpern schienen, das man an so einem Ort erwarten durfte.

– Mario?, sagte Tina. Nein, kenn ich nicht. Und Frank ist auch nicht da. Hat sich verletzt. Er ist auf sein Gesicht gefallen.

– Wer, Frank?

– Ja. Direkt. Frontal.

– Wann?

– Vorgestern. Direkt auf sein Gesicht.

– Aua.

– Aber es war witzig. Ihm ist das Hamsterding dabei aus der Brusttasche gefallen.

– Er hatte einen Hamster dabei?

– Nein, am Dienstag. Oder vorgestern, nein, was ist heute?

– Freitag.

– Dann war's am Dienstag. Ja.

– Hamster sind witzig, sagte Natalie. Das stimmt. Aber dem Tier geht's doch gut, oder?

– Hä? Ich denke schon. Der Frank ist echt direkt auf sein Gesicht, frontal.

Sie ließ ihre Hand auf die Tischplatte knallen.

– Au.

– Wir haben gelacht, sagte Tina.

Natalie sah, dass jemand mitten im Raum einen Regenschirm aufspannte. Die anderen wichen ihm aus und taten angewidert, als wäre der Schirm giftig.

– Aber dem Hamster geht's gut?

– Warum? Ach so, ja. Ich denke schon. Er ist nicht auf das Ding draufgefallen oder so.

Der Schirm wurde wieder abgespannt. Die Leute verteilten sich gleichmäßig im Raum. Durch ein Fenster strömte, obwohl Natalie es nur vermuten konnte, kühle Nachtluft herein.

– Warum hat er den Hamster überhaupt dabeigehabt?

– Ich weiß nicht, sagte Tina. Findest du mich seltsam?

– Wieso?

– Weil ... Ehrlich gesagt, hätte ich den Hamster von mir aus gar nicht erwähnt. Erst als du nachgefragt hast, ob's ihm gutgeht und so.

– Aber du hast doch davon angefangen. Wie hätte ich sonst nachfragen sollen?

Tina blickte sehr verwirrt.

– Ah, sagte sie, du machst dieses Psychodings mit mir.

Sie bohrte sich einen Finger in die Stirn. Natalie musste unwillkürlich an den Begriff *Croupier* denken. Vielleicht wegen der Schirmmützen, die die manchmal trugen.

– Ich mach gar nichts mit dir, sagte sie.

– Ah-ah-ah! Hör auf, ja?

– Okay, sagte Natalie. Tut mir leid.

– Ich bin heute Abend nicht winterfest genug für solche Sachen, sagte Tina und lachte nervös.

Dann blickte sie kurz unter den Tisch, ob da etwas war. Man konnte an ihrem Gesicht nicht ablesen, wie das Ergebnis ihrer Kontrolle lautete. Vielleicht war da was, vielleicht war da aber auch nichts, und wer wusste schon, welcher der beiden Fälle der willkommenere war.

– Hamster sind komisch, sagte Natalie. Aber verletzte Hamster nicht, oder?

– Was?

Tina schaute drein, als wüsste sie überhaupt nicht mehr, worum es ging.

– Verletzte Hamster, sagte Natalie.
– Okay, können wir das Thema … bitte … Es macht mich grad total fertig.
– Sicher, Tina.
– Nenn mich nicht. Ah, jetzt hast du, siehst du, was du gemacht hast?

Sie hielt Natalie ihren Unterarm hin. Gänsehaut.
– Ist dir kalt?
– Nein, sagte Tina. Das warst du!
– Tut mir leid.
– Ich bin heute Abend nicht stark genug, Natalie! Es ist alles nicht so leicht.

Sie rückte etwas vom Tisch weg, blickte wieder unter ihn, nickte.
– Ich bin total seltsam, oder?
– Ein bisschen.
– Fuck!, sagte Tina und begann zu weinen. Ich kann nicht mehr. Es ist alles so eigenartig.
– Was hast du denn genommen?, fragte Natalie.
– Mein Gott, wie soll ich dir das erklären, sagte Tina, wenn du immer so schnell gegenredest? Ich komm ja überhaupt nie zu Wort! Ich muss mich melden, wie im Parlament.

Sie streckte einen Arm in die Höhe.
– Aufzeigen, sagte sie, wie in der Schule.

Natalie dachte daran, wie einfach es in diesem Augenblick wäre, Tina auszuhebeln, mit einem einzigen Satz. Sie würde vollkommen zusammenklappen, vielleicht würde sogar ihr kleines, blondes Herz stehenbleiben. Der karleske Satz lautete: *Du erinnerst mich an meine Klienten im Betreuten Wohnheim.* Oder, noch besser: *Du erinnerst mich an meine Freunde in der Sekte, damals.* Es stimmte gar nicht, aber das wusste Tina ja nicht. Sie würde es sofort glauben und dann ausflippen. Wenn sie was genommen hatte, war sie immer um ihr Erscheinungsbild besorgt und fragte alle möglichen Leute, was für einen Eindruck sie auf sie machte.
– Weißt du, Tina, an wen du mich erinnerst?

Tina ließ den Arm sinken.
– Nenn mich nicht, sagte sie und schüttelte sich. Zumindest nicht heute Abend, okay? Gönn mir eine Schonfrist.
– Okay. Aber weißt du, an wen du mich erinnerst?
– Das hast du doch schon gefragt, oder? Frag nicht zweimal. Du bist immer zu schnell unterwegs im Gespräch.
– An meinen Bruder, sagte Natalie ruhig. Er ist unglaublich cool. Aber ich hab ihn jetzt schon länger nicht gesehen.
– Aber ich bin doch noch da?, fragte Tina unsicher.
– Jaja, natürlich. Er ist auch noch da. Er wohnt in Dänemark.
– Und er ist cool?
– Absolut.
– Pfff, machte Tina und fasste sich mit beiden Händen an den Kopf. Dänemark ist weit weg. Da ist man nächtelang unterwegs, bis dahin.
– In den hohen Norden, sagte Natalie.
– Gott, sag das nicht so!, jammerte Tina. Ich denk dann sofort an Eisbrecher und Reichsflugscheiben. Neu-Schwabenland und so.
– Karl. So heißt mein Bruder. Und das klingt wahrscheinlich total *seltsam* jetzt, aber … er ist voll das Vorbild für mich.

Tina schaute sie an. Ihren Kopf hielt sie ein klein wenig schief, wie eine Katze.
– Gar nicht, sagte sie. Klingt gar nicht seltsam. Das ist voll schön.
– Und ihr zwei würdet euch echt gut verstehen, sagte Natalie.
– Da bin ich mir sicher.

Tina legte ihren traurigen Kopf auf die Tischplatte. Sie murmelte etwas. Ihre eigene Hand kam ihr zu Hilfe und legte sich an ihre Wange. Eine etwas verdrehte Schlafhaltung, dachte Natalie, aber was soll man machen. Dieser Mensch brauchte jetzt Ruhe. Sie blieb bei ihr sitzen. Wie lange würde es das Souterrain wohl noch geben? Ein Ort, an dem sich solche Szenen ereigneten, stand immer auf der Kippe. Wie bestimmte Winkel und Stadtränder in GTA4, die beim nächsten Update ausgebessert wurden.

– Ich hätte gern einen Kater, so wie du, murmelte Tina. Oder einen Bruder.

– Kriegst du bestimmt noch, sagte Natalie und tätschelte mit den Fingerspitzen den vor ihr liegenden Lockenkopf. Lässt sich alles bewerkstelligen.

Sie hörte Tina glücklich in sich hineinlachen, glucksend.

Eigentlich war Natalie in der Hoffnung zum Souterrain aufgebrochen, dort ein wenig Zerstreuung zu finden. Sie war nachmittags nach dem Dienst durch die Straßen gelaufen, auf der Suche nach Gemüse. Dann hatte die Sonne einen seltsamen Sprung gemacht, und ihr war kalt geworden, mitten in der Sommerglut. Vielleicht ein Sonnenfleck, dachte sie. So was gab es. Aber nun fielen ihr alle möglichen Dinge auf und verwirrten sie. Ein nasses Buch lag auf der Sitzbank einer Bushaltestelle. Eine medizinische Spritze auf dem Asphalt. Und es gab so viel Papier im Bezirk, überall trieben sich kleine Fetzen herum. Sie musste daran denken, einen davon aufzuheben und an die Lippen zu führen. Dann wieder fielen ihr die Hinterköpfe der Leute auf und einmal sogar der Hinterkopf einer Statue, und sie hatte Mühe, sich von ihr zu lösen. Ihr wurde etwas mulmig, und sie schob es auf ihren Hunger, sie ernährte sich überhaupt schlecht in letzter Zeit, fast immer nur aus Bäckereien oder von Tiefkühlwaren. Schließlich wurde das Gefühl so schlimm, dass sie das iPhone hervorholte und zu suchen anfing. Vielleicht gab es eine App, auf der man CNN sehen konnte oder irgendwas anderes, was live war. Sie fand eine Webseite, auf der vierundzwanzig Stunden CNN gesendet wurde, perfekt, sie steckte sich die Kopfhörerstöpsel in die Ohren und ging weiter. So einfach und problemlos war sie noch nie in Bewegung geraten. Nicht einmal das kleine Schloss vor dem Münzfach ihrer Brieftasche hatte sie mehr als einmal kontrollieren müssen. Und die Verkehrsschilder, diese fremdartigen, in die Erde gerammten Uhrzeiger, warfen kaum mehr bedrohliche, sondern fast anmutig zutrauliche Schatten über den Gehsteig.

Tina war eingeschlafen. Um sie zu wecken, spielte Natalie

den Stream der CNN-Übertragung. Er war nicht vollkommen live, sondern geschah mit einigen Sekunden Verzögerung, aber das war okay. Gerade war ein Werbespot zu sehen, in dem jemand als leuchtendes Ei verkleidet war. Tina hob den Kopf.
– Humpty Dumpty ist schrecklich, sagte Natalie. Dieses Bauch-Ei-Ding ohne Kopf. Mit seinen Gesichtszügen und den stummeligen Gliedmaßen. Fürchterlich!

Tina warf einen Blick auf die Figur auf dem Bildschirm, dann stand sie auf und rannte auf die Toilette.

Nach einer Weile gesellte sich ein junger Mann zu ihr, der Natalie vage bekannt vorkam. Während der nächsten Viertelstunde machten sie einander Komplimente. Die von Natalie waren eindeutig origineller als seine. Sie stellte sich vor, wie er zu ihr sagte: *Deine Komplimente sind origineller als meine, Baby*. Preisfrage: War das dann ein originelleres Kompliment als ihres? Sie würde auf jeden Fall auf seine Schuhe schauen und sich geschmeichelt geben. Das Wort *Bregenz* kam ihr in den Sinn. Und dann sogar: *Bregenzer Eröffnung*. Vermutlich im Sinn einer Schach-Eröffnung. Keine Ahnung. Jedenfalls waren seine Schuhe in der Realität kein großer Blickfang, nur in der Vorstellung. Sie bemerkte, dass er einen Ring am Daumen seiner linken Hand trug, und beschloss, ihn etwas über seine Kindheit zu fragen:
– Was magst du lieber im Fernsehen? Feuerwerke oder Raketenstarts?
– Ähm, Raketenstarts.
– Warum?
– Weil ich Feuerwerke schon oft in natura gesehen habe. Aber noch nie einen Raketenstart.

Es gefiel ihr, wie er *in natura* verwendet hatte. Als wäre ein Feuerwerk ein Naturphänomen. Und das war es ja auch. Alles war Natur. Sogar das iPhone oder das Kondom in ihrer Tasche. Sie griff hinein und holte es hervor.
– Weißt du, was das ist?, fragte sie.
– Oh mein Gott!, sagte er. Ich kann da gar nicht hinschauen.

Er wandte tatsächlich seinen Blick ab.

– Magst du damit spielen?, fragte Natalie. Es ist außen ganz sauber.
– Nein, pfui, tu das weg!
Er lachte, war aber wirklich angewidert. Natalie bat ihn, sie bitte in Ruhe zu lassen.

Ziemlich enttäuscht ging sie nach Hause. Obwohl in der abendlichen Stadt das Gefühl nicht mehr so stark werden konnte, weil die meisten Dinge unsichtbar wurden, hörte sie sich weiter CNN an. Es ging um den Mut und die Opferbereitschaft chinesischer Landzahnärzte.

Ein paar Straßen weiter entdeckte Natalie auf einmal Mario. Er stand da zusammen mit ein paar jungen Typen, alle in ähnlichen Lederjacken. Als hätte man ihn vervielfacht. Natalie lief sofort hinüber, winkte und rief seinen Namen. Er drehte sich kurz zu ihr um, aber erkannte sie offenbar nicht und wandte sich wieder dem Gespräch zu. Natalie stand mitten auf der Straße. Dann fiel ihr auf, dass immer noch die Kopfhörer in ihren Ohren steckten. Natürlich, das war es! Wie sah denn das auch aus! Unmöglich. Sie spürte, wie ihr heiß wurde, so was Peinliches. Da renn ich herum mit den dummen Knöpfen im Ohr. Wie eine Idiotin. Er ist höflich, er hat so getan, als würde er mich nicht kennen.

Frau und Gitarre

Natalie war am Morgen etwas unausgeschlafen, da sie gestern bis spät in die Nacht aufgeblieben war und Chat von der Begegnung mit Mario erzählt hatte. Die sie natürlich voll vergeigt hatte. So richtig mit Blaulicht und Trompeten. Aber er hatte gesagt, dass er öfter wiederkommen würde. Partys schien er zu mögen. Sie hatte seinen Geruch immer noch im Kopf und konnte ihn abrufen, wenn sie sich konzentrierte. Schießpulverig und ein bisschen, ja, wie sollte man sagen: straßenrandig. Nicht Müllabfuhr, sondern mehr wie Reifen, alte Einkaufswagen neben Mülltonnen, rostige Garagentorfronten. Und obwohl das wahnsinnig sexy war, hatte sie die Erinnerung nicht besudeln wollen, indem sie darüber masturbierte oder Pläne schmiedete. So ging man solche Sachen nicht an.

Auf dem Balkon war es um sieben Uhr früh angenehm kühl. Drinnen lief der Fernseher, er war laut aufgedreht. Das Gespräch in einem Frühstücksfernsehbeitrag (live) drehte sich um Tiere, die einen sechsten Sinn besaßen. Man zeigte einen Ausschnitt aus einer Dokumentation, in der das bewiesen wurde. In dem Augenblick, da sich die Besitzerin entschied, nach Hause zu gehen, stand der Hund in ihrem Wohnzimmer auf und lief ans Fenster oder an die Wohnungstür, um dort auf sie zu warten. Eines der meistbeobachteten Haustier-Phänomene überhaupt, sagte der eingeladene Gast. Aber was, fragte sich Natalie, wenn nun während der Heimfahrt ein Unfall passierte? Wüsste das der Hund im Voraus, so wie er offenbar auch im Voraus weiß, dass bald das Frauchen eintreffen wird, da er ihre Entscheidung, heimzukommen, telepathisch wahrnimmt? Könnte man diese Fähigkeit nicht nutzen, um sich selbst ein sicheres Heimkommen zu garantieren? Man steigt in ein Taxi und ruft zuhause an, wo jemand mit dem Hund wartet. Man fragt: *Sitzt er schon am Fenster?* Wenn die Antwort Ja lautet, dann bedeutet das, dass man es auch sicher nach Hause schaffen wird. Kein Unfall. Aber falls die Antwort Nein lautet, kann es bedeuten, dass einem etwas zustößt. Also wechselt man das Vehikel. Und ruft noch einmal an: *Und jetzt?* – Ja, jetzt sitzt er und wartet. Also hat man ein Unglück abgewendet mit Hilfe des sechsten Sinns eines Haustiers.

Sie hörte das Rütteln der Waschmaschine in der Wohnung über ihr, das Ende eines Schleudergangs. Wie das Blubbern von Blut im Ohr.

Sie stellte sich Menschen in Vorstädten vor, die ihre Haustiere filmen, während sie selbst außer Haus sind, und hinterher vergleichen sie dann den Timecode mit dem Zeitpunkt ihrer Entscheidung, nach Hause zu kommen. Und der Hund ist immer ganz nah dran. Aber trotzdem kritisieren sie ihn manchmal, wenn er es nicht so gut trifft. Natalie stellte sich ihre Mutter vor. Tief enttäuscht von der unpräzisen Art, wie der Hund die Zukunft vorhersah. Und der Hund, am besten eine dieser prächtigen hüfthohen Doggen, schaute sie an, während sie ihm erklärte: Du musst besser auf das Universum achten, du kannst das, ich weiß es – und der Hund schaut sie weiter an und legt den Kopf schief. Sie krault sein Ohr und sagt, ach, ich weiß ja, dass du dir Mühe gibst! Und dann stellt sie die Kamera neu ein, zieht sich an und rennt hinaus in den Schnee und versucht es noch einmal. Natalie musste an die Benny-Hill-Melodie denken, während ihre Mutter in ihrer Vorstellung mit mausschnellen Schritten Runden im Schnee drehte und hoffte, dass der Hund zuhause sich für ihr morphisches Feld interessierte.

Ah, warum nicht, dachte Natalie und suchte die Melodie auf ihrem iPhone.

Dann zog sie sich im Schlafzimmer an und musste die ganze Zeit lachen. Jede Bewegung, jedes Kleidungsstück war witzig. Wie schwer war es wohl, zu dieser Musik zu masturbieren? Sicher total unmöglich.

Beim Frühstück hörte sie ein anderes Stück, von einem finnischen Komponisten namens Jean Sibelius, was ein total unfinnischer Name war. Sie hatte auf der kurzen Skandinavienreise, die sie mit achtzehn, gleich nach der Matura, zusammen mit zwei Freundinnen unternommen hatte, einige Finnen kennengelernt, und die hatten Namen von ganz anderen Dimensionen gehabt. Namen wie erfunden, mit lauter k's und t's und doppelten u's, als trüge jedes Wort eine Zahnspange. Aber Sibelius, das war mehr lateinisch. Dramatisch tief tauchte der Löffel in die Milch ein, und tiefe Verzweiflung braute sich hinter dem Küchenfenster zusammen. Dann hörte sie wieder das Benny-Hill-Theme, dann den Säbeltanz, Natalie liebte alle diese Melodien. Ihre Wirkung war ein Beweis dafür, dass nichts von selbst so oder so war, traurig oder fröhlich. Man konnte alles anders und neu beleuchten durch entsprechende Musik, ja, wahrscheinlich existierte sowieso *nur* Musik, der Rest war auswechselbar und gar nicht von Bedeutung. Siehe Filme, dachte sie. Nein, Mario hatte sie nicht wirklich ignoriert. Er hatte sie bloß nicht gleich erkannt. Und ich bin ja selbst schuld. Was passe ich auch nicht besser auf.

Im Wohnheim wurde Natalie als Erstes ebenfalls mit Musik konfrontiert. Es war dieses komische Lied, dieser vorsintflutliche Neunziger-Song, in dem eine Menschenmenge andauernd *Heyamamama! Heyamamama!* wiederholte, begleitet von einem immergleichen Piano-Riff. Die Musik kam aus Dorms Einheit, die Tür stand offen. Um nicht den Eindruck zu erwecken, ihn belauschen zu wollen, tat Natalie zuerst so, als wolle sie etwas vom Gangfenster kratzen. Dann bemerkte sie jemanden neben sich. B stand direkt vor der offenen Tür und hatte eine Hand an die Wange gelegt. Als sie Natalie anblickte, machte sie ein komisches Gesicht und legte einen Zeigefinger auf die Lippen. Sie winkte sie näher und deutete ins Zimmer.

Sie neigte ihren Kopf demonstrativ auf die Seite und machte ein stummes *Oooh,* als wollte sie sagen: *Ist das nicht süß?*

Herr Dorm saß mit dem Rücken zu ihnen an seinem Schreibtisch. Hin und wieder schaute er aus dem Fenster in den hellen Sommertag. Dann schnitt er weiter mit seiner Schere in das Buntpapier. Einige windschiefe Herzen waren neben ihm auf den Boden gefallen.

B formte mit ihren Daumen und Zeigefingern ein Herz und hielt es sich mit einer schmachtenden Geste an die Brust.

Als sich Alexander Dorm zur Seite drehte, zuckten beide Frauen zusammen. Aber er nahm sie gar nicht wahr, er stellte bloß ein anderes Lied auf seinem Computer ein. *Fairground* von Simply Red. Er nickte im Takt, sein Kopf sah heute anregend erdnussartig aus. Dann widmete er sich einem offenbar etwas komplizierteren Scherenschnitt. Manchmal hielt er inne und roch an dem Eustrich-Briefpapier.

B ging weg. Sie deutete ein schwelgendes Tänzeln an, einen Liebestaumel, beide Hände vor dem Mund gefaltet, und drehte sich einmal im Kreis. Natalie warf ihr einen gespielt tadelnden Blick zu. B revanchierte sich mit einer enthusiastischen Stummfilm-Kusshand.

Als sie allein war, holte Natalie ihr Handy aus der Tasche und nahm die Szene im Zimmer auf. Der Clip dauerte nur zwanzig Sekunden, aber sie war zufrieden. Man musste solche Dinge festhalten. Sie blieb noch eine Weile stehen und sah dem bastelnden Mann zu. Er würde seine Geschenke, nachdem er sie fertiggestellt hatte, mit hoher Wahrscheinlichkeit sofort wieder zerstören. Nur die wenigsten seiner Basteleien überlebten den Vormittag ihrer Entstehung. Noch war der Papierkorb unter seinem Schreibtisch leer. Aber die Unzufriedenheit war bereits spürbar, Alexander Dorms Bewegungen waren jetzt hektisch, er riss kleine Stücke von seinem Scherenschnitt ab, dann fasste er nach dem Klebstoff, überlegte es sich anders und nahm noch einmal die Schere zur Hand. Es war eine kleine blaue Kinderschere mit abgerundeten Spitzen.

– Warum hat sie sich eigentlich umgebracht?

Natalie hatte nicht überlegt. Die Frage war ihr einfach so herausgerutscht. Oh, sie kannte diesen Blick.

– Huh, sagte B.

– Entschuldige, sagte Natalie. Es ist nur, damit ich weiß, welche Themenbereiche ich besser nicht anspreche.

Das war genau der passende Rettungssatz gewesen. Natalie gab sich selbst hundert Punkte.

– Einfach so, wegen Psychoterror und, also, zumindest hat er's uns so erzählt. Es war ja auch für ihn nicht so leicht.

– Du willst es lieber nicht sagen, oder?

– Mein Gott, sagte B. Man kann sich das alles so schwer vorstellen.

Doch zu Natalies großer Überraschung folgte tatsächlich so etwas wie eine Erklärung. Frau und Gitarre, sagte B. So hatte es in einem Brief gestanden. Dorm beschwor Hollberg darin, sich nicht mit *solchen Gebilden* abzugeben, die Form sei falsch und auch die Verteilung des Gewichts, Frauen seien überhaupt nur hohle, unerträgliche Dinge, ein entsetzlicher Fehler der Evolution. Diese gitarrenartige Form des weiblichen Körpers, die Fettansammlungen an Stellen, wo überhaupt kein Fett hingehörte. Und so weiter.

– Gott, was für ein Sack, sagte Natalie.

B schaute sie an.

– Okay, sagte Natalie. Ich bin im Dienst. Tut mir leid. Aber denken darf ich's.

– Er ist halt, wie er ist, sagte B sanft.

– Jaja, eh.

Erst als B fortgegangen war, fiel Natalie auf, dass dieses seltsame Bild von Frauen und Gitarren gar nichts mit ihrer Frage zu tun gehabt hatte. Und das bei einer so klugen und rationalen Frau wie B. Merkwürdig. Es ergab überhaupt keinen Sinn. Ein Satz in einem Brief, na ja. Warum sollte sich deshalb irgendjemand umbringen? Wahrscheinlich hatte sie einfach ausweichend geantwortet. Aber was, wenn das tatsächlich ihre aufrichtigen Antwortgedanken zu der Frage gewesen waren, vollständig und für B durchaus verständlich?

Das Schminken gestaltete sich heute sehr schwierig, Herrn Dorm wollte gar nichts gefallen. Er hustete, als er durch das ungeschickte Öffnen einer Dose eine Wolke leicht übelriechenden Puders verbreitete. Natalie wich schnell aus und trat ans Fenster. Aber als sie es öffnen wollte, pfiff er sie zurück. Tatsächlich: Er pfiff. Sie drehte sich verwundert um. Es war klar, dass er sie gemeint hatte.

Er nahm die beiden Finger aus dem Mund und schaute sie wütend an.

– Das bleibt zu, sagte er. Es wird nur am Wochenende gelüftet. Wenn ich draußen bin.

– Aber es ist doch so heiß, sagte Natalie. Und die Staubwolke, die Sie da …

Meine Güte, er konnte vielleicht starren! Er sah aus wie diese wahnsinnigen Skinheads im Park, die ihre Augen nicht mehr richtig im Griff hatten. Irgendwas war mit ihren Gesichtern passiert, ihre Lider hatten keine Trägheit mehr in sich. Sie blickten auf alles, als wäre es eishell.

– In dubio pro reo, sagte Natalie.

Einer der wenigen Sätze, die sie sich vom Lateinunterricht gemerkt hatte.

Herrn Dorms Augen verengten sich. Allerdings nicht auf feindselige Art, sondern taxierend, überlegend. In ihm hatte es zu rechnen begonnen.

– Was heißt das?, fragte er.

– Wir machen es natürlich so, wie Sie möchten, sagte Natalie mit einem Lächeln.

Herr Hollberg kam immer pünktlich oder sogar etwas zu früh. Herr Dorm war sehr nervös. Es war schon drei Minuten vor der vereinbarten Zeit. Er schickte Natalie ständig hinaus, sie solle nachschauen, ob er schon da sei. Er selbst wollte nicht aus seinem Zimmer kommen, solange der ersehnte Gast nicht da war. Sie solle sich nicht wieder so vordrängen wie letztes Mal, sagte er.

Diva, dachte Natalie.

Sie schaute aus dem Fenster des Nachtdienstkämmerchens auf den Parkplatz, aber der war leer. Sie stellte sich vor, was wohl passieren würde, wenn Hollberg einmal nicht auf Besuch käme.

Man hatte ihr erklärt, dass er noch nie unangekündigt ferngeblieben sei. Seltsamer Mensch.

Sein Leben war zerstört worden von diesem Mann, der da im Eingangsbereich seiner Wohneinheit saß und darauf wartete, gerufen zu werden. Sein Leben war zerstört worden. Frau tot. Selbstmord. Frau und Gitarre. Wie einem dieses eigenartige Bild im Kopf blieb ... B hatte erwähnt, dass Hollberg selbst es gebraucht hatte, als er ihnen von den Briefbombardements berichtet hatte. Also war es auch *seine* Antwort gewesen. Die Antwort auf die Frage, warum. Und jetzt kam er ihn besuchen, jede Woche. Immer pünktlich. Und tat ihm nichts. Vielleicht *plante* er nur? Oder er tat etwas und niemand sah es? *Und* ... Natalie hasste das dunkle Schlag-ans-Hoftor-Geräusch, das dieses Wort in ihrem Kopf verursachte. Es war das rechthaberischste Wort von allen. Es klebte Sinnloses aneinander. Andererseits musste man es dafür lieben. Es war ein Wort, das die Hoffnung nie aufgab.

Liebe.

Puderwolke.

Liebe und Puderwolke.

Vom Fenster des Kämmerchens aus machte Natalie ein Foto des schönen, wolkenlosen Tages und schickte es an Markus. Sie schrieb darunter: *alephs wandern am horizont. sie sehen uns allen in die suppe und in die pupillen.*

Keine Reaktion. Dämlicher Faulsack, vermutlich schlief er.

Dann erhielt sie doch eine Antwort. Es war ein Selbstporträt von Markus. Er stand vor einem Spiegel und hatte nasse Haare. Eine s-förmige Strähne klebte auf seiner Stirn. Natalie musste sofort an das kleine Rauchschwänzchen denken, das noch schnell einem Kerzendocht entkommt, nachdem man die Flamme mit angefeuchteten Fingerspitzen ausgeknipst hat. Sie schrieb zurück:

– ich bin bei der arbeit! verfolg mich nicht! nein heißt nein! girl power!

Er schrieb:

– Ich bin auch bei der Arbeit.

– hab ich dich geweckt?, fragte sie.

Aber da hörte sie plötzlich die Glastür zum Treppenhaus aufgehen. Sie schaltete das iPhone aus und ging nach draußen. Herr Hollberg stand da. Er schwitzte und sah etwas zerzaust aus.

– Bin beinahe zu spät, sagte er.

– Na, jetzt sind Sie ja hier. Er wartet schon auf Sie.

Herr Hollberg schüttelte den Kopf, wischte sich mit beiden Händen übers Haar.

– Entschuldigung, sagte er. Es ist immer noch etwas ungewohnt für mich. Neue Situation und alles.

– Ich?, fragte Natalie freundlich.

– Ja, nicht dass Sie glauben, ich wäre ein striktes Gewohnheitstier. Weil, das bin ich nicht. Aber es ist einfach ungewohnt, das ist alles. Immer wieder ungewohnt. Bei jedem Wechsel. Immer alles von vorn, verstehen Sie? Beginnend bei Start.

– Ja, ich verstehe, sagte Natalie.

– Gut, sagte Herr Hollberg. Nachtdienst, hm?

– Ja, ich habe heute …

– Hab ich gesehen. NAT. Unverkennbar. Erstes Mal?

Natalie nickte.

– Wird bestimmt wahnsinnig einsam.

– Nein, denke ich nicht, log Natalie. Ich schlafe immer wie ein Stein.

Herr Hollberg schien sich etwas zu entspannen. Der strenge Ausdruck verschwand aus seinem Gesicht.

– Es ist doch für alle sehr schlimm, sagte er. In der winzigen Kammer. Für Sie nicht?

Natalie überlegte, wie darauf zu reagieren war. Ihr iPhone summte. Markus schrieb ihr. Aber sie konnte nicht nachsehen. Ihre Finger wurden nervös, und sie steckte sie ein.

– Ist schon okay, finde ich.

– Fuck, sagte Herr Hollberg. Das ist total schön, wenn das für Sie so ist. Sie sollten die anderen hören, wie die sich immer beschweren. Aber –

Er rückte etwas näher an sie heran, Natalie schaute schräg an ihm vorbei, blieb aber stehen. Sein Aftershave roch ledrig und ein wenig nach Umkleidekabinen.

– Ganz unter uns, sagte er. Lassen Sie's die anderen nicht wissen, falls Ihnen das winzige Kämmerchen und der Nachtdienst wirklich nichts ausmachen. Die teilen Sie sonst kreuz und quer ein, und Sie verbringen Ihr halbes Leben da drin. So wie die Astrid. Ich hab in den letzten Jahren viel gesehen.

Ja, die letzten Jahre hier. Natalie wusste nichts über diese Zeit. Sie hätte jetzt nachfragen können. Aber sie wusste, dass das nicht erwünscht war.

– Er wartet schon auf Sie, wiederholte sie.

– Natürlich, sagte Herr Hollberg. Was soll er sonst machen? Breakdance?

Natalie schenkte ihm ein verständnisvolles Lächeln.

– Weil, er kann das natürlich nicht, klar? Breakdance. Das heißt, er kann natürlich schon tanzen. Wenn er will. Auf seine Art. Und zerbrechen auch. Aber nicht beides auf einmal. Es sei denn, er fällt die Tre–

Der Gast verschluckte den Rest des Satzes (er hallte dafür umso lauter in Natalies Kopf wider), da Herr Dorm aus seiner Tür gerollt kam. Natalie winkte ihm zu, albern, aber sie wusste nicht, was sie mit ihren Händen sonst anstellen sollte.

– Hey, Superman, sagte Herr Hollberg und ging auf ihn zu.

– Hi, Chris!

Herr Hollberg duldete eine kurze Umarmung. Dabei berührte Herrn Dorms Kopf seine Hüfte, und er zuckte zurück – warum, war nicht ganz klar. Natalie juckten die Finger. Das iPhone hatte wieder gesummt.

Sie nahm es aus der Tasche und las die Nachrichten.

– Keine Fotos!, lachte Herr Hollberg. Keine Paparazzi, bitte.

Natalie schaute ihn an, dann begriff sie. Sie zeigte ihm das Display:

– Nein, sagte sie. Nur eine SMS. Ich mache keine –

– War ein Scherz, meine Liebe, hauchte Herr Hollberg.

Und in etwas verändertem Tonfall fügte er hinzu:

– So. Was haben wir heute vor?
– Spazieren gehen, sagte Natalie. Ich glaube, das war der Plan.
– Der Plan, sagte Herr Hollberg zu Dorm. Was weiß sie denn von unserem Plan, hm? Hast du ihr alles verraten?

Herr Dorm lachte glücklich und klatschte sogar einmal lautlos in die Hände. Oder eher: in die Fäuste. Wie Babys applaudieren.

– Ich bin schon eine ziemliche Geburtstagstorte für ihn, oder?, sagte Herr Hollberg zu Natalie. Haben Sie sich das eigentlich angeschaut, was ich Ihnen letztes Mal erzählt habe? Das mit dem Aluminium? Might save your life one day.
– Oh, sagte Natalie. Jaja. Doch. Danke für die Tipps.

Herrn Dorms Gesicht schmolz. Er wusste nichts von dieser Unterhaltung, das machte ihn offenbar nervös. Er war beim Baum gewesen und hatte gezählt.

– Manchmal denke ich mir, jemand sollte dich kitzeln, sagte Hollberg zu Dorm. So von oben herab, weißt du? Wie eine Welle.
– Ja, Chris. Hahaha!
– Also dann, sagte Herr Hollberg und deutete an, nach draußen zu gehen.
– Ich hole nur meinen Hut, sagte Natalie.

Sie ging durch den Korridor in die Küche. Dort fand sie ihren Strohhut, und sie fand auch B, die vor der Spüle kniete und das Abwasserrohr studierte.

– Ah, da bist du, sagte Natalie.
– Da bin ich, sagte B. Ich und der Blues.
– Was ist denn passiert?
– Hm?

B drehte sich zu ihr um.

– Ach so, sagte sie und wich etwas zur Seite, damit Natalie das Rohr sehen konnte. Darf ich vorstellen, Natalie – Blues. Blues – Natalie. Blues ist ein Rohr, aber es ist sehr melancholisch heute. Vermutlich die Hitze.

Natalie lachte. Das Rohr war tatsächlich blau.

– Ich geh dann, sagte sie. Spazieren. Mit denen.

– Ah ja, sagte B. Setz dir was auf. Draußen zerglüht man.
– Mach ich.

B hatte nicht übertrieben. Auflösung. Herr Hollberg fächelte sich Luft zu, indem er an seinem T-Shirt zupfte. An beiden Seiten seines Körpers hing ein breiter Latz aus Schweißflecken. Er schnaufte. Der Einzige, dem die Hitze heute nicht so viel auszumachen schien, war Herr Dorm. Vertauschte Rollen. Dorm rief hin und wieder irgendetwas in Richtung seines Besuchers, und dieser antwortete mit einem bestätigenden Geräusch.

Sie waren etwa eine halbe Stunde im Freien – sommerlich gedämpfte Verkehrsgeräusche und das Summen der über der Stadt schwellenden Sonne –, da blieb der Rollstuhl von Herrn Dorm in einer Gehsteigritze stecken und musste befreit werden. Natalie war etwas zu schwach, also schlug sie Herrn Dorm vor, sich kurz an ihr hochzuziehen, seine Beine waren ja nicht gefühllos, sogar einige wenige Schritte konnte er, wenn auch mit allergrößter Mühe, alleine gehen. Aber er wollte nicht, er stieß sie weg und fluchte. Er probierte es selbst, fluchte leiser, schien freizukommen, aber rutschte noch einmal in den Spalt.

Da legte sich eine Hand auf seinen Kopf. Herr Hollberg war hinter ihn getreten. Sein Schatten fiel auf Dorms linke Schulter. Und wie bei einer Katze, wenn man diesen speziellen Fellgriff … nein, doch nicht, Herr Dorm bewegte sich, er war nicht paralysiert durch die Hand, die seinen Nacken umklammert hielt. Aber alles war auf einmal verlangsamt. Als wäre ein Geschwindigkeitsregler aktiviert worden. Herr Hollberg diktierte die Bewegungen, als steuere er einen riesigen Joystick, Dorms Kopf. Es sah absurd aus.
– Dzzzz, dzzzz, machte Herr Hollberg.

Natalie nahm ihr iPhone in die Hand und machte schnell ein Foto. Vielleicht bemerkte es Herr Hollberg, sie war sich nicht ganz sicher. Eigentlich war es sogar besser, wenn er es merkte. Paparazzi. So hatte sie wenigstens Beweismaterial.

In was bin ich da hineingeraten?, dachte sie. Ein typischer Filmsatz. *In einer solchen Situation.*

Der Rollstuhl kam endlich frei, und der Spaziergang konnte weitergehen.

– Er macht immer viel zu schnell, erklärte Herr Hollberg. So schnell, dass er sich verhakt. Ich kenne das Problem schon. Wenn er langsamer tut, dann geht es.

– Ach so, sagte Natalie. Okay, ja.

Das war tatsächlich eine Erklärung. Zwar nicht für das komische *Dzzz-dzzz*. Aber sonst schon. Natalie beschloss, sich zu entspannen. Herrn Dorms Gesicht war knallrot geworden. In seinem Nacken blühten ebenfalls rötliche Flecken.

– Und, wie haben Sie so den Morgen verbracht?, fragte Herr Hollberg.

– Ich? Oh, gar nicht. Ich war zuhause.

– So, sagte er. Zuhause. Ja. Natürlich. Aufstehen und sofort zur Arbeit, hm?

– Ja, so mache ich das in der Regel.

Herr Hollberg fasste Dorm noch einmal am Nacken und sagte:

– Ich glaube, die ist wirklich perfekt für dich. Super ausgewählt.

– Ja, Chris, keuchte Dorm.

– Ich hab heute Morgen eine Sendung gesehen, sagte Natalie, da ging es um Tiere, die wissen, wann ihr Besitzer nach Hause kommt.

Es wirkte. Herr Hollberg ließ Dorm los. Er schien ein wenig nachdenken zu müssen, dann sagte er:

– Ja. Das gibt's wirklich.

Mehr hatte er dazu offenbar nicht zu sagen. Er strich noch einmal über Dorms Nacken, über die rötlichen Druckstellen, die dort deutlich in Form seiner Finger zu sehen waren. Dann ließ er ihn in Ruhe und wischte sich die schweißnasse Hand an seinem T-Shirt ab. Er suchte nach etwas in seinen Taschen. Natalie beobachtete jede seiner Bewegungen. Das war keine normale Situation mehr. Er fand ein Taschentuch und reinigte sich damit die Finger. Hinterm Horizont brüllten lautlose Sirenen. Die Sonne wurde um ein paar Millimeter größer. Natalies iPhone summte.

– Von der Hitze bekommt man Kopfweh, sagte Herr Hollberg.
– Ja, Chris, antwortete Dorm.
– Hey, magst du mein Taschentuch essen?
Natalie erschrak.
Herr Dorm schaute treuherzig zu seinem Gast auf. Dann glitt sein Blick zu Natalie. Wie ein Kind, dem einfällt, dass ja seine Mutter anwesend ist und alles sieht.
– Fingernägel sind keine drin, aber ich hab mich damit abgewischt.
Der Mund von Herrn Dorm stand offen. Der von Natalie vermutlich auch.
– Äh, sagte sie. Ich weiß nicht, ob …
– Oh, schon in Ordnung, sagte Herr Hollberg. Ist nur ein Scherz. Nicht wahr, Superman?
– Hahaha, ja, Chris!, lachte Dorm wie auf Kommando. Der war gut!
– Papier kauen, igitt, sagte Herr Hollberg. Wer würde denn so was machen? Sie?
Er hielt Natalie das zusammengeknüllte Taschentuch hin.
– Nie im Leben, sagte sie.
– Natürlich nicht, sagte Herr Hollberg und steckte das ekelhafte Ding endlich ein. Man weiß ja nie, was es enthält. Es gibt einen amerikanischen Zauberer, der immer ein dickes Bündel brennender Zigaretten, eingewickelt in ein Papiertaschentuch, verschluckt hat. Einfach so, ohne Trick dahinter. Die Leute glaubten immer, es wäre ein Trick, aber er konnte einfach gut schlucken. Und wieder heraufwürgen. Das war alles.
– Hahaha, wow, Chris.
– Das stellst du dir jetzt vor, hm?, wandte sich Hollberg an den aufgeregt im Rollstuhl hin und her rutschenden Mann.
– Hihi, ja.

– Und woran denkst du noch so?
– Dass du heute wunderschön aussiehst, Chris!
– Oh, wie fad, sagte Herr Hollberg. Das kennen wir doch schon alle, oder? Rasiert oder nicht rasiert, dir gefällt alles, hm? Dir gefällt einfach alles.
– Ja, Chris, lachte Herr Dorm.

Er schien die ganze Szene tatsächlich sehr zu genießen. Natalie dagegen hatte Angst bekommen.

Hollberg grinste und streckte seine Hand nach Dorm aus. Dieser versuchte, sie zu ergreifen, aber Hollberg entzog sie ihm immer wieder. Dann trat er plötzlich näher und bohrte ihm einen Zeigefinger in die Stirn. Herr Dorm schloss die Augen und hielt still. Als hätte jemand den Pause-Knopf gedrückt.
– Schauen Sie, sagte Herr Hollberg zu Natalie. Da könnte man doch den Verstand verlieren, oder? Es geht so einfach. Einen Finger auf seine Stirn, und er wird ganz starr. Wenn man den Finger nicht wegnimmt, bleibt er so. Aber das hab ich natürlich alles zu spät gemerkt. Viel zu spät.
– Okay, sagte Natalie in beruhigendem Ton. Vielleicht wäre es jetzt besser, wenn wir dann allmählich wieder …
– Ist Ihnen heiß?
– Ja, schon. Ihnen nicht?

Sie machte eine kleine Geste, die andeuten sollte, er möge den Finger bitte wieder wegnehmen. Schalterbeamter vor Bankräuber mit Pistole.
– Ist unheimlich, oder?, sagte Herr Hollberg. Sie müssen entschuldigen. Aber ich fühl mich bei solchen Dingen wie ein Entdecker. Wissen Sie? So wie Amundsen am Südpol. Aber man kommt natürlich immer zu spät.

Er zog seine Hand fort. Herr Dorm machte die Augen auf und lachte sie beide an, als hätte er eine Prüfung bestanden. Natalie hatte das seltsame Bedürfnis, ihn von hier wegzubringen. Und einen Arm um ihn zu legen.
– Vielleicht, sagte sie, gehen wir dann wieder …
– Sie wollen gern zurück, stellte Herr Hollberg fest. Superman, sie will wieder zurück. Hast du eigentlich schon einen

Bezug zu ihr aufgebaut? Du brauchst da ja immer so lang. Immerhin ist sie deine –

– Ja, Chris, sagte Herr Dorm.

Aber es klang nicht sehr überzeugend.

– Wow, so schnell diesmal, hm?

Herr Dorm reagierte darauf nicht mehr. Sein Lächeln war starr geworden. Seine Hand wanderte in seinen Nacken und rieb dort ein wenig herum.

Bemerkenswerterweise ging Herr Hollberg kurz darauf tatsächlich nach Hause. Ein wenig Basteleien betrachten in Dorms Zimmer, Smalltalk und Witzeleien, dann verabschiedete er sich, so wie beim letzten Mal. Natalie erwartete, dass Herr Dorm ihr deswegen böse war, vielleicht dachte er, sie habe ihn vertrieben, aber er akzeptierte immer alle Entscheidungen seines Besuchers, ohne sie zu hinterfragen. Wenn Chris früher gehen wollte, dann ging er eben früher. Seine Wünsche waren heilig.

Natalie brachte Herrn Dorm in seine Wohneinheit zurück. Er klagte ein wenig über Schwindel, also brachte sie ihm einen feuchten, eiskalten Waschlappen und legte ihn auf seinen Kopf. Dann auf seinen Nacken.

– Au, sagte er leise.

Er lehnte sich erschöpft zurück und ließ sich von ihr kühlen. Hin und wieder entkam ihm so etwas wie ein Schluchzen, aber es war vielleicht nur die Kälte.

Meine Arbeit, dachte Natalie. So sieht sie also aus. Für die nächsten Jahre.

– Sagen Sie, genießen Sie eigentlich die Besuche von … Ihrem Freund?

Dorm schnaufte, als er sich aus dem Rollstuhl stemmte. Seine Knie stießen gegen die Kommode. Es kam keine Antwort. Natalie wartete ein wenig, aber ließ sich nicht anmerken, dass sie wartete. Sie kontrollierte die Anzeige der Klimaanlage an der Wand neben der Tür. Es war das einzige Ding im Zimmer, das nicht behindertengerecht war. Um wenige Zentimeter zu hoch. Im Zimmer war es erträglich. Nicht supermarkt-getränkeabteilungskühl, aber angenehm.

– Soll ich Ihnen die Beindecke bringen?

Keine Reaktion.

– Herr Dorm?

Er lag jetzt auf dem Bett, rollte sich auf die Seite und atmete tief ein und aus. Es wirkte fast so, als prüfe und genieße er einen bestimmten Geruch. Dabei roch das Zimmer nach gar nichts. Außer ein bisschen nach Make-up.

– Sie sind bestimmt erschöpft vom Besuch, sagte Natalie. Ich schau dann später wieder vorbei, okay?

– Sagen Sie.

– Ja?

– Sind Sie Männchen oder Weibchen?, fragte Herr Dorm.

Natalie blieb stehen. Drehte sich um.

– Wie meinen Sie?

– Ja also, Sie sehen so aus … so …

– Ich bin eine Frau. Aber das wissen Sie doch, Herr Dorm.

Sie lachte.

– Jaja, sagte Dorm. Jaja, das wohl.

Er rollte sich auf den Rücken und schaute an die Decke.

– Es ist nur, sagte er. Sie sind so … es ist einfach verwirrend, das ist alles.

– Kann ich verstehen, sagte Natalie.

Sie machte eine freundliche Verabschiedungsgeste und öffnete die Tür.

– Ich meine, Sie könnten sich doch, sagte Herr Dorm und drehte sich wieder halb zu ihr. Also, Mühe geben und so. Ich meine, zumindest ein bisschen, ja? Es ist sonst so verwirrend.

Natalie sagte sich, dass es ihr leichtfiel, höflich zu bleiben.

– Was denn?, fragte sie.

– Ich hab ihm nie was getan.

– Wem? Ihrem Freund?

– Ich weiß schon, was Sie denken, sagte er. Ihr denkt das jedes Mal. Immer dasselbe. Aber es ist alles Teil des neuen Systems. Ich muss hier drinnen sein. Es war der einzige Weg, wie wir uns weiter sehen konnten. Ich hätte noch ganz andere Dinge auf mich genommen. Er weiß Bescheid.

Sie haben seine Frau in den Tod. Natalie stoppte den Gedanken. Er war so unwirklich, dass er alles andere in seiner Umgebung ebenfalls unwirklich machte. Im Grunde, so wusste sie, hätte sie in diesem Augenblick aus dem Zimmer gehen müssen. Klient redet unzusammenhängend, ist aber im Bett und wirkt insgesamt relativ friedlich, Betreuerin geht also spazieren. Simple Grundregel, leicht einzuhalten.

– Genießen Sie seine Besuche?, fragte sie.

Alexander Dorm kniff die Augen zusammen und schien einen Satz beginnen zu wollen, dann brach er ab, die Frage war kompliziert und benötigte mehr Denkleistung. Er hatte einen Zeigefinger aufgestellt.

– Es … es ist sehr schwer, sagte er.

– Was mögen Sie an ihm?

– Pffff, machte Dorm und lachte. Wollen Sie den ganzen Katalog? Eine Kurzfassung gibt's nicht. Das wär nicht ehrlich, verstehen Sie? Das wär keine Liebe.

Natalie merkte, wie sich ihre Züge entspannten. Sie trat etwas näher zu ihm.

– Ich meine, Sie haben ihn doch gesehen, oder?, fragte Herr Dorm. Sie haben doch Augen im Kopf.

Natalie nickte.

– Man käme aus dem Aufzählen nicht mehr raus, sagte er.

– Und waren Sie manchmal auch allein mit ihm spazieren?

Herr Dorm nickte.

– Was hat er denn da so mit Ihnen gemacht?

Eine längere Pause.

– Ich bin echt müde, sagte er. Dumme Hitze.

– Natürlich, Herr Dorm, ich lass Sie dann schlafen.

– Äh, äh –

– Ja, bitte?

Eine Antwort. Es würde eine Antwort kommen. *Er drückt Zigaretten auf mir aus. Er sagt seltsame Dinge zu mir. Er lässt mich Erde fressen. Er quält mich mit einem langen Verhör. Er schiebt mich an den Rand der Brücke und sagt, er wirft mich jetzt ins Wasser. Er weint viel. Er dankt mir. Er –*

– Die Fernbedienung.

Seine Stimme war ganz leise geworden. Wahrscheinlich, weil er so zusammengeknautscht im Bett lag.

– Oh, natürlich, bitte entschuldigen Sie. Ich hab sie dort drüben hingelegt.

Sie brachte Herrn Dorm die Fernbedienung. Er richtete das Gerät auf sie und drückte einen Knopf. Dabei erhielt er den Blickkontakt zu ihr aufrecht.

– Wenn Sie eine … eine Frau sind, sagte er. Warum sind dann Ihre Brüste unterschiedlich groß?

Natalie tat so, als hätte sie ihn nicht gehört, winkte und ging aus dem Zimmer.

Mit der Zeit

Natalie ging durch den Korridor im ersten Stock des Wohnheims, zugleich besänftigt und beschwingt von dem seltsamen fröhlich-traurigen Lied, das sie hörte: *Crazy English Summer* von Faithless. Man möchte am liebsten mit dem ganzen Gebäude tanzen. Im östlichen Himmel hingen zwei schnurgerade, fette Chemtrails und vergifteten irgendeine Vorstadt. Natalie deutete Walzerschritte an und ließ ihre Arme tun, wonach ihnen war. Dann stand sie plötzlich vor Mike, der sie anstarrte und nicht begriff. Sie zupfte die Kopfhörer aus ihren Ohren und begrüßte ihn.

Er sah vollkommen fertig aus.

– Ist es schlimm?, fragte sie.

Ihr fiel ein, dass bald wieder seine Familie zu Besuch kommen würde. Sie musste sich angewöhnen, all diese Daten im Gedächtnis zu behalten. Irgendetwas war merkwürdig an Mikes Haltung. Er stand vor der offenen Tür seiner Wohneinheit, aber schien nicht zu wissen, ob er hineingehen oder draußen bleiben sollte. In diesem Augenblick erschien der Zivi in der Tür. Er hielt ein Stofftier in der Hand.

– Hab's geschafft, sagte er und grinste Mike und Natalie an.

Mike vermied den Augenkontakt mit dem Stoffwesen. Der Zivi bemerkte es und – sehr vorbildlich – versteckte es hinter seinem Rücken. Natalie legte eine Hand auf Mikes Arm. Seine Muskeln waren angespannt.

– Kommen Sie, sagte sie. Gehen wir rein.

Er ließ sich von ihr führen.

– Ich muss dann Ordnung machen, sagte er und deutete hoffnungslos im Raum umher.

– Schaffen wir alles, sagte Natalie. Jetzt bin ich ja da.

– Frau Reinegger! Frau Reinegger!

Herr Dorm rollte durch den Gang. Sein Gesicht war schmerzverzerrt, in seiner Hand hielt er eine Tube mit Salbe. Es kostete ihn sichtlich Überwindung, das Wort an Natalie zu richten. Es ging um seine Beine, vor allem um deren Rückseite. Also eigentlich um seinen Hintern. Natalie verstand schon. Den Nacken habe er selber erreicht, verkündete Dorm. Sie nickte und bedeutete ihm, ihr zu folgen.

– Mir wäre die Astrid lieber, sagte Herr Dorm. Aber die ist nirgends.

– Na ja, jetzt bin ja ich für Sie da, Herr Dorm.

Er schnaubte und blickte zur Seite.

– Es tut echt weh inzwischen, sagte er.

– Dann schauen wir's uns an.

Aber da entdeckte er Astrid am Ende des Korridors, es sah aus, als käme sie durch das Fenster geklettert, seltsam, es war zu schnell gegangen, bestimmt eine optische Täuschung.

Herr Dorm winkte ihr, dann rief er, sie solle herkommen.

Das Problem war, dass er an einige Stellen mit der Salbe tatsächlich nicht rankam. Natalie half ihm, ohne die Situation zu kommentieren. Astrid war dabei, und das schien Herrn Dorm ein wenig zu beruhigen. Trotzdem war er zappelig und autoritär, Natalies Hände waren ihm zu ungeschickt und außerdem zu kalt. Sie solle Sport machen, verdammt noch mal, so eine schlechte Durchblutung der Hände habe er noch nie gesehen! Kein Wunder, bei so einem Körper. Er lebe in einem Irrenhaus, sagte er, da wolle er wenigstens gut behandelt werden.

Aber dann sagte Astrid irgendetwas, und er verstummte und entspannte sich. Natalie staunte über die Wirkung von Astrids Stimme. Sie nahm sich vor, sie zu fragen, wie das ging.

– Aua!, schrie Dorm.

– Bitte um Entschuldigung, sagte Natalie.

Nach einer Weile fand Astrid wohl, dass Natalie nun ganz gut zurechtkam, und ließ sie allein. Sofort verfinsterte sich Herrn Dorms Stimmung. Einmal zog er ihr sein Bein mit beiden Händen weg. Er riss daran, als hätte sie versucht, es ihm abzuschrauben.

– Au, sagte er. Wenn ich Au sage, dann heißt es, es tut mir weh!

Zwar nicht hier (er deutete auf das Bein), sondern hier (seine Hüfte). Hier zieht es. Geht das in Ihren Kopf nicht rein?

– Doch, doch, sagte Natalie. Entschuldigung. Ich werde es sicher noch lernen.

– Hoffen wir's, stöhnte Herr Dorm.

So. Die Salbe war fertig aufgetragen. Auch an der Seite und am Hintern, wo es ihm am meisten wehgetan hatte. Natalie schraubte die Tube zu und hob den Kopf. Herr Dorm hatte eine mächtige Erektion. Natalie blickte schnell weg, stand auf, wischte sich die Salbenhände an einem Taschentuch ab. Du liebe Zeit.

Sie schaute noch einmal hin. Kein Zweifel. Ein Ständer. Sein Gesichtsausdruck passte freilich überhaupt nicht dazu.

– Ihr Freund, sagte sie. Sie sagten, dass er ... äh ...

– Ja?, sagte Herr Dorm ungeduldig.

– Also, er kommt Sie immer besuchen, ja?

– Ja. So eine dumme Frage, das wissen Sie doch.

– Natürlich, ja.

Herr Dorm murmelte etwas Unhörbares. Natalie wagte noch einen kurzen Blick zu ihm hin. Ja. Okay, also funktionierte das noch bei ihm. Aber er schien es gar nicht zu bemerken. Natalie sah so etwas natürlich nicht zum ersten Mal. Einmal hatte sie ein Down-Syndrom-Junge auf dem Gang mit seinem geschwollenen, entblößten Glied konfrontiert. Das war in der zweiten Woche ihrer Ausbildung gewesen. Und selbst damals hatte sie schon professionell darauf reagiert, ihre Ausbilderin hatte sie dafür gelobt und gesagt, Natalie verfüge über eine gute Sozial-Intuition. Sie dachte darüber nach, was Astrid wohl sagen würde, wenn sie das hier sähe. Aber ihr fiel nichts ein.

– Ich lasse Sie dann allein, sagte sie.

Der Satz klang filmisch. Wie von einer Flugbegleiterin, die dem schlafenden James Bond in der First Class ein Kissen reicht, das vergiftet ist.

– Was ist so komisch?

– Entschuldigung, sagte Natalie. Mich juckt's nur.

Ein Alibikratzen am Knie.

– Und wenn es Sie juckt, dann grinsen Sie blöd?, fragte Herr Dorm.
– Hab ich das gemacht?
– Ja!
– War mir nicht bewusst.
Damit verließ sie seine Wohneinheit. Die Tür ging zu, und die Luft wurde gleich um vieles atembarer, reiner, weltlicher. Schon ein anstrengendes Ding, dieser Dorm. Ding mit Rädern. Auf Rädern.

Ursula war mit zwei Klienten spazieren gegangen. Herr Dorm war versorgt. Mike war in seinem Zimmer. Der Zivi langweilte sich in der Küche. Natalie überlegte, ob sie ihm ein paar Arbeiten zuteilen sollte, lauter sinnloses Zeug, wie Kaffeefilter sortieren oder ein Kondom aufblasen, bis es platzt. Es wäre bestimmt witzig, dachte sie, aber dann ließ sie es bleiben. Sie setzte sich in den Sozialraum und schaute aus dem Fenster. Sie spielte ein wenig mit dem iPhone. Sie tat so, als würde es unter seiner harten Oberfläche schlafen, und bewegte die Icons auf dem Bildschirm behutsam hin und her, um es nicht zu wecken. Gerade als sie es vorsichtig zurück in ihre Tasche steckte, kam B in den Sozialraum auf der Suche nach Cori. Aber sie war nicht hier – obwohl sie locker in jeden der Schränke gepasst hätte, so zart und schmal, wie sie war, und die Konsistenz ihres Körpers war zweifellos die von Mottenflügeln.
– Du, sagte Natalie. Vorhin, als ich bei Herrn Dorm war. Da hat er …
– Ja?
– Er hat, also er war … erregt. Aber er hat es selber nicht gemerkt.
– Oh, sagte B. Ja. Kommt vor bei ihm. Am besten, du sprichst ihn nicht darauf an. Er hat's ja nicht so mit Frauen in der Hinsicht.
– Aha.
– Er würde nur wütend werden.
– Okay, sagte Natalie und tippte sich an den Kopf. Ist notiert.

– Er kann auch manchmal den Urin nicht halten. Aber das weißt du, nehme ich an.

Natalie nickte:

– Jaja, ich hab alles gelesen. War nur eine Frage.

B lächelte:

– Ich weiß, sagte sie. Es ist komisch. Aber mit der Zeit … Frag ihn mal, wie es war, als er ihn zum ersten Mal gesehen hat. Da regnet's Geigen vom Himmel.

Der ganze Katalog

Am nächsten Tag wurde Natalie zu Dorm gerufen. Jetzt tue ihm der Nacken noch mehr weh, klagte er, es sei furchtbar, sie habe die Salbe gestern nicht richtig aufgetragen! Der Schmerz komme genau von hier – er deutete auf seine Hüfte –, da seien die meisten Spannungen, und diese pflanzten sich dann logischerweise nach oben fort, Chris habe ihm das einmal erklärt, es sei dasselbe wie Chi oder Akkupunkturbahnen. Dorm saß auf dem Bett und drehte ihr seinen Nacken zu.

Natalie nahm die Salbe und hielt sie ihm hin.

– An die Stellen im Nacken kommen Sie doch gut ran, oder?

Er funkelte sie böse an. Fast erwartete sie, dass er ihr befehlen würde, vor ihm niederzuknien. Aber dann nahm er den dargebotenen Salben-Wurm auf seinen Finger und begann, sich einzuschmieren. Es war klar, dass er sich vor der Salbe ekelte. Er hatte seine Hände gern sauber, es sei denn, es ging um Make-up.

– Sagen Sie mal, Herr Dorm, wie haben Sie Ihren Freund eigentlich kennengelernt?

– Was?

– Wie Sie ihn kennengelernt haben.

Das Licht im Zimmer veränderte sich, als Dorm zu ihr aufblickte. Altarlicht. Er deutete an, sie solle ihm helfen, zurück in den Rollstuhl zu kommen. Eigentlich konnte er das allein, vor allem vom Bett aus, aber natürlich half sie ihm. Er roch intensiv nach Haarshampoo, all seine Pflegeprodukte gingen in rasantem Tempo zur Neige und mussten ständig ersetzt werden. Seine Hände waren glitschig. Er wischte sich, während er sich an ihr festhielt, ausgiebig an ihrem T-Shirt ab.

Als er im Rollstuhl saß, fing er an zu reden. So hatte sie seine Stimme noch nie gehört. Sie klang immer noch streng, aber gleichzeitig etwas erwachsener und ruhiger als sonst. Fast so, als hätte er, ein seltsamer Gedanke, sich in seinen eigenen Vater verwandelt.

– Wissen Sie, wie das ist, wenn man jemanden zum ersten Mal sieht? Ich meine, richtig?

– Ich glaube schon, sagte Natalie.

Nur ja nicht den eben erst aufgebauten Kontakt abreißen lassen.

– Hm.

Herr Dorm schien enttäuscht.

– Aber ich weiß nicht, ob ich es schon mal wirklich erlebt habe, korrigierte Natalie in nachdenklichem Ton.

– Ja, dann kennen Sie es nicht, sonst wüssten Sie's!

Tatsächlich: Sein Gesicht war mitleidig.

– Nein, Sie kennen es nicht, sagte er. Aber Sie sind noch jung. Sie müssten sich nur, ich weiß nicht, vielleicht etwas Mühe geben (er zupfte an seinem Hemd herum), ganz allgemein etwas Mühe. Dann würde es vielleicht passieren.

Nachdenklich rieb er sich den Nacken.

– Man fällt da so rein, sagte er.

Er hielt sich eine Hand vor die Stirn und schützte seine Augen für eine Sekunde vor der schmerzhaften Helligkeit der Erinnerung.

– Ich meine, Sie haben ihn ja auch gesehen, oder?, sagte er.

Natalie reichte ihm ein Taschentuch für die Finger.

– Er ist so unglaublich süß, sagte Herr Dorm leise. Er mag es auch, wenn ich das sage. Obwohl ich natürlich weiß, dass ich es nicht sagen soll, nicht offen, also sage ich es meist in Code. Das versteht er. Er hat es vom ersten Augenblick an richtig verstanden, damit hätte ich nie gerechnet, ehrlich nicht.

– Er war der Richtige, hm?

Die Kontrollinstanz auf ihrer Schulter wurde ein wenig unruhig, sagte aber noch nichts.

– Absolut, sagte Herr Dorm und zerknüllte das Taschentuch. Absolut der Richtige, ich meine, in jeder Hinsicht perfekt. Wie er da gesessen ist, in der Hand die Zeitschrift. Darüber die Uhr. Und neben ihm … Ich sehe alles noch. Früher, als ich noch nichts vom System gewusst habe, vom Arrangement, habe ich draußen gewohnt. Bei der Tankstelle, wissen Sie, wo?

Sollte sie nicken oder den Kopf schütteln? Natalie entschied sich dafür, einfach eine Augenbraue zu heben. Aber sie musste feststellen, dass sie das willentlich gar nicht konnte.

– Hab ich mir gedacht, sagte Herr Dorm. Ist klar, natürlich. Aber es war ziemlich einsam dort draußen. Ich meine, im Sommer besonders, wissen Sie. Die langen Schatten, die es da immer gibt. Alles wird so schräg und lang, weil die Sonne ... (Er hob seine Faust in die Höhe und ließ sie dann langsam sinken.) Es wird alles so glühend, und, Gott, ist das lang her. Ich so dahin mit meinem Fahrrad, damals noch. Sie wissen, welches, oder?

Diesmal schüttelte sie den Kopf.

Herr Dorm tat dasselbe.

– Haha, nicht in die Falle gelaufen, sehr gut!, lachte er. Aber Sie müssen eins verstehen, ja? Das Fahrrad war jetzt kein Test oder so. Es war einfach nur, ich meine, ich hab damals wirklich überhaupt keine Ahnung gehabt von dem Arrangement. So etwas sieht man ja nicht einfach in fünf Minuten ein. Dafür sind wir nicht dicht genug. Nein, da dringt alles irgendwann mal durch, alles! Die ganze fehlende Hygiene. Das Kasten-Denken.

Er schien plötzlich verstimmt und machte eine Pause.

B hatte nicht übertrieben. Als hätte man eine neue CD eingelegt.

– Gott, er war so schön, damals. Auf der Bank. Es war nämlich eine Bank. Mit seiner Gitarre. Er hat mit mir gesprochen, und ich habe ihn verstanden. Es war das erste Mal, dass er den Code verwendet hat. Unseren Code. Und ich hab ihn sogar ein wenig verstanden. Obwohl die Gitarre direkt daneben war.

Er lachte traurig.

– Wissen Sie?, sagte er. Ich hab ihn *wirklich* nicht ganz verstanden, ich meine, nicht einfach aus Tarnung, so wie später. Es ist mir einfach über den Kopf gestiegen, ich meine, über den ... ah, wie sagt man, *über den Kopf gereicht* ...? Wie sagt man richtig?

Natalie war für einen Augenblick auch überfragt.

– Stimmt schon so, sagte sie.

– Nein, ich hab mich nicht richtig ausgedrückt, sagte Alexander Dorm und lehnte seinen Kopf zurück, bis er die Rollstuhllehne berührte. Ich bin nie so gut drin, es auszudrücken, aber das wisst ihr ja. Von euch gibt es nie zu wenige, oder? Ich meine, euch gibt es unendlich oft. Eine nach der anderen. Muss ich euch also nicht erst lang und breit demonstrieren. Mein Gott, mein Gott. (Er schüttelte den Kopf.) Es war Vormittag. Und dieser Teil hier, der hier (er deutete auf die Stelle unterhalb seines Adamsapfels), der ist bei Männern besonders hübsch, und natürlich auch die Arme, oh mein Gott, die Arme. Wissen Sie?

Er blickte sie direkt an. Natalie nickte freundlich.

– Ich habe kalte Hände, sagte Herr Dorm zerstreut. Immer die kalten Hände. Die Energieverteilung. Und das Klingeln, da im Ohr. Aber es braucht natürlich alles eine Trägerfrequenz. Frequenzen, das ist der Schlüssel. Frequenzen, auf denen schwimmt alles, selbst der Code, als Musik zum Beispiel. Es braucht eine Trägerfrequenz, auf der die Nachricht … Aber gut, Sie wissen das ja alles! Diese Stelle da (diesmal deutete er nirgends hin), das ist wahrscheinlich das hübscheste Ding überhaupt, und er hat sie mir gezeigt, er hat sie mir zugewendet. Sagt man das so? Zugewendet … zugewandt?

Natalie nickte.

– Ja, sagt man so.

– Wie?

– Zugewendet. Klingt schon richtig.

– Mmh, machte Herr Dorm angewidert. Ich kann das alles nie richtig sagen. Gott, seine Lippen. Aber ich hab ihn verstanden. Sie behaupten, Sie kennen das nicht. Okay, gut, ist natürlich Ihr Recht, diese Strategie. Einfach verneinen. Okay. Ihre Vorgängerin hat das auch so gemacht, solang es ging. Aber wenn Sie's erlebt hätten, dann wär's Ihnen vielleicht nicht egal. Und Sie wären vielleicht nicht so total auf ihrer Seite.

– Auf welcher Seite?

Herr Dorm schaute sie an, mit einem nachsichtigen Blick, *ich bitte Sie*.

– Gegen so etwas Schönes wären nicht einmal Sie immun. Mit Ihren …

Er deutete auf Natalies Oberkörper und zupfte dann wieder an seiner eigenen Kleidung. Dann schüttelte er den Kopf und ließ sich ein wenig zusammensacken. Natalie musste dem sekundenlangen Bedürfnis widerstehen, den Rollstuhl umzustoßen.

– Ich werde mir Mühe geben, sagte sie und setzte Dorm, der erstaunt einfror und ihre sich ihm nähernde Hand anstarrte, als würde gleich heißes Pech auf ihn gegossen, eine unsichtbare Krone auf.

– So, eine kleine Krone für Sie, sagte sie. Zur Feier des Tages.

Er atmete schnell, sein Gesicht todernst, verkrampft. Dann entspannte er sich, lächelte ebenfalls und sagte:

– Danke.

Und er blickte, den Kopf kerzengerade haltend, vorsichtig nach oben.

Betreuerinnengespräche

Die Art, wie Betreuerinnen untereinander sprachen, war eine der faszinierendsten Geheimsprachen der Welt. Natalie war während der Ausbildung oft durch Wolken von interessanten Gesprächsfetzen gegangen; ihr selbst war es, als Lehrlingin, nie erlaubt gewesen, daran teilzunehmen. Aber jetzt war das anders. Der innerste Kreis war in Reichweite. Man saß abends zusammen, bevor die anderen nach Hause gingen und die Nachtdiensthabende zurückließen. Ursula fehlte. Sie hatte kein Interesse an der rauen, aufregenden Welt der Geheimsprache. Natalie dagegen war im Paradies.

– Todgeweihte haben alle irgendwann dieses Kindchenschema, sagte B. Also nicht, wenn es schon ganz auf das Ende zu geht, mit finaler Schnappatmung und so weiter, da natürlich nicht. Aber vorher, wenn sie noch wach sind und orientiert. Dann kriegen sie dieses treuherzige …

Sie imitierte den Gesichtsausdruck, Kulleraugen, Blick von unten nach oben, zuckriges Lächeln.

– Stimmt nicht, protestierte Astrid. Die meisten werden eher steinern, oder? Wenn sie Schmerzen haben, dann jammern sie die ganze Zeit, auweh, auweh, auweh. Selbst die alten Mütterchen. Kindchenschema, also, ich weiß nicht.

– Ich glaube, du denkst zu sehr an Senioren, sagte B. Ich meine vor allem junge Leute, die im Sterben liegen. Die werden treuherzig. Und schenken oft Dinge her. Zettel, Tablettenschachteln, Ringe. Total wahllos.

– Mhm, kenn ich, sagte Astrid.

Natalie traute sich nicht, irgendetwas zu sagen. Sie saß still wie in der Oper.

– Schlimm ist auch die allerletzte Scheiße, sagte B und lachte. Die allerletzte, wenn du die in der Windel hast, dann weißt du's.

Natalie nickte.

– Ah, sie nickt, sagte B. Dann kennst du's?

– Na ja, sagte Natalie. Ich glaube schon. Beim alten Herrn Weinrauch, also, dem hab ich am Vorabend die Windeln gewechselt.
– Mmmh, machte B. Muss nicht die allerletzte Absonderung gewesen sein. Ich glaube, wenn du es erlebt hättest, wärst du dir sicher.

Du bist der zweite Mensch, der das heute zu mir sagt, dachte Natalie. Auf ihrem T-Shirt waren immer noch die Dorm'schen Salbenschmierspuren sichtbar.
– Die allerletzte vor dem großen Moment riecht anders. Der Körper ist da schon innerlich aufgeräumt. Er verarbeitet nicht mehr so viel. Es kann ein paar Tage vor dem Tod kommen, oder auch währenddessen. Und natürlich danach.
– Ah, ja, das danach, sagte Astrid. Aber das gilt nicht. Das riecht oft ganz normal.
– Find ich nicht, sagte B. Aber vielleicht gehen unsere Erfahrungen auch da auseinander.
– Ich hatte in der Ausbildung einmal ein Kind, das hat Stuhl erbrochen, sagte Natalie.

Die Frauen nickten.
– Miserere, sagte Astrid. Ja, das ist das Schlimmste.
– Ich hab's zuerst gar nicht erkannt.
– Aber dann schon, hm?

Natalie schüttelte sich.
– Ich hab damals in meinem ganzen ersten Jahr fast ausschließlich von Kanülen geträumt, sagte Astrid. Überall waren die, auf jeder Oberfläche. Ich hab Christusfiguren gesehen, denen Kanülen in den offenen Handflächen stecken. Und so weiter.

Astrid lachte, als wäre es eine heitere Erinnerung.
– Aber wie geht es dir damit?, fragte B. Du scheinst das alles gut wegzustecken. Und hier wird man auch in der Regel mit so was nicht konfrontiert.
– Ja, sagte Natalie. Da bin ich auch froh. Aber ich glaube, ich hab es bisher ganz gut verkraftet.

Sie zuckte die Achseln.

– Meläna ist noch schlimmer als Miserere, sagte Astrid. Das stinkt, dass du glaubst, es verätzt dir die Atemwege.
– Was ist das?
– Blutstuhl, sagte B. Grauenhafteste Sache der Welt. Man kriegt's eine Woche nicht aus dem Gedächtnis. Schade, dass es unhöflich ist, sich Tampons in die Nase zu stecken.
– Ha, sagte Astrid. Wäre gerade verkehrt. Das würde sich da nur sammeln wie in Duftkissen.
Die Frauen tranken Tee.
Natalie liebte diese Gespräche, diese Situation, diesen Ton. Dafür bin ich Betreuerin geworden, dachte sie. Es war wirklich tausendmal besser als Supervision oder Reflexionsgespräch.
– Ich hab manchmal die Fantasie, dass sich der Kopf vom Matthias öffnet, sagte B. Wegen der Naht.
Natalie war sie gar nicht aufgefallen, also blickte sie fragend.
– Ja, sagte B zu ihr. Schau mal genau, wenn er vor dir steht. Hier seitlich. Geht so schräg rüber. Es war keine Operation oder so, er hat sich da mal verletzt. Aber trotzdem, sein Kopf hat dadurch so was Kokosnusshaftes.
– Mhm, nickte Astrid. Man möchte ihn aufknacken.
Sie imitierte sogar das Geräusch, das sie sich dazu vorstellte.
– Manchmal, wenn ich jemandem die Mitesser ausdrücke, sagte Natalie, sehe ich es hinterher noch beim Einschlafen vor mir. So wie Tetris.
– So wie was?
– Tetris.
Ahnungslose Gesichter.
– Ein Computerspiel, erklärte sie.
Die anderen hatten noch nie davon gehört.
– Aber ich weiß, was du meinst, sagte B. Bei Pickeln und bei Mitessern. Und wenn ich die Cori kämme.
– Horst kann ein Lied davon singen, sagte Astrid. Unser Dr. Fenneck hat ihm mal einen Pickel ausgedrückt, direkt auf der Kopfhaut. Da war alles voll. Richtige kleine Eiterfabrik.

B nickte. Sie hatte einen weinkennerischen Blick.

Das Gespräch schwenkte auf Dr. Fenneck.

– Der hat vier Söhne, sagte Astrid zu Natalie. Mit vier verschiedenen Frauen. Und alle Söhne tragen denselben Vornamen.

Eine kurze Pause trat ein.

– Das ist echt pervers, sagte Natalie.

– Ja, finde ich auch, sagte B. Obwohl ich gar nicht genau sagen könnte, warum. Sie heißen alle gleich. Mit jeder Frau zeugt er ein neues Kind und nennt es gleich. Ja, der ist verrückt.

– Als wollte er die Geschichte wiederholen.

– Oder vielleicht ist er in einer Zeitschleife gefangen, sagte Astrid. Würde ihm allerdings recht geschehen.

– Vielleicht kann er seine Zuneigung zu einem Kind nicht anders ausdrücken als durch diesen einen Namen, sagte B.

– Wie lautet er denn?, fragte Natalie.

– Oder die Frauen sind jedes Mal so begeistert von ihm, sagte B, dass sie darauf bestehen, ihrem Erstgeborenen den Namen zu geben, den er vorschlägt.

– Ach, du mit deinen versöhnlichen Ideen, sagte Astrid. Der ist ein Diktator, das ist alles. Was glaubst du, warum er ausgerechnet *diesen* Beruf ergriffen hat?

– Hm.

– Ich finde ihn sowieso immer unheimlich, sagte Natalie. Wie heißt er eigentlich mit Vornamen?

– Jürrrgen, machte Astrid in Geisterbahnstimme und formte mit ihrer Hand eine zitternde Nosferatu-Kralle. Und er pflanzt kleine Kopien seiner selbst in die Welt.

Danach sprachen sie eine Weile über traurige, aber in Entstehung und Austragung interessante Schwangerschaften ehemaliger Klienten. Dieses Thema brachte Astrid auf die eigenartige Geschichte der Gesichter von Bélmez, einem ihrer Meinung nach sehr glaubwürdigen Beweis für den Fortbestand der Seele nach dem Tod des Körpers, in diesem Fall als comicartige Gesichter in einem Haus in Spanien. Sie erschienen, so Astrid, auf den Kacheln und seien nicht gemalt, sondern die Struktur der Platten ergebe von selbst die Gesichtszüge. Nicht wenige davon hätten Bärte. B erwähnte Stigmata, aber da wurde Astrid plötzlich ernst und sagte, das Thema sei doch schon lange gegessen. Also redeten sie wieder über Schwangerschaften und Abtreibungen bei Klienten.

Herr Zunegg

Mit der Zulassung in den inneren Kreis der Betreuerinnengespräche kamen auch andere Privilegien. Eines davon war Herr Zunegg. Dieser hatte einen zwar tiefen, aber äußerst ungewöhnlichen Schlaf. Mehrere Male in der Nacht riss es ihn schreiend hoch, dann kannte er sich nicht aus und war verwirrt und angriffslustig. Er musste jeden Abend ein Beruhigungsmittel nehmen, dem ein Muskelrelaxans beigegeben wurde. Diese Kombination machte ihn tagsüber narkoleptisch. Natalie pfiff begeistert, als sie den Namen des wohltuenden Medikaments wiedererkannte. Sie selbst nahm allerdings eine deutlich niedrigere Dosis. Vielleicht war es eine Besonderheit seines Körpers, oder es lag an diesem Medikament, dass Herrn Zuneggs Lider, während er im Betäubungsschlaf lag, oft aufklappten – und in der Regel auch so blieben, bis zum Morgen.

– Woher weiß man denn das?, hatte Natalie gefragt, als Astrid ihr davon erzählte.

– Hm. Komm mit.

Herrn Zuneggs nächtliches Starren stellte für jeden etwas anderes dar. Man ging zu ihm und saß bei ihm, bei seinem offenen Blick, der vermutlich *irgendwie irgendwas* wahrnahm und sofort ins innere Traumgeschehen einordnete, und redete sich Dinge von der Seele. Das Angenehme, sagte Astrid (ihr musste relativ schnell klargeworden sein, dass Natalie über diesen innerbetrieblichen Brauch nicht im Geringsten schockiert sein würde), das wirklich Entspannende und auch enorm Entlastende an der ganzen Sache sei, zu wissen, dass man nicht wirklich gesehen werde, sondern in Wahrheit vermutlich zu dem Traum gehöre – oder wo immer ein *open eyes sleeper* sich sonst innerlich aufhalte; vielleicht gab es einen Haufen Zwischenbereiche, wer weiß. Aber man war, eindeutig, an zwei Orten gleichzeitig.

B beschrieb das Gefühl dagegen so: Er sei wie ein Ofen, an dem man sich wärmen könne, oder auch wie ein Ort-der-Stille, ein Flughafen-Beichtstuhl. Er wisse nichts von dem, was man ihm sage, aber in irgendeiner Ecke seines betäubten Bewusstseins sammle sich vielleicht alles, vermische sich und kehre in seltsamen Traumresten während des Tages wieder. Denn manchmal mache er ja tatsächlich komische Bemerkungen, das seien vielleicht Orakel, bestehend aus all den gespeicherten Dingen, die jemand nachts zu ihm gesagt hat. Wie der Cleverbot, dachte Natalie entzückt.

Astrid zeigte Herrn Zunegg in manchen Nächten ihre Zeichnungen, die sie vor allen anderen Menschen geheim hielt. Nicht einmal über das Sujet wollte sie etwas verraten, auch nicht während eines Betreuerinnengesprächs. Sie sei eine furchtbare Zeichnerin, sagte sie, sie verfüge über keinerlei Technik, und Vision habe sie erst recht keine, hahaha, alles Schrott und total peinlich und überflüssig. B löste oft neben Herrn Zunegg ihre nächtlichen Kreuzworträtsel oder erzählte ihm mit leiser Stimme von Dingen, die sie beschäftigten. Ursula brachte Klangschalen in das dunkle Zimmer und meditierte neben dem glotzenden Augenpaar.

Natalie hatte Herrn Zunegg ohnehin tief ins Herz geschlossen. Eines Tages hatte er gesagt:

– Tapire können ihren Rüssel bewegen, so wie einen Rüssel.

Natalie verliebte sich sofort in den Satz. *Vom Fleck weg.* Sie wiederholte ihn leise. Auf der Toilette sprach sie ihn ins iPhone. Sie hatte nun schon Hunderte Tonaufnahmen. Die langen würde sie heute Abend auf den Computer transferieren. Damit der Speicher des magischen Telefons nicht irgendwann überlief. Der Gedanke an einen geruhsamen Abend, in dessen Verlauf sie ein paar kürzere in einige längere Aufnahmen mischen würde, vielleicht sogar nach dem I-Ging, gab ihr ein ähnlich sicheres Gefühl, als warte abends *Schlag den Raab* oder *Wetten, dass ..?* auf sie.

An einem schon etwas spätsommerlichen Tag stand Herr Zunegg morgens, kurz nach dem Frühstück, in der Küchentür. Er hatte ein großformatiges Buch unterm Arm.

– Ah, Herr Zunegg, sagte Natalie, als sie ihn entdeckte.

– Mmmh, machte er.

– Brauchen Sie was?

– Astrid, sagte er und hielt das Bilderbuch kurz in die Höhe.

– Oh, sagte Natalie. Sie ist schon gegangen. Sie kommt morgen wieder. Aber ich könnte …

Herr Zunegg trat einen Schritt zurück, schwankte, drehte sich um und setzte sich in Bewegung. Es war nicht klar, ob dies Einladung oder Flucht bedeutete, aber Natalie folgte ihm. Er ging sehr langsam, und aus irgendeinem Grund achtete Natalie darauf, ihn nicht zu überholen (der Gedanke kam ihr regelrecht brutal vor), also setzte sie einen Fuß vor den anderen, zwei zeitlupenartig dahinschreitende Menschen in einem Korridor. Wiedergänger von Kranichen.

– Was ist das denn für ein schönes Buch?, fragte sie.

Herr Zunegg blieb stehen. Die Beruhigungsmittel, die er nehmen musste, waren vor kurzem ein wenig geändert worden. Das heißt nur ihre Dosierung und Kombination. Jetzt befand er sich in einer Umgewöhnungsphase, während deren er häufiger Wünsche äußerte. Das war eigentlich etwas Schönes, wenn diese Wünsche nicht zugleich – wie es schon sein ganzes Leben der Fall war – von einem rätselhaften Verhalten begleitet würden. Er konnte sehr schnell die Geduld verlieren.

So wie jetzt:

– Astrid!, sagte er laut und versuchte, das Bilderbuch wie ein Stück Holz überm Knie zu zerbrechen.

– Okay, okay, sagte Natalie und trat automatisch ein paar Schritte zurück. Ich kann die Astrid anrufen, wenn Sie möchten.

Er reagierte nicht, sondern schaute sie nur an.

Dann zeigte er ihr das Buch. Er hielt es in die Höhe.

– Da, sagte er.

Es war eines über die Wunder der Erde.

– Wow, sagte Natalie. Wirklich sehr schön. Ich würde es sehr gern anschauen. Aber ich verstehe, wenn Sie das lieber mit der Astrid machen. Sie müssen entweder bis morgen warten, oder wir rufen sie gemeinsam an und fragen sie, ob sie noch mal –
– Ist sie schon nach Hause, sagte Herr Zunegg enttäuscht. Geht die Katje immer allohne mich weg.

Die was? Die Katze? Die Änderung der Medikation hatte alles durcheinandergebracht, was in ihm noch einigermaßen im Gleichgewicht gewesen war. Man konnte sehen, dass ihm das selbst etwas unheimlich war. Sie standen neben einer Pflanze. Herr Zunegg gab dem großen, mit Granulat gefüllten Topf einige lächerlich schwache Tritte. Es sah aus, als würde er tanzen. Dann hielt er sich plötzlich das Buch vors Gesicht und gab ein Zischen von sich, das aber gleich wieder aufhörte.
– Jedes Mal!, fauchte er. Geht sie.

Eine Tür im Korridor ging auf, einige Meter hinter Herrn Zunegg. Natalie sah sofort, welche Tür es war. Sie spürte, wie eine kleine Brise Vorfreude durch ihren Körper wehte.

Der Rollstuhl schob sich langsam aus dem Zimmer. Kniepaar zuerst. Herr Dorm sah nicht wütend, aber höchst irritiert und auch ein wenig neugierig aus.
– He!, rief er. Ich brauch den Lärm nicht vor meiner Tür, okay? Geht woanders hin!

Herr Zunegg drehte sich um.

David und Goliath, musste Natalie denken.
– Entschuldigung, sagte Herr Zunegg, plötzlich sehr weinerlich. Entschuldigung.

Natalie war enttäuscht. Sie hatte sich auf einen kleinen Kampf gefreut. Aber gut, wenn es einen Kampf gegeben hätte, wäre es ihr nicht erspart geblieben, dazwischenzugehen und die beiden streitenden Parteien zu trennen.
– Verdammter Idiotenverein, sagte Herr Dorm kopfschüttelnd, drehte um und rollte zurück in seine Wohneinheit.
– Entschuldigung, jammerte Herr Zunegg ihm nach.

Natalie begleitete ihn zurück in sein Zimmer. Dann sagte sie:

– Können Sie mir vielleicht beschreiben, was in dem Buch steht? Nur so, allgemein. Damit ich ungefähr Bescheid weiß.

Herr Zunegg räusperte sich. Er war verwirrt. Es gab Momente, in denen er alles konnte, alles verstand und alles aushielt, aber diese Momente waren fern, und die Medikamente verhinderten ihre Eintrittswahrscheinlichkeit. Er hatte eine äußerst gewalttätige Vergangenheit. Aber von den damaligen Ereignissen, über die niemand mehr sprach, trennten ihn inzwischen Jahrzehnte. Jahrzehnte verwirrter Friedfertigkeit. Eine frühe Meningitis und ... Natalie versuchte sich zu erinnern, was in der Akte gestanden hatte. Aber es spielte keine Rolle. Er war jetzt hier, das war alles. Man kam mit ihm aus. Er wollte Astrid. Er wollte mit ihr ein Buch durchblättern.

– Osterinsel, sagte er. Und Pyramiden. Mondlandung.

Während er die Dinge, die in dem Buch standen, aufzählte, hatte er die Augen geschlossen.

– Wow, sagte Natalie.

Er öffnete das Buch und begann zu blättern. Er befeuchtete seine Finger an seiner Unterlippe. Einmal drehte er das Buch um, damit Natalie eine bestimmte Seite sehen konnte. Aber er ließ ihr nur eine Sekunde Zeit, dann blätterte er weiter. Er gab dabei leise, ungeduldige Geräusche von sich.

– Können wir uns vielleicht kurz hinsetzen und die Seite zusammen anschauen?, fragte Natalie.

Ich mache das ganz wunderbar, dachte sie. Ich gehe Schritt für Schritt vor. Gewinne sein Vertrauen. Wie bei einem Tiger.

Herr Zunegg seufzte und setzte sich – auf den Boden. Natalie ließ sich neben ihm nieder. Der Boden war etwas unbequem, aber es ging.

Herr Zunegg legte sich das Buch auf den Schoß.

– Morgen, um welche Uhrzeit?, fragte er.

– Hm? Oh, die Astrid? Morgen um sechs in der Früh.

Ein nachdenkliches Schmatzen. Dann nickte Herr Zunegg, zufrieden. Das war früh genug.

– Was ist denn das?, fragte Natalie und zeigte auf die riesigen Köpfe der Osterinsel.

Ein Finger von Herrn Zunegg deutete auf die Überschrift.

– Osterinsel, las Natalie vor. Wissen Sie, wo die liegt?

Der Finger suchte ein wenig, aber es gab nichts, was einer Weltkarte ähnlich sah, also blätterte er weiter. Das Bild einer Ausgrabung, die rund um eine der rätselhaften Statuen gemacht wurde. Auf dem Bild sah man, dass die Statue einige, ja sogar *viele* Meter tief in die Erde reichte. Ein zylindrischer Leib, braun und grasgrün gefleckt, umgeben von den winzigen Menschen, die ihn ausgegraben hatten.

– Die haben einen unterirdischen Teil!, sagte Natalie.

Sie hatte diese Bilder noch nie gesehen. Sie hatte immer gedacht, die Osterinselstatuen seien in der Landschaft herumstehende Steine, die jemand in Kopfform gemeißelt hatte.

– Das ist total verrückt, murmelte sie. Die gehen unterirdisch weiter, die gehen weiter.

Es war unheimlich. Sie nahm sich vor, dem Zivi morgen davon zu erzählen. Vielleicht erschrak er darüber, dann konnte sie sich über ihn lustig machen.

Herr Zunegg blätterte zurück auf die erste Seite und deutete noch einmal auf die Überschrift. Dabei blickte er Natalie an.

– Osterinsel, las Natalie vor.

Und so arbeiteten sie sich durch das ganze Buch. Es dauerte eineinhalb Stunden, und danach hatte Natalie einen steifen Nacken. Auch ihr Hintern war eingeschlafen und tat weh, als das Blut kribbelnd zurückfloss.

Am Ende war Herr Zunegg sehr müde und lallte beim Sprechen. Sie brachte ihn ins Bett und drehte, so musste man es bei ihm immer machen, den Wecker um, der auf seinem Nachttischchen stand. Wenn Herr Zunegg sah, wie spät es war – es war halb elf am Vormittag –, dann würde er krampfhaft versuchen, wach zu bleiben. Er wollte nicht tagsüber schlafen, denn das war nicht normal, so viel wusste er noch. Aber ihn bis spätabends aufbleiben lassen wäre nur Quälerei gewesen.

– Gute Nacht, sagte Natalie und deckte ihn ordentlich zu. Vielen Dank fürs Vorlesen.

Herr Zunegg wirkte so erschöpft, dass es richtig ansteckend

wirkte. Natalie kannte diesen Effekt sonst nur bei dösenden und sich rekelnden Katzen. Sie unterdrückte ein Gähnen. Herr Zunegg war bereits eingeschlafen. Seine Augen standen offen, sein Atem ging ruhig und regelmäßig. Eine Hand lag eingerollt an seinem Kinn.

Natalie ging aus dem Zimmer.

Nachtdienst

Seit einigen Jahren konnte sie nicht mehr ohne Lichtquelle einschlafen. Wenn sie in vollkommener Dunkelheit lag, begann sich nach einer gewissen Zeit etwas Unsichtbares im Zimmer zu drehen. Wie ein lautloser Flugzeugpropeller, der immer schneller wurde. Deshalb ließ sie ihren Laptop an.

Zuerst redete sie ein wenig mit dem Cleverbot und stellte sich die Tausenden von Menschen vor, die in dieser Sekunde auf derselben Webseite waren. Vielleicht überschnitten sich ihre Gespräche ja simultan. Oder sie wurden vom cleveren Programm miteinander verknüpft, sodass es in Wirklichkeit ein simpler Chatroom war. Und man glaubte nur, dass der andere, obwohl in Wirklichkeit ein echter Mensch, eine englischsprachige Gesprächssimulation mit rudimentärer künstlicher Intelligenz war. Natalie gab diesen Gedanken, so gut sie konnte, in die Gesprächszeile ein. Als Antwort erschien: *I cannot say I ever had that feeling.* Es war etwas wunderbar Friedvolles in diesem Ton. So viele Antworten des Cleverbots trafen genau diese besondere Schwingung, diese Frequenz, bei der sich die Kopfhaut entspannte. Man hörte dabei einen Mann mit tiefer, gütiger Vorlesestimme.

Dann schaute sie nach, ob Frank im Souterrain online war.
– hi, sagte Natalie im Chatfenster.
– Hallo, sagte Frank nach zehn Minuten.

Trotz der langen Wartezeit nahm die Situation sofort die Farbe eines Dialogs an. Weit entfernte Astronauten, dachte Natalie, die hören auch alles mit Verzögerung. Ein Chatroom erzieht uns dazu, diese langen Antwortzeiten körperlich als normal zu erleben. Gute Vorbereitung für spätere Marskolonien.
– ich bin nachtdienst, sagte sie.
– Hey, sagte Frank. Ich auch, gewissermaßen. Obwohl heute viel Volk da ist. Die Mehrzahl befasst sich mit Essenmachen.
– ich wär lieber bei euch, sagte Natalie.

Sie überlegte, ob sie ein trauriges Smiley anhängen sollte, aber dann ließ sie es bleiben und zog still für sich in der Nachtdienstkammer ein enttäuschtes Gesicht.

– Vorhin waren richtig viele Menschen hier, sagte Frank. Einige davon waren schwanger.

– das ist dir aufgefallen

– Ja.

– ich finde die formulierung «schwangere menschen» komisch, sagte Natalie.

Franks Antwort verzögerte sich ein wenig. Natalie schaute sich in dem kleinen Nachtdienstzimmer um. Sie tippte in das kleine Sprechfenster: schwangere menschen klingt nach sci-fi. Was immer Frank zu ihr sagte, er würde diesen Satz als Antwort bekommen.

– Es waren Frauen, sagte Frank.

– schwangere menschen klingt nach sci-fi

– Ja, voll, sagte Frank.

Natalie schaute auf die Uhr. Sie öffnete ein anderes Fenster auf dem Laptop und stellte den Live-Stream von CNN ein. Sie machte das Fenster ganz klein, sodass sie den Live-Stream direkt neben dem Chatfenster sehen konnte. Den Ton der Nachrichten stellte sie leise.

– ich schau grad cnn, sagte sie.

– Ist was passiert?

– nein nichts passiert

– Okay.

– es ist eigenartig wie gut die moderatoren da aussehen

– Augenblick, sagte Frank. Bin gleich wieder da.

Natalie stellte sich vor, wie Frank von seinem Tisch aufstand und irgendwo hinging. Vielleicht hatte einer der Jugendlichen im Souterrain etwas Dummes gemacht, und Frank musste ihn ohrfeigen. Sie sah die Szene vor sich. Dann kehrte sie sie um und ließ den Jugendlichen Frank ohrfeigen. Es klatschte. Ein rot anlaufendes Gesicht. Wintersonne, dachte Natalie. Sie fuhr sich mit der Hand über den Bauch und ließ sie da, auf diese nachdenklich-schwangere Art, die Frauen immer dieses albern naturverbundene Hintergrundglühen verlieh.

Auf CNN wurde über ein Lied berichtet, das alle Hitparaden der Welt im Sturm eroberte. In dem Musikvideo ging es um Pferde und Menschen, beide tanzten auf ihren Hinterbeinen. Natalie dachte daran, dass in der Zukunft jeder Mensch einen eigenen Song haben würde. Und Schwebezüge rauschten unter Wasser in Vakuumröhren dahin.

Sie tippte ins Chatfenster: sci-fi. Dann löschte sie es und tippte: hilfe hier ist ein einbrecher. Sie ließ den Satz eine Weile stehen und malte sich den Nahkampf aus. Sie verteidigte sich gegen den Eindringling mit einem Feuerlöscher. Der Feuerlöscher war schwer, und der Angreifer bekam ihn direkt ins Gesicht. Sie löschte den Satz und schrieb: hilfe frank hier ist einvergewaltiger. Dann fügte sie das fehlende Leerzeichen ein. ein vergewaltiger. Obwohl das Wort, das sie durch Zufall entdeckt hatte, sehr reizvoll war. Einvergewaltigen. Wie einverleiben oder einverstanden oder … Ja, einvergewaltigen. Ich muss diese Frau hier unbedingt noch vor Weihnachten einvergewaltigen. Ich lass mich nicht von dir einvergewaltigen, was glaubst du denn, wer du bist. Wir dürfen unsere Gemeinde in diesen schwierigen Zeiten nicht von fremden Elementen einvergewaltigen lassen. Fremde Elemente. War das rassistisch? Im Raaba-Haus hätte sie jetzt in die Münzkammer gehen müssen.

Sie löschte den Satz über den Vergewaltiger und tippte: es ist spät und ich denke komische sachen. Und drückte auf Enter.

– es ist spät und ich denke komische sachen

– Es ist halb eins, kam sofort die Antwort von Frank.

– wie lange bist du schon dagesessen ohne was zu sagen, sagte Natalie.

– Nein, antwortete Frank.

Und fügte dann hinzu:

– Ich bin gerade zurück. Es war nur was mit der Toilette. Zwei Typen haben versucht, eine Strickjacke runterzuspülen. Ich hab ihnen versprochen, die Jacke zu verbrennen. Sobald sie getrocknet ist. Jetzt haben sie sich 100-mal bei mir bedankt.

– das ist voll lieb von dir

– Ich bin hilfsbereit.

– was sagst du zu dem wort <<einvergewaltigen>>

Eine kleine Pause. Dann sagte Frank:

– Der Nachtdienst dauert wirklich die ganze Nacht, oder?

– ja

– Und musst du wach bleiben?

– ich hab nicht so oft also ist es nicht so schlimm

– Das ist das Angenehme am Chatten, sagte Frank. Man kann aneinander vorbeireden und versteht alles, aber die neue Reihenfolge ergibt ein neues Gespräch.

– hilfe frank hier ist ein einvergewaltiger der mich einvergewaltigen will

– Einvernehmlich vergewaltigen, antwortete Frank.

– einvertraulich, sagte Natalie und fügte dann hinzu:

– nein ich darf schon schlafen gehen

Sie lachte. Im selben Augenblick erschien ein lachendes Smiley in Franks Chatzeile.

– ich hab auch gelacht, sagte sie.

– Was ist, wenn du jemanden aufweckst?

– ich wäre lieber bei euch

– Die Strickjacke stinkt fürchterlich, sagte Frank. Ich halt das nicht aus.

– eine reise von tausend meilen beginnt mit dem ersten schritt

– Und endet angeblich mit dem letzten, sagte Frank. Meist fällt man um vor Erschöpfung und verliert das Bewusstsein mitten im Jubeln. Und die Geier landen auf dir.

Aus irgendeinem Grund war das so komisch, dass Natalie mindestens eine Minute lang kicherte. Sie fing immer wieder von vorn an und wiegte dabei den Oberkörper hin und her, allerdings ohne den Blick vom Bildschirm zu nehmen.

– Man steigt nie zweimal in dieselbe Wiege, sagte Frank.

Natalie registrierte den Satz, lachte aber noch über den davor. Sie hielt sich eine Hand vor den Mund und bemerkte, dass ihre Finger nach der Seife im Betreuerinnen-Badezimmer rochen.

– Früh stirbt, wer ein Meister werden will, sagte Frank.

Natalie ging gegen zwei Uhr schlafen. Vorher schaute sie noch kurz bei Herrn Zunegg vorbei. Sie stellte sich vor, wie eine der anderen Betreuerinnen die halbe Nacht neben ihm saß und ihm Sachen erzählte. Sie könnte ihm sagen, was sie gerade mit Frank besprochen hatte. Aber seine Augen waren geschlossen.

Tatsächlich.

Natalie war darüber erleichtert.

Sie nahm eine Lexotanil aus Herrn Zuneggs angenehm unübersichtlichem Vorrat, brach sie entzwei und steckte die halbe Tablette ein, dann ging sie zurück und legte sich auf das unbequeme Bett im Nachtdienstkämmerchen. Den Laptop mit CNN ließ sie an und stellte den Wecker ihrer Armbanduhr auf fünf Uhr vierzig. Auf CNN ging es glücklicherweise um Wirtschaftsspionage. Die Köpfe und Körper der Osterinsel kamen ihr kurz in den Sinn, und sie versuchte sich vorzustellen, wie die Füße der Statue aussehen mochten. Vor allem die Zehen. In der kurzen Nacht, die ihr zum Schlafen blieb, träumte sie von einem Ritter, der im Duell gestorben war. Menschen kamen und zogen dem toten Ritter die Rüstung aus, damit die Seele den Körper verlassen konnte. Die Rüstung wurde, wie es Brauch war, zu einer Turmuhr weiterverarbeitet. *Jetzt gibt er die Stunden*, sagte man und meinte damit den Toten. Dann saß sie im Traum bei Herrn Zunegg und steckte Münzen in seine Augenhöhlen, während das Bett unter ihm, eigentlich der Deckel eines Klavierflügels, ständig hin und her rutschte.

Was Fixes

Aus den Nonseq-Aufnahmen, die sie beim Streunen im Souterrain und entlang der Radwege gemacht hatte, entwickelte sich in diesem Sommer eine andere Übung. Natalie nahm mit dem iPhone ihre eigenen Essgeräusche auf. Mehrere Male hintereinander. Anschließend speicherte sie die Dateien auf ihrem Rechner, machte eine zusammenhängende Podcast-Folge daraus und lud sie zurück aufs iPhone. Es wäre vielleicht auch direkt gegangen, aber so machte es mehr Freude. So wirkte es, als bereitete sie in mehreren Arbeitsschritten etwas zu, das ihr später von großem Nutzen sein würde. Wenn sie nach der Arbeit noch laufen ging, hörte sie sich die aufgenommenen Essgeräusche über einen In-Ear-Kopfhörer an. Sie drehte die Lautstärke ganz auf, auch auf die Gefahr hin, dass ihr plötzlich ein schrilles Tassenklirren oder gänsehautmürbendes Gabelkratzen durch den Schädel jagte. Der Podcast der eigenen Essgeräusche war wie ein innerer Allradantrieb, ein tragbarer, virtueller Rückenwind. Zu diesem Soundtrack lief es sich wunderbar leicht, man spürte die eigenen Fußsohlen kaum. *Zeropoint*, dachte sie, obwohl sie nicht einmal wusste, was das Wort genau bedeutete; man verwendete es, wenn man alternative Energiequellen meinte, allerdings ergab das alles keinen rechten Sinn. Aber das Wort beschrieb das Gefühl des Laufens mit dem Soundtrack im Ohr sehr gut, *zeropoint*, nullpunktig, man glitt so dahin. *Strangely propelling*, dachte sie auch, der Titel eines Albums der Band Orchid Repair Shop, oft konnte das Englische alles besser ausdrücken, vor allem, so schien es ihr, am frühen Morgen. Sie lief fast immer dieselbe Route, die an einem Bach (dessen Namen sie immer noch nicht herausgefunden hatte) und dann an einigen leeren Grundstücken entlangführte, auf denen sausendes hohes Gras wuchs, herrlich borstiges Stadtgras, nagetierwohnungshaft dicht und immer leicht gelblich, als wäre es ein Gegenbeispiel für irgendwas. Hinter den leeren Flächen standen Hochhäuser, zwischen denen sich einzelne Vögel hin und her bewegten wie Mousecursors. Die eigenen, hautnahen Essgeräusche im Kopf und der Anblick dieser Hochhäuser – ein Mensch konnte bereits wegen harmloserer Kombinationen vor Rührung in Tränen ausbrechen. Dann über eine kleine Holzbrücke, und danach kam der Parkplatz auf der Hinterseite eines Tierbedarf-Supermarkts. Im Ohr das *Crunch-crunch-crunch* von Müsli, das Eintauchen des Löffels, Milchschwappen und Kauen und Schlucken, und man rannte, bewegte sich aber gleichzeitig kaum von der Stelle, eingesperrt in den eigenen Kopf mit seinen Grunzern, seinem Schmatzen und seinen Mahlgeräuschen. Die Gewissheit, dass sie auf der Oberfläche eines riesigen Balls, im Schutz einer hauchdünnen Schicht aus atembarer Atmosphäre dahinlief, wurde so verstärkt und auf sinnliche Weise erfahrbar, gleichzeitig weitete sich auch der innere Raum, das Gefühl für die Ausmaße des eigenen Schädelinhalts, auf unbestimmte Dimension. In Tonstudios gab es oft diese Eierbecher-Verzierungen an den Wänden, die Schall schlucken konnten, und wenn diese perfekt gebaut und präzise genug angebracht waren und sich sonst nichts im Raum befand, konnte man, so hatte sie in einer Musikzeitschrift gelesen, sogar die eigenen Organe blubbern und arbeiten hören. Als würde man umgestülpt wie eine Socke, von innen nach außen, unter dem großen, kuppelförmigen Himmel, an den sich die Hochhäuser klammerten; der Gedanke war so schön, dass man ihn pro Tag nur einmal denken durfte, sonst nutzte er sich ab und wurde unheimlich. Jetzt hörte sie einen lauten, tief ins Rückenmark gehenden Schluck Wasser, gefolgt von einem Biss in einen Apfel, so welthaltig und intim wie ein Zahnwehimpuls mitten in der Nacht, und rannte währenddessen an einer großen, toten Lagerhalle vorbei, deren Fensterscheiben von jemandem eingeworfen worden waren, damit die Seele entweichen konnte. Dann, eine Minute später, hörte sie das Schlürfen von Suppe, abwechselnd mit dem dumpfen Klingen des Löffels am Rand des Tellers, fischmäuliges Schlürfen und wieder ein gedämpftes

Klingen, wie das Läuten von Kuhglocken auf einer Weide. Auf die Wand der Lagerhalle hatte jemand einen Lattenzaun gemalt, nicht gesprayt, sondern wirklich gemalt, vermutlich ein Kindergarten-Kunstprojekt, verschönern wir diesen finsteren Winkel beim Spazier- und Radweg, der Lattenzaun sah cartoonhaft aus und sehr verlockend; wenn man an ihm entlangrannte, fühlte man sich von ihm angefeuert. *Und so,* dachte Natalie, *bekam der Leopard seine Zielgeraden.* An dem Punkt, wo der Spazierweg in eine vielbefahrene Kreuzung mündete, machte sie kehrt und rannte zurück. Die Podcastfolge mit den Essgeräuschen würde noch, sie schaute kurz nach, neunzehn Minuten dauern, also wurde der Nachhauseweg zu einem Wettlauf.

Die aufgenommenen Essgeräusche hatten noch eine andere verblüffende Qualität, die Natalie durch Zufall entdeckte. Sie waren Ohrwurm-Cleaner. In Supermärkten lagen früher an der Kassa oft CDs, die kleine Pinselchen beigepackt hatten, mit denen man die Laser-Linse einer Stereoanlage reinigen konnte. Dasselbe Prinzip, nur mit Ohrwürmern. Ohrwurm-Cleaner konnten, wenn man sie anhörte, jede irr im eigenen Kopf herumgeisternde Melodie löschen. Es gab zwei Kategorien von Ohrwurm-Cleanern. Einmal diejenigen, die den Ohrwurm einfach nur überschrieben, nämlich mit sich selbst (also alles von ABBA oder *Pick A Bale Of Cotton* von Leadbelly), was allerdings einen Teufelskreis in Gang setzte. Und dann die interessanten, die echten Cleaner, nämlich diejenigen, die den bestehenden Ohrwurm abtöteten oder zumindest schwächer machten, aber sich dann selbst auch relativ schnell wieder auflösten. Kategorie zwei war, wie man sich denken konnte, viel seltener. Natalies Ohrwürmer waren oft stark und von bohrender Ausdauer, sie mahlte den Takt des verfluchten Liedes mit ihrem Kiefer mit oder summte die ganze Zeit, ohne es zu wollen. Merkwürdig und gespenstisch klang diese unfreiwillige Stimme, die sich meldete und plötzlich, während man den Salat durchmischte, zu singen begann: *You are the irgendwas beneath my wings* … Fremdgesteuert durch Musik wie durch einen dieser Super-Parasiten, der in den Kopf einer Ameise eindringt und sie aushöhlt, bis er in ihr herumfährt wie in einem gepanzerten Tankfahrzeug. Radiomusik aus Zahnfüllungen war bestimmt nicht so lästig wie ein starker Ohrwurm. Aber die aufgenommenen Essgeräusche waren ein echter Cleaner, von dem selbst keine Spur blieb. Ein anderer nannte sich *Drumming Part 3* von Steve Reich, der klang wie der Soundtrack zu fallendem Feenstaub.

Für die außerordentliche Geduld, die sie gezeigt hatte, als sie heute mit Herrn Dorm Zettelchen geordnet hatte, belohnte sich Natalie mit ausgiebigem Streunen am Radweg. Dabei geisterten ihr einige Lieder im Kopf herum, die während der Zettelordnungsstunde gelaufen waren, schmalzige Achtzigerjahre-Hits aus Dorms Stereoanlage, von denen das eine mit der jammernden Refrainzeile *Take these broken wiiiings* sich besonders tief in ihr eingebrannt hatte. Einmal hatte Dorm eines der kleinen Zettelchen, auf denen immer wieder der Name von Herrn Hollberg stand, hochgehalten und sie gefragt:

– Und? Spüren Sie schon was?

Sein Gesicht hatte dabei sehr glücklich ausgesehen.

Jetzt kniete Natalie vor einem jungen Mann, der sein Glück kaum fassen konnte. Er war so aufgeregt, dass er lauter Unsinn redete, und Natalie war dankbar dafür. Lösch, dachte sie, dies broken wings. Als er fertig war, knotete sie das Kondom zu und steckte es ein. Er sagte irgendetwas über Heroinschmuggel, Natalie gab ihm ein Küsschen auf die Wange und ging weiter.

Nichts war so angenehm wie das Gefühl von Loslösung und Geborgenheit nach einer erfolgreichen Nachtstreunerei entlang der dunklen Radwege. Die Stimmen waren aufgenommen und gespeichert, der Kopf summte wie ein Umspannwerk, die Handflächen waren warm und gut durchblutet, die Erregung groß und konstant, sodass man nur noch heimwärts taumeln konnte; die lästigen Phantomvibrationen, die sie sonst ständig spürte (wahrscheinlich Sehnsucht nach echten Anrufen, hatte Markus immer gespottet), waren verschwunden, sie fühlte sich zuhause in ihrer Kleidung, bewegte sich *mit* ihr statt bloß in ihr, und ihr Mund und ihr Kiefer erinnerten sich an die Bewegungen, die sie die letzten zwei, drei Stunden ausgeführt hatte: Es war dasselbe Prinzip wie in einem Sessellift oder einem Flugzeug. Hatte man zum Beispiel einen mehrstündigen Flug hinter sich und lag am Abend zuhause im Bett, dann war der Körper irgendwie immer noch im Flugzeug, reproduzierte das Hin-und-her-Rollen im Jetstream, die Anflüge von Schwerelosigkeit und das sanfte Hineingepresstwerden in den Sitz. Es war genau dasselbe Prinzip, nur eben mit Blowjobs. Gott, wie lächerlich. Lippen- und Mundhöhlengedächtnis. Natalie versuchte, sich auf etwas anderes zu konzentrieren, vielleicht würde ein Kaugummi helfen. Aber wo sollte sie jetzt, so spät noch, einen Kaugummi herbekommen? Das war der Nachteil, nicht in einer echten, ausgewachsenen Großstadt zu wohnen.

Einmal, vor Jahren, hatte es Hochwasser gegeben, und der Pegelstand des Flusses war angestiegen. Die Leute waren auf den Brücken herumgestanden und hatten die Wellen unter ihnen gefilmt, denn sie brachen sich fast wie Meereswellen, auf diese muskulöse, ungestüme Weise, die einen beim Zuschauen augenblicklich süchtig machte. Diese hypnotischen Bewegungen des Wassers – bereits nach wenigen Minuten stillen Hinstarrens bewegte sich der Asphalt aufquellend unter ihr, wenn sie ihre Augen auf ihm ausruhte, und auf dem Heimweg begleitete sie ein tänzerisch beschwingtes Gehgefühl, als würde sie die riesigen, innerhalb eines Stadtgebietes sonst nie zu sehenden Wellen mitdirigieren. Jetzt war es ganz ähnlich, sie spürte immer noch den Druck der Hände, die ihren Kopf hielten und vor und zurück bewegten (es gab ihr das Gefühl, innerlich ständig zuzustimmen, zu nicken), und das hartpralle Stück Fleisch, das an ihrem Gaumen rieb, die Spannung ihrer Mundwinkel, die sanfte, aber stetig weniger werdende

Gegenwehr ihres Würgereizes. Und die Bäuche, die sich alle auf Augenhöhe bewegten, manche am Nabel gepierct, manche babyspeckfett, manche hart und muskulös, sie würde vorschlagen, dass sich alle Männer in Zukunft vielleicht kleine, freundliche Gesichter auf ihre Bäuche malten, unter Einbeziehung des Bauchnabels als winzigem, staunendem, luftballonnoppenartigem Mund.

Der Abend war gelungen. Normalerweise wäre sie jetzt nach Hause gegangen, hätte sich die Stimmen, den *Mix*, noch einmal angehört und dazu masturbiert, nur mit einer Hand, ohne Fingerpenetration, vielleicht mithilfe eines dieser herrlichen lustverstärkenden Öle. Eines davon roch intensiv nach Kirsche. Heute würde es schnell gehen, nach so viel Vorarbeit, fünf bis zehn Minuten, dann konnte sie wunderbar schlafen; nach einem so schönen Abend hatte das fast nichts Erotisches, es war mehr wie eine Unterschrift, die sie unter die interessanten Vorkommnisse der Nacht setzte, damit sie gültig blieben. Aber da es kein großer Umweg war, schaute sie noch kurz im Souterrain vorbei. Sie war ein bisschen fleckig, auf ihrem T-Shirt, rund um den Hals, aber egal.

Schon aus der Ferne sah sie ihn. Die Lederjacke, die besondere Körperform. Der Nacken. Mario stand da und unterhielt sich mit Lothar. Sie musste unbedingt näher ran. Aber nicht zu offensichtlich. Und, ah, jetzt war es doch peinlich, dass sie so fleckig war! Konnte sie das T-Shirt vielleicht ausziehen? Sie kontrollierte den Anblick mit der Kamerafunktion des iPhones. Nein, das ging nicht. Ihr BH saß auch nicht richtig, weil er nichts hatte, womit er arbeiten konnte. Alles viel zu groß. Scheißding, billiges. Egal, es konnte ja zwischenzeitlich geregnet haben.

Ihr Herz klopfte. Mario übergab Lothar irgendetwas. Kleine Zettel? Ein kurzer Flashback zur Bastelsituation heute Mittag. Broken Wings. Nimm endlich die zerbrochenen Flügel, du Sau. Geh endlich ran. Sonst geht der Ohrwurm wieder los.

Oh Gott, ich bin total peinlich. Ich kann nicht mal normale, gerade Gedanken denken. Gedanken denken, das klang auch falsch. Wortwiederholungen. Normale, gerade Gedanken … fassen. Dummes, nutzloses Vieh. So konnte sie sich unmöglich vor ihn hinstellen. Aber er war im Souterrain, das bedeutete, dass er tatsächlich was zu tun hatte dort, bestimmt war es Frank gewesen, der ihn eingeladen hatte, Frank hatte ein gutes Herz. Das löwige Gesicht von Lothar war auch in Ordnung, aber sie wusste nichts über sein Herz zu sagen. Vielleicht hatte er mehrere.

Da, schon wieder, ein sinnloser Gedanke! Mehrere Herzen, mein Gott.

Sie bemerkte, dass sie viel zu schnell redete, innerlich. Und atmete, äußerlich. Gleiches Prinzip, bloß das eine außen und das andere … Ah, jetzt geh endlich rüber, er ist bestimmt gleich fertig. Was zählt er denn da? Irgendwelche Zettel. Geldscheine? Aber so viele? Lothar hielt die Hand auf. War das ein Grinsen auf seinem Gesicht?

Natalie tat so, als wäre sie gerade vor zwei Sekunden vom Himmel gefallen. Alles neu hier, hoo, so interessant, diese Autos hier am Straßenrand und dann diese dunklen Eingangstüren. Und da gab es einen Müllkorb. Straßenlaternen, sommerliche Nachtluft. Das fleckige T-Shirt klebte an ihrer Haut fest und zupfte an ihr.

Mario wirkte etwas wackelig. Jetzt war die Transaktion mit Lothar vorbei, und er wandte sich ab. Nein, falsche Richtung! Nicht da lang, komm mir entgegen – Natalie beschleunigte ihre Schritte. Aber sollte sie ihm wirklich nachlaufen, zu ihm aufholen und ihn von hinten berühren? Oder irgendwie antippen? Seinen Namen rufen?

Aber er ging gar nicht davon. Er setzte sich an den Rand des Gehsteigs. Zog seine Schuhe aus und massierte sich die Fußsohlen. Es sah so rührend aus, dass ihre Schritte automatisch langsamer wurden. Fuck, war das ein süßes Wesen. Ein Spray, mit dem man ihn betäuben und dann mit nach Hause nehmen könnte, oh Gott.

– Oh, hallo!

Er blickte auf. Sein Gesicht zeigte keine besondere Reaktion auf ihre Begrüßung. Er war ein Gentleman. Andere hätten irgendwas Dämliches gesagt und die Arme hochgeworfen zu dieser gorillamäßigen Willkommensgeste, die Männer in einem bestimmten Alter gern machten, weiß der Geier warum.

– Hallo, sagte er.

– Ist es erlaubt?, fragte Natalie und lachte verschämt.

– Was?

Natalie deutete neben ihn auf die Gehsteigkante. Er schaute auf die Stelle, konnte nicht entdecken, was sie meinte. Suchendes Sich-Umblicken. Natalie setzte sich einfach hin. Und musste wieder lachen.

– Sag ruhig, wenn du lieber allein sein willst.

– Nein, nein, sagte Mario. Ist okay.

– Wir kennen uns schon.

Natalie hielt ihm die Hand hin. Er schüttelte sie.

– Ja, sagte er. Ich erinnere mich.

– Echt? Ich war so betrunken, tut mir leid, ich war bestimmt total peinlich.

– Nein. Gar nicht.

– Ich erinnere mich natürlich auch an dich, haha. Ich hab dich gleich erkannt. Von da drüben.

Sie zeigte auf die Stelle.

Er blickte nur kurz auf, sagte aber nichts.

– Tun deine Füße weh?

Er nickte.

– Anstrengender Tag, hm?

– Lange auf den Beinen, ja. Und zu wenig getrunken.

Er drückte sich eine Hand gegen die Schläfen.

– Ah, das kenn ich, sagte Natalie. Magst du vielleicht noch irgendwo, was weiß ich …

Er schaute sie an. Sie legte schnell eine Hand auf einen besonders auffälligen Fleck am rechten T-Shirt-Ärmel. Mario lächelte.

– Ich stütz dich auch, sagte Natalie. Kannst dich voll an mir festhalten.

Ein winziges Lächeln.
– Ah, ich bin zu schwer.
– Ich halt schon was aus, haha!
Wieder das dumme, überbegeisterte Lachen. Es war Dorm-Gelächter. Es ließ sich nicht abschalten.
Mario blickte sich zum Souterrain um. Dann deutete er mit dem Daumen hin und sagte:
– Du heute auch da?
– Nein, sagte Natalie. Ich war einfach nur so unterwegs. Totaler Zufall.
– Ah.
– Ich hab gar nicht geplant, hierher zu …
– Ich würde auf alle Fälle gern weg von dieser Ecke hier, sagte Mario. Fürs Erste zumindest.
– Oh! Okay!
Natalie sprang auf und reichte ihm eine, wie sie hoffte, galante Hand. Mario ergriff sie und ließ sich auf die Beine helfen, aber er erledigte die Hauptarbeit selbst. Sie spürte fast kein Gewicht. Gentleman.
– Wir können zu mir gehen. Da gibt's einen Garten.
– Du meinst, bei deinen …
Ja, sie sah jung aus, aber nein, sie wohnte nicht mehr bei den Eltern. Aber ein Kompliment, immerhin. Mit jeder Sekunde, die verging, mochte sie ihn ein bisschen mehr.
– Nein, meine Wohnung, lachte sie. Die ist nicht weit. Gleich da hinten.
– Ach so, sagte Mario.
Stummes Gehen. Nachtgeräusche ringsum. Die Sterne hatten an Schärfe gewonnen. Das verdankten sie dem leichten Wind, der den ganzen Tag schon wehte, er hatte die Dunstglocke aufgelockert. Jetzt hätte man sogar Kometen sehen können.
– Ich hab ein paar irre Teesorten, sagte Natalie.
Schweigen. Dann sagte Mario:
– Ach so, ja.
Er hinkte beim Gehen.
– Da, nimm ruhig.

Sie bot ihm ihren Arm an.

– Geht schon, sagte er.

– Och, komm schon, ich stütz dich!

Er lächelte. Natalie ließ ihren Ellbogen sinken. Er war wirklich wahnsinnig höflich. Es tat ihr weh, ihn so zu sehen, hinkend, offensichtlich unter Schmerzen. Der Geist ihres Streunertums war von ihr gewichen, sie hatte nun das starke Bedürfnis, freundlich zu sein. Vielleicht würde er sich von ihr verarzten lassen.

– Ich kann mir deine Verletzung gern anschauen, sagte sie.

– Was? Ach so. Nein. Ich bin nicht verletzt. Aber danke.

– So, da sind wir schon! Da vorne. Ich hab einen Kater in der Wohnung, aber der ist wahrscheinlich gar nicht da. Ich hoffe, das macht dir nichts.

– Macht mir nichts, sagte Mario. Aber … Ich geh nicht so gern in Wohnungen. Also, allgemein. Das heißt, generell.

– Ach so. Kein Problem. Aber es ist ganz gemütlich bei mir.

– Ich geh einfach nicht so viel in Wohnungen.

– Nicht mal in deine eigene?, fragte sie.

Er schaute hoch, dann zur Seite. Wie ein Mann in einem Fahrstuhl, der nicht mehr weiterfährt.

– Im Moment sieht's bei mir generell nicht so wohnungsmäßig aus. Bin mehr draußen.

– Wie … du …

– Ist okay. Vor allem im Sommer. Aber ich schlaf nicht auf der Straße oder so.

– Ah.

– Jedenfalls, danke für den Spaziergang.

Nein, nicht wieder wegdrehen und davondriften –

– Warte, rief sie, ich kann dir auch was runterbringen! Ein Bier? Oder einfach nur ein Mineralwasser? Mach ich gern. Du schaust wirklich total dehydriert aus.

Mario überlegte.

– Mir ist bisschen schwindlig, sagte er.

– Dann gehen wir in den Garten, da kannst du auf mich warten.

Das reimte sich und klang furchtbar lächerlich, Natalie hätte sich am liebsten eine Ohrfeige gegeben. Du bist gerade dabei, das alles hier zu vergeigen, mit Blaulicht und Sirenen! Dumme Gans.

– Da gibt es auch Liegestühle, sagte sie hilflos.

Mario hatte sich bereits ein, zwei Schritte von ihr entfernt. Aber jetzt drehte er sich wieder zu ihr um.

– Okay, sagte er. Ich glaub, ich muss mich wirklich kurz hinsetzen.

– Ich bring dir alles, was du magst. Bier?

– Danke.

Sie sperrte das Haustor auf, Treppenhausluft und vollkommene Dunkelheit. Warum sagte man eigentlich *stockdunkel*? Aber natürlich war es im Inneren eines Spazierstocks tatsächlich sehr dunkel. Im Inneren einer Stricknadel noch dunkler. Und im Inneren eines Haars verlor man bestimmt den Verstand vor lauter Finsternis.

Gerade, normale Gedanken, komm! Sie zwickte sich mit den Fingernägeln in den Oberschenkel.

– Magst du wirklich nicht kurz hoch in die Wohnung?

– Äh …

– Oh, entschuldige, zuerst das Licht.

Dummes Vieh. Wie sollte man auch im Dunkeln derart aufdringliche Fragen beantworten? Du machst einfach alles falsch. Alles. Er läuft gleich davon. Sie fand den Lichtschalter. Das Treppenhaus war endlich da, 3D und vertraut.

– Ach so, ja, sagte Mario.

Er machte kehrt und ging in Richtung Straße. Nicht doch –

– Warte, hier geht's lang.

– Ich glaub, ich muss eher …

– Falls du auf die Toilette musst, du kannst gern bei mir gehen. Oben in der Wohnung.

– Nein, nein.

Er blieb stehen. Dann beugte er sich vor und würgte. Aber es kam nichts. Er würgte noch einmal. Wieder nichts. Er richtete sich auf.

– Tut mir leid, keuchte er. Es war zu viel heute. Ich bin es nicht mehr so gewohnt. Und der Typ bei euch da, der Lothar, der ist auch echt pünktlich. Zumindest was das Kick-back angeht. Auf die Minute.

Natalie hatte keine Ahnung, was er meinte, aber es ging ihm nicht gut, das war offensichtlich, er musste sich hinsetzen, das war alles, was jetzt von Bedeutung war.

– Komm, zog sie ihn am Ärmel. Komm, setz dich kurz hin. Frische Luft, hm?

Sein Atem ging heftig.

– Ich kann in keine Wohnung, sorry.

– Musst du nicht, musst du nicht.

Sie gingen gemeinsam die letzten paar Schritte, dann war die Gartentür da, auch sie wurde überwunden. Natalie zeigte ihm im Schein ihrer iPhone-Taschenlampe die Plätze. Mario ließ sich auf dem mittleren Liegestuhl nieder. Fast alle Balkone der Nachbarschaft waren dunkel. Ungestört.

– Okay, sagte er. Okay. Okay.

Er zog seine dicke Lederjacke aus. Schweißgeruch kam Natalie entgegen. Sie wollte ihm schon, wie ein guter Kellner, die Jacke abnehmen, aber er hielt sie fest. Dummes Vieh, wo hättest du sie denn auch hinhängen wollen? In den Nussbaum? Der wäre unter dem Gewicht der Jacke wahrscheinlich umgefallen.

Sie setzte sich neben ihn.

– Geht's besser?, fragte sie.

Er nickte.

– Danke.

– Ja, der Lothar, sagte Natalie. Bei dem blickt keiner durch. Ich mag den Frank lieber. Mit dem kann man sich stundenlang unterhalten, ohne Gesprächsthema!

Mario deutete ein Lächeln an.

– Hey, sagte Natalie. Wetten, du kannst nicht über deinen eigenen Ellbogen lecken? Oder an ihm riechen. Probier's.

Mario blickte nach links und rechts. Das Hemd, das er trug, hatte kurze Ärmel. Also hatte er keine Fluchtmöglichkeit. Er

bekam wieder diesen Blick, Reh in Autoscheinwerfer. Natalie wusste, sie musste jetzt irgendwas sagen, irgendwas Richtiges, *Karleskes* …
– Geruch und Geschmack deines Ellbogens kann man dir nur beschreiben, sagte sie, aber du kannst sie niemals selbst erfahren. Weißt du? Dabei ist gerade hier (sie zeigte es an sich selbst), in der Ellenbeuge, der Eigengeruch eines Menschen am stärksten. Und die Rückseite der Ellenbeuge, da, der für das eigene Gesicht unerreichbare Ellbogen, ist rau wie die Reibefläche einer Streichholzschachtel, also muss da einfach ein besonderer Geruch und Geschmack sein, oder? Ich meine, das fühlt man irgendwie. Das ist fast wie ein Naturgesetz. Nichts, das so rau ist, ist geruchlos. Aber du hast keine Möglichkeit, den Geruch zu erreichen. Probier's.

Mario lachte schüchtern. Die ungute Erregung von vorhin war verschwunden.
– Warum soll ich an mir selber herumschnüffeln?
– Gute Frage, sagte Natalie. Also, jetzt ein Bier? Warte, ich komm gleich.

So schnell sie konnte, lief sie in die Wohnung hoch und – schaltete als Erstes den Fernseher ein. Perfekt, eine Live-Sendung auf Sat.1, eine Spieleshow, in der zwei Kandidaten gegeneinander antraten und verschiedene Tests bestehen mussten. Zufrieden stellte sie fest, dass die Sendung noch etwa zwei Stunden lang laufen würde. Sie schaltete den Ton auf laut und öffnete die Balkontür. Eigentlich hatte sie ja geplant, nach dem erfolgreichen Streunen bis spät in die Nacht vor dem Fernseher das total deprimierende Buch weiterzulesen, das sie vor ein paar Tagen begonnen hatte, weil der Zivi es ihr empfohlen hatte: *Krebsstation* von Alexander Solschenizyn. Wie wunderbar war dieser toastbrotdunkle Teint von alten, gebrauchten Taschenbüchern. Als kämen sie direkt aus dem Ofen. Sie hätte schon gern gewusst, wie es in dem entsetzlichen Sowjetelend weiterging, aber jetzt war Mario da. Und er hatte ein Bier verdient.
– Heeey!

Als sie mit den Flaschen in den Garten zurückkam, war er einige Meter von den Liegestühlen weggegangen.

– Oh, sagte er. Ja.

– Du hast bestimmt gedacht, ich komm nicht mehr. Oder ich hol die Polizei, hm?

Mario machte eine entschuldigende Geste. Ohne die Jacke sah er von der Seite ziemlich mager aus. Jetzt erst gestattete sich Natalie, diesen Gedanken zu denken: obdachlos. Er hatte keine Wohnung. Aber er schlief nicht auf der Straße. Er war drahtig, aber dünn. Bestimmt aß er einfach nicht genug und hatte sich daran gewöhnt, mit reiner Kopf-Energie zu funktionieren. Vielleicht gab es innen an der Jacke ein Automatenuhrwerk: kleine, sich aneinander abarbeitende Zahnräder und einen glänzenden, frisch aus der Fabrik kommenden Fahrraddynamo, der die Funktion des Herzens übernahm.

– Komm. Hier stört uns keiner.

Sie winkte ihn zu sich. Aber er blieb stehen und machte wieder dieses Ich-hab-einen-Fehler-gemacht-Gesicht.

– Magst du vielleicht kurz duschen? Du kannst gern oben duschen, ich –

– Nein, nein, schon okay.

Natalie hob eine Bierflasche hoch. Mario schüttelte den Kopf. Seine Augen wurden größer. Er suchte nach irgendetwas, was er sagen konnte.

– Heute ist mein Geburtstag, sagte er.

Natalie machte den Mund auf.

– Wow. Im Ernst?

– Ja.

– Na dann –

Sie war ein wenig zu schnell für ihn gewesen, in drei flinken Schritten war sie bei ihm und schüttelte ihm die Hand. Er winkte ab, gab ihr durch stumme Gebärden zu verstehen: *Ach lass, ist doch nicht so wichtig* – aber da hatte Natalie sein Handgelenk erwischt und zog sanft an ihm.

– Setzen wir uns, sagte sie. Jetzt bin ich dran mit Nettsein.

Sie musste aufpassen, ihn nicht andauernd anzustarren.

Aber die Art, wie er das Bier trank, war wie ein Zeitsprung. Sie hatte schon einmal in ihrem Leben einen Mann so trinken gesehen, aber sie kam nicht drauf, wer und wann das gewesen war. Normale, gerade Gedanken, rief sie sich zur Ordnung. Denk an die Zettel. Der Größe nach ordnen. Take these broken wings beneath my wings. Und ordne sie der Reihe nach. Wie Orgelpfeifen.

Hin und wieder erwiderte Mario ihren Blick.

– Und, äh, du brauchst sicher nichts, wo du übernachten kannst, ich meine, wenn es bei dir gerade nicht so wohnhaft zugeht, fürs Erste?

– Danke, sagte Mario. Es geht schon. Ich hab da was.

– Ah, du hast was?

– Ja. Was Fixes.

– Wow, sagte Natalie. Wirklich was Fixes?

– Mhm, machte Mario stolz.

Sie musste wieder kurz woanders hinschauen, den Blick auch auf anderen Dingen ruhen lassen. So machten das normale Menschen. Gott, und sie hatte noch nicht mal was genommen. Sie war einfach nur naturbelämmert, heute Abend. Du könntest bei mir einziehen, zum Beispiel. Das wär auch was Fixes. Nein, das konnte sie nicht sagen. Mario hatte lange Finger und schöne, große Hände.

Natalie deutete in den Himmel.

– Ich mag die Sommersternzeichen, sagte sie. Die im Winter sind etwas zu nahe, findest du nicht?

– Ich weiß nicht. Ich schau nie.

– Orion und dieses andere Ding, das man nur selten sieht, die Schildkröte oder wie das heißt. Oh, kennst du die Plejaden?

Mario trank aus der Flasche und stellte sie neben sich auf die Erde. Sie war schon fast leer. Natalie registrierte diese Tatsache.

– Hab ich schon mal gehört.

– Mit denen hat das Gedichteschreiben auf der Erde begonnen. Das ist verrückt, oder? Hast du das gewusst?

– Mit dem Zeug da oben?

– Ja, da hat eine Frau vor zehntausend Jahren ein Gedicht darüber geschrieben. Darüber, dass die Plejaden zu sehen sind, aber sie ist hier unten und allein. Und sie war die Erste.

Mario fand die Vorstellung lustig:

– Eine Frau?

– Ich weiß, sagte Natalie. Total pervers.

Sie hatte ihn erfolgreich abgelenkt und ihre noch volle Bierflasche gegen seine fast leere ausgetauscht. Daran, ob er den Tausch beim nächsten Schluck, den er machte, bemerkte, konnte sie ablesen, ob er sonst viel trank oder eher weniger. Und wie nüchtern er insgesamt war. Es war bestimmt nicht leicht, auf der Straße. Sie dachte den Satz nicht zu Ende.

– Also was richtig Fixes, ja?, wiederholte sie.

Mario nickte.

Ein Schluck aus der neuen Flasche. Er atmete tief durch, genoss Nachtluft und Sternzeichen und das Gefühl, es zu etwas gebracht zu haben. Und sagte nichts über das Bier.

– Du siehst auch richtig gut aus, sagte Natalie.

– Danke.

Etwas Zeit verging. In der Nachbarschaft war alles dunkel, aber ein angenehmer Essensgeruch hing in der Luft, gebratener Fisch. Und ein sehr leiser Applaus war zu hören, wahrscheinlich kam er von oben aus ihrem eigenen Fernseher, der sein Bild einer leeren Couch vorflimmerte. Sat.1, *Hit and Run, die Herausforderung deines Lebens.*

– Ich sag dir, ich hab heute was absolut Schräges in der Arbeit erlebt, begann Natalie.

– Ja, unterbrach Mario. Ich auch.

Er nahm einen großen Schluck aus der Flasche, schaute woanders hin. Okay, das war deutlich, er wollte lieber nichts absolut Schräges hören. Das war sein gutes Recht. Natalie verstummte. Heute war sein Geburtstag.

– Wie alt wirst du denn?

– Hm?

– Wie alt wirst du heute?

– Oh, ich bin … Ich werde einunddreißig.

– Runde einunddreißig?
– Ja.
– So ein schönes Alter, sagte Natalie. Eine Primzahl. Das ist was Heiliges.
– Aha? Na ja.

Wieder ein Schluck aus der Flasche. Mario war jetzt ganz ruhig. Bestimmt fühlte er sich einigermaßen sicher hier. Natalie dachte daran, dass sie ihn nach dem Datum fragen könnte: *Der wievielte ist heute eigentlich?* – und seine ganze Welt würde zusammenbrechen, in einer Sekunde. Denn er würde es nicht sagen können, das wusste sie. *Du wirst doch wohl wissen, am wievielten du geboren bist, oder?* Es gab tatsächlich Menschen, die in einer Situation wie dieser imstande waren, solche Fragen zu stellen. Menschen sind grausame Aliens.
– Da kann man aber echt stolz auf sich sein, hm?
– Wer? Auf mich? Warum?
– Na, das muss ich doch wohl nicht extra erklären, oder? Ich kenn so viele Leute, die es hunderttausendmal leichter haben als ... wir, aber schon längst zusammengeklappt sind unter dem Druck.

Nein, der Satz war danebengegangen.

Aber Mario nickte.
– Willst du vielleicht was essen? Wir könnten losgehen und was kaufen.
– Ah, nein, schon okay. Ich würde gern einfach noch hier ein bisschen ...

Natalie hielt sich eine Weile zurück. Nacht, Stille. Das konnte man doch genießen. Wozu so auf Nadeln sitzen? Es war doch ein perfekter Abend. Er war hier. Sie wartete, aber dann musste sie etwas sagen, dringend, denn ihr war endlich etwas Passendes eingefallen! Sie deutete zum Himmel:
– Es gibt einen Fleck da oben, irgendwo, ich hab ehrlich gesagt keine Ahnung, wo genau, aber das ist ein Bereich des Universums, wo es viel kühler ist als sonst wo. Kühler, das heißt, da ist nichts. Keine Sterne, Galaxien. Eine große Leere. Sollte eigentlich nicht vorkommen, aber sie ist trotzdem da.

Mario antwortete nicht. An der Art, wie sein Arm herabhing, konnte man vermuten, dass er schlief.

Natalie leuchtete ihm kurz mit dem Display des iPhones ins Gesicht. Ja, die Augen waren zu. Es war schon zwei Uhr, morgen hatte sie keinen Frühdienst, aber sie stellte den Wecker trotzdem auf sechs Uhr. Vielleicht würde er noch hier sein. Dann stand sie, so leise wie möglich, von dem knarrenden Liegestuhl auf und ging hinauf in ihre Wohnung. Die Spieleshow war in die Verlängerung gegangen, man überzog, weil es so spannend war und immer noch kein eindeutiger Gewinner feststand. Wirklich ein perfekter Abend.

Sie stand vor dem offenen Kühlschrank und aß einige saure Gurken mit einer Gabel direkt aus dem Glas. Schwangeren-Diät, sagte sie sich. Beim Zähneputzen sang sie ein Lied und übertrieb absichtlich ihre Ausspracheschwierigkeiten wegen all des Schaums. Sie warf einen Kontrollblick von ihrem Balkon in den Hof hinunter. Man konnte nicht viel erkennen, es war jetzt stockdunkel. Aber mit ein bisschen Fantasie konnte man Mario immer noch dort unten liegen sehen. Sie nahm sich vor, in der Früh einen Partyhut aus dem Schrank zu nehmen und ihn dem Schläfer aufzusetzen. Es war alles so, wie es sein sollte. Eine Glücksbegegnung beim Nachhausegehen. Eine Live-Sendung im Hintergrund. Plejaden. Und sie hatte dem scheuen, interessanten Wesen einen Platz zum Schlafen gegeben. Aber eine kleine Irritation war doch geblieben. Sie würde morgen erwachen und immer noch an sie denken. *Was Fixes.*

Das Nest aus Decken, das sie sich auf dem Balkon bereitete, gelang ganz gut. Sie ließ die Tür offen. Warum schlafe ich nicht gleich unten neben ihm auf einem Liegestuhl? Aber so war es besser. Hier fiel das Licht der Wohnung auf sie, und der Kater wusste, wo sie war. Sonst hätte sie ihn rauslassen müssen, da er keine Nacht allein in der Wohnung eingesperrt sein durfte. Ob sie hier überhaupt einschlafen konnte? Unter dem warmen

Sternenhimmel. Er hatte jetzt etwas Sirupig-Klebriges, dieser Himmel … Eigentlich sollte er kühlenden Weltraum verbreiten. Verdammter Sommer. Sie schaute hinunter zu Mario. Er war unsichtbar. Das Kondom war noch in ihrer Hosentasche.

Einschlafen war ein Problem. Manchmal riss es sie mitten in der Nacht hoch, wenn das Herz einen Dreiersprung machte, den man tief in den Ohren hören konnte; es klang, als würde jemand von außen an ein Autofenster klopfen. Sie hatte ein breites Arsenal an Einschlafhilfefantasien. Eine bestand darin, sich vorzustellen, sie würde in einem dieser nilpferdig langsam dahinziehenden Straßenreinigungsfahrzeuge sitzen, sie trug einen Lärmschutz-Kopfhörer und hatte eine Thermoskanne mit Kräutertee zwischen den Beinen. Sie fuhr dahin und kam an allen möglichen nächtlichen Szenen vorbei. Eine andere Fantasie, die sogar noch besser wirkte, bestand darin, sich vorzustellen, dass es einen Mann gab, der mit ihr immer schon verbündet war, ihr geheimer Komplize, er war eine Art Superheld oder Geheimagent, und er war derjenige, der Nacht für Nacht inkognito im Straßenreinigungsfahrzeug fuhr. Natalie stellte sich vor, auf der Flucht vor irgendwas zu sein, riesigen Insekten mit Staubsaugerkabeln als Rüssel, und sie lief durch die dunklen Straßen und wusste, gleich da drüben, jenseits des Parks war ihr Verbündeter im Reinigungswagen unterwegs, man sah die kreisenden Blaulichter und hörte die Motorengeräusche. Sie lief hin, sprang über Parkbänke und schwang sich über Rutschen, dicht gefolgt von den flimmernden Insektenbeinen. Sie gab ihrem Verbündeten einen Funkspruch durch, und er fuhr ihr entgegen. Sie sprang und duckte sich und erreichte endlich die Straße. Da war er. Sie lief zu ihm, aber die Insekten holten auf. Er öffnete die geheime Klappe an der Rückseite des Fahrzeugs und ließ sie hinein – und die Klappe schnappte zu, kurz bevor die Insekten sie erreichten. Dann war sie geschützt, im hinteren Teil des gepanzerten und vollkommen sicheren Fahrzeugs. Dort war ein Bett. Genauso eines wie dieses hier. Ein minimales Arrangement.

Polster, Decke. Aber sicher. Sie schaute aus dem Fenster und sah die Insektenbeine und ihre drohenden Gebärden. Sie legte sich flach auf den Rücken, und dann fuhren sie weiter an ihnen vorbei. Sie konnten ihr nichts mehr tun. Ihr Komplize schaltete auf Autopilot und kam zu ihr und brachte ihr einen Becher Tee, und sie tranken Tee, und alles war ganz warm und geborgen, und die Stadt zog draußen vorbei, in der Geschwindigkeit über den Himmel wandernder Wolken.

Eigentlich war es ganz schön, hier draußen zu liegen. In ihrem Bett im Schlafzimmer hatte sie in den letzten Nächten einen Holzwurm gehört, oder vielleicht war es auch das Schaben und Scharren von Mäusen in den Wänden, ein Geräusch wie das gedämpfte Kauen von Popcorn in einem Kinosaal. Sie hielt sich einige Fingerkuppen an die Nase und atmete ein. Wenn ihre Finger ganz sauber waren und nach sonst nichts rochen als nach ihr selbst, konnte sie nie genug kriegen von dem Geruch. Besonders die Ringfinger hatten beim Nagelbett eine feine, intime Note. Es war ein Mysterium, das ihr bislang niemand hatte erklären können. Das Rätsel des Wohlgeruchs ihrer Finger. Allmählich drängten sich unkonzentrierte, von der Leine gelassene Gedanken in den Vordergrund. Olympische Sommerspiele im Fernsehen, ihr Vater reparierte eine Spielkonsole für ihren Bruder. Eine Katzenzunge war unglaublich lang, beim Gähnen klappte sie für eine Sekunde wie eine Fallbrücke heraus. Heroinschmuggel. Natalies letzter sinnvoller Gedanke, bevor sich ihr Bewusstsein endgültig in wohltuenden Unsinn auflöste, galt dem sonderbar milden, sonnigen Gesichtsausdruck von Herrn Dorm, als er sie gefragt hatte, ob sie schon etwas spüre. Dann Heiterkeit. Nirgends einordenbare Heiterkeit.

Am nächsten Morgen erwachte sie erst gegen neun Uhr. Sie hatte viel von Musik geträumt, auch das Lied von den zerbrochenen Flügeln war noch mal kurz aufgetaucht, aber den Wecker hatte sie verschlafen! Wann war sie vom Balkon zurück in ihr Bett gekrochen? Das iPhone lag in der Küche auf dem

Boden. So eine Unordnung! Sie fluchte, zog sich etwas über und lief auf den Balkon. Unten: leere Liegestühle. Verdammt! Sie rannte hinunter und schaute im Garten nach. Nein, er war nicht mehr da.

Natalie war enttäuscht. Sie beeilte sich, auf den nahen Bauernmarkt zu kommen, um sich Erdbeeren zu kaufen. Trostpflaster. Sie hätte im Garten schlafen sollen, neben ihm, dann hätten sie noch zusammen frühstücken können! Dummes, nutzloses Vieh. Auf dem Markt sperrte meist alles gegen halb zwölf zu. Sie hätte nie gedacht, dass man sich tatsächlich *enttäuscht beeilen* konnte, aber da, bitte. Ging alles. Ein alter Verkäufer, der einen putzig-melodiösen, ackerfurchigen Dialekt sprach, ließ sie sogar eine Erdbeere kosten, bevor sie bezahlte. Natalie bedankte sich bei ihm. Aber es war alles kein wirklicher Trost. Beim Bezahlen fiel ihr dann der Sonnenhut vom Kopf, und sie wurde, als sie sich nach ihm bückte, kurz vom Tod gestreift. Sie gab dem Verkäufer fast den doppelten Kaufpreis als Trinkgeld, damit die Seele entweichen konnte, und dann sah sie ein Kind mit einer Eistüte, die fast so groß war wie sein Kopf. Beim Verlassen des Marktes bemerkte sie ein Polizeiauto, das neben den Buden stand, aber es war leer und ruhte sich bloß in der Sonne aus. Als sie nach Hause kam, wollte sie die Erdbeeren in den Kühlschrank stellen. Dabei fiel ihr auf, dass der Kühlschrank leer war. Sie hätte schwören können, dass noch einige Dinge darin gewesen waren, Vanillejoghurts, mindestens drei, und auch Kartoffeln und außerdem die Gurken. Wo hatte sie die hingeräumt? Schwangeren-Diät. Dummes Vieh, dachte sie, wo hab ich nur meinen Kopf?

Spiegel

Eines Nachts, um drei Uhr früh, wurde Natalie von Bewegung und Unruhe im Zimmer geweckt, ein Poltern und Klopfen gegen den Boden und zwischendurch auch lautes Schaben an der Wand, als rutsche dort etwas ab. Sie versuchte, es zu ignorieren und wieder einzuschlafen, ihr Körper war getränkt von Schwerkraft und Müdigkeit, aber dann wurden die Geräusche beunruhigender und bekamen, je mehr sie Teil der Traumwelt wurden, eine beängstigende Dimension. Sie schreckte auf. Eine Umdrehung der Adrenalinkurbel, ihr Herz wurde schlagartig hellrot-wach, der Rest des Körpers folgte kurz danach. Sie machte Licht und sah nichts. Dann sah sie den Geist. Er war hinter einem der Vorhänge. Sie wollte schon aus dem Zimmer rennen – ihr Gehirn versuchte noch die Nummer des Notrufs zu finden, aber alles, woran sie denken konnte, war eine Melodie von ABBA, die ihr irr und endlos im Ohr herumschwirrte –, da hörte sie wieder das Geräusch. Es kam vom Vorhang und war ihr bekannt. Das Geräusch, das vier Pfoten machten, wenn sie auf dem Boden aufkamen.

Sie setzte sich aufs Bett, erleichtert.

– Was machst du denn für Unsinn, rief sie in Richtung des Katers.

Irgendwas stimmte nicht mit ihm. Er war in Aufregung, bewegte sich hin und her, schlug nach etwas. Sie konnte ihn nur zur Hälfte sehen, den Rest verdeckte der Vorhang.

– Dummes Ding, sagte sie.

Sie schnalzte mit der Zunge, meist reagierte er darauf. Aber dieses Mal hatte es nicht die geringste Wirkung. Also ging sie nachsehen, was ihn mitten in der Nacht umtrieb. Normalerweise war er ein braves Kind und schlief die Nacht durch.

Als sie den Vorhang wegzog, schien er zu erschrecken und machte einen Satz zur Seite. Auf dem Boden lag, halb zerfleddert und nur noch einflügelig, ein Nachtfalter. Er zappelte ein wenig.

Natalie seufzte.

– Dummes Ding, sagte sie, meinte aber diesmal das Insekt.

Der Kater schaute sie aufmerksam an. Sein Blick sagte: *Ist okay, wenn du damit spielen willst, wir können es zu zweit machen*. Er hält mich für ein Raubtier, dachte sie. Für ihn gibt es überhaupt keine andere Sichtweise. Bei den Riesenportionen Fleisch, die ich für ihn anschleppe.

Vielleicht lag es daran, dass sie gerade aufgestanden war, oder vielleicht an dem immer noch wirksamen Lexotanil, aber sie hatte auf einmal das starke Bedürfnis, das in zwei Hälften gerissene Faltertier wieder ganz zu machen. Ein Teil von ihr wusste, dass es Unsinn war, so etwas zu denken, aber ein anderer – darunter auch die Maus auf ihrer Schulter – war zumindest neugierig, was ihr dazu einfallen könnte. Sie schaute sich zuerst nach dem fehlenden Flügel um. Ein paar kleinere Fragmente meinte sie auf dem Fensterbrett zu entdecken. Aber sie fand keinen intakten Flügelteil, den sie … ja, was sollte man überhaupt machen, wenn man ihn gefunden hatte, ankleben? Sie erinnerte sich an einen unangenehmen Schultag, sie war nach vorne gerufen worden, dort wartete eine Zahnpastatube auf sie. Die Lehrerin sagte, sie solle die Zahnpasta auf einen Teller drücken. Natalie tat es, und die Klasse applaudierte. Da sagte die Lehrerin: Fein hast du das gemacht, Natalie, und jetzt tu sie wieder zurück in die Tube. Sie probierte ein wenig herum, aber schaffte es natürlich nicht. Die Klasse brach in Gelächter aus, und Finger deuteten auf sie. Sie war so doof, sie bekam nicht mal Zahnpasta zurück in die Tube! Die Lehrerin erklärte der johlenden Klasse daraufhin, dass es immer einfacher sei, etwas zu machen, als etwas rückgängig zu machen. Das sei immer so im Leben. Zum Beispiel im Sport oder in der Atomkraft. Nein, sie fand den scheiß Flügel nicht, verdammt. Ihr war schwindlig. Und der Kater kam schon wieder angeschlichen und wollte weiterspielen, aber sie drückte ihn zur Seite und hockte sich vor den Nachtfalter. Er zappelte kaum mehr. Dann fiel ihr ein, was sie tun konnte. Sie stand auf und ging zu ihrem Bett. Aus der Schublade ihres

Nachtkästchens nahm sie einen kleinen Spiegel und ging damit zurück zum halben Nachtfalter. Sie hielt die spiegelnde Fläche, die sofort neuen Raum herbeizauberte, ein kleines zusätzliches Weltchen, an das Insekt, sodass es wieder ganz war. Bloß hatte es jetzt zwei Köpfe. Natalie musste darüber lachen. Sie veränderte den Winkel des Spiegels, dabei rutschte er ihr aus den Fingern und fiel genau auf das Tier.

– Aaach, machte sie leise.

Das Schlafbedürfnis kam zurück. Ihre Glieder wurden schwer. Was zum Teufel tu ich hier. Sie hob den Spiegel hoch, wischte ihn am Vorhang ab und kroch zurück ins Bett. Das Licht ließ sie an. Nach einer Weile hörte sie, wie der Kater mit seinem Spiel weitermachte, allerdings weniger wild.

– Was kommst du denn auch zu uns!, rief sie mit schwerer Zunge in Richtung der beiden. Was kommst du ausgerechnet in dieses Haus hier, du blödes Ding. Elender Scheißfalter.

Sie hüllte sich in ihre Decke und versuchte zu schlafen. Gegen sechs Uhr dreißig begann im Garten ein Rasenmäher zu brummen. Kurz darauf wurde er von Presslufthämmern übertönt.

Natalie hatte wieder einen Ohrwurm, es war dieses komische Lied: *You are the dndndn beneath my wings.* Aber welches Wort sich hinter den drei Silben verbarg, wusste sie nicht, also fügte sie neue Wörter ein. *Therapist, Challenger, Fred Astaire, Nobel Prize.* Sie kam einfach nicht auf das richtige Wort, auch wenn ihr der Refrain seit Monaten durchs Gehirn wehte. Am schönsten wäre *You are the butterfly beneath my wings*, dachte sie. Aber das war's nicht.

Glücklicherweise hatte sie heute nicht viel zu tun. Sie musste im Grunde nur daneben stehen und achtgeben, dass nichts auf den Boden fiel. Die meiste Schminkarbeit erledigte Herr Dorm allein, er war ja recht geübt darin. Er trug auch nicht zu viel Make-up auf, denn der Tag war heiß, man würde schwitzen. Und seine Lippen waren von Natur aus recht dunkel, es war also gar nicht nötig, sie künstlich hervorzuheben.

– Warum ändert der Spiegel eigentlich links und rechts und nicht oben und unten?, fragte Natalie ihn.

Sie bemühte sich um einen möglichst heiteren, spielerischen Ton. Gleichzeitig zogen dunkle, schuldbewusste Bilder vorüber. Sie erinnerte sich nicht mehr so genau daran, was in der Nacht passiert war. Sie war übernächtigt und reizbar. Der Taschenspiegel war heute Morgen beim Fenster auf dem Boden gelegen, und sie hatte sich gedacht: *Jaja, natürlich, in einer solchen Situation. You are the little moth beneath my wings.*

– Hm?, machte Dorm.

– Schauen Sie mal auf Ihr Spiegelbild, sagte sie und stellte sich direkt hinter Dorm (automatisch fassten ihre Hände die Schiebegriffe seines Rollstuhls). Das, was bei Ihnen links ist, ist dort rechts. Der Körper ist –

– Spiegelverkehrt, jaja, sagte Herr Dorm etwas genervt. Es ist ein Spiegel, was soll sonst –

– Ach, entschuldigen Sie, sagte Natalie. Ist schon okay.

Ein äußerst dezenter *Eyeshadow*, aufgetragen mit Bewegungen, die so sanft waren, dass man mit ihnen vielleicht Gespenster hätte aufwecken können. Oder tote Insekten. Und das wenige Millimeter neben den nervösen Augäpfeln von Herrn Dorm. Sie hatten niemals Ruhe, bewegten sich immer ein wenig. Besonders dann, wenn sie keinen bestimmten Fokus hatten, war ihre Seismographennatur klar zu erkennen.

– Spiegelbilder sind komisch, oder?, versuchte Natalie die Stimmung zu heben.

– Mmh, machte Herr Dorm.

– Sie werden bestimmt wunderschön aussehen. Um wie viel Uhr kommt …?

– Zehn. Punkt zehn.

Herr Dorm lachte probeweise. Das Spiegelbild lachte zurück. Er drehte seinen Kopf, um die Krähenfüße neben seinen Augen zu studieren.

Natalie fühlte sich betrunken. Zu viel Betäubungsmittel, aber schlaflose Nacht.

Sie stellte sich vor, wie es wohl sein müsste, ein Spiegelbild zu sein. Man war seitenverkehrt, links war rechts und rechts war links, bloß die Mitte blieb gleich, und man trug alle Organe auf der falschen Seite. Es gab auch hier, in dieser Welt, Menschen, die innen vertauscht waren, und die lebten ganz gut. Aber ein Spiegelbild war doch etwas anderes, denn da war ja wirklich jedes Molekül gespiegelt, sogar die DNS-Stränge waren falsch herum gedreht. Könnten die überhaupt jemals an die DNS eines wirklichen Menschen andocken? Oder wie immer sich diese Stränge vermischten. Ein Spiegelbild-Mensch wäre hier in dieser Welt vielleicht gar nicht lebensfähig, da alles falsch herum mit ihm reagieren würde, nicht einmal die Wasserteilchen legten sich richtig an das, was … Ah, wo kam Wasser überhaupt hin? Direkt ins Blut, oder? Und wie war es mit den Sauerstoff-Molekülen? Nichts stimmte, es war alles verkehrt herum. Vielleicht würde das Spiegelbild sofort explodieren oder zumindest ersticken.

Natalie musste den Blick abwenden und auf den Boden schauen. Im Raum war es ganz still, bis auf die leisen, konzentrierten Geräusche des vorfreudigen Menschen im Rollstuhl.

Und doch war das Spiegelbild so nah. Es bewegte sich und ahnte nichts von dem absolut feindlichen Element, das wenige Millimeter von ihm entfernt existierte. Wir sind für das Spiegelbild das absolut Andere, eine Höllenvorstellung, gefährlich wie Antimaterie, dachte Natalie. Unser Universum wölbt sich sanft gegen die Silberoberfläche, wie der tonnenschwere Druck von Millionen Litern Wasser in einem Riesenaquarium.

– Sie sehen super aus, sagte Natalie.

– Dannng… (Herr Dorm vollendete den angedeuteten kleopatrahaften Gepardenfell-Strich neben seinem Auge). …ke.

– Oben und unten, links oder rechts, unser Spiegelbild sieht immer anders aus, finden Sie nicht?

– Mhm.

Jetzt kam das andere Auge dran.

– Ja, und, äh, man könnte auch sagen, dass man sich eigentlich überhaupt nie selber sieht, weil das Spiegelbild ja spiegelverkehrt ist. Zum Beispiel mein Gesicht, das ist total asymmetrisch.

– Ist mir aufgefallen, ja.

Arschloch, dachte Natalie.

– Na ja, so bin ich geboren, sagte sie. Kann man nichts machen. Aber kennen Sie das, wenn man sich selbst in einem Video sieht? Dass man da vollkommen anders aussieht als im Spiegel?

Herr Dorm seufzte.

– Nein, sagte er. Ich war noch nie in einem Video. Halten Sie mal.

Er drückte ihr eine kleine Dose in die Hand, justierte die Position seines Rollstuhls. Dann nahm er die Dose zurück, öffnete sie und roch daran.

– Ist das noch gut?

Er hielt Natalie das Make-up hin.

– Riecht in Ordnung, sagte sie.

Dabei hatte sie die Luft gar nicht eingesogen. Herr Dorm prüfte noch einmal den Geruch. Er schüttelte sich:

– Das riecht wie Pisse.

– Ehrlich? Finde ich nicht.

– Na ja, Sie tragen ja nie, aber wirklich NIE Make-up auf!, fauchte er, und ein Ruck ging durch den Rollstuhl. Deswegen haben Sie keine Ahnung!

Drei Sekunden warten. Dann woanders hinsehen. Eine ungefährliche Bewegung machen und das Ganze als normale Aussage abtun. Wind aus den Segeln nehmen.

– Ach ja, da haben Sie wahrscheinlich recht. Ich weiß wirklich nicht, wie es riechen soll.

– Das glaub ich einfach nicht! Das ist einfach … Ich meine, Sie sind doch eine Frau, angeblich! Sie müssen doch zumindest irgendwann … Ich, also. Ich will jemand anders, warum sind Sie überhaupt hier? Sie haben von nichts eine Ahnung, ah!

Er warf die Make-up-Dose gegen den Spiegel. Nicht so fest, dass dadurch etwas zu Bruch ging, aber Natalie machte einen Schritt zurück. Zwar korrigierte sie die reflexartige Bewegung gleich wieder, aber es war zu spät, er hatte gemerkt, dass er sie erschreckt hatte.

– Hol die Astrid, verdammt noch einmal!, brüllte Herr Dorm. Von nichts eine Ahnung! Es ist schon Viertel nach neun, und ich sitz hier herum mit verdorbenem Make-up. Und du stehst da wie ein … Mit deinen verschieden großen Hautsäcken! Was soll das überhaupt sein, dieser ganze Aufzug, hm? Was soll das darstellen, dieses –

Er fasste nach ihrer rechten Brust und krallte sich in den Hemdstoff.

– Herr Dorm –

– Das ist doch kein Outfit, das sind einfach nur –

Seine wütenden Finger fanden Natalies Unterarmhaut. Natalie sah auf einmal den Nachtfalter vor sich, verzweifelt und verwirrt und winzig klein und verloren –

– Aaaah!

Es war blitzschnell gegangen. Sie hatte seine Finger abgefangen und umgebogen, bis an den Punkt des allergrößten Schmerzes. Es war ein Griff, den sie eines Tages in der Volksschule entdeckt hatte. Sie wusste den Namen des Jungen noch. Zacharias Trenkwalder, acht Jahre alt, zwei überdehnte Sehnen, seitdem keine Schwierigkeiten mehr, nicht einmal ein leichtes Zupfen an ihren Stirnfransen und kein Gejohle wegen Zahnpasta-Natalie, nein, einfach Ruhe und ängstliche Blicke vom anderen Ende des Schulhofs.

Lass los, lass los, sofort! Sie ließ ihn los.

– Au, au!

Herr Dorm hielt sich die Hand, schaute sich entsetzt im Zimmer um, dann schrie er um Hilfe und nach der Polizei.

Natalie ging zur Tür und öffnete sie.

Dann blieb sie in sicherem Abstand zu ihrem Klienten stehen und begann zu sprechen:

– Es tut mir sehr leid, dass ich Ihnen wehgetan habe, Herr Dorm, das war nicht meine Absicht, wirklich, Sie haben mich einfach erschreckt, und Sie haben mir wehgetan, ich hole Ihnen sofort etwas Eis für die Finger –

Aber er hörte sie gar nicht, sondern brüllte um sein Leben.

– Hilfe! Aaah! Hilfe!

Er hielt seine Hand in die Höhe, als stünde sie in Flammen.

– Was ist passiert?

Astrid war im Korridor erschienen.

– Er hat mich angegriffen und gekratzt, berichtete Natalie in möglichst beherrschtem Ton. Weil sein Make-up ranzig ist und ich ihm keine große Hilfe war. Und ich habe seine Hand abgewehrt. Er hätte mich sonst –

– Sie hat sie mir gebrochen! Diese Wahnsinnige hat mir die Finger gebrochen!

– Nanana, machte Astrid und trat auf ihn zu.

Er streckte ihr die verletzte Hand entgegen wie ein Schüler eine fehlerhafte Rechenaufgabe, für die er sich schämt. Astrid nahm die Hand entgegen und begutachtete sie.

– Können Sie sie bewegen?

Herr Dorm atmete schnell und wand sich in seinem Rollstuhl.

– Können Sie die Hand bewegen, Herr Dorm?

Die Hand bewegte sich.

– Na, gebrochen ist sie nicht. Wo tut es denn am meisten weh?

– Überall!, krächzte er. Die ganze Hand ist tot! Ich fühle überhaupt nichts mehr.

Seine Stimme war vom Brüllen heiser geworden. Tränen liefen über sein Gesicht.

– Ich habe nur, begann Natalie.

Astrid streckte ihr, ohne sich von Herrn Dorm abzuwenden, eine Hand mit erhobenem Zeigefinger entgegen. Natalie verstummte. Jetzt erst wurde ihr klar, was sie getan hatte. Natürlich hätte das nie passieren dürfen. Und er hatte ihr noch nicht einmal *wirklich* wehgetan. Sie hatte sich nur erschreckt, das war alles. Eine Abwehrreaktion. Übernächtigt.

Sie entdeckte einen kleinen Punkt auf ihrem Hosenbein und wischte darüber.

Heute war nicht ihr Tag.

Alles in einem Betreuten Wohnheim war ritualisiert, auch das Eingestehen von Fehlern und das Entschuldigen. Natalie sah den Weg vor sich: Es würde eine Aussprache geben, dann natürlich eine Teamsitzung. Bei der Teamsitzung würden alle lieb und verständnisvoll zu ihr sein und sie gleichzeitig in einem intensiven, endlosen Tadel baden lassen, der sie fast in den Wahnsinn treiben würde. Schauprozess. Aber sie verdiente nichts anderes. Sie hatte versagt. Für einen Augenblick nur, aber das war schon genug. Sie hatte ihrem Bezugsklienten die Finger umgebogen.

Und dann hatte sie auch noch Nachtdienst heute.

Sie stand allein in der Betreuerküche und erwartete das Urteil. Warum habe ich das gemacht?, fragte sie sich immer wieder. So bin ich doch gar nicht. Er hat angefangen. Ich habe angefangen. Die Motte ist schuld, der Kater. Ich habe zu wenig geschlafen. Es ist ein sehr heißer Tag. Nur deshalb hab ich ihm die Finger. Außerdem hab ich mich erschreckt. Er wollte mich verletzen. Er war aggressiv. Er hat angefangen.

Nach einer Weile kam Astrid. Sie wirkte nicht böse oder wütend. Sie hielt ein zerknülltes Taschentuch in der Hand.

– Ist nicht so wild, sagte sie. Das mit seiner Hand.

Natalie atmete erleichtert aus.

– Es tut mir so leid, sagte sie, das wollte ich wirklich nicht, er ist nur so dumm hängen geblieben, ich wollte mich von seinem Griff befreien.

– Jajajaja, sagte Astrid und berührte sie mit einem Finger am Schlüsselbein.

Natalie verstummte.

– Du wirst dich bei ihm entschuldigen, sobald du Gelegenheit dazu hast. Am besten erst nach dem Besuch heute.

– Richtig, ja, der Besuch, sagte Natalie.

– Sie nehmen anders wahr, sagte Astrid. Auch wenn er im Unrecht war, wirst du dich bei ihm entschuldigen. Das ist dein Beruf, Natalie.

Natalie nickte. Sie traute sich nicht, ihre Chefin anzublicken.

Als Hollberg kam, hielt sich Natalie etwas abseits. Astrid stand auch dabei, wohl für den Fall, dass Dorm protestierte und eine andere Begleitung verlangte. Als Hollberg Natalie sah, winkte er fröhlich und rief:

– Frau Reinegger! Sie blühen mir vielleicht entgegen! Ganz rote Bäckchen hat sie.

Er kicherte.

– Kommen Sie, sagte er.

Astrid grüßte er mit einem knappen Nicken.

Dorm war eingefroren. Man sah ihm an, dass er zwischen widerstreitenden Empfindungen gefangen war, denn einerseits hatte Hollberg, der beste Mann der Welt, immer recht, andererseits war er noch beleidigt wegen der Attacke gegen sein Leben. Die Art, wie er seine Hand, die sich auf seinem Schoß zu einem verletzten Igel eingerollt hatte, immerzu streichelte und antippte, schnürte Natalie die Kehle zu. Diese enorme Fürsorglichkeit. Er tat ihr leid. Am liebsten hätte sie ihn umarmt.

– Natürlich, sagte sie. Ich gehe gern mit. Aber nur, wenn Herr Dorm mir verziehen hat. Ich hab ihm heute aus Versehen wehgetan. Die Hand …

Sie hielt ihre eigene in die Höhe.

Herr Hollberg schaute kurz verblüfft, dann schmunzelte er und wandte sich an Herrn Dorm:

– Und? Darf sie?

Blankes Entsetzen in Dorms Gesicht. So musste ein in einer engen Raumkapsel festgeschnallter Hund dreinblicken, wenn die Triebwerke der Rakete unter ihm gestartet wurden. Die Hitze, das Rütteln, die plötzliche Beschleunigung, zwei g, drei g, vier g.

– Also, Chris, ich weiß nicht.

– Ich habe mich schon bei ihm entschuldigt, sagte Natalie zu Herrn Hollberg. Es war wirklich keine Absicht.

– Dann kommen Sie mit, sagte Hollberg. Ganz einfach. Und wir feiern Versöhnung, wenn wir drüben am Gipfel sind. Wehgetan, haha. Großartig. Ich habe heute extra meine Wanderstiefel angezogen.

Er zeigte sie.
– Die sind toll, Chris, hauchte Herr Dorm. Total schön, wirklich.
– Waren auch ziemlich teuer.
– Sie passen dir wunderbar.

Herr Dorm schwitzte. Seine rechte Hand lag im Heilschlaf zwischen seinen Knien. Er streckte die andere nach seinem Angebeteten aus, und dieser berührte sie kurz mit einem Finger, tipp.
– Sei froh, dass es nur ein Unfall war, sagte Herr Hollberg. Was habt ihr denn gemacht?
– Oh, sagte Natalie. Es war wirklich nur ein Missverständnis. Die Zeit war knapp, und wir hatten ranziges Make... na ja, ein abgelaufenes Lebensmittel, und dann ... Ich habe nur seine Hand, so.

Sie zeigte es vor. Die Überdehnung.
– Aua, sagte Herr Hollberg. Das kenn ich, das tut scheiß weh. Aber es ist immer noch nichts gegen den Schmerz, wenn dir ein ausgewachsenes Auto über die Finger fährt. Oder wenn man dir mit einem Stiefel drüberlatscht, wie mit diesen hier.

Er stampfte einmal mit seinem rechten Bergstiefel auf.
– Das kann so wehtun, dass man einfach ohnmächtig wird. Ich denke, an der frischen Luft werden die Schmerzen bestimmt besser werden, was meinst du, Alex?

Es war das erste Mal, dass Natalie ihn diesen Namen verwenden hörte.

Herr Dorm schien davon nicht weniger beeindruckt als sie. Seine Miene entspannte sich sofort, er blickte sich um, nickte tapfer und sagte:
– Ja, jaja, natürlich. Sicher, Chris, es wird sofort besser, wenn die Hand nur ein bisschen an die, an die frische Luft. Ja. Muss nur bisschen verschnaufen, die Hand.

Und er hielt sie hoch. Die gleiche Geste, die Indianer im Film machen, wenn sie etwas bei ihrer Seele schwören.
– Na also, geht doch schon viel leichter, sagte Herr Hollberg. Dann Abmarsch, meine Damen!

Er schob den Rollstuhl, Natalie folgte ihm. Durch einen Griff an ihre Seitentasche vergewisserte sie sich, dass sie ihr iPhone dabeihatte. Ja, alles da.

Es war ein heißer Tag. Und trotzdem Wanderstiefel. Natalie streifte ihre Hemdärmel nach oben. Zwei kleine Kratzspuren, fast unsichtbar. Schuldbewusst strich sie darüber, während die beiden Männer vor ihr ein Gespräch über die Farbe von Schuhen begannen.

Grand Mal

Entlang des Wanderwegs gab es einige öffentliche Toiletten, kleine, orangefarbene Häuschen, vom massiven Logo der Herstellerfirma Lichtenberg überzogen. Als sie an einer vorbeikamen, klagte Dorm über Bauchschmerzen. Dies bedeutete, dass er vermutlich Durchfall hatte. Manchmal verwendete er einen Code, den selbst Natalie verstand. Sie half ihm, indem sie für ihn die Tür aufmachte und ihm die Hose herunterstreifte. Sie konnte seinen geballten Hass fühlen, aber da er auf ihre Hilfe angewiesen war, sagte er nichts.

Als sie aus dem Toilettenhäuschen trat, applaudierte Hollberg lautlos. Er zeigte Daumen-hoch.

– Er ruft mich, wenn er fertig ist, sagte sie.

Sie nahmen wieder dieselbe Haltung ein wie damals, als Dorm vor dem Baum gestanden war, elternhaftes Nebeneinander.

– Eins a, sagte Herr Hollberg. Ihre Vorgängerinnen haben das oft überhaupt nicht begriffen. Da gab's Szenen, du liebe Zeit.

– Ach ja? Meine Vorgängerinnen. Wie waren die denn so?

– Oh, sagte Herr Hollberg. Da gibt es eigentlich nicht viel zu erzählen. Aber eines würde mich interessieren. Wann war eigentlich Ihr letzter Anfall?

Es war gut, dass er ihr Gesicht nicht sehen konnte. Denn die Überraschung konnte sie schwer verbergen. Sie musste natürlich so tun, als wäre nichts ungewöhnlich an der Frage, als wüsste alle Welt von ihrer Epilepsie.

– Oh, sagte sie, das ist schon lange her. Gut zehn, elf Jahre. Ja, elf. Nein, eigentlich fast schon zwölf.

Herr Hollberg nickte.

– Stell ich mir extrem anstrengend vor.

– Ach, na ja – hlm!

Ein kurzes Aufstoßen. Sie wartete, ob daraus ein Schluckauf werden würde. Aber nein, es blieb bei dem einen Mal. Ihr Zwerchfell blieb ruhig. Irgendein weit entfernter Mensch hatte offenbar an sie gedacht und war im selben Augenblick daran gestorben.

– Wie fühlt sich das an, so ein Grand-Mal-Anfall?

Astrid wird es ihm erzählt haben. Ja, natürlich, wer sonst. Vielleicht revanchierte er sich bei ihr für die Erwähnung seiner verstorbenen Frau, damals, beim ersten Ausflug.

– Schwer zu erklären, sagte Natalie. Unangenehm, auf jeden Fall.

– Ja, klar. Die Hölle auf Erden, oder? Keine Kontrolle mehr über das eigene Gehirn, eine innere Explosion, alles zerfällt. Man macht sich in die Hose, man beißt sich in die Zunge. Wie's so schön heißt: *Things fall apart.*

– Ich kann es leider nicht beschreiben.

– Weil es natürlich keine Sprache gibt in dem Moment, bestätigte Herr Hollberg, fachmännisch nickend. Das ist ein unbetretbarer Raum. Der gehört nur Ihnen, in gewisser Weise. Sie haben die Erinnerung daran, aber niemand sonst kann da mit hinein, niemand kann dasselbe erleben.

Ich könnte dir Insulin spritzen, dachte Natalie, dann könntest du's.

– Ja, wahrscheinlich.

Sie schaute noch einmal auf die Uhr. Herr Dorm ließ sich überraschend lange Zeit. Bestimmt war er noch böse auf sie und versuchte, alles selbst zu machen, auch die schwierigeren Handgriffe.

– Soll ich mal nach ihm sehen?, fragte sie.

Herr Hollberg hob die Hand.

– Nein, der kann das schon allein.

Natalie schaute noch einmal auf die Uhr.

– Schon fast Mittag, sagte sie.

Wieder kehrte Stille ein.

– Ich stell mir das wirklich ganz, ganz existenziell vor, so einen Grand-Mal-Anfall, sagte Herr Hollberg. Und die Aura davor. Oh, was ist mit Ihnen?

Er starrte sie entsetzt an.

– Entschuldigung, ich hab nur gegähnt.

– Oh, sagte er. Oh, natürlich, hahaha, tut mir leid, ich hab mich nur erschreckt, weil Sie sich so. Ich hab gedacht, es geht schon los mit dem Anfall!

Zur Untermalung dessen, was er sich vorgestellt hatte, verkrampfte er sich kurz und sperrte den Mund auf wie ein spastisch gelähmtes Kind.

– Mir geht's gut, sagte Natalie.

– Gott sei Dank, sagte Herr Hollberg.

Dann fügte er leiser und in etwas wärmerer, anerkennender Stimmlage hinzu:

– Wehgetan haben Sie ihm. Ts.

Die Auren selbst waren bei ihr früher eher kurz gewesen. Für einige Minuten war es *um-sie-herum*. Und es blieb *um-sie-herum*, und sie musste sich hinlegen, und dann wurde sie fortgerissen und wusste nichts mehr. Wenn sie erklären sollte, wie es sich anfühlte, fiel ihr nur eines ein: wie sie dabei von außen aussah. Was ihr Gedächtnis anging, existierte sie während des Anfalls nicht, erst danach kamen die Welt und der reiche Schatz an Trivial-Pursuit-Antworten, aus denen ein Mensch besteht, zurück in ihren Kopf. Aber vom Anfall selbst konnte sie nur berichten, wie sie dabei *aussah*. Und dieses Wissen verdankte sie Karl. Er hatte sie einmal gefilmt, zu Weihnachten. Seit dem Tag hatte sie endlich eine Antwort auf die dämliche Frage: Und, wie fühlt sich so ein Anfall an? Sie beschrieb ihr eigenes Gesicht, wie sie es im Video gesehen hatte. Besser konnte man es nicht erklären. Ihr verwirrter, erschreckter kleiner Kopf. Die Hand ihrer Mutter auf ihrer Brust. Unter ihr die Epi-Decke, das Muster. Der sabbernde Mund, die kraftlosen Finger. Ein Wesen, für das alles ringsum unverständlich war. Eine Art menschlicher Fisch, der an Land gezogen worden war und zu atmen versuchte. Blut im Mundwinkel. Als Karl ihr sein kleines Homevideo zum ersten Mal gezeigt hatte, hatte sie die Idiotin auf dem Bildschirm sofort abstoßend gefunden, ich bin ein überflüssiger Gegenstand, hatte sie gedacht und den gleichen rätselhaften Hass verspürt wie gegenüber den Heimkindern in der Dokumentation, die eines

Nachmittags im Vorweihnachtsprogramm des ORF lief: Ein Bericht über ein rumänisches Waisenhaus, in dem schrecklich verdrehte und verquollene Kinder lebten. Ein paar Burschen schoben eine Karre durch den Garten, in der ein kleines Mädchen lag, das nicht ohne Hilfe gehen konnte. In einer anderen Einstellung sah man ein paar Kinder, die mit Eiswürfeln (erzeugt von der neuen Kühlmaschine, die die österreichischen Journalisten mitgebracht hatten) auf die von der Sonne heiße Hofmauer des Gebäudes Wörter schrieben, die schnell wieder verdampften. Natalie hatte auf Untertitel gewartet, die diese kurzlebigen rumänischen Wörter übersetzten, aber es kamen keine. Das war alles, was sie als Antwort zur Verfügung hatte, wenn sie jemand fragte: Wie fühlt es sich an?

Ein Geräusch drang aus dem Lichtenberg-Häuschen, aber kein Ruf, keine Stimme. Er bestraft mich, dachte Natalie.

– Sie haben nicht zufällig, sagte Herr Hollberg. Ah, da ist es.

Er hatte das Feuerzeug in seiner Tasche gefunden und zündete sich eine Zigarette an. Er hatte eine merkwürdige Art, die Flamme vor Zugluft zu schützen, machte dabei kleine Knetbewegungen mit der hohlen Hand.

– Sie sollten ihm keine Zigarren geben, sagte er und blies den Rauch aus.

– Bitte?

– Na ja, es ist besser für ihn, wenn er ohne solche Genussmittel, nein, ohne solche kleinen *Süchte* … Ich meine, Sie wissen, was sein Problem ist, oder?

Natalie schüttelte den Kopf.

– Ich weiß nicht, was Sie meinen, ehrlich.

– Die Zigarre, sagte Herr Hollberg. Sie sollten das nicht tun. Ehrlich.

Sein *ehrlich* war ein direktes Echo auf ihres gewesen, verdeutlicht durch eine kleine, angriffslustige Pause vor dem Wort.

– Ich hab ihm nie eine Zigarre gegeben.

Herr Hollberg malte mit seinem Zeigefinger einen Strich in die Luft.

– Nein, nein, sagte er, kein Grund zu … Sie müssen nicht so tun, als hätten Sie nicht. Es hat ja keine Konsequenzen. Ist nicht mal eine Kritik, nur eine Anmerkung.
– Okay, sagte Natalie. Aber ich habe wirklich nicht …
Sie hob die Achseln, vielleicht etwas zu deutlich.
– Ach, jetzt hab ich Ihnen Angst gemacht, sagte Herr Hollberg mit einem kopfschüttelnden Lachen. Das ist überhaupt nicht nötig, wissen Sie. Er hat diese Probleme mit Fixationen, ja? Oder Fixierungen. Wie immer das Wort heißt. Er fixiert sich auf Sachen. Und ich weiß nicht, ob Sie selber Zigarren rauchen, aber … Es ist eine Angelegenheit mit vielen Feinheiten. Der Geschmack, die Art, wie sie gerollt wurde. Die innere Konsistenz, das Zeppelingefühl im eigenen Mund. Das ganze Ritual ist sehr, ja, wie soll man sagen, empfänglich für viele winzig kleine Überlegungen. Für Kennerschaft. Verstehen Sie? Keine zwei Zigarren gleichen einander. Haben Sie gewusst, dass es sogar schwarze Zigarren gibt? Die sind völlig schwarz. Sehen aus wie verkohlt. Wie aus der Wirklichkeit wegretuschiert. Aber sie sind eben nie *wirklich* vollkommen schwarz, es gibt immer winzige Abweichungen. Und genau auf diese Abweichungen kann man sich kaprizieren.
– Okay, nickte Natalie. Das mag sein, trotzdem habe ich –
– Nehmen wir an, unterbrach sie Herr Hollberg, nehmen wir nur für einen Augenblick an, er käme eines Tages dahinter, wie wunderbar der Genuss einer Zigarre ist, ja? Nehmen wir das einmal an. Und er verlangt jeden Tag danach, und bald kann er, weil ihn die Zigarren, ihre Gestalt, ihre immer irgendwie versprochene, aber eben nie ganz eingehaltene Perfektion und natürlich ihr Geschmack zu sehr beschäftigen, überhaupt nichts mehr zu sich nehmen. Er wird immer dünner und, kurz: Es ist nicht gut, ihn mit solchen Dingen allein zu lassen. Er kann so wenig, aber das Wenige, was er kann … Ich würde es außerdem ungern sehen, wenn er diese Blasen auf der Lippe hätte und so weiter. Auch die Gefahr von Kieferkrebs.
– Ja, also, ich werde das so weitergeben. Wer immer ihm eine Zigarre …

– Ts, machte Herr Hollberg.

Er schüttelte den Kopf, rauchte, klopfte die Asche ab.

Natalie sah einen Vogel auf einem Ast landen. Der Ast befand sich direkt über dem Toilettenhäuschen.

– Ich muss mich entschuldigen, sagte Herr Hollberg plötzlich. Mein Fehler. Wieso bin ich nur davon ausgegangen, dass Sie ihm die Zigarre gegeben haben? So was Dummes! Natürlich waren das nicht Sie! Das ist wirklich unverzeihlich, also, ich hoffe, Sie sind mir nicht böse, Frau ... Es ist, es ist wirklich komisch, wie man sich manchmal selbst in die Irre führen kann. Bitte entschuldigen Sie!

Er hielt ihr seine Hand hin. Natalie griff nach ihr, und sie drückten ein wenig.

– In aller Form, sagte Herr Hollberg. Manchmal weiß ich wirklich nicht, wo meine Gedanken sind. Und natürlich meine Erziehung, haha.

Es war merkwürdig, aber er sah in diesem Augenblick sehr glücklich und gelöst aus. Und nachdem er Natalies Hand losgelassen hatte, atmete er auch noch einmal tief ein und aus, als wäre die Luft hier vor dem Toilettenhäuschen besonders frisch.

– Kein Problem, murmelte Natalie.

– Ich und der große Kreisverkehr in meinem Hirn, lachte Herr Hollberg.

Stille.

– Er schafft das echt allein, sagte Herr Hollberg. Im Grunde kann er ja alles, absolut alles. Wenn er will. Einmal hat er bei uns zum Küchenfenster hereingeschaut. Jemand hat ihn hochgehoben, mitsamt dem Rollstuhl, drei Leute auf der Straße, die er kurzerhand überzeugt hat. Er braucht uns alle in Wahrheit gar nicht. Wir machen es ihm nur angenehmer, mit uns geht es leichter. Aber er ist in Wirklichkeit, na ja, wie soll man sagen. In Wirklichkeit ist er ...

Herr Hollberg warf seine Zigarette auf die Erde, trat sie aus.

Dorm rief nach ihr. Als Natalie die Tür aufmachte, saß er fertig angezogen da, auf dem zugeklappten Toilettendeckel. Es war alles erledigt, er musste nur noch zurück in den Rollstuhl geschafft werden.

– Oh, Herr Dorm, sagte sie. Sie haben ja alles … Wunderbar.

– Ja, sagte er und hob seine Arme, damit sie ihn unterfassen konnte.

Herr Hollberg applaudierte ihm. Oder ihnen beiden.

– Hahaha, Chris, sagte Dorm, als er wieder im Rollstuhl saß.

– Superman, Superman!, sang Herr Hollberg.

Der Wanderausflug konnte weitergehen.

– Der Polster ist zu warm!

Er hielt ihn ihr hin. Natalie nahm den Polster und schüttelte ihn ein wenig.

– Er muss kühl sein. Wie die Decke hier.

– Ich kann ihn neu beziehen –

– Das Leintuch auch, es ist immer kühl. Nur der Kopfpolster nicht. Der ist warm. Warum ist das so?

Natalie suchte im Schrank nach einem neuen Überzug.

– Warum kann nicht alles gleich kühl sein, sagte Alexander Dorm leise.

Im Schrank fand sich kein neuer Überzug, also entfernte Natalie einfach den alten und zog ihn noch einmal über den Polster. Wenn er den Schwindel bemerkte, würde ihr schon irgendeine Ausrede einfallen.

– Alles gleich kühl.

– Ja, warme Polster mag niemand, sagte sie.

Sie konnte ihn ja verstehen. Als Kind hatte sie sogar ein eigenes Wort für die Bewegungen ihrer Glieder in kühlen Bettlaken gehabt. Und auch für diese kleinen Korrektur-Zuckungen von einer inzwischen angewärmten Stelle zu einer noch unberührten. Das Ausruhen nach dem Anfall. Irgendwann wird wieder ein Grand Mal kommen. Vielleicht in zehn, vielleicht in zwanzig Jahren. Vielleicht morgen. Oder nein, er wird nicht mehr kommen. Nie mehr.

– So, voilà. Grand Mal.

– Was?

– Äh, der Polster, kühl und weich, für Sie.

Dorm streckte die Hand aus.

– Danke.

Er legte sich hin.

– Besser?

– Ja.

– Was sagen Sie, Herr Dorm, möchten Sie jetzt meine Entschuldigung annehmen? Wollen wir uns wieder vertragen? Es war doch ein sehr schöner Tag heute. Eine schöne, lange Wanderpartie.

Er schaute sie an.

Dann winkte er ihr, sie solle hinausgehen.

In dieser Nacht saß Natalie bei Herrn Zunegg. Er lag schnarchend, mit spaltweit offenem Mund und aufgesperrten Augenlidern, seitlich auf seinem Polster und wirkte, wenn man den Gesichtsausdruck ignorierte, eigentlich recht friedlich. Natalie brachte es lange nicht über sich, etwas zu sagen. Sehr vorsichtig nahm sie seine Hand in ihre und streichelte sie. Zwischendurch hörte das Schnarchen auf, und Herr Zunegg lag da wie tot. Natalie musste sich über seinen Mund neigen, um den Atem zu hören. Schließlich zündete sie eine von Herrn Zuneggs Zigaretten an (sie lagen – man musste die Konsequenz des Mannes bewundern – im Bad direkt neben seinem Zahnputzbecher) und klemmte sie ihm zwischen die Lippen, sodass sie in der Dunkelheit des Zimmers einfach und bequem am schwachen Erglühen der Zigarettenspitze ablesen konnte, dass er atmete. Dann ging sie mit ihm den anstrengenden Tag durch, Schritt für Schritt. Nach einer Weile konnte sie ein bisschen weinen. Ich will Menschen ja nicht wehtun. Es tut mir leid, wirklich. Wie ein Fisch auf dem Markt lag Herr Zunegg da und starrte zur Decke. Gegen Mitternacht kehrte Natalie, einigermaßen erfrischt, ins Nachtdienstkämmerchen zurück.

Frank und das Heizungsventil

Die Kratzer auf ihrem Arm blieben ein paar Tage sichtbar. Aber es waren immerhin recht erholsame Tage: kein Hollberg-Besuch, Mike schlief gut, viele Live-Sendungen am Abend. Und der Zivi versäumte seinen Wochenenddienst, weil er einen Hitzschlag hatte, hihi. Natalie hatte ihn, weil er ihr mit Erzählungen über Drogen auf die Nerven gegangen war, am Freitag draußen in der prallen Sonne arbeiten lassen. Am Ende war er beinahe von der Leiter gefallen. Im Souterrain hatte sie einige schöne Begegnungen. Dann verputzte sie an einem Abend zwei ganze Schachteln Kekse und musste sich übergeben. Der Kater legte ihr, als Trostgeschenk, einen winzigen toten Vogel vor die Tür. Natalie stieg auf die Waage im Badezimmer und erschrak, als sie ein Kilo weniger zeigte. Grenzwertig. Als wäre sie ein Geigerzähler, der einen gefährlichen Strahlungswert anzeigt, mied sie die Waage in den darauffolgenden Tagen.

– Ach das?, sagte Natalie und blickte auf die Kratzer an ihrem Unterarm. Nur der Kater.
– Mmmh, machte Frank. Kenn ich. Ich hatte früher so ein Siamding. Diese Ofenrohrkatzen. Die mit dem Gesicht, weißt du?
– Ja.
– Die sind so gezüchtet, dass sie Menschen beruhigend finden. Oder irgendwie so. Keine Ahnung, wie die das hinkriegen. Ich meine, die können echt alles herauszüchten aus einem Tier, inzwischen. Genetisch. Die können machen, dass eine Katze Wasser mag, aber nur stehende Gewässer. Das heißt, die schwimmen dann gern in Teichen und in Pools, aber lassen die Finger von Bächen oder Flüssen. Das ist natürlich ideal. Aber die kosten viel.
– Stehende Gewässer, sagte Natalie. Ich kann nicht schwimmen.
– Doch, sicher kannst du. Jeder kann schwimmen.

– Nein, ich kann es nicht. Zumindest nicht wirklich. Ich geh nicht unter. Aber ich kann dieses Kraulen nicht.

– Kafka, sagte Frank.

– Was?

– Ah, nichts. Ich wollte nur sagen, es gibt viele berühmte Leute, die spät schwimmen gelernt haben.

Es wäre jetzt gut, irgendwas im Mund zu haben, dachte Natalie. Eine Schokozigarette. Oder einen Eislutscher. Jedenfalls irgendwas mit Stiel. Es war einfach die Art von Gespräch.

– Ich bin nicht berühmt, sagte Natalie.

– Doch, total, sagte Frank. Die Leute fragen oft nach dir. Lothar zum Beispiel. Und der komische Typ. Boris oder so.

– Ah, sagte Natalie.

Frank jonglierte für ein, zwei Sekunden mit drei Eiswürfeln, dann fing er sie auf und tat so, als wäre nichts gewesen.

– Haben die Eiswürfel da gerade Sinn ergeben?, fragte Natalie. Jetzt sind sie wieder sinnlos und dumm, dööööh. Aber für einen Moment.

– Nein, sagte Frank. Die waren immer gleich blöd.

Er hielt einen Eiswürfel hoch, zum Beweis.

– Gott, diese Hitze, sagte er. Willst du was trinken? Ich mach dir was.

– Nein danke, sagte Natalie. Vom Trinken muss ich nur wieder schwitzen. Aber ein Joghurt wäre ganz gut. Meine zuhause hab ich irgendwie verloren. Hast du so was?

Frank stiefelte sofort los und schaute im Kühlschrank nach. Er summte dabei irgendeinen Melodiefetzen, der Natalie entfernt bekannt vorkam.

– Nein, sagte er. Welches hättest du haben wollen?

– Hm, sagte Natalie. Weiß nicht. Vanille mag ich gern.

– Oh, ich auch, sagte Frank. Vanille. Ist schwer in Ordnung. Als Geschmacksrichtung, meine ich.

Er lachte über seine alberne Formulierung.

– Aber erzähl mir noch mal, sagte er. Wie war das, er hat bei dir übernachtet?

Natalie nickte stolz:

– Unten im Garten. Ich oben auf dem Balkon. Aber es war eindeutig eine Verbindung da.

Frank blickte zu Boden. Er sang, leise:

– Heyamamama, heyamamama …

Dann fluchte er, gab sich eine Ohrfeige und sagte:

– Scheiß Ohrwurm!

– He, sagte Natalie, nicht draufhauen, da weiß ich ein besseres Gegenmittel.

Frank ließ seine Stirnfransen los.

– Was? Oh, ach so. Nein, ich brauch kein Gegenmittel. Ich hab's ja verdient. Bin absolut selber schuld. Ich hab was ganz Dummes gemacht.

– Was denn?

Frank schaute sie an. Dann winkte er ab:

– Naah, sagte er, da verlierst du nur das Vertrauen zu mir.

– Erzähl, sagte Natalie.

Vertrauen, dachte sie und stellte sich einen riesengroßen Zeppelin vor, der brennend in ein Feld mit Apfelbäumen raste.

– Ich hab so einen Tick, sagte Frank. Den hatte ich eigentlich schon lang unter Kontrolle. Ich geh manchmal Leuten nach.

– Und?

– Auf der Straße, zum Beispiel. Einfach so. Folgen.

– Das tun doch alle, sagte Natalie.

– Aber gestern bin ich einer nachgegangen, und die ist in so ein Ledergeschäft gegangen. Also so Latex-Zeug. Zum Anziehen. Oder was weiß ich. Jedenfalls diese SM-Sachen. Und dann war ich da in der Umkleidekabine und –

– Oh, okay, ich will den Rest lieber doch nicht –

– Nein, nein, nicht das, sagte Frank.

Um seinen Mund war ein frecher Zug.

– Nicht das, wiederholte er. Ich hab mich da einfach hingesetzt, um mich zu beruhigen. Und das hat funktioniert. Das war alles. Da in der Umkleidekabine in dem Latex-Laden, Gott, da hat es so seltsam gerochen. Also nicht nur in der Umkleidekabine, sondern überall. So ein strenger, steriler Geruch.

Na, egal. Jedenfalls war ich da echt friedlich und ... Es war einfach schön. Ganz ruhig. Da klopft natürlich nie wer an. Ist ja nur so ein Vorhang-Dings davor. Und man hat seine Ruhe.

Auch jetzt war es still.

– Und das war die Geschichte?, fragte Natalie.

– In gewisser Weise, sagte Frank.

– Also, dafür hast du noch keinen Ohrwurm verdient.

Frank lachte verlegen:

– Jetzt denkst du, ich bin total daneben, oder?

– Nein, sagte Natalie.

Frank setzte sich zu ihr.

– Du bist echt okay, weißt du das?, sagte er. Ich meine, ich freu mich immer, wenn du da bist. Ich fühl mich total frei neben dir. Du hast genau die richtige Einstellung.

Natalie schaute sich um.

– Kommt er eigentlich öfter vorbei hier? Ich meine, wenn ich nicht da bin.

– Hä? Oh, dein ... Ah, ich weiß nicht. Nein. Keine Ahnung.

– Er war richtig nett, sagte Natalie. Ungeheuer höflich. Bloß etwas scheu.

– Ja, das ist er.

– Also ist er öfter da?

– Nein, ich meine, er wirkte so. Damals. Ich hab ihn vielleicht nur ein paar Mal gesehen, glaub ich. Ich protokolliere da innerlich nicht mit.

Eine Pause entstand. Natalie schaute auf die Uhr. Vermutlich war es besser, wenn sie jetzt nach Hause ging.

– Hey, ich wollte dir noch was zeigen, sagte Frank.

– Was denn?

– Komm.

Er bedeutete ihr, ihm zu folgen.

Dies hier, erklärte Frank, sei der Grund gewesen für die dauernden Heizungsausfälle letzten Winter. Hier, dieses Ventil. Das müsse man aufdrehen, um die alten Radiatoren zu entlüften. Wenn das nicht geschehe, werde die Heizung zwar nach einiger Zeit ein wenig warm, aber komme nie über diesen geringen Temperaturwert hinaus. Deshalb habe er sich auf die Suche gemacht nach dem richtigen Schlüssel für dieses Ventil hier. Er berührte es ein zweites Mal, feierlich. So eines gebe es an jedem einzelnen Radiator im Souterrain. Aber er habe noch nie den Schlüssel dazu gesehen. Der Eulemann habe ihm schließlich weiterhelfen können. Der Schlüssel habe sich auftreiben lassen und sei – Frank zeigte beide Hälften – schon beim ersten vorsichtigen Aufschraubversuch entzweigebrochen. So. Butterweiches Ding. Also habe er auf seine Erfindungsgabe zurückgreifen müssen. Und das Ergebnis sei schließlich das hier gewesen.

– Wow, sagte Natalie, die längst ausgestiegen war.

– Damit lässt sich dieses kaputte Teil hier nehmen und diese kleinen, siehst du, da, diese Rillen, die beim Bruch zufällig entstanden sind? Die waren sogar von Vorteil. Hier haben sie sich eingehakt, und da. Deshalb bin ich auch so stolz auf meine Erfindung. Sie hat sich als klüger als ihr Erfinder herausgestellt! Damit hat es funktioniert, ich hab die Ventile aufgeschraubt, und die Radiatoren haben auf voller Stufe geheizt.

– Und so bekam der Leopard seine Streifen, sagte Natalie und klatschte in die Hände.

– Ich bin super, oder?

– Du bist der Beste, sagte Natalie.

Frank fasste sie um die Hüfte und drückte sie an sich. Zuerst erschrak Natalie, aber dann verstand sie, dass Frank nur einen kurzen Tanz hatte andeuten wollen. Ein generisches Hin und Her, für ein paar Sekunden, am Ende schenkte sie ihm sogar eine Pirouette. Er verbeugte sich. Sie zwickte sich schnell in die Stelle an ihrer Flanke, über die seine Hand beim Loslassen gestrichen hatte, um das ungute Kribbeln zu neutralisieren.

– Ich hab es im Grunde nicht verstanden, sagte sie. Aber es ist trotzdem ganz toll.

– Danke schön.

Frank war sehr stolz auf seine Bastelarbeit.

– Allerdings hab ich es nicht deshalb nicht verstanden, weil es zu kompliziert war, sagte Natalie. Sondern weil die Erklärung todlangweilig war.

– Ah, das sagst du doch nur, winkte Frank geschmeichelt ab.

– Nein, wirklich, sagte Natalie. Ich bin schon beim ersten Satz voll ausgestiegen und hab für den Rest der Zeit einfach im Geist Städte zerbombt, die ich nicht mag. Seelentötend langweilig!

– Och, ich werd noch ganz rot, sagte Frank.

– Wien, Rom, alles in Schutt und Asche.

Frank fasste noch einmal nach Natalie, und diesmal war es eine etwas langsamere und weniger aus plötzlichem Tanzbedürfnis geborene Bewegung, aber sie entkam ihm, wehrte ihn ab. Seine Hand kehrte schnell wieder an seinen Körper zurück. Um ihm zu zeigen, dass er es kein weiteres Mal versuchen sollte, hielt sie ihre Faust für einige Sekunden an ihre Wange gedrückt. So als habe er ihr Angst eingejagt, aber sie empfinde zu viel Freundschaft für ihn, um ihm das zu zeigen.

Es wirkte.

– Äh, ja also, sagte er. Jedenfalls ist es dann wieder warm. Im Herbst und im Winter.

– In der kalten Jahreszeit, sagte Natalie.

Sie standen da. Frank spielte mit seiner Erfindung. War das der Griff einer Zahnbürste?, fragte sich Natalie. Zuzutrauen war es ihm. Aber, hey, er hatte es geschafft, Heizung ging wieder, Haus war zufrieden. Dreimal hurra für ihn. Der Herbst konnte kommen.

– Ich geh dann, sagte sie.

– Natürlich, ja. Ich meine, okay, dann.

Er salutierte albern und ging davon. Natalie verließ das Souterrain durch die Hintertür.

Ein Kopf im Küchenfenster

Der Zivi hatte sich erholt und kam wieder zur Arbeit. Franks Reparatur der Heizung hatte Natalie auf die Idee gebracht, den Zivi alle Radiatoren im Gebäude entlüften zu lassen. Natürlich protestierte er und wurde bleich, spielte an seinen ständig fettigen langen Haaren herum und fragte, ob das wirklich sein müsse, mitten im Sommer. Natalie erklärte ihm, jawohl, es müsse sein, denn im Winter sei es dann zu spät. Man müsse vorausdenken. Am Vormittag hatte sich Herr Hollberg für einen kurzen Besuch angekündigt. Er brachte Dorm ein Geschenk mit, ein Buch über UFOs.

– Das ist faszinierend, sagte er.

– UFOs?, fragte Natalie.

– Nein, ich meine, es hat zwei Jahre gedauert, bis er Geschenke von mir angenommen hat. Zwei Jahre. Vorher hat er sich immer bedankt, aber er hatte Angst davor.

Natalie schaute die beiden Männer mit einem, wie sie hoffte, freundlichen Ausdruck an.

– Zwei Jahre, wiederholte Herr Hollberg. Das ist eine ziemlich lange Zeit.

– Danke, sagte Alexander Dorm sehr leise.

Er schien überwältigt, ergriffen. Er wog das UFO-Buch in seinen Händen, drehte es ein wenig, schlug es auf, strich über die glänzenden Fotoseiten.

– Da stehen einige neue Dinge über Roswell drin, erklärte Herr Hollberg. Die neuesten Dings, ach, was weiß ich. Das Neueste halt.

Er sprach jetzt in einem etwas veränderten Tonfall, ein wenig so, wie man mit Kindern spricht. Aber nicht ganz, etwas anderes schwang mit. Freude.

– Danke, Chris, das ist wirklich toll.

Alexander Dorm blickte zu ihm auf, madonnenhaft beleuchtet von dem Licht, das durch die hohen Bäume vor der Villa fiel, sein blonder Millimeterhaarschnitt-Halo, seine langen

Wimpern. Die durch zu viel Make-up pudrig und gipsern wirkende Haut der Wangen. Natalie spielte in Gedanken die Möglichkeit durch, diese Szene schön zu finden.

– Ja, da steht alles drin, sagte Hollberg. Wie das gekommen ist und was alles vertuscht wurde. Von Seiten der Regierung.

Ja, es lag tatsächlich eine unterdrückte Freude in seiner Stimme, alle paar Sekunden hatte sie etwas Glucksendes, ein Hochstoßen der Luft im Hals, merkwürdig. Herr Dorm gab sich offensichtlich Mühe, nicht zu weinen. Er war gerührt, aufrichtig und ernsthaft, das hier war ein wichtiger Augenblick in seinem Leben. *Code. Arrangement.* Es vibrierte an Natalies Beckenknochen, aber sie ignorierte es. Sie konnte jetzt nicht telefonieren.

– Hab ich mir gedacht, dass ihm das gefällt, sagte Herr Hollberg. Ist er Ihnen eigentlich noch böse?

Natalie schüttelte den Kopf.

– Hey, Superman, sagte Herr Hollberg. Du steigerst dich ja wirklich. So schnell vergeben und vergessen?

– Du hast gesagt, wir sollen uns vertragen, sagte Herr Dorm kleinlaut.

– Mein Gott, wie schüchtern er immer ist, sagte sein Gast.

Natalie hörte den Zivi fluchen. Metall knallte gegen Metall.

Nach dem Tee und einer Stunde UFO-Smalltalk verschwand Herr Hollberg wieder. Er habe noch einen Termin, sagte er. Als er weg war, fragte Natalie, ob sie das Buch zusammen anschauen könnten. Dorm wurde wütend, riss das Buch an sich und fuhr sie an:

– Ziehen Sie sich was Ordentliches an, wenn er kommt! Was soll das sein?

Mit verzweifeltem Gesichtsausdruck deutete er auf ihre Kleidungsstücke.

– Was stimmt denn nicht?, fragte Natalie.

Sie bemühte sich um einen heiteren Tonfall.

– Sie sehen aus wie ein Stecken. Ein Stecken, den jemand in den Dreck gesteckt hat. Sie sehen furchtbar aus!

Natalie schaute ihn fragend an und strich sich mit beiden Händen über ihre Figur. Und nun tat Dorm etwas, das wie ein Faustschlag zu Natalie durchdrang. Sie war nicht schnell genug gewesen, um es abzublocken. Dorm würgte. So als bringe ihn ihr bloßer Anblick dazu, sich übergeben zu müssen. Er schaute sie an, und es würgte ihn noch einmal.

– Dreckiges Zeug, brachte er hervor. Mit diesen unterschiedlich großen …

Ein heftigeres Würgen, er wurde rot, hustete, musste sich beherrschen, schloss die Augen.

Natalie starrte seine Finger an. Blickte auf die Kratzer an ihrem Arm. Dann stand sie schnell auf und ging weg. Ihr Herz klopfte. Sie verschwand auf die Betreuerinnentoilette und stand eine Weile nur da. Kühler, weißer Ort. Nein, ich darf meinen Klienten nicht ohrfeigen, ich darf meinen Klienten nicht ohrfeigen. Sie stellte sich ihn brennend vor. Im Rollstuhl, um sich schlagend, schreiend. Seine Ohren brannten. Ein heller Flammenkranz um seine Lippen. Seine Augen liefen aus, aufgeschlagene Eier. Dann wurde der Körper dunkler und die Haut pellwurstig und platzte auf. Nein. Hör auf. Er ist krank. Er ist dein Klient. Der Besuch war wieder kurz, deshalb ist er so launisch. Es hat nichts mit dir zu tun.

Als sie zurückkam, saß B an Dorms Stelle. Dorm sei zurück in sein Zimmer gefahren, sagte sie.

Natalie setzte sich. Sie rollte die Augen und zeigte pantomimisch vor, jemanden erwürgen und anschließend sich selbst in den Kopf schießen zu wollen. B lächelte.

– Anstrengender Besuch?

– Er hasst mich, sagte Natalie.

– Tut er nicht, sagte B. Glaub mir. Er ist halt schwierig.

– Diese Besuche sind total krank, sagte Natalie kopfschüttelnd. Ich meine, der ist doch immer kurz davor, ihn umzubringen. Sitzt da und beherrscht sich. Er beherrscht sich die ganze Zeit. Ich meine, bin ich die Einzige, der das auffällt?

– Ach, Natalie, sagte B sanft. Das ist nur ein Teil des Gesamtbildes.

– Der Dorm hat mich als dreckiges Zeug beschimpft, sagte Natalie. Und dann musste er würgen, weil ich so gemacht hab.

Sie zeigte es vor.

– Warum hast du so gemacht?, fragte B.

– Ganz automatisch. Er hat ein Problem mit meiner Figur, er findet, ich sehe grauenhaft aus.

– Gegenüber solchen Dingen musst du transparent werden. Durchlässig. Was glaubst du, was man mich schon alles genannt hat.

– Ja, sagte Natalie, ich weiß auch nicht, warum es mich aufregt. Er hat so eine Intensität, manchmal, die dringt durch.

Jemand schrie. B drehte sich um. Aber es war nur der Zivi, der sich wehgetan hatte. Sie lachten.

– Intensität, sagte B. Ja. Diese Probleme mit Frauen generell. Der Hollberg hat uns damals davon erzählt, als ich hier begonnen habe. Ich bin ja doch einige Zeit nach der Astrid hierhergekommen. Das muss eine ziemliche Qual für ihn gewesen sein. Dass er ihr diese Gitarre schickt und andeutet, er solle ja nicht auf ihr spielen. Das ist sehr freakig. Heute würde man ihm das gar nicht mehr zutrauen. Wutausbrüche, okay. Aber so eine verdrehte Logik und dieses Organisierte, Konzentrierte. Er war wirklich verliebt, das hat er uns damals so gut beschrieben, so plastisch. Und die Briefe, mein Gott, was müssen das für Briefe gewesen sein! Lauter blumige Vergleiche. Ich hätte sie mir aufschreiben sollen. Ich weiß nur mehr einen: Er hat die Nase vom Hollberg immer so hübsch gefunden. Wahrscheinlich gefällt sie ihm auch heute noch. Obwohl, jetzt wo ich drüber nachdenke … das mit den Vergleichen hat eindeutig aufgehört. Ich meine, es hat überhaupt nie wieder blumige Vergleiche gegeben, seit der Dorm hier ist. Nein, das war wohl die Verletzung, als er ihn die Treppe hinuntergeschmissen hat, mitsamt dem Rollstuhl. Einer der Polizisten, direkt im Gerichtsgebäude. Oder war das …? Ah, ich weiß die Details nicht mehr. Aber den Vergleich, warte, wenn du den hörst, oh! Er hat die Nase gelobt, stell dir das vor! Eine einzelne Nase loben, haha! Allein das schon. Er hat geschrieben, sinngemäß:

Deine Nase erinnert mich genau an die Nase, die mir mein Opa früher immer gestohlen hat. Du kennst das, oder? Wenn man den Daumen so …

B machte es vor. Natalie winkte ab, jaja, sie kenne das Spiel.

– Damit hat er Hollbergs Zinken verglichen!

B lachte und schüttelte den Kopf. Natalie lächelte, aber blieb innerlich ernst. Sie war irgendwo hängengeblieben, aber wusste nicht mehr, wo. B erzählte so schnell. Irgendein Bild hatte sie irritiert.

– Aber gut, sagte B, Liebe verleiht Flügel, oder wie der Spruch geht. Und Überzeugungskraft natürlich, mein Gott, was muss der Mensch für eine … ich meine, man muss sich das vorstellen: Du bringst einige wildfremde Menschen, die zufällig vorbeigehen, dazu, dich mitsamt deinem Rollstuhl hochzuheben, damit du in ein Fenster schauen kannst! Zerlegen wir das einmal in seine Einzelteile. Zuerst ist da nur ein einsamer Mann, der in einem Rollstuhl sitzt. Vor ihm ein Gebäude, in dessen Erdgeschoss jemand wohnt, von dem der Mensch im Rollstuhl besessen ist. Und da kommt ein Mann vorbei. Man weiß, dass es zwei Männer und eine junge Frau waren, die ihn hochgehoben haben. Ich muss dabei immer an diese Zaubertricks denken, die wir früher in der Schule gemacht haben. Kennst du sicher, einer sitzt auf einem Stuhl und hat die Anweisung, sich ganz schlaff hängen zu lassen, keinen Muskel anzuspannen und einfach mit sich machen zu lassen, was die anderen wollen. Oder war da am Anfang irgendeine Hypnose? Nein, ich weiß nicht mehr, jedenfalls sitzt der Schüler auf dem Stuhl, und dann fassen ihn vier seiner Kollegen von der Seite an, und zwar nur mit ihren Zeigefingern, also so, als wolltest du eine Pistole nachahmen, ja, so. Beide Zeigefinger ausgestreckt, und die Finger darunter verschränkt, wie beim Gebet. Ja. Und die Zeigefinger stecken sie unter seine Achselhöhlen und unter seine Kniekehlen und versuchen auf eins zwei drei! – ihn hochzuheben. Was natürlich nicht funktioniert. Sie haben ja keine Hebelwirkung, und außerdem rutscht er ihnen ständig weg. Aber dann kommt der Zauberer. Ja, jetzt weiß ich, es war doch irgendeine Hypnose im Spiel, aber wie, weiß ich nicht mehr. Jedenfalls erklärt ihnen der Zauberer, dass sie ihn, den sitzenden Schüler, gemeinsam ganz leicht machen wollen. Jeder legt einen Finger an den Kopf des Schülers. So als wollten sie ihm Energie abzapfen. Und der Zauberer sagt irgendwas, abrakadabra, was weiß ich, und dann versuchen sie es noch einmal so wie vorher, mit den Zeigefingern. Und auf einmal funktioniert es! Sie heben ihren Kollegen wirklich hoch, obwohl der immer noch ganz schlaff im Sessel hängt, aber er ist jetzt plötzlich ganz leicht, und es macht ihnen überhaupt keine Mühe, es fühlt sich sogar an, als würde er ihnen jeden Augenblick davonfliegen. Mein Gott, ich hab mir damals fast in die Hose gemacht, so unheimlich war das. Ich habe erst Jahre später kapiert, wie der Trick funktioniert. Jedenfalls, der Mann im Rollstuhl vor dem Fenster. Er kann nicht aufstehen, reckt sich vielleicht ein bisschen, aber es geht nicht, seine Beine funktionieren nicht. Und dann kommt der erste Mann vorbei und fragt ihn vielleicht, ob er ihm helfen kann. Suchen Sie jemanden? Kann ich Ihnen irgendwie behilflich sein? Solche Sachen. Ich meine, solche Leute gibt es ja. Die so was einfach spontan fragen, wenn sie einen Rollstuhlfahrer irgendwo stehen sehen. Eine Freundin von mir ist seit ihrem sechsten Lebensjahr blind, und sie sagt, sie kann im Sommer nicht durch die Stadt gehen, ohne von irgendjemandem angefasst und gepackt zu werden, der ihr helfen will, den Weg zu finden. Problem dabei ist, dass sie wirklich gut aussieht. Sie weiß es allerdings selbst gar nicht, denn sie war ja schon vor ihrer Pubertät vollkommen blind, also hat sie nie diese Blicke der Männer gesehen, mein Gott. Aber du weißt, wie das ist, oder?

B schaute Natalie auffordernd an.

– Ja, ach so, fuhr sie fort, die Szene mit dem Rollstuhl. Es ist mitten am Tag, und der Mann bleibt stehen und sagt: Kann ich helfen blablabla, und der Rollstuhlfahrer sagt etwas wie: Na ja, ich würde da gern in das Fenster schauen, aber ich weiß nicht, wie ich das anstellen soll. Und der Mann antwortet irgendwas, wir wissen ja nicht, was die damals geredet haben. Was wir aber wissen, ist: Der hilfsbereite Mann ist nicht weggegangen, er ist geblieben und hat sich mit dem Dorm unterhalten. Sogar mehrere Minuten lang. Und dann kommt ein zweiter Mann dazu, der fragt auch, ob er helfen kann. Ab diesem Punkt wird es natürlich etwas unheimlich, denn wie stehen da normalerweise die Chancen? Wäre zumindest die Frage, die ich mir stelle. Und dann reden die drei Männer, zwei stehend, einer im Rollstuhl, wieder für ein paar Minuten miteinander, und ich denke mir, wahrscheinlich formuliert einer davon zu dem Zeitpunkt schon die Idee, dass man den armen behinderten Menschen ja mit vereinten Kräften hochstemmen und in das Fenster blicken lassen könnte. Man hat ihn bestimmt gefragt, was oder wen er da sehen oder auf sich aufmerksam machen will. Ich meine, ich will ja nicht alles *total* zerreden, aber der Punkt ist wirklich eigenartig, wenn man's bedenkt. Das ist wieder so eine Sache, die man erst in der Nacherzählung merkt. Das heißt, wie unwahrscheinlich das Ganze ist. Findest du nicht auch? Ich meine, an dem einen Punkt hier. Bestimmt hat ihn einer der beiden hilfsbereiten Männer gefragt: *Ja, aber, weshalb wollen Sie denn in das Fenster schauen?* So irgendwie. Und der Dorm hat was geantwortet, das die sofort zufriedengestellt hat. Augenblicklich. Also, ich möchte wirklich gern wissen, was das war. Dass das nichts Normales gewesen sein kann, ist natürlich klar. Er wird vielleicht etwas gesagt haben wie: *Oh, das wird ein Riesenspaß, Sie werden sehen, ich will nur jemandem zuwinken, und wenn der mich sieht, wie ich da schwebe, dann …* Oder nein, das wäre wahrscheinlich zu albern gewesen, insgesamt, da würden die beiden Männer vielleicht weggehen und den Kopf schütteln. Es muss irgendwas Dringenderes gewesen sein. Vielleicht: *Ich muss nur schnell jemandem ein Zeichen geben, der ist grade da drinnen und bereitet was vor, aber ich hab mein Handy nicht dabei, und über die Treppen komme ich auch nicht hoch.* Weil, das hab ich vorhin ganz vergessen zu erwähnen, das Haus vom Hollberg hat vorne offenbar einen Treppenaufgang, der überhaupt nicht behindertengerecht ist, also wenn man da keine Beine hat, kommt man maximal – aber auch nur, wenn man robbt – bis zur Hälfte, denn da macht die Treppe so einen Knick. Aber gut, zurück zur Hilfsbereitschaft. Es stehen jetzt zwei Männer da, im Begriff, ihn tatsächlich hochzuheben. Sie probieren es vielleicht zuerst mit ihm allein, ohne den zentnerschweren Rollstuhl. Ich meine, hast du schon mal versucht, den Rollstuhl hochzuheben? Das ist unmöglich. Kann man gar nicht anders formulieren. Unmöglich. Ausgeschlossen. Na ja, zwei sehr kräftige, gesunde Männer. Ich weiß nicht. Vielleicht waren es Bauarbeiter. Aus irgendeinem Grund ist es mit ihm allein nicht möglich, vielleicht wollen sie ihn auch nicht so nah an ihrem Körper haben, ich stelle mir vor, so huckepack oder von vorne, mit den schlaffen Beinen unten ... Vielleicht hat auch er selber protestiert, sie täten ihm weh, er müsse unbedingt sitzen bleiben. Aber spätestens an dieser Stelle hätte ich, wenn ich einer der beiden kräftigen Burschen gewesen wäre, das Ganze abgebrochen und wäre weggegangen. Du doch auch, oder? Na ja, aber sie sind geblieben. Es ist schon komisch, aber sie haben dann zu zweit versucht, den Rollstuhl ... also ich meine, stell dir das doch mal vor! Im Ernst jetzt! Was in aller Welt hat er zu ihnen gesagt? Wahrscheinlich denk ich deswegen ständig an Hypnose. Was für eine Überzeugungsgewalt war da am Werk? Mir wird da richtig ungut davon, dir nicht auch? Fast wie in dem Buch, Hannibal Lecter, wo er einen Gefangenen in der Zelle neben ihm nur mit seiner Stimme dazu bringt, äh, was war es ... irgendwas mit der Zunge, seine eigene Zunge abzubeißen oder so ähnlich. Oder zu verschlucken. Ja, ich glaub, es war verschlucken. Und das allein nur durch Aussagen, durch Sätze, ich meine, der da neben ihm hätte ja auch einfach die Finger in die Ohren stecken können, lalala. Oder ihn ignorieren. Aber das ging eben nicht, aus irgendeinem Grund. Und die beiden Männer probieren es ein wenig und da – da kommt dann plötzlich die Studentin angelaufen, weil sie glaubt, die beiden Männer wollen einen Rollstuhlfahrer hochheben und auf die Straße werfen. Es muss so ausgesehen haben. Sie ist auch hilfsbereit, wie die anderen beiden, und kommt, wegen Zivilcourage und so, sofort näher und schreit: *Was tun Sie da, hören Sie auf!* Und da erklären sie ihr, wahrscheinlich lachend, abwechselnd das Wort ergreifend, was sie vorhaben. Und sie? Ist auch sofort dabei! Ich kapier das nicht. Nein, das geht mir wirklich über die Hutschnur. Ist zu hoch für mich. Wie kann die Frau nach nur einer Erklärung – die natürlich todsicher der Dorm selber gegeben hat – sofort nicken und alles mitmachen? Instant Komplizin! Also, ich frag mich dauernd, was ich in dieser Situation getan hätte.

– Ich wäre weitergegangen, sagte Natalie.

– Ja, sagte B nachdenklich. Ich glaube, ich auch. Hm. Aber stell dir mal vor, du bist im Haus, stehst da in der Küche. Und dann taucht der Kopf auf, wie der aufgehende Mond, eigentlich ja eine Unmöglichkeit, zuerst versteht man gar nicht, und dann ist es auch noch die Frau von dem Dr. Hollberg, die … Also, wenn das jemand bei meinem Küchenfenster machen würde, dem würd ich seine Gitarre über den Schädel hauen!

– Ja, genau, sagte Natalie. Die Gitarre. Was hast du da früher gesagt wegen der Gitarre? Er hat ihm eine geschickt, oder …?

– Äh, sagte B. Jaja. Doch. So war's, denke ich. Er hat ihm eine Gitarre geschickt. Aber der Grund ist ein komischer, so voodoomäßig. Das ist richtig seltsam.

– Ich kann es mir vorstellen, sagte Natalie.

– Nein, darauf kommst du nie. Weil … aber auch das hat sich gebessert, seit er bei uns ist. Er hat zwar immer noch Probleme mit Frauen.

– Oh, wirklich?, fragte Natalie sarkastisch.

– Aber er sieht sie immerhin schon als Menschen an. Früher waren sie für ihn Instrumente. Musikinstrumente. Er hat geglaubt, Frauen sind Gitarren. N'm?

Bs universeller Laut, der andeuten sollte: *Hab ich doch gewusst, dass du dich wundern wirst!*

– Verkleidete Gitarren, sagte sie.

– Wirklich, sagte Natalie.

– Es war alles richtig schlimm … äh … vermengt? Ja, das ist das Wort. Vermengt. In seinem Kopf. Alle diese Vorstellungen. Die waren eins. Er hat da nicht mehr unterscheiden können. Eigentlich ja voll bemitleidenswert.

Und mit diesem Wort war Bs Stimme wieder sanft geworden. Sie blieb nie lange in einem Zustand, in dem sie eine starke Wirkung auf ihre Mitmenschen hatte. Irritieren, schockieren, belehren – für ein paar Sekunden war das in Ordnung. Aber jetzt war sie wieder sie selbst.

– Er hat es ja auch nicht leicht. Kannst du jeden Tag sehen.

– Stimmt, sagte Natalie.

Auf dem Nachhauseweg geriet Natalie ins Grübeln. Neue Hundevermisstenzettel hingen da, sie blieb an ihnen stehen und bekreuzigte sich, dann fuhr sie weiter. Ein Kopf im Küchenfenster. Wie oft hatte sie sich schon über die seltsamen Innenwelten von Männern allgemein gewundert? Frauen und Gitarren. Überzeugungskraft. Zu dritt, hau ruck. Sie stellte sich vor, wie jemand in eine Gitarre, die die Voodoo-Puppe für eine Frau darstellte, Nadeln stach. Oder an ihrer Kamelhöcker-Flanke entlangstrich. Oder weinend die Saiten durchschnitt. Immer diese Dinge. Diese … Dinge. Kurzschlüsse. Woher kommt das? Was geht da schief in den Köpfen junger Männer? Vielleicht die Angst vor Krieg und Militär? Eine kurze, verblasste Erinnerung streifte sie, an einen bebrillten Jungen, den sie mal getroffen hatte, wann war das gewesen … Er war den Tränen nahe, weil er in die Kaserne musste, und nichts auf der Welt, wirklich nichts, konnte ihn trösten, also erzählte Natalie ihm eine karleske Geschichte und gewann hundert Punkte.

Im Sommer hörte sich die Stadt an wie ein riesengroßes Freibad. Alle Geräusche, die Stimmen von Menschen in Nachbarhöfen, die Straßenbahnen, die Kurven- und Bremsgeräusche von Autoreifen, wirkten offener und glatter, und wenn man zwischen hohen Häusern hindurchging, spürte man den Erdenhorizont gleich auf der anderen Seite der Gebäude, eine angenehm glühende Demarkationslinie, direkt im Kontakt mit der brennenden Sonne im Himmel. Das Wort, das diese Atmosphäre am besten beschrieb, war *Arboretum*. Nicht wegen der Bedeutung (irgendein Ort mit Bäumen), sondern wegen des Bildes, das das Wort in Natalies Kopf ergab. Wenn sie eines dem Rest der Menschheit nicht verzeihen konnte, dann, dass sie alle, und zwar ausnahmslos, nicht dasselbe Bild sehen konnten wie sie, wenn sie *Arboretum* dachte. Es war ein sich starksehnig nach vorne neigendes, muldenhaft sanftes, aber hitzeflimmerndes Wort, ein Wort wie heißer Gummi und Asphaltgeruch, gleichzeitig cremig und rein und von imponierender Größe. Eigentlich waren die allermeisten Wörter kleiner als dieses, selbst Wörter mit mehreren Silben ergaben ein kleineres, weniger Raum ausfüllendes Bild. Einige wenige Wörter pflasterten sogar, wenn man sich ihr Bild vor Augen rief, das ganze Universum, da sie etwas in sich hatten, das sie merkwürdig unendlich machte, wie ein sich selbst immer wieder aufrufendes Tapetenmuster. Es gab einige Beispiele dafür, schon als Kind hatte sie eine Liste –

– Natalie!

Das Wort kam von rechts, aus einer hohen Hecke. Natalie blieb stehen, schaute und wartete. Noch einmal – Natalie! –, und da wurde ihr klar, dass nur jemand nach seinem Kind rief, das diesen Namen trug.

Junge Männer. Sie hockten ewig lang auf dem Klo, bis zu vierzig Minuten, und blätterten in Comics. Irgendwas lief da falsch. Sie hatten sehr viel Angst, sie verhedderten sich in gewissen Vorstellungen. Dann das Bild der Gitarre. Sie sah sich selbst, gespiegelt in der Fassade des Supermarkts, auf dem Fahrrad. Eine Gitarre auf einem Fahrrad. Es war noch warm, die Luft war erfüllt von herbem, reifem Sonnenschein. Da bin ich. Ganz klein.

Natalie erinnerte sich, wie sie vor zwei Tagen vom Einkaufen zurückgekommen war. Sie brachte die gelben Eustrich-Papierwaren für Herrn Dorm. Natürlich war es merkwürdig, zu denken, dass vermutlich genau diese Angabe (gelbe DIN-A4-Briefumschläge, Eustrich-Papier) in einer Akte des Strafprozesses gegen Dorm an mehreren Stellen festgehalten worden war. Beweisstück A. Immer mussten es unbedingt diese Umschläge sein, sonst wurde Dorm zornig und verwirrt. Es musste alles seine Ordnung haben. Wenn man ein anderes Papier brachte, drehte er durch. Aber eine falsch ausgeführte Kaufbestellung war bei weitem nicht das Einzige, was ihn ärgern konnte – nein, auch ihre Figur brachte ihn offenbar zum Kotzen.

Natalie stieg vom Rad und ging zu Fuß weiter.

Er hatte sich in letzter Zeit deswegen auch bei Astrid beklagt. Er hatte ihr mitgeteilt, sie solle ihren Angestellten gefälligst untersagen, *so* herumzulaufen, es sei unerträglich. Astrid fragte nach und erhielt folgende Erklärung, die sie am nächsten Morgen im Nachtdienstzimmer an Natalie weitergab: Eine Frau habe entweder eine Sanduhr-Figur oder eine Gitarren-Figur, aber eigentlich solle sie eine Sanduhr-Figur haben. Im Grunde sei eine Gitarren-Figur auch in Ordnung, eine Gitarren-Figur sei sogar besser, wenn man es genau bedenke, weil die Gitarren-Figur insgesamt harmonischer und ausgeglichener wirke. Aber wenn das alles fehle, diese ganzen Aspekte einer weiblichen Figur, dann sei die Frau verwirrend und man werde wütend, denn – ach, schauen Sie sich doch nur mal an, wie sie herumrennt hier! Zum Fürchten sei das. Nicht ein Kleid, nicht ein einziges Kleid habe sie angehabt, seit sie hier sei, sie habe nicht einmal irgendetwas gemacht, was nicht chaotisch und lächerlich und albern wäre, sie sei zum Fürchten, sie sehe aus wie irgendwas dazwischen, man könne sie überhaupt nicht anschauen.

An der Stelle hatte Astrid ihn wohl gestoppt. Oder sie ersparte Natalie den Rest.

Natalies erster Gedanke war, dass Astrid die Stimme von Herrn Dorm erstaunlich gut nachgemacht hatte. Sie konnte in ein tieferes Register wechseln, das ein wenig unheimlich klang. Und sie hatte sogar ansatzweise seine Körperhaltung imitiert, das zornig-beleidigte Kauern im Rollstuhl, das Sprechen von unten nach oben.

– Ein Glück, dass ich das jetzt auch weiß, sagte Natalie.

– He, sagte Astrid. Nicht persönlich nehmen. Er hat an uns allen was auszusetzen. Frauen sind generell ein Problem für ihn.

– Ich nehm es nicht persönlich, sagte Natalie.

(Dummes Vieh, tadelte Natalie ihr vorgestriges Ich. Wie furchtbar naiv.)

– Es ist komisch, schüttelte Astrid den Kopf. Er glaubt, ich treffe im Hintergrund alle Entscheidungen.

Natalie deutete auf ihre Kleidung:

– Ich meine, sagte sie, ich könnte schon was ändern.

– Nein, nein, nein, sagte Astrid und nahm sie bei den Schultern, ließ aber gleich wieder los. Unsinn. Du siehst gut aus so. Lass dich doch nicht.

– Okay, sagte Natalie.

– Falls das ein wunder Punkt von dir ist, sagte Astrid, dann ist das absolut okay, und du solltest es bei der Teamsitzung oder, noch besser, bei der Supervision am Ende des Monats erwähnen. Das heißt, falls du dieses Mal schon dabei sein willst. Du kannst in den Prozess ganz in deiner eigenen Geschwindigkeit hineinwachsen.

Natalie musste grinsen über diesen sozialberufsmäßigen Singsang. *In deiner eigenen Geschwindigkeit hineinwachsen.* Astrid sprach normalerweise nicht so, sondern machte sich teilweise sogar darüber lustig. Aber jetzt wollte sie Natalie offenbar das Gefühl geben, dass sie all diese Dinge gefahrlos ansprechen konnte.

– Danke, sagte Natalie. Ich glaube, es geht schon.

– Er ist zu allen so, sagte Astrid. Aber er hat den Vorteil, dass er insgesamt noch einer der selbständigsten Klienten ist.

– Morgen komme ich mit einem Iro, sagte Natalie.

Astrid schaute verwirrt.

– Punkfrisur, erklärte Natalie, aber der Witz funktionierte schon nicht mehr.

– Ach so, ja, sagte Astrid.

Natalie deutete die ungefähre Form über ihrem Kopf an. Egal.

Ich bin dünn, okay. Ich bin nicht hübsch. Für eine Frau zumindest. Aber es gibt tatsächlich jemanden auf Erden, der sich übergeben muss, nur weil ich … Sie blieb stehen. Sie hatte das Bedürfnis, ihr T-Shirt auszuziehen, hier auf der Straße. Vielleicht würden ja ein paar Leute umkippen. Ältere Herren, die nur auf fette Weiber standen. Natalie strich sich über die Flanke. Spürte man die Rippen? Man sah sie auf alle Fälle. Jeden Morgen, wenn sie am Spiegel vorbeikam.

Aber unattraktiv hin oder her, ab einem bestimmten Abschnitt ihres Lebens hatten die Jungen begonnen, sie zu akzeptieren. Gut, es kam immer noch hin und wieder Spott: Down-Syndrom-Frisur, Kampflesbe, Miss Anorexia. Und der Vergleich mit einer Flinte, die man in der Mitte abknicken und von hinten laden konnte, oder irgendwie so. Dicke Männer wiesen sie darauf hin, dass sie größere Brüste hätten als Natalie, und zeigten sie stolz her. Der Umgangston war immer rau, aber manchmal auch von einer merkwürdig intimen Dankbarkeit. Es konnte vorkommen, dass ein Mann im Souterrain sie packte und ihr Gesicht in seine verschwitzte Achselhöhle drückte, aber dann umarmte er sie gleich und sagte ihr, sie sei voll in Ordnung, viel unkomplizierter als andere Frauen, überhaupt nicht der Diventyp. Es war fast so, als wüssten Männer nicht, wo sie sie einordnen sollten. Selbst Markus war oft ratlos gewesen.

Einmal, in einem Schulferien-Sommer, wurde Natalie als einziges Mädchen jemals (man wies sie auf diesen ehrenvollen Umstand ausdrücklich hin) von den Burschen in die kleine Nische hinter der Herrentoilette im Eggenberger Freibad mitgenommen. Zuerst dachte sie sich nicht viel dabei, vielleicht wollten die Burschen sie gangbangen (was immer sehr lustig war, weil alle dabei vollkommen schlaff blieben), aber es war nichts dergleichen. Es war etwas anderes, Tieferes. Hinterher fühlte sich Natalie, als käme sie aus den Geheimkammern einer alten Pyramide. Seit jenem Tag verstand sie ein wenig besser, wie es in jungen Männern aussah. Diese Innenwelt wurde durch ein einziges mysteriöses Objekt verkörpert, zu dessen Besichtigung Natalie zugelassen wurde.

Sie nannten es *Cum Cookie.*

Diese Bezeichnung hatten die Jungen aus einem Pornoheft, in dem das Prinzip beschrieben wurde. Der Gegenstand selbst sah aus wie ein halb geschmolzenes weißes Seifenstück am Boden eines offensichtlich nicht mehr mit einer Wasserleitung verbundenen Waschbeckens. Zuerst schien es den Jungen doch etwas peinlich, dass Natalie anwesend war, aber dann befiel sie ein eigenartiger Taumel, sie drängten sich um sie, stießen sie an und bedeuteten ihr, sich näher an das Becken zu stellen. Sie wollten unbedingt ihre Reaktion sehen. Sie erklärten ihr, wie das Ganze entstanden war. Man onanierte und spritzte immer auf dieselbe Stelle ab, und dann wurde mit der Zeit ein kleines Medaillon daraus. Hier, in dieser Ecke des Freibads, wurde nie sauber gemacht, weiß der Teufel, warum, aber es war so. Die Putzmenschen kümmerten sich, wenn überhaupt, nur um die Toilette vorne, aber selbst die war meist in einem entsetzlichen Zustand. Ob es in der Damentoilette auch so aussehe? Ja, bestätigte Natalie, derselbe Saustall. Aber was könne man auch anderes erwarten, das hier war ein Freibad, hier hingen im Sommer oft nackte Obdachlose herum, die über den Zaun geklettert waren.

– Und, was sagst du?

Das Cum Cookie ähnelte seiner Form nach einem Stalagmiten. Sie fragte sich, wie viele Ladungen es wohl gebraucht hatte. Dann erst kam ihr der Gedanke, dass dies so ziemlich das Ekelhafteste war, das sie jemals … Aber das brachte sie auch nicht weiter. Wie glücklich sie alle waren. Vierzehn, fünfzehn Jahre alt. Alle recht gut in Form, sportlich. Bald erwachsen. Und dann das hier. Sollte sie sich nicht vielleicht *wirklich* geehrt fühlen, dass sie hier war? Zuerst hatte sie es ja als kleine Enttäuschung empfunden. Ihr Körper war offenbar nicht sexy genug, also reagierten die Jungen auf sie nie mit dieser bockspringenden Verwirrung wie etwa bei Susi oder Patrizia, die seit letztem Sommer stolz ihre absurd großen Titten spazieren trugen. Andererseits, man gewährte ihr Zutritt, zwar zu etwas höchst Albernem, aber … Jetzt erzählten sie ihr, dass das letzte Cum Cookie aus Versehen weggewischt worden war, von einem von ihnen, da seien sie traurig und wütend gewesen. Traurig und wütend? Was war das hier für sie? Zugegeben, Natalie fühlte eine warme Zuneigung zu diesen albernen Jungen, aber warum nur? Weil sie spürte, was für eine fremdartige, seltsame Zärtlichkeit sie übrighatten für ekelhafte Dinge, die aus ihnen kamen. Sie liebten den Geruch ihrer eigenen Achseln, und wenn sie furzten, wedelten sie die Luft zu sich heran und schnupperten. Woher kam diese merkwürdige, auf sich selbst bezogene Ekel-Zärtlichkeit?

(Jahre später entwickelte Natalie dazu eine Theorie: Wenn junge Männer merken, dass sie beim Sex zu früh zum Höhepunkt kommen, müssen sie – so schreibt es ihnen die Etikette vor – in ihrem Kopf brutal an den Zügeln reißen und schnell an etwas unglaublich Ekelhaftes denken, damit die Frau aufholen kann: ein säurezerfressenes Gesicht, Inzest mit den eigenen Eltern, ein von Krankenhausschläuchen durchbohrter Körper. Im Augenblick des nahenden Orgasmus jahrelang an solche Dinge zu denken – erklärt sich daraus vielleicht die so oft bejammerte Vorliebe von Männern für brutale, unwahrscheinlich ekelerregende Vorgänge? Ihre Höflichkeit gegenüber Frauen, die ihnen so wichtig sind wie sonst nichts auf der Welt, hat möglicherweise zu diesem verhängnisvollen Kurzschluss geführt. Und er wurde dann evolutionär weitergegeben. Denn derjenige, der an ekelhafte körperliche Dinge schon früh mit größerer Selbstverständlichkeit und Zärtlichkeit denkt, ohne dass sie ihn wirklich zum Kotzen bringen, kann den Zügel-Trick natürlich nicht anwenden, kommt also zu früh – und schwängert eine Frau nach der anderen. Natalie wusste: Irgendwo war da ein Knoten in der Argumentation. Aber sie hatte ihn nie gefunden.)

In der Nacht nach dem Besuch in der Cum-Cookie-Nische träumte Natalie wirr und bunt. Flaschenzüge beförderten gläserne, fast durchsichtige Gegenstände auf und ab. Eine Bleikugel raste lichtschnell durch ein tunnelförmiges Klavier. Und ein Riesenrad rollte am Horizont hin und her, mit duldsam stummen, wie Lottokugeln durcheinanderwirbelnden Passagierköpfen in den Kabinen. In den Tagen danach war sie oft im Freibad gewesen und einige Male allein über die hintere Wiese zu der einsamen Stelle gegangen, an der das mysteriöse Gebilde hockte. Es sah aus wie ein Pilz, der sich an der schattigen Stelle, die ihm das Universum zugewiesen hatte, seine eigenen unbegreiflichen Gedanken machte. Je mehr sie über den sonderbar zärtlichen Umgang der Burschen mit ihrem kleinen Kunstwerk nachdachte, desto stärker wurde das Gefühl auch in ihr. Dies hier war albern, sagte sie sich, und vielleicht auch nicht ganz gesund. Weil es ja wirklich eklig war, nichts sonst. Es war Sperma. Aber wenn sie das ganze Areal hier betrachtete, erhielt es durch die Anwesenheit des Cum Cookies einen ungewöhnlich starken Kontrast, als träten die Trennungslinien zwischen den Dingen deutlicher hervor. Da gleich um die Ecke, da war es. Wie ein Reaktorkern. Da gingen die Jungen hin und erleichterten sich, sie waren in diesem Alter so akrobatisch schnell, wenn sie unter sich oder allein waren, nur ein paar Pumpbewegungen, dann ein Zittern, fertig. Es schien ihnen nicht mal großen Spaß zu machen.

Natalie hatte sich einige Male zuhause dabei ertappt, wie sie sich vorstellte, das Gebilde in den Mund zu nehmen, seine milchschlierig gelbliche Oberfläche mit der Zunge zu berühren. Es würgte sie jedes Mal bei der Vorstellung, aber sie bekam keinen Anfall, es stellte sich auch kein auriges Gefühl ein, nicht mal ein bisschen. Sie versuchte, sich die Konsistenz vorzustellen, und bemerkte auf einmal überall zuhause Dinge, die sie daran erinnerten – obwohl dies, da sie das Cum Cookie ja nie wirklich berührt hatte, eine Phantomerinnerung sein musste. Sie ließ grundsätzlich immer die Sonnenmilch offen stehen, nachdem sie sich eingeschmiert hatte. Karl schimpfte deswegen oft mit ihr. *Du musst den Deckel zumachen! Und außerdem die Flasche abwischen, wenn du sie benutzt hast, sonst klebt da alles fest!* Die hart gewordene Sonnenschutzcreme war nicht wirklich hart, sondern irgendwie gummig, wie ein Stück Käse, mit trockener Oberfläche. So ungefähr musste es sich anfühlen, das absurde heilige Gebilde.

Natalie ging durch den spätsommerlichen, vor Erinnerungen summenden Nachmittag. *In den Mund nehmen.* Sie hatte sich seither oft gefragt, woher diese seltsamen Gedanken kamen. Man geht an einem Hundehaufen vorbei und wird, beinahe zwanghaft, von der an die eigene Sinnesfantasie gestellten Frage überfallen, wie es wohl wäre, ihn mit der Zunge zu berühren. Ähnliche Vorstellungen auch bei fremden Toiletten oder anderen unaussprechlichen Dingen. Einmal sogar bei dem orangen Schlauch-Ende, das aus dem Magen eines per Sonde ernährten Kindes gezogen worden war, von einer älteren Betreuerin während der Ausbildung. In der Kindheit hatten solche sekundenlangen Halbzwangsvorstellungen noch etwas Unheimliches, man fürchtete, dass sie sich irgendwann in einen Befehl verwandeln würden. Aber das Gegenteil war der Fall, sie wurden mit der Zeit schwächer und angenehmer, vermengten sich mit alltäglichen Wahrnehmungen, und nach einiger Zeit ging man mit ihnen durchs Leben, ein gebirgsalter Mann mit Gehhilfe steht an einer Kreuzung, und für einen kurzen Fantasieaugenblick sitzt er mitsamt seinem entsetzlichen Geruch direkt auf deinem Gesicht, und es ist nichts Schlimmes dabei, kein dunkler Magnetismus der verbotenen Vorstellung, kein Stachel eines inneren Befehls.

Die ekelhaften Vorstellungen bildeten eine ständige, nie abreißende Parallelwirklichkeit, ein begleitendes Kopfkino, sie wurden zu Schmetterlingen, die den Kopf umschwebten, selbstverständlicher Teil all der anderen kleinen Vergnügungen auf der Straße. Etwa wie *Paare teilen*: Man steuert genau die Mitte eines Hand in Hand dahinschreitenden Paares an und schafft es durch geschickt unentschiedene Körpersprache, dass sie einander loslassen und links und rechts an einem vorbeigehen, während man selber, bachkieselhaft, von dem Strom ihres Getrenntseins und von ihren wie der Fliehkraft eines Karussells nachgebenden, ausgestreckt bleibenden Armen eingerahmt wird. Oder *Unangenehmes Gespräch*: ein gespieltes Handygespräch in der Nähe einiger Leute, die nicht anders können, als einen dabei zu beobachten. Man sagt freundliche und verständnisvolle Dinge zu dem imaginären Gesprächspartner und macht dabei wütende Rache-Pantomimen wie Erstechen, Erwürgen oder Faustschläge in die Luft, sodass die Zuschauer sich an dem für kurze Zeit ihnen offenbarten Doppelleben erfreuen. Oder *Verfolgen*: einem Menschen nachgehen und die eigenen Schritte mit seinen synchronisieren, so lange, bis er sich einmal scheu umblickt; dabei die Zeit stoppen. Die Zeit, die es dauert, bis er sich umwendet, ist dann genau die Zeit, die man am Abend beim Herumzappen zwischen den Fernsehkanälen zur Verfügung hat, der Sender, bei dem man nach den, sagen wir, fünf Minuten und siebenundzwanzig Sekunden gelandet ist, muss so lange angeschaut werden, bis das Programm sich *umwendet*, das heißt in die Werbung schaltet. Oder *Anbetung*: einen unbekannten Menschen in einem Park zu einem Heiligen erklären und sich ihm ehrfürchtig nähern, ohne dass er es merkt. Wenn dabei das eigene Herz tatsächlich wild zu schlagen beginnt, hat man gewonnen. Man kann den Menschen dann eine Weile still verehren und das angenehm dunkelgoldene Gefühl genießen, das sich dabei auf der Kopfhaut einstellt.

Wann hatte sie gelernt, wie man mit Männern umging? Eine Szene: Jungen kamen angelaufen und forderten Natalie und einige Freundinnen auf, mitzukommen. Kommt, schnell, den Typen müsst ihr sehen! Es ging um einen Mann namens Heimo. Er zeigte den Kids Bilder von dem, was er gerne machen würde, aber er wollte keine zu jungen Menschen, es gehe ihm nicht um *das*, achtzehn, wer von euch ist achtzehn, fragte er. Es geht mir nicht um *das*. Es geht mir nur um die Überwindung des Würgereizes, das ist das Großartigste, was ich je gesehen habe! Beim ersten Mal sind mir die Tränen gekommen! Es ist so schön, so perfekt, so ein tiefer Liebesbeweis, von so simpler Wirksamkeit. – Und sie alle deuteten auf Natalie, die macht's, schrien einige Jungen, Natalie zeigte ihnen den Mittelfinger. Heimo meinte, nein, nein, keine Kinder, ich frage nur, ob das jemand kann, ob ihr jemanden wisst hier … Dann ging er schließlich mit Vanessa mit. Er wollte kein Geld bezahlen, denn: Das ist gerade das, wovor ich Angst habe, sagte er. Und dann war er so aufgeregt, dass er nicht konnte, war schüchtern, erzählte ihr von zuhause, von seinem Leben, sie schickte ihn weg. Und er saß in einer Ecke, kreidebleich. Und dann kam er, als sie schon längst den anderen alles erzählte, lachend angelaufen, mit einem halbsteif gekneteten Glied, peinlich, und sagte: Jetzt könnte ich, jetzt wär's möglich. Hau ab, du Freak!, schrie Vanessa. Und der Typ namens Heimo war vollkommen verstört, er hatte einmal die Möglichkeit gehabt, einmal, da war die Möglichkeit, und er konnte nicht. Natalie fühlte mit ihm, aber ließ es sich nicht anmerken. Und dann, auf dem Heimweg, roch es überall nach Herbst. Immer wenn sie den Hund von Vanessa bodennah in den gefallenen Kastanien herumkötern sah, bekam sie ein pfotiges, rollwarmes Gefühl in den Händen. Die letzten warmen Tage jenes Jahres.

Am Abend stand Natalie nackt vor einem Spiegel. Sie hatte ihn dazu extra aus dem Schrank geholt (normalerweise mochte sie keine menschengroßen Spiegel, hatte ihn aber trotzdem nicht in der alten Wohnung zurücklassen können, weil sie dauernd daran denken musste, wie der Spiegel traurig und blind wurde). Da war er, ihr hässlicher unweiblicher Körper. Mein Gott, die Kritik dieses Idioten hat dich wirklich getroffen. Nutzloses Vieh, dachte sie. Das Gesicht im Spiegel sah kindlich beleidigt aus.

Sie stellte sich seitlich und betrachtete ihre Figur. Alles zeigte in geraden Linien nach unten. Zu ihrem Trost rief sie sich Markus ins Gedächtnis, wie er in der Badewanne vor ihr gekniet war und ihren Urinstrahl in seinem Mund aufgefangen hatte. Dabei war er ganz aufgeregt gewesen und hatte, sich verschluckend und lachend, gesagt: Du perfekte Frau, du perfekte, wunderbare Frau! Es war albern, sich das jetzt so vorzusagen, aber: Ja, auch ich kann jemanden erregen.

Dann fiel ihr der Arzt ein, der sie mit achtzehn untersucht hatte, weil ihr Vater sich Sorgen gemacht hatte. Natalie war so viel dünner als der Rest der Familie. Dabei aß sie ganz normal. Außerdem war achtzehn gar nicht mehr das Alter, in dem man plötzlich magersüchtig wurde. Der Arzt, ein älterer Herr mit einer bundespräsidentenhaften Bedeutsamkeit in der Stimme, hatte sie gebeten, ihre Arme zu heben und sich zu strecken. Und dann kam der Satz.

Ein Oberkörper wie ein Sack voller Hirschgeweihe.

Er verschrieb ihr Astronautennahrung für einen Monat, kleine Tetrapaks mit einer puddingartigen Masse darin, kalorienhaltig und energiereich; davon eines, maximal zwei am Tag. Ihr wurde immer schlecht davon. Der Natalie im Spiegel sah man die schmerzhafte Erinnerung an diese Zeit deutlich an. Sie stand da, nackt und unattraktiv. Unweiblich. Scheiß drauf.

– Scheiß. Drauf.

Sie sagte es laut, das fühlte sich besser an. Aber: Ihre Brüste waren tatsächlich unterschiedlich groß. Allerdings nur in einem geringen Maße. Man sah es fast nicht. Zumindest nicht, wenn man so … Aber wenn man sich so hinstellte: Ja, okay. Ihr Gesicht war aber eindeutig weiblich. Eigentlich ein hübsches Gesicht. Und wieder dachte sie an Markus: Wenn er sie geküsst hatte, waren seine Hände immer seitlich an ihren Wangen gelegen. Er hatte sie nur sanft berührt, es wirkte so, als wollte er einen wackligen Bilderrahmen gerade halten. Sie war sehr dünn, okay. Sie hatte überhaupt keinen Hintern. Aber lange Beine. Und verschieden große Brüste. Arschloch, verdammtes! Was war dieser Dorm schon? Ein Krüppel im Rollstuhl, ein psychotischer Verrückter, ein elender schwuler – sie stoppte die wütende Tirade. Unfair. Dass er homosexuell war, war ja nicht – Aber er ist ein elender, bösartiger Freak! So. Stalker. Und jetzt kein weiterer Gedanke mehr an ihn!

Aber ihre Hand hatte schon begonnen, ihre linke Brust abzutasten. Und wenn die linke drankam, musste natürlich auch die rechte drankommen. Natalie dachte das Wort *tasten*, immer und immer wieder, während sie tastete.

Und da war was.

Nein, es war nichts. Wieso hatte er sie überhaupt wahrgenommen? Die Asymmetrie. Er hatte sie doch nie mit nacktem Oberkörper gesehen. Alle Brüste waren asymmetrisch. Also …

Scheiße, da war wirklich was.

Nein, warte. Nein. Sie schüttelte die Finger aus.

Okay, noch mal.

Ein Knoten? Jedenfalls war da was! Wie war die Definition von einem Knoten in der Brust? Ist alles, was man ertastet, ein Knoten?

Natalie ging, ohne sich etwas überzuziehen, ins Schlafzimmer und holte ihr iPhone, das dort an der Steckdose hing. Sie gab ein: *Knoten ertasten Brust*. Es kamen Millionen von Suchergebnissen.

Sie klickte die ersten vier, fünf an, es waren ausnahmslos grauenvolle Schautafeln, und eine Anleitung war auch dabei. Fast konnte sie vermeiden, sie zu lesen. Aber dann tat sie es doch. Verdammt, sie hatte alles genau richtig gemacht!

Sie legte das iPhone weg und betastete sich noch einmal. Klar, es musste einen Grund für die Asymmetrie geben. Wenn sie selbst diesem widerlichen Freak auffiel. Vielleicht bin ich einfach nur blind. Sie dachte an Markus und an das eine Mal, als er an ihrer Brust geleckt und gesaugt hatte – und es würgte sie. Karzinom, dachte sie. Karzinom im Mund.

Die Panikattacke war im Grunde schon da, es half nicht mehr, sich selbst zu beruhigen. Es war zu spät. Ich will nicht sterben, dachte sie. Die Wohnung schloss sich um sie, und der abendrote Sonnenschein war hoffnungslos und entsetzlich.

Sie stolperte zu ihrem Tablettenvorrat.

Lexotanil, eine ganze.

– Dafür bring ich ihn um, dachte sie, als sie die Pille schluckte. Wenn ich gesund bin, tret ich ihn mitsamt seinem Rollstuhl eine Treppe hinunter!

Am nächsten Morgen ging sie zur Arbeit, spielte mit Mike ein Spiel, half B beim Umtopfen einer riesigen Pflanze, teilte das Mittagessen aus und grüßte Herrn Dorm im Gang, half dem Zivi bei einer einfachen Arbeit und hörte sich dabei dessen zusammenhangloses Geschwätz über heilige Pilze an. Sie ließ *Bird 1* von Underworld auf dem iPhone laufen und tat so, als sei sie in der Disco. Irgendetwas hatte sie vergessen. Sie dachte noch einmal über das sonderbare Bild des im Küchenfenster erscheinenden Kopfes nach. Der Zivi hatte ihr gesagt, Magic Mushrooms seien in Wirklichkeit die Stimme der Erdenseele. Über diesen Kommunikationskanal spreche sie mit uns seit Jahrhunderten und mache uns Vorschläge. Aber da die Menschen und die Erde so verschieden seien, verstehen wir nicht viel und haben nur überwältigende Visionen. Der Planet Erde habe nämlich gemerkt, dass die Sonne eine finite Lebensdauer besitzt, irgendwann wird sie sich aufbäumen und ihn verbrennen, und er versuchte deshalb, sich selbst aus der Gefahrenzone zu bringen, indem er uns die Pilze gibt, die unser Bewusstsein erweitern, so sehr, dass wir kreativ werden, Dinge erfinden und am Ende den Planeten retten. Die allein im Weltraum herumtreibenden *rogue planets*, also solche, die nicht um ein Zentralgestirn kreisten, seien durch die jeweilige Menschheit befreite Planeten, aber bei uns seien eben noch nicht so viele Leute mit den Pilzen vertraut. Der Zivi empfahl ihr ein Buch über dieses Thema. Natalie schnippte ihm mit dem Finger auf die Nase und ließ ihn stehen.

Erst auf dem Heimweg, als ihr Blick an einer Schokoriegelverpackung auf dem Asphalt hängenblieb, fiel ihr ein, dass sie ja Todesangst haben sollte. Die Szene von gestern Abend kam ihr mit einem Mal wieder in den Sinn. Sie hatte sie vergessen!

Wie hatte sie nur – Sie brauchte eine Mammographie, sofort! Sie hatte ja etwas ertastet. In Panik rief sie ihren Vater an. Es war ein Festnetztelefon, man konnte es ewig lang klingeln lassen, und er ging auch erst nach Ewigkeiten ran.

Sie erklärte ihm das Problem. Er sprach ruhig mit ihr. Er kenne doch so viele Ärzte, sagte sie, er müsse ihr sofort helfen! Er versuchte noch einmal, sie zu beruhigen. Sie dürfe sich nicht hineinsteigern. Sie steigere sich doch nicht hinein, rief Natalie. Das sei real! Das geschehe hier und jetzt! Und um in dem schleppend langsam voranschreitenden Gespräch vorzuspulen, begann sie zu weinen.

– Ich hab dich so lang nicht mehr gehört, sagte ihr Vater.

– Aber das ist ein Notfall!, schrie Natalie.

Gut, er versprach ihr, einen befreundeten Radiologen zu fragen, ob er sie heute Nachmittag noch dazwischenquetschen könne. Natalie brach in dankbares Lachen aus. Das komme bestimmt hundert Mal vor, sagte sie, um Bestätigung flehend, das passiere bestimmt sehr oft, dass man da was ertaste, oder?

– Ja, Mädchen, sagte ihr Vater.

Und als sie dann wieder losheulte, sagte er:

– Nein, du musst doch nicht. Jetzt warte doch erst mal ab, was der. Nein, komm. Maus, hör zu.

Natalie saß im Wartezimmer und hasste die Zeit. Der Planet hatte Angst vor der Sonne. Geschah ihm recht. Er wird verglühen. Ich rühr bestimmt keinen Finger, um ihn aus der Gefahrenzone zu bringen. Scheiß Pilze. Verdammte Zeit. Überall hockte sie und verlangsamte sich immer mehr. Als feierlich großziffrige Uhr an der Wand. Als Armbanduhr, auf jedem einzelnen Handgelenk im Raum (sieben Personen im Wartezimmer). Sogar als Angabe auf dem Display des iPhones. Sie hatte vergessen, es aufzuladen, also schonte sie es. Sie hielt es nur in der Hand und wischte an Schmierflecken herum. Nachmittag in einer radiologischen Praxis. Ein Strohhut hing auf dem Kleiderständer. Nachts wohnten hier Kobolde.

Alle möglichen Menschen wurden pausenlos aufgerufen,

nur sie nicht. Manche sogar zweimal! Gut, sie hatte keinen seit langer Zeit feststehenden Termin. Aber man hatte sie gebeten, Platz zu nehmen. Die Überweisung vom Hausarzt würde sie nachbringen.

Die Assistentinnen waren alle weiß angezogen und schauten so bäuerinnenhaft kerngesund, dass es richtig beleidigend war.

– Frau Reinegger?

Natalie sprang auf. Sie hielt der Assistentin ihre Hand hin, aber diese bemerkte es nicht, weil sie Natalie den Weg wies, hinein in die schummrige Röntgenkabine. Sie bat sie, den Oberkörper freizumachen, Kettchen, Piercings, nein?, alles ablegen und hinter Ihnen absperren, damit niemand die Tür aufmacht. Super. Natalie bemerkte, dass sie zitterte. Außerdem musste sie dringend aufs Klo.

Dann stand sie da, es war eiskalt, und sie wurde von der Assistentin freundlich zur Röntgenmaschine gebracht, und die Assistentin hatte natürlich große, üppige, verschlafene Brüste. *Siegerinnen*, dachte Natalie. Außerdem hatte sie eine weiße Narbe an einer Augenbraue, wie Mario.

– Bitte ganz nah rangehen, sagte die Frau.

Sie drückte Natalie gegen das Gerät.

– Bei mir geht das wahrscheinlich nicht, sagte Natalie mit einem entschuldigenden Lächeln.

Todgeweihte, die treuherzig werden, dachte sie. Kindchenschema. Das hatte B gesagt. Sterbende, die sanft und verbindlich wurden.

– Geht schon, sagte die Frau. Jetzt bitte so. Nein, so. Am besten mit dem Oberkörper ganz nach vorne. Super. Das wird jetzt ein bisschen unangenehm.

Eine Schraubstock-Vorrichtung drückte ihre linke Brust zusammen. Es war nicht besonders unangenehm, aber dann wurde der Griff fester und fester, und Natalie stöhnte auf.

– Geht's?, fragte die Assistentin.

– Jaja, keuchte Natalie.

Die erste Aufnahme wurde gemacht. Hoffentlich kriegst du

jedes Mal eine ordentliche Röntgendosis mit auf den Weg, du Sadistin, dachte Natalie.

Die rechte Brust kam dran, und es tat noch mehr weh. Natalie dachte an Schrottpressen für Autos. Glänzende Metallwürfel, die früher der Stolz des Vaters bei Familienausflügen gewesen waren. Hund und Kinder auf dem Rücksitz, Picknickkorb auf dem Schoß der Frau –

– So, jetzt noch quer, sagte die Assistentin.

– Was?

– Es werden noch zwei Aufnahmen quer gemacht, erläuterte die Frau.

Natalie fügte sich. Es war alles sehr entwürdigend. Eigentlich konnte die Situation nicht schlimmer werden. Gut, sie könnte sich in die Hose machen. Aber die Genugtuung –

– Super. Und jetzt noch die andere. Geht's so?

– Jaja, sagte Natalie.

Als auch die Querquetschaufnahmen fertig waren, durfte sie sich wieder anziehen und zurück ins Wartezimmer gehen, sie werde dann aufgerufen.

Eine Stunde verging. Natalie durchlebte einige Abschiede und Wiederauferstehungen während dieser Zeit. Sie dachte an viele Dinge: An den Moment, als sie Markus eine SMS schrieb, in der stand, dass sie Brustkrebs hatte. Mit einundzwanzig. An ihr Begräbnis. Und an die Art, wie sie sich umbringen würde, denn in die grausame, schwarz strahlende Krebswelt mit ihrem positiven Denken und ihren Hoffnungen auf Remission würde sie nicht gehen, dazu hatte sie absolut keine Lust, oh nein. Sie malte sich sogar aus, wie es sein würde, wenn der Befund doch negativ wäre: Dann ginge sie nach Hause und die Luft wäre frisch und rein und sie würde Herrn Dorm umbringen. Wie er sich überschlug mit seinem Rollstuhl, schreiend und jammernd. Und dann würde sie ihn zertreten und dann … Sie betrachtete ihn, wie er da in einem Winkel ihrer Vorstellungskraft stand, aber nicht mehr mit derselben Wut. Es überraschte sie, und sie fragte sich, woran das liegen mochte, vielleicht daran, dass sie innerhalb dieser einen Stunde hier den Verstand verloren hatte. Vielleicht werden Sterbende mild, dachte sie. Versöhnlich. Der erste Schritt.

In diesem Augenblick wurde sie aufgerufen.

Der Radiologe war um die sechzig. Er sah genauso aus wie Herr Weinrauch, der alte, herrlich inkohärente Schwimmbad-Mann von damals, ein ganzer Nachmittag Non sequitur, Schlange stehen und Heulen im Kino. Natalie fühlte, wie eine Woge von Zuneigung diesem Mann entgegenschwappte, er hatte es in der Hand, über sie zu entscheiden, also wollte sie, dass er sie gern hatte, er kannte sie doch noch gar nicht, er wusste nicht, um was es hier ging, bitte –

– Bitte setzen Sie sich, sagte er.

Oh Gott, nein. Bitte nein. Diesen Satz sagte man nur zu jemandem, dem man etwas erklären, dem man etwas *schonend beibringen* musste.

– Auf den Bildern ist so weit nichts zu sehen. Bitte machen Sie den Oberkörper kurz frei.

Natalie beeilte sich, dieser Aufforderung nachzukommen. Auf den Bildern nichts zu sehen. War das schon eine Entwarnung? Oder bedeutete es, dass die Bilder unbrauchbar waren, weil ihre Brüste zu klein waren für die Maschine?

– Mmmh, ja, sagte der Arzt, als er – ohne Vorwarnung – ihre Brust abtastete. Mmmh, nein, da ist alles in Ordnung.

Dann strich er glibberiges Gel auf eine Art Barcodescanner. Ultraschall, korrigierte sich Natalie. Das letzte Mittel. Damit findet er es.

Es dauerte nicht lange. Der Arzt musste niesen.

– Gesundheit!, sagte Natalie.

Es klang wie ein Flehen.

– Danke. Ja, also, Frau Reinegger, Sie können sich wieder anziehen. Alles so weit in Ordnung. Sie können beruhigt sein. Aber, ich muss sagen: vorbildlich. In Ihrem Alter. Da denken die meisten noch überhaupt nicht an Vorsorgeuntersuchungen.

Er gab ihr die Hand und ging in den angrenzenden Untersuchungsraum, zur nächsten Person. Ah, eines noch! Der Arzt kam zurück und sagte etwas.

Natalie erstarrte.

Aber er erkundigte sich nach *dem Vati*, den habe er ja schon lang nicht mehr im Clubhaus gesehen, den müsse man auch wieder mal umtopfen, haha.

Natalie lachte, dann kamen ihr die Tränen, aber der Arzt sah es nicht, er war endgültig gegangen.

Da sie sich in der Umkleidekabine lange nicht rührte, wurden Natalie ihre Kleidungsstücke gereicht, T-Shirt und Jeans. Man verabschiedete sich von ihr. Sie ging aus der Praxis. Erst im Treppenhaus fing sie wieder zu atmen an. Ihr erster Gedanke war: Ich bring ihn um, diesen verdammten Sack in seinem Rollstuhl. Ich bring ihn um. Mit einem Bügeleisen. Und einem Stück Schnur. Sie stellte sich Abenteuerliches vor. Dann ging sie wie in einer Wolke dahin, ich werde nicht sterben, es war nichts, ich bin gesund. Ich darf zurück auf die Erde spielen gehen. Noch nicht nach Hause in die Unterwelt. Und das alles an einem einzigen Tag. Nicht mal vierundzwanzig Stunden. Den Rest des Abends verbrachte sie mit Rachefantasien, dann schrieb sie SMS an Frank und an Markus, die beide nicht antworteten. Sie lief den nächtlichen Radweg entlang und zeigte den Sternen den Mittelfinger. Sie trat eine Coladose in ein Gebüsch, aus dem irgendetwas flüchtete. Sie kehrte nach Hause zurück und vergrub sich auf der Couch, eine dicke Decke über ihrem Körper, Kopfhörer in den Ohren. You are the Röntgenarzt beneath my wings.

Zu ihrer großen Überraschung begrüßte sie Herrn Dorm am nächsten Tag heiter, fast überschwänglich. Eigentlich hatte sie ihn umbringen wollen, aber jetzt hatte sie das bizarre Bedürfnis, ihm zu danken. Sie fand außerdem, dass er heute sehr gut aussah. Für seine Verhältnisse. Ja. Er war nicht unhübsch an diesem Morgen.

– Was ist so komisch?, fragte er irritiert.

– Ach, nichts, Herr Dorm, sagte Natalie. Es ist einfach ein schöner Tag. Finden Sie nicht?

– Heiß ist es, sagte er achselzuckend.

– Was würden Sie dazu sagen, wenn ich Sie einfach hochhebe?, fragte sie.

Dorm schaute sie an.

– Viel Glück dabei, sagte er.

Elisabeth

Die Beleidigungen von Herrn Dorm hörten natürlich nicht auf, sie bildeten einen beständigen Ohrwurm der folgenden Tage und Wochen. Natalie versuchte, ihn mit Ace of Base oder ABBA zu löschen, aber es wirkte bei Sprache nicht. Für reine Tonfall- und Stimmfarben-Ohrwürmer gab es vielleicht keine Cleaner. Nicht mal die Essgeräusche, in hoher Lautstärke angehört, brachten einen nennenswerten Erfolg. Ihre Augenlider waren flimmerig und empfindlich, und nachdem die Erleichterung über den negativen Befund der Brustuntersuchung abgeklungen war, erzeugten die immer wieder in ihr hochkochenden Erinnerungen an die Beleidigungen neue Rachefantasien.

In der Ausbildung hatten sie dieses Problem manchmal angesprochen, einigen fiel es leicht, dieses Clean-Bleiben, andere entwickelten eine fast touretteartig starke Neigung zur Imitation ihrer Klienten. *Klienten* – so hatten sie es damals natürlich nicht genannt. Ihre Lehrerinnen waren alle etwas älter gewesen und verwendeten noch Ausdrücke wie *Behinderte, Blinde, Gelähmte, Verunglückte.* Sogar das Wort *Patienten* war damals einige Male gefallen. Finsterstes Mittelalter.

Natalie ging in den SPAR-Supermarkt und kaufte einige Bestandteile des Abendessens ein. Einen eingeschweißten Avocadosalat und eine knisternde Packung Sojasprossen. Während sie in der Schlange vor der Kasse stand, tötete sie der Reihe nach alle Menschen vor ihr, jeden auf eine andere Art. Nur das Baby, das in einem Einkaufswagen saß, umgeben von bunten und formenreichen Geschenken, ließ sie aus. Allerdings, dachte sie, war von allen anwesenden Menschen hier dieses Baby wahrscheinlich das insgeheim grausamste Lebewesen. Sie nahm ihr iPhone und schickte eine SMS an Markus: *ich hab ein kleines ferkelchen gestreichelt heute. comment?* Nach einer Minute schaute sie wieder auf das Display. Keine Antwort. Sie steckte Kopfhörer in das iPhone und hörte sich Essgeräusche an. So ging die Wartezeit schneller vorbei. Irgendwann blickte das Baby auf und fixierte Natalie. Sie lächelte und winkte dem Kind zu. Es verzog keine Miene. Ferkelchen, dachte sie. Sie hatte sich überhaupt keine Antwort überlegt für den Fall, dass Markus nachfragte: *Wo hast du denn …* und so weiter. Also beschloss sie, dass jemand ins Wohnheim gekommen war, der auf solche Dinge spezialisiert war. Ein Heilpraktiker, der vor allem mit Schweinen arbeitete. Nicht Delfine, nicht Pferde, nicht Katzen, sondern eben Therapieschweine. Man befühlte ihre Schnauzen und hörte ihnen beim Mampfen von Maiskolben zu. *Crunch, crunch, crunch*, das iPhone spielte gerade die Aufnahme mit den Cornflakes. Sie steckte eine lange Nadel in den Schädel des Babys, aber die Nadel bestand, so entschied Natalie, aus diesem Nano-Tube-Material und war so dünn, dass sie zwischen den Körperzellen durchschlüpfte und nichts verletzte. Ein Mann in der Parallelschlange, in der alles schneller ging, hielt eine große Wassermelone in der Hand. Natalie schlug ihm den Kopf ab und schraubte die Melone auf seinen Hals, damit die Blutzirkulation weiterging. In diesem Zustand brachte sie ihn in die Notaufnahme, blind, taub und verwirrt, seine Hände tasteten ständig an der lebensrettenden Melone herum und wollten sie abreißen, aber man ließ ihn nicht, denn das hätte seinen sicheren Tod bedeutet. Man schrieb ihm in die Handfläche, dass er in Sicherheit sei, man werde sich hier gut um ihn kümmern. Aber er begriff nicht, schlug und trat um sich, und man musste ihn mit Gurten fixieren und die Melone an seinem Kopf doppelt und dreifach festschrauben, damit sie sich nicht vom Hals löste. Natalie lachte. Nudeln, dachte sie. Das wäre gut, heute Abend. Gebratene Nudeln, dazu den Avocadosalat.

Als Natalie aus dem Supermarkt trat, hatte sich das Wetter verändert. Vorher war es heiß gewesen, jetzt war es *egal*. Spielte keine Rolle mehr. Glasiger Nullblick des Planeten. Das bedeutete, sie konnte heute noch Rad fahren oder joggen. Vielleicht würde dabei ihre aggressive Stimmung verfliegen. Und hinterher Nudeln. Allmählich begann sich ein angenehmes, geborgenes Gefühl einzustellen. Auf dem iPhone kontrollierte sie das Fernsehprogramm. Zwei Live-Sendungen, beide Male Sport, aber okay.

Als sie die Treppen zu ihrer Wohnung hochstieg, drängte sich die Stimme von Herrn Dorm ins Gedächtnis. Er hatte ihr das mit der Sanduhr-Figur an den Kopf geworfen. Dann hatte er ihr gesagt, sie sei aus Schleim entstanden, das könne er nicht ertragen. Das ist jetzt deine Arbeit, sagte sie sich. Dabei hasse ich ihn. Ich hasse seine Stimme, seinen dummen Blick! Wenn ich ihn sehe, möchte ich ihn am liebsten die Treppe hinuntertreten! Aber sie hatte bewiesen, dass sie eine Ausbildung beenden und einer echten, geregelten Arbeit nachgehen konnte. Niemand, nicht einmal ihre Mutter, sprach mehr von den alten Sachen. Von dem auffälligen Verhalten, dem Schulwechsel, dem Xanor im Zahnputzbecher, dem Herumtreiben. Und ihr Vater hatte ihr mit dem Röntgenarzt geholfen; auch er sah, dass sie für sich selbst sorgen konnte. Und ihr Bruder wusste es auch, wo immer er auch war.

Sie blieb stehen und starrte ihre Wohnungstür an. Dann verdrängte sie den Gedanken, der ihr gekommen war, öffnete die Tür und trat ein.

Am nächsten Tag nach der Arbeit lag Natalie im angenehm grün leuchtenden Schutzschild der Live-Übertragung eines Tennismatchs auf dem Sofa. Friedliche Stunden, wohleingerichtete Welt. Sie hatte einen ausgedruckten Zettel vor sich liegen, aber er war nicht die Hauptsache im Raum, sagte sie sich. Trotzdem konnte sie nicht abstreiten, dass eine große Anziehungskraft von diesem Zettel ausging, wie von einer Vogelscheuche auf einem kahlen Feld oder einem exotischen Tier in einem Käfig.

Nein, wir wollen jetzt nicht an den Zettel denken. Es war nur eine Kurzschlussreaktion gewesen, Dorm hatte wieder etwas Dummes gesagt, nur so nebenbei, gar nichts Wichtiges. Normalerweise unterliefen ihr solche unprofessionellen Handlungen nicht. Gut, wenn man es genau betrachtete, war es ja nicht einmal was Illegales. Sie hatte die Adresse, die sie in Dorms Akte gefunden hatte, schon im aktuellen Telefonbuch kontrolliert, sie schien noch zu stimmen. Dorm, stand da. *Elisabeth* Dorm. Das war die Schwester. Und auch die Namen der Eltern hatte sie sich aufgeschrieben, Gunnar und Dr. Johanna Dorm.

Was meinst du?, dachte sie in Chats Richtung. Der Kater bewegte sich nicht. Er lag auf der Seite, spätsommerträge, sein Fell hatte sich mit Wärme vollgesogen, und nun strahlte er sie ab, in feinen, sanften Wellen. Seine Augen hatten diese vornehme Halbgeschlossenheit von Katzen, die sich in Sicherheit wissen, er hatte die Weltgeschichte auf seiner Seite, ein Teil seines Geistes weilte im Altertum, ein anderer in einer fernen und unvorstellbaren Zukunft. Katzen waren die Konstanten, die durch die menschlichen Besiedelungen wanderten. Kleine Knotenpunkte. Woran dachte er? An den Weltenbrand, bestimmt. Und es machte ihn froh.

Ich versuche bloß, mich abzulenken, sagte sich Natalie. Es war Nachmittag, man hatte noch Zeit. Draußen war es einladend hell. Man konnte einkaufen gehen, alle Geschäfte waren offen, der Abendverkehr hatte noch nicht richtig begonnen, man konnte in jeden Winkel der Stadt gelangen, ohne große Verzögerungen einplanen zu müssen. Öffentliche Verkehrsmittel fuhren im Minutentakt.

Verdammter Frühdienst, dachte sie und setzte sich auf. Sie nahm den Zettel in die Hand. Aber es half ihr ja auch nicht weiter, wenn sie … Diese Leute wollten mit der ganzen Angelegenheit nichts zu tun haben. Dass sie in der Akte standen, war reine Formsache, für den Fall, dass etwas passierte mit ihm. Was würden sie wohl sagen, wenn sie ihnen erzählte, was mit ihrem –

Chat schüttelte sich, putzte sich die Pfote, putzte ein unangenehmes Traumbild fort.

– Eben, sagte Natalie.

Sie legte den Zettel weg, aber es half nichts, sie wusste die Adresse längst auswendig. Und auch im iPhone war sie bereits eingegeben worden, das Kartenprogramm hatte einen blauen, zittrigen Fußweg vorgeschlagen, den kürzesten, der ihm einfiel. Alles war dafür, dass sie hinging, eine Verschwörung.

Als sie aufstand und sich die Schuhe anzog, folgte ihr Chat, so wie er es immer tat. Er hatte verstanden, er konnte nicht bleiben, vielleicht würde er später am Abend noch einmal vor der Wohnungstür miauen.

– Tut mir leid, sagte sie. Du könntest ja auch hier warten.

Sie deutete in die Wohnung.

Aber die Räume ohne die Anwesenheit ihrer Verwalterin waren dem Kater nicht recht geheuer. Wenn sie ging, ging auch er. Er trabte mit ihr durchs Treppenhaus und verwandelte sich auf den letzten Stufen in einen völlig Fremden, wich ihrem Abschieds-Streichelversuch irritiert aus, bog ab, kannte sie nicht mehr und verschwand, über die Liegestühle springend, hinter den Büschen des Hofs.

Natalie stand auf dem Gehsteig. Nachmittagssonne, mattgolden und schwer. Sie setzte sich in Bewegung, aber blieb gleich wieder stehen. Dummer Zettel. Dumme Idee. Was wollte sie denn eigentlich anfangen, wenn sie dort war? Zumindest das musste sie sich vorher überlegen. Während sie nachdachte, ging sie ein paar Schritte, kramte zur Tarnung das iPhone aus der Tasche und tat so, als interagiere sie mit ihm, tippte irgendwelche Anwendungen an und schloss sie gleich wieder. Während sie überlegte, schickte sie eine Kopie ihrer selbst voraus, sie stellte sich den Weg dieser zweiten Natalie vor, ein dünnes, langgliedriges Weibchen mit kurzen Haaren. Wie wäre es wohl, wenn jeder Mensch seine eigene Bewegungsspur im Raum sehen könnte? Nur er, für die anderen war sie unsichtbar. Ein natalieförmiger, grotesk langgezogener Korridor in der Luft, wie man ihn angeblich im bodennahen Winternebel von Venedig hinterlässt oder vielleicht auch wie im Video von The White Stripes, *Seven Nation Army*, jede Bewegung, jeder Beat schafft eine weitere Kopie. Man könnte immer zurückgehen und am Grad des Verfalls der Eigenkopie feststellen, wie lange es her ist, dass man hier durchgekommen ist. Alle Kopien waren unvollständig und hologrammmäßig mürbe, wie schmale Schränke mit einer fehlenden Wand, innen hohl, pixelig. Man konnte sich selbst studieren, in dieser und jener schwierigen Situation damals, oder auch, als Geste der Intimität, andere einladen, um mit ihnen die eigene Spur abzugehen, und man erzählt ihnen, also hier bin ich so und hier so, und der Gast nickt und weist auf einige interessante Überschneidungen mit seiner eigenen Spur hin.

Sie hatte keine Ahnung, was sie tun sollte, wenn sie in der Straße angelangt war und vor dem Haus stand, in dem die Schwester wohnte. Entschuldigen Sie bitte, aber sind Sie zufällig Elisabeth Dorm? Mein Name ist Natalie Reinegger, ich arbeite mit Ihrem Bruder. Er hasst mich. Aber er bekommt oft Besuch von. Und ich dachte mir, dass Sie vielleicht.

An der Bushaltestelle stand sie zusammen mit einigen Leuten, die Einkaufstaschen trugen. Die Menschen sahen mit diesen Taschen nicht unbedingt vollständiger aus, fand Natalie. Ein junger Mann hielt einen blauen Bleistift zwischen den Lippen, wie eine Zigarette.

Sie schaute auf ihr iPhone, öffnete die Karten-App, vielleicht war es ja nah genug, um zu Fuß zu gehen. Das Telefon hatte sie, ohne dass sie darum gebeten hatte, bereits lokalisiert: *hier* – ein kleiner blauer Punkt an der Straßenecke. Und dieser kleine blaue Punkt, der sie selbst war, sendete konzentrische blaue Radar-Ringe aus, wie Hilferufe auf See. Alle diese Leute, die um sie herumstanden, wurden von den blauen Ringen durchdrungen. Sie tippte das Display an, um ein wenig hineinzuzoomen, die Straße gewann an Details. Die Ringe, die Natalie aussandte, hatten immer noch eine gewaltige Reichweite, sie durchdrangen alle Gebäude in der Umgebung. In diesen Gebäuden hockten ahnungslose Menschen und wurden durchpulst von ihrer Anwesenheit, die in Wirklichkeit nur ein erfolgreich geführtes Zwiegespräch eines kleinen elektronischen Geräts und eines Satelliten in der Erdumlaufbahn war. Es war seltsam, aber direkt unbegreiflich war es nicht. Dann war der Bus da und öffnete sich, tauschte Menschen gegen andere aus. Natalie stieg als Letzte ein.

Fast während der ganzen Fahrt saß ihr im Bus eine Frau gegenüber, die sich unaufhörlich schnäuzte. Irgendwann kam nur noch ungebremste Luft, beide Nasenlöcher waren längst frei, es war entsetzlich.

Natalie dachte daran, dass vermutlich niemand je dieser Frau aus Mitgefühl eine Droge in ein Getränk mischen würde. Um sie aufzulockern und zu befreien von ... dem hier. Auch würde ihr niemand je aus Mitleid eine runterhauen. Oder ihr aus Mitleid die Augenbrauen rasieren, nachts, wenn sie schlief. Außerdem hatte sie wahrscheinlich keine Ahnung, dass sie eine nach vielen Fehlstarts und Beta-Tests endlich fehlerlos ablaufende Simulation in einem Computerprogramm war. Dabei sah man es ihr deutlich an. In einer Dokumentation hatte sie vom Phänomen der Singularität gehört, einem Ereignis in der nahen Zukunft (von 2040 war die Rede gewesen), das mit Computern oder Robotern zu tun hatte. Irgendwann würden die Computer so weit sein, dass sie alle vergangenen Zeitpunkte und Informationsbestände, die es im Universum je gegeben hatte, nachberechnen konnten. Die gesamte Naturgeschichte wäre dann rekonstruierbar. Allerdings – und dies war Natalies eigene Überlegung gewesen – war die Natur zyklisch. Tod und Leben, die Jahreszeiten oder die Generationen, das alles folgte einer Kreisbewegung. (Wer hatte noch gleich dieses komische T-Shirt getragen, das mit *Repeat Your Generation ...*? Sie konnte sich nicht erinnern. Doch nicht etwa Herr Dorm? Wenn sie an das Hemd und die Aufschrift dachte, sah sie es immer an ihm.) Die Technik war dagegen linear, sie folgte einer gedachten Linie und war für Endpunkte und Entwicklungen empfänglich. Und genau das ist der Beweis dafür, dass wir uns bereits innerhalb dieses zukünftigen *Reverse Engineering* befinden, in der Simulation des großen Computers, also jenseits der Singularität. Denn er bekommt alles, was sich als Kreislauf vollzieht, eben nicht so richtig hin, es unterlaufen ihm kleine Fehler, Zeitschleifen, Glitches. Schau dir die Frau an. Schnäuzt sich schon wieder. Und jetzt riecht sie an ihren Fingern. Dafür hat sie sich den Rotz aus der Nase geblasen.

Damit sie danach an ihren Fingern riechen kann. So was wäre in der normalen, supercomputerlosen Wirklichkeit *vor* der Singularität nie passiert, aber das allwissende Rekonstruktions-Feld, der Supercomputer aus der Zukunft, der uns aufruft, pausenlos und immer alle zugleich, reimt es sich nachträglich so zusammen. Natalie ließ sich in ihrem Sitz zurücksinken und zwang sich, auf etwas anderes zu achten als auf die Pantomimen der unerträglichen Frau.

Es war eine schöne Straße. Sie lag, genauso wie Natalies Straße, nicht weit von einer Bushaltestelle entfernt, das war immer ein Vorteil. So blieb man unabhängig von seinen eigenen Muskeln und deren Launen, von Müdigkeit, Schwindelattacken mitten im Sommer, Auragefühlen, all dem Unvorhersehbaren. Eine Bushaltestelle bedeutete Freiheit. Selbst im schlimmsten Zustand konnte man den Bus nehmen.

Nummer 16, ein Mietshaus. Vier Stockwerke. Und oben eines dieser sonderbaren schmalen Türmchen mit winzigen Fensterläden, wie ein riesiges Schmuckbarometer. Viele Häuser schienen die zu haben, zumindest in dieser Gegend. Die Fassaden waren alt, aber nicht verfallen, im Grunde wirkte alles gut gepflegt. Natalie inspizierte die Autos, die vor dem Haus parkten. Es war lächerlich, und sie wandte sich bald wieder dem Gebäude zu.

Als Erstes das Klingelschild. Sie fuhr die Namen mit dem Zeigefinger ab, aber ihre Augen waren ungeduldig und sprangen gleich zu dem gesuchten Namen. Dorm. Da stand er. Es gab sie wirklich. Kein Vorname allerdings.

Sie konnte unmöglich einfach klingeln. Ihr fiel keine Frage ein, kein wichtiger Grund für einen unangemeldeten Besuch. Und die Frau war ja auch nicht dumm, sie würde natürlich im Wohnheim nachfragen, weshalb man sie zuhause belästigte, und so würde alles seinen Gang nehmen, Gespräche, Teamsitzungen, Kündigungsfristen. Natalie sah sich eine Erklärung abgeben, mit gesenktem Kopf in die Plastik-Eistüte in ihrer Hand sprechend. Aber da fiel ihr Blick auf einen anderen Namen. *Dr. Maximilian Zettl, Zahn-, Mund- und Kieferheilkunde. Alle Kassen.* Sie kontrollierte die Öffnungszeiten, schaute auf die Uhr. Sie war beinahe erleichtert, dass die Praxis schon geschlossen war. Dann ging die Tür auf. Ein Mann quoll ihr entgegen, sie wich ihm aus und presste sich gegen die Klingelschilder, beide murmelten Entschuldigungen, der Mann trug ein unförmiges Paket, in dem Flaschen leise aneinanderklirrten. Auf seinem Kopf saß eine der Jahreszeit völlig unangemessene russische Pelzmütze.

Zwei Schritte, und Natalie stand im kühlen Treppenhaus. Es war ja nicht ihre Schuld. Der komische Mann mit der Mütze. Die Tür hinter ihr fiel zu. Helles Licht gab es jetzt nur noch in kleinen Einheiten, eine schmale Apfelspalte an der Decke und ein glühender Streifen, vermutlich ein Türschlitz, in einiger Entfernung. Der Rest war schummrig, die lichtverwöhnten Augen erkannten noch nicht alles. Sie ging vorsichtig, keine zu schnellen Schritte, keine zu hastigen Bewegungen, auf einen Lichtschalter zu. Bevor sie den Schalter betätigen konnte, musste sie sich sagen – es war jedes Mal dasselbe Ritual –, dass es keine Klingel war, die Klingelknöpfe leuchteten nicht im Dunklen. *Kha!*, hallte es durch das Treppenhaus, als das Licht anging. Sie konnte der Versuchung nicht widerstehen, den Schalter in der Mitte zu balancieren. Aber er war zu widerspenstig, es war unmöglich.

Treppenhäuser generell, aber ganz besonders solche in einem Haus mit Arzt, waren internationale Zonen. Bewohner, die einem entgegenkamen, schöpften keinerlei Verdacht, hatten sich abgewöhnt, unbekannte Menschen zu mustern. Jede Bewegung hier war eine Art Parteienverkehr, ein ständiges Kommen und Gehen. *Transit*, das war das Wort. In einer traumartigen Zeitlupensekunde bemerkte sie, dass sie immer noch ihr eigenes Klingelschildchen auf der Brust trug, NATALIE REINEGGER, sie zupfte es ab und steckte es ein.

Das Wort *OpenSpace* drängte sich auf. Das Souterrain war eindeutig weniger offen als das hier. In Treppenhäusern schien irgendwie alles von allein zu funktionieren. Das Auf und Ab. Ein Treppenhaus war eine Maschine, eine Art Pumpe, es brachte Leute hinauf und Leute hinunter, es sorgte für Austausch. Es war wie eine dieser alten Abbildungen von Fabriken aus der Zeit der Jahrhundertwende, das heißt der vorletzten. Natalie erinnerte sich an ein großformatiges Poster vom Inneren einer solchen Fabrik: lange Flaschenzüge ziehen an unbegreiflichen Gewichten, Eimer wandern an Seilen auf und ab, Kurbelwinden drehen plötzlich durch, Dampf entweicht aus labyrinthischen Rohren, Greifarme tasten blindschnäblig auf Fließbändern herum, Flammen züngeln aus Ofenschlitzen, überall Hebel, Schalter, Gewichte und spiegelverkehrte Gegengewichte. Als Kind konnte sie stundenlang vor diesem Bild sitzen und die Wege verfolgen: Das führt hierhin, dieses Rohr dorthin, wenn man hier kurbelt, hebt sich dieses lange Metallbein, und wenn dieser Strick reißt oder durchtrennt wird … Schließlich aber, sie erinnerte sich noch gut an den Moment, entdeckte sie am linken unteren Rand der Zeichnung eine kleine, herrenlose menschliche Hand, die aus einer Art Backstage-Bereich zu kommen schien und eines der Seile umklammert hielt. Es war kaum zu glauben, dass ihr die Hand so lange nicht aufgefallen war. Von ihr hing alles ab. Wenn sie losließ, fiel das ganze Bild in sich zusammen. Man konnte möglicherweise ein weltumspannendes Flaschenzug-Gefüge bauen, das sich immer weiter und flächendeckender verzweigte und auffächerte – solange es die eine kleine Hand gab, die das eine Ende festhielt, war dem Wachstum des Gebildes keine Grenze gesetzt.

Als Kind liebte Natalie Flaschenzüge, sie stellte sie sich überall vor. An Häuserfronten, hinter den Fenstern großer Gebäudekomplexe und natürlich auch im Inneren ihres Kopfes, in dem die kleine Kontrollhand manchmal losließ, sodass alle Gewichte herunterfielen, Grand Mal. An Flaschenzügen, so dachte sie, würden *in der Stadt der Zukunft* bestimmt alle möglichen Güter transportiert, von einem Hochhausfenster zum anderen, Menschen und Tiere würden in Kisten pausenlos auf und ab wandern, Kinder und miauende Katzen in kleinen Körben, in der ganzen Stadt. Aber heute? Nicht ein einziger Flaschenzug weit und breit. Höchstens manchmal an einer Baustelle, aber der war meist staubbedeckt und besaß nichts von der Anmut und Magie *echter* Flaschenzüge.

Ob seine Schwester ihm ähnlich sah?

Treppenhäuser gaben einen bestimmten Kreislauf vor, man konnte nicht überall hin, sondern musste sich an die vorhandenen Ebenen halten. Hinauf, wohnen, hinunter, herumgehen, interagieren, wieder hinauf. Und die Art, wie Treppenhäuser diese Kreisläufe regelten, hing von ihrem jeweiligen Charakter ab. Da waren zuerst einmal die kathedralenhaften Modelle, die man in bestimmten Altbauhäusern antraf, schon beim Betreten sah man am Ende der ersten, mit einem eleganten Seitwärtsschritt emporsteigenden Treppe das Fenster des düsteren Halbstocks, dieses staubigen Andachtsorts, und durch dieses Fenster fiel immer ein trübes, technicolorfeindliches Licht, auch, wenn draußen strahlender Sommer war. Wie dieser Dämpfungseffekt erzielt wurde, war rätselhaft. Meist wurde er aufgewertet durch die kleinen bautechnischen Besonderheiten, die man üblicherweise in den Altbaustiegenhäusern finden konnte: eine bestimmte Geländerform mit kleinen Löwenköpfen an den Ecksprossen oder die vertraut lehmige Farbe der Stufen, die manchmal in der Mitte eine hutkrempenartige Einbuchtung und Verfärbung aufwiesen, von dem Gewicht der Millionen Füße, die darauf getreten waren, oder ein zwar ernstes und geometrisches, aber sich selbst mühelos fortschreibendes Muster der Bodenfliesen (ein Merkmal, an dem Kinder Treppenhäuser wiedererkennen). Dann gab es die neueren Modelle, die freundlicher, funktionaler und lichtdurchfluteter waren, sie sahen aus, als hätte sie jemand aus auseinandergeklappten Wäscheständern gebaut, Metall und Kunststoff und vielleicht irgendein heller, vogeleihaft gesprenkelter Stein, und in den Halbstöcken standen Pflanzen in großen Töpfen, es roch nach Reinigungsmitteln anstatt nach Zinsertrag, und meist lebte auch ein Fahrstuhl darin, harmlos, zahm und verlässlich. Die Wohnungstüren in den neueren

Treppenhäusern hatten oft verschiedene Farben, und an manchen hingen Erntedankkränze, und Kindergummistiefel trockneten auf der Willkommensmatte. Bunt durcheinanderkullernde Familien wohnten hinter solchen Türen, mit Vätern, die Handstand konnten und ständig sangen und Witze machten, und mit Müttern, die sich nicht schminkten und Spaghetti mit Ketchup kochten. Familien, die helle, ortsunabhängig lachende Nachnamen trugen wie Wukowitz oder Kellermann-Gehrau oder Käferle. In Altbaustiegenhäusern dagegen sah man immer nur Regenschirme und ähnlich tragisch geformte Gegenstände vor den Türen. Und die Namen hatten etwas von Bekenntnissen, man hörte eine rau priesterliche, jägergrüne Stimme, die sie intonierte, heimatlich mulmige Silbengebilde wie Foitlmayr, Leitgeb, Rösselegger oder Lamprecht.

Aus irgendeinem Grund nahm Natalie ganz selbstverständlich an, dass Frau Dorm mindestens ein Stockwerk über der Zahnarztpraxis wohnen musste. Diese war, wie ein kleiner Wegweiser versicherte, im zweiten Stock untergebracht. Ein Déjà-vu-Gefühl stellte sich ein, verging aber gleich wieder. Sie sah einen toten halbierten Nachtfalter an einer Scheibe kleben, wie ein kaputtes Scharnier für eine unsichtbare Flügeltür. Die zweite Hälfte, dachte sie.

Mit einem kleinen Winken ging sie an der geschlossenen Praxistür vorbei.

Tatsächlich, im vierten Stock fand sie die richtige Tür. Sie trat näher und erstarrte. Was sie auf dem Klingelschild sah, war so erstaunlich, dass sie das Erste tat, was ihr in den Sinn kam: Sie machte ein Foto davon. Da das iPhone auf laut eingestellt war, hörte man das charakteristische Fotografiergeräusch.

Dann fotografierte sie, da sie schon mal dabei war, alles andere, was es hier gab: den Fußabtreter vor der Tür (aufschriftlos), die Tür selbst, das Treppenhaus ringsum, die Nachbartür.

Während sie die Fotos auf dem Display kontrollierte, lehnte sich offenbar etwas von innen gegen die Wohnungstür vor ihr, und das Holz gab ein Knacken von sich. Natalie erschrak so, dass sie ein kurzes, glücklicherweise recht heiseres Quietschen von sich gab, dann rannte sie die Treppen hinunter. Sie hörte eine Bewegung hinter, dann über sich, nein, niemand hatte sie gesehen, aber man hatte etwas bemerkt. Eine Stimme war zu hören, aber Natalie hatte einen großen Vorsprung.

Auf der Straße ermahnte sie sich, normal zu gehen. Und nicht andauernd auf ihr iPhone zu schauen. Sie würde später genug Zeit haben, um das zu studieren, was sie auf dem Klingelschild gesehen hatte. Von der Haltestelle aus konnte sie die Eingangstür des Hauses gerade noch erkennen. Niemand kam heraus. Sie hätte ein Fernglas mitnehmen sollen. Sie ertappte ihre Hand dabei, wie sie wieder nach ihrem Telefon tastete. Nein, später. Hier hielten sich noch Menschen auf, sie würden das Foto vielleicht erkennen. Nachbarschaftsgeflechte. Gegenseitige, fürsorgliche Überwachung.

Alles hier war in Blickweite. Man konnte von ihrem Standort aus sogar zwei Bushaltestellen sehen, an denen sie vorbeifahren würden. Das gab es oft, vor allem bei schnurgeraden Straßen, aber hier lag der Fall anders, denn keine Straße verband die Haltestellen, man blickte einfach durch den kleinen Park hindurch … ja, tatsächlich, da drüben war sie vorher vorbeigekommen, Natalie hatte schon aussteigen wollen, weil das iPhone versicherte, sie wäre ganz in der Nähe des Zielortes, aber dann hatte die alte Gewohnheit des Abwartens des richtigen Haltestellennamens doch über die Vernunft des tragbaren GPS-Systems gesiegt.

Nicht in die Tasche greifen.

Wenn man sämtliche Haltestellen vor sich sehen könnte, in einer vollkommen flachen Stadt ohne hohe Gebäude, ohne Erdkrümmung, wäre das bestimmt schlecht für die Psyche, für die Psychohygiene des Busfahrens. Gäbe es keine Gebäude, dann wäre es offensichtlich, wie sinnlos das Leben in einer Stadt war, man springt auf einen dieser Karussell-Waggons auf, ein Bus, ein rollender Radiergummi, und fährt im Kreis. Vielleicht existierte irgendwo in der Stadt eine Art Bienenstock aus Bussen. Mit ihren langwürfeligen Körpern schwirrten sie um die Buskönigin im Inneren des Labyrinths. Und tagsüber fuhren die Drohnen die Busrouten ab, in Schleifen, und wenn sie einander begegneten, tauschten sie Informationen aus über ein gehäuftes Auftreten von Passagieren an bestimmten Straßenecken. Die Sonne ging unter, und sie wurden unruhig und zogen sich zurück, nur einige wenige blieben übrig und irrten durch die Straßen, verstoßene Exemplare, die das Recht, nach Hause gehen zu dürfen, erst zurückgewinnen mussten.

Im Bus kramte sie ihr iPhone hervor und studierte das Bild. Das Klingelschild zeigte den erwartbaren Namen DORM in gedruckten Großbuchstaben, der von einem blauen Kugelschreiber durchgestrichen worden war, und dann, darunter: noch einmal DORM, in etwas kleineren, handgeschriebenen Großbuchstaben. Sie starrte das Foto lange an, tippte es immer wieder an, um hinein- und hinauszuzoomen. Ein Klingelschild mit Geschichte. Mit verschiedenen Zeitebenen. Aber was bedeutete es? Ein durchgestrichener Name zeigt an, dass dieser Mensch nicht mehr im Haus wohnt. Aber dann derselbe Name noch einmal? Sie hatte von einer ehemaligen Kollegin gehört, die mit Nachnamen Peters hieß und einen Mann heiratete, der ebenfalls Peters hieß. Da war es natürlich egal, wer wessen Namen annahm, aber trotzdem, als *Statement* hatte er ihren Namen angenommen, was bürokratisch überhaupt kein Problem gewesen war, man ersetzte einfach einen Eintrag durch einen anderen, und die beiden Einträge waren identisch. Aber eben doch nicht. Denn das eine Wort war ihres, und das andere Wort war seines, und … Natalie musste sich schütteln und sich aufrecht und symmetrisch hinsetzen, damit kein innerer Wirbel entstand. Peters, dachte sie. Statement. Girl Power. Aber was, wenn es jemand anders gewesen war, der das Klingelschild durchgestrichen hatte? Ein böser Nachbar vielleicht. Oder der Hausherr. Aber sie, Elisabeth Dorm, hatte sich dagegen aufgelehnt und war am Ende siegreich gewesen. Am liebsten hätte sie das Bild an Markus geschickt mit der Frage: *was will uns dieses klingelschild sagen?* Aber dann kämen nur lästige Gegenfragen, wer ist das, und wieso fotografierst du die Wohnungstür fremder Leute, es sind keine fremden Leute, es sind Angehörige von einem Klienten von mir, du verdammter Idiot. Gott, Markus konnte manchmal echt nerven. Immer diese Gegenfragen.

Das Erste, was sie beim Nachhausekommen sah, war das verstreute Spielzeug der Parterre-Familie, über das man beim Betreten des Treppenhauses oft stolperte. Kleine Holzgebilde, die Gott weiß was darstellen sollten. Natalie fragte sich, warum sie wohl immer hier draußen liegen mussten. Betrachtete das Kind (und seine Familie) das Treppenhaus vielleicht als eine Art erweitertes Kinderzimmer-Territorium? Oder war dieses altmodische Spielzeug verbannt worden von den Eltern, als Strafe, oder – der viel interessantere Fall – von dem Kind selbst, das nach seinen unergründlichen Entscheidungsprinzipien handelte? *Du, hölzernes leiterförmiges Dings, gehörst nicht mehr zu uns.* Einige der Spielsachen wirkten sehr alt, und sie mischten sich immer durch, nie lag dieselbe Auswahl vor der Wohnungstür im Parterre. Es waren kleine Klettergerüste für Hampelmänner, zusammensteckbare Holzformen, Loopings und Rollbahnen für Murmeln, Miniaturen des Universums, Wasserpistolen und Jo-Jos. Also alles absolut retro. Eigentlich ein Wunder, dass die nie jemand mitnahm. *eBay.* Zur freien Entnahme schienen sie allerdings auch nicht hier zu liegen, dafür tauchten bestimmte Stücke viel zu regelmäßig immer wieder auf. Natalie liebte dieses tägliche Museum, diesen Flohmarkt-Tidenhub, am Abend wurde eingesammelt, im Laufe des Vormittags rausgetragen. Manchmal dachte sie sich kleine Filmskripts aus, die von zwei steinalten Eheleuten handelten, die niemals Kinder gehabt, aber ihre Wohnung mit Spielzeug vollgestopft hatten, so viel, dass sie keinen Platz mehr hatten und jede Nacht einige Stücke ins Treppenhaus auslagern mussten. Natalie stellte sich vor, ihren eigenen Plastikmüll stückchenweise hier einzustreuen und von der täglichen Gezeitenwelle des Spielzeugs in die Wohnung schwemmen zu lassen. Aber wer streicht ein Klingelschild durch?, fragte sie sich, als sie über ein kleines Holzpferd stieg. Würde man, wenn jemand ausgezogen war, nicht einfach das Klingelschild entfernen?

Vor ihrer Wohnungstür erwartete sie der Kater. Er war noch mal gekommen! Sie zwinkerte ihm zu. Er drehte die Ohren. Zusammen standen sie vor der Wohnungstür, zwei Lebewesen, die sich freuten, einander wiederzusehen. Natalie suchte ihren Schlüssel, fand ihn nicht, fand ihn immer noch nicht, suchte und berührte ihn mit der Fingerspitze, exakt eine Sekunde vor einer Panikattacke.

Dann stand sie in der Küche und schaute sich noch mal die Fotos an. Vielleicht haben wir beim ersten Mal etwas übersehen, dachte sie. Es half immer, wenn Leute in einem Film diesen Satz sagten, dann wurde die Geschichte vorangetrieben. Stell dir vor, du bemerkst eines Morgens, dass jemand in der vergangenen Nacht deinen Namen auf dem Klingelschild ausgestrichen hat. Mit einem sauberen Querstrich, kugelschreiberblau. Ein winziges Zeichen, aber dennoch, das Licht der morgendlichen Straße wird dadurch verändert, der Blick der Fenster der gegenüberliegenden Fassade, die Tonlage des Trafikanten, bei dem du die Zeitung holst. Leute rempeln dich anders an als gewöhnlich und entschuldigen sich zweideutiger. Ein Mensch neben dir in der Schlange vor der Kassa sieht dich an und spielt dabei mit einem Knopf an seinem Mantel. Alle haben sich verschworen.

Es war nur ein blauer Strich durch den Namen, aber er war ein Statement, er zeugte von mehr Arbeit, als unmittelbar sichtbar war, denn wer immer es gewesen war, er musste das Klingelschild, also das kleine rechteckige Stück Papier, zuerst hinter dem Plastikfensterchen herausziehen, dann den Strich machen und es am Ende wieder einsetzen, ohne dadurch die Klingel zu aktivieren. Eine bedächtige, überlegte Arbeit, ein oder zwei konzentrierte Minuten im Schutz der Nacht, wenn alle schliefen und all deine Fenster dunkel waren. Nicht einmal der wachsame Hund hatte was bemerkt.

Aber dann hatte sie sich gewehrt, dachte Natalie. Elisabeth Dorm hatte sich für den offenen Kampf entschieden. Anstatt

ein neues Klingelschild mit demselben gedruckten Namenszug einzusetzen, schrieb sie einfach noch mal denselben Namen in kleineren Blockbuchstaben darunter. So blieb die ganze Geschichte sichtbar. Natalie schickte sich das Bild selbst per Mail, damit es auch außerhalb ihres Telefons gespeichert war. Der Kater strich um ihre Beine, trat auf ihren Fuß und blieb so.
– Du mit deinen Pfoten, sagte sie gedankenverloren, ohne von den Bildern aufzublicken. Du mit deinen dummen kleinen Pfoten.

Der Kater rieb sein Kinn an ihrem Hosenbein.
– Jaja, sofort.

Oder es war so, dass hier früher, wie bei den Peters (wie sich das hässliche Mehrzahl-S im Geiste stolpernd wiederholte, wenn man sich das Wort vorsagte), ein anderer Dorm gewohnt hatte. Und nun kam ein neuer. Vielleicht früher die Eltern, dann die Tochter. Oder Alexander Dorm? Hatte er hier gewohnt? Aber im vierten Stock? Als Rollstuhlfahrer? Es gab keinen Lift. Vielleicht lag die Ablösung oder Überblendung, ah, was war das richtige Wort? – vielleicht lag das alles weit zurück, mehrere Jahrzehnte oder so. Eine Kugelschreiberlinie altert nicht so schnell.

Bertrand Russell

Natalie stand vor Dorms Zimmer. Es war warm, die Luft im Gebäude war wie die in einem Kofferraum. Draußen wehte ein sonderbarer Föhnwind. Sie betrachtete Dorms Kopf. Er war pflaumenförmig und gelb. Mond im Küchenfenster. Zu dritt. Kooperation von Fremden. Augenblickliche Rekrutierung. Können Sie mich hochheben, damit ich. Sommertag. Drei zufällige Passanten. Auch Dorm stand vor seiner Zimmertür, offenbar unschlüssig, ob er mit dem Rollstuhl vor oder zurück fahren sollte. Am Ende des Korridors erschien eine Gestalt. Cori. Immer wenn Natalie sie sah, gab es ihr einen kleinen Stich ins Herz vor Aufregung. Es war so selten.

– Hallo, flüsterte Natalie und hob die Hand zum Gruß.

Cori schwebte auf sie zu. Natalie sah, dass sie auf Dorm zusteuerte, mit nonnenhaft gesenktem Kopf. Dorm bemerkte natürlich nichts. Natalie beugte sich zu ihm und fragte, ob er kurz auf die Seite fahren könne, damit Cori vorbeikomme.

– Was? Oh –

Er rollte nach hinten, mit einem kräftigen Ruck seiner beiden Arme. Direkt in Cori hinein. Die zierliche Frau wurde gegen den leeren Schuhschrank, der hier nur noch zur Zierde stand, gedrückt und fiel einfach um. Blieb liegen. Sah aus wie tot.

– Oh, Scheiße, sagte Dorm. Die, die war mir im Weg, ich –

– Cori!

Natalie sprang zu ihr und drängte Dorm mit der erhöhten Muskelkraft der ersten Schrecksekunde auf die Seite, sodass der Rollstuhl beinahe seitlich umkippte. Fluchend rang Dorm um Gleichgewicht.

– Huh, machte Cori und stand auf, noch bevor Natalie sie erreicht hatte.

Es war eine so flinke Bewegung, dass Natalie verblüfft innehielt. Wie das *Respawning* einer Computerspielfigur. Ein kleiner Wirbel in der Luft, und das blutige Mus, das am Asphalt lag, war wieder ein ganzer Mensch, blinkend, frisch, mit nur einem Leben weniger.

– Entschuldigung, sagte Cori zu Dorm und dann auch zu Natalie: Entschuldigung.

Immer mit einer ganz leicht angedeuteten Verbeugung. Dann ging sie weiter, offenbar unverletzt.

– Sie war mir im Weg!, jammerte Dorm.

– Ist ja schon gut, zischte Natalie ihn an. Ist auch wirklich alles in Ordnung, Cori? Keine Schmerzen?

Cori reagierte nicht. Sie ging weiter. Leise ihre persönlichen Zauberwörter vor sich hin brabbelnd, verschwand sie um die Ecke.

– Wenn etwas wehtut!, rief Natalie ihr hinterher. Dann bitte gleich melden!

Dorm machte seine Zimmertür auf und fuhr hinein. Sein Gesicht, sein ganzer Kopf war rot geworden. Obwohl er niemals die Schuld an einem Versehen zugeben würde, spürte er anscheinend doch, dass bei Cori die Dinge etwas anders lagen.

– Sie war da hinten, begann er zu erklären, da hab ich sie nicht gesehen! Wie soll ich denn –

– Mhm, ja.

– Ich kann! Nichts! Dafür!

– Okay, okay.

Sie begannen mit den Vorbereitungen für den Besuch. Sie hatten ausreichend Zeit, also kam jede Menge Make-up zum Einsatz. An den grellen, zuckrigen Geruch mancher Produkte hatte sich Natalie inzwischen gewöhnt.

– Können Sie mir das da oben geben?

Dorm deutete auf etwas, das in einem vollgestopften Regal an einer etwas höheren Stelle lag. Es war nicht unerreichbar für ihn, aber um hinzukommen, musste er auf dem Bett sitzen. Wenn sie es holte, ging es schneller. (Natalie stellte jetzt immer diese kurzen mentalen Berechnungen an, wie gerechtfertigt ein bestimmter Hilfewunsch von Herrn Dorm war. So konnte sie unterscheiden zwischen echtem Bedürfnis und bloßem Herumkommandieren.) Sie nahm die kleine Dose vom

Regal und gab sie ihm. Dabei stieß sie an etwas anderes, und es fiel hinter dem Regal auf den Boden.

– Aaah, seufzte Herr Dorm.

Das verbale Äquivalent eines Augenrollens.

Natalie bückte sich danach, aber es war schwer zu erreichen. Das Zimmer war dermaßen mit Basteleien und anderem Zeug vollgestopft, dass man sich kaum richtig hinhocken konnte.

Sie berührte das Ding mit den Fingerspitzen, bekam es aber noch immer nicht zu fassen.

Es war etwas Großes, Schweres. Ein dickes Buch.

– Hab's gleich, sagte sie.

Herr Dorm wiederholte sein Seufzen.

Mit den Fingerspitzen schob sie das Buch nach links, immer weiter nach links, so lange, bis sie es von der Seite anpacken konnte. Es war voller Staub. Sie wischte es ab. Bertrand Russell, *Philosophie des Abendlandes.* Den Namen hatte sie schon mal gehört. Verblüfft drehte sie das Buch in den Händen. So etwas wurde in diesem Zimmer aufbewahrt? Sie blieb auf dem Boden sitzen und studierte den Text auf der Rückseite. In dem Buch ging es offenbar wirklich genau um das, was der Titel versprach. Nobelpreis 1950.

– Hä?, machte Dorm, als sie es ihm hinhielt.

– Das war in Ihrem Regal.

– Super, sagte er. Und was soll ich damit?

Beinahe hätte Natalie ihm den Buchziegel über den dummen, runden Pflaumenkopf gezogen. Alles drängte sie zu dieser Tat. Tu's einfach. Es wird dir danach leichter sein. Schau dir seinen abschätzigen, überheblichen Blick an. Knall es ihm gegen die Schläfe, so fest du kannst. Das ist es wert. Komm.

– Kennen Sie es gar nicht?

– Nein, sagte Dorm irritiert. Was soll ich damit?

Seine Hand zitterte ein wenig. Er hatte sich vermalt und musste eine Augenlinie korrigieren.

– Ja dann, sagte Natalie. Dann gibt es wahrscheinlich keinen Grund, warum es weiter in Ihrem Zimmer sein sollte.

– Schnellchecker heute, hm?, sagte Dorm.

Okay, nur ein Schlag, so über den Hinterkopf, im Vorbeigehen. Das Buch teilte sein angenehmes Gewicht ihren Händen mit, es war eine Einladung, dieses Gewicht, diese Präsenz im Schwerefeld des Planeten zu verwenden, nutzbringend umzuleiten, für das Gemeinwohl …

– Gut, sagte Natalie. Dann nehm ich es mit.

– Sie sind ganz rot, sagte Dorm. Von dem bisschen Bücken, hm? Ein wenig Sport täte Ihnen mal ganz gut. Auch für die Körperform allgemein.

Natalie richtete sich auf.

– So?, sagte sie. An welche Sportart hätten Sie denn da gedacht? Hochsprung? Laufen? Klettern?

Dorm schaute sie an.

War sie zu weit gegangen? Einen Rollstuhlfahrer zu verhöhnen! Wenn man im Lexikon das Wort *unprofessionell* nachschlug. Und so wurden dem Leoparden alle Flecken aberkannt, die er sich eben verdient hatte. Dummes Vieh.

– Könnten Sie mir jetzt bitte endlich damit helfen?, fragte Dorm.

Natalie legte das Buch auf das Bett hinter ihr. Sie half ihm. Sie redeten nur noch wenig. Herr Dorm beklagte sich über nichts mehr.

Als Herr Hollberg kam, war er außer Atem und etwas heiser. Er hustete ein paar Mal laut und ausgiebig.

– Huh, keuchte er. Ich bin gerannt. Huh.

Dorm streckte die Arme nach ihm aus, aber sein Besucher tat so, als bemerkte er es nicht. Nach ein paar Minuten *Akklimatisation*, wie Hollberg es nannte, brachen sie zu einem Spaziergang auf; drei Gestalten im warmen Wind.

– Komisches Wetter heute, sagte Herr Hollberg.

– Windig, ja, sagte Natalie.

– Chris? Ich hab das Buch schon sechs Mal gelesen! Es ist ganz toll!

– Ja? Freut mich.

Russell. Nein, er meinte das Alien-Buch, das Hollberg ihm geschenkt hatte. Bilder von Untertassen und angeblichen Außerirdischen, schwarzweiß und ziemlich unglaubwürdig. Ein Kapitel darin handelte von Nazi-Flugscheiben und ihrer Darstellung auf sumerischen Steinreliefs. Hakenkreuze, die auf Nazi-Raumschiffen in die Vergangenheit geflogen waren, um dort eine frühe Hochkultur zu inspirieren, die dann das Symbol aufnahm und überall einmeißelte und so durch die Zeiten schickte, durch indisches und nepalesisches und tibetisches Irgendwas, bis in die Neuzeit, wo die Nazis es als ihr Erkennungszeichen wählten, und immer so weiter, in einer ewigen Zeitschleife. Ein Glück, dass sie aus der Schleife inzwischen heraus waren. Da war der Geschichtsunterricht in der Schule also doch für etwas gut.

Natalie hatte das UFO-Buch durchgeblättert, als Dorm es aus Versehen einmal im Sozialraum hatte liegenlassen. Der Zivi stand daneben und machte große Augen.

– Wenn man bei dem Wetter draußen herumläuft, tun einem nach einer Weile die Kiefer weh, sagte Herr Hollberg.

– Oh ja, sagte Natalie. Aber das legt sich wieder.

– So? Bei mir nicht. Ich bin vielleicht schon zu alt. Ich sollte nicht mehr laufen.

– Du bist nicht alt, Chris!, protestierte Dorm.

– Doch.

– Nein, nein!

– Aber sechs Mal durchgelesen, hm? Und, kannst du es schon auswendig?

Dorm schien überrascht und ein wenig verlegen.

– Nein, Chris. Hätte ich es lernen sollen?

Herr Hollberg seufzte.

– Oh Gott, er macht echt nie Fortschritte, oder? Es war ein Scherz, Superman.

– Hahaha, Chris, der war gut!

Hollberg machte eine beschwichtigende Geste.

– Schon gut, krieg dich wieder ein. Mein Gott, der Wind macht einen ganz wuschig. Ist das Föhn?

– Möglich, sagte Natalie. Ich mag ihn auch nicht.

Sie musste an ihr iPhone denken und die neuen Fotos, die darin schlummerten. Das durchgestrichene Klingelschild. Sie stellte sich vor, wie sich Herr Hollberg, bewaffnet mit einem Kugelschreiber, nachts im Treppenhaus herumtrieb, vorbei an der Zahnarztpraxis, auf Zehenspitzen, auf dem Gesicht eine Maske.

– Was ist so komisch?

– Ah, nichts, sagte Natalie. Ich hab nur gerade gedacht, der Föhn.

– Ja, wenn es überhaupt Föhn ist. Ich werde davon immer ganz.

Die unvollendeten Sätze waren nicht weiter störend. Man verstand sich auch so. Nur Dorm wurde ungeduldig, weil er zu wenig beachtet wurde.

– Roswell, Lubbock, Albuquerque, begann er aufzuzählen.

– Das sind Städte, in denen Ufos gelandet sind, erklärte Herr Hollberg. Aber nur die in New Mexico.

– Ich kann noch andere, Chris. Lubbock, Albuquerque.

– Jaja, schon gut. Mein Gott, dieser Wind.

Später, als der Besucher gegangen war, stand Natalie vor dem Betreuerküchenfenster und versuchte sich vorzustellen, wie darin der goldumrahmte Kopf von Dorm aufging. Wie ein über den Horizont blickendes Raubtier, eine Katze mit zurückgeklappten Ohren-in-Jagdstellung, *bald, bald.*

– Okay, hörte sie die Stimme von B hinter sich. Dreh dich mal zu mir um.

Natalie tat es.

– Simple Frage, bitte um simple Antwort. Was ist mit der Cori?

– Also …

– Wir waren im Bad. Sie hat blaue Flecken. Und sie hat gesagt, du warst nett zu ihr.

Natalie hatte B noch nie so einschüchternd erlebt. Wenn sie jetzt ein falsches Wort sagte, würde sie die Faust dieser ihr an

körperlicher Kraft weit überlegenen Frau ins Gesicht bekommen. Mach ja keinen Witz, meldete sich die Kontrollstimme. Und versuche auch nicht, es abzutun. Sag als Erstes:
– Ja, ich hab dich gesucht, ich wollte es dir sagen!
– Nämlich?

Natalie hatte das Bedürfnis, ihre Hände zur Deckung zu heben. Aber sie traute sich nicht. Raubtierblick. Ihr iPhone summte, eine SMS. Nicht hingreifen, um Gottes willen.
– Äh, der Herr Dorm … er hat … also sie war direkt hinter ihm …

Ein kurzes Flattern ging über das Gesicht von B. Als hätte jemand auf eine Speichertaste geklickt: *Aha, Dorm, ihn werde ich also auch umbringen.*
– Wenn etwas mit der Cori ist, unterbrach B sie. Noch mal: Wenn *irgendwas* mit der Cori ist, dann rufst du mich sofort an. Ja? Egal, wo ich bin, du versuchst es, klar? Wenn ich nicht rangehe, bin ich unterwegs. Dann versuchst du es noch einmal. Ruf. Mich. An.

Es klang genau wie diese Fernsehspots für Sexhotlines, aber es war verboten, zu lachen, Natalies Bauchmuskeln verkrampften sich. Sie hatte Angst.
– Der Dorm hat sie aus Versehen angerempelt, und sie ist hingefallen, ich hab ihr sofort aufgeholfen, und sie meinte, es geht ihr gut, es tut ihr nichts weh, äh, aber ich wollte, ich wollte es dir natürlich sagen, es hat wirklich nicht so wild ausgesehen.

Okay, das mit dem Aufhelfen war eine Lüge gewesen. Auch, dass es nicht so wild ausgesehen hatte. Und dass sie nicht verletzt sei, hatte Cori eigentlich auch nicht gesagt. Drei Lügen. Eine davon musste B bemerkt haben, denn sie sagte:
– Warte, warte, sag das bitte noch mal.

Natalie stieg das Blut in den Kopf. Die haut mir gleich wirklich eine runter.
– Also, sagte sie. Ich bin zu ihr gerannt, aber da war sie schon von selber wieder aufgestanden. Ich hab sie gefragt, ob alles in Ordnung ist. Und sie hat –
– Ja, genau der Punkt interessiert mich, sagte B.

– Äh … ja … Also, sie sagte …
– Hm?
– Entschuldigung. Sie hat sich bei uns entschuldigt.

Natalie machte sich bereit, gepackt und gegen die Wand geknallt zu werden. Aber stattdessen entspannte sich Bs Gesicht:
– Ja, sagte sie und schüttelte den Kopf. Das macht sie immer. Dummes kleines Bärenkind.

Gott sei Dank. Ein Kosename. Die plötzliche Verwendung von Kosenamen bedeutete immer Entwarnung, in jedem Gespräch. Außer bei Serienmördern. Laut Profiler-Doku auf N24.
– Ich hätte es dir sofort sagen sollen, sagte Natalie. Tut mir leid. Aber es hat nicht so wild ausgesehen, wirklich.
– Okay, nickte B. Aber in Zukunft.
– Natürlich, natürlich, nickte Natalie.
– Und mit dem Herrn Dorm müsstest du, glaub ich, ein bisschen an seiner Koordination arbeiten. Die war nämlich schon mal besser. In letzter Zeit rauscht er in alles rein.

Erleichtert blieb Natalie zurück. *You are the missing link beneath my wings.*

Natalie saß zuhause mit dem schweren, dunkelgrünen Buch von Bertrand Russell auf dem Schoß. Sie blätterte darin, fand es unverständlich und langweilig, blätterte weiter. Warum schrieb jemand über solche Themen ein so dickes Buch? Dann googelte sie Bertrand Russell. Sie fand seinen Kopf interessant, seinen intensiven, kecken Blick. Philosoph und Mathematiker. Man könnte einen Stängel in diesen adeligen Kopf stecken und ihn als Lutscher verkaufen.

Warum hatte Dorm so etwas in seinem Zimmer? Lebte er nicht schon lange da? Fünf Jahre oder so. Vielleicht hatte er es als Geschenk bekommen. Oder es gelesen. Nein. Was, wenn Dorm dieses Buch verstehen konnte? Natalie untersuchte es, ob es wohl Markierungen darin gab, vielleicht ein unterstrichenes Wort oder eine Wellenlinie an der Seite eines Absatzes, aber nein, da war nichts. Wäre es möglich, dass er all die Jahre nur so getan hatte, als wäre er einfältig und lernbehindert?

Und in Wirklichkeit las er solche Bücher hier. Das wäre ein echtes Arrangement, du liebe Zeit! So wie er es damals gesagt hatte. Ich verstehe, dass es so sein muss, damit wir uns weiterhin sehen können, das Arrangement, der Code. Er liebt mich, aber er kann es nicht so ausdrücken, er tut sich schwer damit, er zeigt es anders.

Je länger sie darüber nachdachte, desto schwerer wurde das Buch und desto leuchtender und raumschiffartiger wurde das Wort *Arrangement.* Beide sind nicht das, was sie vorgeben, zu sein. Ihr wurde ein wenig unheimlich, also schaltete sie CNN ein, dort ging es um Steuererhöhungen in den USA, dann holte sie ihren Laptop und spielte zur inneren Beruhigung ein Zufallsspiel, sie mischte einige Aufnahmen von keuchenden und freundlichen Männern an der Radwegunterführung und im Souterrain neu zusammen, nach irgendwelchen, ihr gerade so in den Kopf kommenden Regeln. Dann fiel ihr ein, dass sie noch nicht nachgeschaut hatte, wer ihr geschrieben hatte.

Es waren zwei SMS. Eine von unbekannter Nummer.

Sie waren heute so schweigsam, Frau Reinegger. Der Wind kann einem zu schaffen machen. Wenn Sie mal Lust haben auf ein orientierungsförderndes Gespräch. Was bisher geschah, sozusagen ☺ – dann melden Sie sich! Ihr C. Hollberg

Widerlich. Sie überlegte, ob sie es löschen sollte. Aber vielleicht würde er ihr iPhone in die Hand bekommen, es ihr stehlen zum Beispiel, und dann nach seinen SMS suchen, und wenn er sie nicht fände, würde er davon ausgehen, dass sie sie antwortlos gelöscht hatte, also … Was für lächerliche Gedanken. Sie schüttelte sich.

Aus jetzt. Nächste SMS.

Kopf im Küchenfenster.

Die zweite Nachricht war vom Zivi. Er schickte ihr einen Link zu einem Youtube-Video über Terence McKenna, einen bärtigen, kuhäugigen Drogenguru mit einer hypnotischen Stimme. Natalie klickte darauf und legte sich auf die Couch, wo sie weiter ein wenig im Buch blätterte. Der Drogenphilosoph erklärte, dass das I-Ging eine gewisse Reihe von Zeichen ergebe, eine Wellenfunktion. Natalie horchte auf. I-Ging. Die Zufalls-Hölzchen, die kannte sie. Und diese *time wave*, so McKenna, könne man exakt an bestimmten Ereignissen in der antiken chinesischen Geschichte festmachen. Gut. Und dann? Dann schaute man, ob sich dasselbe Muster auch in späteren Jahrhunderten wiederholte. Und die Antwort lautete: Nein. Es war alles irgendwie anders. Keine Übereinstimmungen. Außer hier und da, manchmal, aber das sind Zufälle. Es sei denn, so McKenna, man lasse die Welle kürzer und kürzer werden, so wie eine bestimmte Frequenz immer höher wird. Immer schneller und schneller schwingt die Zeitwelle – McKenna zeigte sie in dem Video auf seinem Bildschirm. Dann komme es plötzlich zu Übereinstimmungen! Und zwar zu vollständigen, perfekten. Jedes bedeutsame Ereignis trage wieder das alte, damals noch über Jahrhunderte reichende Muster in sich. Der Fall von Rom finde heute *alle sechs Minuten* statt, so McKenna, und die Signatur eines bestimmten Ereignisses bleibe erhalten, nur beschleunige sie sich. Ältere Katastrophen wie das Aussterben der Dinosaurier seien heute nur mehr als ein unaufhörliches hochfrequentes Hintergrund-Sirren vorhanden, wie das Zirpen von Grillen. Und stell dir vor, der Urknall. Natalie klatschte in die Hände, als das Video zu Ende war. *Woooow*, schrieb sie an den Zivi zurück, *you fucked my mind, motherfucker!* Als Antwort kamen zwanzig Augenzwinker-Smileys.

Malheur

Eines Tages, beim Mittagessen, gab es einen kleinen Zwischenfall. Herr Zunegg hatte den Orangensaft zu lange in seinem Mund behalten und konnte ihn nun nicht mehr schlucken. Es ging einfach nicht. Es war immer dasselbe, er hatte ihnen das Prinzip schon öfter erklärt. Wenn man eine Flüssigkeit zu lange im Mund behält, dann wird sie zu einem Teil von einem selbst, und sie zu schlucken fühlt sich an, als würde man seine eigene Zunge oder seine Zähne oder seinen Gaumen verschlucken, was natürlich kein vernünftiger Mensch wollen kann. Also bleibt einem nichts anderes übrig, als auszuspucken.

Als dies geschehen war, hob Herr Dorm den Kopf und lachte laut. Matthias stimmte bald mit ein. Ursula beruhigte den verzweifelten Herrn Zunegg und half ihm, den bekleckerten Pullover auszuziehen.

– Fehlt noch die Engelshaube reinzeichnen, sagte Herr Zunegg. Fehlt noch die hinein.

Natalie probierte es abends nach der Arbeit zuhause selbst aus. Sie ließ einen Schluck Mineralwasser etwa fünfzehn Minuten im Mund, so lange, bis ihre Fußsohlen zu brennen begannen und ihr schwindlig wurde. Dann schluckte sie, ohne Probleme. Aber dennoch verstand sie ein wenig von der Dynamik, die bei Herrn Zunegg ablaufen musste. Es war so leicht, die Grenzen der eigenen Strapazierfähigkeit zu erreichen. Eine etwas zu lange im Mund behaltene Flüssigkeit, ein Haar im Mund oder ein leises Klingeln im Ohr, das nicht mehr aufhörte. Oder ein Mann, der Abend für Abend draußen auf der Straße stand, sonst aber nichts tat. Außer hin und wieder anzurufen und Briefe zu schreiben. Und im Küchenfenster zu erscheinen, hau ruck. Mein Gott, ich werde das verdammte Bild nicht mehr los!

Natalie lag in der Badewanne, neben sich ein schwimmendes, etwa drei Tage altes Kondom mit beachtlichem Inhalt, und starrte auf die Fliesen. Sie stellte sich vor, wie auf einer dieser spiegelnd weißen Keramikoberflächen ein Gesicht erschien. Ein neutrales Menschenantlitz, schematisch, abstrakt, mit kleinen Knopfaugen. So wie in diesem unheimlichen Haus in Bélmez, in Spanien. Sie hatte sich eine Dokumentation darüber angeschaut, nachdem Astrid das Phänomen erwähnt hatte. Seit den Siebzigerjahren entstanden sie dort, Gesichter, eines nach dem anderen, an ganz unmöglichen Stellen, immer über Nacht. Hinterher hatte Natalie einige Steckdosen, die sich in ihrer Wohnung auf Augenhöhe befanden, mit einem Stück Papier überkleben müssen, weil sie den Blick nicht ertrug: diese ausdruckslosen Mausaugen, die Stupsnase in der Mitte, die weiße Fläche, wo der Mund hätte sein sollen. In anderen Ländern sahen sie weniger entsetzlich aus. Stell dir vor, du wirst ermordet oder vergewaltigt oder ohne Narkose operiert, und dieses Ding, eine Steckdose, schaut dir dabei zu. Ohne die geringste Regung. Der Blick Gottes war wie der einer Steckdose. Sie stellte den Blick wieder auf die Keramikfliese scharf. Erschiene da, an dieser Stelle, über Nacht plötzlich ein kleines Gesicht, wäre das Leben vorbei. Sie könnte das Gesicht natürlich übermalen lassen oder die Fliese austauschen, aber die Sicherheit wäre für immer verloren. Der Übergang zwischen den Dimensionen wäre offen. Selbst der Embryo einer Eileiterschwangerschaft hatte ein kleines Gesicht. Ein verdrehter Garnelenkörper, lebensunfähig und ohne Orientierung, wie ein an ein fremdes Gestade gespültes Quallending, aber dennoch früh gekrönt mit Augen, Nase, Mund, der Grundausstattung für alles, was einmal ein Meister werden will.

Natalie streckte sich, um das iPhone neben dem Waschbecken zu erreichen.

Halb zwölf.

Sie konnte noch rausgehen. Es regnete bestimmt nicht mehr. Außerdem war sie jetzt unwahrscheinlich sauber, Tabula rasa, bereit, neu beschriftet zu werden, von allen Seiten.

Vielleicht würde sie Mario begegnen. Sie hatte ihn schon länger nicht gesehen. Bestimmt war er zu höflich, zu zurückhaltend, um ihr noch einmal zur Last zu fallen. Sie lachte. Tust du doch gar nicht. Du kannst, wenn du willst, die ganze Woche hier. Meinetwegen auch in meinem Bett. Ich kann auf dem Boden schlafen.

Sie stieg aus der Wanne, trocknete sich ab und ging nackt ins Schlafzimmer. Sie schaute aus dem Fenster. Immer noch Regen. Sie wählte die Nummer vom Souterrain. Lothar ging ran. Erstes Minus. Frank wäre angenehmer gewesen. Natalie musste sich sofort Lothars langes, löwiges Gesicht vorstellen. Sie fragte ihn, ob er Mario gesehen habe, und beschrieb ihn, Lederjacke, kleine Narbe über der linken Augenbraue.

– Jaja, ich weiß schon, sagte Lothar. Aber nein, der war gestern da, zur Abrechnung. Suchst du ihn?

– Nein, nein, rief Natalie. Das heißt doch, ich würde ihn nur gern, aber egal. Ich ruf dann wieder an.

– Okay.

– Gestern, verdammt. Ausgerechnet dann, wenn ich nicht da bin!

– Ja, scheint so, sagte Lothar.

Sie legte auf.

Am nächsten Tag. Vor Herrn Hollbergs Besuch half sie Dorm, sich hübsch zu machen. Heute beschäftigte ihn ein kleiner Fleck hinterm Ohr. Er rückte ihm mit hautfarbener Schminke zu Leibe, die kleine Tube war silberweiß, die Farbe von Raumanzügen.

Natalie war schon am Morgen aufgefallen, dass Herr Dorm heute ein bisschen anders war als sonst, er war zwar ungeduldig und erwartungsgestresst wie immer, aber gleichzeitig lag eine seltsam resignierte Sanftheit in seinen Bewegungen. So als erwarte er, die nun schon vier Jahre andauernde Serie an treuen Hollberg-Besuchen würde ausgerechnet heute abreißen. Natalie half ihm beim Auftragen der hautfarbenen Schminke. Sie musste dabei an Clowns denken und fragte sich, ob jemals ein im Gesicht bunt geschminkter Mensch auf dem Elektrischen Stuhl hingerichtet worden war. Und wenn ja, welche Auswirkungen hatte das auf die Farben gehabt? Hatten sie bunte Blasen geworfen? Markus hatte ihr früher Pornofilme gezeigt, in denen es ausschließlich um kehlentiefen Oralverkehr und in der Folge um von Tränen der Anstrengung und des immer wieder aktivierten Würgereizes verschmiertes und verrutschtes Make-up zu gehen schien. Natalie hatte kein prinzipielles Problem mit den Filmchen gehabt, ihr kam es sogar vor, als gingen die Frauen nicht weit genug. Aber als sie dies Markus mitteilte, missverstand er es als Aufforderung, und sie musste ihn kratzen, damit er ihr nicht dumm kam. Er vergaß sehr schnell, dass sie erwachsen waren.

– Wer?, fragte Herr Dorm.

– Was?

– Wer vergisst was?

– Ich habe nichts gesagt, sagte Natalie.

– Sie haben gemurmelt. Wie soll man da was verstehen?

– Ich hab nicht –

– Geben Sie her, sagte Herr Dorm und nahm ihr die Tube aus der Hand.

Natalie stellte sich kleine Explosionen vor: stille, in der Entstehung angehaltene Explosionen, die im Zimmer standen. Dreidimensionale Standbilder von Atompilzen und Feuerbällen. Wenn man sich mit den Fingern näherte, strahlten sie sanfte Wärme ab, wie Lavalampen. Man musste achtgeben, nicht in sie zu treten, denn dann konnten sie gefährlich werden wie Wespennester.

– Jaja, sagte Herr Dorm. Lachen Sie nur.

Aber er sagte es selbst mit einem Schmunzeln. Natalie sah den Grund: Er hatte sich aus Versehen die Wimpern mit der hautfarbenen Salbe vollgeschmiert. Sie reichte ihm ein Taschentuch, er seufzte auf eine zutraulich-kollegiale Art und tupfte sich sauber. Natalie war gerührt, einen einzelnen freundschaftlich gefärbten Moment mit ihm zu erleben. Stalker, dachte sie und sah einen kleinen Waldpilz vor sich, der diesen Namen trug. Der Pilz erschien überall, sah aus wie ein lauschendes Ohr und konnte sogar mitten auf der Stirn eines bestimmten Menschen erblühen. Er war wohlschmeckend, aber giftig.

– Heute gehen wir spazieren, oder?, fragte Herr Dorm. Hat er das letzte Woche gesagt? Erinnern Sie sich noch?

Gingen sie nicht jedes Mal spazieren?

– Ja, sagte Natalie. Natürlich. Weiß ich noch. Aber ich weiß nicht mehr, wohin.

– Aah, sagte Herr Dorm.

Er sagte es, als wäre das die genau richtige Frage.

Es half offensichtlich, wenn sie nicht wusste, wovon die Rede war. Dann funktionierte die Kommunikation mit ihm. Sie unterdrückte das Bedürfnis, seinen Kopf zu berühren.

– Sie sehen heute umwerfend aus, sagte sie.

Aber Timing ist eine merkwürdige Sache. Kombination, Timing, Zufall. Man sagt einen Satz und achtet darauf, was er bewirkt. Was auf ihn folgt. In diesem Fall folgte die Katastrophe. Alexander Dorm lehnte sich, indem er sich mit einer Hand an der Armschiene seines Rollstuhls abstützte, zur Seite, um zu furzen. Aber es klang, als würde jemand unter Wasser in seine eigene Taucherbrille niesen.

– Oh Gott, sagte er.

Sein Gesicht zeigte grelles Entsetzen. Seine Hände bewegten sich in Zeitlupe. Er versuchte, aus dem Rollstuhl zu kommen.

– Ah, kein Problem, sagte Natalie.

Alles schon gesehen. Hundertmal. Aber das half nichts.

– Oh Gott, oh Gott, oh Gott! Raus.

– Ich kann Ihnen helfen.

Herr Dorm versuchte, aufzustehen. Man roch bereits das Malheur. Natalie tat er leid, und um ihm klarzumachen, wie wenig ihr das ausmache, trat sie einen Schritt zurück und schlug ihm, in ihrem besten Schicksalsgefährtinnenton, vor:

– Hatte ich auch, letzte Woche. Magen verdorben. Furchtbar peinlich.

– Raus!, krächzte Herr Dorm. Sofort!

Er konnte vor Anstrengung und Scham kaum sprechen.

– Lassen Sie mich Ihnen zumindest aus dem Rollstuhl helfen. Dann geh ich raus. Fahren wir ins Badezimmer, ja?

– Raus!

Jetzt weinte er. Armer Vogel, dachte Natalie. Denn so sah er in diesem Augenblick aus: wie ein Küken, das mit einem noch nackten, nur notdürftig beflaumten Flügelpaar im Nest hockt und einem Angreifer vergeblich seinen offenen Rachen entgegenstreckt.

– Och, sagte sie. Nein, ich helfe Ihnen lieber.

Es war gefährlich, ihm zu widersprechen. Aber sie sah, dass er nicht aus eigener Kraft aus dem Rollstuhl kam, denn in seiner Verzweiflung versuchte er, sich in einem merkwürdigen Winkel hochzustemmen, der verhindern sollte, dass er sich noch einmal mit seinem vollen Gewicht hinsetzen musste. Konnte man auch verstehen.

Sie ging zu ihm und stützte ihn.

– Sehen Sie, so geht es leichter, sagte sie. Sie können die Zeit stoppen, in sieben Minuten sind Sie vollkommen sauber und perfekt.

Aber Herr Dorm schnaufte und versuchte sich von ihr zu befreien. Gut, man durfte auch nichts aufdrängen, erst recht keine Berührungen, es sei denn, der Klient drohte –

– Tut mir leid, sagte Natalie, aber Sie kippen mir hier sonst um. Ich muss Sie festhalten, das ist mein Job.

Sein Gesicht war hochrot, er schwitzte. Der böse Fleck war an der Hinterseite seiner Hose zu sehen. Und der Geruch, mein Gott, der war nicht mal besonders schlimm. Mach ich doch mit links, dachte Natalie.

– Okay, schnaufte Dorm, okay … ins Bad …

Sie brachte ihn zur Toilette, dort gab es diese komfortablen Behindertenhaltegriffe, die man posauneartig auseinanderziehen und in der Länge ganz fein justieren konnte.

– Wenn man im Lexikon unter *Mehrzweck* nachschaut, sagte Natalie. Diese Griffe sind echt fantastisch, oder?

Herr Dorm atmete schnell. Tränensirup auf seiner Wange. Er hielt sich mühsam aufrecht. Jetzt war nur noch der Rollstuhl im Weg. Sie schob ihn weg und konnte endlich das Problem direkt angehen. Zuerst den Gürtel öffnen. Ja, okay, das fühlte sich seltsam an, aber einfach die drei Sekunden Seltsamkeit auskosten, dann lösen sie sich auf. *In einer solchen Situation,* dachte sie. Da muss man diese Empfindungen einfach zulassen und nicht beiseiteschieben. Dann geht's. Jetzt Hose runter. Atem anhalten. Nicht mal horror-flüssig, das Ganze, sondern einfach nur breiig. Und auch nicht besonders viel. Petit mal.

– Geht's noch? Oder wollen Sie sich setzen?

– Nein, brachte Herr Dorm zwischen zusammengebissenen Zähnen hervor.

Sie reinigte ihn mit Toilettenpapier, entfernte die Hose und die Socken. Dann spritzte sie ihn mit der Brause ab, wobei sie darauf achtgab, selbst nicht allzu nass zu werden. Wahrung der Distanz. Sie legte ein sauberes Handtuch über die Sitzfläche des Rollstuhls.

– So, und jetzt in die Badewanne.

– Dafür ist keine Zeit mehr, keuchte Herr Dorm.

– Aber hinsetzen können Sie sich jetzt.

Er ließ sich nach hinten sinken, aber da war noch kein Rollstuhl. Natalie stoppte seine Bewegung und schob mit der anderen Hand den Rollstuhl heran. Endlich: Er saß, er schnaufte. Verschmiertes Gesicht, zwei Wimperntusche- oder Mascarastreifen von den Lidern bis zu den Schläfen. Es sah sogar irgendwie cool aus, aber natürlich war es ein Ausdruck himmelschreienden Elends. Natalie legte ihm eine Hand auf die Schulter.

– Sie haben es fast geschafft.

– Gehen Sie raus! Holen Sie die Astrid, die kann das!

– Aber wir sind gleich am Ziel, Herr Dorm.

– Astrid!

Für einen Moment sah es so aus, als wollte er nach ihr schlagen. Er stemmte sich noch einmal hoch, wollte ausholen. Aber er konnte nicht. Sonst würde er umfallen. Astrid war im

Haus, sie konnte sie holen. Wenn der Klient möchte, dass. Die Bedürfnisse und die Privatsphäre, die Wünsche des Klienten.

– Nein, sagte Natalie.

Herr Dorm schaute sie an. Ließ sich zurück in den Rollstuhl fallen, schnaufte.

– Was?

– Sie ist vorhin kurz weggegangen, sagte Natalie.

Das war eine Lüge. Aber sie wollte es selbst machen. Schau sich einer diesen Kopf an. Es fühlte sich gut an, ihm ihren Willen aufzuzwingen. Er lud schon sehr dazu ein. Zu dominantem Verhalten. Du liebe Zeit, was habe ich heute für Gedanken. Sie kontrollierte die Uhrzeit. Noch gut dreißig Minuten. Er wollte nicht in die Badewanne. Dann einfach die frische Hose und … Natalie blieb stehen. Das Hemd. Der Fleck –

– Warten Sie!, sagte sie. Können Sie sich noch einmal ganz kurz hochstemmen, bitte, das Hemd hat auch was abgekriegt!

Herrn Dorm entfuhr ein Geräusch, als hätte man ihm gerade mitgeteilt, er habe sich in ein Nest pestkranker Ratten gesetzt. Er kreischte auf und stemmte sich an den seitlichen Lehnen in die Höhe. Seine Arme zitterten.

– Aaah! Aaah, tun Sie es weg!

– Nein, sagte Natalie, so hab ich das nicht gemeint, Entschuldigung, Sie können schon sitzen bleiben, nur das Hemd brauche ich. Solange Sie sich festhalten, kann ich es ja nicht …

Herr Dorm begann an sich zu reißen, ein Hemdknopf kullerte zu Boden, dann war ein Arm frei, es ging so schnell, dass Natalie verblüfft innehielt. Wie ein Zaubertrick. Aber beim anderen Arm brauchte er wieder ihre Hilfe. Dann war das verseuchte Hemd entfernt, und Herr Dorm wurde noch einmal gereinigt. Er weigerte sich allerdings immer noch, in die Wanne zu steigen, dazu sei keine Zeit, schluchzte er, am Ende seiner Kräfte.

Als er vollkommen sauber war, brachte sie ihm frische Kleider. Das konnte er eigentlich auch allein, er machte auch selten einen Fehler, nicht einmal die Socken brachte er durcheinander. Aber Natalie vermutete, dass er jetzt, in dieser Verfassung, *in einer solchen Situation*, nicht mehr in der Lage war, sich noch so weit zu konzentrieren, dass kleidertechnisch alles glattging. Sie präsentierte ihm einige Alternativkostüme. Währenddessen rückte die Stunde des Besuchs näher. Dorm wurde zappelig, aber er hatte zumindest den größeren Teil seines Widerstands aufgegeben, wie Natalie mit einiger Befriedigung feststellte. Er saß da, bedeckt von weißen Handtüchern, ein römischer Senator.

Das Aussuchen der richtigen Kleider nahm etwa eine Viertelstunde in Anspruch. Das war sehr schnell, gemessen an der Zeit, die er heute Morgen zweifellos für dieselbe Aufgabe gebraucht hatte. Mindestens eineinhalb Stunden.

Aber als er dann fertig angezogen und neu geschminkt im Rollstuhl saß, so besuchsbereit, wie ein Mann in seiner Lage es nur sein konnte, wurde er plötzlich wieder hysterisch und jammerte, er sei einfach nicht schön genug für den Besuch, Chris sei immer so perfekt und wunderbar und hübsch, er habe es nicht verdient, auf eine solche Ruine zu blicken, auf eine solche Beleidigung der Augen. Natalie musste sich abwenden, damit er ihr Lachen nicht sah. Reiß dich zusammen, sagte sie sich. Das ist nicht witzig. Sie fühlte sich, als hätte sie Chili gegessen. Er erinnerte an eine alternde Schauspielerin – und, ja, dieser Gedanke war überhaupt nicht mitfühlend oder professionell, aber gleichzeitig durfte sie ihn nicht einfach verdrängen, sondern musste ihn zulassen, weil er sonst mehr Gewicht bekam, als ihm zustand. Perfekt und wunderbar und hübsch. Ja, und weshalb kommt er zu Besuch? Diese eisige Kälte, dachte Natalie. Er *hält es aus*. Jawohl, das war es: Aushalten. Durchstehen. Die Zähne zusammenbeißen. Hollberg stand für einige Zeit neben demjenigen, der sein Leben zerstört hatte, und atmete ein und aus. Und berührte ihn sogar und interagierte mit ihm und machte Smalltalk. Packte ihn am Nacken. Es war eine Art Abhärtung. Oder vielleicht Rache? Unendlich in die Länge gezogen, bis sie praktisch stillstand, auf der Stelle trat, weltallhaltige Zeitlupe.

Die Begrüßung fiel herzlich aus. Das war beruhigend. Herr Hollberg schien nichts zu bemerken. Wie auch. Dorm hatte sich wie ein Irrer mit Parfum eingesprüht. Der Spaziergang fiel diesmal aus, da Herr Hollberg sich den rechten Knöchel verstaucht hatte. Als er das hörte, gab Dorm einen Klagelaut von sich und bückte sich – tatsächlich, er bückte sich – nach dem verletzten Fuß seines Besuchers in einer schockiert ergriffenen Haltung, als glitzerten vor ihm tausend Scherben einer teuren Vase.

– Ah, nicht weiter schlimm, sagte Hollberg und brachte seinen Fuß in Sicherheit. Tut nur ein bisschen weh.

– Wir könnten, äh, vielleicht, einen Verband …?, bot Astrid an. Wir haben alles hier.

Seltsam, dieser Ton, den Astrid immer bei Herrn Hollberg anschlug. Aber Natalie konnte nicht sagen, was eigentlich so seltsam daran war. Vielleicht gar nichts. Alles nur in deinem Kopf. Heute führte sie zwar keine Schultermaus mit sich, hörte aber dennoch deren vernünftige Einwände. Kopfaufgang im Küchenfenster.

– Schon okay, sagte Herr Hollberg. Wirklich nicht schlimm.

Er hatte … was war das? Konfetti im Bart? Jedenfalls so kleine Glitzerstücke. Natürlich konnte man ihn nicht darauf hinweisen. Oder doch?

– Äh, Sie haben da –

Natalie zeigte auf die Stelle.

Herr Hollberg fasste hin, kontrollierte seine Handfläche.

– Ah, sagte er. Ja. Überreste. Party.

Er fuhr sich ein paar Mal übers Gesicht.

– Verstaucht, hm?, sagte Astrid. Aber nicht überdehnt, hoffe ich, weil das kann schnell fies werden, wenn man es nicht behandelt in den ersten vierundzwanzig Stunden.

– Ich spür schon fast nichts mehr, sagte Herr Hollberg.

Natalie bemerkte ein Konfettistück, metallic violett, auf seinem Schuh.

Er hinkte beim Gehen. Sie nahmen im Frühstücksraum Platz. Matthias stand dort in einer Ecke wie der Ersatz einer

verschwundenen Topfpflanze und verhandelte irgendwas mit der Wand. Astrid ging zu ihm und brachte ihn weg. Natalie fand auch das etwas seltsam.
– Ich hab das angeschaut, was du mir empfohlen hast, Chris, sagte Dorm.
– Ja? Und?
– Wunderbar! Ganz wunderbar! Besser geht's wirklich nicht.
– Wie, die Sendung hat dir gefallen?, fragte Herr Hollberg skeptisch.

Herrn Dorms Lachen zerfiel.
– Äh, ich weiß nicht, Chris, du hast sie mir empfohlen! Ich schau immer alles an, was du mir … Du siehst heute übrigens wieder ganz –
– Aber das mit den Oktopussen, das war doch verrückt, oder?, sagte Hollberg – und zu Natalie gewandt fügte er erklärend hinzu: Eine Doku über Tiefseetiere.
– Ah, interessant, sagte Natalie.
– Ja, absolut, sagte Hollberg.
– Finde ich auch, Chris! Faszinierend. Vor allem, *vor allem* der Oktopus.
– Der kann sich nämlich anpassen an seine Umgebung, sagte Hollberg. Mit seinen Chromatophoren-Hautzellen. Das bedeutet einfach Farb-Träger. Griechisch. Und mit diesem anderen Trick, da wissen sie nicht mal genau, wie das geht. Er kopiert die Textur und die Farbkombination von dem, was man ihm vorsetzt. Auch im Labor. Also irgendein Muster, zum Beispiel Schachbrett, das imitiert er auf Anhieb, obwohl er es noch nie vorher gesehen hat. Und das sogar mit verbundenen Augen. Das war echt krank!
– Ja, total, sagte Herr Dorm.

Er wand sich in seinem Rollstuhl, als plane er, demnächst auf seinen Besucher zu klettern. Die Aufregung, sagte sich Natalie. Das Malheur.
– In totaler Dunkelheit weiß der Oktopus, ohne hinzuschauen, wie seine Umgebung aussieht. Und was das Beste ist, er *weiß* es noch nicht mal wirklich. Seine Farbveränderungen passieren

vollkommen automatisch, ohne dass das Vieh darüber nachdenken müsste. Sie sollten mal über Oktopusse nachlesen. Da fallen Ihnen die Augen raus.

Das Letzte war an Natalie gerichtet gewesen. Sie nickte höflich.

Sie stand auf und ging in die Küche, um etwas zu trinken zu holen.

– Aber die meiste Zeit zeigen sie einfach Stimmungen, hörte sie Herrn Hollberg sagen. Oder sie signalisieren, wie sie zu jemandem stehen. Durch bestimmte Farben und Flecken. Einem Oktopus sieht man immer an, wenn er …

Dann wurde der Satz zu leise, weil sie schon in der Küche war. Sie stellte Orangensaft und Eistee auf ein Tablett.

Der Rest des Gesprächs war unauffällig. Herr Hollberg ließ sich von Dorm einige Zeichnungen zeigen. Alle stellten Herrn Hollberg dar, in verschiedenen Posen. Immer war es ein liebevoll gezeichnetes Strichmännchen mit einem bärtigen Wuschelkopf. Herr Hollberg schaute sich alles an, jedes Detail, fragte auch immer nach, wenn er etwas nicht gleich auf Anhieb erkannte oder Dorm in seiner Vorführ-Aufregung zu schnell gesprochen hatte. Und so einer, dachte Natalie, bringt Leute auf der Straße dazu, ihn mitsamt dem Rollstuhl hochzuheben. Dieses Detail ließ sie einfach nicht mehr los. Sie dachte fast jeden Tag einmal daran. Bertrand fucking Russell.

Der Besuch verlief im Großen und Ganzen harmonisch. Es gab nur einen einzigen unangenehmen Moment. Als Dorm noch einige Verbesserungen an seinen Zeichnungen machte, wandte sich Hollberg an Natalie und fragte:

– Und, war er brav heute?

Sie fing einen flehenden Blick von Dorm auf. Er wirkte überhaupt nicht streng oder empört, sondern kindlich und hilflos, aber gleichzeitig vertrauend darauf, dass sie seine Verbündete war, zumindest für diese paar Sekunden. *Nur für heute*, sagte dieser Blick. Sie hatte ihm ihren Willen aufgezwungen. Sie hatte Astrid nicht geholt. Sie hatte ihn gedemütigt. Ihn sogar nackt gesehen.

– Sicher, sagte sie. Ist er immer.

Herr Hollberg gab ihr einen ironisch-kollegialen Fist-Pump, vom Herzen ausgehend in die Luft zwischen ihnen.

Um fünfzehn Uhr stand Natalie im Sonnenschein vor dem Wohnheim. Ihr Dienst war zu Ende. Sie dachte an die Szene in Herrn Dorms Badezimmer, seine Verzweiflung, sein verschmiertes Gesicht. *Das also*, dachte Natalie, ohne dass sie hätte sagen können, was sie damit meinte. Das also. Man sollte ihn vielleicht beizeiten in einen Ballon setzen. *Bállon*. Und dann steigen lassen, wie einen Fluch. Einen Fluch über der Stadt. Mit Drachenschwingen.

An dieser Stelle schob sich ein perverses Bild in ihre Vorstellung: Dorms Rollstuhl, mit Heliumballonen zum Schweben gebracht, wie ein Papierdrachen an einer Schnur hinterhergezogen, lachend mit Hollberg, verliebt turtelndes Laufen über Felder, sie und er, und dann und wann ließen sie den Kopf von Dorm schwebenderweise an einem fremden Fenster erscheinen.

Am nächsten Tag erwähnte Natalie in etwas abgeschwächter Form B gegenüber das Drachenbild, und B lachte und schlug vor, den Papierdrachen aus dem Keller zu holen, der habe letzten Herbst alle begeistert. Astrid habe ihn gebaut, ein kleines aerodynamisches Meisterstück. Sie gab Natalie den Kellerschlüssel.

Im Keller war sie schon einige Male gewesen, aber sie hatte gedacht, dass es dort nur Stromzähler, alte Fahrräder und Farbdosen gebe. Doch tatsächlich, in einer dunklen, etwas versteckten Ecke fand sich der staubbedeckte Drachen. Er hatte sich während des letzten Winters, als wollte er sich gegen die Kälte schützen, in seine eigene Schnur eingewickelt. Natalie brauchte eine halbe Stunde, um das Knäuel zu entwirren. Dann riss er ihr bei der ersten Bewegung entzwei. Der ganze Sozialraum schien von dem grausamen Geräusch widerzuhallen. Sie versetzte dem kaputten Gestell einen Tritt und warf es anschließend weg. Später tat es ihr leid, und sie nahm sich vor, den Drachen mit nach Hause zu nehmen. In einen schwarzen Müllsack gehüllt, konnte er bei ihr ein weiteres Mal überwintern. Vielleicht würde B nicht mehr danach fragen. Wenn doch, würde sie eine Lösung finden.

Sie ging durch das unbestimmte, charakterlose Wetter nach Hause. Der Sommer verabschiedete sich. Es war weit zu Fuß, aber der Tag war ja noch warm. Während die Mauern eines langen Gebäudes langsam an ihr vorbeizogen, hatte sie das Bedürfnis, sich selbst zu fragen, was sie getan hätte, wäre sie mit Dorm allein gewesen. Das Dumme daran war, sie *war* ja mit ihm allein gewesen. Aber trotzdem: Was hätte sie getan? Sie kam durcheinander. Der Himmel hing tief über ihr, eine Stimmung wie *vor* einem ereignislosen Tag. Sie hatte eine Belohnung verdient.

Natalie begann zu laufen und hörte sich dabei Essgeräusche an. Aber das war nicht genug. Sie wollte eine richtige Belohnung. Komische Nachmittagsluft, unerwartete Kälte in einem Gebäudeschatten. Als würde jemand auf Knopfdruck zu lachen aufhören. Ich will irgendwas Richtiges, dachte sie. Gab es eigentlich Geschäfte, in denen man Papierdrachen kaufen konnte? Ihr fiel keines ein. Sie blieb an einem Teehaus stehen, ging hinein und verlangte einen starken Grüntee. Nicht zu herb dürfe er sein, aber auch nicht zu wolkig, und erst recht dürften keine Netze darin schweben. Man nahm ihre Nonsense-Improvisation ernst, reichte ihr eine bestimmte Sorte. Natalie ging mit einem Glücksgefühl aus dem Laden. Dann folgte sie einem zufällig ausgewählten Menschen auf der Straße, einer jungen Frau mit violetten Schuhen. Sie stellte sich vor, diese Frau sei vor kurzem aus jahrelanger Kellerhaft entlassen worden, habe ihrem Peiniger verziehen und obendrein den Bürgerkrieg in drei afrikanischen Ländern beendet, durch ein Lied, das sie vor den Vereinten Nationen gesungen hatte, a cappella, und davon gab es ein Video, viral, und es kamen einem die Tränen, diese Frau war eine Heilige, wie die Jungfrau von Orleans oder Gandhi, eine Engelserscheinung. Natalie verehrte die fremde Person mit den auffälligen Schuhen drei ganze Häuserblocks lang. Dann entließ sie sie an einer Kreuzung und ging einen anderen Weg. Die Frau würde nie erfahren, wie sehr sie an diesem Tag vergöttert worden war, wie viel Gutes sie gebracht hatte. So sollte man leben, dachte Natalie und stellte sich vor, diesen Satz in einem viralen Video zu sagen, hinterlegt mit Musik, so sollte man leben: als würde man im Stillen von allen Menschen auf der Straße verehrt werden, die alle die wahnsinnigsten Lobesfantasien über einen spinnen.

Warum war ihr gerade diese junge Frau aufgefallen? Bestimmt gab es Auswahlfaktoren, die das Ganze weniger rein machten. Ein attraktiver Hinterkopf zum Beispiel. Oder diese komischen Schuhe. Herr Hollberg hatte, das war ihr auch schon bei den letzten Begegnungen aufgefallen, einen sehr ausdrucksstarken Rücken. Wenn man ihn länger betrachtete, war jeder weitere Kommunikationswunsch besänftigt. Er war wie die Rückseite eines Grabsteins.

Natalie schrieb sich im Gehen eine Notiz ins iPhone: Tiefseetier-Doku suchen.

Okay, Oktopusse hatten also diese Fähigkeit, ihre Haut automatisch mit Streifen, Flecken, Punkten oder anderen Farben zu überziehen. Automatisch, was bedeutete das Wort überhaupt in diesem Kontext? Sie passten sich damit ihrer Umgebung an, ihre Haut konnte offenbar sogar körniger oder glatter werden, auf Knopfdruck. Aber die meiste Zeit signalisierten sie Stimmungen, sie trugen ihren Geist außen. Natürlich waren diese Zellen, die sich sofort verfärben konnten, in gewisser Weise auch Augen, das heißt, sie konnten augenblicklich die Umgebungsfarbe ablesen … Hieß das, dass Oktopusse miteinander telepathisch kommunizierten? Sie nahmen einander vollkommen wahr, alles war zugleich außen und innen. Vielleicht waren sie deshalb solche Einzelgänger und verwendeten Tinte. Um von Zeit zu Zeit das Medium zu verdunkeln, in dem sie dachten, in dem sich ihre Kommunikation abspielte. Und wenn man Oktopusse auf engem Raum nebeneinander hielt, würden die Farben des einen ja automatisch in die des anderen übergehen, das heißt eine zwanghafte –

Natalie wäre beinahe mit einem Mann kollidiert, der einen Kaffeebecher in seiner Hand hielt und ihn mit der anderen vor dem Wind schützte, als wäre er eine Kerzenflamme. Die halbe Menschheit, die heute Nachmittag auf der Straße unterwegs war, ging geduckt.

... eine zwanghafte Verbindung zwischen den Oktopussen und ihren Vorstellungen und Empfindungen. In Serie geschaltete Kraken. Neben einem stillen Korallengewächs oder einer schwach glühenden Algenlandschaft war der Einzeloktopus ruhig, unbehelligt von all den telepathischen Zumutungen seiner Artgenossen, gegen die es, außer der Tinte in Notfällen, keine äußere Schutzwand und keine innere Abgrenzung geben konnte. Hier war nichts, das dachte. Nur Fische, kaum anspruchsvoller als schwimmende Verkehrsschilder. Und vielleicht ein paar Blasentrauben produzierende Taucher mit absurden Paddelfüßen. (Niesen unter Wasser, Malheur.) Hier konnte der Oktopus frei denken und sich in Formen und Farben verwandeln, ein Selbstgespräch mit seiner Umgebung.

Aber zurück zum Gedankenexperiment, zurück in den grausamen Tank, den engen Behälter, in den man die Oktopusse sperrte. Haut an Haut, Pore an Pore klebten sie aneinander, ein dichtes Gewimmel von Tentakeln und weichen Köpfen. Dann musste man sie nur eine Weile so eingesperrt lassen, in ihrer entsetzlichen Feedback-Schleife, und sie synchronisierten sich wie Uhren in einem Uhrmachergeschäft und dachten alle dieselben Gedanken. Aber – worin bestanden diese Gedanken? Denn es gab ja gar kein *Außen* mehr, das man kopieren konnte, sondern nur noch den nächsten Oktopus, auf dessen unangenehm intim-nahe Körperfarben man automatisch reagierte, die man irgendwann notgedrungen spiegelte, weil der Andrang der Außeninformationen für die Chromosodings-Zellen zu stark wurde und alles Innere erfüllte. Dachten sie nur mehr, *dass sie dachten*? Wurde ihr Gehirn wund und mürbe und schwammig, und schaltete es sich schließlich ab?

Kurzschluss. Das hat der arme, zusammengequetschte Oktopus nun davon, dass er sein Innenleben vollkommen außen trägt, all seine Zustände, Absichten und Weltverhältnisse als Musterkarte auf seiner Haut. Natalie hatte das intensive Bedürfnis, ein Oktopusauge zu sehen. Sie kramte ihr iPhone aus der Tasche und begann zu tippen: *eye oct–* aber da bemerkte sie die Webseite, auf der sie vorher gewesen war. Sie war, während der Texteingabe, ein wenig blasser geworden, aber sie war noch erkennbar: time wave mckenna.

– Oh, Entschuldigung.

Die alte Frau, gegen die Natalie gerannt war, grummelte etwas zur Antwort. Es klang wie ein ausgesprochenes Niesen: Hatschi. Oder vielleicht auch I-Ging. Unheimlich. Die alte Frau hatte nicht mehr viel Lebenszeit übrig, und nun war ihr eine weitere Gehsekunde gestohlen worden von dieser unerhörten Person mit dem Telefon in der Hand. Vielleicht war diese Frau Juan oder Salim, das ständig gequälte Wesen, dessen Schicksal mit Natalies feinsten Körperbewegungen verschränkt war. Sie suchte nach *eye octopus* und dann nach *imitation octopus* und schaute sich die Ergebnisse an. Ein Ballon-Papierdrachenkopf, der aufging vor den Vereinten Nationen. Bürgerkriege zu Ende, Liebe auf der ganzen Welt. Gebt den Kindern das Kommando. Völkermord.

Den Rest des Abends verbrachte sie mit Streunen und Andockversuchen auf dem dämmrigen Radweg. Einer der Männer trug eine Lederjacke, allerdings eine bräunliche, mit einem Armeeschriftzug auf dem Rücken. Einer blies ihr Zigarettenrauch in den offenen Mund. Ein anderer wollte ihren Hintern lecken, Natalie ließ ihn machen, aber als er zu weinen und sich zu entschuldigen begann, lief sie davon. Ein anderer stand einfach an dem Geländer, auf das tagsüber die Jogger ihre Beine zu Stretchübungen stützten, und sang den mexikanischen Huttanz, diese Ohrwurm-Melodie in eintönigem *Dededede*. Er schaute sie dabei direkt an und sang, immer wieder von neuem beginnend, die Melodie. Natalie hielt seinem Blick stand, und der Mann begann zu grinsen, hörte aber unterdessen nicht mit dem Singen auf. So trennten sie sich nach einer Weile, ergebnislos. Trotz allem war es ein gelungener Streungang gewesen, und als sie die Radwegunterführung verließ, ging sie angstlos, ja, fast mutgeschwellt, der Himmel zeigte Sterne, und die Autos auf der Straße fuhren freundlich und bunt vorüber.

Spätnachts fand sich Natalie vor dem Haus von Dorms Schwester wieder, spürte die Wärme auf ihrem Gesicht und dachte an das Geräusch, das ein Laserdrucker macht, wenn er eine Farbseite druckt. Etwas wie sanfte Strahlung kam von dem Gebäude, erzeugt durch die Anwesenheit dieser unsichtbaren Schwester, und durchdrang ihren Körper. Es war sehr dunkel hier, aber die Straßenlaterne an der Ecke half einigen wenigen Objekten dabei, noch Schatten zu werfen. Natalie strich sich die Stirnfransen hinter die Ohren, mit derselben Hand auf beiden Seiten, so war die Geste filmreifer und ausdrucksstärker. Sie berührte ihr iPhone in der Tasche. *Strahlung,* dachte sie. Und dann: *Ich bin aber wackelig unterwegs.* Tatsächlich: Ihre Beine zitterten vom vielen Hinhocken und Knien.

Spätnächtliches Gespräch

Das Souterrain war ein sicherer Hafen nach dem Streunen. Natalie lag auf einem, abgesehen von den durch ihr Sitzgewicht erzeugten Vertiefungen, völlig formlosen Möbelstück und betrank sich. Frank schwirrte um sie herum, er war anscheinend froh, dass sie da war. Über der Äthiopienkarte an der Wand hing ein Sombrero, und Natalie erzählte ihm von dem Typen am Radweg und imitierte seinen besessenen mexikanischen Gesang. Frank lachte und zeigte ihr einen Schnitt in seinem Daumen. Er habe auch jede Menge Vanillejoghurt eingekauft, sagte er. Natalie antwortete, ihr sei etwas schlecht, außerdem habe sie gerade ... Sie machte die entsprechende Geste: ein Daumen, der sich in ihrem Mund hin und her bewegte.

– Ah, das will ich gar nicht wissen, sagte Frank.

Also erzählte ihm Natalie etwas über den Kopf im Küchenfenster und so weiter, das seien so Geschichten und Bilder, sagte sie, die dir total im Gehirn hängenbleiben.

– Und alle voll in seinem Bann, verstehst du?

– Jaja, sagte Frank.

Er saß mit einem Joghurt da und schaute Natalie an.

Sie wühlte sich tiefer in die selbstgeschaffene Mulde der Sitzkartoffel, sodass ihre Beine höher lagen als ihr Kopf.

– Sag mal, sagte Natalie. Warum findet man das Souterrain eigentlich nicht im Internet? Ich meine, die Adresse. War die nicht mal drin?

– Kevin Bacon, sagte Frank.

– Ah ja, sagte Natalie und versuchte, in ihrer Liegestellung aus der Flasche zu trinken.

Sie schüttete sich Bier übers Kinn.

– Es muss sich einfach herumsprechen, sagte Frank. Nur so kommst du an irgendwas wie Demokratie ran. Leute erzählen einander davon, und die Klientel soll sich entsprechend durchmischen, also das Hand-zu-Hand-Prinzip, die Kevin-Bacon-Zahl.

– Scheiße, sagte Natalie.

Ihr war Bier in die Haare gelaufen.

Sie versuchte aufzustehen, aber Frank musste ihr bei der Koordination helfen. Er hielt sie an der Hüfte und brachte sie zu einem Tisch. Er setzte sich ihr gegenüber.

Ihre Stirn war heiß, vielleicht würde es später, *zur Nacht hin*, Migräne geben. Zur Nacht hin, wiederholte Natalie in Gedanken. Diese Formulierung war wie ein chinesischer Drache geformt. Wie spät war es eigentlich in Wirklichkeit? Sie dachte an den Namen eines chinesischen Musikinstruments, den sie heute Vormittag noch gewusst hatte. Irgendetwas ganz Kurzes. Sie sah noch die Situation vor sich. Sie hatte im Sozialraum kurz daran gedacht. Armer, kaputter Drachen. Ihre Kopfschmerzen wurden durch die Erinnerungsanstrengung etwas stärker, konkreter. Sie dachte: Fall tot um. *Fall Semester*, das stand auf einem von Herrn Dorms T-Shirts. Das Herbstsemester. *Fall*, das Wort war wie ein Glühwürmchen, nur feuerrot. Aber sanft. Sätze auf T-Shirts. *Repeat your Generation.* Wer hatte das getragen?

Es gab einige Möglichkeiten, wie man sich nach einem anstrengenden Tag abkühlen konnte. Streunen, *check.* Ziellose Non-sequitur-Gespräche, *in progress.* Cleverbot. Und später konnte sie noch verschiedene technische Hotlines anrufen und Probleme erfinden, die sich mittendrin in Luft auflösten. Sich wiederholt bei jemandem bedanken, der dadurch glücklicher und glücklicher wurde. Sie dachte an ein Call-Center, die Atmosphäre darin, die Menschen vor den Bildschirmen, alle mit der Headset-Tiara.

– Mario war nicht mehr hier?, fragte sie.

– Nein, sagte Frank. Bei mir nicht. Musst du Lothar fragen.

– Wääh, sagte Natalie.

Zahnstocher wurden aus einer Verpackung auf den Tisch gelehrt. Frank verteilte sie gleichmäßig.

– Gestern nach der Arbeit, sagte Natalie, hab ich im Supermarkt Auberginen beobachtet.

Frank lachte und sagte, das sehe er deutlich vor sich. Natalie antwortete, er könne sie ja einmal begleiten, Auberginen seien wirklich bemerkenswert. Frank sagte, er habe selbst auch schon bemerkt, wie witzig die meisten Gemüsesorten aussehen.

– Sie haben Charakter, sagte Natalie.

– Ich mag auch Ballone.

– Ja, dafür ist es nie zu spät. Man könnte einen Ballon in der Form einer Banane bauen.

– Ich glaube, sagte Frank.

– Was?

– Ich glaube, es ist schwieriger, als wiedergeborener Christ durch die Welt zu laufen als als …

– Als was?

– Ah, das doppelte *als* hat mich rausgebracht. Ich hätte den Satz anders sagen sollen.

– Glaubst du, dass die meisten Menschen religiöser sind als wir?

– Auf jeden Fall, sagte Frank.

Er widmete sich der Zahnstocher-Versammlung vor ihm auf der Tischplatte und nahm einen davon zwischen zwei Finger. Er hielt ihn wie ein gefangenes Insekt hoch und drehte ihn vor dem Licht der Tischlampe.

– Es gibt Leute, die können Streichhölzer zählen, sagte Natalie.

Sie fühlte sich schon ganz zuhause in dem Gespräch und in der Situation, glänzend non sequitur, und erlaubte ihrer Körpersprache, dies zu unterstreichen.

– Ja, Autisten, sagte Frank.

– Man könnte eine Insel bauen, die nur Autisten aufnimmt. Und sie dann einige Jahre dort leben lassen. Und dann einen Dokumentarfilm darüber machen. Wie diese Filme, in denen sie in den Dschungel gehen und verlorene Stämme entdecken.

– Es gibt einen Stamm im Amazonasgebiet, sagte Frank. Bei denen gibt es kein eigenes Wort für *Mond*. Sie geben ihm einfach Namen, so wie Personennamen. Und alle nennen ihn anders, jede Familie hat ihre eigene Bezeichnung. Weil, er gehört natürlich allen. Totale Demokratie. Aber wenn eine Person mit genau diesem Namen stirbt, dann darf der Name nicht mehr ausgesprochen werden, weil der Tote sonst zurückkehrt und sich an den Lebenden rächt, also müssen sie auch den Mond dauernd umbenennen.

– Mond, sagte Natalie und ließ den Kopf auf ihre Hände sinken.

– Ich hab ein Buch gelesen über den Mond, sagte Frank. Bei der Hälfte musste ich es abbrechen, weil es einfach zu viel war. Tabus sind echt anstrengend.

– Inwiefern?, murmelte Natalie in den Ärmel ihres Hemdes.

Aber Frank antwortete nicht. Es war möglich, dass er die Frage nicht gehört hatte. Er tat irgendetwas mit den Zahnstochern, Natalie hörte ein Kratzen und Schaben neben sich.

– Ist es nicht seltsam, fragte Frank, dass wir beide absolut sicher sein können, dass wir diese Nacht überleben?

Natalie hob ihren Kopf ein wenig, drehte ihn zur Seite, sodass sie ihn ansehen konnte, und sagte:

– Ich bin froh, dass du noch da warst. Ich hab mir schon gedacht, dass heute Abend hier vielleicht alles leer ist. So leer wie, weiß nicht. Ein Zimmer mit Münze.

– Ich bin immer da, sagte Frank. Auch nach Ablauf dieser Nacht noch. Seltsam, oder?

– Stimmt, sagte Natalie. Das ist seltsam. Wenn man's sich überlegt. Ich war oft allein im Zimmer mit der Münze.

– Mhm, nickte Frank. Ich denke mir, es wäre schlimm, wenn man stirbt und sich nicht mehr verständigen könnte. Also, kurz davor. Wenn man schon in dieser Blase feststeckt.

Frank machte komische Pantomimenbewegungen, Handflächen auf unsichtbarer Glasscheibe.

– Ich fände es witzig, wenn ich sterbe, sagte Natalie, und das Leben von jemand anderem spult sich als Film vor meinen Augen ab.

– Was?

– Man sagt immer, dass sich das ganze Leben vor einem abspult, wenn man im Sterben liegt.
– Ah ja, stimmt. Es gibt Experimente darüber. Ich glaube, die Sowjets haben da –
– Genau, sagte Natalie. Aber wenn es jetzt Bilder sind, die ich gar nicht kenne? Sondern die von einem anderen Menschen? Als ob die Filmrollen vertauscht wurden. Verstehst du?
– Dann müsste also der, dessen Leben du jetzt siehst, dereinst dein Leben sehen, wenn er im Sterben liegt.
– Aber was, wenn er längst tot ist?
– Ihr müsstet gleichzeitig sterben, sagte Frank. Sonst gäbe es die Verwechslung nicht.

Sie kniff ihre Augen zusammen, als würde sie überlegen.
– Stimmt.
– Es wäre tatsächlich komisch, sagte Frank und lächelte und hielt den Zahnstocher auf seiner Handfläche fest, als könnte dieser vielleicht wegfliegen, wenn man ihn nur leicht anpustete. Diese Verwirrung wäre wirklich großartig. Man könnte ja auch nichts mehr fragen.
– Das Beste daran wäre, sagte Natalie, dass man das Gefühl hätte, es wäre in Wirklichkeit das eigene Leben. So als hätte man immer alles falsch gesehen, bis jetzt.

Frank legte den Zahnstocher in den Aschenbecher und ließ ihn in Ruhe.
– Wir könnten ein I-Ging legen, sagte er. Um zu sehen, in welchem Leben wir sind.
– Du liebe Zeit, ich bin richtig schläfrig geworden, sagte Natalie und richtete sich auf. Was hast du gesagt?

Ihre Migräneanzeichen waren verflogen, die Stirn kühl. Vor ihr lag eine erholsame Restnacht von ein paar Stunden. Sie fühlte sich, als läge sie unter einer Bettdecke, die ihren ganzen Körper verhüllte. Wenig fehlte und sie hätte Frank von dem weißen Tier erzählt.

Frank legte eine Münze auf den Tisch.
– Ich werfe sie, und wir schauen dann das Hexagramm im Internet nach, sagte er.

Sie warfen die Münze. Frank tippte auf seinem Handy herum. Am Ende erhielten sie das Hexagramm Nr. 35, *Dsin*:

Die Erklärung lautete: DER FORTSCHRITT: DER STARKE FÜRST WIRD GEEHRT DURCH PFERDE IN GROSSER MENGE. AN EINEM TAGE WIRD ER DREIMAL EMPFANGEN.

Und darunter: NEUN AUF VIERTEM PLATZ BEDEUTET: FORTSCHRITT WIE EIN HAMSTER. BEHARRLICHKEIT BRINGT GEFAHR.

– Das ist wunderschön, sagte Natalie.

– Wir haben Neun auf viertem Platz, sagte Frank.

– Weißt du, wen ich jetzt voll vermisse?, sagte Natalie. Meinen Bruder.

– Den in Dänemark?

– Ja.

– Fortschritt wie ein Hamster, sagte Frank. Das nehm ich mit nach Hause.

– Pferde in großer Menge, las Natalie vom Telefondisplay ab. Scheiße, mir kommen die Tränen.

Das Display wurde, als fühlte es den Blick einer fremden Person, um einiges dunkler. Frank tippte es an.

– Ich glaube, das heißt, wir können alles werden, was wir wollen. Aber wir sind in der falschen Simulation.

– Betaversion, sagte Natalie.

– Welche Frage haben wir ihm eigentlich gestellt?, fragte Frank.

– Stimmt, wir haben die Frage vergessen!

– Das passiert mir immer. Ich freue mich jedes Mal so auf das Münzenwerfen. Man kann allerdings auch die Zahnstocher verwenden.

– Ah, lass doch jetzt die Zahnstocher, sagte Natalie.

– Wir haben echt die Frage vergessen, sagte Frank und schüttelte den Kopf.

– Sollen wir's wiederholen?

– Es sollte eigentlich gar keine Antwort geben können, wenn man keine Frage stellt. Das System ist eigenartig. Was bedeuten die I-Ging-Antworten, wenn man keine Frage gestellt hat? Stell dir vor, ein Orakel wäre so drauf.

Delphi, dachte Natalie und hasste sich sofort dafür. Diese Autocomplete-Tendenz ihrer Gedanken, vor allem spätnachts.

– Stell dir vor, sagte sie, ein Orakel, das den ganzen Tag Orakelsprüche aufsagt, aber die meiste Zeit hört ihm kein Mensch zu.

– Wie diese Muster, die sich auf alten Mauern ergeben. Oder auf Fliesen.

– Gesichter, sagte Natalie und musste an die ungute Geschichte von Bélmez denken.

– Baaah, machte Frank. Ich bin auch schon müde. Kommt noch irgendwer heute, was meinst du? Wozu ist das Souterrain überhaupt da, wenn keiner davon weiß? Du hast absolut recht. Fuck Kevin Bacon.

– Sollen wir gehen?

– Ja, sagte Frank. Lassen wir den Raum allein weiteratmen.

Nachdem er abgesperrt hatte (ein Post-it mit seinen Kontaktdaten für Leute, die in dieser Nacht doch noch ins Souterrain wollten, klebte er an die Hintertür), gingen sie gemeinsam auf die Straße. Es war kalt, Natalie hängte sich bei Frank ein. Er tätschelte ihre Hand, tat feierlich-fürstlich und machte ein paar Schritte vorwärts, dann stolperte er, vielleicht absichtlich, und sie musste ihn stützen.

– Bring ich dich jetzt noch bis vor die Haustür?, fragte er sie. Ich hab das Protokoll nicht im Kopf. Und das I-Ging war in dem Punkt etwas vage.

– Ja, sagte Natalie. Voll gern.

– Voll gern. Das ist total schön, wie du das sagst.

– Voll gern, wiederholte Natalie stolz.

– Riesig angenehm, sagte Frank. Enorm einverstanden.

Sie gingen bis zu der Straße, in der Natalie wohnte. Hier wurde Frank etwas langsamer und deutete an, jetzt in diese Richtung weiterzugehen.

– Also nicht bis vor die Haustür?, fragte Natalie.
– Oh, doch, doch, sagte Frank. Bald!
Er winkte ihr fröhlich zu und wackelte davon.
Natalie ging die letzten paar Schritte allein.

Eigentlich besaß der eine Zivi, also nicht der extrem hässliche, sondern der andere, eine angenehme, aurige Stimme. Sie hatte ihm diese Eigenschaft einmal zu erklären versucht, aber er hatte sie nicht wirklich verstanden. Er meinte, Aura, klar, da sei alles miteinander verbunden, die Eins-heit von allem. Aber das korrekte Eigenschaftswort sei eigentlich *auratisch*. Nein, ist es nicht, sagte Natalie. Er hatte eigenartig glattes Haar. Natalie erklärte es ihm, Aura im Sinne von Epilepsie, das Gefühl davor, nein, nur als Kind, schon mehrere Jahre völlig anfallsfrei, nein, keine bleibenden Schäden. Darauf schwieg der Zivi eine Zeitlang. Und dann fing er an, ihr zu erzählen, wie er einmal dieses Zeug aus dem Dschungel genommen habe, DMT, das sei absolut mysteriös gewesen, aus der Ayahuasca-Pflanze. Sie seien zu dritt gewesen, er und zwei Typen aus der Schule, und sie hätten etwa eine halbe Stunde nach dem Erstkontakt mit dem Stoff eine leuchtende violette Substanz gesehen, die überall herumlag und die sie teilen, manipulieren, einander zuwerfen und sogar für einfachen Ornamentbau verwenden konnten. Als die Wirkung nachließ, sei auch die Substanz immer farbloser und transparenter und am Ende ganz unsichtbar geworden und sie hätten sie, mit ein wenig Mühe, noch an einigen Stellen im Zimmer ertastet, bis schließlich auch dieser Sinn verödet sei, etwa gegen vier Uhr morgens. Das sei der traurigste Augenblick in seinem Leben gewesen. Während er ihr all das auseinandersetzte, schaute er so philosophisch und zugleich so unsagbar achtzehnjährig aus, dass Natalie ihn am liebsten mit Milch überschüttet hätte. Sie stellte sich vor, wie sie ihn zusammenfaltete und in einen Kissenbezug stopfte, und nickte und lächelte und hörte ihm zu. Aber er war okay, denn der andere, der extrem Hässliche, war immer nur ungepflegt und blass und sah krank aus, und sie wollte ihn am liebsten jedes Mal, wenn sie ihn irgendwo sah, an einer Säule festbinden und ohrfeigen, damit es wenigstens einen Grund gab, weshalb er so verheult und umarmungsbedürftig in der Gegend herumstand.

In der heutigen Abendunterhaltung von Astrid, B und Natalie ging es darum, ob der extrem hässliche Zivi vielleicht Aids habe. Schnell wurde daraus ein lustiges Betreuerinnengespräch. Ab einem gewissen Zeitpunkt war das Wort Aids ein Trigger, der alle zum Lachen brachte.

– Ich kann beim Dorm nicht im Zimmer bleiben, wenn er einen Ständer hat, sagte Natalie. Vielleicht lerne ich's noch. Aber jetzt flüchte ich jedes Mal. Und wenn er das letzte Zimmer der Welt bewohnen würde, ich würde rausrennen.

– Und wenn es draußen regnet?

– Und wenn es draußen Aids regnen würde, ich würde nicht im Zimmer bleiben!

Gelächter.

Als sie von der Toilette zurückkam, berichtete B, dass Herr Zunegg und der aidskrank aussehende Zivi einander im Sozialraum gegenübersaßen. Zwischen ihnen auf dem Tisch lag die kaputte Dartscheibe. Die beiden Männer blickten konzentriert auf die Scheibe und steckten, im Takt undurchsichtiger Spielregeln, abwechselnd Pfeile in die winzigen Löcher der Scheibe. Wie Schach, nur eben so.

Alle erhoben sich sofort, um sich das anzuschauen.

– Tatsächlich, sagte Astrid.

– Irre, sagte B.

Natalie beobachtete das Rätsel für einige Zeit, dann trat sie einen Schritt zurück und sagte:

– Also, das ist das Schönste, was ich je gesehen habe.

– Nicht wahr? Wir haben echt die besten Idioten der Welt hier.

Ursula war nicht da, also durfte man so etwas sagen, ohne dass ein Engel irgendwo seine Flügel verlor und Aids bekam.

Natalie wollte noch etwas sagen, aber Astrid legte einen Finger an die Lippen. B hielt sich im Hintergrund.

Die zwei spielten tatsächlich irgendetwas, jeder war in seiner eigenen Blase. Ob es eine Überschneidung gab, wie in einem Venn-Diagramm, blieb unklar. Herr Zunegg schwitzte und putzte wiederholt seine Brille an einem Zipfel seines Hemdes. Der Zivi schaute bärtig und ernst aus, das Wort *Psalm* kam Natalie in den Sinn. Genau so sah er aus, wie das Wort Psalm. Mit ihrem iPhone nahm sie einen kurzen Videoclip von den beiden auf.

– Das müsste ein olympischer Sport werden, flüsterte Natalie.

– Es ist aber nur deshalb so schön, weil wir nicht verstehen, was sie tun.

– Ob sie lange gebraucht haben? Mit der Erfindung des Spiels, meine ich.

Astrid reagierte nicht. Es war schwer, die Augen für längere Zeit von dem hypnotischen Geschehen abzuwenden. Es war wie eine Live-Übertragung von der Mondoberfläche.

Jetzt schüttelte Herr Zunegg den Kopf, und der Zivi grinste.

Natalie fasste Astrid am Ärmel.

– Aaah, hörten sie Herrn Zunegg seufzen.

Wieder nahm er seine Brille ab und putzte sie.

– Wir haben echt die besten, murmelte Astrid.

Natalie wartete, ob ein weiterer Engel dran glauben würde müssen. Aber dann setzte Astrid einen ganz anderen Gedanken fort:

– Er kann sich nicht mal rasieren, sagte sie. Er trägt Erwachsenenwindeln. Er hat Angst vor Reiskörnern und vor dem gezackten Schatten, den Zäune werfen. Er kann nicht schwimmen, nicht richtig lesen. Zählen nur bis zehn, da hören die Finger auf.

Sie wurde immer leiser.

– Aber dann macht er das.

– Ja, sagte Astrid.

Es klang fast beleidigt. Wie eine enttäuschte Mutter.

– Er denkt sich sicher was dabei, sagte Astrid. Aber der Dings, der Zivi, hm. Der tut vielleicht nur so.

– Er ist vielleicht high.

– Oder Toxoplasmose, murmelte Astrid.

Trotz Herrn Zuneggs Irritation – es hatte schon so ausgesehen, als sei er dabei, die rätselhafte Partie zu verlieren – ging es weiter, die Kontrahenten setzten, immer nach ausführlicher Bedenkzeit, einen Pfeil nach dem anderen in das Dartscheiben-Spielbrett. Sie hatten Glück, dass es eine ganze Schachtel voll davon gab. Alte und neue, unterschiedlich gefiedert, mit Spitzen aus scharfem Metall oder aus biegsamem Plastik.

Natalie spürte eine beinahe an ASMR erinnernde Geborgenheit aufsteigen. Dieses seltsame Match im Sozialraum strahlte eine Ruhe und Sicherheit aus, die möglicherweise gerade mit der Abwesenheit sichtbarer Regeln zusammenhingen. Das Licht im Raum war ein statuenaffines Dunkelgelb, eines, wie man es sonst nur auf alten römischen Plätzen fand, auf Taubenbrunnen am Spätnachmittag, auf Polaroids aus den Siebzigerjahren. *Nachkoloriert*, dachte Natalie. Man müsste die beiden eigentlich in Gold gießen.

– Sollen wir sie fragen, was sie spielen?, flüsterte Astrid.

Natalie schüttelte den Kopf und winkte ab, nein, nein, auf keinen Fall. Auch B protestierte stumm. Das hier war perfekt, ein makelloser Augenblick, den durfte man nicht entweihen.

Also blieben sie stehen und schauten zu. Irgendwann gingen sie zurück in die Küche und setzten ihr Gespräch fort.

B schnitt die Frage an, ob die Jugendlichen heutzutage tatsächlich viel ungezwungener miteinander umgingen. Wodurch natürlich die Gefahr von Aids viel höher werde. Natalie war sich nicht sicher.

– Einerseits ja, sagte sie. Aber auch nein.

Sie habe, so erzählte sie, immer zwei Anekdoten peinlicher Teenager-Pannen parat, von denen die eine zum Verscheuchen (Schultrampolin, Periode) und eine zum Anlocken (Blowjob, unstillbarer Schluckauf) verwendet werden konnte.

Astrid rollte die Augen. B lachte.

– Na ja, sagte Astrid, aus dem Alter sind wir vermutlich raus. Oder?

B zuckte die Achseln:

– Man ist so alt, wie man behandelt wird, sagte sie. Hast du schon mal was zu einem Mann gesagt, um ihn zu ent-regen? Irgendwas total Albernes?

– Aaah, machte Astrid und wandte sich ab. Solche Themen.

Natalies Gesicht leuchtete auf. Ob sie … selbstverständlich. Ich habe echt den besten Beruf der Welt, dachte sie. Die besten Kolleginnen. Diese Gespräche sind Gott.

– Hab ich, sagte sie. Soll ich es sagen?

B nickte. Astrid seufzte.

Natalie beschrieb ihnen eine Szene, die sich vor einigen Jahren zugetragen hatte. Sie verriet nicht, dass es eine der ersten Nächte war, die sie mit Markus verbracht hatte. In ihrer Nacherzählung änderte sie seinen Namen in Steve. Sie hatten Analverkehr ausprobiert und mittendrin sagte sie zu ihm:

– Ich will, dass mein Arschloch hinterher so aussieht wie … wie … ein Shiitake-Pilz!

Er lachte nicht. Er vögelte sie weiter. Vollkommen *in the zone.*

– Ich will, dass mein Arschloch so aussieht, sagte sie (und musste sich selbst das Lachen verkneifen) wie eine explodierte Comic-Zigarre!

Er hielt inne. Sie wartete, es kam immer noch kein Lachen. Aber dann spürte sie die sanften Erschütterungen, ja, das war eindeutig, er lachte, versuchte es aber noch zu kontrollieren, denn das hier war eine ernste, die Evolution vorantreibende Situation, Yin und Yang und so weiter, Milch des Universums, aber er konnte nicht mehr, er kicherte und zog sich aus ihr zurück.

– Sorry, sagte er. Sorry, es ist nur, sorry …

Natalie gab sich selbst ein stummes High five.

– Pfffhahaha, machte B.

– Wow, sagte Astrid. Das hat gesessen, nehm ich an. Sehr blumige Vergleiche.

– Als hättest du einem Engel die Augenlider abgerissen!, sagte Natalie. Wie auf Knopfdruck.

Sie ließ ihren Zeigefinger schlaff werden.

– Comic-Zigarre!, lachte B. Wunderbar!

– Na ja, sagte Astrid, ich glaube, in dem Job hier lernt man auch eine Menge Sachen kennen, die sich als kalte Duschen eignen. Zum Beispiel, wenn einer der Klienten stirbt. Wenn man das mittendrin erzählen würde.

Natalie war neugierig, wie B reagieren würde. Es sah für einen Moment so aus, als sei das Betreuerinnengespräch nun tatsächlich ernst geworden. Aber war das überhaupt möglich?

B begann zu grinsen.

Nein, es war nicht möglich. Sie waren auf einer höheren Gesprächsebene. Die Weisheit alter Götter lächelte zwischen allem hervor. Buddha, dachte Natalie. Diese fetten Baby-Männer, die zufrieden herumsitzen und ihre Umwelt erleuchten.

– Wer war dein Erster?, fragte B.

Astrid dachte nach.

– Schwer zu sagen. Am Anfang war ich ja drei Jahre im Hirtenkloster. Da ist sehr viel gestorben worden, damals. War eine andere Leitung, eine andere Heimphilosophie.

– Und, habt ihr da schon abgeschöpft?

– Nein, sagte Astrid. Das gab es da nicht.

– Abgeschöpft?, fragte Natalie.

– Haben wir damals so genannt. Du weißt schon. Wenn man den letzten Atemzug des sterbenden Klienten.

– Wir haben immer nur *abgeschöpft* gesagt, sagte B achselzuckend. *Gehen wir abschöpfen zum Herrn Preiner, er ist schon in der Schnapp-Phase.* Ist aber auch schon lang her, dass ich …

– Mir hat das damals ein älterer Pfleger namens Jeff gezeigt, sagte Astrid. Meine Güte, der war ein Freak. Er hat ausschließlich diese traditionellen japanischen Holzschuhe getragen. Aber er hat es mir beigebracht, das war lieb von ihm.

Natalies Mund stand offen.

– Hey, sie kennt es gar nicht, sagte B. Du kennst es nicht, oder?

Natalie schüttelte den Kopf.

– Ah, sagte Astrid verblüfft. Dann klingen wir jetzt sicher wie Zombies. Entschuldige.

Mit der Entschuldigung war die Atmosphäre des Betreuerinnengesprächs fast gebrochen. Natalie beeilte sich, diesen Riss schnell wieder zu schließen. Sie fragte nach, was genau gemeint war.

Astrid erklärte es ihr. Es sei ein alter Brauch in der Seniorenbetreuung und auch bei der Lebensbegleitung von Behinderten. Man nehme den letzten Atemzug in sich auf. Durch die Nase oder den Mund. Also nicht ansaugen, sondern einfach so wegnehmen, aus der Luft. Als würde man an einer Speise riechen.

Natalie hatte das Gefühl, als hätte jemand in ihrem Kopf eine Lampe eingeschaltet.

– Im Ernst?, fragte sie.

Die anderen nickten, selbstverständlich.

– Und wie riecht das?, fragte sie.

– Na ja, das riecht, also, ich weiß nicht, wie soll man das beschreiben. Es geht nicht, oder?

– Sehr schwer, bestätigte B.

– Es ist nicht unangenehm. Das heißt nicht *richtig*, weißt du? Es ist schon unangenehm, aber mehr so, wegen dem Anlass und so. Aber so kann wenigstens die, na ja. Es ist natürlich Unsinn.

– Was?

– Na ja, sagte Astrid, so kann dann wenigstens die Seele. Und so weiter.

– In deine Lunge?

– Ach, das, nein, hahaha, ich hab das alles vollkommen von der falschen Seite, es geht ja gar nicht um, ah, ich kann das alles so schwer erklären! Kannst du?

– Bei mir ist das alles schon lange her, sagte B.

– Ja, es ist schwierig, sagte Astrid und nickte.

Die beiden Frauen blickten in verschiedene Ecken des Raumes. Irgendwo bellte ein Hund, es war ein Handyklingelton. Dankbar gingen alle auf das Geräusch ein, kommentierten es. B ging ran und stand auf, entfernte sich. Sie hatte auch ein iPhone, dasselbe Modell wie Natalie.

– Der Jeff hat sich dann irgendwann selber – krrk!

Astrid machte eine Würgegeste.

– Warum denn?

– Alkohol, und halt so Probleme. Außerdem war er verheiratet mit dieser Frau.

– Ach so, klar.

– Ich hab es nicht oft gemacht, sagte Astrid.

– Hm?

Natalie tat so, als wüsste sie nicht, was sie meinte.

– Ich hab das nicht oft gemacht, das mit dem Abschöpfen, wiederholte sie. Die anderen haben es dauernd gemacht. Und mir haben sie immer erklärt, es ist eine Tradition in den Heimen, es ist eine nette Geste, ein Dienst, den man erweist. Aber, na ja. Ich weiß eigentlich gar nicht mehr, wie es riecht. Das wollte ich damit sagen.

– Manche murmeln im Tod noch weiter, sagte Natalie. Ist dir das schon mal –

– Ja, das kann gruselig sein, sagte Astrid. Ich hab es nur einmal gesehen, aber es war nicht wirklich ein Murmeln, mehr so ein Grummeln, so wie Magenknurren, es kommt irgendwie aus der Kehle, von den Stimmbändern.

– Kenn ich nicht, sagte B, die vom Telefonieren zurückkam.

Sie setzte sich.

– Ja, du warst ja auch nicht dabei, sagte Astrid.

– Pfff, machte B.

– Ich finde es eigentlich gar nicht gruselig, sagte Natalie und freute sich, dass zumindest Astrid auf ihre kleine Fantasie eingestiegen war. Es klingt eher beruhigend, wie ein Gruß von drüben.

– Ha!, entkam es Astrid.

– Ich war früher oft dabei, sagte B ruhig. Fast jede Woche.

– Wo?

– Im Kolchikum ist damals im Sommer fast jede Woche wer gestorben. Ich war da ganz oft dabei. Der Winter war eine konstante, festere Zeit. Aber die Sommer, mein Gott. Aber ich hab nur manchmal –

– Jaja, jetzt nimm nicht gleich alles so persönlich, sagte Astrid.

B stand auf und schnupperte. Sie ging raus.

– Im Gang stinkt es, sagte sie. Ist mir schon vorher aufgefallen, aber jetzt weht es sogar hier herein. Ich glaube, eine Toilette ist wieder –

– Aaah, Matthias!

Astrid erhob sich und stapfte sofort los.

– Ich finde das jedenfalls einen schönen Brauch, sagte Natalie.

Sie war sich nicht sicher, ob das der Wahrheit entsprach. Aber sie wollte nicht, dass das Betreuerinnengespräch abriss. Am besten alles bejahen und etwas hinzufügen, so wie beim Improvisationstheater.

– Was ich nicht kapiere, sagte Natalie nach einer kurzen Pause. Was ich überhaupt nicht verstehe, zumindest noch nicht, ist … Warum hat sie sich umgebracht? Also, die Frau vom Hollberg. Was war der Auslöser? Und wie hat sie es gemacht?

– Das hast du doch schon mal gefragt, sagte B.

Ja, und du hast mir eine total seltsame Antwort gegeben, dachte Natalie. Briefe, Gitarren.

– Hab ich?, fragte sie. Hm. Es geht mir halt so im Kopf herum.

B stand auf. Ihr Gesicht sah immer noch freundlich aus, aber sie blickte auf die Uhr, oh, schon so spät. Sie werde dann mal, sagte sie. Morgen an derselben Stelle weiter. Immer ein Vergnügen, mit einem so jungen Springinsfeld zu diskutieren, sagte sie.

Springinsfeld?

Natalie hätte nie gedacht, einmal als so etwas bezeichnet zu werden. Sie stellte sich einen Hund vor, der in einem hohen Kornfeld delfingleich tauchte.

B klopfte ihr auf die Schulter, als sie an ihr vorbeiging.

– Warte, sagte Natalie. Sollten wir nicht warten? Auf Astrid, meine ich.

– Ach, die kann schon allein, sagte B.

Sie winkte und ging fort.

Natalie hatte auch längst Dienstschluss, aber sie wollte sich zumindest von ihrer Chefin verabschieden. Und als Astrid nach einer Weile zurückkam und feststellte, dass B das Betreuerinnengespräch vorzeitig aufgelöst hatte, schien sie überrascht und enttäuscht.

– Oh, sagte sie, schade. Ist gerade erst gemütlich geworden.

Und damit schickte sie Natalie nach Hause.

Eigenheiten

Einige Tage später sah Natalie B und Ursula in der Küche sitzen. Ursula, die offenbar vergessen hatte, nach ihrem Nachtdienst nach Hause zu gehen, hatte eine Sonnenbrille auf, obwohl es in der Küche nicht besonders hell war. Sie saßen nebeneinander. An ihrer Körperhaltung sah man eindeutig: Sie führten eine Art Betreuerinnengespräch. Mit Ursula? *Hardcore*, dachte Natalie. Sie ging näher und hörte zu.

Helle Cutting-Narben, beide Arme.

– Du weißt es nicht?, fragte B.

– Nein, sagte Ursula.

– Du hast wirklich keine Ahnung, wie es sich anhört, wenn man auf Ratten tritt?

– Nein, sagte Ursula schüchtern. Du kennst dich aus mit Nagetieren, ich nicht.

– Willst du's gern wissen?

– Ich glaube, ich kann es mir vorstellen.

– So, du kannst es dir vorstellen. Und?

– Irgendwie so … knurks.

– Knurks? Das beschreibt es nicht ganz, würde ich sagen.

– Nicht?, fragte Ursula.

Ihr Ton war nun bereits – Natalie stellte es mit einiger Genugtuung fest – *verzagt*.

– Nein. Das Geräusch ist anders.

– Okay.

– Was ist? Ekelt es dich?

– Ja, ein wenig.

– Willst du das Geräusch hören? Ich mach es dir vor.

– Nein, lieber nicht.

– Ich kann es aber gut.

– Äh … Natalie, hallo!

Ursula wirkte plötzlich erleichtert. Jetzt musste sie sich zu ihnen umdrehen. Natalie tat es und winkte den beiden zu. Ursula stand auf.

– Lasst euch von mir nicht stören, sagte Natalie.
– Mike hat nach dir gefragt, sagte B.
– Danke, sagte Natalie. Ich schau gleich.
B wandte sich wieder Ursula zu.
– Ich mach es dir heute noch nicht vor, okay?
– Ja, sagte Ursula. Das ist auch besser, glaub ich. Danke. Äh, ich meine. Ja, danke. Also, dann bis morgen.
– Ursula?, sagte B. Tu mir einen Gefallen. Schlaf dich ordentlich aus, ja?

Nachdem Ursula verschwunden war, räusperte sich B und fluchte leise in sich hinein. Natalie überlegte, welche Frage die beste wäre. Eine *karleske* Frage brauchte es, eine, die genau am richtigen Schräubchen drehte. *Was war denn?* Nein, das ging nicht. *Was war das Problem?* Nein, das implizierte, dass es ein Problem gegeben hatte, was zweifellos die Wahrheit war, aber Betreuerinnen reagierten auf Probleme nun mal wie Betreuerinnen. Nämlich auf Betreuerinnen-Art. Alles zerreden, bis nichts mehr da ist. Durchgehen, Schritt für Schritt. Und immer dieselben Wörter wiederholen. Mein Gott, ich denke schon wie eine echte Betreuerin, dachte Natalie. Betreuerinnengedanken. Und jetzt ergab das Wort keinen Sinn mehr. Aber welche Frage, welche Frage … Dann sah sie sie vor sich. Sie war so einfach:
– Was war denn mit der los?, fragte Natalie.
– Oh, keine Ahnung, sagte B. Hat im Nachtdienst nicht gut schlafen können und vergisst dadurch, die Cori zu wecken, heute Morgen. Als sie dann, irgendwann, von selber zum Frühstück gekommen ist, war kein Toast mehr da. Gott sei Dank bin ich kurz darauf gekommen. Inzwischen spür ich so was.

Sie schnaubte und schüttelte den Kopf. Natalie war stolz auf sich. Die Frage mit Betonung auf der abwesenden Ursula war genau die richtige gewesen. B sprach weiter:
– Ich meine, von dir würde ich das nicht erwarten, Natalie. Nein. Von dir würde ich das wirklich *nie* erwarten. Aber bei der Ursula wundert es mich nicht. Solche Sachen passieren ihr. Passieren ihr einfach.

Sie knüllte ein Geschirrtuch zusammen, ließ es kurz Luft holen und zu sich kommen, bevor sie es wieder zu einer festen, harten Kugel presste. B war sehr stark.

– Sie hat diese Schnitte auf ihren Oberarmen, sagte Natalie.

– Ja, gut, das ...

B machte eine wegwerfende Geste, mit der sie Natalie zu verstehen gab, dass das nichts mit der Sache zu tun hatte.

Nach der Arbeit fuhr Natalie, weil sie sich ein wenig ängstlich fühlte, am Haus von Elisabeth Dorm vorbei, band das Rad an einer Laterne fest und stand lange, in der Alibi-Verkleidung einer gerade vom Einkaufen kommenden Frau (sie trug links und rechts je zwei Plastiksäcke voller Gemüse und Obst), in einiger Entfernung zu dem Haus und beobachtete alles, was dort vor sich ging.

Es ging nicht das Geringste vor sich.

Ein Reiterstandbild warf einen breiten, majestätischen Schatten in der niedrig stehenden Sonne. Der kleine Park, der das Denkmal umgab, wirkte durch die vornehme, sich über das Gras erstreckende Schattenform wie geadelt. Krähen spazierten auf der Wiese. Natalie wartete zehn Minuten und beobachtete die stumm schreitenden Vögel, dann legte sie die Einkäufe zurück in den Gepäckträger, schwang sich aufs Rad und fuhr weiter.

Die Straßen waren so leer, dass Natalie auf verschiedene Verfolgungsideen kam. Herrn Hollberg müsste man verfolgen lassen. Aber wer könnte ihm nachgehen? Eine detektivische Gestalt, dunkel gekleidet, streetsmart, sexy. Der Gedanke an Mario tat inzwischen fast weh. Ein körperliches Mangelgefühl, ein Ziehen im Seelengelenk. Gott, ich würde ihn echt alles tun lassen, absolut keine Schranken. Steck mir die Zunge da rein. Wirklich, da rein? Ja, los. Okay, Mario. Wäre alles kein Problem.

Der Abendwind war kühl, aber Natalie hatte sich innerlich etwas erhitzt, zuerst durch den Besuch beim Dormschwesterhaus, dann durch die Vorstellung, Mario könnte Hollberg beschatten und ihr dann davon berichten. Eigentlich die beste Vorstellung überhaupt. Wie das Ende eines Films, in dem die Guten gewinnen. Wir hatten einen Moment zusammen, er unten, ich auf dem Balkon. Was Fixes. Wir hatten was, eindeutig.

Im Souterrain schienen alle überrascht, sie zu sehen. Komische Reaktion. Sie fragte nach Mario. Frank sagte, er habe ihn nicht gesehen. Lothar meinte, oh, nicht so vorschnell, vielleicht habe Natalie ja später Glück, wenn sie hierbleibe. Frank winkte ab, nein, später sei hier bestimmt alles tot und leer, keine gute Idee, länger dazubleiben und zu warten. Natalie bat Frank, Mario auszurichten, dass sie nach ihm gefragt habe. Sie müsse mit ihm was besprechen. Lothar lachte. Frank schaute ihn an, bis er aufhörte.

Als sie dann zusammensaßen und tranken, erwähnte Natalie das Thema Cutting. Der Anlass war eine völlig zerkratzte Ukulele, die jemand im Musikraum vergessen hatte.

Lothar reagierte sofort:

– Ja, strahlte er, ich war auch mal mit einer zusammen, die das machte! Es ist schon tragisch, wenn man das sieht. Man weiß sofort, dass sie gut im Bett sein wird, das ist logisch, aber trotzdem, es ist schon irgendwie *out there.*

– Geh komm, sagte Frank.

– Was?

– *Automatisch gut im Bett?*

– Hm, machte Lothar und trank einen Schluck.

Ihm war offenbar nicht danach, den Standpunkt zu verteidigen.

– Was meint ihr, warum sie das tun?

– Ich glaube, es hat generell viel zu tun mit Verzweiflung, sagte Tina, die an diesem Abend stocknüchtern war.

Man sah ihr an, dass die Ruhe ihres wohlgeordneten Innenlebens sie langweilte.

– Und man kehrt das innere Problem quasi nach außen, sagte Frank. Man zeigt allen: Da, hier, deshalb geht's mir schlecht. So schlimm sieht es in mir aus.

– Naah, machte Lothar. Es gibt dir einfach so einen Kick, freigesetzte Endorphine. Es ist ein natürliches Schmerzmittel. Deshalb verzieren sich die Naturvölker auch immer den halben Körper und schneiden sich Sachen ab und stechen Perlen in die Haut. Diese komischen *Tribal*-Löcher? Wie Morgan Freeman sie im Gesicht hat.
– Aber es tut doch total weh, sagte Tina. Sich da reinschneiden.
– Ich würd gern mal dabei zuschauen, sagte Lothar.
– Spinnst du?, fragte Tina.

Neben ihnen fiel jemand hin, schlug sich das Knie an und fluchte. Natalie hob die Arme, um ihn zu stützen, aber der junge Mann bemerkte sie nicht und humpelte allein davon.
– Ich warte heute noch auf das Kick-back, sagte Lothar zu Natalie. Willst du mitwarten?

Natalie schaute ihn an, begriff nicht.

Tina nieste.

Frank gestikulierte sonderbar.

Lothar sagte:
– Ah, Unsinn, das … wollte ich eigentlich gar nicht sagen.
– Ich würde dann gehen, sagte Frank. Kommst du mit?

Natalie stand auf.

Er begleitete sie wieder bis zu einem gewissen Punkt, dann sagte er, es sei ihm ein Freudenhaus, äh, Freudenfest gewesen, lachte albern, verbeugte sich und ging davon. Natalie blieb auf der Straße stehen. Sie nahm ihr iPhone und rief Markus an. Er ging nicht ran. Fluchend legte sie auf. Er war wirklich ein Langweiler, kein Wunder, dass er –

Aber er rief zurück.
– Hey, sagte Natalie.
– Was ist denn?, fragte er schläfrig.
– Gar nichts. Ich wollte nur. Ah, vergiss es!

Sie beendete das Gespräch.

Es war vorbei, er war nicht mehr ihr Freund. Sie durfte nicht ständig an ihn denken. Er war ja auch unmöglich. Okay, an einigen seiner Eigenheiten hatte sie, zumindest zeitweise,

Freude gehabt. Zum Beispiel besaß Markus eine ganze Palette von Geräuschen, mit denen er eine peinliche Erinnerung verscheuchte, die sich beim Lesen plötzlich einstellte: Mmmh oder Räuspern, Zungenschnalzen oder lautes Ausatmen, meist begleitet von einem knappen Kopfschütteln. Er hatte einen Lieblings-Salzstreuer, den er sogar mit auf Reisen nahm. Er schrieb in winziger Schrift und konnte oft selber nicht mehr entziffern, was er geschrieben hatte, also malte er das Gekrakel mit einem feinen Bleistift nach, wie man Wimpern mit Tuschestift nachzieht, und verstand plötzlich wieder. Er hatte eine Sammlung alter Fahrraddynamos und aus Linienbussen gestohlener Notfallhämmer. Beim Schlafengehen befolgte er einige Rituale, zum Beispiel legte er immer sein Taufkettchen ab, bevor er in die Dusche stieg. Natalie mochte es sehr, wenn seine kräftigen Arme sich so über den Kopf bewegten, eine weite, ausholende Geste für so ein winziges, dünnes Schmuckstückchen, und sich die Kette dann in etwas honigsandartig Flüssiges verwandelte, wenn er sie in seine Handfläche rieseln ließ. Es war auch ein oder zwei Mal vorgekommen, dass er das Kreuz an der Kette geküsst hatte; Natalie hatte es vermieden, ihn zu fragen, ob er es ernst oder ironisch meinte, sie hatten sich nur kurz angesehen. Über seinen Glauben hatte er nie mit ihr gesprochen, nur einmal, irgendwie, aber da war es im Grunde mehr um J.D. Salinger gegangen. Markus vermutete nämlich, dass die Kisten voller Manuskripte, die im sagenhaften Safe von Salingers Haus in Cornish lagerten, nur einen einzigen Satz enthielten, oder bloße Tippspiele, xxxnnxhhxuudooodsskdlfjskdk, immer so weiter, Seite um Seite. Markus liebte kein Buch auf der Welt mehr als den Fänger im Roggen, und Natalie hatte es ebenfalls gelesen, aber nur bis zur Hälfte, dann musste sie abbrechen, weil es ihr zu laut wurde. Man bekam davon einen Ohrwurm, tief drinnen. Markus hatte das Wort Blasphemie verwendet – nicht weil sie das Buch abgebrochen hatte, sondern in Bezug auf die geheimgehaltenen Manuskripte in Salingers saudummem Safe, auf die die ganze Menschheit wartete. Es sei Blasphemie, sich selbst in eine solche Position zu setzen, mürrisch unsichtbar und unerreichbar für jedermann und gleichzeitig ständig präsent wie Gott.

– Manche Leute sind halt anders, sagte Natalie.

– Ich wette, es ist immer nur der gleiche Satz, sagte er.

Natalie witterte ein Spiel.

– Welcher Satz müsste das sein?, fragte sie.

– Keine Ahnung. *My hovercraft is full of eels.*

– Ich bin der ich bin der ich bin der ich bin, sagte Natalie.

Markus schaute sie angewidert an. Oder nein, nicht angewidert. Er wollte nur nicht spielen. Natalie präsentierte ihm ihre Handfläche.

– Schau nicht so grell, sagte sie. Die Maus kriegt Angst vor dir.

Markus streichelte die unsichtbare Maus und überließ ihr einen seiner Finger zum Betasten und Beknabbern.

– Sie war grad beim Zahnarzt, sagte Natalie. Sie soll nicht beißen.

Markus zog den Finger weg.

– *I am a phony*, sagte er. Dieser Satz, eine Million Mal auf jedem Blatt. Das wäre perfekt.

Natalie setzte sich die imaginäre Maus auf die Schulter.

– Wie geht der Film eigentlich aus?, fragte er.

– Welcher Film?

– Der mit dem Satz, Jack Nicholson. *Shining.*

– Oh. Er erfriert. Im Labyrinth draußen. In der ersten Szene liest er *Playgirl*, hast du das gewusst?

– Nein.

– Doch, in der allerersten Szene, wo sie ihm den Job im Hotel geben, liest er das. Es ist ein Film über Homosexualität.

– Wirklich?

– Nein, nein, eigentlich mehr über Writer's Block. Aber das geht oft Hand in Hand.

Es war ein Scherz gewesen. Aber Markus schaute nur traurig drein. Natalie stellte sich die kleine Maus auf ihrer Schulter vor, die beide Pfoten vors Gesicht schlug und ihren Pelzkopf schüttelte. Und wo war die Maus jetzt? Natalie streckte ihre

Handfläche aus. Wo Markus war, wusste sie, zumindest ungefähr. Er lag im Bett und atmete in seinen Polsterbezug, wie produktiv. Da, er rief sie noch einmal an. Verdammter Idiot.

Zuhause öffnete sie Skype und tippte eine Zeile in das Chatfenster von Markus. Dann löschte sie sie durch ein sagenhaft schnelles Ein-Finger-Backspace-Tremolo. *Pianista,* dachte sie. Leider nicht die weibliche Form von Pianist, sondern bloß die italienische. Sprachen waren untereinander oft arg vernetzt, wie Geheimbünde. Die Maus auf ihrer Schulter begann zu jucken, Natalie kratze sich.

ich kann nicht schlafen bist du noch wach?

Sie drückte Enter und die Zeile verließ ihr Zimmer und bezog einen Platz in dem körperlosen Raum, der größer war als der ganze Planet. Sie las den Satz noch einmal. Er war ein bisschen grausam, das musste man zugeben. Sie blieb zwei Alibi-Minuten online, dann schloss sie das Chatfenster und schaltete den Computer aus.

Im Fernsehen ging es um rhythmische Gymnastik. Live. Brüstelose Frauen aus Osteuropa schrieben mit Wimpelfähnchen Zeichen in die Luft, elegant und schlaufenreich wie die Unterschrift von Fabriksbesitzern aus dem neunzehnten Jahrhundert.

Natalie betrachtete ihren eigenen Arm. Sie stellte sich vor, mit einem Zahnstocher kleine Spuren hineinzuritzen. So Sachen, wie sie sonst in Baumrinden stehen. Irgendwer war hier, und Herzen mit Namen drin. B war richtig wütend gewesen. Das gab es bei ihr immer, diese Umschwünge. Wie Wetter. Auch in dem Moment, als sie nach dem Selbstmord gefragt hatte. Sofort Umschwung. Aufstehen und gehen.

Dabei war da irgendwo ein Fehler. In all den Geschichten. Kopf im Küchenfenster. Selbstmord. Briefe. Frau und Gitarre. Warum gaben sich alle mit diesen Erklärungen zufrieden? Und sie wiederholten sie auch die ganze Zeit. Aber sie passten nicht zusammen. Markus hatte Ahnung von Geschichten. Alephs, die alles sahen und süchtig waren nach Details.

Unsichtbare Tiere. Die weiße Fellkugel. Seine Lieblinge John Updike und Salinger und was noch alles. Okay, er mochte Stephen King nicht. Aber er schrieb dauernd irgendwas, hielt sich für einen Amateurdichter. Vielleicht könnte man ihn ja. Vielleicht mit etwas Druck. Oder Schmeichelei. Vielleicht ein sinnvoller Tipp. Wer weiß. Oder einfach, damit jemand von außen mal reinhorcht in die Geschichte.

Sie rief ihn an. Es läutete einige Male, dann ging er ran.

– Natalie, sagte er. Was soll das, warum rufst du immer an und legst dann auf?

Der rebellische Ton gefiel ihr gar nicht. Aber sie blieb ruhig und sagte:

– Markus, ich brauche deine Hilfe.

– Oh, machte er. Okay. Natürlich. Was ist passiert? Geht's dir gut?

– Jaja. Es ist nichts, ich bin nicht in Gefahr, und du musst mich auch nicht retten, Herrgott. Bist du überhaupt wach? Oder soll ich später anrufen.

– Ich bin wach, sagte er.

– Also. Ich würde nur gern deine Meinung zu einer bestimmten Sache hören, ja?

Sie machte eine Pause.

– Worüber?

– Das sag ich dir dann. Aber ich weiß nicht, wen ich sonst fragen soll. Es hat mit Geschichten zu tun.

– Geschichten?

– Ja, das Zeug, das in Büchern steht.

Natalie hasste es, wenn eine Unterhaltung so furchtbar langsam voranging. Warum konnten sie nicht einfach sachlich alle Punkte abhaken. Tu weiter, verdammt, sag was! Das ist ja wie Chatten, bloß mit Stimme! Ich hab nicht ewig Zeit.

– Gern, sagte Markus. Heißt das, du willst mich treffen?

– Superchecker.

Das von Herrn Dorm entlehnte Wort fühlte sich besonders ekelhaft an, aber es war zu spät, sie hatte es schon ausgesprochen.

– Wann?, fragte Markus.

Natalie schaute auf ihrem Kalender nach.

– Ich hab nächste Woche drei Tage hintereinander frei, sagte sie. Ja, nächste Woche.

– Okay. Ich hab immer Zeit.

– Hab ich mir gedacht. Also, dann bis dann. Holst du mich ab?

– Warte!, rief Markus. Welches Datum denn?

– Aaah.

Natalie sprang auf. Die Ungeduld verbrannte ihr die Fußsohlen. Sich mit ihm zu unterhalten war wie Zähneziehen!

– Herrgott!, sagte sie. Ich schick dir das genaue Datum. Jedenfalls danke. Für die Hilfe, Begleitung.

– Keine Ursache, murmelte er.

– Es ist wirklich eine komische Sache, sagte Natalie. Und ich hab mir gedacht, du begleitest mich, wenn ich meine Mutter besuche.

– Äh. Was?

– Sie weiß nicht, dass wir nicht mehr zusammen sind. Glaub ich. Wir können ja so tun. Wäre mir egal. Also, abgemacht?

Man musste ihm schließlich irgendeinen Anreiz geben. Damit er nicht in letzter Minute absprang und sie allein zu ihrer Mutter musste und überhaupt nicht weiterkam in der Angelegenheit.

– Ja, sagte er. Natürlich. Sehr gern.

– Perfekt, sagte sie.

Und legte auf.

Der Ausflug

Anlässlich des Ausflugs zum neuen Stausee erschien Herr Hollberg fünf Minuten vor der vereinbarten Aufbruchszeit. Man hätte auch auf ihn gewartet. Im Hof stand eine Traube bekannter und unbekannter Menschen. Die meisten Angehörigen der Klienten waren *okay*, das war das Wort, das man sich vorsagen musste. Astrid benutzte es immer mit der genau richtigen Betonung. Man hörte, dass sie das Wort innerlich *kursiv* aussprach. Und man konnte ja auch wirklich nichts gegen diese Menschen haben, die meisten waren herzlich und aufmerksam und gar nicht schwierig. Mikes Familie war natürlich nicht dabei und er selbst auch nicht, er war im Heim geblieben, der Zivi schaute auf ihn für drei Stunden, dann kam B für den Spätdienst. Sie fuhren in einem gemieteten Bus bis nach Gössendorf, wo es seit einigen Monaten ein neues Erholungsgebiet gab. *Erholungsgebiet* – so lautete die Bezeichnung für die bizarre Uferlandschaft, die nach der Errichtung des neuen Wasserkraftwerks entstanden war.

Die Wege waren nicht wirklich rollstuhltauglich, aber mit etwas Kraft und Beharrlichkeit ging es. Herr Dorm ließ sich zu Anfang gar nicht helfen, aber dann übernahm irgendwann Herr Hollberg das Anschieben. Er schwitzte ganz außerordentlich, fiel Natalie auf, die meist neben oder schräg hinter den beiden ging. Sie musste aufpassen, dass Horst nirgends hängenblieb. Matthias war zu einer Art Mond von Astrid geworden, er kreiste um sie und lachte viel, deutete in verschiedene Richtungen und hob manchmal Steine auf, um sie in seine oder ihre Manteltasche zu stecken. Natalie musste an das rotgoldene Wort *Köcher* denken. Herr Zunegg war eher schüchtern, er hielt sich an den Enden seines Schals fest. Astrid erklärte ihm alles, und er schien manches zu begreifen. Die spätsommerlichen Verhältnisse waren schon zu gewissen klimatischen Nischenbildungen fähig: Hin und wieder ging man durch einen ungewöhnlich kühlen Luftbereich, oder man wurde, während man irgendwo stand, von einer kalten Präsenz durchlaufen.

– Wer traut sich über die Staumauer?, rief Astrid.

Eine rein rhetorische Frage, denn es war schon vorher abgemacht gewesen, dass sie über die Mauer gehen würden. Von da, wo sie standen, sah das ganze Bauwerk ohnehin aus wie eine gewöhnliche Brücke mit etwas steilerer Zufahrt. Herr Hollberg stöhnte und entblößte sogar sein Gebiss, während er den Rollstuhl schob. Zwischendurch entkamen ihm kleine Lacher. Natalie fragte ihn:

– Geht's? Sollen wir helfen?

– Jahaaa, lautete die Antwort.

Entweder dies, oder der stetig stärker werdende Wind hatte die wirkliche Antwort verblasen. Herr Hollberg hatte sich nicht zu ihr umgedreht. Er schob weiter den Rollstuhl. *Angehöriger*, dachte Natalie und betonte das Wort abwertend und vorwurfsvoll.

Sie ließ Horst, der sich an seiner Schwester festhielt, zurück und schloss zu dem seltsamen Paar auf. Herrn Hollbergs Rücken war vollkommen nass. Sisyphos und der Stein. Er trug ein T-Shirt, auf dem der Name einer Band stand: *Orchid Repair Shop*. Natalie kannte sie. Sie war ganz in Ordnung. Bisschen altmodisch, Rock mit Gitarren halt. *Dethlehem Tour '03*, darunter eine Liste mit längst nicht mehr aktuellen Konzertterminen, eine kleine Zeitkapsel. Sie hatten den steilen Anfahrtsbereich hinter sich gebracht, und ein Motorrad kam ihnen entgegen, darauf zwei Jugendliche mit Helmen. Das Mädchen, das hinten saß, winkte, gesichtslos wie eine Wächterin der Raumpatrouille, und Natalie winkte zurück. Matthias winkte ebenfalls, nach Fluglotsenart mit beiden Armen.

– Orchid Repair Shop, sagte Natalie. Die sind gut.

– Fuck yeah, sagte Herr Hollberg leise.

Natalie war über seine Wortwahl etwas erstaunt, sie passte gar nicht zu ihm. Aber vielleicht hatte sie sich wieder verhört. Herr Dorm wirkte glücklich. Er interessierte sich relativ wenig für alles, was nicht Christopher Hollberg war.

Langsam gingen sie über die neue Staumauer, links der niedrige Pegelstand, rechts der hohe. Wie zwei verschiedene Zeitebenen, an deren computerspielglitchartiger Überschneidungslinie man sich entlangbewegte. Natalie stellte sich einen Menschen vor, der direkt auf der Staumauer wohnte, in einem kleinen litfaßsäulenförmigen Häuschen, der Schleusenwärter oder so. Der Staustufenwart. Der Wassermassenaufseher. Vor seiner Haustür lagen faustgroße, seelenlose Kiesel herum. Bestimmt hatte er einen dichten Schnurrbart, einen braven Scheitel auf einem apfelförmigen Kopf und einen uralten Vornamen, den heute eigentlich niemand mehr trug, wie Gregorius, Olbert oder Erasmus. Der Brückengendarm. Die Luft roch nach Bagger-Diesel und verschwundenem Auwald. *Klaffend*, das war das Wort. Natalie blieb irgendwo in der Mitte der Staumauer stehen und trat ans Geländer. Hinter ihr hörte sie Horst etwas zu seiner Schwester sagen, und die Schwester antwortete. Horst lachte. Natalie hatte ein paar Ersatzsocken für ihn eingepackt. Vielleicht würde es ihm gefallen, wenn sie ihm erzählte, dass das hier so etwas wie eine riesige flussbetriebene Batterie war. Sie schaute auf den linken, den stillstehenden Flussbereich. Das Wasser stand natürlich nicht wirklich still, sondern floss bloß nicht mehr in eine einzige Richtung. Es bildeten sich kleine Wirbel und Muster, konzentriert köchelnde Selbstgespräche, Überlegungen eines eingeklemmten Wesens, wie es sich befreien konnte. Auf der anderen Seite rauschten kleine Zuflüsse links und rechts, Mini-Wasserfälle an den Seiten, und es ging mehrere Meter steil bergab. Menschen mit Hunden waren in einiger Entfernung an den neu geschaffenen Spazierwegen unterwegs, kieselweiße Schotterstraßen, hier und da ragten noch Wurzeln gefällter Bäume aus dem Uferboden. Neue, ungewöhnlich saubere Sitzbänke, wie aus einem Raumschiff. Mülleimer alle paar Meter. Der Staustufenwart blickte jeden Morgen aus seinem runden Bullaugenfenster auf dieses sonderbare Panorama, beschloss Natalie, und dann las er die Werte von den Instrumenten ab, um die er sich zu kümmern hatte. Anschließend ging er zu

seinem Blumentopf, in dem Kresse wuchs. Er hörte den ganzen Tag alte Schallplatten. Er sammelte Mücken. Sein bester Freund war ein Taschenrechner.
– Das ist wie ein Vorher-Nachher-Bild, sagte Herr Hollberg.
– Ja, Chris, sagte Dorm.
Natalie schaute zu den beiden hinüber. Herr Hollberg sah aus, als hätte er eine Waschmaschine auf den Mount Everest geschoben. Vollkommen durchgeschwitzt, sein Gesicht rot, sein Blick etwas wild, als könnte er Telefonbücher zerreißen.
– Vor der Katastrophe und nach der Katastrophe, sagte Natalie.
– Chris?
Dorm winkte Hollberg zu sich herunter. Dieser blieb eine Sekunde stehen, dann seufzte er und beugte sich nach vorne. Dorm sagte ihm etwas ins Ohr, machte dabei aufgeregte Gesten, und als er fertig war, lachte er auffordernd. Aber Herr Hollberg lächelte nur kurz, richtete sich auf und schaute auf das Wasser.
– Oder, Chris? Oder?
– Jaja, sagte Hollberg.
– Genau, sagte Herr Dorm. Ist total verrückt, oder?
– Welche Katastrophe meinen Sie?, fragte Herr Hollberg in Natalies Richtung.
– Oh, ich weiß nicht. Irgendeine. Die nächste.
– Passt gut, sagte Herr Hollberg. Ich hab gerade zu ihm gesagt, es sieht wie ein Vorher-Nachher-Bild aus. So wie die in der Werbung.
– Ja, kenn ich.
– He, Chris, Chris!
Herr Dorm zupfte Herrn Hollberg an einer rückseitigen Gürtellasche. Hollberg drehte sich ruckartig um.
– Ja?, fragte er gespielt höflich.
– Ich hab doch recht, oder?, sagte Herr Dorm und schaute kurz zu Natalie. Ich meine, es ist doch wirklich verrückt.
– Verrückt, sagte Herr Hollberg. Verrückt ist gar kein Ausdruck. Absolut *batshit* ist das.

– Ja, nicht? Hahaha!

Dorm lachte glücklich und steckte damit Matthias an, der einige Meter entfernt stand.

– Sei still da drüben!, schrie Dorm.

– Na, na, sagte Natalie. Was ist denn so verrückt, Herr Dorm?

Er schaute sie gequält an. Sie erwartete das übliche *Mischen Sie sich nicht ein!*, aber stattdessen sagte er:

– Dass sie Menschen einfrieren.

Wäre der starke Staumauer-Aufwind nicht gewesen, wäre ein schöner Augenblick absoluter Stille entstanden.

– Wer friert denn Menschen ein?

– In Amerika, sagte Dorm. Es ist verrückt.

– Aha, sagte Natalie.

– Tote, erklärte Herr Hollberg. Sie frieren Tote ein. Oder im Grunde nur tote Gehirne.

– Ach ja, davon hab ich schon gehört.

Matthias lachte.

Herr Dorm schlug mit der Faust auf sein eigenes Knie.

– Sie nehmen Tote und frieren sie ein, sagte Herr Hollberg. Und sie hoffen, dass sie sie irgendwann wieder aufwecken können. Dann waren sie nie tot, sondern haben einen Sprung in die Zukunft gemacht. So wie überwinternde Tiere, Zeitreisen von Sommer zu Sommer. Er wandte sich Dorm zu. Hm? Wär das nicht was? Von Sommer zu Sommer springen, einfach per Knopfdruck?

– Hahaha, ja, sagte Dorm.

– Einfach einen Knopf und bumm, man hört auf zu existieren. Und erwacht nächstes Jahr. Während die anderen weiterleben und sich abhetzen müssen.

– Ja, Chris, das wäre super, ja.

Herr Hollberg zog sich das T-Shirt aus. Für einen Augenblick dachte Natalie, er würde es übers Geländer in den gestauten Fluss werfen. Aber er legte es sich nur über die Schulter, wie Boxer es mit ihren albernen Weltmeistergürteln machen.

Herr Dorm starrte den nackten Oberkörper von Herrn Hollberg an. Sein Gesichtsausdruck ähnelte sehr dem von Matthias, wenn man ihm etwas Kompliziertes zu erklären versuchte. Sein Mund stand ein wenig offen.

– Scheißtag, sagte Herr Hollberg. Elende Scheißhitze.

– Her mit der Gefriermaschine fürs Gehirn, sagte Natalie.

– Oh ja, sagte Herr Hollberg. Das werden die zweifellos irgendwann entwickeln. Eine tragbare Version. Die kann man dann einfach jemandem überstülpen, und sein blöder Schädel altert nicht mehr.

Er lachte. Wischte sich mit seinem T-Shirt den Schweiß von der Stirn. Spuckte durch das Geländer in den Fluss. Kratzte sich. Die Körperpoesie von Bauarbeitern.

– Aaah, sagte er. Mir ist echt zu heiß.

– Irgendwann wird man vielleicht sein Gehirn auf irgendwas raufladen können, sagte Natalie. Irgendein tragbares Gerät, das alles speichert. Und dann lebt man eine Weile in dem Gerät, während der Körper repariert wird. Oder, wenn er wirklich vollkommen kaputt ist, wartet man in dem Gerät.

– Und wird von dem Gerät ins Netz geladen. Ein eigenes Netz für tote Bewusstsein…e? Wie ist die Mehrzahl?

– Weiß niemand, sagte Natalie. Es ist ja noch gar nicht bewiesen, dass es mehr als eins gibt.

Herr Hollberg lachte.

– Ja, sagte er. Stimmt. Das ist gut. Muss ich mir merken.

Sehr merkwürdig, er schnaufte immer noch. Und er schwitzte. Vielleicht war es besser, endlich weiterzugehen. Aber das hier *war* der Ausflug, mehr gab es nicht. Ehrlich gesagt, hatte sich Natalie das Ganze etwas größer vorgestellt. Ein Stück flussaufwärts gab es ein Gasthaus, dort hatten sie einen Tisch reserviert. Allerdings erst in eineinhalb Stunden. Wenigstens fiel ihr jetzt das Gehen leichter, ihre Schritte waren die meiste Zeit schwerelos, zeropoint.

– Das Problem ist, sagte Natalie, dass schon so viele neue Menschen nachgeboren werden, während man als totes Bewusstsein in der Cloud wartet, bis man wieder rausdarf. Und deshalb müssen alle upgeloadeten Bewusstseine – ah, Gott, das Deutsche ist manchmal wirklich hässlich, oder? –, also, alle früheren Denk-Dinge in dem Netz müssen sich gegeneinander behaupten. So wie Postings auf 4chan. Wer nicht interessant genug ist oder nicht genug Einfluss hat oder nicht genug Feinde, der wird vom System aufgelöst und ist in der Folge wirklich tot, also so tot wie wir heute, traditionell tot, spurlos, für immer. Das ist dann natürlich auch der Euphemismus für ein gelöschtes Gehirn: traditionell. Er ist traditionell geworden.

– Du liebe Zeit, sagte Herr Hollberg.

Es schien ihm zu gefallen. Man war nun lange genug hier gestanden, der Zug ging weiter. Matthias rannte voraus und lachte.

Warum will ich ihn beeindrucken?, fragte sich Natalie. Herr Dorm starrte den nackten Rücken an, der vor ihm in die Höhe ragte. Jemand hätte an sein Kinn fassen und seinen Mund zuklappen können; er wäre bestimmt gleich wieder aufgegangen.

– Allerdings, sagte Herr Hollberg. Ich hab mir gerade gedacht, es könnte auch verschiedene Kreise geben. So wie Höllenkreise, wissen Sie? Zuerst muss man in den innersten, und dort muss man interessant sein und mit anderen Bewusstseinen interagieren, und so sammelt man Punkte und darf in den jeweils höheren Kreis aufsteigen. Bis man irgendwann den letzten erreicht hat und da …

– Da darf man dann zu uns!, sagte Natalie. In die wirkliche Welt zurück. Dann gibt es ein Fest, und alle freuen sich. Und diese Leute gelten auch als besonders wertvoll, weil sie erfolgreich durch die Höllenkreise zurückgegangen sind, und die erhalten dann tatsächlich wieder eigene Körper, die auch total lang funktionieren.

– Fuck yeah, sagte Herr Hollberg und nahm das T-Shirt von der Schulter.

Mit langsamen Bewegungen zog er es sich wieder an. Herr Dorm schob seinen Rollstuhl selbst.

– Aber wer vergibt die Punkte?, fragte Natalie. Denn es gibt eine Einweihungszeremonie, in der dem erfolgreich Zurückgekehrten seine Punktezahl verlesen und ihm gezeigt wird, gegen wie viele *Traditionelle* er sich durchgesetzt hat. Ich glaube, Punkte sollte immer der nächsthöhere Kreis vergeben. Oder vielleicht auch spezielle Junkies in der Wirklichkeit, die sich dauernd in das Netz der Toten einklinken. Sie nennen sie abwertend Fische. Oder Postings. Oder –

– Open sources, sagte Herr Hollberg und lachte. Open sores.

In diesem Augenblick kamen sie auf der anderen Seite des Flusses an. Die Landschaft war unverändert. Allerdings gab es hier eine riesige Treppen-Konstruktion, eine aufsteigende Folge verschiedener kleiner Becken, die vor sich hin blubberten. Daneben ein großes Schild, auf dem stand: FISCHAUFSTIEGSHILFE. Darunter ein buntes Diagramm, das das Funktionsprinzip in Comicsprache erklärte.

– Ah, ich hasse die Welt, sagte Herr Hollberg und deutete auf das Schild.

– Na ja, sagte Natalie. Immerhin eine Lösung.

– Da wäre ich lieber in dem toten Fischbehälter, sagte Herr Hollberg. Oder in dem … was haben Sie vorhin für ein Wort verwendet?

– Postings?

– Nein.

– Cloud?

– Ja, lachte Herr Hollberg. Das ist perfekt. Die Wolke. In der muss man sich möglichst interessant aufführen, sonst bleibt man tot und darf nicht in einen neuen Körper. Oder in den alten zurück. Alle wollen beeindrucken, um lebendig zu werden. Währenddessen fällt draußen Regen.

Der letzte Satz brachte Natalie ein wenig aus dem Rhythmus. Sie legte eine Hand aufs Geländer, aber es waren bereits die letzten Meter der Staumauer-Brücke, das Geländer zog sich nach wenigen Sekunden zurück, wie eine Schlange, die genug hat und davongleitet. So hatte sie Herrn Hollberg noch nie erlebt. Auf bestimmte Details in der kleinen Fantasiegeschichte hatte er stark reagiert. Er schwitzte jetzt nicht mehr, sondern wirkte im Einklang mit dem milden Spätsommerwetter.

– Und einige, sagte Herr Hollberg, stellen sich vielleicht auch extra blöd und ungeschickt und ekelhaft an, nachdem sie gestorben und in den innersten Kreis gekommen sind. Damit sie gleich gelöscht werden. Die wollen gar nicht mehr zurück. Aber dann gibt es vielleicht auch für diese toten Links, diese vorschnell uninteressant gewordenen Fische in der Cloud, eine eigene Intra-Cloud-Junkie-Subkultur, die sie nicht sterben lässt, sondern studiert und katalogisiert. Weil sie an den Prä-Traditionellen einen bestimmten Charakterzug finden, den es sonst nirgendwo gibt. So ein ... was weiß ich. Endzeit-Ding.

Er legte seine Hände auf die Griffe des Rollstuhls und schob ihn, ohne zu fragen, voran.

– Wow, sagte Natalie.

Es war bemerkenswert, wie schnell und selbstverständlich er das gerade eben im Gespräch spielerisch erfundene Vokabular verwendete, als wäre es schon lange ein geläufiger Teil seiner Alltagssprache. *Prä-Traditionelle. Intra-Cloud-Irgendwas.* Er war blitzschnell. Der Gedanke fühlte sich seltsam an, aber Natalie war sich sicher: Sie hatte Herrn Hollberg soeben eine Freude gemacht.

Irgendwo schrie Matthias, und Astrid rief ihm zu, er solle zurückkommen. Sie erreichten die Landstraße und gingen flussaufwärts in Richtung des Gasthauses. In einiger Entfernung standen Baggerfahrzeuge, deren Schaufelarme sich deutlich gegen den Horizont abzeichneten und andauernd auf und ab bewegten; wie lebhaft miteinander verhandelnde Riesenechsen. Entlang des Flussufers vermischten sich Sonne und Wind zu einem neuen, unangenehm spätsommerlichen Element. An einer Weggabelung erwartete sie ein sehr ausführlicher Wegweiser, die Schilder reichten fast bis zum Boden. Aus der Ferne hatte er für Natalie ausgesehen wie ein in die Erde gerammter Windmühlenflügel.

Käfer

Vielleicht war es ein kleiner Hitzschlag. Natalies Kopf war schwer. *You are the lizard brain beneath my wings.* Sie hatte vom Rad absteigen und zu Fuß gehen müssen. Alles war um eine Spur heller als sonst. Ein starker Geruch nach Autoreifen. Kurz darauf fuhr ein Wagen in einem riechsalzgrellen Grünton vorbei. Sterben in der Cloud, dachte sie.

Wenn ein Mensch todkrank ist, sitzt er in einem Zimmer, sein Partner daneben, und man berät sich. Der Körper ist das große Problem, man trägt ihn ständig mit sich herum. Man kann sich niemals abkoppeln davon. Fischaufstiegshilfe, Prä-Traditionelle. Dabei haben beide Partner das Gefühl, durchaus als Geister leben zu können, sie bestehen ohnehin nur mehr aus Kommunikation, aus dem Austausch von Signalen.

Natalie betrachtete einen Käfer, der am Boden unterwegs war. Oder nein, er lag auf dem Rücken, seine Beine bewegten sich. Das Gespräch eines Paars nach der Diagnose, man kehrt mit der Straßenbahn nach Hause zurück, sperrt die Tür auf, und all die Dinge sind da, die Frau setzt sich auf die Couch, um auszuruhen von den Strapazen, ein ganzer Tag im Krankenhaus, und todkrank ist sie auch noch. Die vertraute Umgebung, die Fernsehzeitung und die neue Bedeutung, die alles hat. Ein paar Monate noch. Wie fühlt sich das an, wenn man gerade eine Krebsdiagnose bekommen hat, und nebenan läuft das Radio oder der Fernseher, und man zieht sich im Schlafzimmer bequemere Kleider an?

Es ist okay. Bück dich und heb den Käfer auf. Danach wird es leichter. Es wird nichts passieren.

Aber immerzu diese Abschiede, überall, jede Sekunde. Diese grausige Werbung mit den berühmten Menschen, die mit den Fingern schnippen und dadurch ein Baby in der Dritten Welt töten. Bono von U2 mit seinem betroffenen Frosch-Mund. Wie endet das Leben? Mit Arztgesprächen. Mit Joggen am Morgen nach der Diagnose, man läuft schneller und schneller, aber der Körper läuft mit. Dann das Nebeneinanderliegen am Abend, im Bett. Die Welt, die weitergeht.

Sie suchte in ihrer Tasche. Es war kein Lexotanil da. Vielleicht auch nicht gut, bei einem Hitzschlag.

Ich bin sehr mutig, wenn ich das mache, sagte sie sich. Das Gehirn soll das lernen. Belohnungszentrum. Du bist sehr mutig. Bück dich, es wird kein Anfall kommen. Oder geh zumindest in die Hocke und dreh den Käfer einfach um. Mutige Natalie.

Vielleicht kann ich es mit der Schuhspitze?

Aber das ist wie ein Presslufthammer, der ein Uhrwerk –

Nein, es wird schon gehen. Ich stell mir einfach vor, dass ich mit meinen Schuhen fühlen kann wie mit meiner Haut. Ich muss nur … Und sie versuchte tatsächlich, den Käfer mit der Spitze ihres Schuhs umzudrehen. Aber die winzigen Beinchen flimmerten nur noch mehr, sie schob das Tier einige Zentimeter über den Erdboden.

Schnell bückte sie sich, fasste nach dem Käfer und drehte ihn auf den Bauch.

Er ging davon. Die Beine hatten endlich etwas, mit dem sie arbeiten konnten. Die Maschine funktionierte wieder. Aufziehspielzeug, das noch genug Federspannung übrig hatte.

Schnaufend richtete sich Natalie auf.

In einer solchen Situation, dröhnte es in ihr. Und dann kamen ihr die Wörter *Geschwader* und *Oktagon* in den Sinn. Beide hatten einen fremdartigen, dunklen Glanz. Unheimlich wie Heuballen auf einer Wiese in der Dämmerung.

Die Abendsonne schien, der Reifengeruch war immer noch da, und ein Mädchen auf der anderen Straßenseite hatte einen Rock mit Schottenmuster an. Natalie musste nach Hause, also setzte sie sich in Bewegung, Geschwader, Oktagon. Das Echo dieser beiden Wörter war enorm. Ein richtiges Wurmloch. Natalie konzentrierte sich auf die Gehbewegungen des Mädchens. An dem Haus, an dem es jetzt vorbeiging, gab es einige Fenster, von denen keines eine Sonnenbrille trug.

Sonnenbrille? Nach drei Schritten korrigierte sie sich:

Blinds. Weil ihr das deutsche Wort nicht einfiel. Rouleaus. Rollos. Wie auch immer. Es war vorbei, sie hatte es gut gemacht. Mutig, dachte sie, *oktagon mutig*. Sie schüttelte den Kopf.

Um sich zu beruhigen, fuhr sie am Haus von Elisabeth Dorm vorbei und stand eine Weile nur da, in der Mitte des Gehsteigs, sodass sie einige Paare teilte, was sehr angenehm war. Eine Hundeleine wickelte sich um sie, und der glatzköpfige Mann, der seine zwei jungen Dobermänner spazieren führte, entschuldigte sich höflich bei ihr und lief um sie herum; die Hunde schauten ihm gespannt bei dem Manöver zu. Auf der gegenüberliegenden Straßenseite lag ein halbes Telefonbuch, bemerkenswert, vielleicht hatte es jemand aus dem Fenster geworfen. Wenn alle Menschen in derselben Sekunde ihre Telefonbücher aus allen Fenstern der Städte Europas fallen ließen, würde das eine Erdbebenwelle ergeben, die größer wäre als … keine Ahnung, irgendwas Großes. Es gibt mehr Teilchen im Universum als Schachfiguren auf der Welt. Der menschliche Körper besteht aus einer Vielzahl von Elementen, diese Elemente nennt man die Milchstraße. Es gibt acht Planeten im Sonnensystem, was mehr ist als Kontinente auf der Erde. Und von Darmbakterien fangen wir lieber gar nicht erst an. Die fressen nämlich Scheiße. Aus dem Dormschwesterhaus trat eine weibliche Person, blonde Haare, normale Körpergröße. Natalie begann sofort, in Steckbriefsprache zu denken. Ihr folgte ein Mann mit einer Sonnenbrille. Blinds. Er legte seinen Arm um sie. Nein, das konnte sie nicht sein. Sie stellte sich die Dormschwester alleinlebend vor, ausschließlich allein. Schon wegen des Hundes.

Als sie sich etwas entspannt hatte, kehrte sie um und ging an dem kleinen Park vorbei. Dort ging es heute Abend hauptsächlich um Krähen und Federballspieler. Von den Büschen in der Nähe des Reiterstandbildes stieg ein scharfer Geruch nach Exkrementen auf. Ihr kam das alte Zunegg-Problem mit dem Mund voll Wasser wieder in den Sinn. Sie hatte eine Mineralwasserflasche im Korb auf dem Gepäckträger liegen. Was würde geschehen, wenn sie einen großen Schluck geschmackloses

Wasser in den Mund nähme und dabei etwas Widerliches roch? Würde sie ihrem Körper die Illusion verschaffen, diese widerliche Substanz tatsächlich zu schlucken? Sie trank aus der Flasche, behielt das Wasser im Mund und ging zu den Büschen am Parkrand. Es war nur ein kleiner Umweg. Es dauerte eine Weile, bis sie einen Busch gefunden hatte, der nach ranzigem Obdachlosenurin stank. Sie sog die Luft durch die Nase ein, ekelte sich und schluckte dann das Wasser. Beinahe musste sie sich übergeben, es hatte funktioniert, eine echte virtuelle Erfahrung. Lachend und würgend entfernte sie sich.

Gespräche über Lebendiges

Als sie zusammen in Mikes Zimmer saubermachten, erzählte der sympathische (also nicht der extrem hässliche) Zivi Natalie, dass alle Bananen der Welt falsch herum gegessen würden. Ob ihr das schon mal aufgefallen sei? Nein? Also, normalerweise nehmen alle die Banane beim Stängel, reißen daran und schälen sie. Aber – er tippte auf seinem iPhone herum und fand das Bild: Es zeigte eine Banane in einem Comic, die auf dem Boden lag. Der Stängel war oben, und von ihm aus strahlten sternförmig die vier Lappen der Schale aus. Jede Comic-Banane der Welt wurde vom anderen Ende, nämlich vom schwarzen, giftigen Stumpf her geschält. Man musste mit dem Daumennagel hineinbohren und den schwarz-holzigen Dreck überwinden, dann kam die Banane. Nur so, auf diese verkehrte Art, entstanden echte Comic-Bananen, auf deren Schalen Idioten ausrutschten.

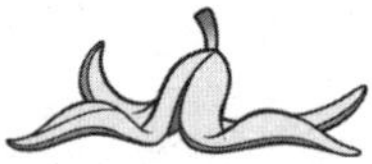

Natalie studierte das Bild. Sie stellte fest, dass der Zivi recht hatte. Wann hatten die Menschen wohl begonnen, Bananen vom Stängel her zu schälen?, fragte er. Es sei ja der eindeutig bequemere Weg. In der Vergangenheit müsse es Menschen gegeben haben, die es vom stumpfen Schmutz-Ende, von dieser verbrannten Zigarrenspitze aus, taten. Welche Verrücktheit! Denn wie jeder selbst ausprobieren könne, entstehe auf diese Weise bei der freigelegten Banane ein kleines, toxisch aussehendes Glied, in einer etwas dunkleren Farbe, in das man nicht hineinbeißen könne. Es sei genau jenes Glied, das normalerweise diesen sanften Widerstand leiste, wenn man eine schon beinahe zu Ende gegessene Banane abpflücke, um sich den Rest in den Mund zu stecken.

– Fuck, sagte Natalie.

Dann gab sie dem Zivi den Befehl, die schwer erreichbaren Stellen an der Decke, direkt über Mikes Bett, zu schrubben.

Später, als sie mit Ursula in der Küche stand, wiederholte sie das eben Gelernte. Ursula war davon nicht beeindruckt. Es sei doch egal, von welcher Seite man eine Banane esse, die Menschheit solle nicht immer überall Unterschiede sehen, sondern lieber die Einheit alles Lebenden. Außerdem sei sie gegen Bananen allergisch. Gespräche mit Ursula waren, wie schon erwähnt, in der Regel alles andere als echte Betreuerinnengespräche. Ursula war eine gute Betreuerin, aber ihr Kopf war ein Minenfeld. Nein, das war der falsche Ausdruck. Nicht direkt Minenfeld, aber eine empfindliche Landschaft, wie aus Haut. Man konnte immer zu weit gehen, mit jedem Wort. Sie musste andauernd Harmonie erzeugen. Ursula ertrug es nicht, wenn man etwas beschrieb, das traurig oder irgendwie unangenehm war. Sie war ein lebendes Katzenvideo.
– Weißt du, was ich manchmal denke?, sagte Natalie. Es wäre gut möglich, dass wir heute noch gegen eine vor Jahrhunderten ausgestorbene Pflanze allergisch sind. Du wüsstest es nicht, könntest es auch nie herausfinden, weil es die Pflanze ja nicht mehr gibt, aber in deinem Körper wäre noch immer diese Fähigkeit vorhanden, allergisch auf das Kraut oder das Gras zu reagieren.
– Wäre doch kein Problem, oder?, sagte Ursula. Wenn es ausgestorben ist, macht es auch keine Schwierigkeiten mehr.
– Ja, aber in deinen Genen und auch in meinen ist immer noch das abrufbereite Programm gespeichert, mit dem unser Körper allergisch auf das uralte Pflanzending reagieren *könnte*. Aber es wird nie wieder aufgerufen. Trotzdem ist es da. Wahrscheinlich sogar hundertfach. Es gibt so viele Pflanzen, die es nicht mehr gibt.
– Also, ich würde mir deswegen keine Sorgen machen, sagte Ursula.

Jeder Satz, der von dieser Frau kam, war wie eine kleine, kitschige Geschenkbox. Mit Schleifchen.

– Ich mache mir keine Sorgen, sagte Natalie. Ich finde es eher schön. Wie eine Hommage an all die verlorenen Pflanzen.

Bei Ursula musste man den Ton eines Gesprächs immer möglichst fröhlich halten. Wahrscheinlich war sie als Kind viel allein gewesen, vielleicht sogar eingesperrt. Sie hatte diese charakteristischen Augenbrauen. Die Schnitte auf ihren Armen waren heute, in dem milchigen Licht des bewölkten Tages, fast unsichtbar. Knurks, dachte Natalie, das Geräusch, das zertretene Ratten *nicht* machten.

– Ach so, sagte Ursula. Ja, stimmt, das ist wirklich schön.

Herr Dorm kam um die Ecke und schaute die beiden Frauen an.

– Guten Morgen, sagte Natalie.

– Hallihallo, antwortete Dorm finster.

Und fuhr weiter.

– Mit dem falschen Fuß aufgestanden, sagte Ursula.

– Er ist bestimmt gegen nichts allergisch, sagte Natalie.

– Nein, stimmte ihr Ursula zu. Kann ich mir bei ihm auch nicht vorstellen. Sie bleiben also für immer lebendig, nicht?

Der Sprung verwirrte Natalie für einen Augenblick. Dorm und Hollberg, für immer lebendig. Aber dann verstand sie: Es ging noch um die ausgestorbenen Pflanzen. Das Bild hatte in Ursula Wurzeln geschlagen. Wie manche Details in den Geschichten von Herrn Hollberg einem ständig durchs Gedächtnis schwirrten, weil sie, weil … ja, keine Ahnung. Kopfmond im Küchenfenster. Frau und Gitarre.

– Ja, genau, sagte sie. So bleiben die verlorenen Pflanzen immer lebendig, in einem gewissen Sinn.

– Das ist echt schön, sagte Ursula.

– Hey, wenn dir das gefällt, dann wird dir sicher auch das gefallen.

Natalie winkte Ursula etwas näher zu sich. Es war herrlich, eine solche filmreife Geste auszuführen. Eigentlich war Ursula Teil einer kostbaren, immer seltener werdenden Gemeinde. Wenn man in einem bestimmten Ton mit ihr sprach, hatte man das Gefühl, in Wirklichkeit ein Wiesel zu füttern oder einer

Wildgans das Fliegen beizubringen. Die Sekte der Unschuldigen.

– Es gibt da einen Oktopus, sagte Natalie in verschwörerischem Ton.

– Der unsterblich ist, oder?, fragte Ursula.

– Nein, das sind Quallen.

– Ah ja, genau, sagte Ursula und schüttelte den Kopf. Quallen.

– Also, da gibt es so einen (Natalie konnte sich gerade noch zurückhalten, das Wort *geheimnisvoll* zu verwenden) höchst bemerkenswerten Oktopus, der heißt *Thaumoctopus mimicus*. Den haben sie erst in den späten Neunzigerjahren entdeckt.

Sie vermied zu erwähnen, dass es Herr Hollberg gewesen war, der sie auf die Tiefseetier-Dokumentation aufmerksam gemacht hatte.

– Whoa, sagte Ursula. Erst in den Neunzigern?

– Er ist das einzige bekannte Tier, sagte Natalie, das mehrere andere Meerestiere, also mindestens fünfzehn oder sogar noch mehr verschiedene Spezies, nachahmen kann und dabei auch sein Verhalten ändert. Obwohl er farbenblind ist, verändert seine Haut ihre Textur und ihre Farbe, passend zur Umgebung. Aber nicht nur das. Stell dir vor, er macht sich zum Beispiel ganz flach und schlängelt geduckt über den Meeresboden dahin (Natalie imitierte die Haltung), um eine Flunder nachzuahmen, oder er fächert sich sternförmig auf (Natalies Hände übernahmen dieses Manöver) und imitiert so den giftigen Rotfeuerfisch. Manchmal ballt er sich sogar zu einem grauen Stein zusammen (eine Faust wurde gebildet). Und an einer Stelle der Doku sieht man, das war echt verrückt, so einen Mimik-Oktopus, der ein völlig unbekanntes Tier nachahmt. So was komisch Braunes, Schneckenförmiges, das auf zwei Beinen über den Meeresboden geht.

– Hui, machte Ursula und lachte.

– Ja, aber jetzt kommt's. Es ist nämlich so, dass der Mimik-Oktopus mit hoher Wahrscheinlichkeit auch Meerestiere imitiert, die es heute längst nicht mehr gibt, oder zumindest in dieser Region des Weltmeeres nicht mehr. Verstehst du? Er ist der Einzige, der uns noch vorführen kann, wie sie ungefähr ausgesehen haben. Er bewahrt die Bewegungen und die Farben früherer Tierarten auf, indem er sich heute immer noch in sie verwandelt, meist aus Angst oder weil er einen anderen Oktopus beeindrucken will oder was weiß ich. Und wenn der Klimawandel die empfindlicheren Fische umgebracht hat, wird dieser Oktopus sie vielleicht trotzdem noch imitieren. Nach dem Massensterben.

Ursula schaute überfordert drein.

– Das heißt, er darf auf keinen Fall aussterben, entschied sie.

– Stimmt, sagte Natalie. Sonst ist das Gedächtnis endgültig verloren.

– Schlimm, schlimm, brummte Ursula. Menschen sind so blöd.

Ah, es war das Wort *Massensterben*, das Ursula durcheinandergebracht hatte.

– Aber das ist doch ein äußerst verehrungswürdiger Oktopus, nicht?

– Ja, sagte Ursula traurig. Absolut verehrungswürdig. Ich hoffe nur, der Krake ist robust genug, damit er … oh, Achtung –

Etwas stieß von hinten gegen Natalie.

Sie drehte sich um und erblickte Herrn Dorm. Er hielt einen Tennisball in der Hand.

– Ich finde meine Schere nicht, sagte er. Stattdessen war das hier in der Schublade.

Natalie nahm ihm den Ball aus der Hand. Er roch intensiv nach Parfum.

Sie hielt ihn Ursula hin. Die beiden Frauen betrachteten den Ball. Natalie musste an das Wort *Geschwader* denken, und dann sah sie das Bild von Millionen kleiner gelber Bälle, die über den Himmel zogen.

– Ich brauche die Schere, sagte Dorm ungeduldig.

– Dann gehen wir sie suchen, sagte Natalie und folgte ihrem Bezugsklienten in den Sozialraum.

Die Schere fand sich bald. Sie steckte, ihr stumpfes Ende mit Gewalt in das Material getrieben, in der Mitte der Dartscheibe.

Dorm nahm sie wortlos entgegen und fuhr zurück in sein Zimmer.

Mike saß im Sozialraum und blätterte in einer Zeitung. Seit der vormittäglichen Zimmerreinigung war er nicht mehr in seiner Wohneinheit gewesen. Natalie wusste nicht, ob das ein gutes Zeichen war. Mike wirkte äußerlich ganz ruhig. Den letzten Familienbesuchstag hatte er relativ gut hinter sich gebracht.

– Soll ich das Fenster ein wenig aufmachen?

Mike fühlte sich nicht angesprochen.

– Mike?

Er hob den Kopf, drehte sich aber nicht zu ihr um. Also ging sie um den Tisch herum und stellte sich vor ihm auf.

– Ich wollte nur fragen, sagte sie, ob wir das Fenster –

Ihr Blick fiel auf die Zeitung. Mike hatte sie bekritzelt und bemalt. Mit einem Fineliner, den er vorsichtig mit zwei Fingern hielt. Auf seinen Knöcheln waren einige schwarze Striche. Er blickte sie freundlich an.

– Okay, sagte er. Bisschen frische Luft.

Natalies Mund stand offen. Sie wusste, dass sie ihr Staunen nicht allzu offen zeigen durfte, weil ihn das verstören könnte, aber das war … ungeheuerlich. Ein paar wenige Striche, ein bestehendes Zeitungsfoto durch ein paar Striche ergänzt, und nun das. Man wurde fast high davon. Zuerst die Wände in seinem Zimmer, dann das hier. Heute würde sie zweifellos Albträume haben.

– Sie arbeiten, sagte sie. Schön, sehr schön.

– Ja, sagte Mike. Es ist alles ein bisschen unordentlich.

Natalie konnte endlich den Blick von dem unglaublichen Bild abwenden. Dann fiel ihr ein, dass sie verhindern musste, dass einer der anderen Klienten es zu Gesicht bekam. Es war zwar insgesamt etwas abstrakter als die Wandmalereien, aber trotzdem. Himmelherrgott.

Sie machte das Fenster auf.

Frische Luft.

Wie musste es wohl sein, in so einem Kopf zu wohnen? Er war ein Genie, in gewisser Weise. Natalie musste über das Wort lachen. Es fühlte sich unpassend an. Oder doch nicht, nein, es passte schon, aber normalerweise waren Genies nicht so ungewöhnlich wie Mike.

– Ein schöner Tag, sagte sie. Frische Regenluft.

Mike blickte kurz auf und lächelte.

Ich bin seine Bezugsbetreuerin, dachte sie. Meine Aufgabe ist es nicht, mich vor ihn hinzusetzen und ihn zu fragen, wie er ausgerechnet auf dies oder das gekommen ist. Und wie er vorgeht. Ob er es zuerst in sich wahrnimmt, wie bei einer Vision, und dann zeichnet oder ob er zuerst zu zeichnen beginnt und dann schaut, in welche Richtung es sich entwickelt. Nein, ich bin dafür da, ihn zu fragen, ob er bei irgendwas Hilfe braucht. Unterstützung an den Familienbesuchstagen. Allgemeine Dinge wie Kleidung besorgen, Schuhbänder zumachen, frisieren, falsch zugeknöpfte Westen richtig zuknöpfen, eine sichere soziale Einbettung gewährleisten, auf die Körperhygiene achten … Natalie bemerkte, dass sie in einer lächerlichen *offiziellen* Stimme zu denken begann. Sie wagte noch einen Blick auf das Bild. Fucking hell.

Dann setzte sie sich Mike gegenüber auf einen Stuhl.

Lieber nicht, sagte die offizielle Stimme, *lass ihn. Er ist in seiner Welt.*

– Darf ich Sie was fragen?, sagte sie.

Mike schaute plötzlich drein, als wäre er vom Mathematiklehrer an die Tafel gebeten worden.

– Sie können ruhig weiterarbeiten, sagte Natalie. Ist nichts Schlimmes. Mich würde nur was interessieren.

Mike arbeitete weiter.

– Arbeiten Sie … eigentlich …

Aber sie bekam den Satz nicht richtig hin. Man konnte es nicht so sagen. Sie wusste, der Satz existierte, der Satz, der eine kurze, vorübergehende Verbindung zwischen diesem sonderbaren Menschen und ihr herstellen konnte. Die unendlich vielen Affen mit ihren Schreibmaschinen hatten den Satz schon unendlich oft getippt, fehlerfrei. Oktopusse, Bananen. Ihr Gehirn war nicht leer, nicht entspannt genug, sie sah den Satz noch nicht. Er begann *anders*, er fühlte sich *anders* an, und sein Ton war etwas heller als alles, was ihr sonst in den Sinn kam. Noch blieb der Satz unsichtbar. Aber sie war nahe dran, das wusste sie.

– Nein, sagte sie, was ich sagen wollte.

Vielleicht war der Satz ja gar keine Frage.

– Man kann, manchmal ... Lebendes zeichnen.

Die Stille im Raum wurde kurz voll aufgedreht. Dann kehrte das normale Weltrauschen zurück. Mike blickte sie an. Er hatte aufgehört zu zeichnen, mitten in einem Strich. Jetzt hob er die Spitze des Fineliners vorsichtig von der saugenden Oberfläche des Zeitungspapiers ab, stöpselte ihn zu und sagte:

– Manchmal.

Wow, dachte Natalie. Ich hab keine Ahnung, was ich gerade erschaffen habe, aber es spricht und bewegt sich.

– Ja, sagte sie. Kann ich mir vorstellen.

– Aber es ist schwer, sagte Mike. Es gibt ein Problem.

– Was denn?

– Es ist. Er lehnte sich etwas nach vorne. Es ist zu kompliziert.

Mit der irrealen Verzögerung, die alle improvisierten Sätze erzeugten, kam Natalie zu Bewusstsein, was sie zu ihm gesagt hatte. Lebendes zeichnen? Was zum Teufel. Es ergab überhaupt keinen Sinn. Es klang nicht einmal gut. Aber hier saß sie mit Mike. Und sie sprachen darüber.

– Früher ja, sagte Mike. Aber da ging es halt auch nicht anders.

– Aha, ja.

Natalie traute sich nicht, genauer darauf einzugehen oder nachzufragen. *Früher* – das war der unbetretbare Kontinent für Mike. Zumindest normalerweise. Laut den anderen Betreuerinnen und laut seiner Akte. Man konnte mit ihm nicht über die damaligen Geschehnisse sprechen, ohne eine Katastrophe auszulösen. Aber jetzt sprach er darüber. Vielleicht sollte sie mitfilmen.

– Früher war's einfacher, sagte Mike. Das Ganze. Nicht so kompliziert.

Das Licht von draußen fiel ihm ins Gesicht. Jemand, der ihn nicht kannte, hätte wahrscheinlich vermutet, hier säße ein ruhiger, zufriedener Mensch.

– Schön, sagte Natalie.

– Aber es bleibt eben nicht so, sagte Mike. Es ist nie genug. Egal, was man macht. Es ist nie genug.

Nein, nein, verdammt, er begann, sich reinzusteigern, Natalie wusste nicht, was sie sagen sollte, er besaß keinen Ausschaltknopf. Sie war schuld, wenn er jetzt explodierte, sie hatte ihn unbedingt fragen und ihn aus seinem kostbaren Gleichgewicht schubsen müssen –

– Manchmal ist das ungerecht, sagte Mike und legte den Stift hin.

– Aber es …

– Das geht im Kreis, sagte Mike und seine Arme umfassten kurz seinen Oberkörper. Unordnung, Ordnung, Unordnung, was ist es jetzt, wo warst du, schon damals, immer hin und her –

– Aber es, unterbrach Natalie und nahm seine Hand. Es *war* lebendig. Oder, Mike? Es war doch lebendig. Das kann ihm niemand nehmen.

Sie hatte keine Ahnung, was sie da sagte oder tat. Es war eine Sprache, die auf nichts verwies, was man mit einem Dritten hätte teilen können. Aber sie schien trotzdem zu funktionieren. Gerade hatte Mike mit seinen Wippbewegungen beginnen wollen, aber jetzt brach er ab. Entzog ihr seine Hand und griff wieder nach dem Stift.

– Ja, sagte er.

Es klang völlig gleichgültig.

– Und das ist doch schön, sagte Natalie. Dass ihm das niemand nehmen kann. Oder?

Ihr Herz klopfte. Mike arbeitete weiter, konzentriert, sorgfältig und ohne Anzeichen von Erregung oder Stress. So schnell die Unordnung über ihn gekommen war, so schnell war sie offenbar wieder verschwunden.

– Sicher, sagte er. Ich bin gleich fertig. Brauchen Sie den Tisch?

– Oh, nein, nein.

Natalie stand auf.

– Ist schon okay, sagte sie. Ich lass Sie dann weiterarbeiten. Es war schön, mit Ihnen zu reden.

Es kam keine Reaktion mehr von Mike. Natalie verließ den Sozialraum.

Koller

Am nächsten Tag ging Natalie nach dem Dienst in den kleinen SPAR-Markt in der Nähe des Wohnheims. Die Bananen, die ihr dort begegneten, kamen ihr alle wie verwandelt vor. Sie kaufte einen ganzen Strauß, nur um sie zuhause auf die alte, zu Comic-Bildern führende Weise zu schälen. Der Supermarkt war wie ein Museum, die glatte S/M-Masken-Haut der Auberginen, die Unendlichkeit der Romanesco-Broccoli. Natalie holte sich Nudelsalat, Avocados und zwei kleine, hell aneinanderklirrende Ginger-Ale-Flaschen. Und einen großen Kopfsalat. Sie roch an einigen bemerkenswert geformten Kartoffeln und musste daran denken, dass jeder Mensch irgendwann in der Zukunft von Fremden mit vereinten Kräften in ein Loch im Boden gehoben wurde. Und ein kleiner Bagger schaufelte Erde darüber.

Als sie aus dem Supermarkt kam, sah sie auf der anderen Straßenseite eine vertraute Gestalt. Ihr erster Gedanke war: *Dabei war doch heute gar kein Besuchstag*. Dann blickte sie, etwas verwirrt, auf die Uhr, ohne die Zeit zu registrieren. Sie hielt ihren Kopf gesenkt und ging weiter. Aber Herr Hollberg beachtete sie gar nicht. Neben ihm stand eine junge Frau. Er war ihr zugewandt und gestikulierte.

Die junge Frau weinte.

Fasziniert blieb Natalie stehen und erlaubte sich einige Sekunden offenen Hinstarrens. Der Winkel war günstig, Herr Hollberg konnte sie nicht sehen. Und die junge Frau war mit Weinen beschäftigt, sie achtete auf sonst nichts. Natalie legte die Einkäufe in den Korb auf dem Gepäckträger, ging hinter ihrem Rad in die Hocke und betrachtete die beiden durch die Speichen. Währenddessen schraubte sie das schwarze Verschlusskäppchen des Reifenventils ab und tat so, als kontrolliere sie irgendetwas. Die junge Frau stand da und weinte. Das Wort *bitterlich* drängte sich auf. Ein schönes, gefranstes Wort mit Kiemen an den Seiten. Und Herr Hollberg sprach auf sie ein. Zwischendurch machte er kurze Pausen, wartete anscheinend auf ihre Reaktion, aber die kam nicht, die Frau weinte einfach weiter. Es war eine Theaterszene. Natalie stellte sich vor, dass ein Geist durch die beiden hindurchging. Sie dachte an ein Aleph, das durch das starke Teleskopauge eines Satelliten auf den Scheitel der jungen Frau herunterstarrte und von diesem Bild nicht mehr loskam, D.O.B., *A Study of Detail-Obsessive Behaviour in Mature Alephs.* Sie schraubte den Verschluss zurück auf das Ventil, presste den Reifen zusammen, prüfte den Luftdruck, er war in Ordnung. Herr Hollberg hob beide Hände, deutete an, dass er auch nicht weiterwisse, dann wandte er sich langsam ab und ging fort. Er schaute sich noch ein paarmal um, marschierte finster die Straße hinunter, Natalie senkte ihren Blick, damit er sie nicht bemerkte, und schraubte den Verschluss noch einmal vom Ventil.

– Kann ich Ihnen helfen?

Natalie drehte sich um. Ein Mann stand da. Hilfsbereites Lächeln. Aktentasche in der Hand.

– Danke, sagte sie. Ist okay. Ich hab nur was kontrolliert.

Der Mann entfernte sich.

Verdammt, wo war die Frau jetzt hin?

Natalie suchte die Straße ab. Sie war doch eben noch da gestanden. Herr Hollberg war in diese Richtung davongegangen und um die Ecke ... Dummer hilfsbereiter Sack. Immer dasselbe. War sie ihm nachgerannt?

Dabei hatte sie sich doch nur eine Sekunde lang abgewandt, zwei Sekunden höchstens!

Da tauchte die junge Frau wieder auf. Sie war bloß selbst in die Hocke gegangen, hinter einem Auto, vielleicht war ihr etwas auf den Boden gefallen. Natalie erhob sich und stieg aufs Rad. Die junge Frau ging weiter. Die weiße Maus auf Natalies linker Schulter brüllte ihr ins Ohr: *Folge ihr, um Himmels willen, folge ihr!* Als Natalie an ihre andere Schulter dachte, brüllte die Maus lauter.

Jemanden zu verfolgen, der auf zwei Beinen dahintrippelte, war nicht so leicht, wie es in Filmen immer dargestellt wurde. Auf dem Rad war man ständig zu schnell oder zu langsam, man wurde zu einer Comicfigur, die sich nach unnatürlich sprunghaften Prinzipien fortbewegte. Natalie verfluchte die Frau, dass sie unbedingt zu Fuß unterwegs sein musste. So konnte sie nicht arbeiten.

Dann fiel ihr ein, dass man ein Rad auch schieben konnte.

Nutzloses Vieh.

Sie stieg ab.

Etwas am Gang der Frau war eigenartig. Er wirkte gar nicht jung. Nach einer Weile begriff Natalie, dass es wohl an den Stiefeln liegen musste. Sie waren ihr viel zu groß. Da sie beim Gehen zweifellos ständig mit dem Fuß herausrutschte, war sie gezwungen, vorsichtig und altweiberhaft dahinzuschreiten. Wind kam auf. Die Frau trug pendelnde Ohrringe, hellblau. Was mache ich, wenn sie irgendwo stehen bleibt? Du gehst weiter und bleibst dann ebenfalls stehen, tust so, als würde dich jemand anrufen, sprichst Schwedisch mit dem imaginären Anrufer und benimmst dich rundum unauffällig, während du die Frau weiterhin im Auge behältst! Also sprach die Maus auf ihrer linken Schulter. Natalie ging weiter. Das mit dem Handy war eine gute Idee. Aber ich kann doch gar nicht Schwedisch, widersprach sie. Nur ein paar alte Fingerabzählreime. Das reicht nicht für eine Konversation. Wieso überhaupt Schwedisch? Sie konnte doch auch auf Deutsch ein Gespräch simulieren. Die junge Frau ging dahin, sie schaute weder nach links noch nach rechts. Natalie schrieb eine SMS an Frank:

– ich verfolge eine frau auf der straße. was soll ich tun? sie geht vielleicht stundenlang so dahin. du kennst dich doch damit aus. hilfe

Während sie auf die Antwort wartete, versuchte sie sich vorzustellen, wie Herr Hollberg und die Frau sich paarten. Bestimmt ging es zuerst ganz verschämt zu, sie wusste nicht, wohin mit ihren Armen, er schämte sich für seinen gealterten Körper, und sie brachten einige mühevolle Versuche zustande, ernsthaft und konzentriert und erregt zu wirken, aber in Wirklichkeit störte sie beide ein seltsamer Geruch im Zimmer, und das Licht war auch irgendwie komisch, und überhaupt kamen sie nicht in Stimmung, bis er schließlich einen Vibrator holte und sie sich damit bearbeitete, und da ging es leichter, und sie kam, überraschend heftig, so richtig deus-ex-mäßig, während er vor ihr hockte und finster masturbierte.

Eine Antwort kam:

– Du bist gefangen, sagte Frank. Niemand kann dir helfen.
– aber ich bin doch frei ich kann hingehen wo ich will
– Nein, kannst du nicht. Was trägt die Frau?
– ich bin mir nicht sicher, wie das heißt, sagte Natalie.
– Es ist angeblich gut fürs Karma, wenn man Leuten folgt, sagte Frank.
– ehrlich warum?
– Man lädt sich da wieder auf. Wenn das geht, steig von hinten auf ihren Schatten. Und synchronisier dich mit ihren Schritten.
– nein lieber nicht, sagte Natalie, ich hab das mal in einem kurs gemacht wo das rapport genannt wurde und es war gruselig
– Synchronisier dich mit ihren Schritten, verdammt, sagte Frank. Und dann tu so, als würdest du stolpern. Ich sitze grad in der Badewanne. Wie ein Präsident. Mein Ball ist rot.
– schaumbad?, fragte Natalie und wäre beinahe in ein Verkehrsschild gerannt.
– Zombie, lautete die Antwort von Frank.

Natalie verstand nicht, aber schrieb zurück:

– ich wette sie geht ewig so dahin und mir wird langsam langweilig
– Du bist absolut im Recht, sagte Frank. Sie ist diejenige, der langweilig werden sollte. Vergiss das nicht. Hast du Sprayfarbe dabei?
– nein
– Schaumbad ist für Junkies, sagte Frank. Mein Ball ist rot.

Natalie lachte und schrieb zurück:

– ich lache

– Und schaust dabei auf dein Handy. Wo bist du gerade?
– auf der straße beim verfolgen der frau
– Also passiert das wirklich?, sagte Frank. Ich bin gerade auch wirklich im Bad. Das Wasser ist heiß. Ich hätte gern Weintrauben. Der Ball erinnert an Obst.
– ich auch
– Junkies glauben, dass die Seele nach dem Tod zu Wasser wird, das aus dem Körper austritt.

Natalie lachte wieder und wollte etwas zurückschreiben, da blieb die junge Frau stehen. Sie war offenbar zuhause angekommen. Nein, es war nicht ihr Zuhause, denn sie drückte einen der Klingelknöpfe. Natalie blieb stehen, tat so, als verhalte sich das iPhone in ihrer Hand rätselhaft. Sie hielt es gegen den Himmel, dann zur Erde, währenddessen blickte sie zur Frau. Diese neigte ihr Ohr zur Gegensprechanlage, dann öffnete sich die Tür mit einem Summen, und sie verschwand im Haus.
– ich meld mich später, sagte Natalie zu Frank und schaltete das iPhone aus.

Sie band das Rad an einen Laternenpfahl und stellte sich vor die Tür des fremden Hauses. Es trug die Nummer 17. Hartenaugasse. Auf dem Klingelschild standen vier lesbare Namen, die ihr alle nichts sagten. Der Rest altertümliches Gekrakel. Alles normale Wohnungen, kein Psychotherapeut, kein Selbstverteidigungsinstitut, kein Dritte-Welt-Konsulat, keine Kleintierklinik, keine Abtreibungspraxis, nichts, wo man einfach so anläuten könnte. Trotzdem versuchte sie es bei dem ersten Namen, drückte auf die Klingel und dachte: Was zum Teufel mache ich hier? Das ist doch lächerlich. Ich sollte nach Hause. Es meldete sich niemand, aber das Summen war zu hören. Natalie stieß gegen die Tür und drückte sie auf. Gut, jetzt hätten wir auch dieses Hindernis überwunden. Sie stand im Treppenhaus. Hier war es wärmer als draußen. Sie ging die Stufen hinauf. In fremden Treppenhäusern herumschnüffeln. So weit ist es mit mir gekommen. Ich hätte es eigentlich verdient, hier und jetzt einen Grand-Mal-Anfall zu bekommen.

Ohne Aura und Vorwarnung. Wie ein Blitz aus dem heiteren Gewölbe dieses Hauses.

In diesem Moment wurde eine Wohnungstür im Erdgeschoss aufgerissen, und die junge Frau stürzte heraus, stieß auf der Treppe mit Natalie zusammen, entschuldigte sich und sagte:

– Können Sie sich sparen. Er empfängt heute niemanden.

Der Begriff *Parfumwolke* beschrieb die Erscheinung nur mangelhaft. Aber schön war sie auf jeden Fall. Ein strahlendes, feines Gesicht. Eine raue Telefonsex-Stimme. Natalie konnte sich gerade noch zurückhalten, zu fragen *Wer?*. Sie wartete, bis die Frau durchs Haustor verschwunden war. Dann schaute sie auf das Klingelschild. Der Name desjenigen, der heute offenbar keine jungen Frauen mehr empfing, lautete: Koller.

Jawohl, das war auch der erste Teil von Astrids Nachnamen. Koller-Verdyl. Ein Angehöriger? Oder Zufall? Sollte sie läuten und in Erfahrung bringen, wer hier, was hier. Es war ein häufiger Name. Sie schaute auf dem iPhone nach, wie der Vorname lautete, aber im Online-Telefonbuch war für diese Straße kein Koller aufgelistet.

Zuhause machte sich Natalie den Nudelsalat mit Avocados und aß schweigend vor dem Fernseher. Der Kater war nicht gekommen. Auf CNN ging es um einen autistischen Jungen in Japan, der eines Tages verlorenging und drei Jahre später wieder auftauchte, an derselben Stelle, in derselben Kleidung und ohne irgendwelche Anzeichen von Verwahrlosung oder Gewalteinwirkung. Der Junge konnte nicht sprechen. Niemand konnte sich das erklären. Als verfüge er über ein Geheimprogramm, einen durch seine Isolation und seine innere Konstitution nur ihm zugänglichen cheater's guide für die Wirklichkeit. Von seiner Familie befreit, ist er durch die Welt geschwebt, dachte Natalie. All die lästigen Dinge, die normale Menschen machen müssen, sich ernähren, aufs Klo gehen, loyal sein, eine gute Chefin abgeben und so weiter, waren für ihn nicht mehr notwendig. *Was it a random act of kindness?*, fragte sich der CNN-Reporter. Er spekulierte darüber, wer den unkommunikativen Jungen drei Jahre lang beherbergt haben könnte. Es existierten in Japan einige in Frage kommende Subkulturen, sagte er. Aber vielleicht, dachte Natalie, ist für den Jungen die Wirklichkeit einfach ganz leicht zu bedienen. Er erschafft Essen und Spielzeug aus der Luft. So wie Neo in der Matrix. Befreit von allem, von der Familie.

Koller, dachte Natalie.

Astrid hatte den Drachen gebastelt, den sie aus Versehen kaputt gemacht und dann aus Scham in den schwarzen Müllsack gesteckt hatte. Vielleicht hab ich das absichtlich getan, überlegte Natalie. Mit dem Drachen hätten sich familienähnliche Szenen ergeben können. Ein herbstlich windiger Tag, überall in der Luft diese hurtigen Windstriche, die bei gezeichneten Figuren Geschwindigkeit andeuten. Und der Drachen mit seinem ernsten, backenblähenden Gesicht. Wie Sonnen-Amulette oder die Gesichter auf mittelalterlichen Holzschnitten. Und niemand weiß, wie der Drachen zum Fliegen gebracht werden kann, die Schnur ist kaputt, also gehe ich eine neue Schnur kaufen, ins Einkaufszentrum, wo es einem auf den zuerst bodenglatten, dann sich teilenden Rolltreppenstufen den Fuß teigartig auseinanderzieht. Dann zurück mit der guten Schnur. Begeisterte Rufe, Heeey, Natalie. Gratis-Bier. Matthias feuert mich an. Es sind auch die drei sonst unsichtbaren Trainingswohnungsleute anwesend, die Bezugis von Astrid. Alle wollen das Schauspiel sehen. Sogar Dorm ist dabei, ohne Hollberg. Ich gebe ihm die Triangel mit der Drachenschnur. Er protestiert, aber dann hält er die Schnur ruhig und sicher. Matthias klatscht. Ich lobe ihn. Aber da kommt eine Windböe und bringt den Drachen aus dem Gleichgewicht, und er crasht in einige geparkte Räder, geht kaputt. Wie ein Raubvogel, der gegen ein in Kraft und Körpergröße falsch eingeschätztes Tier prallt. Gefieder überall. Dorm schreit, ich war das nicht, wie soll ich sie denn da hinter mir sehen, ich kann nichts dafür! Aber da, der Drachen erholt sich und wirbelt in die Höhe. Astrid hat ihn jetzt in der Hand. Noch kann sie ihn retten. Sie ist die eigentliche Mutter der ganzen Angelegenheit, des Arrangements, des Hauses. Mutterkorn. Die Schnur spannt sich wieder, der Drachen steigt und steigt, aber dann – zopp! – reißt die Schnur. Alle drehen sich zu Natalie um. Koller-Blick. Empfängt heute niemanden mehr. Dann scheint der Drachen allmählich zu begreifen, was geschehen ist. Er ist frei. Weltraum.

Natalie schaltete auf einen anderen Sender. Der Nudelsalat war viel zu viel. Sie stellte den Teller auf den Boden neben der Couch und schob ihn beiseite, damit sie später, wenn sie sich gedankenlos erhob, nicht auf ihn trat.

Sehr früh am Morgen des nächsten Tages, bevor Natalie zur Arbeit fuhr, schrieb sie Markus eine Nachricht:

– ich glaube meine chefin ist unheimlich

– Inwiefern glaubst du das?, fragte Markus. Entweder ist etwas unheimlich oder nicht.

Natalie starrte auf den Skype-Chat, diese seriöse Business-Konferenzgespräch-Kommunikationsumgebung, und dann auf ihre Finger, etwas schrumpelig von zu langem Baden, und auf ihr Spiegelbild im Laptopbildschirm, müde und gelangweilt von Markus, der sich zwar Mühe gab, schlagfertig zu antworten, aber …

– warum bist du eigentlich so früh wach

– Ich hab auf dich gewartet, was sonst. Wollte noch mal nachfragen wegen unserer Reise.

– du bist dumm

– Ich hab lange unter deinem Balkon gestanden mit einer riesigen Gitarre. Aber du bist nicht erschienen.

Gitarre, dachte Natalie. Frauenkörper. Sie stellte sich Herrn Dorm mit Flügeln vor, zarten, durchscheinenden Libellenflügeln. Sein heiligenscheingekrönter Kopf, der langsam im Altarfenster aufging.

– Warum bist du denn schon/noch wach?, fragte Markus.

– weil meine chefin unheimlich ist

– Also ist sie's. Inwiefern denn? Ist es das, was du mich fragen wolltest?

Ah, immer dieses interessierte Nachfragen, lass dir irgendwas anderes einfallen!

Natalie tippte: *du bist langweilig.* Und ließ ihren Zeigefinger über der Entertaste schweben. Ich kann ihm, dachte sie, ich kann ihm, ich kann ihm. Aber dann gewann die Vernunft und sie löschte die Zeile.

– keine ahnung sie ist einfach unheimlich

– Okay.

– sie hat verwandte glaub ich die unheimlich sind und die wohnen irgendwo und das hat zu tun mit

Verdammt, jetzt hatte sie die Zeile zu früh abgeschickt. Und man konnte es nicht rückgängig machen.

– ich hasse chatten, sagte sie.

– Ich auch, sagte Markus.

– nein tust du nicht du liebst es du hängst den ganzen tag hier und wartest

– Okay, ja.

– mein gott bist du heute langweilig

– Entschuldige. Aber ich freu mich auf unseren Ausflug zu zweit.

– streng dich mehr an

– Okay. Inwiefern sollte ich mich anstrengen?

– du klingst wie dieses psychotherapeuten-roboter-dings

– Was?

– wie diese software die sie damals gehabt haben wo noch nicht so tolle computer

Natalie wartete ein bisschen. Dann fügte sie hinzu:

– das war so eine software die hat getan als wäre sie ein therapeut und man konnte sich mit ihr unterhalten

– So kling ich?

– oder so wie der cleverbot

– Warum glaubst du das?

– aaaaaaah

– Hihi. Entschuldigung. ☺

– ich meins ernst streng dich ein bisschen mehr an

– Warum soll sich immer das Männchen anstrengen? Ich

meine, Evolution und so weiter, schon klar, aber warum muss das immer so sein?

– weil sonst alles ausstirbt deswegen

Natalie mochte das Fortpflanzungsthema nicht, aber es war immerhin interessanter als der Blödsinn davor.

– Nein, wir würden nicht aussterben. Frauen könnten doch auch Männer überzeugen.

– wozu

– Weil sonst alles ausstirbt.

– haha superclever heyamama

– Lass meine Mutter ausm Spiel.

Natalie seufzte und stand auf. Mein Gott, war das unbefriedigend. Nicht mal richtiges Non sequitur kam zustande. War vielleicht einfach nicht seine Uhrzeit. Halb fünf. Die Stunde der langweiligen Antworten. Die Stunde zwischen Mann und Cum Cookie. Es war vielleicht doch ein Fehler, ihn in die ganze Sache einzubeziehen. Aber allein zu ihrer Mutter fahren, nein. Außerdem musste sie den ganzen Schutt abladen, der sich in ihr angesammelt hatte, die seltsamen Dorm-Hollberg-Storys, die von keinem verstanden, aber von allen wiederholt wurden, elendes, ferngesteuertes Gesindel.

– komm, schrieb sie, sei interessant und beeindrucke mich

Und sie fügte in einer neuen Zeile hinzu:

– du posting du fisch du prä-traditioneller

– Was?

– meine chefin hat irgendwie die finger mit drin in er scahe über die ich dnnn mit dir redeen werde

– In welcher Sache?

Natalie schlug mit der Faust auf den Tisch und stand auf. Es war unerträglich! Immer diese Gegenfragen!

Als sie an den Bildschirm zurückkehrte, stand dort eine längere Antwort von Markus:

– Vielleicht solltest du die Arbeit aufgeben. Ich meine, wenn sie dir unheimlich ist. Das muss man ja nicht über sich ergehen lassen, so eine Behandlung.

– netter versuch, antwortete Natalie.

Gleich darauf bereute sie den Satz. Sie schrieb:
– mich aufzuheitern

Eine karleske Rettung, hundert Punkte.

– Frauen werden ja einfach seit Jahrhunderten niedergehalten und schwanger gemacht, sagte Markus. Das ist seit Jahrmillionen so. Und es wird sicher immer so weitergehen. Heute ist es bei uns nicht mehr so. Aber schau dir die Frauen im Iran an.

– ja ich muss da immer wegschauen das ist so unheimlich

– So wie deine Chefin?

– nein diese verschleierten frauen, sagte Natalie, die machen mir voll angst

– Wirklich?

Oh Gott. Nein, nicht wirklich, ich versuche nur, ein bisschen befreiendes Non sequitur zu veranstalten, du Faultier. Vielen Dank für die Hilfe.

– wie die da immer am ende einer allee erscheinen, schrieb Natalie, wie u-boote oder wie papierdrachengespenster denen jemand beine gegeben hat

Eine Pause trat ein. Natalie stellte sich Markus vor, wie er besorgt über diese fremdenfeindlichen Äußerungen an seinen Nägeln kaute. Oder er hatte in diesem Moment aufgehört zu masturbieren und hielt jetzt seinen Schwanz in der Hand und sah dumm und einsam aus.

– U-Boot-Gespenster sind gefährlich, das stimmt.

Oh, endlich! Er hatte begriffen.

– vielleicht sind alle muslimInnen seit jahrmillionen die geister von toten u-boot-sklaven aus dem zweiten weltkrieg

– Ich glaube, sowieso jeder Geschlechtsverkehr in der freien Wildbahn ist Vergewaltigung.

– auch unter muslimInnen?

– Ich kenn mich da nicht aus, sagte Markus.

Jajajaja, dachte Natalie. Schön brav p.c. bleiben, okay. Darfst du ja, aber komm deswegen nicht aus dem Nonseq-Takt. Weiter, weiter!

– sie machen mir angst aber sie gehen weg wenn man sie mit mehl attackiert

– Wer, die U-Boote?
– nein die werden nur weiß davon
– Es gibt aber atombetriebene U-Boote, die sich auch durch Teig arbeiten können.
– ich mag weinende japanerinnen bin ich deswegen krank
– Inwiefern weinende Japanerinnen?
– wenn sie heulen in pornofilmen, sagte Natalie, sie heulen nämlich immer so als täte ihnen alles weh
– Wirklich, immer?
– ja als wären sie jahrelang in u-boot-haft nur weil man sie niederhält und schwanger macht wie im iran und was weiß ich und sie heulen immer iiii iii iiiii
– Und da heißt es immer, Männer müssen sich nicht anstrengen, sagte Markus.
– müssen sie wohl, sagte Natalie, denk an den pfau

Eine kurze Pause.

Noch eine.

Und dann kam immer noch nichts. Natalie hasste es, wenn der Takt unterbrochen wurde. Wenn er aufs Klo musste, hätte er das vorher sagen und irgendwie einarbeiten müssen! Dabei hatte sie gerade begonnen, sich besser zu fühlen, gelöster, weltumspannender, netzmäßiger. Non-sequituristischer.
– wir frauen müssen niedergehalten werden das hast du doch selbst gesagt

Aber es kam wieder keine Antwort.
– ich freu mich übrigens dass du mich zu meiner mutter begleitest

Natalie stand auf und ging durch die Wohnung. Nie lief irgendetwas so ab, wie sie es wollte. Immer musste alles komplizierter und zähflüssiger und unattraktiver sein, es war fürchterlich. Sie konnte jeden Amokläufer gut verstehen.

Markus C. Haase has logged off.

Am Vormittag gab es wenig zu tun. Mike bekämpfte die Unordnung, die sich letzte Nacht gebildet hatte, mit einigen Ölkreiden. Natalie schaute immer wieder bei ihm rein, um, wie sie es für sich nannte, Gänsehaut zu tanken. Als sich das Werk, diesmal etwas kleiner und nur auf eine Ecke beschränkt, seiner Vollendung näherte, machte sie mit dem iPhone ein Foto davon. Auf dem Handydisplay schaute es fast noch unheimlicher aus. Dieselbe Genmutation, die einen Höhlenmenschen vor einigen tausend Jahren in Südfrankreich von seinem Lagerfeuer aufstehen und mit einem Batzen Farbe in der Hand zu einem Winkel der Höhlenwand marschieren ließ, hatte bis in die heutige Zeit überlebt, in Mike. Wenn sie an Unordnungstagen in seinem Zimmer stand und sein Werk betrachtete, wurde sie, nachdem die erschütterbaren Anteile ihres Nervenkostüms ausreichend erschüttert worden waren, merkwürdig friedlich und war stolz auf ihren Beruf. Niemand hatte ein solches Glück. Und dann sah sie Mike, schwitzend, ungeduldig, unzufrieden mit sich selbst und unfähig, die ganz klein und wieder ganz groß werdenden Gedanken der letzten Nacht so aufzuarbeiten, dass sie ihm keine Angst mehr machten. Manchmal hätte sie ihm gern die Ölkreiden aus der Hand genommen und … keine Ahnung. Irgendwas musste man doch tun können für ihn. Ein Tuch über seine Seele werfen, damit sie zu flattern aufhörte und ein wenig Ruhe bekam.

Als sie Astrid im Nachtdienstkämmerchen vor dem PC sitzen sah, stellte sich Natalie vor ihr auf. Das Ventilatorgeräusch des Computers erinnerte sie an den laufenden Staubsauger in einer Nachbarwohnung. Sie hielt das iPhone in die Höhe, sodass Astrid sehen konnte, was sie tat. Filmreif. Sie durchsuchte die Straßenkarte der Gegend, schüttelte den Kopf, zoomte rein und raus, fand ihr Ziel nicht, tippte genervt herum, seufzte.

– Sag mal.

– Hm?

– Kennst du zufällig die, äh … die Hartenaugasse?

Astrid blickte nicht vom PC-Bildschirm auf.

– Ja, sagte sie. Ist ganz in der Nähe.

– Okay, sagte Natalie. Ich muss da hin, aber ich finde sie nicht. Weißt du, wie man da hinkommt? Von hier aus, meine ich.

Und ganz leise murmelte sie:
– Nummer 17.
– Gleich, sagte Astrid.

Natalie warf einen Blick auf den Monitor. Irgendwelche Tabellen. Der Nachtdienstplan für die nächsten Monate vielleicht. Die Schrift in den Kästchen war winzig klein.

– Ich hab hier nur, murmelte Astrid. Wieso druckt er das nicht?

Sie legte eine Hand auf den Drucker. Er war eingeschaltet und betriebsbereit, aber er tat nichts.

– Ich drücke auf Drucken, aber. Und der Stecker ist auch. Nein, er tut einfach nichts.

Astrid deutete an, den Drucker erdolchen zu wollen.

– Spinnt er wieder?
– Mhm, machte Astrid. Warte, ich bin gleich bei dir. Es ist nur. Warum tut er nichts! Ich habe alles gespeichert. Angeschlossen ist er, da, er findet ihn sogar.

Sie schaltete den Drucker aus und noch einmal ein. Das Lämpchen blinkte, und der Drucker machte ein paar zuckelnde, stotternde Geräusche, als müsste er sich ausgiebig räuspern. Dann druckte er ein leeres Blatt aus. Natalie musste an einen Hund denken, der sich in einer Ecke übergibt.

– Ah. Ah. Ah.

Astrid zeigte niemals Ungeduld oder Frustration. Stimme und Gesicht blieben stets ruhig, die Bewegungen rund und fließend. Aber jetzt tat sie etwas Bemerkenswertes: Sie legte die Mouse auf den Rücken. Als würde man einen Käfer oder eine Schildkröte bewegungsunfähig machen.

Natalie schaute fasziniert auf das Bild.

Astrid tippte die Mouse an, zufrieden.

– So, sagte sie. Ich geb auf. Ich druck es bei mir zuhause aus. So, also. Hartenaugasse?
– Ich wollte dich aber nicht unterbrechen.

Astrid schüttelte den Kopf:

– Nein, nein, ist okay. Hartenaugasse. Ich weiß, wo die ist. Muss mich nur kurz.

Sie kniff die Augen zu und blickte nach oben. Ihr Finger fuhr imaginäre Straßen entlang.

– Schauen wir auf dem Stadtplan nach, sagte sie.

– Also hast du sie nicht vor dir?

– Was?

– Äh, nichts. Ich hab mir nur gedacht, ob da … ein Radweg hinführt, vielleicht.

– Ein Radweg. Wahrscheinlich. Keine Ahnung. Aber ich weiß schon, wo sie ist. Was machst du denn da?

Gut. Endlich stellte sie die Frage.

– Jemand … hat mich zu sich gebeten.

– Oho, sagte Astrid.

– Nein, nicht so, sagte Natalie.

– Eine Querstraße der Elisabethstraße, sagte Astrid. Ganz einfach. Auf der Höhe der Tankstelle. Weißt du, wo die ist?

– Ach da, ja.

– Also, sagte Astrid. Problem gelöst.

Natalie betrachtete die immer noch auf dem Rücken liegende Mouse.

– Die soll nachdenken, was sie angerichtet hat, oder?, sagte sie.

– Wer?, fragte Astrid besorgt.

Natalie deutete auf die Mouse und lächelte.

Astrid drehte, ohne Anzeichen von Humor, die Mouse zurück auf den Bauch.

– Genug nachgedacht, sagte sie. Na dann, viel Erfolg bei deinem Empfang in der Hartenaugasse.

Sie stand auf und ließ Natalie allein.

Irgendwo in der Erdatmosphäre bellte ein Satellit.

Wow. Hatte sie das gerade wirklich gesagt? *Empfang in der Hartenaugasse*? Empfang. Viel Erfolg. *Er empfängt heute niemanden.* Die junge Frau im Treppenhaus. Koller. Natalie blickte den Korridor entlang, durch den Astrid davongeschlurft war.

In diesem Augenblick fing der Drucker zu drucken an. Es war ihm plötzlich alles wieder eingefallen, er konnte es noch.

Eine Exceltabelle fiel in das Ablagefach. Dann noch eine. Und noch eine. Dreimal dieselbe. Natalie nahm die Blätter aus dem Drucker. Es war eine Liste aluminiumarmer Lebensmittel und Hygieneartikel.

Anruf

Wenn Natalie Radio hörte, stellte sie den Sender immer etwas ungenau ein, damit das Schwirren und Rauschen hinter dem Programm deutlich hörbar blieb. Eine einzelne glasklare Stimme aus dem Radioapparat wäre zu gespenstisch gewesen. Aber mit dem Rauschen im Hintergrund hatte man die beruhigende Gewissheit, dass der Äther mit seinen alchemistischen Gewitterkünsten die Stimmen für einen selbst zusammenbraute, live. Man fühlte sich in Gesellschaft eines guten Gastgebers. Aber nicht mal das half heute. Auch nicht die Vorfreude auf das Gespräch mit Markus im Haus ihrer Mutter – in Natalies Kopf hatte dieser geplante Ausflug die Farbe einer Sitcomfolge von nächster Woche angenommen. Sie hatte Angst. Ich hätte der dummen Frau nicht folgen sollen. Jetzt ist mir meine Chefin unheimlich. Selbst der blöde Drucker war verhext in ihrer Gegenwart. Natalie ging in der Wohnung auf und ab, ängstlich und flatterhaft, als hätte sie Motten verschluckt. Sterbende Motten. Motten mit Aids.

Sie hielt ihr Telefon in der Hand.

– Ich ruf nur kurz an, sagte sie zum Kater, der im Zimmer stand und sie mit therapeutenhafter Gleichgültigkeit anschaute.

Natalie bemerkte, dass ihre Uhr einen Sonnenstrahl reflektierte. Sie leitete ihn auf die Wand. Chat reagierte und folgte dem Fleck.

War es absonderlich, ihn anzurufen? Sie sagte sich, dass es nur an der Uhrzeit lag. Und an der Tatsache, dass ihr sonst niemand einfiel. Wäre es später Abend gewesen, hätte sie ausgehen oder vielleicht einige ehemalige Kollegen anrufen können, kein Problem. Oder gleich ins Souterrain. Aber es war früher Nachmittag. Außerdem bekam sie, wenn sie sich vorstellte, Karl anzurufen, heute aus irgendeinem Grund so ein angenehmes Landschaftsgefühl, sie sah es vor sich: Ihre Stimme wurde von dem kleinen Ding in ihrer Hand aufgesaugt, zerstückelt und umgerechnet in unbegreifliche Einheiten, Wellenfragmente, und dann wanderte sie in dieser entmenschlichten Form über das Märchenland Europa hinweg, über Wälder, Städte, Autobahnen, bis nach Norden, ans Meer. Dort setzten sich die substanzlosen Einzelteile wieder zusammen, und ihre Stimme war zu hören, obwohl sie selbst noch nie einen Fuß in das Land gesetzt hatte.

Sie ließ es läuten. Eine andere Gurrfrequenz als bei inländischen Anrufen.

Er ging nicht ran.

Der Lichtfleck war von der Wand verschwunden, denn draußen hatte sich eine Wolke vor die Sonne geschoben. Aber Chat suchte immer noch danach. Irgendwo musste die Beute ja sein.

– Mein Gott, die vielen Streifen machen dich auch nicht klüger, hm?

Natalie versuchte, ihn aufzuheben, aber er wehrte sich, wollte nicht bei der Arbeit gestört werden.

Dann klingelte das Telefon in ihrer Hand, und sie ging sofort ran:

– Karli!, rief sie.

– Äh, nein, ich …

Sie kannte die Stimme. Es war nicht ihr Bruder.

– Entschuldigung, sagte sie. Ich hab gedacht, es ruft mich jemand zurück.

– Ja, ich muss mich entschuldigen. Ich hoffe, ich habe Sie nicht gestört, Frau Reinegger.

– Nein. Gar nicht.

– Das ist wunderbar. Weswegen ich anrufe: Es hat hier leider einen kleinen Zwischenfall gegeben, und … ich reiche mal den Hörer weiter.

Gott sei Dank, dachte Natalie. Am Telefon klang die Stimme von Dr. Fenneck noch furchtbarer als in Natur. Jürrrgen. Vier identische Sohn-Kopien auf der Welt.

– Hallo, Natalie, sagte Astrid. Es ist wegen Herrn Dorm. Er hat versucht, dich zu erreichen. Wir haben ihm gesagt, dass du heute frei hast, daraufhin hat er sich, äh, sehr, sehr aufgeregt und seine Stereoanlage zertrümmert. Er hat sich ein bisschen dabei verletzt, an der Hand, aber … (Dr. Fennecks Stimme sagte etwas Unverständliches im Hintergrund.) Ja, alles nicht so schlimm, glücklicherweise. Aber ich hab mir gedacht, ich sag es dir trotzdem. Er ist BIEEP-BIEEP-BIEEPiggestellt. Hallo, Natalie? Bist du noch da?

Das Gespräch war von einem Signalton unterbrochen worden.

– Jaja, ich bin da. Einen Moment –

Karl rief auf der anderen Leitung an!

– Astrid, ich kann grad nicht, sagte Natalie, ich kümmere mich dann morgen um alles, ich muss jetzt schnell …

Dr. Fenneck sagte wieder etwas, diesmal dicht neben dem Hörer.

Astrid sagte:

– Natürlich, klar, entschuldige, dass wir dich gestört haben. Dann bis morgen!

– Tschüss! (Natalie drückte schnell auf den Knopf, um zum anderen Gespräch zu wechseln.) Karli?

– Hej, sagte er. Du hast mich angerufen?

– Hab ich. Wie geht's dir? Ich hab dich so lang nicht mehr gehört!

– Oh, na ja. Ich bin hier grade, sozusagen, beim Zahnarzt.

– Die gibt's in Dänemark auch, hm?, sagte Natalie.

Ihr Bruder lachte nicht.

– Hast du Schmerzen?, fragte sie.

– Nein, nicht schlimm. Ich krieg nur eine Krone, das ist sauteuer hier. Ist alles in Ordnung bei euch? Ist irgendwas passiert?

Jetzt erst wurde ihr bewusst, was Astrid ihr erzählt hatte. Allerdings, etwas war passiert. Gerade eben. Herr Dorm war durchgedreht. Verletzte Hand, Stereoanlage. Er hatte versucht, sie zu erreichen. Warum hatte sie nicht nachgefragt, weswegen? Aber hätten sie es ihr nicht gesagt, wenn sie es wüssten? Und was war jetzt mit ihm? Nichts von alldem konnte sie Karl erzählen, weil er nicht wusste, worum es ging und wer diese Menschen waren. Parallelwelt. Sie müsste von vorne beginnen, und das war ein weiter Weg, dabei hatte sie ihm alles erzählen wollen, in einem langen, geschwisterlichen Gespräch, aber jetzt war etwas Neues dazugekommen und machte es unmöglich, das letzte Tröpfchen für das Fass, das jetzt überlief, ohne dass sie dabei war. Sie war zuhause, in ihren eigenen vier Wänden. Und eine kleine, einfältige Tigerkatze stand neben ihr und wartete auf die Rückkehr eines Lichtflecks. Die Wand hatte ihr Geheimnis nicht mehr preisgegeben.

– Nein, bei uns ist alles in Ordnung, sagte sie. Aber ich stör dich, beim Zahnarzt kann man ja nicht telefonieren.

– Ing... Kein Problem, sagte Karl. Augenblick –

Eine männliche Stimme sprach ihn an, Karl antwortete auf Dänisch, Papier raschelte. Die Stimme wollte noch etwas wissen, und Karl reagierte mit einem Lachen und einem kurzen Satz. Die Stimme klingt genau wie die von Dr. Fenneck, dachte Natalie düster. Dr. Fenneck in Aarhus. Er ist überall. Ein gesamteuropäisches Phänomen. Seit den Zeiten der Pest geht er um, mit seiner Schnabelmaske.

– Du, ich muss, kann ich dich später zurückrufen?, fragte Karl. Ich muss jetzt –

– Sicher, ja, reden wir später. Also dann, viel Glück.

– Danke!

Karl legte auf.

Nach einem sehr späten Mittagessen flüchtete sich Natalie ins Souterrain. Dort war es warm, und viele Leute waren da. Frank sagte, er habe Mario noch nicht gesehen, aber er habe ihre Nachricht an ihn nicht vergessen, und Natalie erinnerte sich, ja, sehr gut, ihm nachgehen, ihn beschatten, das war ihre Idee gewesen, stimmt, es *musste* jemand anders machen, denn wenn sie es selbst tat, dann kam immer nur das dabei heraus: Chaos und Angst.

Jemand setzte sich neben sie. Er trug ein T-Shirt, auf dem

Repeat your Generation stand. Natalie hatte ein starkes Déjàvu. Vor ein paar Tagen war ihr ein anderer Spruch untergekommen: *Tupac was an inside job.* Sie hatte, kurz bevor sie sich auf den Weg ins Souterrain gemacht hatte, eine halbe Lexotanil genommen, und die Geschehnisse des Tages waren in weite Ferne gerückt. Sie wusste immer noch, wer Hollberg, Dorm und die anderen waren, sie wusste alles, auch, dass etwas vorgefallen war, was sie weggedrückt hatte in die parallele Leitung, aber es überforderte sie nicht mehr, sie konnte an all den Gesichtern und Fakten in ihrer Vorstellung entlangstreichen und sie antippen. So wie Kinder mit einem Stock an Zaunlatten entlang...

Karl hatte nicht mehr zurückgerufen.

Der Mann neben ihr sagte, das Souterrain (er sprach es englisch aus, so wie *south-terrain*, nur ohne *th*) sei eine bemerkenswerte Einrichtung. Ein echter OpenSpace. Sie gab ihm recht und blickte woanders hin, dabei dachte sie: Jetzt zeig ich ihm mein linkes Ohr. Der Mann sagte noch etwas, und Natalie stellte sich Schallwellen vor, die ihr Ohr umschwebten, wie diese verführerischen Kuchenduft-Tentakel in Cartoons. Die meisten Leute saßen auf Stühlen draußen im kühlen Abend. Der Raum beherbergte dagegen in erster Linie stehende Menschen. Der Mann neben ihr berührte sie an der Seite – oder sagte man dazu eher *Flanke*? – und fragte, ob sie sich wohl fühle. Natalie nickte.

– Am Dienstag geht's für mich nach St. Michael, sagte der Mann.

– Hmmm, machte Natalie, als hätte er etwas sehr Poetisches gesagt.

St. Michael. Der heilige Michael. Sie stellte sich eine Kirche vor, in der Form einer Schnecke. Im Hals hingen die Glocken, im Schneckenhaus traf sich die Gemeinde. Das Teleskop-Augenpaar starrte in den Himmel und suchte ihn wie mit Scheinwerfern nach Engeln ab.

– Kasernenleben beginnt, sagte der junge Mann ernst. Stör ich dich wirklich nicht?

– Nein, überhaupt nicht, sagte Natalie.

Das Sprechen fiel ihr etwas schwer, aber auf diese angenehme, weichgepolsterte Art. Sie musste an einen Regenmantel denken, einen leuchtend roten Regenmantel. Ein Elchkostüm. Draußen lachten die freien, bunten Souterrainmenschen. Ein Smartphone wurde herumgereicht, auf dem etwas Witziges zu sehen war.

– Okay, freut mich, sagte der Mann. Macht mich echt fertig. Ich will da nicht hin.

Er nahm einen tapferen Schluck aus seiner Flasche.

– Ich hab da so eine Vorstellung, sagte Natalie.

– Was für eine?

– Ich weiß nicht, ob es eine richtige Vorstellung ist oder nur ein Wunsch, weißt du?

Sie seufzte.

– Okay, sagte der Mann. Erzähl.

– Eine geborgene Sache, sagte Natalie. Ich stell mir vor, nach der Vorstellung gehen wir aus dem Lokal auf den mit Glas überdachten Parkplatz, wo unser Bett schon auf uns wartet. So weit alles klar?

Der Mann schaute sie an. Er hatte auffallend dünne Augenbrauen. Man konnte sehen, dass er heute schon geweint hatte.

– Wir ziehen uns die Schuhe aus, sagte Natalie, werfen sie in eine Mülltonne und schlüpfen unter die Decken. Und die Decken sind angenehm kühl, kennst du das Gefühl? Weil sie während der Vorstellung im Freien ein wenig von ihrer Wärme … weißt du?

– Wie jetzt, Vorstellung im Sinn von *Theater*vorstellung?, fragte der Mann.

Natalie musste darüber lachen. Endlich war sie high.

– Hihihi, kicherte sie. Du bist voll witzig. Nichts auf der Welt ist so angenehm wie kühle Bettlaken, oder? Und das Bett setzt sich in Bewegung und fährt mit uns nach Hause. Ich liege auf dem Rücken, und du sitzt aufrecht und schaust dir die Passanten an. Die meisten von ihnen sehen komisch und verkrümmt aus, wie Notenschlüssel. Außerdem schneit es leicht, aber die Flocken verglühen wenige Zentimeter über uns. Wir atmen sie ein, weißt du? Als kühle, feuchte Abendluft.

Sie sah die Szene deutlich vor sich. Sie streckt sich in den Laken aus. Ein Streunerhund läuft neben ihnen her. Im Nachthimmel über ihnen blinken Satelliten.

– Nach einer Weile setze ich mich auch auf, lehne mich an dich, meine schöne Ehefrau, und hole unter dem Polster unseren Gameboy hervor.

– Ehefrau?, sagte der Mann in gespielter Entrüstung. Hey!

– Aber der Polster, sagte Natalie und hielt einen Zeigefinger in die Höhe, der Polster ist so gebaut, dass man es nicht merkt, wenn was darunter liegt, selbst wenn man auf ihm liegt. Ich spiele Tetris, währenddessen Schnee. Und dann die Abendglocken.

Es war jetzt leichter, ohne Verben zu sprechen. In einer solchen Situation.

– Ts, machte der Mann. Ja. Witzige Vorstellung.

– Die Menschen auf der Straße tragen Einkaufstaschen, sagte Natalie. Und das erinnert mich daran, dass ich hungrig bin. Meine Frau, also du, fasst hinter ihren Polster an das große hölzerne, irgendwie … so komisch bogenförmige Kopfteil, in dem sich eine Menge Schubladen befinden, und holt eine Breze heraus. Wie die aus der Fußgängerzone. Brezenduft, mehlig. Konsistenz. Kauend und gameboyspielend.

– Okay.

– Die weichen Teile der Breze sind die besten, findest du nicht auch? Diese hellen, weißbrotartigen Stellen unter den verschlungenen oder verzwirbelten Teiggelenken. Dann zieht meine treue Ehefrau (Natalie legte in unerwarteter Entschlossenheit eine Hand auf das Knie des Mannes) ihren Walkman und eine Hörspielkassette aus einer der Schubladen hinter ihr hervor.

– Aha, sagte der Mann.

Er schaute nur auf die Hand, die ihn berührte.

– Wir teilen uns den Kopfhörer. Und hören uns die Geschich-

te an. Der Sprecher hat eine angenehm räusperige, aurige Stimme.
– Eine traurige Stimme?
– Sie sind durcheinander, junger Mann, hm?, fragte Natalie ihn mit der Stimme einer älteren Dame.
– Äh, nein, sagte der Mann und lach-hüstelte nervös.
– Auf dem Bett fahren wir durch die Garage in das Haus, ich muss den Kurs kaum korrigieren, denn das Bett hat viel gelernt in der letzten Zeit. Nur hin und wieder ziehe ich an einer Ecke meines Polsters, um einem kleineren Gegenstand auszuweichen. In der Wohnung bewegt sich das Bett sehr viel langsamer. Es ist in seiner vertrauten Umgebung. Unsere Katze hat uns auch schon gehört und –
– Ah, eine Katze haben wir auch, aha.

Der Mann nahm einen Schluck aus seiner Flasche.
– Sie kommt aus dem Schlafzimmer. Sie springt auf das langsam auf die beiden großen Fenster zugleitende Bett, ein Begrüßungsritual, das macht sie jedes Mal. Und dann bleibt sie bei uns, die ganze Nacht lang. Wir müssen gar nicht aufstehen. Wenn wir den Müll raustragen wollen, rollt sich einfach einer auf die Seite und kugelt eine Rampe hinunter in den Garten und schwebt dann durch eine einzige kleine Seitwärtsbewegung wieder hoch ins Zimmer.
– Klingt wie ein Traum.
– Gott, ich bin müde. Kann ich dir was erzählen?
– Noch was, hm?
– Ja, sagte Natalie und wandte sich ihm zum ersten Mal richtig zu.

Sie schüttelte den Kopf, als hätte sie an ihm einen Bekleidungsfehler entdeckt, fasste mit beiden Händen an seinen Hals und öffnete dort einen Hemdknopf. Sonst bekam er ja gar keine Luft, und die Seele konnte nicht entweichen. Das Manöver schien dem jungen Mann zu gefallen. Er lächelte, nahm eine ihrer Hände und stellte seine Flasche auf die Seite.
– Stell dir vor, sagte Natalie, du siehst einen Mann im Rollstuhl. Und er hat deine Frau umgebracht.

– Was? Du liebe Zeit, was immer da in dir gerade wirkt, du solltest es am besten raustanzen oder wegjoggen.
– Schsch, hör zu, sagte Natalie und öffnete einen zweiten Knopf. Stell dir vor, da ist ein Typ im Rollstuhl, ja? Er sieht aus wie Eminem.
– Eminem, okay.
– Totale Ähnlichkeit. Und dann bringt der deine Frau um. Nicht direkt, aber mit so Psychoterror. Er ruft dauernd an. Weil, er ist in dich verliebt. Er will, dass du ganz ihm gehörst. Frauen mag er nicht. Und am Ende ist deine Frau so verwirrt, dass sie …

Sie stockte, brach den Satz ab, blickte zu Boden. Hier war wieder dieser Sprung passiert. Ein Glitch. Non sequitur. Warum zum Teufel hatte sich die Frau umgebracht? Die nervliche Belastung, die ständigen Anrufe, vielleicht glaubte sie auch, dass …
– Nein, flüsterte Natalie.
– Was?
– Entschuldige, sagte sie. Du kannst nichts dafür. Ich bin schuld. Ich bin an allem schuld.

Und sie ließ ihn stehen und wackelte davon.

Hier waren Hund und Hase begraben. Im Selbstmord dieser Frau. Hatte sie vielleicht gemerkt, dass etwas dran war an der ganzen Sache? Hatte die Stalker-Strategie am Ende einfach Erfolg gehabt? War es das, um das alle herumtanzten? Wie Gehirnwäsche bei der CIA, MKUltra und so. Das war widerlich, aber vielleicht ging es ja in einigen Fällen gut aus, warum würde sonst das Stalker-Gen weitervererbt werden durch die Jahrhunderte? Vielleicht hatte Hollberg noch nie in seinem Leben so viel Aufmerksamkeit bekommen und verliebte sich gegen seinen Willen in diesen im Rollstuhl sitzenden Typ. Ich bin high, dachte Natalie. Verliebte sich nicht in, sondern *gegen* ihn. Ah, das waren immer noch das Lexotanil und der Alkohol. Wo hatte er sich verletzt? An der Hand? Beim Zertrümmern der Stereoanlage. Warum hatten sie nicht mehr angerufen? Respekt vor meinem freien Tag vielleicht. Und warum gerade einen Tag nach ihrem Besuch in der Hartenaugasse? Natalie vergaß ihr Rad beim Souterrain und ging durch beginnenden Nieselregen zu Fuß nach Hause.

Natalie kam etwas früher zur Arbeit, da sie sich vor den Katastrophen fürchtete, die dort auf sie warteten. Wenn sie vor dem eigentlichen Arbeitsbeginn eintraf, konnte sie sie vielleicht abfedern. Sie hatte kaum Erinnerungen an gestern Abend, das Beruhigungsmittel in Kombination mit Alkohol und Muskelrelaxans (genau die klassische Sozialberuf- und Pflegerdosis) hatte alles mit weißen Kritzellinien überschrieben. Aber sie erinnerte sich deutlich an das Telefongespräch.

Als sie das Gebäude betrat, bemerkte sie, dass sie eine zusammengeknüllte Socke in ihrem Hosenbein mitgeschmuggelt hatte. Sie zog das böse Omen heraus und steckte es ein. Die Socke war kühl und nass, voller Wetter.

B erklärte ihr, was bei Dorm vorgefallen war. Sie zählte zuerst das Ausmaß der Zerstörung Punkt für Punkt auf, Stereoanlage kaputt, *90s Dance Hits* kaputt am Boden, CD-Hüllen in Scherben, weil überfahren von Rollstuhlrädern.

Und der Grund?

Nun ja.

Hollberg war dagewesen.

– Wirklich? Aber es war doch gar kein –

– Ja, sagte B. Er hat gesagt, er habe sich im Tag vertan. War das erste Mal.

Und da er schon mal hier war, hatte er Dorm ein Foto gezeigt. Ein Foto auf seinem Handy. Von Natalie. Von hinten zu sehen. B beschrieb ihr das Bild.

– Woher hat er …? Was für ein Foto?

– Ich weiß nicht, sagte B und schaute Natalie komisch an. Er hat es ihm gezeigt, und da sieht man dich, und du weißt ja, wie Herr Hollberg sein kann, und dann sind die Fetzen geflogen.

Hollberg habe, so B, Dorm immer wieder das Foto gezeigt und gefragt: *Findest du sie hübsch?*

Er habe ihm auch erklärt, was genau auf der Aufnahme zu

sehen sei, nämlich Natalie beim Weggehen. Das sehe doch äußerst elegant aus, oder?, so Hollberg. Als hätte sie was vor. Was ganz Wichtiges. Sie selbst, sagte B, habe es gar nicht gesehen, sie kenne das Bild auch nur *vom Hörensagen*, also könne sie nicht sagen, was genau. Und wie. Und in welcher Stellung. Oder was auch immer. Man könne also nur spekulieren.

Dorm sei daraufhin in eine Ecke gefahren und dort geblieben. Normalerweise sei er immer die Aufmerksamkeit in Person, sagte B, er sei froh, begeistert, ein Herz auf einem Pogo-Stick. Es sei wie in diesen Wildlife-Dokus gewesen, wenn man einen ganz seltenen Vorgang zu sehen bekommt. Er hat sich abgewendet, tatsächlich abgewendet von Herrn Hollberg, so was. Dieser habe allerdings nicht verdutzt dreingeschaut, nein, im Gegenteil, er sei zuerst ebenfalls weggegangen und habe erst dann verdutzt dreingeschaut, als der Lärm aus Dorms Zimmer zu hören war, einige Minuten später. Und dann die Tirade.

– Tirade?, fragte Natalie.

Ihr gefiel der Klang des Wortes nicht. Gelb und narrenkappig, eine dunkle, stofflose Bedrohung ging davon aus.

Ja, die Tirade, erklärte B, aber das kenne sie doch schon alles. Man müsse es ihr bestimmt nicht wiederholen. Die Körperform (B zeichnete kurz zwei senkrechte Striche in die Luft) und die Kurzhaarfrisur mit den langen Stirnfransen. Um Natalie, deren Gesicht sich etwas verdunkelte, gleich zu beruhigen, wies B mit beiden Zeigefingern auf ihre eigene Frisur, die noch viel kürzer geschnitten war. Aber es half nichts. Natalie war wütend.

– Was hat er denn gesagt?, fragte sie.

– Ah, nichts. Nichts von Bedeutung.

– Bin ich ihm wieder zu dünn, zu unweiblich, zu … was?

B seufzte. Dann veränderte sie ein wenig ihre Haltung und sagte:

– Drei Dinge. Erstens, er ist dein Bezugi. Zweitens, du bist hübsch. Drittens, du darfst dich davon nicht aus dem Konzept bringen lassen.

Natalie wartete ein paar Augenblicke mit ihrer Antwort. Ihr

kam so viel gleichzeitig in den Sinn. Aber sie musste zugeben, dass B recht hatte. Natürlich nicht mit Punkt Nr. 2, aber sonst schon. Niemand denkt ernsthaft, ich wäre hübsch. Sie konnte B nicht in die Augen sehen.

– Hast recht, sagte sie.

B legte einen Arm um sie.

– Niemand wird gern beleidigt. Aber in diesem Beruf kommt das halt vor. Man ist so nah am Wildlife dran. Da kriegt man manches ab.

Natalie ließ sich ein paar Meter von B begleiten. Bs Arm ruhte sanft auf ihrem Schulterblatt. Natalie blieb stehen:

– Woher hat er überhaupt mein Foto?

– Hm?

– Das Foto. Du hast gesagt, mein Foto auf einem. Warum hat er mich überhaupt fotografiert, dieser Freak? Von hinten, beim Weggehen? Ich meine (ihr Gesicht verzerrte sich vor Ekel), wie krank ist das denn?

– Alles okay, Nata. Du warst nur zufällig auf einem Bild. Er hat bestimmt irgendwas anderes fotografiert. Kann man insgesamt nur spekulieren.

– Aber … Woher weißt du das? Warst du dabei?

– Ich nicht. Wie ich ja schon gesagt habe, Hörensagen. Die Astrid hat es gesehen.

Natalies Herz fiel einen Stock tiefer.

– Trotzdem, sagte sie. Wozu zeigt er es ihm. Das ist total unheimlich!

– Schschsch, machte B (was ein wenig albern wirkte) und klopfte ein paar Mal beruhigend auf Natalies Schulter.

Wäre die unsichtbare Maus auf ihr gesessen, wäre sie jetzt hinuntergefallen, dachte Natalie. Eine Frechheit. So ein kranker Wichser! Wenn ich den das nächste Mal treffe, dann –

– Es ist überhaupt nicht unheimlich, sagte B. Wirklich. Er kommt heute extra vorbei, weil ihm das Ganze unangenehm war. Er möchte sich entschuldigen.

– Was? Der Holl–

– Ist doch nett von ihm, finde ich. Er war schließlich dabei, während der Tirade. Er hat das auch alles gehört. Mongoloider Schleim und so weiter. Das hat ihn bestimmt auch verstört.

B bemerkte, dass sie sich verplappert hatte. Die beiden blieben stehen.

– Kannst du das noch einmal wiederholen?

– Ich möchte lieber nicht, sagte B.

– Doch, bitte. Ich will es hören.

– Ach, tut mir leid, Nata. Der Ausdruck ist mir einfach so im Kopf hängengeblieben, weißt du? Er hat es ja nicht so gemeint. Er hat so Anfälle, da brüllt er, bis er rot ist. Er ist sogar aus dem Rollstuhl gefallen, buchstäblich.

– Sag es mir, bitte.

– Nata, seufzte B. Du bist wirklich die liebste Kollegin, die man sich vorstellen kann. Es täte mir weh, dir das jetzt alles so ins Gesicht zu sagen. Ich möchte lieber nicht. Können wir es dabei belassen, hm?

Hätte Natalie B nicht so gern gehabt, wäre das jetzt der Beginn eines Streits gewesen. Aber so nickte Natalie einfach und sagte, ja, okay, dann sei es wohl das Beste, die ganze Tirade zu vergessen. B war ihr so dankbar, dass sie ihr anbot, ein Eis aus dem Betreuerkühlschrank zu holen. Natalie lehnte ab.

Natalie wartete auf Herrn Hollbergs Ankunft im Sozialraum. Die Dartscheibe leistete ihr Gesellschaft. Wie ein in der Einsamkeit verrückt gewordener Turmgefangener gab sie immer wieder Liedfragmente von sich, herausfordernde Melodien, die kein Ende hatten. Als wollte sie Weibchen anlocken. Natalie blickte sich nach einem schweren Gegenstand um, mit dem sie die Scheibe zertrümmern konnte, damit die gequälte Seele endlich. Aber dann wurde verkündet, Herr Hollberg sei soeben vorgefahren.

– Aaah, deshalb hat die Truppe Sie gestern extra aus dem Urlaub geangelt?, sagte er, als er Natalie erblickte. Mein Gott. Schon ein empfindliches Gemüse hier, insgesamt. Ich hoffe, Sie haben deshalb keinen, äh, Koller gekriegt.

Koller.

– Nein, sagte Natalie.

Sie gaben einander die Hand.

– Nein, hm? Kein Koller. Sozusagen das Gegenteil von Wohnungskoller, meine ich. Wenn man andauernd zur Arbeit gerufen wird, sogar in der Freizeit. Da kann man dann irgendwann überhaupt nicht mehr abschalten.

– Oh, sagte Natalie. So schlimm war es nicht. Was genau ist denn passiert?

– Eine Dummheit, sagte Herr Hollberg. Ich muss mich entschuldigen, Frau Reinegger.

Noch einmal Händeschütteln, diesmal länger, zeremonieller.

– Ich habe das dumme Bild schon gelöscht. War ein Versehen.

Herr Dorm zeigte sich an der Schwelle seines Zimmers. Seine Hand trug einen grauen Verband. Jemand hatte, möglicherweise ohne dass er es bemerkt hatte, ein kleines violettes Schleifchen an einen der hinteren Schiebegriffe seines Rollstuhls gebunden. Besänftigungszauber.

Er weinte, aber streckte die Arme nach Hollberg aus. Dieser machte eine ratlose Geste: *Was? Was willst du von mir?* Herr Dorm brach in lautes Schluchzen aus, schrie etwas Unverständliches und fuhr in sein Zimmer zurück.

– Da hab ich ja was angerichtet, sagte Herr Hollberg. Aber das legt sich wieder. Ist das Ihr erster Bezugi-Meltdown?

– Mein erster ... Nein, ich glaube nicht.

– Sehr gut. Dann wissen Sie ja, wie das bei denen ist. Geht alles wieder vorbei. Hier hat nichts ein tieferes Schmerzgedächtnis.

Natalie fand, dass Herr Hollberg heute besonders widerlich aussah. Der Bart wuchs nach, und er hatte so einen gütig verständnisvollen, filmväterlichen Blick. Verdammter Freak. Sie dachte an kochendes Öl. An heißes Pech. An Salzsäure.

– B hat mir von der Tirade erzählt, sagte sie. Warum haben Sie mich fotografiert?

– Oh, das war nur ein Zufall, liebe Frau Reinegger. Sie waren

hinter dem Rollstuhl. Einfach mit drauf. Es war nur eine alberne Eingebung. Eine momentane Inspiration.
– Aha, sagte Natalie. Und wie war das nun eigentlich damals mit Ihrer Frau?

Herr Hollberg lächelte.
– Sie wissen ja, sagte er, dass er ein Problem mit Frauen hat. Also, mit Frauen generell.

Natalie nickte.

Er ging auf ihren Satz nicht ein. Hatte sie ihn überhaupt laut gesagt?
– Ja, sagte Herr Hollberg, das ist also sein Problem. Einmal hat er mir einen seitenlangen Brief geschrieben, in dem er mir auseinandergesetzt hat, wie falsch es ist, mit einer Frau zusammen zu sein. Wie wertlos sie sind und so weiter. Also Frauen allgemein. Dass sie verkleidete Gitarren sind.

Kenn ich schon, dachte Natalie.
– Das war bestimmt sehr schlimm für Sie, antwortete sie betont mechanisch.
– Für mich?
– Ja, für Sie, sagte Natalie und fügte schnell hinzu: Und natürlich auch für Ihre Frau.
– Sie haben gar keine Vorstellung. Es war grauenhaft. Dieser enorme Hass. Aber er ist krank, das wissen wir ja.
– Und Sie kommen ihn jede Woche besuchen, sagte Natalie.

Herr Hollberg holte eine Kaugummipackung aus seiner Tasche und hielt sie ihr hin.
– Nein danke, sagte Natalie.

Er schob sich einen Kaugummi in den Mund, kaute, blickte nach oben.
– Es ist halt … sehr viel Zeit vergangen.
– Natürlich, sagte Natalie.
– Ein halbtoter, ölverschmierter Vogel, sagte Herr Hollberg plötzlich und ließ eine winzige, verfrüht instabile Kaugummiblase platzen.
– Was?
– Ein halbtoter, sich verzweifelt mit seinen gebrochenen Flü-

geln über den Boden unseres Schlafzimmers schleppender, ölverschmierter Vogel. Woher er ihn hatte, weiß ich nicht. Und ich weiß auch nicht, wie er überhaupt zu uns in die Wohnung gekommen ist, mit dem Rollstuhl und allem. Hat vielleicht jemanden bezahlt dafür, irgendwelche verrückten Teenager, keine Ahnung, wir haben es nie rausgekriegt. Viel später, als schon alles vorbei war, haben sie bei ihm dann tatsächlich das Öl gefunden, den halbvollen Kanister und sogar ein paar Federn, und er hat dann auch alles zugegeben, in seinem Kopf war das eine Art Rettungsaktion, eine Schocktherapie oder so, keine Ahnung. Aber damals konnte man es ihm nicht nachweisen, obwohl er in seinen Briefen versteckte Anspielungen darauf gemacht hat, dass er es war, und wir wussten natürlich auch, dass er es war, es kam ja niemand sonst in Frage. Die Polizei war allerdings etwas vorsichtiger, für sie war er immer noch ein Mensch wie jeder andere.

– Das arme Tier, murmelte Natalie entsetzt.

Ihr Vorstellungsvermögen hatte große Mühe, die Szene aus dem Nichts zu erschaffen. Immer wieder blieb es irgendwo hängen, wusste nicht weiter. Sie sah einen schwarzverschmierten Schnabel, der aufklappte, ein abstraktes Schlafzimmer im Hintergrund, ein Bett, davor zwei Menschen.

– Also war er, wie man sich denken kann, zu dieser Zeit auch nicht in Untersuchungshaft oder so, er war frei und hat weiterhin jeden Abend bei uns angerufen und mir Briefe nach Hause und ins Büro geschickt. Ja, und dann wurde es …

Er brach ab und wartete kauend, schaute Natalie auffordernd an, ob sie vielleicht eine Frage hatte.

– Ja, und also, nachdem das noch eine Zeitlang so weitergegangen war …

Wieder eine Pause. Der Kaugummi wurde freigelassen und durfte, ein nussgroßes weißes Gehirn, zurück in sein Silberpapier.

– Wie, sagte Natalie, er hat diesen Vogel zuerst mit Öl übergossen und in Ihr Schlafzimmer gelegt? Wann war das? Und was ist aus ihm geworden? Hat er überlebt?

Sofort verfluchte sich Natalie für diese Fragen, denn jetzt kam die Reaktion, die sich schon leise angedeutet hatte. Die ganze Zeit hatte er sie präzise angepeilt: Herr Hollberg machte ein gequältes Gesicht, als wäre er doch gerade dabei gewesen, über den *wirklich* schlimmen Punkt zu sprechen, nämlich den Tod seiner Frau. Und jetzt hatte sie ihn dabei unterbrochen mit ihrer Nachfragerei über den Vogel.

Gerade noch war er in meiner Schuld, weil er ungefragt Fotos von mir gemacht hat, und jetzt plötzlich bin ich …

– Das Problem mit meiner Frau war, sagte Herr Hollberg langsam und erinnerungsmüde, dass sie … Aber gut, Sie wissen ja, wie Frauen sind. Sie war so sensibel, dass sie sogar dann, wenn sie eine Zeitung zusammenrollte und damit auf eine Fliege losging, darauf achtete, dass vorne auf der Zeitung keine Abbildung von einem Kind oder einem Tier war.

– Wow, entkam es Natalie.

Sofort verfinsterte sich der Blick von Herrn Hollberg ein wenig.

– Es … ist für mich nicht leicht, über diese Dinge zu sprechen. Entschuldigen Sie.

Und damit drehte er sich um und ging höflich fort. Man konnte es nicht anders nennen: Höfliches Fortgehen. Er wandte sich sogar noch einmal um und winkte zum Abschied; es sah aber mehr aus wie eine schiefe Segnungsgeste.

– Sorry noch mal wegen der ganzen Sauerei, rief er. Kommt nicht mehr vor.

– Jaja, sagte Natalie.

Was? Was zum Teufel war das? Er lässt einen jedes Mal sitzen mit irgendeinem komischen Detail, an dem man nagt und das eine solche Sprengkraft hat, dass es alle Aufmerksamkeit absaugt. Ein ölverschmierter Vogel. Warum hat er mir das erzählt? Was hatte das mit der ganzen Sache zu tun? Natalie verspürte den Drang, ihm auf den Parkplatz hinterherzulaufen und ihn zu fragen, was mit dem verdammten Vogel geschehen war. Nicht, bleib stehen. Er muss sich bei dir entschuldigen, nicht du bei ihm.

Nach der Arbeit fuhr Natalie laut fluchend auf dem Fahrrad dahin. Ölverschmierter Vogel, ölverschmierter Vogel. Als sie an einer roten Ampel stand, musste sie sich beherrschen, um nicht einem etwa zehnjährigen Jungen, der zufällig neben ihr stand, mit der flachen Hand einen kräftigen Klaps auf den Hinterkopf zu geben. Glücklicherweise konnte sie den finsteren Impuls rechtzeitig unterdrücken. Ihre Wut blieb ziellos und verwirrend, bis sie zuhause war. Die Hundevermisstenzettel zogen sie heute nicht an, an keinem einzigen blieb sie stehen.

Der Fernseher wurde eingeschaltet, CNN. Sie schaute kaum hin.

Sie aß die Packung Müsli leer, den letzten, hauptsächlich aus braunem Staub bestehenden Rest, der die Milch sofort in Kakao verwandelte. Sie kaute mit geschlossenen Augen.

Der ölverschmierte Vogel. Mond im Küchenfenster. Kopf. Vogel. Herumpatschend im Schlafzimmer. Wie sollte das überhaupt funktionieren? Das Bild war so grell, so comichaft, aber man konnte nicht aufhören, es immer wieder aufzurufen.

Er hat sich entschuldigt, sagte sie. Das war immerhin ein Stück normales, korrektes, nachvollziehbares Verhalten. Ein Partikel von geistiger Gesundheit, an dem sie sich festhalten konnte. Er hatte Dorm wütend gemacht mit einem Foto. Und hatte sich bei ihr dafür entschuldigt. Das war die Rahmenhandlung des Ganzen. Und sie war abgehakt. Keine Katastrophe, kein bleibender Schaden. Dorm wütend, eifersüchtig. Egal. Würde vorbeigehen. Hand heilt, Stereoanlage wird ersetzt.

Sie schaltete ihr kleines Radio ein und stellte es auf einen rauschenden Zwischenbereich. Wenn man sich etwas entspannt hatte, ging das Rauschen durchaus als ASMR-Trigger durch. Auf CNN ging es um Integrationsbemühungen für muslimische Flugbegleiterinnen. Dann jonglierte jemand mit Obst, aber es war eine Werbeunterbrechung. Dann wurde wieder die Frage diskutiert, ob ein Hidschab Vertrauen einflößen konnte oder nicht. Man war sich nicht ganz sicher.

Natalie schaltete auf NHK, weil es da zur vollen Stunde Nachrichten gab. In Japan waren andere Themen wichtig. Ölverschmiert, dachte sie. Über ein Treffen mit thailändischen Ministern wurde berichtet. Wie bekam man einen Vogel in das Schlafzimmer fremder Menschen. Wenn nicht einer dieser Menschen mithalf. Heimlich. Die Minister nahmen an einem runden Tisch Platz. Und dadurch seine Frau in den Selbstmord. Vielleicht war die Frau der Vogel. Nein, die war ja schon die Gitarre.

Mein Gott, dieser ganze Dreck zersetzt einem richtig die Gedanken, wie ein Schlaganfall.

Immerhin hatte er sich entschuldigt.

Sollte sie Karl noch mal anrufen? Seine Stimme zu hören hatte ihr wahnsinnig gutgetan, auch wenn das Gespräch eingerahmt gewesen war von einer sonderbaren Notsituation. So süß, beim Zahnarzt. Zahnfee, dachte Natalie. Sie wünschte sich, ihr großer Bruder könnte sie jetzt so sehen, vor dem Fernseher. Er würde angereist kommen, morgen, mit der ersten Maschine. Er würde das nicht so stehenlassen, so einen unguten Zustand. Nicht bei seiner Schwester.

Sie dachte daran, wie er ihr immer heimlich den Gameboy gegeben hatte, auch nach einem Grand-Mal-Tag, und sie hatte von dem grünlichen Display und den augenblicklich süchtig machenden Vorgängen genascht wie von süßem Sirup oder Honig, verbotene Minuten in der Spielwelt, fallende, rotierende Blöcke.

Das jonglierte Obst hatte sie daran erinnert, dass es in der Küche noch Bananen und Orangen gab. Sie stand auf und holte sich eine Orange. Im Hintergrund hörte sie die schönste Melodie der Welt: die Wetterberichtmusik von NHK. Eine globale, schweifende Musik war das, man fühlte sich international wie in einer Flughafenzone, man war verbunden mit allen Business-Travellers und mit Ankunfts- und Abflugzeiten und mit der Luftfeuchtigkeit in Singapur und Tokio und Moskau. Sie stand am Waschbecken, kratzte die Schale von der saftigen Frucht und warf sie in den Müll.

Dabei fiel ihr Blick auf die Zeitung, die dort lag. Sie war von vorgestern. Auf ihrer Rückseite war ein Bild zu sehen, nicht mal halb verdeckt von anderem Abfall. Natalie schrie auf und ließ die ganze Orange in den Müll fallen. Der ölverschmierte Vogel, da war er.

Zehn Jahre

Es war ein grauenvolles Bild. Die Flügel ganz in Öl, die Patschfüßchen, auch die Augen waren Öl, die Schnabelinnenseite und sogar das, was vielleicht Zähne waren, alles schwarzes Öl, unabwaschbar, erstickend, lebensfeindlich. Der Vogel war an der Küste Mexikos fotografiert worden. ZEHN JAHRE, stand unter dem Bild.

– Hab ich dich!

Natalie knallte die Zeitung zurück auf den Papiermüllhaufen und rannte ins Vorzimmer, wo ihr iPhone am Aufladekabel hing. Wer hatte heute Abend Dienst? Immer noch B? Oder Astrid? Vielleicht sollte sie es lieber bei B zuhause probieren? Sie war die Vertrauenswürdigere. Koller, Hartenaugasse.

Sie wählte die Nummer des Wohnheims. Glücklicherweise ging B ran.

– Hallo, sagte sie. Stör ich?

– Hallo, Nata, sagte B. Nein, ich war schon beim Schlafengehen, aber, nein.

– Ich wollte nur was fragen. Wegen dem Problem.

– Ach, sagte B. Ich mag den Satz wirklich nicht wiederholen.

– Nein, nein, was anderes. Hat er euch je von dem Vogel erzählt?

– Was? Nata, was ist denn jetzt wieder?

– Ich hab ihn … Okay, okay, ich fang von vorne an. (Immer diese unendlich langsame menschliche Kommunikation, immer dieses elende Schritt-für-Schritt, fast wie ein Gespräch mit Markus!) Ich hab ihn, und ich entschuldige mich gleich im Voraus für diesen Ungehorsam, ich hab ihn gefragt, wie das mit seiner Frau war, damals.

Eine kurze Pause.

– Ach, Nata, warum denn? Der arme Mann hat doch auch so schon –

– Es hat sich, ich schwöre! Hörst du? Ich schwöre, wirklich, es hat sich im Gespräch einfach so ergeben.

– Aber –

– Warte, hör mich zu Ende an, bitte. Ich hab nur eine Frage: Hat er euch von dem Vogel erzählt, den Dorm ihnen ins Schlafzimmer gelegt hat?

Am anderen Ende der Leitung war es still. Eine Tür, vermutlich die des Nachtdienstkämmerchens, wurde zugemacht, dann sagte B:

– Ein totes Tier, ja. Ins Schlafzimmer.

– Warte, ein totes Tier … oder einen ölverschmierten Vogel?

– Was?

– Die Frage ist doch ganz einfach!

– Du liebe Zeit, Natalie, du musst deshalb nicht schreien.

– Entschuldigung. Wollte ich nicht.

Natalie bemühte sich, etwas ruhiger zu werden. Es war nicht leicht, sie keuchte. Das Gespräch ging nicht schnell genug voran.

– Warum willst du immer …?, begann B. Hör zu, du darfst dich nicht in diese Dinge verrennen, Natalie. Glaub mir, es war für uns alle nicht leicht, so nach und nach diese ganzen schrecklichen Einzelheiten zu erfahren. Und gestern war halt ein kleiner Schocktag. Es geht immerhin um einen unserer Klienten, und wir sind für ihn verantwortlich. Aber ich verstehe natürlich auch, ich meine, ich verstehe schon deine Reaktion. Uns ist es allen ganz ähnlich ergangen, wenn man so etwas zum ersten Mal hört, dann will man auch sofort nachfragen und alles am liebsten ungehört machen, so ist einfach die menschliche Na–

– B, bitte, sag mir nur, ob er dir auch von dem Vogel erzählt hat.

– Vogel, wiederholte B seufzend. Der Vogel. Nein, also, dieses Detail weiß ich jetzt nicht mehr, aber gut, ich hab die Geschichten ja auch nur weitererzählt bekommen von der Astrid, ich war da nicht live dabei.

– Du hast gesagt, ein totes Tier, oder?

– Äh, ja. Aber Nata, es ist schon spät …

– Also kein Vogel!

– Na, ein toter Vogel ist doch ein totes Tier, sagte B.
– Er war aber nicht tot, sondern nur ölverschmiert, so wie in diesen Bohrturm-Katastrophenbildern von, ah, was weiß ich, von irgendeiner Küste. Vor zehn Jahren. Und als ich ihn gefragt habe, was aus dem Vogel geworden ist, hat er nicht geantwortet, sondern –
– Was? Warte, noch einmal von vorne, welche Bohrturm-Katastrophe? Bei uns?
– Ich hab keine Ahnung!, rief Natalie. Er hat mir einfach das Bild hingeknallt!

Eine Weile kam kein Geräusch aus dem Hörer.

– Du, sagte B, ich muss dann hier noch was erledigen, wirklich. Aber ich denke, es ist doch sein Recht, dass er nicht jedes schlimme Detail, also … Aber wo hätte der Dorm denn so einen Vogel hernehmen sollen, das ist vielleicht verrückt!
– Oh ja.

Endlich begriff B ein wenig. Das Bild wirkte.

– Eins noch, sagte Natalie. Ich hab noch was zu erwähnen vergessen. Was Wichtiges. Das Bild ist in der heutigen Zeitung.
– Welches Bild?
– Na das vom Vogel!
– Wie? Ich kapier überhaupt nichts mehr –
– Irgendein zehnjähriges Jubiläum der Bohrturm-Katastrophe, was weiß ich. Und es ist auch nicht die *heutige* Zeitung, falls du jetzt sofort nachschauen gehst, sondern die von vorgestern. Aber da ist das Bild. Ein vollkommen ölverschmierter Vogel! Ich kann es dir mitbringen.

Wieder Stille.

– Ja, sagte B. Aber was hat das mit damals zu tun?

Natalie stampfte vor Ungeduld mit dem Fuß auf und konnte sich nur mit Mühe davon abhalten, sich in den eigenen Finger zu beißen. Nicht auszudenken, was geschehen würde, wäre jetzt der Hinterkopf des Buben an der Ampel in Reichweite.

– Er hat gelogen, sagte Natalie. Das heißt es. Er erfindet einfach irgendwas. Und sagt es.

– Nein, tut er nicht, sagte B ganz ruhig (und Natalie merkte, dass sie bereits in den wiegenden Tonfall übergewechselt hatte, in den sie normalerweise delirierende oder Verschwörungstheorien spinnende Klienten einhüllte). Das Bild hat dich nur durcheinandergebracht. Geht uns ja allen nicht anders. Aber er hat uns damals erzählt, dass ein totes Tier im Schlafzimmer gelegen ist. Passt schon alles zusammen.
– Nein, tut es nicht!
– Schschsch, machte B. Mach jetzt Folgendes, Nata, ja? Denk das Ganze noch mal *Schritt für Schritt* vom Anfang her. Aber wirklich Schritt für Schritt. Überspring nichts. Dann wirst du sehen, dass es passt, dass du dir keine Gedanken zu machen brauchst. Die Tirade hat dich innerlich aufgewühlt, das ist verständlich.

Natalie war wütend, aber sie wusste, dass sie nun einen Satz sagen musste, der sie in den Augen ihrer viel erfahreneren Kollegin rehabilitierte. Sonst würde diese das Vertrauen in sie verlieren.
– Ja, da hast du wahrscheinlich recht, sagte sie. Ich weiß ja, wie das alles klingt. Ich mag es nur nicht, wenn man mich anlügt, weißt du? Das ist alles. Und ich hab das Bild in der Zeitung gesehen und hab mir …

Der rettende Satz kam ihr endlich in den Sinn, jetzt musste sie ihn nur noch richtig intonieren:
– … und ich hab mir natürlich genau dasselbe gedacht wie du, genau dieselben Fragen: Wo soll er den Vogel überhaupt hergenommen haben? Und das ganze Öl? Das funktioniert doch alles gar nicht. Und dann das Bild in der Zeitung, ja.
– Mhm, machte B. Das versteh ich. Es ist auch seltsam. Eine komische Geschichte. Aber Verrückte kommen auf alle möglichen Dinge und haben auch eine besondere Energie, mit der sie ihr Ziel verfolgen.

War das eine versteckte Anspielung auf sie gewesen? Natalie konnte es nicht wirklich sagen. Um ganz sicherzugehen, sagte sie:
– Das stimmt. Genau deswegen ist es gut, wenn man von Zeit

zu Zeit auch einen Schritt zurück macht, nicht? Eben damit man sich nicht in irgendwas verrennt.
– Genau, sagte B (und ihr Tonfall war nun wieder der einer Kollegin). Absolut, hundertprozentig. Wer keinen Schritt zurück machen kann, kann ab irgendeinem Zeitpunkt nur noch mit dem Kopf durch die Wand.

Sie verabschiedeten sich voneinander, und Natalie legte auf. Dann packte sie ein paar Tabletten ein, für den Notfall. Sie zog Laufschuhe an und legte den Weg zum Souterrain in Rekordzeit zurück.

Natalie saß nicht bei ihnen, aber sie hörte, was die Männer sprachen. Frank kam ständig zu ihr und bot ihr Vanille-Joghurt, Bier oder Red Bull an, aber sie lehnte alles ab. Sie wolle bitte einfach nur hier sitzen, bitte, und sich bitte um nichts kümmern müssen, es sei eine saudumme Woche gewesen. Bitte.

Frank kehrte zu seinen Freunden zurück. Manche davon kamen Natalie bekannt vor. Das Gespräch drehte sich um Freundinnen. Lothar regte sich über Tina auf, die ihm immer vorhielt, irgendetwas nicht erledigt zu haben. Wenn er ihr dann bewies, es sehr wohl schon getan zu haben, sagte sie: *Aber normalerweise tust du es nie.*
– Oooh, Scheiße, das kenn ich!, schrie einer.
– Schschsch, machte Frank und wies auf die sich ausruhende Natalie in der Ecke hin.

Die anderen lachten ihn aus.
– Too close to home, sagte ein Typ mit langen Dreadlocks.
– Aber das ist doch gaga, oder?, sagte Lothar. Stell dir vor, eine Bank wäre eine Frau. Du gehst rein und willst dein Geld abheben, aber die Bank sagt: Nein, du hast nie was eingezahlt, es ist kein Geld da. Aber ich hab doch gerade letzte Woche eingezahlt, sagst du, einen großen Betrag! Und die Bank antwortet: Aber normalerweise zahlst du nie was ein! Du kommst *nie* zu mir ins Foyer! Ich hab kein Geld für dich!

Er imitierte eine schluchzende Frau, die sich an den eigenen Zöpfen zog.

Natalie stand auf, um zu gehen. Die Atmosphäre wurde unangenehm.

– Aber sie ist nicht so, hörte sie Frank sagen.

Nein, geh weiter, dreh dich nicht um, tu so, als hättest du's nicht gehört.

– Heee, Natalie! Ich sag grad: Du bist nicht so wie die Weiber!

– Okay, sagte Natalie und ging aus dem Raum.

Die anderen riefen ihr ein heiteres *Mach's gut, bis nächste Woche* hinterher. Natalie hatte Lust, irgendwo dagegen zu schlagen. Auf der Straße begegnete sie einer Coladose, die noch etwas Flüssigkeit enthielt. Sie kickte sie quer über die Fahrbahn und erfreute sich an der Kometenschweif-Tropfenspur, die sie hinterließ.

Entschuldigung

Das Ritual schrieb vor, dass Natalie sich mit ihrem Bezugsklienten zusammensetzen und die Sache ausdiskutieren musste. Astrid erklärte ihr diesen Vorgang als eine Art Kämmen. Wenn Haare verfilzen, hilft es nichts, den Kamm oder die Bürste einmal ordentlich durchzureißen, dadurch macht man nur alles kaputt. Sanftes, wiederholtes Besuchen der verhedderten Stelle und geduldiges Entwirren, das ist der richtige Weg.

Natalie hatte schon begriffen, aber Astrid sprach weiter. Sie liebte ihre langen, endlos fortsetzbaren Vergleiche. Sie dürfe sich nicht von ihrem Klienten abkapseln, so wie manche verfilzten Stellen nahe der Kopfhaut. Klar, Freizeit sei Freizeit, das sehe jeder ein, auch diese Grenze dürfe nicht verschoben werden, weil man sonst schnell verschlungen werde von der Arbeit. Das wolle niemand. Natalie zerdrückte einen Gähnimpuls mit den Backenzähnen. In ihren Ohren knackte es. Sie stellte sich kleine, leuchtende Ameisen vor, die über Astrids Gesicht und das alterssommersprossige Dekolleté mit dem schlafenden Christus an der Kette liefen. Einige der Ameisen zogen kleine Spruchbänder hinter sich her, lange, dünne Papierstreifen, ausgerissen aus sonderpädagogischer Fachliteratur. Irgendwann war Astrid nicht mehr zu sehen, eine Papiermumie. Und kam in die Altpapiertonne im Hof.

– Schön, dass du das einsiehst, sagte Astrid.

Natalie klopfte bei Herrn Dorm. Es kam keine Reaktion. Sie wartete die übliche Zeit und trat ein. Er saß angezogen und kampfbereit wirkend im Rollstuhl. Es sah nicht so aus, als hätte sie ihn bei einer bestimmten Tätigkeit unterbrochen.

– Guten Morgen, sagte Natalie.

Die Theorie besagte, dass man sich bei einem Klienten niemals auf sentimentale Weise entschuldigen durfte. Die emotionale Stabilität der Betreuerin ist von existentieller Bedeutung. Daran versuchte sie sich zu halten.

Die fehlende Stereoanlage, eine Lücke im sonst so dichten Gewebe des vollgestopften Zimmers.

– Ich wollte mich bei Ihnen entschuldigen, sagte Natalie.

– Ah. Schon wieder?

– Ja, sagte Natalie. Ich kann mir vorstellen, dass Sie wirklich wütend auf mich sind. Aber ich habe das mit Herrn Hollberg besprochen, und er –

Augen weiteten sich, Hände griffen nach den Reifen des Rollstuhls. Dorm war bereit zum Angriff.

– Ich meine, sagte Natalie, er hat sich auch bei mir entschuldigt für den Scherz.

Sie versuchte, unbeschwert zu lächeln.

– Scherz, wiederholte Dorm.

Aber seine Gesichtszüge entglitten ihm nicht. Er ließ die Reifen los, seufzte. Es war alles sehr schwer für ihn.

– Es war nur ein Missverständnis. Das Bild.

– Ah, sagte Dorm.

Er kratzte mit einem Finger auf dem Profil des Rollstuhlreifens herum.

– Darf ich mich zu Ihnen setzen?, fragte Natalie.

Dorm schaute sie nicht an.

– Jaja, sagte er. Tun Sie, was Sie wollen. Ist sowieso immer dasselbe mit euch.

Natalie setzte sich neben ihn auf einen Schemel, der Herrn Dorm üblicherweise für Transfer-Bewegungen vom Rollstuhl an einen anderen Ort diente.

– Sie brauchen wirklich nicht böse zu sein, sagte Natalie. Sie sind ja klug und sehen ein, was es war.

Kratzen am Reifenprofil. Bertrand Russell, dachte Natalie. Wenn er so ein Buch lesen konnte, war das alles hier Komödie. Nein, unmöglich. Das würde niemand.

– Ich würde gerne etwas wissen, sagte Herr Dorm.

– Sie können mich alles fragen, sagte Natalie.

– Wie lautet Ihr vollständiger Name?

Natalie deutete auf ihr Namensschildchen.

– Das ist alles, hm?

– Leider, sagte sie mit einem freundlichen Lächeln. Ich hab nur die beiden Namen. Mein Bruder hat vier.

– Und Reinegger, das ist ganz normal, oder? Ich meine, so heißen viele?

– Ich nehme an, ja.

– Fliesenreinegger, lachte Dorm. Hm?

– Oh ja. Der alte Witz.

– Aber Natalie ...

Es war das erste Mal, dass sie ihren Vornamen aus Herrn Dorms Mund hörte. Das bedeutete nichts, sie unterhielten sich ja gerade über Namen. So lautete das Thema ihres Gesprächs. Die Entschuldigung war offenbar akzeptiert worden. Friedensschluss.

Aber trotzdem.

– Na-ta-lie, das ist eines von diesen unendlichen Wörtern, natatatananaa. So wie diese Melodien, die ewig weitergehen, oder?

Er schaute sie an, als wäre die Frage eine ganz alltägliche, wie eine Bitte um Auskunft über das heutige Wetter oder die genaue Uhrzeit.

– Was meinen Sie?, fragte Natalie.

Diesen Blick kannte sie. Es war der, der immer dann auftrat, wenn ein Mensch merkte, dass man ihm nicht mehr folgen konnte, dass er sich in seinem eigenen Kopflabyrinth bewegte. Die Erkenntnis, das man besser zurückkehrte in den Alltag und seine teilbaren Verhältnisse. Zugegeben, man sah diesen Blick nicht besonders oft im Wohnheim. Hier in diesem Zimmer sah sie ihn zum ersten Mal.

– Egal.

– Nein, bitte, sagte Natalie, erzählen Sie mir ruhig –

– Ist nicht so wichtig.

Er schaute aus dem Fenster.

– Sehen Sie auch Bilder bei Worten?, fragte Natalie. Ich sehe immer ganz deutliche Bilder, meist abstrakte Formen oder auch Gesten manchmal. Das ist total verrückt.

– Ah ja?, sagte Herr Dorm müde. Faszinierend.

– Entschuldigung, sagte Natalie. Ist mir nur gerade eingefallen.

– Was sehen Sie denn bei Natalie?

Jetzt schaute er sie an.

– Oh. Da sehe ich gar nichts. Weil, so heiße ich ja. Das Wort gilt nicht, leider.

– Okay, nickte Herr Dorm. Dann *Chris.* Was sehen Sie da?

Eine Art verbogenes Metallstück, aber farblos und matt. Wie eine schiefe Parkplatzschranke.

– Oh, sagte Natalie. Ja, also –

– Und bei *Hollberg*, was sehen Sie da für ein Bild?

Natalie bemerkte, dass sein Gesicht angespannt war.

– Herr Dorm, ich habe mich doch schon entschuldigt, sagte sie. Ich hatte mit dem Scherz nichts zu tun.

Kalte Wut verzerrte seinen Mund, er musste sich allem Anschein nach beherrschen, um sie nicht anzuspucken.

– Doppelnamen, brachte er schließlich heraus.

Dem folgte eine lange Pause.

Schließlich traute sich Natalie nachzufragen:

– Welche Doppelnamen?

– Na ja, Doppelnamen halt, kennen Sie das nicht?, schrie er sie an. Sie wissen doch, dieses Mädchenname-Bindestrich-Ehename. Oder umgekehrt, was weiß ich, kann ja jeder machen, wie er will, geht mich nichts an. Diese Subtraktion von Namen. Der eine minus der andere. Der eine Lebensabschnitt wird vom anderen abgezogen, und das Ergebnis ist dann, ah, was weiß ich, keine Ahnung. Wissen Sie es?

Er äugte sie zornig von der Seite an. *Subtraktion*, registrierte Natalie. Ein Wort, das sie von ihm nicht erwartet hatte. Es passte nicht in sein Vokabular. Auch der Gedanke, den er ausdrückte, war, wenngleich etwas wirr, so doch recht komplex und fortgeschritten.

– Herr Dorm, Sie müssen mich nicht anschreien, sagte sie ruhig. Ich gehe jetzt raus, und wir können uns später unterhalten, wenn Sie nicht mehr wütend sind.

– Ich werde nie!, platzte er heraus.

Aber er sprach nicht weiter.

– Wir haben das doch geklärt, Herr Dorm. Es war ein dummer Scherz, das Ganze. Und ich hatte damit nichts zu tun.

– Er hat sich bei Ihnen nicht entschuldigt, sagte Dorm leise. Wie können Sie so etwas behaupten? Für wen halten Sie sich? Sie verdammte Lügnerin! Das hat echt noch keine von euch gesagt. Er würde sich nie, er würde das … nicht einmal in Erwägung ziehen!

Wie er dastand, mitten im Zimmer, ein dunkles, bedrohliches Menschengefährt. Was war besser, rausgehen und ihn abkühlen lassen oder den entglittenen Faden des Versöhnungsgesprächs noch einmal aufnehmen?

Natalie versuchte, trotz ihrer leichten Beklemmung möglichst offen zu bleiben. Vielleicht würde sich ein Satz einstellen, der sie weiterbrachte.

– Warum macht Sie diese Vorstellung so zornig?, fragte sie.

Hm, nicht gerade karlesk, aber okay.

– Warum?, fragte Dorm angewidert. Warum?

Es war nicht klar, ob er sie imitieren wollte oder einfach nur wütend über ihre Begriffsstutzigkeit war.

– Ja. Dass sich Ihr Freund bei mir entschuldigt. Warum macht Sie das wütend?

Vielleicht war der mitfühlende Therapeutentonfall ein bisschen zu dick aufgetragen.

– Weil es nicht stimmt, deswegen.

Hatte er sie belauscht? Aber Herr Hollberg *hatte* sich bei ihr entschuldigt. Sogar mit Handschlag.

– Na ja, ich denke, sagte Natalie, ich habe es vielleicht so aufgefasst. Wie eine Entschuldigung. Es hat auf mich so gewirkt.

– Ja, auf Sie vielleicht, sagte Dorm.

– Natürlich, man kann sich auch irren.

– Ja, nickte Dorm.

– Und ich, äh, begann Natalie.

– Sie irren sich!

– Okay, okay. Vielleicht, ja. Ich weiß nicht.

Herr Dorm schien nun etwas zufriedener.

– Er würde sich nie, sagte er. Und sie sollten es auch nicht behaupten. Ich will das nicht hören. Ich brauch das nicht.

– Ich verstehe, sagte Natalie.

Wie oft hatte sie diesen Satz während ihrer Ausbildung und ihrer Arbeit gesagt und das exakte Gegenteil gemeint? Irgendwann würde der Satz rebellieren und sie in den Hals beißen, wie ein Hund, der jahrelang gegen den Fellstrich gestreichelt wurde.

– Gut, sagte Dorm. Er würde nie im Leben. Nicht bei Ihnen. Nicht bei euch.

– Schön, dass wir das besprochen haben. Ich hoffe, Sie sind mir jetzt nicht mehr böse.

Und sie trat auf ihn zu und streckte ihm die Hand entgegen.

– Ich bin nämlich wirklich sehr gern Ihre Betreuerin, Herr Dorm. Wollte ich Ihnen nur sagen.

Er ergriff ihre Hand und schüttelte sie. Man merkte ihm an, wie sehr es ihn anstrengte, über einen längeren Zeitraum wütend zu bleiben. Jetzt kam die Erleichterung über ihn, wie bei einem Kind, das unkontrolliert kichert und ausatmet, weil die Welt ihm nach der Versöhnungsszene endlich wieder erlaubt, sie ein wenig gern zu haben.

– Sie sind manchmal wirklich ein bisschen langsam, sagte Dorm.

– Ja, bin ich, sagte Natalie.

– Und, und, Sie haben manchmal komplett falsche Vorstellungen, haha.

– Ja, die wohl auch.

Er ließ ihre Hand los. Sie ging aus dem Zimmer.

Im Gang kam ihr B entgegen.

– Szene?, fragte sie.

– Nein, ich hab mich bei ihm entschuldigt, sagte Natalie. Aber ich glaube, jetzt brauch ich eine Dusche.

– Soll ich mitkommen?, fragte B mit gespieltem Mitgefühl.

– Ja, bitte, sagte Natalie. Aber nur fürs Abtrocknen. Ich ruf dich dann, wenn ich so weit bin.

– Tu das, Schatz, sagte B, klopfte Natalie auf die Schulter und ging weiter.

Verrücktes Huhn, dachte Natalie dankbar und blickte ihr nach. Als sie aus dem Fenster schaute, sah sie Herrn Welloschek im Garten mit einem Jo-Jo. Wie ein unsichtbarer Hund sprang es immer wieder an ihm hoch, und Herr Welloschek fasste in die Luft und wehrte es ab, lachend und beiseitetänzelnd, dann wickelte er die Schnur rasch auf und begann von vorn.

Sonntag

Im Traum ging es um Grubenhelme. Sie lagen auf einem Feld, einer neben dem anderen, in einem schönen, gleichmäßig verteilten Muster. Auf dem Feld wuchs etwas Insektenähnliches heran, und man hatte die Helme als Schutz für die kleineren Flügellarven darauf gelegt, so wie man es jedes Jahr machte, wenn der Winter kam. Die Tatsache, dass dieser Brauch nach so langer Zeit noch befolgt wurde, beruhigte Natalie, aber dann, als sie ein wenig auf dem Feld herumging, bemerkte sie, wie nahe manche Helme beieinanderlagen, sie bildeten kleine Trauben. Am Feldrand standen die Schubkarren, alles war bereit. Vor Schreck wachte sie auf.

Sie beschloss, gleich aufzustehen, obwohl es erst halb vier war. Sie machte sich einen Kaffee, stellte sich ein wenig auf den Balkon und versuchte, umgeben von der hinter ihren dunklen Fassaden friedlich schlafenden Nachbarschaft, in sich selbst ein kooperatives Gefühl auszumachen, aber es war keines da. Sie dachte an Alexander Dorms Hinterkopf, an die Hand von Herrn Hollberg, die sich in seinen Nacken legte. Sie dachte an die Szene, in der die beiden gemeinsam ein Handyfoto betrachteten, das sie zeigte, beim Weggehen. Von hinten. An die Sticheleien von Hollberg. Seine Hand mit dem Ehering. Die roten Flecken in Dorms Nacken. Dann überlegte sie, ob sie Markus anrufen sollte, sie hielt das Handy schon in der Hand und war auf dem Weg in die Küche. Aber dann entschied sie sich, noch ein wenig zu warten, machte sich einen Tee, summte eine Melodie von Ace of Base, wurde kurz vom Tod gestreift, griff sich an den Hals und ließ ihre Hand eine Weile dort ruhen, dann zog sie sich Schuhe an und ging spazieren. Als sie an einem Schaufenster vorbeikam, in dem gesichtslose Mannequins ihre abgetrennten Gliedmaßen betrauerten, wurde ihr klar, was das Problem war. Alexander Dorm hatte niemand sonst, der auf ihn achtgab. Nur sie.

Warum war sie so früh wach geworden? Sie schaute auf das

iPhone. 4:42. Unwirkliche Ziffern, zwischen denen vertikale Knopfaugen blinkten.

Und noch dazu das Ende des Sommers, bald. Die einzige Festlichkeit, die sie damals in der Sekte begangen hatten. In gewisser Weise. Denn eigentlich war es gar keine Feier gewesen, mehr ein Umarmen und Liebkosen, während vom Abschied der Sonne die Rede war, von Wendekreisen und inneren Gestirnen. Ilona hatte sich natürlich immer zu Natalie gesetzt. Wahrscheinlich waren wir Freunde, dachte sie. Freundinnen. Egal. Ilona hatte eine angenehme Stimme, und meist redete sie ganz leise und melodielos, was sehr beruhigend wirkte. Aber das alles lag weit zurück. Und, ja, eines Tages hatte jemand mit einem Jo-Jo gespielt, was ihm einige Strafnächte in der Münzkammer eingebracht hatte. Hinterher hatten sie das Jo-Jo gemeinsam verbrannt. Ich werde nicht Werkzeug sein. Ich werde nicht Währung sein. Ich bin jetzt wach und sehe die Welt.

Zuhause bekam Natalie einen furchtbaren Schreck, als sie eine Nachricht in ihrer Mailbox entdeckte, in der es um ölverschmierte Vögel ging. Sie musste aufstehen und einige Schritte vom Laptop weggehen. Das grauenvolle Bild war wieder da, es war genau dasselbe wie in der Zeitung. Wahrscheinlich hatte B es *ihm* erzählt, oder sie hatte es Astrid erzählt, und die hatte es dann *ihm* erzählt.

Aber es war nur ein Gedenkaufruf für das Bohrturm-Unglück vor genau zehn Jahren, eine Nachricht, die Millionen Menschen an diesem Tag bekamen.

Draußen hatte ein schöner Spätsommermorgen begonnen. Die Sonne stieg über die Dächer und erfasste der Reihe nach alle Balkone. Fahrradsättel und Autodächer tankten die erste Wärme des Tages. Lichtfunken tanzten auf der winzigen Wasseroberfläche eines Vogelbads. Im schräg einfallenden Frühlicht warf ein Meisenknödel einen dramatischen Schatten an eine Hausmauer. Die Liegestühle erstrahlten in vanillecremigem Weiß. Der Phönix der Nachbarn ging in Flammen auf. Kindergeschrei ertönte aus einem Garten. Und die Vögel hatten genau den einen Punkt im Baum entdeckt, von dem aus ihr Gezwitscher am lautesten erklang.

Sie war für den üblichen Sonntags-Spätdienst eingeteilt, also hatte sie den ganzen Vormittag Zeit, um etwas zu unternehmen, das sie auf andere Gedanken brachte. Sie entschied sich dafür, mit dem Fahrrad ein wenig durch die Siedlungen zu fahren. Die Entscheidung fühlte sich gut und gesund an. Das, was normale Menschen tun. Obwohl es nicht mehr so heiß war, cremte sie sich die nackten Arme mit Sonnenmilch ein, die Produkte für Kinderhaut waren immer noch die besten, Schutzfaktor 50, alles darunter wirkte bei ihr nicht. Sie liebte den Geruch der Sonnenmilch, er war bunt und cocktailartig, und gleichzeitig war etwas Fellwarmes darin, bestimmt roch so der Nacken von Bugs Bunny. Sie steckte eine Mineralwasserflasche, einen leichten Pullover (für den Fall, dass Wind aufkam) und ein Taschenmesser in den Rucksack, kramte einige Heftpflaster aus einer Küchenschublade, wurde kurz vom Tod gestreift, als sie den Fahrradhelm vom Boden aufhob und den Staub abklopfte (bloß eine Woche allein auf dem Fußboden neben der Wohnungstür, und er sah aus wie ein Ausgrabungsgegenstand), setzte ihn auf und zog den Gurt unter ihrem Kinn fest. Wie ein Hund, der gleich ins Freie darf, war ihr Geist schon dabei, große und weite Gedanken zu denken, aber noch musste er sich gedulden, noch musste die Wohnungstür von außen abgesperrt und das Rad im Garten aufgeweckt werden. Es war vom kurzen Regen der vergangenen Nacht schmutzig geworden. Der ölverschmierte Vogel tauchte kurz auf, Natalie schob das Bild beiseite.

Unregelmäßig in die Pedale tretend, fuhr sie durch die Siedlung. Zuerst hörte sie sich über die Kopfhörer Essgeräusche und einige Nonseq-Mixes an, aber dann ließ sie die Kopfhörer weg. Es gab hier viele schmale, rechtwinklig zueinander liegende Nebenstraßen, in denen sonntägliche Ruhe herrschte. Die ganze Gegend war wie eine windstille Fahne, die sich müde um den Mast rekelte und nur hin und wieder eine kleine Falte warf. In den Einfahrten der Garagen waren einige Menschen mit Fahrzeugen beschäftigt, ihre Bewegungen waren winzig klein und konzentriert, wie auf einem Suchbild. Bei diesem Anblick kamen Natalie verschiedene Wörter in den Sinn, Wörter, die irgendwie gewellt und lockig waren: *Kamillentee, Feuerwehr, Balletteuse, Wildwechsel, Maultierzucht*. Am Tennisplatz blieb sie stehen. Zwei Kinder spielten rund um das Netz Fangen, ein drittes saß auf der Bank und hielt einen leuchtend gelben Tennisball in der Hand. Die Szene setzte etwas Altes, lange Vergessenes in ihr in Gang, also löste sie sich schnell davon und fuhr weiter. Menschen auf Rädern, dachte sie. Man stelle sich vor, eine Frau, von der Hüfte abwärts verschmolzen mit einem Fahrrad. Eine Velozentaurin. Sie bittet zwei Männer, die zufällig vor einem Haus herumstehen, sie mitsamt dem Fahrrad hochzuheben, sodass sie in ein Küchenfenster blicken kann. Natalie bog in eine Sackgasse ein. Hier gab es nicht einmal mehr Gehsteige, dafür rauschende Büsche und Hecken. Ein schwacher, aber köstlicher Geruch nach Gegrilltem lag in der Luft: letzte Sommertage in Vorgärten, Schulferien, Hörspielkassetten, Sonnenbrand, seizure by the sea. Sie fuhr bis zum Ende der Straße, blieb stehen und blickte nach oben. Stromleitungen und Wolken, sie dachte an die Linien der Zeit, unsichtbar wie Radiowellen, und das seltsame Leben hier in diesen Gebäuden, die Einteilung der Zimmer, das Auf- und Zugehen von Türen und die Fortbewegung auf zwei Beinen. Ein überraschend großes, urzeitliches Insekt kroch auf dem warmen Straßenbelag dahin, Natalie musste absteigen, um es zu betrachten. Eigentlich besaß es zwei Flügel, aber die benutzte es nicht, es krabbelte in einer geraden Linie in die Richtung, aus der sie gekommen war. Zu jedem beliebigen Zeitpunkt schläft ein gewisser Prozentsatz der Menschheit. Addiert ergibt dies also immer eine Menge schlafender und eine Menge wacher Exemplare, das Gesamtfeld ist ein Gemisch, weder eins noch null, sondern etwas dazwischen, ein Flimmern. Was würde geschehen, wenn alle Menschen gleichzeitig wach wären, nur für eine Sekunde? Es gibt Tiere, die niemals schlafen müssen. Ihr Gesamtfeld sieht anders aus, es enthält immer alles, unverstellt. Sie blickte auf die Uhr, halb zehn. In zwei Stunden musste sie. Es war albern, aber allein der Gedanke, jetzt hier zu sein, in dieser Straße, und schon in zwei Stunden wieder in Herrn Dorms Zimmer. Die vollkommen veränderte Luft, der ölverschmierte Vogel. Die Vergangenheit dieses Menschen, der sich gerade mit ihr versöhnt hatte. Ich muss noch Markus anrufen, wegen des Besuchs. Ich sollte mir Listen schreiben. Sie schaute auf die Uhr.

Sie kehrte um. Der Grillgeruch war stärker geworden. Öl. So viele Fenster mit Gardinen. Und Vorgartenzäune, gerade mal hüfthoch. Die kleine Ilona, was machte sie heute? Bei wem hatte sie Unterschlupf gefunden? Oder gab es die Gruppe noch, das Haus in Raaba, die Münzkammer? Sie sah ein Schild, das vor einem Hund warnte. Ein Blumenbeet mit verblühten Irgendwas. Rosenkugeln und Satellitenschüsseln. Eine Hausmauer ganz aus Efeu; wenn der Wind durch ihn fuhr und ihn beiseiteschob, waren dahinter bestimmt die Wohnräume zu sehen und die Geschöpfe darin, ahnungslos wie Fernsehfiguren, bei ihren Verrichtungen. Es spielte im Grunde keine Rolle, was Hollberg im Schilde führte. Er war ja nie mit Dorm allein. Seltsamer Gedanke: Ich kann ihn beschützen. Der Tennisplatz war jetzt leer, die Feldlinien waren teilweise vom Sand verwischt. Natalie blieb wieder stehen und schaute, wartete einige Minuten, aber das urbane Spielplatzgefühl stellte sich nicht mehr ein. Ich werde in weniger als zwei Stunden an seine Zimmertür klopfen und fragen, wie es ihm heute geht, was macht die Zeitungsmappe, was der Altar. Was wird ihm passieren? Seit Jahren diese Besuche, immer gleich, kein Voranschreiten eines Racheplans. Graf von Monte Christo. Jedes Mal nur ein gemeinsamer Spaziergang oder ein Gespräch im Zimmer, ein Austauschen von Neuigkeiten. Ein Rachefeldzug, aber unendlich in die Länge gezogen, wie dieses Stück von John Cage in einer Kirche in Deutschland, das man *as slow as possible* spielen musste, also hatten sie die Orgel dort so programmiert, dass sie nur alle paar Jahre einen neuen Ton erzeugte, sonst dröhnte immer derselbe durch das Gewölbe. Zu jedem Tonwechsel kamen viele Besucher aus aller Welt. Wie bei runden Jahreszahlwechseln. Oder bei seltenen Kometen. Vielleicht nimmt er ihm bei jedem Besuch einen Tropfen Blut ab, aus dem Nacken, nur einen einzigen Tropfen. Und das über Jahre. Oder langsame Vergiftung. Ölverschmierter Vogel.

Natalie war zuhause angekommen, das Rad durfte zurück zu den anderen, die irgendwelchen namenlosen Nachbarn gehörten. Es war angenehm, den Helm loszuwerden. Der Gurt schnappte auf, und er fiel ins Gras. Sie bückte sich schnell nach ihm, und keinerlei Todesgefühl stellte sich ein. Das Gras war feucht. Zurück in der Wohnung, zog Natalie ihre Kleider aus, obwohl sie gar nicht verschwitzt waren, und stellte sich unter die Dusche. Das Wasser ließ sie auf einer eher kühlen Stufe eingestellt, um unter dem prasselnden Strahl innerlich nicht allzu gesprächig zu werden. Im Badezimmerspiegel begegnete sie für eine Sekunde ihrem nackten Körper, aber sie hatte keine Lust, sich mit ihm auseinanderzusetzen; es war eine zu einseitige Angelegenheit. Nach der Mammographie erschienen ihr ihre Brüste neuerdings unberührbar. Sie waren beleidigt, man musste sie in Ruhe lassen. Dann machte sie sich einen Salat mit Pinienkernen und aß ihn im Stehen. Während sie kaute, sah sie mehrmals auf die Uhr, meist betrachtete sie nur den Zeiger. Wie war es wohl, wenn man allmählich all die Namen der Dinge, denen man begegnete, vergaß, und nur die Dinge selbst blieben zurück? Der Nackengriff von Herrn Hollberg kam ihr wieder in den Sinn. Sie zog ein Stück Salat zwischen ihren Schneidezähnen heraus. Der freie Teil des Tages neigte sich seinem Ende zu. Sie zog sich die Arbeitskleidung an und machte sich auf den Weg.

Mike schlief. Er hatte die Nacht über keine Ruhe finden können, also hatte Ursula, die Nachtdienst gehabt hatte, ihm geraten, sich am Vormittag hinzulegen. Jetzt schnarchte er und sah, so schien es Natalie, eigentlich recht friedlich aus. Sie widerstand dem Einfall, ihm die verschwitzten Haarsträhnen aus der Stirn zu streichen.

Nachmittägliche Trägheit herrschte im Wohnheim. Natalie ging in den Sozialraum, wo der Zivi dabei war, ein Plakat an der Wand zu befestigen, offenbar anstelle der Dartscheibe. Das Plakat zeigte eine blühende Blumenwiese. Außerdem lag ein Haufen kleiner Zettel auf dem hinteren Tisch.

– Hey, Zivi, sagte sie.

– Hey, Chef, antwortete er.

Knie nieder vor mir, du Sau, dachte Natalie und fotografierte ihn von hinten. Sie stellte sich vor, eine Wäscheklammer an seiner Zungenspitze und an seinen Augenlidern zu befestigen. Dann an seinen Nippeln. Und ihm mit einem Gurt die Luft abzuschnüren. Von jedem Arbeitsschritt ein Polaroid. Dann die Klammermaschine, quer über den Rücken.

– Passt das so?, fragte der Zivi.

– Ich weiß nicht, sagte Natalie. Ich hab damit nichts zu tun.

Verwirrt blickte er sie an. Sie verließ den Raum.

Anklopfen, warten, Klinke herunterdrücken, Wartesekunde, Tür öffnen.

– Guten Tag, Herr Dorm!

Er nickte:

– Mmh.

Wenn ihm das Licht direkt ins Gesicht schien, wie jetzt, sah er diesem Eminem wirklich sehr ähnlich. Er kam ihr entgegengerollt, fuhr an ihr vorbei Richtung Sozialraum. Sie folgte ihm.

– Ah, gehen Sie arbeiten?, fragte sie.

Herr Dorm blieb stehen und schaute sie fragend an. Natalie deutete auf den Zettelhaufen, zu dem sie offenbar unterwegs waren.

– Ja, sagte er.

– Kann ich Ihnen dabei irgendwie helfen?

Dorm seufzte. Er machte ein Managergesicht, Bürochef-vor-einem-Berg-von-Akten, schüttelte den Kopf und winkte Natalie fort.

– Okay, ich helfe Ihnen gerne, sagte sie.

Diese Überrumpelungstaktik hatte schon oft funktioniert, zwar nicht bei Dorm, aber bei den anderen. Ihr lag möglicherweise ein allgemeines Prinzip zugrunde, das mit dem Geheimnis zu tun hatte, wie Menschen in Wahrheit behandelt werden wollten.

Das seltsame Plakat hing an der Wand. Der Zivi war verschwunden. Von der Dartscheibe keine Spur.

– Sie sind mir doch nicht mehr böse wegen der Sache, oder?

– Es ist aber schwierig, sagte Herr Dorm und deutete auf die Zettel.

Aber er protestierte nicht.

– Gut, sagte Natalie. Ich *liebe* schwierig!

Dorm schien darüber eine Weile nachdenken zu müssen.

– Man bezahlt Sie, entschied er schließlich.

Es klang allerdings gar nicht wie eine Anklage, sondern fast wie eine Einladung.

– Also, wie soll es am Ende aussehen?

Noch ein tiefer Seufzer, der bedeutete: *Wo in aller Welt soll ich anfangen?* Herr Dorm deutete auf die Zettel, die auf seiner linken Seite lagen.

– Das hier zum Beispiel ist noch *vollkommen* ungeordnet, sagte er.

– Mhm. Und das hier?

– Auch noch ungeordnet. Aber schon etwas besser. Übersichtlicher.

– Okay. Dann kümmere ich mich mal hier um diesen vollkommen ungeo–

– Ah, nein, nein, bitte.

Er hatte sie an der Hand gefasst. Seine Finger waren warm, sein Griff fest und bestimmt.

– Entschuldigung, sagte Natalie.

– Sie können diese hier … die haben bereits Markierungen.

Er ließ ihre Hand los und deutete auf den anderen Zettelhaufen.

– Den haben Sie schon durchgenommen?, fragte Natalie.

– Alles schon mindestens drei Mal. Aber es ist noch nicht fertig, nicht annähernd. Es wäre gut, sie zumindest alphabetisch zu ordnen.
– Okay, das kann ich.

Herr Dorm nickte.

Natalie griff nach einem der Zettel, langsam, sodass ihr Gegenüber jede Bewegung mitverfolgen konnte. Es war ein Zeitungsausschnitt, nicht ein einzelner Artikel, sondern nur ein Teil davon. Auf den ersten Blick war nicht erkennbar, worum es ging. Nur das Wort *Chris*, das mehrere Male im Text vorkam (*Christen … ökumenisch-christliche … Christentum …*), war mit einem Leuchtmarker hervorgehoben worden. Selbst dann, wenn ein Satz mit einem großen C begann, war dies angestrichen worden.
– Da steckt aber schon eine Menge Arbeit drin.

Sie hatte nicht aufgepasst: Der Satz war ihr ein wenig zu kindergärtnerinnenhaft geraten.
– Ich weiß, wie's aussieht, sagte Herr Dorm. Aber es wird was Schönes.
– Klar. Ich helfe Ihnen gern damit.
– Mhm. Okay.
– Soll ich die Ausschnitte nach ihrem ersten Buchstaben ordnen?

Herr Dorm antwortete nicht, da er sich konzentrieren musste, mit einer Schere ein bestimmtes Wort aus einem der Texte auszuschneiden. Als das erledigt war, sagte er:
– Ganz genau.

Der Tonfall klang so vorarbeiterhaft professionell, dass Natalie beinahe lachen musste. Aber sie beherrschte sich. Das hier ist wichtig, sagte sie sich. *Chris, chris, Chris, chris, chris.* Ich sitze an der Quelle.

Zwei Wörter hatte Herr Dorm aus einem Artikel ausgeschnitten. Jetzt lagen die Wörter, umgeben von einer winzigen Aureole abgetrennter Nachbarbuchstaben, vor ihm. Bevor er sie mit einem hastig an seiner Unterlippe angefeuchteten Daumen auflas und zwischen seinen Fingern auf Senfkorngröße zerknüllte, hatte Natalie das Wort, es war beide Male dasselbe, lesen können: Hagel.

– Mache ich das richtig?

Sie zeigte ihm ihre bisherige Arbeit. Herr Dorm brauchte ein wenig, um zu einem Urteil zu kommen.

– Jaja, sagte er. Ist okay so.

– Schön. Freut mich.

Sie arbeiteten eine Weile stumm nebeneinanderher. Der Zivi kam in den Raum und schaute aus dem Fenster, ob es regnete. Er mache sich Sorgen um sein Fahrrad, sagte er, darauf sei ein Karton befestigt. Es sehe doch sehr nach Hagel aus, meinte Natalie. Aus irgendeinem Grund brachte diese Bemerkung Herrn Dorm zum Lachen.

– Hagel, kicherte er in sich hinein.

– Häng lieber das dumme Plakat ordentlich auf, sagte Natalie zum Zivi. Es hängt völlig schief.

– Hä?, machte er.

– Tun Sie, was die Dame sagt, murmelte Dorm.

Natalie musste sich beherrschen, um nicht aufzuschreien. Sie erlaubte sich eine Triumphgrimasse, drehte ihren Kopf dabei allerdings so, dass der Zivi sie nicht sehen konnte.

– Ist doch total gerade, sagte dieser.

Dorm schaute Natalie an und rollte die Augen. Okay, ich weiß nicht, was hier geschieht, dachte Natalie, aber ich mag es. Normale Kommunikation. Zwei bastelnde Tanten. Sie spiegelte seinen Blick mit einem genervten Nach-unten-Ziehen der Mundwinkel. Der Zivi räusperte sich.

– Geh raus, sagte Natalie. Wir arbeiten.

Herr Dorm lachte.

– Ich wollte Sie was fragen, sagte Natalie. Es klingt vielleicht komisch, aber … Es ist doch jedes Mal wirklich schön, wenn Herr Hollberg zu Besuch kommt, oder?

Dorm blickte auf. Leicht verwirrtes Gesicht. Aber der Schwung der eben geteilten Anti-Zivi-Koalition, der sekundenlang aufgeblühten Vertrautheit zweier gemeinsam auf Erden Zettel ordnender Lebewesen war noch in ihm.

– Natürlich, sagte er leise. Natürlich. Warum?
– Ich meine nur.

Stummes Schlichten des Papiers. Köpfchen, Kröpfchen. Es kam jetzt alles auf die richtige Formulierung an.
– Ich meine nur, fing Natalie noch einmal vorsichtig an. Ich wollte nur, dass Sie wissen, dass Sie es mir sagen können, wenn irgendwas einmal … unangenehm ist.

Ich bin für Sie da, äffte das Echo in ihrem Kopf.
– Unangenehm?
– Na ja, falls irgendwas, sagte Natalie.
– Es ist nichts unangenehm.
– Gut. Das ist natürlich perfekt, wenn überhaupt nichts unangenehm ist.
– Absolut nichts.
– Aber Sie können es mir sagen, falls.

Dorm legte den Leuchtmarker hin. Er schien beleidigt und irritiert. Aber dann sah Natalie, dass er nur niesen musste. Es kündigte sich an, aber er konnte noch nicht, also versuchte er, wie es die meisten Menschen tun, das Niesen irgendwie aus der Luft vor ihm zu klauben. Es wollte nicht gelingen.
– Schauen Sie ins Licht, riet Natalie ihm.

Aber Dorm machte stattdessen die Augen zu, griff sich an die Nase und knetete an ihr herum.
– Ah, das Gefühl ist schlimm, sagte Natalie. Ich kenne das.
– Nnh, nng, machte Herr Dorm.
– Manchmal hilft es, den Kopf in den Nacken zu legen.
– Nnnn-TS!

Es war ein Niesen gewesen, aber nur ein winzig kleines. Herr Dorm sah genauso unerlöst aus wie zuvor.
– Ah, das war's nicht, sagte er traurig. Aber jetzt kann ich nicht mehr. Wir müssen das ein andermal fertig machen.

Er stieß sich vom Tisch ab und fuhr aus dem Raum. Natalie wollte aufstehen und ihm die Tür aufhalten, aber er war schneller. Als er mit dem Rollstuhl an den Türrahmen stieß, fluchte er leise und schlug mit der Faust gegen das Holz.

Vorübungen zum Urlaub

Natalie rief Markus gegen Abend an. Er meldete sich mit vollem Mund.

– Igitt, sagte Natalie. Schluck zuerst, dann ruf mich zurück.

Sie legte auf. Ein weiterer Grund, warum Chatten generell die bessere Kommunikationsform war. In den Gesprächspausen am Telefon hörte man immer den Körper des anderen, seine intimen Selbstgespräche mit der eigenen Kleidung, sein Luftholen, sein Schmatzen. Dagegen ein Chatroom – still und sauber.

Es läutete, Natalie nahm den Anruf an.

– Reinegger, sagte sie.

– Ich bin's, sagte Markus.

– Wer?, fragte sie.

– Vom Aleph-Verleih.

– Oh, okay. Super. Also. Hast du die SMS bekommen?

– Ja, sagte Markus. Und ich komm dann wirklich mit zu deiner Mutter? So als wär ich …

– Ist nur zur Tarnung, erklärte Natalie. Ich will einfach nicht erreichbar sein in der Zeit. Das wissen die von der Arbeit auch. Gehört zur Philosophie dort. Nicht vereinnahmen lassen und so. Und du musst mir helfen.

– Ja, hast du schon gesagt.

– Warum rufst du mich an?, fragte Natalie.

– Du hast mich angerufen.

– Sag ehrlich, sagte Natalie. Vermisst du mich?

– Äh.

– Ja, jetzt weißt du nicht, was die richtige Antwort ist.

Dumme Telefon-vs.-Mund-Geräusche.

– Ich schick dir keine Sachen mehr, sagte Markus. Wenn du das meinst. Weil du gesagt hast, du magst es nicht.

– Nein, ich meine generell.

– Ja, sagte Markus. Auch generell.

– Schön, sagte Natalie. Dann sehen wir uns am Sonntag, ja?

– Okay.
Sie legte auf.
Fünf Minuten später schrieb sie ihm eine SMS:
– tapire haben rüssel die genauso aussehen wie rüssel

Markus verehrte den Schriftsteller John Updike. Das war ein maulwurfgesichtiger älterer Herr. Markus hatte alle Bücher von ihm gelesen, und seine Lieblingsgeschichte hieß *My Father's Tears*. Er hatte oft versucht, sie ihr zu erzählen, aber er hatte sich meist an nichts erinnern können außer an eine Sonnenreflexion, die das jungverheiratete Paar im Haus der Eltern der Frau immer vom Bett aus betrachtet. Wie eine Qualle hing das hübsche Lichtgebilde, geformt vom geriffelten Strukturglasfenster einer Tür, über ihnen. Das war alles, was er von der Story noch wusste. Und er erzählte es ihr immer wieder. Natalie verstand nicht, was an so einer Geschichte spannend sein sollte, es sei denn, man war eine einfältige Tigerkatze, die nach Sonnenreflexionen an der Wand sprang.

Früher hatte Markus die Bücher von Updike immer auf Natalies Tisch gelegt. Sie ignorierte sie einige Zeit, dann lagen sie plötzlich auf ihrem Kopfkissen.
– Das wird dir guttun, sagte er. Sind auch nur Kurzgeschichten. Jeden Abend eine.

Natalie schlug die Bücher auf. Es waren tatsächlich lauter kurze Erzählungen. Die Bücher hatten seltsame Titel wie *Spring doch!* oder *Der Mann, der ins Sopranfach wechselte.* Sie las einige, dann gab sie ihm die Bände zurück.
– Schön, sagte sie.
– Ja, nicht? Ich wünschte, ich könnte so schreiben wie er!
– Hm, ja.
– Hat's dir nicht gefallen?
Er schien mehr als besorgt, beinahe angewidert.
– Ach, es ist immer so, dass … irgendjemand lässt sich scheiden, und dann haben sie Kinder miteinander, und dann gehen sie zusammen Schilaufen, und da passiert dann allerhand, und der Wald ist da, und es ist so still im Wald wie das Altern,

das ein Mann fühlt, und … und es ist immer ein Mann, der bemerkt, wie viel lebendiger Frauen sind, und dann ist da ein Hase und … und der Hase steht für das Leben, das weitergeht durch die Generationen –

– He, warte mal –

– … wie ein großer *Fluss*! Und dann ist da ein altes Farmhaus, in dem andauernd Erinnerungen vor sich gehen, auf dem Dachboden, und, ach, die Vergangenheit ist sowieso überall, und außerdem kommt es dann zu einer Aussöhnung zwischen Vater und Sohn, und die kleinen Details sind überall und natürlich auch der Sternenhimmel, dauernd der Sternenhimmel, der Mann schaut in den Sternenhimmel und denkt sich: Da oben sind auch Tiere und Leuchtkäfer und Mädchen, aber wir kommen dort nie hin, und im Physikunterricht, als er den, was weiß ich, den Nackenflaum der Mitschülerinnen angestarrt hat, hat er gelernt, dass das Universum bald zu Ende geht, und nachts liegt er dann wach und versucht sich vorzustellen, wie groß das Universum wirklich ist, und er kann nicht schlafen deswegen und denkt wieder an den Hasen oder an die Truhe auf dem Dachboden, die *voll von Vergangenheit* ist, däääh, und dann ist da eines Tages eine Erektion, und das Universum ist wieder schön, und er masturbiert in einer Ecke, und die Details sind auch alle da, und dann, dann wird er, wird er älter und schließlich krank, und der Sohn ist auf einmal viel größer als er, dabei hat er doch früher mit ihm immer Baseball gespielt im Vorgarten des Hauses, das es jetzt auch nicht mehr gibt, und der Sohn hat eine junge Freundin, die total moderne Haare hat, und sie ist so so so sexy und, fuck!, alles geht immer weiter von Lebensalter zu Lebensalter, der Lauf der Zeit und, ah, was weiß ich, die Frauen nähen durch alle Zeiten so schön in der Ecke, und die Großmütter singen auf Deutsch und tanzen um den Herd, und andauernd Familie und Verlieben und Sterben und Scheidungsverfahren und Kinder, andauernd überall Kinder! Ehrlich, Markus, das ist, also, weißt du, es ist einfach nicht so mein Fall.

Markus glotzte sie an.

– Okay, sagte er. Dann halt nicht.

Auf seinen Wangen waren rötliche Flecken.

– Ist einfach nicht mein Fall, wiederholte Natalie.

– War ja nur ein Vorschlag.

– Ja, auf meinem Polster, jeden Abend.

– Aber Stephen King ist besser?

– Na ja, bei ihm ist es auch immer dasselbe, klar, aber es ist weniger ... weniger weise.

– Ja, stimmt.

– Okay, dann verstehen wir uns ja.

– Sicher.

Sie blieben noch eine Weile nebeneinander stehen. Markus sog hörbar Luft durch die Nase ein.

Natalie dachte an Stephen King. Sie hatte zwar bei weitem nicht alles von ihm gelesen, aber doch gut zwanzig, vielleicht sogar fünfundzwanzig Bücher. Es waren gar nicht so sehr die Geschichten selbst, die sie liebte, es war mehr die Vorstellung des Schriftstellers Stephen King. Er war der mit Abstand meistgelesene Autor des Jahrhunderts. Es gab mehr als fünfzig Verfilmungen seiner Werke. Er hatte jeden Tag Ideen, schrieb wie verrückt ganze Nächte durch. Sonst war ihm alles egal. Als die Taschenbuchrechte für seinen ersten Roman verkauft wurden, erwarb er für seine Frau von der gigantischen Vorschuss-Summe einen Haarföhn. Die Idee für *Misery* hatte er im Traum gehabt, in einem Flugzeug, und schrieb nach der Landung sofort drauflos. Für den Roman *The Running Man* brauchte er nur eine Woche. Er erlebte alles, während er es erfand, in Echtzeit. *The Stand* schrieb er in etwas mehr als einem Jahr. Jeder kannte seine Geschichten. Er war wie eine ständig weltweit empfangbare Live-Sendung, in deren Stream man sich einklinken konnte, und dann wusste man, dass man genau das tat, was Millionen Menschen in diesem Augenblick ebenfalls taten. Man konnte sich an Stephen Kings konstanter Allgegenwart wärmen wie an der Übertragung der Eröffnungsfeier der Olympischen Spiele. Er war ein zweiter Erdenmond. Egal, ob man an einer Tankstelle in Arizona, in einem japanischen Hotelzimmer oder in einem kleinen verhutzelten Buchgeschäft in Bulgarien herumstand – er war da. Mit einem Preisschild. Und man konnte ihn anblicken und sich in seinem sanften, globalen Licht hin und her drehen. Stephen King. Er war wie der internationale Wetterbericht auf NHK. Und er lebte irgendwo in Maine, dort, wo die kragenpelzig prächtigen Maine-Coon-Katzen herkamen. Seine Frau hieß Tabby.

Als Vorübung auf das Wiedersehen am Sonntag nahm sie sich vor, einige der Bücher, die Markus ihr überlassen hatte, zu lesen. Oder zumindest zu überfliegen. Sie nahm eines aus dem Regal, betrachtete das Cover (unscharfe Menschen am Strand) und fing an. Ein paar Seiten ging es ganz gut, aber dann hatte Natalie genug davon, dass alle Menschen in dieser Welt immer *vierschrötig* oder *feist* oder *kräftig gebaut* oder *ungeschlacht* waren. Es fühlte sich so an, als wäre der Roman von als Menschen verkleideten Rindern bevölkert. Auch mochte sie sich keine *scharf geschnittenen Gesichter* vorstellen und erst recht keine *schrille Fistelstimme*. Sie legte das Buch aufs äußere Fensterbrett. Innerhalb eines Monats würde es, unter der Wirkung der Elemente, zu einem entzückenden, hennenhaft geplusterten Ding werden, die Seiten wellig und gedunsen, der Umschlagkarton wie ein Pizzaboden.

Im Fernsehen fand sich keine echte Live-Sendung, selbst auf CNN gab es nur eine Reportage über Drogenkartelle in Südamerika und Junkie-Kinder, die nachts in Baumkronen schliefen. Sie schaltete auf einen Teleshopping-Kanal. Wenn sie jetzt anrief und bestellte, würde man ihr eine gratis Tragetasche für den High-End-Laptop geben. Sie stellte den Ton so laut, dass sie ihn auch in den anderen Zimmern hören konnte. Nichts schlimmer als diese unnatürliche Wohnungsstille, die einen empfing, wenn man von einem fernsehbeschallten Raum in einen anderen trat. Sie kontrollierte ihr Handy, ob Markus auf die Tapir-SMS reagiert hatte. Nein, hatte er nicht.

Sie tippte eine neue Nachricht: dieses problem beschäftigt die menschheit schon seit tausend jahren. Sofort erhielt sie eine Antwort: Welches Problem? Sie setzte sich auf.

– warum hast du vorhin nicht zurückgeschrieben?

– Auf was zurückgeschrieben?, fragte Markus.

– auf meine ss

– ???

– sms

– Ach so. Ich hab keine bekommen. Alles in Ordnung?

– Lügner, sagte Natalie laut.

Wie jedes Mal, wenn sie sich schriftlich mit jemandem unterhielt, klang ihre Sprechstimme eigenartig nah. So als stünde jemand hinter ihr und richtete das Wort direkt an ihren Nacken.

– ja alles ok ich war mir nur nicht sicher

– Sicher wegen was?

– ist egal

– Okay.

Sie tippte: *ich hab heute ein ferk–* aber das Display des iPhones verwandelte sich, Vibration, Klingelton, Natalie erschrak, jemand rief an, mitten in der Unterhaltung, es war eine *Unbekannte Nummer.* Sie drückte auf *Ablehnen.* Die Unterhaltung mit Markus kam zurück.

Sie löschte den begonnenen Satz über das imaginäre Ferkelchen und schrieb:

– grad hat mich wer angerufen aber ich hab abgelehnt

– Wer denn?

– weiß ich nicht war unbekannt

– Bestimmt irgendein Wahnsinniger, sagte Markus.

Natalie schaute auf diese Zeile.

– mir gehts hier schon unheimlich genug warum sagst du das???

– Sorry, antwortete Markus.

Sie hörte seine Stimme in diesem Wort, er sagte es immer auf diese bundesdeutsch-knödelige Art. Sie lehnte sich auf der Couch zurück und zog die Knie an ihren Oberkörper. Sie tippte: *es war bestimmt der mann mit den ferkeln* – aber dann löschte sie die Zeile.

– ich muss aufs klo, sagte sie.

– Nimm das Handy mit, sagte Markus. Ich sitz auch grad.

Natalie beendete angewidert die Unterhaltung. Männer! Sie überlegte, ob sie das Handy ganz ausschalten sollte. Dann ließ sie es doch an. Markus schrieb nichts mehr. Sie fühlte sich komisch. Ihr war danach, jemanden festzuhalten und zu ritzen. Am besten mit Fingernägeln oder mit einer Messerspitze. Dieses vorexplosive Gefühl, das sich einstellte, wenn man einen menschlichen Kopf zwischen die Hände nahm und ganz leicht zusammendrückte. Sie dachte an eine Reitgerte unter dem Kinn eines Mannes. Ins Souterrain? Aber heute war bestimmt nicht viel los. Außerdem war sie müde. Arbeiten, arbeiten, arbeiten.

Das iPhone klingelte.

Unbekannte Nummer.

Sie drückte auf *Annehmen* und sagte, mit tiefer Krächzstimme:

– Brenner?

– Oh, meldete sich die Stimme. Hab ich mich … Äh, wer spricht dort, bitte?

Es war Herr Hollberg.

Natalie legte schnell auf und schaltete das Handy aus. Dann machte sie sich auf den Weg zu Markus. Okay, er würde sich erschrecken oder überrascht sein, was weiß ich, aber sie musste testen, ob er dem ganzen Unternehmen gewachsen war. Langsam gingen ihr nämlich die Optionen aus.

HAASE, dieser pelzige Nachname auf dem antiken Klingelschildchen. Es sah so ungeheuer altmodisch aus, das Schild, es passte perfekt zu Markus. Er war ein Mensch aus der Vergangenheit, er kleidete sich manchmal sogar wie der Sekretär eines Edelmanns aus dem neunzehnten Jahrhundert. Okay, nicht wirklich, aber so in die Richtung. Früher hatte sich Natalie oft vorgestellt, dass Markus in einer Kutsche zur Arbeit

fuhr und dabei immer wieder still für sich wiederholte: *Trafalgar Trafalgar Trafalgar Square, Trafalgar Trafalgar Trafalgar Square* … Im Klapperrhythmus der Pferde. Sie hatte es ihm sogar einmal spätnachts vorgespielt, sie saß da, so wie er immer dasaß (So seh ich doch nicht aus! – Doch, immer!), und machte eine steif-würdevolle Umklammerungsgeste mit beiden Händen, eine Haltung, zu der der Körper nur dann fand, wenn man eine intensive Beziehung zu einem *Knauf* hatte. Und das hatten die Menschen damals natürlich. Überall gab es Knäufe, die Welt war voll von ihnen. So wie heute von Steckdosen. Natalie lachte bei ihrer Erklärung so sehr, dass Markus ihre Sätze kaum verstand.
– Gut, gut, ich bin also altmodisch, okay. I get it. Aber warum sag ich in deiner Vorstellung dauernd *Trafalgar Trafalgar*?
– Ah, weil du (sie konnte nicht weiterreden vor Lachen), weil du total aus dieser Zeit stammst, mit der ganzen Körpersprache und so! Und das hat dann denselben Rhythmus. Sag mal: Trafalgar Square.
– Trafalgar Square.
– Hahahaha!

Sie musste sich an der Stuhllehne festhalten. Es war das Witzigste, was sie je gedacht hatte.
– Du bist wirklich verrückt, Natalie.
– Kennst du das gar nicht? Wenn ein Wort so ein Eigenleben hat?
– Hm, na ja.
– Also, zum Beispiel, als ich klein war, ja? Da war ein Apotheker, der hatte ein unheimlich rundes Gesicht, mit einer richtig sonnigen Stirn, und seine Ohren waren … (sie musste wieder lachen) … absolut einmalig, weil, weil, sie waren so klein, im Grunde gerade mal münzgroß.
– Der arme Mann.
– Ja, und der hatte für mich den Namen Börne.
– Börne.
– Ja, er sah einfach aus wie das Wort *Börne*. Ich weiß nicht, warum, in Wirklichkeit hat er Schneider geheißen. Aber

Schneider passte überhaupt nicht zu ihm, in meinem Kopf war dieses runde Gesicht mit den winzigen Ohren links und rechts: Börne. Sag mal Börne.

Markus seufzte.

– Börne.

– Ah, jetzt hast du's kaputt gemacht. Du hast es zu schnell gesagt! Noch mal langsamer!

Natalie erinnerte sich an die Szene, sie stand lächelnd vor seiner Wohnungstür. Sollte sie anklingeln? Aber was, wenn er Besuch hatte? Gott, ich weiß überhaupt nicht mehr, was ich tue, dachte sie. Warum bin ich … Wir sehen uns ja am Sonntag. Sie setzte sich auf die Willkommens-Fußmatte und lehnte sich an die Tür. Ich hab das Gefühl, ich dreh durch.

Schau dich doch mal an, dachte sie. Zwei verschiedene Socken. Zwei verschieden große, obendrein noch kaum vorhandene Brüste. Ein Oberkörper wie ein Sack voll Geweihe. Eine Arbeit in einem Heim voller Wahnsinniger. Ein Stalker, der als Kopf-Drachen im Küchenfenster erscheint und ölverschmierte Vögel mit der Post verschickt, lebend. Und die Besuche und der Selbstmord der Frau und diese sinnlosen Tagesabläufe, Fernseher ein, Tabletten, Muskelrelaxans und Beruhigung, Müsli und Avocados, Eiersalat aus Plastikbechern. Hin und wieder Streunen, obwohl in letzter Zeit kaum Lust dazu. Zu anstrengend. Joggen, Mix hören. Non sequitur. Paare teilen, Leuten folgen. Random walk. Wozu das alles. Ich hab nichts. Nichts mehr. Und Karl weit weg in Dänemark. Kein Rückruf von ihm, bis heute.

Als John Updike gestorben war, war Markus untröstlich gewesen.

Natalie lehnte den Kopf an seine Wohnungstür und bewegte ihn langsam hin und her. Haarknistern. Wenn er aufmachte, fiele sie ihm direkt vor die Füße. Aber sie würde nicht anklingeln. Wozu ihn belästigen? Wozu ihm so ein überflüssiges dummes Vieh wie mich aufdrängen? Wozu überhaupt leben?

Sie sah den Tag noch genau vor sich. Markus in seinem Sessel, nachdenklich nach vorne gebeugt.

– Updike ist tot.
– Oh. Woran ist er gestorben?
– Lungenkrebs. Er war alt.
– Beides auf einmal, hm?

Dem folgte eine Pause. Markus schaute zur Balkontür, deren altersgewellte Glasscheiben den nassen Wintertag in etwas bemerkenswert Freundliches verwandelten.

– Es ist halt komisch, sagte Markus, wenn man von einem Menschen alles gelesen hat. Also wirklich jede Zeile. Und dann gibt es ihn plötzlich nicht mehr.

Er deutete auf die Bücher im Schrank.

Für Markus waren seine Lieblingsautoren eine spezielle Untergattung der Menschheit, die sich so weit in das Mysterium des Lebens hineingewagt hatten, dass ihr Tod einen persönlich angriff und schmerzte, als verlöre man einen alten Freund. Diese Leute waren ganz allein mit ihren Gedanken über das Sonnensystem und die merkwürdige Einrichtung der Lebensphasen und mit ihrer Angst vor dem Tod spätnachts, aber man wusste das über sie, weil sie es aufschrieben und pausenlos weitererzählten, während man über die meisten anderen Menschen nur Vermutungen anstellen konnte.

Es war lieb von ihm, dass er sie begleitete. Dass er ihr half. Nach einer Weile stand Natalie auf und wackelte davon. Armer toter Updike.

Kälte

Nach dem Aufwachen blieb Natalie im Bett liegen und tat so, als wäre sie gelähmt. Sie stellte sich vor, sich intensiv zu wünschen, ihr Arm möge sich bewegen, aber er tat es nicht. Sie brüllte innerlich: Beweg dich! Aber der Arm blieb leblos. Nach einer Weile bekam sie Angst, zu weit gegangen zu sein. Sie testete die Beweglichkeit ihrer Hand. Die Finger reagierten erst nach einer langen Sekunde. Entsetzt sprang sie auf, schüttelte sich. Ich kann nie den Mittelweg einhalten, dachte sie. Sie machte ein paar Schritte, trat auf eine Tablettenschachtel und musste lachen. Eines Tages, noch früh in ihrer Ausbildung, war sie mit Therese und Alexandra aus dem Institut gelaufen, ihre Bewegungen ausladend, übertrieben und bühnenhaft, weil sie ein paar Stunden mit Max, einem Betreuer mit Tourettesyndrom, verbracht hatten. Mittelweg, ermahnte sie sich und ging auf Zehenspitzen ins Badezimmer, um sich zu übergeben.

Auf dem Weg zur Arbeit fiel Natalie ein Strauch auf. Dann noch einer. Wenig später sah sie, dass eine Frau sich auf ihrem Fensterbrett ein Kissen zurechtgelegt hatte, auf das sie sich beim Hinausschauen stützen konnte. Aber die Frau selbst fehlte in dem Fenster, und Natalie fragte sich, warum es trotzdem vollkommen klar war, dass es eine Frau war. Sie stellte sich vor, wie die Frau das Kissen einmal im Monat wusch und an diesem Tag nicht aus dem Fenster schaute. Oder es wurde ihr gestohlen, von einer Gruppe böser Nachbarsjungen, die mit einer Angelrute nach dem Kissen fischten. Es fielen generell selten Gegenstände aus offenen Fenstern.

Brückengeländersprossen und Zaunlatten verwandelten sich in ablaufende Filmrollen, wenn man an ihnen vorbeifuhr. Sekundenlanger Flimmerblick in fremde Gärten.

Heute trug Natalie zum ersten Mal einen Schal. Während der Fahrt spielte ihr Daumen an dem kleinen Hebel herum, mit dem man die Fahrradklingel betätigte. Früher die eigenen Ohrläppchen, jetzt das Hebelchen. Mit dem Vorteil, dass Letzteres sich niemals erwärmte, sondern immer angenehm kühl blieb, glatt und trocken. Ich brauche unbedingt so ein Hebelchen, dachte Natalie, neben dem Bett, zum Einschlafen.

Natalie freute sich schon auf die Millionen von Herbstblättern in der Stadt. Die kleinen, falterlarvenartig zusammengerollten und dann die größeren, die gekrümmt umherhuschten oder rattenhaft auseinanderstoben, wenn der Wind über sie kam. Manchmal bildete sich unter ihnen ein kleiner, vorübergehender Wirbel, ein Minitornado auf einem Parkplatz oder einer wenig befahrenen Kreuzung.

In den Schaufenstern ging es jetzt vor allem um hohe Stiefel und Mäntel. Auch Schals erschienen hier und dort, schlängelten sich von hinten um den Hals eines Mannequins oder hingen von künstlichen Ästen wie schlafende Boas. Natalie selbst trug eine Strickjacke, die sie heute Morgen aus dem Schrank geholt hatte. Es war ein Kleidungsstück, das in nassem Zustand immer nach nassem Hund roch, aber in trockenem bloß nach Jacke. Nur wenn es nass war, offenbarte es der Außenwelt etwas von seinen geheimen Gedanken.

Die wöchentlichen Besuchstage wechselten häufig, aber meist konzentrierten sie sich auf das Ende der Woche. Einmal hatte sie einen ihrer Dienste im Wochenplan getauscht, einfach so, ohne Grund, sie war zu Astrid gegangen mit ihrer Bitte. Astrid hatte überraschenderweise nichts dagegen, obwohl sie Dienstplanänderungen immer wie komplizierte Operationen handhabte. Gut, es war nicht ganz ohne Grund geschehen, sie wollte einfach sehen, was geschah. Herr Hollberg hatte sich für den Nachmittag angekündigt, und sie würde schon kurz nach dem Mittagessen gehen. Aber dann kam er am Vormittag. Offenbar hatte man ihm die kurzfristige Dienständerung mitgeteilt. Gut zu wissen, dachte Natalie. Sie würde also, falls sie ihm einmal entgehen wollte, Krankheiten vortäuschen müssen. Ein Grand-Mal-Anfall in der Badewanne. Stell dir vor,

Astrid, man musste mich zwanzig Minuten lang wiederbeleben! Aber jetzt geht's mir besser.

Bei seinem heutigen Besuch – der letzte, hurra, vor dem Mini-Urlaub, den sie mit Markus bei ihrer Mutter verbringen würde – war Herr Hollberg überraschend schweigsam. Dorm und er saßen beieinander und schauten sich Dorms kleinen Hausaltar an. Einzelne Teile waren dazu extra in den Sozialraum gebracht und aufgestellt worden. Draußen wehte ein kalter Wind, einer der ersten Vorboten der Wetterverzweiflungen des Herbstes. Die Heizung im Gebäude funktionierte noch nicht, aber mit der Strickjacke ging es. Natalie hielt sich im Hintergrund auf und schaute nur hin und wieder zu Dorm und Hollberg hinüber. Der Besucher wirkte heute kraftlos und deprimiert. Innerlich zerzaust, dachte Natalie. Sie bot ihm Tee an, und er sagte in seltsamem Ton:

– Mit Honig bitte, gern.

Also ging sie auf die Suche nach Honig, fand sogar welchen und strengte sich an, den festgewachsenen Deckel aufzubekommen. Ursula war irgendwo, sie fand sie nicht, also klopfte sie bei Mike an. Er schaute gerade fern. Das Zimmer sah ganz unauffällig aus, Mike wirkte entspannt. Er half ihr mit dem Honigglas, für ihn war es ganz leicht. Ein kleiner Dreh mit den Fingerspitzen, und der Deckel ging ab. Sie fragte ihn, ob er auch einen Tee haben wolle. Er überlegte, dann lachte er und sagte, nein, er wolle lieber seine Kräfte sparen.

Als Natalie den mit Honig gesüßten Früchtetee vor ihn hinstellte, ignorierte Herr Hollberg ihn. Sein Bart war inzwischen wieder genauso lang und dicht wie zu dem Zeitpunkt ihrer allerersten Begegnung. Bisschen weniger als drei Monate. Trotz der heute etwas düsteren Atmosphäre um Dorm und seinen Gast und trotz des unfreundlichen Wetters draußen war Natalie in sehr guter Stimmung. Heute Abend gab es *Wetten, dass ..?*, es wurde live aus Wien übertragen. Von den Gästen waren ihr nur zwei bekannt, aber das machte nichts. Ein sicherer Hafen erwartete sie am Abend, ihre Couch, die Gewissheit von Millionen Zuschauern, die angenehme Gleichzeitigkeit, das Wunderwerk der Satelliten, Übertragung der Signale mit Lichtgeschwindigkeit, herrlich.

Als sie pfeifend durchs Zimmer ging, hörte sie Herrn Dorms Stimme:

– Was ist so lustig?

Sie drehte sich um.

– Meinen Sie mich?

– Mhm, nickte Dorm. Seien Sie gefälligst leiser.

Herr Hollberg saß vor ihm. Sein Kopf war auf die Brust gesunken. Seine Augen waren geschlossen.

– Ist er eingeschlafen?, fragte Natalie.

– Und wenn, zischte Dorm. Machen Sie nicht so einen Lärm. Ich brauche keinen Lärm!

– Entschuldigung, flüsterte Natalie und entfernte sich.

Als sie um die Ecke war, erlaubte sie sich zu lachen. Geschieht ihm recht, dachte sie. Er sitzt vor der Liebe seines Lebens, und die schläft tief und fest. An einem herbstlichen Tag, an dem es draußen stürmt, der Himmel fast abendlich dunkel, dabei gerade erst Mittag vorbei.

Aber dann fiel ihr auf, wie unglaublich traurig das Bild war.

Sie blieb stehen und überlegte. Das Einfachste wäre, Herrn Hollberg zu wecken. Da drängte sich ein grellverrückter Gedanke auf: Was, wenn er gestorben war? Wenn er Nervengift genommen hatte, absichtlich, und es genau so getimt hatte, dass er vor seinem ehemaligen Peiniger starb. Als Anklage. Aber warum dann der Tee? Und der Honig. Er hatte wie ein Kind geklungen, als er darum gebeten hatte.

Natalie ging zurück in den Sozialraum und tat so, als suche sie etwas in einem Schrank. Zuerst gab sie acht, keine zu lauten Geräusche zu machen, aber dann ließ sie absichtlich eine große Zeichenmappe fallen. Der Knall ließ Dorm in seinem Rollstuhl buchstäblich in die Höhe hüpfen, er wirbelte herum und erdolchte sie mit Blicken. Aber Herr Hollberg schlief weiter.

– Tut mir leid, sagte Natalie.

– Tchnts!, schnaubte Dorm.

Natalie ging zu ihm, stellte sich neben ihm auf. Er hob seine Hände, wie um sie abzuwehren. Fass mich an, dachte sie, und ich hau dir eine runter, dass du die Satelliten summen hörst. Aber Dorm fasste sie nicht an. Also nahm Natalie ihren Mut zusammen und ging neben ihm in die Hocke.

– Das muss nichts bedeuten, sagte sie zu ihm. Er hat heute wirklich sehr müde gewirkt, nicht? Das ist Ihnen doch auch aufgefallen.

Dorm wollte etwas Wütendes erwidern, aber es kam nichts. Stattdessen presste er den Mund auf diese kindlich hilflose Weise zusammen, um nicht loszuheulen. Vor ihm auf dem Tisch lagen einige Bilder, die er angefertigt hatte. Auf ihnen klebte, in allen möglichen Varianten, das Wort CHRIS. Jene Zettel, die Natalie geholfen hatte zu ordnen. Sogar ein kleines *Kris* war darunter, was Natalie merkwürdig berührte, ausgerechnet dieses Wort, weil es falsch geschrieben, aber trotzdem zugelassen worden war. Es hatte eine Beförderung erfahren, eine Aufnahme ehrenhalber. Die Liebe war groß und weit genug dafür.

– Er hat, er …

Dorm weinte tatsächlich. Es sah merkwürdig aus. Wie jemand, der zu sprechen versucht, während er mit beiden Händen eine Stromleitung festhält. Wut, Demütigung und Trauer.

Natalie nahm Dorms Hand. Es war das allererste Mal.

– Sie müssen ihm Zeit geben, ja?

Sofort meldete sich eine Stimme in ihrem Kopf, die sie darauf hinwies, wie absurd dieser Satz war. Stalker. Selbstmord der Frau. Ölvogel, Küchenfenster. Lass diese Hand los.

– Tu ich ja, würgte Dorm. Aber warum ist er –

Er deutete hilflos auf den schlafenden Menschen vor ihm. Natalie dachte: Vielleicht tut er nur so? Ein Test. Vielleicht ein Spiel. Um zu sehen, wie ich reagiere. Und um ihn leiden zu sehen.

– Er war wahrscheinlich einfach sehr müde, sagte Natalie.

Während sie sprach, schaute sie den in sich zusammengesunkenen Schläfer an. Wenn er wach war, würde er vielleicht den feinen Klangunterschied einer direkt auf ihn gerichteten Stimme hören.

– Und er ist hierhergekommen, zu Ihnen. Und dann, denke ich mir, hat er sich vielleicht so geborgen gefühlt, dass er …

Sie machte eine Präsentiergeste in Richtung Hollberg.

Dorm lachte durch die Schluchzer.

– Ja, vielleicht, aha … Aha …

– So geht's mir immer, wenn ich zuhause bin und eine Live-Sendung im Fernsehen läuft. Wissen Sie? Heute zum Beispiel, zwanzig Uhr fünfzehn, *Wetten dass ..?* Kennen Sie das?

O Gott, sagte die Stimme in ihrem Kopf, du klingst wie deine Mutter! Jawohl, wie deine Mutter, während einem deiner Anfälle. Bald fängst du noch an, seine Finger zu zählen. Lass endlich die verdammte Hand los!

Sie ließ sie los.

Dorm nickte:

– Ja, kenn ich.

Er wischte sich die Tränen ab, dann fasste er nach den Greifreifen seines Rollstuhls, und Natalie wich ein wenig zurück, damit er losfahren konnte. Aber dann überlegte er es sich anders und blieb, wo er war.

– Wir könnten ihn mit Tee übergießen, sagte Natalie. Dann wacht er vielleicht auf.

– Haha, nein, sagte Dorm.

Er lachte über den Scherz.

– Doch, ich versuch's mal.

Sie griff sich die Teetasse, ging zwei Schritte auf Hollberg zu, wartete ein paar Sekunden – und trank aus ihr. Dorm schaute sie nur an, mit großen Augen, überfordert, ängstlich. Und Herr Hollberg begann zu blinzeln. Er grummelte, setzte sich etwas gerader hin. Dann schien er Natalie zu bemerken, blickte sich um.

– Da hab ich, begann er. Ah, du liebe Zeit. Ich hab wahrscheinlich.

– Du bist eingeschlafen, Chris. Aber ich hab auf dich aufgepasst.

Dorm lachte erleichtert, ohne den Blickkontakt zu seinem Gast aufzugeben.

– Wirklich?, murmelte Herr Hollberg, betont schlaftrunken. Ich war doch wach, ich hab nur kurz.

Natalie nahm einen weiteren Schluck von dem Tee. Er war zu heiß, man bekam eine Pelzzunge, aber mit Honig schmeckte er in der Tat sehr gut. Ein feiner, abendlicher Geschmack, fast weihnachtlich. Musste sie sich merken.

– Du liebe Zeit, erschrak Herr Hollberg über die Uhrzeit. Ich hab wirklich! Also, das müssen meine neuen Medikamente sein.

– Ja, Chris, wahrscheinlich.

– Wir schauen uns deine Sachen das nächste Mal an, ja?

Hollberg stand auf und streckte Natalie die Hand entgegen. Sie musste die Tasse in die andere Hand nehmen, um die Geste zu erwidern. Er schüttelte ihre Hand, politikerhaft und entschieden, dann taumelte er aus dem Sozialraum.

Natalie ging ihm nach.

– Alles in Ordnung bei Ihnen?, fragte sie.

– Ja, ja. Entschuldigung. Ich bin nur total weggebrochen da drin. Geht wohl gar nicht anders. Bei euch ist es auch so angenehm warm.

Natalie wollte diesen Eindruck korrigieren, eigentlich war es recht kalt im Gebäude, aber Hollberg redete weiter, während er sich seinen Mantel anzog:

– Da bricht man total weg, sagte er. Zimmerwärme wirkt immer wahnsinnig beruhigend auf mich. Bei einem Freund von mir ist es Radiohören. Er hat viele verschiedene Geräte, im ganzen Haus verteilt. Und die laufen den ganzen Tag. Das beruhigt ihn. Und gibt ihm ein geborgenes Gefühl. Kennst du, äh, kennen Sie das?

Natalie hielt immer noch seine Tasse in der Hand. Aber er schien den Tee vergessen zu haben.

Sie nutzte die Gelegenheit und nahm einen Schluck, währenddessen gab sie ein Antwortgeräusch von sich, das sowohl ein Ja als auch ein Nein bedeuten konnte. Es gelang ihr hervorragend. Wie ein zwischen Hell und Dunkel balancierender Lichtschalter.

– Draußen ist es jedenfalls kalt, sagte sie. Besser, man zieht einen Schal an.

Sie winkte ihm zum Abschied, dann ging sie in Richtung Küche davon. Als sie aus dem Fenster blickte, sah sie, dass es regnete. Den Rest des Tees würde sie wohl in den Ausguss schütten. Ein bisschen Honig war ja ganz gut, aber von zu viel wurde man innerlich klebrig. Radiohören, dachte sie. Das Wort wiederholte sich einige Male. Simulant.

Auf dem Nachhauseweg fuhr Natalie langsam, um die regenerfrischte Frühherbstluft zu genießen. Alles war um eine Schattierung dunkler, die Menschen trugen abgespannte Schirme mit sich herum, und wenn sie als Paar herumliefen, hatten beide jeweils eine nasse und eine trockene Schulter. Die Bettler auf der Brücke waren verschwunden. Nur ein kleiner Eisbecher voller Wasser stand noch dort. Natalie blieb stehen und schaute hinein. Keine Münzen.

Sie fuhr weiter. Wenn sie an zuhause dachte, war da ein warmes, wohliges Gefühl. Die Live-Übertragung aus Wien und der Avocado-Salat, der im Kühlschrank stand und auf sie wartete. Konstanten. Sie malte sich sogar die Getränke aus, die sie sich zubereiten würde. Einen Holundersaft mit ein paar Tropfen Zitrone. Dann würde sie das iPhone zu sich auf die Couch nehmen und das MacBook und während der Wettanstrengungen der Kandidaten mit Frank chatten, vorausgesetzt er war im Souterrain und nicht mit anderen Dingen beschäftigt. Aber jetzt hatte es geregnet, und da kamen meist nur wenige Leute. Und wenn, waren es solche, die sich nur etwas aufwärmen wollten und kein zusätzliches Verlangen nach Aufheiterung oder Gesprächen mitbrachten.

Einige Straßen von ihrer Wohnung entfernt, sah Natalie einen Mann aus einem Haus kommen. Als sie sich umwandte, um zu überprüfen, ob sie sich nicht geirrt hatte, fuhr sie beinahe in eine offen stehende Autotür. Mario? Er war es! Er ging in entgegengesetzter Richtung davon. Natalie drehte sofort um. Sie musste ihn zumindest begrüßen. Fragen, ob er ihre Nachricht erhalten hatte. Ein kurzer Blick auf die Uhr. Genug Zeit. Geht sich alles leicht aus. Bin ja praktisch schon zuhause.

– Hey, Mario!, rief sie.

Er reagierte nicht. Aber je näher sie kam – gleich hatte sie ihn eingeholt –, desto deutlicher erkannte sie ihn. Wenn er es nicht war, hatte er einen Zwillingsbruder.

– Mario!

Er blieb stehen. Sie bremste neben ihm, winkte, fiel fast vom Rad, lachte, streckte eine Hand nach ihm aus. Er ergriff sie und hielt sie kurz. Seine Hand war eiskalt.

– Ja hallo, sagte Natalie. Finde ich dich hier! Wie schön! Long time no see.

– Äh, ja.

Mario hatte rote Ohren. Sein ganzes Gesicht war gerötet. Wahrscheinlich fror er. Er hatte ja nicht besonders viel an. Nur die Lederjacke, und die war offen. Und darunter noch Sommerkleidung.

– Ist kalt heute, sagte sie.

Er nickte.

– Das war schön, letztes Mal, oder? Bei mir im Garten. Liegestuhl.

Gott, wie peinlich, sagte die Kontrollstimme.

– Oh ja, sagte er. Ich erinnere mich. Ja.

– Stör ich dich gerade?, fragte Natalie.

– Nein, sagte Mario. Ich war nur bei wem. Und du bist … schon fertig für heute?

– Ja, kein Nachtdienst, Gott sei Dank, lachte Natalie.

Eine Pause trat ein. Natalie zog an den Fahrradbremsen und spürte den sanften Halteruck an den Reifen.

– Ja, sagte sie. Jedenfalls schön, dich hier zu sehen.

Mario schaute zur Seite. Er fühlte sich offenbar nicht wohl hier.

– Soll ich dich ein bisschen begleiten?, fragte sie.

– Ach so. Ja. Okay.

Er ging weiter. Natalie spazierte zuerst neben ihm auf der Straße, dann wechselte sie – mein Gott, wo bin ich mit meinen Gedanken – auf den Gehsteig. Aber jetzt war ihr wiederum das Rad ständig im Weg, wenn sie neben ihm gehen wollte. Sie schaute auf die Uhr. Noch gut drei Stunden bis zum Sendungsbeginn. Sie musste plötzlich an Popcorn denken und bekam sogar den Geruch in die Nase.

– Gehst du heute Abend ins Souterrain?, fragte sie.

– Nein, sagte Mario.

– Ich kann auch nicht. Aber ich hab mir nur gedacht, vielleicht …

Aber wie sie den Satz beenden sollte, wusste sie auch nicht. Mario ging neben ihr her. Seine Hose war nass, merkte Natalie. Und er griff sich ständig ans Ohr.

Natalie fiel ein, dass sie eine Haube eingesteckt hatte.

– He, schau, sagte sie. Magst du die hier vielleicht haben?

Mario drehte sich um. Und blieb stehen. Er schaute sie fragend an.

– Kannst du haben, sagte sie. Ich seh ja, dass dir kalt ist.

Dann lachte sie nervös, weil er nicht nach der Haube griff. Wie lange sollte sie den Arm so ausgestreckt halten? Vielleicht noch einige Sekunden. Einfach, damit er sah, dass sie das Angebot ernst meinte.

Er nahm die Haube. Meine Güte, seine Hände waren so groß und schön, die Nägel kräftig und glatt. Man hätte ihre Bewegungen den ganzen Tag in Zeitlupe verfolgen mögen. Mit einem dieser Biker-Ringe am Finger, die mit den Pentagrammen und Totenköpfen, würden sie extrem sexy aussehen.

– Danke, sagte Mario.

Er wirkte überrumpelt. Die Farbe der Haube, hundegrau, passte zum Rest seines Outfits.

– Kein Problem, sagte Natalie (ein wenig zu laut). Mach ich gern. Ich hab viele davon zuhause. Ich kauf die im Zehnerpack.

– Meine Ohren tun wirklich weh, sagte Mario.

– Viel unterwegs heute, hm?

– Ja, und … der Typ, bei dem ich war, hat mich …

Er schüttelte den Kopf und trat etwas näher an Natalie heran, die unwillkürlich tief, aber sanft einatmete. Er sagte, mit etwas leiserer Stimme:

– Der hat mich auf den Balkon gesperrt. Total irr.

– Nein!, sagte Natalie. Und hat es nicht gemerkt?

– Äh, sagte Mario. Na ja. Er hat sich hinterher schon entschuldigt. Weil, bei dem Regen und so. Das war nicht schön. Ich meine, ich sag ja nichts, wenn es warm ist. Aber jetzt.

Natalie lachte. Wieder: ein wenig zu laut, wie die Kontrollstimme in ihrem Kopf fand.

– Wie kann denn das passieren?, fragte sie.

– Er war schon ganz nett, sagte Mario. Aber ich glaub, er hat einfach nicht mehr alle …

– Ah, das kenn ich, sagte Natalie. Bei Bekannten fällt es einem oft erst ganz spät auf.

Mario schaute etwas hilflos in die Höhe. Dann lächelte er, vielleicht ein wenig gezwungen, und setzte sich Natalies Haube auf. Hundegrau. Yes, dachte sie. Yes I will, yes!

– Steht dir eins a, sagte sie und gab ihm ein doppeltes Thumbsup.

– Cool, sagte Mario.

Seine Körpersprache sagte eindeutig: *Ich geh dann jetzt da lang.* Aber er hatte ihre Haube angenommen. Ihr erstes Geschenk! Natalie sagte:

– Gut, also. Dann werd ich auch.

Sie deutete in Richtung ihrer Straße. Und streckte beide Arme aus, um ihn zum Abschied zu umarmen, vielleicht würde er sogar ihre Wange küssen. Es dauerte zwei Sekunden, bis er begriff. Aaah, schüchterne Männer waren unerträglich süß, man wollte sie am liebsten einpacken und in einem kleinen Korb nach Hause tragen. Ihnen gelang eine kurze, aber, wie Natalie fand, sehr schöne Umarmung. Nicht kumpelhaft, sondern von gegenseitiger Freundschaft geprägt. Er roch wahnsinnig gut. Ein bisschen zerzaust nach Wind und Nässe und Wetter, mein Gott, der Arme, auf den Balkon gesperrt aus Versehen, dummer Mensch. Aber für einen, der die meiste Zeit ohne Eigenheim auskommen musste, vielleicht keine seltene Erfahrung. So den Elementen ausgesetzt.

– Du, ich wollte dich noch was fragen, sagte sie.

Er blieb stehen. Er hatte schon weggehen wollen.

– Ich hab dir auch eine Nachricht im Sou hinterlassen, weiß nicht, ob sie die Herren dort weitergeleitet haben.

– Nein, sagte er.

– Dachte ich mir. Unzuverlässig. Jedenfalls wollte ich dich um etwas bitten, wegen … also es ist bisschen kompliziert, aber es wäre wirklich ganz einfach.

Sie sah, dass er Anstalten machte, weiterzugehen. Sein Ausdruck und seine ganze Körperhaltung waren scheu geworden.

– Ah, dann vielleicht nächste Woche, sagte Natalie schnell. Können wir uns da kurz treffen. Bei der, äh …

Schnell, sag irgendeinen Treffpunkt.

– Auf dem Platz dort drüben? Sagen wir, am Freitagabend? Vorher bin ich leider weg und hab Spätdienst, Mutterbesuch, peinlich, haha. Aber es wär wichtig.

Mario schaute sie an. Er griff an seinen Kopf und rückte die Haube gerade.

– Okay, sagte er. Sicher. So gegen Abend, hm?

– Achtzehn Uhr.

Mario ließ den Kopf hängen. Oh Gott, dachte Natalie. Nein, bitte nicht. Jetzt hab ich ihn beleidigt. Wie denn nur?

– Ich werde da sein, sagte er.

Dann lächelte er vorsichtig und ging weiter. Natalie bedankte sich und winkte ihm hinterher, auch beim Wegfahren winkte sie, und er tippte an die neue, prächtige Haube auf seinem Kopf und machte eine Dankesgeste (Faust auf Herz), die so altmodisch und filmisch war, dass Natalie die Zähne zusammenbiss und vor Entzücken summte. Sie fühlte sich beschwingt und majestätisch, glücksgebadet und erfüllt. Ein wunderbarer Tag.

Sie tänzelte die Treppen zu ihrer Wohnung hinauf. Als sie Chat sah, ließ sie ihn hinein, hob ihn auf und wirbelte ihn einmal im Kreis. Dann setzte sie ihn ab. Der Kater ging unbeeindruckt davon. Sie schaltete den Fernseher ein und lief in die Küche. Das Leben von Erwachsenen war trist, hieß es immer. Und, ja, es gab sicher Menschen, die saßen jetzt zuhause und stritten. Oder sie hatten Glaubenskrisen. Oder sie hörten sich das Geschrei ihrer Kinder an und sagten sich, dass sie glücklich waren, und ein Kind erbrach sich auf ihr Gesicht, und sie lächelten und sagten: das Wunder des Lebens.

Das einsame Telefon in der Nachbarwohnung läutete. Natalie sang schnurrend mit:

– Rrrrr! Rrrrr!

Nach zwölfmaligem Läuten wurde es still. Natalie schälte eine Avocado und schaffte es, die Schale in einem einzigen, zusammenhängenden Spiralstück von der Frucht zu bekommen. Sie roch am köstlichen grünen Fruchtfleisch. Chat kam in die Küche und wollte gefüttert werden. Sie stellte ihm etwas hin. Es ging alles so leicht! Als hätte es jemand vorprogrammiert. Ein automatischer Robotertanz zur Musik dieser Räume, dieses Tages, dieser Stunde.

– You are the albatross beneath my wings, sang Natalie und streichelte Chats Rücken mit ihrer nackten Fußsohle. You are the Lucky Luke beneath my wings. You are the Wetten dass beneath my wings.

Vom Fernseher kamen Schüsse. Und ein Auto quietschte mit den Reifen. Natalie roch an einer Zitrone, bevor sie sie sanft über dem Salat auspresste. Wie strahlend schön das Leben manchmal war.

Besuch in der Vorstadt

Markus kam sie um Punkt neun Uhr abholen, nicht eine Minute zu spät, Natalie war sehr zufrieden. Sie ließ ihn sogar in ihre Wohnung. Er war aufgeregt, blass und gab sich Mühe, so wie immer zu klingen. Das heißt so wie früher. Passend zum heutigen Tag hatte Natalie in der Nacht im Traum eine normale Familienszene erlebt, mit dem einzigen abweichenden Detail, dass das gelbe Tischtuch kein normales Tischtuch war, sondern der Dienstag. Irgendjemand hatte ihn aus dem uralten Zusammenhang der Woche herausgelöst und – dies erschien Natalie besonders bemerkenswert – *unter* die Gläser und Teller und sogar unter die schwere, bauchige, beide Henkel in die Hüfte stemmende Vase geschoben, ohne dabei etwas umzustoßen. Das Traumbild erklärte die gute Stimmung, in der Markus sie antraf.

Aber dann:

– Hast du das weiße Tier auch mit eingepackt?

Natalie schaute ihn an. Markus bemerkte seinen Fehler sofort.

– Entschuldige, sagte er. Ich bin aufgeregt.

Unterwürfig-Tun würde ihm auch nicht weiterhelfen, obwohl es natürlich sexy war. Ein Glück, dass sie sich mit Mario verabredet hatte, das machte sie gegen solch plumpe Tricks immun.

Sie holte ihren Koffer. Für den Kater hatte sie eine große Schale mit Trockenfutter vor die Wohnungstür gestellt. Markus inspizierte ihr Bücherregal, eine alte Angewohnheit. Es war lästig, aber sie sagte nichts. Sie brauchte ihn noch. Eigentlich traurig, dass ich nur ihn fragen kann, dachte sie. Totale Bankrotterklärung, im Grunde. Er hatte geduscht, man sah es an seinem Nackenhaar, das noch ein wenig feucht war. Er roch nach Shampoo. Bei bestimmten Buchtiteln neigte er seinen Kopf zur Seite, immer nach links. Hinterköpfe, das ewige Mysterium. Ihr Anblick fordert uns zu irgendetwas auf. Es durchströmt uns, aber wir können niemals sagen, was genau es ist. Diese Empfindung, dieses –

– Lass jetzt, sagte sie. Komm.

– Den Houellebecq hab ich dir gekauft, weißt du noch?

Natalie fühlte, wie der letzte Rest Geduld in ihr verdampfte.

Dann fiel ihm ein Stoß von gelben Kuverts und Eustrich-Schreibpapier auf, den Natalie noch nicht ins Wohnheim gebracht hatte. Herr Dorm hatte in letzter Zeit aufgrund des großen Zettel-Altar-Projekts relativ wenig Intimkorrespondenz geführt.

– Hey, cool, sagte Markus. Die beste Marke.

Er hielt das Papier hoch.

– Kannst du ruhig haben, sagte Natalie. Ein paar. Nimm nur.

– Echt? Wow, danke!

Sie schaute ihn an. Das, was er haben wollte, war mit schlechtem Karma verbunden. Geschieht dir recht, dachte sie.

– Nimm nur, sagte sie. So viele du magst.

Und sie dachte: Es kommt eben immer alles zu einem zurück. Die Welt ist ein Bumerang-Baum.

Im Auto steckte Natalie einen Kopfhörer in ihr rechtes Ohr, sodass sie sich, immer wenn die Unterhaltung lästig wurde, ausklinken konnte. Aber Markus konzentrierte sich aufs Fahren und sagte nicht viel. Sonntagsverkehr. Natalie beruhigte sich ein wenig und dachte an Astronauten in ihrer Raumkapsel, in der es kein Oben und Unten gab, nur ein generelles Mitwandern mit der Sonne, wie bei Babys im Uterus. Jeder Quadratzentimeter der Raumkapsel war von irgendeinem nützlichen Ding besetzt, Schalter und Schubladen und Messgerätedisplays und gelegentlich auch etwas, das wie ein Post-it aussah. Wie ein kugelförmiger Zettelkatalog, eine dreidimensionale Zu-erledigen-Liste, in der man lebte.

– Dein Auto ist schön aufgeräumt, sagte sie. Gefällt mir.

Markus nickte. Draußen sah es fast sommerlich aus. Nur an der Kleidung der Menschen sah man –

– Hab mir Mühe gegeben, sagte Markus.

Sie kamen an einem Verkehrsunfall vorbei, und die Seitenfenster verwandelten sich für einige Sekunden in Fernsehschirme. Es war unweit von Natalies alter Schule.

– Stell dir vor, das ist dein Kind, sagte sie.

– War es ein Kind?, fragte Markus. Ich hab nichts gesehen.

– Sind meistens Kinder, sagte Natalie. Deshalb sollte man auch keine zeugen.

Mehrere Male hatten sie diese Unterhaltung geführt. Das ewige Gespräch, das weder Anfang noch Ende hat, die Sphärenmusik der Paare. Markus war dafür gewesen, Natalie dagegen. Er meinte, Kinder seien die Zukunft. Natalie dagegen war der Ansicht, dass Babys immer wie Skulpturen aus Kaugummi aussahen. Och, komm, hatte er gesagt. Aber hin und wieder, selbst heute noch, drängte sich ihr, sozusagen aus heiterem Himmel, die merkwürdige Vorstellung auf, dass ein Kind von ihr bereits irgendwo existierte. Sie kannte es allerdings nicht, es war ohne ihre Mitwirkung entstanden. Trotzdem war es eindeutig ihr Kind. Eine Tochter, ein Sohn oder etwas dazwischen. Und dieses bemitleidenswerte, heimatlose Kind malte andauernd Bilder. Irgendwo in dieser großen Stadt hockte es in einem Zimmer und malte. Wer immer solche herrenlosen, unabhängig von ihren biologischen Eltern entstandenen Kinder betreute und sich mit ihnen abgab, nahm ihm die Bilder weg, wenn sie fertig waren, versorgte das Kind mit neuen leeren Blättern und ausreichend Wasserfarben oder Ölkreiden. So entstand ein Bild nach dem anderen. Und dann, wenn genug Bilder beisammen waren, stellte man sie nebeneinander, wie bei einem Mosaik. Und trat ein paar Schritte zurück. Und was ergaben all diese Bilder, angeordnet in einem großen Rechteck?

Ein sinnloses Durcheinander natürlich, ein fürchterliches Geklecksе.

Nein, sie würde niemals Kinder haben.

– Wir haben einen begabten Maler im Heim, sagte sie.

– Hä?

Markus hatte ihre inneren Gedankensprünge natürlich

nicht mitmachen können und wusste nicht, wovon sie sprach. Natalie seufzte ungeduldig:

– Mike. Er heißt Mike.

– Wer?

– Egal.

Eine kurze Pause.

– Mir wird langsam heiß, sagte sie. Kannst du schneller fahren?

Natalies Mutter. Sie war eine Frau, die imstande war, ihren Gästen ein köstliches Essen zuzubereiten, ihnen die dampfenden Teller zu servieren, aber dann selbst an den Herd gelehnt und mit vorwurfsvollem Blick im Stehen zu essen. Von Zeit zu Zeit wischte sie sich die Hände an einem schmutzigen Geschirrtuch ab und gab ein missvergnügt zustimmendes *Mh mh mh* von sich, während sie kaute. Ihr Leben war eine ständige Aufholjagd gegen das Ablaufdatum der Lebensmittel im Kühlschrank; meist gewann die Milch und entkam, unverdaut, in den Ausguss. Und sie war die Schutzpatronin allen Geldes. Sie gehörte zu jenen Menschen, die einen Geldschein immer glattstreichen und entknüllen, wie um ihm weitere Schmerzen zu ersparen.

Meist saß sie allein in ihrem Haus und berechnete die Eintrittswahrscheinlichkeit eines Gehirnschlags anhand minimaler Veränderungen alltäglicher Vorgänge. Sie rief ihre Tochter an und klagte über Symptome. Wenn ihre Hand ein wenig zitterte, nachdem sie einen feststeckenden Deckel von einer Dose geschraubt hatte, sah sie bald Szenen vor sich, in denen sie im Rollstuhl saß, ihr Körper durchgeschüttelt von der Parkinson'schen Krankheit. Sie las viel Oliver Sacks und verschenkte seine Bücher an alle Verwandten. Und je mehr sie las, je mehr sie im Internet und in Diskussionsforen recherchierte, desto unheimlicher wurden ihr der menschliche Körper und das Zusammenspiel seiner Einzelteile. Es gab so viele Organe, und jedes war schon eine ganze Weile und ohne Probleme zu machen in Betrieb. Da musste man kein Genie sein, um einzusehen, dass die Wahrscheinlichkeit einer Fehlfunktion steil anstieg, Jahr für Jahr. Jeden Abend musste sie an diese Wahrscheinlichkeit denken, sie erschien ihr als eine unsichtbare Strahlung, die von allen Seiten gleichzeitig kam. Öffnete man ein Fenster, wehte sie einem ins Gesicht. Drückte man eine Teppichfalte mit dem Fuß glatt, wölbte sie sich einem von unten entgegen. Stand man im Badezimmer neben dem spaltoffenen, kalte Nachtluft einlassenden Fenster und gurgelte mit Zahnputzwasser, blähte sie einen sogar von innen her auf. Die Wahrscheinlichkeit ruhte nie. Sie arbeitete an der Auslöschung der Menschen.

Ihre inneren Organe waren wie ein Orchester, das seit neunundfünfzig Jahren ununterbrochen spielte, ohne dass eines der Instrumente auch nur einmal seinen Einsatz verpasst oder eine falsche Tonfolge gespielt hätte. Wie lange konnte das noch gutgehen? Jeder Tag, der verging, machte einen Patzer wahrscheinlicher, ja im Grunde unausweichlich. Schon als junges Mädchen habe sie sich, so hatte sie ihren Kindern immer erzählt, nichts so sehr gewünscht, wie runde sechzig zu sein. Also jenes Alter zu erreichen, in dem es nicht mehr ganz so peinlich war, krank zu werden und zu sterben. (Natalie erinnerte sich, wie ihre Mutter ihr einmal beschrieben hatte, dass Menschen, die vor einem Grabstein stehen und den eingemeißelten Strich zwischen zwei relativ eng beieinanderliegenden Jahreszahlen betrachten, immer dieselbe Geste machen: Sie legen ihre Hand an eine Wange. Das sei vermutlich einfach eine verlangsamte Ohrfeige, hatte die Mutter erklärt, mit der sie die Schöpfung, deren Teil sie sind, maßregeln.) Damals, mit fünfundzwanzig oder dreißig, habe sie oft das Gefühl gehabt, vorspulen zu müssen, so schnell wie möglich raus aus der Gefahrenzone, wo es noch so monströs und himmelschreiend ungerecht wäre, den Tod unmittelbar vor Augen zu haben. Wenn sie einen Achtzigjährigen im Fernsehen sah, sagte sie sich: *Der hat doch eh schon gewonnen, was will er denn noch?* Hingegen wurde sie wütend und ausfällig bei Filmen wie *Lorenzos Öl* oder *Die Maske*, der Lebensgeschichte von Rocky Dennis. Erleichtert und entspannt hatte Natalie ihre Mutter in den letzten Jahren nur einmal erlebt. Da hatte sie geglaubt, Krebs zu haben. Das Versteckspiel war endlich vorbei. Beruhigung. Der finstere Detective hat Bonnie and Clyde am Ende doch noch gestellt. Jetzt konnte man sich nur noch ergeben und hoffen, nicht allzu hart bestraft zu werden dafür, dass man so lange erfolgreich vor ihm auf der Flucht war. Aber dann kamen alle Tests negativ zurück, und das Bangen ging weiter.

Der Garten war seit letztem Jahr ganz sich selbst überlassen. An manchen Stellen hatte sich bereits glorreiche Unordnung gebildet, das ewig frische deutsche Wort *Dickicht*. In einem anderen Teil des Gartens ging es mehr um Farben. Und es gab ein paar neue Büsche, die gefiedert wirkten.

Wenn man um das Haus herumging, sah man den explodierenden Zaun. Er explodierte immer noch, seit Jahren, in extremer Zeitlupe. Er hatte schon zu explodieren begonnen, als Natalie noch ein kleines Kind war. Unter die eigentlichen Zaunlatten hatten sich nämlich auch drei niedrige Setzlinge gemischt, Baum-Babys, um die man den Zaundraht gewickelt hatte. Aber die waren natürlich mit der Zeit gewachsen und hatten an dem Draht gezerrt und gezogen, und die Latten hatten irgendwann nachgegeben und sich nach links und rechts geneigt, einige waren sogar aus dem Boden gezupft worden und hingen hilflos an ihrem Draht. Es war das herrlichste Gebilde der Welt. Hier war sie als Kind herumgelaufen, mit dunkelgrünen Grasflecken auf den Knien, die nach einer Weile braun wurden und aussahen wie Wundschorf, und sie hatte nach jedem Regen kontrolliert, ob die Unterseite der schräg stehenden Zaunlatten trocken geblieben war. Meist war sie es. Dann schrieb sie geheime, nur vorübergehend sichtbare Nachrichten mit einer angefeuchteten Fingerspitze auf die trockene Unterseite. Es hatten nur drei oder vier Buchstaben pro Zaunlatte Platz. Also musste man lernen, alles Wichtige auf diesem engen Raum unterzubringen. Es waren immer noch dieselben

Zaunlatten, aber sie bildeten längst keine Reihe mehr. Die drei Bäume, die vor den anderen Latten einst so getan hatten, als wären sie ihresgleichen, hatten sie unterwandert und von innen her aufgesprengt. Schläfer. Nichts auf der Welt sah so triumphal aus wie ein Baum, der ein Hindernis überwunden hatte.

– Warum bin ich noch mal hier?, fragte Markus.
– Um mir zu helfen. Schon vergessen?
– Ja, aber, sagte Markus. Du hättest mich doch einfach so …
– Ich kann nicht zuhause sein die ganze Zeit, sagte Natalie. Ich brauche eine Auszeit. Und ein Besuch war schon überfällig. Also. Zwei und zwei zusammengezählt. Und jetzt sind wir hier. Genieße es.

Sie schaute ihn streng an.
– Ich bin nur nervös.
– Ach, musst du nicht sein, sagte Natalie.

In den Bäumen rauschte das Tageslicht. Aus irgendeinem Grund musste Natalie an Zeitzonen denken, wie sie in unregelmäßigen Linien verliefen, vertikal über den Globus. Man spürte nichts, wenn man eine Zonengrenze überschritt. Glitch.
– Es ist immer die gleiche Szene, fügte sie hinzu. War schon tausendmal da.
– Echt?
– Nein, nicht bei *mir*, so im Allgemeinen. Das wiederholte Präsentieren des Partners. Den Eltern. Und die Eltern segnen ihn ein weiteres Mal ab oder eben nicht, es ist immer dasselbe. Aber du kannst gar nichts falsch machen. Weil, wir sind ja nicht mehr.
– Hm.
– Außer natürlich, mit ihr einen Streit anzufangen. Das wäre fatal.
– Werd mich bemühen.
– Nein, im Ernst, wenn du einen Streit anfängst, verlierst du. Es gibt keinen Weg an ihr vorbei.
– Sie ist der Endboss.

– Und ich bin die Tochter des Endbosses, also komm jetzt.

Markus wirkte beruhigt. Normalerweise war es bei ihm nie schwer, die richtigen Sätze zu finden. Das Wichtigste war jedenfalls, ihn jetzt ins Innere des Hauses zu schaffen. Ihre Mutter beobachtete sie zwar nicht durchs Fenster, aber sie hatte zweifellos den Wagen vorfahren gehört und zählte nun ihren leisen Countdown gerechtfertigter Wartezeit. Wenn er bei null angekommen war und sie immer noch nicht im Haus standen, bedeutete das, dass es wahrscheinlich eine Szene gegeben hatte oder dass sie überhaupt keinen Respekt vor ihr hatten und dass sie in der Einfahrt aneinander herumgeknetet und sich geküsst hatten, sodass es alle Nachbarn sehen konnten! Markus ging voran. Die Stufen und das dunkelbraune Holzgeländer strahlten bereits mehr Wärme ab als die mittägliche Luft. Immer der Nachteil von Herbstbesuchen. Die Tage ermüdeten schnell. Menschengruppen, die im Freien herumstanden, wurden von Windstößen ermahnt. Man geriet in kalte Schattenbereiche auf Gebäuderückseiten, als wären es Senkgruben, ein Schritt zu weit hinein, und man musste fröstelnd umkehren, die Arme suchten Schutz im gegenüberliegenden Ärmel. Hier, an dieser Mauer, war sie oft gestanden, der Himmel eine abendliche Membran zwischen den Baumsilhouetten, und hatte sich vorgestellt, entjungfert zu werden, rau und mechanisch, von einer Kriegerfigur aus einem ihrer Lieblingscomics. Sie legte eine Hand auf Markus' Rücken und schob ihn in Richtung Eingangstür.

Sie klopften an, dann öffneten sie die Tür. Sie war unversperrt, ausnahmsweise. Ihre Mutter stand direkt hinter der Tür, aber sie tat so, als sei sie überrascht, sie griff sich an den Hals und lehnte sich zurück, huch. Neue Haarfarbe, stellte Natalie fest. Die Mutter umarmte und herzte Natalie, musterte sie von oben bis unten und wunderte sich, dass ihre Tochter auch in der Stadt nicht endlich zunehme, bei all dem Junkfood, das sie einem dort nachwarfen. Aber kommt herein, bitte, so, ja, sehr schön. Sie schloss die Tür, sperrte ab. Sie gab Markus die Hand, der sich knapp verbeugte. Natalie hatte Lust, ihm auf die Zehen zu treten. Dann begab man sich in die Küche. Es sei ja nicht viel Zeit gewesen, sagte die Mutter, bei so kurzfristigen Ankündigungen könne man von ihr leider keine Zauberkunststücke erwarten, aber sie habe da diese Lasagne zusammengeworfen und diesen Salat und zum Nachtisch gebe es noch eine Torte und wer Lust habe, könne sich auch von den mit Knoblauchbutter bestrichenen Baguettescheiben nehmen.

– Das waren einmal alles Felder, sagte Natalie.
– Sind doch jetzt auch noch, oder?
– Ja, irgendwie schon. Aber sie sehen anders aus. Also. Mein Problem.

Markus hängte sich bei ihr ein. Natalie starrte die fremde Hand an, aber dann sagte sie sich, dass sie, wenn ein Klient das tun würde, auch nichts dagegen hätte. Dieses Argument besänftigte sie.

– Ich erzähl dir die Geschichte, ja? Und du sagst mir, wo der Fehler ist.
– Okay.
– Also, da ist ein Mann, der sitzt im Rollstuhl. Und er ist verliebt in diesen anderen Mann, der etwas älter ist, aber leider verheiratet.
– Also bi?
– Was?
– Also ist der ältere Mann bisexuell?
– Hm. Glaub ich nicht. Weiß ich gar nicht.
– Ah, warte, das ist eine reale Geschichte? Mit echten Menschen, die du kennst?
– Hör zu. Also, da ist dieser Mann im Rollstuhl, und er ist total verliebt in diesen anderen Mann, aber der will nichts von ihm wissen, er ist verheiratet und liebt seine Frau.
– Also nicht bi.
– Wahrscheinlich nicht, nein. Aber der Mann im Rollstuhl ist so fixiert auf ihn, dass er ihm überall auflauert, er schickt ihm Blumen, er geht ihm nach.
– Fehler.
– Was?
– Er geht ihm nach. Fehler.
– Okay, okay, er … aber wie sagt man bei Rollstuhlfahrern? Fährt ihm nach? Rollt ihm nach? Du bringst mich immer aus dem Takt!

– Er folgt ihm überallhin.
– Gut, okay, er folgt ihm. Er stalkt ihn. Er sitzt nächtelang vor dem Haus. Und er beginnt, die Ehefrau des Mannes anzuschwärzen. Schickt Briefe an ihren Arbeitgeber. Und er sagt darin bestimmte Dinge über sie, die ziemlich verrückt sind, also, richtig schlimme Dinge. Er sagt, Frauen seien Gitarren, die man nicht … spielen sollte, oder so irgendwie. Und er verwendet blumige Vergleiche, richtig ekelhaft. Er ist voll gestört. Einmal lässt er sich dann von einigen Leuten auf der Straße hochheben, also samt Rollstuhl, so mit vereinten Kräften. Und sein Kopf erscheint im etwas erhöht liegenden Küchenfenster des verheirateten Mannes.
– Was? Das ist doch erfunden! Wer erzählt dir so was?
– Hör dir die Geschichte zu Ende an! Es geht gar nicht so sehr um die Details. Also, der Mann im Rollstuhl schafft es schließlich, dass die Ehefrau des Mannes, in den er verliebt ist, es nicht mehr aushält. Der Druck, die ganzen Anfeindungen von allen Seiten. Die Polizei kann auch nicht viel tun. Es gibt keinen Beweis, dass die Briefe wirklich von ihm sind, und so weiter.
– So ein Arschloch.
– Ja, und dann passiert etwas Schlimmes. Die Frau, die sowieso schon psychisch labil ist …

Natalie stutzte. Hier war die Schwachstelle in der Geschichte.
– Sie bringt sich um?, fragte Markus.
– Ja, sagte Natalie erstaunt.
– War zu erwarten.
– Warum?
– Na ja, sagte Markus, es steuert irgendwie alles darauf hin. Sonst hättest du mir die Geschichte doch nicht erzählt.
– Aber sie ist noch nicht zu Ende. Das Schlimme kommt erst. Der Mann ist natürlich am Boden zerstört. Also der verheiratete. Seine Frau ist tot, verständlich. Und er attackiert den Mann im Rollstuhl und verletzt ihn.
– Verdient.

– Aber er bringt ihn nicht um. Weil der Mann im Rollstuhl, ja, was weiß ich. Ich kann mich nicht mehr erinnern, wie das …

Markus schüttelte den Kopf. Ob über die unmögliche Menschheit im Allgemeinen oder über Natalies schlechtes Gedächtnis, war nicht zu erkennen.

– Aber jedenfalls wird er dann festgenommen.

– Wer?

– Der Mann im Rollstuhl. Und kommt in die Psychiatrie und wird behandelt, aber seine Fixation wird nicht besser. Er versucht mehrere Male, sich umzubringen. Und er kann nicht für sich selbst sorgen, also ist er … Na ja, man muss auf ihn aufpassen.

– Du liebe Zeit, das ist einer deiner –

– Warte! Jetzt kommt's ja erst. Der Mann, dessen Frau tot ist, kommt ihn andauernd besuchen. Jede Woche. Und schiebt ihn in der Gegend herum und kümmert sich um ihn. Fragt immer nach, ob er wohl dieses kriegt und jenes. Und will immer, dass eine der Betreuerinnen ihn begleitet. Also, beim Spazierengehen. Oder wenn sie irgendwas essen gehen. Aber er beherrscht sich die ganze Zeit, man sieht ihm an, dass er –

– Ich finde, du solltest kündigen, sagte Markus.

Das Ganze drang nicht zu ihm durch. Wozu hatte sie ihn mitgenommen? Zeitverschwendung, sinnlose.

– Schon gut, sagte sie. Ich hab gedacht, du könntest mir helfen. Bisschen Licht ins Dunkel und so weiter. Aber egal, vergiss es.

– Nein, tut mir leid, sagte Markus sofort, ich bin nur verwirrt. Erzähl mir noch mal alle, äh, alle wichtigen Stationen.

– Er hat ihm einen ölverschmierten Vogel geschickt.

– Wer?

– Der Rollstuhlfahrer dem verheirateten Mann. Also beiden. Vor seiner Verhaftung. Ölverschmiert, halbtot. Den hatten sie dann im Schlafzimmer.

– Was? Wie ist er denn da reingekommen?

– Ja, genau.

– Na dann: Fehler, sagte Markus.

Natalie nickte.

– Ja, Fehler, sagte sie.

– Ein ölverschmierter Vogel?, fragte Markus. Was für ein Vogel denn?

Natalie überlegte. Hatte er es erwähnt? Sie sah ein ganz allgemeines möwenartiges Meeresvogeltier vor sich. Seeschwalbe, Pinguin, eben das, was normalerweise ölverschmiert war nach Tanker- oder Bohrturmunglücken. Albatrosse und so.

– Jedenfalls ist es jetzt so weit, dass der eine den Rollstuhlfahrer immer besuchen kommt. Und er sieht sich an, was er gebastelt hat. Der bastelt immer Altäre und kleine Collagen aus Zeitungsschnipseln. Und er sieht sich das an und hasst ihn. Ganz eindeutig. Er ekelt sich bei Berührungen. Manchmal packt er ihn am Nacken und drückt zu. Aber er tut ihm nie wirklich was. Seit vier Jahren geht das schon so.

– Gott, sagte Markus.

– Ich weiß echt nicht mehr weiter, sagte Natalie.

Sie gingen eine Weile schweigend dahin. Vom üppigen Essen waren sie beide etwas benommen. Auch der Smalltalk hatte sie ermüdet. Aber die Luft tat gut, sie war viel sauberer als in der Stadt. Fußballapplaus drang aus offenen Fenstern.

– Schon ein irres Bild, sagte Markus. Das mit dem Vogel.

Natalie schaute auf die Landstraße vor ihnen.

– Warte, sagte sie und blieb stehen. Wiederhol noch mal alles, was ich dir erzählt habe.

– Wieso das?

– Ich will wissen, was hängenbleibt.

– Also, sagte Markus. Der Typ hat sich hochstemmen lassen von drei Leuten auf der Straße. Und der andere kommt ihn jetzt immer besuchen und beherrscht sich. Und der ölverschmierte Vogel. Okay, das kam als Letztes. Und die Frau hat sich umgebracht.

Natalie blickte ihn an. Markus lächelte hilflos.

– Noch weiter?, fragte er.

– Nein, sagte sie. Ist okay. Weißt du was? Das ist so wie bei deiner komischen Updike-Geschichte über den Lichtfleck.

– Welche?
– Die mit dem jungen Paar, das vom Bett aus immer diesen Lichtfleck sieht. Der durch das Fenster einer Tür fällt oder so. Ich weiß nicht mehr.
– Aaah, machte Markus. Ja, ich weiß schon. *My Father's Tears.* Aber das hast du falsch im Kopf. Das ist ein kleiner Regenbogen, den sie von der Badewanne aus immer sehen. Nicht vom Bett aus. Ein kleiner Regenbogen, der immer neben dem Spiegel entsteht, wenn die Sonne hereinscheint.

Natalie schaute ihn an.

– Ich erinnere mich aber an den Lichtfleck, sagte sie. Eine Sonnenreflexion. Quallenartig. Woher soll die gekommen sein, wenn nicht aus der Geschichte?

Markus zuckte mit den Schultern.

– Vielleicht hast du sie irgendwo mal gesehen und, keine Ahnung. In der Geschichte jedenfalls ist es ein kleiner Regenbogen. Ein wunderbares Detail. Luminous.
– Was?
– Luminous details, sagte Markus. Das sagt man so, in Workshops. Ist eine gängige Technik.

Man hänge, erklärte er, das Geschehen nicht an sich selbst oder an Wendepunkten auf, sondern an leuchtenden Details. Das heißt nicht nur leuchtend, sondern oft einfach *unbestimmt.*

– Unbestimmt.

Natalie merkte, wie sie unruhig wurde. Markus hatte jetzt diesen wissenden Blick, und seine Augen suchten ständig *die Weite.* Und dir hab ich mal in den Mund gepisst. So verschenkt man sich selbst und sein Intimstes an Leute, die es nicht verdienen.

– Ja, unklar, vage, sagte Markus. Man weiß nicht, wozu sie da sind.
– So wie du, sagte Natalie.

Aber er redete weiter. Er war jetzt in seinem Element, Updike, redete schnell, wusste, worum es ging. Natalie ging im Kopf schöne Streunerinnerungen durch. Aber nach einer Weile bekam sie ein schlechtes Gewissen, und sie klinkte sich wieder in Markus' Livestream ein –

– … man aber auch die Schwierigkeit, wie man so was Unbestimmtes erschafft. Weil, das muss man natürlich bestimmt tun und nicht unbestimmt. Aber gerade das ist eben ein bisschen paradox. So wie eine Sonnenfinsternis. Verstehst du?

– Ja, eh, voll, sagte Natalie.

– In deinem Beispiel wär es das Ding mit der Gitarre.

– Die eine Frau ist.

– Genau, sagte Markus.

– Die ist also leuchtend, in deiner Definition. Super.

– Die Definition ist nicht von mir.

Das Wort *Maulbeerbaum* kam Natalie in den Sinn. Es sah, wenn sie sich darauf konzentrierte, genauso aus wie Markus jetzt. Besser konnte man das nicht beschreiben. Bestimmte Bilder verlassen den Kopf nicht.

– Tapire können ihren Rüssel bewegen, sagte Natalie. So wie einen Rüssel.

– Hä?

– Egal.

– Ich bin dir keine große Hilfe, hm?

– Du bist halt du, sagte sie. Das passt schon so.

Aber Markus schien unzufrieden.

– Warum bestellst du mich überhaupt, begann er. Ich meine, warum dieser Ausflug, wenn du dann nicht mal –

– Ich hab niemanden bestellt, unterbrach sie ihn. Ich hab dich gefragt, ob du mich begleiten willst.

Markus nickte, winkte ab. Egal, egal. Er schüttelte den Kopf, ging ein paar Schritte. Wie eine Computerspielfigur, wenn man der Reihe nach alle Knöpfe auf dem Gamecontroller ausprobiert. Er hob die Hand und legte sie sich in den Nacken.

– Passt dir was nicht?, fragte Natalie.

– Mir? Mmh. Nein. Alles okay. Du rufst mich an, ich fahr dich hierher. Du willst, dass ich was für dich mache. Alles okay. Kein Problem damit.

– Sei still, fuhr Natalie ihn an. Ich brauch das jetzt nicht.

– Ah ja, nickte Markus. Brauchst du nicht. Okay. Ist notiert.
– Für dich sind das vielleicht nur dumme Fragen, sagte Natalie. Aber hier *geht's* um was, okay?
– Wär mir nicht aufgefallen, sagte Markus.

Natalie musste sich beherrschen, ihn nicht zu ohrfeigen. Wie er da vor ihr stand, selbstherrlich und opferglubschäugig!
– Und dir hab ich mal in den Mund, zischte sie. Dabei bist du so viel Intimität gar nicht wert. Hau ab! Ich brauch dich nicht mehr!

Für ein paar Sekunden schien es, als würde der duldsame Ausdruck in seinem Gesicht bestehen bleiben. Aber dann zerbrach er, und er begann zu schluchzen.
– Oh Gott, rief ihm Natalie hinterher. Du heulst aber nicht wirklich wegen so was, oder?

Als sie das Haus von Natalies Mutter erreichten, hatte er sich wieder beruhigt. Und einige Male entschuldigt. Natalie ebenfalls. Sie fragte noch einmal nach den luminous details. Aber er wusste nicht mehr darüber, wollte vielleicht auch nichts mehr erzählen. Man sehe sie halt, wenn sie da seien. Der ölverschmierte Vogel, nein, das sei wahrscheinlich keines, es sei ja alles echt, oder? Da funktioniere es nicht. Natalie merkte, dass sie ihn verletzt hatte. Stell dir vor, er wäre ein Klient, sagte sie sich.
– Updike ist übrigens wirklich toll, sagte sie. Hab ich erst jetzt bemerkt.
– Ehrlich?

Markus schaute sie traurig an.
– Ja, voll, sagte Natalie. Der kann schon was.

Wenn Markus schlief, kam es immer zum Kampf zwischen ihm und der Decke. Nur selten gewann die Decke, indem sie sich um seine Beine wickelte und ihn sanft festhielt bis zum Morgen. Normalerweise strampelte er sie von sich und ballte sie neben oder unter sich zusammen. Natalie musste manchmal an eine Schildkröte denken, die auf ihr halb im Sand eingegrabenes Ei kletterte, um es zu bewachen.

– Du hast wieder Pillendreher gespielt, letzte Nacht.

Das Wort *wieder* war ihr so rausgerutscht. Es tauchte den Morgen in ein völlig falsches Licht, aber zurücknehmen konnte sie es auch nicht mehr.

– Ja, sagte Markus, mir war auch total kalt. Beim Aufwachen.

– Was hast du eigentlich gegen die Decke?

Er antwortete nicht, sondern stand auf und ging ans Fenster, um zu sehen, zu was es das Wetter heute Morgen gebracht hatte.

– Hm, machte er.

– Ah, meine Schultermaus ist irgendwo hingekullert, murmelte Natalie.

Markus hielt die Hand vor den Mund und gähnte.

Dann wischte er ein wenig auf dem von ihrem Aufenthalt im Zimmer beschlagenen Fensterglas herum, kreisrunde Bewegungen. Natalie musste an das Wort *Luke* denken, ein kühlblaues, münzgroßes Wort.

– Macht sich die Welt draußen immer noch Illusionen? Über den Sommer?

Aber er ließ auch dieses Angebot heiteren, spielerischen Schlagabtauschs, von denen ihre Tage früher erfüllt gewesen waren, reaktionslos verstreichen. Immer noch beleidigt. Er zog sich das T-Shirt aus, und dann tat er etwas, das Natalie die Sprache verschlug: Er stellte sich hinter die Lehne des großen, mit buntem Flickenstoff bespannten Korbsessels, um seine Unterhose auszuziehen und gegen eine frische zu wechseln.

Währenddessen schaute er ein-, zweimal kurz zu ihr herüber, wohl um zu überprüfen, ob sie es auch bemerkte.

Wie würde er reagieren, wenn sie jetzt lachte? Und etwas sagte wie: Du bist albern, ich hab dich doch schon hundertmal nackt gesehen. Und vielleicht ein Kissen nach ihm warf.

Aber sie probierte es nicht aus, sondern tat so, als wären ihre Knie plötzlich unheimlich interessant. Sie entdeckte auch wirklich etwas auf ihnen, rieb dankbar ein wenig daran herum, vielleicht ein kleiner Tintenfleck, ein während der Nacht zerdrücktes Insekt. Markus zog sich die Hose an, dann die Socken, alles von ihr abgewandt, aber hie und da warf er ihr kurze Kontrollblicke zu. Natalie flüchtete sich zu ihren Zehen. Die waren ihr immer treu, kleine, spiegelbildlich und ihrer Größe nach angeordnete Orgelpfeifen-Larven. Sie strich über sie, nach Harfenspielerart, und stellte sich ein aufsteigendes Glissando vor. Zehen. Der geborgenste Teil am eigenen Körper. Wie eine Außenstation, die verlässlich Nachrichten an das Hauptquartier weiterleitete. Wenn man im Bett oder in der Badewanne lag, waren sie da – und lauschten.

– Huhu!

– Was?

Sie blickte auf. Markus stand vor ihr und winkte. Er sah sehr dumm aus.

– Hast du gehört, was ich gesagt habe?, fragte er.

– Nein.

– Ich habe gesagt, wir sollten vielleicht runtergehen. Damit deine Mutter nicht denkt, wir …

– Träum weiter, sagte Natalie.

Sie nahm ein Kissen und legte es sich auf die Füße. Kühler Stoff. Markus stand da, ein fertig angezogener Mann in einem fremden Haus, und hatte recht. Mit seinen zwei krummen Beinen. Seinem Babyspeckbauch, der, seit sie ihn das letzte Mal gesehen hatte, etwas solider geworden war. Natalie dachte daran, ihm irgendetwas Verletzendes zu sagen, einfach so, weil es ja keine Beziehung mehr zerstören konnte, aber dann fiel ihr unvermittelt ein Satz von gestern ein: *So wie eine Sonnenfinsternis*. Das hatte Markus gesagt. Aber warum? In welchem Zusammenhang? Solche herrenlosen Bemerkungen hatte er sonst immer an ihr geschätzt. Einige davon hatte er sich sogar notiert. Und dann hatte er ihr gezeigt, dass er auch brav ihren Namen daneben ins Notizbuch geschrieben hatte; er war kein Plagiator, nur ein Bewahrer, jaja …

– Was wäre eigentlich, begann Natalie und zeichnete auf das Kissen vor ihr mit dem Zeigefinger eine feine Spirale, was würde passieren, wenn es eine Sonnenfinsternis gäbe, aber niemand hätte vorher über sie berichtet, keine Medien, Zeitungen, nirgends hätte es einen Hinweis darauf gegeben. Das wäre doch ziemlich furchtbar, oder?

Markus wandte sich um. Er hatte, fertig angezogen, zum Fenster hinausgeschaut.

– Was?

– Na ja, ich meine nur, wie das wäre. Denn es wäre ja auf alle Fälle *nicht* so wie in der Antike oder im Mittelalter, wo alle denken würden, das ist Gott oder ein schlimmes Vorzeichen. Sondern man würde plötzlich denken: Wo waren die Astronomen? Warum haben die uns nicht Bescheid gegeben? Wo war die Berichterstattung? Warum hat man sich entschieden, uns nicht zu informieren? Sind wir vielleicht überhaupt nicht mehr *in Kontakt* mit dem ganzen Zeugs da draußen? Was passiert mit uns?

Wunderbar, ihm stand der Mund offen. Genau *das* hörst du nie wieder. Nur noch heute. Sag diesen Theorien, die dir immer wie das Allernataliehafteste auf der ganzen Welt vorgekommen sind, adieu.

– Hm, witzige Idee, sagte Markus.

Er setzte sich in den Ohrensessel, und eine kleine Staubwolke stieg hinter ihm auf.

– Wir würden wahrscheinlich nicht einmal mehr verstehen, was es heißt, dass eine Sonnenfinsternis stattfindet, sagte er. Weil diese Vorstellung von einer stattfindenden Sonnenfinsternis ganz unauflöslich ver… ver…

– Verstrickt?, bot Natalie an.

– Verbunden ist, wich Markus ihrer Hilfe aus, verbunden mit einem Konzept von medialer Präsenz.

Er warf einen kurzen Kontrollblick Richtung Sonne, als könnte sich tatsächlich etwas Unangekündigtes davorschieben. Dann lachte er:

– Was du immer für Gedanken hast.

Adieu. Adieu.

– War nur so eine Idee.

– Das ist fast so wie mit dem Löwen, den wir nicht verstehen könnten. Wenn er sprechen könnte. Kennst du das?

– Nein. Was?
– Dieser Satz von Wittgenstein. Der geht so: Wenn ein Löwe sprechen könnte, wir könnten ihn nicht verstehen. Eben weil wir, obwohl er deutsche Wörter verwendet und so weiter, nicht kapieren würden, worauf er sich bezieht. Sein Referenzsystem wäre viel zu anders, zu exotisch.
– Wenn ein Löwe sprechen könnte, könnten wir diesen Satz auch nicht verstehen.

Markus nickte, im Glauben, Natalie habe einfach wiederholt, was er gesagt hatte. Aber dann lehnte er sich vor und fragte nach:
– Wie?
– Wenn ein Löwe sprechen könnte, könnten wir *diesen Satz* nicht verstehen.
– Welchen Satz?
– Na den Satz: *Wenn ein Löwe sprechen könnte, könnten wir diesen Satz nicht verstehen.*
– Äh …

Markus machte eine krallige und, wie Natalie mit einer gewissen Genugtuung registrierte, auch ein wenig löwentatzige Bewegung mit den Händen vor seinem Gesicht. Ein Mann, der versucht, etwas zu begreifen.

Er murmelte:
– Wenn ein Löwe … könnten wir diesen Satz … welchen Satz? … nämlich den, welcher besagt, dass wir, wenn der Löwe sprechen könnte … Baah, ich komm da durcheinander. Ist der Satz jetzt wahr oder falsch? Sag bloß, du siehst den Satz klar und deutlich vor dir.

Sein Gesicht zeigte aufrichtiges und ehrliches Interesse, seine Körperhaltung war offen für alles, was aus ihrer Richtung kam. Ein geworfenes Kissen zum Beispiel.
– Klar, log sie. Der Satz ist wahr.

Markus ließ seine Hände von seinen Schläfen aus explodieren und machte:
– PCHCH!

Danke, danke, danke, dachte Natalie. Bei jedem Danke fasste sie nach einer ihrer Zehen unter dem Kissen. Verbeugungen vor dem einzig realen Publikum hier.

– Tut mir leid, sagte sie, dass ich dich mitgeschleift habe. Danke, dass du mir zugehört hast. Aber ich wollte dir darüber hinaus keine Hoffnungen machen.

Sein Gesicht wurde ernst.

Fuck you, dachte Natalie.

– Nach dem Frühstück fährst du mich zurück, ja? Den letzten Urlaubstag will ich morgen doch lieber zuhause verbringen.

Sie wartete seine Reaktion nicht ab, sondern ließ sich zurück aufs Bett fallen. An der Zimmerdecke entdeckte sie etwas, das … Zuerst sah sie es gar nicht richtig, weil es so altvertraut war. Die Sonnenreflexion. Quallenartig. Vom Licht, das durchs Strukturglasfensterchen in der Tür fiel. Da war sie gewesen, natürlich. All die Jahre.

Ihre Mutter ging mit beeindruckendem Ernst gegen die Wespen in der Küche vor. Sie schnippte mit dem Geschirrtuch nach ihnen. Sie kämpfte gegen sie, und an ihren Schrittfolgen und den Drehungen ihres Oberkörpers sah man, wie viel sie im Verlauf unzähliger sommerlicher Wespenkriege dazugelernt und so ihre Angriffstechnik verbessert hatte. Merkwürdigerweise wirkte ihr Gesicht dabei so zufrieden wie sonst nie. Markus war noch nicht zum Frühstück erschienen. Komisch. Zuerst hatte er gedrängt, aber jetzt hockte er vermutlich im Badezimmer und produzierte vor lauter Einsamkeit ein Cum Cookie oder so, Skulptur seiner tragischen Existenz.

Natalie beobachtete ihre Mutter. Das also stellte sie mit der Ewigkeit an. Denn zweifellos war sie eines dieser unsterblichen Wesen, die es auf der Welt immer wieder gab. Die waren bekanntlich gern allein. So wie der komische Gasplanet, den man vor einem halben Jahr oder so entdeckt hatte und der keinen Stern umkreiste, sondern einfach so im All herumtrieb, er hatte eine lange Zeichenkette als Namen und war ganz jung, *rogue planet*. Sie erinnerte sich noch ziemlich gut an den Bericht auf CNN. Es war im Herbst gewesen. Also doch schon ein Jahr her? Sie machte irgendein Geräusch, und ihre Mutter drehte sich zu ihr um. Das Geschirrtuch hielt sie wie eine Waffe vor sich.

– Scheiß Viecher, sagte sie.

Dies war ihre Erklärung, und Natalie respektierte sie. Sie nickte und ging durch die (nur wenn Besuch im Haus war) vormittags immer offen stehende Vordertür hinaus in den Vorstadtsonnenschein. Es war nicht warm, aber die Luft hatte heute ein feines, heiteres, melodiöses Irgendwas. Als wäre in der Nachbarschaft eine Schlacht gewonnen worden. *Ardennen*, dachte Natalie. Sie hatte keine Ahnung. *Argonnen*. Auch so ein Schlachtenname. *Solferino*. Das waren Wörter, von denen man schnell verrückt werden konnte.

An der Haustür entdeckte Natalie einige Weberknechte. Auf dem schwarz lackierten Holz waren ihre langen Beine unsichtbar, man sah nur die kleinen schwebenden Kommandokapseln in der Mitte. Jeder Weberknecht der Erde hatte irgendetwas *vor*. Sie wirkten, als wollten sie ein bestimmtes geometrisches Prinzip beweisen, indem sie es vortanzten. Dieser entzückende dünnbeinige Spreizschritt zur Seite, wenn der Weberknecht durch etwas irritiert wurde. Sie blies sanft gegen die Tierchen, aber sie wuselten nicht auseinander. Natalie musste sich räuspern, um die Enttäuschung nicht zu spüren. Sie fasste in ihre Seitentasche. Sie musste unbedingt ein Foto der beinahe unsichtbaren Spinnentiere machen. Aber die Tasche war leer, das iPhone lag oben. Schnell lief sie ins Haus zurück und die Treppe hoch. Markus kam ihr entgegen, geduscht, gut riechend, rückreisefertig, sie wischte ihn beiseite, und er musste sich am Geländer abstützen. Ardennen, Ardennen, Ardennen, hämmerten die Weberknechte in ihrem Kopf, das Wort verlor schnell seine Bedeutung und wurde trogförmig und schwarz. Als sie das iPhone fand, war darauf ein verpasster *Anruf von unbekannter Nummer* vermerkt.

Wurfparabel

Herr Hollberg hatte sich für den späten Mittwochvormittag angekündigt. Natalie hatte Kopfweh und war müde. Sie hatte nicht gut geschlafen. Wie die Zeit verging. Freier Tag, aufstehen, anziehen, schon vorbei. Sie war streunen gegangen, aber es wollte nicht funktionieren, sie spürte kein Feuer, keinen Andockwunsch, der Anblick der Männer irritierte sie, die Gesichter, die Hände in den Hosentaschen, die Zigaretten. Sie hatte in den Nächten viel gechattet und zuerst mit Frank lange Nonseq betrieben, das war toll, aber dann hatte Markus angerufen, weinerlich, hatte um ihre Hand angehalten, vollkommen betrunken natürlich. Und sich tausendmal bei ihr entschuldigt. Was für ein Jammerteig. Sie stellte ihn sich in der Zukunft vor, als Taxifahrer mit weißen Haaren. Das machte es etwas leichter.

Beim Chatten wäre das nicht passiert. Chatten war wie eine Sprache, in der man nicht heulen und auch nicht ohnmächtig werden konnte, oder nur indirekt. Man musste es anzeigen, aber dann war es schon nicht mehr echt. Es war möglich, nebenher etwas anderes zu tun, das für den Gesprächspartner unsichtbar blieb: Stricken, lautes Singen, Müsli essen mit gleichzeitiger Selbstmassage der Kopfhaut, Petersilienbüschel frisieren. Man war so frei wie der erste Mensch. Und doch kam eine echte Unterhaltung zustande – und noch dazu eine mit perfektem Gedächtnis! Wo hatte man das sonst? Man konnte im Gesprächsverlauf zurückgehen, und da stand alles schwarz auf weiß. Es gab nie diesen saudummen Moment, wenn einer sagt: *So hab ich das nicht gesagt* – und man sich dann streiten musste, wer recht hatte. Es war ganz einfach: *scroll* … Ein rasender Expresslift durch Hunderte Gesprächsstockwerke, bis zum richtigen Satz. Es gab nur Oberfläche, und das war die größte Errungenschaft überhaupt. Man konnte sich nicht abwenden. Das heißt, man konnte schon, aber es war sinnlos, nicht mehr als ein kleiner, nur einen selbst unterhaltender Tanzschritt.

Natalie aß kleine, köstlich frische Radieschen mit rattenschwanzartigen Zündschnüren, die ihre Mutter ihr eingepackt hatte.

Außerdem hatte ein Chatverlauf mehrere Ebenen. Jemand stellte drei Fragen gleichzeitig, und man antwortete in drei verschiedenen Zeilen. In einer Zeile konnte man emotional werden und in der nächsten einen kühlen Ton anschlagen. In der dritten völligen Nonsense verbreiten. Es ging alles gleichzeitig, was sonst immer nur *nacheinander*, so furchtbar und unverrückbar *nacheinander* kam. Man baute gemeinsam einen Turm, der niemals umfallen und auch keine Grenze erreichen würde. Es gab verschiedene Gangarten, Trab, Galopp. Man tauschte die Antworten in Battle-Rap-Geschwindigkeit aus, oder man schickte kleine persönliche Aufsätze hin und her. Man fing Sätze an, und der andere musste sie vollenden. Man kopierte irgendwelche Dinge, Links, Fetzen von früheren Gesprächen, und machte so zusammen stumme Musik, mitten in der Nacht. Natalies Finger waren schnell, und sie musste inzwischen nicht mehr auf den Monitor schauen. Wenn sie sich vertippte, ließ sie es meist so stehen. Ein Tippfehler bedeutete nur, dass der Zufall gehört werden wollte, das Universum räusperte sich, und die Sterne wurden unruhig an ihren Ketten. Mein Gott, apropos, heute Nacht hatten sie wieder geflimmert da oben, totale Unruhe! Manche waren extrem milchig. Wahrscheinlich irgendwelche Schadstoffe in der Atmosphäre, die ihnen nicht guttaten. Dinge, die wir dem Planeten antun.

Natalie fühlte sich durch den früh abgebrochenen, aber immerhin in erklärungstechnischer Hinsicht erfolgreichen Zuhause-Besuch in der Vorstadt gestärkt. Sie hatte es live erlebt, wie sich der ölverschmierte Vogel in Markus' Kopf eingenistet hatte. Als Leitbild. Und am Freitagabend würde sie Mario treffen. Verstärkung.

Herr Hollberg wirkte eindeutig lebhafter und ausgeruhter als letztes Mal. Er verbreitete einen Geruch von Kaffee und Zigarettenrauch. Er schüttelte Natalies Hand und fragte sie, wie es ihr gehe. Dorm fuhr beinahe zwischen sie, das Vorderrad des Rollstuhls stoppte wenige Zentimeter vor Natalies Fuß.

– Superman, begrüßte ihn Hollberg.

– Hallo, Chris, strahlte Dorm und hob die Arme.

Er wollte umarmt werden.

– Was meinen Sie, sagte Hollberg zu Natalie. Mit vereinten Kräften könnten wir ihn doch hochwerfen. Drei Mal hoch und so weiter. Nicht?

– Ich weiß nicht, sagte sie.

– Oh, das geht ganz leicht. Aber wir müssten es halt gut machen. Sodass er wie E. T. am Mond vorbeifliegt, in einer herrlichen Parabel.

– In einer was?

– Parabel.

Natalie wartete auf eine Erläuterung.

– Kein Begriff?

Herr Hollberg lachte. Natalie fragte nicht weiter nach.

– Tut mir leid, sagte Hollberg. Wirke ich überheblich? Ist nicht meine Absicht.

– Nein, sagte Natalie.

Herr Dorm wollte endlich wahrgenommen werden und streckte weiter die Arme zur Begrüßung aus. Aber Hollberg ignorierte ihn noch immer.

– Das mit dem Vokabular ist so eine Sache, sagte er. Viele verheddern sich auf einer Stufe. Auf einer Ebene, sozusagen. Das mag zwar soziologisch interessant sein, aber zusammenleben will man mit so einem Menschen auch nicht.

Natalie reagierte nicht darauf, sondern blickte einfach freundlich. Herr Hollberg hielt dies für einen Sieg.

– Hahaha, lachte er. Es ist doch eine Pracht, wirklich eine Pracht. Übrigens haben Sie ganz wunderbare Schuhe an. Superman, hast du das bemerkt?

Herr Dorm ließ die Arme sinken. Es würde nicht mehr zu einer Umarmung kommen. Aber er wurde direkt angesprochen, seine Meinung war gefragt, er war endlich in der Szene:

– Ja, Chris, sagte er.

– Och, immer dasselbe, *ja, Chris, ja, Chris*. Du bist wirklich glücklich, dass ich da bin, oder? Weißt du, an wen du mich erinnerst? An einen alten Kollegen von mir. Der mit der Katze. Hab ich dir erzählt, oder?

– Weiß ich nicht mehr, Chris. Aber ja, bestimmt!

– Schau ihn dir an, murmelte Herr Hollberg. Das Wort *Katze* war's, oder? Das erzeugt bei ihm so einen … mein Gott, dieser Blick. Gehen wir lieber los, sonst wird hier noch alles zu Stein.

Natalie seufzte, als sie sich die Jacke anzog. Wieder diese ungute Energie. Das konnte sie heute eigentlich überhaupt nicht … was war das richtige Wort? Sie dachte an *handlen*. Neudeutsch. Aber wie sagte man es richtig? Ah, egal. Denk an Freitagabend, denk an Freitagabend.

Frische Luft, stellte sie fest, als das große Draußen ihr entgegenkam. Wie sagte man? Das Draußen. Die Außen…welt. Nein, das vor der Tür, die … ah, ich werde mich heute so was von zu-benzodiazepinen, so richtig overkill. Übermüdung zog Ohrwürmer an, fetzenweise, büschelweise, und die inneren Sätze wurden hässlich. *You are the Alcatraz beneath my wings.*

Herr Hollberg summte vor sich hin. Sie spazierten in Richtung Park. Okay, dachte Natalie. Okay, okay, okay. Damit kann ich, glaube ich, leben. Park. Aber ich beteilige mich nicht am Gespräch. Tut, was ihr tun müsst.

– Sie sehen müde aus, heute.

– Hm?

– Müde. Sie. Aussehen.

Herr Hollberg imitierte Gebärdensprache.

– Oh, ja. Ein bisschen.

– Es sind jetzt die schlaflosen Nächte. Das kommt, wie so vieles, vom Mond. Unter anderem.

– Ah.

– Chris? Ich hab es drinnen vergessen. Aber ich hab was für dich gemacht!

– Ja, sagte Natalie, glücklich über den Themenwechsel. Er ist lange dran gesessen.

– Wieder was für mich?, stöhnte Herr Hollberg. Weißt du, inzwischen müsste ich ein eigenes Lagerhaus mieten für den ganzen Müll. Aber du willst das Zeug loswerden, oder? Wenn ich es nicht nehme, staut es sich auf.

Der letzte Satz, begleitet von einer raumausfüllenden Geste, war an Natalie gerichtet gewesen.

– Na ja, sagte sie. Falls der Transport heute schwierig ist, können Sie es natürlich auch nächste Woche.

– Nächste Woche, hm? Aber ob er so lange durchhält, was meinen Sie? Das schwillt ja dann riesig an. Wie ein abgeklemmter Gartenschlauch. Und er sondert nachts Selbstgebasteltes ab. Wie eine Springflut. Und Sie müssen's am nächsten Morgen aufsammeln.

Natalie war zu müde, um sich über die Anspielungen zu ärgern.

– Aber apropos, ich wollte dir ja erzählen, an wen du mich erinnerst.

Yippi-fucking-yay, dachte Natalie.

– Also. Das ist so ein Typ, äh, den kenn ich schon mein ganzes Leben. Ist irgendwie ganz in Ordnung, so von seiner Gesamtstruktur, aber auch merkwürdig unterwürfig. Ich mag seinen Namen nicht verraten. Wie sollen wir ihn nennen? Ist Eric zu unglaubwürdig? Hm? Eric?

– Ja, Chris.

– Eric ist ein sehr schöner Name, sagte Natalie.

Und damit schaltete sie sich, wie sie glaubte, endgültig auf Autopilot.

– Finde ich eigentlich nicht. Eric. Hm. Was ist mit Karl?

Schleudersitz. Natalie wurde aus dem Cockpit katapultiert.

– Karl?, fragte sie.

– Viel schöner, oder?

Sie wusste nicht, was sie sagen sollte. Herr Dorm kam ihr zu Hilfe: Er nieste.

– Wenn jemand niest, sagt man Gesundheit, sagte Herr Hollberg streng zu ihm.

– Äh, Gesundheit?, sagte Herr Dorm verwirrt.

– Nein, sagte Natalie. Sie müssen nicht. Wir hätten es zu Ihnen sagen sollen. Gesundheit.
– Ja, sagte Herr Hollberg. Warum wünschst du dir selbst Gesundheit? Du Idiot.

In die Ecke gedrängter Nagetierblick. Dorm schaute zu Natalie, dann zu seinem Besucher, dann auf seine Knie. Sie wirkten heute besonders kümmerlich, weil die Hose, die er trug, auf den Knien augenartige Flecken aufwies. Wie die Zeichnung auf manchen Mottenflügeln.
– Also, sagte Herr Hollberg. Dann erzähl ich mal. Karl, also, ich hoffe, ich behalte den Namen. Wir hatten uns auf Karl geeinigt, oder?
– Ja, Chris.
– Super. Also, Karl. Er ist, wie jeden Abend nach der Arbeit, auf dem Nachhauseweg, und er macht einen Umweg über einen Eislaufplatz. Den Platz selbst betritt er nicht, da sich einige Figuren in der durch helle Strahllampen aufgelockerten Dämmerung darauf umherbewegen …

Natalie, immer noch hellwach und mit einem unangenehmen Gefühl in der Brust, bemerkte diese seltsam schriftliche, vorbereitet wirkende Formulierung. *In der durch helle Strahllampen aufgelockert.* So sprach doch niemand.
– … aber als er an einem kleinen Wiesenstück vorbeikommt, läuft er, wie man das halt so macht in einer solchen Situation, einmal quer durch und öffnet im Rennen alle Knöpfe seines Mantels, huiiii, sodass die Kälte ihm an den Hals springen kann. Wie ein Amokläufer am Nordpol. Ringsum kein Mensch, nur etwas, das vielleicht früher ein Schneemann war, steht halb geschmolzen in der Einfahrt eines Hauses. Das kennt man ja. Wie die da *mythisch* herumstehen, diese komischen Gebilde. Immer nur halb beleuchtet. Aber daneben lauter helle Fenster mit Weihnachtsgirlanden, Gehsteige, auf denen Streugut liegt. Und eine kleine, schmale Straße, die von seiner abzweigt und ihn, wie jeden Tag beim Nachhausegehen, zu sich einlädt.

Herr Hollberg begleitete diesen Satz, der wieder etwas vage *Schriftliches* an sich hatte, mit einer Verbeugung.

– Aber Eric, äh, Karl, vermeidet es immer, durch diese Straße zu gehen, obwohl nichts Unangenehmes oder Gefährliches an ihr ist. Es ist dasselbe wie mit den Rissen im Asphalt, auf die zu treten man sich selbst untersagt. Oder auf die ungeraden Zahlen bei Bodenfliesen. Oder auf mehr als zwei Steinchen beim Katzenkopfpflaster in der Altstadt. Wenn man sich einmal entschieden hat, gewisse Dinge zu meiden, dann muss man sich auch daran halten, sonst bekommt die Welt Sprünge. Ja, also, und die kleine, schmale Straße existiert im Grunde gar nicht, da er sie wirklich noch nie betreten hat. Und wer will schon durch eine Straße gehen, die gar nicht existiert? Wer weiß, was für Gefahren da auf ihn warten. Franz von Assisi machte übrigens bei seiner letzten Reise nicht in Perugia halt, da er befürchtete, dort von den Reliquienräubern aufgegriffen, abgeerntet und Glied für Glied als frisches Heiligtum in alle Welt verkauft zu werden. Ja, so sind die Menschen – und Eric geht den Weg, den er eben immer geht, eine Nebenstraße der Glacisstraße. Karl. Karl geht den Weg. Ah, ich komme durcheinander mit den blöden Namen. Obwohl, wie gesagt, Karl ist kein blöder Name.

Er sagte das zu Natalie. Sie waren alle drei stehen geblieben, infolge jener häufig zu beobachtenden automatischen Bremsfunktion, die der anschwellende Redestrom einer Person in einer Gruppe ausübt. Gehen und Kaugummikauen zugleich.

– Er sieht da Josef Kepka, Hüte. Das Schaufenster eines Hutgeschäfts, schon seit er ein Kind war, ist es verstaubt und beinahe leer. Ganz in der Nähe haben sie früher gewohnt, er ist im Grunde sein ganzes Leben nicht aus diesem einen Bezirk hinausgekommen. So sind die Menschen, sagt er sich. So sind die Menschen. Ein hilfreicher Refrain, vor allem in den letzten Jahren. Er spricht ihn niemals laut aus, weil er fürchtet, der tröstliche Satz könnte so vielleicht das Gegenteil bewirken.

Wieder dieser schriftliche Ton. Hatte er die Geschichte schon so oft erzählt, dass sie so routiniert klang? Oder hatte er sie aufgeschrieben und auswendig gelernt? Wenn ja, wozu?

– Und zuhause sitzt seine Frau vor dem Fernseher. Er kommt heim. Sie begrüßen sich nicht groß, nur durch eine Berührung: Er legt seine Hand auf ihre Schulter und verwandelt das einfache Daliegen seiner Hand in eine Streichelgeste, indem er weitergeht und seine Finger dabei schlaff über den Stoff ihrer Weste zieht.

Noch bevor Natalie ausweichen konnte, führte Herr Hollberg es vor. An ihrer Schulter.

– Entschuldigung, sagte er zu ihr. Nur, damit klar ist, welche Berührung. Sonst sagen die zwei bei der Begrüßung nie ein Wort, es sei denn, es gibt etwas Dringendes zu berichten. Vor einer Woche haben sie einander sogar einmal die Hand gegeben – ohne nachzudenken, es ist einfach so passiert. Ihr könnt euch sicher vorstellen, wie überraschend und erschütternd das war, seiner eigenen Ehefrau plötzlich die Hand zu drücken!

Natalie blickte immer wieder zu Herrn Dorm. Dessen Gesichtsausdruck war schwer zu lesen. Er hörte geduldig zu, denn es ging, wie er nicht vergessen hatte, irgendwie um ihn. Zumindest war es so angekündigt worden. Er, Dorm, erinnere Hollberg an etwas, das mit Eric oder Karl aus der sonderbaren Geschichte zu tun hatte. Dies war der Grund, warum sie erzählt wurde. Aber es ging auch um eine Ehefrau und um Berührungen. Das mochte er nicht.

– So ein Handschlag von einer Frau ist ja meist sehr weich, wie ein Griff in ein trockenes, kühles Moosbett. Nun gibt unser Karl also brav jeden Tag acht, dass die Begrüßungsgesten normal ausfallen. Unverbindlich, aber vertraut genug, *ehelich*. Aber dass sie jedes Mal so kraftlos geraten, ist nicht seine Absicht. Vielleicht versuchen ihre Körper, unabhängig von den Seelen, die sie vorübergehend bewohnen, sich beieinander zu entschuldigen, dass sie sich nicht mehr sexuell begehren. Aber das ist auch schwerer, als man es sich vorstellt.

Natalie schaute sich um. Ein Hilfesuch-Reflex. Selbst ein Ball, den ihr ein spielendes Kind aus Versehen an den Kopf kickte, wäre ihr in dieser Situation willkommen gewesen.

Um das unheimliche Gefühl zu vertreiben, studierte sie Herrn Dorm. Aber dessen Ausdruck hatte sich während der letzten Bemerkung kaum verändert.

– So weit also das Nachhausekommen. Dann steht unser Karl in seinem Arbeitszimmer. Das ist ein kleiner Raum voll mit DVDs und alten Computerdisketten, die kein Laufwerk der Welt mehr lesen kann. Was auf ihnen gespeichert ist, hat er größtenteils vergessen, alte Programme in Basic und C. Frühere Arbeiten, Textdateien. Die Ernte seiner Jugend. Aber sonst, auf den vielen, vielen 1,4 MB, die hier lagern, keine Ahnung, vermutlich nichts. Alle diese Dateien aus der Vergangenheit liegen da herum, und er vermisst sie nicht. 1,4 MB, Sie sind zu jung dafür, oder?

– Für …?

– Um sich zu erinnern an die alten Disketten.

– Ich weiß, wie sie aussehen.

– Aber Sie haben sie nie verwendet.

Natalie schüttelte den Kopf. In Mikes Wohneinheit lagen einige davon herum.

– Die waren echt witzig. Die konnten nur 1,44 Millionen Byte aufnehmen. Das ist absolut nichts. Aber die Zahl ist interessant, finde ich, weil sie verwandt ist mit der Anzahl der Zeugen Jehovas, die nach dem Armageddon ins Himmelreich dürfen. Das sind exakt 144 000. Dann ist auch da der Speicherplatz voll, und man kann höchstens was Bestehendes überschreiben.

Herr Hollberg machte eine kurze Pause. Er schien etwas zu suchen, griff in seine Manteltaschen. Dann fiel es ihm ein, ja, es war hier drin. In der Innentasche. Als seine Hand zum Vorschein kam, hielt er eine Diskette in der Hand.

– Hatte ich total vergessen, dass ich die hier eingesteckt hatte. Sie hält zwar keine Pistolenkugel ab, wie die kleinen, fetten Reisebibeln früher, mit ihren eisenbeschlagenen Einbänden. Aber gut, wer soll schon auf mich schießen?

Er gab Natalie die Diskette. Sie betrachtete sie kurz und reichte sie dann an Dorm weiter. Der nahm sie ehrfürchtig in

Empfang, berührte sie nur mit den Fingerspitzen und legte sie, als wolle er sie gleich durch ein Mikroskop betrachten, auf seine Knie.

– Die Dateien, die da drauf sind, kannst du heute nirgends mehr öffnen. So wie altes Sanskrit oder irgendeine andere tote Sprache. Da gibt es keine Anhaltspunkte. Und dabei waren die einmal überall, die Disketten! Wirklich überall. Heute sind sie wie Blätter am Boden, im Herbst. Das Einzige, was man nicht durfte, war, auf ihnen radieren. Also auf der Vorderseite. Weil sie dann durch die Reibung. Also davon kommen natürlich die kleinen Magnete durcheinander. Ja, also, *torniamo alla storia.* Die Tür geht auf, ohne dass geklopft worden wäre, und seine Frau kommt herein.

Herr Hollberg imitierte eine Frau, die ein Zimmer betritt. Er machte ein paar Schritte auf Dorm zu. Dieser fuhr dieselbe Distanz rückwärts. Wow, dachte Natalie.

– Und die Frau sagt: *Bitte, nur kurz.* Und sie hält ihm eine Schnur hin, an deren Ende eine Maus hängt. Aber der Tag im Labor war anstrengend, in der Mittagspause hat Eri… äh, Karl, schon gedacht, dass er am liebsten einschlafen würde, also hat er jetzt natürlich keine Lust, die Schnur zu nehmen, ihm ist heute einfach nicht danach. Er schüttelt den Kopf und tut so, als würde er einen bestimmten Film im Regal suchen. *Ach, komm*, sagt seine Frau, *er freut sich den ganzen Tag auf dich!* Karl murmelt: *Warum kannst du nicht mal? Du bist doch den ganzen Tag da.* Aber, wie wir alle wissen, ist das gar keine wirkliche Frage. Der Satz gehört einfach mit zum Skript, das beinahe jeden Tag gleich abläuft. Und er kennt natürlich ihre Antwort: *Weil er mit mir nicht spielt*, sagt die Frau. *Du weißt, dass das die Wahrheit ist. Ich versuch es ja immer, aber er liegt nur da!*

Etwas an der Art, wie Herr Hollberg die Stimme der Ehefrau nachahmte, klang vertraut. Er übertrieb dabei nicht, sprach nicht höher als sonst und gab ihr auch keinen betont weiblichen Klang. Es erinnerte an jemanden.

– Und sie lügt nicht. Sie versucht es ja wirklich, jeden Tag. Er sieht es oft an den Wochenenden. Der Kater sitzt dumm vor ihr, betrachtet die Maus an der Schnur, die unter einem Teppich durchgezogen wird, und blickt dann zu Karl, als wollte er sagen: *Das solltest aber du machen.* Wie die Frau es geschafft hat, ihm dieses Verhalten anzutrainieren, ist ihm allerdings ein Rätsel. Ein wenig beeindruckt es ihn sogar. Aber heute ist er einfach zu müde. Er sagt ihr, dass er keine Lust hat. *Nur kurz*, bettelt die Ehefrau. *Er freut sich den ganzen Tag. Er sitzt vor der Tür.* Karl verliert die Geduld, haaaah, okay, okay, okay.

Herr Dorm war etwas zusammengezuckt, als Herr Hollberg die wütende Stimme nachgemacht hatte.

– Er nimmt ihr die Schnur aus der Hand. Ohne sie dabei zu berühren. Sie trippelt ihm zufrieden hinterher. Der Kater blickt auf, als Eric das Schlafzimmer betritt. *Da, schau*, sagt er lustlos und schwenkt die Schnur hin und her. Und natürlich: Sofort springt das Tier auf, der Schweif bewegt sich hin und her, und es attackiert die Kunststoffmaus. Wegen der besonderen Natur-Diät, die der Kater erhält, ist er kräftig und gesund. Nach kurzer Zeit rast er vor Begeisterung über das Bett, zisch, hin und her, wild rennt er herum und pirscht sich in extralangen Umwegen heran an das auf dem Boden hin und her hüpfende Spielzeug. Seine Pupillen sind groß und schwarz, das Gelb seiner Augen nur eine hauchdünne Corona wie bei einer Sonnenfinsternis. Er lässt sich sogar von Karl streicheln, während er die Maus mit den Vorderpfoten festhält und mit den Hinterbeinen so *tn tn tn tn* bearbeitet. Das sieht natürlich total witzig aus, wenn der Kater das macht. Wie ein dicker Hase, der auf der Stelle läuft.

Die Sätze klangen zum Teil wieder sehr vorbereitet, aber Natalie störte sich jetzt nicht mehr daran. Die Szene stand ihr lebendig vor Augen. Sie ließ sich gern darauf ein, die aufgeregte, spielende Katze war ein ungefährliches, attraktives Element in der Geschichte.

Herr Hollberg blickte sie an und lächelte:

– Gut, oder? Karl kniet jetzt, ohne dass er das vorgehabt hätte, vor dem kleinen, wilden Vieh und sagt zu ihm: *Ja, Braver …*

Da, schau, jetzt ist es hier. Und der Kater stürzt sich wieder auf die Maus, die keck und unverletzt am Bettrand herumhüpft, und zieht mit seinem Gewicht die Tagesdecke auf den Boden. Jetzt ist er ein kleiner Hügel unter der Decke.

Natalie lachte auf.

– An einer zuckenden Bewegung am Rand der Decke sieht man, dass sein Schwanz hin und her peitscht. Hin, her, hin, her. Dann schießt er unter der Decke hervor, und man hört das elektrische Knistern seines Fells. Karl lacht. Die Erschöpfung ist verflogen. Seine Frau steht hinter ihm in der Tür. Für sie läuft jetzt alles richtig. So wie sie die Dinge zuhause gerne sieht. Er auf dem Boden beim Kater und sie dahinter, das Tier beschäftigt und glücklich, und Karl scheint auch Spaß zu haben. Es ist genau *dieser Moment.* Genau dieser. Als sie sagt: *Er kann ja nichts dafür. Mit uns spielt er halt nicht.* Uns – ah, nein, das bedeutet, dass seine Mutter heute in der Wohnung war, wahrscheinlich wieder den ganzen Vormittag. Sie wohnt nämlich im Stockwerk über ihnen, ganz allein seit dem Tod ihres zweiten Mannes, Karls Stiefvater. Sie nennt den Kater beharrlich Mucki, obwohl er eigentlich Badger heißt. Und jetzt zerfällt die ganze Szene!

Natalie hatte das Gefühl, diesem Eindruck zustimmen zu müssen. Die Szene war tatsächlich weg. Plötzlich war von der Mutter die Rede. Ihre Sinne verlangten aber noch nach der Katze und den lustig beschriebenen Spiel- und Pirschbewegungen. Sie wollte mehr davon hören.

– Ah, sagte Herr Hollberg und rieb sich, als wäre er die Figur in der Geschichte, genervt mit einer Hand übers Gesicht. Er hätte schon darauf kommen müssen, als er vorhin beim Betreten der Wohnung ein neues Engelsbuch neben dem Telefon liegen sah. *Engel und die Innere Kraft.* Was für ein Titel! Kennen Sie diese Bücher? Diesen Eso-Mist?

Natalie nickte. Astrids Nische im Nachtdienstkämmerchen. Herr Hollberg lächelte. Er schien kurz überlegen zu müssen, ein Finger lag auf seiner Oberlippe, dann holte er Luft und sagte:

– Also. Während er die Maus an der Schnur über dem jetzt schon etwas müden Kater baumeln lässt, stellt er sich vor, wie es wohl wäre, einem Engel, der durch die reliquienjägerreiche Landschaft um Perugia flattert, die Flügel abzuschneiden. Welche Farbe hätte das Blut? Wahrscheinlich beinahe farblos wie das Ejakulat von Teenagern. Oder schwarz, wie bei Fischen. Engel sind nämlich wirklich unappetitliche Wesen, dieses dreckige Gefieder, das aus den Schulterblättern sprießt. Der Übergang zwischen Haut und Gefieder muss besonders ekelhaft sein, so eine gerupft und ständig wund aussehende Narbenhaut, ständig entzündet. Engel sind zum Schlachten da.

Ein Blick zu Dorm, dessen Gesicht nun, aus irgendeinem Grund, friedlich war.

– Und man kennt das natürlich, der Kater blickt Karl leicht amüsiert an, aber verfolgt nicht einmal mehr die Bewegungen der Maus. Als wäre er sehr geschmeichelt durch diese anhaltenden Spielaufforderungen, danke schön, wirklich sehr freundlich von dir. Er zwinkert. Aber Karl spielt weiter, lässt die Maus über sein Fell hüpfen. Der Kater legt den Kopf auf die Pfoten. *Mach du nur*, sagt seine Körperstellung, *ich bin fertig, du kannst sie ruhig haben. Ist ja für alle da, das Spielzeug im Haus*. Ein Schlachthaus für Engel, denkt Karl. Die Bewegungen der Maus über die Streifen des Katzenfells geben ihm eine Form vor, eine Richtung und einen Rhythmus für die Gedanken. Die Engel werden entkleidet, mit einem Sandstrahler gereinigt, tschschschsch, dann zu einer Herde zusammengetrieben, umgeben von einem Elektrozaun, und dann einzeln herausgezerrt, immer an den Flügeln, weil ihnen das natürlich am meisten wehtut. Sie jammern aber nie, bitten auch nicht um Gnade, weil sie wissen, dass das nichts bringt. Sie wissen, wie es in der Schöpfung zugeht. Ein Arbeiter hält sie fest, während ein anderer mit einer Motorsäge die Flügel vom Körper abtrennt. Anschließend wirft er sie auf einen Haufen in der Ecke. Ein Berg von schmutzig weißem Gefieder. Zuckt noch ein bisschen. Dann schneidet er dem Engel den Johannes-der-Täufer-mäßigen Kopf ab. Das weise Lächeln und der widerlich androgyne Blick und die geschnitzt wirkenden Locken, alles fällt auf den Boden, und das Blut sprudelt aus dem Hals. *So, fertig,* sagt Karl, *er ist jetzt müde, er mag nicht mehr.* Aber als er sich umdreht, sieht er, dass er allein im Zimmer ist. Seine Frau sitzt längst wieder vor dem Fernseher. Er wirft das Mausspielzeug in eine Ecke.

Pause. Natalie wartete, ob noch was folgte.

– Und du bist genau wie dieser Kater, sagte Hollberg zu Dorm.

Der antwortete nicht.

– Was ist, krieg ich meine Diskette zurück?

– Natürlich, Chris, da. Ich hab nur drauf aufgepasst.

– Jaja.

– Das war aber eine interessante Geschichte, sagte Natalie.

Der Satz klang genauso dumm, wie er war. Es war der Satz einer Kindergartentante, die ein unterbelichtetes Kind lobt, das gerade zusammenhanglos erzählt hat, was in den Sommerferien alles geschehen ist.

Herr Hollberg schaute sie an.

– Alles eine Frage der Perspektive. Schauen Sie sich zum Beispiel folgendes Detail der Sache an. Ich hab den Stiefvater erwähnt. Den von Karl. Wir erinnern uns, die Mutter wohnt im selben Haus und hatte noch mal geheiratet. Der Stiefvater ist jetzt tot. An der Stelle könnten wir die Diskette ins Laufwerk schieben und schauen, was sich hinter der Tatsache verbirgt. Vielleicht hatte der Stiefvater ja in seinen letzten Jahren, was weiß ich, ein Loch mitten im Gesicht, ja? Das Resultat einer Tumorentfernung oder so. Oder ein Brandunfall. Heißes Öl ins Gesicht bekommen. Keine Ahnung. Lange wehrt sich der alte Mann gegen die Entscheidung, sein halbes Gesicht rausschneiden zu lassen, aber dann lebt er mit der Beeinträchtigung so vorbildlich und fügsam, dass Eric ihn liebgewinnt. Äh, Karl. Er kann lange Gespräche mit ihm über nichts führen, die beiden Männer schauen zusammen fern oder sitzen einfach nebeneinander, genießen die Gegenwart des anderen. Die Gesichtsepithese wird heute von Erics Mutter verwaltet. Es heißt, dass sie sie in einem Glas aufbewahrt. Aber

Karl würde natürlich niemals nachfragen. Das tut man nicht. Anfangs hatte er noch ein bisschen Angst vor dem Ding im Gesicht des alten Mannes. Aber dann wurde er einmal Zeuge eines, ja, wie soll man das nennen … sagen wir: eines wundersamen Schauspiels! Jeden Morgen. Also wirklich: *Jeden* Morgen, immer nach dem Aufstehen, lässt der Stiefvater den Sonnenschein für mindestens zehn Minuten in seinen Schädel hinein. Er nimmt die Epithese ab, lässt sie waschen und desinfizieren, sie haftet mithilfe kleiner Magnetknöpfe an ihm, und steht dann empfangsbereit vor dem offenen Fenster. Mit dem Loch im Gesicht, in das Sonnenlicht fällt. Und das Loch, na ja, das sieht nicht einmal besonders schrecklich aus. Früher hätten sich die Lebewesen ja ausschließlich von Photonen ernährt, scherzt er immer. Ah, solche Männer wie ihn gibt es heute nicht mehr! Und das ist Karl leider viel zu spät aufgefallen. Wenn er heute an ihn denkt, werden ihm die Schultern schwer, und er hat das Bedürfnis, alle möglichen kleineren Gegenstände in die Hand zu nehmen und ein wenig zu halten. Er war einer der Gärtner der Welt, dieser alte Mann. Einer der *freundlichen* Gärtner der Welt.

Natalie spürte den Kloß im Hals. Nicht stark. Aber ein bisschen. Sie musste kurz woanders hinschauen. Merkwürdig, der letzte Satz hatte sie getroffen.

– Und du bist echt genau wie der Kater!, sagte Herr Hollberg und klatschte in die Hände, sodass der Kloß sich auflöste. Das komische Tier mit diesem fiesen Blick, den Katzen manchmal haben. Haben Sie Tiere?

– Äh …

Natalie fand die richtige Anwendung nicht. Sie wollte sprechen, aber stattdessen bewegten sich ihre Hände.

– Hunde? Katzen? Aquarium? Sie wirken eher wie ein Aquarienmensch auf mich. Dieses Ruhige, Kompromissbereite. Dieses Mandelahafte. Oder ist das nur der Mond?

– Ich habe eigentlich immer Tiere gehabt, sagte Natalie. Mein ganzes Leben lang.

– Wunderbar, nickte Herr Hollberg. Wunderbar.

Natalie blickte zu Dorm. Sie erschrak. Man konnte deutlich sehen, dass dieser sich angepinkelt hatte. Er musste es selbst bemerkt haben, da er beide Hände im Schoß liegen hatte. Natalie ging schnell zu ihm, nahm die graue Decke aus der Rücklehnentasche des Rollstuhls und reichte sie ihm. Er breitete sie über sich aus.

– Werfen könnte man ihn, oder?, sagte Herr Hollberg. In hohem Bogen. Wie den Kater. Mit seiner Schnur. Ah, du und deine Parabel, ihr würdet euch gut verstehen. Bahnkurveeee …

Herr Hollberg verwandelte seine Hände in Jets im Sturzflug. Sie knallten gegen ein unsichtbares Hindernis.

– Pchchchch!, machte er (genauso wie Markus im Zimmer im Vorstadthaus ihrer Mutter). So. Gehen wir dann weiter?

Folgen

Natalie war in den letzten beiden Nächten kaum aus dem Haus gegangen. Andocken und Streunen erschienen ihr so absurd wie die Vorstellung, sich unter freiem Himmel operieren zu lassen. Sie verkroch sich in ihrer Wohnung, wo der Fernseher lief, kümmerte sich um den Kater, herzte ihn viel und redete lang auf ihn ein. Die verrückte Geschichte vom Mann, der mit der Katze spielt, war sicher eine verschlüsselte Warnung, sagte sie sich. Ein Code. Hollberg ahnt irgendwas. Hartenaugasse, Koller. Es ist alles verdrahtet. Er hatte sogar gesagt: Sehen wir uns dieses Detail an. Detail. Davon hatte Markus angefangen! Aber es war unmöglich, dass Markus bewusst oder absichtlich. Nein, so tief steige ich nicht ein. Der Gedanke ist verboten. Markus steckt nicht unter einer Decke mit. Nein, er liebt mich ja sogar noch, dieser Jammerteig. Nein, der würde nie, absolut nicht, ausgeschlossen. Natalie war gestern nach der Arbeit am Haus von Dorms Schwester und davor auch an dem in der Hartenaugasse vorbeigefahren, aber alles war ruhig. Filme waren immer viel dynamischer.

18 Uhr hatte sie mit Mario vereinbart. Natalie war schon eine halbe Stunde vorher da. Und sie gewährte ihm mindestens eine ganze Stunde Verspätungspuffer, schließlich war er zu Fuß unterwegs, er hatte bestimmt kein Rad wie sie. Etwa fünfzehn Minuten lang, nachdem sie auf dem verabredeten Platz gut sichtbar Aufstellung genommen hatte, war sie in einem vorfreudig glühenden Zustand, sie fühlte sich am Ziel, sie würde etwas unternehmen in Sachen Hollberg, mehr erfahren, besser verstehen, hinter die Kulissen blicken, und gleichzeitig würde sie Mario näherkommen. Es wurde langsam ernst. Warnung. Eric, Karl. Sollte sie von Bezahlung reden? Vielleicht würde Mario ihr ja erlauben, sich richtig bei ihm zu revanchieren, ein sehr dummer Gedanke, sie wischte ihn fort. Ein Mann mit Lederjacke und zwei kleinen Kindern kam vorbei, eine

lächerliche, fast beleidigende Parodie des von ihr erwarteten Menschen. Auch das Gesicht war vollkommen falsch! So ein alternder Typ, mit Glatze und komischem weißem Haarflaum an den Schläfen. Blöder Sack, geh schneller.

Warten, grausame Dehnung der Zeit. Zwischen den einzelnen Sekunden war genug Raum, um mit dem Fingernagel hängen zu bleiben und, igitt, am Nagelrand dieses kleine Wurzelchen aufzubiegen, das dann nie wieder abreißen wollte, sondern wie ein aus dem Sand gezogener Draht –

Endlich! Mario!

Nein, er war es wieder nicht.

Die ganze Zeit ging das schon so. Mario kam auf sie zu, das heißt ein Mensch mit Marios Gesichtszügen, aber auf den letzten Metern verwandelte er sich in etwas Unbrauchbares und Fremdes. Natalie verfluchte diese ausgerechnet heute Abend, wenn sie es am wenigsten brauchen konnte, so geballt und zahlreich auftretenden Mimikry-Spiele der Natur, diese albernen Straffungen des sonst so locker gespannten Netzes des Zufalls. In jedem Land, in jeder Stadt laufen Doppelgänger von uns herum. Aber doch nicht in jeder Straße! Und alle paar Minuten! Da wird man ja senil davon.

Wieder glaubte sie ihn zu sehen. Diesmal riss sie ihr Herz an der Leine, damit es vielleicht wahr blieb bis zuletzt, aber nein, es war eine dicke Frau mit schwarzem Mantel, die in ihrer aufgeblasenen Unschuld so widerlich und abstoßend wirkte, dass Natalie Lust bekam, ihr mit der Faust direkt unters Kinn zu schlagen, dorthin, wo die Atmung wohnte.

Dann ließ die Straße sie für eine Minute ausruhen, eine Verschnaufpause. Niemand kam. Natalie gab ein lautes Bellen von sich, um die enorme Aufregung aus ihrer Brust zu lassen. *Irgendwo bellte ein Hund*, dachte sie. *Es war ein warmer Herbstabend.* Leute wie John Updike hatten bestimmt keine Doppelgänger auf der Welt. Kein vernünftiger Mensch sah so aus. Deshalb bellte irgendwo ein Hund, und eine Glocke schlug, und eine Uhr tickte in einem Zimmer, und ein Schirm wurde aufgespannt. Luminöses Zeug. Und ein Engel verlor seine Flügel. Dafür bekam ein Leopard seine Streifen zurück. *In einer solchen Situation.* Allerdings sah Stephen King auch relativ merkwürdig aus. Vor allem der Achtziger-Stephen-King, mit dem Vollbart.

Natalie trat gegen den Gehsteigrand, hüpfte auf die Straße und trat noch einige Male dagegen, es machte keinen Spaß, aber es war ja sonst niemand da, der den Gehsteig treten konnte, also tat sie es. Wenn er heute nicht kommt, dachte sie, dann bedeutet das, dass ich ewig allein bleibe. Ich werde meinen Körper waschen und frisch halten und trotzdem irgendwann eines Tages seltsam zu riechen anfangen, dann gehen nach und nach einige Gelenke kaputt, und die Hormone schalten sich ab. Dann einige Jahrzehnte als verwüstete Frau, in deren Gegenwart alle höflich sind und so tun, als dürfte sie immer noch mitspielen. Dann ein paar Jahre ohne Höflichkeit. Und dann bin ich in dem Alter, wo man im Allgemeinen nur noch zu Haustieren und zur eigenen Kleidung ungestraft freundlich sein darf. Und dann der Tod.

Sie schaute auf das dichte Heckengestrüpp, das den Park von dem großen, freien Platz abgrenzte. Es sah aus wie lauter dicht ineinander getippte Buchstaben. Wie wenn man die Vorratsbox eines Schriftsetzers durcheinanderschüttelt. All die von häufigem Gebrauch rauchfangkehrerhaft angeschwärzten Lettern auf einem Haufen, undurchdringlich.

Mario stand vor ihr. Sie hatte ihn nicht kommen sehen. Schnell fiel sie ihm um den Hals, er protestierte nicht. Seine Arme legten sich sogar leicht an ihre Flanken. Sie gab ihm einen Kuss auf die Wange. Konnte nicht anders, mein Gott, wozu sich immer zurückhalten. Aber jetzt ganz ruhig. Nicht zu schnell sprechen. Er ist schreckhaft.

– Danke, dass du gekommen bist!, bellte sie.

Leiser, sagte sie sich.

Er nickte und schaute an sich herab, als wollte er sich versichern, dass sie während der Umarmung nichts Verdächtiges an seinem Körper befestigt hatte.

– Sollen wir spazieren gehen?
– Hier ist es eigentlich ganz okay, sagte er.
– Okay, sagte Natalie. Natürlich. Voll okay hier. Absolut. Es ist eh noch recht früh. Wir könnten allerdings wieder zu mir in den Garten gehen.

Mario winkte ab, höflich. Natalie merkte, dass sie dauernd auf seine Hände starrte. Sie sahen ein wenig unglücklich aus.
– Entschuldige, wenn ich totalen Unsinn rede, sagte Natalie. Aber ich komm gerade von der Arbeit, und du hast echt die schönsten Hände –
– Ich wollte dich eh schon fragen, sagte Mario. Wegen deiner Arbeit. Da ist man doch gut zu dir, oder?
– Äh, ja. Natürlich. Warum?
– Ach, ich hab nur gedacht.

Er winkte ab. Themenwechsel. Trat einen Schritt zurück.
– Nein, ist schon okay, sagte Natalie. Ich erzähl gern von meiner Arbeit, wenn du magst.

Mario schien zu überlegen. Seine schwere, knarzige Lederjacke räusperte sich. Es kostete ihn offenbar einige Überwindung, zu fragen.
– Ja, was mich interessieren würde, sagte er. Ob die dort vielleicht auch … Männer gebrauchen können? Nur für zwischendurch, natürlich. Oder seid ihr da lauter Frauen?
– Frauen? Äh … Ja. Wir sind lauter Frauen. Betreuerinnen.
– Okay, dann –

Mario wedelte mit der Hand, vergessen wir's, ist nicht so wichtig.
– Wie, würdest du gern in dem Bereich arbeiten?
– Nein, sagte Mario. Nicht wirklich.
– Also, die Arbeit mit Behinderten ist schon schwer, zumindest manchmal, sagte Natalie. Aber sie ist eigentlich auch sehr schön, sehr erfüllend.

Mario glotzte sie an. Er begriff, lachte kurz, schüttelte den Kopf.
– Ach, mit Be… mit Leuten mit … Ah. Das ist natürlich was Eigenes, ja. Wow.

– Könnte man so sagen.
– Wow, wiederholte er. Das hab ich nur ein Mal probiert, aber, oh.

Natalie war stolz, dass ihm ihre Arbeit gefiel. Sie hoffte, dass sie deswegen nicht rot wurde oder so. Ein wenig warm war ihr. Aber vielleicht war das auch die plötzliche Luftdruckveränderung. Es war merkwürdig schwül geworden.
– War aber nicht so meins, sagte Mario.
– Ach so?, sagte Natalie. Es ist schon schwer, das stimmt. Aber man gewöhnt sich dran.
– Bei mir war's ein Mann, der war von unten abwärts.

Mario machte eine Sägebewegung an seinem Rumpf.
– Gelähmt?
– Nein, nicht mehr da. Nur so Beutel und … Ich hab mich angestrengt, dass es schön für ihn wird. Aber es war echt unmöglich. Letztendlich.

Das Wort *letztendlich* ragte seltsam über die anderen Sätze hinaus. Mario hatte es auch etwas anders ausgesprochen. Natalie hatte das dringende Bedürfnis, ihre Nase an seine Wange zu drücken. Ich verlier noch den Verstand.
– Finde ich aber nett von dir, sagte sie.
– Ja, nett, lachte er. Aber hey, du machst das regelmäßig. Kudos.
– Was?
– Kudos. Anerkennung. Für dich. (Er machte eine halbironische Fist-pump-Geste, ausgehend von seinem Herzen.) Ich könnte das nicht.
– Ach, das sagen immer alle!, keuchte Natalie. Aber ich bin deshalb noch keine Heldin, haha. Man gewöhnt sich halt, mit der Zeit. Ja.

Jetzt war sie bestimmt rot geworden.
– Weswegen wolltest du mich denn, sagte Mario.

Selbst die Art, wie er die Sätze immer unvollendet ließ, war sexy. Raumausfüllend sexy. Sockenauflösend sexy. Zeheneinringelnd sexy. Gott, dieser Mann! Man könnte Amoklaufen bei seinem Anblick. Diese Hände und das etwas zu kurze Hemd,

das zarte Fell um den Bauchnabel. Ich möchte irgendwas kaputt machen.
– Ich hab da einen Klienten, sagte Natalie. Der hat einen Freund, der ihn immer besucht.
– Okay, nickte Mario.
– Und das ist voll kompliziert, er ist in ihn verliebt blabla.
– Kenn ich.
– Ja, und der eine Typ, also der, in den der andere verliebt ist, der bedroht mich jetzt.

Marios eine Augenbraue ging einen Tick in die Höhe. Die mit der blassen Narbe.
– Bedroht dich?
– Ja, so in der Art. Und ich hab mir gedacht, ah, ich weiß nicht, wie ich das sagen soll … Ich weiß einfach nicht, wen ich sonst fragen soll. Ich bräuchte wen, der ihm nachgeht.

Schwüle Luft. War das ein ferner Donner?

Mario schaute auf seine Schuhe.
– Nur nach der Arbeit. Ich würde dir sagen, von wo er wann wegfährt und … Du müsstest nur schauen, wo er hingeht. Gott, das hört sich alles verrückt an. Tut mir leid.
– Inwiefern bedroht er dich?, fragte Mario.
– Nur subtil, sagte sie. Nicht so richtig. Er ist mir einfach unheimlich. Er erzählt so Sachen.
– Erzählt Sachen, wiederholte Mario. Hm, ja. Das kenn ich auch.

Mario stand da und schaute auf den Boden. Er fasste in seine Tasche, griff nach etwas. Aber als er die Hand wieder hervorholte, war sie leer. Er fuhr sich damit übers Kinn.
– Und du hast sonst niemanden, den du?, fragte er. Auch nicht deine Chefin?

Natalie schüttelte den Kopf.
– Er kennt sie ja.
– Und du brauchst jemandem, der ihm nachgeht.
– Ja, sagte Natalie. Nein. Ich meine. Einfach nur folgen. Nichts sonst. Er ist nicht gefährlich oder so.

Sie hatte es versaut. Er sah aus wie ein Mann, der kurz davor war, den Kopf zu schütteln. Über eine absurde Idee. Eine beleidigende Idee. Einen idiotischen Vorschlag. Gleich würde er etwas sagen wie: *Aber ich kenne dich doch kaum.* Nein, sag es nicht. Natalie fühlte sich, als müsste sie sich gleich übergeben.

– Wie sieht er denn aus?

Natalie entkam ein überraschter Atemlaut. Sofort holte sie ihr iPhone hervor und durchsuchte die Fotos. Nein, sie hatte keines, auf dem Hollbergs Gesicht gut zu sehen war. Da, das Klingelschild. Aber was nützte das. Hier, da war ein Bild, beim Spazierengehen. Sie zeigte es Mario.

– Merk ich mir so nicht, sagte er. Ich bräuchte es auf Papier.

– Du hast kein Handy?

Er schüttelte den Kopf.

– Ja, dann. Magst du schnell mitkommen zu mir? Dann druck ich dir das Bild aus.

– Ah, nein, sagte Mario. Beschreib ihn mir noch genauer, vielleicht geht es dann.

Okay, tu alles, was er verlangt, sonst überlegt er es sich noch anders!

– Ich lauf nur schnell rüber, sagte sie. Rauf in die Wohnung. Und druck das Bild aus.

– Ich bleib lieber hier, sagte Mario leise. Der Platz ist gut.

– Ach so. Ja. Gut, dann laufe ich schnell los. Und komm zurück.

Gott, war das kompliziert. Aber es funktionierte. Die Funkverbindung war noch nicht abgerissen.

– Okay, sagte Mario. Aber wenn du nicht kommst, könnte ich am Montag vielleicht ins Sou.

– Warte hier, es dauert nicht lang, versprochen!

Natalie machte weite Hundeberuhigungsgesten.

– Ja, aber nur für den Fall, dass du nicht kommst, sagte er.

– Ich komm sicher. Versprochen.

– Ja, sagte Mario. Aber es kann was dazwischenkommen.

Er tänzelte seltsam seitwärts, während er sprach.

– Ich bin gleich wieder da. Wirklich.

– Ich beweg mich in der Zwischenzeit vielleicht ein bisschen über den Platz, sagte Mario.

Natalie musste noch einmal zurückgehen und ihn bei den Schultern nehmen.

– Natürlich, sagte sie. Ich lass dich doch hier nicht angeleint zurück wie einen Hund vorm Supermarkt, oder? Beweg dich, wie du magst.

– Und die Sonne ist auch weg, sagte Mario.

Er blickte zu Boden. Es war schwer zu sagen, was er wirklich meinte. Natalie studierte den Himmel. Ja, es gab einige Wolken.

– Ach so, sagte Natalie. Ja, die Sonne ist weg, das stimmt. Ich bin aber gleich zurück, das heißt –

– Nein, nein, ich bleib schon hier stehen, sagte Mario tapfer. Aber wenn du nicht kommst, ist es auch okay, und ich schau, dass ich am Montag ins Souterrain komme.

– Da kann ich nicht, sagte Natalie. Nachtdienst. Und morgen wäre auch *er* zu Besuch. Also der Typ, um den es geht. Wäre ideal für.

Sie machte eine ergänzende Geste.

– Ah.

Die letzte Programmzeile war erreicht. Das Schlimme war, dass sie ihn jetzt einfach hätte stehenlassen können, und er wäre dadurch nicht irritiert gewesen. Das Gespräch wäre vorschnell und ohne Angabe von Gründen abgebrochen worden, und damit hätte er kein Problem gehabt. Natalie hatte das Bedürfnis, ihn zu packen und zu schütteln.

– Du könntest ja wirklich mitkommen, sagte sie und zog ihn sehr sanft am Ärmel.

– Nein, nein, sagte Mario. Ich warte lieber hier. Wenn das okay ist.

– Natürlich. Ich beeil mich, ja?

– Nein, protestierte Mario. Du musst nicht rennen. Ich bin eh lang genug hier. Du musst dich wegen mir nicht beeilen. Aber ich beweg mich halt so über den Platz, okay?

– In Ordnung.

Natalie ging in gemäßigtem Tempo davon. Erst als sie um die nächste Ecke gebogen war, begann sie zu laufen. Es war so leicht, Mario zu verschrecken. Er funktionierte nach eigenen Regeln. Viele davon waren einfach zu erlernen, manche dagegen verlangten einige Übung. Jedes Gespräch mit ihm fühlte sich so an, als würde man versuchen, einen Strohstern in einem bereits bis zum Rand vollgepackten Koffer zu verstauen, ohne dass er zerdrückt wurde.

Zuhause bemerkte sie, dass irgendwo ein Fenster offen stehen musste, denn es zog. Die Luft war überraschend kühl und sehr angenehm nach der herbstlichen Schwüle. Bisher hatte den ganzen Tag über ein übler, sandloser Sandsturm-Wind geweht, schweißtreibend und gelenkschwächend. Wenn man den Mund aufmachte, atmete man gegen eine große Membran.

Sie fand das offene Fenster im Badezimmer und machte es zu. Draußen hatte sich das Bild verändert. Der westliche Himmel war düster. Wolkenschwarze Flecken. Sie trat auf den Balkon. Es war kalt. Diese Veränderung musste geschehen sein, während sie durch das Treppenhaus gegangen war. Der Gedanke brachte ihren Zeitsinn etwas durcheinander. Wie lange hatte sie gebraucht? Sie blickte auf die Uhr. Aber sie wusste gar nicht, wann genau sie von Mario weggegangen war. Sie hatte sich jedenfalls beeilt, zuerst in leichtem Laufschritt, dann, einige hundert Meter vor ihrer Straße, wieder in normaler Gehgeschwindigkeit.

Aber ich beweg mich halt über den Platz, dachte sie, während Blätter unten im Hof genau dies taten. Im nächsten Moment kamen starke Windböen von der Seite, sie trat zurück in die Wohnung. Okay, jetzt einfach das Bild ausdrucken. Konzentrieren. Schritt für Schritt. Sie schaltete das Modem und den Drucker ein. Wenn man die beiden Geräte gleichzeitig in Betrieb nahm, dauerte es oft etwas länger, bis sie einen Zugang zueinander fanden, aber verdammt, sie hatte jetzt keine Zeit, so lange zu … war in dem Gedankengang nicht ein Fehler? Egal jetzt, konzentrieren. Alles der Reihe nach.

Tu weiter, tu weiter, tu weiter!

Der Drucker blinkte, das Modem ebenfalls, beide tasteten sich zurecht in dem Raum, der sie umgab. Noch war der Drucker nicht online, er gab die üblichen Aufwachgeräusche von sich, ein Gurren und ein Stottern, gefolgt von einem Star-Trek-Kommandobrücken-Piepsen. Das iPhone hatte ebenfalls noch keine WLAN-Verbindung entdeckt. Aber dafür war ein neues Geräusch dazugekommen. Ein Rauschen. Natalie wandte sich um.

Platzregen. Der Himmel war violett. Nein!

Sie fluchte und lief auf den Balkon, um die Wäsche hereinzuholen. Das Wasser wehte ihr von links gegen den Körper. Ah, die ganze Crowd-Control-Chemie, die man da abbekam! Sie ging zurück in die Wohnung und legte das iPhone auf den Boden, damit es nicht nass wurde. Dann wieder hinaus zur Wäsche. Sie sammelte alles ein, der Regen wurde heftiger, ein Brausen, unten im Hof stürzten unsichtbare Dinge um, über oder unter ihr polterte etwas. Sie ließ den Haufen nasser Wäsche fallen, es war ja schon egal, sollte sie hier herumliegen und verwehen, wen interessiert's. Sie musste zurück zu Mario! Er stand auf dem Platz! Aber da überschlug sich mit einem Mal der Regen wie eine Stimme, und der Wind wurde irr und gefährlich. Grand Mal. Die Äste des krummen Nussbaums knackten, in die Nachbarbalkone kam Leben, Menschen brachten Unbelebtes in Sicherheit. Natalie trat zurück in die Wohnung. Mein Gott, wie übertrieben. Jetzt kamen sogar Hagelkörnchen dazu, nicht viele, aber hier und da blitzte eines auf. Münzig klein, dachte Natalie. Von dem lauten Rauschen wurde ihr ein wenig schwummerig. Aber sie musste raus, sie durfte Mario nicht enttäuschen, sonst würde er glauben, sie war so wie alle anderen, und er hatte das nicht verdient. Aber würde er nicht weglaufen, wenn es so stürmte und regnete? *Über den Platz bewegen.* Sie machte einen Schritt rückwärts und trat auf ihr iPhone. Sie bückte sich schnell, es war ihm nichts passiert, aber es hatte sich vor Schreck ausgeschaltet. Sie aktivierte es, der weiße Apfel erschien. Es dauerte. Immer dauerte alles! Der Drucker war im Netzwerk und wartete. Draußen gab es immer noch Menschen mit unlösbaren Balkonschirm-Problemen.

Nein, sie konnte nicht mehr rausgehen. Es war zu spät. *Ks!*, spritzte ein Hagelkörnchen. Sie wurden größer. Ich hab zu lange gebraucht. Vielleicht hatte Mario das herannahende Gewitter gespürt. Leb einmal dein halbes Leben auf der Straße. Natalie stellte sich ihn vor, wie er jetzt in einer Toreinfahrt stand und eine Zigarette rauchte. Er war noch immer *irgendwo*, aber sie würde ihn nicht mehr finden, zumindest nicht heute Nacht. Sie konnte ihren Plan vergessen.

Die berauschende Klarheit der Luft, die vom Balkon hereinwehte, gab ihr ein merkwürdig doppelschneidiges Gefühl, halb Geborgenheit, halb Warnung. Sie sollte nicht hier sein. Wenn sie sich beeilte, würde sie ihn vielleicht noch irgendwo entdecken. Eigene Gesetze. Aber andererseits musste sie hierbleiben, hier konnten ihr Hagel-Regen und Sturm nichts anhaben. Schutzzone. Und das iPhone war immer noch nicht online. Ich hätte es ihm einfach mitgeben sollen! Dinge fielen irgendwo um, aber der Regen hatte ein wenig nachgelassen, und der Wind brachte den köstlichsten Duft der Welt: nasse Nachbarschaft. Asphalt-würzig und sauerstoffreich. Dahinter Sirenen-Quarten, Feuerwehr, Bäume waren bestimmt umgestürzt oder Keller überflutet, *binnen Minuten*, wie es in den Nachrichten immer hieß.

Als sich das Gewitter etwas beruhigt hatte, lief sie los. Es regnete immer noch. Markus hatte ihr einmal eines von seinen Gedichten vorgelesen, Gott, das war so albern gewesen, sie hatte sich beherrschen müssen, um nicht zu lachen. Es ging um ein sich von einer Stadt entfernendes Gewitter – und die Stadt rauchte ihre *Zigarette danach.* Natalie versuchte, über das dumme Bild zu lachen, aber ihr kam die Erinnerung an die Vorlesesituation nur traurig vor, dunkel und klein wie eine Briefmarke.

Natürlich war der Platz, auf dem sie Mario zurückgelassen

hatte, jetzt leer. Er hatte einen weiteren Beweis dafür erhalten, dass Leute nie ihr Wort hielten. Überall lagen Äste und Fetzen von Plastikmüll. Auch Styropor hatte sich verteilt, dieses unwirkliche Material. Wie Styropor sollte eigentlich nichts auf dem Planeten aussehen, so abstrakt und geheimnislos: winzig kleine Kügelchen, die zusammenklebten wie irgendein chemisches Molekül-Modell. Und dann ergaben sie auch noch diese bretterförmigen Stücke, die nichts trugen und zu nichts gut waren; die Bruchstellen sahen aus wie Comic-Parodien von Bruchstellen. Sie verpasste einem der Styroporstücke einen Tritt.

Jedes Mal wenn einem weit entfernten Blitz, dem letzten Wetterleuchten des abziehenden Gewittersturms, kein Donner mehr folgte, musste sie sich räuspern, weil die Welt sonst aus dem Takt geriet und asymmetrisch wurde. Der Abend war missglückt. Aber so ein Sturm brachte immerhin ein gewisses Zusammengehörigkeitsgefühl in den Bezirk, die Dächer der Häuser sahen aus, als wären sie alle verwandt. Gleiches Schicksal. Das Einzige, was noch fehlte, war ein Grand-Mal-Meteor am dunklen Nachgewitterhimmel, der auf sie niederraste, und die Dinosauriereltern, die ihr Dinosaurierkind gemeinsam in Sicherheit brachten und ihm sagten, es sei nur ein Licht und es solle die Augen zumachen, falls es ihm zu hell sei, gleich sei alles vorbei, versprochen.

Nachtdienst

Samstagabend. NAT. Das Kürzel im Wochenplan, das alles überstrahlte. Natalie hatte heute Mittag das ausgedruckte Hollberg-Bild, auf dem man sein Gesicht und seinen Körper erkennen konnte, zusammen mit einer Auflistung der Besuchszeiten und einem aus Google Maps kopierten Lageplan des Wohnheims im Souterrain abgeliefert, mit der Bitte, alles an Mario zu übergeben, er brauche es dringend. Aber bestimmt war er noch nicht dort gewesen.

Als sie aus dem Kämmerchen trat, sah sie den neuen Zivi, der gerade in den Sozialraum ging. Er war seit Anfang der Woche da. Den Abschied der alten Zivi-Kombination hatte sie verpasst, er war in ihren dreitägigen Urlaub gefallen. Der neue hieß Marcel und hatte etwas sehr Kindliches an sich. Natalie hielt es für möglich, dass er immer noch regelmäßig im Schlaf lachte. Außerdem hatte er ein paar ausgefallene Interessen, die allerdings an ihm merkwürdig massentauglich und angepasst wirkten: Esperanto und Lockpicking, Grindcore und alten CB-Amateurfunk. Über diese Themen sprach er gerne. Er wurde dabei zwar nicht lebhaft, sondern wirkte, während er erzählte, in seiner ganzen Körpersprache wie eine Frau, die lustlos in einer Boutique in einem Haufen unerschwinglicher Kleider wühlt, aber immerhin hörte man dann seine Stimme. Wahrscheinlich musste man diese Stimme von Zeit zu Zeit ablassen, wie aufgestautes Wundwasser. Natalie sprach ihn manchmal aus heiterem Himmel auf eines dieser Themen an, fragte ihn, wie irgendein Wort auf Esperanto hieß oder ob er wirklich jedes Handschellenschloss aufbrechen könne, und hörte sich dann seinen tonlosen Vortrag für einige Minuten an. Wenn sie genug hatte und das Verlangen, ihm eine lange Kerze in den Rachen zu stecken, überwältigend wurde, stoppte sie ihn, indem sie ihn an der Schulter berührte und auf irgendeine anstehende Aufgabe aufmerksam machte.

Ach, Zivildiener. Irgendwann tu ich euch wirklich was an, dachte sie, aber im großen Stil. Kellergewölbe. Rasierter Kopf. Sicherheitsnadeln in der Lippe. Zugenähte Augenlider.

Er verabschiedete sich bei ihr, und sie winkte ihm zu. Sein Name war so hübsch altmodisch, Marcel. Als würde sich irgendwer die Namen von Zivis merken.

– Bis morgen!

Ein Metallrohr in seinen Arsch, eine ganze Faust.

Als sie im Kämmerchen saß, fertig für die Nacht, stellte sie sich vor, wie Mario Herrn Hollberg verfolgte. Welches Vehikel würde er nehmen? Sie konnte im Souterrain anrufen und fragen, ob er die Unterlagen abgeholt hatte. Aber mitten im Wählen der Nummer hielt sie inne. Nein, es war keine gute Idee. Keine Stimmen mehr heute Nacht. Außerdem würde Lothar sich die Unterlagen bestimmt neugierig anschauen, wenn sie allzu oft darauf hinwies, dass sie wichtig waren.

Sie bemerkte auf ihrem Laptop eine Chatanfrage. Markus.

– was willst du?, fragte sie.

– Hallo, antwortete Markus nach einer Weile.

– ich bin nachtdienst, sagte Natalie, bist du nüchtern weil wenn du wieder rührbrei bist schmeiß ich dich raus und blockier dich für immer

Markus antwortete nicht.

– ich zähl bis drei, schrieb Natalie, antworte oder du bist geschichte

– Ich bin nüchtern. Sorry wegen letztem Mal. Ich war nur so traurig.

– okay, sagte Natalie.

– Kommt nie wieder vor.

Eine längere Pause. Die Stille im Nachtdienstkämmerchen rauschte etwas zu laut. Zeit, dachte Natalie. Sie musste an den Kamm eines Hahns denken. Rot, lodernd. Scheunenbrände am Horizont.

– da du grade da bist, sagte sie, was ist eine parapel?

Pause. Gegen ihren Willen musste Natalie zugeben, dass

es sich gut anfühlte, ein wenig mit Markus zu reden. Seine Stimme hätte sie keinesfalls ertragen. Aber ein paar Sätze, ausgetauscht auf diese saubere, keimfreie Art.

– Parabel = Gleichnis, also fast im Grunde dasselbe, sagte Markus im Chatfenster.

– beispiel, sagte Natalie.

– Okay. Also zum Beispiel diese buddhistischen Geschichten, sagte Markus.

– kenn ich nicht

– Meister und Schüler stehen vor Teich. Schüler fragt: Wie weiß ich, wo die Mitte des Teichs ist. Weil Umriss unregelmäßig. Meister: Wirf einen Stein hinein, dann gibt es einen Mittelpunkt. So Zeug halt.

– aha

– Stell mir noch eine Frage!, sagte Markus. Das macht Spaß.

– wie ist das wetter bei dir, fragte Natalie.

Das Skype-Chatfenster war direkt neben dem CNN-Stream-Fenster, beide etwa gleich groß. Markus brauchte wieder ein wenig mit seiner Antwort. Währenddessen bewegte sich ein Flüchtlingsstrom im Nahen Osten über eine kaum bewachte Grenze. Soldaten an Checkpoints ließen ihre Gewehre hängen. Ein schwarzes Mikrofon richtete sich auf eine verschleierte Frau.

– Hundemüde, sagte Markus. Und vom Osten her ein bisschen Zahnweh.

– und ich hab nachtdienst, sagte Natalie.

– Man steigt nie zweimal in dieselbe Nacht.

– das war schlecht, sagte Natalie, sag was schöneres

– Ich weiß ich weiß, sagte Markus. Ich bin nichts. Ich bin talentlos. Du verachtest mich.

– bist du am schreiben?, fragte Natalie.

– Nur ein bisschen. Ich wollte dir was schicken, letzte Woche, aber ich habe mich erinnert, was du darüber gesagt hast.

Natalie beschloss, auf den letzten Satz nicht einzugehen. Sie tippte: scheiß stalker. Dann löschte sie es und schrieb:

– du sollst doch nicht schreiben macht nur unglück

– Ich schreib auch nicht Macht nur Unglück. Ich schreib was anderes.

Haha, sehr witzig.

– scheiß stalker

Sie war selbst erstaunt, dass sie das geschrieben hatte. Sie legte sich sogar, obwohl kein Spiegel in der Nähe war, eine Hand vor den Mund. Es war blitzschnell gegangen. Sie wartete, welche Antwort kommen würde. Verdammt, dachte sie. Es ist schon spät. Meine Zaunpfähle gehen wieder mal mit mir durch.

– HaHa, sagte Markus im Chatfenster.

– sorry, sagte Natalie. war nur einwitz meine zaunpfähle gehen mit mir durch

Meine Zaunpfähle gehen mit mir durch? An dem Satz stimmte auch irgendwas nicht. Ah, es ist wirklich spät. Ich sollte schlafen. Und da, ein fehlendes Leerzeichen.

– war nur ein witz, korrigierte sie.

Vielleicht doch im Souterrain anrufen? Unterlagen. Verfolgen. *Er bedroht dich. Inwiefern bedroht er dich.*

– Schon okay, sagte Markus. Ich stalke dich nicht.

– nein nein eh war nicht bös gemeint

– Eh.

– erzähl mir was

– Was denn?

– eine geschichte an der du schreibst oder irgendwas halt

– Nein, lieber nicht.

– warum nicht

– Du willst den Grund wissen, warum ich dir lieber nichts erzählen will?

– ja

– Aids.

Natalie lachte. Gott sei Dank, er war nicht beleidigt. Ich bin zu unvorsichtig, dachte sie. Aber es gefiel ihr, dass er ihre bösartige Formulierung durch eine ebenso bösartige ausgeglichen hatte.

– drüsenfieber, schrieb sie zurück.

– Sollen wir Schere-Stein-Papier mit Krankheiten spielen?
– okay, sagte Natalie.
– Eins, zwei, drei! Was hast du?
– meläna. und du?
– Aids.

Sie klatschte in die Hände und lachte. Sie stand auf, ging zum kleinen Lukenfenster der Nachtdienstkammer und machte es auf. Luft, sie brauchte Luft.

– komm erzähl mir was, sagte sie.
– Ich weiß nur eine Geschichte für ein Kinderbuch, sagte Markus. Sonst ist alles schlecht.
– trotz aids

Er ging nicht drauf ein – dabei war dieses Wort *so* kurz davor, Teil eines schönen Pingpongspiels zu werden –, sondern begann zu erzählen:

– Geschichte über einen Lehrer. Der Lehrer heißt Karl Nim. Und er verdient nicht viel in seinem Job. Ärgert sich ständig. Einmal sieht er eine Annonce in der Zeitung: Möchten Sie zusätzlich Geld verdienen? Er denkt sich, warum nicht. Also geht er zu der angegebenen Adresse. Dort lässt man ihn was unterschreiben, und dann wird er in einen Sessel geschnallt und muss still bleiben, bis das Experiment zu Ende ist. Hinterher bekommt er das Geld. Es sieht nach leichter Arbeit aus, er spürt nämlich gar nichts. Am nächsten Tag geht er wieder ins Klassenzimmer.

Natalie starrte auf das *Karl*, das im Text aufgeblüht war. Markus wusste schon, dass ihr. Aber er hatte wohl nicht mitgedacht. Und wenn es gar nicht Markus ist, der da am anderen Ende … Nein. Verbotener Gedanke. Paranoid. Einfach nicht drauf eingehen.

– das ist alles?, schrieb sie.
– Nein, warte. Die Chatzeile wird nur jedes Mal so groß und mehrzeilig, dass ich auf Enter drücke zwischendurch, okay? Wenn die Geschichte vorbei ist, schreib ich, dass die Geschichte vorbei ist.
– ok

Natalie wartete. Sie stellte sich Markus beim Tippen vor. Zwei Live-Sendungen nebeneinander, dachte sie. Sie wusste, dass er jetzt, in diesem Augenblick, in seinem Zimmer saß und tippte. Für sie. Und gleichzeitig saß jemand im CNN-Studio und redete in eine Kamera. Auch für sie, aber auf andere Weise. Sie stand auf, behielt den Computer im Auge und wagte einen kurzen Blick aus dem Fenster, auf die nächtliche Stadt. Die meisten Häuser waren dunkel. Über den Dächern hing das urbane Sternbild *Der Unsichtbare*. Spätsommerdunstglocke, glattschwarzer Himmel. Ein Klickgeräusch sagte ihr, dass eine Antwort da war.

– Der Lehrer geht mehrmals in der Woche zu den Strahlungsexperimenten und bekommt immer schön sein Geld und arbeitet währenddessen weiter in der Schule. Dann allmählich werden die Schüler krank. Haarausfall und blutende Mundwinkel. Husten viel. Knicken beim Gehen ein und klagen über Brustschmerzen, einem fällt sogar die Kniescheibe ab, wie eine Autofelge. Sehkraft lässt nach. Und er selber bemerkt auch Veränderungen an sich, z. B. ein Loch in der Wange, wo er die Zungenspitze durchstecken kann. Aber das überklebt er mit einem Heftpflaster.

– gott du tippst aber langsam, schrieb Natalie.

Aber sie fügte schnell hinzu:

– gefällt mir die geschichte

Wieder musste sie warten. Das Geklacker von Laptop-Tasten, einige Kilometer entfernt. Hatte *der echte* Markus auch immer so langsam getippt? Nein, dies hier war der echte. Wer sollte sonst. Es war seine Skype-Adresse. Man konnte ja nicht einfach so. Herrgott, jetzt bleib auf dem Teppich.

– Nach und nach werden immer mehr Schüler krank. Haben rätselhafte Symptome. Einer Schülerin fällt das auf, und sie beginnt mit Nachforschungen. Sie ist die Hauptfigur der Geschichte. Sie ist ziemlich klug. Sie hat kurze schwarze Haare mit langen Stirnfransen und ist unglaublich hübsch. Sie ist außerdem sehr mutig und konfrontiert den Lehrer mit seiner Verstrahlung. Sie folgt ihm heimlich in das Labor am Stadtrand. Sie alarmiert die Eltern und den Schuldirektor, aber die glauben ihr natürlich nicht. Die Lage scheint aussichtslos, aber dann ist die Geschichte zu Ende, und wir wissen nicht, wie sie ausgeht.

Natalie starrte auf den Bildschirm. Einem fällt das Knie ab, dachte sie.

– Verdammter Idiot, sagte sie mit ihrer Stimme.

Sie tippte: du verdammtes arschloch

Sie löschte die Zeile und schrieb stattdessen:

– einem fällt das knie ab – ist das jetzt ein lum. det.?

Aber sie löschte auch das und sagte einfach:

– das ist nicht witzig

– Und auch nicht fair, sagte Markus.

– weißt du nicht wies ausgeht oder willst dus mir nicht sagen???

Er bestrafte sie. Möglicherweise für das *scheiß stalker* von vorhin. Oder für den Ausflug. Außerdem: *kurze schwarze Haare mit langen Stirnfransen.* Das war eindeutig.

– ich würde gern wissen wie die geschichte ausgeht bitte

– Soll ich's dir wirklich verraten?

– ja

– Im Ernst? Auch auf die Gefahr hin, dass das Ende dir nicht gefällt und du total enttäuscht bist und dir das scheiß Kinderbuch nie nie nie kaufen würdest?

– ja

– Sag es, Natalie.

Natalie musste die Finger von der Tastatur nehmen, weil sie zu schwitzen begonnen hatten. Das offene Fenster brachte kaum Linderung, die kühle Nachtluft kroch mehr am Boden der Kammer herum.

– ich hab nachtdienst ich hab eine gutenachtgeschichte verdient eine vollständige bitte

– Sag es.

Schau sich einer diesen Tonfall an, dachte Natalie. Und er hatte geschrieben: *scheiß Kinderbuch*. Er war tatsächlich wütend. Sie hatte ihn verletzt.

Natalie seufzte. Es half nichts. Eine unfertige Geschichte konnte einem die ganze Nacht verderben.

– ich möchte bitte, tippte sie Buchstabe für Buchstabe, dass du mir erzählst wie die geschichte ausgeht bitte und ich hoffe du bist mir nicht mehr böse

Markus brauchte eine Weile, bis er antwortete. Natalie schaute auf den blinkenden Cursor in ihrer Chatzeile. Die Blinkfrequenz schien sich durch ihre hohe Konzentration etwas zu verlangsamen. Wenn sie ihren Blick intensivierte und bündelte, entstanden darin sogar kleine schluckaufartige Unregelmäßigkeiten. Mach schon. Komm. Bitte.

– Ich bin dir nicht böse, sagte Markus. Also. Willst du wissen, wie die Geschichte mit dem radioaktiven Lehrer und dem begabten Mädchen, deren Entdeckungen niemand glaubt, ausgeht?

– ja

– Es wird dir aber nicht gefallen, das weiß ich jetzt schon.

– jetzt sag schon wie gehts aus???

Eine Pause von mehreren Sekunden. Cursorblinken als Trommelwirbel.

Dann:

– Aids.

Natalie schlug auf den Tisch neben dem Laptop. Beinahe hätte sie auch den Bildschirm geohrfeigt, aber sie konnte sich gerade noch bremsen.

– Fuck!, schrie sie.

Markus C. Haase has logged off.

– Nein! Nein, nein, nein!

Sie holte ihr Telefon aus der Tasche und rief ihn an. Es klingelte drei Mal, dann kam die Mobilbox. Der Sack legte einfach auf! Als sie es ein zweites Mal versuchte, klingelte es gar nicht mehr: *Hallo, hier ist Markus, ich bin momentan nicht erreichbar, bitte hinterlassen Sie mir …* Er hatte das Handy ausgeschaltet. Natalie trat gegen den Tisch.

– Au, jammerte sie, au, aua, au.

Dann musste sie lachen. *Aids.* Doch, er hatte sie drangekriegt. Es war witzig. Es war ein Spiel gewesen, sogar ein spannendes. Ihr Herz klopfte. Ihre Finger hatten ihre Stirnfransen verzwirbelt. Ihr linkes Ohr war heiß. Und ihr Knie tat weh.

Sie hielt sich eine Hand vors Gesicht und kicherte.

Sie bemerkte, dass sie Markus in diesem Augenblick gern in der Nähe gehabt hätte. Einfach so, im Nebenzimmer. Oder direkt neben ihr, zum Anfassen. Kitzeln. Draufsetzen auf ihn mit vollem Gewicht. Es machte sie traurig, dass sie nicht zu ihm fahren konnte, denn sie musste ja hierbleiben, wegen Nachtdienst. Allerdings waren sie auch nicht mehr zusammen. Und außerdem war er ein Riesenarschloch! Aids. Er wusste ganz genau, dass unvollständige Dinge, vor allem nicht zu Ende erzählte Geschichten, ihr unerträglich waren. Sie wurde ganz dumm und unrund davon.

Es klopfte an der Tür.

Natalies erster Reflex war, ihre Kleidung zu ordnen, als hätte sie … egal. Sie machte die Tür auf. Matthias stand vor ihr, breit grinsend.

– Laut, sagte er, und nur seinen Augen sah man an, dass er besorgt war.

– Nein, sagte Natalie. Ich hab mir nur das Knie an der Tischkante gestoßen. Au.

Sie zeigte auf ihr Knie.

– Ahahahaa!

Er lachte sie nicht aus, er war nur erleichtert. Natalie wünschte ihm eine gute Nacht und schloss die Tür. Matthias würde wahrscheinlich noch ein wenig im Gang auf und ab gehen, das tat er immer, wenn er nicht schlafen konnte. Sie drehte den Laptop so, dass sie ihn vom Bett aus sehen konnte, dann zog sie sich aus und legte sich hin. *Kurze schwarze Haare mit langen Stirnfransen. Und unglaublich hübsch.* So ein Idiot. Mein Gott, wie klein und eng hier alles war! Aber morgen, dachte sie, als sie sich zudeckte. Tatsächlich, sie freute sich auf morgen, wenn Markus sein Handy wieder einschalten und all die niemals zu Ende erzählten Geschichten der Welt sich erheben und gegen ihre Unterdrücker aufbegehren würden. Stirnfransen, dachte sie. Aua, mein Knie. Aids. Au.

Später, als Matthias nicht mehr in den Gängen unterwegs war, schaute sie noch für einige Minuten bei Herrn Zunegg vorbei und saß vor seinem alles und nichts erfassenden Blick. Sie konzentrierte sich auf ihre Atmung und starrte sein Gesicht an. Sie erzählte ihm von der Aktion, die sie mit Mario geplant hatte, dem kleinen Agententhriller. Sie verwendete Wörter wie *Verfolgungsjagd* und *unauffällig* und *Unterlagen*. Sie musste lachen. Dann erzählte sie ihm von Marios Armen und von der eigenartigen Tatsache, dass sie sich sein Gesicht nie ins Gedächtnis rufen konnte. Das heißt, nicht in allen Details, nicht so vollkommen klar, wie es bei anderen, gewöhnlichen Menschen möglich war. Herrn Zuneggs Augen nahmen alles auf, leiteten es aber nicht weiter. Oder nur unvollständig. Es ist nichts bekannt über solche Zustände. *In einer solchen Situation*, dachte Natalie. Gott, wann würde dieser dämliche Satz endlich aus ihrem Gedächtnis verschwinden? Ob Mario bei seinem *Einsatz* die Lederjacke tragen würde? Noch konnte sie anrufen im Souterrain. Sie stellte sich vor, wie er mit Sonnenbrille über eine Straßenkreuzung schritt. Es sah überzeugend aus. Leise bedankte sie sich bei Herrn Zunegg und glitt, so lautlos wie möglich, aus dessen Zimmer, zurück in ihre schlaflose Kammer.

ZWEITER
TEIL

Die Mashouas in Südafrika teilten ihrem Bischof mit, sie hätten einst einen Gott gehabt, aber die Matabeles hätten ihn vertrieben. Letzteres bezog sich auf den eigentümlichen, in manchen Dörfern herrschenden Brauch, sich einen Mann zu halten, den sie ihren Gott nannten. Er schien vom Volke um Rat gefragt zu werden und ließ sich Geschenke bringen. In einem Dorfe, das in früherer Zeit einem Häuptling Magondi gehörte, gab es einen solchen Mann. Wir wurden gebeten, in der Nähe des Dorfes keine Schüsse abzugeben, um ihn nicht zu vertreiben.

J.G. Frazer, *Der goldene Zweig*

There is something wrong
with him. He is like Yellowstone
National Park.
The bears.
Condors of eternal vigilance.
Only from a great height can he be forgiven.

Matthew Rohrer, *A Green Light*

Halloween

Wenn sie nicht in die Pedale trat, gab das Hinterrad ein leises *frrrrr* von sich. In manchen Augenblicken hörte sich das so an, als wäre ein anderes Fahrrad hinter ihr. Selbst wenn sie sich vornahm, nicht immer auf diese Illusion hereinzufallen, narrte sie das Geräusch, und sie wich zur Seite aus, damit das Geisterfahrrad sie überholen konnte. Aber nach einer Weile gewöhnte sie sich an das Phantom hinter ihr und gab ihm einen Namen, den ein zufällig am Radweg vorbeiziehendes Gebäude trug: TROCKENBAU STÖR. Eigentlich der perfekte Name für eine Punkband. Jetzt hieß ein unsichtbares Fahrrad so.

Halloween. Natalie erinnerte sich noch gut an eine Zeit ohne dieses Fest. Dann irgendwann hatten die Kinder angefangen, sich so wie amerikanische Kinder zu verhalten, und die Eltern mussten mitmachen. Bei ihr zuhause hatten sie das idiotische Fest nie gefeiert. Ihre Verkleidung war unpassend, ein einfacher Karateanzug mit schwarzem Gürtel. Im Souterrain hatte man ihr erzählt, Mario habe die Zettel schon vor längerer Zeit abgeholt. Seither keine Nachricht von ihm. Ich hätte mich als Mario verkleiden sollen, dachte sie. So wie Magier in Afrika sich als Regen verkleiden, um ihn anzulocken, um sich mit ihm zu vereinigen.

– Als was bist du denn …?
– Als Karate-Gespenst, sieht man doch. Huaaa!

Sie machte eine Mischung aus In-Kampfstellung-Gehen und Gespenstisch-mit-den-Armen-Flattern.

– Eher Spastic Woman, sagte B.
– Und du?
– Ich bin ein Kürbis.
– Du bist mehrere Kürbisse.
– Ja, stimmt. Ich hab sogar noch die hier.

B setzte sich die orange Maske auf. Jetzt war sie eine Art

Schneemann aus Kürbissen, drei verschieden große bräunlich rote Kugeln, in die ein screammaskenähnliches Heul-Gesicht eingeschnitzt war. Natalie hatte große Lust, B umzuwerfen und wie ein Fass auf dem Boden herumzurollen.

– Und du musst um acht schon wieder gehen, hm?

– Ja, sagte Natalie. Mein Vater hat Geburtstag. Ich geh nur kurz hin.

– Mach noch mal das Karate-Ding.

Aber sie wurden unterbrochen von einer fremden Frau, die zu ihnen trat und die beiden begrüßte. Sie war sehr dick, hatte langes, blondes Haar und hielt eine windgeschützte Kerze in der Hand.

– Guten Abend, sagte sie zu Natalie und streckte ihr die Hand hin.

– Hallo, sagte Natalie.

– Meine Freundin, Katje, sagte B.

– Wie?

– Katje, wiederholte die Frau.

– Oh, sagte Natalie. Oh, okay, ja. Ach so. Ich bin Natalie.

– Weiß ich. Die Bea erzählt mir viel von dir.

– Oh, aha.

Plötzlich mussten die beiden Frauen lachen.

– Was?, fragte Natalie.

– Nichts, sagte B. Du bist nur so süß.

– Als was gehst du, wenn ich fragen darf?, sagte Natalie zu Katje.

– Ja, hab ich dir nicht gesagt, dass es niemand erkennen wird?, sagte Katje zu B. Es ist zu abstrakt.

– Sie geht als Grab, erklärte B.

– Das da ist der Grabstein.

Sie deutete auf ein schubladenartiges Kartonding, das aus ihrer Brust ragte.

– Originell, sagte Natalie. Ich bin … Können wir reingehen? Es ist kalt.

Das Wetter war in den letzten Tagen teenagerhaft geworden. Es gab einige spätsommerlich warme Sonnenstunden, dann plötzlich fiel alles in sich zusammen, und ein eisiger Wind pfiff um die Häuser. Dann gefror der in der Nacht gefallene Regen. Und am anderen Ende der Welt versanken halbe Inseln unter Tsunamiwellen.

– Es schneit, sagte B verwundert. Jetzt schon?

– Scheißdreck, und ich muss dann noch mit dem Fahrrad, maulte Natalie.

– Ihr Vater macht heute eine Geburtstagsfeier, sagte B zu Katje.

Katje neigte sich zu B und flüsterte ihr etwas ins Ohr, was beide zum Lachen brachte.

Rötliches Licht empfing sie, als sie den Sozialraum betraten. Hier standen die meisten Leute herum, die Betreuerinnen und die Bewohner. Sogar Marcel war da, der Zivi, verkleidet als … nicht die geringste Ahnung. Natalie begrüßte ihn mit einer Karate-Verbeugung.

Er schaute sie entgeistert an.

– Erzrivale!, sagte er und ging in Kampfposition.

– Als was gehst du?, fragte Natalie.

– Sieht man doch, Bruce Lee!

Stimmt, sein Oberkörper war nackt. Und er trug nur eine schwarze, faltenreiche Hose. Fettschwarten, Männertitten. Perfekt.

– Ich bin Chuck Norris, sagte sie und klopfte sich auf die Brust.

– Der ist nicht tot, sagte Marcel. Es muss ein toter Held sein. Ist Halloween.

– Chuck Norris kann auch mit Toten kämpfen, sagte Natalie.

– Stimmt, stimmt, jubelte Marcel und klatschte in die Hände.

Natalie stellte sich vor, ihm ein Seil um den Hals zu legen und zuzuziehen. Luftschnappen, zappelnde Glieder.

Er hatte irgendwas genommen. Das gefiel ihr. Sie selbst hatte, allerdings nicht wegen der Halloweenfeier hier, sondern wegen des zweiten Termins heute Abend, ein paar Lexotanil dabei. Ihre Stiefmutter Christine hatte sich bestimmt zur Feier des Tages als fürsorgliche Person verkleidet. Natalie hasste sie nicht, aber würgte ein wenig an ihr, seit ihr Vater sie geheiratet hatte.

Meine Güte, jemand hatte Matthias ein Ganzkörper-Auberginenkostüm angezogen. Allein kam er da mit Sicherheit nicht mehr raus. Was, wenn er auf die Toilette musste?

– Wow, Matthias, sagte Natalie. Du bist ja prächtig!

– Hahahaaa!

Er tat so, als wolle er mit ihr tanzen. Die Musik, die im Sozialraum lief, war entsetzlich, aber sie würde mit der Zeit betäubend wirken, sodass man sie nicht mehr mitbekam. *By the rivers of Babylon.*

– Ich glaube, ich will schon jetzt am liebsten nie wieder weg von hier, sagte Natalie.

B hatte es vielleicht gehört, aber sie war mit dem Punsch beschäftigt. Mit Sicherheit alkoholfrei. Herr Welloschek war ein Surfbrett, er lehnte an der Wand. Es gab auch Kuchen, ganz winzige Stücke, die man auf die Hand nehmen musste. Sie sah Astrid, die mit Herrn Zunegg Kuchen aß. Während er kaute, wanderten Herrn Zuneggs Augen unruhig zwischen all den Gespenstern umher. Er selbst war als nichts Bestimmtes verkleidet. Natalie begrüßte ihn, sie berührte ihn an der Schulter. Astrid antwortete für ihn.

– Nicht erschrecken, sagte sie zu Natalie und deutete in Richtung der Tür.

Mike hatte sein Kostüm selbst entworfen. Natalie fielen fast die Augen aus dem Kopf, als sie erkannte, was es darstellen sollte.

– Ach … du …

– Seine Frau ist nicht da, sagte Astrid. Ein Glück.

– Gut, sagte Herr Zunegg kauend.

Er trug eine rote Fliege, die eine Spur zu groß war.

– Ja, richtig guter Kuchen, nicht?, sagte Astrid und gab ihm ein weiteres Stück.

– Und mein Lieblings-Bezugi?, fragte Natalie.

– Dorm? Ist in seinem Zimmer. Aber er trägt ein Kostüm.

– Aha?, sagte Natalie.

– Es wird ihm nur zwischendurch zu laut hier. Aber er hält sich gut. Wahrscheinlich kein Wunder.

Astrid deutete in eine andere Richtung.

Tatsächlich, Herr Hollberg war hier. Er trug normale Straßenkleidung, nur ein Playboy-Bunny-Ohrenpaar spross aus seinem Kopf.

– Fuck, murmelte Natalie unhörbar.

Sie begrüßte ihn mit einem höflichen Winken. Hollberg stand in einer Ecke und studierte gerade etwas, das an der Wand hing. Entweder die Bilder vom Ausflug in die Rettenbachklamm von letztem Jahr oder den Nachtdienstplan. Er wirkte betrunken.

– Lass ich mir natürlich nicht entgehen!, krähte er, als hätte Natalie irgendetwas gesagt.

Nickend ging sie weiter, raus aus dem Sozialraum und dann um die Ecke. Sie wollte Herrn Dorm zumindest begrüßen. Er sollte wissen, dass sie da war.

Sie klopfte. Aber die Musik, *Saturday Night* von Whigfield, war zu laut und übertönte jede mögliche Antwort von drinnen. Also öffnete sie vorsichtig die Tür.

Herr Dorm saß vor seinem Spiegel. Er war mit dem Schminken seines Gesichts beschäftigt. An der Rückenlehne seines Rollstuhls war ein Kreuz aus Karton befestigt. An beiden Enden des Querbalkens waren Nägel gezeichnet. Am Längsbalken stand: INRI.

– Wow, sagte Natalie. Ich wollte Ihnen nur Hallo sagen. Stör ich?

– Nein, nein, sagte Dorm.

Er winkte sie herein.

– Da bin ich ja direkt mickrig gegen Sie, sagte Natalie und präsentierte ihm den Karateanzug.

– Sehr schön, sagte Dorm, ohne hinzublicken.

Er malte sich mit Kajalstift ein Liniengewirr auf die Stirn.

– Was wird denn das?

– Krone, sagte er.

– Tolles Kostüm, sagte Natalie. Wer hatte denn die Idee?

Dorm lächelte.
– Er, sagte er.
Er klang wie ein vierzehnjähriges Mädchen.
– Oh, sagte Natalie. Natürlich. Ja, also, eine wirklich tolle Idee. Und auch gruselig.
– Was?
Er schaute sie nicht an, aber seine hochkonzentrierten Schminkbewegungen froren für einen Augenblick ein.
– Ich meine, dem Anlass angemessen. Halloween. Dagegen mein Kostüm. Mir ist sonst nichts eingefallen.
– Ich bin ... gleich ... fertig.
– Jaja, natürlich, ich will Sie auch nicht stören. Ich bin dann draußen.
– Komm gleich, sagte Dorm.
Zurück im Korridor, musste sich Natalie schütteln. Herrn Hollbergs Idee. Der Gekreuzigte. Scheiße. Das war, also. Ja. Also, das war.
Horst stand in der Nähe, auch ihm wurden Menschenansammlungen schnell zu viel. Er war nicht als Batterie verkleidet. Aber er hielt eine Pferdemaske in der Hand.
– Guten Abend, sagte Natalie zu ihm. Alles in Ordnung?
– Mhm, machte Horst.
– Schöne Feier, oder?
– Ich trag ja eh die Maske, sagte Horst. Dann sieht man's nicht. Aber es wird mit der Zeit heiß.
Er wedelte sich mit den Händen Luft zu, etwas übertrieben.
– Ja, kann ich mir vorstellen.
– Aber jetzt, während er drinnen ist.
– Wer?
Horst deutete auf Herrn Dorms Tür.
– Ach so. Ist dir sein Kostüm unangenehm?
– Mit der Maske seh ich's nicht. Mit Brille abgenommen. So.
Er führte es ihr vor. Die Pferdemaske schien sehr eng. Er bekam sie nur mit Mühe auf seinen Kopf.
– Muh!, machte Horst.
– Miau, sagte Natalie.

Er nahm die Maske wieder ab. Seine Ohren waren rot. Natalie sah, dass er heute geweint hatte.

– Auf die Dauer kriegt man schlecht Luft, sagte er.

Natalie erinnerte sich an das Kruzifix in Horsts Zimmer.

– Warte, da werden wir uns gleich was überlegen, sagte sie. Wenn die Maske zu eng ist.

– Ich seh's ja eh nicht, sagte Horst und drehte sich etwas zur Seite. Ohne Brille.

– Ja, sagte Natalie. Das ist eine gute Lösung. Aber es ist sicher nicht …

Wie ging der Satz weiter? *Es ist nicht böse gemeint*? Oder: *Es ist sicher nicht so schlimm, wie es aussieht*? Sie war etwas ratlos. Vielleicht konnte sie die Maske etwas weiten.

Die Tür hinter ihnen ging auf. Jesus Christus im Rollstuhl kam zum Vorschein. Sein Gesicht war mit dramatischen schwarzen Strichen überzogen. Seine Handflächen waren schwarz und rot. Stigmata. Das Kreuz schwang hin und her, als er eine Kurve fuhr. Er verschwand im Sozialraum.

Natalie bemerkte, dass Horst nicht hinschauen konnte. Sie nahm ihm die Maske aus der Hand und untersuchte sie. Vielleicht gab es wie bei bestimmten SM-Latexmasken eine verstellbare …

– Nata?

B war hinter ihr.

– Kommst du kurz?

– Ah, okay.

Natalie wandte sich an Horst:

– Warte hier, ich bin gleich wieder da. Ich schau, was ich tun kann, ja?

B zog Natalie mit sich fort. Ohne die Pferdemaske blieb Horst schutzlos zurück. Sie betraten den Sozialraum, und Marcel, der Natalie mit der Maske in der Hand erblickte, lachte und lachte.

– Google Street View, sagte er und imitierte ein Wiehern.

– Sicher, sicher, sagte Natalie.

– Hilf mir schnell, sagte B.

Sie führte sie zu Herrn Dorm. Natalie sah sofort das Problem. Das Kreuz war umgeknickt, Herr Dorm kurz vor einem Wutanfall. Direkt vor ihm, hasenohrig und offenbar sehr amüsiert, stand Herr Hollberg, seine Hände in einer merkwürdig unschlüssigen Haltung, als wäre er mitten im Applaudieren unterbrochen worden.

– Das haben wir gleich, sagte B. Ich brauche nur eine dritte Hand.

– Ich zähle bis zwanzig, sagte Dorm.

Natalie musste über diese Drohung unwillkürlich lachen. Glücklicherweise ging ihr Lachen in der Musik unter, dem grauenvollen Tell-me-more-Wettgesang aus *Grease*. Ein Qual-Ohrwurm nach dem anderen. Sie sah die Szene im Park vor sich, Dorm vor dem Baumstamm, zählend, Versteckspiel, während sie beide, wie Eltern, sich nicht von der Stelle rührten. Luminous Detail.

– Halt hier fest, sagte B. Ich muss nur hier oben. Ja, so geht's.

Die ganze Kreuzkonstruktion war mit Bindfaden am Rollstuhlrahmen festgemacht. Der Bindfaden hatte sich irgendwo verhakt und hatte das Kreuz heruntergezogen.

– So, danke, sagte B. Schon erledigt.

Das Kreuz stand wieder aufrecht. Aber es hatte ein wenig von seinem Selbstbewusstsein verloren. Es hielt sich etwas schräg und taumelig, wie ein Baumskelett auf einem schattseitigen Bergabhang.

– Zwanzig, sagte Dorm.

Herr Hollberg nahm seine Hasenohren ab und setzte sie Dorm auf. Dieser strahlte ihn dankbar an. Alles, was von Chris kam, war gut.

– … kröne ich dich zum König der Juden, lallte Herr Hollberg. Applaus, Applaus.

– Hahaha, lachte Dorm.

– Toll, oder?

– Ja, Chris. Das ist toll!

– Ich finde, sagte Herr Hollberg, er sieht aus wie ein Weihnachtsbaum, den jemand zu schmücken versucht hat, aber dann hat sich der Weihnachtsbaum als elektrisch geladen herausgestellt. Starkstrom. Bzzzz!

Dorm lachte über diesen Scherz mehr als alle anderen.

– Warum hast du dir das Gesicht so angemalt?, fragte Hollberg.

– Dornenkrone, sagte Dorm.

– Ah, okay. Die ist ins Gesicht gerutscht, oder …

– Ja, nickte Dorm. Ins Gesicht runter.

– Mein Gott, sagte Hollberg. Hat wirklich niemand eine Bibel hier? Ich hab vorhin schon gefragt.

Er meinte Natalie.

– Leider nein, sagte sie.

– Dafür haben Sie eine Maske, sagte Herr Hollberg.

– Die? Ja, die muss ich noch …

– Der Horst hat eine Bibel!, sagte Dorm. Er hat eine, mit Sicherheit. Ich hab sie gesehen. Sie liegt bei ihm!

– Wer?, fragte Hollberg.

– Horst!, rief Dorm aufgeregt. Ich geh ihn holen.

– Nein, sagte Natalie. Der Horst ist grad in seinem Zimmer. Ich werde zu ihm gehen und ihn fragen.

– Bist du jetzt auf einmal *seine* Bezugsbetreuerin, oder was?, schnauzte Dorm sie an. Lass mich vorbei!

Eine Hand legte sich auf seine Schulter. Es war B. Sie war die Bezugsbetreuerin von Horst.

– Natalie geht, sagte sie. Wenn das für Sie okay ist.

– Sei still, du Hupfburg!

Einige lachten, unbeabsichtigt. B lachte am lautesten, allerdings nur, weil sie wohl spürte, dass sie musste, um es den anderen zu erlauben.

Dann trat sie vor und legte ihm eine zweite Hand auf die andere Schulter.

Dorm wurde sofort kleinlaut.

– Okay, sagte er.

– Bin gleich wieder da, sagte Natalie.

Sie kam an Marcel vorbei und winkte ihn mit sich. Es sah nicht so aus, als hätte er viel zu tun. Sie nahm ihn mit in die Küche und zeigte ihm die Pferdemaske.

– Sarah Jessica Parker, sagte er.
– Ja, sagte Natalie. Wir müssen sie irgendwie lockern oder … dehnen. Sie ist zu eng.
Marcel kicherte.
– ’tschuldige, sagte er. Es sieht einfach so saudumm aus! Hahahaha. Es sieht … schau dir das dumme Glotzen an! Die sind überall, die dummen Masken. Wer stellt die überhaupt her?
– Keine Ahnung. Aber wir sollten irgendwie –
Sie hatte eine Naht entdeckt, auf der Rückseite der Maske.
Marcel lachte immer noch.
– Ich wette, die werden in irgendwelchen Sweatshops hergestellt, sagte er.
– Wenn du mir hilfst, sagte Natalie, geb ich dir eine Lexotanil.
Marcel verschluckte sich beinahe.
– Was?, fragte er.
– Heute ist Halloween. Da darf man doch.
– Ja, aber das ist mehr zum Runterkommen. Hast du Concerta?
– Nein, sagte Natalie.
Der Zivi seufzte.
– Okay, sagte er, mit Benzo und Alk kann ich eventuell eine Paradoxreaktion rauskitzeln. Aber das Problem ist, dass da oft Angst entsteht. Aber durch die Nacht komm ich irgendwie.
– Die Feier geht doch gar nicht die ganze Nacht.
– Hier nicht, sagte Marcel.
– Ah ja, sagte Natalie. Ich hab auch noch einen zweiten Termin heute.
Sie schaute auf die Uhr. Halb sieben.
– Komm, schauen wir uns jetzt das Ding hier an, okay? Stell dir vor, es wäre ein Türschloss und du müsstest es lockern.
Hinter ihnen brummte jemand. Horst stand da, Brille in der Hand, traute sich nicht über die Schwelle.
– Wir sind gleich so weit, sagte Natalie zu ihm.
Aber darum ging es gar nicht. Horst kam zu ihnen in die Küche, bog um die Ecke – und versteckte sich.
Natalie ließ die Maske auf dem Tisch liegen und ging zu ihm. Er hielt eine Batterie in der Hand.

– Was ist denn?
– Ich will nicht, sagte Horst. Ich würde dann gern telefonieren.
– Willst du nicht mehr zur Feier?
– Ich kann nicht ins Zimmer.
– Soll ich mit dir gehen?

Sie nahm ihn an der Hand und führte ihn, während er die brillenlosen Augen noch zusätzlich mit einer Hand beschirmte, zu seinem Zimmer. Vor der Tür stand Herr Dorm und wartete.

– Aaah, machte Horst und drehte sich weg.
– Herr Dorm, sagte Natalie. Horst ist müde. Lassen Sie uns bitte vorbei?

Er rollte ein paar Zentimeter rückwärts.

Sie gingen vorbei. Horst hatte die Augen geschlossen.

– Ich hab nur geklopft, sagte Dorm.

Natalie brachte Horst ins Zimmer, schloss die Tür. Horst atmete auf. Er schaltete den Fernseher ein und setzte sich auf sein Bett. Neben ihm Batterien. Sehr viele Batterien. Ein paar Zeitschriften. Alles, was er brauchte.

– Falls irgendwas ist, sagte Natalie, rufst du einfach das Diensthandy an, okay? Die Taste kennst du.
– Die B ist beschäftigt, sagte Horst zu einer kleinen Batterie.

Er entfernte eine klatschnasse Socke von seinem Fuß.

– Nein, sagte Natalie. Nicht so sehr. Sie hat immer Zeit für dich.
– Ich bleib hier, sagte Horst.

Als Natalie aus dem Zimmer trat, war Dorm verschwunden. Sie fand ihn im Sozialraum. *Rivers of Babylon* die zweite.

Herr Hollberg fehlte, die Bunny-Ohren lagen auf dem Tisch. Marcel kam hinter ihr herein und hatte die Maske in der Hand.

– Ich glaube, ich hab sie irgendwie kaputt gemacht, sagte er.

Natalie nahm das entzweigerissene Pferdegesicht an sich, bedankte sich bei ihm und griff in ihre Tasche. Eine Tablette wechselte in die Hand des Zivis über. Er klopfte ihr auf die Schulter und ging wieder.

Astrid kam auf Natalie zu.

– Der Doktor Hollberg musste schon gehen, sagte sie. Bringst du es dem Dorm bei? Er glaubt, er ist nur auf dem Klo. Weil er sich nicht mal verabschiedet hat.

– Er war betrunken.

– Wahrscheinlich. Kann man's ihm verübeln?

– Und das Kostüm war wirklich seine Idee?

– Ja, sagte Astrid. Was soll man machen?

Sie sah Marcel, wie er in der Ecke die Tablette mit dem Inhalt eines Flachmanns hinunterspülte. Paradoxreaktion. Einschlafen und in einem Kellerverlies aufwachen, angekettet, mit durch die Fußsehnen geschlagenen Fleischerhaken.

– Ich muss leider auch gehen, sagte Natalie. Ich kann heute nicht mehr …

Herr Zunegg ging an ihnen vorbei und schwankte gegen Astrid, die ihn mit einer äußerst eleganten Drehbewegung stützte. Ein Tennisprofi hätte nicht geschmeidiger reagieren können. Herr Zunegg fand seinen Rhythmus wieder und ging weiter.

– Ah ja, sagte Astrid. Hab ich vergessen. Richte deinem Herrn Papa alles Gute von mir aus. Unbekannterweise.

– Danke, sagte Natalie.

In Wirklichkeit war es eine Stunde zu früh. Sie hätte noch genug Zeit. Aber sie wollte hier weg, möglichst schnell.

– Ja, also, dann werd ich mal.

Sie verabschiedete sich bei B und Katje, die nebeneinander standen und ihr synchron hinterherwinkten. Herr Welloschek schlief im Stehen. Natalie winkte ein paar Verwandten zu, die sie in dem rötlichen Licht gar nicht zuordnen konnte. Sie hoben ihre Pappbecher. Kurz begegnete sie Dorms verlorenem Blick, eilte weiter, war im Korridor, dann auf der Stiege. Mist, das Karatekostüm. Aber gut, sie konnte sich auch dort umziehen. Sie schlüpfte in ihren Mantel.

Draußen war alles angezuckert, eine feine Schicht. Parkplatzstille, der erste Schnee des Jahres. So früh. Das Rascheln ihrer Kleidung war auf einmal sehr laut. Fallende Flocken bildeten kleine Lichtinseln um die Laternen. Sie wischte den Sattel ihres Fahrrads frei, zog sich die Haube tief ins Gesicht und fuhr los. Ihr Handy piepste. Sie blieb stehen und schaute nach. *Happy All Hallow's Eve!* Von Markus. Sie schrieb ihm zurück: *als welcher toter dichter gehst du?* Sie wartete, trotz Kälte und Schnee, der sich auf ihrer Kleidung sammelte, auf die Antwort. Sie lautete: *Ich geh als Dinosaurierbuch. Trick or Treat.* Natalie musste lachen. Sie schrieb zurück: *ich geh als jesus christus.* Markus' Antwort lautete: *Geht als toter Dichter durch.* Sie steckte das iPhone ein und fuhr weiter. Der Schneefall machte die Fortbewegung ungemütlich, aber der Weg war nicht weit.

Natalies Papa. Er war sogar noch älter als ihre Mutter. Schon Ende vierzig, als sie geboren wurde. Sie hatten es nie zugegeben, aber so spät im Leben noch mal Eltern werden, das musste ein Unfall gewesen sein. Als Natalie dreizehn war, hatte er die Familie verlassen. Er war noch einmal zurück auf Start gegangen und hatte das Spiel von vorne begonnen. Allerdings ohne neue Kinder. Ihr Verhältnis war immer ein merkwürdiges gewesen, nicht unherzlich, aber doch ein wenig schwierig. Als wäre man zusammen in einem Fahrstuhl stecken geblieben und müsste nun das Beste aus der Situation machen. Sie wusste nicht, wie ihr Vater als junger Mann gewesen war, während ihrer Kindheit jedenfalls war er ein von rätselhafter Energie getriebener Spaßvogel. Unermüdlich machte er Witze und zeigte seinen Kindern komische Bilder in der Zeitung oder in Büchern. Wenn er ihnen aus irgendeinem Grund ernste Ratschläge geben oder mit ihnen schimpfen musste, gab er so lange keine Ruhe, bis er versöhnliches Gelächter als Reaktion auf seine Bemühungen bekam. Er hatte wohl, dachte Natalie später oft, einen Punkt in seinem Leben erreicht, wo kleine Kinder im Haus kein verblüffendes Naturwunder, sondern einfach eine besonders schwierig zu beeindruckende Art von Publikum darstellten. Sie hatte ihn nie mit vollem Haar erlebt. Seine Glatze bildete einen Fixpunkt in seinen Späßen. Er ließ allerhand unsichtbare Gestalten auf ihr entstehen, und man musste zugeben, dass diese auf seiner Kopfhaut stattfindenden Spinnereien die weitaus witzigsten waren, zu denen er fähig war. Wenn er müde war oder deprimiert, wollte er immer Schach mit ihnen spielen. Karl war der Ältere, also musste er meistens sein Gegner sein. Aber auch Natalie kam manchmal dran. Es waren unerträgliche Stunden. Ständig verlieh er einer der Schachfiguren eine Piepsstimme und ließ sie torkelnd ihren Platz wechseln, als wäre sie betrunken. Und am Ende gewann er jedes Mal. Natalie hasste ihn dann mit einer Leidenschaft, die sie selbst überraschte. Zwei Mal hatte sie einen Anfall, direkt vor dem Schachbrett. Nach dem zweiten Anfall musste sie nicht mehr spielen, wenn sie nicht wollte. Sie war vielleicht sieben oder acht und stellte sich vor, wie ihr Vater eines Tages ins Altersheim kam und sie ihn dort besuchen mussten. Und jedes Mal wurde Schach gespielt, ganze Nachmittage lang. – Dann, während ihres zweiwöchigen Praktikums im Altersheim, hatte sie den verspäteten Reim erlebt, den sich das Universum auf diese frühe Horrorfantasie gemacht hatte. Herr Sedlatschek, dessen einziger Schach- und Mühlepartner im Heim vor kurzem gestorben war, erhielt von seinem Sohn als Geschenk einen Schachcomputer. Der Sohn war mit seiner Freundin gekommen, und beide hatten Herrn Sedlatschek erklärt, wie man den *Chess Wizard 3000* in Betrieb nahm, wie man korrekt auf seine Zug-Entscheidungen reagierte, wie man die verschiedenen Schwierigkeitsgrade einstellte und große Meisterpartien nachspielte. Dreihundert Turnierspiele hatte er gespeichert und über eine spezielle Steckkarte konnte man sogar noch mehr raufladen, von entsprechenden Seiten aus dem Netz. Immer wenn man eine neue Partie begann, spielte der Schachcomputer ein abgehaktes, unmelodisches Gedudel, Natalie musste an das Kreischen eines Nestkükens denken, das gefüttert werden wollte. *Ja, aha,* hatte Herr Sedlatschek gesagt und die magnetischen Schachfiguren betastet, die eigenen und die seines von nun an unsichtbar bleibenden Gegners. *Aha, so geht das, mhm.* Der

Sohn war zufrieden, seine Freundin auch. Sie nannte Herrn Sedlatschek die ganze Zeit Vati, was Natalie halb wahnsinnig machte. Dann hatten sie ihn sitzen lassen in seinem Zimmer, zusammen mit dem Schachcomputer. Und draußen, im Korridor, musste die Frau niesen, vermutlich vor Erleichterung. Herr Sedlatschek trat aus seinem Zimmer und rief ihnen nach: *Gesundheit! – Danke, Vati*, hatte die Frau geantwortet. Dann legte Sedlatschek junior seinen Arm um sie, und sie gingen davon, glücklich und erlöst, ein Paar Mitte vierzig, mit viel Leben vor sich. Natalie wunderte sich, dass es nicht regelmäßig zu Amokläufen in Altersheimen kam.

Aber ihr Vater war noch nicht im Altersheim, er war sogar, wie es aussah, weit davon entfernt. Schon beim Betreten des Restaurants erblickte sie ihn, er bildete, ganz nach seiner Natur, einen Mittelpunkt. Menschen standen um ihn herum, es wurde aus Leibeskräften gelacht. Ihr Vater entdeckte sie und winkte sie zu sich. Natalie lächelte und winkte zurück. Er winkte energischer, sie solle doch herkommen, und als sie einen Schritt auf ihn zu machte, sah sie, wie er durch eine offene Tür hinaus ins Freie trat.

Karl konnte nicht kommen, das hatte man ihr schon gesagt. Es herrschte allgemeine Traurigkeit darüber, dass er fehlte. Natalie hatte irgendwie damit gerechnet, aber ja, auch sie war enttäuscht. Es war der Beweis seiner Unabhängigkeit, die Tatsache, dass er sie alle nicht mehr brauchte. Wenn sie an ihn dachte, zogen sich unsichtbare Verbindungslinien von diesem Lokal aus nordwärts. Aber sie verliefen im Nichts, erreichten ihren großen Bruder nicht mehr. Sein Unabhängigkeitsvorteil ihnen allen gegenüber war von groß-kontinentaler, sprachübergreifender Dimension. Natalie hätte ihm so gern ihr albernes Karatekostüm vorgeführt. Wehmütig dachte sie an das letzte Mal, als Karl zu einem offiziellen Anlass in die Heimat gekommen war, zum fünfundsechzigsten Geburtstag des Vaters. Ihm war all das Selbstverständliche hier plötzlich als eine Folge belustigender Besonderheiten aufgefallen, die Steireranzüge der Arbeitskollegen des Vaters, bestimmte Dialektwörter, das Kernöl zum Vanilleeis. Er kannte nun die Welt und wusste, wie sie aussah. Dann das Gruppenportrait, und auch da lachte Karl. Das Geburtstagskind thronte, lautstark bescheiden und von der vielen Aufmerksamkeit ganz überfordert, mitten im Raum, und der Sohn stand daneben, die Taschenbuchausgabe des Vaters. Karl wirkte internationaler und komplexer, wie aus alternativen Rohstoffen gefertigt.

Kurz durch die Wärme des Gasthauses, dann wieder nach draußen. Natalie fror. Sie umarmte ihren Papa und erzählte ihm gleich als Erstes, dass sie kein Geschenk für ihn habe. Es sei zu wenig Zeit gewesen, sie müsse dauernd arbeiten und habe außerdem kaum Geld. Er sah, dass es eine Verlegenheitslüge war, und schien sich darüber zu freuen.

– Aber so alt!, sagte sie und deutete auf seinen Bauch, als wohne dort der Hauptanteil des Alters.

– Ja, sagte er. Man strengt sich an.

– Erinnerst du dich noch an deinen ersten Geburtstag?, fragte Natalie. Das heißt, ich meine: Erinnerst du dich noch an den ersten, an den du dich wirklich erinnern kannst, also, das heißt nicht buchstäblich den allerersten, weil an den –

Ihr Vater lachte.

– Okay, noch mal von vorn, sagte Natalie. Erinnerst du dich noch –

Die anderen Menschen, die mit ihnen zusammenstanden, begriffen, dass das vorige Gespräch durch ein neues ersetzt worden war, und verteilten sich anderweitig.

– Ich hab schon kapiert, sagte er, und dann schüttelte er den Kopf: Naah. Igitt. Wenn man so alt ist wie ich, hat man nie Geburtstage gehabt, auch Eltern waren nie da, ich bin näher an dieser Wand hier als an der Vergangenheit.

Er deutete auf die graue Steinmauer des Gebäudes.

– Wenn du über fünfundsechzig bist, dann hast du's geschafft, du warst immer schon alt. Es gibt keine Verbindung mehr zu früher. Ich bin schon alt aus dem Meer gestiegen oder vom Himmel gefallen, was weiß ich. Es gab nie was anderes als diese kaputten Gelenke und dieses verfluchte Knie. Und die Tatsache, dass, Verzeihung, einem die Eier ins Klo hängen, wenn man sich hinsetzt.

Natalie quietschte und bedeckte ihr Gesicht mit beiden Händen.

– Papa!

– Was besonders dumm ist, sagte ihr Vater, weil ich normalerweise auch nicht mehr hochkomme. Na ja. Ich hab mich durch diese Mauer gefressen, die in der Geschichte, Schlaraffenland, kennst du die?

Natalie schüttelte den Kopf.

– Da ist diese Mauer aus Brei rund um ein Land, in dem alles voller Essen ist. Und, ach, egal, ist nicht so wichtig. Jedenfalls hab ich mich da durchgefressen, und demnächst werde ich platzen.

Er lachte. Natalie hatte das plötzliche Bedürfnis, einen losen Faden aus seiner Jacke zu ziehen. Der Faden war ihr bis jetzt gar nicht aufgefallen. Sie stellte sich vor, wie der alte Mann dann vielleicht tief ausatmen und sich bei ihr bedanken würde, dass sie ihm diese Erleichterung verschafft hatte. Wie der Löwe, dem man einen Holzsplitter aus der Pfote zieht.

– Du hättest so fragen sollen, sagte ihr Vater. *Was ist der früheste Geburtstag, an den du dich noch erinnern kannst?*

– Ja, stimmt.

– Aber ich hab trotzdem kapiert, was du gemeint hast.

Natalie nickte.

An seinem Jackenkragen stand immer noch ein loser Faden ab.

– Ich kapier immer, sagte er. Schön, dass du gekommen bist. Wenigstens einer.

– Ich glaube, ich geh dann wieder rein. Mir wird langsam kalt.

– Mhm. Ich rauch hier noch fertig.

– Auf jeden Fall herzlichen Glückwunsch, Papa!, sagte Natalie.

Ihr Vater hob die Schultern:

– Tja, was soll man machen.

Einige Minuten lang beschäftigte sie noch der hervorstehende lose Faden. Sie dachte daran, wie sie an ihm ziehen würde, und in ihrer Vorstellung wurde er länger und länger, es gab ja auch keinen Grund für den Faden, irgendwann aufzuhören. Schließlich fand sie eine Serviette, die sie in ihrer Hosentasche zerfetzen und zerkrümeln konnte, und ihr wurde etwas leichter.

Sie ließ sich durch den Raum treiben, vermied Augenkontakt, nahm sich Snacks und Sekt von Tabletts.

Schon alt aus dem Meer gestiegen. Spaßvogel. Es war nie anders gewesen. Sie erinnerte sich noch an einen Geburtstag von ihm, als er darauf bestanden hatte, allen ein Geschenk zu kaufen, bloß er selbst wollte ums Verrecken keines haben. Das hatte er mehrere Male klargestellt. Sie hatte von ihm eine kleine Mundharmonika bekommen, ein zauberhaftes Ding, das ihr einige Jahre später bei einem Schulausflug abhandenkam.

– Na, hörte sie eine Stimme, dir tut der Alkohol aber *wirklich* nicht gut.

Ihre Stiefmutter legte, ohne Vorwarnung, ihren Handrücken an Natalies Stirn. Sie war schon sehr betrunken, aber die Bewegung führte sie präzise und sanft aus.

– Ich hab kein Fieber, sagte Natalie.

– Der Alkohol, Liebes, der Alkohol. Du musst aufpassen. Deine Wangen sind ganz rot. Aber schön, dass du's dir einrichten konntest.

– Ich war kurz draußen.

Christine schaute verdutzt drein.

– Draußen liegt Schnee, sagte sie. Oktoberschnee.

– Wissen wir schon, sagte Christine. Na ja. (Ein dramatisches Luftholen.) Jedenfalls, pass auf mit dem Alkohol, ja? Er hat dir noch nie gutgetan. Das weißt du so gut wie ich.

– Okay, *Mama.*

Christine wackelte davon. Natalie blickte ihr nach. Dann prüfte sie die Temperatur ihres Gesichts mit den Händen. Es fühlte sich tatsächlich etwas heiß an. Das Kreuz aus Pappe. Horst mit dem Pferdegesicht. Luminous Dings.

Ihre Stiefmutter war mit den Jahren zu einer recht alpinen Erscheinung geworden. Nicht wegen der schneeweißen Haare, sondern vor allem wegen ihrer Kleidung. Sie sah immer so aus, als bewege sie sich durch ein Schigebiet. Selbst in geheizten Räumen trug sie mitunter mehrere Schals übereinander und fingerlose Handschuhe. Angaben über die Temperaturverhältnisse der Außenwelt nahm sie nur als mäßig interessante Zusatzinformation wahr, wie ein tägliches Horoskop, an das man ohnehin nie wirklich geglaubt hat.

Einmal hatte Natalie ein Bild gesehen, das die beiden bei ihrer Hochzeit zeigte. Christine hatte lange, goldblonde Haare und trug ein weißes Kleid mit langer Schleppe, sie sah aus wie eine geschmolzene Kerze.

Natalie hörte das Husten ihres Vaters, er war offenbar zurück ins Lokal gekommen. Wenn er husten musste, war es nicht mit einem zwei- oder dreimaligen lauten Bellen getan, bei ihm war es meist eine langwierige Angelegenheit, der Husten kam über ihn wie eine Landschaft, und er musste sie durchqueren, von Anfang bis Ende. Seinen Spazierstock hatte er sich nicht wegen seines bösen Knies zugelegt, das ihm das Gehen beschwerlich machte, sondern um etwas zu haben, auf das er sich stützen konnte, wenn der Husten ihn schüttelte.

Wie lange muss ich wohl bleiben?, dachte Natalie.

Da wurden schon die Lobsprüche aufgesagt. Ihr Papa winkte ab. Aber er sah überglücklich aus. Jetzt, in dem Alter, konnte er den Huldigungen nicht mehr entkommen. Natalie applaudierte, lächelte. Dann sah sie ein vertrautes Gesicht in der Menge: den Radiologen. Oh Gott, er hatte sie auch entdeckt. Zurücknicken, freundlich. Jaja, alles eine große Familie. Er kam näher, nein! Gott sei Dank, Christine fing ihn ab und redete auf ihn ein. Natalie flüchtete schnell. Damentoilette. Sobald man sich in die Warteschlange einreihte, war man unsichtbar, geschützt. Dabei musste sie gar nicht. Jetzt begann das Anschneiden der Torte, ohne sie. Was mach ich hier? Ich bin einundzwanzig. Ich könnte auch in Dänemark leben.

Die Frau vor ihr trug ebenfalls ein Halloweenkostüm, eine

Fuchsmaske. Natalie berührte vorsichtig ein Ohr mit dem Finger. Die Frau merkte nichts.

Als sie von der Toilette zurückkam, war der Raum, in dem die Feier stattfand, etwas abgedunkelt worden. Die Geselligkeit hatte zugenommen, Musik wurde gespielt, und die Gäste hatten sich an den Stehtischen verteilt und konsumierten und kommentierten die Leckereien. Natalie entdeckte den Arzt, der ihre Brüste in der Hand gehabt hatte, am anderen Ende des Raumes. Er war mit Kuchen beschäftigt. Sie achtete darauf, nicht in sein Blickfeld zu geraten. Dann stand sie vor ihrem Vater und breitete hilflos die Arme aus. Tu so, als würdest du dazugehören, dachte sie.

– Musst du schon gehen, sagte ihr Vater.

Es war keine Frage gewesen.

– Ja, die Arbeit, sagte sie. Ich muss wieder zurück, wir haben da auch eine Feier.

– Ich hab unserem gemeinsamen Freund erzählt, was du arbeitest, sagte ihr Vater. Hat ihn schwer beeindruckt.

– Wer?

– Der Doktor –

Jemand schüttete ihrem Vater Sekt auf die Anzugschulter. Er schaute nur überrascht drein, nicht wütend. Es folgten Entschuldigungen und Wischaktionen. Natalie winkte ihm zu. Sie bemerkte, dass sie rückwärts ging.

Endlich Stille. Gott, so viel Musik überall, nicht zum Aushalten. Warum spielte man auf Geburtstagsfeiern nicht irgendwelche anderen Geräusche? Zum Beispiel das Aufknacken einer Nuss, verstärkt und vervielfacht. Oder das Umfallen von Kegeln auf einer Kegelbahn oder das Schütteln von Würfeln in einem Würfelbecher. Diese vollen, satten, handfesten Geräusche, an denen die Seele genesen konnte. Sie rückten einem die Gedanken gerade.

Immer noch fiel Schnee. Natalie machte ein Foto. Geburtstagshalloweenschnee. Aber das Foto war vollkommen schwarz.

Sie ging zu ihrem Rad und hielt eine Weile die Lenkstange, wie man jemandes Haare hält, der sich übergibt. Schneeflocken auf ihrem Handrücken. Echt früh im Jahr für euch. Streunen unmöglich. Außerdem eh zu müde. Parkplätze sind immer so still. Selbst wenn, wie jetzt, eine Autotür zuknallte. Wenn im Weltall eine Raumschiffluke zugeworfen wurde, machte das überhaupt kein Geräusch. Alles lautlos. Die automatisch sich hebende Parkplatzschranke segnete ein ankommendes Auto nach dem anderen.

– Oh, holla!

Natalie bezog den Ausruf, obwohl sie ihn deutlich neben sich hörte, nicht auf sich. Der Alkoholdunst und die Musik hatten sie duselig und verkringelt gemacht – nicht mal echte Wörter, also hatte sie zwei neue Empfindungen erfunden, heute Abend, High five. Mir ist alles egal. Nachtluft. Sattel und Herbstschnee. Hoch soll er leben. Jesus Christus.

Aber da ertönte dieselbe Stimme noch einmal, und diesmal erkannte sie sie, ein Stromstoß.

– Herr Hollberg?

– Ja so ein Zufall!

Er kam ihr entgegen. Natalie wich zurück, griff in ihre Tasche, wo nichts war. Aber er sollte glauben, dass sie vielleicht einen Pfefferspray eingesteckt hatte.

Es wirkte. Er blieb stehen.

– Eiskalt ist das, mein Gott, sagte er. Dabei war's gerade noch.

Er hatte Schneeflocken auf seinen Schultern.

– Ja, sagte Natalie. Und spät. Was machen Sie hier?

– Ich? Parken. Da ist mein Auto. Scheißtag, oder?

Natalie reagierte nicht.

– Wie war's da drinnen?

Er deutete auf das Restaurant.

– Ganz okay.

– Anstrengend, oder? Die Familie. Das Zählen der Jahresringe.

Natürlich, irgendwer im Wohnheim hatte es ihm vorhin gesagt, bei der Halloweenfeier. Er hatte bestimmt nachgefragt.

Aber warum war er jetzt hier? Gefolgt, dachte Natalie. *Inwiefern bedroht er dich.*
– Ich bin nicht gern auf solchen Feiern, sagte Natalie.
– Jaaa, sagte Hollberg mit einem dramatisch-mitleidigen Nicken. Hab ich gemerkt.
– Waren Sie auch da drinnen?
– Keine Angst, sagte Herr Hollberg sanft. Alles in Ordnung. Sie zittern.
– Nein, tu ich nicht.
– Okay, sagte Hollberg, verständnisvoll lächelnd. Ist nur fair. Dann wünsche ich noch einen schönen Abend.

Natalie war hellwach. Ihr Herz klopfte, und sie fror nicht mehr. Sie war in der Zone totaler Aufmerksamkeit. Manchmal folgten dieser Phase ein paar aurige Stunden.
– Ah, diese Feiern, sagte Hollberg. Man kann nicht auf allen gleichzeitig tanzen, oder? Die zerreißen einen noch. Aber gut, ich hab das Problem ja nicht mehr. Familie und so.
– Oh, sagte Natalie.

Sie machte eine mitfühlende Geste mit ihrer freien Hand. Die Schutz-Hand ließ sie immer noch in der Tasche stecken. Western. High Noon.
– Na ja, sagte Hollberg. Die Zeit vergeht. Meine Güte, der Winter ist da. Und vor den Toren läutet der November.

Natalie wusste nicht, ob sie sich verhört hatte. Bestimmt redete er nur deswegen Unsinn, damit sie weiter nachfragte. Aber sie ließ sich nicht einwickeln. Das Gesicht ihres Vaters kam ihr in den Sinn, und sie fühlte sich gestärkt. Er stand hinter ihr, buchstäblich, sie hatte dem Restaurant und der Geburtstagsfeier den Rücken zugekehrt. Ihre Ahnenreihe verlief durch dieses Gebäude und durch sie hindurch. Und sie spießte Hollberg auf. Das Bild gab ihr Sicherheit.
– Dorm war am Boden zerstört, sagte sie.
– Weil ich gegangen bin? Ich hab es ihm doch angekündigt, dass ich nicht lang bleiben kann. Ich war viel länger da als Sie.
– Ja, trotzdem. Er hat das Kreuz … ah, eine Sauerei.
– Was?, fragte Hollberg.

– Ach, nein, sagte Natalie. Das kann man nicht beschreiben.

Eine andere Waffe fiel ihr nicht ein. Sie musste so sein wie Markus im Chat, die verstrahlten Schüler, der giftige Lehrer. Der Moment, wenn eine spannende Geschichte plötzlich nicht weitergeht. Luminous Details. Die man aber nicht sieht. Blinde Stellen, an die man sich hängt.

– Ah, komm, sagte Hollberg. Geht schon. Ich muss das wissen.

Aids, dachte Natalie. Sag irgendwas. Ein Wort.

– Parabel, sagte sie.

– Was?

– Ja, das Wort hat er gesagt, sagte sie kopfschüttelnd. Und dann … ah, das ist wirklich nicht schön.

Das Wort war ihr einfach so eingefallen. Sie hatte inzwischen wieder vergessen, was es bedeutete. War das schon *luminous*? Oder nein, das war die Sache mit den Steinen, die in einen Teich fallen, genau.

– Er hat *was* gesagt?

– Vielleicht ist das Ganze auch mehr als Gleichnis zu verstehen, plapperte Natalie drauflos. Keine Ahnung. So wie in der einen Geschichte, wo ein Mann seine Frau quält. Tagelang. Er schlägt sie und tut ihr alle möglichen Dinge an.

Hollberg zeigte kaum eine Reaktion. Aber Natalie war noch nicht fertig. Immerhin hatte sie zwei Gläser Sekt getrunken. In ihrer Erinnerung war ein rettendes Detail aufgeleuchtet.

– Und man fragt sich natürlich, warum tut er das? Und die Rechtfertigung in seinem Fall war eine buddhistische Geschichte. Da stehen ein Mönch und sein Schüler vor einem Teich und schauen hinein. Und der Schüler fragt: Meister, dieser Teich hat einen unregelmäßigen Umriss, wie soll ich wissen, wo seine Mitte liegt? Und der Meister antwortet (Natalie machte mit der Hand diese lächerlich segnende Kung-Fu-Geste): Nimm einen Stein und wirf ihn in den Teich, dann entstehen konzentrische Kreise, die eine eindeutige Mitte haben. Das ist die Mitte des Teichs.

Sie machte eine kleine Pause und tat so, als würde sie überlegen, wie die Geschichte weiterging. Hollberg starrte sie nur an.

– Und der Schüler tut genau das und wirft einen Stein und erschlägt natürlich einen Frosch. Woraus folgt, na ja, ich weiß nicht. Dass Buddhisten verrückt sind, generell. Nicht normal. Und deshalb schlägt der Mann seine Frau.

– Wie?, sagte Hollberg. Augenblick, das alles hat *er* erzählt?

– Ah, nein, sagte Natalie. Nein, nein. Das war ja das Seltsame. Herr Dorm hatte auf einmal diese fixe Idee, ganz plötzlich, dass sein Kreuz eine Art … Musikinstrument ist. Klingt sicher eigenartig.

Okay. *Das* war luminous detail.

In your face.

Bitch.

– Nein, sagte Hollberg ruhig. Das klingt sogar sehr nach ihm.

– Wirklich?, sagte Natalie. Ich bin ja noch nicht so lang da. Und ich hab ihn noch nie so erlebt. Er wollte die ganze Zeit, dass wir ihn hochheben, damit er aus dem Fenster zum Parkplatz schauen kann. Aber da war eben das Kreuz davor. Und Marcel, der Zivi, hat ihn … ja, wie beschreibt man das?

Sie legte einen Finger ans Kinn und *überlegte*.

– Hm, sagte sie. Keine Ahnung.

– Doch, doch, sagte Hollberg ernst. Versuchen Sie's.

– Ah, es ist schon spät. Das nächste Mal, okay?

Aids.

– Er hat wirklich gesagt, das Kreuz ist ein Musikinstrument?

– Ja, so irgendwie, sagte Natalie. Und dann hat er, aber ich bin mir auch nicht mehr sicher, wie der genaue Wortlaut war.

– Okay, nickte Hollberg.

Er war nun ebenfalls in der Zone der totalen Aufmerksamkeit.

– Also gut, sagte Natalie. Ich versuch's. Das war, als ich kurz mit ihm allein war. Bevor ich dann hierher, egal. Ich weiß nicht, ob sie ihn was trinken haben lassen. Oder vielleicht eine Zigarre. Keine Ahnung. Jedenfalls war da plötzlich diese, ja, diese fixe Idee. Und er hat gesagt, ich soll auf ihm spielen.

Auf wem, hab ich gefragt. Na auf dem Kreuz! Sie kennen ihn ja, wie schnell er die Beherrschung verliert. Also hab ich das Kreuz berührt, und da hat er plötzlich angefangen, von Frauen zu reden und von der Art, wie sie … Keine Ahnung, es war alles sehr verkehrt. Und Sie hat er auch erwähnt. Er wird stärker, hat er gesagt. Damit hat er Sie gemeint. Sie werden immer stärker. Und dann war noch irgendwie von der Sonne die Rede, das war auch komisch. Ich hoffe, dass es nicht Alkohol war.

Eine Weile war es still. Schnee fiel kaum mehr. Aber Hollberg wischte sich dennoch über die Schultern und durchs Haar. Sein Bart sah nass aus.

Natalie bot ihm ein Taschentuch an. Er lehnte es ab:

– Danke.

– Das war noch nicht alles, aber das meiste war so eigenartig. Aber hey, es ist Halloween, was soll man da anderes erwarten. Geisterabend. Ich war Karatemeisterin. Er war … keine Ahnung. Er hat vielleicht gedacht, es ist die Bergpredigt oder so.

Hollberg lachte nicht.

– Einen Satz weiß ich noch, log Natalie. Ja, wie ging der? Genau: *Er wächst und wächst und wächst, der Chris.*

– Hm, machte Hollberg.

Er schien beeindruckt.

Suck on that luminous detail, motherfucker, dachte Natalie.

– Witzig, ja, sagte Hollberg schließlich. Bei ihm haben sogar die einzelnen Sätze ein Kindchenschema. Sie kennen ihn wirklich sehr gut, Frau Reinegger.

Der Satz überraschte Natalie. Und er hatte es so sanft intoniert, fast zärtlich. Jetzt griff er in seine Tasche und holte Handschuhe heraus.

– Ja, also dann, sagte er. Ist wirklich spät.

Er blickte auf die Uhr.

– Oder, na ja, nicht direkt spät, korrigierte er sich. Aber kalt.

– Ja, sagte Natalie.

– Cheers!

– Gute Nacht, sagte Natalie.

Sie wartete, bis er mit dem Pick-up weggefahren war, dann wischte sie ihren Radsattel mit einem Ärmel trocken, stieg auf und machte sich auf den Heimweg.

Körperlich war sie, das merkte sie schon bei den ersten Umdrehungen der Pedale, sehr erschöpft, aber in ihrem Kopf schrie alles durcheinander. Zufall Parkplatz Geburtstag Kreuz Luminous Motherfucker Aids Teich Meister Verfolgt. Er hatte sie verfolgt. Sie dachte an Mario. Sie musste sofort im Souterrain nachfragen, ob er dort war. Sie wählte die Nummer. Es läutete, aber niemand ging ran. Klar, Halloween. Auch dort gab es eine Feier. Laute Musik. Wildheit.

Hi, mein Name ist Leopard, und ich hab heute meine Flecken gekriegt. – Hi, Leopard!

Leoparden haben Flecken, keine Streifen. Dummes Sprichwort. So wie der Tannenbaum, wie grün sind deine Blätter, dabei hat das Ding doch Nadeln. Natalie wurde seekrank, wenn Sprichwörter solche blöden Fehler enthielten. Denn man wiederholte sie so oft, dass sie unsichtbar wurden und dadurch irgendwie richtig. Was gegen die Naturgesetze verstieß.

Sie stellte sich oft vor, wie es aussehen würde, wenn ein bestimmtes Ding in einer Szene unsichtbar wäre. Etwa eine Reihe Autos vor einer roten Ampel. Dann würde man nur noch geometrisch ausgerichtete, schwebende Menschen in Sitzhaltung sehen, die die Lenkradarme in Richtung des jeweiligen Vordermanns ausstreckten. Als könnte man sie zusammenstecken wie Konzertsaalstühle. Oder ein Mann, der an der Bushaltestelle in einem Buch las. Dachte man sich das Buch weg, starrte er einfach auf seine Hände, die ihm viel zu erzählen hatten und ihn alle paar Minuten zum Lachen brachten.

Zuhause begrüßte sie der eingeschaltete Fernseher. Offenbar hatte sie vergessen, ihn auszumachen. Das kam öfter vor. CNN war eingestellt, es ging um eine … irgendwas mit sehr vielen Polizeiwagen. Colorado. Sie würde sich gleich darum kümmern. Aber zuerst schaute sie auf dem Balkon nach, ob der Kater unten im Hof stand. Nein, keine Spur. Treuloses Vieh.

Also, was war das für eine Sache. Live-Bilder. Ein Mann redete sehr schnell aus dem Off und sagte plötzlich:

– Back to you, Sheila.

Die Laufschrift erklärte: … *still the possibility of a hostage situation …*

Ah, eine Geiselnahme. Natalie zog ihren Mantel aus, stellte ihre Umhängetasche neben die Couch. Dann ging sie zum Fernseher und kontrollierte seine Temperatur, mit dem Handrücken. Nein, er war noch nicht überhitzt. Aber sie würde später auf den Live-Stream aus dem Internet umsteigen. Sie setzte sich hin und nahm die Fernbedienung.

Also, okay, wo war das Problem.

… shooter still inside the building …

Amoklauf. Okay.

Natalie folgte den Ausführungen der Reporter, währenddessen streifte sie das lästige Kostüm ab. Als sie sich später etwas zu essen holte, stellte sie den Ton lauter. Draußen war es vollkommen dunkel. Ihre schmale, sich über der Salatschüssel krümmende Gestalt spiegelte sich in den Küchenfenstern. Sie ging zurück und aß im Stehen vor dem Fernseher. So fühlte es sich am besten an. In Colorado war es jetzt Nachmittag. Heller Sonnenschein. Streifenwagen. Ein hoher, freundlicher Grillfest-Himmel über der Stadt. Jetzt wurden dort Babys geboren, und alte Menschen fielen hin und waren tot. Voll das Leben. Natalie kaute. Die Tatsache, dass es dort, im Land der Geiselnahme, noch strahlend hell war, brachte ihren zeitlichen Gleichgewichtssinn ein wenig durcheinander. Als könne dieser lange Tag überhaupt nie ein Ende nehmen.

Aber den Amokläufer, einen Mann mit einem automatischen Gewehr, hatten sie trotzdem noch nicht gefasst. Er habe sich, sagte ein direkt in die Kamera blickender Reporter, im Inneren des Gebäudes verschanzt und es sei nicht klar, ob Menschen in seiner Gewalt seien.

Natalie schaute in dem Online-TV-Guide auf ihrem iPhone nach, ob irgendwo eine andere Live-Sendung lief.

Nein, heute Abend nicht.

Sie könnte ja noch einen kleinen Spaziergang machen. Und dann bei der Rückkehr nachschauen, wie weit sie mit der Geiselnahme waren. Bei dieser Überlegung stellte sich ein angenehm warmes, sicheres Gefühl ein. Eine Schutzfolie wurde über die restlichen Stunden der Nacht gezogen.

Also zog sich Natalie, trotz der Erschöpfung nach den zwei Feiern an einem Abend, noch einmal an und ging spazieren. In ihrem Kopf war es noch zu laut, um wirklich Ruhe zu finden. Sie hörte Essgeräusche und später, als diese ihr ein zu inselhaftes und quasi-auriges Gefühl vermittelten, einen Internet-Radiosender, der rund um die Uhr Talksendungen mit Live-Anrufern brachte. Glocken läuteten in einer nahen Kirche und übertönten die Stimmen. Von den Bäumen tropfte es, wenn ein Windstoß durch sie fuhr. Natalie dachte an den Mann in Amerika, der sich mit seinem Gewehr im Inneren eines Gebäudes verschanzt hatte. Er hielt jetzt gerade, in diesem Augenblick, dieses Gewehr in der Hand, er vertraute ihm, es war eine organische Verlängerung seines Körpers. Im Himmel waren einige letzte Wolkenkonturen auszumachen, düstere, nachdenkliche Formen, und jedes Mal, wenn Natalie sie anschaute, stellten sich die Wörter *Altdeutsch* und *Vorabend* ein. Sie musste an ein Repetiergewehr denken und fragte sich, ob das Bild, das sie mit diesem Begriff verband, korrekt war. Sie hätte nachsehen können. Um den Amokläufer herum bewegten sich die Polizisten, gepanzert und bewaffnet, finstere Bienen mit schwarzen Helmen. Er dachte jetzt irgendetwas. In seinem Kopf gingen Dinge vor. Das war nicht unwichtig.

Als sie zurückkehrte, legte sie dem immer noch laufenden Fernseher die Hand auf die Stirn und verbrannte sich fast. Schnell zog sie ihm den Stecker. Armer.

Es war Mitternacht vorbei.

Die Bezüge der Bettwäsche waren angenehm kühl, Natalie streckte sich aus. Auf der Seite liegend, kontrollierte sie auf dem iPhone die letzten Nachrichten über den Amoklauf in Amerika. Dort war die Lage unter Kontrolle. Der Täter, ein dreißigjähriger Arbeitsloser, war in den frühen Nachmittagsstunden von der Polizei erschossen worden. Vorher hatte er es geschafft, zwei weitere Menschen schwer zu verletzen. Natalie fiel sofort in tiefen Schlaf und erwachte erst neun Stunden später. Draußen war es hell, und die Glocken läuteten über der Stadt. Als sie das Fenster öffnete, drang das große Plätschern und Tröpfeln von schmelzendem Schnee herein.

Ja, versicherte ihr Lothar, ihr Schatz sei dagewesen. Habe aber nicht viel gesagt. Scheine ja nicht so der redselige Typ zu sein. Aber hey, immerhin einer mit Prinzipien. Voll verlässlich. Was man mit ihm ausmache, das halte er ein, eisern. Habe alles abgeholt und sei seither noch zweimal erschienen.

– Ja, er ist toll, sagte Natalie begeistert.

Sie hinterließ eine weitere Nachricht. Beim eiligen Verfassen merkte sie, dass sie kaum noch mit der Hand schreiben konnte. Sie wurde ungeduldig dabei. Normalerweise tippte oder diktierte sie alles. Sie schlug Mario ein Treffen vor, bei dem er ihr seine Erkenntnisse mitteilen konnte. Wenn sie sich ins Gedächtnis rief, dass er tatsächlich ins Souterrain gekommen war, um die Unterlagen abzuholen, wurde ihr warm, und sie fühlte sich, als wäre ihr ein Heiratsantrag gemacht worden. Es war so wahnsinnig lieb von ihm. Er war der beste Mensch überhaupt, jemals. Inwiefern bedroht er dich, hatte er gefragt.

Sie nahm sich vor, in nächster Zeit jeden Abend hier zu sein. Oder, wenn sie Spätdienst hatte, jeden Morgen. Aber dann erlebte Natalie eine Überraschung, die es ihr unmöglich machte, diesen Vorsatz einzuhalten. Daran war ein Mann schuld, der Henrik genannt wurde. Sie hatte ihn schon vorher hier gesehen, ein älterer Mann, der manchmal im Souterrain herumsaß und sich mit allen möglichen Leuten zu unterhalten versuchte. Oft brachte er Bier mit und stellte den Kasten gleich neben der Tür ab, sodass jeder, der reinkam, eine Flasche nehmen konnte. Er war höflich und stellte sich allen mit Namen vor. Seine Glatze, über die er ein paar spinnwebige Resthaare gekämmt hatte, sah aus wie ein Knie.

Henrik wusste, dass die *Kids* (bevor er das Wort aussprach, machte er immer eine kleine Pause, die vielleicht ehrfürchtig, vielleicht auch verschämt war) hier gern feierten und allerlei Dinge miteinander anstellten. Er war sehr schüchtern.

Irgendetwas an ihm gefiel Natalie nicht.

Gegen 20 Uhr kamen Frank und seine Freunde ins Hinterzimmer, wo Natalie mit Tina ein Kreuzworträtsel zu lösen versuchte, und man sah ihnen an, dass sie gerade die witzigste Bemerkung ihres Lebens gehört hatten.

– Kommt, schaut euch das unbedingt an, dröhnte Frank und zog Natalie am Ärmel. Der Typ ist der absolute Wahnsinn!

Sie wischte seine Hand sanft weg, stand auf und folgte ihm.

Tina kam ebenfalls mit.

– Er hat heute ein bisschen zu viel getrunken. Und jetzt redet er, haha!

Frank deutete eine Wasserfallgebärde an. Natalie nickte.

Da saß Henrik, umgeben von einigen Jugendlichen, die sich wanden und aneinander festhielten.

– Wie heißt das?, fragte Lothar. Sag noch mal!

Henrik wiederholte das Wort (Natalie konnte es leider nicht verstehen), und alle lachten.

– Noch mal, lauter!, schrie Frank.

– Irrumatio!, sagte Henrik mit hoffnungsvoller, hoher Stimme.

Man lachte und bat ihn um eine Übersetzung. Da begann er von den Aufschriften in Pompeji zu erzählen, die handelten angeblich auch von nichts anderem, meinte er. Pompeji, erklärte er, das sei ein von Vulkanasche verschütteter und konservierter Ort. Man habe ihn einige Jahrhunderte später erst ausgegraben. Da sei den Archäologen aufgefallen, dass überall auf den Wänden Inschriften eingekratzt waren.

– Irrumatio, flüsterte Frank.

Lothar schaute auf seinem iPhone nach.

– Yes!, verkündete er. Face Fucking, das meint er!

Tina machte einen Schritt rückwärts. Großes Gelächter, man stieß sich gegenseitig an, Bier tropfte auf den Boden. Henrik lächelte, peinlich verkrampft dasitzend, und seine Finger spielten mit einer Falte in seinem T-Shirt. Wie alt mochte er wohl sein? Mitte sechzig, vielleicht sogar älter. Er habe das halt noch nie gehabt, so eine Irrumatio, das sei einfach an ihm vorbeigegangen, dass es so etwas gebe, erklärte er in etwas leiserem Tonfall, aber dann, vor Jahren, habe er es auf Filmen entdeckt. Da. – Und er kramte sein Smartphone hervor, tippte auf diese umständliche Altmännerweise auf den Touchscreen, nach jedem Bildschirmkontakt eine Pause von mindestens einer Sekunde, dabei stand sein Mund vor lauter Konzentration offen.

Er hielt das Display mit dem teebeutelgroßen Video in die Höhe.

– Da, sagte er. Da sieht man's.

Die Leute lehnten sich vor und wieherten.

– Das gefällt dir, hm?

– So richtig ohne Würgereiz, Henrik?, fragte Lothar.

Henriks Gesicht hatte etwas Farbe bekommen. Er misstraute seiner neugewonnenen Beliebtheit noch. Leise sprach er weiter: Er habe ja all die Jahre gar nicht gewusst, dass das anatomisch überhaupt möglich sei. Man lachte. Frank stieß Natalie an und sagte:

– Anatomisch möglich!

– Oh. Mein. Gott.

Natalie drehte sich um und verließ das Souterrain durch den Hinterzimmer-Ausgang.

Er war es. Der aus dem Freibad, damals. All die Jahre. All die Jahre hat er dasselbe gesucht. Heimo. Das war … fuck, das war schon fast Science-Fiction! Ein Mann aus einer Parallelwelt. All die Jahre. Und er hatte sich selbst einfach im Alphabet um ein paar Stellen weitergeklickt, ein oder mehrere Zahnradzähnchen – Heimo, Henrik … welche Männervornamen lagen wohl dazwischen? Bestimmt nicht viele. Er war immer noch auf der Suche. Seine schüchterne Verzweiflung war ein Indikator dafür, dass es keine Masche war. Er hatte es immer noch nicht erlebt. Und er würde es auch nie erleben. Kopf wie ein Sportlerknie. Vanessa damals, heute irgendeine andere. Gut, dass sie gegangen war. Vielleicht hätten sie auf sie gedeutet, so wie damals. Nein. Frank hätte nicht. Lothar bestimmt. Gut, sie waren betrunken, da wäre das. Aber nein, besser, sie war weg. Hoffentlich erzählte ihm niemand von ihr.

Natalie ging durch die dunklen, vom geschmolzenen Schnee nassen Straßen nach Hause. Sie war zurück im Sommer von damals, als sie fünfzehn war, schulfrei-hitzeflimmernde Stadtatmosphäre, kleine Imbissstände rund um das Freibad, die nachts verbarrikadiert dalagen, und drinnen unter hohen Sonnenschirmen saßen sie alle im Bikini und schauten verwirrt in die Runde, Natalie mit ihrem Buch und um ein paar Grad dünner und unattraktiver als ihre Freundinnen, Vanessa, die Älteste, mit dem Metallknopf durch die Zunge, wo mochte sie wohl heute sein, wo kamen all die Menschen hin?

Zuhause stellte sich Natalie zu dem verstreuten Spielzeug im Parterre. Wenn sie jemand so sah? Egal. Und auch egal, wenn jemand was dagegen hatte. Ich nehm ja nichts weg. Aber Scheiße, der war wirklich die ganze Zeit im Souterrain gesessen, Heimo von damals, Henrik, oder was weiß ich. So war also das Leben in den Städten. Eine lebenslange Suche nach der … wie war das Wort gewesen? Sie konnte sich nicht erinnern. Face fucking. Henrik, Heimo, wie immer er wirklich hieß, wahrscheinlich Harald, Anfang des Alphabets (oder noch tragischer, noch längere Such-Zeit: Albert) – und ganz zu Beginn seiner Suche hatte er sich zweifellos noch so genannt, dann, nach einigen Jahren, als all seine Bemühungen fruchtlos blieben, hatte er sich gedacht: Es liegt vielleicht an dem Namen? Und war zu Hasso übergegangen. Hundename, aber egal. Was hatte er noch vor sich? Horst. Hubert. Natalie dachte, dass ihr eigentlich die Tränen kommen müssten. Ich kann da nie wieder hingehen. Und in anderen Weltgegenden hüteten die Leute Schafe oder schichteten Steine auf Bergspitzen und banden kleine Gebetsfähnchen an gespannte Leinen. Oder sie fingen Fische mit langen Speeren. Und hier dies. Sie sammelte einige der Spielzeugautos auf und bildete einen Sitzkreis aus ihnen, wie bei einer Supervision.

Natalie rief öfter im Souterrain an, traute sich aber nicht zu fragen, ob Henrik da war oder nicht. Außerdem konnte er ja jederzeit einfach so auftauchen, wenn sie dort war. Mit seinem Anliegen. Bestimmt lebte er zuhause in einer Tropfsteinhöhle aus Cum Cookies, riesigen, jahrzehntealten Monumenten. Sie bat Frank, Mario zu verständigen. Jaja, hieß es, er sei leider nicht jeden Tag da, das wisse sie ja. Es gebe gar nicht so wenige Leute, die ihn gerne erreichen würden. Werde langsam zur Qual.

Natalie lachte über den Scherz.

Dann wurde Frank plötzlich ernst und sagte, er müsse sich bei Natalie entschuldigen, sicher sei sie letztens erschrocken. Worüber, wollte sie wissen. Oh, sagte Frank, nichts weiter, er habe sie nur zufällig gesehen und habe versucht, sie einzuholen, aber es habe vielleicht so ausgesehen, als sei er ihr nachgelaufen. Natalie erinnerte sich an nichts dergleichen. Mario, sagte sie, sie müsse jedenfalls unbedingt mit ihm reden. Jaja, sagte Frank, natürlich, er werde sich darum kümmern. Lothar ein bisschen aus seiner diesbezüglichen Alleinherrschaft kitzeln.

Den letzten Satz verstand Natalie nicht, aber sie bedankte sich.

Herrn Dorms Geburtstag fiel in die zweite Novemberwoche. Es war ein kalter Tag. Man hatte alles mit Herrn Hollberg abgesprochen, Natalie war da, hatte ihm schon in der Früh gratuliert, aber er zischte sie an, sie solle noch warten, er sei um die Mittagszeit geboren, also sei es noch zu früh und so was bringe Unglück. Er verschanzte sich in seinem Zimmer und wollte während seines Make-overs nicht gestört werden. Natalie schaute bei Mike vorbei, der schrecklich erschöpft war. Drei Nächte lang hatte er kaum geschlafen. Ein Familienbesuch einige Tage zuvor hatte ihn vollkommen aus der Bahn geworfen, seine Frau war mit den Kindern ins Gebäude gekommen, weil es regnete. Sie könnten doch nicht da draußen wie ein Hunderudel herumstehen, bei dem Wetter!, keifte sie. Das falle ihr ja überhaupt nicht ein. Mike hatte gejammert und sich entschuldigt. Dann war ein Stuhlbein zu Bruch gegangen, und man musste ihn festhalten. B, die körperlich stärkste der Betreuerinnen, hatte diesen unangenehmen Part übernommen.

Jetzt lag er auf seinem Bett, und Natalie fütterte ihn mit Joghurt. Vanille, ihre Lieblingssorte. Er aß vorsichtig, verschluckte sich trotzdem manchmal. Obwohl es flüssig war, kaute er ausführlich, bevor er schluckte. Natalie legte ihm einmal, in einem unüberlegten Augenblick, die Hand auf die Wange und streichelte ihn. Er wurde nervös, und sie nahm die Hand schnell weg.

Etwa eineinhalb Stunden vor der vereinbarten Zeit schneite Herr Hollberg zur Glastür herein. Er nahm seine Haube ab, schüttelte sie aus und kam auf Natalie zu.

– Großer Tag, sagte er.

– Ja, nickte sie. Sie sind aber sehr früh.

– Ging nicht anders, sagte er. Verfolger abschütteln.

Er lachte.

Natalie versuchte, nicht zu reagieren.

– Das Wetter, erklärte Herr Hollberg. Der Regen. Ich wollte vor ihm da sein. Und ich hab's geschafft. Hab die elenden Tropfen abgehängt.

Natalie machte ein beeindrucktes Gesicht.

– Er ist noch nicht fertig, sagte sie. Er macht sich noch schön.

– Jaaa, sagte Herr Hollberg. Kann ich mir vorstellen. Er wird erscheinen als Retter der Welt, an seinem Feiertag. Wie ein junger Gott.

Dann streckte er die Zunge heraus, rollte die Augen und tat so, als müsste er sich übergeben.

– Die Wahrheit ist, sagte er, er ist wirklich nur mehr ein Schatten seiner früheren Erscheinung. Sie hätten ihn damals sehen sollen. Diese Energie.

Er sagte das ohne die geringste Spur von Nostalgie, Humor oder Mitgefühl.

Natalie trat ans Fenster und zog die Jalousien ein wenig herunter, damit die zwischen Wolkenschollen durchscheinende Morgensonne ihnen nicht ins Gesicht stach.

– Osten, sagte Hollberg. Die Sonne geht auf. Man möchte sich verneigen, oder?

Natalie nickte höflich.

Herr Hollberg atmete tief ein.

– Ich bin tatsächlich sehr früh aufgestanden heute, murmelte er. Aber sagen Sie, wollen wir nicht endlich Du zueinander sagen?

Und als Natalie nicht schnell genug reagierte, fügte er hinzu:

– Ich bin ja schon mit allen anderen *fest* per Du, also.

– Oh, okay. Natalie.

Sie gab ihm nicht die Hand, sondern deutete eine Verbeugung an. Er tat dasselbe.

– Christopher.

Er blickte auf die Uhr. Seine Lippen bewegten sich, aber das Gesagte blieb unhörbar.

– Wie gesagt, er arbeitet noch an sich, sagte Natalie. Oder ruht sich aus. Wollen Sie vielleicht einen Kaffee? Ich muss dann mal alles fürs Frühstück vorbereiten. Matthias wird mir dabei wahrscheinlich helfen. Aber Sie können mir natürlich gern Gesellschaft leisten.

Der Satz war ihr vorbildlich gelungen. Genau der richtige Ton, eine Mischung aus professionell und herzlich.

– Du, korrigierte Hollberg sie.

– Ah, Entschuldigung, lachte Natalie.

– Ich hab damit auch immer Probleme, sagte er. Aber gern, ja.

Er folgte ihr in den Essbereich. Matthias war noch nicht zu sehen, aber er würde schon auftauchen. Natalie öffnete die Besteckschränke und machte ein bisschen Lärm. Katzenfutterwerbung, musste sie denken. Kommt herangetrippelt, wenn er den Dosenöffner hört. Petersilie neben Aspikfleisch.

Aber Matthias ließ sich nicht anlocken. Wahrscheinlich war er draußen unterwegs.

– Die Amerikaner können einem leidtun, sagte Hollberg. Die können nie mit irgendjemandem per Du sein. Und natürlich die Engländer auch. Die sagen immer Sie zueinander, oder eigentlich sogar *Ihr*, was noch schlimmer ist. Dieses Ritterliche.

– Ja, sagte Natalie.

Sie stellte die Teller auf die Tische. Marcel hatte nicht daran gedacht, die Besteckladen auszuwischen. Man konnte es den Zivis hundertmal sagen. *Grindcore*, dachte Natalie. *Lockpicking.* Sie wischte eingetrocknete Minikrümel von einer Messerklinge.

– Er war ganz am Anfang auch per Sie mit mir. Einige Briefe lang.

Okay, darauf sollte sie wahrscheinlich irgendwie reagieren.

– Er war in den letzten Tagen sehr aufgeregt, sagte Natalie.

– Oh ja, sagte Hollberg. Kann ich mir vorstellen. Man wird schließlich nicht jeden Tag … äh …

Er wurde leiser.

– Zweiunddreißig, log Natalie.

– Ja, genau, sagte Hollberg.

Soll ich? Soll ich ihn korrigieren? Natalie stellte einen Teller auf einen Tisch. Eine klare, einfache Handlung. Simple geometrische Formen. *Soll ich wirklich?*

– Ach, Unsinn, einunddreißig wird er, sagte sie. Er wird natürlich einunddreißig. Ich hab mich vertan.

Hollberg schaute sie an. Er hielt immer noch seine Haube in der Hand. Sie war hundegrau, genau dieselbe Marke, die sie auch –

– Bist du sicher?, fragte er.

– Ja, sicher, sagte sie und wandte sich ab.

Die Haube, reiner Zufall. Sie tat so, als gäbe es etwas Interessantes im Besteckschränkchen zu sehen. *Verfolger*, erinnerte sie die Kontrollstimme. *Verfolger abschütteln.* Ein sanfter, fast erloschener, aber darum umso angenehmerer Geruch von

Zitronenkuchen (vorgestriges Dessert zum Abendessen) kam ihr aus dem Schränkchen entgegen.

– Ist ein feines Alter, sagte Hollberg.

– Finden … Findest du?

– Oh ja. Man ist kein Kind mehr, aber auch noch kein alter Mann. Nel mezzo del cammin.

– Was?

– Nel mezzo del cammin di nostra vida.

Vita, korrigierte Natalie in Gedanken. Sie kannte den Song. Aber aus irgendeinem Grund wollte sie lieber seine Erklärung hören als zugeben, zu wissen, wovon die Rede war.

– Es war in der Mitte … Es war in unsres Lebensweges Mitte.

– Okay.

– Dante. Göttliche Komödie.

– Ja, sagte Natalie. Kenn ich.

– Die Verfilmung?, fragte er lachend.

Nein, sie hatte sich nicht verhört. Er hatte das tatsächlich gefragt. Die Verfilmung.

– Ja, die mit dem ausbrechenden Vulkan, sagte sie in gespielt einfältigem, tussihaft-kaugummikauendem Tonfall. *Dante's Peak*. Wo alle total gefährdet sind, weil so viel Vulkanzeugs herumfliegt durch die Luft. Und wo es dann voll lebensgefährlich ist, wegen heißer Asche und so.

Sie blickte ihn an. Er schaute ernst drein, überhaupt nicht spielfreudig.

– Nein, sagte er vorsichtig. Kenn ich nicht.

– Egal, sagte Natalie.

Und es heißt vita, *nicht* vida. *Sag's! Zeig ihm, dass du den Songtext kennst* – Ein lautes Lachen unterbrach sie. Matthias hatte den Raum betreten. Er hielt einen Regenschirm in der Hand. Also war er unterwegs gewesen.

– Morgenspaziergang?, fragte sie ihn.

Er schüttelte den trocken gebliebenen Regenschirm und lachte. Er winkte Hollberg zu, dieser erwiderte die Begrüßung.

– Ich bin schon fast fertig, sagte Natalie. Aber du kannst mir später beim Austeilen helfen, wenn du magst.

– Hahaa.

Matthias verschwand in seinem Zimmer, um sich umzuziehen. Heute wirkte er recht konzentriert.

– Und?, fragte sie. Was habt ihr geplant für den großen Tag?

Der Satz war ihr etwas zu zweideutig geraten. Vor allem die Betonung.

– Meinst du *ihr* in der Mehrzahl, fragte Hollberg, oder *Ihr* in der Einzahl, Majestätsanrede?

– Bitte?

– Egal, sagte er. Dummer Witz.

– Oh, ich versteh schon, sagte sie. Ich meine, ihr beide.

– Auf Schwedisch, sagte Hollberg plötzlich, als wäre ihm dieser Punkt gerade eben erst eingefallen. Da ist man doch immer mit allen per Du, hab ich gehört. Stimmt das?

Natalie war mit den Gabeln fertig. Als Letztes kamen die Kaffeetassen. Sie hatte eigentlich keine Eile. Trotzdem klirrten die Tassen unangenehm aneinander, als sie mehrere davon mit einer Hand zu fassen versuchte. Nein, sie hatte ihm niemals erzählt, dass sie schwedische Wurzeln hatte. Auch Dorm gegenüber hatte sie das mit Sicherheit niemals erwähnt. Vielleicht eine Koinzidenz.

– Ja, sagte sie. So ungefähr ist das da, glaub ich.

– Verrückt, oder?

– Keine Ahnung, log sie. Ich war nie dort.

Schaute Herr Hollberg sie verwirrt an? Nein. So sah Verwirrung nicht aus.

– Schweden ist ein wirklich schönes Land, sagte er. Ich war da, achtundneunzig oder neunundneunzig. Ja, neunundneunzig. Mit meiner Frau.

Wieder ein Satz, auf den sie irgendwie reagieren musste. Wahrscheinlich. Oder konnte sie ihn ignorieren?

Sie dachte an Mario. Bald würde sie sich mit ihm treffen. Und dann alles erfahren. Und mehr noch. Ihn fragen, ob er. Vielleicht. So unattraktiv bin ich schließlich auch nicht.

– Ja, das war Schweden, seufzte Herr Hollberg.

– Geschäftlich oder privat?, fragte sie.

Er schaute sie an. Der Mund stand ein wenig offen. Aber sonst, derselbe undeutbare Ausdruck im Gesicht.

– Nein, sagte er. Weder noch.

– Ah, okay.

Die letzte Tasse stand an ihrem Platz. Jetzt konnte das Frühstück beginnen. Das heißt, man musste es holen. Und Matthias war noch nicht da. Merkwürdig.

– Ich schau mal kurz wegen, sagte sie zu Hollberg und ließ den Satz unvollendet.

Sie klopfte an Matthias' Tür. Keine Reaktion. Sie klopfte noch einmal. Sekunden vergingen, irgendetwas machte ein Geräusch. Sie drückte vorsichtig die Klinke herunter und machte die Tür auf. Matthias lag auf seinem Bett. Die Augen verheult, das allgegenwärtige Grinsen verschwunden.

– Matthias!

Schnell ging Natalie zu ihm, berührte ihn – die sicherste Stelle an seinem Körper – an der Schulter und fragte ihn, was passiert sei.

– Ahaa, sagte er traurig.

– Hat dich was erschreckt? Oder hast du dich verletzt? Hm? Tut was weh?

Matthias schüttelte den Kopf.

– Es tut nichts weh, nein?

Bestätigendes Kopfschütteln.

– Was ist dann? Hat dich was erschreckt?

– Aaah.

Das war wohl ein Ja.

– Was war es denn, Matthias, hm? Mir kannst du's ruhig sagen.

Aber er sagte nichts. Sie wartete, blieb neben ihm sitzen. Sie hatte keinen guten Draht zu ihm, das wusste sie. Ursula konnte am besten mit ihm umgehen.

– 's Auto, sagte Matthias.

Er wischte sich mit einer rauen, fast wütenden Insekten-Verscheuchbewegung die Tränen vom Gesicht. Dann lachte er plötzlich und nahm Natalies Hand, drückte sie fest zusammen, ließ sofort wieder locker, drückte noch einmal, behielt sie. Er zog sie an seine Wange. Sie fühlte sich heiß an.

– Ja, Matthias, sagte Natalie. Ist okay. Ist okay.

Welches Auto?, wollte Natalie fragen, da fiel ihr ein, dass es heute nur ein einziges Auto geben konnte, das unten auf dem Heimparkplatz stand. Sie selbst war mit dem Fahrrad gekommen. Herr Hollberg. *Per Du.* Irgendetwas war mit dem Wagen. Sie hatte ihn erst einmal aus der Nähe gesehen. Ein Pick-up.

Sie trat aus dem Zimmer und schloss die Tür möglichst leise hinter sich. Eine Weile stand sie noch im Gang und hörte das gedämpfte Brummen der Heizung. Dann ging sie zurück in den Frühstücksbereich. Sie schaute auf die Uhr, es waren noch etwa dreißig Minuten, bis die Klienten allmählich eintreffen würden. Matthias half normalerweise immer mit und war der Erste an seinem Tisch, aber heute würde er wohl auf seinem Zimmer bleiben.

Sie konnte Hollberg einfach fragen. Was ist mit dem Auto? Er saß ja hier. Gerade schaute er in irgendeine Richtung. Nullblick. Aber sie konnte auch kurz ins Nachtdienstkämmerchen gehen und dort durchs Fenster in den Hof hinunterschauen. Vielleicht entdeckte sie das, was Matthias so erschreckt hatte. Sie entschied sich für die zweite Möglichkeit.

Aber zuerst:

– Ich würde Sie gern etwas fragen, sagte sie.

Hollberg schaute sie an. Aus der Schweden-Diskussion war er irgendwie als Sieger hervorgegangen, fand Natalie. Sie musste einen Ausgleich hinbekommen, zumindest fürs Erste. Sie sagte:

– Das klingt jetzt bestimmt etwas seltsam. Aber es interessiert mich, weil ich glaube, dass Sie Herrn Dorm wirklich gut kennen, inzwischen. Ist doch so, oder?

– Ja.

Neutral, beinahe tonlos.

– Also, dann wissen Sie ja auch ungefähr, wie er auf bestimmte Dinge reagiert.

Hollberg nickte.

– Wenn Sie etwas nennen müssten, was ihm Angst einjagt. Was wäre das?

Zuerst dachte sie, es wäre Zorn, was sich auf Hollbergs Gesicht ausbreitete. Aber nein, es war so etwas wie Freude. Er lachte.

– Hu!, sagte er. Oh boy.

– Schwierig?

– Nein, schüttelte er den Kopf. Absolut nicht schwierig.

– Ich frag nur, weil ... Er ist mein Bezugi, und da sollte ich wahrscheinlich –

– Jaja, schnitt Herr Hollberg ihren Satz ab. Ich versteh schon. Etwas zum Fürchten, hm? Ich weiß nicht, das kann bei ihm alles Mögliche sein. Zum Beispiel, dass ich nicht auf Besuch komme. Und übrigens: Wir waren schon beim Du.

Eine kleine Pause.

– Ach so, sagte Natalie. Entschuldigung.

– Das wäre ein Beispiel, sagte Herr Hollberg. Dass ich nicht auf Besuch komme.

– Aber du kommst immer.

– Jaja, sagte Hollberg. Sicher. Ich bin es gewohnt, mit Kalender zu arbeiten.

Mit Kalender zu *arbeiten*?

– Ich hab mehr an ein Objekt gedacht, irgendein Ding, das ihm Angst macht.

– Pfff, na ja.

Ihm gefiel dieses Gesprächsthema, aber ihm wollte nichts einfallen.

– Ich glaube, Sägen, sagte er schließlich.

– Sägen?, wiederholte Natalie, weil das Wort durch die Wiederholung etwas weniger grell wurde.

– Stichsäge, Laubsäge. Solche Sachen. Ich glaube, alles, was scharfe Klingen hat. Und dass ihm jemand die Nase stiehlt.

Natalie erinnerte sich an Bs Erzählung. War da nicht auch die Rede davon gewesen, dass Hollberg seinen Angreifer mit einem Küchenmesser in Schach gehalten hatte, bis die Polizei da war? Oder hatte sie das geträumt? Nase gestohlen. Wie ging das … *Deine Nase erinnert mich an die Nase, die mein Onkel mir immer gestohlen hat.* Die ideale, durch einen Daumen verkörperte Nase.

– Einen Augenblick, sagte Natalie und tat so, als sei ihr gerade etwas eingefallen.

Sie ging an Herrn Hollberg vorbei, den Gang entlang. Im Nachtdienstzimmer war die Luft etwas abgestanden. Da war es gut, ein Fenster zu öffnen. Matthias war kurzsichtig, also konnte es kein winzig kleines Ding sein. Sie schaute aus dem Fenster, da war der Parkplatz und da, tatsächlich, der Pick-up von Herrn Hollberg.

Aber die Ladefläche war leer.

Dafür stieg in einiger Entfernung des Parkplatzes Rauch auf. Ein Autounfall? Vielleicht hatte Matthias bei seinem Morgenspaziergang ums Gelände das gesehen und sich erschreckt? Ein hohes, sirrendes Geräusch lag in der Luft, wie von einem Förderband.

Es klopfte an der Tür.

Natalie machte auf.

Herr Dorm stand da. Sein Gesicht war rot. Kleine Schnitte an seinem Kinn zeugten davon, dass er versucht hatte, sich zu rasieren. Er hielt den schuldigen Rasierer in der ausgestreckten Hand. Natalie nahm ihn entgegen. Da kam Herr Hollberg den Gang herunter. Dorm blickte sich nach dem Geräusch um, erschrak, lachte dann und streckte die Arme aus, verbarg allerdings schnell sein unschönes Gesicht, vor allem das Kinn, hinter einer Hand, die andere blieb, wo sie war, in der Luft.

– He, sagte Hollberg. Geburtstag, Besuchstag. Seltene Kombination.

– Hahaha, ja, Chris. Danke!

– Jaja, sagte Hollberg und ließ eine lange Pause entstehen, bevor er, etwas leiser und im Ton einer Telefonzeitansage, sagte: Alles Gute.

– Herzlichen Dank, japste Dorm, die Hand immer noch vorm Gesicht.

– Verletzt?, fragte Hollberg Natalie, während er mit einem Finger auf Dorm deutete.
– Nur ein kleines bisschen, sagte Natalie. Ist aber schon verheilt.

Dorm warf ihr seinen Sei-bloß-still!-Blick zu, dann machte er eine entschuldigende Ganzkörper-Wellengeste in Richtung seiner Zimmertür.
– Ich zieh mich nur schnell um!, sagte er. Zehn Sekunden!
– Ja, ich bin heute etwas früh dran, sagte Hollberg. Wollte noch mit deiner Bezugerin hier sprechen.

Natalie bekam einen weiteren irritierten Blick von Dorm ab, diesmal um einiges intensiver. Er rollte zurück in sein Zimmer.
– Bezugerin, sagte sie.
– So sag ich immer, meinte Herr Hollberg. Wenn man einmal vier Jahre hindurch immer wieder das Wort *Bezugsbetreuerin* sagt (die Art, wie er das Wort aussprach, ließ an einen Mann denken, dem beim Mischen eines Kartendecks die Hälfte der Karten davonfliegt), dann greift man irgendwann auf Verkürzungen zurück.
– Bezugerin, sagte Natalie. Gefällt mir. Ist schön kompakt.
– Ja?, sagte Herr Hollberg amüsiert. Welche Farbe hat es?

Okay, dass sie Wörter mit Farben assoziierte, wussten B und Astrid. Sie hatte es einmal erklärt … Und Dorm? Hatte sie ihm nicht auch erzählt, welche Farben gewisse Wörter hatten? Sie konnte sich an etwas in der Art erinnern. Eine Unterhaltung vor dem Spiegel. Wenn sie sich die Szene ins Gedächtnis rufen wollte, fühlte es sich paradoxerweise so an, als liege die Szene in der Zukunft. Aber Dorm konnte es ihm nicht erzählt haben, denn sie war immer anwesend, wenn Dorm und Hollberg zusammen waren. Trafen sie sich auch außerhalb ihrer Dienstzeiten? Einmal, ja, die Geschichte mit dem Foto.
– Keine Ahnung, sagte sie. Welche Farbe hat es denn für Sie? Äh, dich.
– Rot, sagte Herr Hollberg. Rot wie ein Feuerwehrauto.
– Cool, sagte Natalie.

Hollberg lachte wieder. Er wirkte entspannt, gut gelaunt, immer nur eine Sekunde von einem herzhaften Händeklatschen entfernt.

– Zehn Sekunden, sagte er. Aber mir fällt gerade ein, ich werde schnell sein Geschenk von unten holen. Ich wette, ich bin schneller als er.

Er ging durch die Glastür. Seine gedämpften Schritte hallten durch das kurze Treppenhaus. Er rennt, dachte Natalie.

In diesem Augenblick kam Dorm aus seinem Zimmer. Er sah aus wie ein Ei, auf das jemand ein Gesicht gemalt hat. So viel Make-up. Er schaute sie bitterböse an, weil Hollberg nicht da war.

– Keine Angst, sagte sie zu ihm. Ich hab ihn nicht weggezaubert. Er holt nur etwas.

– Aha.

– Übrigens, auch von mir herzlichen Glückw–

– Ah, nein, nein, bitte.

Dorm winkte ab.

– Soll ich Ihnen nicht zum Gebu–

– Nein, sagte Dorm, und man sah, dass es ihm damit ernst war. Ich will nicht. Die anderen wissen es. Ich will es nicht. Bitte nicht, okay?

– Ja, natürlich, sagte Natalie. Ganz wie Sie möchten.

– Es ist was anderes, wenn er es sagt, sagte Dorm.

Er atmete tief durch, aufgeregt. Straffte seine Kleider, kratzte sich vorsichtig mit dem Nagel seines kleinen Fingers an einer Stelle im Gesicht.

– Kann ich verstehen.

– Er ist unglaublich hübsch heute, sagte Dorm.

Natalie war überrascht. Diesen sanften Tonfall hörte man nicht oft bei ihm. Vor allem nicht außerhalb seines Zimmers.

– Mit diesen Seiten…dings, wie heißt das?

– Koteletten?

– Nein, sagte Dorm ungeduldig, dieser Bartansatz an den Seiten. Ah, egal. Er ist einfach perfekt. So ein schönes Wesen.

Sie hörten die Tür, Herr Hollberg kam zurück. Er hielt etwas in der Hand, ein kleines Auto. Einen Formel-1-Wagen. In der anderen Hand hatte er die dazugehörige Fernsteuerung.

– Oh, Chris, rief Dorm. Wow!

– Meine Schaufel ist auf der Fernsteuerung gelegen, sagte Herr Hollberg. Und die Reifen sind durchgedreht. Ich hab zuerst gedacht, das ist mein Autoalarm. Aber der klingt normalerweise anders. Da drüben brennt übrigens irgendwas, da ist Rauch. Er deutete in irgendeine Richtung.

– Ja, hab ich gesehen, sagte Natalie. Aber es scheint in einiger Entfernung –

– Wow, wiederholte Dorm und nahm das Formel-1-Auto in die Hand. Danke, Chris!

– Ich hab mir gedacht, das passt, sagte Hollberg. Räder und so.

Das Geräusch also hatte Matthias Angst gemacht. Natalie stellte sich die kommenden Wochen vor, das Auto, das durch die Gänge flitzte mit diesem hohen, heulenden Fahrgeräusch. Und Matthias, der entsetzt zur Seite springt. Sie seufzte.

– Und ich hab auch ein Gedicht geschrieben.

Natalie schaute Herrn Hollberg an.

– Es ist im Auto. Da drinnen.

Herr Dorm gab sich Mühe, das Spielzeugauto abzusuchen, aber seine Finger waren nicht geschickt genug, ständig glitt ihm das Auto aus der Hand, er schwitzte, er blickte auf und lachte entschuldigend, es war ihm peinlich, alle starrten ihn an.

– Soll ich?, bot Natalie an.

Aber er zog das Auto von ihrer ausgestreckten Hand fort und versuchte es weiter.

Endlich gelang es. Zum Vorschein kam ein kleiner, wie ein Joint zusammengerollter Zettel. Herr Hollberg machte:

– Oho!

Dorm zog das Papier vorsichtig auseinander. Dann las er.

– Wunderschön, sagte er. Danke!

Er wollte es einstecken, aber Hollberg sagte:

– Lies es doch vor. Damit es alle hören.

– Ich kann nicht gut vorlesen.

Es sah so aus, als schrumpfe Herr Dorm immer mehr in seinen Rollstuhl hinein.

– Lies vor, sagte Herr Hollberg. Ich weiß, dass du es kannst.

– Es ist ein total schönes Gedicht, sagte Dorm. Aber ich will lieber … Sie soll es vorlesen.

Natalie zeigte, mit einem fragenden Gesicht, auf sich selbst.

– Ja, Sie, sagte Dorm, und er klang hilflos, schutzsuchend. Lesen Sie's vor! Ich hab Geburtstag. Ich kann nicht so gut.

So in etwa musste es sich anfühlen, wenn man als Ganzkörperschild verwendet wurde. Natalie merkte, wie ihre Handflächen heiß wurden.

– Na ja, sagte sie, ich bin auch keine besonders gute Vorleserin.

Aber sie streckte die Hand aus und nahm das Papier entgegen. Herrn Hollbergs Gesicht strahlte Zufriedenheit, aber auch eine gewisse abwartende Vorsicht aus. Er sah aus wie ein Lehrer, der einen Schüler an der Tafel beobachtet und noch keinen Fehler entdecken kann.

– Es ist total schön, Chris, sagte Dorm. Wirklich.

– Und?, sagte Herr Hollberg zu Natalie. Bist du so lieb und liest es uns vor?

Dorms Gesicht leuchtete seltsam auf, als er die Du-Anrede hörte. Dann blickte er auf den Formel-1-Wagen in seinem Schoß. Er strich mit der Hand über die Reifen und drehte sie ein wenig hin und her.

Natalie starrte auf das Gedicht. Es waren nur ein paar Zeilen, aber sie konnte sich beim besten Willen nicht vorstellen, wie man es vortragen sollte.

– Ich hab Räder, begann sie. Ich hab vier Räder.

– Weiter, weiter, sagte Herr Hollberg leise.

– Und ich fahr auf der Straße … mit meinen vier Rädern … Ich hab eine Fernsteuerung und meine vier Räder … Und wenn ich fahre … erkennt mich jeder. Happy Birthday.

Hollberg applaudierte.

– Witzig, oder?, sagte er. Man darf ruhig lachen.

Dorm applaudierte ebenfalls, aber nur kurz, drei Klatscher insgesamt.

– Wirklich schön, sagte er zu dem Auto in seinem Schoß.

– Es ist witzig, ja, sagte Natalie und hielt dem Autor den Zettel hin.

– Ja, findest du?, sagte Herr Hollberg.

Er zeigte auf Dorm, um anzudeuten, sie solle den Zettel ihm geben, es sei schließlich für ihn, das Gedicht. Dorm nahm den Zettel entgegen.

– Eigentlich reimt sich ja nichts exakt auf Räder, sagte Herr Hollberg. Außer Bäder.

– Geäder, sagte Natalie.

– Was?

– Geäder, so wie Adern. Adernwerk.

– Deine Bezugerin ist echt super, sagte Herr Hollberg zu Dorm und trat auf ihn zu. Du hast diesmal wirklich Glück.

Und er legte ihm eine Hand in den Nacken.

– Das ist ein echt schönes Geschenk, Chris, sagte Herr Dorm.

– Torte?, fragte Herr Hollberg.

– Er wollte keine, sagte Natalie.

– Aaah, sagte Hollberg, da hat er dich um den Finger gewickelt, er liebt Torten!

– Ja, Chris, natürlich, aber ich hab mir gedacht, dieses Jahr –

– Ich hab eine Torte in dem Auto versteckt. Das Gedicht hast du schon gefunden. Jetzt such die Torte.

Damit löste er seinen Griff um Dorms Nacken. Dorm schaute entsetzt auf den Formel-1-Wagen. Er blickte zu Hollberg, dann zurück auf das Auto. Er lachte vorsichtig, es war bestimmt ein Scherz, aber Hollberg machte aufmunternde Nur-zu-Gesten. Schließlich blickte er zu Natalie. Sie bückte sich zu ihm hinunter, sodass Hollberg für einige Sekunden nur ihren Rücken sehen konnte, und fragte:

– Wollen wir nicht lieber zuerst Kaffee trinken? Es gibt gleich Frühstück. Ich kann das Auto so lange halten.

Dorm gab es ihr.

– Aber passen Sie gut drauf auf, sagte er schwach.

Sie begaben sich in den Frühstücksraum. Dorm fuhr an seinen üblichen Platz. Normalerweise saß er, wenn überhaupt, mit Horst an einem Tisch. Aber da er heute Morgen einen Gast hatte, war Horsts Platz woanders, neben Natalie. Sie hatte es Horst gestern Abend erklärt, und er war damit einverstanden gewesen. Auch über solche kleinen, vorübergehenden Änderungen musste man mit den Klienten ausführlich reden, darauf legten die Betreuerinnen, und ganz besonders Astrid, größten Wert.

– Ich wette, er findet die Torte nie, sagte Herr Hollberg.

Natalie meinte bei ihm eine leichte, von minzigem Kaugummigeruch übertönte Alkoholfahne wahrzunehmen.

– Wir können ja gemeinsam suchen, schlug sie vor.

– Nein, er soll es allein machen, sagte Herr Hollberg. Behinderten Menschen wird immer der Hintern nachgetragen. Sie werden nie gefordert. Nicht wahr, Geburtstagskind?

– Ja, Chris, murmelte Dorm.

– Ich trag ihm nicht den Hintern nach, sagte Natalie.

– Nein, du tatsächlich nicht, sagte Hollberg voller Anerkennung. Aber andere. Ich wette, die Kerzen brennen ab, bevor er die Torte findet. Am Ende steht hier alles in Flammen, bloß weil die Torte so gut versteckt ist.

Natalie fühlte sich wie in einem Gerichtssaal. Oder in einem Amt. Ein unguter, feindseliger Wind wehte durch die Gänge – und jetzt kamen auch noch die anderen Heimbewohner zum Frühstück. Mike mit nacktem Oberkörper. Sein Scheitel war schief, und seine Pyjamahose trug er verkehrt herum.

Natalie ging schnell zu ihm und sprach ihn darauf an. Er winkte ab, es sei alles nicht so wichtig. Niemand könne ihn sehen. Er sei sehr hungrig. Natalie brachte ihn an seinen Platz.

Horst stand verwirrt vor Herrn Hollberg. Herr Hollberg streckte seine Hand aus, und Horst wich vor ihr zurück. Eine Batterie fiel auf den Boden.

– Aaaah ja, sagte er und schlug sich, unerwartet heftig, mit der flachen Hand auf die Stirn.

Matthias war auch aus seinem Zimmer gekommen. Natalie dachte daran, ihn vor dem Formel-1-Auto zu warnen, aber dann sagte sie sich, dass er es ja nicht gesehen, sondern höchstwahrscheinlich nur gehört hatte, und nicht einmal das war sicher. Er sah so aus, als hätte er alles vergessen. Sein Lachen war breit, ausgelassen. Sein Bart war etwas zerzaust, sonst sah er prächtig aus, wie ein glücklicher, satter Wolf im Märchen. Natalie lächelte ihn an und bekam ein strahlendes Grinsen zurück.

Dann begann sie, das Frühstück auszuteilen. Auch Herrn Hollberg bot sie einen Kaffee an, aber er lehnte ab.

– Reflux, sagte er. Darf ich nicht.

– Alles Guuute für dich, begann Herr Zunegg. Alles Guuute für dich.

Und alle stimmten ein, Horst summte mit. Selbst die pflanzenhafte, apathische Cori bewegte im Takt des Liedes eine Hand hin und her.

Dorm winkte ab, aus, aus, er hielt sich ostentativ die Ohren zu, schüttelte den Kopf, klopfte mit der Hand auf den Tisch. Ein Dirigent, dessen Orchester falsch spielt.

– Aufhören, sagte er.

– Ahahahaaa!, lachte Matthias und klatschte in die Hände.

Horst begann, sehr leise und nur für sich selbst, zu singen:

– Hoch soll er leben, hoch soll er leben, drei … mal … hoch.

– Ja, sagte Natalie zu ihm. Genau. Das soll er.

– Ich möchte einen Toast ausbringen, sagte Herr Hollberg und stand auf.

Gespannte Stille.

– Sagt man das so? Einen Toast. Klingt irgendwie komisch. Was ist das eigentlich, ein Toast? Es kann nichts mit dem Brot zu tun haben. Aber gut. Hier ist er. Der Schmerz, äh … nein.

Er schüttelte den Kopf und begann von vorne:

– Ich habe einen Traum, sagte er. Ich habe einen Traum, dass eines Tages jeder Hügel flach und jeder Berg erniedrigt werden wird. Erniedrigt. Und jedes Tal erhöht! Alles flach, alles rollstuhlgerecht. Ich habe einen Traum (ein aufglucksendes Lachen drang ihm aus der Kehle, aber er beherrschte sich), dass eines Tages die Kinder nicht aufgrund ihrer Behinderungen, sondern aufgrund ihres Charakters in den Himmel kommen. Hört, hört. Und alles Gute zum Geburtstag!

Er hielt ein imaginäres Glas in die Höhe.

Matthias klatschte. Mike ebenfalls, allerdings schüttelte er dabei den Kopf. Die anderen folgten, nach kurzer Verzögerung.

Natalie stand auf und ging zu Herrn Hollberg. Sie legte eine Hand in seinen Nacken, sehr sanft, aber sie gab acht, seine Geste von vorhin genau zu imitieren. Er fror ein, linste sie von der Seite an, lächelte ertappt, keck.

– Danke, sagte Natalie. Aber Sie müssen nicht so schreien, bitte. Die anderen …

– Sorry, sagte Herr Hollberg und setzte sich.

Herr Dorm sah etwas verloren aus. Er hatte seinen Kaffee nicht angerührt. Das Auto stand auf dem Tisch, daneben lag die Fernbedienung.

Natalie kehrte an ihren Platz neben Horst zurück. Die Essgeräusche ringsum gingen weiter.

Herr Zunegg stand auf. Er hatte die Angewohnheit, eine Bewegung oder Situation, die ihn überrascht hatte, noch einmal für sich zu wiederholen. Er salutierte eigenartig, dann setzte er sich. Es war erledigt, er konnte weiterfrühstücken.

Natalie sah, dass Herr Hollberg zu ihr herüberschaute.

– Ich gehör nicht hierher, hörte sie Mike sagen.

Sie drehte sich um (er saß direkt hinter ihr) und fragte ihn:

– Alles in Ordnung?

– Ich hab es wieder falsch gemacht, sagte Mike tonlos.

Er wirkte sehr erschöpft.

– Ich schau es mir nach dem Frühstück an, sagte Natalie.

– Gut, nickte Mike.

Er aß weiter. Mein Gott, sie musste ein Hemd für ihn holen, er verkühlte sich noch.

– Superman, sollen wir jetzt das Auto ausprobieren?, fragte Hollberg.

– Später, Chris, okay?

– Hallohallo!, kam eine Stimme vom Lift her.

Es war Astrid. Natalie war erleichtert. Astrid kam immer früh. Vor allem, wenn Natalie Nachtdienst gehabt hatte. Es war eine der vielen kleinen, beinahe unsichtbaren Gesten, mit denen Astrid der Neulingin die Arbeit in ihren ersten Monaten hier erleichterte.

Die Heimbewohner begrüßten Astrid.

Herr Hollberg hob die Hand zum Gruß. Sein Gesicht sagte: *Party vorbei.* Mit leiser, höflicher Stimme erklärte er Astrid, die vor Dorms Tisch stand, einige Besonderheiten seines Geschenks. Die Reichweite sei enorm, mehrere hundert Meter. Natalie hörte einige Male das Wort *Funkverbindung.* Dann wünschte Astrid Herrn Dorm alles Gute zum Geburtstag, und er winkte wieder ab, allerdings weniger heftig. Am Ende bedankte er sich und drückte ihr sogar die Hand. Heute schien er ganz der scheue, Augenkontakt meidende Teenager, der er in seiner Jugend zweifellos gewesen war.

– Sonst alles okay in der Nacht?, fragte Astrid.

– Ja, sagte Natalie.

– Mike hat kein Hemd an, sagte Astrid.

– Ach so, ja, sagte Natalie. Er ist so erschienen und … ich war gerade beim Austeilen. Er hat gemeint, es sieht ihn ohnehin niemand. Ich hol ihm gleich ein Hemd. Außerdem muss ich mir noch was anschauen, in seinem Zimmer.

– Na, dann würde ich vorschlagen, du machst das, sagte Astrid.

Aber es war keine Spur von Tadel in ihrer Stimme. Beim Frühstück ging oft alles durcheinander.

– Okay.

Natalie stand auf und ging zu Mike. Mit dem Frühstück war er fertig. Er stand wortlos auf und lief voraus in sein Zimmer. Natalie traf fast der Schlag. Unglaublich. Eigentlich war es ja, unter gewissen Gesichtspunkten, wunderschön. Und dafür hatte er nur eine einzige Nacht gebraucht. Nächste Woche war wieder Besuchstag. Sie stand da und wusste nicht, was sie zu dem Gebilde sagen sollte. Sie erkannte wohl, was es darstellte. Ein Schauer, halb Ergriffenheit, halb Ekel, überkam sie. Gott im Himmel. Gänsehaut an ihren Armen. Sie würde auf alle Fälle neue Bettdecken besorgen müssen. Und neues … was war das hier? Vorsichtig berührte sie die spinnwebartig gespannten Teile. Ah, Schnürsenkel. Von denen gab es Gott sei Dank genug hier. Sie trat einen Schritt zurück und betrachtete das Gesamtbild. Mike schaute nicht zu ihr, sondern war mit dem Ausbessern einer Ecke beschäftigt. Natalie nahm ihr iPhone aus der Tasche, schaltete es auf lautlos und machte ein Foto. Dann packte sie das Handy weg und sagte:

– Wow, Mike. Einfach wow.

– Ich hab versucht zu beten, sagte er. Aber davon ist es nicht weggegangen. Es war wieder die Unordnung.

– Wissen Sie, Mike, sagte Natalie. Ich weiß vielleicht ein altes Hausmittel gegen Unordnung.

Er drehte sich zu ihr um. Er sah so müde, gleichgültig und hoffnungslos aus, eine zerzauste Seele.

– Aber zuerst ziehen wir ein Hemd an, was meinen Sie?

Er zuckte die Achseln.

Natalie suchte ein Hemd aus seinem Schrank und zog es ihm über. Er ließ es geschehen, stand da wie eine Vogelscheuche bei Wind und blickte zu Boden.

– Also, sagte Natalie und setzte sich mit ihm aufs Bett. Also, hier ist der Trick. Meine …

Sie brach rechtzeitig ab. Sie wusste nicht, ob es bei Mike ratsam war, zu erwähnen, dass ihre Mutter es ihr beigebracht hatte. Lieber neutral bleiben und das Strahlungsfeld Familie umgehen.

– Meine beste Freundin hat es mir beigebracht, als ich noch ganz klein war.

– Okay, seufzte Mike.

Natalie nahm seine Hand. Sie begann beim kleinen Finger und klaubte bei jedem neuen Wort einen neuen Finger dazu.

– Titele, Tobele, Makafru, Spelaros, och …

Sie machte eine Pause. Dann nahm sie den Daumen und sagte:

– Stortampen upp i vädret!

Mike schaute auf seine Finger, als hätte sie sie ihm abgezupft.

– Wie geht das?, fragte er.

– Es ist Schwedisch, sagte Natalie. Aber die Wörter bedeuten nichts. Titele, Tobele … Bis auf das letzte, stortampen. Das ist das Großtau. Das fliegt hoch in die Luft. Wie an einem Schiff. Der Daumen ist das große Seil. Weil er der dickste Finger ist.

– Jaja, nickte Mike fasziniert. Ich versteh schon. Weil er der dickste ist, richtig?

– Ja, sagte Natalie. Er kommt als Letztes dran.

– Und … und wenn man das sagt, dann hilft das?

Er deutete um sich.

Eigentlich war es ja ein Abzählreim für Zehen. Aber Natalie wusste, dass sie diesen Sachverhalt lieber nicht ansprechen durfte. Das seelische Gleichgewicht in diesem Raum war labil genug.

– Es funktioniert auch mit Zehen, sagte sie. Man beginnt beim kleinsten und arbeitet sich vor zum größten. Zum Beispiel, wenn Sie in der Nacht unruhig werden.

– Ah ja.

Mike suchte etwas hinter sich. Er fand es. Sein Notizbuch. Er blätterte es auf – und für den Bruchteil einer Sekunde blitzten einige seiner Skizzen, allesamt unaussprechlich, aus dem karierten Weiß der Seiten hervor. Ein zweiter Gänsehautschauer. Natalie hatte das Gefühl, in zu helles Licht geblickt zu haben. Blendflecken.

– Ich kann es Ihnen aufschreiben.

Mike hielt ihr den Block hin. Glücklicherweise gab es eine komplett leere Seite. Natalie schrieb den Abzählreim auf, zusammen mit einer kleinen Anleitung.

Mike bedankte sich bei ihr.

Natalie stand auf. Jetzt musste sie Astrid melden, was sich hier ereignet hatte. Dann standen sie vor der unangenehmen und schwierigen Aufgabe, das Werk zumindest in einigen Teilen zu entfernen, ohne dass Mike deshalb durchdrehte. Eigentlich konnte man es ja auch so lassen, ein paar Tage vielleicht – solange kein anderer Heimbewohner Mikes Zimmer betrat oder durch die zufällig offen stehende Tür hineinblickte –, aber irgendwann kam wieder eine schwierige Nacht, und er brauchte ein frisches, weißes, sauberes Zimmer für seine Bemühungen, Ordnung zu schaffen.

Als Natalie das Zimmer verließ, winkte ihr Mike überraschenderweise hinterher.

– Weil er der dickste ist, sagte er. Natürlich! Deswegen kommt er immer als Letztes dran!

Vor dem Nachtdienstkämmerchen stand Astrid. Natalie salutierte vor ihr und dachte an ihre Pinguine zuhause. Sie wünschte sich weit fort, in die blaustrahlende Welt der Antarktis. Vielleicht zusammen mit Mike. In einem kleinen Iglu. Halb zugeweht von feinem Schnee. Ordnung und Geometrie.

– Großer Tag, sagte Astrid. Ich hab schon gehört.

– Ah ja?, sagte Natalie.

– Ja, ihr seid per Du, sagte Astrid. So schnell. Das dürfte Rekordzeit sein, glaub ich.

Natalie sagte nichts.

– Und ein super Geschenk, sagte Astrid.

– Er hat ihm auch ein Gedicht geschrieben.

– Natürlich, sagte Astrid. Es darf nichts fehlen an diesem Tag.

Natalie wollte ihr sagen, was in dem Gedicht gestanden hatte, das über die Räder, die Verhöhnung des Rollstuhlfahrers, sie hatte diese Bemerkungen ja schon öfter gehört, und auch das Formel-1-Auto selbst. Er quält ihn, verarscht ihn, hält ihn auf Distanz, aber Dorm ist glücklich. Oder? Manchmal täuscht er es auch nur vor, glaube ich.

– Schöner Tag, bestätigte Natalie.

Astrid lächelte zufrieden. In ihrer Hand hielt sie einen kleinen Schuh.

Am Nachmittag, als Herr Dorm, erschöpft von all der feierlichen Aufmerksamkeit, in seinem Zimmer saß und in den Fernseher glotzte, rief er nach seiner Bezugsbetreuerin. Er brauchte Hilfe, das Formel-1-Auto sollte auf den Schrank gelegt werden, in ein großes Plastikbecken, das dort oben aus irgendeinem Grund stand und Staub sammelte. Natalie hob Auto und Fernbedienung hinauf. Jetzt war beides unsichtbar.

– Danke, sagte Herr Dorm.

Geheimnisse eines Kämmerchens

Heute hatte B Nachtdienst, und da Astrid am frühen Nachmittag nach Hause gegangen war, übernahm Natalie den Spätdienst. Sie hatte recht gut geschlafen letzte Nacht, also ging es in Ordnung.

– Und, wie kommst du in der Nacht zurecht?, fragte B.

– Es geht. Die Astrid kommt am nächsten Tag immer früh und hilft mir.

– Ja, die Starthilfe, lachte B. Hat sie bei mir auch gemacht, damals.

– Bisschen eng ist es halt. Ein Pingpongtisch passt hier nicht rein.

B schaute sich im Nachtdienstkämmerchen um, als wollte sie diese Behauptung durch Augenmaß prüfen.

– Man kann sich's hier schon ganz gemütlich machen, sagte sie.

Sie zeigte Natalie einige Geheimnisse der Nachtdienstkammer. Hier zum Beispiel bewahre sie ihre Zeitschriften auf, da, in diesem kleinen Zwischenbereich. Die räumliche Enge, erklärte sie, habe an dieser Stelle so etwas wie ein natürliches Geheimfach erzeugt. Man müsse nur das Mini-Nachtkästchen ein wenig zur Seite rücken, dann komme man bequem vom Bett aus an das Fach. Und hier, ganz versteckt, sei eine zweite Steckdose, für den Fall, dass man mehrere elektronische Geräte gleichzeitig aufladen müsse. Und das hier sei das Allerbeste, eine Fernbedienung. B machte eine Trommelwirbel-Pause. Jawohl: für die Fensterluke! Sie führte es Natalie vor. Die Fensterluke öffnete sich und schloss sich wieder. B deutete auf die Knöpfe der Fernbedienung und erklärte, wo die Ersatzbatterien dafür aufbewahrt wurden. Zur Not könne man Horst fragen. Er sei da recht flexibel.

Natalie bekam von der Präsentation eine intensive ASMR-Entladung. Ihre Kopfhaut spannte sich angenehm und kribbelte. Sie wünschte sich, B würde für den Rest des Abends einfach weiterreden, und auf Dinge zeigen und Erklärungen abgeben.

– Und hier, sagte B.

Sie öffnete die kleine Schublade unterhalb des Computertischchens.

– Die kenn ich schon, sagte Natalie.

– Warte.

B nahm einen Schlüssel aus der Schublade, er lag seitlich versteckt, dann wandte sie sich um und ging zu dem schmalen Kleiderschrank, der in der Ecke der Kammer gerade noch Platz fand. Sie machte den Schrank auf und deutete auf das untere Brett. Tatsächlich, es hatte ein Schlüsselloch. Sie steckte den Schlüssel hinein, drehte ihn einmal um und zog eine Geheimschublade auf, leer. Natalie hatte das Gefühl, als würde sich alles verkleinern, als stünde man auf einem dieser Miniplaneten, auf denen der kleine Prinz wohnt.

– Die kannst du verwenden, wenn du irgendwas Wichtiges dabeihast.

– Wunderschön, sagte Natalie.

– Sie riecht auch gut, sagte B. Früher war da was drin, ich weiß nicht, was. Tee oder so. Das hat seinen Geruch hinterlassen. Nichts auf der Welt riecht so gut wie bestimmte Schubladen.

Als sie die Geheimlade geschlossen hatte und den Schlüssel zurück in das andere Schubfach legen wollte, fielen Natalie einige Zettel auf, die darin lagen. Die Schrift darauf kam ihr bekannt vor. Sie fragte nicht um Erlaubnis, sondern zog einfach einen hervor.

Jede Spur von ASMR löste sich sofort in nichts auf.

B beugte sich zu ihr, um zu sehen, was es war.

– Ah ja, sagte sie. Wir bewahren sie hier auf.

– Du meine Güte. Wie viele sind das?

– Ein paar.

– Und Herr Dorm wollte sie gar nicht haben?

B zuckte mit den Achseln.

– Offenbar nicht. Jedenfalls vermisst er sie nicht.

Natalie las das Gedicht.

Der arme Krüppel
an der Wand
Schau den armen Krüppel an
an seiner Wand
Armer Krüppel an der Wand
gebt ihm alle eure Hand
Hau ruck!

Sie schüttelte den Kopf.
– Wann hat er das geschrieben?
– Vor einiger Zeit. Ich war ja dafür, alle wegzuwerfen, aber Astrid meint, wir müssen alles aufheben, damit später nicht …
Sie brach ab.
Natalie hatte ein anderes Gedicht aus der Lade gezogen.

Alles Gute zum Geburtstag
es regnet hoffentlich nicht
Alles Gute zum Geburtstag
die Sonne scheint dir durchs Gesicht
Hurra

Ein weiteres lautete:

I've got the blues, I've got the blues
I should wear green or purple shoes

Ein nächstes:

Positiv in die Zukunft schauen
und dem Leben voll vertrauen
Positiv! Bat-Man!
Schließ mit der Zukunft einen Pakt
du kleines Auto splitternackt
die Zeit heilt Wunden im Stundentakt

Und eines, offenbar eine Variation auf das letzte Thema, bestand nur aus zwei kurzen Zeilen:

Der Zaun
heilt alle Wunden

– Was für ein Freak, murmelte Natalie.
– Man muss das verstehen, sagte B. Die Umstände. Und die Situation.
– Ich bin gespannt, ob ich in Zukunft in der Kammer hier noch schlafen kann, wenn ich weiß, dass diese Psycho-Briefchen da liegen.
– Das sind doch keine Psycho-Briefchen. Es sind Gedichte, die er ihm geschrieben hat. Zum Geburtstag und so. Zu Anlässen halt.
– Würdest du dich über solche Gedichte freuen? Sag ehrlich?
– Weiß ich nicht, sagte B.

Selbst wenn sie sich diplomatisch gab, so wie jetzt, war ihre Stimme angenehm. Natalie legte die Zettel zurück in die Schublade.

– Fuck, sagte sie.
– Es ist schon etwas länger her, dass er die geschrieben hat, sagte B in besänftigendem Tonfall. Das heutige Gedicht war eher eine Ausnahme, glaub ich.
– Du warst nicht dabei, sagte Natalie. Er hat mich gezwungen, es vorzulesen.
– Wirklich? Gezwungen?

B schaute skeptisch.

– Nicht wirklich gezwungen. Eigentlich hat …

Sie erinnerte sich an die Situation.

– Nein, sagte sie. Der Dorm hat mich gebeten. So war's. Aber der Freak hat applaudiert.
– Sag das nicht. Er ist kein Freak. Er hat wirklich viel durchgemacht.

Natalie drückte die Schublade zu.

– Sag mal, B, warum ist das alles so albtraumhaft? Das mit

dem Dorm und dem Hollberg, meine ich. Warum ist das so … Ich meine, es ergibt doch schon lange keinen Sinn mehr, oder? Schon lang bevor ich gekommen bin.

B machte eine geduldspendende, milde Geste.

– Es dauert seine Zeit, sagte sie. Bis man reinkommt.

Muskelrelaxans, dachte Natalie. Heute Nacht, volle Dosis, zuhause. Scheiße noch mal, eine halbe Schublade, voll mit diesen. Da wäre eine Nacht in Mikes Zimmer weniger unheimlich gewesen.

Das Letzte, was Natalie an diesem Tag erfuhr, war, dass das seltsame Plastikbecken auf dem Schrank in Dorms Zimmer auch ein früheres Geburtstagsgeschenk gewesen war. Herr Hollberg hatte damals Schildkrötenvergleiche bemüht und viel gelacht. Über der Erinnerung an die Szene wurde B lebhaft. Herr Dorm habe das Becken leider nur einmal ausprobiert, dann musste es rauf auf den Schrank, außerhalb seiner Reichweite.

Als sie später in Dorms Zimmer stand, schaute sie zu dem Becken hinauf. Es hatte nichts Schildkrötiges an sich. Dorm schien ihren Blick zu bemerken, sagte aber nichts. Er massierte sich mit einer Hand den Nacken, der ihm heute Abend besonders wehtat.

Kältewelle

Eines der Grundvergnügen der Menschheit besteht darin, in einem Bett unter einer Decke zu liegen, die jeden Quadratzentimeter des eigenen Körpers inklusive des Kopfes unter sich birgt. Vielleicht existiert irgendwo eine kleine Falte, ein ungünstiges Loch, durch das kühle Luft eindringt; dann muss man nach dieser textilen Verwerfung greifen und sie beseitigen. Wenn Natalie vollständig unter der Decke lag, verwandelte sich das Schlafzimmer in einen weiten, interstellaren Raum, in dem ausschließlich gigantische Längenverhältnisse herrschten. Der hohe Schrank in der Ecke wurde zu einer Art Dimensionstor, mächtig wie ein Hochhaus, der bleiche Papierlampion, der von der Decke hing, zu einem kleineren Erdenmond. Sie durfte auf gar keinen Fall einen Finger ins Freie stecken und keinen Atemzug frischer Zimmerluft nehmen, auch die Zehen mussten sich beherrschen, obwohl ihnen oft warm wurde, denn die Hitze sammelte sich schnell unter der Decke. Hätte sie lange Haare gehabt, hätte sie auch auf sie achtgeben müssen, damit sie nicht an einer locker sitzenden Deckenstelle auf eigene Faust ins Freie büschelten. Aber irgendwann wurde die Geborgenheit unerträglich, und man musste den Kopf von der Decke befreien. Das Zimmer war wieder da, und es war sogar etwas sichtbarer als vorher, die weiße Farbe des Lampions war erahnbar, die Bilderrahmen an der Wand, die über ihren Heizkörpern brütenden Vorhänge.

Wie schön waren diese Spätherbstmorgen, wenn über Nacht Schnee gefallen war! Man stand auf, ging im Schlafanzug durch die Räume, und von außen kam dieses blendend helle terrestrische Licht, als wäre ein Filmteam angereist und hätte das Haus umzingelt, es beleuchtete alle Vorgänge, die drinnen stattfanden, und nichts und niemand blieb unsichtbar. Der Himmel war dunkler als die Erde, was den Rest des Jahres gegen die Regeln verstieß. Allerdings wurde an solchen frühen Wintertagen schnell alles aurig und gefährlich weich, zum Beispiel wenn man mit den Fingern vor den grellweißen Fenstern hin und her wedelte.

Natalie stand auch in der kalten Jahreszeit sehr früh auf, oft schon gegen fünf Uhr. Sie erwachte meist mit leichter Unruhe, das brachte die Kälte mit sich. Sie schlüpfte unter den Bettdecken hervor und direkt in ihre Kleider und lief auf Zehenspitzen zum Thermostat. Dann machte sie sich einen Tee und beruhigte sich darüber ein wenig. In der Früh las sie gern alte Unterhaltungen auf ihrem iPhone, es war jetzt die richtige Jahreszeit dafür. Draußen fiel Schnee oder eiskalter Regen, und sie saß in dem Lehnstuhl, der vor der Balkontür stand, und konzentrierte sich auf die winzigen, von ihrem Daumen im Tempo ihrer Lese-Sakkaden weitergeschobenen Zeilen. Markus war so wahnsinnig begriffsstutzig. Dafür war Frank angenehm sinnlos und non sequitur in letzter Zeit. Er vermisste Natalie und fragte oft, wann sie mal wieder vorbeikäme. Mario sei noch ein paar Mal dagewesen, aber er habe nicht auf ihre Bitte um ein Treffen reagiert. Sei keine Zeit gewesen, besondere Umstände, außerdem Lothar, der richtete grundsätzlich nie was aus.

Wenn sich ihr morgendliches Beklemmungsgefühl über der Lektüre der Chat- und SMS-Gesprächsverläufe nicht auflösen wollte, schaltete sie den Fernseher ein.

An einem Vormittag im späten November geschah etwas Unglaubliches. Sie saß im Lehnstuhl und studierte eine SMS-Unterhaltung zwischen ihr und Frank (es ging um ein imaginäres Schaf und dessen teilweise sehr bizarre Bedürfnisse und Ansichten; immer, wenn das Gespräch einen toten Punkt erreichte oder jemand eine Frage stellte, hieß es: *das schaf will es so*). In der Wohnung war es still. Es war noch zu früh für die meisten Geräusche, das einsamste Telefon der Welt schlief in der Nachbarwohnung. Plötzlich, nach mindestens einer Stunde dichter Stille, begann eine Fliege im Zimmer zu summen. Eine Fliege! Da es schon so spät im Jahr war und das Geräusch entsprechend unerwartet, verstand Natalie zuerst gar nicht, worum es sich handelte, sie glaubte an ein elektronisches Signal und hob ihren Blick vom Display, schaute aus dem Fenster, auf das Eislicht, weiß und grell, auf die Dächer der Nachbarschaft, auf den hinter der Stadtgrenze beginnenden, unsichtbaren Rest des Planeten. Aber dann erkannte sie an den Modulationen und dem *Dzzz-dzzz-dzzz*, mit dem die Fliege gegen irgendeine Oberfläche stieß, den Ursprung des Geräuschs und lauschte, überrascht von dem unvermittelten Lebenszeichen eines winzigen Wesens, so verspätet und so tief verirrt im Jahr. Es war nur ein sekundenlanges Aufsummen gewesen, wie die Telefonanrufe in Actionthrillern, die zu kurz waren, um sie zurückzuverfolgen, *halten Sie ihn in der Leitung, Agent Johnson*, und es wiederholte sich auch nicht mehr. Nur die ungefähre Richtung hatte sie heraushören können, also stand sie auf und machte sich auf die Suche, tastete vorsichtig alle Vorhänge ab und schaute sich die Bücher im Regal an. Neben dem Regal hatte sie den in seinen schwarzen Müllsack gewickelten Heimdrachen abgestellt. Er knisterte angenehm zwischen ihren Fingern, dummes kaputtes Ding. Aber auch hier saß keine Fliege. Bestimmt lag sie irgendwo auf dem Rücken, endgültig stehengebliebenes Uhrwerk. Wie war das für sie wohl gewesen in den letzten Tagen oder Wochen (wie lange lebte eine Fliege?), als sie hier in diesem Zimmer gewartet hatte, dass diese verwirrend kühle Jahreszeit endlich vorbeiging, dabei immer langsamer und langsamer werdend, hin und wieder aufsummend und gegen Scheiben stoßend? Natalie entdeckte einen kleinen Fleck neben dem Heizkörper und bückte sich danach, streifte aber nur ganz sachte an den Tod, da sie durch die Fliegensuche erfolgreich abgelenkt war. Als sie sich wieder aufrichtete, rauschte das Blut in ihren Ohren. Nein, das war nur ein Stück fusseliger Stoff, vermutlich von einer Sockensohle. *Das Leben in Wohnungen*, musste sie denken, und in ihrem Kopf hatte der Satz einen getragenen, feierlichen Ton, als ginge es um eine politische Umbruchphase. Das Summen war ein verirrtes Signal gewesen, durch unerhört lange verzögerte Körperfunktionen der Fliege hinübergerettet in den feindseligen

Frühwinter, die fliegenlose Todeszone des Jahres. Es erinnerte sie an eine Uhr, die sie früher besessen hatte. Sie hatte sie als Kind geschenkt bekommen, und nach ein paar Jahren war diese Uhr stehengeblieben, sie hatte sie in ein Regal gelegt, anstatt die Batterie zu ersetzen. Dort lag sie dann ein gutes Jahr und war tot, aber eines Nachts begann sie zu piepsen, wie sie es früher getan hatte, wenn Natalie in die Schule musste, als wäre ihr nach so langer Zeit plötzlich wieder eingefallen, wie das geht. Drei kleine, ungeheuer verspätete Piepser in der Dunkelheit, dann kam nichts mehr. Wie ein letzter Wunsch. Es war eine hübsche Uhr gewesen, mit dem Rüsselgesicht von Alf hinterm Zifferblatt, und angeblich konnte man mit ihr sogar bis in fünfzig Metern Tiefe tauchen. (Karl zog sie ein paar Tage lang mit der Zombie-Uhr auf und sprach mit geisterhaft vibrierender Stimme von Uri Gellers telepathischen Künsten.) Natalie dachte damals, hauptsächlich um sich ein wenig zu beruhigen, dass es vielleicht gar kein richtiger Alarm gewesen war, sondern bloß eine Art Phantom-Echo eines Alarms. Die langsam innerlich kaputt gehende Elektronik der Uhr hatte irgendeinen chemischen Prozess durchgemacht, etwas war durchgerostet, oder Schaltkreise waren bei höheren Zimmertemperaturen geschmolzen und hatten dadurch, bereits auf dem Weg in einen anderen Aggregatzustand, dieses Piepsen erzeugt. Doch ihr blieb nicht erspart, diesen Gedanken weiterzuführen und sich vorzustellen, wie im Gehirn eines menschlichen Toten ähnliche Abbauprozesse abliefen, Gewebe fiel in sich zusammen, erzeugte Reibung und Druck und brachte einige Nervenbahnen zum Aufleuchten, ebenfalls grotesk verspätet und umgeben von völliger Dunkelheit. Die Verwirrung, auf die der, nach Wochen im ruhevollen Nichts, plötzlich wieder aktivierte Einzelgedanke stieß, diese Wand aus Schwärze und verbindungsloser Abgeschiedenheit ringsum, war schrecklich. Natalie hatte geweint. Auch heute, als sie sich wieder daran erinnerte, musste sie ihre Aufmerksamkeit auf etwas anderes richten, das sie weniger stark aufwühlte. Sie holte das Halma-Brettspiel aus der Schublade neben ihrem

Bett, spielte ein paar Runden gegen sich selbst und entspannte sich dabei und begann leise zu summen, währenddessen lief CNN. Die Entwicklungen in Nahost waren dramatisch, aber nichts lag so angenehm in der Hand wie diese alten hölzernen Spielsteine, bunte Bäumchen aus einem englischen Ziergarten, pagenkopf-pagodenhaft zurechtgestutzt und jeder mit seinem eigenen, unverrückbaren Charakter. Draußen herrschte dichter Nebel. Es war noch dunkel, und man konnte die Laterne am anderen Ende der Straße nur erahnen. Eingemottetes Licht. Wir sitzen mitten in einer Wolke, dachte Natalie. Die ganze Stadt in einer einzigen Wolke.

Und dann erhielt sie eine Nachricht, das iPhone summte. Lothar ließ ihr durch Frank ausrichten, *Your Boy Mario* wolle sie sehen. Er habe die Aufgabe erledigt. Natalie sprang auf und tänzelte im Zimmer umher. Nach so vielen Wochen, endlich! Die Fliege war nicht umsonst gestorben. Er wollte sie sehen, sie sehen! Sie sprang auf die Couch und stieg mit schwerelosem Spreizschritt wieder herunter, gab dem Hinterkopf einer Lampe einen Klaps im Vorbeigehen, ließ sich auf den Teppich fallen und rollte auf dem Rücken hin und her, streckte beide Beine in Kerze-Stellung hoch, bei manchen Menschen berührten sich die Schenkel, bei ihr passte eine Faust durch, aber er will mich sehen, mich, bin Sieger, yes I will yes.

Handschuhe

Natalie lief noch tagelang im Inneren der Wolke herum, lange nachdem die Stadt sich aus ihrer befreit hatte. Sie tanzte in den Arbeitspausen, war überschwänglich freundlich zu den Klienten, und als es eines Abends zu einem Betreuerinnengespräch kam, in dem es um grausame Todesarten gelähmter Menschen ging, musste Natalie die ganze Zeit dumm kichern. B zeigte ihnen eine Bilderfolge auf ihrem iPhone, die mit *Progeria kids that look like Hitler* betitelt war. Natalie wurde schwindlig vor Lachen, und sie musste die Luft anhalten, bis sich der Sauerstoffgehalt in ihrem Körper normalisierte.

Als Treffpunkt hatte Mario die Straßenlaterne vor dem Souterrain vorgeschlagen. Natalie war schon eine halbe Stunde vorher da, ihr Kopf summte vor Aufregung und Glück. Nach einer Weile fing es an zu regnen. Zuerst ignorierte sie es, aber dann wurde der kalte Regen stärker, und Natalie stellte sich nahe an die Hauswand. Diesmal nicht, dachte sie, oh nein, diesmal sicher nicht! Ich bleibe hier stehen.

Wenig später verwandelten sich die Regentropfen in Schneeflocken. Es war nass und kalt, aber hier an der Wand hielt man es leichter aus. Na also, dachte Natalie. Dann entdeckte sie ihn.

– Hey!, rief sie.

Mario stand im Schutz eines kleinen Vordachs, das über der Eingangstür des Hauses nebenan aus der Fassade ragte. Er winkte ihr zu. Dieselbe Lederjacke wie immer.

– Wow, sagte sie zu ihm. Du bist voll hübsch heute.

– Danke.

– Gehen wir doch am besten rein, sagte Natalie und behauchte ihre Finger, bevor sie Marios Hand zur Begrüßung ergriff. Der Winter hat sich hierher verirrt.

– Oh ja, sagte Mario und streckte eine Hand nach den Flocken aus.

Also gingen sie die paar Meter zum Souterrain und setzten

sich dort in eine stille Ecke. Wie befürchtet, waren heute viele Leute da. Alles andere als ideal. Natalie fragte Lothar (Frank war dummerweise nirgendwo zu sehen), ob sie eventuell in den hinteren Raum gehen könnten. Lothar schaute zu Mario hinüber und grinste.

– Sorry, sagte Lothar. Da wird gerade aufgebaut.

– Konzert?, fragte Natalie.

– Ich kann nichts dafür, sagte Lothar. Ist alles nicht meine Entscheidung. Beschwert euch beim Eulemann, der ist Gott.

Irgendwann würde ihm sein Gesicht noch wegfließen, so müde und leidenschaftslos, wie er immer aussah. Ein löwenmähniger Rahmen, aus dem rosa Gesichtsmasse quoll. Aber gut, was sollte man machen, es ging nicht anders. Mario saß da und sah sehr ungeduldig aus. Sie kehrte schnell an seine Seite zurück.

– Also, sagte sie. Ich hab mir schon gedacht –

Aber sie wusste nicht, was sie sagen sollte.

– Ich hab mir schon fast Sorgen gemacht. Was war?

– Okay, sagte Mario. Ich bin ihm ein paar Mal nachgegangen, so wie du gesagt hast. Ja, und das letzte Mal bin ich ihm weiter nachgegangen. Viel weiter als in den Wochen davor. Er hat da auch nicht so gehetzt gewirkt wie sonst.

Er machte eine Pause.

– Wie?, fragte Natalie. Du bist ihm wirklich öfter hinterher?

Mario nickte.

– Ich hoffe, er bedroht dich jetzt nicht mehr, sagte er.

– Wow, sagte sie. Ich weiß gar nicht, wie … Aber wie, ich meine. Warum hast du –

Lothar musste über irgendetwas laut lachen, und Mario drehte sich blitzschnell zu ihm um. Er sah, dass es nichts mit ihm zu tun hatte, entspannte sich und sagte:

– Ich wollte sichergehen.

– Sichergehen, wiederholte Natalie gerührt. Das ist total lieb von dir.

– Wegen der Bedrohung.

Natalie musste sich an ihrem Stuhl festhalten. Am liebsten

wäre sie ihn angesprungen. Reinwühlen in ihn. In den Hals beißen. Krallen versenken in diese makellose Haut. Lippen auf das kleine Narben-Delta über seinem Auge.

– Danke, sagte sie.

– In unserem Gewerbe muss man aufeinander aufpassen, sagte Mario. Und als du mir das erzählt hast von deinen Klienten. Ich meine, das macht ja kaum wer. Das, was ihr macht. Und wenn er dich bedroht. Da wollte ich sichergehen.

Sollte sie seine Hand nehmen? Sie durfte sicher. Er würde nicht erschrecken. Oder doch.

– Und wo geht er hin?, fragte sie.

– Zentralfriedhof, sagte Mario. Jedes Mal.

Natalie brauchte eine Weile, bis sie begriff.

– Scheiße, sagte sie. Im Ernst?

Mario wischte sich die Nase an seinem Jackenärmel ab, er war etwas verschnupft. Er blickte sich wieder um. Seine Ohren waren rot durchfroren.

– Jedes Mal, sagte er. Immer der exakt gleiche Weg.

– Wow. Also immer –

– Ja, sagte Mario (irgendetwas hier schien ihn aufzuregen, er wurde unruhig, seine Finger waren zittrig), immer von da, wo du's mir beschrieben hast.

– Genau, sagte Natalie.

Die ganze Situation war ein wenig unwirklich, aber sie versuchte, sanft und leise zu sprechen, um ihn zu beruhigen.

– Jedes Mal, sagte Mario und tippte auf die Tischplatte. Immer die gleiche Route.

Es waren also stets doppelte Besuchstage für Hollberg. Natalie wusste nicht recht, wie sie diese neue Einsicht einordnen sollte, aber sie war auf jeden Fall von großer Bedeutung.

– Weiter!, sagte sie und streichelte Mario aufmunternd über den Handrücken.

Er schaute auf ihre Hand, zog seine weg.

– Entschuldigung, sagte sie. Ich bin nur so begeistert.

– Ja, also, er geht zu dem Grab. Es ist gleich hier, wenn man aus der Richtung kommt –

Er zog ein aufgeweichtes Blatt Papier aus der Tasche. Darauf waren ein Viereck mit den Himmelsrichtungen gezeichnet und ein X, das die entsprechende Stelle markierte.

Die Art, wie er das Blatt hielt, war so rührend, dass Natalie tief ausatmen musste.

– Da ist so eine Reihe von ganz normalen Gräbern, sagte Mario. Nichts Besonderes. Und da steht er. Ich glaube nicht, dass er mich gesehen hat. Einmal hat er so einen Luftsprung gemacht, aber sonst war nichts.

– Einen Luftsprung?

– Ja, so.

Mario deutete es an. Es sah lustig aus, und Natalie lachte, aber Mario blieb ernst. Er hatte rote Wangen und blickte sich ständig um.

– Danke, sagte sie zu ihm. Du hast mir wirklich, *wirklich* geholfen! Das war einfach großartig von dir. Ich weiß gar nicht, wie ich das gutmachen kann.

Er schaute sie eine Sekunde lang an, dann ließ er den Kopf sinken.

– Ich würde mich so gern bei dir revanchieren. Vielleicht kann ich dich einmal zu mir einladen, auf ein Mittagessen oder so? Ich koche sehr gut.

Das war eine Lüge, aber keine, von der Engel die Flügelpest bekamen.

– Hab ich gern gemacht, sagte Mario leise. In unserem Job schaut man aufeinander, finde ich. Und du hattest ja wirklich niemanden.

Natalie musste, um bei Verstand zu bleiben, ihre Hände zwischen die Knie klemmen.

– Hast du gesehen, warum er diesen Luftsprung gemacht hat?, fragte sie.

Mario schüttelte den Kopf. Er sah erschöpft aus. Durchfroren, abgekämpft. Und etwas magerer als vor ein paar Wochen. Vorher war es ihr nicht so aufgefallen, aber jetzt war es unübersehbar. Er rieb sich die Augen, zermalmte einen Gähnimpuls zwischen den Kiefern.

– Magst du dich vielleicht in meiner Wohnung ein bisschen aufwärmen?

Er stand auf.

– Nein, nein, sagte er. Schon okay. Ich war nur. Die letzte Nacht war anstrengend. Ich war lange unterwegs. Bin für jemanden eingesprungen.

– Es wäre wirklich kein Problem. Ich lass dich auch in Ruhe, ich kann derweil spazieren gehen oder so.

Der letzte Satz klang wohl ein bisschen unglaubwürdig, denn Mario lächelte, bedankte sich und lehnte ab.

– Aber danke noch mal für die Haube, sagte er.

– Oh, das freut mich! Hält sie dich auch schön warm?

Mario nickte.

– Ja, also, sagte Natalie. Das kann ich mir vorstellen. Ich meine. Einspringen für jemanden, das kenn ich, das ist anstrengend.

– Es war ein bisschen unheimlich, sagte Mario. Ich kann die Stimme so schlecht verstellen, und aussehen tu ich ja auch nicht wie der. Aber der Typ hat sich okay benommen, denke ich. Ja. Er war ganz okay. Freundlich.

– Na wenigstens, sagte Natalie.

Sie sah ihm nach, wie er hinaus in den leichten Schneeregen ging.

Wenn sie Herrn Dorm beim Zurechtmachen und Schminken assistierte, war ihr schon öfter aufgefallen, dass er Schwielen an den Händen hatte. Er hatte sich nie darüber beklagt, aber jetzt, bei diesem plötzlichen Wintereinbruch, fand sie, dass er doch etwas zum Schutz seiner Finger brauchte. Also hatte sie ihm ein Paar Rollstuhlhandschuhe besorgt, richtig hübsche, mit rauer, widerstandsfähiger Textur genau an den richtigen Stellen. Vielleicht würde er sich darüber freuen.

Einmal hatte sie sogar überlegt, ihm andere Schuhe zu kaufen, das heißt ein Paar in einer anderen Farbe, einfach so, als Überraschung. Aber er bestand auf seinen beiden Lieblingsfarben: Grün oder Violett. Anders durften Schuhe nicht aussehen.

– Hier, ein Geschenk für Sie!, sagte Natalie.

Dorm nahm die Handschuhe entgegen, bedankte sich kopfschüttelnd und legte sie auf sein Bett. Dann war es Zeit, nach draußen zu fahren, denn der Besuch würde gleich kommen.

Natalie stand neben ihm und dachte daran, dass so ein Rollstuhl genauso hoch war wie ein Grabstein. Und nach jedem Treffen suchte Hollberg einen solchen auf. Alles in seinem Leben spielte sich auf Hüfthöhe ab. Auf Augenhöhe waren nur Nebensachen. Das weinende Mädchen fiel ihr ein. Hartenaugasse, Koller.

Herr Hollberg war heute ungewöhnlich schweigsam. Er wirkte wie damals, zu Beginn des Ausflugs zur Staumauer. Nur war heute alles windstill. Schnee fiel keiner mehr. Die Bäume standen entlaubt in der Gegend, ungläubig, der Winter war so schnell übers Land gekommen. Herr Hollberg trug eine Haube und dicke Fäustlinge. Zweimal hatte er Dorms Hinterkopf mit ihnen angetippt.

– Hahaha!

Jedes Mal drehte sich Dorm um und lachte. Für ihn war es ein fröhliches Spiel.

Merkwürdig, aber Natalie fühlte heute kaum die Irritation, die sie sonst beim Betrachten der beiden Männer empfand. Wahrscheinlich war dies teilweise der besänftigenden Wirkung einer städtischen Winterlandschaft zuzuschreiben. Und der Tatsache, dass sie jetzt etwas mehr wusste. Mario hatte ihn mehrmals verfolgt, ja, warum hatte er das wohl getan? Er passte auf sie auf! Er mochte sie. Das war es. Oh Gott, ich werd noch irr. Ein bisschen unberechenbar war er. Aber er wollte ihr helfen, sie beschützen. Ich würde Ja sagen, natürlich. Könnte auch sofort bei mir einziehen. Müsste nicht mehr arbeiten. Sie blickte auf die weiten, weißen Flächen. Es war kaum vorstellbar, dass inmitten all des Schnees ein Streit entbrannte.

Aber wer weiß.

– Da drüben, sagte Hollberg zu Dorm.

Er deutete in eine Richtung. Seine Haube hatte wirklich genau dieselbe Farbe wie die, die sie … dieses etwas fettige Hundegrau. Aber nach einer Weile zog er die Kapuze seiner Jacke darüber.

Dorm reckte seinen Kopf, konnte aber offenbar nichts erkennen.

– Da drüben, weißt du, was da ist?
– Nein.
– Da ist *nichts*, sagte Hollberg.
– Oh, Chris, der ist gut! Hahaha!
– Hab ich selbst erfunden, sagte Hollberg.
– Wow! Super!
– Ich glaub, den gibt es schon, sagte Natalie.
– Aha? Na ja, man erfindet oft das Rad neu. Mehrere Male am Tag, glaube ich. Hat eine Studie ergeben. Nicht wahr, Superman, Mr. Reeve, Sir?
– Ja, Chris.
– Er hat das Rad mindestens tausendmal neu erfunden. Ich hab inzwischen aufgehört zu zählen. Du hättest ihn sehen sollen, als er damals. Aber gut, das war eben damals. Gell?
– Mhm, machte Dorm.

Sein Hinterkopf wirkte heute, als müsste er sich anstrengen, um dreidimensional zu bleiben. Am liebsten würde er, plopp, in sich zusammenfallen.

– Scheiß Stricher, sagte Hollberg plötzlich.

Sie gingen weiter. Niemand reagierte. Schnee häufte sich an Wegrändern.

Nein, sie musste sich verhört haben.

– Da, sagte Hollberg und deutete in dieselbe Richtung wie vorhin. Ich sag ja, da ist nichts. Das große Nichts. In dem alles verschwindet.

Vor der öffentlichen Parktoilette stand ein junger Mann mit einer schwarzen Schirmkappe. Er hatte einen Schnurrbart und schien auf jemanden zu warten. Er stand da und starrte in den leuchtenden Schnee.

– Scheiß Stricher, wiederholte Herr Hollberg.

Dorm reagierte nicht.

– Widerlich, oder?
– Ja, Chris.
Dorms Stimme war sehr leise.
– Wenn wir ihn mit Kleingeld bewerfen, sagte Hollberg, löst er sich vielleicht in Luft auf. So wie Augenkrankheiten in Afrika. Mit einer Handvoll Euros für immer ausrottbar.
Er griff in seine Hosentasche, offenbar auf der Suche nach Münzen.
Er fand eine und hielt sie Dorm vors Gesicht.
Dieser wagte nicht, danach zu greifen.
– Nimm schon, sagte er. Wir gehen an ihm vorbei, und du wirfst sie ihm an den Kopf. Oder was immer du triffst.
– Ich glaube, das ist keine so gute Idee, sagte Natalie.
– Ach so? Ja, vielleicht nicht. Aber es ist nur eine Münze. Wir werden nicht arm davon.
– Der Mann hat uns doch nichts getan.
– Ja, uns Gott sei Dank nicht!, sagte Hollberg. Du liebe Zeit. So weit käm's noch. Dreckige Sau. Da wird einem ja schon vom Zuschauen schlecht.
– Er tut doch überhaupt nichts, sagte Natalie.
Sie sprach jetzt auch etwas leiser, weil sie langsam in Hörweite des Mannes kamen. Nur Hollberg schien das egal zu sein.
– Steht da im Schnee und friert nicht mal, fauchte er. Dass der sich nicht geniert. Wirklich ekelhaft.
Der Mann vor der Toilette winkte plötzlich und ging jemandem entgegen, der sich ihm näherte. Es waren zwei Frauen, eine ältere, die einen zusammengeklappten Regenschirm trug, und eine jüngere, die einen Kinderwagen schob. Beide trugen Wintermäntel mit identischem Muster.
Natalie zeigte Hollbergs Rücken ihren Mittelfinger.
– Okay, sagte Hollberg. Münze retour.
Dorm gab sie ihm zurück, sichtlich erleichtert. Ihr Besitzer steckte sie ein.
– Stimmt natürlich, sagte Hollberg, wenn man in dieser Stadt als Stricher unterwegs ist, dann würde man wahrscheinlich

nicht hier im Schnee herumstehen. Es gibt da andere Möglichkeiten, oder?

Ein kleiner Stups gegen Dorms Hinterkopf.

– Wahrscheinlich, Chris.

– Verschiedene Etablissements und Bars und OpenSpaces und was weiß ich alles. Die Welt wird auch in dieser Hinsicht immer moderner. Dabei könnte man einfach eine Bombe auf alle diese Einrichtungen werfen, und die Sache wäre erledigt. Aber es denkt eben niemand weit genug. Weit*räumig* genug. Auch in zeitlicher Hinsicht. Alle denken immer nur an den nächsten Tag oder an die nächste Mahlzeit, den nächsten Handgriff. Und übersehen dabei das große Bild. Ah, die heutige Menschheit mit ihrer ultrakurzen Aufmerksamkeitsspanne könnte keine Landefähre mehr auf den Mond bekommen. Das war wirklich nur in den Sechzigern möglich.

– Ja, Chris.

– Du warst in den Sechzigern noch gar nicht auf der Welt, sagte Hollberg. Du warst nur eine Möglichkeit.

– Eine Möglichkeit, ja, sagte Dorm und lachte scheu.

– Weißt du was? Man kehrt zwar irgendwann zu dem zurück, was man einmal war, Asche zu Asche und Staub und so weiter. Aber man wird nie wieder eine *Möglichkeit*. Das ist man wirklich nur einmal. Erde war man schon mal und wird es wieder.

– Wow, Chris, sagte Dorm.

Natalie musste lachen, weil es unerwartet sarkastisch geklungen hatte. Aber das lag wohl eher daran, dass Hollberg seine behandschuhte Hand in Dorms Nacken gelegt hatte und ihn sanft nach vorne drückte. Dorm ließ alles mit sich geschehen. Und er wäre zweifellos aus dem Rollstuhl gekippt und in den Schnee gefallen, hätte Natalie nicht gesagt:

– Was für ein Wort haben S… hast du da vorhin verwendet? Open… irgendwas?

Hollberg ließ Dorm in Ruhe und drehte sich zu ihr. Er lächelte.

– Einsame sucht …?, sagte er.

– Nein, sagte Natalie. Ich hab nur das Wort nicht gekannt.
– Doch, kennst du sicher, sagte Hollberg.
– Nein. Was bedeutet es?

Hollberg zuckte theatralisch mit den Achseln.

– Open, offen. Space, Raum. Also irgendwas mit Astronauten, nehme ich an.
– Haha, Chris, Astronauten, das ist gut!

Maria

Natalie ruhte sich im Souterrain aus. Wenn der tragische Wiedergänger Henrik auftauchte, würde sie sofort flüchten. Aber heute sah es irgendwie nicht danach aus. Sie saß inmitten einer Gruppe von Jugendlichen, von denen sie die meisten nur vom Sehen kannte. Ein Tamburin machte gerade die Runde. Die Leute berührten und hielten es so, dass es kein Scheppern von sich gab. Der Vorgang hatte etwas Hypnotisches. Frank ging kurz raus, und alle Jugendlichen wurden auf einmal reglos und froren ein. Aber es war nur ein Spiel gewesen, sie bewegten sich schon wieder. Jemand erwähnte ein Kunstprojekt in der Grand Central Station in New York, wo Leute sich starr hingestellt hatten, als wäre die Zeit stehengeblieben. Natalie gähnte.

Sie stand auf und ging Frank suchen. In der Küche war er nicht, also schaute sie ins Hinterzimmer. Da war er. Er sprach mit einem Mann. Der Mann war beeindruckend hochgewachsen, bestimmt über zwei Meter, in seiner riesengroßen Vorderpfote hielt er ein kleines Transistorradio. Oder vielleicht war es auch ein altmodisches Funkgerät.

– Er ist jedenfalls nicht hier, sagte Frank. Ich kenne niemanden, der so heißt.

– Okay, sagte der Riese. Fragen kostet nix.

Er verabschiedete sich und ging durch den Hinterausgang in die Nacht. Im Schein der Türlichter konnte man sehen, dass es leicht schneite.

– Arschloch, sagte Frank leise.

– Was wollte der denn?, fragte Natalie.

Frank erschrak ein wenig, da er Natalie offenbar nicht bemerkt hatte.

– Ah, nichts, sagte er. Ist nur schon das dritte Mal, dass er hier herumfragt.

– Er hat jemanden gesucht?

– Ja, sagte Frank. Aber ich geb nicht einfach so Auskunft.

Wenn die Leute da sind, dann sind sie da. Ich bin kein Heiratsvermittler wie unser Löwenkopfkaninchen.

Natalie kehrte zurück zu den anderen. Sie trank noch ein Bier. Irgendwann setzte sich ein Mädchen zu ihnen, das Englisch mit Akzent sprach. Die anderen redeten mit ihr, und sie zeigte ihnen ihr künstliches Auge. Das linke war gesund, aber das rechte fehlte vollständig.

Natalie war fasziniert. Sie bat darum, es berühren zu dürfen. Später kam es dann zu Küssen zwischen dem Mädchen und einigen der betrunkenen Jungen. Und dann, nach einem weiteren kleinen Filmriss, stand Natalie draußen in der Kälte und schaute Maria (so hieß das Mädchen) beim Rauchen zu.

– So where do you come from?, fragte Natalie.

– Novi Sad, sagte Maria.

– Oh. Okay. Great city.

– You've been there?

– I love your eye!, sagte Natalie. Sorry. I'm drunk.

– Yes, you are, lachte Maria.

– You are the Novi Sad beneath my wings, sang Natalie.

Marias rechtes Auge war vor Jahren bei einem Schiunfall kaputt gegangen. Sie gebrauchte das deutsche Wort dafür: *kaputt.* Das neue Auge war eine Spezialanfertigung: in der Iris steckte ein kleiner Schlüssel. Und ihr Oberlid war gespalten wie Gardinen vor einem Fenster, damit es, wenn sie blinzelte, nicht an den Schlüssel stieß. Maßarbeit, dachte Natalie begeistert und ging ganz nah ran. Sie roch Marias Atem. Cocktails. Make-up-Geruch des Gesichts, ein kurzer Flashback in Herrn Dorms Zimmer, Schminkspiegel. Nachdem sie das wunderbare Auge aus der Nähe begutachtet hatte, sagte Maria:

– I can show you.

Sie fasste sich ins Auge.

– Whoa, sagte Natalie und taumelte einen Schritt zurück. Du siehst aus, als hättest du etwas vor, an das ich mich später nur unter Hypnose erinnern werde.

– What?

Maria entfernte das Kunstauge, und Natalie blickte in eine

leere Augenhöhle. Sie war nicht besonders tief, mehr eine Mulde, in der ein rötlich grauer Gewebevorhang hing. Hundegrau vermischt mit Fleischrosa. Natalie stellte sich kleine Kasperltheaterfiguren darin vor. An groben Seilen gezogen, bewegten sie sich ruckartig hin und her.

Ob schon einmal jemand die Zunge da hinein –

– No, no, no, sagte das Mädchen. We better not go there.

Natalie entschuldigte sich leise.

– I drink too much, sagte sie. Sometimes zumindest.

Filmsprung, Frank hielt sie an den Schultern:

– Noch was, sagte er. Wenn du deinen Freund mit der Lederjacke siehst, irgendwo. Sag ihm, äh … Sag ihm, dass es momentan für ihn hier nichts zu tun gibt, okay? Ich weiß, normalerweise bin ich die Nachrichtenzentrale für euch, das Relais, aber … Ja, also, sag ihm, es gibt nichts zu tun. Okay? Er soll nicht zu Lothar gehen. Sondern auf mich warten.

Natalie musste nachfragen:

– Was hat er denn falsch gemacht?

– Nichts, gar nichts, sagte Frank. Es hat nichts mit ihm zu tun. Sag ihm das auch. Er ist empfindlich.

– Ich weiß, sagte Natalie. Man muss voll Geduld mit ihm haben. Ah, mir ist schwindlig.

– Jaja, sagte Frank. Ich hab mit allen Geduld. Ich hab schon ein ganz goldenes Herz von der vielen Geduld.

Dann wurde Natalie weitergezogen von der kleinen, warmen Hand von Maria.

Die Bilder dieser Nacht waren sehr sonderbar. Manche spielten im Sommer, manche im Winter, allerdings in der Zukunft. Was war geschehen? Sie war irgendwann mit dem Mädchen mitgegangen, das Englisch sprach. Maria. Die aus der Stadt beneath my wings. Natalie hatte Erinnerungen an ihre Wohnung, ein Zimmer, Blumentöpfe überall. Und eine Gitarre auf dem Bett, die einen dissonanten Akkord von sich gab, als sie sie weckten und hochhoben, um im Bett gemeinsam Platz zu finden. Maria hatte an Natalies Zungenspitze gesaugt. Natalie war aus dem Kichern nicht mehr herausgekommen. Sie fragte Maria, ob sie Kondome hätte. Maria lachte.

– But I might fall in love, sagte Natalie. We have to use a lot of condoms.

Sie küssten sich lange und hielten einander fest. Zu keinem Zeitpunkt waren sie vollkommen nackt, aber sie waren auch nie weit davon entfernt. Ein Tanz auf einer Kante. Maria hatte ein Baby, das in einer Wiege schlief. Es trug ein harlekinartiges Kostüm mit schwarzen Punkten auf weißem Grund. Natalie schaute es an und musste weinen, weil es so schön war, dann fragte sie Maria:

– Did I drink too much? Ich fühl mich komisch.

– Ne znam, sagte Maria. Maybe I put something in your drink.

Natalie lachte über den Scherz und tastete mit den Fingerspitzen auf ihrem Gesicht herum, weil es sich merkwürdig sonnig und bronzen anfühlte, und das Kind lag da, mit Punkten auf seiner Rückseite, wie das Ergebnis eines Würfelwurfs.

Dann lagen sie mit nacktem Oberkörper übereinander, und Marias Verhalten wurde methodischer, zielgerichteter. Es ging ihr um was. Natalie war der Gedanke etwas zu viel. Sie wollte ihre frühere Maria zurück, die Maria, die … irgendwas, keine Ahnung. Sie musste wieder lachen. Es war alles so albern. Wie spät war es eigentlich?

– What's the time?, fragte sie.

– I don't know, keuchte Maria.

Ihr Mund war ganz nah an Natalies Ohr. Sie leckte dort herum. Es kitzelte. Natalie versuchte, auf der anderen Seite mit ihren eigenen Fingern *gegenzukitzeln*, aber es funktionierte nicht. Manchmal schien es ihr, als wäre die ganze Tragik des Lebens in der Tatsache versammelt, dass man sich nicht selbst kitzeln konnte. Jesus vielleicht, dachte sie. Der konnte sich selbst kitzeln. Aber sonst niemand.

Sie wurde geweckt, als sie etwas zwischen den Beinen berührte. Es war warm und nass, und Natalie musste sich orientieren, weil sie in Gedanken gerade noch auf der Straße gewesen war, in strahlendem Sommersonnenschein, und sie hatte etwas sehr Bemerkenswertes entdeckt: Neben dem Gehsteig lag eine geschmolzene Spritze. Nur die Nadel war noch da und ragte schief nach oben, aber der Rest war, in der großen Hitze des vergangenen Tages, in exakter Spritzenform zuerst flüssig und dann wieder hart geworden. Das fertige Gebilde sah so unglaublich schön aus, dass Natalie ein Foto davon machte. Sofort schaute sie nach, ob es auch gut geworden war, eine Schatten werfende Hand gekrümmt um das iPhone-Display wie um eine windgefährdete Kerzenflamme. Dann war sie mit der triumphalen Foto-Beute durch die weihnachtliche Herrengasse gegangen, Festbeleuchtung, Ornamente und kopfüber hängende Christbäume über ihr. Das Foto würde ihr niemand wegnehmen können, es zeigte alle Grubenhelme deutlich, von allen Seiten gleichzeitig.

– I love your eye, sagte Natalie.

Maria begann, an ihr zu saugen. Du meine Güte. Als hätte man sich auf ein Vakuum gesetzt. Es fühlte sich gut an, aber. Aber.

– Aaah. Scheiße! Warte! Warte, nein! Ah, Scheißescheißescheiße! Shit! Aaah!

Natalies Orgasmus war zu laut, zu heftig. Sie musste sich an irgendwas festkrallen. Sie bekam Marias Haar zu fassen. Diese wimmerte auf. Babygeschrei. Maria löste sich von ihr. Zimmerkälte flutete in sie hinein. Gott, ich muss weg. Au. Zu weit rein. Ich muss gehen. Ich hab Dienst morgen, heute. Natalie legte eine Hand auf ihre triefend nasse Öffnung. Wie viel Finger waren da drin gewesen? Sie war unerhört offen. Au. Offen, so ein Wort. Sie kicherte verwirrt. Das mochte sie sonst nicht, dieses tiefe Eindringen, Finger in ihr, mein Gott, was für ein Unfug. What time is it, beneath my wings. Natalie stand auf. Sie war etwas wackelig, aber sie hielt sich, mit etwas Konzentration, auf den Beinen. Ein warmer Tropfen lief ihren Schenkel hinab. Vor ihr im Zimmer war ein religiöses Bild entstanden: Frau mit Kind. Sogar der Name passte: Maria. Sie hielt ihr Baby im Arm und wiegte es hin und her. Und das, wo sie doch wenige Sekunden zuvor. Natalies Hand war nass. Und alles voller Geruch, das ganze Zimmer, die eigene Hand. Maria trug nur einen netzartigen Slip. Ihre Brüste waren groß und voll. Natalie musste lachen, aber gleichzeitig fühlte sie, wie sie ein wenig Angst bekam. Tu mir nichts, dachte sie. Ich bin viel zu weit offen. Sie begann, sich anzuziehen. Alles nass, klamm, kühl. *In einer solchen Situation.* Das Zimmer war schlecht geheizt. Maria protestierte nicht, als Natalie ging. Sie winkte ihr hinterher, lächelte und sagte einen Satz in ihrer Sprache.

Winternacht. Die Straßen ausgestorben und windig. Der Himmel über der Stadt war klar, die Jahresende-Sternzeichen, die etwas ernsteren und leichter erkennbaren, waren sichtbar. Und obwohl man den Weltraum so deutlich erkennen und sich ihm nahe fühlen konnte, wirkte es, als wandere man in einer unterirdischen Halle dahin. Es war diese menschenentwöhnte Stunde der Nacht, wo man auf der Straße stehen bleiben und an einer Häuserfassade hinaufblicken konnte, ohne etwas zu begreifen. Als hätte man als einziger Mensch Weihnachten und die Mondlandung verpasst. Lichter, Jalousien, Fensterkreuze. Die Stunde zwischen Frau und Gitarre.

Als sie zuhause ankam, war sie fast nüchtern. Das Einzige, was ihr noch auffiel, waren die Purpurflecken, die sie überall sah. Die traten sonst nur beim Einschlafen auf. Sie schaute auf die Uhr: 3:50. Sie duschte und legte sich ins Bett, ihren Kopf wühlte sie tief in den Polster, als wäre der Schlaf eine rein materialspezifische Angelegenheit, die davon abhing, die eigenen Schädelnerven in größtmögliche Nähe des Kissens zu bringen, um etwas Ruhe zu finden.

Sie erwachte gegen sieben Uhr. Obwohl der Schnee der vergangenen Tage noch kaum geschmolzen war, ging sie kurz vor die Tür, um sich warm zu laufen. Anfangs fühlte sie sich großartig, aber als ihre Kiefer zu schmerzen und die Schultern ihr schwer zu werden begannen, kehrte sie um. Sie machte sich einen Tee und trank ihn, um alles an Restkälte aus ihrem Körper zu vertreiben, im Stehen. Dann bemerkte sie, dass sie ihren Eisprung hatte, klarer Ausfluss, sehr lästig. Das Wort *Sport* kam ihr in den Sinn. Nur wenn sie ganz tief einatmete, bekam sie Flashbacks an den Zimmergeruch in Marias Wohnung. Auf CNN ging es um eine nach mehreren Stunden gewaltlos beendete Geiselnahme in einem Einkaufszentrum in Michigan, eine erleichterte Mutter sprach mit einem Reporter und bedankte sich bei allen, die für sie *in aller Welt* gebetet hätten. Natalie spürte, wie sie emotional wurde. *We have to use a lot of condoms.* Die Heizung in der Wohnung war voll aufgedreht. Sie schaltete durch die Kanäle und fand eine Live-Übertragung einer Indoor-Sportveranstaltung. Chat tauchte in den letzten Wochen nur sporadisch auf, die meiste Zeit schlief er nun offenbar bei den Nachbarn aus dem Sechser-Haus. Sie waren, soweit man das von den wenigen Anhaltspunkten, die ihr zur Verfügung standen, schließen konnte, freundlich und lieb zu dem Kater. Trotzdem, treuloses Vieh. Hier war eine kleine, gemütliche, warme Wohnung, in der er machen durfte, was er wollte.

Gegen acht Uhr begann es zu schneien. Einige Minuten des trüben Vormittags verbrachte sie damit, eine Bananenschale im Klo hinunterzuspülen. Sie tauchte immer wieder kurz unter, und es sah so aus, als wäre sie endgültig weg, aber dann schob sie sich – wie ein Oktopus, der über den Rand eines Felsens lugt, um zu sehen, ob sein Fressfeind noch da ist – einige Zentimeter aus der unteren Öffnung der WC-Schüssel hervor und trudelte langsam an die Wasseroberfläche zurück. Natalie zog wiederholt die Spülung, aber die Bananenschale drehte sich nur vielarmig im Strudel, tauchte kurz ab und kam wieder hoch. Enttäuscht ging sie ins Schlafzimmer und wechselte ihre Kleider. Während sie in ihre Hose schlüpfte, glättete sie mit dem Fuß eine Teppichfalte, die immer über Nacht entstand, als nehme der Teppich in diesen Stunden all seine Kraft zusammen. Natalie verlor fast das Gleichgewicht, taumelte gegen den Kleiderschrank, wurde, als sie sich mit beiden Händen am Boden abstützte, kurz vom Tod gestreift und schaffte es am Ende, sich an einer Kante den elektrischen Nerv im Ellbogen anzuschlagen. Als sie, schon fertig zum Weggehen angezogen (die dicke Wintermütze umhüllte und schalldämpfte ihren Kopf), wie jeden Tag auf den Balkon trat, um ein letztes Mal nach Chat zu sehen, entdeckte sie im Garten eine Gestalt. Sie kauerte an der Hausmauer, genau an der Stelle, wo im Sommer die Liegestühle standen.

Metall

– Hey! Mario!

Er hob den Kopf und schaute sie an. Er lächelte, aber es war klar, dass ihm eigentlich nicht danach zumute war. Er sah entsetzlich aus. Natalie schnürte es die Kehle zu, als er aufstand und sich ihr präsentierte. Seine Kleider waren in einer solchen Unordnung, dass man davon seekrank wurde. Und sein Gesicht …

– Du meine Güte, komm rein, komm!

Sie nahm ihn bei der Schulter. Er zuckte etwas zur Seite, aber ließ sich von ihr führen.

– Was ist passiert? Hast du hier gewartet? Wie lang?

– Mmh.

Irgendetwas schien mit seinem Mund nicht zu stimmen. Er gab verlegene Geräusche von sich, wie jemand, der beim Zähneputzen den Mund voller Schaum hat. Und er suchte tatsächlich nach einem geeigneten Ort zum Ausspucken. Er drehte sich von Natalie weg, damit sie es nicht sah. Aber sie sah es. Schwarzes Blut.

– Mein Gott, was ist denn passiert?

– Brutal, murmelte Mario.

Zwei Schneidezähne waren abgesplittert. Und sein Mund war voller Zeug. Er spuckte noch mal aus.

– Komm, gehen wir rein, sagte Natalie.

– Ich hab an Eiszapfen gelutscht, sagte er mit einem entschuldigenden Lächeln. Gegen den Schmerz.

– Ich werd mir das gleich anschauen.

Sie führte ihn die Treppe hoch. *Du musst aber dann zur Arbeit*, meldete sich eine Stimme in ihrem Kopf. Die Wohnungstür ging auf, und Wärme kam ihr entgegen. Mario blieb an der Schwelle stehen.

– Komm, sagte Natalie und zog ihn weiter.

Es war das erste Mal, dass er hier war. Sie hatte es ihm einige Male angeboten, aber er wollte nie. Auch jetzt schien er sich in einem fremden Element zu bewegen. Wohnungen waren nicht seine Freunde. Er hielt seinen linken Arm merkwürdig abgewinkelt nach hinten, als wollte er ihn vor ihr verstecken.

– Gut, dass du gleich zu mir gekommen bist. Setz dich hierher.

Sie merkte, dass sie ihn nur mit einem sanften, aber bestimmten Befehlston davon abbringen konnte, die Flucht zu ergreifen.

Sie lief ins Schlafzimmer und holte Verbandszeug und Desinfektionsmittel.

Mario saß auf dem Küchenstuhl und wartete. Neben ihm der Wäscheständer, auf dem ein paar Socken hingen.

– So, jetzt kurz stillhalten, sagte sie, als sie zurückkam. Nur kurz. Mach: aaah.

Er gehorchte, hielt still und sperrte den Mund auf. Natalie musste sich zusammennehmen, um nicht aufzuschreien. Da war ein metallenes Stück in seinem Mund, es steckte im Zahnfleisch fest.

– Hier, sagte sie.

Sie hielt ihm einen Teller hin, den sollte er festhalten. Es war nicht ideal, aber seine Hände mussten etwas zu tun haben, dann würde er ruhiger bleiben. Er hielt den Teller brav mit der rechten Hand.

– Was ist mit deinem linken Arm, fragte Natalie, während sie sich Gummihandschuhe anzog. Tut er auch weh?

Mario nickte.

Sie desinfizierte ein großes Stück Küchenpapier, etwas Besseres war nicht in Reichweite, dann rieb sie ihre Handschuhfinger mit der klaren, penetrant riechenden Flüssigkeit ein.

– So … jetzt kurz nicht bewegen … lass den Kopf, wie er ist …

Sie hatte das kleine Metallstück zu fassen bekommen. Wie lange war er damit herumgelaufen? Ein Zahn hinten links oben war ganz herausgebrochen, andere nur abgesplittert. Sie zog vorsichtig an dem Metallstück, es steckte fest. Mario wimmerte. Gott, ich bin so was von absolut aus der Übung, dachte Natalie. Nicht die geringste Ahnung mehr von Erster Hilfe. Nutzloses Vieh, konzentrier dich!

– Er hat mir dieses Ding in den Mund gestopft, sagte Mario. Und dann hat er mich im Nacken gepackt und ist auf meinen Hinterkopf getreten, damit ich zubeiße. Ich hab gespürt, wie es reingeht.

– Wer?

– Keine Ahnung, sagte Mario. Keiner von meinen.

Er zeigte Natalie seine linke Hand. Sie war voll tiefer Schnitte, wie von Glasscherben. Die Wunden waren nicht entzündet, sahen aber aus, als müssten sie genäht werden. Blutgetränkte Lederjacke.

Natalie ging etwas in die Knie, um mit ihm auf Augenhöhe zu bleiben. Sie legte eine Hand sanft auf seine rechte Schulter und sagte:

– Okay, weißt du was, Mario? Ich pack dich jetzt ein und fahr mit dir –

Er wollte aufstehen.

– Nein, sagte er. Krankenhaus kann ich nicht. Sorry. Krankenhaus kann ich nicht.

– Okay, okay, setz dich wieder hin. Dann kein Krankenhaus, versprochen. Ich muss aber auf jeden Fall zuerst dieses Ding aus deinem Mund bekommen. Und leg die Hand bitte hier auf das Küchenpapier, ja?

Mario tat es.

– Das wird jetzt ziemlich wehtun. Fertig?

Er nickte. Schmerz, das war nichts Neues. Das konnte er.

– Sssss, machte Mario, als sie das Octenisept auf seine Schnittwunden sprühte.

– Lass die Hand kurz einfach so. Und schau zu mir. Aaah.

Mario sperrte den Mund auf. Natalie fuhr mit zwei Fingern hinein und bekam das kleine Ding zu fassen.

– Das wird auch wehtun, sagte sie. Andere Baustelle, aber gleiches Problem. Fertig?

– Ng-hm, machte Mario zustimmend und schloss die Augen.

Ein Ruck. Das Ding war draußen. Frisches, helles Blut quoll über die bereits leicht verkrusteten Stellen, dann schnappte sein zerstörter Mund zu, sodass Natalie nichts mehr erkennen konnte. Mario atmete etwas schneller, und seine Hände hatten sich zu Fäusten verkrampft, sonst sah man ihm den Schmerz nicht an. Seine rechte Faust schlug ein paar Mal auf sein Knie.

Natalie konnte nicht anders, als ihm einmal kurz über den Kopf streicheln, weil er so tapfer war. Er zuckte nicht zusammen. Er spuckte auf den Teller.

Sie hielt das seltsame Metallding in die Höhe. Es war ein kleines Bauteil irgendeines elektronischen Geräts. Wahrscheinlich eines ... eines Messgeräts? Jedenfalls hing daran eine Art Nadel für eine Skala. Mario griff in die Taschen seiner Lederjacke, die jedes Mal, wenn er sich in ihr bewegte, ein angenehmes Ganzkörperräuspern erzeugte, und holte einige Bruchstücke hervor. Diese legte er auf den Tisch.

– Er hat mich gezwungen, es in den Mund zu nehmen, sagte er.

Das Reden fiel ihm jetzt noch schwerer. Er spuckte in das Küchenpapier.

– Warum hat er das gemacht?, fragte Natalie.

Sie beugte sich über die Bruchstücke.

– Weiß nicht, sagte Mario. Ich kenn den nicht. War keiner von meinen.

Eine Frequenzliste, klein wie eine Briefmarke. AM / FM. Ein paar Rädchen. Etwas Schaltkreisartiges, nicht auf diese stadtplanartige Weise kompliziert wie Chips, sondern simpel, vordigital.

Transistor.

Das hier war einmal ein Radio gewesen.

– Hat er was zu dir gesagt?, fragte Natalie.

– Nur, dass ich's zwischen die Zähne nehmen soll, sonst.

Er stöhnte und verstummte. Sie musste unbedingt noch einmal in seinen Mund sehen. Wenn er sprach, kam immer neues Blut. Er spuckte.

– Wir sollten vielleicht ein bisschen was auf die Wunde tun, Mario. Was meinst du? Ich hab hier Betaisodona, das brennt nicht so.

Sie zeigte ihm die Tube.

Er stand auf.

– Geht schon, sagte er. Ich werd dann.

– Nein, noch nicht, bitte! Warte noch. Ruh dich ein bisschen aus. Die Wohnungstür bleibt auch offen.

Mario, mit seinem zerstörten Mund und der geschundenen linken Pfote, stand da.

– Es geht, sagte er.

Dann lächelte er, allerdings mit geschlossenen Lippen.

– Nein, nein, sagte Natalie. Wir sollten wirklich lieber. Ich weiß, Krankenhaus geht nicht, aber, warte, ich hol etwas, das gebe ich dir mit, dann kannst du's auftragen, falls du Schmerzen bekommst.

Sie machte Bleib-bleib-Gesten in seine Richtung, während sie sprach und aus dem Zimmer ging, um einige Heilsalben und Desinfektionsmittel für ihn zu holen. Es musste schnell gehen. Die große Flasche Octenisept würde er nicht annehmen. Aber sie hatte eine kleinere.

Transistorradio, dachte sie, und sie fühlte, wie ihr übel wurde. Aber das war jetzt nicht wichtig, sie musste Mario helfen.

– Ich werd dann!, rief er. Danke.

– Nein, warte noch einen Augenblick, rief sie zurück (sie hatte die Fläschchen noch nicht gefunden, dabei hatte sie sie doch vorhin in der Hand gehalten, sie musste ihn irgendwie beschäftigen, damit er blieb!). Schau kurz aus dem Fenster, links von dir. Wie ist das Wetter jetzt? Schneit es?

Bravo, sagte die Kontrollstimme. *Wie ist das Wetter jetzt?* Er ist doch nicht fünf Jahre alt. Gott sei Dank, da waren die Sachen, sie packte alles zusammen, lief zurück und sah, dass sich der Vorhang vor dem Fenster bewegte. Mario stand dahinter. Sie konnte einen Teil seiner schwarzen Lederjacke sehen. Er hockte hinter dem Fauteuil, neben dem Bücherregal, direkt beim Fenster. Beruhigt lehnte sich Natalie an den Türrahmen.

– Ah, Gott sei Dank, sagte sie. Du bist noch da. Ich hab hier was für dich.

Sie blieb, wo sie war, und ließ ihn aus dem Fenster schauen. Scheues Tier. Er verhielt sich ganz still. Es war merkwürdig, sie fühlte sich so unendlich wohl, wenn er im Zimmer war. Auch wenn sie wusste, dass er Schmerzen hatte, dass ihn jemand attackiert hatte. Er hatte ja keine Ahnung, wie sehr sie. Und überhaupt.

– Ich finde es richtig toll von dir, sagte sie, dass du gleich zu mir gekommen bist. Das war absolut das Richtige. Die anderen hätten dich nur ins Krankenhaus geschleppt. Aber wir haben das zusammen geschafft. Jetzt nimmst du noch die Salben mit und das Fläschchen hier und … und am besten machen wir für morgen einen Treffpunkt aus, ja? Nicht mehr im Sou, vielleicht irgendwo anders. Tut's noch weh?

Keine Antwort.

Sie wollte nicht unhöflich sein und auf diese bemutternde Art zu ihm hinüberrennen und den Vorhang wegreißen oder so. Und zu ihm hinter den Vorhang *schlüpfen*, na ja, das ging auch nicht. Sie musste ihn lassen. Scheues Tier. Aber gut, das konnte sie. Funktionierte eben nach seinen eigenen Regeln. Wie alle Menschen.

– Mario?, fragte sie.

Keine Antwort.

Der Vorhang hatte sich etwas nach vorne gewellt und verdeckte seine Lederjacke. Er musste direkt am Fenster stehen. Direkt an der Scheibe kleben. Was, wenn er nicht antwortete, weil dort unten jemand stand? Der Angreifer vielleicht? Natalie duckte sich und machte einen Schritt auf das andere Fenster zu. Nein, da unten war niemand.

– Was ist da unten?, flüsterte sie. Wen siehst du?

Sie schlich immer noch geduckt zum Fauteuil und zog den Vorhang sanft beiseite. Aber da war gar kein Mario, nur der Drachen aus dem Keller des Wohnheims. Der schwarze Müllsack, in dem er steckte, glänzte schwarz wie eine Lederjacke. Natalie fauchte und trat gegen das nutzlose Gebilde. Dann warf sie es quer durchs Zimmer. Der Müllsack, der den kaputten Papierdrachen enthielt, war das Einzige, was sie von Mario zu fassen bekam. Und er war nicht mal ein Teil von ihm.

Katastrophe

Auf dem Weg zur Arbeit wehte ein unangenehm warmer Wind. Natalie war fast zwei Stunden zu spät dran. Sie rief im Wohnheim an, aber niemand hob ab, seltsam.

Sie dachte daran, im Souterrain eine Nachricht für Mario zu hinterlassen. Es hatte schon einmal funktioniert. Aber dieser Hinweis von Frank. *Sag ihm, er soll nicht kommen.*

Das Erste, was sie sah, als sie im Heim ankam, war Matthias. Er saß am Tisch mit seinem Obst. Es sah aus, als fällte er gerade einen schwerwiegenden Urteilsspruch über eine Melone. Matthias aß den ganzen Tag. Aber er war wie Pac-Man: Egal, wie viel er verschluckte, er wurde nicht dicker. Natalie begrüßte ihn, und er blickte zu ihr hoch. Sie brauchte einen Augenblick, um zu begreifen, was an dem Bild fehlte.

Matthias lachte nicht.

Natalie schaute sich nach den Betreuerinnen um. In der Küche war niemand, auch nicht im Sozialraum. Das Nachtdienstkämmerchen war leer. Sie stand da, in wachsender Beklemmung, und überlegte sich, ob sie rufen sollte. Auf ihren Ärmeln befanden sich Blutflecken.

Ich bin zu spät, dachte sie. Aber sie wusste nicht, wofür. Etwas war geschehen. Ein Todesfall? Aber dann gäbe es mehr Aufregung, mehr Bewegung.

Sie bog um die Ecke in den Korridor und erschrak vor dem unheimlichen Anblick zweier gescheitelter, übertrieben feiertäglich gekleideter Jungen. Sie kamen ihr bekannt vor. Scheu hoben die beiden die Hand zum Gruß.

Erst als sie diese Geste sah, begriff sie.

Aber es war doch gar kein Besuchstag. Mikes Söhne, hier im Gang? Warum waren sie hier?

– Hallo, sagte Natalie.

– Hallo, sagte der rechte, größere der beiden.

Horrorfilmszene.

– Ich bin Natalie, begann sie.

Irgendwo hinten ging eine Tür auf, und Stimmen wurden laut, drei weibliche Stimmen, die aufgeregt aufeinander einredeten. Natalie drehte sich zu ihnen um.

Astrid, B und Frau Ulrichsdorfer – sie waren aus Mikes Zimmer gekommen! Die Tür ging gerade zu.

Astrid war die Erste, die auf Natalie zukam. Frau Ulrichsdorfer schaute nur irritiert in ihre Richtung und wandte sich ab.

– Wo warst du?, fragte Astrid.

– Unfall, sagte Natalie.

– Bist du verletzt?

– Nein, ich bin nicht verletzt. Ich war nicht wirklich verwickelt. Ich habe nur geholfen.

– Sie war in seinem Zimmer, sagte Astrid.

– Oh nein …

– Er ist umgekippt, die Familie hat es gesehen. Und sie sind einfach reingegangen. Es war niemand bei ihm im Zimmer. Jetzt ist alles zerstört für ihn.

Natalie verstand, was gemeint war: Für Mike bedeutete das, dass er sich vor seiner Frau und seinen Kindern lächerlich gemacht hatte. In seiner strengen Privatlogik, einem vollkommen unbarmherzigen Universum, in dem man für jeden kleinsten Fehltritt die schlimmsten Strafen zugeteilt bekam, hatte er einen schweren Rückschlag erlitten.

– Kann ich zu ihm?

– Du musst zu ihm, sagte Astrid.

– Und sie?

Natalie deutete ängstlich in die Richtung seiner Frau.

– Es hätte jemand bei ihm sein müssen, sagte Astrid.

Frau Ulrichsdorfer wurde von B ein paar Schritte in Richtung Küche geführt. Die Söhne erschienen, wie an einer unsichtbaren, um die Ecke reichenden Schnur gezogen, und folgten ihr.

Das Licht in Mikes Zimmer war gedimmt. Er saß auf dem Bett. Sein Gesicht wirkte wie das eines Boxers in der Ringecke,

Mundstück ausgespuckt, Augen hilflos auf seinen Trainer gerichtet, der auf ihn einredet.
– Ach, Mike, es tut mir so leid, sagte Natalie und setzte sich zu ihm. So leid, dass ich nicht da war. Dass ich Ihnen nicht assistiert habe.

Er schaute sie an, sein Blick starr vor Erschöpfung. Sie bemerkte, dass er sich seine Besuchstagskrawatte in einem absurd komplizierten Knoten umgebunden hatte. Wie wenn Männer versuchen, Weihnachtspakete zu schnüren. Sie war nicht dagewesen, und er hatte offenbar niemanden sonst darum gebeten, ihm zu helfen. Er hielt sich an die Regeln. Seine Haare waren verklebt von Shampoo, das nicht ordentlich ausgewaschen war. Die Zeichen waren deutlich: Er war in Panik geraten und hatte improvisiert.
– Sie war hier drinnen, sagte er.
– Ja, ja, machte Natalie sanft und streichelte ihm über die Schulter. Es wird alles gut, jetzt bin ich ja da. Nächstes Mal geht alles wieder glatt. Sie haben es wirklich gut gemacht, alles richtig, nur ich trag die Schuld.
– Sie wird es nicht verstehen.

Er schloss die Augen.
– Sie wird es nicht verstehen, wiederholte er.

Natalie ließ ihn in Ruhe und ging hinaus in den Korridor. An dessen Ende stand die Ursache allen Übels und sah tief erschüttert aus.
– Frau Ulrichsdorfer, sagte Natalie und ging auf sie zu.

Die Frau streckte ihr eine Hand entgegen. Der Händedruck fiel sehr schwach aus. Sie hatte rötliche Flecken im Gesicht.
– Sie sind?, fragte sie.
– Seine Bezugs–
– Natürlich, sagte Frau Ulrichsdorfer und schüttelte den Kopf.

Astrid wollte etwas sagen, aber die Frau schnitt ihr das Wort ab:
– Eine jüngere hätten Sie nicht auftreiben können, hm?
– Frau Ulrichsdorfer, sagte Astrid. Warum gehen wir nicht –

– Oh, ich gehe!, sagte die Frau. Ich gehe auf alle Fälle. Ich bleibe auf keinen Fall in diesem.

B legte ihr eine Hand auf die Schulter. Sie hatte heute gar nicht Dienst, dachte Natalie. Vermutlich ist sie eingesprungen, weil ich nicht aufgetaucht bin. Aber es war doch kein offizieller Besuchstag, weshalb war die dumme Frau mit ihren überflüssigen Söhnen überhaupt hier?

Man beruhigte Mikes Frau und brachte sie ins Erdgeschoss, damit wenigstens ein Stockwerk zwischen ihr und der Unbegreiflichkeit lag. In dem kleinen Besprechungszimmer direkt neben der Tür von Herrn Welloscheks Wohneinheit nahmen alle Platz. Nur die Söhne stellten sich draußen auf, mit identischen Gesichtern. Natalie begannen die Handkanten zu jucken, wenn sie die beiden zu lange anschaute.

Man versicherte Frau Ulrichsdorfer, es gehe Mike sonst sehr gut, nur die Besuche seien eben etwas schwierig, vor allem so außerplanmäßige, kurzfristig vereinbarte wie heute, aber er freue sich natürlich immer wahnsinnig darauf, nur die Intensität, die halte er oft nicht aus, man müsse das verstehen.

– Verstehen, schnappte die Frau. Verstehen!

Sie schüttelte sich, als hätte man sie mit Wasser bespritzt.

– Frau Ulrichsdorfer –

– Sein Zimmer!, unterbrach die Frau. Sein. Zimmer. Ich meine, Sie wissen, was ich meine, oder? Ich denke, ich muss es nicht auch noch aussprechen.

Natalie wechselte einen Blick mit ihren Kolleginnen. Astrid nahm die Gelegenheit wahr, ihre Beruhigungsstimme einzusetzen, einen besonderen Tonfall, der ausschließlich für irritierte Verwandte und Besucher reserviert war. Natalie liebte und verehrte diesen Tonfall, man wurde durch ihn in eine angenehm weiträumige, alpine Stimmung versetzt, als befände man sich auf einem einsamen Hochplateau und empfange Nachrichten direkt aus dem gletscherfarbenen Himmel darüber. Sie hatte schon einige Male heimlich mitgeschnitten, wenn Astrid so sprach. Und auch jetzt konnte sie der Versuchung nicht widerstehen, mit einem schnellen, unbemerkten Griff in ihre Tasche die Audioaufnahme des iPhones zu aktivieren. Jede Sekunde von diesem wundervollen Timbre und dieser genau ausbalancierten Sprechgeschwindigkeit war kostbar.

– Ja, sagte Astrid. Natürlich kennen wir sein Zimmer. Wir arbeiten mit ihm daran, dass er sich ein wenig von solchen … Mustern löst, wie sie in dem Zimmer zu sehen sind. Aber er fühlt sich in dieser Umgebung sicher und geborgen.

– Muster?, wiederholte die Frau angewidert. Das nennen Sie *Muster*? Haben Sie nicht gesehen, was das ist?

– Doch, natürlich. Aber, Frau Ulrichsdorfer, in unserem Beruf ist es so, dass man lernt, dass jeder Mensch ein eigenes Koordinatensystem besitzt, in dem er funktioniert. Viele, so wie Sie oder ich zum Beispiel, haben keine großen Probleme, sich durch den Alltag zu bewegen, aber manche Menschen –

– Ich, ich …

Die Frau hielt sich eine Hand vor den Mund und machte mit der anderen Hand eine Wedelbewegung, die andeuten sollte, dass Astrid jetzt bitte nicht weitersprechen solle, das Ganze war einfach zu viel.

– Es ist meine Schuld, meldete sich Natalie. Ich hätte da sein müssen. Es ist leider etwas dazwischengekommen, ein Unfall, aber normalerweise …

Die Frau schaute sie nicht an.

– … wäre ich hinter ihm gestanden, sagte Natalie leise.

– Das ist doch keine Existenz, brachte die Frau hervor. Ich meine, bin ich die Einzige hier, die das erkennt? Das ist doch nichts, wofür man noch –

Sie machte eine Geste, als gieße sie etwas aus ihrer hohlen Handfläche auf die Tischplatte. In diesem Augenblick stellte B einen Becher Tee vor sie hin. Die Frau bedankte sich leise, dann kramte sie ein Taschentuch aus ihrer Handtasche und schnäuzte sich.

– Wir verstehen Ihre Sorge, sagte Astrid. Und wir möchten uns bei Ihnen für die unangenehme Szene entschuldigen.

Die Frau schnaubte:

– Sie sind doch nur froh, dass ich keine Anzeige mache. Wenn das irgendjemand zu Gesicht bekommt, das da drinnen! Muster …

– Es ist kein Geheimnis, sagte Astrid.

– Ja, leider, zischte die Frau.

Natalie stellte sich vor, wie es wohl wäre, ihr den dampfend heißen Tee in den Ausschnitt zu schütten.

– Es tut uns wirklich leid, sagte sie.

– Jaja. Sicher. Allen tut immer alles leid.

Die Frau stand auf.

– Danke für den Tee, aber ich glaube, ich werde jetzt gehen.

– Natürlich.

Auch die Betreuerinnen standen auf.

– Ihr Mann macht wirklich enorme Fortschritte, sagte Astrid eindringlich, als sie ihr bei der Verabschiedung die Hand gab. Sie sollten sich von dem isolierten Vorfall nicht verunsichern lassen. Er macht Fortschritte.

– Ja, im Zeichnen vielleicht, schnappte die Frau.

Natalie trat etwas beiseite, um ihr nicht die Hand geben zu müssen.

B begleitete sie bis zur Eingangstür. Die beiden Söhne stapften gleichgültig hinterher. Die automatischen Türen traten beiseite, um die rasch dahinschreitende Frau und ihre große Erschütterung durchzulassen. Dann erfasste sie das gleißende Sonnenlicht des verwirrend föhnwarmen Novembertags, und ihr Gang wurde etwas langsamer, entspannter, und die beiden Jungen schlossen zu ihr auf. Natalie konnte gerade noch erkennen, dass die Frau im Gehen einen Arm um den jüngeren ihrer Söhne legte.

– Warum war sie hier?, platzte Natalie heraus.

Astrid reagierte nicht. Sie ging aus dem Besprechungszimmer und stieg die Treppen zum ersten Stock hoch.

B kam zurück.

– Komm, sagte sie, ich muss mit dir reden.

– Okay.

Schuldbewusst lief Natalie ihr hinterher. Sie schämte sich

so sehr, dass sie in ihre Tasche fasste und den Aufnahmemodus des iPhones beendete.

– Also, Preisfrage: Wo warst du? Du *musst* da sein, wenn solche Besuche anstehen, du hast ihn doch gesehen, er ist vollkommen destabilisiert. Astrid hat mich angerufen, da bin ich schnell gekommen. Um die Frau aus seinem Zimmer zu bekommen. Sie wollte nicht gehen, sie verlangte eine Erklärung von ihm. Eine *Erklärung*! Für die Bilder.

– Ich weiß, ich weiß, sagte Natalie. Es tut mir leid. Wirklich.

– Ja, und, was jetzt?, sagte B.

– Ich werde mich mehr bemühen, versprochen.

– Da war kein Unfall, oder? Du hast einfach verschlafen.

Natalie nickte. Es war besser so.

– Aber das kommt nicht mehr vor, sagte sie.

– Nein, sagte B. Das tut es sicher nicht.

Sie schüttelte den Kopf.

– Er war vollkommen verängstigt. Er hat ganz komisch geredet, nicht mal mehr richtige Wörter waren das. Titldida, irgendwas.

– Armer Mike, sagte Natalie. Ich geh wieder zu ihm.

– Tu das.

Der Nachmittag kam, und Natalie traute sich nicht, zu gehen. Sie blieb zwei Stunden länger, aus Symmetriebewusstsein und schlechtem Gewissen. Niemand sagte etwas dazu. Ursula kam, wurde von Astrid in Kenntnis gesetzt über das, was vorgefallen war, und sagte ebenfalls nichts. Nur einmal warf sie einen enttäuschten Blick auf Natalie, und diese musste sich zusammennehmen, um nicht zu schreien. Was hätte Ursula wohl getan, wenn sie sich vor ihr mit einem Nagel die Arme aufgeritzt hätte?

Die Blutspuren auf ihrem Ärmel hielt sie verdeckt.

Als sie zuhause ankam, nahm sie eine Tablette und schlief für zwei Stunden auf der Couch, im Schutz des Fernsehers. Sie träumte von einer Stadt in den aztekischen Bergen. An grünen Steilhängen wuchsen drahtige Bäumchen aus Wollfilz und Elend. Spitzgoldene Hüte spielten eine gewisse Rolle bei der Königswahl. Vitamin D zog als riesiges Zeppelingeschwader über den Himmel. Natalie sonnte sich in dem hellen Zwirn der Tage und beschloss, für immer hier zu bleiben.

Als sie erwachte, nahm sie den Körpergeruch von Maria wahr.

Spätabends saß Natalie im Bus. Sie hatte im Souterrain angerufen, natürlich hatte niemand Mario gesehen, Lothar wiederholte die Auskunft inzwischen nur mehr seufzend. In ihrem Trostbedürfnis hatte Natalie Lust auf das Haus von Dorms Schwester bekommen, es würde sie vielleicht beruhigen, die Schuldgefühle lindern. Seltsamerweise ging es ihr immer gut vor dem fremden Haus. Natalies Stimmung hatte sich durch das Beruhigungsmittel nicht verbessert, sie war nur müde geworden, jede Bewegung war anstrengend. Das immerhin fühlte sich wie eine verdiente Strafe an. Sie hasste sich für ihre Inkompetenz und wünschte sich, ein Grand-Mal-Anfall würde sie packen und einfach für eine Stunde oder so aus dem kollektiven Gedächtnis der Menschheit löschen. Aber die Selbstvorwürfe machten alles nur viel klarer und deutlicher. Einige Sitzreihen weiter saß ein Mann mit seinem Sohn. Natalie hörte ihr Gespräch mit. Es war sonst niemand im Bus.

– Du-u?, fragte das Kind seinen Papa. Es gibt den Pa-pa-gei und das Klo-pa-pier!

– Mhm, ja, Philipp.

– Den Pa-pa-gei und das Klo-pa-pier.

– Ja, Philipp.

Wieder ein ganz knappes Nicken des Vaters. Sehr gut, dachte Natalie, er bleibt ruhig. Er lässt sich nicht in das Wahngebäude reinziehen.

– Pa-PA-gei und Klo-PA-pier, weißt du, die zwei.

Das Kind lachte auf, hell und ängstlich, es erwartete, dass der Vater, der mit freundlichem Gesicht vor ihm saß, davon angesteckt wurde. Aber nichts geschah.

Die Ähnlichkeit der beiden war verblüffend. Sie hatten beide den exakt gleichen Wuschelkopf, widerspenstige Locken, die Natalie an sich immerzu fantasievoll aufführende Moderatoren von Fernsehshows für Kinder erinnerten.

Das Kind wiederholte sein dummes Wortspiel noch einmal und lachte matthiasmäßig, diesmal klang es verzweifelt. Es sagte:

– Gell, Papa?

Ein letzter Versuch, ein Ellbogenstoß, mehr nicht, der Vater blieb ruhig, wie eine Tempelglocke, die von einem Schmetterling gestreift wurde. Natalie presste eine Hand gegen das Gesicht und kicherte, erleichtert. Draußen war es stockfinster.

Dann plötzlich sagte das Kind:

– Ich hab gestern zwei Straßenbahnen gesehn, d'sinn um die Wette gefahrn. Nebnander.

Oh, bitte, dachte Natalie.

Der Vater hörte zu und nickte.

– Und welche war schneller?, fragte er.

Das Kind versuchte sich zu erinnern, indem es sich die Hände in einer abgewinkelten und irgendwie total behindert wirkenden Art und Weise, verdammt noch mal, an die Wange presste. Behindert, dachte Natalie. Da, jetzt hab ich's gesagt. Behindert.

– Wo war denn das?, fragte der Vater, ohne die Antwort abzuwarten.

Natalie schöpfte etwas Hoffnung.

– Da hinten irgendwo, sagte das Kind und deutete aus dem Straßenbahnfenster.

– Da hinten?

– Ja.

– Oder sind die in die Stadt hineingefahren?

Das Kind schaute jetzt etwas betreten in eine Ecke. Ein kleiner, letzter Rest von Lebendigkeit bewahrte es davor, vollends wie ein Molch auszusehen.

– Ja, genau, sagte der gute Papa. Das machen sie manchmal. Solche parallelen Fahrten. Kennst du das Wort? Parallel?

Kindershow-Moderator. Das Kind schüttelte den Kopf, im-

mer noch etwas unsicher, ob das alles eine Bestrafung für die Lüge sein sollte, vielleicht begannen Strafpredigten in dem Wuschelkopf-Haushalt immer mit solchen Prologen, dachte Natalie. *Parabel, kennst du das Wort?*
– Heißt einfach *nebeneinander*. Also genau das, was du gesehen hast. Welche hat denn jetzt eigentlich gewonnen? Das hast du mir noch gar nicht gesagt.

Natalie schlug mit der Faust auf die Lehne des Vordersitzes. Das Geräusch war überraschend laut gewesen, der Mann drehte sich zu ihr um. Das Kind verstummte. Es hatte sie gesehen.
– Jaja!, sagte Natalie zu dem Mann und deutete mit beiden Händen einen dichten Wuschelkopf an.

Der Mann drehte sich um, registrierte sie und wandte sich ab. Aber er sagte kein Wort mehr, blieb wachsam. Auch das Kind schaute woanders hin.

Das dunkle Haus strahlte keine Wärme ab. Es war nur ein Haus, nichts sonst, Leute wohnten darin, Zahnarztpraxis, Verwandte von Klient im oberen Stock. Welches Fenster war es wohl? Sie hätte es ausrechnen können.

Enttäuscht und frierend kehrte sie um.

Ich könnte mich erhängen. Sie kam an einigen Bäumen vorbei, die nur mit dem Wind zu tun hatten und nichts von ihr wussten.

Zuhause legte sich Natalie wieder vor den Fernseher. Es gab eine Live-Sendung, Gott sei Dank. Sie schluckte die zweite Hälfte Lexotanil.

Du bist nichts wert, sagte sie sich. Nicht mal deine Bezugis kriegst du geregelt. Die anderen haben viel mehr Arbeit. Astrid hat drei bis vier Nachtdienste pro Woche. Du bist total peinlich.

Sie legte sich hin, bedeckte ihre nackten Füße mit einer Strickjacke, und das Wort *Hitzerekorde* ging ihr ohne Grund durch den Kopf. Es war ein elendes Zeitungswort, das jeden Sommer auftauchte und hochgehalten wurde. Dann stellte sie sich vor, wie das Nagetier-Virus sie befiel. Dummer Föhnwind. Mit dem Virus bekam sie vielleicht wieder Attacken, so wie früher, und wurde immer magerer und heiserer, zuletzt fielen ihr die Schneidezähne aus, und sie schleppte sich nächtelang von einem Déjà-vu zum nächsten. *Rosenkugel*, dachte sie. *Kein Krankenhaus.*

In der Live-Sendung ging es um die Vorbereitungen zu einem Kickbox-Kampf. Die beiden Fighter wurden ausführlich interviewt, zwischendurch gab es kurze Porträts. Das Lexotanil fing an zu wirken, Natalie wurde endlich ruhig und gleichgültig. Ich mach's wieder gut, dachte sie, und der Titelverteidiger am Bildschirm hielt seine bandagierte Faust in die Kamera und stammte aus Ghana und sprach fließend Niederländisch. Ich hasse Schaukämpfe. Natalie sah einen Fleck auf dem Boden, und dann blickte sie schnell zurück zum Fernseher, aber sie wusste, dass der Fleck immer noch da war, und das Wort *Jazzfestival* stellte sich ein, und für einige Sekunden dachte sie nur dieses Wort. Sie stellte sich ein Herz vor, das ganz schwarz und verkleistert war. Wie eine ausgebrannte Telefonzelle. Ich hab's vergeigt, dachte sie, und dabei fiel ihr auf, dass sie dieses Wort noch nie aktiv gebraucht hatte, also sagte sie es ein paar Mal laut, und es fühlte sich an, als würde sie damit eine Blase um sich herum errichten, eine Art Zone.

Am nächsten Morgen kam Astrid auf Natalie zu und wiederholte noch einmal eindringlich all das, was B gestern schon gesagt hatte. Du *musst* da sein, wenn solche Besuche stattfinden, du musst dich besser konzentrieren in Zukunft. Aber du wirst dich schon eingewöhnen, es macht dir niemand einen Vorwurf. Natalie fühlte sich danach noch schlimmer, weil alles so positiv und hoffnungsvoll formuliert worden war. Sie sagte zu Astrid, es tue ihr leid, sie fühle sich wie ein dummes kleines Mädchen.

– Na, na, sagte Astrid.
– Wie geht's ihm?, fragte Natalie.
– Deinem Liebling? Ganz ruhig.

– Soll ich zu ihm gehen?
– Ja, sagte Astrid. Vorhin war irgendwas wegen seiner Schuhe. Schau mal, ob du das hinkriegst.
– Ja, danke, ich meine, mach ich. Schuhe.

Dummes Mädchen, halt die Klappe. Natalie verpasste sich in Gedanken einen Tritt. Der Kickbox-Kampf, den sie gestern Abend im Fernsehen mitbekommen hatte, während sie schon in den Schlaf hinüberdämmerte, war ihr später im Traum erschienen. Zwei Leute auf einer quadratischen Plattform, die sich mit irrsinniger Geschwindigkeit durchs Sonnensystem bewegt, weil der Planet um das Zentralgestirn kreist. Aber die beiden Kämpfer hatten sich, das war Natalie im Traum klargeworden, wie alle Menschen an diese irre Geschwindigkeit gewöhnt und traten und schlugen aufeinander ein, auf der erhöhten Plattform, umgeben von affengesichtigen Zuschauern. Der Preis, um den sie kämpften, war eine in glänzendes Plastik eingewickelte Lederjacke.

Natalie klopfte sanft an Mikes Tür.
– Ja, hörte sie von drinnen.

Sie machte die Tür auf und sah ihn. Er wirkte tatsächlich wie immer.
– Hallo, sagte sie. Na, das war ja eine Aufregung gestern. Geht es Ihnen schon besser?
– Turbine, sagte er.

Natalie trat ins Zimmer, machte die Tür zu und fragte:
– Entschuldigung, was?
– Turbine. Es geht alles gut.
– Ah, wunderbar, sagte Natalie. Ich hab gehört, es gibt ein Problem mit Ihren Schuhen?
– Mit meinen Schuhen, sagte Mike. Schauen wir nach.

Er beugte sich über seine Schuhe und berührte sie.
– Nein, sagte er. Alles in Ordnung. Aber da, die Turbine.

Er lächelte traurig und deutete auf den Bildschirm seines PCs. Dort drehte sich ein Gänseblümchen im Kreis, eine Animation im Vollbildmodus.
– Oh, sehr schön, sagte Natalie.

Mike stupste seine Schuhe mit den Zehen an.

– Nichts mit den Schuhen, sagte er. Titele, Tobele, Turbine.

Er wirkte überraschend ausgeruht.

– Sonst kein Problem?

– Nein.

Natalie saß noch ein bisschen bei ihm, aber sie merkte, dass sie ihn störte, also ließ sie ihn allein. Sehr merkwürdig, dachte sie. Sie sah Astrid am Ende des Ganges, sie stand vor der offenen Tür von Herrn Zunegg und hatte einen Kleiderbügel in der Hand, und durch das Gangfenster fiel sehr helles Tageslicht, und Natalie hatte das plötzliche Gefühl, sich nach einem winzig kleinen Gegenstand bücken zu müssen, der zwischen die Ritzen der Bodenbretter gerollt war. Ein auriger Schauer, ein Todeshauch. Aber dann kam Herr Dorm durch den Korridor gefahren. Er sah unzufrieden aus. In seinem Schoß lag ein Paar Schuhe.

– Bezugerin!, rief er. Frau Fliesenreinegger!

– Guten Morgen, sagte Natalie.

– Problem!, sagte Dorm. Herschauen!

Es klang mehr selbstparodistisch als befehlsmäßig. Als Natalie dazu auch noch sein leichtes Lächeln sah, wusste sie, dass er im Grunde in einer guten Stimmung war.

– Welches Problem, Sir?, fragte sie.

– Schuhe!, präsentierte er seine Schuhe. Die Sohlen. Die bleiben ständig kleben. An dem Brett unten.

Er tappte, zur genaueren Erläuterung, mit seinen nackten Sohlen auf die Fußplatte des Rollstuhls.

– Ah, sagte Natalie.

Sie nahm die Schuhe entgegen und drehte sie um. Es waren Gummisohlen. Selbst bei der Berührung mit den bloßen Fingern wirkten sie klebrig.

– Okay, sagte sie.

Dorm schnaubte, allerdings zustimmend.

– Fürchterlich!, sagte er. Ich bleibe ständig hängen.

– Ich kümmere mich sofort darum.

Dorm rollte davon.

Militär, dachte Natalie. Sie hatte das Bedürfnis, Astrid zur Rede zu stellen. Weshalb hatte sie auf die Frage *Wie geht es ihm?* so geantwortet, als ginge es um Herrn Dorm? *Deinem Liebling.* Um anzudeuten, dass Natalie ihn bevorzugte? Um ihr zu verstehen zu geben, dass sie wisse, wie gleichgültig Mike ihr in Wirklichkeit war? Dass sie insgesamt eine schlechte, eine peinliche Betreuerin war? Da stand ihre Chefin und hielt immer noch den Kleiderbügel in der Hand. Nein, jetzt waren es zwei. Zellteilung.

Ihre Blicke trafen sich.

Schuhe hier, Kleiderbügel da.

Natalie drehte sich um und ging ins Nachtdienstkämmerchen. Ihr fiel auf, dass sie nicht die geringste Ahnung hatte, was sie gegen die klebrigen Schuhsohlen unternehmen sollte. Das Problem war unlösbar. Wenn das der Beginn dieses Tages war, wie sah dann wohl das Ende aus? Der winzige Himmelsausschnitt, der in der Luke sichtbar war, war frei von Meteoren.

– Arschloch, sagte Natalie leise.

Sie setzte sich an den Computer und stellte die Schuhe vor sich hin. Sie berührte die Sohle. Das Gefühl war äußerst unangenehm, wie trockenes Baumharz. In einer Stunde kam Marcel, vielleicht hatte er eine Idee.

Deinem Liebling, so hatte es Astrid gesagt.

Natalie trat gegen etwas, das unter dem Computertischchen lag. Wahrscheinlich die Verteilersteckdose. Aber es hatte sich leichter angefühlt, kartonartiger. Ich sitze hier mit fremden Schuhen in einem winzigen Zimmer.

Sie nahm ihr iPhone und tippte eine SMS an Markus: *schatz, warum rufst du nicht zurück???* Wenn er sie dann zurückrief, würde sie erklären, dass sie die SMS nur aus Versehen an ihn geschickt hätte und dass sie eigentlich für jemand anders bestimmt gewesen wäre. Für jemand anders, ja. Nein, kennst du nicht. Nein. Ja. Geht dich nichts an. Lass mich in Ruhe.

Sie brauchte jetzt irgendeinen Reiz von außen, irgendein Ventil.

Sie wartete. Sie betrachtete die Schuhe.

– Ach, da bist du.

Astrid kam zu ihr in die Kammer.

– Ah, die Schuhe, sagte sie, ohne Natalie anzusehen. Kleben wie Fliegenpapier.

Sie suchte irgendwas. Sie bedeutete Natalie, kurz auf die Seite zu gehen, bitte, sie musste da unten rein. Natalie stand auf und wich auf das Nachtdienstbett aus. Astrid holte etwas unter dem Computertisch hervor. Es war eine kleine Schachtel. Der Gegenstand, dem Natalie vorhin einen Tritt verpasst hatte. Man sah die Delle.

– Ach, noch was, sagte Astrid. Fast hätte ich's vergessen. Es wird in der Teambesprechung vorkommen, das mit Mike. Nur, dass du Bescheid weißt. Es ist eh schon geklärt, im Großen und Ganzen, aber wir besprechen immer alles in der Teamsitzung.

Markus rief zurück, das iPhone trällerte.

Natalie ging ran und zischte:

– Ich kann jetzt nicht!

Und legte auf.

– Natürlich, sagte sie zu Astrid. Ich versteh schon.

– Nur damit du nicht das Gefühl hast, dass wir das extra lang ausbreiten. Oder unnötig auf dir herum–. Nein, es ist nur, damit alle zur Sache etwas sagen können. Und als Zusammenfassung.

Der Boden der kleinen Schachtel gab nach und ein Babyhandschuh fiel heraus, dann ein zweiter. Astrid blickte drein wie ein ertappter Diamantendieb.

– Gott, sagte Astrid und bückte sich nach den winzigen Fäustlingen.

Sie putzte sie an ihrem Hemd ab, pustete auf sie und trug sie aus der Kammer.

Natalie blieb zurück.

Sie blickte auf das iPhone in ihrer Hand. Dann auf Dorms Schuhe neben dem Mousepad auf dem Tisch. Erwachsenenschuhe. *I should wear green and purple shoes.* Sie wusste, dass diese Situation witzig war, auf diese spezielle Weise, Monty Python und so weiter, aber sie konnte nicht lachen. Stattdessen legte sie sich eine Hand vorsichtig auf den Hinterkopf und ließ sie dort eine Weile sanft hin und her fahren.

– wenn ein phönix öfter als sonst in flammen aufgeht, schrieb Natalie, heißt das dann dass er in der pubertät ist
– Ja, antwortete Markus.
– mir gehen phönixe im kopf herum

Und Mario. Wo mochte er jetzt sein? Natalie hatte die Stelle an der Mauer im Garten mit einem Besen von schmutzigem Restschnee befreit. Für den Fall, dass er zurückkam.
– Mir auch, sagte Markus. Ich kämpfe oft mit ihnen.
– sag das nicht
– Okay. Was soll ich sagen?

Irgendwie wollte sich das angenehme Nonseq-Gefühl heute nicht einstellen. Natalie stand auf und trug die Dose mit Verbandsmaterial, die immer noch auf dem Couchtisch gelegen hatte, zurück ins Schlafzimmer.
– mir gehts heute nicht gut, sagte sie, ich hab alles kaputtgemacht wirklich alles
– Du hast einen Phönix in dir, sagte Markus.

Mein Gott, er strengte sich wieder mal an. Den Rhythmus wahren, das richtige Maß an nonsensigen Antworten. Natalie schielte und versuchte, die Augenmuskeln zum Reißen zu bringen. Au, dachte sie. Au, au, au. Bleibt stecken. Grand Mal. Marios zerstörter Mund. Mikes hoffnungslose Erschöpfung. Ihr wurde übel, wenn sie daran dachte. Das Wort *Parallaxe* drängte sich auf, es sah so aus wie blutendes Zahnfleisch und terminatormäßige Metallteile in Haut.
– was heißt eigentlich parallaxe?, fragte sie.

Eine lange Pause. Dann kam eine Erklärung. Bevor sie sie las, schlug Natalie den Begriff bei Wikipedia nach. ... *scheinbare Änderung der Position eines Objektes, wenn der Beobachter seine eigene Position* ... Langweilig. Natalie versuchte, die Definition noch einmal mit ein wenig mehr Konzentration zu lesen, aber sie verlor wieder den Faden. Sie starrte auf den Artikel. Er wurde ihr unheimlich. Er zeigte ein

Bild einer düsteren Szene mit einer Straßenlaterne und der Sonne. Nebel. Das Bild könnte von ihrem Fenster aus aufgenommen worden sein.

– stell dir vor eine kurzgeschichte wo einer einen wikipedia artikel anschaut und darin ist ein bild das von seinem eigenen fenster aus aufgenommen wurde

Sie hatte sehr schnell getippt, aber dabei keinen Fehler gemacht. Gut, dachte sie. Dann bedeutet der Satz auch was. Sie tippte auf Enter und der Satz sprang ins Unendliche.

– Ertappt, sagte Markus.

– was ertappt

– Ich musste auch nachschauen. Aber ich hab den Begriff schon gekannt, er ist nur schwer zu erklären.

– scheiß auf den begriff, sagte Natalie.

Und dann fügte sie hinzu:

– stell dir vor wie das wäre wenn man in einem alten LEXIKON ARTIKEL ein bild findet das eindeutig vom eigenen fenster aus aufgenommen wurde!

Die Großbuchstaben hatten Markus offenbar etwas wachgerüttelt, denn er antwortete sofort:

– Wow! Coole Idee.
– ich bin nicht high
– Nein. Hätte ich auch nicht gedacht.
– er findet ein altes lexikon und schlägt da irgendein altes bauwerk nach
– Welches Bauwerk?
– eines das er von seinem fenster aus sehen kann
– Warum sollte er das nachschlagen? Wenn er's doch immer sehen kann.
– du bist nur neidisch auf meine super idee
– ☺
– er hat das ding schon so oft angeschaut deshalb schaut er nach was das eigentlich ist
– Wie sieht es aus?
– irgendein spitzer turm was weiß ich
So wie am Dach des Dormschwesterhauses.
– Okay.
– mit dreizack
– Poseidon.
– ja von mir aus, die poseidonskapelle von st. markus
– St. Markus.
– er schaut nach und dann sieht er das bild und es wurde bei IHM zuhause aufgenommen, eindeutig, durchs fenster, man sieht sogar teile der einrichtung, es ist SEINE einrichtung!
– Das ist unheimlich.
– ja voll
– Er könnte bei dem Verlag anrufen, wo das Lexikon erschienen ist. Dann klärt sich die Sache vielleicht auf.

Natalie musste den Satz noch einmal lesen, um seine ganze Dummheit in sich aufzunehmen. Er war wirklich außerordentlich dämlich. Wer ihn las, verlor zehn IQ-Punkte.

Sie beendete das Chatgespräch.

– Parallaxe, sagte sie.

Das Wort war hässlich. Sie spürte, wie ihr die Tränen kamen. Sie rief im Souterrain an, aber es ging nur Lothar ran, sie brachte kaum ein Wort heraus. Es gab keine Neuigkeiten, niemand hatte Mario gesehen. Lothar klang komisch. War kurz angebunden. Redete abgehackt. Natalie legte auf. Die ganze Welt war widerlich. Sie schaute aus dem Fenster. Lothars Kopf kam ihr in den Sinn. Eine Sonnenblume mit *richterlichen* Augenbrauen. Eine Sonnenblume, die über andere Menschen urteilte wie Matthias über Obst. Und ein Messer, tief in das Gesicht von Frau Ulrichsdorfer. Verdammter, sinnloser Papierdrachen, ich hoffe, er kommt in die Hölle.

Ein Plan

Im Wohnheim herrschte gedrückte Stimmung. Frau Ulrichsdorfer hatte am Nachmittag angerufen und angekündigt, ihren Mann in einer anderen, besser ausgestatteten Einrichtung unterbringen zu wollen. Bei den hohen Beträgen, die sie zahle, sei sie nicht bereit, irgendeinen zweitrangigen Service zu akzeptieren. Wie er sich hier entwickle, was man ihm durchgehen lasse, sei kontraproduktiv und fahrlässig. Sie habe wirklich zu viel durchgemacht, um all das noch einmal zu erleben. Sie hatte nach Natalie gefragt. Die sei schon nach Hause gegangen, log Astrid. Gut, sagte Frau Ulrichsdorfer, dann wünsche sie, mit dieser neuen Bezugsbetreuerin morgen zu sprechen, telefonisch, um neun Uhr. Ob das in Ordnung sei. Astrid versicherte ihr, Frau Reinegger werde morgen um diese Zeit ihren Anruf erwarten. Die Betreuerinnen saßen in der Küche zusammen und unterhielten sich über den Fall. Natalie hatte gleich gespürt, dass sie, als Verursacherin des Problems, nicht recht erwünscht war, und hielt sich im angrenzenden Frühstücksraum auf. Dort saß Horst an einem Tisch und untersuchte Batterien auf kleine Unregelmäßigkeiten. Er brauchte dabei keine Hilfe, aber Natalie stellte sich neben ihm auf, weil sie nicht wusste, wie sie sich sonst nützlich machen konnte. Der Zivi, der nicht Marcel war, saß im Sozialraum und übte Jonglieren. Seine Ausrede lautete, dass er es, sobald er es selbst beherrschte, den Heimbewohnern beibringen werde. Das sei so was wie sein Sozialprojekt für diesen Monat. Zwischendurch stand Natalie auf und ging an der Betreuerküche vorbei, um zu hören, was gesagt wurde. Sie tat dabei so, als suche sie etwas.

– … ihr am liebsten einen Regenschirm in den Arsch stecken.
– Und aufspannen, sagte B.
– Ich meine, wen will die beeindrucken mit ihrem Getue?

Natalie spürte, wie ihr heiß wurde. Oh Gott, sie waren wirklich böse auf sie! Sollte sie sich irgendwie bemerkbar machen?

– Lässt da die Weltbürgerin raushängen, sagte Astrid. Oder was immer das sein soll.
– Die begreift sich wahrscheinlich mehr als Bürgerin des Universums.
– Na ja, sagte Astrid. Die Welt hört ja auch nicht bei der Erdatmosphäre auf.
– Doch, tut sie wohl, sagte B. Das ist ungefähr so, als würde jemand in Nordkorea sagen: Ich bin Weltbürger. Der kommt auch nicht raus.

Astrid lachte.
– Eines Tages vielleicht, sagte sie mit einem Seufzen. Möglich ist es doch.
– Nein, ist es nicht, sagte B. Nordkorea ist zu.
– Es tut mir wirklich leid, sagte Natalie und trat in die Küchentür.

Zu ihrer großen Überraschung winkte Astrid sie zu sich und bedeutete ihr, sich zu ihnen zu setzen.
– Die blöde Kuh ruft dich morgen an, sagte sie. Ich wollte ihr heute schon alles erklären, aber sie zieht es vor, mit dir zu sprechen.
– Okay, sagte Natalie.
– Ein wichtiger Punkt, sagte Astrid. Entschuldige dich nicht bei ihr. Zumindest nicht die ganze Zeit. Sonst denkt sie, sie hat in allem recht.
– Ich hab Angst vor der Frau, sagte Natalie.
– So?, sagte B. Dann stell dir mal vor, was Mike empfindet. Der war mal mit ihr … ah, ich mag es gar nicht aussprechen.
– Verheiratet, sagte Natalie.
– Im Bett, sagte B.
– Au, sagte Astrid.

Gott sei Dank, man lachte wieder und war freundlich in ihrer Gegenwart! Natalie hatte schon das Gefühl gehabt, zu einem allgemeinen Ärgernis geworden zu sein.
– Sie ist eine schwierige Frau, sagte Astrid auf ihre mütterlich faire Art.
– Ja, sagte B. Eine Frau ohne einen Regenschirm im Arsch.

Astrid warf ihr einen Blick zu. Das hier war ernst. Aber dann entspannte sie sich. Wenn drei Behindertenbetreuerinnen zusammensitzen, egal wo auf der Welt, kommt es nach einiger Zeit zu einer interessanten Energieübertragung. Es entsteht ein kleiner Wirbel zwischen ihnen. Es ist ein uraltes Prinzip. Der Zivi war weit entfernt, lief seinen ständig davonkugelnden Bällen nach, die Heimbewohner waren in ihren Einheiten und schauten fern oder beschäftigten sich mit anderen Dingen, also blieb der Wirbel unbemerkt. Ohne sein gelegentliches Entstehen wäre die Erde unrettbar verloren.

Der raue Ton, den Natalie so liebte, setzte bald ein. Man verglich Todesarten schwerstbehinderter Kinder. Welche sei die beste, welche die schrecklichste, welche brachte am meisten Erleichterung? Dies mündete in ein Spiel, bei dem es galt, passende Werbespruchvariationen zu finden, die zur Arbeit im Betreuten Wohnheim passten. Es war die Musik der Sphären, der Klartext des Universums, die Sprache der Betreuerseele. Aber ein kleiner Rest von Beklemmung blieb.

– Schlafen Sie noch oder sterben Sie schon, sagte Astrid.

Sie lachten.

– Wir beatmen Ihre Zukunft, schlug B vor.

Natalie war viel zu erleichtert über den Stimmungswechsel, als dass ihr originelle Werbesprüche eingefallen wären.

– Mag wer Kaffee?

– Bitte, sagte Natalie.

Sie wollte eigentlich keinen, da ihr von Kaffee am Nachmittag immer übel wurde, aber sie traute sich nicht, die freundliche Geste abzulehnen.

B sagte:

– Für mich nicht. Von Kaffee bekomm ich Jetlag.

Dann sprachen sie von den lustigsten Unfällen, bei denen sich Zivildiener verletzt hatten. Als Astrid einen Unfallhergang nachzuerzählen versuchte, lachte sie und musste jeden Satz mindestens dreimal beginnen. Die Fakten waren schnell zusammengefasst: Stromkabel, Dummheit, wiederholte Dummheit, Stromschläge, Projektil-Erbrechen. Beim

letzten Wort musste auch Natalie lachen. Astrid beschrieb ihnen, wie sich die zwei losen Enden des gerissenen Stromkabels wanden. Sie zischten eine Weile gegeneinander an, wie kämpfende Schlangen. Natalie klatschte und freute sich über das Bild. Aber dann fiel Astrid auf, dass Natalie längst Dienstschluss hatte. Also schlug sie vor, dass sie nun nach Hause gehen sollte.
– Und sieh zu, dass du der Frau morgen was zu sagen hast, ja? Überleg dir was.
– Mach ich, sagte Natalie.

Bevor sie ging, schaute sie bei Mike vorbei. Er saß vor dem Fernseher und blickte teilnahmslos auf die winzigen Menschen auf dem Bildschirm. Er reagierte auf Natalies Versicherung, es werde schon alles gut werden, mit einem tiefen Luftholen. Dann schaltete er auf einen anderen Sender, in dem ein Nussknacker zu sehen war, der auf einem Trampolin auf und ab hüpfte. Mike zeigte auf ihn und sagte:
– Da.
– Ja, wie der springt, sagte Natalie und musste sich beherrschen.

Seine Schulter war in Reichweite ihrer Hand. Sie verabschiedete sich leise und ging.

Als sie das Gebäude verließ und in die kalte Abendluft der Wirklichkeit eintauchte, wurde ihr bewusst, dass Astrid und B nur deshalb ihre üblichen rauen Scherze getrieben hatten, weil sie glaubten, dass die Sache ohnehin bereits verloren war. Sie trauten ihr nicht zu, gegen Frau Ulrichsdorfer irgendetwas auszurichten. Dass sich die Frau ausgerechnet die neue Betreuerin als Gesprächspartnerin ausgewählt hatte, bedeutete, dass das Telefonat selbst nur mehr symbolische Bedeutung hatte. Die Entscheidung war gefallen. Man konnte nichts mehr daran ändern. Ich bin wirklich für nichts gut, dachte Natalie. Nutzloses Vieh. Ganz am Ende der langen Straße fielen ihr einige menschliche Figuren auf, die in der Abendsonne zu Kerzendochten wurden. In einem Garten spielten Kinder

Schnurspringen, obwohl es eiskalt und schattig war. Patsch, patsch, patsch, machte die unsichtbare Schnur, und die Haare des Kindes verwandelten sich in etwas Springbrunniges.

Traurig und gedemütigt kam Natalie zuhause an. Chat begrüßte sie. Er war lange nicht dagewesen. Sie hob ihn hoch und drückte ihr Gesicht in das winterfeuchte Fell. Ihr war zum Heulen zumute. Und das alles nur, weil sie Mario geholfen hatte. Das war doch eine gute Tat gewesen, aber in was hatte sich diese gute Tat verwandelt? In eine Katastrophe. Mike war in seiner Wohnheinheit zuhause. Es war nicht fair, ihn dort herauszureißen. Dazu hatte die Frau kein Recht.

Rattenköder. Natalie beobachtete sie vom Badezimmerfenster aus. Ihre Haare waren nass, sie hatte sich, zur Selbstbestrafung, eiskalt geduscht. Seit es Winter war, trug sie abends immer ihren Pseudo-Kimono-Bademantel. Er hatte kitschige Kirschblüten aufgedruckt und einen Kranich, allerdings nur zur Hälfte. Die andere Hälfte war nirgends. (Sie hatte den Kimono mehrere Male auf dem Boden ausgebreitet, um den Rest des Vogels zu suchen.) Die Köder lagen im Lichtkegel der Hoflaterne und rührten sich nicht, aber von ihnen ging ein unguter Puls aus. Wie von kleinen Sendestationen. Und das Signal durchdrang die gesamte Nachbarschaft: Tod, Tod, Tod. Ein konzentrische Wellen aussendender Impuls, den man in den Wangenknochen spüren konnte. Natalie graute vor dem morgigen Tag. Todes-WiFi. Kaum vorhandene Spuren von Rattenköder in der Gartenluft. Alle atmeten es ein, wie sie die Strahlung der zahllosen drahtlosen Netzwerke der Umgebung in sich aufnahmen. In ihre Körper eindringen ließen. Die ganze Nacht.

Der Gedanke an WiFi brachte sie auf eine Idee. Sie wusste nicht viel über Mikes Unfall. Man hatte ihr nur erzählt, dass er beim Überqueren einer Straße von einem Auto erfasst worden war. Schädel-Hirn-Trauma, eine offene Wunde. Komplizierte Verletzungen. Ein Teil seiner Gehirnzellen ist also an jenem Tag auf dem Asphalt liegen geblieben, dachte Natalie.

Natürlich starben diese sofort ab und wurden später von Straßenreinigungsmaschinen weggewischt. (Lärmschutz-Kopfhörer, Thermoskanne mit Kräutertee zwischen den Knien.) Aber was, wenn sie nicht sterben müssten, sondern in ihrer Funktion aufrechterhalten werden könnten? Als Fernposten, in einer Nährlösung schwimmend, *wireless* verbunden mit ihren früheren Nachbarzellen. Wo sie einst ihren Platz hatten im Gehirn, ist ein kleiner Hohlraum entstanden; die schmerzhaft ins Leere führenden Nervenstränge werden durch Funkrezeptoren ersetzt. Die entfernten Zellen spielen also immer noch mit, geben ihre Antworten auf Reize, mikroskopisch kleine Sender und Empfänger hocken auf den abgetrennten Nervenbahnen. Das bedeutet, Mike könnte immer noch normal denken wie vor dem Unfall und es gäbe diese unangenehme, verfahrene Situation nicht. Er dürfte sich nur nicht allzu weit von dem Nährbecken mit den geretteten Gehirnzellen entfernen, weil er sonst die drahtlose Verbindung zu ihnen verlöre. Aber was, wenn das Signal immer da wäre, an jedem einzelnen Punkt der Stadt? Wie das Handynetz. Dann könnte er gehen, wohin er wollte. Und die separaten Gehirnzellen im Nährbecken? Die könnte man an Leute verteilen, die immer schon eine Gehirnzelle besitzen wollten. Jede einzelne wird, verbunden mit ihrem Sender und Empfänger, über die sie weiter am Austausch der Reize teilhat, einem Haushalt zugewiesen. Dort wohnt sie dann, die kleine Zelle, und an einem Flimmerlicht über dem winzigen Aquarium sieht man, wann sie ein Signal weitergeschickt hat und wann nicht. Genau so, wie es eben eine normale Gehirnzelle macht, über Botenstoffe oder Elektrizität oder was immer der Heimatdialekt von Neuronen ist. Die paar tausend Zellen im Exil erledigen ihre Arbeit weiter wie bisher, sie wissen selbst nicht, dass sie nicht mehr in direktem Kontakt mit den anderen Zellen stehen, denn die Funkverbindung ist rasend schnell.

Natalie fand den Gedanken wunderschön und stellte sich vor, ihre kleine Mike-Zelle, für die sie verantwortlich war, zu füttern. Einmal in der Woche musste man die Nährlösung austauschen. Jeder, der sich eine Zelle von Mikes Gehirn hielt, hatte Anteil an etwas Großem, nämlich den Gedanken eines Menschen. Man konnte nicht wissen, was hier weitergeleitet wurde. Vielleicht ging es gerade um Zahnschmerzen, vielleicht um das vollkommen neuartige Modell eines Haarkammes. Oder um Einsamkeit, Musik, Kartentricks. Egal was ihm durch den Kopf ging, der Mensch brauchte auf jeden Fall diese Zelle hier dafür, also musste man auf sie achtgeben wie auf ein kleines Tamagotchi. Aber was, wenn sie kaputtginge? Das durfte nicht geschehen, weil dabei ein Fehlsignal entstünde, wie in Mikes gegenwärtigem Leben manchmal. Natalie blickte in die Ecke des Zimmers. Die Ecke war leer. Man könnte ein ganzes Gehirn, Zelle für Zelle, aufteilen. Auf Milliarden Punkte im Sonnensystem. Und dabei immer das drahtlose Signal beibehalten. Und die Hirnschale des Menschen wäre vollkommen leer, beherbergte nur verschiedene Sender und Empfänger, die mit den Zellen verbunden wären. Und die Kontrolldiode auf jeder Zelle blinkt, wenn sie aktiviert wird, und ist dunkel, wenn sie keinerlei Reiz empfängt. Das würde immer noch funktionieren.

Und dann? Dann geschieht ein weiterer Unfall, mit einem anderen Menschen. Bei ihm muss das verletzte Gehirn zur Gänze aus dem Körper entfernt werden. Und auch dieses Gehirn wird Zelle für Zelle auf der ganzen Welt und im Sonnensystem verteilt. Und jedes winzige Aquarium wird treu überwacht, es kümmern sich Roboter darum, Alephs. Aber diesmal konnten nicht alle Zellen gerettet werden. Denn ein besonders detailverliebtes Aleph hatte einen seiner häufigen Aussetzer, und während es eine Weinbergschnecke studierte, starb die Zelle ab. Es muss schnell Ersatz für sie gefunden werden! Da trifft es sich gut, dass wir jede Menge Zellen zur Verfügung haben, nämlich die von Mike. Zur Verfügung? Aber die sind doch in Betrieb! Ja, schon, aber eben nicht pausenlos. Diese hier zum Beispiel, die mit musikalischen Empfindungen zu tun haben, werden sehr selten aktiviert, die Diode ist lange dunkel. Also schnallen wir diesen Zellen, die sich ohnehin langweilen, ein zweites Paar Sender und Empfänger um, die für die Kommunikation mit dem Gehirngefüge des zweiten Verunglückten zuständig sind. Wenn die Zelle hier gerade nicht benötigt wird, kann sie dort eingesetzt werden und aushelfen.

Dies geschieht Hunderte Male, denn Unfälle, gerade solche, die den Schädel betreffen, kommen häufig vor, vor allem in der Zukunft. Und am Ende ist alles voller Zellen, der ganze Luftraum rund um die Erde. Dort oben denkt es, pausenlos. Und da die Signal-Teilung ein erfolgreich verwendetes Prinzip ist – Gehirnzellen, die auf mehreren Partys gleichzeitig tanzen dürfen –, gibt es überhaupt kein Flimmerlicht der Dioden mehr, sondern ein gleichmäßiges Leuchten. Wie das der Sterne im wolkenlosen Nachthimmel. Unter diesem Sternenzelt aus Denkleistung gehen die Menschen mit ihrem fast leeren Schädel herum. Dann deuten sie in den Himmel und sagen: Da. Da sind meine Erinnerungen. Da sind meine Pläne, meine Gewaltfantasien. Sie überschneiden sich, buchstäblich, mit denen anderer, mir aber sonst völlig unbekannter Menschen. Und das macht mich froh.

Der Zufall wollte es, dass in diesem Augenblick das Licht eines frühen Abendsterns vom Fenster aus zu sehen war. Je länger man hinschaute, desto mehr wurden es. Sterne. Wie Katzen in Sommergärten. Natalie hatte das Gefühl, gleich in Ohnmacht fallen zu müssen. Es ist nur meine Fantasie, dachte sie. Es ist ja nicht echt. Nur die Dunstglocke der Stadt bewirkt, dass sie so flimmern. Wie dieser Stern, da, über dem Dach des Nachbarhauses. Wie die Diode auf dem Modem im Nachtdienstkämmerchen. Trotzdem: Er flimmerte. Und jemand hier unten auf der Erde dachte, und das Flimmern dieser beiden Wellen überschnitt sich zweifellos, das eine zeigte das andere an, ohne es zu wissen. Natalie zog die Vorhänge zu.

Als sie mitten in der Nacht aufwachte, weil sie im Traum eine unangenehme Begegnung mit einem Ei gehabt hatte, stellte sie fest, dass das Haus einen Herzschlag besaß. Eine Weile lag sie im Halbschlaf da, ärgerte sich über das zudringliche

Ei, wusste aber bereits, dass sie sich in ihrem Zimmer befand. Das große Herz schlug, und Natalie fand es wunderschön, im Inneren eines solchen Wesens zu schlafen, als wäre man ein Embryo in einem Bauch. Sie stellte sich vor, dass das Haus jetzt ruhig war und entspannt, daher ging sein Herzschlag so gleichmäßig, nur um weniges schneller als ihr eigener Puls. Sie drehte sich auf die Seite und starrte in die Dunkelheit, aus der sich Fensterumrisse voll nächtlicher Stadtbeleuchtung abhoben. Flecken wanderten durch ihr Gesichtsfeld. Ja, es war Technomusik. Jetzt konnte sie auch andere Teile des Liedes erkennen, eine Art Melodie und eine murmelnde Basslinie. Aber der Herzschlag des Hauses war immer noch da, deutlich und intim, er war der wahrste Teil der Musik, die Basedrum. Natalie schloss die Augen und stellte sich vor, wie sich ihr eigenes Herz an dieses größere, bedeutsamere anpasste, sich mit ihm sozusagen synchronisierte, wie bei zwei Frauen, die ständig zusammenlebten, da passierte das angeblich auch mit ihrer Menstruation, verrückt. Das allein schon ein Grund, nie mit einer Frau zusammenzuleben. Aber, Preisfrage, welche Menstruation passt sich dann welcher an? Gibt es eine dominante und eine unterwürfige, oder treffen sich beide irgendwo in der Mitte? Wie kommunizieren Menstruationen miteinander, und was hat der Mond eigentlich mit der ganzen Sache zu tun? War es für alle Frauen so, oder gab es welche, die keine mondbetriebenen Metronome waren? Sie hörte, wie der Kater sich kratzte. Ein leises Helikoptergeräusch in der Dunkelheit.

Am nächsten Morgen erwachte sie in großer Unordnung. Sie hatte im Traum eine Schar schwarzer Klaviertasten im Park gefüttert. Dann war ein Gewitter aufgezogen, und sie hatte sich vom ersten Donner eine leuchtende, große Birne abgezupft. Die Birne machte zutrauliche Gesten, so wie das Ei, und kuschelte sich an Natalies Hals. Sie gluckste. Bis dahin war alles noch einigermaßen überschaubar. Doch nun blinzelte sie in Richtung der vor dem frischen Schneelicht zugezogenen Vorhänge. Oh Gott, das Telefonat, was soll ich nur sagen, was soll ich tun? Ich hab alles kaputtgemacht. Mike wird aus seinem Zuhause vertrieben. Und ich bin schuld. Ich bin schuld.

Der Weg zur Arbeit war voller unguter Vorzeichen. Zuerst natürlich der Schnee. Auf dem Parkplatz vor dem SPAR-Supermarkt standen ein paar Jugendliche und schienen auf etwas zu warten. Sie trugen riesige rote Kopfhörer. Natalie fand, dass sie damit aussahen wie Sprengmeister. Dann sah sie einen rötlichen Hund mit vom Tierarzt verordneter Halskrause. Sie sah ein Werbeplakat, auf dem von Umzug und neuer Wohnung die Rede war. Sie sah eine schwarze Krähe, eine im 90-Grad-Winkel abgeknickt gehende junge Frau und ein altes Fahrrad, eingekuschelt in seine Hecke. Und zu alldem fielen die Schneeflocken, unaufhörlich, wie Hintergrundmusik. Natalie entdeckte einen auf der Straße hockenden Bettler, der vollkommen durchnässt war. Sie stellte sich vor, neben ihm niederzuknien und ihm ihren Schirm zu schenken. Oder, noch besser, ihren dichten, warmen Anorak. Die anderen Passanten würden stehen bleiben und zusehen, wow, die Frau schenkt ihm ihren Anorak. Natalie war ein wenig stolz auf diesen Gedanken. Eine noble Geste. Versteckte Kamera bestanden. Die Schneeluft war frisch, aber tat ein bisschen weh. Wenn alle so handeln würden, dachte sie, wäre die Welt ein besserer Ort. Siehst du, ich bin doch kein schlechter Mensch. Es sieht nur so aus.

Heute Morgen war nur Ursula anwesend. Sie hatte Nachtdienst gehabt und sah dementsprechend energiegeladen und positiv eingestellt aus. Natalie verspürte leichte Übelkeit. Natürlich war auch Ursula von der Situation unterrichtet worden, von dem bevorstehenden Telefongespräch. Sie begrüßte Natalie herzlich, aber mit einem tadelnden Unterton, der etwas besagte wie: *So läuft's im Leben, wenn man nicht aufpasst.*

– Wie geht's Mike?, fragte Natalie.

– Ah, sagte Ursula. Er war komisch heute.

– Inwiefern?
– Ich weiß nicht, was das war. Er redet in Zungen. Oder was weiß ich. Die halbe Nacht lang. Aber er war ruhig danach. Er hat sogar ein Bad genommen, heute Morgen. Dann hat er mir ein Lied vorgesungen. Und er hat gefragt, wann du kommst. Dann hat er ferngesehen.
– In Zungen?
– Ja, so Zeug, sinnlose Silben.
– Das war Schwedisch, sagte Natalie.
– Was?
– Das, was er gesagt hat.
Sie wiederholte den Fingerabzählreim.
– Ja, genau!, sagte Ursula. Das ist von dir? Was bedeutet es?
– Nichts. Es sind im Grunde nur Nonsense-Wörter.
– Ja was jetzt, Nonsense oder Schwedisch?, fragte Ursula.
– Beides, sagte Natalie. Es ist Schwedisch, ergibt aber keinen Sinn. Man zählt damit die Zehen, das ist alles.
– Na ja, sagte Ursula. Nonsense oder nicht. Er scheint jedenfalls daran zu glauben.
Und sie lachte albern und fragte:
– Die Zehen?
– Ja, sagte Natalie traurig.
– Er hat beim Frühstück nicht so viel gegessen.
– Danke, Ursula, ich kümmere mich dann darum. Ich werde mit ihm einen Apfel essen. Danach kommt der Anruf. Gegen neun.
– Ja, sagte Ursula und schaltete auf Überlegenheitsmodus. Hab ich gehört. Viel Glück bei dem Gespräch.
Natalie bedankte sich nicht, sondern ging sofort zu Mike.
Auf dem Gang kam ihr Herr Dorm entgegen.
– Guten Morgen, sagte sie.
– Tada, machte Herr Dorm sarkastisch und winkte ihr zu.
Sie klopfte an Mikes Tür und trat ein. Er saß mit nacktem Oberkörper auf dem Bett. Seit einigen Tagen schon hatte er sich nicht rasiert. Aber es sah nicht allzu ungepflegt aus. Er begrüßte sie und lächelte ein wenig.

– Hallo, sagte Natalie. Ich hab gehört, Sie haben schlecht geschlafen?

Er schien darüber nachdenken zu müssen.

– Ja, sagte er. Aber dann ist es gegangen. Ich hab –

Und er hielt die Finger seiner linken Hand hoch.

– Wunderbar, sagte Natalie. Was halten Sie davon, wenn wir noch was essen?

Sie schaute auf die Uhr. Noch hatte sie Zeit. Bis zum Anruf. Es war sieben Uhr vierundvierzig. Einen Apfel. Nein, sie durfte nicht denken: *einen letzten Apfel.* Es war keine Henkersmahlzeit. Selbst wenn er in einer anderen Einrichtung untergebracht wurde, selbst wenn, dann ... Es war nicht das Ende. Man konnte ihn ja dort besuchen. Ich bin noch nicht einmal ein halbes Jahr hier, sagte sie sich. Oder knapp ein halbes Jahr. Da hat man noch keine so starken Bindungen.

– Es hat funktioniert, sagte Mike.

Er ließ die Hand sinken und schloss die Augen.

– Schön, sagte Natalie. Dann hol ich uns mal einen Apfel.

– Okay, sagte Mike. Er kommt als Letztes dran, weil er der größte ist.

Normalerweise konnte Natalie über Äpfel lachen. Sie sahen so sagenhaft ernst aus, viel ernster als Birnen. Ein Apfel machte immer den Eindruck, als käme er gerade vom Training, gesund und robust, wie ein hart angespannter Muskel. Weder Birnen noch Mandarinen, ja nicht einmal Orangen erreichten diese Intensität. Man könnte sich ohne weiteres vorstellen, einen Apfel in den Zeugenstand zu rufen. Er würde seinen Job wahrscheinlich sehr gut machen. Während die Birnen wie ihre eigenen Fußsohlen festhaltende Babys nur sinnlos herumkugeln würden. Natalie wusch einen Apfel und zerschnitt einen anderen in Spalten. Dies war eine gute Idee gewesen, wie sich gleich darauf zeigte, denn Mike war heute Morgen so schwach, dass er in dem Apfel stecken blieb, als er hineinbiss. Er musste den Kopf hin und her bewegen und den Apfel abschütteln. Natalie half ihm und reichte ihm dann die Apfelspalten. Mike saß kauend auf dem Bett. Er nahm die Fernbedienung und schaltete den Fernseher ein. Natalie blieb noch eine Weile bei ihm sitzen und fühlte sich elend, dann ließ sie ihn allein.

Es war halb neun. Natalie saß in der Betreuerküche. Sie hatte das Gefühl, hier in einer Art Quarantäne zu verharren, alle gesunden und schuldlosen Menschen mieden sie. Das Wort *Seebestattung* geisterte ihr durch den Kopf, ein hässliches, haariges Wort von dunklem, borstigem Braun. Was soll ich ihr sagen? Aber es spielt keine Rolle mehr. Sie will nur ihren Zorn irgendwo abladen und dann alles so machen, wie sie es sich vorstellt. Alles entsprechend in die Wege leiten. Sie ist die, die bezahlt, also ist es ihr Recht, ihn wie eine Spielfigur zu versetzen. Natalie stellte sich vor, die Frau umzubringen. Von hinten, mit einer Axt. Oder mit einem Strick. Aufgeknüpft an einer Laterne. Dann musste sie daran denken, dass Mike in der Nacht den Zehen-Abzählreim aufgesagt hatte, um sich zu beruhigen. Der größte kam als Letzter dran.

Sie stand auf.

Ich kann sie umstimmen. Es gibt diesen Satz. Es gibt eine Silbenfolge, die dieses unerträgliche Weib ihre Meinung ändern lässt. Sie existiert. Aber ich sehe sie nicht. Ich sitze auf dem kürzeren Ast. Genaugenommen gibt es noch nicht mal einen Ast unter mir. Ich habe gar nichts. Trotzdem kann ich gewinnen. Das ist in Filmen auch immer so. Da kommt dieser Moment, an dem nichts mehr geht. Und dann geht es eben doch. Es muss irgendwie funktionieren, ich brauche einen Satz, der sie trifft, der von ihr Besitz ergreift. Man kann Menschen mit dem richtigen Satz umbringen. Eine Silbenfolge, die jemanden so entsetzt, dass der Schock-Tod sofort eintritt. Sie stellte sich einen Tempel in China vor, voller gelbgekleideter Mönche, die über solchen tödlichen Sätzen meditieren, jahrhundertelang. Sie sammeln sie und lesen sie Stück für Stück, Buchstabe für Buchstabe, gewöhnen sich an ihre tödliche Wirkung, wie man sich an ein Gift gewöhnt, wenn man immer wieder kleinere Mengen davon einnimmt, die Körperchemie stellt sich nach einer Weile darauf ein und … Aber gut, das bringt mich auch nicht weiter, davon komme ich nicht auf den perfekten, karlesken Satz. Manchmal beherrschte sie diese Sätze wie ihr Bruder. Aber er schien, im Unterschied zu ihr, dabei nie nachdenken zu müssen. Er lebte in der Sprache wie ein Fisch im Wasser. Nur ein einziges Mal hatte sie ihn auf dem Gebiet bezwungen.

Karl hatte als Kind ein uraltes Telefonbuch besessen, es war sein heiligster Besitz. Es war von Otto Wanz, einem in den Achtzigerjahren in Österreich sehr bekannten Wrestler, live vor Publikum zerrissen worden. Sie waren dabei gewesen, obwohl es bis zur letzten Minute nicht sicher war, ob sie wirklich fahren konnten, denn Natalie hatte drei Stunden vor Veranstaltungsbeginn einen Grand-Mal-Anfall. Ihre Mutter saß bei ihr, ordnete ihre Finger, berührte sie an der Nase und spielte mit ihrer Hand krabbelnde Spinne auf Natalies Bauch – währenddessen lief Karl unruhig durch die Wohnung. Alle Wrestling-Poster in seinem Zimmer drohten ihm, die muskulösen, eingeölten Männer, die einen glänzenden Weltmeistergürtel über der Schulter trugen – er musste es schaffen, zu der Veranstaltung zu kommen! Er fluchte, trat gegen seine Schrankwand, aber niemand beachtete ihn. Schließlich hatte Natalie so weit alle geistigen Fähigkeiten wiedererlangt, dass entschieden wurde, doch loszufahren, obwohl der Mutter dabei ein wenig mulmig zumute war. Nach den Schaukämpfen, die Karl mit fiebernder Kennermiene verfolgte – er kannte alle Spezial-Würfe und Hebel-Techniken –, hielten sich einige Sportler noch im Foyer der Halle auf. Darunter Otto Wanz, eine, wie ein Poster versicherte, lebende Legende des österreichischen Ringkampfs. Big Otto, stand auf einem weißen Blatt Papier, das mit zwei Tixostreifen auf die Platte eines Tisches geklebt worden war. Dahinter stand Otto Wanz, und um ihn scharten sich die Menschen. Auch Karl drängte zu ihm. In einem Korb lagen einige alte, graue, aus der Ferne wie weichgekochte Wäsche aussehende Telefonbücher. Die konnte man von Big Otto zerreißen (seine Spezialität) und anschließend signieren lassen. Als der riesige Mann das Telefonbuch, das Karl sich ausgesucht hatte, mit einem Ritsch auseinanderriss, fiel Natalie um. Ein kleiner, harmloser Nach-Anfall, nur petit mal, aber sie wurde sofort von ihrer Mutter in Sicherheit gebracht. Das Rübezahlgesicht von Big Otto Wanz bekam einen nachdenklichen Ausdruck. Karl stand vor ihm und wartete noch, dass der Wrestler das Telefonbuch signierte, der Stift war silbern und schrieb in dieser magischen Farbe, aber dann, abgelenkt oder verwirrt oder einfach nur aus dem Takt gebracht durch das neben ihm umfallende Mädchen, gab Big Otto dem Jungen die beiden Hälften des Telefonbuchs unsigniert zurück, nickte und winkte den nächsten Fan näher. Karl wurde von seinem Vater nach draußen geführt.

Am Abend bekam Natalie eine Hälfte des Telefonbuchs (die schwerere) an den Kopf geworfen. Karl setzte ihr die Szene in der Warteschlange vor Big Otto und außerdem die ganze Gemeinheit und Niedertracht ihrer saudämlichen Anfälle auseinander, erklärte ihr, er wolle sie nie mehr sehen, riss einige seiner Poster von der Wand und schleuderte die Papierfetzen durch das Zimmer. Natalie war ungeheuer wütend auf ihren Bruder, aber es war ein Anfall-Tag, also war sie nicht geistesgegenwärtig genug, um sich zu wehren. Und er, das wusste sie, traute sich auch nicht, ihr richtig wehzutun oder sich auf sie zu setzen und sie zu ärgern, indem er an ihren Haaren zog oder ihre beiden Hände auf die alte Großer-Bruder-Weise umbog und so tat, als wolle er sie davon abhalten, sich selbst zu ohrfeigen, was natürlich nie gelang.

Karl hatte das zerrissene Telefonbuch neben sich auf den Boden gelegt, direkt neben sein Bett. Dort lagen immer seine kostbarsten Besitztümer. Trotz seiner großen Wut und Enttäuschung über die verpatzte Autogrammgelegenheit schätzte er das Telefonbuch, immerhin war es von einer lebenden Legende zerrissen worden. Natalie lag die ganze Nacht wach und überlegte, was sie ihm sagen sollte. Er konnte das immer so gut, diesen einen Satz finden, der traf. Oh, er hatte eigentlich zu sterben verdient, und alles nur wegen seiner dummen

Muskeltypen, die so taten, als würden sie einander schlagen oder auf dem Boden festhalten. Und erst diese albernen Kostüme! Einer sah aus wie ein riesiges Baby, er trug sogar eine Windel und kam mit einem riesigen spiraligen Lutscher in den Ring. Beim Gedanken an die bunte Zuckerspirale wurde Natalie kurz aurig zumute, aber ihr Geist konnte die Empfindung gefahrlos ertragen, ihr Gehirn hatte sein Pulver für heute schon verschossen. Sie überlegte und überlegte. Was sollte sie sagen? Dass er ein Feigling war? Nein. Vielleicht etwas über Schwulsein? Aus der Schule wusste Natalie, dass Wrestling nur was für Schwule war. Das waren Männer, die sich mit anderen Männern einließen, was sie sich sehr unangenehm vorstellte, vor allem wegen der ständigen Raufereien, zu denen Buben neigten. Aber ihr war das Wort nicht ganz geheuer, außerdem wusste sie nicht genau, wie man es verwendete. Also kam auch das nicht in Frage. Vielleicht konnte sie etwas über das Telefonbuch sagen? Zum Beispiel, dass es jetzt, wo es auseinandergerissen war, bestimmt schnell faul würde (wie ein Apfel ohne Schale) und dass es außerdem nicht mehr verwendet werden konnte. Außerdem war es alt, eklig und pfui. Es roch wie alte Schränke. Bestimmt war es voller Schimmelpilz und Krebsbazillen. Aber das würde ihm auch nichts ausmachen. Dumm, dass Karl keine Schwachstellen hatte, er war in allem stärker als sie. Bloß damals, als diese entfernte Tante von ihnen gestorben war, die sie nicht einmal gekannt hatten, war er komisch geworden, total ernst und lippenzittrig und kleinlaut, er wollte nicht mehr vom Balkon ins Zimmer kommen, hatte plötzlich Angst vor der Dunkelheit und fragte, ob er auch sterben müsse. Damals hatte er ihr leidgetan. Das war, wie sie jetzt einsah, ein Fehler gewesen. Er bedeutete ihr gar nichts mehr, nichts! Dieser Sack. Sie wünschte ihm eine drei Jahre dauernde Schullandwoche und jeden Tag Heimweh, schädelsprengendes Heimweh. Dann würde er sehen, wie das war! Im Halbdunkel des Schlafzimmers drehte sie sich um und warf bitterböse Blicke – so kalt und grausam wie sonst nur der liebe Gott – auf ihren Bruder, auf sein neues

Heiligtum neben dem Bett, auf die übrig gebliebenen Poster, Shawn Michaels und Hulk Hogan und The Undertaker und eine blöde, hopsende Missgeburt namens Kamala mit weißen Schminketupfen im Gesicht. Irgendwann wurden bestimmt auch alle diese Clowns krank und starben – und was machte Karl dann, hm? Dann würde er wieder Angst bekommen, dieses Baby! Angst vor den Toten, so vielen Toten … Es dauerte noch eine Weile, aber dann kam der Satz, der richtige Satz. Sie sah das alte Telefonbuch und stellte sich vor, wie viele Namen es enthielt, und blickte auf die Wrestler, die alle bald sterben würden an der Röntgenstrahlung Gottes, die durch Mark und Bein ging. Beide Bilder verbanden sich miteinander. Es war drei Uhr früh. Sie musste sich den Satz nicht notieren. Wer einmal einen karlesken Satz fand, vergaß ihn nie wieder. Den meisten Menschen begegnete in ihrem ganzen Leben nicht ein einziger.

Am nächsten Morgen wurde sie ihn los, am Frühstückstisch. Karl war grummelig und düster, er habe schlecht geschlafen, sagte er.

– Weißt du, sagte Natalie. In deinem Telefonbuch.

Natalie wartete noch, bis er den Löffel in die Choco-Pops tauchte.

– In dem Telefonbuch, fuhr sie fort. Das ist doch alt, oder?

Er überlegte. Dann sagte er:

– Ja, schon älter. Vermutlich reißt es so leichter.

– Aha, ja. Also in deinem Telefonbuch, da stehen nur die Namen von Toten. Toten Menschen. Weil es so alt ist. Irgendwann stehen wir alle in so einem alten Telefonbuch. Millionen.

Die Milch in der Frühstücksschale färbte sich braun.

– Ja eh, sagte Karl und grinste. Cool, oder?

An seinem Gesichtsausdruck konnte sie sehen, dass der Satz seine Wirkung nicht verfehlt hatte. Er aß, kaute, alles wunderbar und tapfer, und dann war er fertig und – hier der Beweis, dass es gewirkt hatte – stellte seine leere Schüssel ins Spülbecken. Das tat er sonst nie. Normalerweise stand er immer vom Tisch auf und ließ sein Geschirr stehen, wie es war. Er blieb auch ein paar Sekunden beim Spülbecken stehen und hantierte mit etwas herum. Bis seine Mutter fragte, ob es gut geschmeckt habe. Er nickte, dann ging er ins Kinderzimmer. Bald ertönte von dort laute Musik.

– Willst du ins Zimmer?, fragte ihre Mutter. Soll ich ihm sagen, er soll die Musik leiser machen?

Es war der Tag nach einem Anfall-Tag, also hatte Natalie ein erweitertes Aufenthaltsrecht in allen Räumen der Wohnung. Niemand durfte sie von irgendwo vertreiben oder ihr den Einlass verwehren. Ihre Seele sollte sich frei bewegen dürfen.

– Nein, sagte sie. Ist okay. Ich bleibe ein bisschen hier sitzen.

Tote, dachte sie. Tote, Tote, Tote. Millionen von Spiralen von durcheinanderwirbelnden Toten! Sie hatte den perfekten, den absolut supersten Satz gefunden – und hatte ihn diesem blöden Riesenbaby reingewürgt, telefonbüchnerischer, hegeliogischer … sie blickte auf ihre Finger. Genau das hatte sie schon einmal gedacht. Genau das hier. Die Finger, sie waren in kleinbuchstaben geschrieen. ieben. i. e.

Ihre Mutter fing Natalie auf, als sie seitwärts vom Stuhl rutschte. Aber der Anfall war mild und dauerte nur wenige Minuten.

So hatte das damals geendet. Der Gedanke an ihren Bruder tat ihr gut, er stärkte sie. Dänemark, dachte sie. Seebestattung. Das letzte Mal hatte sie Karl vor einem Jahr gesehen. *Du wirst dir auch immer ähnlicher*, hatte er gesagt. Einfach so. Ein wunderbarer Satz. Wo nahm er den bloß her? Er war größer als sie. Wenige Dinge auf der Welt waren so beruhigend wie die Gewissheit über den untilgbaren Größenunterschied zwischen ihr und ihrem Bruder.

– Du ser så vacker ut, Karli, hatte sie gesagt.

– Oh, hatte er gesagt und komisch an sich heruntergeblickt, als hätte sie sein Hemd mit Wasser begossen. Tak! Du også.

Es half alles nichts. Natalie stellte den Strom der schönen Erinnerungen ab. Sie lenkten sie nur ab. Acht Uhr vierzig. Frau

Ulrichsdorfer würde sagen: *Ich halte es für besser, wenn er in einer anderen Einrichtung untergebracht wird.* Was sollte sie darauf antworten? Das war das Problem mit karlesken Sätzen. Sie stellten sich erst in der Situation selbst ein. Und manchmal hinterher, beim Einschlafen, wenn man einen Streit noch einmal in allen Einzelheiten durchspielte. Aber jetzt funktionierte das alles nicht. Ihr Bruder war ihr keine Hilfe.

Natalies Blick fiel auf eine Lichtreflexion an der Wand. Sie kam vom getönten Sichtfenster der Mikrowelle. *Luminous Detail.* Ja. Wie würde er es machen? Was würde Herr Hollberg zu der Frau sagen? Sie schaute auf die Uhr. Ihre Hand hatte das iPhone bereits aus der Tasche gezogen. Nein, sagte sie sich. Nein, das ist keine gute Idee. Sie wählte. Nein, das ist eine wirklich katastrophale Idee. Denk an die Folgen. Denk an damals, als. Sie drückte den Knopf. Ach, Mist, jetzt musste sie sich das Handy ans Ohr halten. Natalies Herz schlug. Ihr Blick war an einem Detail der Kücheneinrichtung hängengeblieben: die Brotschneidemesser.

– Hallo?

– Herr Hollberg, bitte entschuldigen Sie die Störung, hier ist Natalie Reinegger. Vom Wohnheim.

– Ah, sagte er. Ja, das ist ja eine … Ist etwas passiert?

– Nein, alles in Ordnung. Es geht überhaupt nicht um Herrn Dorm, ich hätte eine ganz andere Frage. Haben Sie kurz Zeit?

Eine Pause. Dann sagte Herrn Hollbergs Stimme:

– Sicher.

Sie entschuldigte sich noch einige Male, ihn einfach angerufen zu haben, aber es sei leider dringend. Es betreffe nicht Herrn Dorm. Und die Frage, die sie habe, sei etwas seltsam. Zumindest könne sie sich vorstellen, wie seltsam sie für ihn klingen müsse. Also. Sie beschrieb ihm die Situation. Eine Frau will einen Heimbewohner verlegen lassen, in eine andere Einrichtung.

– Was würden Sie sagen, damit die Frau es sich anders überlegt?

– Ich versteh nicht. Was soll ich dazu sagen? Wer will ihn

wegbringen? Hat seine Schwester wieder einen ihrer blödsinnigen Anfälle?

Das Wort löste einen unerklärlichen Schluckreflex bei Natalie aus.

– Undankbares Gesindel, schimpfte Herr Hollberg. Diese Elisabeth. Dabei war sie es doch selbst, die damals gesagt hat –

– Nein, nein, es geht wirklich nicht um Herrn Dorm, sagte Natalie. Es geht um Mike. Seine Frau. Sie gibt mir die Schuld, dass ich, dass sie … in dem Zimmer. Also. Egal, die Einzelheiten sind viel zu kompliziert. Aber ich möchte ihr etwas sagen können, damit sie ihre Meinung ändert.

Es war lange still.

– Ja, aber, sagte Herr Hollberg. Ich verstehe wirklich nicht, was ich mit der ganzen Sache zu tun habe.

– Es tut mir leid, sagte Natalie und hielt sich eine Hand vors Gesicht. Sie haben recht. Es war dumm von mir. Aber, es ist so, dass Sie … manchmal das richtige Bild finden. Für die Menschen. Für eine Situation.

Wieder Stille.

– Das *richtige Bild*?

– Ja, sagte Natalie.

– Aha, machte Herr Hollberg. Und was genau heißt das?

Natalie schaute auf die Uhr. Noch zehn Minuten.

Sollte sie den ölverschmierten Vogel erwähnen? Aber das Bild kam, zumindest *offiziell*, gar nicht aus Herrn Hollbergs Vorstellungskraft, sondern war Teil der realen Ereignisse von damals. Briefe auf gelbem Eustrich-Papier. Aufgehender Kopf im Küchenfenster. Mit vereinten Kräften hochgehobener Rollstuhl. Wenn sie eines dieser Bilder nannte, würde sie ihm vielleicht zu verstehen geben, dass sie ihm nicht glaubte.

– Das mit der spielenden Katze, sagte sie. In der Geschichte, die Sie erzählt haben, damals.

– Ja, lachte Hollberg. Das war gut. Aber ich weiß immer noch nicht, was das alles soll.

– Mike ist mein …

Sie stockte bei dem Wort. Es würgte sie ein wenig.

– Bezugilein, sagte Herr Hollberg. Ich weiß, ich weiß. Hab ich alles mitgekriegt. Aber Ihr Gedächtnis, liebes Fräulein Reinegger, ist nicht so gut wie meines.
– Warum?
– Sie haben etwas vergessen.
– Was denn?
– Wir waren schon per Du.
– Oh, natürlich, sagte Natalie. Tut mir leid.
– Macht nichts, sagte Herr Hollberg. Das passiert mir auch manchmal, gerade am Telefon. Ist ja nicht so, als würden wir jeden Tag stundenlang telefonieren.
– Ja, sagte Natalie tonlos.

Nun hatte sie endgültig verloren. Er amüsierte sich über sie und ihr Problem. Es ging ihn nichts an. Er half ihr nicht. Er spielte nur ein wenig mit ihr. Katze und klingelndes Spielzeug. Sie schloss die Augen. Und plötzlich kam ein Satz aus dem Nichts, stellte sich ein, so wie es immer geschah. Der perfekte, karleske Satz:
– Dein ölverschmierter Vogel, sagte Natalie. Der geht mir auch nicht mehr aus dem Kopf.

Es schien auch dieses Mal zu wirken. Als Herr Hollberg zu sprechen begann, war seine Stimme etwas weicher und verbindlicher. Zugleich etwas beherrschter. Es war fast derselbe Tonfall, in den er damals verfallen war, als sie auf der Staumauer unterwegs waren und mit Blick auf die bizarre Fischaufstiegshilfe die kleine Fantasie der toten Seelen entworfen hatten.

Es war acht Uhr dreiundfünfzig.
– Der ölverschmierte Vogel geht einem tatsächlich nicht mehr aus dem Kopf, das stimmt, liebe Natalie. Du hast gefragt, was ich antworten würde. Na gut. Ich sag dir was. Ich würde der Frau überhaupt nicht antworten, ich würde ihr einfach beschreiben, was ihr Mann empfindet, wenn er sie sieht. Ich hab die einmal gesehen, ist schon eine Weile her. Hübsches Ding, eigentlich. Aber uninteressant. Ich würde sie an ihre gemeinsame Vergangenheit erinnern. Als er noch normal war. Denn

daran hält sie sich zweifellos fest. Aber dann wurde ihr das genommen, tough luck. Seither hasst sie ihn dafür und will, dass es ihm schlechtgeht. So sind die Menschen.

Fischaufstiegshilfe, dachte Natalie. Das ergab Sinn. Aber es enthielt noch kein Bild.

– Danke, sagte sie leise. Das ist eine große Hilfe. Vielen Dank, Christopher.

– Haha, ich mag den Ton. Aber nichts zu danken. Auch unser Superman mag Mike am liebsten von allen. Vermutlich, weil er ihm nie auf die Nerven geht. Superman hat ja gern seine Ruhe.

– Ja, sagte Natalie. Ich weiß.

Welches Bild? Welches Bild?

– Beschreib ihr, dass der Tod schon lang eingesetzt hat. Er bemalt noch seine, was war das? Seine Schuhe, oder? Oder die Wände?

– Alles, sagte Natalie.

– Ja, haha. Mein Gott, die Astrid hat mir mal ein Foto gezeigt. Super sexy.

– Äh. Ja.

Natalie dachte an Zehen, an Finger. An Zahlen. An Birnen und Äpfel. Das dumme, brüderliche Gesicht der Birne im Traum. Gewitterbirnen, igitt. Mondphasen, aztekische Berge. Natalie schüttelte den Kopf. Konzentrier dich.

– Aber vielleicht gefällt ihr folgender Gedanke, sagte Herr Hollberg, und man hörte, dass er dabei lächelte. Mike malt *sie*. Immer wieder. Er malt sie, ihr Gesicht. Und so, dass alle etwas über sie erfahren. Ja, und … hmmm … Oder noch besser: Ihr, die Betreuerinnen, seht diese Zeichnung der Frau. Ja, so herum muss man es sagen: Ihr, die Betreuerinnen, bekommt das Bild oft zu Gesicht, aber ihr kommentiert es nicht. Aus Höflichkeit. Aber ihr *wisst*. Was sie damals gemacht hat. Verstehst du? Und wenn er dieses Geheimnis jetzt in einem anderen Heim zeichnet und damit preisgibt. Ja. Was dann? Ihr seid höflich genug, um darüber hinwegzusehen und es nie anzusprechen. Jede Woche. Das Bild, das sie zeigt. Beim. Und beim. Verstehst du?

Natalie sagte:

– Ich glaube schon.

Das Bild entstand vor ihren Augen. Unaussprechlich.

– Du darfst es ihr nicht beschreiben, sagte Herr Hollberg. Dann sieht sie es klar vor sich. Und frisst dir aus der Hand.

Er lachte, zweifellos kopfschüttelnd. Und fügte hinzu:

– Scheiß Menschheit. Alle gleich, immer dasselbe, oder?

– Ja, sagte Natalie.

– Wie diese Viecher mit den Klauen, die Velociraptoren. Diese Dinos. Die können ihre Beute nur sehen, wenn sie sich bewegt. Wenn sie stillsteht, sind sie blind. Aber was, wenn sich die Beute eben nur ein ganz klein wenig bewegt, unendlich langsam sozusagen? Kein Stillstand, sondern unendliche Langsamkeit. Da ist ja ein Unterschied. Dann wirkt die Erinnerung an die Beute wie Salbe in das Bewusstsein des Riesen-Raubviehs ein. Der Raptor sieht sie innerlich ganz deutlich, aber ist gleichzeitig blind. Diese Schwelle, die … sollte man erreichen können, auch bei Menschen, denke ich.

– Danke, sagte Natalie.

– Oh, schon okay, sagte Herr Hollberg. Ich freu mich immer, eine angenehme Stimme zu hören.

Sie verabschiedete sich und legte auf. Es war drei Minuten nach neun. Das Telefon des Wohnheims hatte noch nicht geläutet.

Ich habe gerade einen schlimmen Fehler begangen, dachte Natalie. Jetzt stehe ich in seiner Schuld. Jetzt kann ich ihn nicht wegklicken, wenn er anruft. Und darf nicht abweisend reagieren, wenn er da ist. Aus meinen Lebensentscheidungen werden die Leute später einmal die Bauanleitung zu einer Selbstmordmaschine ableiten können. Rekonstruieren. Immerhin hatte die kurze Unterhaltung mit Herrn Hollberg ihre Gedanken klar gemacht. Sie war jetzt viel ruhiger, und selbst der Ton der Selbstanklage, den sie in sich hörte, war von einer gewissen geometrischen Abgegrenztheit.

Vielleicht waren alle Lebensentscheidungen, die ein Mensch traf, so leichtsinnig und selbstgefährdend sie auch sein mochten, am Ende nur das Baumaterial für einen kleinen dreidimensionalen Cursor, der eine bestimmte, in die Raumzeit gezogene Spur nachfuhr, immer und immer wieder. Die Spuren selbst waren eine Art Schatzkarte, anhand deren man ein bestimmtes Wesen finden konnte, das sonst unerreichbar blieb. In ihren sanftesten Momenten fühlte sich Natalie für dieses Wesen verantwortlich. Sie war dann davon überzeugt, dass es nicht mit ihr identisch war. Ihre Lebensentscheidungen schrieben sich in das Gedächtnis des Universums ein – und erst, wenn man sie von außen betrachtete wie die Gänge und Kammern einer Ameisenkolonie hinter Glas, sah man die Karte. Diese führte dann zu jenem Wesen, das in einer ganz anderen Dimension hauste. Manchmal stellte sie es sich als einen geheimnisvoll glühenden Fisch vor, der in einer Art Spiegelwelt lebte. Dann wieder dachte sie an einen mondgroßen Blob, der in der Leere des interstellaren Raums herumschwappte und sich selbst umrührte, jahrtausendelang. Diese Wesen, wie immer sie aussahen, hatten es verdient, gefunden zu werden. Alles, was Menschen taten, grub die Linien stärker in das Element der Zeit ein, und der Weg zu den jeweiligen Wesen wurde deutlicher sichtbar. Aber selbst in dieser Vorstellung machte der Tod am Ende alles kaputt: Ein Mensch wurde krank und starb, und das verlorene Wesen hatte ein Weiserchen weniger zur Verfügung, das auf dem großen Radarschirm in seine Richtung deutete und blinkte.

Es folgten einige Minuten Stille. Die Brotschneidemesser, die parallel in dem Messerblock steckten, erinnerten an die Schiebegriffe an der Rückseite eines Rollstuhls. Die Sonnenreflexion war verschwunden. Das Telefon läutete. Natalie ging ran, stand im selben Augenblick auf und meldete sich mit der Bezeichnung des Wohnheims und ihrem vollen Namen.

Nach dem Gespräch

Dem Zivi, der nicht Marcel war, begegnete Natalie draußen vor der Tür. Er trug eine Schaufel. Sie stand in der Kälte und aß eine Schaumrolle. Sie hatte sich ein wenig bekleckert. Der Zivi sagte Hallo und fragte, wie so die Lage sei. Natalie nahm einen weiteren tiefen, seelenvollen Biss von der Schaumrolle und sagte, fein, es sei alles so weit ganz übersichtlich. Ob ihr denn nicht kalt sei hier draußen, fragte er. Nein, sagte Natalie, jetzt gerade nicht, sie fühle sich eigentlich ganz wohl. Es sei alles im Gleichgewicht. Der Zivi nickte und ging hinein. Er hatte gerötete Wangen. Er klopfte den Schnee von seinen Schuhen. Die Schaumrolle bestand jetzt, wie Natalie mit einiger Genugtuung feststellte, nur noch aus einem letzten, ziemlich genau mundgerechten Stück. Natalie schob es sich langsam zwischen die Lippen. Fucked, dachte sie.

Sie trug das Mittagessen auf. Der Zivi half ihr dabei. Am frühen Nachmittag kam Astrid. Sobald sie Natalie sah, winkte sie sie zu sich und bat sie, ihr bei den Vorbereitungen zu helfen. Wegen Mike. Natalie wusste, was gemeint war.

– Ach ja, wie ist es denn gelaufen?, fragte Astrid nebenbei.

Der Blick einer Mutter, die ahnt, dass ihre Tochter wieder einmal eine Schularbeit vermasselt hat.

– Ganz gut, sagte Natalie. Sie hat gesagt, sie meldet sich wieder.

Astrid stutzte.

– So?

Und dann fügte sie vorsichtig hinzu:

– Aha.

– Sie kann eigentlich, wenn sie muss, ganz gut zuhören, die Frau Ulrichsdorfer, sagte Natalie.

– Du bist da voller …

Astrid deutete auf ihren Kragen. Natalie fasste hin, ja, da waren noch Reste des Gebäcks.

– Schaumrolle, sagte sie. Ich hoffe, es war okay, dass ich die gegessen habe.
– Die war abgelaufen, sagte Astrid.
Sie hob beide Hände, als wollte sie sagen: Ich bin sowieso schon am Ende mit meinem Latein, was dich angeht, junge Dame. Ich kann dir nicht auch noch erklären, welche Lebensmittel genießbar sind und welche nicht.
– Ich hab sie gefressen, sagte Natalie stolz.
Astrid nickte.
– Und die Schaumrolle danach.
Es dauerte, bis Astrid verstand. Ah, ein Scherz. Sehr gut. Sie, Frau Ulrichsdorfer. Nur nicht den Mut verlieren in einer aussichtslosen Situation. Sie gingen in Mikes Wohneinheit.
– Sollten wir nicht noch abwarten, bis ...?
– Hm?
– Bis sie sich meldet, meine ich.
– Ach so, sagte Astrid. Ja, weißt du. Ich glaube, das wird nicht nötig sein. Es war alles klar genug, denke ich. Hat sie dich sehr beschimpft, hm?
– Nein, überhaupt nicht, sagte Natalie.
In Mikes Wohnzimmer lagen uralte Computerdisketten auf dem Boden. Natalie mochte diese Artefakte einer früheren Ära, die sie selbst nie verwendet hatte. Karl hatte ihr, wenn er von der Schule kam, in der das Fach *Informatik* unterrichtet wurde, die Diskette gezeigt und ihr erklärt, dass sie voller kleiner Magnete sei. Genau wie am Kühlschrank, ja, kleine Magnete eben. Die bildeten eine Struktur von Nullen und Einsen, und daraus entstanden dann größere Dinge. Wie Texte oder sogar ganze Spiele. Aber heute waren diese Disketten isoliert, ohne Anschluss. Nirgends stand mehr ein Computer, in den man sie stecken konnte. Das war einerseits witzig, weil die Disketten selbst davon nichts wussten und doch so büroverwaltungsmäßig und quadratisch-wichtig auf dem Vorhandensein ihres Inhalts beharrten, wie kleine anzugtragende Plattwürmer, aber andererseits stimmte es einen traurig, weil man nicht sagen konnte, in welchem Zustand dieses in den Disket-

ten versiegelte Wissen existierte. Eigentlich war es überhaupt nicht mehr da, konnte aber, wenn man ein entsprechendes Laufwerk fände, eventuell noch aktiviert werden. Man sollte sie von ihrem Leid erlösen, dachte Natalie, und sie irgendwie einschmelzen oder so. Oder mit einem großen Magneten berühren, sodass sich all die winzigen Magneten im Diskettninneren in seine Richtung drehten, wie staunende Vogelküken, wenn ein Kampfjet vorbeiflog. Dann wäre das Problem gelöst. Keine wartenden Disketten mehr. Nur Leere und Erlösung. Aber vielleicht kam in dreißig Jahren die Zeit der Disketten zurück. Dann würden sie alle wieder gelesen werden. Man müsste sie nur in Ruhe lassen. Auf dem Boden liegen lassen oder in den Regalen, ungestört.

Astrid erklärte Mike, sie seien gekommen, um aufzuräumen. Er verstand und setzte sich im Schlafzimmer auf sein Bett. Er zog die Beine an und bildete einen Ball. Astrid sammelte alles, was auf dem Boden lag, ein und steckte es in einen schwarzen Müllsack. Sie wolle es nicht wegwerfen, sagte sie, es gehe nur leichter so. Es sei einfach klüger auf diese Art, sie habe so was schon öfters miterlebt. So eine Versetzung von einer High-End-Einrichtung in eine andere könne recht schnell ablaufen. Die Bewohner rückten nach wie Haifischzähne. Natalie nahm es ihrer Chefin übel, dass sie all diese Dinge direkt vor Mike erwähnte. Sollte sie sie darauf hinweisen, dass sie sich möglicherweise irrte? Dass noch nichts entschieden war? Dass sie sich die Schaumrolle redlich verdient hatte?

– Du hättest dabei sein sollen, sagte Natalie. Das hätte dir gefallen.

– Ja? Mhm. Könntest du den Papierkorb da drüben holen?

Natalie holte den Korb.

– Wie sie sich am Ende bei mir bedankt hat für die Diskretion. Das hat richtig gutgetan.

– Ja, kann ich mir vorstellen, seufzte Astrid und fasste nach dem Papierkorb.

Erst als ihre Finger den geflochtenen Korbrand berührten, sprang der Funke über. Sie blickte zu Natalie auf.

– Was hast du gesagt?
– Oh, sagte Natalie. Ich hab nur gemeint, es hätte dir gefallen.
– Nein, das andere. Sie hat sich bei dir *bedankt*? Für die Pflege, oder …?
– Nein. Für die Diskretion.

Astrid überlegte. Schaute in den Papierkorb, als läge dort die Antwort. Richtete sich mit einem Schnaufen auf. Stand da.
– Okay. Was genau hat sie gesagt?
– Dass sie sich wieder meldet.
– Inwiefern?
– Also, sie war eigentlich relativ leicht zu erreichen, sagte Natalie. Ein offenes Buch. Wie gesagt, es hätte dir gefallen. Sie ist auf alles eingegangen, genauso, wie er … wie ich es mir gedacht habe.

Luminous fucking details.
– Ich versteh nicht ganz, sagte Astrid.

Wieder der ungeduldig-tadelnde Mutterblick. Aber Natalie zuckte nur mit den Achseln und sagte:
– Scheiße, ich hab ihr sogar vom Velociraptor erzählt, und sie hat gedacht, es bezieht sich auf sie. Die Menschheit ist so. Das funktioniert tatsächlich.
– Was funktioniert?
– Ah, nichts, sagte Natalie. Entschuldige, ich hab oft diese inneren Gedankensprünge und vergesse, dass mir andere Leute nicht folgen können. Weil sie nicht in meinem Kopf wohnen. Non sequitur.
– Aha, sagte Astrid. Okay.

Sie schien unschlüssig. In ihren Fingern knisterte der schwarze Müllsack.

Sie hörten das Telefon klingeln. Normalerweise trug es immer eine der diensthabenden Betreuerinnen am Gürtel, aber Natalie hatte es nach dem langen Gespräch mit Frau Ulrichsdorfer in der Küche liegenlassen. Astrid öffnete die Tür und ging hinaus. Natalie machte einen kleinen Luftsprung, der eigentlich keiner war, weil sie dabei mit den Füßen nicht vom Boden abhob. Trotzdem: Luftsprung. *Fucked*, dachte sie. *I fucked you in your stupid mouth, bitch.* Dann ging sie ins angrenzende Zimmer, wo Mike auf dem Bett saß.

– War ein Irrtum, sagte sie zu Mike. Wir werden gleich alles zurück auf den Boden legen. So wie es war.

Mike öffnete die Augen. Natalie bemerkte: Er hatte die ganze Zeit über gezählt. Mit Daumen und Zeigefinger der rechten hielt er den kleinen Finger der linken Hand fest. Auf seinen Lippen ein zur Hälfte lautlos ausgesprochenes Wort.

Natalie klopfte ihm sanft auf die Schulter.

– Sie machen das großartig, sagte sie. Wir sind gleich fertig hier. Versprochen.

Damit ging sie zurück zu dem Plastiksack. Sie räumte die Disketten und anderen Gegenstände, die sich darin befanden, wieder an ihren rechtmäßigen Ort: auf den Boden in Mikes winzigem Wohnzimmer, zwischen Stromkabeln und hingeworfener Unterwäsche, in die einzige Heimat, die sie hatten – den Zwischenbereich, das Chaos. Sie schaute aus dem Fenster. Man sah von hier aus bis zu einigen Hochhäusern am Stadtrand. Es war der Beginn der blauen Stunde. Alles war still und bewegungslos draußen, nichts wusste von der großen Wiederherstellung der Vernunft und Gerechtigkeit, die einem kleinen, unbedeutenden Menschentier namens Natalie Reinegger heute hier gelungen war! Die Nachbargebäude, das Feld und die noch dunklen Laternen waren reglos und starr, es hatte zu schneien aufgehört, und an dem einen Baum, der am Straßenrand stand, sah man, dass es außerdem vollkommen windstill war. Ein Velociraptor wäre in so einer Landschaft vollkommen blind gewesen.

Chat mit Frank

Die Nachbeben der überstandenen Mike-Versetzungsgefahr setzten nur wenig später ein. Natalie stand zuhause in der Küche und wurde auf einen frechen, braunroten Teebeutel aufmerksam, der im Regal lag. Ohne lange zu überlegen, nahm sie ihn in den Mund und biss zu, lutschte und saugte daran, als wäre es ein Bonbon. Die Explosion kam mit geringer Verzögerung. Sie hielt die Überreizung ihrer Geschmacksnerven einige Sekunden lang aus, dann musste sie den Teebeutel ausspucken:

– Päh! Päh!

Sie hielt ihren Mund unter laufendes Wasser, scheiß auf liquid chemtrails, spuckte aus, schrie begeistert auf und sprang auf und ab.

– Und dann hat sie sich bei mir entschuldigt und ich hab, schrie sie.

Aber es war niemand in der Wohnung. Wen konnte sie anrufen? Ich war großartig, verdammt noch mal youtubereif!

Gleichzeitig fühlte sie sich etwas klebrig und hatte ein dumpfes, ängstliches Vorgefühl. Seele verkauft, um zu gewinnen. Aber es hatte sein müssen. Mike war wichtiger als diese unguten Gefühle. Mike war wichtiger. Er durfte in seinem Zuhause bleiben. Und sie bei ihm.

Wenn wenigstens der Kater da wäre, der sie unbewegt mit kaltem Eulenblick aus einer Ecke des Zimmers gemustert hätte.

Natalie schaltete den Laptop ein. Sie schaute, ob Markus online war. Nein. Aber Frank war da, ein Punkt neben seinem Namen.

– wo bist du, schrieb Natalie in die Chat-Zeile, ich habe muskelrelaxans genommen und mein blutdruck ist im keller aber ich fühl mich gut ich hab gewonnen

Während der Wartezeit kaute sie an einem hervorstehenden Nagelbettwurzelchen. I am the greatest girl beneath my wings.

– Dafür sind im Sou-Keller Gespenster, antwortete Frank nach ein paar Minuten.

Natalie setzte sich auf der Couch in eine etwas bequemere Position. Hier ist das Zentrum der Welt, dachte sie. Aber der Raum, in dem dieses Gespräch stattfindet, ist unendlich groß. In den Achtzigerjahren war er noch klein, angeblich. Mehr so ein galaxiegroßes Cyberspace-Lagerhallen-Dings. Aber jetzt – im Grunde das Universum selbst. Mit Gedanken und Internet ist der Kosmos tatsächlich innen größer als draußen. Es verlangte sie danach, herzhaft zu gähnen, aber es ging nicht wirklich. Konnte man das – triumphal gähnen? Ihr erfolgloser Gähnversuch fühlte sich komisch an, und sie lachte. Ich habe keine Ahnung, was ich mache, dachte sie. Dann schrieb sie in die Zeile:

– ich hab versucht zu gähnen aber es ging nicht

– Ich wiederhole, sagte Frank. Im Keller sind Gespenster. Geh nicht in den Keller. Außerdem wohnen Elstern in den Zwischenwänden.

– elstern?

– Maulwurfs-Elstern. Sie sind überall.

– auch bei euch im sou?

– Überall. Sie pirschen sich unter den Bodenbrettern an oder kommen hinter einem Poster hervor. Und dann schnappen sie nach irgendwas. Ich habe Angst vor Maulwurfs-Elstern.

Natalie lachte. Sie wechselte über zum iPhone und drehte sich auf den Rücken. Sie hatte ein frühstücksflockenpackungmäßiges Bild von sich, von einem Mädchen, das auf dem Rücken auf einer Couch lag und nach oben blickte auf das leuchtende Display ihres Soziallebens. Beinahe fiel sie auf den Boden, ihre Beine waren so schwer. Von der Schaumrolle war ihr etwas übel. Kriegsverletzung, Auszeichnung.

– hihi

– Jetzt hab ich sie hier reingeschrieben, sagte Frank. Und jetzt sind sie auch hier. Sie sind überall. Dein Computer ist nicht mehr sicher.

– bist du high?, fragte sie.

– Mir ist langweilig, sagte er. Ist dasselbe, oder?
– ich fühl mich komisch, sagte Natalie, wie nach einem gewonnenen atomkrieg
– Ich fühl mich wie eine Maulwurfs-Elster.
– also sind sie bereits in dir?
– Überall. Sie stehlen kleine Dinge.
– auch im keller?
– Im Keller sind Gespenster.
– gespenster von maulwurfelstern?
– Nein, von kleinen Rollstuhlkindern.

Oh.

Natalie zuckte zurück. Sie war unsicher, ob Frank den angenehmen flow des Non sequitur kaputt gemacht hatte.

Sie ließ eine Minute verstreichen. Dann schrieb sie:
– äh
– Sorry, kam seine Antwort. Ich hab keine Ahnung, was ich schreibe. Draußen ist so komisch Nacht. Es sieht aus, als würde es gleich wieder hell, jeden Augenblick.
– das muss schrecklich sein für dich willst du darüber reden
– Ich bin unmöglich, sagte Frank. Arme Rollstuhlkinder. Sind ja vielleicht keine Keller-Kinder gewesen. Sondern glückliche und zufriedene und obendrein auch noch voll erfüllt dahinvegetierende behinderte

Natalie wartete. Aber es kam nichts.

Eine Minute verstrich.
– äh
– Sorry, sorry, sorry, sagte Frank. Ich bin komisch drauf heute Nacht.
– ich bin zuhause, schrieb Natalie.
– Hier sind ein paar Leute, aber die wollen nicht reden, sagte Frank.
– hast du ihnen wahrheitsserum gegeben?
– Ja, sagte Frank. Das heißt nein. Ich hab es aus Versehen selber genommen. Ihnen hab ich dafür meine Hustentropfen gegeben. Jetzt husten sie nicht mehr. Und ich kann nicht mehr lügen. Ich liebe dich, Natalie. Ich lauf dir dauernd hinterher.

– arme hustenhälse, sagte Natalie.

Dann verlor sie kurz die Chat-Zeile, weil sie auf einen falschen Punkt auf dem winzigen iPhone-Bildschirm gedrückt hatte. Verdammte Muskelrelaxans-Scheiße! Alles Unsinn, wirkte außerdem kaum so, wie sie es sich gewünscht hatte. Immer nur Lügen, überall. Leere Versprechungen. Und ich bin die Beste, zumindest heute Nacht. Ich hab ihn gerettet.

– Sorry, sagte Frank.

– sag mal die wahrheit über wahrheits-eltern

– Über Maulwurfs-Elstern?

– siehst du, sagte Natalie, du lügst ja doch. ich hab geschrieben wahrheits-elstern.

Und sie korrigierte sich:

– eltern

– Das war keine Lüge, das war ein Verleser.

– wenn ich den anderen wächter fragen würde, ob er den eingang zur hölle oder den zum himmel bewacht, was würde der antworten

Die Antwort brauchte einige Zeit.

– Ich kapier nicht, sagte Frank.

– ist nur so ein dummes altes rätsel das keiner versteht

– Aha.

– hab ich sogar darüber maturiert

– Wow. Ich liebe dich. Heute ist der 5. Dezember. Ich halte eine Ausgabe der heutigen Zeitung in der Hand. Diese Nachricht zerstört sich in fünf Sekunden von selbst.

– am besten wir gehen jetzt schlafen, sagte Natalie.

Dann fügte sie noch hinzu:

– heute ist gar nicht der fünfte dezember

Frank J. Tippler has logged off.

In beginnender Trance stand Natalie vor dem Waschbecken. Weiße Zaubersubstanz quoll aus der Zahnpastatube und zog Kreise und Spiralen im grünen Becken, herrlich, sie sang mit den wachsenden weißschaumigen Linien mit. Dann war die Tube leer, und sie stand reglos da. Ich hab dich gerettet, dachte sie. Jetzt bin ich zwar entkernt, aber ich hab dich gerettet, du verdammtes Ei. Du rundes, dummes, weißes Ei. *Fein hast du das gemacht, Natalie, und jetzt tu sie wieder zurück in die Tube.*

Im Bett wälzte sie sich mühsam von einer Seite auf die andere. Langsam bekam sie wieder Kontrolle über ihre Glieder. Wahrheitsserum gespritzt, dachte sie. Dann hatte sie plötzlich die Illusion, die Chlorluft des Freibads einzuatmen, Sommer, Schlangen vorm Eisverkauf, Turmspringer-Aufprallfontänen, Cum Cookie.

– Ich nehm das Zeug nie wieder, sagte sie in die Diktiergerät-App ihres iPhones.

Dann schickte sie sich die Audiodatei selbst per Mail. Bling, machte es. Aber Natalie öffnete die Nachricht nicht. Sie würde sich morgen darum kümmern. Ich bin die Beste, du blödes Weib, ich bin die Beste, verdammt, *I'm the man.*

Betreuerinnengespräch

In den nächsten Tagen bestätigte sich alles: Mikes Frau hatte ihre Meinung geändert. Sie werde außerdem in Zukunft weniger häufig zu Besuch kommen, sagte sie. Alle waren beeindruckt. Blicke mit hochgezogenen Augenbrauen richteten sich auf Natalie, die schnell wegschaute und spürte, wie stolze Hitze in ihr hochstieg.

Und sie bemerkte: In den glorreich rauen Betreuerinnengesprächen, die die intimsten Momente im Leben eines weiblichen Sozialberuflers darstellten, wurde nun *auf sie gewartet*, wenn sie auf die Toilette oder kurz etwas erledigen musste. Ihr Triumphgefühl wurde allmählich selbst ihr zu viel. In ihrer beschwingten Zerstreutheit trug sie viele kleine Kämpfe mit vielen kleinen Dingen aus. Ein Kugelschreiber zerging in ihrer Hand, die Kappe sprang ab, und die Spiralfeder entkam. Eine Keksdose weigerte sich, geöffnet zu werden, ließ sogar einen Riss quer durch den Deckel zu, aber bewegte sich keinen Millimeter. Ein Dartpfeil verlor seine Federn, und Natalie atmete ein winziges Federnstück aus Versehen ein und hustete und lachte, bis ihr B sanft auf den Rücken klopfte. War es die Tatsache, dass sie immer noch von ihrem strahlenden Sieg erfüllt und deshalb so ungeschickt war? Oder war ihre Seele … Nein, sie musste damit aufhören. Hollberg hatte ihr geholfen, es war ein Notfall gewesen, das war anständig von ihm. Mehr war nicht passiert.

Ihre Kolleginnen überließen ihr nun viel öfter das Wort im Betreuerinnengespräch.

– Hat eine von euch schon mal einen richtig rassistischen Traum gehabt?, fragte Natalie.

– Hmm, machte Astrid.

– Na ja, ich hab mal geträumt, sagte B, dass ich mit einer Bekannten unterwegs bin. Und ich sehe, dass sie mit einem Schwarzen zusammen ist. Ein riesiger Mann. Und wirklich vollkommen schwarz, wie Asche. Und neben mir steht die Katje. Und die Bekannte sagt: He, wir haben denselben Geschmack. Ich: Wieso? Darauf sie: Du hast eine weiße Frau, ich hab einen schwarzen Mann, wir beide mögen Menschen.

– Das ist nicht rassistisch.

– Ja, warte, sagte B. Ich hab nämlich darauf geantwortet: Würdest du das noch immer sagen, wenn ich mit einem Spielzeug-Helikopter zusammen wäre? Darauf sie: Ja.

Eine kleine Pause verging.

– Nein, sagte Natalie. Das ist nicht rassistisch.

– Doch, total, beharrte B.

– Nein, sagte Astrid. Du sagst ja nicht, mit *wem* du den Spielzeug-Helikopter vergleichst. Mit der Katje oder mit dem Dings, dem Schwarzen. Hatte der im Traum einen Namen?

– Nein, sagte B.

– Das ist rassistisch, sagte Natalie. Dass er keinen Namen hatte. Er war eine stumme Masse. So wie die Sklaven damals.

Niemand lachte.

– Nein, er war der einzige Schwarze, sagte B. Und ich finde, ihre Reaktion auf meinen Satz war rassistisch. Nicht mein Satz mit dem Helikopter. Als Kind hatte ich einmal einen ferngesteuerten, das muss man vielleicht dazu wissen.

Natalie dachte an den Formel-1-Wagen im Plastikbecken, Geschenk in Geschenk, oben auf Dorms Schrank. Vielleicht war ja auch der Schrank ein Geschenk. Eine Welt aus Geschenken, die nicht glücklich machten, also umgibt man sich mit ihnen, verwendet sie als Baumaterial.

– Fernsteuerung, sagte Natalie. Cool.

Sie begann sich in dem Gespräch wohlzufühlen.

– Das *Ja* von deiner Bekannten?, fragte Astrid. Das war rassistisch?

– Absolut, sagte B.

– Aber es geht eher gegen Helikopter als gegen Menschen, oder?

– Ah, ich weiß nicht, sagte B. Das geht wahrscheinlich in beide Richtungen.

Sie ließ ihre beiden Zeigefinger einander verfehlen.
– Das ergibt keinen Sinn, sagte Astrid.
– Es war ein Traum, sagte B.
– Ich habe einmal geträumt, ich wäre in China. Das war borderline-rassistisch. Die Leute haben sich vor mir verbeugt, mit Händen in Gebetshaltung.
– Ja, aber das machen die doch wirklich so!, sagte Astrid. In Thailand zum Beispiel.
– Aber es war China, sagte Natalie.
– Wir träumen wahrscheinlich alle mal irgendwelche furchtbaren Sachen, sagte B. Ich hab einmal einer den Kopf abgesägt im Traum.
– Wirklich?
– Willst du darüber reden?, fragte Astrid in pädagogischem Tonfall und legte B eine Hand aufs Knie.
– Es war nicht so schlimm, verteidigte sich B lachend, ich war nur so wütend auf sie, weil sie … ah, immer die alte Geschichte. Sie war ein furchtbarer Mensch. Also hab ich ihr den Kopf abgesägt. Wie ein Lenkrad. Allerdings ohne Blut, alles ganz glatt und clean.
– Warte, wieso ein Lenkrad?, fragte Natalie.
B überlegte.
– Ich habe gemeint, ein Holzscheit. So mit der Säge. Ich weiß auch nicht, warum ich Lenkrad gesagt hab. Ihr bringt mich durcheinander.
Eine kurze Pause. Dann fügte B hinzu:
– Ich finde Toni Morrison rassistisch.
– Wen?
– Die schreibt Bücher. Sie ist außerdem schwarz.
– Wie kann sie dann …?
– Na ja, sagte B. Eigentlich liest die Katje sie die ganze Zeit. Aber in ihren Büchern ist das immer ganz furchtbar. Zum Beispiel, wenn Schwarze gebären, ja? Dann sitzen sie bei der Morrison immer mythisch in einer Ecke und schreien, und es gibt viel Magie und alte Bräuche, und dann ist da ein Kind, das kann in die Zukunft schauen und ist irgendwie auch Jesus

oder was weiß ich, Südstaaten, Südstaaten, und die Weißen sind alle Verrückte und Böse, und die Schwarzen werden andauernd schwanger von ihnen, und dann sitzen sie da, und es hagelt wieder Gebärschreie. Und die Männer trinken und haben kleine Schnurrbärte und … die Sklaverei ist auch nie vorbei, sondern geht immer weiter –

– Halt, halt, halt, sagte Astrid. Das ist jetzt *wirklich*, also ich meine *wirklich*.

– Ich weiß, sagte B.

Sie schauten beide gleichzeitig zu Natalie. Und diese prallte fast zurück. Denn der Blick war einer, den sie schon oft gesehen, aber tatsächlich noch nie auf der eigenen Haut gespürt hatte: der Wunsch nach Anerkennung.

Später machten sie einander Geräusche vor und versuchten, das Schlimmste, das Entsetzlichste zu erraten, das zu diesen Geräuschen passte.

– Okay, sagte B. Okay …

– Sie hat's, sie hat was!

– Okay, okay … warte, ich weiß schon … Okay, also, ein Krebskranker –

– Bääh, hatten wir doch schon!, schrie Astrid.

– Ein Krebskranker, Knochenkrebs, sprach B weiter, und, und … und er hat total atrophierte Beine, dünn wie Glühbirnendrähte.

Sie lachten.

– Und er liegt so auf der Seite, und seine Drahtbeine schauen unten aus seinem Klinikhemd hervor und, und, und er ist umringt von seinen Lieben –

– Hihihi, kicherte Natalie und stülpte sich den Kragen ihres Pullovers übers Gesicht.

– Und er liegt so da und, äh, es ist natürlich eine amerikanische Serie, und es ist Hobie aus Baywatch, der inzwischen alt geworden ist und Knochenkrebs hat und total atrophierte Beine.

– Wie Glühbirnendrähte!, ergänzte Natalie.

Sie mochte das Bild.

– Und er liegt total todesnah auf der Seite und atmet ein und aus und sieht dann im Delirium irgendwo seinen Vater, den Ding, wie heißt er –

– The Hoff.

– Ja, den Hasselhoff, und er sieht ihn und sagt: Däääd! Däää-äd! Was geschieht mit mir? Und der Geist seines Vaters sagt, äh –

– Luke!, machte Natalie mit tiefer Stimme.

– Wer?

– Darth Vader.

– Was?

– Star Wars.

– Du liebe Zeit, sagte B. Du bist dir sicher, dass du kein Mann bist, hm? Star Wars! Das ist so ziemlich das Ekligste, was es überhaupt gibt!

– Okay, okay, sagte Astrid und berührte B am Arm (eine Geste, die bei Betreuerinnen praktisch nie zu sehen war). Er liegt also so auf der Seite, ja?

– Ja, der Junge aus Baywatch, mindestens sechzig Jahre alt, und seine Verwandten sagen zu ihm: Hobie, armer Hobie, mit wem redest du denn? Es ist doch niemand da!

– Doch, die Verwandten.

– Was?

– Na, die Verwandten sind da, um ihn herum versammelt, oder? Hast du selbst gesagt.

– Ja, okay, aber … Ah, verdammt, jetzt hast du mich aus dem Konzept gebracht.

– Erzähl's endlich fertig!, japste Natalie, die fast keine Luft mehr bekam.

– Ja, also, sagte B. Hobie liegt da und atmet schon ganz flach und dann, ganz plötzlich, ja? Also, ohne Vorwarnung – (sie ließ eine Pause anschwellen) – bricht sein Bein ab.

Natalie fiel fast vom Stuhl. Auch Astrid lachte.

– Genau so klingt's, sagte B. Oder als würde man auf eine Ratte steigen. Aber das Geräusch ist heller.

– Wow, sagte Astrid.
– Sorry wegen … Mann und so, sagte B.
– Ist schon okay, sagte Natalie. Du darfst das. Du Hupfburg, du süße.

B schaute ernst, dann lachte sie.
– Ich würde dich gern per Gedanken steuern können, sagte Natalie und streichelte ihr über die Wange.

Eine leichte Grenzüberschreitung, aber heute durfte sie es. Astrid grinste.
– Hey, sagte B. Telepathie gilt nicht.
– Wisst ihr was? Wer behauptet, er hätte niemals versucht, einen Gegenstand telepathisch zu bewegen, der lügt ganz einfach.

Die anderen nickten.

Natalie griff in ihre Tasche. Damit es etwas geheimnisvoller wirkte, führte sie die Bewegung verlangsamt aus, wie auf einer Zauberbühne. Dann legte sie die Münze auf den Tisch. All die Nächte in der Münzkammer. Vielleicht nicht umsonst.
– Probieren wir's aus, sagte sie.

Bellen

Schade, dass man jetzt nicht mehr streunen gehen konnte. Einige Hartnäckige trieben sich zwar noch an den nächtlichen Radwegunterführungen herum, aber die suchten ausschließlich junge Männer. Natalie wurde nostalgisch, als sie an den strahlenden Sommer vor drei Jahren dachte, damals war sie in Karls Wohnung gewesen, und er hatte ihr GTA4 gezeigt, die Glitches mit Bodenplatten, durch die man in einen geisterhaften Bereich unterhalb der Stadt fiel. Die Stadt entfernte sich immer weiter vom Spieler, bis sie klein wie eine Landkarte war. Karl hatte ihr außerdem das bizarre schlagende Herz in der Freiheitsstatue gezeigt und dann noch die Kunst des Helikopterflugs, Natalie gefiel die Art, wie er überall anstreifen konnte, ohne sofort zu explodieren, wie es echte Helikopter zweifellos tun würden. Bis zu diesem Zeitpunkt hatte sie nichts gesehen, was so sehr ihrer Alltagserfahrung entsprach wie dieses Spiel. Nicht die gewalttätigen Elemente, sondern das Herumgehen. Alles war zugleich für einen da und auch wieder nicht. Es war schon im Vorhinein entschieden worden, womit man interagieren durfte und was unerreichbar war. Es gab geheimnisvolle Nischen und Plätze, wo Zeit und Raum seltsame Sprünge machten. Die Idee des Streunens musste ihr an diesem Tag zum ersten Mal gekommen sein. Denn kurz darauf, sie wusste es noch genau, war sie an einem Wochenende, das sie bei ihrem Vater verbrachte, in der Badewanne gelegen und hatte die Trophäen der Nacht, die mit Sperma und Luft gefüllten und zugeknoteten Kondome, vor sich im schaumigen Wasser dümpeln lassen. Sie spielte mit den kleinen, rührenden Bojen, die so viel Leben enthielten, so viel Willen und Potenzial. Später drückte sie die Gummis aus, wusch sie und warf sie in einen Müllbehälter fern der väterlichen Wohnung.

Auf dem Heimweg von der Arbeit kam sie an dem Haus vorbei, wo sie damals Mario getroffen hatte. *Auf den Balkon ge-*

sperrt. Ihr Geschenk an ihn, die Haube. Er hatte sich bedankt. Sie überlegte, ob sie klingeln sollte, der Reihe nach bei jedem Namen, und fragen, ob ihn jemand gesehen hatte. Sie trat vor die Eingangstür und studierte die Klingelschilder. Es waren sehr viele. Außerdem gab es eine Fläche, wo man einen Code eintippen konnte wie bei einem Bankomaten. Sie probierte den ersten Namen oben links: *J. Hutmek.* Aber niemand meldete sich. Sie drückte die Taste etwas fester, wartete, nichts geschah. Sie lehnte sich gegen die Tür. Hier war er gewesen. Sie versuchte, das Sorge- und Sehnsuchtsgefühl innerlich zu übertreiben und dadurch lächerlich zu machen. Es funktionierte, ein wenig zumindest. Sie löste sich von der Tür und ging weiter.

Es war jetzt zu kalt, um lange spazieren zu gehen, es war sogar zu kalt zum Paareteilen (alle klammerten sich so aneinander, dass sie einen glatt umrannten, wenn man versuchte, zwischen sie zu geraten), also recherchierte Natalie im Internet, wie man GTA4 auf ihrem MacBook zum Laufen bringen konnte. Es schien sehr kompliziert. Sie schaltete *Teardrop* von Massive Attack ein, um sich besser konzentrieren zu können. Ich kann alles, wenn ich will. Aber dann läutete das Telefon. Es war Hollberg. Natalie saß da und starrte das iPhone an, das von ihr wissen wollte, ob sie das Gespräch annahm. Hitze stieg in ihr auf. Nein, dachte sie. Noch nicht. Ich warte noch ein paar Tage. Bin gerade unter der Dusche. Oder ich höre viel zu laut Musik. Sie stellte *Teardrop* lauter. Aber es war kein geräuschkulissenmäßiges Lied, also schaltete sie um auf R.E.M., dieses Lied über Frequenzen. Draußen hatte es zu regnen begonnen.

Die Idee, GTA4 herunterzuladen und darin ein bisschen zu streunen, zur Belohnung für ihren Stunt am Telefon mit Mikes Frau, erschien ihr nicht mehr attraktiv. Sie schaltete den Laptop aus. Die Blase war geplatzt, die heitere Musik in ihrem Kopf verstummt. Er würde bestimmt wieder anrufen.

Er tat es.

Natalie stand auf und ging im Zimmer auf und ab. Sie krallte die Finger in ihre Oberschenkel. Was kann ich denn dafür, dass ich einen Rat gebraucht habe? Scheiße, verdammte! Er soll mich in Ruhe lassen. Das iPhone hörte auf zu läuten, war einige Minuten still, dann fing es wieder an. Sie konnte nicht rangehen, denn dann wusste er, dass er sie erfolgreich so lange genervt hatte, bis sie – aber ausschalten konnte sie auch nicht, weil er dann wusste, ah, es war unerträglich! Natalie trug das iPhone ins Schlafzimmer und legte mehrere Kissen darüber, damit sie das Summen der Lautlos-Vibration nicht hörte.

Sie kehrte ins Wohnzimmer zurück und schaltete CNN ein. Menschen in einem Studio sprachen – glücklicherweise *live* – über einen Krisenherd, aber zwischendurch wurden bedrückende Bilder von Kindern mit verbundenen Köpfen gezeigt, sie konnte nicht hinschauen. Die Gegenwart der Live-Sendung war besänftigend, aber ihre Augen mussten währenddessen etwas anderes tun. Sie schrieb Markus eine Chat-Nachricht: *ich hab winzige mäuse im bauchnabel ist das schlimm?* Aber es kam keine Antwort. Die Wohnung fühlte sich unheimlich an. Vielleicht ins Souterrain? Nein, es regnete. Schneeschmelzende Maßnahmen. Und sie war auch zu müde, die Gelenke taten ihr weh, sie wollte auf der Couch bleiben. Eine unsichtbare Maus hockte auf ihrer rechten Schulter, eine andere auf ihrem Rücken. Außerdem würde der Kater vielleicht noch vorbeikommen. Durch den Regen? Sie nahm ein Buch aus dem Regal, schlug es auf und begann zu lesen. Nach drei Seiten kontrollierte sie den Namen des Autors. Sie kehrte zurück zum Text, aber wurde gleich wieder ungeduldig, es passierte kaum etwas, und sie las den Klappentext. Okay, es ging um Industriespionage. Sie studierte die Biografie des Autors und schaute sein Foto an. Er lehnte an einer Mauer und sah aus, als läse man ihm gerade seine Rechte vor. Als Natalie weiterlas, stellte sie fest, dass sie vergessen hatte, was bisher geschehen war. Sie legte das Buch weg.

Natalie ging auf den Balkon und schaute auf die Nachbarschaft. Gedämpft durch das Geräusch des Regens drang Hundegebell zu ihr.

Irgendwo bellte ein Hund, dachte sie in der Erzählerstimme des Buches.

Kunststück. Irgendwo bellt immer ein Hund. Es vergeht keine Sekunde, wo nicht irgendwo ein Hund bellt und bellt und bellt. Und Wölfe heulen, und Menschen schreien. Geburtsschreie, Todesschreie. Und dazwischen jede Menge übende Opernsänger. Und diese ganze Klangwolke reicht nicht einmal einen Kilometer hoch. Der komplette auf der Welt produzierte Schall bleibt immer in Bodennähe. Ein paar sehr laute Explosionen schaffen es vielleicht bis in höhere Luftschichten, aber sonst – alles Stille.

Das Chatsignal zwitscherte:

– Ich kann grad nicht, schrieb Markus.

Natalie schlug mit beiden Händen auf die Couch und musste den Laptop auffangen, der ins Rutschen geraten war und beinahe auf den Boden fiel. Arschloch. Keine Zeit. Was hatte er schon zu tun? Herumliegen und sich leidtun. Oder er traf sich mit einer anderen Frau, der Glückspilz. Oder er ging im Regen herum und wurde nass, ganz allein.

– langweiler, schrieb sie zurück.

Sie ging ins Schlafzimmer und holte das iPhone. Es vibrierte nicht mehr. Vier verpasste Anrufe. Sie schaltete es auf Flugmodus und machte sich ein Müsli, nahm ihre Essgeräusche auf und vermischte diese zwischendurch, indem sie aufstand und ans Fenster trat, mit dem Rauschen des Regens. Wann würde er sie wohl wieder anrufen? Er durfte ja nun, gewissermaßen, sie musste ihm dankbar sein. Ihm zuhören und so weiter. Hatte was bei ihr gut. Aber vorerst gab er Ruhe. Und der nächste Besuchstag rückte ohnehin näher. Da war das Gebell wieder. Nein, es war ein anderer Laut, er kam aus dem Fernseher. Gaza City.

Ihr fiel ein, dass ihre Mutter einmal an einem Abend weggegangen war, weil ein Hund in der Nachbarschaft Lärm machte.

– Da bellt irgendwo ein Hund, hatte sie gesagt, ich werde nachschauen, wo das ist.

Natalie und Karl waren in ein Spiel vertieft, etwas Bodennahes. Ihre Mutter stand da in ihrem Mantel – war es ein Regenmantel gewesen? Natalie bemerkte, dass sie vergessen hatte, die Milch vorzuwärmen. Aber das Müsli schmeckte auch so gut. Nein, es war kein Regenmantel. Es ergab keinen Sinn. Weshalb war sie weggegangen? Weil der Hund bellte. Natalie schaute sich nach der Fernbedienung um, aber sie saß im falschen Zimmer. Sie hielt inne. War das eine Aura? Die Erinnerungen kamen so schnell und leicht daher, so deutlich … Nein, ihr ging es gut. Sie versuchte, sich den Namen auf dem Klingelschild ins Gedächtnis zu rufen. Aber er war weg.

– Da bellt irgendwo die ganze Zeit ein Hund, hatte ihre Mutter gesagt, jeden Abend.

– Die gehen vielleicht spazieren mit ihm, sagte Karl.

Merkwürdig, sie hatte vergessen, wie er als Kind geklungen hatte. In ihrer Vorstellung hatte ihr Bruder immer nur seine Erwachsenenstimme. Ich sollte ihn anrufen. Sie machte das Fenster zu. Es wurde schnell kalt im Zimmer.

– Nein, sagte ihre Mutter. Der hat Angst. Das hört man.

Und dann war sie losgegangen, um nachzuschauen. Genau, es war an Weihnachten gewesen! Am Weihnachtsabend. Sie war lang draußen geblieben. Karl und Natalie spielten zuerst weiter, dann stellten sie sich vor der Tür auf. Wenig später rief einer von ihnen die Zeitansage an, es war eine Gratisnummer, also erlaubt, und sie lauschten zuerst abwechselnd am Hörer, dann gemeinsam, Kopf an Kopf.

Nach einer Stunde kam die Mutter zurück. Draußen war es schon vollkommen dunkel. Weihnachtsbeleuchtung überall, aber vorstädtisch spärlich. Auf ihrem Mantel frische Schneeflocken, die schnell schmolzen.

– Er hat aufgehört, sagte sie. Ich hab ihn nicht entdeckt. Er hört immer auf. Ich bin gegangen und habe gedacht: Zeig dich mir, ich bin ein Freund. Aber er hat sich nicht mehr gemeldet. Er muss wirklich fürchterliche Angst haben.

Später, im Bad beim Zähneputzen, kam die Mutter herein und stellte sich hinter ihnen auf:
– Ist das nicht schlimm, fragte sie, wenn man solche Angst hat, dass man sich nicht einmal mehr einem Freund offenbaren kann? Er wird schlecht behandelt. Das spüre ich.

Natalie legte den Löffel weg. Vielen Dank, sagte sie sich. Jetzt hab ich für den Rest des Abends mit dieser unguten Erinnerung zu tun. Großartig.

Sie schrieb an Markus:
– ich hab gerade einen anfall und schreibe dir mitten aus dem anfall
– die wände sind rot und durchsichtig
– ich höre die gedanken der stockwerke über mir

Es kam wieder keine Antwort. Verantwortungsloser Idiot. Fahrlässig. Aber gut, vielleicht rief er ihr ja gerade einen Krankenwagen. Natalie machte das Fenster wieder auf. Nur für den Fall. Wenn sich tatsächlich in einigen Minuten Sirenen näherten, würde sie zumindest die unangenehme Erinnerung vergessen.

Sie ging ins Schlafzimmer und untersuchte ihre Tabletten-Vorratsdose. Es gab Beruhigendes und Aufmunterndes. Und, jaha, Muskelrelaxans. Sie schluckte eine davon. Sie schaute auf die Uhr. In einer halben Stunde würde die Wirkung einsetzen. Endlich kam ein bisschen Leben in das Ganze. Verfluchter Regen. Und verfluchter Markus. Sinnloses Herumerinnern in vergangenen Tagen. Kein Wunder, dass sie sich scheiden ließen. Karl hatte es erstaunlich gelassen hingenommen, er hatte nicht mal geweint. Beim Einschlafen hatte er zu ihr gesagt, in seiner Klasse seien jede Menge *Scheidungskinder*. Das Wort gab es also auch. Und Natalie hatte sich vorgenommen, keinen Anfall mehr zu bekommen. Ein paar Tage später hatte sie einen und verlor beinahe die Spitze ihrer Zunge. Zwölf Stiche, sie wusste es immer noch.

Wirkung, dachte sie, Wirkung, Wirkung. Wohnhäuser mit Eingabecode, lächerlich.

Sie ging auf und ab und schlenkerte mit den Armen, um

den Blutkreislauf in Gang zu bringen. Aber verteilte sich der Wirkstoff überhaupt übers Blut? Magenschleimhaut. Darm. Tabletten lösten sich auf und dann?

Sie kehrte zurück zur Couch. CNN sendete nicht mehr live, also schaltete sie auf einen Homeshopping-Kanal. Und jetzt – irgendetwas reparieren! Oder auseinandernehmen. Etwas mit Feinmotorik. Was konnte sie tun? Stricken wäre sicher lustig, wenn nach und nach die Maschen riesig groß wurden wie kleine gähnende Münder und immer lockerer, und irgendwann zerlief das ganze Zeug. Manche Menschen malten Bilder, wenn sie auf LSD waren. Aber gut, manche Menschen waren eben todlangweilig. Markus zum Beispiel. Oh, ein Origami-Kranich! Sie holte sofort ein Stück Papier, schnitt es zu und begann. Sie erinnerte sich noch gut daran, wie es ging. Das heißt, ihre Finger erinnerten sich. Aber es ging viel zu leicht und glatt, die Wirkung hatte noch nicht eingesetzt. Ungeduldig warf sie das halbfertige Gebilde in eine Ecke. Dummer Kranich. Sie hatte in der Schule ein Buch gelesen über ein japanisches Mädchen, das tausend Kraniche falten wollte, weil es krank war, wegen Hiroshima. Wer tausend Kraniche faltet, wird gesund, hieß es. Das Mädchen faltete über tausend Kraniche und starb. Wie muss es gewesen sein, den eintausendundersten Kranich zu beginnen? Als Natalie von der Couch aufstand, um aufs Klo zu gehen, spürte sie einen leichten Drehschwindel. Sehr gut. Als sie zurückkam, war der Schwindel stärker. Sie hob eine Hand und ließ sie fallen. Ja, auch hier begann es ein klein wenig. Ich hätte das Müsli nicht essen sollen. Auf nüchternen Magen wirkt es besser. Auf einem Shoppingkanal glaubte Natalie das erfreuliche Bild von Tukanen zu sehen, die ihre Schnäbel zur Beratung zusammensteckten, dabei waren es, wie ein Zoom ergab, nur ein paar Bananen. Es ging um *selbstdesignbare* Mousepads. In der Ausbildung damals hatten alle Muskelrelaxans genommen, vor allem nach den Kursen mit den Hebe- und Stütztechniken. Das Gewicht behinderter Menschen war etwas höchst Unberechenbares. Sie nahm ein weiteres Blatt Papier, begann es zu falten und musste lachen, weil es schon viel schwerer ging. Ich sitze hier, dachte sie. In meiner Wohnung. Draußen regnet es, und ich falte einen Kranich. Meine Mutter war merkwürdig. Aber sie wollte nur einem Hund helfen. Ich sollte eigentlich auch raus in den Regen. Mario.

Die Bewegungen der Finger wurden schwach und unkoordiniert, im Grunde verwandelten sie sich in Zehen. Und ihre Schultermuskulatur entspannte sich in komischen Wellen, das war unheimlich und auch wahnsinnig wohltuend, ihr Kopf wurde schwer.

Beim dritten Kranich gab sie auf, lachend. Sie drückte und ballte ihn zusammen, was allerdings kaum mehr ging, ihre Hände hatten keine rechte Kraft. Ihr Vater hatte nie irgendwas verstanden, das war ihr klargeworden. Und auch das war witzig, irgendwie, zumindest im Nachhinein betrachtet. Ich würde jetzt gern Musik hören. Ich höre eindeutig zu wenig Musik. Sie hob eine Hand und versuchte, sie oben zu halten. Es ging, aber es war absurd anstrengend. Ich bin schwach. Ich erinnere mich. Ich bin eine Frau. Ich bin eine Schwester. Ich bin eine Betreuerin. Meine Gedanken werden rund. Wozu bin ich hier? Wozu verdammt bin ich hier? Er schreibt mir ja nicht mal zurück. Oder meldet sich über die codebewachte Gegensprechanlage. Und den doofen Hund hat sie auch nie entdeckt. Und was sag ich, wenn er noch mal anruft?

Zeit

Für die nächsten Monate war Mike von weiteren Familienbesuchstagen befreit. Er zeigte keine unmittelbare Reaktion auf diese Neuigkeit. Aber es fiel auf, dass er weniger malte und mehr schlief. Bei den Essenszeiten saß er ruhig an seinem Tisch, sprach leise und immer zum Thema. Astrid sagte, das könnte auch am Winter liegen. Im Winter werde er generell ruhiger.

– Das nennst du Winter, hm?, fragte B. Ist viel zu abwechslungsreich für Winter.

– Ja, inkohärent, sagte Astrid.

Natalie fand das Wort schön.

– Non sequitur, sagte sie.

– Ja, das wohl, sagte B. Zuerst schneit es. Dann regnet es. Morgen soll es warm werden. Ich mag gar nicht mehr in den Kalender schauen. Da wird mir richtig schwindlig. Zeitungen und Kalender. Das sind zwei Sachen, die einem das Denken vernebeln.

Astrid winkte ihnen zu. Sie hatte Nachtdienst gehabt und ging jetzt nach unten, um einige Dinge bei ihren Bezugis in den Trainingswohnungen zu regeln.

– Wie macht sie das eigentlich?, fragte Natalie. Drei, vier Nachtdienste in der Woche.

– Ist halt ihr Baby, sagte B. Das alles hier.

Vor dem Besuchstag hatte Herr Hollberg nicht mehr versucht, sie zu erreichen. Natalie war nervös. Ihr unterliefen dumme Fehler, als sie Herrn Dorm beim Schminken half. Er flippte aus und schickte sie vor die Tür. Sie ging, dankbar. Dann standen sie nebeneinander und warteten auf Hollberg. Als er kam, sah Natalie ihm sofort an, dass er allein das Telefongespräch im Kopf hatte.

Alle Freude über den für Mike errungenen Sieg wurde abgesaugt.

Und dann.

Oh nein. Nein. Aah. Aber sie musste, oh Gott, sie musste stillhalten: Herr Hollberg umarmte sie. Hielt sie. Lange und innig. Seine verschwitzte Hand legte sich sogar in ihren Nacken, und er streichelte über ihren Rücken abwärts. Und dann: Küsschen links, Küsschen rechts. Ich hasse dich, Mike Ulrichsdorfer. Ich hasse dich und deine Frau. Ich hoffe, ihr sterbt. Ich hätte niemals.

Endlich ließ er sie los. Er lächelte.

– Haha, so baut man Salzsäulen in die Landschaft, sagte er.

– Nein, brachte Natalie hervor. Es ist. Nur mein Rücken.

– Verspannungen, sagte Herr Hollberg. Entschuldigung, falls ich zu fest gedrückt habe. Dagegen gibt es aber gute Spritzen. Direkt in den Muskel, Thema erledigt.

Er bohrte einen Zeigefinger in seinen Bizeps und machte:

– Tsss.

Herr Dorm fuhr vor, hübsch gemacht wie immer. Sein Gesicht wirkte heute fast wie das einer Geisha. Porzellanartig. Seine Lippen in einem dunkelvioletten Farbton. Herr Hollberg musste lachen, als er ihn sah. Dorm deutete es als Freude und kam näher herangerollt. Er streckte die Arme aus, und Herr Hollberg, der nur schwer ausweichen konnte, ohne Natalie umzurennen, ließ es zu, von zwei kräftigen Armen umschlungen zu werden. Sein Lächeln wurde bleiern und duldsam, der Gesichtsausdruck eines Leistungssportlers.

– Jaja, sagte er. Ist ja gut.

Aus seiner Tasche zog er einen kleinen durchsichtigen Beutel. Daraus nahm er ein Stück Schokolade. Herr Dorm aß es ihm aus der Hand, buchstäblich. Hollberg schaute Natalie herausfordernd an, als wäre der Vorgang eine Mitteilung an sie. *Dann frisst sie dir aus der Hand.* So hatte er es am Telefon gesagt.

Herr Dorm kaute und schluckte.

– Und, schmeckt's?

– Super, Chris. Wie immer.

– Hab ich mir gedacht. Es ist wirklich der beste Laden auf der Welt. Allein das schon ein Grund, nie umzuziehen.

Er hielt Natalie den Beutel hin. Sie hob eine Hand und lehnte ab. Selbst während er die Süßigkeit kaute, unterbrach Herr Dorm nicht den Blickkontakt zu seinem Besucher. Er strahlte ihn an mit einem Ausdruck, der das hellweiße Wort *ewiglich* in Natalies Kopf zauberte. Dies brachte Herrn Hollberg dazu, den Kopf zu schütteln und zu sagen:

– Mein Gott, schau ihn dir an. Wie ein Kater. Hatten wir ja schon, die Geschichte. So begeistert, hm?

Herr Dorm lachte geschmeichelt.

– Und kaut mit offenem Mund, pfui. Das ist fast so schlimm wie Leute, die die I-Punkte in einem Satz erst ganz zuletzt einfügen, wenn alle Wörter schon dastehen. So tupf, tupf, tupf. Unkultiviertes Pack.

Zu Natalie sagte er:

– Ich weiß nicht mehr, ob ich das vielleicht schon gefragt habe, aber: Hast du mal seine Briefe gesehen?

Natalie schaute ihn an. Sie wusste es gar nicht. Hatte sie?

– Handschrift, sagte Herr Hollberg. Ist irgendwie das Persönlichste, was es gibt, oder? Oh, Achtung –

Er schnippte gegen Dorms Nase. Dieser hielt sie fest und kicherte.

– Du kleiner Klumpen Freude, sagte Herr Hollberg mit zusammengebissenen Zähnen. Man möchte ihn wie Plastilin zusammenkneten, oder? Man möchte ihn formen, bis er rund ist und in einen Kanonenlauf passt. Würdest du gern mal in einer Kanone stecken, Superman? Und dann *pchchchch* durch die Manege gefeuert werden? Oder, hey, noch besser, in einer Zeitmaschine? Das wär's doch. Eine Zeitmaschine, nur für uns zwei.

Als sie spazieren gingen, nahm Natalie zwei Regenschirme mit. Dem Wetter war nicht zu trauen. Immer noch brannte die Umarmung von Herrn Hollberg auf ihr. Besonders die Stelle im Nacken fühlte sich entehrt an. Sie hatte mehrmals mit ihrem Schal darüber gewischt, aber die Nerven wollten nicht vergessen.

– Wenn du eine Zeitmaschine hättest, was würdest du tun?
– Ich weiß nicht, Chris.

Die Luft war immerhin angenehm frisch. Man konnte sich darauf konzentrieren. Ich werde immer sauberer, je länger ich hier draußen gehe.

– Zu welchem Datum würdest du zurückgehen und alles besser machen?, fragte Herr Hollberg.

Sein Gesicht nahm dabei einen leidenden und zugleich entsetzt amüsierten Ausdruck an. Als wollte er sagen: *Ich kann nicht glauben, dass das hier wirklich geschieht.*

– Sag mir, sagte Herr Hollberg, zu welchem Tag, oder noch besser, zu welcher Nacht würdest du zurückgehen? Wenn du eine Zeitmaschine hättest. Ich möchte nur das von dir wissen. Dann füttere ich dich mit Pralinen, soviel du willst.

Herr Dorm wirkte verlegen. Wie ein überfragtes Kind. Er schüttelte den Kopf und sagte, er wisse es nicht.

– Ah, fällt ihm nicht ein, sagte Herr Hollberg zu Natalie. Hol mich der Teufel, es fällt ihm nicht ein. Na ja, manche sind eben gesegnet.

Es war reine Selbstquälerei. Wozu war das gut? Warum besuchte er ihn jede Woche? Diesen Irren im Rollstuhl. Aber Hollberg schien es auch zu genießen, dass man ihn dabei beobachtete und sich Gedanken machte. Er sonnte sich in diesem Betrachtetwerden, in der Verwirrung des Zuschauers. Immer wieder warf er kurze Blicke seitwärts, auf Natalie. Wenn sie etwas langsamer ging, war es stets Herr Hollberg, der wartete, bis sie zu ihnen aufschloss.

– Superman, tust du mir einen Gefallen?
– Ja, Chris.
– Denk darüber nach. Was du tun würdest, wenn du in der Zeit zurückgehen könntest. Einfach nur nachdenken. Kannst du es zumindest versuchen? Es kann auch etwas ganz Banales sein.

Dorm versprach es.

Herr Hollberg trug einen Mantel, auf dessen Rückseite FNORD aufgedruckt war. Der Mantel hatte eine seltsame Farbe. Wie bestimmte Hunderassen, die merkwürdig grau-blau-braun waren, eine Farbe, die man sonst nirgendwo zu Gesicht bekam und die zur Folge hatte, dass der Hund oft gar nicht richtig sichtbar wirkte und vor bestimmten Hintergründen sogar transparent erschien.

– Aber so eine Zeitmaschine an sich wäre schon was Feines, oder?

Nun, was sollte Natalie sonst auf eine solche Frage antworten, außer:

– Bestimmt.

In Wirklichkeit stellte sie sich eine Zeitmaschine als etwas ausgesprochen Entsetzliches vor. Nicht wegen der Dinge, die man damit seinem eigenen Großvater antun konnte, sondern allgemein. Wenn eine Zeitmaschine gebaut würde, könnte man mit ihr natürlich immer nur bis zum Punkt ihrer Entstehung zurückgehen. Einzelne Atome oder auch zusammenhängende größere Zellgebilde reisen bis zu diesem Datum zurück und bewegen sich dann wieder in natürlichem Zeittempo vorwärts, bis sie vielleicht ein weiteres Mal zurückspringen. Und so weiter. Eine Zeitmaschine zu erschaffen wäre, wie ein Ventil zu öffnen, durch das Zeit ausläuft. Als hätte man zwei riesige Becken, das eine voll schwarzer, das andere voll roter Flüssigkeit, und dann schlägt jemand ein Loch in die Trennwand zwischen den Becken. Am Ende hat man eine braune Brühe. Und genau das bekäme man, nur eben mit Zeit: einen Brei, ohne Vorher und Nachher. Ein ausgelaufenes Kontinuum. Und die Menschen aus der Vergangenheit treiben für alle Zeiten (für alle *Zeiten*?) ahnungslos auf dieses vor ihnen liegende Brei-Chaos zu, in dem sie verschwinden werden.

– Chris?, sagte Dorm. Ich komm auf nichts.

– Du bist glücklich im Hier-und-Jetzt, hm?

Herr Dorm nickte.

– Ja, ich stelle mir das auch als den besten Zustand vor, sagte Hollberg und wandte sich an Natalie. Nicht?

Natalie sagte, da sei sie überfragt.

– Ah, heute sind alle überfragt, sagte er.

– Ich bin nicht überfragt!, protestierte Dorm, der es hasste, wenn auf Ähnlichkeiten zwischen ihm und seiner Betreuerin hingewiesen wurde.
– Aber ihr habt ja recht, es ist schon sehr schwierig, sagte Herr Hollberg (er wirkte jetzt wie ein Lehrer an einer Tafel). Man gerät da immer schnell in die Nähe von großen Menschheitsfragen. Da will natürlich niemand was Falsches sagen. Und das Im-Hier-und-Jetzt-Sein, klar, das hat schon was. Wie ein Hund, einfach im Augenblick existieren. Wenn man eine bestimmte Energie im Raum nicht mag, geht man raus. Wenn man sie mag, bleibt man. Das ist ein super Konzept, wenn man's sich genauer überlegt.

Seine Hand legte sich in den Nacken von Herrn Dorm, dessen Gesichtsausdruck sich dadurch nicht änderte. Er schüttelte ihn sanft hin und her. Natalie musste an den Ausdruck *kleiner Racker* denken.
– Aber stell dir mal vor, sagte Hollberg zu Dorm. Superman, stell dir vor, du könntest zurückgehen zu irgendeiner historischen Persönlichkeit, ja? Zu einem Mann, über den du gern alles wissen möchtest. Also springst du mit der Zeitmaschine zu ihm in die Vergangenheit und studierst ihn, schaust ihn dir an, wirst sein Anhänger, lebst vollkommen in seiner Welt. Das wäre doch absolut …

Herrn Hollbergs Gesicht hatte einen eigenartigen Ausdruck, möglicherweise unterdrückter Übermut. Er sprach seinen Satz nicht zu Ende.
– Ja, Chris, sagte Herr Dorm.
– Wüsstest du jemanden?, fragte Hollberg in Natalies Richtung, allerdings ohne sie anzuschauen.
– Ich? Nein, tut mir leid.
– Sicher nicht?
– Darüber hab ich mir nie Gedanken gemacht.
– Ah ja, sagte Herr Hollberg.

Die Regenschirme wurden Natalie nach einiger Zeit lästig. Also hängte sie sie mit den Griffen an den Saum ihrer Brusttasche. So pendelten sie zwar beim Gehen gegen ihren Oberkörper, aber sie hatte beide Hände frei. Der Vorteil eines Sacks voller Hirschgeweihe.

– Schöne Kombination, sagte Herr Hollberg.

Natalie lächelte höflich.

– Bei unserem Telefongespräch, sagte Hollberg, da hab ich mir überlegt, dass du darin bestimmt sehr gut bist. In der Wahl der richtigen Kombination, meine ich. Fehlt nur noch der Operationstisch.

– Was?

– Und die Nähmaschine. Egal. Ist nur ein Zitat aus einem alten Buch. Vergiss es. Aber schon komisch, dass ich bei dem Bild von einer Nähmaschine und einem Regenschirm, die einander begegnen, immer an eine menschliche Form denken muss.

Natalie nahm ihr iPhone und gab *nähmaschine regenschirm operationstisch* ein. Einige Einträge erschienen. Und ein Bild von … warum ein Bild von einem Pissoir? Seltsam. Aber den Titel hatte sie schon mal gehört.

– Ich bin jedenfalls froh, dass ich dir helfen konnte, sagte Herr Hollberg. Bei so was Wichtigem.

Natalie steckte das Handy ein.

– Ja, danke noch mal, sagte sie. Es war wirklich hilfreich.

Herr Dorm wurde unruhig. Natürlich missfiel ihm die Richtung, in die das Gespräch nun ging. Ein Telefongespräch, von dem er nichts wusste?

– Superman, sagte Hollberg. Was würdest du sagen, wenn jemand käme und dich in ein anderes Wohnheim bringen würde? Eines, wo ganz andere Regeln herrschen.

Herr Dorm blieb stehen und schaute die beiden aufrechten Gestalten ängstlich an. Er sagte nichts. Aber es war klar, dass er glaubte, es habe hinter seinem Rücken Verhandlungen über diesen Punkt gegeben. Telefongespräch.

– Warum?, fragte er.

– Ich frag mich nur, ob du die richtigen Worte finden würdest, um die Leute von dieser Entscheidung abzubringen. Was würdest du sagen?

Herr Dorm blickte zu Natalie, aber sie wusste nicht, was sie sagen sollte. Etwas Beruhigendes, sagte die Maus auf ihrer Schulter. Sag ihm, dass es nicht um ihn geht. Aber sie fühlte sich irgendwie komisch, ihr Gesicht war heiß und ihre Hände schwer. Ich hab mich zu warm angezogen. Haben wir dieses Gespräch nicht schon einmal geführt?

– Ich weiß, was ich sagen würde, sagte Herr Hollberg ruhig. Aber du? Ich meine, du kannst die Leute doch zu allem bringen. Zumindest früher. Oder? Denk nach. Stell dir vor, wir könnten uns sonst nie mehr sehen.

– A-aber, ich hab doch, ich hab doch nichts gemacht, warum …

Wieder schien er Natalie anzuflehen, das unheimliche Schauspiel zu beenden.

– Es ist ja nicht so, dass, begann sie.

Aber ihr war bleiern zumute, und durch Sprechen wurde es schlimmer.

– Nein, mach dir keine Sorgen, lachte Herr Hollberg. Oder nein, mach dir Sorgen, denn nur so kommst du auf die Lösung. Es muss Feuer dahinter sein, sonst bewegen sich Himmel und Hölle nicht.

– Ich weiß nicht, Chris. Ich würde nicht gehen.

– Ja, das sagt sich leicht.

– Chris, bitte!

– Ist ja gut, knurrte Herr Hollberg. Ist ja gut. Es ist nur eine Fantasie, okay? Es geht nicht immer nur um dich. Ich wollte nur, dass du mitspielst, Herrgott.

Er seufzte.

– Okay, natürlich, ich spiele mit, Chris!

– Wunderbar, sagte Herr Hollberg. Also, hier die Prämisse. Sagt man das so? Prämisse. Das Wort fühlt sich komisch an, oder?

Sag das nicht, dachte Natalie. Wörter, die sich komisch anfühlten, konnte sie jetzt gar nicht gebrauchen. Prämisse. Prä. Mis. Se. Ah, verdammt.

– Nähmaschine und Regenschirm, sagte Herr Hollberg. Beginne damit. Stell dir vor, du müsstest deine Erklärung, dass du lieber nicht umziehen möchtest, mit diesen beiden Dingen beginnen.

– Ich glaube, sagte Natalie. Es wird vielleicht besser sein, wenn wir …

Herr Hollberg hob eine Hand.

– Lass ihn, sagte er. Er kann das. Ich hab ihn schon oft erlebt. Er muss nur aus seiner Schale raus. Er ist ein Krebs.

Bei dem Wort zuckte Herr Dorm ein wenig zusammen.

– Aber wir stehen hier mitten auf dem Gehsteig, sagte Natalie.

– Oh, machte Herr Hollberg.

Er ging weiter. Die anderen folgten ihm.

– Regenschirm und Nähmaschine, sagte Dorm. Ich weiß nicht, Chris. Das Spiel ist mir zu schwierig.

Dem folgte nichts. Man bewegte sich schweigend weiter in irgendeine Richtung.

– Einmal, im Sommer, sagte Herr Hollberg, da ist mir etwas Interessantes passiert. Es war in der Zeit nach ihrem Tod. Ich war mit der Transsib unterwegs und bin in Ulan Bator ausgestiegen. Da gab es ein Hotel, in dem ich einige Tage gewohnt habe. Ich hatte noch dieses letzte bisschen Mushrooms dabei. Also Psilocybin, in Schokolade. Ziemlich übles Zeug. Aber ich hab das dort genommen, und, na ja, es war sozusagen der letzte Tropfen, den es gebraucht hat. Da war sie wieder. Als wäre sie am Leben. Ihr könnt euch sicher vorstellen, wie mir zumute war. Mitten in einer Stadt, wo wirklich kein Mensch irgendwas versteht von dem, was man zu ihm sagt. Und da war sie. Was sagst du dazu, Superman?

Immer spielen die Geschichten im Sommer, dachte Natalie. Dann fiel ihr auf, dass das kaum der interessanteste Punkt an dem gerade Gehörten war. Herr Hollberg erzählte von seiner toten Frau. Und dass er ihr unter Drogen wiederbegegnet war. In Ulan Bator.

– Alle singen immer Loblieder auf diese Pilze. Aber mir war das zu viel. Die darf man nicht einfach so an Menschen verteilen, in Schokolade. Das ist Körperverletzung.

Natalie musste kurz stehen bleiben. Ihre Schulter tat weh, und sie dehnte sie, damit es besser wurde. Die Therapiemaus tänzelte dabei hin und her, um das Gleichgewicht zu wahren.
– Nicht so wie diese, keine Angst!, sagte Herr Hollberg und präsentierte die von ihm gekaufte Schokolade. Die ist ganz normal.

Natalie fühlte eine gewisse Erleichterung. Ganz normal.

Aber ich hab ja gar nichts davon gegessen, korrigierte sie sich.
– Jedenfalls, sagte Herr Hollberg. Es ist so, dass ich da gemerkt habe, man kann wirklich jeden Zustand auf Erden hervorrufen. Es gibt nichts, was es nicht gibt. Zumindest in der Hinsicht.
– Ja, Chris.
– Also existiert irgendwo in deinem kleinen runden Kopf (er fasste kurz nach ihm) auch genau das Bild, das du heraufbeschwören müsstest, um die Leute davon abzuhalten, dich in einen anderen Blumentopf zu verpflanzen. Superman.

Natalie fühlte sich schon etwas besser. Es war wohl nur ein vorübergehendes Kreislaufproblem gewesen. Oder ein bisschen Aura.
– Jeden Zustand. Egal, welcher Effekt. Alles geht. Hau ruck, der Rollstuhl schwebt! Und keiner findet was dabei. Geht alles.
– Haha, Chris, ja.
– Und?, fragte Herr Hollberg. Würdest du gern mal nach Ulan Bator? Auf der Suche nach der Letzten ihrer Art? Geister-Gitarrenjagd in der mongolischen Steppe?

Natalie konnte nicht mehr wirklich folgen. Aber es schien auch nicht so, als würde Herr Dorm unter den Bemerkungen seines Besuchers leiden.
– Du weißt doch, was ich meine, oder?, sagte Herr Hollberg zu Natalie. Er redet offenbar heute nicht so gern mit mir. Aber du müsstest doch wissen, worum es geht?
– Oh, sagte Natalie. Jaja, ich glaube schon.
– Ah ja, sagte Hollberg. Hab ich mir gleich gedacht.

Ich komme überhaupt nicht mehr mit, sagte sie sich. Nonsense. Nonseq. Aber nicht von der angenehmen, befreienden Sorte. Sondern das Gegenteil. Sie sehnte sich – es überraschte sie selbst – nach Klarheit.

– Ich kann nicht wirklich folgen, sagte sie.

– Ach so ist das. Ja. Na, dann muss ich schauen, wie ich das besser formuliere. Es ist ja auch ziemlich schwer. Worum es mir geht, ist: Es gibt gewisse Zustände, zum Beispiel Dankbarkeit, ja? Ein bestimmter Mensch steht in der Schuld eines anderen Menschen, aber er verhält sich nicht so. Oder ein epileptischer Anfall. Das sind zwei verschiedene Zustände. Komisches Wort, oder? Zu-stän-de.

Natalie sagte sich, dass nichts komisch an dem Wort war.

– Damals unter der Einwirkung der Schokolade, sagte Herr Hollberg. Da ist alles zusammengekommen. Ich meine, es wirkt ja nur zwei Stunden, zumindest diese kleinere Dosis. Aber da kam alles wieder. All die Dinge, die man sagen kann und die dann bestimmte … Verstehst du jetzt?

Er berührte Natalie an einem der beiden Regenschirme, als wäre er ein Teil von ihr.

– Diese Kombination, klar? Diese Frage, was war zuerst? Der Regenschirm oder unsere Unterhaltung? Man sieht alles wie unter Stroboskop-Blitzen. Wie wenn man innerlich durch eine Allee fährt und die Sonne macht dieses Frrrrr zwischen den Bäumen. Kennst du sicher.

Natalie nickte.

– Oder wenn man dann, immer noch unter Einwirkung der Droge, vor dem Spiegel steht und zu kotzen versucht. Aber es geht nicht. Du musst dich aber übergeben, weil du sonst immer weiter verdaust und die Wirkung der Pilze anhält, klar? Also denkst du an die schlimmsten Dinge, die dir einfallen. Dinge, die dich auf alle Fälle zum Kotzen bringen. Du stellst dir, was weiß ich, zum Beispiel vor, einen an hämorrhagischem Fieber erkrankten Menschen in den Mund zu nehmen. Nicht nur einzelne Körperteile, sondern den ganzen Menschen, einen Däumling, der von Ebola oder irgendeiner fürchterlichen Krankheit befallen ist. Winzige Blutungen, winzige Augen, winzige Zähne, und das alles bewegt sich auf deiner Zunge, stößt gegen deinen Gaumen. Der runde Kopf des Däumlings berührt deinen Gaumen wie eine weiche Fingerkuppe.

Natalie schluckte.

– Immer noch nichts, sagte Herr Hollberg. Du weißt zwar, dass die Vorstellung unglaublich ekelhaft ist, aber es nützt nichts. Es kommt nichts. Da ist das Gift in dir, das die seltsamen Zustände hervorruft, und das mitten in der Mongolei, wo du niemandem erklären kannst, was mit dir passiert. Und draußen herrscht dieses fürchterliche gelbe Steppenlicht. Also stellst du dir vor, wie du den kleinen Ebola-Patienten auf deiner Zunge ganz nach hinten schiebst, bis du kurz davor bist, ihn zu verschlucken. Der schwerkranke Däumling bewegt sich ein bisschen, so kleine Ruderbewegungen. Seine Konsistenz ist in etwa die von einem mit Flüssigkeit gefüllten Ballon. In ihm schwimmen winzig kleine Organe, lösen sich auf, bluten aus. Wie zerdrückte Erbsen. Aber immer noch nichts. Und dir läuft die Zeit davon. Magen und Darm arbeiten an der Verteilung der Substanz. Aber du kannst immer nur daran *denken*, dass es ekelhaft ist, aber … es würgt dich nicht. Stell dir vor, wie verwirrend das ist! Wenn es dich *innerlich* würgt, aber äußerlich nicht. Also machst du noch einen letzten Versuch und stellst dir was anderes vor. Nämlich, wie dir jemand ein Insekt in den Mund schiebt, langsam, eine Stabheuschrecke, mit Bindfäden umwickelt, damit sie ihre Flügel nicht spreizen kann. Sie vibriert, sie zittert, sie will nicht in diesen Rachen geschoben werden, sie hat Todesangst. Sie beginnt mit ihren Flügeln zu brausen. Sie vibriert stärker.

– Igitt, sagte Natalie.

– Dann wird dir plötzlich klar, warum du dich nicht übergeben kannst. Und weißt du, was der Grund ist? Du hast dich schon übergeben. Mehrere Male. Da im Hotelzimmer, in Ulan Bator. Es ist alles vollgekotzt. Du hast die Zeitebenen durcheinandergebracht und bist jetzt längst immun gegen die Übelkeit.

Eine Pause trat ein. Herr Hollberg blickte zu Natalie, als

prüfe er den Effekt, den das Gesagte auf sie hatte. Natalie spürte, dass es das Beste war, zu antworten:
– Hm, verrückt.
– Oder die rätselhafte Zauberkraft desjenigen, sagte Herr Hollberg, der Gesundheit sagt, bevor jemand niest, und ihn dadurch vom Niesreflex befreit. Meist natürlich, haha, zu dessen Ärger und Enttäuschung. Seine Magie liegt genau in der Umkehrung der normalen kausalen Folge. Eine jeden Tag mehrmals wiederholbare, elegante Widerlegung der Zeit. Ist dir sicher auch schon passiert.
– Ja, Chris, sagte Dorm.
– Möchtest du dich kurz hinsetzen? Es ist alles irgendwie so halb, oder? Es ist …

Er schaute Natalie forschend ins Gesicht. Natalie schüttelte den Kopf.
– Nein, alles in Ordnung. Ich verstehe nur nicht ganz, worauf das.

Warum hielt er ihre Hand fest? Aber er ließ schon wieder los.
– Ah, natürlich. Ich habe mal in diesem Buch von Oliver Sacks eine Geschichte gelesen, in der einer der postenzephalitischen Patienten sieht, wie jemand eine Pfeife anzündet. Aber er sieht die Wirklichkeit nicht mehr als einen Film, sondern als einzelne Bilder. Wie eine Slideshow. Und dann bemerkt er, dass er das Bild mit der angezündeten Pfeife vor dem Bild mit dem angezündeten Streichholz gesehen hat.

Natalie stellte es sich vor.
– Komisch, sagte sie.
– Ja, finde ich auch. Warum bist du stehen geblieben?

Natalie schaute an sich herunter. Sie ging doch. Sie alle gingen. Herr Dorm drehte sich zu ihr um.
– Bin ich?, fragte sie.
– Okay, sagte Herr Hollberg. Vielleicht sollten wir uns wirklich kurz hinsetzen. Alle drei. Nur für eine Sekunde. Du bist sehr bleich.
– Nein, sagte Natalie. Mir geht's gut.

– Ihr geht's gut, Chris, sagte Herr Dorm.

Der Satz war mit solcher Aufrichtigkeit gesagt worden, dass beide ihn anschauten.

– Ah, Spielverderber, sagte Hollberg. Jetzt hast du den Strom durchbrochen. Scheiße. Sie war ja schon kurz vorm Umkippen! Mein Gott. Na gut. Gehen wir weiter.

Auf dem Rückweg schwieg Natalie. Ihr Herz klopfte. Als sie sich verabschiedeten, sagte Herr Hollberg:

– Hey, nichts für ungut. War nur ein Spaß und so weiter. Ein Spiel. Ich wollte nur … ich hab gedacht, wir hätten da letztens am Telefon einen Draht zueinander gefunden. Wäre schade, wenn ich das gleich wieder vergeigt hätte.

Sie versicherte ihm eisig, dass das nicht der Fall sei. Er tat erleichtert und deutete sogar eine Verbeugung an. Natalie hatte die sekundenlange Vision von fallenden Felsen, die ihn im Nacken trafen. Das Wort *Osterinsel* kam ihr in den Sinn.

– Remember Ulan Bator!, sagte Herr Hollberg und deutete, schon im Weggehen, mit zwei Zeigefingern auf Natalie.

Dann war er weg, die Glastür ging zu, und sie wartete nicht mal ab, bis sie außer Sichtweite von Herrn Dorm war. Sie fluchte und zeigte dem Phantom beide Mittelfinger.

– Hey, es war doch nur Spaß!, jammerte Dorm hinter ihr.

Sie drehte sich um. Er saß da, eingeschüchtert, mit einem welpigen Gesichtsausdruck.

– Jaja, sagte sie.

Sie ging ins Nachtdienstkämmerchen, um abzukühlen. Es war immer kalt dort, also musste es wirken. Es ging ihr selbst gegen den Strich, dass sie sich über die eben erlebte Szene so sehr ärgerte. Szene war das falsche Wort. Aktion. Ah, egal. Was hatte das alles für einen Sinn gehabt? Was hatte er erreichen wollen? Dass sie einen Anfall bekam?

Reg dich nicht auf, sagte sie sich.

Aber es half nichts. Sie spürte einen enormen Druck von allen Seiten. Die Wände waren zu nahe. Selbst ihre eigenen Handflächen waren ihr zu nahe. Ich steigere mich zu sehr rein, dachte sie, zog das iPhone aus der Tasche und rief Markus an. Es dauerte, bis er ranging.

– Hallo?, sagte er.

Er klang, als wäre er außer Atem.

– Hallo, sagte Natalie.

– Warte, ich kann dich nicht hören.

Im Hintergrund hörte sie laute Musik. Und Markus' Stimme, die irgendetwas brüllte. Sie verlor die Geduld und legte auf. Ihr wurde heiß. Ihr Herz schlug. Das zusammenhanglose Gerede von vorhin kam zurück und füllte ihr Gedächtnis, das Geschwätz über Drogen und über Verwirrung. *Es gibt gewisse Zustände, zum Beispiel Dankbarkeit, okay?* Ich habe einen Wutanfall. Das ist es, was mit mir los ist. Ich bin einfach wütend. Sie schlug sich mit dem Knöchel auf die Kniescheibe. Drogen. Visionen. Sie musste an die Geschichte von der violetten Substanz denken und an das dumme, begeisterte Grinsen des Zivis. Natalie stand auf.

Sie musste sich irgendwie abreagieren. Schweißausbruch, Halsenge. Scheiß auf *unfair* und *Übertragung* und weiß der Teufel was noch alles. Sie fand Marcel im Sozialraum. Sie stellte sich vor ihn und sagte, dass sie nachgedacht habe darüber, was er damals erzählt habe über die violette Substanz, und dass ihr da klargeworden sei, was sie immer so störe bei Drogen. Klar, sie habe natürlich auch ein wenig mit ihnen experimentiert, keine extremen Sachen, die zu etwas so Saudummem führten wie einer Erleuchtung oder einer Vision. Denn genau das sei ja das Problem: dieser Zwang zum tiefen Erlebnis, zur *Erfahrung*. Die Leute, die Drogen nahmen, lebten immer *nach* ihrem ersten großen Trip. Ihr Leben hatte dieses neue Zentrum, oder eigentlich nicht Zentrum, man sollte besser *Anker* dazu sagen. Marcel nickte verständnisvoll und wollte etwas erwidern, aber Natalie sprach weiter: Es sei ihr jetzt eingefallen, wie sie ihre Ablehnung gegenüber Drogen am besten beschreiben könne: Kinderbücher. Ja, Kinderbücher seien genau wie Drogen, halt, lass mich ausreden, bei einem Kinderbuch sei es nämlich so, dass sich ein Erwachsener hinsetzt und sich denkt: Nun, wie war denn das, als ich Kind war, wie weit war denn damals mein Horizont? Und dann beginnt er zu schreiben und *versetzt sich hinein*. Das sei schon mal extrem widerlich und herablassend, sagte Natalie, aber warte, warte, denn jetzt kommt es nämlich: Drogen sind genau wie Kinderbücher, in denen sich ein Mensch mit viel größerem Horizont als seine Leser auf ihr beschränktes Niveau herunterbequemt. Was der Kinderbuchautor mit den Kindern macht, das machen die chemischen Verbindungen in den Drogen mit dem Gehirn. Es sollte alles interessant finden, das Gehirn, ja, es wurde sogar um die Fähigkeit betrogen, sich zu langweilen, wie ein Kinderbuchautor, der alles vorhersehen kann und immer klüger ist als seine dummen, kleinen Leser.

Natalie merkte, dass ihr der ganze Vergleich zerfallen war, er funktionierte nicht.

– Oh-kay, sagte Marcel.

Und da fiel ihr ein, dass es ja gar nicht er gewesen war, der ihr damals über diese merkwürdige Droge und die violette Substanz berichtet hatte, sondern der andere Zivi. Der davor, andere Generation. Sie sahen einander überhaupt nicht ähnlich, auch die Stimmen klangen ganz anders. Sie hatte sie verwechselt. Sie entschuldigte sich und ließ Marcel stehen.

Sie hatte nun wirklich Angst. Wenn ihr in diesem Augenblick ein Gegenstand auf den Boden gefallen und niemand in der Nähe gewesen wäre, um ihn für sie aufzuheben, hätte sie ihn vermutlich liegen lassen müssen. Der Tod lagerte um sie herum, eine feine Strahlung, ein Wasserfallrauschen hinter den Gebäudemauern. Herr Hollberg hatte Substanzen erwähnt. Vielleicht hatte er ihr damit seine Duellwaffe verraten? Dorm war auch nicht weiter darauf eingestiegen, ihm sagten diese ganzen Dinge offenbar nichts.

Ich muss es jemandem sagen, dachte sie. Aber wem? Und was? Es war wieder dieselbe Situation wie damals mit dem ölverschmierten Vogel. Im Grunde waren doch alle nur neugierig, wie das Ganze ausgehen würde! Auf welche Weise er ihn am Ende …

Gott, diese Hitze. Ich kann hier nicht richtig atmen.

Natalie stellte sich vor, wie Herr Hollberg am Grab seiner Frau stand und ihr von seinen Fortschritten berichtete, wöchentlich, immer nach dem Besuch. Er malte ihr aus, wie er ihn quälen, welche Körperteile er zuerst entfernen würde. Natürlich würde er das alte Spiel *Auf was kannst du verzichten?* spielen, und selbstverständlich käme die Zunge als Erstes dran. Dann die Fingerspitzen.

Zum ersten Mal dachte sie das Wort *Polizei.* Es war oval und rot, und wenn man es länger dachte, bekam es eine zunehmend gebäudeartig komplexe, turmuhrige Dimension. Man konnte innerhalb des Wortes nach links oder rechts abbiegen.

Das alte Gefühl stellt sich ein. Um-mich-herum.

Aurig. Aber in der Wirklichkeit.

Ich bin nur überfordert geht wieder vorbei. Ich muss mich hinsetzen in weniger als zwei Stunden okay. Der falsche Zivi. Ich bin um mich herum das Gefühl wieder da. Nein, bitte. Der erste Anfall wo meine Mutter nicht da ist um meine Tummen meine Turmuhren zu

Astrid fand Natalie zusammengekrümmt auf einem Stuhl in der Betreuerküche. Sie legte eine Hand auf ihren Nacken, und Natalie fuhr hoch, sie hatte sich erschreckt.

– Alles in Ordnung?

Natalie sagte sich, dass sie die Frage verstanden hatte. Sie blickte Astrid an.

– Hey, alles okay mit dir?, sagte Astrid.

– Ja, brachte Natalie nach einer Weile hervor. Es war nur. Ich hab geglaubt, ich krieg einen Anfall. Es war so wie, wie.

Sie hielt einige Finger in die Höhe.

Astrids Gesichtsausdruck wechselte sofort in einen anderen Modus. *Professional.*

– Und dann sitzt du noch?, sagte sie sanft, und jetzt kamen Hände an Natalies Schultern und zogen an ihr, und dann lag sie auf dem Küchenfußboden, und weiche Dinge wurden ihr unter den Kopf geschoben, und sie musste nur kurz die Arme heben, und dann war da auch etwas Weiches.

– Ich bin da, sagte Astrid. Was passiert, passiert. Du bist in Sicherheit. Gibt es etwas, was ich wissen sollte? Ist es besser, wenn du auf etwas beißt?

Natalie wartete ein bisschen mit der Antwort. Denn sie hatte noch immer das Gefühl, nicht deutlich genug sprechen zu können.

– Nein, sagte sie endlich. Es ist, glaube ich, schon vorbei. Alles vorbei. Es war nur so ein Anflug von.

– Hast du das öfter?

Natalie schüttelte den Kopf. Seitlich liegend ging es schwer.

– Das erste Mal seit langem.

– Okay, sagte Astrid sanft und nahm Natalies Hand.

– Schon weg, sagte Natalie.

– Okay.

Astrids Hand war unglaublich warm und groß. Natalie versuchte, sich zu erinnern, weshalb sie sich so erschreckt hatte vorhin, und es fiel ihr auch gleich ein, die Tatsache, dass sie die Zivis verwechselt hatte. Es war alles da, sie hatte nichts verloren.

– Es war kein Anfall. Nur so ein –

Aber ihr fiel auf, dass sie diesen Satz gerade eben schon einmal gesagt hatte, und sie brach ihn rechtzeitig ab. Es war jetzt wichtig, normal zu wirken.

– Ich bleib bei dir, bis es dir bessergeht, sagte Astrid.

– Ich glaube, ich kann aufstehen.

– Warte noch ein paar Minuten, ja?

– Es geht schon wieder.

Aber sie blieb noch liegen. Astrid saß bei ihr und wartete. Danach stand Natalie vorsichtig und unter der gewissenhaften Beobachtung ihrer Chefin auf, war auch erstaunlich sicher auf den Beinen, ging zur Probe einmal quer durch die Küche, bewegte den Kopf hin und her und las, zur Selbstkontrolle, einen Absatz in der heutigen Zeitung, die auf dem Küchentisch lag. Sie verstand alles, die Wörter blieben still auf der

Seite stehen und waren klar und entschieden in ihren Bedeutungen.

– Danke, Astrid.

– Jederzeit. Aber falls das öfter vorkommt –

– Es kommt sicher nicht mehr vor, versprochen!

Astrid blickte erstaunt, dann schüttelte sie den Kopf über diese Kinderei:

– Nein, sagte sie, ich meine, falls das öfter vorkommt, solltest du vielleicht zum Arzt gehen. Es gibt neuere Medikamente.

– Jaja, ich weiß, sagte Natalie. Ich bin eh, ich meine, es hat mich selbst überrascht, ich bin sonst nicht –

– Hey, hey, hey, sagte Astrid und nahm Natalie wieder bei den Schultern. Kein Problem. Ich bin Diabetikerin. Frag mal die anderen, wie oft sie mich haben überreden müssen, dass ich ein Stück Schokolade esse, weil ich hypo war und total antriebslos. Ich bin da so kooperativ wie ein Stück Styropor.

Das war ein komischer Vergleich, ein hübsches Bild. Natalie zeigte ein Lächeln. Ihr war immer noch etwas rötlich zumute, innerlich.

– Am besten, du gehst nach Hause. Sind eh nur mehr …

Astrid schaute auf die Uhr.

– Nein, mir geht's gut, sagte Natalie. War nur ein kurzer Anflug. Ich hab's verscheucht.

Aber Astrid bestand darauf.

Erst auf dem Nachhauseweg fiel Natalie etwas auf. Astrid war da gewesen. Aber warum? Sie war doch heute Vormittag nach Hause gegangen, sie hatte Nachtdienst gehabt. Sie war nett zu Natalie gewesen, weiche Unterlagen auf dem Küchenboden, sanfte Berührungen, Diabetikerin, stabile Seitenlage. Genau das Richtige, *in einer solchen Situation.* In einer solchen Situation. In einer solchen Situation. Der Satz zerteilte und zerfranste sich, während Natalies Gehirn ihn wiederholte.

Warum war Astrid wieder zurückgekommen? Normalerweise sollte sie doch zuhause ausruhen, schlafen und so weiter. War sie vielleicht eingesprungen für … Natalie überlegte, ob sie umkehren und auf dem Parkplatz nachschauen sollte, ob dort wirklich Astrids Auto stand. Aber das war verrückt, ein paranoider Gedanke. So was führte nur in Sackgassen. Nein, sie brauchte jetzt etwas Konkretes. Im selben Augenblick bemerkte sie auf der gegenüberliegenden Straßenseite einen geöffneten Gemüseladen.

Wie erwartet, tat es ihr gut, vor Salatköpfen zu stehen und sich in ihren Anblick zu versenken. Das Vertrauen in ihre eigenen Gedankenfolgen kam langsam zurück. Sie kaufte einen Salatkopf, bedankte sich leise und verließ den Laden. Mit dem sanften Gewicht des Einkaufs an ihrer linken Hand fühlte sich das Gehen gleich weniger ankerlos an. Sie war mit der Umwelt in Kontakt getreten, hatte eine Transaktion erfolgreich hinter sich gebracht. Sollte sie im Heim anrufen? Nur um zu schauen, ob wirklich Astrid ranging? Vielleicht war der kleine Anfall *vor* dem Besuch von Hollberg passiert, dachte sie. Nein, hör mit dem Unsinn auf. Die kühlen Salatblätter fühlten sich gut an auf der Haut ihres Handrückens. Es klebten einige Erdkrumen daran. Außerdem war es nicht einmal ein richtiger Anfall gewesen, kein Krampf, ich hab mich einfach nur erschreckt, ich war wütend, es war dieses blöde Versehen mit dem Zivi. Und das dumme Gerede von Drogen und Mongolei. Das würde jeden durcheinanderbringen. Aber warum war Astrid zurückgekehrt? Warum wusste sie, dass Natalie … Nein, sie hatte es ja nicht gewusst, sie hatte sie einfach so entdeckt, in der Küche. Sie war bestimmt selbst erstaunt gewesen. War es möglich, dass Hollberg sie angerufen hatte, mit dem Hinweis, sie solle ins Heim fahren, der Neulingin gehe es irgendwie nicht gut? Ulan Bator. Der Salatkopf war wirklich sehr schmutzig. Das war gut. Erde. Natalie roch an ihren Fingern. Ich muss mich ausruhen, dann ordnet sich alles.

Verstärkung

Natalie bereitete den Salat zu. Apfelessig, Salz und Kürbiskernöl. Dazu ein paar Tropfen Zitronensaft. Sie schnitt eine Tomate in Scheiben und legte sie dazu. Dann saß sie vor dem Fernseher, genoss das kühle Bildschirmlicht auf ihrer Haut und aß den Salat. Er schmeckte köstlich. Obwohl sie hungrig war, ermahnte sie sich, langsam zu kauen und nicht zu schlingen. Zwischendurch stand sie auf und schaute im Stiegenhaus nach, ob der Kater da war. Beim dritten Mal meinte sie tatsächlich, etwas zu hören, und ging barfuß hinunter. Da war er. Als hätte ihr Wunsch ihn an diese Stelle gezaubert. Er hockte vor der Tür der Parterrefamilie. Heute Abend lag kaum Spielzeug herum. Nur ein paar Plastikreifen.

– Kleiner Bär, sagte sie.

Der Kater schaute sie an. Ein Blick, mehr nicht. Photonen und Netzhaut.

– Ich hab dich schon vermisst. Kommst du gar nicht mehr hoch zu mir, hm?

Ihre Fußsohlen begannen die Steinbodenkälte in leichten Protestschmerz umzuwandeln. Natalie trat hin und her. Ihre Gedanken verliefen jetzt klar und geordnet. Das Streifenmuster des Katers tat ihr gut.

– Warum sitzt du denn da?

Als sie noch einen Schritt auf ihn zu machte, erhob sich der Kater, buckelte sich und streckte sein Rückgrat. Dann stand er da, ein auberginenförmiger, getigerter Buddha.

– Bist du dick geworden, sagte Natalie.

Noch ein Schritt in seine Richtung, eiskalter Steinboden, der Kater ging auf sie zu und schwänzelte zwischen ihren Beinen durch. Dann lief er, als wären nun alle Formalitäten erledigt, die Treppe hoch. Aber im Halbstock blieb er wieder stehen.

Natalie ging an ihm vorbei und versuchte, ihn zu locken. Sie schnalzte mit der Zunge. Der Kater stand da. Merkwürdig, normalerweise lief er immer voraus in die Wohnung. Aber jetzt kehrte er um, trabte gemächlich zurück ins Erdgeschoss.

– Hey, Chat, ts, ts, ts.

Natalie schnippte mit den Fingern. Mein Gott, ihre Füße waren schon ganz taub, und der Schmerz wanderte hoch in ihre Knie. Aber wenn ich jetzt hinaufgehe und Schuhe hole, verschwindet er, dachte sie. Sie wollte ihn heute Nacht gern bei sich haben.

Der Kater stand wieder vor der Tür. Er beugte den Nacken und schnupperte am Boden, machte einige Schritte zur Seite, auf der Suche nach etwas. Dann hatte er es gefunden, schnupperte und ließ davon ab, vergaß es und saß da.

– Chat, komm!, rief Natalie.

Sie machte einige demonstrative Schritte. Er blickte sich nicht zu ihr um. Dummes Tier.

– Kleiner Bär, komm.

Natalie klopfte sich auf die Schenkel.

Der Kater drehte sich um. Das Treppenhauslicht ging aus. Natalie tastete sich im Dunkeln die Treppe hinunter und drückte den Schalter. Es ist *keine* Klingel. Keine Glocke wird ertönen, wenn ich hier drauf drücke. Das Licht kam zurück. Der Kater stand, um mehrere Meter teleportiert, direkt vor ihr.

Sie bückte sich, um ihn hochzuheben, und im ersten Moment ließ er es geschehen, wie immer, aber dann näherte er sein Gesicht für den Bruchteil einer Sekunde ihren Fingern und zuckte zurück, als hätte sie nach ihm geschlagen. Ohren angelegt, Augen leicht zugekniffen. Er wich ihren Händen aus und flüchtete vor die Tür der Parterrewohnung. Er stand direkt neben einem Reifen, der vielleicht gar keiner war, und schien sich von dem Schreck erholen zu müssen. Natalie roch an ihrer Hand. War es der Salat? Oder der Essig? Aber das machte ihm normalerweise nichts aus.

– Was ist denn heute mit dir?

Aua, meine Zehen, aua. Sie musste sich auf die Fußmatte stellen. Die war bestimmt ein bisschen wärmer. Oh, ja. Angenehm. Aber es tat immer noch weh. Ich muss unbedingt zurück in die Wohnung. Welcher Idiot geht denn ohne Schuhe hinaus, bei diesen Temperaturen?

Sie bemerkte, dass der Kater schnurrte. Sie ging zu ihm und versuchte noch einmal, ihn hochzuheben, aber wieder entkam er ihr. Seine Körpersprache sagte, dass ihre Hände ihm Angst machten.

– Komm jetzt, bitte, flüsterte sie.

Die Tür ging auf.

Ein Gesicht erschien. Es gehörte einem Kind. Es trug einen Schlafanzug mit Harlekin-Muster, schwarz und weiß. Einige Sekunden lang schaute es die beiden seltsamen Gestalten an, die barfüßige Frau und den Kater, pausbäckig und ratlos, dann machte es die Tür wieder zu. Das Geräusch der sich schließenden Tür erschreckte Chat, und er lief an Natalie vorbei die Treppe hoch.

Sie lief ihm nach. Glücklicherweise hatte sie die Tür ihrer Wohnung offen stehen lassen. Der Kater schlüpfte hinein.

Natalies Füße brauchten eine Weile, um aufzutauen. Was für ein saudummer, verrückter Tag. Sie hielt ihre Zehen unter warmes Wasser, während der Kater in der Küche sein Trockenfutter aß. Er zerbiss jedes Stückchen genau einmal und schluckte. Natalie wusch sich ihre Hände mit Seife und spülte sie lange ab. Dann machte sie den Versuch, ihn anzufassen. Er ließ es geschehen. Sie hob ihn hoch, auch dagegen gab es keinen Protest. Sein Gesicht schwebte vor ihrer Schulter. Sie sah ihn im Profil, seine hübschen, unmenschlichen Augen, sein elegantes, weißes Kinn, die Cleopatra-Streifen von den Augenwinkeln zu den Schläfen.

– Hat dich was erschreckt, hm?, sagte sie zu ihm.

Der Kater witterte etwas. Er war schwer. Er hatte zugenommen. Oder meine Arme sind einfach müde, dachte Natalie. Wäre kein Wunder. Chat drehte seine Schnauze hin und her, dann begann er auf ihr zu klettern. Er stemmte seine Vorderpfoten auf ihre Schulter und zog sich nach vorne, als wollte er ihr Ohr erreichen, um etwas hineinzuflüstern. Sie hörte seinen Atem. Er schnupperte. An ihrem Nacken. Dann plötzlich explodierte er, drückte sich mit den Pfoten von ihr weg und wollte augenblicklich losgelassen werden. Sie tat es, und er rannte aus dem Zimmer. In seiner plötzlichen Panik hatte er sie sogar gekratzt.

Natalie ging unter die Dusche und wusch sich am ganzen Körper. Vielleicht sondere ich was ab?, dachte sie. Vielleicht durch die Schweißdrüsen.

Die Angst, dass sie tatsächlich vergiftet worden war, wurde immer lauter in ihr. Aber wie denn?, fragte eine Stimme in ihrem Kopf. Sie stellte fest, dass sie sich nicht mehr an die Chronologie der Ereignisse erinnern konnte. Nein, das ist nur die Schrecksekunde, sagte sie sich, wenn ich nachdenke und mich beruhige, wird es schon wieder gehen.

Sie trocknete sich ab und zog frische Kleidung an.

Als sie zum Rest ihres Salats zurückkehrte, bemerkte sie, dass Chat auf der Couch im Zimmer saß, Pfoten eingerollt, zufrieden. Er hatte die Szene von vorhin schon wieder vergessen. Sie war nie passiert. Als sie sich setzte, blickte er sie an, als wollte er sagen: *Dein Geheimnis ist bei mir sicher. Aber es amüsiert mich.* Natalie war ihm sehr dankbar, dass er geblieben war. Du liebe Zeit, was für ein Gedanke! Dankbar, dass der Kater bleibt. Ich bin wirklich einsam. Soll ich im Souterrain anrufen? Der Salat hatte sich mit Öl vollgesogen und war das geworden, was man im Dialekt mit dem hübschen Wort *latschert* bezeichnet. Wie nasse Seide. Aber sie aß ihn trotzdem. Die Situation war zu angenehm, um noch mal aufzustehen und den Salat wegzuwerfen. Sie aß, bis die Schüssel leer war, nur ein kleiner schwarzer See aus Kernöl blieb am Boden zurück. Sie schaute den Kater an. Er hatte ein anderes Verhältnis zur Zeit, das wirkte beruhigend, wie ein Cleverbot-Gespräch. Ihm war es egal, ob eine Sache *vor* oder *nach* einer anderen Sache geschehen war. Er stellte nicht andauernd Verbindungen her. Natalies Blick wanderte zum Fenster, hinaus in den dunklen Abendhimmel. Heute war ich echt nahe an einem Anfall. Dabei war das eigentlich schon vorbei. Ausgewachsen. So weit entfernt und überwunden wie die Zeit vor meiner Geburt.

– He, Chat, ts, ts! (Er reagierte nicht auf ihr Schnalzen.) Die Zeit vor deiner Geburt, wie war die? Hm? Wie war das damals, in der Antike?

Manchen Menschen machte diese Vorstellung Angst, manche empfanden gar nichts, und einige betrachteten sie als eine Art mythische Urzeit und hörten sich Geschichten aus der vor ihrer Geburt stattgehabten Weltveranstaltung mit einer ihr ganzes Leben andauernden kindlichen Ehrfurcht an. Aber wenn man es genau betrachtete, war die Zeit vor der eigenen Geburt ein Element, in dem man selbst nicht leben konnte. Nicht überleben. Wie Lava oder die Marsatmosphäre. Nichts war für einen gedacht, man wäre ein Glitch, ein Fehler, durch dessen Berührung andere aus dem Universum kippen würden. Antimaterie. Die Atome, aus denen man erst später, in neun Monate dauernder Arbeit, geformt wird, sind noch anderweitig gespeichert und angeordnet, hauptsächlich in Nahrungsmitteln im Supermarkt. Und in der Luft als Sauerstoff. Wenn man durch einen Supermarkt geht, blickt man im Grunde Körperzellen an, denn genau das wird aus all diesen Produkten hergestellt, neue Zellen und sogar glänzende neue Menschen. Zu einer bestimmten Zeit in ihrem Leben sind Frauen Maschinen, die aus Müsliriegeln und Vollmilch, Lachsaufstrich und Avocados kleine Menschen bauen können. Sogar aus Salat. All die Lebensmittel: in Wirklichkeit Babys. Und die sich so weit nach hinten erstreckende Vergangenheit ist eine ungeheure molekulare Verschwörung, die zum Ziel hat, dich hervorzubringen, alles konspiriert und spielt zusammen, der Zufall strengt sich eine Million Jahre lang an und am Ende: plopp. Das Licht der Welt.

Zum ersten Mal seit längerer Zeit wählte Natalie die Nummer ihrer Mutter. Es überraschte sie selbst. Chats Augen waren geschlossen. Sie stand auf und ging zum Fenster. Während es klingelte, stellte sie sich vor, unten auf der Straße stünde ein großes Feuerwehrauto, rot und sauber wie ein Spielzeug vor der Parterrewohnung. Das Kind der unten wohnenden Familie saß hinterm Steuer und bewegte das Lenkrad. Sein kleines, konzentriertes Gesicht. Darüber die lautlos kreisenden Blaulichter. Die schräg nach oben ragende Leiter auf dem Rücken des Wagens –

– Hallo?

Ihre Mutter wirkte entsetzt. Natalie schaute auf die Uhr.

– Hallo, Mama, sagte sie. Ich wollte nur kurz –

– Du liebe Zeit, was ist denn? So spät. Ist was passiert?

– Nein. Nicht mehr. Oder eigentlich gar nicht. Ich hatte nur fast einen Anfall, heute bei der Arbeit. War knapp davor sozusagen.

– Ah, sagte ihre Mutter.

Sie fummelte irgendwie am Hörer herum, ein lautes Schabgeräusch. Natalie hielt das iPhone ein bisschen von ihrem Ohr weg, bis es vorbei war.

– Wie ist denn das gekommen?

Natalie bereute, angerufen zu haben.

– Ich weiß nicht, sagte sie. War plötzlich da.

– Okay. Warst du in der Klinik?

– Nein, es war ja nicht mal ein … ah, egal. Es war nur so lange Ruhe, dass ich mir gedacht habe, ich –

– Es ist gut, dass du mich angerufen hast, sagte die Mutter.

Ihre Stimme klang nun endlich etwas weicher. Fingerzählen, dachte Natalie.

– Es war ein total anstrengender Tag.

– Ja, kann ich mir vorstellen, sagte die Mutter. Erzähl mir mal, wie das gekommen ist.

Es war peinlich, das zuzugeben, aber Natalie war ihr wahnsinnig dankbar, dass sie nachfragte. Und dass sie so mit ihr sprach wie früher. Dabei bin ich einundzwanzig. Du liebe Zeit. Bald werde ich zweiundzwanzig. Und rufe immer noch zuhause an.

– Es war einfach Stress und, na ja, ich hab mich aufgeregt über etwas. Und die leichten Auren hab ich sonst auch manchmal, aber heute war es stärker. Aber dann ist der Anfall eben doch nicht gekommen.

– Du brauchst keine Angst zu haben, sagte ihre Mutter. Es kann sein, dass ein Anfall sich irgendwann mal einschleicht, aber es geht sicher nicht mehr von vorne los.

– Okay.

– So wie damals wird es nie mehr sein.

– Mhm.

Natalie hockte sich auf den Boden. Am liebsten hätte sie die Lautsprecherfunktion des iPhones aktiviert, aber dann würde sich der Kater vielleicht erschrecken.

– Ist Markus bei dir?

– Nein, sagte Natalie. Er ist nicht da.

– Dann richte ihm von mir aus, er soll auf seine liebe Frau achtgeben und sie beschützen.

Natalie starrte auf ihre Zehen.

– Mach ich, sagte sie.

Ihre Mutter lachte.

– Du bist wirklich stark, sagte sie. Einen Epi-Anfall aus eigener Kraft davonjagen!

Jetzt musste Natalie auch lachen.

– Ganz so war es nicht, sagte sie.

– Doch, natürlich, sagte die Mutter. Das braucht viel Kraft und Mut. Markus wird dir das bestätigen. Wenn er dann nach Hause kommt. Was macht er denn noch so spät draußen?

– Ah, er … Er ist unterwegs.

– So. Aha. Na ja, er soll lieber zuhause sein, bei seiner Liebsten.

– Ich hab zuerst gedacht, ich hätte mich vielleicht vergiftet, sagte Natalie.

Vielleicht konnte sie damit das unangenehme Thema wechseln.

– Ja, sagte die Mutter, da kommen die Gedanken natürlich leicht durcheinander. In einer solchen Situation. Du bist es ja gar nicht mehr gewohnt. Anfälle zu haben, meine ich.

– Nein. Und es war auch keiner.

– Eben. Sag ich ja. Du hast alles richtig gemacht. Ist doch ein gutes Gefühl, oder?

– Ja, sagte Natalie und hasste gleichzeitig die Art, wie dämlich ihre Stimme klang.

Ich hör mich an wie eine Lobotomiepatientin, dachte sie. Sabbernd, schnullertragend. Rasierte Kopfstelle. Plüschhase als nächtlicher Beistand neben dem Bett. Zahnschiene.

Herr Hollberg hatte zuerst ihre Hand und dann, bei der Umarmung (pfäh!), auch ihren Nacken berührt. Vielleicht war durch den Hautkontakt irgendetwas übertragen worden? Irgendeine Substanz. Er hatte sich die Finger möglicherweise gleich danach desinfiziert, ein alkoholgetränktes Tuch in seiner Tasche, wer weiß. Oder er hatte etwas unbemerkt in ihren Tee gemischt. Sie musste überlegen, ob sie überhaupt Tee getrunken hatte? Nein. Warum war es ihr dann eingefallen? Ich trinke oft Tee, deshalb. Einfache Lösung. Gott, was für ein Scheißtag.

– Aber warum sollte mich jemand vergiften wollen?, fragte sie den Kater.

Er schaute sie kurz an, dann drehte er seinen Kopf wieder auf die Seite und zeigte das jahrhundertealte Dauerlächeln seiner Spezies.

– Ja, natürlich, sagte ihre Mutter, das ist Unsinn. Vielleicht braucht dein Gehirn das einfach von Zeit zu Zeit. Diese kurzen, kleinen Auszeiten.

– Vielleicht, sagte Natalie.

Sie rollte sich auf den Rücken und stemmte die Beine gegen die Wand. Ihre Gelenke waren immer noch ein wenig kältebeleidigt, aber es war bestimmt nicht schlecht, etwas Blut in den Kopf zu bekommen.

– Und es war nicht mal eine Auszeit, sagte die Mutter. Hast du fein gemacht.

– Ja, ich bin online geblieben, die ganze Zeit. Aber viel hätte nicht gefehlt, glaube ich. Dann hat mich jemand gefunden. Meine Chefin.

– Gute Frau, sagte die Mutter.

– Ich hab mich nur so erschreckt, das war alles. Reingesteigert. Es war ein Scheißtag.

– Ja, Zwergerle, das glaub ich.
– Kann ich noch ein bisschen in der Leitung bleiben?, fragte Natalie.

Ihre Füße marschierten in Zeitlupe die Wand hoch.

Sie führte zwei Finger ihrer freien Hand ganz nahe ans Auge und betrachtete die Flecken an der Zimmerdecke durch die winzige Klammer hindurch. Dann bewegte sie die Finger hin und her, und die Materie ließ sich verzerren. Raumzeit. *Zeropoint.*
– Sicher, sagte ihre Mutter. Ich hoffe, deine bessere Hälfte schneit dann demnächst zur Tür herein.

Natalie schloss die Augen. Das Schnurren des Katers klang wie das Rücklaufgeräusch alter Telefonwählscheiben. Drrrr, drrrr, drrrrrrr.

Nachtdienst

Am nächsten Morgen schlief sie lange. Sie musste erst am Nachmittag zur Arbeit, sie hatte Nachtdienst. Vielleicht sollte sie sich krankmelden? Und bei der Gelegenheit abchecken, ob Astrid sich an den Vorfall in der Küche überhaupt erinnern konnte. Und im Souterrain bleiben, zwei ganze Tage. Aber sie entschied sich dagegen. Es war überstanden. Es lag kein Vorteil darin, den Zustand künstlich wiederzubeleben.

Mit B saß sie, nachdem sie lange über schreckliche Krankheiten und skandalöse Behinderungen gesprochen hatten, etwa eine halbe Stunde schweigend beisammen. Sie konnte sich nicht erinnern, wann, wenn überhaupt, sie so etwas mit irgendjemandem gemacht hatte. Einfach nur dasitzen. Es war unglaublich. Manchmal ballte sich etwas in ihr zusammen, und sie hatte das Gefühl, unbedingt etwas sagen zu müssen, aber dann ging das vorbei, und die Stille kehrte zurück. Sie fasste sich viel an die Augenbrauen, zupfte daran.

Irgendwann sagte B, morgen werde sie früh kommen, denn Cori müsse gebadet werden. Sie lasse sich gehen in letzter Zeit.

– Oh, sagte Natalie.

– Ja. Ich brauche da vielleicht deine Hilfe.

– Natürlich. Ich helf dir gern.

– Wunderbar.

B trank von ihrem Tee.

Natalie hatte den Verdacht, dass das als ähnlich deutlicher Vertrauensbeweis zu sehen war wie ihre rangerhöhende Einbeziehung in die Betreuerinnengespräche, nachdem sie Frau Ulrichsdorfer besiegt hatte. Man hörte im Übrigen nichts mehr von ihr.

– Ich helf dir gern, wiederholte Natalie, um das wohlige Gefühl der Akzeptanz noch einmal zu spüren.

Wenig später aß sie, B war schon nach Hause gegangen, im

Nachtdienstkämmerchen ein von seinen eigenen Tomaten völlig durchweichtes Sandwich und rief im Souterrain an. Frank war da und freute sich sehr, sie zu hören. Sie habe heute eine wirklich schöne Haube aufgehabt, sagte er. Natalie bedankte sich. Dann fragte sie nach, woher er das wisse. Er lachte verlegen.

– Oh, sag bloß, du hast mich nicht gesehen. In der Stadt?

– Ich war nicht in der Stadt.

– Auf der Straße, meine ich. Ich hab dir zugewinkt.

Natalie wollte schon fragen, wo das gewesen war. Aber aus irgendeinem Grund scheute sie vor dieser Frage zurück. Lieber nicht. Lieber nicht heute.

– Na ja, sagte Frank. Ich seh dich ja hier kaum mehr, also …

Natalie sagte nichts.

– … also ist es eine doppelte Freude, wenn ich dich irgendwo sonst zu Gesicht kriege.

– Ah, ja. Ich war ein bisschen krank.

– Ehrlich? Und alles wieder okay jetzt?

– Ja. Der Kater ist auch wieder aufgetaucht. Ich hab ihn schon lang nicht mehr gesehen.

Wusste Frank überhaupt etwas über den Kater? Hatte sie ihm je davon erzählt?

– Stimmt, sagte Frank, du magst es, wenn er bei dir übernachtet.

Natalie spürte, wie ihr Gesicht einen Ausdruck bekam. Sie hasste dieses Gefühl. Vor allem, weil sie nun ahnte, wie sie von außen aussah. Das brachte die Ebenen durcheinander.

– Ja, sagte sie. Manchmal.

– Du müsstest ihm das irgendwie verständlich machen, sagte Frank. Dass er bei dir bleiben soll. Dann würde er auch jeden Tag kommen, glaube ich.

– Ah. Ach so. Und, äh, wie soll ich das dem Kater erklären?

– Weiß nicht. Punkt für Punkt?

– Aber er hat Streifen.

– Hm.

– Ist total getigert, sagte Natalie. Von oben bis unten.

– Scheiße.
– Was?
– Ich wär auch gern getigert, seufzte Frank.
– Bist du high?, fragte Natalie.
– Nicht wirklich, sagte Frank. Das ist neunzig Prozent *contact*, zehn Prozent *passives* High. Aber die liegen hier alle kreuz und quer.
– Mach ein Foto, sagte Natalie.
– Hab ich schon.

Natalie fiel ein, dass sie auf Franks Bemerkung über das Getigertsein hätte antworten sollen: *Im Alter kriegt deine Haut eh wieder Flecken.* Und gleich darauf dachte sie: Warum *wieder*? Aber es war schon richtig so, auch wenn es keinen Sinn ergab. Wer weiß, welche Flecken und Muster wir vor der Geburt haben.

– Hast du was von Mario gehört?
– Ja, sagte Frank. Ich meine, nein. Nein, er war nicht mehr da. Das bedeutet also, du hast ihn auch nicht mehr gesehen? Und ihm das ausgerichtet, was ich …
– Nein, sagte Natalie.
– Verstehe.

Sie verabschiedete sich von ihm. Er sagte noch irgendwas, aber es war möglich, dass er einfach den Hörer falsch herum hielt.

Das Nachtdienstkämmerchen war jetzt dunkel, das einzige Licht kam vom Laptop. Er gab, wenn er fern von zuhause war, immer ein etwas anderes Geräusch von sich, die Lüftung klang heller und lauter. Unaufhörlich gingen ihr die Szenen mit Dorm und Hollberg im Kopf herum, die Erwähnung des Hotels in Ulan Bator (was war an einem Hotel in Ulan Bator so unheimlich?), und um sich zu beruhigen, versuchte sie sich vorzustellen, wie es wohl aussehen würde, wenn jemand eine Überlagerung dieser beiden Menschen herstellte. Ein Mischwesen aus beiden. Vielleicht wäre das Ergebnis ein äußerst angenehmer Mann. Minus mal Minus. Ein bärtiger Herr mittleren Alters, der im Rollstuhl saß. Sie stand auf und holte ihr iPhone und eine Tablette Sirdalud, diesmal nur vier Milligramm. Sie schluckte sie mit prickelndem Mineralwasser, was immer etwas unangenehm war, aber die Wirkung setzte sehr schnell ein, vielleicht weil die Kohlensäure beim Zerteilen der Tablettensubstanz mithalf. Schon nach kurzer Zeit spürte sie, wie ihr Kopf schwer und die Arme und Beine müde wurden, dumm-betrunken. Ihre Gedanken blieben dabei hell und klar. Aber durch den weich gemachten Körper drum herum wurden sie nach einer Weile ebenfalls wässriger und gelassener, schöne alte Dinge kamen ihr in den Sinn, etwa der rätselhafte Nachmittag in der Sekte damals, an einem der ersten Tage. Wovon hatte der Dia-Vortrag gehandelt? Vielleicht von Chemwebs oder der Morgellonen-Krankheit, diesen unerklärlichen Fasern aus intelligentem Material, das überall auf der Welt in Kindern gefunden wurde, die viel draußen spielten. Sie waren nach dem Vortrag im See baden gegangen, und ein Wasserball hatte sich irgendwie unter sie verirrt, und sie hatten ihn hin und her geworfen. Wasserbälle sind ja fast schwerelos. Hinterher waren sie im Gras gelegen, und es hatte zu regnen begonnen. Ilona verwandelte sich in einen Stein, und die anderen behandelten sie als Stein, und jeder war frei und glücklich. Natalie hatte nie wieder so viel gelacht wie an diesem Tag. Chemwebs nehmen alle Energie aus der Erde. Die Regierungen arbeiten alle zusammen. Intelligente Fasern in unserer Kopfhaut. Aber wir vertrauen dir. Du machst das ganz toll. Lass dich umarmen. Ich möchte dereinst in einem Wasserball begraben werden.

Ein lautes Klopfgeräusch an der Tür schreckte sie auf. Sie erhob sich, wackelig, ein Glück, dass man in der engen Kammer nicht umfallen konnte. Der Raum fühlte sich an wie ein Zugabteil in einer Kurve. Natalie massierte sich die Kiefer und bewegte die schwer gewordene Zunge. Verdammte Idiotin. Egal wer da vor der Tür stand, er würde mit Sicherheit denken, dass sie besoffen war. Sie bewegte sich langsam und vorsichtig und übte mit den wenigen Schritten, die in der Kammer möglich waren, einen möglichst realistischen Normalgang.

Du bist gerade aufgewacht, sagte sie sich, und bist noch etwas verschlafen. Aber was, wenn es ein Notfall war? Ein Brand in einem Zimmer. Oder ein Anfall. Es sind nur vier Milligramm, Herrgott, nicht acht! Reiß dich zusammen, du nutzloses Vieh!

Als sie die Tür öffnete, stand da niemand, der Gang war dunkel und verlassen. Sie lauschte, nichts rührte sich. Erleichtert schloss sie die Tür und stolperte zurück ins Bett. Aber dann ging plötzlich irgendwo ein Licht an. Sie blickte sich um, nein, der Korridor draußen war es nicht. Es kam durch das Lukenfenster. Sie erhob sich. Die Schwere in den Gliedern war großteils verflogen, vermutlich durch das Adrenalin. Sie stellte sich auf das Bett und schaute aus dem Fenster. Auf dem Heimparkplatz waren alle Lichter angegangen, der Bewegungsmelder hatte reagiert. Aber warum sollte jemand … Es ergab keinen Sinn. Wozu bei ihr anklopfen und dann einfach wegrennen? Außerdem war das Tor nachts versperrt. Zugangscode.

Wenn sie ihren Kopf zu recken versuchte, fühlte es sich an, als würde er aus der Fassung fallen, wie eine zu weit herausgedrehte Glühbirne. Vier Milligramm, sagte sie sich ein weiteres Mal – und es half ein wenig. Nur vier Milligramm. Du hast schon oft zwei Achter genommen und es sogar noch zur Toilette geschafft. Einmal hatte sie in einer Dokumentation über Extrem-Radsportler gesehen, wie sich ein Mann, dessen Nackenmuskulatur kollabiert war, seinen eigenen Kopf mit starkem Klebeband nach hinten band, damit er weiterhin geradeaus schauen konnte.

Nein, draußen bewegte sich niemand. Vielleicht ging irgendein Tier seinen spätabendlichen Forschungen nach. B wusste viel Interessantes über die Ratten in der Umgebung zu erzählen, und angeblich gab es in der Gegend auch einige Füchse. Natalie stieg zurück ins Bett. Sie steckte sich einen iPhone-Kopfhörer ins linke Ohr, stellte den einstündigen Podcast eines Mannes ein, der mit tiefer, schmatzender ASMR-Stimme die Kunst des Fliegenfischens in allen Details erklärte, und schloss die Augen.

Cori badet

Natalie klopfte an Herrn Dorms Tür. Kurz darauf ertönte ein genervtes:

– Was?

Sie drückte die Klinke herunter. Man musste immer genug Zeit verstreichen lassen, um den Klienten protestieren zu lassen, bevor man den Kopf durch die Tür steckte, so blieb die Privatsphäre gewahrt. Aber es kam kein Protest, sie durfte eintreten. Herr Dorm saß an seinem Schreibtisch und bastelte einen Strauß aus alten Briefen. Das Radio (ein kleines, altmodisches, das die kaputt geschlagene Stereoanlage ersetzt hatte) war auf Schlagermusik eingestellt.

– Hallo, sagte Natalie. Ich wollte Sie nur was fragen, Herr Dorm.

Er schaute sie nicht an.

– Ich kann jetzt nicht, sagte er.

– Ich wollte fragen, ob Sie das Plastikbecken dort oben noch brauchen.

Herr Dorm arbeitete weiter, ohne sie zu beachten.

– Das Becken, sagte Natalie.

– Hm?

– Brauchen Sie es?

Er drehte sich um:

– Was ist denn?, fragte er. Ich hab doch gesagt –

– Ich nehme nur schnell das Becken mit, okay? Das da oben.

– Von mir aus! Aber raus jetzt!

Das Plastikbecken war für normale erwachsene Menschen viel zu klein. Das machte es ideal für Cori. Sie hatte vor einem Monat aufgehört, sich zu duschen. In Bs Gegenwart ging es noch eine Weile, dann wurde auch das zu schwer. Es gab Teambesprechungen, in denen man beriet, wie dieses Problem zu lösen war. B hörte sich die Vorschläge ihrer Kolleginnen an und verwarf die meisten. Ihr Blick sagte, dass die anderen ihrer Meinung nach nicht die geringste Ahnung von Cori hatten. Insgeheim konnte Natalie zugeben, dass diese Einschätzung auf sie zutraf. Sie wusste über Coris Innenleben tatsächlich nicht mehr, als sie über Halbleitertechnik oder Windkraftwerke wusste. B sagte, sie wolle es mit dem Becken versuchen. Das in Dorms Zimmer. Er habe es sowieso nie verwendet, weil es zu klein sei. Und Cori brauche *Ränder*, rundherum, überall. Man könne sie nicht in eine Badewanne setzen, da stimme das Gleichgewicht nicht.

– Er wird es uns geben, sagte B.

Das war keine optimistische Einschätzung, sondern ein Befehl.

Natalie musste zuerst vor der geschlossenen Tür von Coris Wohneinheit warten. Dann, auf ein Zeichen, durfte sie eintreten. Cori stand im Zimmer. Sie trug nur eine Unterhose und ein lockeres Unterhemd. B redete sanft in ihr Ohr. Das zarte Geschöpf schien friedlich und entspannt.

Das Wasser musste *sommerlich* sein, erklärte B. Sie machten sich daran, das Becken zu füllen. Wenn es voll war, würden sie es in den Wohnbereich stellen und Cori dort gemeinsam waschen.

– Sommerlich, wiederholte Natalie.

Geräusch von Wasser.

– Dem Hollberg seine Geschichten spielen auch immer im Sommer, sagte sie.

– Mmh, machte B.

Sie prüfte die Temperatur des Wassers.

– Ist dir das schon mal aufgefallen?, fragte Natalie.

– Augenblick, sagte B.

Nun schien die Temperatur zu stimmen. Sie ließen das Becken volllaufen und schoben es gemeinsam zurück. Cori hatte inzwischen ihre Kleider abgelegt. Sie verbreitete einen unangenehmen Intimgeruch.

– Und hereinspaziert, sagte B.

Cori hielt sich an ihrer Vertrauensperson fest, als sie die

beiden notwendigen Schritte machte, eins ... zwei ... Dann stand sie x-beinig da und lachte und setzte sich vorsichtig hin. B half ihr. Natalie dachte, dass das Gefühl, dies sei eine äußerst ungewöhnliche Szene, ihr in zwanzig Jahren vermutlich dumm und naiv vorkommen würde. Es würde weitaus ungewöhnlichere Szenen geben. Das hier war gar nichts. Und trotzdem.

Auf ein Zeichen von B begannen sie damit, Cori einzuseifen. Sie selbst konnte es nicht, sie kam mit den Händen durcheinander. Bald war das kleine Becken voller Schaum. Dieser faszinierte die zarte, kleine Frau, und sie blies ihn von ihren Fingerspitzen. Löwenzahn-Pusteblumen.

– Langsam komm ich rein in die Arbeit, sagte Natalie.

– Gut.

– Auch in das ganze Arrangement und so.

B nickte.

Cori erschrak über irgendetwas, gab einen Pfauenlaut von sich und wollte aus dem Becken flüchten, aber B hielt sie sanft zurück. So plötzlich der Fluchtimpuls gekommen war, so rasch verging er auch. Schon saß sie wieder im Wasser und schubste Schaum umher.

– Weißt du, sagte Natalie. Wegen des Arrangements und der ganzen Sache. Wenn man das von außen betrachtet, könnte man fast auf die Idee kommen, dass man wirklich nur beharrlich bleiben muss. Als Stalker, meine ich. Vielleicht hat er ja gewonnen, auf seine Weise. Vielleicht funktioniert es immer so. Vielleicht haben Stalker immer recht.

B erwiderte zuerst nichts. Ihre Hand ruhte auf Coris Schulter. Dann sagte sie:

– Oh ja, Gott *liebt* alle Stalker. Er selber ist einer.

– Nini, sagte Cori.

Dies bezog sich auf einen Schaumkleks auf ihrer Handfläche.

Gott sei Dank, dachte Natalie. Sie hatte schon befürchtet, dass man in Coris Gegenwart keine normalen Gespräche führen durfte.

– Es ist wirklich immer Sommer, in jeder Szene, die Herr Hollberg beschreibt. Letztes Mal hat er uns von einem Hotel in Ulan Bator erzählt.
– Ja, lachte B. Ich weiß. Die Geschichte kenn ich.
– Oh.
– Und, wie hast du reagiert?

Natalie überlegte, was sie antworten sollte. Astrid hat mich. Astrid war so nett, mich zu. Ich hab überhaupt nicht reagiert, erst später. Aber es war nicht mal ein richtiger. *Du hast alles richtig gemacht, Zwergerle.* Der Gedanke an das Telefongespräch mit ihrer Mutter machte ihr ein wenig Mut. Sie musste nicht darauf eingehen. Sie konnte auch so tun, als wäre die Frage unbeantwortbar.

Cori schreckte wieder hoch und wollte aufstehen.
– Ah, wir dummen Esel!, sagte B. Das Wichtigste haben wir vergessen.

Sie ließ Cori los und holte die Schwimmflügel vom Tisch. Natalie waren sie schon vorhin aufgefallen, aber sie hatte sich nichts dabei gedacht. In Coris Parallelwelt wirkte kaum irgendein Gegenstand überraschend oder fehl am Platz.
– Aber ist doch merkwürdig, oder?, sagte Natalie. Erinnerung spielt immer im Sommer, ist dir das schon mal aufgefallen? Man erinnert sich an die Kindheit und so weiter vor allem in Sommertagen, Sommerszenen …
– Hm, hab ich mir noch nie überlegt, sagte B.
– Ich denke mir, vielleicht braucht es ja Sonne und Hitze, damit der Körper das Erlebte überall abspeichert, in jeder Zelle, und nicht nur im Gehirn. Im Winter ist man so ein schwebender Kopf, auf einem Berg von Kleidung, also wird auch alles nur da oben abgespeichert. Aber der Rest merkt sich nichts. An ein Jahr ohne Sommer könnte man sich wahrscheinlich gar nicht erinnern.
– Glaub mir, sagte B, an ein Jahr ohne Sommer erinnert man sich *ewig.*

Sie legte Cori die Schwimmflügel an.
– So, jetzt passt alles, oder?

Cori nickte höflich. Sie tauchte einen Daumen langsam und prüfend ins Badewasser. Eine niedliche, sehr erwachsene Geste, die Natalie an das Wort *Zuckerbäcker* denken ließ. Sie stellte sich vor, ihr ein kleines Häubchen auf den Kopf zu setzen. Und genau in diesem Moment drehte sich Cori zu Natalie um und strahlte sie dankbar an. Sie hatte kaum Zähne im Mund; die wenigen, die sie hatte, sahen aus wie die hervorstehenden Teile bei Puzzlestücken. Mit viel Luft dazwischen.

– Gern geschehen, sagte Natalie zu ihr.

– Wie?, fragte B.

– Ach nichts, sie hat nur meine Gedanken gelesen.

– Ah, sagte B.

– Ich hab sie mir kurz mit einem Häubchen vorgestellt. So einem kleinen, feinen, wie es Zuckerbäcker tragen. Hat sie nicht genau den richtigen Kopf dafür?

– Hahahaha!

Cori lachte und klatschte in die Hände. Sie liebte es, wenn sich Menschen über sie unterhielten, in ihre Richtung deuteten und dabei freundlich blickten.

B schien auch begeistert. Sie schaute Natalie an, hocherfreute Augenbrauen, und sagte:

– Deinen Kopf möchte man haben.

Gemeinsam wuschen sie Cori und spielten zugleich mit ihr, damit sie nicht merkte, dass man sie wusch. Sie quietschte und quiekte und schien immer kleiner zu werden. Natalie versuchte, nicht so sehr auf diesen Effekt zu achten, ganz geheuer war er ihr nicht.

– Hilbig, sagte Cori. Hilbig, Hilbig. Danke.

– Was sagt sie?, fragte Natalie.

Die Augenbrauen fielen. B kam einmal um das Becken herum und stellte sich neben Natalie auf. Und dann tat sie etwas Seltsames: Sie strich eine Strähne beiseite, die über Natalies Ohr hing, und neigte sich zu ihr. Sanft, aber bestimmt, flüsterte sie:

– Bitte nicht zu viel in der dritten Person von ihr sprechen. Wenn das geht.

– Oh, machte Natalie lautlos.

Dann nickte sie schnell und zeigte mit einem Daumen-hoch an, dass sie verstanden hatte. B ging an ihren Platz zurück, und der Spaß ging weiter.

– Hilbig! Hilbig!

– Ja, sagte B und wuschelte Cori durchs nasse Haar. Wirst jetzt super sauber, meine Kleine.

Aus einem bestimmten Winkel wirkte Cori tatsächlich wie ein kleines Mädchen. Erst wenn man ihr Gesicht von vorne oder zumindest schräg von der Seite sah, wurde klar, dass sie viel älter war.

– Schön sauber, sagte Natalie.

Sie tauchte Zeige- und Mittelfinger in das Wasser vor Cori und tat so, als wäre ihre Hand ein zweibeiniges Wesen, das, die anderen Finger vornehm auf dem Rücken verschränkt, auf dem Wasser spazieren ging.

– Hihi!

Cori patschte neben der Hand ins Wasser und machte sie nass.

Die Hand kam immer näher.

– Iiihihi!, quietschte Cori und versuchte, die Hand durch Wellen zu vertreiben.

Natalie wechselte einen Ist-das-okay-was-ich-da-mache?-Blick mit B und bekam das Signal zurück, dass es okay, aber jetzt auch langsam genug sei. Natalie zog die Hand zurück und versuchte, sich abzutrocknen. Ihr rechter Ärmel war nass geworden.

– Ist das Wasser noch warm genug?, fragte sie.

B kontrollierte es.

– Spätsommerlich, sagte sie. Passt genau.

– Viel, sagte Cori.

B streichelte ihr über den Kopf. Mit den glattgestrichenen, nassglänzenden Haaren sah ihr kleiner runder Kopf aus wie der eines Pinguins. Natalie salutierte innerlich. Polarsonne.

Bs besondere Fürsorge für Cori verlieh dem weltfernen Geschöpf einen merkwürdigen Lichtschein. Natalie versuchte sich vorzustellen, wie Cori wohl als kleines Kind ausgesehen hatte.

– Sommerlich warm und brav, sagte B.

Sie hatte die Temperatur noch einmal kontrolliert.

Das also machen wir hier unten, dachte Natalie. Unter der Sonne. Wir reparieren Uhrwerke und jagen Antilopen in Rudeln und überwintern in Höhlen und spinnen uns in Kokons ein und bauen Nester in Baumkronen und legen Eier und graben Tunnelgänge durch Äpfel und überschütten kleine Menschen mit Wasser, Letzteres allerdings mit größter Vorsicht. Wie konnte etwas nur so zerbrechlich sein. Vielleicht war Cori ein Glitch, der überlebt hatte. Sie hätte als Kind aus dem Universum kippen sollen, weil sich in ihr verschiedene Zeitebenen überlagerten, aber dann war dies aus irgendeinem Grund nicht passiert. Und jetzt war sie da. Wie kostbar war dieser Augenblick? Also genau dieser jetzt, da … Natalies Hand berührte Cori an der Schulter, um sie ein kleines Stück zur Seite rücken zu lassen.

– Dann raus?, fragte B.

Cori nickte.

Sie halfen ihr beim Aufstehen, trockneten sie ab. Raupen, Spinnen, Fasane, Zebras. Alles lebte hier auf dieser leuchtenden Kugel im All und kam irgendwie durch. Dieses Wesen hier konnte kaum etwas, es verlor sogar nach und nach einige seiner Fähigkeiten. Es hatte wahnsinnig viele Fältchen im Gesicht, aber es waren *lustige* Fältchen. Natalie nahm sich vor, sie niemals zu zählen, nicht einmal, wenn die Fältchen ihr eines Tages im Traum begegneten. Man zählte ja auch nicht die Engel, die zuhause auf unseren Nadelspitzen tanzten.

Als sie aus Coris Tür traten, legte B einen Arm um Natalie und sagte, sie habe das wirklich gut gemacht. Nur müsse sie lernen, den Kopf während so einer Arbeit klar zu bekommen und sich ganz auf das zu konzentrieren, was vor ihr lag. Dann erwähnte sie, ohne Übergang, das Jahr ohne Sommer, das es in Europa gegeben habe, 1816. Ungewöhnlich geringe Sonnenaktivität und mehrere große Vulkanausbrüche hatten die Durchschnittstemperatur auf der Nordhalbkugel um fast ein Grad Celsius gesenkt. In der großen Hungersnot, die folgte, starben mehrere Millionen Menschen.

– Ein Schweizer Augenzeuge hat Kinder beschrieben, die wie Kühe das Gras der Almen weideten.

– Ach, Unsinn!

– Doch, hab ich in einer Doku gesehen. Das war total dramatisch, überall in Europa. Was so ein einzelner Vulkan anrichten kann. Und damals hatten die Leute halt noch nicht so … Ich hätte es witzig gefunden, wenn sie die Szene mit den Kindern in der Doku nachgestellt hätten. Auf allen vieren.

Nachdem sie das Becken gereinigt und getrocknet hatten, wollte Natalie es zurück in Dorms Zimmer tragen. Da bemerkte sie das Formel-1-Auto, das auf dem Boden stand. Klar, sie konnte das Auto in das Becken zurückstellen und dann beides auf den Schrank heben. So, wie es war. Aber was, wenn … Nur mal angenommen, sie würde … hypothetisch … Nein, sie durfte das Spielzeugauto nicht an sich nehmen. Es gehörte ja nicht ihr. Hollberg hatte es ihm geschenkt.

Aber da lag es, mit seiner Fernbedienung als Fahrgast. Und außerdem, da oben auf dem Schrank vergammelte es doch ohnehin nur. Oder nahm Herr Dorm es insgeheim manchmal herunter und drückte es beim Schlafengehen an sich? Nein, er saß im Rollstuhl. Was auf dem Schrank lag, war aus seiner Sicht im Jenseits.

Es machte Spaß, das Auto durch die Kälte zu tragen. Alle Menschen, die an Natalie vorbeigingen, bekamen einen hübschen, friedlichen Gesichtsausdruck. Eine Frau kauft ein Geschenk für ein Kind. Bald war Weihnachten. Fast war es, als würde es schneien.

Heute lag passenderweise recht viel Spielzeug vor der Parterrewohnung, ein ziemliches Durcheinander. Natalie bückte sich und stellte das Formel-1-Auto zu den anderen Dingen. Dann stieg sie hinauf in ihre Wohnung. Als sie schlafen ging, legte sie die Fernbedienung neben sich auf das Nachtkästchen.

Während sie im Bett lag und mit weit offenen Augen aufs Müdewerden wartete, merkte sie, dass ihr ein Bild nicht aus dem Kopf gehen wollte. Kinder auf der Alm, grasend wie Kühe. Merkwürdig, aber das Bild verband sich mit der seltsamen Szene heute Nacht, das Klopfen an der Tür und der leere Korridor … und draußen die Bewegungsmelderlichter. *Ein Schweizer Augenzeuge hat Kinder beschrieben, die wie Kühe das Gras der Almen weideten.* Es war der einzige Satz, der ihr wörtlich im Gedächtnis geblieben war. Weshalb? Zuerst einmal klang er schriftlich, wie etwas auswendig Gelerntes. Und das Bild selbst war urwüchsig grotesk, ja, aber da war noch etwas anderes, viel Wirksameres. An dem Bild stimmte etwas nicht: Der Schweizer Augenzeuge war anwesend, und die Kinder grasten verzweifelt auf den Almen. Half er ihnen denn nicht? Wo genau befand er sich? Hatte er selbst keinen Hunger? War er mit dem Grasen schon fertig? Diese Unschärfe musste es sein, was dieses Detail so überzeugend, so langlebig machte; dieser Wunsch im Zuhörer, sich hineinzuversetzen in die Szene, per Zeitsprung, und sich alles selbst anzusehen. Genau wie bei dem Bild von dem mit vereinten Kräften hochgestemmten Rollstuhl und dem Glatzkopf, der wie ein irrer Mond im Küchenfenster aufgeht. Es passte hinten und vorne nicht, wie ein Puzzlestück, das einen Zahn zu viel hatte.

Coris Lächeln, Hilbig, Schaum.

Ein solches Detail gab einem das Gefühl, in die Geschichte hineinsteigen zu können. Aber da es eine Geschichte war und kein reales Zimmer, konnte man dort keinen Gegenstand verrücken oder befühlen, man konnte nichts und niemanden befragen. Man konnte nur nehmen, was da stand. Wie einen heiligen Text. Darin musste die große Wirkung bestehen. Hollberg. Es war seine Signatur.

Sie dachte daran, Markus zu schreiben. Aber er würde wahrscheinlich wieder nur … so sein wie immer. Langweiliger Idiot. Heiratsantrag. Natalie dachte an ein Aleph, das sich seit Jahren auf Cori konzentrierte. Auf ihren Scheitel. Niemandem auf der Welt wünschte sie die liebevolle D.O.B.-Dosis eines Alephs so sehr wie Cori. Wenn die auf einer einzigen Nadelspitze gebündelte Aufmerksamkeit des ganzen Universums ein würdiges Ziel hatte, dann war es dieses hierher verirrte, fast durchsichtige Menschenweibchen mit den komischen Haaren, dem zahnlosen Mund und der alterslosen Stimme.

Kampf

Draußen war es Freitag. Der innere Zustand, jener im Schlafzimmer, war weniger eindeutig zu benennen. Kleider lagen verstreut, dazwischen die Formel-1-Auto-Fernbedienung und der Deckel ihres Batteriefachs. Natalie schlüpfte aus dem Bett, hob die Teile auf, setzte den Deckel wieder ein, wurde nachträglich kurz vom Tod gestreift und spielte ein wenig an der Fernbedienung herum. Waren im Formel-1-Auto selbst überhaupt Batterien gewesen? Vermutlich schon, da das Fahrgeräusch damals Matthias erschreckt hatte. Aber wie lange hielten sie? Hier an der Fernbedienung leuchtete eine kleine Diode, also war sie noch am Leben.

Sie hatte keine besonders klare Erinnerung an die vergangene Nacht. Sie wusste noch, dass sie mehrmals wach geworden war. Muskelrelaxans und Schwindelgefühle. Dann Bier, in der viel zu hellen Küche, gegen zwei Uhr oder so. Laute Stimmen im Kopf. Und das Gefühl, als müsste man niesen, allerdings nicht heute, sondern vor zwanzig Jahren, als kleines Baby. Säugetier, dachte sie. Dritter Sonnenplanet. Sie hatte eine wilde Angstattacke bekämpft und sich nicht übergeben. Aber ein bisschen geweint. Dafür waren ihre Verspannungen jetzt weg. Sie war viel herumgestolpert. Aber das erklärte nicht das Ausmaß der Unordnung. Nein, es ist sonst niemand hier, ich sehe Gespenster.

Das iPhone meldete sich. Sie musste es suchen. Seltsamerweise befand es sich weit unterm Bett. Es war Hollberg. Sie biss die Zähne zusammen und nahm den Anruf entgegen, aber da hatte er schon aufgelegt. Sie wartete, aber er rief nicht mehr an. Zum Zurückrufen bin ich einfach zu dumm, beschloss Natalie. Weiß nicht, wie das geht, bin nur eine Betreuerin. Bezugerin. Nur eine Frau. Gott hat mich aus Mais gebaut. *Apple tree beneath my wings.*

Als sie in die Küche ging, erschrak sie. Chat war verschwunden! Aber dann fiel ihr ein, dass er diese Nacht gar nicht dagewesen war, das war die Nacht davor gewesen, oder vorvorletzte … ah, egal. Jedenfalls nicht die letzte. Die, die jetzt gerade vorbei war. Überstanden. GTA4-Glitch-Gefühl. Tritt auf das falsche Bodenbrett und –

Sie dachte daran, wie Leute, wenn sie sich allmählich von einem Schreck erholten, angeblich immer *tief durchatmen*. Sie stellte es sich vor. Es half.

Auch in der Küche waren einige Dinge durcheinandergeraten. Eine Müslipackung hatte etwa die Hälfte ihres Inhalts auf den Boden verloren und stand nun geknickt und gedemütigt da, mitten auf dem Tisch.

– Ich erinnere mich nicht, sagte Natalie laut.

Die Wohnung schwieg. Nach ein paar Minuten fing das einsame Telefon in der Nachbarwohnung zu plärren an.

Heute würde sie mit dem Rad fahren. Es war zwar kalt, aber sie hatte es bis jetzt jeden Winter so gemacht, dass sie zumindest alle paar Tage mit dem Rad fuhr. Sonst wurde es ihr so fremd. Und die Muskeln schwanden dahin. Als sie die Wohnung verließ, hatte sie einen kurzen, aber heftigen Anfall von Sehnsucht. Sowohl konkret als auch allgemein. Etwas Verstärkung wäre ganz gut. Aber Mario würde nie mit ihr zusammenleben wollen. Er war einfach nicht der Typ für Wohnungen. Hatte er selbst gesagt. Vielleicht sollte sie einen Vermisstenflyer aufhängen wie für einen Hund. Aber sie hatte kein Foto von ihm. Nie eines gemacht. Vielleicht sogar besser, sonst würde sie es sich dauernd anschauen und darüber wahnsinnig werden.

Mit großer Freude stellte sie fest, dass das eingeschmuggelte Spielzeug von den Gezeiten ins Innere der Parterrewohnung gespült worden war. Jetzt war es irgendwo da drinnen und lernte anderes Spielzeug kennen. Das Licht im Garten begrüßte sie mit freundlicher Milde. Während sie mit einem Papiertaschentuch die Feuchtigkeit vom Radsattel wischte, hörte sie hinter sich Schritte. Der Nachbar ging an ihr vorbei, sie nickte ihm zu.

– Nicht erschrecken.
– Aaah!
Natalie hielt das Taschentuch in der ausgestreckten Hand weit von sich, als wäre es ein Messer.
Herr Hollberg nahm es ihr mit einem leicht verblüfften Gesichtsausdruck aus der Hand.
– Für mich?, fragte er.
– Was soll das? Was wollen Sie hier?
Sie stellte sich hinter das Rad, blickte sich um, ob jemand auf einem der Balkone zu sehen war. Alles leer.
– Keine Angst. Es ist nicht das, wonach … ah, so ein dummer Satz. Ich kann ihn nicht aussprechen. Aber im Ernst: Bitte nicht hysterisch werden, okay?
– Warum sind Sie in meinem Garten?
– Sie, sagte Herr Hollberg etwas verletzt. Wir waren doch schon per … Aber gut, ich verstehe, unter den Umständen. Klar. Ich entschuldige mich für diesen unangemeldeten Besuch. Aber ich wollte dir nur dein Handy zurückbringen. Hier.
Er holte ein iPhone aus seiner Tasche.
– Das war alles, sagte er. Wirklich. Du warst nicht im Wohnheim, also habe ich angenommen, dass du hier bist. Und dass du es so schnell wie möglich zurückhaben möchtest. Vorher anrufen konnte ich ja nicht.
Er hielt ihr das Handy hin.
Natalies Blick wurde kurz trüb. Das Display wies einige Risse auf.
– Das ist nicht meins.
– Nicht?
Hollberg schaltete es ein. Der Sperr-Bildschirm wurde angezeigt. Es war ein Foto. Natalie musste näher herangehen, um es zu erkennen.
Sie schreckte zurück. Es war ein Bild von ihr. Ihr Gesicht. Lächelnd, aber mit geschlossenen Augen. Aus nächster Nähe aufgenommen.
– Es ist bei euch gelegen, auf dem Parkplatz. Vor dem Wohnheim. Allerdings mit Pin.

Er führte es vor.

– Sehr witzig, sagte Natalie.

– Hey, sagte Hollberg. Honest to god. Ich hab's gefunden. Sicher nicht deins?

– Nein. Und ich finde das auch nicht witzig.

– Tut mir leid, sagte Hollberg.

Natalie hasste sich für diesen Eindruck, ausgerechnet in dieser Situation, aber: Hollberg war aufrichtig. Warum wusste sie das? Sie wusste es. Vor ihr fiel das Rad um.

Er bückte sich, um es aufzuheben.

– Danke, sagte sie.

Ihr Unterkiefer zitterte.

– Weißt du was?, sagte Hollberg. Ich glaube dir.

Sie schaute ihn nicht an, sie fixierte seine Schuhe. Verschwinde aus meinem Garten. Verdammter Stalker.

– Ich glaube dir, sprach Hollberg weiter, weil, überleg mal. Ich habe öfter versucht, dich anzurufen, und das Handy hier hat nicht geläutet. Ich hab gedacht, du hast vielleicht eine andere Nummer inzwischen oder so. Andererseits, warum solltest du das machen? Ausgerechnet jetzt, nachdem du mich angerufen hast, wegen der einen wichtigen Sache.

Eine kurze Pause.

Dann sagte er:

– Und das ist wirklich gut ausgegangen, hm? Das mit Mike.

– Ja.

– Bedankt hast du dich schon, sagte er. Keine Angst. Obwohl, ich muss sagen, ich höre es gern. Die Leute bedanken sich in letzter Zeit nicht so häufig bei mir.

– Woran das wohl liegt.

Herr Hollberg lachte.

Natalie musste daran denken, wo er, zumindest seiner Behauptung nach, das Telefon gefunden hatte. Vor dem Wohnheim. Und wer arbeitete dort? Es war nicht schwierig, die drei Kolleginnen durchzugehen und auf die wahrscheinlichste Kandidatin zu kommen. Eine angenehm grüne Welle von Beruhigung, Trost und Geschmeicheltsein erfasste sie.

– Ich glaube, ich weiß, wem das Telefon gehört, sagte Natalie.

Sie hielt die Hand auf. Hollberg zuckte die Achseln und legte es hinein. Dann wischte er sich die Hände an seiner Kleidung ab und schien erleichtert.

– Tut mir leid, dass ich dich erschreckt habe. Ich weiß, einfach so aufzutauchen und alles. War wirklich nicht böse gemeint. Was hältst du davon, wenn wir vielleicht mal was essen gehen? Nur geschäftlich-kollegial. Wir sind ja jetzt, sozusagen, im selben Gewerbe.

Natalie schüttelte den Kopf.

– Hm, okay, sagte Hollberg. Dann … darf ich wenigstens ein Foto von uns machen? Offiziell diesmal. Nicht so wie damals, so doof von hinten, im Weggehen.

Natalie wich zurück, aber er stellte sich neben sie, legte eine Hand auf den Sattel des Fahrrads und knipste das Foto.

– Ja, also, noch mal: Entschuldige wegen der Verwechslung. Ich bin wirklich davon ausgegangen, dass es dir gehört. Honest to god.

Er malte mit dem Zeigefinger ein kleines X auf die Stelle, wo sich sein Herz befand. Dann trat er einen Schritt zurück und tippte auf seinem Handy herum. Sie alle, Natalie, er und Madame Unbekannt, hatten dasselbe Modell.

– Und das schicken wir dann an Superman.

– Was?

– So. Schon erledigt.

Er lachte und hielt sein Handy in die Höhe.

– Hey!, schrie Natalie. Was soll das jetzt wieder? Hau ab!

– Ah, keine Angst. Ich hab das schon mit allen Betreuerinnen gemacht. Er kommt darüber hinweg. Absolut. Er vergibt mir immer. Egal, was ich mache. Du kennst ihn ja.

Er tat so, als müsste er sein Handy aus ihrer Reichweite bringen. Aber Natalie stand beherrscht da. Ja, sie hatte kurz daran gedacht, es ihm aus der Hand zu reißen. Sie musste dabei eine unwillkürliche Bewegung gemacht haben, die er richtig gedeutet hatte.

Sie nahm ihr iPhone aus der Tasche.

– Okay, sagte sie.

Sie hatte auch ein As im Ärmel. Das Foto vom Klingelschild. Aber als ihr Blick darauf fiel, schrumpfte die Idee in sich zusammen und wurde sinnlos. Was sollte sie sagen? Da, ich hab seiner Schwester nachspioniert, was sagst du jetzt.

– Rufst du jetzt die Polizei, oder was?, lachte Hollberg.

– Ja, Chris, sagte Natalie in der Stimme von Dorm.

Sie steckte das iPhone wieder ein.

Aber es hatte gewirkt.

– Scheiße, du klingst tatsächlich wie er, sagte Hollberg beeindruckt.

Er lachte nicht mehr.

– Hahaha, ja, Chris, ganz toll.

– Wow, du kannst das richtig gut, sagte er. Damit könnte man was machen, weißt du? Muss ich mir merken.

Er tippte sich mit dem Zeigefinger an die Stirn, dann streckte er ihn Richtung Natalie. Und begleitet von einem übertrieben zirkusmäßigen Abschiedswinken ging er fort.

Sie kam ein paar Minuten zu spät zur Arbeit, aber niemand sagte etwas. Astrid war im Sozialraum mit einigen Klienten. Unglaublich: Es hatte offenbar ein Darts-Wettbewerb stattgefunden, die Scheibe hing an der Wand, und einige Pfeile lagen am Boden.

Matthias war der Gewinner. Zumindest schloss Natalie dies aus der Tatsache, dass Astrid vor ihm kniete und ihm eine Brosche anheftete. *Ehrenhalber*, dachte Natalie sofort. Das Wort wiederholte sich noch einige Male in ihrem Kopf. Aber Matthias lachte nicht. Das fiel sofort auf. Doch, jetzt lachte er plötzlich, aber mehr, um diejenige zu besänftigen, die mit dem Revers seines Steireranzugs irgendetwas Unbegreifliches anstellte. Wie das Angstschnurren bei Katzen. Er machte die Augen zu und wandte sich ab, es war klar, dass er beim besten Willen nicht hinschauen konnte. Leise Protestgeräusche kamen aus seinem Mund.

– Hab’s gleich, sagte Astrid.

– Nnnhh.

Sie bemerkte Natalie.

– Mein Gott, schau ihn dir an, sagte Astrid. Als müsste er Blut spenden! Da kann ich auch nie hinschauen. Wenn das Butterfly-Ding reingeht in die Vene, furchtbar.

Die Brosche saß. Matthias hatte immer noch den Kopf zur Seite gedreht. Dann merkte er, dass niemand mehr an ihm herumwerkelte, machte die Augen auf und schaute in die Runde, lächelte den Menschen zu, die ihm hoffentlich noch immer wohlgesinnt waren, und wagte einen kurzen Blick an sich herunter. Er war gar nicht verletzt! Er atmete aus. Er betastete das Ding an seiner Brust, dann lachte er laut. Und zeigte – Natalie war so verblüfft, dass ihr beinahe der Fahrradschlüssel aus der Hand fiel – ein Victory-V mit Zeige- und Mittelfinger.

Astrid erzählte ihr, Herr Dorm habe anfangs bei ihrem Wettbewerb mitgemacht, aber dann sei etwas passiert. Schon wieder.

– Ich weiß, sagte Natalie.

Sollte sie sagen, dass Hollberg in ihrem Garten gewesen war? Aber vermutlich würde es Astrid nicht weiter beunruhigen. Hartenaugasse. Koller. Alles vernetzt.

– Er hat getobt. Aber jetzt geht es wieder.

Natalie seufzte.

– Er ist manchmal etwas unvorsichtig mit Fotos, sagte Astrid. Das muss man leider sagen.

– Oh ja.

– Na ja, du schaffst das sicher.

Natalie versicherte ihr, sie werde die Katastrophe einzudämmen versuchen. Aber dann ging sie zu Mike und setzte sich zu ihm. Er war in ausgesprochen guter Stimmung, ausgeschlafen, etwas träge vielleicht, aber von einem warmen, friedvollen inneren Licht erfüllt. Sie sprach mit ihm über dies und das, und er wiederholte noch einmal den magischen Abzählreim. Es unterliefen ihm einige Aussprachefehler, aber Natalie korrigierte ihn nicht, da sie fürchtete, er könnte dadurch seine Erfolge der Vergangenheit nachträglich für ungültig erklären. Alles wunderbar und korrekt, versicherte sie ihm. Er zeigte ihr eine winzige Zeichnung von einem Haus. Mehr nicht. Das Haus hatte einen Schornstein auf dem Dach, von dem Rauch aufstieg. Nicht größer als eine halbe Briefmarke. Ob das eine Winterszene sei, wollte sie wissen. Mike war überfragt. Natalie lobte das Bild und fragte ihn, ob er mehr davon machen wolle. Aber ja, natürlich, versicherte er ihr, wenn sie wolle, er mache ihr so viele, wie sie mit nach Hause nehmen könne. Erst jetzt verstand Natalie, dass dieses winzige Haus für sie war. Ein Geschenk. Sie musste sich räuspern und kurz woanders hinschauen, sie wollte Mike nicht beunruhigen. Dann umarmte sie ihn doch. Nur ganz kurz. Er ließ es geschehen. Sie bedankte sich bei ihm und steckte das Bild, gut sichtbar für ihn, in ihre Hemdtasche, da. Da bleibt es. Sie tätschelte die Tasche und zeigte noch einmal durch ihre Körperhaltung, wie sehr sie sich freute. Mike hielt ein Hemd hoch. Sie half ihm dabei, es anzuziehen. Und damit war der Augenblick vorüber. In warm-summender Stimmung kehrte sie in die Wirklichkeit zurück.

Matthias stand mitten im Sozialraum. Er hielt sich den Nacken, rieb daran herum. Sein Lächeln war breit, sein Gesicht vergnügt, die Siegerbrosche hing noch an ihm, aber dem Rest seines Körpers war anzusehen, dass etwas Unerwartetes passiert war. Hin und wieder nahm er die Hand von seinem Nacken und roch an den Fingern. Sein Gesicht war rot angelaufen.

– Alles okay, Matthias?, fragte Natalie.

Er blickte sie an, grüßte mit einem Lachen und sagte:

– Ja, eh! Ja, eh!

Im selben Augenblick hielt Herr Dorm mitten in der Bewegung inne. Dies verursachte ein Geräusch, und jetzt erst bemerkte Natalie, dass er im Raum war. Er war offenbar gerade dabei, einige lose Zettel zusammenzuheften. Er saß in einiger Entfernung an einem Tisch. Die Unterbrechung im Fluss seiner Bewegungen war nur sehr kurz gewesen.

– Guten Tag, Herr Dorm.

Keine Antwort.

– Tut dir was weh?, fragte Natalie und trat näher an Matthias heran.

Sie ging um ihn herum und schaute sich seinen Nacken an. Rotfleckig, aber nicht verletzt.

– Da?

– Eh, sagte Matthias und nickte lachend. Ja, eh.

– Was ist denn passiert?

Matthias ging einige Schritte von ihr weg. Er mochte es nicht, wenn Menschen hinter ihm standen und sich mit ihm befassten.

– Herr Dorm, wissen Sie vielleicht –

– Nein, unterbrach er sie, ich hab keine Zeit für ihn. Er ist anstrengend.

– Na, das finde ich nicht. Der Matthias scheint sich wehgetan zu haben.

Dorm reagierte nicht.

Natalie stellte sich vor Matthias auf und bat ihn durch eine stumme, freundliche Geste, ihr die Finger zu zeigen. Aber er verstand nicht, was sie wollte, also nahm sie seine Hand und tat so, als wollte sie seine Finger zählen. Er ließ es geschehen. Nein, die Finger waren nicht verletzt. Aber der Nacken.

Es gab nur eine Möglichkeit, herauszufinden, was passiert war.

– Herr Dorm, haben Sie *wirklich* nicht bemerkt –

– Nein!, schrie Dorm und schleuderte die Klammermaschine vom Tisch.

Er drehte seinen Rollstuhl etwas zur Seite und wandte sich zu ihr:

– Welchen Teil von *Ich hab keine Zeit* haben Sie nicht verstanden?, sagte er.

Natalie überlegte.

– *Zeit*, sagte sie.

Herr Dorm erdolchte sie mit seinem Blick.

– Jaja, witzig, sagte er.

Matthias lachte laut und herzhaft.

– Warum haben Sie dem Matthias wehgetan?, fragte Natalie.

Er schaute sie an. Wut, Hass, Verachtung. Der Rollstuhl bewegte sich ein paar Zentimeter in ihre Richtung. Er verschränkte die Arme vor der Brust und sagte:

– Warum. Warum müssen Sie sich immer, immer einmischen?!

– Weil ich hier bin, sagte Natalie.

– Dann gehen Sie woanders hin!, sagte Herr Dorm. Wir brauchen Sie hier nicht!

Nein, er war nicht in Ordnung, dieser Impuls, auf einen Mann im Rollstuhl zuzugehen und ihm die Finger zu brechen; sie kämpfte ihn nieder. Wogen glätten. Katastrophe eindämmen. Das Foto, das Hollberg per SMS geschickt hatte.

– Herr Dorm, ich weiß, weshalb Sie wütend sind. Wir können darüber sprechen. Aber zuerst entschuldigen Sie sich bei Matthias.

Herr Dorm machte den Mund auf, sagte aber nichts, dann drehte er sich langsam, im vollen Bewusstsein, dass er dabei Publikum hatte, das jede seiner Bewegungen aufmerksam verfolgte, zurück an den Tisch und arbeitete weiter.

Natalie nahm Matthias am Arm und führte ihn aus dem Sozialraum. In der Küche machte sie ein Geschirrtuch mit kaltem Wasser nass und legte es dem hilflos lachenden Mann in den Nacken. Zuerst sagte Matthias:

– Na, geh. Bitte, naah.

Allmählich entspannte er sich und hielt das Geschirrtuch selbst mit einer Hand fest. Er blieb in der Tür zur Küche stehen und schwankte, auf seine übliche phantomwindbewegte Art, leicht hin und her.

Natalie überlegte, was sie mit dem iPhone von B anfangen sollte. Zweifellos war es ihres. Ja, natürlich, sie fühlte sich geschmeichelt. Bisschen komisch vielleicht. Aber süß. Heimlich verliebt und so. Konnte sie es einfach so ins Nachtdienstkämmerchen legen, an eine gut sichtbare Stelle? – Nein, dann würde B wissen, dass es jemand gefunden hatte. Mit dem Bild. Denn natürlich würde es jemand einschalten, um herauszufinden, wem es. Nein, am besten, es blieb ausgeschaltet. Und versteckt. Für immer. Sie wollte B keine peinliche Enthüllungsszene zumuten. Es war ja wirklich lieb. Vielleicht lief es zuhause mit der Frau, wie war ihr Name gewesen? Katja. Katje. Vielleicht lief es gerade nicht so gut mit der. B schaute sich vielleicht nach neuen Möglichkeiten um. Sie hatte ihr den Arm um die Schultern gelegt, nach dem Cori-Bad. Coribad. Coribad. Ein hübsches Wort. Wie Spanisch. Wieder trafen sich Hunderte Menschen zum alljährlichen Coribad. Dem Gewinner stehen drei Fässer Wein und ein junger Esel zu. Nein, sie konnte nichts sagen. Das Handy war einfach verlorengegangen, sie würde dafür sorgen. Ein paar andere Möglichkeiten kamen ihr in den Sinn, aber sie verwarf sie. Und, nein, sonst kam niemand in Frage.

Supermarkt

Beinahe hätte Natalie Frank nicht erkannt, da sie ihn noch nie zuvor außerhalb des Souterrain angetroffen hatte. Sie hatte sich manchmal von ihm nach Hause begleiten lassen, aber ihm zufällig zu begegnen, in der Wirklichkeit, und noch dazu mit diesem komischen Hut … Und außerdem: ausgerechnet hier, im SPAR-Markt in der Nähe des Wohnheims? Was machte er hier? Er wohnte doch. Aber sie wusste gar nicht genau, wo. Jedenfalls nicht hier in der Gegend.

Frank schien sehr glücklich, sie zu sehen. Er winkte und kam näher.

Sein Einkaufswagen war voller Joghurts. Alle Vanille.

– Fürs Souterrain?, fragte sie.

Frank schüttelte den Kopf:

– Naah, sagte er. Die sind mehr por mi casa es su casa.

– Also für mich?

– Hä?

– Seit wann sind wir per Sie?

– Was?

Frank schaute verwirrt drein.

– Egal, sagte sie. Su casa heißt Ihr Haus. Was machst du denn hier?

– Einkaufen. Und du?

– Staubsaugen, sagte Natalie.

Frank nickte ernst. Er schien abgelenkt.

– Ja, sagte er. Dann kann ich es dir im Grunde auch gleich sagen. Die Förderung wurde gestrichen. Nächstes Jahr.

– Wie, die Förderung?

– Ich hab heute eine Nachricht vom Eulemann bekommen.

Der Besitzer des Gebäudes, der Betreiber, Vermieter, was war er eigentlich? Natalie wusste, dies würde kein angenehmes Non-sequitur-Gespräch werden.

– Es wird schwer werden, das nächstes Jahr noch so zu halten wie jetzt.

– Ihr müsst schließen?
– Nein, nein, hoffentlich nicht, sagte Frank. Aber …

Er kratzte sich an seinem bärtigen Kinn, den Kopf neigte er dabei katzenartig zur Seite.
– Ich hab da halt nichts zu sagen, sagte er. Leider. Aber der Eulemann hat die Förderungen bisher immer eingesteckt und uns im Grunde nichts davon gegeben, dafür durften wir tun, was wir …

Er seufzte ungeduldig, all diese Gedanken hatte er offenbar schon den ganzen Morgen innerlich wiederholt. Es ging ihm alles auf die Nerven.
– Das ist echt gemein, sagte Natalie.
– Na ja, was soll man machen. Er ist der Sieger, in jedem Fall. Jetzt kann er's gewinnbringend vermieten.
– Ich versteh immer noch nicht genau, wie das mit der Förderung –
– Ist doch egal, fauchte Frank (allerdings nicht in Natalies Richtung; es ging eher gegen die bösartige Welt). Es ist alles schwer zu verstehen. Worauf es hinausläuft, ist: Er hat gewonnen. Er ist Gott. Er kann tun, was er will.

Natalie wusste nicht, was sie sagen sollte. Ihre beiden Einkaufswagen drifteten ständig ein wenig auseinander, wie Hunde, die einander nicht geheuer waren und lieber weitergehen wollten. Wenn das Souterrain zumachte, würde es auch keine Chance mehr geben, Mario irgendwann wiederzutreffen.
– Bad news, sagte Frank. Aber hey, immerhin ist mi casa noch su casa.
– Wessen Haus?
– Ich kann gar kein Spanisch, sagte Frank. Hier, magst du ein Joghurt?

Er hielt ihr eines hin.
– Aber wir sind noch im Supermarkt, sagte Natalie. Dann müsste ich es ja bezahlen.
– Ah, ja, natürlich, sagte Frank und legte es zurück in den Einkaufswagen. Sorry. Bin gerade ein bisschen neben … Aber sag mal, weil wir grade hier stehen, vor so viel Gemüse. Du

magst nicht zufällig mal vielleicht zu mir kommen? Ich koche.
– En tu casa?
– Was?
– Zu dir in deine Wohnung?
– Ja. Ich würde mich freuen. Ich meine nur, wenn das Souterrain demnächst vielleicht schließen muss und so. Zum Jahresende oder. Aber es ist ja noch nicht fix. Die Nachricht vom Eulemann war alles andere als eindeutig, nur damit du weißt.
– Also ein kleiner Hoffnungsschimmer?
– Und deswegen hab ich mir gedacht, dass es schade wäre, wenn man sich, also in gewisser Weise, vielleicht gar nicht mehr sehen würde, weißt du? Wenn sich alles so verläuft.
– Das wäre schade, ja.
– Also hab ich mir nur gedacht. Falls du magst.

Frank schlichtete die Joghurts in seinem Einkaufswagen um, während er sprach.
– Na ja, im Augenblick, begann Natalie.
– Okay, unterbrach Frank sofort, du musst nicht gleich antworten. Warten wir einfach ab, wie es läuft, ja? Mit dem Eulemann und der Förderung. Und dem Souterrain insgesamt. Ich kämpf dafür, dass es so bestehen bleibt, wie es ist.
– Das ist toll, sagte Natalie.
– Und du überlegst es dir einfach, okay?
– Mach ich.

Frank schien zufrieden, zumindest ein wenig. Er verabschiedete sich und schob seinen Einkaufswagen in Richtung Kassa.

Natalie beschloss, sich für einige Minuten in die Getränkeabteilung zu stellen und dort zu warten. Sie würde ihm einen Vorsprung geben, damit sie ihm nicht am Parkplatz wieder begegnete und sie sich noch einmal voneinander verabschieden mussten. Einmal reichte für heute.

Ginger Ale, Cola, Sprite. Die vertrauten Markennamen taten ihr gut. Die gab es auf der ganzen Erde, zu diesem Zeitpunkt wurden sie von Tausenden von Menschen angeschaut. Es waren stille Live-Sendungen, wie Stephen-King-Buchcover. Lohnte es, über Franks komisches Angebot weiter nachzudenken? Sie mochte ihn ja, als Gesprächspartner. Aber sonst. Es war etwas um ihn, das sie ein wenig abstieß. Wie ein unangenehmer Geruch. Als käme er frisch aus einer Militärküche. Natalie dachte ein wenig über diesen Vergleich nach. Sie schaute auf ein Werbeschild, das über den Energy-Drinks hing. Dort war ein Mann abgebildet, der eindeutig Gottvater in den Wolken darstellte, weißbärtig, gütiger Blick, und er offerierte sein neuestes Werk: *Crevolution*. Zackige Schrift, ozonblaue Dose. Natalie legte eine davon in ihren Einkaufswagen. *Er ist Gott. Er hat gewonnen.* Nein, Frank war schon in Ordnung. Ein netter Mensch. Aber nein. Nein.

Kurz bevor sie an die Kassa kam, entschied sie sich doch gegen den gottgewollten Energy-Drink und stellte ihn zwischen Kürbissen ab.

Formel 1

Das Telefon läutete um zehn Uhr abends. Natalie schrak hoch. Sie war vor dem Fernseher eingenickt. Ein Traumrest, der mit Wahlzetteln zu tun hatte, begleitete sie bis zu jenem Augenblick, als sie über das Display strich, um den Anruf anzunehmen. Sie hatte nicht einmal registriert, wer anrief.

– Hallo?

– Ja, grüß dich, sagte Herr Hollberg. Ich hoffe, ich störe nicht.

Natalie war sofort hellwach. Es ist besser, wenn ich den Anruf aufzeichne, sagte sie sich. Sie stellte auf Lautsprecher und tippte auf den Bildschirm, dann hörte sie Herrn Hollberg fragen:

– Bist du noch da? Hallo?

– Jaja, ich hör schon, sagte Natalie.

Scheiße, wie kam man aus dem dummen Menü raus, ohne aufzulegen? Immer diese dummen iOS-Updates, von denen sich bloß die Bedienungselemente veränderten und sonst nichts.

– Ich wollte nur nachfragen, sagte Herr Hollberg, ob zwischen uns auch wirklich alles okay ist. Also im Großen und Ganzen.

– Sicher, sagte Natalie. Warum nicht?

– Hm, ja, warum nicht. Ich weiß nicht, ich hatte einfach das Gefühl, ich sollte anrufen, und, äh, kannst du vielleicht ein bisschen näher an das Mikro rangehen, ich hör dich so schlecht.

Natalie fuhr zusammen und duckte sich. Konnte er sie sehen? Stand er vor dem Fenster? Oder auf dem Balkon?

– Du klingst ganz weit weg, sagte er.

Nein, sie konnte sich beruhigen. Beruhigen. Er sah sie nicht. Wie auch. Er meinte nur den Klang.

– So besser?

– Ja, ein wenig. Also, wie gesagt, ich möchte nicht, dass da irgendwas zwischen uns steht.

– Was zum Beispiel?

– Oh, ich weiß nicht. Hindernisse eben. Ich stelle mir das übrigens sehr schwierig vor, so frisch in ein seit mehreren Jahren bestehendes Arrangement zu kommen ohne ein Gefühl dafür, wie es funktioniert. Das war schon mutig von denen. Aber gut, man muss auch irgendwann mal die Jugend zum Zug kommen lassen, oder? Bringt ja sonst nichts. Veraltete Strukturen helfen keinem. Und klar, die körperliche Komponente. Du warst einfach ideal. Muss man ganz einfach sagen.

– Wird das ein Heiratsantrag?, fragte Natalie.

Herr Hollberg lachte. Natalie sah das Wort *herzhaft* vor sich. Es war, entgegen allen landläufigen Behauptungen, ein ausgesprochen unmenschliches Wort.

– Hahaha, nein, das nicht. Ich möchte einfach nur, dass sich nichts ändert. Deshalb hab ich gedacht, ich rufe an. Und, ah ja, fast hätte ich's vergessen: um mich zu entschuldigen. Wegen der Foto-Aktion. War unnötig. Aber du hast es ja gesehen, er hat es weggesteckt. Wie ein trockener Schwamm ein paar Tropfen Wasser.

– Ja, er steckt es immer weg.

Endlich hatte Natalie entdeckt, wie man aus dem Telefonmenü herauskam. Jetzt auf Audioaufnahme. Sie drückte. Ein Bestätigungssignal ertönte.

– Äh, entschuldige, sagte sie. Jetzt warst du kurz weg. Die Verbindung ist schlecht. Kannst du vielleicht wiederholen, was du gerade gesagt hast?

– Oh, ich war schon fertig.

Mist.

– Ich glaube, ich verstehe nicht ganz, was du meinst.

– Welchen Teil?

– Na ja, sagte Natalie. Ich weiß nicht, was ich diesmal wieder falsch gemacht habe.

– Oh, gar nichts. Du hast nichts falsch gemacht. Ehrlich. Du bist sehr engagiert. Für deine Klienten, meine ich. Rundum voll engagiert. Aber du übertreibst es auch nicht, oder so. Also, dass dein Interesse zum Beispiel, was weiß ich, auf die direkten Verwandten der Klienten überspringen würde. Damit haben viele Betreuerinnen ein Problem. Aber du machst das schon sehr gut, insgesamt. Allerdings …

Er brach ab.

– Allerdings?, half Natalie nach.

Die Audioaufnahme zählte die Sekunden, eine nach der anderen, mit der Neutralität einer Spinne, die Netze knüpft.

– Es ist einfach … Ich spüre bei dir so eine Art Widerstand, Natalie. Ich weiß nicht, vielleicht werden wir ja alle mal auf dem falschen Fuß erwischt. Ich will eben nicht noch einmal erleben müssen, dass sich jemand so sehr in diese Sache verrennt. Dafür ist sie mir zu wichtig. Ich lasse sie mir nicht einfach so nehmen. Verstehst du?

Wäre der Aufnahmemodus nicht gewesen, Natalie hätte an dieser Stelle möglicherweise Angst bekommen. Aber so konnte sie sich an den gezählten Sekunden festhalten. Die Phrase *Als Beweismittel zugelassen* geisterte ihr durch den Kopf.

– Ich nehme niemandem irgendwas weg.

– Genau, sagte Hollberg. Das ist ja das Gute. Ich habe gewusst, dass wir uns verstehen. Muss keiner am Ende ins Blech beißen wegen der Sturheit eines Einzelnen.

Ins Blech beißen.

Die Sekunden halfen nichts mehr. War das eine. Ja, es war eine Anspielung. Er meinte. Nein, warum sollte er Mario. Doch, er hatte ihn. Nein, warum sollte er es so offen zugeben, das war doch. Blech. Aber warum sagte er sonst –

– In was beißen?

– Oder ins Gras, was weiß ich, sagte Herr Hollberg ungeduldig. Am Ende einen Nachteil haben. Ich will einfach nicht wieder von vorne beginnen müssen. Weißt du, wie lange es gedauert hat, bis er mir wieder so weit vertraut hat, dass er von meiner Handfläche isst? Du hast keine Vorstellung von den Zeiteinheiten, um die es da geht. Klar, ein junger Mensch kann sich das auch nicht vorstellen. Da läuft das Leben maximal in Monatssprüngen ab. Aber Jahre? Wenn es um Jahre geht? Dafür ist noch kein Begriff vorhanden, kein Gefühl.

– Ich verstehe nicht, sagte Natalie.

Sie sollte auflegen und nie wieder rangehen. Aber sie musste ihn weiter aufnehmen. Er hatte bestimmt schon genug gesagt, um sich selbst zu belasten. Polizei.

– Doch, doch, sagte Hollberg. Du verstehst schon. Ist ja keine Wissenschaft. Zumindest nicht für euch. Also, um das Ganze nicht unnötig zu zerreden, ich möchte von dir hören, dass wir Frieden geschlossen haben. Hier und jetzt.

– Frieden, wiederholte Natalie. Okay.

– Ah, das klingt nicht wirklich überzeugend. Es klingt, ehrlich gesagt, ziemlich ängstlich. So, als würdest du gleich die Polizei rufen. Bitte glaub mir, ich bemühe mich wirklich. Ich bemühe mich, ein guter Mensch zu bleiben. Und bislang hab ich es auch geschafft. Und er kriegt, was er will. Keine Verlierer. Es ist ideal.

– Was ist ideal?

Herr Hollberg seufzte.

– Ich glaube wirklich, wir sollten uns treffen, Natalie. Dann könnten wir über alles reden. Dieser ständige Erklärungsbedarf auf deiner Seite, der ist auf Dauer nicht gut.

– Danke, ich komm schon zurecht.

– Mit der Situation, ja? Das würde ich gern glauben. Aber ich will wirklich nur eine kurze Aussprache. Eine Stunde der wahren Verhältnisse. Danach sehen wir vielleicht beide besser, klarer.

– Ich überleg's mir. Das mit der Polizei, meine ich.

– Ah, haha. Ja. Sehr gut. Vielleicht kann ich dir eine kurze Geschichte erzählen, um dir die Entscheidung zu erleichtern. Damals, im Sommer nach der –

– Deine Geschichten spielen alle im Sommer, sagte Natalie.

Eine kurze Pause.

– Nicht alle, sagte er leise. Willst du die Geschichte nicht hören?

– Es ist schon spät, sagte Natalie.

– Gut. Dann ein andermal.

Damit legte Hollberg auf. Natalie beendete die Audioaufnahme, hörte sich zur Sicherheit den Anfang an, ja, man konnte das Gesprochene verstehen, auf beiden Seiten. Dann ging sie ins Badezimmer, machte die Tür zu und rief im Heim an. Es war besetzt.

Sie brachte den Müll hinunter in den Hof und war stolz auf sich. Sie hatte ihn abgewehrt. Sie wollte irgendetwas kaputt machen oder anzünden. Aber vor der Parterrewohnung lag heute Abend kein Spielzeug, nur ein kleiner Kreisel war von den einsammelnden Eltern vergessen worden. Natalie schlüpfte aus dem Stiefel, hob den Kreisel mit ihrer Strumpfzehe auf, hüpfte einbeinig ein paar Meter weit und legte ihn direkt auf den blassgewetzten WILLKOMMEN-Schriftzug der Fußmatte. Mit einem kleinen, heißen, knallroten Triumphgefühl in der Brust eilte sie zurück nach oben.

Dann saß sie lange vor dem Fernseher und haderte mit sich selbst, ob sie das iPhone wieder einschalten sollte. Aber sie hatte keine Lust auf noch mehr Gerede, auf Kontaktaufnahme und Geschichten und Dorm und Hollberg und Arrangements. Damals im Sommer. Es war alles so krank. Einfach alles. Jeder Aspekt. Und das mit dem Blech. Nein. Warum sollte er.

Sie holte die Fernbedienung des Formel-1-Autos vom Nachtkästchen und legte sie vor sich auf den Boden. Sie schaltete den Ton des Fernsehers auf lautlos. Sie studierte die Fernbedienung. Ein hübscher, schwarzer, eckiger Gegenstand. Wäre es ein Gesicht gewesen, hätte es vermutlich Güte und Vertrauen ausgestrahlt. Sie berührte einen der Schalter, den für das Vorwärtsfahren, und lauschte. Nichts.

Dann spielte sie für drei Sekunden (sie zählte innerlich mit) an allen Hebelchen gleichzeitig herum. Sie stellte sich vor, wie das Kind in der Wohnung unter ihr zu schreien anfing und aus seinem Zimmer rannte. *Mama! Mama!*

Sie hielt den Atem an und achtete auf jedes Geräusch. Aber alles war vollkommen still.

Also stand sie auf und ging mit der Fernbedienung durch die nächtliche Wohnung. Sie legte sich irgendwo hin, presste das Ohr auf den Teppich (hier waren überall Haare von Chat) und betätigte die kleinen Joysticks, mit denen man Richtungs- und Geschwindigkeitsänderungen vornehmen konnte. Sie stellte sich vor, wie das Auto in der stockdunklen Nachbarwohnung immer wieder losfuhr, von Geisterhand aktiviert, und unerklärliche Routen nahm, gegen Möbel donnerte, herumstehende Weinflaschen umstieß und vor seinen Verfolgern unter das Bett flüchtete. Natürlich, man konnte so ein Spielzeugauto leichter überwältigen als eine Schildkröte – einfach auf den Rücken legen und …

Sie wechselte ins Badezimmer, legte sich auf den Boden, brachte sich in optimale Lauschposition und ließ das Auto losfahren. Rechtskurve, Gerade. Sie entdeckte, dass man an der Fernbedienung eine Antenne ausfahren konnte. Bestimmt wurde so die Reichweite des Funksignals erhöht. Sie wiederholte ihre Experimente einige Male, dann wurde sie müde und lag einfach eine Weile auf dem Fußboden, sagte sich, *ich bin verrückt ich bin verrückt ich bin total verrückt*, bekam einen Kicheranfall und wurde, unerklärlich und überraschend, von plötzlicher Sehnsucht gepackt, vielleicht war es die Aufregung, das Adrenalin nach dem Anruf, das sich abbaute, vielleicht auch der harte Boden unter ihr, aber sie wollte einen nackten Körper auf sich spüren, einen Mann, einen, der intensiv roch und dessen Lippen weich waren, Bartstoppeln, aber sonst nicht zu behaart, und sie musste an das eine Mal denken, als sie mit achtzehn bei einem Freund übernachtet hatte, Felix, ein kleinwüchsiger, über und über mit ländlichen Szenen tätowierter Mann, der oft nächtelang aufblieb, um seine Nachbarn, die sich zwar nicht nackt, aber angeblich oft leicht bekleidet im Fenster zeigten, mit seinem Laserpointer zu ärgern. Anstatt sich mit ihr zu beschäftigen, erzählte er ihr, einmal habe er mit dem Laserpointer direkt auf den Oberschenkel der Frau gezielt, worauf eine Katze aus dem Nichts (die Fenster der Wohnung ließen keinerlei Einblick auf deren bodennahe Verhältnisse zu) nach dem leuchtend roten Pünktchen gesprungen sei und der Frau einige Kratzverletzungen zugefügt habe. Natalie hatte sofort gewusst, dass das gelogen war, aber sie war weiter neben ihm sitzen geblieben und hatte hin und wieder aus reiner Höflichkeit durch das Fernglas geblickt, das er ihr reichte, auf die reglos in den Fenstern hängenden Gardinen und die sich undeutlich abzeichnenden Schrank- und Regalformen dahinter.

Ihr fiel auf, wie lang sie schon nicht mehr mit einem Mann zusammen gewesen war. Streunen, andocken, sie hatte kaum mehr ein Bedürfnis danach gehabt. Es war zu kalt. Und außerdem die Arbeit.

In ihrer Tasche lag noch das fremde Handy. Mit ihrem Gesicht als Sperrbildschirm. Schmeichelhaft. Und gut zu wissen: B ist meine Verbündete. Und, hihi, in mich verliebt. Die Liebe einer Frau. Sie dachte an Maria ... Ob sie es auch in nüchternem Zustand konnte? Sie war ja sehr hübsch und alles, B, pummelig und süß, und sie roch immer gut. Wann war ihr das zuletzt bei einer anderen Frau aufgefallen? Coribad. Aber wenn ich es ihr zurückgebe, wird sie mich dann immer noch mögen? Oder wird es ihr peinlich sein, dass ich den Sperrbildschirm gesehen habe? Vielleicht sollte ich warten, bis das Handy von selbst ausgeht. Aber woher wüsste ich dann, dass es ihres ist? Natalie überlegte und kam zu dem Schluss, dass sie es ja tatsächlich nicht wusste. Vielleicht war es doch eine hinterhältige Aktion von ... Plötzlich hörte sie unter sich ein Poltern. Und Stimmen, die laut wurden. Während des Nachdenkens hatte sie den Vorwärts-Steuerungshebel gedrückt gehalten. Sie ließ los und lauschte.

Es war im Sommer

Am Morgen stellte Natalie fest, dass das fremde Handy gestorben war. Es reagierte auf nichts mehr. Nun war es sicher, es weiterzugeben. Auf dem Weg zur Arbeit summte sie vor Erwartung. Sie malte sich die Szene aus, in der B es wiedererkannte und sich bei ihr bedankte. Vielleicht lief sie auch ein klein wenig rot an.

Als Natalie das Gebäude betrat, stand Astrid da. Sie habe schon auf Natalie gewartet. Sie nahm sie in die Küche mit.

– Okay, sagte sie. Das kann leider nicht bis zur Teambesprechung warten.

– Soll ich mir die Gerte draußen selbst zurechtschneiden?, fragte Natalie und schirmte ihr Gesicht ab.

– Nein, nein, bleib einen Augenblick ernst, bitte.

– Okay.

– Es ist meine Schuld, sagte Astrid. Wir hätten dir das alles vorher sagen müssen. Also. Der Doktor Hollberg, ja? Er hat vorhin angerufen. Er hat mir erzählt, was du zu ihm gesagt hast.

Natalie rollte die Augen.

Astrid seufzte.

– Ich wünschte, du würdest einsehen, dass es komplizierter ist, als du denkst, Natalie.

– Okay.

– Bitte konzentrier dich.

Natalie stellte sich gerade hin und löste ihre vor der Brust verschränkten Arme.

– Gut, sagte Astrid. Am Telefon gestern hat mir der Doktor Hollberg –

– Bist du nicht auch per Du mit ihm? Sag einfach Chris, oder –

– Natalie. Bitte. Es ist wichtig, dass du zuhörst.

– Entschuldigung, sagte Natalie.

– Das hättest du *ihm* sagen sollen. *Entschuldigung*, meine ich. Glaub mir, er wird eine erwarten.

Eine Pause trat ein. Natalie fühlte große Wut aufsteigen.

– Er hat gesagt, du hättest seine Geschichte nicht hören wollen.

Nein. No way. No fucking way.

– Wie bitte?, fragte Natalie.

– Am Telefon, sagte Astrid. Er hat dich gebeten, ihm zuzuhören, und du hast abgeblockt.

– Es war spät.

– Natürlich, ja, sagte Astrid. Ich verstehe. Wir alle sind manchmal erschöpft. Aber wenn ein Angehöriger deines Bezugsklienten dir eine wirklich wichtige Geschichte erzählen will, die mit ihm, mit seinem … (Astrid zeigte auf ihr Herz.) Also, mit seinen Gefühlen zu tun hat, dann ist das einfach eine Frage der Professionalität.

Natalie ließ das auf sich wirken. Ihre Fingernägel gruben sich in ihre Handfläche.

– Warst du eigentlich schon mal auf Urlaub, Astrid?

– Was?

– In den letzten Jahren. Oder bist du immer nur auf Abruf? Für Spinner, die einen nachts anrufen und belästigen.

– Natalie, sagte Astrid sanft. Du willst so was in Wirklichkeit gar nicht sagen, das sehe ich dir an. Du bist ein gutes Mädchen.

– Ich bin kein Mädchen.

Astrid rollte die Augen:

– Okay, eine Frau. Eine gute Betreuerin jedenfalls. Du bist engagiert und hast einen Sinn für die Feinheiten des Jobs. Aber du musst diese *anderen* Barrieren wirklich langsam einreißen. Die behindern dich nur.

Progerie-Kinder, die wie Hitler aussehen, dachte Natalie.

– Was heißt das?, fragte sie. Ich meine, worum geht's hier eigentlich? Soll ich mit ihm ins Bett gehen? Ist es das?

Astrid seufzte ungeduldig.

– Ich kann so nicht mit dir reden, sagte sie. Und ich kann so auch nicht arbeiten. Das ist keine kollegiale Atmosphäre.

– Stimmt. Das systematische Quälen eines Mannes aber auch nicht.

– Natalie.

Sie machte einen Schritt auf sie zu, deutete aber gleichzeitig durch eine seltsam abwehrende Geste an, ihr nicht zu nahe treten zu wollen. Dadurch entstand ein verwirrender Doppeleindruck.

– Natalie, wiederholte Astrid. Dir wird das alles zu viel. Das hast du hiermit deutlich gemacht. Es war offenbar deine Art, uns zu sagen, dass du dich mit dieser Aufgabe nicht mehr wohlfühlst. Wir können uns überlegen, wie wir am besten auf diese unschöne Entwicklung reagieren. Ich meine, gemeinsam, als Team.

– Wirf mich ruhig raus. Dann geh ich zur Polizei. Irgendwen wird es schon interessieren, was ihr hier macht.

Astrid sah aus, als hätte sie eine Ohrfeige bekommen.

– Du bist, du bist, stammelte sie. Mir war wirklich nicht klar, dass du so. Aber jetzt ist vor allem eines wichtig, Natalie.

– Was?

– Dass du dich hier zu mir setzt und dir die Geschichte anhörst. Damit sich dieser Knoten in deinem Kopf, dieses falsche Konzept von Gut und Böse, damit sich das alles …

Natalie stampfte auf.

Es war eine kindische Geste, aber sie wirkte. Astrid hörte zu sprechen auf und schien tatsächlich für einen Augenblick zu erwachen aus dem Traum der letzten Jahre.

– Ihr seid alle verrückt!, sagte Natalie. Geschichten anhören! Warum muss ich mir Geschichten anhören von diesem Arschloch? Von diesem Wahnsinnigen. Der weiß Gott was vorhat. Er ist bei mir im Garten aufgekreuzt, einfach so! Um mich zu belästigen.

– Er ist ein guter Mensch, Natalie. Du weißt einfach nicht, was er. Du hast keine Vorstellung davon.

Tatsächlich: Da glänzten so etwas wie Tränen in Astrids Augen.

– Jeder andere wäre längst, sagte sie.

Sie fasste sich wieder. Dann bot sie Natalie mit einer stummen, aber flehenden Geste einen Platz an. Nach einigem Zögern setzte sich Natalie, griff automatisch in ihre Tasche und drückte blind auf Aufnahme, bestimmt machten das inzwischen alle Menschen, aber niemand sprach darüber, ich mache es dauernd, also auch alle anderen, ich bin ein Modellfall, und so entstehen unsere privaten, riesigen, niemals auf irgendeinen Mitmenschen übertragenen Bibliotheken. Archive all der Dinge, die uns zu Ohren kommen. Okay, sprich. Wahnsinnige.

– Danke, Natalie, dass du Einsicht zeigst.

Natalie deutete durch eine ungeduldige Bewegung an, dass Astrid endlich erzählen sollte.

– Es ist wirklich wichtig. Die Geschichte. Ich weiß noch genau, wie er sie uns erzählt hat. Ich war da und die … aber die anderen Namen werden dir nichts sagen, von der alten Belegschaft bin ja nur noch ich übrig. Wir waren hinten im Hof, und der Dorm war natürlich nicht dabei, er wusste noch gar nicht, dass sein ehemaliger Schwarm in der Nähe war. Damals hat er uns erklärt, wie er sich das vorstellt. Er hat uns von den Reisen erzählt. Von dem Moment im Hotel in der Mongolei. Und davon, wie er beinahe Moslem geworden wäre. Daran kann man sehen, wie verzweifelt er war! Er war sehr lang im Ausland. Richtig ruhelos eben. Und, ja, wie hat es überhaupt angefangen … mmmh … Ja, ich stell mir immer vor, dass sie sich irgendwo kennengelernt haben. Er hat uns nämlich nie erzählt, wie es gekommen ist. Also ganz am Anfang. Der Dorm sagt dazu auch nichts, komisch. Aber solche Geschichten haben auch oft keinen Anfang. Jedenfalls dann die Briefe. Liebesbriefe, durch die Bank. Und die wurden länger und länger. Und in ihnen war alles ganz … komisch vermengt. Du musst dir das vorstellen wie, also: ein gewöhnlicher Brief, ja?

– Hast du mir schon erzählt. Das mit der Nase.

– Du beginnst einen Brief, sprach Astrid unbeirrt weiter, ganz normal, und die Schrift ist auch normal, und alles geht ganz normal dahin, blabla, lieber Chris, ich finde dich so unglaublich schön und so weiter. Und dann wird die Schrift immer energischer, wie diese Zitternadeln, die die Erdbeben messen … Seismografen. Die Schrift schlägt immer weiter aus, sozusagen. Und dann geht es plötzlich um die Frau, und er vergleicht sie mit allen möglichen schlimmen Dingen und verkündet, wie eifersüchtig er ist und dass er sie weghaben will, damit sie endlich zusammensein können. Er schlägt ihm Sachen vor wie … also zum Beispiel, dass sie zusammen wegfahren zu einem Leuchtturm, das sagt er oft. Und dann kommt es irgendwann dazu, dass er beginnt, sie zu beschimpfen. Die Frau. Dass sie einmal im Monat Blut absondert und so weiter. Ganz fürchterlich … vermengte Dinge. Und er vergleicht ihre weibliche, also ihre, äh, Kurven-Form mit einer Gitarre und sagt, er, der Doktor Hollberg, soll aufhören, auf ihr zu spielen, sie ist schmutzig und zieht ihn bloß immer weiter hinein in den Schmutz. Stell dir vor, so was immer wieder zu lesen! Tagtäglich. Jeden Tag ein solcher Brief. Und natürlich gehst du zur Polizei, äh, geht *er* zur Polizei. Und die schauen sich die Briefe an und, ah, ich weiß nicht mehr, wie lang das so weitergegangen ist mit den Briefen, aber jedenfalls war er dann bald an dem Punkt angelangt, wo sie ihm offenbar nicht mehr gereicht haben. Er ist auf Besuch gekommen, unangemeldet. Ist einfach vor dem Haus gestanden, in seinem Rollstuhl. Und soweit ich weiß, haben sie ihn nie entfernen können, weil er ja im Rollstuhl saß. Das wär nicht gegangen, wegen Behinderung und so weiter. Einmal hat er sogar drei Leute, die zufällig vorbeigekommen sind auf der Straße, dazu gebracht, ihn hochzuheben, mitsamt dem Rollstuhl, damit er ins Küchenfenster von den Hollbergs schauen kann. Stell dir das vor! Diese Überzeugungsgabe, die der gehabt haben muss. Merkt man heute nicht mehr so wirklich, hm. Und die haben das gemacht. Hau ruck! Muss ich oft dran denken, so ein absurdes Bild, ich kann mich noch erinnern, als er uns das erzählt hat, das war etwa ein Jahr nach dem ersten Besuch.

– Kenn ich alles schon, sagte Natalie.

Aber Astrid hörte sie gar nicht. Sie war im Fluss.

– Er kann wirklich wahnsinnig gut von diesen Dingen erzählen, weißt du. Aber er steigert sich auch rein. Es gibt halt Ventile, die man nicht ständig offen lassen sollte. Er steigert sich rein. Und, na ja, irgendwann war es für die Frau zu viel, diese dauernden Attacken und ja, natürlich, das hab ich vergessen, er hat auch einmal ein totes Tier geschickt, direkt an die Frau adressiert.

– Ja, wie war eigentlich ihr Name?, unterbrach Natalie.

Die Erzählblase, die sich um Astrid gebildet hatte, zerplatzte. Es dauerte einige Sekunden, bis eine Antwort kam.

– Natalie, sagte Astrid. Bitte hör mir zu. Das Wichtigste ist: Sie hat es nicht mehr ertragen. Und der Christopher war danach natürlich am Boden zerstört, und es ist Gott sei Dank zu einer Gerichtsverhandlung gekommen. Zu spät, aber immerhin. Das Resultat war, dass sie ihn eingewiesen haben. Also den Dorm. Er wird sich entsprechend aufgeführt haben, denk ich. Ich glaube, es ist da zu *einigen* direkten Szenen zwischen ihnen gekommen, bei denen es auch Verletzungen gegeben hat. Ah, und was war dann noch ... Ja, die haben dann gemerkt, also in der Psychiatrie, da haben sie gemerkt, dass er überhaupt nicht für sich selbst sorgen kann, seine Wohnung war ein vollkommener Saustall, die haben sie ausräuchern müssen, wegen der ganzen Exkremente. Angeblich sogar an der Decke. Dabei denk ich mir, vom Rollstuhl aus ... Wie? Aber gut, das ist eklig. Jedenfalls ist das die Vorgeschichte, ungefähr. Und dann, eines Tages, es war im Sommer.

Natalie blies die Backen auf.

– Im Sommer, wiederholte Astrid ernst. Er hat es uns erzählt. Ich seh es noch vor mir. Er war an diesen Punkt gekommen, wo er sich umbringen wollte. Verstehst du? Sich das Leben nehmen.

Natalie stellte sich vor, wie ein winziges Formel-1-Auto durch Astrids Oberkörper fuhr. Überall stieß es an Möbel und Organe. Und jedes Mal durchfuhr die Frau dabei ein kleiner Schmerzimpuls.

– Er spürte auf einmal, dass seine Frau wieder da war.

Natalie steckte sich innerlich die Zeigefinger in die Ohren und sang Lalalala.

– Und weißt du, wie er es gemerkt hat? Es hat ihm zwischen den Beinen geblutet.

Die imaginären Zeigefinger zerplatzen wie Schweizer Kracher.

– Was?

– Es hat ihm zwischen den Beinen geblutet, Natalie. Ich weiß, es ist schwer einzusehen. Es spielt alles in eine gewisse Sphäre hinein, in der du vielleicht nicht so zuhause bist. Aber seine Frau war da, er spürte es ganz deutlich. Und das Blut kam durch den Stoff der Hose, und er hatte natürlich nichts, um es aufzufangen. Er hat sich ausgezogen und nachgeschaut. Und da war nichts. Keine Verletzung.

Stille trat ein. Natalie wartete.

– Oh Gott, sagte sie.

– Ja, sagte Astrid nachdenklich.

– Nein, ich meine nicht *Oh Gott*, ich meine Oh Gott! Du glaubst diesen Scheiß doch nicht wirklich, oder?

– Das wollte er dir gestern erzählen, Natalie. Intimer geht es nicht. Er wollte etwas von sich preisgeben, damit du besser verstehst, worum es hier geht. Um welche Größenordnungen. Damals hab ich begriffen. Das Bild ist mir seitdem nicht mehr aus dem Kopf gegangen.

– Ja, das glaub ich!

– Das war im Sommer, wiederholte Astrid. Wo uns die Toten näher sind. Er hat es gespürt. Und seine Frau wollte, dass er einen Weg findet, nicht zum Verbrecher zu werden. Sich nicht an dem Mann zu rächen, der all diese Briefe geschrieben hat. Der sich in ihr Leben gedrängt hat. Und er hat einen Weg gefunden. Das hat er wirklich.

Natalie betrachtete Astrid jetzt nur noch mit Mitleid. Das heißt: mit Faszination und Mitleid. Diese Frau war wahnsinnig. Aber meist merkte man es nicht. Sie funktionierte im Alltag. Sie war nett zu vielen Menschen. Sie tat Gutes. Sie war aufopferungsvoll. Sie war religiös. Wunder und Stigmata.

Natalie fiel auf, dass sie genau das tat, was Herr Hollberg vor einigen Jahren getan haben musste. Er scannte. Er erfasste.

Er legte sich Geschichten zurecht. Nur dass sie mit Sicherheit nicht auf *diese* Geschichte reagiert hätte. Gestern, am Telefon. Nun bereute sie fast ein wenig, ihn abgeblockt zu haben. Was hätte er mir wohl für eine Variante erzählt?

– Also, sagte Astrid.

Natalie hätte es nicht überrascht, wenn sie sich nun eine Zigarette angezündet und das verschwitzte Haar aus der Stirn gestrichen hätte. Das hier war Sex für sie. Sie hatte ja sonst kein Leben. Sie hatte keine Katje zuhause. Sie kannte nur das hier.

– Also was?

– Also, wenn du diesen einen Punkt in dir nicht finden kannst, Natalie, diesen Punkt, wo du dich bei ihm für dein Verhalten entschuldigst, dann sehe ich, ehrlich gesagt, keine Zukunft für dich hier bei uns. Ich muss das leider so sagen. So gern wir dich alle hier haben.

Natalie hätte hinterher kaum sagen können, wie sie den Arbeitstag hinter sich gebracht hatte. Sie schaute öfter bei Mike vorbei, aber er brauchte gerade nichts. Astrid ging nach Hause, und Ursula kam, was auch keine große Hilfe war. Herr Dorm quälte sich durch ein kompliziertes Puzzle, auf dessen weiße Rückseite er – wenn es erst mal vollständig war – etwas zeichnen wollte. Etwas für die Ewigkeit. Natalie half ihm ein wenig und erklärte ihm, dass er, sobald das Puzzle fertig war, die vordere Seite, also die mit Bild, mit Klebestreifen fixieren musste. Nicht einfach umdrehen, sondern sofort fixieren. Herr Dorm antwortete genervt, dass er das wisse, er sei doch kein Idiot wie die meisten hier! Natalie war zu schwach, um ihm zu widersprechen. Sie kämpfte mit den Tränen. Wenn du wüsstest, dachte sie. Sie betrachtete seinen blonden Hinterkopf. Dieser dumme, kleine, runde Kopf. Wie der Kaugummiblasentraum eines Fieberkranken. Mit welcher Konzentration er arbeitete, jeden Tag. Dann warten auf Besuch. Und der Besuch kam. Und blieb eine Weile. Und heckte irgendwas aus. Und ging wieder. Und quälte ihn. Und erniedrigte ihn. Formel-1-Auto. Aber alles steckte er weg, alles. Da hatte Hollberg recht. Du hast niemanden hier, dachte Natalie. Absolut niemanden. Keinen einzigen Verbündeten. Du bist ganz allein, du dummer Kerl. Herr Dorm bemerkte, dass sie ihn von der Seite betrachtete, und er warf ihr einen nervösen Blick zu. Natalie schaute woanders hin.

Nach der Arbeit hatte sie nur einen Gedanken. Betäuben, sich ausklinken, die eigene Haut ablegen, irgendetwas anderes spüren. Trinken. Sie trug immer noch das iPhone von B mit sich herum. Oder wem immer es gehörte. Was auch immer. Whatever. Das Beste wäre jetzt, einfach gevögelt zu werden. Gleich so, wie sie war, ohne Kleiderausziehen und Kennenlernen. Richtig durchgefickt. Festgehalten und –

Sie lief gegen eine Ampelstange.

Der Gedanke an ihre Wohnung ekelte sie. Dort konnte man anklopfen oder anläuten und im Garten stehen. Also setzte sie sich in ein Café und bestellte ein Bier. Sie hob das Glas mit der rechten Hand und schrieb mit der linken eine SMS an Markus:

– *ich mag die freiheit nicht sperr mich bitte wieder zurück in deinen keller*

Es kam keine Antwort. Natalie wurde wütend und schaltete das iPhone auf lautlos. Neben ihr saß eine ältere Frau vor einem Eisbecher. Natalie lächelte ihr zu. Dann kehrte sie zu ihrem Glas Bier zurück. Er hat niemanden, dachte sie. Niemanden, der auf ihn achtgibt. Lauter Verrückte um ihn herum. Stalker Gottes. Sie hätten ihn gleich damals einschläfern lassen sollen, direkt nach der Gerichtsverhandlung. Dann wäre er jetzt nicht in dem Netz. In dem Arrangement. Zwischen den Beinen geblutet. Du liebe Zeit. Und sie hatte Astrid für durchaus freundschaftstaugliches Material gehalten, für einen vernünftigen Menschen. Blieb wirklich nur noch B. Die Liebe einer Frau. Aber ich hab euch alle auf Band. Eure Stimmen, ha. Beweismittel, für später. Mikes kleines Häuschen. *So viel Sie möchten.* Ihr wurde wieder elend zumute. Vielleicht kann ich kurz heulen hier, dachte sie, für ein paar Minuten. Ich hab ja doch keine Chance gegen ihn. Gegen seine Geschichten, die sie alle nachbeten. Ihr Bruder kam ihr in den Sinn, sie sah ihn mit seinem heiligen Telefonbuch in der Hand. Buch der Toten. Buch aus Sand. Nein, dachte Natalie. Ich muss ihm Widerstand entgegensetzen. Ihm, ihnen allen. Hollberg, Astrid. Denn er hat sonst niemanden. Und auch wegen Mike. Ich hab sonst auch niemanden. Das kleine Häuschen. Ich kann das, sagte sie sich. Das Bier begann zu wirken. Sie legte eine Hand auf die Tischplatte. Ich kann das. Man muss nur wissen, wie man die Dinge richtig formuliert. Er glaubt, er kann mich genauso durch ein paar Geschichten kontrollieren wie die anderen Weiber. Luminous Details. Blut zwischen den Beinen! Ich geb dir Blut zwischen den Beinen. Ich führ dir einen Katheter ein, ungespitzt und staubtrocken.

Ihr Blick fiel durch das Fenster auf einen Mann, der an der Ampel stand und dort offenbar auf jemanden wartete. Denn die Ampel sprang auf Grün, aber er bewegte sich nicht. Er tippte in sein Telefon, schaute auf die Uhr, drehte sich langsam im Kreis. Die Ampel signalisierte grün–rot–grün, aber vergeblich, er verstand sie nicht. Die Leute wichen ihm aus.

– Entschuldigen Sie bitte, sagte Natalie.

Die alte Frau schaute von ihrem Eisbecher auf.

– Sehen Sie zufällig diesen Mann dort an der Ampel?

Die Augen der Frau wanderten zuerst zur angegebenen Stelle, erst dann fragte sie:

– Wie bitte?

– Es tut mir wirklich leid, dass ich Sie damit belästige, sagte Natalie, aber das ist gewissermaßen ein Notfall. Ich darf leider von diesem Tisch nicht aufstehen und … Also, dieser Mann da drüben, können Sie ihn sehen? Er steht da an der Ampel. Er trägt eine helle Wollhaube.

– Äh, ja. Ich seh ihn.

– Er ist Heißluftballon-Fahrer. Und er wird gleich von einem Auto überfahren werden. Wenn es grün wird. Es ist alles vorbereitet.

– Aber … Was?

– Bitte, sagte Natalie. Sehen Sie einfach hin.
– Das ist doch … Was soll das? Was wollen Sie von mir?

Sie blickte sich nach dem Kellner um, aber der war nirgends.

– Ich bitte Sie, schauen Sie hin, sagte Natalie ruhig. Ich brauche nur einen Zeugen. Sie müssen nichts weiter tun, als hinzusehen.

Die Ampel schaltete auf Grün. Der Mann blieb stehen.

Die ältere Frau starrte entsetzt.

– Er weiß es, sagte Natalie. Mein Gott, er weiß es.

Die Frau stand auf, schaute Natalie an, dann den Mann draußen auf der Straße, dann auf ihren Eisbecher. Leicht schwankend verließ sie das Café. Blickte sich noch einmal um. Ihr Mund stand halb offen. Es sah so aus, als hätte ihr jemand die Schultern eng zusammengeschnürt. Natalie blickte in den Eisbecher und versuchte, die Sorten zu erraten. Die Farben ließen darauf schließen, dass es eher keine ihrer bevorzugten Geschmacksrichtungen war.

Siehst du, ich kann das, dachte sie. Ich brauche nur Übung.

Erste Trainingseinheit

Es war bestimmt so ähnlich wie bei Boxerinnen. Die waren friedfertige und glückliche Familienmenschen und verprügelten dann im Ring andere Frauen, bis sie blutig und mit gebrochenem Kiefer liegen blieben. Das war ihr Konzept von einem ausgewogenen Leben. Und sie trainierten, jeden Tag. Bis sie irgendwann so gut waren, dass sie es mit jedem aufnehmen konnten. Ich muss besser werden in den Gesprächen, dachte Natalie. Ich muss dieses Bilder-Dings hinkriegen, diese exakt platzierten ... Aber wie zum Teufel trainiert man dafür?

Das Erste, was ihr einfiel, war, joggen zu gehen. Jawohl, jetzt, um diese Uhrzeit und bei diesem Wetter und in dieser körperlichen Verfassung. Wenn es wehtat, wusste sie, dass es richtig war. Sie suchte sich Motivationsmusik aus: *The Seeker* von The Who, *Bohemian Like You* von The Dandy Warhols, *Love Like A Sunset 1 + 2* von Phoenix. Damit rannte sie los. Es war kalt, und ihre Gelenke begannen zu schmerzen. Sie stellte sich vor, dass sie ständig Atemwolken zurückließ, wie Hunde im Cartoon, denen die eigene Zunge hinterherweht. Es war interessant, in der Abenddämmerung zu laufen. Sie kam durch eine Allee mit Straßenlaternen, und da war plötzlich ihr eigener Schatten auf dem Gehsteig, der Schatten wuchs aus ihr heraus, wenn sie sich unter den Lichtkegeln bewegte, er strebte fort und verblasste, aber dann kam schon ein nächster und verfolgte den ersten Schatten und stürzte dabei selbst ins Nichts. Und immer so weiter. Es war ein angenehmer Vorgang, von dem man nach einer Weile hypnotisiert wurde.

Beastie Boys, *Sabotage*.

Sie stellte sich Filmszenen vor, in denen diese Musik lief: Sie saß auf der Couch und las in einem Buch, blätterte mechanisch und studierte die Kunst der Dialogführung. Und der Bilder. Stephen King. John Updike. Alexander Solschenizyn. Und dann Shakespeare. Sie blätterte darin und sprach die Figurenrede sogar laut mit. Bloß konnte man das in dem Film nicht hören, weil ja die Musik lief. So ging das einige Wochen (schnelle Vorspul-Collage, bei der man Kalenderblätter dahinrasen sah). Sie würde eisern trainieren. Jeden Tag drei Stunden früher aufstehen, am Abend müde ins Bett fallen. Ich schaffe das. Ich kann mich behaupten. Ich lasse mich nicht einfach rauswerfen, damit die mit ihren Klienten tun können, was sie wollen.

Aber als sie später nach Hause kam, war sie einfach nur außer Atem, und alles tat ihr weh, und sie konnte nicht eine einzige Zeile lesen. Morgen, sagte sie sich. Sie ruhte sich vor der Heizung aus. Nach einer Weile merkte sie, dass sie zwar erschöpft, aber überhaupt nicht schläfrig war. Sollte sie vielleicht doch etwas lesen? Oder draußen nach Chat suchen? Es wäre schön, etwas Verstärkung zu haben. Irgendwas muss ich tun.

Fünfzehn Minuten später war sie im Souterrain.

– Wie, Helmut?
– Nein, Hektor!, wiederholte der Junge seinen Namen.

Die Musik im Souterrain war heute laut, man musste brüllen.

– Hektor? Das ist dein echter Name?
– Ja.

Sie hatte sich kurz mit dem jungen Mann unterhalten. Junger Mann – na ja, er war zweiundzwanzig, hatte er gesagt, also eigentlich noch kein Mann, das begann für sie erst ab achtundzwanzig. Und er trug Aftershave. Das hatte Natalie nie verstanden. Ohne Eigengeruch waren Männer doch beinahe unsichtbar. Aber ihr gefiel, dass er Mario ein wenig ähnlich sah, allerdings auf eine Weise, die keine schmerzliche Sehnsucht hervorrief. Die Ähnlichkeit hielt irgendwie genau den richtigen Abstand, keine Ahnung.

– Hast du schon mal ein Cum Cookie gesehen?, fragte Natalie.

Ja, sie war betrunken, aber sie hätte die Frage vermutlich auch in nüchternem Zustand gestellt.

– Ein was?
– Cum, so wie Sperma, cum.

Sie machte Masturbationsbewegungen in der Luft.

– Ja, schon klar, sagte Hektor.
– Hektor, sagte Natalie. Das ist doch nicht dein richtiger Name. Wer hat dich so genannt?
– Meine Eltern, sagte Hektor.
– Ich kann den Namen irgendwie im Kopf nicht denken, sagte Natalie. Kann ich dich *innerlich* anders nennen, während wir reden? Oder macht dir das was aus?

Hektor schüttelte den Kopf.

– Ich verrate dir nicht, wie ich dich nenne, aber es ist ein sehr schöner Name.
– Freut mich.

Er lehnte sich zurück, um noch ein Bier zu bestellen. Heute sah das Souterrain wie ein normales Lokal aus. Leute kamen und gingen, tranken, saßen herum und lernten einander kennen. Während Hektor abgelenkt war, machte Natalie schnell ein Foto von ihm. *Hektor*, wiederholte sie leise für sich. So sollte niemand heißen müssen. Sie bearbeitete das Foto, setzte einen schlecht dazu passenden Eulenkopf auf seinen, speicherte die Änderungen.

– Also was war jetzt mit dem Sperma?, fragte Hektor.
– Cum Cookies, sagte Natalie. Kennst du das nicht?
– Nein. Meinst du Butterkeks? Wo man im Kreis steht und onaniert. Und wer zuletzt kommt, muss den Keks essen?
– Nein, sagte Natalie. Aber: igitt. So was machst du?

Hektor schüttelte den Kopf:

– Nein. Man hört nur davon.
– Klingt total nach Militär, sagte Natalie. Beim Cum Cookie, da spritzen Burschen immer wieder, also über Monate, auf dieselbe Stelle, und das ergibt dann so eine Skulptur.
– Wow, sagte Hektor.

Eine neue Bierflasche wurde vor ihm auf den Tisch gestellt. Er bedankte sich durch ein Nicken. Jetzt begann ein etwas leiserer Song.

– Weißt du, was ich an dem Lokal hier am meisten mag?, fragte Hektor.
– Mich?

– Haha. Ja. Nein, ich meine, Unbelebtes.
– Meine Haare?
– Du hast eine Haube auf.
Natalie streifte sie ab und zeigte ihm ihren Kopf.
– Okay, weißt du, was mir am zweitbesten hier gefällt?
– Meine Fingernägel?
– Die Wandteppiche da drüben.
– Ja, sagte Natalie. Die sind neu, glaub ich.
– Ich hab ein Buch über das geschrieben.
– Worüber?
– Übers Teppichknüpfen.
Natalie versuchte es mit einem Probelachen. Aber nein, es war kein Scherz. Sie blickte zur Seite.
– Übers Teppichknüpfen?
– Ja.
– Ein ganzes Buch übers Teppichknüpfen? Also, über was genau? Über die Technik, die Muster –
– Ja, über alles das.
– Aber warum?
– Warum was?
– Warum hast du ein Buch übers *Teppichknüpfen* geschrieben?
– Keine Ahnung. Wahrscheinlich ein versteckter Hilferuf, was weiß ich.
– Nein, nein, sagte Natalie und legte eine Hand auf seinen Arm. Ich find es … voll süß. Es ist nur. Es ist halt total ungewöhnlich.
– Und?
– Ja, sagte Natalie. Ist okay. Ich hab das alles ganz falsch ausgedrückt.
Hektor schien tatsächlich etwas gekränkt. Oder spielte er nur?
– Teppichknüpfen, wiederholte sie in einem vollkommen neutralen Ton.
– Ja. Teppiche. Nicht nur das Knüpfen. Auch die Geschichte, die verschiedenen Stile. Alles.

– Darf ich es lesen?
– Däääh, machte Hektor.
– Kann man es überhaupt kaufen?, fragte Natalie.

Sie liebte das Gefühl, sich immer weiter in das Loch zu schaufeln, in dem sie bereits bis zur Hüfte steckte.
– Nein, sagte Hektor. Man muss einen Schuh einschmelzen und es daraus gießen.
– Geht auch ein alter Schuh?

I got the blues, I got the blues, I should wear green and purple shoes. Hollbergs Gedichte in der Nachtdienstkammer-Schublade.
– Oder ich schick dir das PDF.
– Gute Idee, sagte Natalie. Aber bringt nichts. Ich kann nicht lesen.

Hektor schaute sie an. Er war unsicher, ob das noch Teil des Spiels war. Oder war alles bisher, die Neckereien und Pointen, die Ouvertüre gewesen für dieses Geständnis? Fast tat er Natalie leid. Er wusste nicht, wie er reagieren sollte. In Gottes Namen, erlöse jemand diesen armen Mann.
– Schau nicht so, sagte sie mit vollkommen ernstem Gesicht. Ich kann wirklich nicht lesen.
– Wow, sagte Hektor. Aber wie hast du dann –
– Oh, warte, hab ich *lesen* gesagt? Ich meinte *lügen*. Ich kann nicht lügen. Kluge Leute merken sofort, wenn ich lüge.

Er lachte, erleichtert. Er machte eine Geste, die *touché* sagte. Es war eigenartig, aber er fühlte sich offensichtlich wohl in ihrer Nähe.
– Ich hatte als Kind Grand-Mal-Anfälle, sagte Natalie.

Eine kleine Pause. Dann sagte Hektor:
– Ja, das kann sein. Das gibt es.
– Analphabeten gibt es auch.
– Okay, gut. Aber. Hast du jetzt auch noch Anfälle?

Natalie musste grinsen. Er wollte mit keiner kranken Frau zusammen sein. Die Qualität des Erbgut-Behälters absichern. Sie schüttelte den Kopf, auf eine verdrehte, dusselige Art geschmeichelt.

– Wann war der letzte Anfall?
– Heißt das, du glaubst mir das mit den Anfällen?
– Ja, ich meine … So was kommt vor. Mein Onkel ist auch Epileptiker.
– Aber lesen kann er?

Hektor lachte, scheu und etwas in die Ecke getrieben. Er war bestimmt ein entzückender Schachgegner.

– Ich hab ihn schon ewig nicht gesehen, sagte er.
– Der letzte ist schon lange her, sagte Natalie. Ich hab noch manchmal ganz leichte Sachen. Aber keine Krampfanfälle. Ich verliere auch nicht das Bewusstsein.
– Wow, sagte er.

Er nahm einen Schluck von dem Bier und studierte die Marke. Im Souterrain wurde ausschließlich belgisches Bier ausgeschenkt. Den Grund dafür hatte Natalie vergessen. Es hatte irgendwas mit Mönchen und zivilem Ungehorsam zu tun.

– Wo hast du eigentlich Teppichknüpfen gelernt?, fragte sie.
– Ich kann es gar nicht.
– Und das mit den Eulen, woher kommt das?
– Welche Eulen?
– Na die, die du züchtest. Ich stell mir das sehr schwer vor. Besonders in einer Wirtschaftskrise.
– Das hab ich gar nicht gesagt!
– Ach so. Okay. Das ist komisch, ich hätte schwören können.

Sie nahm das iPhone aus der Tasche, schaltete es ein und suchte. Da war das Bild. Sie öffnete es und hielt es ihm hin. Es zeigte ihn, wie er vor ihr saß, vor ein paar Minuten. Und darüber, unrealistisch und lächerlich pixelig, das Bild einer dicken fetten Schleiereule mit neugierig empörten Augen.

– Ich hab nur gedacht, wegen dem Bild, sagte sie ernst.

Hektor prustete und explodierte. Fast fiel ihm das Bier aus der Hand. Er lachte, dass alle sich nach ihm umdrehten, er ließ seinen Kopf auf die Tischplatte sinken, hämmerte mit der Faust auf das Holz. Natalie versuchte, weiterhin ernst zu bleiben, aber sein Lachen war ansteckend. Er hatte Tränen in den Augen. Sie zeigte ihm das Bild noch einmal und deutete auf die Eule. Er lachte weiter, als wäre es das Witzigste, was er je gesehen hatte.

– Oh Gott, japste er, oh Gott, ist das dämlich.

– Eulenzüchten ist nicht dämlich, sagte Natalie ruhig.

– Ahaahahaha!

Er krähte wieder los, krümmte sich über die Tischplatte. Die Leute hinter ihm schauten bereits neidisch und lachten unwillkürlich ein wenig mit. Anschluss-Suchen. Dieses Lachen war genau zweiundzwanzig Jahre alt, dachte Natalie, so wie auch diese Schultern und dieser beim Halten der Flasche etwas abgespreizte kleine Finger.

– Du meine Güte, alle blicken zu uns her, sagte Natalie und tat so, als beschirme sie ihr Gesicht mit beiden Händen.

Hektor kicherte, mit seiner Atemluft am Ende.

– Gott, das ist das Dämlichste, was ich je gesehen habe, sagte er und strahlte sie glücklich an. Ehrlich.

– Bitte beherrsch dich, flüsterte sie ihm zu und tippte auf ihr iPhone. Denk an was Ernstes.

Hektor brüllte.

– Aids, sagte Natalie in verzweifeltem Ton. Kinderlähmung.

– Hahahaaa!

– Eulenpest.

– Oh Gott, ich kann nicht mehr, au, au, au, meine Leber.

Das Lachen war jetzt ein echtes Jammern. Die Sache war immer noch komisch, aber das Zwerchfell tat weh, also wurde er von seinem eigenen Bewusstsein gequält. Es fügte ihm Schmerzen zu, und er war hilflos.

– Progerie-Kinder, die aussehen wie Hitler, sagte Natalie.

– Bin ich rot?, fragte er.

– Wie ein Apfel, sagte Natalie.

– Wie machst du das Pokerface?, fragte er, keuchend, begeistert, vollkommen auf sie konzentriert. Das ist Wahnsinn.

Natalie zuckte die Achseln.

– Gespräche mit meiner Chefin. Bei meiner Arbeit. Übung.

– Ah, stöhnte Hektor und wischte sich die Augen. Ah … Oh Gott … die saudumme Eule.

Punkt für mich, dachte Natalie. Ist jedenfalls besser als Bücherlesen.

Es war schon spät, als sie mit Hektor das Souterrain verließ. Er war ziemlich wackelig auf den Beinen. Natalie stützte ihn. Wo er wohne, fragte sie. Er meinte, sie müssten auf jeden Fall ein Taxi nehmen, und rief eines. Erste Trainingseinheit, dachte Natalie. Sie wusste ziemlich genau, wie der Abend weiterging.

Im Taxi betrachtete sie den schlafenden Mann, den sie in den nächsten Stunden möglicherweise in ihren Körper lassen würde. So sah er also aus, wenn er nicht bei Bewusstsein war. Einen Schritt vom Tod entfernt. Er hatte sich einige Tage nicht rasiert und war schon auf dem Weg, ein anderer Mensch zu werden, sein Gesicht bekam eine ganz neue Form. Taxiledergeruch, draußen vorbeiziehende Lichter.

Männer waren wirklich sehr seltsam. Als wären sie traurige Geheimagenten, deren Auftraggeberland nicht mehr existierte. Schon ihr allererster war so gewesen. Sie hatte ihn in einer Zeit kennengelernt, als alle großen Veränderungen geschahen. Ihre Eltern waren seit einigen Jahren geschieden und fanden, zumindest ihr Vater, einen neuen Lebenspartner. In einem anderen Bundesland starben zwei Großväter und zogen dauerhaft in das Familienalbum um. Und sie lernte einen Jungen kennen, der freundlich und geduldig war, und nachdem sie einander einige Wochen lang gefragt hatten, was der andere gerade dachte, wussten sie nicht weiter und begannen mit Zukunftsplänen. Dann zogen sie sich die Kleider aus. Es war zuerst unbequem und albern und tat schließlich furchtbar weh – auch dem Jungen, denn Natalie wehrte sich mit Fingernägeln, als dieser nach den ersten Pumpbewegungen, die sie innerlich vollkommen zerfetzten, nicht schnell genug aufhörte. Am selben Abend ging die Satellitenschüssel im Haus kaputt, und ein Film, der gerade aufgenommen worden war, wurde beim Abspielen am nächsten Tag mittendrin einfach blau; die Standardantwort des Fernsehers auf alles, was kein brauchbares Signal war. Sie sah den Jungen nur noch einmal, durch Zufall, auf einer Party. Er stand mit einigen anderen Leuten zusammen vor einer Pflanze, die im Garten des Hauses wuchs. Die Pflanze war beeindruckend, sie sah aus wie die Rauchspur, die eine Rakete beim Start hinterlässt. Und der junge Mann und seine Kumpels fotografierten sie von allen Seiten.

Sie weckte Hektor, damit er den Taxifahrer bezahlte, und seine Stimme war kurz nach dem Erwachen seltsam hoch. Dann stiegen sie aus. Sein Gang war sicherer geworden, die Gegend war Natalie vollkommen unbekannt, und der nächtliche Wind war voller Vokale. Sie tue so etwas normalerweise nicht, sagte Natalie und hatte gleichzeitig das irritierende Gefühl, sich *seitwärts* in die Zukunft zu bewegen. Sie dachte die Formulierung: *in einer solchen Situation.* Und fühlte sich etwas unwohl. Goldene Steinmauern im Sonnenuntergang kamen ihr in den Sinn, und sie sah, dass so das Ende der Zeit aussehen würde, irgendwann einmal. Die letzten Sekunden der Erde. Am seltsamsten ist nachts der Gedanke an die Sonne.

Aber Hektor war freundlich und sanft. Er hatte ein großes Kinn, was Natalie an den Namen *Barney* denken ließ. Barney, der Serienmörder. Sie war gespannt auf die Teppiche, die in seiner Wohnung liegen würden. Er als Experte. Und wirklich ein ganzes Buch über das Thema. Am Ende war es vielleicht genau das Buch, das sie lesen musste, um sich Skills anzueignen für gegen … für … *Skills.* Wäh, was für ein Wort. Ich höre mich an wie ein Flipchart.

– Bisschen Schnee wär jetzt toll, sagte sie.

Sie gingen durchs Treppenhaus hinauf in den ersten Stock. Hektor sperrte die Tür auf. Geruch von gebratenem Irgendwas und Leder. Schuhleder. Er hatte sehr viele Schuhe herumstehen. Oder … Es waren nicht nur Herrenschuhe.

– Hihi, sagte Natalie. Jetzt weiß ich, wo du wohnst.

Hektor legte einen Finger an die Lippen. WG. Natürlich. Die anderen nicht wecken. Natalie folgte ihm schweigend in sein Zimmer. Es war, das musste sie zugeben, äußerst geschmackvoll eingerichtet. Der Teppich, der auf dem Boden lag, war einfarbig, ein sattes, in sich ruhendes Indigoblau.

Sie nahm ihn bei den Schultern und schob ihn aufs Bett. Er grinste und ließ es geschehen.

– Weißt du eigentlich meinen Namen?, fragte sie.

Er nickte.

– Nicht schlecht, sagte sie.

Sie küssten sich. Seine Bartstoppeln kratzten. Das Aftershave hatte sich großteils verflüchtigt, also war der Geruch angenehm. Sie legte sich neben ihn. Er wirkte etwas überfordert. Er wusste nicht, wohin mit seinen Händen. Wenn man sich auf die Seite legte, war immer eine unter dem eigenen Oberkörper! Er sah aus wie ein Octopus, der seine anderen sechs Extremitäten verloren hat und hilflos hin und her flappt.

– Was würdest du tun, fragte Natalie, wenn ich dir jeden Tag nachgehen würde, bis nach Hause? Ich meine, so richtig folgen. Auf Schritt und –

– Wie?

War das Furcht in seinem Blick?

– Nein, mach dir keine Sorgen, sagte Natalie, ich bin nicht so eine. Meine Freundin hat nur so ein Problem. So ein geisteskranker Typ. Der sie ständig anruft und ihr Leben durcheinanderbringt. Und Briefe schreibt.

– Dem würde ich den Schädel einschlagen.

Natalie lachte, um ihn zu beruhigen.

– Hihi, sagte sie, entspann dich, alles in Ordnung. Ich bin hier. Wir haben über Eulen gelacht. Alles super.

– Nein, ich meine nur, sagte Hektor etwas ruhiger, dem würde ich. Also, ich mach bei so was gar nicht mit. Wir hatten früher manchmal Obdachlose in unserer Einfahrt unten. Die sind da die ganze Nacht herumgelegen und … na ja, ich mach bei so was generell nicht mit.

– Ja? Was hast du mit ihnen gemacht?

Er zuckte die Achseln, was im Liegen etwas komisch aussah.

– Meine Mutter hat die Polizei gerufen.

– Oh, okay.

Sie war etwas aus der Szene gefallen. Sie hatte sich etwas

anderes erwartet. Gleichzeitig hörte sie das dumme Gelächter von Hollberg. Polizei.
– Und die haben sie rausgeschleift?
– Äh, ich … will nicht unhöflich sein, aber warum reden wir über …?
– Oh Gott, entschuldige, sagte Natalie. Ich bin hier bei dir zu Gast und, ach, einfach die Nervosität. Weißt du, ich hab noch nie …

Sie konnte die rettende Formulierung schon erkennen, aber noch nicht klar sehen. Trainingseinheit. Nur einen Augenblick, gleich, *Ich hab noch nie …* –
– Es ist dein erstes Mal?
– Nein, nein, sagte sie und lachte wieder, nein, es ist nur, ich hab noch nie vorher … mit einem Mann.

Sein Gesicht hellte sich auf.
– Was, echt?
– Ja, ich bin eigentlich. Wieso, hast du was gegen … *uns*?

Nein, sie hatte das iPhone von B nicht dabei. Aber das wäre ja auch kein Beweis, korrigierte sie den Gedanken. Er kennt die Vorgeschichte nicht.
– Nein, absolut nicht. Ich bin … wow. Also, ich hab auch noch nie mit einer, äh …
– Lesbe?
– Ja, wow! Ich meine, ja, ich hab mich schon gewundert, wegen dem ganzen … Dings und so.

Er zeigte auf ihre Kleidung. Und auf ihre Frisur. Meine Güte.
– Das wird also dein erster richtiger, äh, sagte er und setzte sich im Bett auf. Aber sag ehrlich, du erfindest das nicht einfach?

Doch, natürlich, du Vollidiot.
– Nein, warum sollte ich?

Hektor schüttelte den Kopf, schwer beeindruckt.
– Also das ist echt was, sagte er. Das ist echt was.

Ich kann auf dir spielen wie auf einer Maultrommel. Und damit begannen die nächsten zwanzig Minuten.

– Und?, fragte er hinterher.
– Hm?
– Ich meine, wie war es für dich? Ich meine, insgesamt. Als Erfahrung.

Natalie unterdrückte zuerst das Lachen, aber dann fiel ihr ein, dass es ja durchaus, selbst *in* der Szene, angebracht war, zu lachen. Er würde es deuten, wie es ihm passte.
– Mein Horizont ist definitiv weiter geworden, sagte sie.

Das schien ihn ein wenig zu enttäuschen. Oh, die Macht der Erzählung.

Weißt du, ich hab noch nie einen anderen Mann angesteckt … Ach, nichts weiter, nur Aids … Nein, sonst nur Frauen … Ach, aus gar keinem besonderen Grund, nur so ein Kindheitstrauma wegen meiner Gouvernante. Die war Schweizerin. Echt schlimme Kombination. Und dann auch noch Heißluftballonfahrerin. Sie aß immer riesige Eisbecher.

Wie er an ihren Lippen hing. Sie musste unbedingt weitersprechen. Sie hatte immerhin gerade sein Leben verändert. *Ihr werdet es nicht glauben, aber ich hab mit einer echten Lesbe!* Wenn er jetzt hoch zur Zimmerdecke schaute, fielen von dort bestimmt Rosenblätter auf ihn herab, und im Hintergrund spielte jemand jazzige Rhythmen auf der Marimba. Armer Kerl.
– Tut mir leid, sagte Natalie.
– Was tut dir leid?
– Na ja, dass ich, du weißt schon.
– Nein, was?
– Dass ich dich dafür *benutzt* habe. Ich hoffe, das fühlt sich jetzt nicht irgendwie pervers für dich an.
– Was? Oh, nein, absolut nicht, nein, alles okay, sicher.
– Du warst richtig gut. Und wie du meinen Kopf runtergedrückt hast, so mit sanfter Gewalt. Das geht unter Frauen natürlich nicht so leicht. Verstehst du, was ich meine?
– Ja, total.

Irgendwie mochte sie ja dieses saudumme Dauergrinsen auf seinem Gesicht. Keine Eule würde das je so hinbekommen.

Nicht mal mit Starkstrom. Man sah es auch normalerweise nicht so oft. Zumindest nicht bei Männern, die einen Beruf und eine eigene Wohnung besaßen.

– Willst du wissen, was ich und meine Freundin immer machen?

Er wartete, schaute.

– Sie steckt mir einen Finger in den Rachen, ganz weit. Bis es mich würgt.

Hektors Mund stand offen.

– Willst du es ausprobieren?

– Äh …

Sie nahm seine Hand und zeigte ihm, wie er es machen musste. Er stellte sich so hilflos an, dass Natalie fast schwindlig wurde. Aus Höflichkeit machte sie ein Würgegeräusch.

– Mach ich es falsch?, fragte Hektor.

– Ein bisschen.

– Entschuldige, sagte er. Ich hab das noch nie gemacht.

– Also, fürs erste Mal war es großartig.

– Danke.

Er lag da, von sich begeistert. Das war der Punkt, an dem Natalie sich nicht mehr beherrschen konnte. Sie lachte. Es war unglaublich. Der arme Mann. So ein Name, so ein Gesicht! Und so bei sich zuhause. Er bat sie, bitte nicht so laut zu lachen. Sie hielt sich eine Hand vor den Mund und kugelte auf dem Bett hin und her. Ich könnte mich vom Bett fallen lassen, dachte sie. Es würde vielleicht spontan aussehen. Wer fällt schon freiwillig und geplant vom Bett?

Sie beruhigte sich etwas. Merkwürdig, dachte sie, in einer solchen Situation komme ich mit allem klar. Eins zu eins. Ich kann mit ihm machen, was ich will. Ich weiß genau, was er hören will. Es ist total simpel. Schau ihn dir an, wie er da sitzt. Er hat gerade ejakuliert, also ist er besonders empfänglich. Man hat ein bisschen den Fruchtsaft rausgeschmeckt, Ananas und noch was. Mit anderen kann ich. Aber bei ihm nicht, bei Hollberg. Bei ihm läuft es immer so, wie er will.

Für einen kurzen Moment musste sie daran denken, dass

Herr Hollberg jedes Mal *danach* auf den Friedhof ging. Er lud sich dort bestimmt mit Mut auf. Seine Frau gab ihm Tipps. Als Tote wusste sie alles. Ihr Bewusstsein war über die Welt verteilt wie Urknallreststrahlung, dieses Pünktchenrauschen auf alten Fernsehschirmen.

Am Ende steht Bild gegen Bild. Er will mich treffen. Und mir alles erklären. Gut. Aber bis dahin muss ich besser werden. Ich darf nicht reinkippen in seine komischen Geschichten. Ich muss draußen bleiben.

Hektor wurde nervös, weil sie nur dalag und zur Decke schaute. Jetzt erst bemerkte sie, dass die Decke auch mit einem Teppich bespannt war. Auf ihm war ein großer Fleck.

– Was ist das?, fragte sie und zeigte darauf.

– Ein *Navajo One*, sagte er. Natürlich nur eine Imitation.

– Wow, sagte Natalie. Du hast wirklich nicht gelogen.

Hektor lachte verlegen.

– Nein, sagte er. Hab ich nicht.

Verdammt, ihr ging das Bild von der blutigen Hose nicht aus dem Kopf! Da ist es schon wieder. Astrids tödlicher Ernst, als sie ihr davon berichtet hatte. Richtig gebeichtet hatte sie. Mütterlich gebeichtet.

– Ist das ein Blutfleck?

– Nein, sagte Hektor. Ist nur nachgemacht.

– Ich kenne einen Mann, sagte Natalie. Dessen Frau wurde von einem Stalker in den Selbstmord getrieben. Sie ist ihm danach noch einmal erschienen. In der Mongolei, glaube ich. Und da hat er ihre Menstruation bekommen, stellvertretend. Lauter Blut zwischen den Beinen.

Sie blickte ihn an, stellte ihren Blick auf todernst und psycho-intensiv und sagte:

– Weißt du, was ich meine?

Hektor sah aus, als wäre er unter Wasser. Möglich, dass er tatsächlich die Luft anhielt. Dann stand er auf, meinte, er müsse morgen früh raus, also. Also vielleicht. Wäre es besser. Wenn.

In diesem Augenblick klopfte es an die Tür.

– Hektor?, rief eine Frauenstimme. Schaltest du dann das Licht aus? Oder ziehst wenigstens die Vorhänge zu? Der Lichtschein fällt draußen auf die Büsche.

– Ja!, antwortete er.

Er sah Natalie beschwörend an und legte einen Zeigefinger an die Lippen.

Beim Verlassen der Wohnung las sie das Klingelschild. Iglhofer. Navajo One. Blutfleck. Ich wurde rausgeworfen, hihi. Sie fühlte sich gut. Hundert Punkte für mich. Aber nun musste sie an den Abend denken, als sie Markus rausgeworfen hatte. Es war im Frühling gewesen, also war es nicht so kalt wie jetzt. Ihr fiel der Grund wieder ein. Er hatte etwas über sie geschrieben. In gewisser Weise war es auch ein Bild gewesen, das alles verändert hatte. Aber alles der Reihe nach.

Endometriose

Es hatte letzten Winter begonnen. Markus schrieb an einer Erzählung, in der er zwei junge Frauen schilderte, die sich in einem Garten über ihre erste Menstruation unterhielten. In einem Garten! *Und wie war das bei dir? – Oh, ich erinnere mich noch genau.* Natalie hatte ihm erklären müssen, dass Frauen sich über so etwas nicht unterhielten. Zumindest nicht so, nicht in so einer Situation, und außerdem nicht in einer Million Jahren. Sie lag in der Badewanne, und er saß draußen und las seinen absurden Text noch einmal vor, und sie belehrte ihn über die elementaren Gegebenheiten des Lebens, von denen er ungefähr so viel wusste wie von den Wetterverhältnissen auf dem Planetenhochstapler Pluto.

– Planet, korrigierte er sie.

– Zwergplanet. Es sind nur acht.

– Es werden für mich immer neun sein, sagte er. Aber könnten sich die zwei Frauen denn nicht einfach so darüber unterhalten?

– Nein, du verwechselst da Äpfel mit Birnen.

– Äpfel mit Birnen?

– Ist doch egal, sagte sie, so würden junge Frauen jedenfalls nie miteinander reden! Das ist einfach unrealistisch.

– Was wäre denn realistisch?

– Keine Ahnung, jedenfalls nicht *das*.

– Wie war es denn bei dir?

– Ach, Gott.

Sie hätte ihn ohrfeigen mögen, wenn er so sensibel und aufgeschlossen tat. Aber sie war von Wasser umgeben.

– Du willst das jetzt wirklich wissen, oder?

– Ja.

Oh, und mit wie viel Verständnis für die Würde der Frau er das betonte: *Ja.*

– Okay. Also: Es war ekelhaft, es war widerlich. Meine Mutter hat sich gefreut und sofort ihr tiefstes Zusammengehörigkeitsgefühl hervorgekramt, hurra, jetzt bist du erwachsen, jetzt geht es los. Huiii. Es war im Sommer, an einem Wochenende. Also hab ich versucht, sie mir wegzuhungern. Zufrieden?

– Warte, warte, du redest viel zu schnell.

– Du sollst nicht mitschreiben!

– Nein, tu ich ja nicht, ich will nur verstehen. Du hast versucht, sie wegzuhungern?

– Du verdammtes Arschloch! Du schreibst mit! Ich rede kein Wort mehr mit dir. Bring mir die UV-Lampe!

Ein andermal, als er wieder in einer seiner verständnisvollen Phasen war, hatte ihr Markus erzählt, dass fünfzig Prozent aller Männer Milchdrüsen hätten, zumindest Reste davon. Das nannte man Gynäkomastie.

– Aha, sagte Natalie.

– Das ist doch toll, oder? Männer sind nur mutierte Frauen, in gewisser Hinsicht.

– Super.

Und schließlich kam es zu folgendem Austausch.

– Oh, noch was fällt mir ein, sagte Markus in einem Ton, der klarmachte, dass er das, was jetzt kam, lange vorbereitet hatte. Du solltest Endometriose nachschlagen im Internet.

– Endo was?

– Metriose.

– Was ist das?

– Schau nach, sagte Markus mit diesem saudummen übermütigen Glucksen in der Stimme.

– Später.

– Es ist der Wahnsinn!

– Red endlich. Oder lass mich in Frieden.

– Okay. Also. Bestimmte Frauen haben …

– Aaah, weißt du was? Ich will es lieber nicht wissen.

– … haben Gebärmuttergewebe in … Rate mal!

Natalie schaute ihn an. Er sah total gestört aus. Wie ein altes Verbrecherfoto.

– Mag nicht raten, sagte sie. Wo?

Markus kam ganz nah an sie heran und flüsterte:

– Ü-ber-all.
– Was?
– Ja, das dachte ich mir auch! What the fuck? Die haben Gebärmuttergewebe in der Lunge und in den Armen und Händen und im Bauch und sogar im Gehirn! Es gibt sogar Fälle, wo es, halt dich fest, im –
– Lalalala, sang Natalie mit Fingern in den Ohren. Ich will es nicht wissen, danke. Mmmh.

Sie summte und sah währenddessen Markus an. Er rollte die Augen. Und wartete ab, bis ihr die Puste ausging.

Natalie nahm die Finger aus den Ohren und sagte:
– Das ist nicht lustig. Lass mich.
– Also ich versteh nicht, dass dich das so in den Grundfesten erschüttert! Es ist doch deine eigene Art, um die es hier geht …

Deine eigene Art. In den Grundfesten.
– Endometriose, wiederholte er. Das können Männer nicht! Das ist doch faszinierend, oder?

Natalie saß da. Ich bin in der Hölle, dachte sie. Das hier ist mein Freund. Mein Lebenspartner, mein … Sie hatte das Bedürfnis, ihn irgendwo einzuscharren.
– Supertoll, sagte Natalie ruhig. Aber jetzt ist es genug, ja?
– Also, ich finde das voll schön, sagte Markus. Frauen sind nicht umsonst das Mystische und Unbegreifliche. Es ist in ihnen quasi per Definition drin, weil sie eine Gebärmutter haben. Und das versprengte Gewebe fängt natürlich einmal im Monat zu bluten an! Daher auch die Stigmata. Es ergibt auf einmal alles Sinn!
– Markus, du …

Aber was sollte sie zu ihm sagen?
– Ich kann ja nicht wissen, sagte er, wie es ist, eine Gebärmutter zu haben.
– Oder Brüste, sagte sie. Jaja, das hatten wir schon.
– Ja, genau! Kann ich nie wissen. Aber bei der Endometriose dachte ich mir, mein Gott, Frauen sind doch was Höheres.

Natalie atmete aus.
– Okay, sagte sie. Hör auf, ja? Hör einfach auf. Ich kann es

nicht mehr hören. Es nervt. Frauen sind nichts Höheres und Männer auch nicht, ich will das nicht die ganze Zeit vorgebrabbelt bekommen. Frauenkörper bestehen innen drin genau aus derselben Schweinerei wie Männerkörper, finde dich endlich damit ab, es ist alles derselbe Müll. Gewebe und Blut und Eiweiß und so weiter.

Ein wenig Farbe kehrte in Markus' Gesicht zurück. Oder vielleicht war es nur ein Schatteneffekt, weil er in sich zusammensackte. Er stand da wie eine kaputt geregnete Vogelscheuche.

– Okay, sagte er. Ich wollte ja auch nicht. Ist mir schon klar, dass das so aussieht. Ich hab nur gedacht, du –

– Was?

– Ich hab gedacht, du freust dich vielleicht. Das ist alles.

– Über Endometriose?

– Hey, du hast dir das Wort gemerkt, sagte Markus mit einem albernen Lachen.

– Sag mal, Markus, was stimmt nicht mit dir?

– Gar nichts, ich hab nur gedacht. Wie gesagt. Dass es dir Freude macht.

– Tut es nicht.

– Okay. Entschuldigung.

Er schlurfte davon, geknickt. Natalie wartete, bis er aus dem Zimmer war, dann erwürgte sie das Kissen, das neben ihr lag.

Die letzte Stufe war die Geschichte. Es war Ende April, Ostern war gerade vorbei. Er hatte das Blatt Papier absichtlich so liegen lassen, damit sie es sah. Die Hauptfigur der darauf ausgedruckten Geschichte hieß N. Dabei gab es noch fünfundzwanzig andere Buchstaben. Die junge, hübsche N. erinnert sich in der Geschichte an ihre erste Menstruation. Große Gefühle. Es ist ein eiskalter Wintertag. Draußen fallen Flocken. Und Glocken läuten. Es ist offenbar Abend. Sie erzählt es ihrer Mutter und stellt fest: Die Mutter ist aufgeregt und freut sich, hat plötzlich ein Zusammengehörigkeitsgefühl. Aber N. will das nicht. Sie hat von hungernden Frauen in Straflagern gehört, bei denen die Menstruation ausblieb:

Pläne schmiedend lag sie die halbe Nacht wach, draußen rauschten Bäume, und alles war unerträglich vital. Eine grausame Verschwörung, von deren Ausmaß sie bislang nichts geahnt hatte! Aber sie würde es besiegen, Monat für Monat würde sie stärker werden und daran wachsen. Bis ihr Körper wieder allein ihr gehörte!

Das hatte er geschrieben. Am Tag darauf hatte sie ihn rausgeworfen. Außerdem: rauschende Bäume, wenn er doch wenige Zeilen vorher geschrieben hatte, dass alles verschneit war! – Er war mit hilflosem Blick vor ihr gestanden und hatte versucht, es ihr zu erklären. Es sei nur Inspiration, nichts Persönliches! In diesem Augenblick läutete ihr Handy, *Pick A Bale Of Cotton* von Leadbelly. Sie ließ es klingeln, weil die absurde Musik jetzt genau das Richtige war. Löschte jeden Ohrwurm. Ein kleiner Non-sequitur-Fingerzeig des Universums. Sie war auf dem richtigen Weg.

– Weißt du, was ich dir wünsche?, sagte sie zu ihm. Ich wünsche dir Erfolg.

Das waren ihre letzten Worte an ihn gewesen, damals. Als er ging, nahm sie sich vor, sich später noch in größerem Stil an ihm zu rächen. Aber dann war Zeit vergangen, und er hatte sich wieder gemeldet, kleinlaut und mit vielen Versicherungen, er habe das furchtbare Machwerk vernichtet, die dumme Geschichte, er wisse auch nicht, was er sich dabei gedacht hatte. So führte das eine zum anderen, und am Ende standen sie wieder in Kontakt.

Ratten

Noch einmal musste sich Natalie zusammennehmen und die Tatsachen vor sich ausbreiten. Dorm. Er hatte sonst wirklich niemanden. Und Mike. Er hatte ihr eine Zeichnung geschenkt, ein winziges Haus. Sie konnte nicht einfach kündigen oder sich rauswerfen lassen. Das stand fest. Sie hörte Motivationsmusik: *Inner City Blues* von Marvin Gaye, dem Mann mit der schönsten Stimme der Welt, die sich bei bestimmten Melodiephrasen in ein geschmeidiges Sopransaxophon verwandelte. Damit ging sie joggen und überlegte, was sie tun würde, wenn sie Herrn Hollberg das nächste Mal traf. Sie trug zwei Schals übereinander. Sie übte Bilder: Sie hörte sich auf dem Podcast alte Gespräche an, die sie aufgenommen hatte, schaltete irgendwo auf Pause und sprach laut eine Antwort. Es wirkte nicht geisteskrank, weil sie dabei rannte. Außerdem trug sie dieses Winter-Jogging-Outfit, das lächerlich teuer gewesen war. Aber immerhin blieb sie so unsichtbar. Der nächste Besuchstag rückte näher. Sie wollte zumindest eine Runde lang gegen ihn bestehen. Sie übte Antworten auf zweideutige Fragen. Sie übte Non sequitur. Blut zwischen den Beinen. Und noch etwas übte sie: die Entschuldigung. Jawohl, sie würde sich bei Hollberg entschuldigen. In aller Form. Aber so, dass er gleichzeitig merkte, dass sie es nicht so meinte, allerdings würde er nicht wissen, warum. Wie ein Aal, den man nicht zu fassen bekam. Als sie an einer Ampel stehen blieb und die Musik kurz abstellte, kam ihr die ganze Absurdität dieser Angelegenheit zu Bewusstsein. Das, was ich hier mache, hat nicht mal einen Namen, dachte sie. Einmal lief sie aus Versehen in einen Mann, der sich umdrehte und nach ihr schlug, er verfehlte allerdings ihr Gesicht und traf sie nur an der Schulter. Natalie entschuldigte sich bei ihm, und der Mann ging fluchend davon. Sie bemerkte, dass er einen großen Pissfleck zwischen den Beinen hatte.

In den frühen Morgenstunden stand sie auf und las einige Kapitel in einem alten Stephen-King-Roman, den sie noch nicht kannte, direkt auf dem iPhone. Das Display war die einzige künstliche Lichtquelle, sonst war sie von Dunkelheit umgeben. Draußen ein wolkenloser Nachthimmel. Wintersterne und schwach beleuchtete Nachbarhäuser. Unsichtbares Gewusel von Satelliten. Wenn man nachts nach oben schaute, schaute man direkt in die Richtung der Sonnenstrahlen. Denn die Sonne befand sich hinter der Erde, also *unten*, und leuchtete. Ein Sonnenstrahl zielte genau in diese Richtung, hinaus in den Raum. Vor dem Frühstück rasierte sie sich den Hinterkopf mit dem angenehm summenden Apparat. Das Summen roch gut, obwohl es nur ein erinnerter Geruch war, einer an Frisörläden vor fünf, sechs Jahren, als sie noch jede Woche hingegangen war, damals hatten ihre Haare diese ideale Passbildlänge gehabt, braves Kind. Die Härchen fielen kitzelnd über ihren nackten Rücken und landeten auf dem Badezimmerboden. Sie ließ sie liegen. Ich lebe allein, dachte sie. Blut zwischen den Beinen. Bestimmt hat er sich einfach nur vollgepisst, der Idiot. Sie legte einige Haarbüschel in das Buch von Bertrand Russell, *Philosophie des Abendlandes*, von dem sie etwa zehn Seiten gelesen hatte, bevor sie vor Langeweile Schluckauf bekam.

Dorm brauchte sehr lange, um sich herzurichten. Natalie half ihm nicht. Sie selbst wolle sich heute auch hübsch machen, erklärte sie ihm. Er nahm dies misstrauisch zur Kenntnis.

Es hat ihm geblutet – diese eigentümliche Formulierung war es, die sich in ihrem Kopf verfangen hatte. Es klang wie aus einem Märchen. Nicht *Es hat zwischen seinen Beinen* oder einfach *Er hat geblutet*. Das *ihm* hatte eine seltsame Wucht. Natalie stand im Betreuerinnen-Badezimmer und schminkte sich die Lippen schwarz.

Dorm schaute weg, als er sie sah. Er schien bestürzt. Er wusste nicht, was los war. Auch als Natalie sich bei Herrn Hollberg entschuldigte, musste er sich abwenden. Sie habe, sagte Natalie zu dem Gast, nicht vorgehabt, ihn als Angehörigen abzuweisen. Sie habe außerdem nicht schroff sein wollen. Sie verstehe jetzt allmählich, wie dieses Arrangement zu handhaben sei. Sie hoffe, dass es ihr auch weiterhin möglich sein werde, hier zu arbeiten, ihr Herz hänge bereits an der Einrichtung.

Als hätte ihm jemand eine Ohrfeige verpasst, ruckte Dorms Kopf zur Seite. Er ertrug den Anblick nicht, wahrscheinlich auch nicht das Gerede. Natalie hatte ihren eigenen Würgereiz sehr gut unter Kontrolle. Sie sang innerlich eine ihrer Motivationsmelodien. Sie schüttelte Hollbergs schwitzige Hand (sie kam gerade aus einem dick gefütterten Fäustling) und lächelte.

– Hahaaa, machte Hollberg und deutete auf Dorm. Superman mag das nicht. Schau ihn dir an!

Er hielt ihm die Handfläche hin.

– War ja nur die Hand, sagte er. Da. Magst du drin lesen? Hm? Ich lass dich bei den Lebenslinien auch gewinnen.

Dorm schaute schuldbewusst zu Hollberg hoch.

– Vielleicht später, Chris.

– Ich komm dich nicht mehr besuchen, wenn du so bist, sagte Hollberg. Deine Bezugerin hier ist voll in Ordnung, und du jammerst herum.

– Oh, Chris, tut mir leid! Ich wollte nicht so sein! Ich bin immer so, ich weiß nicht, warum.

Hollberg machte eine präsentierende Geste in Richtung Dorm. Sie galt Natalie.

– Jetzt geht es wieder los, sagte er.

– Ich streng mich mehr an, Chris!

– Du lügst doch, sagte Hollberg.

– Nein, Chris, ich lüge nicht! Ich hab dir immer die Wahrheit gesagt.

– Wirklich?

– Ja, ich … Ich bin doch dein Freund, Chris. Ich passe auf dich auf.

Natalie hatte so einen Satz nicht erwartet. Er rührte sie.

– Mein Freund, mmh. Ja.

Eine Pause trat ein. Herr Dorm war verzweifelt. Er suchte nach den richtigen Worten.

– Bitte komm mich weiterhin besuchen, Chris. Du kannst *sie* ja einfach ignorieren, wenn sie dich stört.

Und er warf Natalie einen kindlich boshaften Blick zu.

– Wahnsinn, sagte Hollberg und schüttelte den Kopf. Absoluter Irrsinn.

Und zu Natalie gewandt, fragte er:

– Was mach ich noch mal hier?

Sie hielt seinem Blick stand. Urämie, dachte sie. Mystische Urämie in Ulan Bator.

– Superman, sagte er und streckte eine Hand gen Himmel. Es wäre alles leichter, wenn man fliegen könnte. Dieser ganze Irrsinn. *Chris, Chris, Chris.* Christopher Reeve. Sag, Superman, wenn ich dir einen dieser Stephen-Hawking-Sprachsynthesizer kaufe, würdest du ihn dann verwenden? Mir zuliebe.

– Ja, Chris, natürlich.

– Nein, sagte Natalie. Ich glaube, das wäre –

– Relax, sagte Hollberg. War nur Spaß. Aber es wäre doch fantastisch, oder? Diese Stimme.

Er imitierte sie:

– Ha-lo-ich-bin-Su-per-maaan. Nicht witzig, hm? Schwieriges Publikum heute.

– Sind wir Publikum?, fragte Natalie.

– Ja, das kann man sich meist nicht aussuchen. Man ist immer unfreiwillig Publikum. Aber je mehr man zuschaut, desto mehr, äh, verirrt man sich.

Er ist wie in einem Fieber, dachte Natalie. Es muss immer alles doppeldeutig klingen, egal, was er sagt. Formuliert. Wie in einem dieser Bücher, in denen ständig irgendwo ein Hund bellt. Witzelsucht. Man merkte es besonders an Sätzen, die ihm misslangen. Wie dieser. Publikum, verirren. Man sah das Bild nicht wirklich vor sich.

– Plot, sagte Hollberg.

– Bitte?

– Das war der Name einer Maus, die ich mal gekannt habe.

Sie war sehr gut in Labyrinthen, deshalb haben wir sie so genannt.

Das war seine Form von Non sequitur. Einfach ein neues Element ins Gespräch werfen. Sie kannte es schon. Sie musste sich nur konzentrieren und auf die Oberfläche der Unterhaltung ebenso achten wie auf die erwähnten Themen.

– Wir?

Natalie stellte sich ein Ehepaar vor, Herr und Frau Hollberg (welche Farbe hatte wohl ihr Haar gehabt?), die vor ihrem hauseigenen Nagetierlabyrinth standen und zusahen.

– Im Labor, sagte Herr Hollberg. Aber da bin ich schon lang nicht mehr. Gell, Superman?

– Er hat einen Doktortitel, sagte Herr Dorm zu Natalie. Er hat promoviert über –

– Ah, ah, ah! Nichts verraten!, sagte Herr Hollberg.

Natalie nickte beeindruckt.

– Wow, sagte sie. Und ich war schon stolz, dass ich das einjährige Ausbildungsjahr hinter mich gebracht habe.

Hollberg blickte sie komisch an.

– Nur mehr ein Jahr, hm?, sagte er. Das ist bitter. Die kürzen immer im Sozialsektor. Und wer hat dann was davon? Er hier.

Er deutete auf Herrn Dorm, der sofort aufleuchtete, wie ein angeklickter Link.

– Aber ein Doktortitel, sagte Natalie. Das ist natürlich schon was. In Biologie, oder?

– Hm, machte Herr Hollberg. Es ist *wirklich* alles schon lang her. Heute beschäftige ich mich mit anderen Sachen. Ich habe damit abgeschlossen. Man muss nach vorne blicken.

Er deutete auf einen Punkt vor sich.

Dorm lachte plötzlich. Hollberg schaute ihn an.

– Einmal, sagte Dorm, hast du mir erzählt, was mit den Ratten passiert.

Er sagte es, als wäre das ein Liebesgeständnis gewesen. Und es war möglich, dass er es in aller Aufrichtigkeit für eines hielt.

– Ja, sagte Hollberg. Hab ich. Und?

Jetzt war er es, der lachte.
– Was passiert mit ihnen?, fragte Natalie.
– Ah, nichts weiter. Nur in Laboratorien. Das ist natürlich schlimm, wie die behandelt werden, insgesamt. Eine große Ungerechtigkeit. Ich hatte nie direkt etwas mit dem Bereich zu tun. Nicht, dass du glaubst.
– Nein, hätte ich nie, sagte Natalie.
– Aber man bekommt natürlich einiges mit, verstehst du?
Dies sagte er zu Dorm.
– Man bekommt *alles* mit, sprach er weiter. Sosehr man auch versucht, dazuzugehören. Am Ende setzen sie dir doch wieder das tote Vieh vor.

Er imitierte, so zumindest deutete Natalie seine Gesten, einen Kellner, der eine Speise serviert und das silberne Kuppelding vom Teller hebt.
– Wie, vorsetzen?
– Als Tatsache, sagte Herr Hollberg vollkommen ernst. Ja, es bleibt eine Tatsache, die man nicht vergessen kann. Früher hatte ich mit ihnen zu tun. Aber es wäre schön, wenn man sie einem wirklich wichtigen Zweck, das heißt postum. Ah, ich fang noch mal von vorn an, ja? Ist alles in der falschen Reihenfolge rausgekommen.
– Ich hab's verstanden!, meldete sich Dorm.
– Jajaja, sagte Herr Hollberg. Du scheiß Streber, du kennst es ja schon! Also. Die Ratten werden in den Labors verwendet. Und damit lebt man einige Jahre. Und dann, irgendwann, hat man genug. So war das.
– Kann ich gut verstehen, sagte Natalie.

Jetzt kam gleich irgendein seltsamer Haken. Sie würde ihn zuerst spüren und erst dann hören. Wie man es über den Einschlag von Raketen erzählte.
– Meine Theorie ist, sagte Herr Hollberg, dass es besser wäre, sie nicht einzustampfen und zu Mus zu verarbeiten und das dann an die nächste Generation von Ratten zu verfüttern. Verstehst du? Ich glaube, wenn sie schon tot sind, dann … hach, das ist so schwierig.

– Ja, Chris, stimmt. Das ist wirklich schwierig.

Nicht einen Augenblick wandte Herr Dorm seinen Blick von Hollberg ab.

– Wenn man, begann Herr Hollberg. Also, ich denke, oder besser: dachte mir damals, wenn man sie schon umbringt, könnte man doch zumindest, wenn sie schon tot sind, irgendwas Sinnvolles mit ihnen anstellen, oder?

Natalie wurde die Richtung, in die das Gespräch strebte, immer unangenehmer. Aber darum ging es ihm ja. Um das Gefühl auf Distanz zu halten, dachte sie an ihre Couch zuhause, an die Live-Sendung, die sie heute Abend sehen würde, und sie stellte sich sogar das Getränk vor (Holundersaft mit ein paar Tropfen Zitrone), das sie auf das Tischchen neben der Couch stellen würde, als Herr Hollberg sagte:

– Das ist schon bei Konfuzius so beschrieben.

– Entschuldigung, was?

Hakenschlag. Da war er.

– Bei Konfuzius heißt es, sinngemäß natürlich: Wenn das Tier nicht extra für mich umgebracht wurde, sondern in jedem Fall getötet worden wäre, dann darf ich es essen. Ich weiß den genauen Wortlaut nicht.

– Ich auch nicht, Chris, sagte Dorm und nickte.

– Deswegen könnte ich auch nie, sagte Herr Hollberg und unterdrückte ein Grinsen, in der Kirche eine Hostie essen. Weil er ja. Für mich gestorben ist. Get it?

Ah, ein Scherz, dachte Natalie. Sie dachte es mit derselben ruhigen inneren Stimme, die bei einer Wanderung durch ein Waldgebiet feststellt: Ah, ein Reh. Unwillkürlich wischte sie sich die rechte Hand an ihrem Pullover ab.

– Genau, sagte sie und versuchte zu schmunzeln.

– Nicht wahr? Weil er ja für mich, oder für uns, oder sogar für ihn (er zeigte auf Dorm, fingerschnippend) gestorben ist. An seinem Kreuz.

– Wahrscheinlich, sagte Natalie.

– Oder Rabenvögel, sagte Herr Hollberg. Die essen Aas, das auf der Straße liegt. Sie haben nichts damit zu tun, dass es da liegt. Sie haben es nicht bestellt oder eigenhändig umgebracht. Also können sie es essen.

– Das heißt, wir sollten die Ratten essen?

Herr Hollberg schaute sie an, dann Dorm, dann lachte er, klatschte in die Hände.

– Aah, sagte er, nein, das war nur ein Beispiel, nur ein Vergleich. Gott …

Er schüttelte den Kopf.

– Oh, sagte Natalie. Entschuldigung. Ich bin manchmal etwas –

– Kein Problem, sagte Herr Hollberg. Alles, was ich sagen wollte, war: Wenigstens den sinnlosen Tod durch Weiterverarbeitung kann i… könnten *wir* ihnen ersparen, ich meine, die werden da ja teilweise noch lebend reingeworfen in dieses –

Er formte die Konturen der Vorrichtung in die Luft.

Natalie spürte, wie ihr übel wurde. Live-Sendung, dachte sie. Ein Glas eiskalter Holundersaft. Nebenbei ein SMS-Gespräch mit Frank. Oder vielleicht sogar ein kurzer Besuch im Souterrain, gegen Mitternacht. Förderung gestrichen. Mario. Gott, immer diese Gedanken, die Sorge. Wie mochte es ihm gehen? Wo war er? Morgen Spätdienst. Danach Muskelrelaxans, Sirdalud, 8 mg, das herrliche Kartoffelsackgefühl, Müdigkeit, Schlaf. Konzentrieren war anstrengend. Stephen King konnte tagelang durchschreiben. Seine Frau hieß Tabby. Sie waren ein glückliches Paar. Maine Coon.

– Ich finde das auch, sagte Herr Dorm.

Natalie bemerkte, dass er sich die Augen wischte. Hatte er während der Unterhaltung geweint? Zugegeben, sie hatte mehr auf seinen Gast geachtet.

– Och, sagte Herr Hollberg. Jetzt lass die Mundwinkel nicht hängen.

Er griff in seine Tasche und holte eine Praline heraus. Sie war eingewickelt in knisterndes Papier.

– Die mag unser Heiland, oder?

– Ja, Chris. Danke.

Hollberg wickelte die Praline aus und legte sie auf seine

Handfläche. Dorm pflückte sie mit gespitzen Lippen und aß sie. Er wirkte überhaupt nicht mehr traurig.

– Du auch?, fragte Herr Hollberg.

Natalie lehnte dankend ab.

Hollberg aß selbst eine Praline. Hellweiße Schokolade.

– Mmmh, sagte er. Gut, oder?

Dorm nickte.

– Ich mag besonders die mit der Bourbon-Vanille drin. Aber die verkaufen sie leider nicht mehr.

– Wo kriegt man die?, fragte Natalie.

– In einem kleinen Geschäft in der Stadt. Hinterm Rathaus, in dieser schmalen Seitengasse. Es ist ein Familienbetrieb, seit achtzehnirgendwas. Wirklich fein. Die haben das mit dem polyphonen Geschmack wirklich raus. Es ist so ein mehrstufiger Prozess, wie der Flug einer Weltraumrakete. Wenn etwas so gut schmeckt, dann fühlt man sich immer angenehm schwerelos. Kennst du das?

– Ich glaube schon.

Sie gab ihm immer nur diese wechselgeldgroßen Sätze zurück. Er wird mit der Zeit sicher müde werden, dachte sie in der Stimme eines Boxtrainers. Komm, Mädel, konzentrier dich. Hau ihn in der nächsten Runde mit einer Bemerkung auf den Hintern. Und: Biete ihm keine Angriffsfläche. Lass ihn ins Leere projizieren.

– Man kaut dann mit geschlossenen Augen, sagte Herr Hollberg. So verträumt.

Er machte es vor. Dorm lachte und streckte eine Hand in die Höhe, soweit er konnte, um Hollbergs Wange zu streicheln, aber der wich aus. Für einen Augenblick sah es so aus, als würde es Dorm ein zweites Mal versuchen, aber dann lächelte er nur und ließ seinen Arm sinken.

– Du schaust heute so wunderschön aus, Chris.

– Aber Sie kennen das Gefühl, ja?, fragte Herr Hollberg Natalie. Äh, ich meine, du kennst das Gefühl?

– Wenn etwas gut schmeckt? Ja, ich schätze schon.

– Es ist ein enorm befriedigendes Gefühl, stellte Herr Hollberg fest. Man wird schwerelos. Hast du gewusst, dass eine Stadt, die unter einer kilometergroßen Kuppel gebaut wird, auch schwerelos wäre?

– Nein, sagte Natalie. Wieso wäre das so?

– Physik, sagte Herr Hollberg.

– Ja genau, Chris.

– Einfache Physik. Also, stellen Sie sich vor, eine riesige Vorrichtung, der Fachausdruck dafür ist *geodätische Kuppel*, eine gläserne, sehr effizient gebaute Halbkugel, wo die einzelnen Teile statisch, aber gut, das wird zu technisch. Stellen Sie sich einfach vor: Der Durchmesser der Grundfläche ist einen Meter lang. Dann hat das Material, das verbaut wird, ein gewisses Gewicht.

– Okay, nickte Natalie.

Gleichzeitig dachte sie: Er redet heute wirklich um sein Leben. Die Entschuldigung vorhin scheint ihm nicht gutgetan zu haben. Er wechselt zwischendurch zurück zum *Sie*. Vielleicht bin ich auf dem richtigen Weg.

– Und das Gewicht der unter der Kuppel eingesperrten Luft und das des verwendeten Baumaterials stehen in einem bestimmten Verhältnis. Fünfzig zu eins oder so. Irgendeine Hausnummer.

Natalie nickte auch diese Tatsache ab.

– Gut, sagte Herr Hollberg. Und jetzt erweitern wir den Durchmesser des Basiskreises. Dadurch wird die Kuppel immer riesiger und riesiger. Und die darunter eingesperrte Luft wird auch mehr und mehr. So eine Stadt erzeugt natürlich Wärme, durch das Leben in ihr. Also erhitzt sich die eingesperrte Luft. Und weil die Kuppel so effizient gebaut ist, ist das Gewicht des Materials, also der Kuppel selbst, irgendwann genau gleich dem Auftrieb, den dic im Vergleich zur Außentemperatur wärmere Luft verursacht. Genau dasselbe Prinzip wie bei einem Heißluftballon. Nur dass hier schon ein paar Grad Unterschied genügen. Und ab dem Punkt – beginnt das Ganze zu schweben.

– Wunderbar, Chris!

– Aha, sagte Natalie.

Taxifahrer, folgen Sie dieser schwebenden Kuppelstadt!

– Das heißt nicht, dass die Luft schwerer ist als die Kuppelkonstruktion, dass also die Kuppel auf der Luft wie auf einem Polster ruht und schwebt, nein, es geht um den *Auftrieb* der wärmeren Luft. Deswegen muss eine echte, bevölkerte Stadt darunter sein oder irgendetwas anderes, was andauernd Wärme abstrahlt, sonst funktioniert es nicht. Aber man könnte mit dieser Methode ganze Städte in die Atmosphäre hängen. Wie Glocken. Einfach eine hierhin, eine dahin. Die würden da bleiben. Christbaumschmuck für Sonnenuntergänge.

Das Bild war sehr schön, aber Natalie durfte nicht allzu deutlich zeigen, dass es ihr gefiel. Sie sah die Städte unter der Glocke deutlich vor sich. Jeden Morgen wurden sie geläutet, und der Erdbevölkerung wurde etwas leichter ums Herz.

– So weit das Prinzip der geodätischen Kuppeln, sagte Herr Hollberg.

Er wischte sich die Stirn mit einem Ärmel seines Pullovers ab.

– Mhm, nickte Dorm.

– Er weiß das natürlich längst alles, erklärte Hollberg. Ich hab ihm das mit den Kuppeln sicher schon tausendmal erzählt. Aber ihm hängt es immer noch nicht zum Hals raus, oder?

– Nein, Chris, es ist total schön.

Natalie legte sich einen Satz zurecht. Sie betrachtete ihn kurz, prüfte seine Wirkung. Dann sprach sie ihn aus:

– Sie können sehr gut beschreiben, ich meine, du.

Herr Hollberg bedankte sich, eine Verbeugung andeutend.

– Ich meine, von den Bildern her, sagte Natalie. Das hab ich dir ja schon am Telefon gesagt, damals. Diese Städte unter der Kuppel. Im Sommer. Das brennt sich ein. Wie der Ölvogel. Man sieht es ganz deutlich vor sich, das mit den Städten. Es wäre wirklich schön, wenn man das –

Sie blickte zu Dorm. Er zeigte keine Veränderung.

– Es ist theoretisch möglich, sagte Hollberg. Rein physikalisch. Aber es wird nie realisiert werden.

– Vielleicht eines Tages, Chris, sagte Dorm leise.

Herr Hollberg lachte über die Bemerkung. Dann griff er, ohne Vorwarnung, nach Dorms Hand und zog sie zu sich.

– Was wolltest du vorhin tun, hm?, fragte er. Du glaubst, ich bemerke das nicht. Wo wollte die kleine Hand hin?

Er führte sie vor seinem eigenen Gesicht wie einen Barcodescanner auf und ab.

– Nn-nirgends, stammelte Dorm und zog seine Hand zurück. Ich wollte gar nichts, Chris, ehrlich.

– Jaja, sagte Hollberg. Ich seh schon. Alles im grünen Bereich bei dir. Aber deine Bezugerin findet auch, dass du heute frech bist.

– Nein, tut sie nicht, sagte Dorm zu seinen Knien.

Es war, als hätte ein Chor zu singen begonnen.

– Bitte?, fragte Herr Hollberg.

– Tut sie nicht.

– Sprich lauter, man hört dich kaum, sagte Hollberg. Sie hält dich für einen frechen, ungezogenen, versetzenswerten Klotz am Bein.

Dorm hob seinen Kopf und schaute ihn an.

– Sag so was nicht, Chris, sagte er ruhig. Das tut sie nicht.

Bei dieser schlichten Erkenntnis blieb es. Herr Hollberg lachte, schaute zu Natalie, dann klatschte er ironischen Beifall, hörte wieder auf und lachte wieder. Und hörte auch damit auf. Natalie hatte Gänsehaut. Zuerst das winzige Haus von Mike, jetzt das. War es das erste klare Widerwort überhaupt, das Dorm in ihrer Gegenwart geäußert hatte? Es war ein plötzlicher Windwechsel, ein Wetterumschwung. Gleichzeitig schien sein simpler Satz ein noch unbetretbares, aber zumindest erahnbares Geheimnis auszudrücken, ein kleines und rundes Geheimnis, wie eine knallrote Kirsche am Boden einer riesigen, düsteren Kathedrale.

Bei der Verabschiedung gaben sie einander noch einmal die Hand. Diesmal war es nicht so schlimm. Ein normaler Händedruck.

– Viel Glück, sagte Natalie.

– Wie?

– Für die Fahrt zum … Für die Heimfahrt. Es soll Glatteis geben.

Er bedankte sich und hielt seine Hand hoch, bildete eine Art Schwanenhals aus ihr. Was sollte das heißen? Fing er zu tanzen an?

Herr Dorm war bereits in seine Wohneinheit zurückgefahren. Auch das war noch nie vorgekommen.

– Danke, danke, danke, wiederholte Herr Hollberg. Und schön, dass jetzt alles aus der Welt geschafft ist, zwischen uns. Ich freu mich wirklich.

– Ich auch, log Natalie.

– Jaja, sieht man. Immer ein Vergnügen.

Er streckte seine Hand aus und fasste sie am Unterkiefer, drückte ein wenig zusammen, machte *Mmmmh.*

– Störrisch wie eine Laute, sagte er. Ich lasse so liebe Menschen nie gern in so einem Zustand des gefährlichen Halbwissens.

Er ließ sie los. Natalie war versteinert. Sie blickte sich um, ob es jemand gesehen hatte. Natürlich nicht. Leere Korridore. Ihr Herz schlug. Nicht, dachte sie, nicht heulen. Aber ihre Atmung geriet ein wenig außer Kontrolle. Sie musste ihn ohrfeigen, aber ihre Hand war gelähmt.

– Sorry, sorry, sorry, sagte Hollberg mit einem Seufzen. Bitte nicht böse sein. War nur ein Witz. Ich bin momentan etwas.

Er tippte sich an die Schläfe. Dann verließ er das Gebäude.

Natalie würgte über der Toilette, aber es kam nichts. Sie wusch sich das Kinn und das ganze Gesicht mehrmals. Aber, dachte sie, aber sonst hab ich gewonnen. Am Ende hat er unfair gespielt. Eine Verzweiflungsgeste, unerlaubter Kiefergriff. Ja. Es konnte gar nichts anderes sein. Ich verlier noch den Verstand hier. Das Handtuch roch nach Ursulas Handcreme. Die schmierte sich damit ihre gezeichneten Arme ein. Natalie hatte auch Lust, sich mit einem spitzen Gegenstand zu schneiden. Einfach eine gerade Linie von der Schulter bis zum Daumen.

Als sie sich umwandte, erschrak sie. Eine Gitarre stand im Betreuer-Badezimmer. Sie lehnte aufrecht an der weißen Fliesenwand, neben der Tür. Wie ein kleiner Mensch, der sich hier vor jemandem versteckte.

– Okay, sagte Natalie zu B. Ich glaube, ich verliere die Nerven. Mir ist übel. Und man wird mich rauswerfen, wenn ich nicht.

Sie keuchte.

– Oh, sagte B und berührte sie an der Schulter. Kleine Krise, hm?

Natalie setzte sich auf einen Stuhl. Im selben Augenblick kam Herr Zunegg in die Küche. Er hielt sich eine Landkarte vor die Brust.

– Ja?, sagte B zu ihm.

Der Klient ging immer vor. Auch wenn eine Kollegin hier gerade eine Panikattacke hatte.

– Ob die Astrid bitte, sagte Herr Zunegg.

– Sie kommt morgen wieder, sagte B. Kann ich mit irgendwas helfen?

– Das da anschauen, meldete Herr Zunegg verlegen.

Er zeigte die Landkarte und machte die Geste eines an Flüssen und Gebirgszügen entlangfahrenden Zeigefingers nach.

– Natürlich, sagte B. Natalie, äh, du kannst mitkommen, wenn du magst.

Herr Zunegg lief voraus. Vor seinem Zimmer blieb er stehen. B machte die Tür auf und trat ein, dann Natalie und als Letzter Herr Zunegg. Sie breiteten die Landkarte auf dem Boden aus. Natalie setzte sich in den breiten Fernsehsessel.

– Warum wird ihm das erlaubt?, fragte sie.
– Wem?, fragte B.
– Dem Hollberg. Er hat mich. Ich versteh nicht, warum alle.
– Na ja, sagte B ruhig und half beim Entrollen der Landkarte. Heilung ist … Er versucht halt, damit abzuschließen.

An Herrn Zunegg gewandt, fragte sie:
– Wo beginnen wir?

Er zeigte auf eine Stelle, wie ein Bär, der einen Lachs ertatzt:
– Da.

Wäre er ein riesiger Herr Zunegg gewesen, im selben Verhältnis wie die Wirklichkeit zu den Maßen auf der Karte, wäre jetzt die Stadt Wien und alles rundherum ein gewaltiger Krater. Staub wirbelt auf und verdunkelt die Sonne. Und die Dinosaurier sterben zum zweiten Mal aus.

Natalie wusste, dass es unprofessionell war, dass sie hier saß. Aber B hatte gemerkt, dass ihr nicht gut war, und deshalb nicht protestiert. Herr Zunegg war zufrieden, denn B begann, eine Autobahn mit dem Finger abzufahren. Sie fuhr in Richtung Nordosten und sprach die Namen der wichtigsten Orte mit.

Bei Brünn machte sie eine kurze Pause und fragte über die Schulter zurück:
– Setzt er dich unter Druck?
– Oh, sagte Natalie. Ja. Er hat.

Ihr Kiefer zitterte.
– Hat er wieder gefragt wegen einem Treffen?
– Das auch. Mehrmals.
– Ah, dann weiß ich, was los ist.
– Brünn, wiederholte Herr Zunegg ungeduldig.

Der Finger schwenkte nach links, also nach Westen, es ging offenbar nach Prag. Bei den tschechischen Namen hatte B einige Ausspracheschwierigkeiten. Aber gerade das schien Herrn Zunegg zu beruhigen. Jemand strengte sich an, gab sich Mühe in seiner Gegenwart.
– Er will nur ein Treffen, sagte B. So ist er immer, bevor man

sich mit ihm getroffen hat. Danach ist er lieb. Wir hatten das alle. Geh und triff dich mit ihm. Dann hört das auf.

– Was?

– Es ist okay, sagte B. Nicht das, was du denkst. Nur ein Treffen. Lange reden über die ganze Sache, das Arrangement, die letzten Jahre. Damit alle Parteien klarer sehen, worum es geht.

– Es geht darum, einen Mann zu quälen. Um mehr geht es nicht.

– Nein, sagte B.

– Humpolec, sagte Herr Zunegg und gähnte.

Er wollte, dass man weiterfuhr, aber gleichzeitig ging von der Landkarte offenbar eine enorme Anziehungskraft aus. Langsam sank er auf sie. Wie ein stürzender Fels. B musste ihre Hand wegziehen.

Sie stand auf und betrachtete den so plötzlich eingeschlafenen Mann mit einer gewissen Beunruhigung. Sie schien zu überlegen, ob dies, selbst für seine Verhältnisse, normal war oder nicht. Dann kam sie zu einer Entscheidung. Sie wandte sich an Natalie und sagte:

– Manchmal verstehe ich meinen eigenen Job nicht.

Natalie konnte darüber lachen. Es war beruhigend, in der Gegenwart eines Menschen zu sein, der in sie verliebt war, aber es nicht zugeben konnte. Selbst die Idee eines Treffens mit Christopher Hollberg kam ihr nun nicht mehr ganz so schrecklich vor. Gitarre. Kiefergriff. Sie musste B davon erzählen.

– Er macht mir Angst, sagte sie.

– Mhm, machte B gedankenverloren. Mir auch, ein bisschen. Wenn er uns bloß nicht erstickt.

Sie sprachen von zwei verschiedenen Männern. Einer davon lag mit dem Gesicht auf der Grenze zwischen Österreich und Tschechien und schlief.

– Wir müssen ihn ins Bett bringen, sagte B.

Gemeinsam schafften sie es. Natalies Schultern waren verspannt. Beim Verlassen der Wohneinheit legte B einen Arm um Natalie und sagte:

– Du darfst das alles nicht so an dich ranlassen, ja?

Natalie wollte sich fallen lassen, am liebsten ihre Wange an Bs Schulter schmiegen, aber der Rhythmus und ihre Gehgeschwindigkeit erlaubten das nicht. Sie wären nur ineinander getaumelt und gestolpert.

– Er hat mich so beim Unterkiefer gepackt, sagte sie. Vorhin. So.

Sie zeigte die Geste vor.

B blieb stehen.

– Wirklich?

Natalie nickte.

– Okay, sagte B. Dann versteh ich deine Reaktion. Schreib es gleich in den Teamsitzungsplan. Es steht noch kaum was drin. Also wird das Thema auf jeden Fall zur Sprache kommen.

Aber ihr schien, zumindest wollte es Natalie so vorkommen, diese korrekte Dienstsprache selbst gegen den Strich zu gehen. Sie streichelte Natalie über den Arm und ließ die Hand eine Weile dort.

– Aber wirklich wehgetan hat er dir nicht, oder?

Um in neutraleres Gelände zu gelangen, schüttelte sie tapfer den Kopf und fragte:

– Wem gehört eigentlich die Gitarre im Badezimmer?

– Ach die? Das ist meine. Sie ist schmutzig geworden.

– Natürlich, sagte Natalie. Frau und Gitarre.

– Was?

Natalie fiel B um den Hals und drückte sie kurz an sich.

– Danke, sagte sie. Danke fürs Zuhören.

Am Nachmittag kam sie auf dem Heimweg durch den frisch verschneiten Park und glaubte Mario zu sehen, wie er aus der öffentlichen Toilette kam. Aber es war ein anderer Mann mit sehr ähnlicher Lederjacke. Sie sah wirklich genauso aus, aber ihr Besitzer war nicht so groß und schlaksig wie Mario. Außerdem hatte er ein unattraktives, irgendwie britisch wirkendes Gesicht. Der Mann trug eine Angel mit sich herum, was sehr merkwürdig aussah, mitten im Winter, in der einsetzenden

Dämmerung. Die Schnur mit dem Haken baumelte hin und her. Die Angelrute hielt er geschultert, als marschierte er mit einem Gewehr in einer Kompanie. Er verschwand in Richtung der Teiche.

Kurzer Besuch

– Ja was grenzt denn da ans Unsichtbare?, sagte Natalie und ging auf die Katzensilhouette zu, die im dämmrigen Hausflur auszumachen war.

Als sie Chat über den Rücken streichelte, bekam sie etwas zwischen die Finger. Etwas klebte im Fell. Der Kater entzog sich der Berührung. Sie folgte ihm, hob ihn auf und schaute nach. Ein Heftpflaster. Sie zupfte daran, und Chat geriet in Panik und strampelte sich frei. Dann ging er, erschüttert, einige Schritte von ihr weg und beäugte sie misstrauisch. *Ich kann damit leben*, sagte sein Blick. *Es ist eines dieser klebenden Dinge, ich muss es nur ignorieren, dann geht es.*

Sie fing ihn ein und trug ihn hinauf in die Wohnung. Dort überrumpelte sie ihn, als er mit seinem Blick den Bewegungen einer auf winzigen Rädern fahrenden Aufziehmaus folgte, mit einem wassergetränkten Tuch. Chat maunzte und stemmte sich gegen sie und biss sogar nach ihr. Dann war er von dem Pflaster befreit und versteckte sich hinter der Couch vor der verrückt gewordenen Frau, die bis jetzt immer vorgegeben hatte, seine Freundin zu sein. Er putzte sich seine nasse Flanke, hektisch, im Takt eines Menschen, der einen Schutzzauber aufsagt.

Auf dem Heftpflaster stand etwas geschrieben. Aber es war von der Katzenzunge schon etwas verwischt worden. Ein kurzes Wort: M O …

Dann zwei weitere Buchstaben. Und alles mit blauem Kugelschreiber X-förmig durchgestrichen. Nein, das sah vielleicht nur so aus. Nein, es war nichts. Nein. Nur Einbildung. Sie wollte es sehen. Zeichen, überall. Natalie knüllte das Pflaster zusammen und warf es weg. Aus dem Sinn. Ich muss aufhören, dachte sie, ich muss mich konzentrieren.

Nach einer Weile wagte sich der Kater aus seinem Versteck hervor.

– Hallo, kleiner Bär, sagte sie.

Sie kraulte ihn, um ihm zu zeigen, dass sie nicht mehr gefährlich war. Er nahm das Entschuldigungsangebot an und strich zwischen ihren Beinen herum. Sie hob ihn hoch.

– Du mit deinem Schweif, sagte sie. Du mit deinem prächtigen Kragenpelz, mit deinen Schnurrhaaren. Du kleiner, süßer Bär. Siehst du? Ich rede mit dir wie mit einem Kind. Wie eine alte Frau. Ich bin zu viel allein. Ich sollte bei B einziehen. Von ihr hab ich dir schon erzählt, sie ist super.

Der Kater hatte höflich einige Zeit abgewartet, aber jetzt stieß er sich mit den Pfoten von Natalies Schulter ab, er wollte zurück auf den Boden. Sie ließ ihn los.

– Du mit deinen Tigerstreifen, sagte sie. Aber die Streifen machen dich nicht klüger, hm?

Der Kater miaute. Er war hungrig.

Natalie ging in die Küche und öffnete eine Dose für ihn.

– Du darfst nie krank werden, sagt sie zum Kater. Versprich mir das. Tiere, die krank werden, sind das Schlimmste auf der Welt.

Der Kater war wirklich sehr hungrig. Er nahm große Bissen und kau-schnappte nach ihnen, wie es ein Wesen mit seiner Maulbreite tun musste, das wäschetrommelartige Durchschleudern der Beute, jedes Kauen ein neuer Biss. Manchmal fiel ihm ein Stück zurück in die Schale.

– Dummes Vieh, sagte sie liebevoll und schaute ihm beim Fressen zu. Jetzt schlingst du, aber wenn ich dich nicht heraufgetragen hätte, wärst du hungrig geblieben. Dummer, kleiner Bär.

Später saß sie vor dem Fernseher. Kater neben ihr, Live-Sendung vor ihr, Laptop auf ihr. Sicherheit. Sie suchte im Internet nach Zitaten berühmter Schriftsteller. Am besten kurze Dialoge, die man lesen und auswendig lernen konnte. Aber es fand sich nichts Passendes. Allmählich stellte sich das Geborgenheitsgefühl ein. Der Kater schmatzte im Schlaf. Sie musste an Mario denken. Er kam, laut Frank, schon lang nicht mehr ins Souterrain. Auch sonst keine Spur von ihm. Natalie sah ihn manchmal in den Gesichtern fremder Leute, vor allem sein Hinterkopf tauchte immer wieder aus einer Menschenmenge auf und löste sich gleich wieder darin auf, ein schnell korrigierter Rundungsfehler im Universum. Und mit jedem Tag, der verging, schien die Entfernung zu ihm größer, als wäre die Stadt ein langer Bahnsteig, wo andauernd Menschen voneinander Abschied nahmen und in einer ihrer Bestimmung entgegengesetzten Richtung davongeschafft wurden, mit zunehmender Geschwindigkeit des Zuges immer weiter eintauchend in ein kaltes, lebensfeindliches Element. Auf CNN ging es um großflächige Buschfeuer in Australien.

Wie Herr Hollberg seine Hand hochgehalten hatte, diese seltsam schwanenartige Geste. Ihr ging das Bild nicht mehr aus dem Kopf. Eine Art pittoresker Tanzschritt war das gewesen, an dem sich, wie an einem Scharnier, die ganze Geschichte dieses Nachmittages bewegen ließ. Hätte sie die Einzelheiten auch behalten, wenn diese Geste gefehlt hätte? Kiefergriff. Sorry, sorry, sorry.

Ihr fiel die Geschichte von dem Mann wieder ein, der mit der Katze spielt. Eric. Karl. Hollberg hatte sie erzählt, um zu illustrieren, woran ihn Herrn Dorms verzweifelte, aufrichtige Freude erinnerte. Nämlich an die Freude einer Katze, deren Bezugsmensch nach Hause kommt. Dabei war Freude das falsche Wort. Liebe, dachte Natalie. Es ist Liebe. Eine mit lauter Eigenschaftswörtern dran: wahr, rein, ewig, unvergänglich, groß.

Nein, Chat durfte nie krank werden. Zu dumm, dass er nicht einfach bei ihr wohnen blieb. Dann könnte sie besser auf ihn achtgeben. Sie hatte nur einmal eine Tierkrankheit miterleben müssen. Als kleines Kind. Ein Mädchen aus ihrer Klasse hatte einen Pudel. Sein Name war Trey. Eine Erkrankung der Knochen, hieß es. Natalie war damals noch in die Volksschule gegangen, also erinnerte sie sich nicht an den Namen der Krankheit. Es war jedenfalls etwas sehr Schmerzhaftes. Irgendwann brachen spontan die Knochen, und Trey lag in seinem Korb. Er erhob sich, tapste ein paar Schritte und pinkelte auf den

Boden, kehrte um. Und dann, kurz bevor sie ihn zum Tierarzt brachten, setzten die Verrenkungen ein: Seine Gliedmaßen schienen sich mit einer fremden Materie zu füllen. Wie eine Windhose an einem stürmischen Tag. Plötzliche pralle Starre, dann Entspannung und wieder ein weiterer Krampf, ein Aufblähen der Pfoten und des Bauchraums. Der Tod probierte den kleinen Pudel an wie einen neuen Handschuh. Sie stutzte. Woher kam dieses Bild? War es von selbst in ihr entstanden? Hatte es die Schulfreundin damals erwähnt? Oder war es ihr erst heute eingefallen, jetzt, in diesem Augenblick? Die Zeit wurde unwirklich. Natalie legte sich eine Hand in den Nacken.

Ob Hollberg dasselbe tat? Über Bilder nachdenken. Über Dinge, die im Gedächtnis hängenblieben. Wenn ja, wie lebenswert war das eigene Leben dann noch? Chat seufzte. Natalie schaltete die Lautstärke des Fernsehers etwas herunter. Aber nicht so, dass der schweigende Rest der Wohnung hörbar wurde. Mein Gott, heute betäube ich mich, dachte sie. Aber so richtig. Ich will keine Kiefergriff-Albträume. Und entschuldigt hat er sich auch gleich. Arschloch. Warte nur. Du kleiner, mieser Verzweiflungstäter. Warte nur.

Entscheidung

Am nächsten Tag wurde Natalie Zeugin einer höchst ungewöhnlichen Szene. Der Zivi Marcel spielte Schach gegen Herrn Zunegg. Die Dartscheibe hatte den Wettbewerb nicht überlebt. Sie lag erloschen in einer Ecke. Jemand hatte sogar daran gedacht, sie mit einem Tuch zu bedecken. Aber nun Schach. Dies hätte Natalie aus vielerlei Gründen für unmöglich gehalten, aber es geschah, hier vor ihr. Marcel trug weiße Klinikhandschuhe. Natalie stellte sich vor ihm auf und machte ein Foto mit ihrer Handykamera. Marcel blickte auf.

– Zieh die bitte aus, ja?, sagte Natalie sanft.

– Hä?

Der Zivi musste zuerst einen Kopfhörerknopf aus seinem Ohr entfernen, um sie zu hören. Die Geste war so einladend, dass Natalie sich zu ihm hinunterbeugte. Sie flüsterte:

– Darf ich dir was sagen?

– Okay.

– Es ist wirklich wichtig. Lass dir nichts anmerken.

– Mhm.

– Ich werde dir sagen, was du bist. Du … bist Rock 'n' Roll. Voll Heavy Metal.

– Was?

– Du bist Rock 'n' Roll. Du spielst Schach mit Gummihandschuhen. Wie ein Bond-Bösewicht.

– Was, ach so, ja. Hab ich vergessen.

Er zog sie mühevoll aus.

– Ich hab dem Herrn Zunegg grade erzählt, dass Hummer nicht älter werden. Sie sind theoretisch unsterblich, ihre Zellen reproduzieren sich einfach immer weiter, aber dann werden sie leider gegessen.

Während er sprach, machte er mit seinen Fingern Flimmerbewegungen über seinen Oberkörper, was wohl das Leben der Zellen andeuten sollte.

– Ah, sagte Natalie.

Nein, Marcel war schon in Ordnung. Er hatte immer solche Fun Facts auf Lager. Er versicherte, nein, *schwor* jedes Mal mit einem kurzen, heftigen Griff an einen seiner dünnen, glatten Dreadlock-Zöpfe, dass sie der Wahrheit entsprachen. Er war sogar imstande, Weblinks und Referenzen herauszusuchen, wenn man sich ungläubig zeigte. Bei der Arbeit war er zwar, wie alle Zivis, ein fauler Hund, und man sah ihm an, dass er sich, ebenfalls wie alle Zivis, generell sehr vor den Klienten ekelte, aber er wusste immerhin zu berichten, dass im Pazifik eine Insel aus Plastikmüll existierte, die größer war als Europa. Oder dass die Stadt Chicago Mitte des neunzehnten Jahrhunderts um einige Meter angehoben worden war, eine über viele Jahre sich hinziehende Arbeit, die mit Zubauten und Kranvorrichtungen bewerkstelligt wurde. Oder dass Blitzeinschläge auf menschlicher Haut ein fraktales Narbenmuster ergaben, ähnlich dem eines verästelten ausgetrockneten Flussbetts. Oder dass die Astronauten der Apollo-Missionen in eine Gummivorrichtung pinkeln mussten, die durch ein Druckventil direkt mit dem Weltraum verbunden war, und dabei sei es vorgekommen, so Marcel, dass ein Astronaut für einige Sekunden den hungrigen Sog des absoluten Vakuums an seinem Glied gespürt habe, die direkte Verbindung zwischen Mann und All, *space fucking*. Außerdem gebe es einen Mann in den USA, der langsam versteinerte, ein Mann in Indonesien verwandelte sich in ein baumartiges Gebilde, und der Körper eines besonders armen Mannes in Bulgarien hatte überhaupt jeden Sinn für Anstand verloren und verschmolz andauernd mit sich selbst; einmal sei der Mann mit einer Hand auf der nackten Brust eingeschlafen, und als er aufwachte, habe er die Handfläche nicht mehr lösen können. Und einem Baby in Maryland wuchsen Zähne im Gehirn.

Natalie genoss das seltsame Licht, das aus diesen Geschichten strahlte. Es war schwer, sich in ihrer Gegenwart nicht zuhause zu fühlen. Aber man musste ihn ständig zur Arbeit treiben, so schön es auch war, ihm beim Nichtarbeiten zuzuhören. Warum jemand andauernd solche kleinen Sonderbarkeiten sammelte, war ihr ein Rätsel. Und Esperanto lernte und nebenbei Schlösser knackte, die er sich extra aus dem Internet bestellte. Andere Leute hatten ein Sozialleben.

– Wer gewinnt?, fragte sie.

– Gott, sagte Marcel.

– Ah, okay. Darf ich dich was fragen?

– Nur zu.

Nur zu? Welcher Mensch sagte *nur zu*? Das sagten Leute in Filmen. In *synchronisierten* Filmen.

– Was ist das Schrägste, was du je gehört hast? Ich meine, so als Bild, als Geschichte. Das Verwirrendste, Eigenartigste, äh, Uneinordenbarste, das du –

Marcel hob einen Finger.

– Hab schon kapiert, sagte er. Muss ich nachdenken, ehrlich.

Und er dachte nach. Er konnte diesen Prozess offenbar in sich ablaufen lassen wie eine Dateisuche. Herr Zunegg machte einen Zug. Es war, soweit Natalie das feststellen konnte, ein regulärer Schachzug. Landkartenschläfer, dachte sie.

Herr Dorm kam in den Sozialraum gerollt. Er sah Natalie und schaute sie an. Er hob die Hand zum Gruß, dann drehte er um und fuhr wieder raus. Natalie verspürte das Bedürfnis, ihm nachzugehen, aber sie blieb stehen. Trainingseinheit, dachte sie.

– Überlegüberlegüberleg, sagte Marcel.

Er schob eine seiner Figuren ein Kästchen weiter. Herr Zunegg schlug sie mit seiner Figur. Marcel stöhnte, dann lehnte er sich zurück und lachte.

– Endometriose, kennst du das?, fragte Natalie.

– Nein, was?

– Egal. Denk einfach mal nach. Mich würde das nämlich echt interessieren.

Ursula kam in den Sozialraum. Ihr folgte Horst. Sie suchten etwas auf einem Tisch. Natalie fragte, ob sie helfen könne. Ursula schüttelte den Kopf. Horst murmelte leise.

– Okay, ich hab drei Kandidaten, sagte Marcel und wiederholte in bluesigem Tonfall: *I got it down to three, baby*.

– Sag.

Also, es gebe da ein bestimmtes Muskelkrampf-Phänomen bei Patienten mit multipler Sklerose oder mit Verletzungen des Gehirnstamms, erklärte Marcel. Diese Krämpfe bestehen aus einer stunden-, manchmal sogar tagelang anhaltenden Vibration des Gaumensegels und anderer Muskelstränge. 120 beats per minute. Drrrrr. Gaumensegelnystagmus laute der Name oder branchialer Myoklonus. Und dieses Vibrieren entspreche genau der Bewegung, die Fische mit ihren Kiemen machen. Es sei also nichts anderes als der urzeitliche Fisch in uns, der, geweckt durch eine tiefe, an seine seit Jahrmillionen verschüttete Seele rührende Verletzung, vergeblich nach Luft zu schnappen versuche.

– Stell dir vor, sagte Marcel, wie er plötzlich erwacht, in uns, in diesem neuen, komischen Körper. Umgeben von einem widernatürlichen, feindlichen Element, in dem eigentlich nichts leben und gedeihen dürfte, der Erdenluft.

Natalie schaute ihn an. Die Härchen an ihrem Unterarm hatten sich aufgestellt. Sie setzte sich an den Tisch.

Marcel machte einen weiteren Zug.

– Ist eh schon egal, murmelte er.

Herr Zunegg kratzte sich an der Lippe.

– Und Nummer zwei?, fragte Natalie.

Marcel nahm sein Handy, ein Samsung Galaxy, aus der Tasche und tippte etwas ein.

– Ja, sagte er. Genau. Licklider. Also, hier ist Nummer zwei.

Das heutige Internet, erzählte er, sei aus dem 1969 gegründeten ARPANET des Pentagon hervorgegangen.

– Waren das nicht irgendwelche Studenten, fragte Natalie, die einander Liebesbriefe schicken wollten? Tim Irgendwie?

– Nein, ARPANET. Damit hat alles begonnen. Der Vater des ARPANET und damit des Internet ist J. C. R. Licklider.

Er hielt ihr den Wikipedia-Eintrag des Mannes hin. Märchenonkelhaftes Gesicht.

– Aber, sagte er. An dieser Stelle tritt nun her majesty the total fucking weirdness auf.

Bevor Licklider sich mit Computernetzwerken befasste, habe er, so Marcel, Experimente an Ratten vorgenommen. Lange, grausame Experimente.

Natalie atmete ein, setzte sich aufrecht hin. Geodätische Kuppeln, dachte sie.

Einmal habe Licklider herausfinden wollen, was passiert, wenn man weiße Ratten tagelang wach hält, indem man sie in ständig rotierende, von Wasser umgebene Laufräder setzt. Das Ergebnis des Experiments sei eindeutig gewesen: lauter tote Ratten. Herzinfarkt durch Überanstrengung und Schlafmangel.

– Toll, sagte Natalie.

Sie musste an die unangenehme Ratten-Unterhaltung denken. Schwebestädte unter der Glocke.

– Derselbe Typ erfindet später unser Internet. Und denk mal daran, was wir im Internet machen. Nächtelang davor wach bleiben. In Südkorea sterben sie der Reihe nach über ihren Online-Spielen. Essen nicht mehr, vernachlässigen ihre Babys. Daher kommt unsere Ruhelosigkeit. Dieses schreckliche Weiterklicken, immer von Link zu Link. (Er hob beschwörend eine Hand.) Es ist der Geist der schlafberaubten Ratten, der das Internet durchrauscht!

– Pffff, machte Natalie. Also das ist. Das ist wirklich. Wow. Okay. Jetzt Nummer drei.

Marcel lächelte. Er liebte es, wenn Leute an seinen Lippen hingen. Der Stolz machte ihn auf eine liebenswürdige Weise tollpatschig: Ihm entging ein bestimmter, seiner Stellung offenbar gefährlich werdender Vorgang auf dem Schachbrett, und er erschrak über seine Blindheit. Mit offenem Mund starrte er auf das Ergebnis von Herrn Zuneggs Spielzug. Seine Dame musste das Brett verlassen.

– Aber vielleicht, sagte Natalie, vielleicht kennst du eine Geschichte, von der du dir nicht sicher bist, ob sie stimmt, aber man will unbedingt, dass sie wahr ist. In die es einen so hineinzieht. Weißt du, was ich meine?

Marcel war immer noch schockiert. Dann lachte er und sagte:

– Jetzt sind Sie mir in die Falle gegangen, Herr Zunegg.

Aber Herr Zunegg zeigte keinerlei Reaktion. Seine Augen waren geschlossen.

– Welche Falle?, fragte Natalie.

– Hä? Oh, meine hier. Ich bereite was vor. Also, wie jetzt, keine Nummer drei?

– Sparen wir uns die fürs Ende auf.

– Ich bin sowieso gleich weg. Ich hab gar keine Falle.

– Klar, sagte Natalie.

Marcel zuckte die Achseln. Herrn Zuneggs Kopf sank auf das Schachbrett. Er schreckte hoch und blickte sich um. Dann fand er sofort zurück in die Situation, aus der ihn die Narkolepsie gekippt hatte, und führte einen Schachzug aus.

– Fuck, sagte Marcel. Ich bin tot.

Langsam, in kameragerechter Feierlichkeit, legte er seinen König um. Herr Zunegg nahm ihn an sich und machte eine Triumphgeste, die so kindlich war, dass Natalie unwillkürlich aufstand und ihm applaudierte. Hinter sich hörte sie Matthias krähen. Er war begeistert und applaudierte mit.

– Hey, Matthias, sagte sie. Hab dich gar nicht gesehen. Komm zu uns. Magst du zuschauen?

– Hahaaa, machte Matthias.

Aber er blieb stehen.

– Also, eine Sache fällt mir ein, sagte Marcel. Das finde ich heute noch traurig, dass sie nicht wahr ist. Kennst du die Hündin Laika?

Natalie nickte.

– Ich, äh, weiß nicht, ob ich erzählen soll, was die …

Marcel deutete in Richtung Matthias. Natalie war beeindruckt und sogar ein wenig stolz auf ihn. Als wäre er ihr Schüler. Gut gemacht, dachte sie. Nichts Schlimmes erzählen in Hörweite eines sensiblen Klienten, der damit möglicherweise nicht umgehen kann.

– Ja, besser nicht, sagte sie. Du denkst mit. Aber die Geschichte ist doch wahr, oder?

– Die Geschichte selber schon. Also, dass sie sie reingetan haben in die Dings und dann hinauf in das Dings und so weiter. Aber sie hat es ja gar nicht geschafft. Sie ist schon vorher, direkt beim. Wegen Hitze und Stress. Und so.

Natalie nickte. *Code*, dachte sie.

– Verständlich.

– Hahaha, lachte Matthias.

– Und sie ist, äh, also da oben, als bereits. Klar?

Der Hund war schon beim Start gestorben.

– Ja.

– Also kommt auch kein Signal zur Erde zurück. Und die Russen haben das natürlich schon vorher geahnt. Es war ja kein Tier jemals in einer solchen Situation.

In einer solchen Situation, dröhnte das Echo in Natalies Kopf.

– Klar, sagte sie.

– Also haben sie was eingebaut in die Raumkapsel. Einen Phantom-Hundeherzton. Ein rhythmisches Piepsgeräusch, das wurde von einem Computer erzeugt. Piep. Piep. Piep. Denn sie wussten, dass durch Abhörstationen im pazifischen Raum und auch in der Lauschzentrale der Brüder Judica-Cordiglia bei Turin mit Sicherheit alles abgefangen wird, was von der Hundekapsel zurückkommt. Also haben sie eine Attrappe eingebaut, den künstlichen Herzton, der zuerst schnell und ängstlich ist, sich dann mehr und mehr beruhigt und dann stabil und gleichmäßig wird. Weil, es ist ja ein Sowjethund, und der hat keine Angst vor dem Weltraum, klar?

– Mmmh, machte Natalie und zeigte an, er solle lieber wieder zu der maskierten Sprechweise zurückkehren.

Matthias klatschte ein wenig. Herr Zunegg starrte mit offenem Mund auf das Schachbrett, seinen Triumph. Auch seine Augen waren offen. Er sah zutiefst entsetzt aus, aber Natalie wusste, dass er schlief.

– Aber die Geschichte ist nicht wahr, sagte Marcel.

– Aaah, sagte Natalie. Wirklich?

– Scheiße, oder?

– Ja.

– Scheißeee, sagte Matthias, hielt sich eine Faust ans Ohr wie eine Meeresmuschel und lachte.

Ursula kam in den Sozialraum. Sie trug die Gitarre von B. Von der Gitarre tropfte Wasser. Ursula breitete einige alte Zeitungen vor dem Heizkörper aus und legte die Gitarre darauf. Dann stellte sie sich kurz vor sie hin, betrachtete sie und ging aus dem Raum. Natalie blickte ihr erstaunt nach. Was geschieht in diesem seltsamen Haus? Sie musste sich schütteln, um nicht in den bodenlosen Abgrund dieser Frage zu fallen.

– Und wie ging das dann weiter?, fragte sie.

– Was? Das war's schon.

– Ach so, ja, ich meine, Nummer drei.

– Ah ja, sagte Marcel. Nummer drei von den ursprünglichen.

Er überlegte.

– Hab ich vergessen, sagte er. Ja, ist weg. Leider.

Natalie wartete, tippte mit den Fingernägeln auf den Tisch.

Herr Zunegg grummelte im Schlaf. Seine Augen waren offen. Mit zunehmender Tiefe des Schlummers nahm sein Blick allmählich die Intensität eines Sandstrahlgebläses an.

– Ich geh nicht weg, bis du sie mir erzählst, sagte Natalie.

Marcel lachte, unsicher, ob es eine Drohung oder eine Aufforderung zum Spiel war.

– Sie war bestimmt nicht so gut, sagte er.

– Doch, war sie, sagte Natalie. Ich fühl so was. Also, streng dich an.

– Hahaaa!

Matthias hatte die nasse Gitarre entdeckt. Er berührte sie mit einem Finger, und nun war dieser feucht und glänzend. Er hielt ihn hoch.

– Sie ist nicht mehr da, sagte Marcel.

– Sie soll aber wiederkommen, sagte Natalie.

Noch ein scheues Lachen. Dann tippte Marcel in sein Galaxy.

– Okay, sagte er. Ich schau mal nach. Okay. Ich hab was, aber da weiß ich auch nicht, ob es stimmt.

– Ist es wenigstens irritierend?, fragte Natalie im Ton einer

Vorgesetzten, die mit den Leistungen des Angestellten nicht zufrieden ist. Bleibt es im Kopf hängen? Denn ich bin nur daran interessiert.

Er hielt ihr das Handy hin. Sie nahm es und schaute auf das Display. *Dolls too Sad for Goebbels* stand da. Es war ein Artikel aus der *New York Times*, vom 2. Februar 1945. Darin wurde berichtet, dass die Puppenfabrik der Käthe Kruse auf Befehl des deutschen Propagandaministers Goebbels geschlossen worden sei, da Frau Kruse allen Puppen in ihrer Produktion traurige, verzweifelte Gesichter gegeben habe, nachdem ihr Sohn im Krieg gefallen war. Natalie schaute lange auf die wenigen Zeilen. Das Wort *Kulleraugen* stellte sich ein. Dann ließ sie das Smartphone sinken und schaute den Zivi an.

– Das ist total traurig, sagte sie.

– Ich glaube, es ist nicht wahr.

– Aber es steht in der *New York Times*, protestierte Natalie.

– Tss, machte Marcel. Ja, genau. So wie Massenvernichtungswaffen im Irak.

Natalie überlegte. Es war perfekt. Sie sah die traurigen Gesichter der Puppen *genau* vor sich, obwohl sie keine Ahnung hatte, wie sie aussahen. Das Bild war scharf und unscharf, bestimmt und unbestimmt. Und etwas in einem flehte, es möge wahr sein, während ein anderer Teil sich über die grelle Unglaubwürdigkeit lustig machte.

– Danke, sagte sie und ging aus dem Raum.

Marcel protestierte nicht, aber Natalie bemerkte ihren Fehler selbst. Sie kehrte um und gab ihm sein Galaxy zurück.

– Kauf dir verdammt noch mal ein iPhone, sagte sie.

– Niemals, sagte er und nahm sein Telefon ritterlich entgegen.

Später wurde sie von Herrn Dorm gerufen. Er wollte, dass sie ihm die Fingernägel stutzte. Er brachte sogar die Schere mit. Mit der sei es ihm lieber, der Knipser schneide oft zu tief hinein. Natalie setzte sich mit ihm in seine Wohneinheit. In mönchischer Stille entfernte sie die winzigen überstehenden Ränder der Fingernägel, sie waren alles andere als zu lang gewesen. Nach jedem fertig gestutzten und gefeilten Nagel bedankte sich Herr Dorm bei ihr. Einmal erwähnte Natalie, der Zivi habe gerade gegen Herrn Zunegg im Schach verloren. Haha, Zivis seien so dumm, sagte Dorm.

Im Nachtdienstkämmerchen ertappte sich Natalie dabei, wie sie eine Echobewegung ihrer Entschuldigung ausführte, ein Ausstrecken beider Hände und ein Hochziehen der Schultern, genau so hatte sie es vor Hollberg gemacht. Gefolgt vom Schütteln der verschwitzten Hand. Dann spielte sie die Szene noch einmal durch, achtete aber diesmal darauf, sich nicht zu bewegen. Sie stellte sich vor, die Luft ringsum wäre elektrisch aufgeladen und jeder Kontakt mit ihr täte weh.

Sie wählte seine Nummer.

Er ging nach dem dritten Klingeln ran.

– Hallo?

– Wegen dem Treffen, sagte Natalie. Ich könnte am Dienstag, gleich nach deinem Besuch. Es sei denn, du hast hinterher immer was vor, besuchst jemanden oder so.

Eine Pause trat ein.

– Oh, sagte Hollberg. Nein. Es würde schon gehen. Du hast Frühdienst, sehe ich.

Sehe ich. Natalie registrierte den Spielzug mit der Würdigungsfähigkeit eines nun bereits erfahrenen Gegners. Nicht schlecht gekontert. Aber sie würde vorbereitet sein.

– Wunderbar. Dann sprechen wir alles durch.

Eine weitere Pause. Rascheln von Papier.

– Keine Lust mehr auf gefährliches Halbwissen, hm?

– Nein, sagte sie.

Damit legte sie auf.

Der Plan war perfekt. Sie würde das Treffen durchstehen und sich mit der Puppengeschichte wehren, wenn es sein musste. Sie fühlte sich wie eine Figur in einem Computerspiel, die einen mächtigen Zauberspruch oder eine neue Waffengattung freigeschaltet hat. Wenn sie sich mit ihm direkt nach seinem Dorm-Besuch traf, würde er nicht auf den Friedhof gehen können, denn irgendwann war es zu dunkel dafür. Dadurch erreichte sie, dass er das nächste Mal mit Sicherheit hinging. Dies würde sein Ehefrauengrab-Besuchsbedürfnis sozusagen aufstauen und verstärken. Dann entludt es sich beim nächsten Besuchstag doppelt, und sie konnte sicher sein, dass er hinging. Denn – oh ja – sie hatte sich entschieden, ihm auf den Friedhof zu folgen. Sie würde an dem Tag krank werden, etwas vollkommen Unvorhergesehenes, *während* Hollberg schon unterwegs ins Heim war. Der Plan enthielt allerdings eine Schwachstelle, denn er könnte ja, dachte Natalie, auch ohne weiteres am Mittwoch gleich in der Früh auf den Friedhof gehen. Aber irgendwas sagte ihr, dass der Friedhofsbesuch *direkt* mit dem Besuch bei Dorm zu tun hatte. Das eine ging aus dem anderen hervor. Sie zwang sich, nicht an das Bild mit den zwei Seiten einer Medaille zu denken. Vielleicht sah er seine Frau *in* Dorm. Wow, wie pervers wäre das. Damals, als Dorm sich angepinkelt hatte, vielleicht sah er da den Fleck. Und dachte an … Gott, ich denke schon genau dieselbe idiotische Scheiße wie all diese Verrückten hier! Engel und Stigmata. Mongolei. Welche Frau in meinem Alter hat täglich solche Gedanken? Natalie wünschte sich weit weg, in das helle, hochräumige, frischluftgesättigte Landhaus der Sekte damals. Zu ihren Gefährten und Gefährtinnen, die ihr vertrauten und ihr sagten, wie gut sie das mache. Das alles hier.

In manchen Stunden war man empfänglich für die Traurigkeit über einen vor langer Zeit erlebten Glaubensverlust, für das hilflose Heimweh innerhalb des Gefühls herben, bitteren Erwachsenseins. Ich will in die Münzkammer, dachte Natalie. Nur noch einmal. Für ein paar Minuten. Ich möchte da eine Weile sitzen. Nur so lang, bis mir die Tränen kommen. Allein auf dem Boden in dem sonst vollkommen leeren Raum. *Mit dieser Münze wurden einst Waren und Dienstleistungen bezahlt, sie wanderte von Hand zu Hand, wurde besessen und verwaltet. Jeden, der sie berührte, veränderte sie. Sie ist das Herrschaftsinstrument der Gesellschaft. Ein Virus, das alles ansteckt und in lebendes Geld verwandelt, was es berührt, wie*

König Midas. Doch jetzt ist die Münze hier. Sie ist die einzige Münze weit und breit. Anderes Geld gibt es hier nicht. Keines der Dinge in ihrer Umgebung spricht ihre Sprache. Sie besitzt keinen Tauschwert mehr. Sie ist allein, sie existiert wieder in dem hellen, lachenden, reinen Mysterium ihrer Moleküle. Sie ist in Sicherheit. Sie wird nie wieder zurückkehren in die Welt. Sieh sie an. Sieh in ihr Inneres. Bis auf den Grund ihrer runden, glänzenden Seele. Die Münze bist du.

Treffen

In dieser Nacht hatte Natalie einen erotischen Traum von B. Es war verwirrend. Natalie wurde mit dem Gesicht voran in eine Sofaecke gedrückt. An einer Stelle schob B ihre Finger weit in Natalies Rachen, um den Würgereflex auszulösen, und ein Strauß Bananen zischte in seiner Obstschale wie eine Glühbirne. Trotz der Erregung empfand Natalie große Scham wegen des kaputten Drachens. B gab ihr leichte, liebgemeinte Ohrfeigen.

Beim Aufwachen stellte Natalie fest, dass die Leuchtdiode der Formel-1-Auto-Fernbedienung über Nacht erloschen war. Sie tastete nach ihr und fegte sie vom Nachttisch auf den Boden. Dann lag sie in der Dunkelheit und versuchte, sich zu beruhigen. *Stortampen.* Das ist das Großtau. Das kommt als Letztes dran, weil es das größte ist. Gott, bin ich nass.

Herr Hollberg war heute sehr höflich, er reichte Herrn Dorm die Hand. Dieser wollte sie küssen. Aber sie wurde rechtzeitig fortgezogen.

– Also haben wir heute noch was vor, sagte er leise zu Natalie. Das freut mich.

Sie lächelte ihn an, erwiderte aber nichts.

In der Nacht hatte Tauwetter eingesetzt. Der Spazierweg hinterm Wohnheim war menschenleer. Nur einmal kam ihnen ein sehr alter Mann entgegen, der aussah wie ein herumwandernder Elefantenrüssel. Natalie grüßte, aber der Mann schaute sie nicht an. Er hatte die Augen geschlossen.

Als Herr Hollberg sich leise mit Herrn Dorm unterhielt, nahm sie ihr Handy aus der Tasche und drückte, ohne dass es einem von beiden auffallen konnte, auf Aufnahme. Dann wartete sie, bis das Display dunkel wurde, und hielt das Handy ganz normal in der Hand, so wie normale Leute das eben machten: normal.

– Das war so ein Kurs, hörte sie Herrn Hollberg sagen, in dem die Teilnehmer Walgesänge nachzuahmen lernen. Musst du dir vorstellen, Superman, die liegen da total verdreht, wie gestrandet, auf dem mit ekligen, rauen Matten ausgelegten Boden und pressen Laute aus ihrem Körper. Uääähh, ouäuuuhh. Wie Wale. Und fühlen sich dann hinterher besser. Kannst du dir das vorstellen?

– Ja, Chris, sagte Herr Dorm und blickte zu ihm auf.

Sein geschorener Hinterkopf sah in dieser Haltung äußerst verletzlich aus. *Entkernt*, das war das richtige Wort. Und im selben Augenblick, als Natalie das Wort dachte, machte Herr Hollberg eine Geste, als wolle er dem Mann im Rollstuhl über den Kopf streicheln, aber er berührte ihn nicht, und die Hand war nicht ganz geöffnet, sondern krallenförmig.

– Ihr seid aber schnell, sagte Natalie und schloss zu ihnen auf.

– Wir sind immer schnell unterwegs, sagte Herr Hollberg.

Kein Zweifel, er *beherrschte* sich wieder.

– Ja, Chris, echote Dorm.

Er klang wie ein Kind, dem man eine Gutenachtgeschichte vorliest.

– Die Leute in diesen Verarbeitungskursen waren lauter Irre. Einmal hab ich sogar Lachtherapie ausprobiert. Verrückt, oder?

Dies war an sie gerichtet. Man erwartete eine Antwort von ihr. Natalie räusperte sich und tat so, als sei sie überfragt.

– Ein fürchterliches Geschrei, sagte Herr Hollberg. Unglaublicher Lärm. Hallte durchs ganze Seminarhotel. Aber ich hab damals natürlich alles ... Ja, also, jedenfalls war diese Lachtherapie nicht das Wahre, das muss man leider sagen. Ein fürchterliches Geschrei, sehr lächerlich und ... na ja, du musst dir vorstellen, das klingt wie ein Raum voller Möwen, die kreischen. Da wird man eher noch aggressiver davon. Was das mit Aufarbeitung zu tun haben soll, weiß keiner.

– Ja, Chris.

Wieder der treuherzige Blick nach oben. Aber irgendetwas war anders heute. Frechrote Kirsche in der Kathedrale.

Natalie hielt das Handy lässig in der einen Hand und bewegte es hin und her, wie man mit einer Brille spielt, die man gerade nicht benötigt.

Herr Hollberg imitierte ein leises Möwenkreischen. Es klang erstaunlich realistisch.

– Wow, machte Natalie. Das klingt toll.

– Ja, sagte Dorm. Er kann viele Tiere.

– Das war damals ein Geschrei, kann ich dir sagen. Du hättest dabei sein sollen.

– Ja, Chris.

– Ich glaube, das wäre der absolute Overkill gewesen, lachte Herr Hollberg. Denen hättest du bestimmt die Meinung gesagt, nicht? Das Lachen wär ihnen allen in der Kehle steckengeblieben. Stell dir vor. Hast du gewusst, dass deine Bezugerin auch etwas gut nachmachen kann? Die Stimme davon. Kannst du dir vorstellen, von wem –

– Nein, Chris, sagte er erwartungsvoll.

– Äh, von … Nein, ich hab mich geirrt. Hab was verwechselt. Oder?

Hollberg blickte sie an. Natalie nickte. Interessant, dachte sie. Er verzichtete heute auf. Ja, auf was? Spielchen. Intensität erhöhen. Und so weiter.

Hebt es sich für später auf.

Genau wie ich.

– Ich hab an jemand anders gedacht, sagte Hollberg.

Eine kleine Pause.

– Ah, so ein schöner Tag ist das heute, sagte Natalie. Ideal zum Spazierengehen. Der Schnee wird überall flüssig.

Um die nervöse Anspannung loszuwerden, dachte sie daran, dass heute Abend eine Spieleshow live gesendet wurde. Um sechs oder sieben würde sie von Hollberg loskommen, dann warteten die vorgewärmte Wohnung und der Fernseher auf sie. Und das Nachgefühl ihres Sieges. Also streng dich an, nutzloses Vieh.

– Er kann sogar einen Tapir, sagte Dorm.

– Oh, machte Natalie anerkennend. Das schöne Nasentier! Das mit dem Rüssel, der aussieht wie ein Rüssel.

– Na ja, sagte Herr Hollberg. Ich hab ihn nur ein einziges Mal nachgemacht. Ich weiß gar nicht, ob ich es noch kann.

Dorm lachte und wischte sich mit der Hand übers Gesicht. Jetzt erst sah Natalie, dass er weinte, vermutlich vor Glück. Oder Gelöstheit. Heute war alles so sanft. Vielleicht dachte er, dass sein Geliebter nun endlich. Keine Ahnung.

– Mach mal, sagte sie.

– Ah, lieber nicht. Vielleicht später.

Die Hand von Alexander Dorm fasste nach hinten. Herr Hollberg zog seine weg. Dorms Hand berührte den leeren Schiebegriff des Rollstuhls, glitt daran ab, kehrte zurück in den Schoß.

In der Zukunft hätte Natalie von dieser kurzen Szene per Gedanken eine Videoaufnahme machen können. Aber sie war in der Gegenwart. Noch gab es diese Technologie nicht.

– Vielleicht wollen wir da langgehen?, schlug sie vor.

Herr Hollberg fasste den Schiebegriff und drehte den Rollstuhl langsam in die angegebene Richtung. Interessant.

– Es ist fast zu warm heute, sagte er. Das macht einen richtig fertig. Wie soll man denn da in Jahreszeitstimmung kommen? Der Schnee schmilzt zu schnell. Da, schau. Überall das elende Getröpfel. Nicht auszuhalten. Und dieser Geschmack in der Luft. Als würde man auf Blechteilen herumkauen.

Die Verabschiedung fiel – Natalie fand kein anderes Wort – vorbildlich aus. Dorm durfte Hollberg links und rechts ein Küsschen auf die Wange geben. B war zufällig im Korridor und konnte den Vorgang mitverfolgen. Sie warf Natalie einen großäugigen Blick zu.

Auf der Wiese hinterm Wohnheim waren einige Krähen unterwegs. Sie schritten umher, mit schwarzen Aktentaschen unterm Flügel. Ein Gefahren-Verkehrsschild am Rand des Parks stand in der Sonne: ein Zeiger auf zwölf Uhr. In ihrem dreieckigen Schatten saß eine Krähe, wichtig und wachsam. Ein paar laufsteggangschiefe, winterlich kahle Birken standen um den kleinen Teich, auf dessen unruhiger eisbefreiter Wasserfläche sich die gespiegelten Baumstämme in Korkenzieher verwandelten. Mutige Enten waren am dünn gefrorenen, nickhautweißen Teichrand unterwegs, man hörte ihr Flappen und Quaken. Sonst war alles still und winterlich. Herr Hollberg sagte:

– Ich bin dir sehr dankbar, dass du dir Zeit genommen hast.

– Das war heute ein schöner, ruhiger Besuch, sagte Natalie.

– Ja, schon. Ist mir auch aufgefallen. Genau. Und ich wollte mich wirklich noch mal entschuldigen für mein …

Er imitierte den Kiefergriff.

– Schon okay, sagte Natalie.

– Es ist einfach so, sagte Hollberg, dass das Arrangement eine, wie soll man sagen, eine Errungenschaft ist, die verdammt lange gebraucht hat, um bis zu diesem Punkt zu kommen. Anfangs war ich ja strikt gegen eine neue Betreuerin darin.

Darin. Natalie hielt das Wort kurz fest. Bleib konzentriert, dachte sie. Die Stimmung des Gesprächs ist jetzt noch ruhig. Dies wird sich ändern. Denk daran, wie er es immer macht.

– Ein befreundeter Fernsehmoderator hat mir mal was erzählt, sagte Hollberg.

Und da war es schon.

Der erste Haken.

– Das ist nämlich so, sagte er. Wenn man mit einem Kamerateam in eine Wohnung kommt, ja? Um dort eine Sozialreportage zu drehen, über das Elend der Leute und so weiter, dann wird die Kamera immer am selben Ort in der Wohnung aufgestellt. Was glaubst du, welcher Ort das ist?

Natalie dachte nach. Eine Allerweltswohnung tauchte vor ihr auf. Zimmer, Möbel, Menschen, Futterschalen für Tiere. Helle Fenster.

– In der Küche?

– Gut geraten, sagte Herr Hollberg ruhig. Nein, da stellt man sie nicht auf. Aber klar, dein Gedanke ist schon richtig, in der Küche versammelt man sich, es ist ein Ort der Zusammenkunft, zumindest im Idealfall, ja.

Er schnippte ein paar Mal an seinem Feuerzeug.

– Nein, sagte er dann, man stellt die Kamera immer, in jedem Fall, dort auf, wo normalerweise der Fernseher der Familie steht. Also direkt daneben. Und das Bild der Kamera wird live auf den Bildschirm übertragen, sodass die auf dem Sofa sitzende Familie sich selbst im hauseigenen Fernseher sieht. Auf diese Weise sind alle viel folgsamer, hat mir mein Freund erklärt. Richtig zahm, lenkbar. Sie sehen sich selbst auf dem Bildschirm und wissen, dass im Fernsehen immer dramatische Dinge passieren. Also liefern sie diese dramatischen Dinge automatisch. Außerdem hält man sie so davon ab, direkt in die Kamera zu schauen. Sie sehen immer schräg an ihr vorbei, aber nicht, weil dort der Interviewer steht, sondern weil sie sich im Fernseher sehen, verkleinert und verwandelt, vielleicht auch spiegelverkehrt, was ja auch total hypnotisierend sein kann. Also fremd und vertraut. Und so kann man praktisch alles von ihnen verlangen und sie zu jeder Form von Geständnis bewegen.
– Wow, sagte Natalie.

Es sollte ein klein wenig ironisch klingen, aber der Ton war ihr nicht ganz gelungen. Es war ein so kurzes, *spindelgelbes* Wort und generell schwer zu bedienen.
– Sie nehmen einem die ganze Arbeit ab, weil sie selbst im Fernsehen sind. So läuft da die Feedbackschleife.
– Das ist echt interessant, sagte Natalie.

Eine Krähe stand nun auf der Spitze des Verkehrsschildes. Ihr Kopf drehte sich hin und her. Aber ihre Füße fanden keinen rechten Halt, also flog sie weiter.

Eine Seifenblase tauchte neben ihnen auf. Natalie blickte sich um, aber da war niemand, der als Erzeuger in Frage kam. In einiger Entfernung, auf einer anderen Wiese weiter hinten, sah sie einige Kinder. Sie wirkten wie eine Botschaft aus einer anderen Jahreszeit. Aus der Zukunft. Hatte die Blase so lange überlebt, über eine so weite Strecke? Natalie suchte die Seifenblase, aber sie war nicht mehr da.
– Wir hatten enorme Startschwierigkeiten, sagte Herr Hollberg. Aber die sollten wir jetzt …

Er warf eine Handvoll Luft über seine Schulter nach hinten.

– Ja, sagte Natalie. Vielleicht wäre das das Beste.

Höflich bleiben. Unbestimmt. Bis der richtige Augenblick kommt. Die von sich selbst ferngesteuerte Fernsehfamilie geisterte ihr durch den Kopf. Aber das war nur die Aufwärmrunde gewesen.

– Was sollen eigentlich immer diese komischen Geschichten?, fragte sie.

– Okay, sagte Hollberg und nickte. Ja.

Er schwieg eine Weile. Dann sagte er:

– Das kommt von den Briefen. Ich geb ihm nur zurück, was er mir. Ich meine, man sieht es ihm heute nicht mehr an. Er kann nicht mehr. Sein Kopf ist nicht mehr der von früher. Er hat wirklich enorm abgebaut. Es wäre erschreckend, wenn es nicht so … Hm.

Und er erzählte ihr die Geschichte seiner Geschichten. Es begann, wie gesagt, mit den Briefen. Das spezielle Eustrich-Briefpapier und die Kuverts, alles längst bekannt, muss ich nicht erklären, sehr gut, also: Zuerst waren sie an ihn adressiert gewesen. Dorm schrieb darin, wie sehr er sich über die Zuwendung gefreut habe, über die freundliche Art, die Hollberg gezeigt habe. Er sei ein so hübscher, liebevoller Mensch, das gebe ihm ein Gefühl von Minderwertigkeit, aber wenn sie sich nur einmal sehen könnten, dann würde dieses Gefühl bestimmt verschwinden. Er sei sich natürlich bewusst, wie absurd das alles klinge, aber er habe einen Wunsch: Er würde ihn, Christopher Hollberg, gerne etwas glücklicher sehen. Ja, er habe da eine innere Traurigkeit wahrgenommen, eine unterirdische Strömung, und die müsse wirklich nicht sein, im Gegenteil.

Und dann kamen die Bilder. Sie blieben im Gedächtnis.

Natalie wurde hellhörig.

Eines war ihm, Hollberg, besonders klar in Erinnerung. Aus dem allerersten Brief, in dem es noch hauptsächlich darum ging, sich zu bedanken für die Aufmerksamkeit und Hilfestellung. Dorm schrieb nicht einfach: Sie sind ein hübscher Mann, Herr Hollberg. Sondern er schrieb Folgendes.

Hollberg stellte einen Zeigefinger auf.

Sie haben eine einnehmende Aura und sind von einem hässlichen Menschen so weit entfernt, wie man es nur sein kann. Von hässlichen Menschen bekomme ich nämlich immer Schluckauf. Und bei Ihnen war meine Kehle so entspannt wie noch nie.

Natalie musste lachen. Es klang so überhaupt nicht nach Dorm. Nie und nimmer.

Hollberg blieb ernst und schaute sie von der Seite an.

– Das hat er nicht wirklich geschrieben, oder?

– Doch. Aber achte mal darauf. Du wirst dieses alberne Bild nicht vergessen.

Da baumelte also der Köder. Natalie wandte sich innerlich von ihm ab. Trat zurück. Deckung hoch.

– Zu mir hat er einmal gesagt, ich sehe aus wie Moe, der Barkeeper bei den *Simpsons*, sagte sie. Und dass meine Brüste verschieden groß sind. Und dass ich zu hässlich bin.

Herr Hollberg lachte auch darüber nicht.

– Meine Figur, erläuterte Natalie. Die bringt ihn manchmal etwas durcheinander.

Pause.

– Ist aber alles freundschaftlich gemeint, fügte sie hinzu. Glaub ich.

– Jaja, sagte Hollberg nachdenklich. Die Figur. Das war schon ein cleverer Zug von der Astrid, natürlich.

– Clever, ja. Und das geht jetzt immer so weiter? Jede Woche. Besuche. Und du bringst ihn nicht um, sondern … was, quatschst ihn einfach voll?

– Ich verbringe Zeit mit ihm.

– Aber warum?

– Nun, sagte Hollberg.

– Ich glaube, er mag mich, sagte Natalie. Er hat mich schon einmal gebeten, deinen Besuch abzusagen, weil er lieber allein sein wollte.

Die letzte Behauptung war riskant. Aber sie erinnerte sich an das Nägelschneiden in Dorms Wohneinheit.

Herr Hollberg blieb stehen.

– Natalie, sagte er. Fräulein Reinegger. Ich verstehe, wo du stehst in der ganzen Sache. Tu ich wirklich. Und ich muss dir sagen: Es ist mir egal. Ja, wirklich. Das Arrangement ist einmalig. Ich bin kein schlechter Mensch. Es wird weiterbestehen. Alle sind glücklich, lauter Gewinner. Du hast keine Ahnung, wie lange es gedauert hat.

Natalie überlegte, ob sie auf dieser Ebene bleiben sollte. Ja, einen Satz noch, dann würde er vermutlich wieder irgendetwas Irres erzählen. Sie sagte:

– Er ist behindert.

– Oh, sagte Hollberg. Guter Einwand. Aber das war er immer. Ich hab ihn nie anders kennengelernt.

Widerspruch. Früher war er doch angeblich so vollkommen anders gewesen. Die Briefe, die Formulierungen.

– Ich meine, in seiner Entwicklung, sagte sie.

– Nein, sagte Hollberg finster. Da irrst du dich. Er ist so entwickelt wie ich.

Philosophie des Abendlandes. Von dem weißhaarigen alten Männlein mit dem Nobelpreis.

– Das heißt, er spielt das alles nur?

– Nein, sagte Hollberg. Er spielt gar nichts. Er ist vollkommen aufrichtig. So aufrichtig wie ein frischgelegtes Ei.

– Ich finde, sagte sie. Du solltest nicht mehr kommen. Mir scheint, er will das auch nicht mehr. Ist nur meine Einschätzung als Betreuerin.

Der Ton war ihr perfekt gelungen. Unbedarft, als hätte sie überhaupt keine Ahnung von der Außergewöhnlichkeit der Situation. Weit hinten in ihrem Gedächtnis hörte sie wieder den Gänsehautchor singen.

Herr Hollberg schüttelte den Kopf und trat einen Schritt zurück. Er schaute auf die Uhr und machte ein Gesicht, als bedaure er, nicht woanders zu sein. Friedhof. Nur zu, dachte Natalie. Denk den Gedanken. Halt ihn fest. Dann gehst du beim nächsten Mal sicher hin. Und ich film dich dabei, du scheiß Stalker-Stalker.

– Ich werde ihn immer besuchen, sagte er. Es gibt da kein Ende.

– Wie gesagt, ich finde, es ist keine gute Idee.

Er tat ironisch beeindruckt.

– Oh, wow, okay. Und wie willst du das anstellen? Dass ich nicht mehr komme, meine ich.

– Ich muss dazu gar nichts tun. Aber dein Schmerz, ist das das richtige Wort?

Jetzt bekam er diesen Clint-Eastwood-Blick. Interessant.

– Ich denke, ja, sagte er.

– Dein Schmerz ist nicht ewig dehnbar, sagte sie.

Seine wundgeriebenen Lider wurden unsichtbar, als sich seine Augen ein wenig weiteten. Luminous.

– Okay, sagte er. Aus welchem Selbsthilfebuch ist das? Ich hab sie alle zuhause.

Das Vorgefühl war das Schönste. Nun folgte gleich die Geschichte, die sie sich vorbereitet hatte, für diesen Augenblick. Er war bereit. Er glaubte sich noch überlegen, aber gleich würde sie das mit den Kruse-Puppen erzählen. Es passte nicht zum Thema. Aber es gab ja auch keines. Es ging nur um diesen seltsamen, sinnlosen Schlagabtausch, dieses Pingpong von Bildern im luftleeren Raum, eine reine Übung im Abstrakten, weil der Rest unerträglich war, unerträglich dicht und unerträglich grausam, Dorms aufrichtige Freude im Rollstuhl, die Liebe, die zärtlichen Gesten, die Besuche, das Grab danach. Was für eine Welt.

– Es gibt da eine Geschichte, sagte Natalie. Die handelt im Grunde genau davon. Von der Dehnbarkeit von Schmerz. Ist mir zuerst gar nicht aufgefallen, aber je öfter man sie durchspielt, innerlich, desto … Na ja, also, sie geht so: Im Zweiten Weltkrieg hat eine Puppenfabrik plötzlich Puppen hergestellt, die alle furchtbar traurige Gesichter hatten. Also einen richtig verzerrten Ausdruck. Und –

– Ja, die Kruse-Puppen. Kenn ich. Und?

Als wäre sie mit dem Fahrrad gegen eine plötzlich aufgerissene Autotür geknallt.

– Ah.

Er kannte sie. Er kannte sie! Marcel, ich bring dich um. Du hast mir eine *berühmte* Geschichte anvertraut!

– Dumme urban legend, sagte Hollberg. Totaler Kitsch. Muss man nicht unbedingt glauben.

– Ich war mal in einer Sekte, sagte Natalie.

Herr Hollberg reagierte verwirrt. Er hatte wahrscheinlich erwartet, dass sie trotz seiner Bemerkung die Puppengeschichte weitererzählen würde. Aber nun das hier. Sekte. Aha.

– Es war eigentlich wunderschön da, sagte sie. Ich vermisse es manchmal sehr. Ich meine, die waren teilweise schon ziemlich extrem und …

– Ja, darum nennt man es auch Sekte. Bist du die einzige Überlebende oder was? Bist du deshalb so von dir überzeugt?

Natalie musste lachen.

– Nein, sagte sie. Die gibt es alle noch. Uns. Denke ich. In der Sekte, da hatten wir einen Raum. Der war komplett leer. Bis auf eine einzelne Münze, am Boden.

Sie machte eine kleine Pause. Hollberg sah unbeeindruckt aus.

– Okay, sagte er.

– Wenn man etwas falsch gemacht hatte, musste man immer in die Kammer gehen. Zu der Münze. Sonst war kein Geld erlaubt im Haus. Also war es immer dieselbe Münze. Und man musste vor ihr sitzen und darüber nachdenken, was man gemacht hat und was diese Münze hier für eine Bedeutung hat. Denn kaufen kann man mit ihr nichts mehr. Sie ist eigentlich wie eine … tote Münze. Sie war früher mal was wert. Aber hier, in dem leeren Raum, hat sie nichts mehr zu sagen. Trotzdem geht man zu ihr. Und sitzt ein wenig vor ihr, leistet ihr Gesellschaft. Manchmal war das wie ein Besuch an einem Grab. Mir sind jedes Mal die Tränen gekommen, ich meine, so richtig, in echt. Weißt du, was ich meine?

Er schaute sie unsicher an.

– Nein, sagte er. Nicht ganz.

– Du hast keinen solchen Raum. Auch keine Münze. Es gibt

nichts, was keine Bedeutung hätte. Kein Nonsense. Es ist alles, äh … Alles erinnert dich.

Sie verlor ein wenig den Faden, rutschte aus der Kurve des Gedankens.

– Du solltest jedenfalls nicht mehr herkommen, sagte sie. Das ist alles, was ich sagen kann. Ich hab mich ehrlich bemüht. Aber er ist mein Klient.

– Natalie, sagte Hollberg. Du bist erst ein halbes Jahr in dem Betrieb. Ich bin schon vier Jahre –

– Du bist nicht Teil des Wohnheims.

– Oh doch. Mehr als du.

Sie fasste ihn an den Armen.

– Komm nicht mehr, Chris, ja? Geh woanders hin. Besuch jemand anderen, wenn es sein muss. Es gibt Leute, die das können.

– Was, Besuche empfangen?

– Es gibt Hilfe für dich.

Er schaute sie an. Dann lachte er. Er zeigte auf sie und lachte.

– Ein Jammer, japste er, dass es schon dunkel wird. Dein Gesicht! Wie ein Engel! Ich schwör dir, wie eine Engelsstatue. Diese süße Schnute. Unglaublich. Du bist wirklich einmalig, haha. Was hat die liebe Frau Koller-Verdyl da für ein Kunstwerk an Land gezogen!

Damit ließ er sie stehen und ging, immer noch lachend und kopfschüttelnd, davon. Er trat nach einer Krähe, die in seiner Nähe hockte, aber verfehlte sie. Die Krähe hopste ein wenig zur Seite und blickte ihm nach, merkte es sich, verzeichnete dieses Verhalten in dem kollektiven Gedächtnis ihrer Brüder und Schwestern.

Krümel

Natalie träumte von einem Mückenschwarm, der jahrelang im Lampion in ihrem Zimmer gefangen gewesen war, dann von ihr auf einem Feld freigelassen wurde und dort, zu ihrem großen Entsetzen, als Insektenwolke immer noch die alte Kugelform beibehielt. Sie versuchte, die Mücken zu verwirbeln, aber es half nichts, die Gewöhnung war zu stark.

Markus erschien neben ihr, gekleidet in den Rahmen eines Klavierflügels.

– Können wir aufhören, uns immer *Gesundheit* zu sagen, wenn einer niest?, sagte Natalie.

– Ist nur ein Reflex.

– Ich kann es nicht mehr hören. Manchmal unterdrücke ich ein Niesen, nur damit ich nicht das automatische *Gesundheit*! höre. Und dann laufe ich den ganzen Tag total unerlöst herum.

– Okay, okay.

– Du machst es ja doch wieder. Beim nächsten Mal. Wetten? Du bringst die Zeit durcheinander! Was vorher und was nachher war.

– Sollen wir vielleicht auch wieder zum Sie zurückkehren?

– Ach, lass mich doch in Ruhe!

Er schrumpfte und verlor sich im Muster des Teppichs. Natalie versuchte, ihn aus der Lava zu befreien, aber es ging nicht, außerdem schmolz er so schön, fast wie Schnee, es war die perfekte Lösung für all ihre Probleme. Raum und Zeit, dachte sie.

Natalie kaute auf der mit Zahnpasta bestrichenen Zahnbürste herum, freihändig, so hatten sie es damals in der Sekte immer gemacht. In der Hand hielt sie die Fernbedienung des Formel-1-Autos und lief damit in der Wohnung herum. Sie hatte sie mit neuen Batterien gefüttert, und die Diode war so hell wie nie. Sie spielte an den Knöpfen herum und stellte sich vor, was unter ihr geschah. Reichweite, dachte sie. Später nahm sie sie mit hinunter in den Garten. Sie ging an der Parterrewohnung vorbei, hörte in ihrem iPhone *People Have The Power* von Patti Smith in Revolutionslautstärke, stieg über viel kleines Spielzeug, allerdings lauter unbekannte Stücke, und stellte sich schließlich neben die Tür, mutig und ertappbar, und bewegte die Hebel. Natürlich regte sich nichts. Aber was, fragte sie sich, was wäre, wenn sie das kleine Auto tatsächlich hinter der Tür hörte? Wie es auf sein Muttersignal reagierte und ansprang, ja, das kenne ich, ich muss zu ihm, lasst mich raus. Wie ein Katze, die an der Wohnungstür kratzt und miaut. Dann hätte sie Mitleid mit dem Auto und würde vielleicht sogar anläuten müssen. Sie ging in den Garten, zum Fahrrad. Im frischen Schnee sah man Pfotenspuren. Kleine, blumenförmig gedruckte Beweise, dass hier ein Tier gewesen war. Mit der einen erhobenen, kurz ausgeschüttelten Pfote, die, während die anderen nass und kalt wurden, trocknen und sich wärmen durfte. Sie hatte drei Tage nichts mehr von Herrn Hollberg gehört. Die Temperatur betrug, nach einem plötzlichen Kälteeinbruch, drei Grad unter null.

Im Wohnheim fielen gleich alle, noch bevor Natalie ihre Haube ausgezogen hatte, mit der Neuigkeit über sie her. *Alle* – das bedeutete Ursula. Ein Anruf, heute Morgen um 7:30 Uhr. Herr Hollberg habe seinen Besuch abgesagt. Es sei ihm etwas Wichtiges dazwischengekommen. Das sei noch nie vorgekommen. Ursula war ganz durcheinander. Natalie war beeindruckt. Sie versuchte, das Grinsen zu unterdrücken. Ganz gelang es nicht.
– Wirklich überraschend, sagte sie.
– Der Dorm hat kurz getobt, sagte Ursula. Ich habe versucht, mit ihm seinen Ruhepunkt zu finden. Aber dann war er plötzlich von allein friedlich.

Sie machte eine Vergeblichkeitsgeste.
– Was kaputt?
– Nein, nur ein paar Zettel. Die hat er zerfetzt. Und ein Blumentopf.
– Hm, sagte Natalie. Arme Blumen.
– Er war leer, sagte Ursula.

Natalie hatte das Bedürfnis, sie zu kraulen. Sie stand so brav vor ihr und berichtete ihr alles, was geschehen war, und hatte doch keine Ahnung, das gute Ding. *Meldsam*. So könnte man das nennen. Sie stand unendlich brav und meldsam vor ihr.

– Hast du fein gemacht, sagte Natalie. Ich meine, dass du ihn beruhigt hast.

– Er hat versucht, mich zu beißen.

Natalie wandte sich ab, damit Ursula nicht sah, dass auch diese Mitteilung sie glücklich machte.

– Und er hat versucht, dich zu erreichen. Er hat sogar bei Mike vorbeigeschaut.

Natalie fuhr herum:

– Bei Mike? Warum?

– Weiß ich nicht. Er war in seiner Einheit. Hat ihn wohl fragen wollen, wegen deiner Telefonnummer. Hat er die gar nicht?

– Doch, sagte Natalie. Ich glaube schon.

– Weil, alle Klienten …

– Jaja, ich weiß.

Als Erstes ging Natalie zu Mike. Sie klopfte an, wartete und steckte ihren Kopf in den Türspalt. Aber niemand war da. Auch nicht im Schlafzimmer oder im Bad. Sie rief nach ihm. Er war nicht in seiner Einheit. Also ging sie zurück zu Ursula und fragte sie, ob sie wisse, wo Mike jetzt sei.

– Nein, sorry, sagte sie. Es ging alles drunter und drüber heute, seit ich aufgewacht bin. Der Matthias hatte Durchfall, und natürlich alles voll, und wenn er dann auch noch so begeistert klatscht –

Natalie ließ sie stehen und eilte weiter. Normalerweise war es nicht besorgniserregend, wenn Mike nicht im Zimmer war, aber Dorm war bei ihm gewesen, wütend und verzweifelt, vielleicht wollte er sich an ihr, die er zweifellos für das Ausbleiben von Hollbergs Besuch verantwortlich machte, rächen, indem er, mein Gott, er würde ihm doch nichts antun, dann käme er irgendwo in die geschlossene Abteilung, in ein finsteres, auf *solche Fälle* grausam spezialisiertes Institut auf dem Land, und er sieht seinen Geliebten nie mehr, nein, er würde nie.

Natalie fand ihn nicht. Vielleicht war er rausgegangen? Aber Mike machte praktisch nie Spaziergänge. Vor allem nicht, wenn es kalt war. Sie ging noch einmal in seinen Wohnbereich, um nachzuschauen, ob sein Mantel fehlte. Nein, alles da. Seine Schuhe standen neben der Tür.

Sie lief hinunter ins Erdgeschoss, schaute dort im Empfangsraum für Besucher nach. Auch nichts. Also trat sie hinaus ins Freie. Es schneite wieder. Sie ging einmal ums Gebäude. Nichts. Durchgefroren kehrte sie ins Haus zurück. Sie suchte Ursula, aber die war auch nirgends zu sehen, wahrscheinlich war sie … in einer anderen Wohneinheit. War es möglich, dass Mike bei jemandem zu Besuch war? Nein, er gab sich normalerweise überhaupt nicht mit den anderen Bewohnern ab. Das war ein regelmäßig wiederkehrender Punkt bei den Teamsitzungen. Die ständige Frage, wie man ihn ein bisschen besser integrieren könnte. Sie klopfte bei Horst an, bei Herrn Zunegg. Dann fiel ihr Blick auf Coris Tür. Nein. Niemals. Warum sollte er ausgerechnet. Sie versuchte es trotzdem.

– Herein?, hörte sie die Stimme der kleinen Frau.

Sie machte die Tür auf. Oh mein Gott. Cori sah begeistert aus. Sie stand in ihrem altmodischen, vorhangstoffähnlichen Kleid in einer Ecke und staunte über das Wunder, das auf ihren Fensterscheiben entstand. Mike, der noch seinen Pyjama trug, arbeitete konzentriert. Er hatte Natalie gar nicht bemerkt.

Ihr erster Gedanke war, Ursula zu holen. Sie brauchte einen Zeugen. Aber dann schlüpfte sie in das Zimmer und machte die Tür hinter sich zu. Mike drehte sich zu ihr um. Grüßte sie kurz. Ausdrucksloses Gesicht. Das war bei ihm ein gutes Zeichen. Cori allerdings schien ein wenig beunruhigt. Sie wusste nicht, wie sie das Eindringen der Betreuerin deuten sollte.

– Ja, was passiert denn hier?, fragte Natalie vorsichtig.

Cori schrumpfte ein wenig in sich zusammen und machte Schritte rückwärts.

– Sie hat mich gefragt, sagte Mike. Es ist jetzt immer so weiß draußen. Einfach zur Abwechslung.

Hätte er wenigsten die *Window Colors* verwendet, die seit Monaten ungenutzt im Sozialraum herumlagen, dachte Natalie. Aber Filzstift bekam man von Glas auch wieder herunter. Hoffentlich. Eine Vielzahl winziger Häuschen, eins neben dem anderen, bedeckte die Fensterscheibe. Draußen fallende Schneeflocken.

– Okay, sagte Natalie.

Cori war an der Wand angelangt. Weiter zurückweichen konnte sie nicht.

– Hitler, sagte sie leise und schaute Natalie mit einem spitzbübischen Ausdruck an.

– Gut, dann. Sehr schön. Dann werde ich mal.

Sie ging raus. B kam später. Sie würde es ihr einfach so erklären, wie es sich zugetragen hatte. Cori wollte Abwechslung. Ihr Fenster ging auf den Garten hinaus, wo jetzt alles weiß war.

Schmutzig aussehende Gummihandschuhe abstreifend, kam Ursula ihr entgegen.

– Und?, fragte sie. Gefunden?

– Ja, sagte Natalie. Er zeichnet. Bei Cori.

– Ah.

Ursula war so erschöpft, dass sie darauf gar nicht achtete. Sie setzte sich auf einen der Stühle im Speisesaal und lehnte sich zurück. Natalie fiel eine frische Spur auf ihrem Oberarm auf. Ursula, deren Sinne für diese Art von Musterung besonders sensibel waren, bemerkte den Blick, deutete auf die Stelle und sagte:

– Von Dorm.

– Oh, sagte Natalie. Ich hab gedacht. Tut mir leid, Ursula.

– Nein, nein, ich möchte ja, dass ihr mich darauf aufmerksam macht. Bitte. Immer.

Natalie setzte sich zu ihr.

– Anstrengende Nacht, hm?

– Voll Scheiße, sagte Ursula. Im doppelten Sinn.

– Armer Matthias, sagte Natalie. Und arme du.

– Danke. Jetzt geht es ihm schon besser. Ich hab ihm geschabten Apfel gebracht. Und Cola.

Natalie stieg der vertraute Geruch in die Nase. Die Gummihandschuhe.

– Ich geh dann, sagte Ursula. Ich brech total weg.

Herr Dorm saß an einem Tisch im Sozialraum und verarbeitete eine Zeitung zu Kügelchen. Die meisten seiner Stimmungen, dachte Natalie, äußerten sich über die Behandlung von Papier. Er riss eine Seite aus, zerpflückte diese in kleinere Teile und faltete oder zerknüllte sie so lange, bis sie mehr oder weniger runde Gebilde ergaben. Diese schnippte er dann mit dem Finger in eine Ecke. Als Natalie ihn dabei antraf, saß Marcel daneben und sezierte die tote Dartscheibe. Was machte er heute hier, so früh? Natalie warf ihm einen *Wie-lang-zum-Teufel-geht-das-schon-so?*-Blick zu, aber der Zivi war in die faszinierende Elektronik der Scheibe vertieft, es war nicht auszumachen, ob er tatsächlich etwas davon verstand oder einfach nur gerne Dinge von innen betrachtete.

– Herr Dorm, sagte Natalie. Ich hab es gerade gehört.

– Oh, er kommt nächste Woche, versicherte Dorm.

Am Ton seiner Stimme hörte man, dass er geweint hatte. Ein kleines Kügelchen war wieder fertig geworden, er drückte und knetete es, so fest er konnte, dann hielt er es sich an die Zungenspitze, befeuchtete es – und schnippte es fort. An der Wand klebten einige Treffer, aber die meisten Papierkügelchen lagen auf dem Boden.

Natalie setzte sich neben ihn.

– Hat er mit Ihnen am Telefon gesprochen, Herr Dorm?

– Nein, nein, murmelte der verkrümmt dasitzende Mann. Hat … er … natürlich nicht.

– Ach so, aha.

– Die Ursula hat das alles –

Er machte eine schnelle Abwicklungsgeste mit seiner rechten Hand.

– Sie hat es Ihnen ausgerichtet.

– Ja. Direkt. Live.

Er schnippte. Aber das Kügelchen blieb an seinem Finger kleben. Er schaute es angewidert an. Schmierte es in den Stoff seiner Hose.

– Das tut mir wirklich sehr leid, Herr Dorm. Sollen wir vielleicht rausgehen? Der Tag ist schön. Es schneit. Und die Zeitung will vielleicht noch jemand anders –

– Ich habe. Keine. Zeit.

Herr Dorm stieß mit beiden Händen gegen den Tisch und rollte ein paar Zentimeter rückwärts. Er schaute Natalie wütend an. Aber es war nicht die übliche herrische, angewiderte Wut. Er war verzweifelt.

– Okay, sagte Natalie. Ich lass Sie dann in Ruhe. Marcel ist ja da, falls Sie was brauchen.

– Wenn man ein Papierstück nur zweiundvierzig Mal faltet, ist das entstehende Stück so lang wie die Entfernung zwischen Erde und Mond, bestätigte der Zivi seine Anwesenheit.

Herr Dorm drehte sich zu ihm um und starrte ihn an. Zweifellos war er ihm bisher gar nicht aufgefallen. Jetzt waren auf einmal zwei Störenfriede im Sozialraum. Er schüttelte den Kopf.

Die Dartscheibe spielte eine aufsteigende Melodie. Selbst Dorm reagierte darauf und schaute hin.

Später war es vor allem diese komische, etwas eiernde Tonfolge, an die sich Natalie erinnerte, wenn sie sich die unangenehmen Folgeszenen ins Gedächtnis rief. Gewiss war es unprofessionell gewesen, wie sie sich verhalten hatte. Sie hätte einfach aus dem Zimmer gehen und den zornigen Dorm eine Weile sich selbst überlassen sollen. Aber etwas brachte sie dazu, ihm eine Frage zu stellen, wie damals bei Mike, als dieser zeichnend im Sozialraum gesessen war. *Manchmal kann man Lebendes malen.* Vielleicht war ja auch hier irgendeine Form der Verbindung möglich.

– Was glauben Sie, warum hat er heute abgesagt? Das ist doch noch nie vorgekommen, oder?

Das Geräusch zerreißenden Zeitungspapiers setzte aus.

Auch das Geschraube und Geklopfe aus der Bastelecke des Zivis war nicht mehr zu hören.

– Er, sagte Dorm und in seinem Blick lag tiefes Selbstmitleid. Er. Ist vielleicht. Krank geworden.

– Ah, ja, natürlich, sagte Natalie. Das wird es sein.

Ein Kügelchen traf sie an der Brust.

Sie versuchte, es mit einem Lächeln abzutun. Aber schon kam ein zweites und dann flog ihr – sie war nicht schnell genug gewesen, um sie abzuwehren – die ganze Zeitung ins Gesicht. Selbst Papier konnte, wenn es mit solcher Verzweiflung geworfen wurde, richtig wehtun.

– Scher dich raus!, schrie Herr Dorm. Verdammtes Zwitterding! Was soll das überhaupt darstellen! Und so was soll man vertrauen.

Er rollte auf sie zu, zischte und schlug nach ihr. Sie wich seinen fuchtelnden Armen aus und versuchte – ein unfairer Trick, aber effektiv – sich *hinter* den Rollstuhl zu stellen und die Schiebegriffe zu erreichen. Aber da kam eine große, fremde, kräftige Hand von hinten wie ein Sicherheitsgurt über Dorms Oberkörper und legte sich auf seinen Bauch. Dort bildete sie eine Kralle und drückte zu. Marcel schaute nicht anders drein als sonst, ein friedliches, langhaariges, bärtiges Gesicht. Er war Natalie zu Hilfe gekommen und hielt den Rasenden mit einer Hand fest. Die plötzliche Reglosigkeit wirkte wie die Reaktion auf einen Zaubertrick. Vielleicht war es Verblüffung, vielleicht auch Schmerz, vielleicht hatte er irgendeinen neuralgischen Punkt aktiviert, jedenfalls war Herr Dorm durch den seltsamen Ein-Hand-Griff auf sein Zwerchfell vollkommen erstarrt. Bloß nicht loslassen, dachte Natalie, bloß nicht loslassen. Und Marcel ließ auch nicht los. Im Gegenteil, seine zweite Hand kam hinzu und legte sich auf Dorms Kopf. So dirigierte er den wehrlos gewordenen, leise wimmernden Mann an Natalie vorbei aus dem Raum und hinaus auf den Gang.

Etwas später kam B, und Marcel ging nach Hause. Natalie begleitete ihn hinaus in den Schnee und bedankte sich. Er sei einfach nur so vorbeigekommen, um das verhexte Ding zu reparieren. Keine Ursache. Habe er gern gemacht.

– Nein, ich meine, wegen vorhin. Das war echt, also. Vielen Dank.

Immer derselbe Ausdruck, bärtig, dreadlockig.

– Er hat sich in die Hose gemacht, sagte er. Aber sonst war er recht gut beieinander. Zusammenhängend, kompromissbereit. Im Grunde voll okay.

– Er steigert sich rein.

– Er hat sich *voll* reingesteigert, sagte Marcel expertenhaft. An deiner Stelle würde ich nicht mehr zu ihm. Er hasst dich heute.

– Ich weiß. Dabei, wenn er wüsste …

Marcel tat so, als wisse er genau, was sie meinte.

– Also, auf jeden Fall: vielen Dank. Das war wirklich toll, wie du da –

– Schon okay. Dann bis Montag!

Marcel ging zu seinem Fahrrad. Natalie war schon öfter aufgefallen, dass er es nie absperrte. Er selbst schien jedes Mal positiv überrascht, dass es noch da war. In der Einfahrt wartete Felix, der andere Zivi, auf ihn. Sie begrüßten einander mit einer Umarmung. Dann hoben beide die Hände und winkten. Natalie winkte überrascht zurück.

Ich kann echt nichts richtig machen. Egal, wie man's macht, am Ende hassen einen alle. Das Arrangement. Ich schütze dich doch vor ihm, du undankbarer Idiot, dachte sie. Ich hab geglaubt, wir würden langsam Freunde. Dorm hatte keine Ahnung, dass es das Beste für ihn war. Aber die Pause würde ohnehin nur vorübergehend sein. Dem Frieden war nicht zu trauen. Am Montag würde er bestimmt wiederkommen. Aber den morgigen Samstag hatte sie ihm abgeluchst. Aber wie? Er hatte sie noch ausgelacht, beim Weggehen. Also auch kein Grabbesuch morgen.

B stand in der Küche.

– Was ist denn mit den beiden Zivis?, fragte Natalie.

– Ach die, ja. Die sind jetzt Freunde.

– Wieso das?

Aus irgendeinem Grund war es witzig, dies in angewidertem Ton zu sagen. B ging sofort auf das Spiel ein:

– Ja, seit letzter Woche, sagte sie. Da sind sie beide zusammen im Fahrstuhl stecken geblieben. Und seither sind sie die dicksten Kumpel.

– Ekelhaft.

– Ja, nicht? Total pervers.

Sie machten sich ans Austeilen der Mittagsteller.

– War bei der Ursi alles gut?, fragte B.

– Ja, alles fein. Matthias hatte in der Nacht Durchfall. Du bist großartig, weißt du das?

B hielt verblüfft inne:

– Ich? Wieso.

– Ich weiß nicht, sagte Natalie. Du bist einfach super. Rundum toll. Ich hab richtiges Vertrauen zu dir.

Dein Nachname ist nicht Koller. Du erzählst keine Lügen. Und du bist in mich verliebt, insgeheim. Ich hab von dir geträumt, und es war verwirrend.

– Ja, also, danke! Ich zu dir auch, Nata.

Stummes Verteilen des Bestecks. Als sie einander ausweichen mussten, lächelte B sie an. Natalies Bedürfnis, zu irgendjemandem freundlich und nett zu sein, war ein wenig milder geworden. Nicht mehr so drängend, so verrückt. Der Anblick der gemeinsam im Schnee davongehenden Zivis hatte etwas tief in ihr berührt. Sie hatte verstanden, dass sie ganz allein war. Sie hatte den Kater, aber der kam selten. Mario blieb auch weg, unerreichbar. Förderungen gestrichen. Auf dem Weg zur Arbeit hatte sie dieses merkwürdige Gefühl bekommen, das sich immer einstellt, wenn man begreift, dass man durch den Raum bewegt wird, auf einer großen Kugel. Der ganze Planet war plötzlich da und so ein zellophanig-durchsichtiges Bewusstsein, als wäre man in einer weiten verlassenen Winterlandschaft unterwegs, in der die Sonne die Fähigkeit besitzt, kleine Wanderer unter ihr einfach wegzublinzeln. Ein *Tsp!* und sie sind weg. Es war schmerzhaft, am Leben zu sein, heute Morgen.

Als B an Natalie vorbeiging, streichelte sie ihr über die Schulter.

Natalie brach in Tränen aus.

B merkte es zuerst nicht, dann kam sie schnell näher.

– Oh, sagte sie. Nein, was ist denn? Was –

Natalie fiel ihr um den Hals und hielt sie fest, legte den Kopf auf ihre Schulter, legte ihn anders hin, hielt sie fest.

– Ja, murmelte B sanft, ja, ja. Ist ja gut. War irgendwas in der Nacht?

– M-mh, schüttelte Natalie den Kopf und wuschelte dadurch B ihre Haare ins Gesicht.

– Was dann?, fragte B.

Ihre Stimme war genau richtig jetzt, so wunderbar und fein, ein in freier Natur gewachsenes Musikinstrument. Delfinig. Samtig. Tiergrün.

– Es ist einfach alles ein bisschen viel, schluchzte Natalie. Ein bisschen viel gewesen für mich. In der letzten Zeit. Ich hab gedacht, wir werden Freunde, aber jetzt hasst er mich wieder. Egal, wie ich's mache, alle hassen mich am Ende.

Sie löste sich von B.

– Geht schon wieder, sagte sie. Musste nur mal raus.

– Natürlich, sagte B. Aber es hasst dich doch niemand.

Sie hielt Natalie immer noch bei den Armen, als fürchte sie, sie könnte seitlich umkippen.

– Magst du mir sagen, was es ist?, fragte B.

– Danke, sagte Natalie und fühlte, wie sie schon wieder von einer Welle überrollt wurde. Du bist so lieb und verständnisvoll. Es geht schon. Es ist nichts Schlimmes. Es war nur … die Belastung. Und dieses Unheimliche an der ganzen Situation.

– Hat *er* wieder irgendwas …?

– Nein, sagte Natalie und schüttelte verheult-demonstrativ den Kopf. Ihn hab ich auf seinen Platz verwiesen. Aber dann hat er abgesagt für morgen, und der Dorm hasst mich jetzt deswegen und hat mir die Zeitung ins Gesicht. Keine Ahnung.

Sie atmete tief durch, ordnete ihre Stirnfransen.

– Ah, sagte B. Aber ist doch okay, wenn man da zwischendurch mal. Versteh ich.

– Bitte, sag der Astrid nichts, sagte Natalie.

B schien ein wenig überrascht, ja fast besorgt.

– Warum, ich meine, okay, sagte sie. Okay, ja. Natürlich.

– Es hat nichts mit ihr zu tun, beeilte sich Natalie hinzuzufügen (ihre Stimme war schon etwas fester und sicherer). Es ist nur. Wegen Vorgesetzter und so.

– Ach so, ja.

B ließ ihren Arm los.

– Ist aber ganz normal, sagte B. So kleine Meltdowns von Zeit zu Zeit. Vielleicht magst du dich für ein paar Minuten in die Kammer setzen? Ich mach das hier allein fertig.

Natalie lag auf dem schmalen Bett des Nachtdienstkämmerchens und schaute zur Decke. Das Muster im Deckenholz war unregelmäßig, und in Gedanken rückte sie es ständig gerade und ordnete es symmetrisch an. Als Kind war sie nach einem Anfall immer auf ihrer Epilepsie-Decke (die Epi-Decke, nannte sie ihr Vater) gelegen, die ein vorbildlich regelmäßiges Muster aufwies. Zuerst war sie meist eine Zeitlang vollkommen verwirrt und verlangsamt, lag da, und die Welt kam allmählich zurück. In Wellen. Das scherenschnittartige symmetrische Muster der Decke bildete eine Art Leiter für das Gehirn. Nach den Anfällen wurde sie immer sofort auf sie gelegt. Durch das mühelos sich selbst fortschreibende Muster der Decke geleitet, konnte Natalie langsam, Iterationsschritt für Iterationsschritt, in den normalen Datenstrom ihrer Biografie zurückkehren. Name, Geburtsort, Lieblingsfarbe. Sie sah die Härchen des Deckenstoffs aus der Nähe, Kindheit, bodennahes Leben, man verstand so viel von Tisch- und Stuhlbeinen, kannte ihre unterschiedlichen Temperamente und Charaktere. Dann lag sie da und blickte auf die wunderbare Ordnung unter sich und dann – sah sie ihren Bruder. Und über ihm: ein Wunder. Ein Ball, unglaublich in seiner glänzenden, gelben Rundheit, der von den Händen immer wieder hochgeworfen wurde, aber anstatt in den Weltraum davonzufliegen oder an der Zimmerdecke haften zu bleiben, kam er immer wieder zurück, als apportiere ihn ein unsichtbares Wesen. Es war ein Spiel wie mit einem anderen Menschen, nur dass der Spielpartner eben jener unsichtbare Punkt war, an dem der Ball jedes Mal seinen Flug abbremste, anhielt und zurückfiel. Immer wieder warf Karl den Ball hoch, es war das Schönste, was je innerhalb dieser vier Wände geschehen war. Im Grunde war der Spielpartner nicht jenes Gespenst am Ende der Flugbahn, dachte Natalie, sondern natürlich die Erde selbst, dieser riesige Magnet, der Schneeflocken aus Wolken ziehen konnte, massenhaft. Sie wirkte von unten, und der Spieler hatte ihr in seiner Unwissenheit sozusagen den Rücken zugekehrt, denn er schaute immer nur nach oben, bei jedem Wurf, Wurf, Wurf. Mein Gott, diese ungeheure Güte der Erde, das Verständnis, das sie hatte, die Großmut, dass sie trotzdem mit ihm weiterspielte und ihn nicht verstieß, obwohl er sie gar nicht beachtete, rührte Natalie auf ihrer gemusterten Decke. Sie merkte, dass sie ihren Mund schließen konnte. Als ihre Mutter ins Zimmer kam und Natalies Tränen sah, sagte sie nichts, sondern kontrollierte mechanisch, ob Natalies Hose feucht war. Alles trocken. Und als ihre Tochter ein erschöpftes Gurren von sich gab, das anzeigte, dass der Anfall definitiv überstanden war, setzte sich die Mutter neben sie und nannte langsam und ausführlich die Zutaten des Mittagsgerichts, das sie heute zubereiten würde. Die Mutter verwendete zum Aufzählen der einzelnen Punkte die Finger ihrer Tochter. Einer nach dem anderen wurden sie aus der schützenden Faust herausgeklaubt und dabei ein wenig massiert. Währenddessen flog der Ball auf und ab, und das Zimmer wurde auf einmal trostlos und weit und ohne Ausweg. Als sie wieder sprechen konnte, entschuldigte sich Natalie hundertmal bei ihrer Mutter, die das schon kannte und ihr nur leise versicherte, sie habe nichts falsch gemacht.

Irgendwann kam B zu ihr ins Kämmerchen und fragte, ob es ihr schon bessergehe. Natalie setzte sich auf. Etwas fiel auf den Boden.

– Ja, sagte sie. Danke.

B bückte sich und tastete herum. Ihr war ein Stück Semmel aus der Hand gefallen.

– Au, au, au, machte B leise. Nicht gut für meine Verspannungen.

– Der Raum ist zu klein, sagte Natalie. Warte, lass mich raus, dann geht's.

– Ich dickes Raumschiff, sagte B frustriert. Ich komm nicht mal an das Stück Essen, das mir hinuntergefallen ist. Das ist entwürdigend. Au.

Sie fasste sich in den Nacken.

Natalie schlüpfte an ihr vorbei, berührte sie kurz im Vorbeigehen.

– Ich hab alles probiert, sagte B. Akupressur, Shiatsu. Und dieses dumme Zeug mit dem heißen Schlamm. Und sogar Schreien. Hilft. Alles. Nix.

Sie gab auf und richtete sich auf, keuchend.

Es sei ganz leicht, erklärte Natalie, man setze sich die Maus einfach auf die schmerzende Stelle. B zeigte auf ihren Nacken, dann auf ihr Handgelenk.

– Arthrose, sagte sie. Da und da. Die Stellen altern schneller als ich. Haben mich längst abgehängt.

– Das Handgelenk wird schwierig, sagte Natalie. Aber der Nacken ist ganz leicht.

– Okay. Also wie funktioniert es?

– Zeig ich dir.

Als Natalie das sagte, trat B etwas näher an sie heran. Sie bemerkte, dass B heute ein betörendes Parfum trug. Und, trotz der Kälte, ein ärmelloses Oberteil, sodass diese runden Formen entstanden, die so interessant aussahen. Natalie atmete ein, wischte sich eine Strähne aus dem Gesicht und präsentierte B ihre leere Handfläche.

B schaute sich die Hand an.

– Und?, fragte sie.

– Oh, sie schläft, sagte Natalie.

Sie stupste die Maus an und tat so, als würde die Maus gleich nach dem Aufwachen davonwuseln wollen, ihren Ärmel hoch – sie hielt sie auf, umklammerte sie vorsichtig und setzte sie zurück auf ihre Handfläche.

– Das ist eine Maus.

– Wirklich?, fragte B.

– Okay, nicht wirklich, sagte Natalie (es tat weh, das Spiel unterbrechen zu müssen, aber B ging noch nicht mit). Sie ist nur imaginiert. Aber, hier der Trick, du setzt sie auf die Stelle, die wehtut.

Sie berührte wie aus Versehen Bs Schulter mit den Fingerspitzen, als sie die Maus in ihren Nacken setzte. Als würden vier Pfoten Halt auf ihrer Haut finden. B machte ein eigenartiges Gesicht.

– Okay, sagte sie. Und jetzt?

– Jetzt sitzt sie da. Die Technik sieht so aus, dass du, also du musst einfach immer an sie denken. Dann gehen die Schmerzen allmählich weg. Ist so eine Psycho-Sache. Suggestion und Aufmerksamkeit.

B stand etwas schief. Als wäre es eine kiloschwere Maus.

– Die Maus hat so wenig Gewicht, sagte sie schnell, dass man sie sehr leicht vergisst. Wie man eben auch seine Gelenke leicht vergisst. Die sind immer da und arbeiten ganz selbstverständlich. Aber eigentlich sollten wir ihnen dankbar sein, wie eben auch der Maus. Weil sie auf uns aufpasst.

Schon während sie sprach, merkte sie, dass die Sätze exakt richtig waren. Sie trafen B genau da, wo sie empfänglich war. Natalie merkte, dass die seitlich ausrasierten Teile ihres Haars schon wieder etwas nachgewachsen waren. Sie hätte gerne mit den Fingern darüber gestrichen.

– Aha, sagte B und stellte sich einigermaßen gerade hin. Und die Maus bleibt da jetzt im Nacken, den ganzen Tag?

– Na ja, sagte Natalie. Sie fällt natürlich runter, wenn du nicht aufpasst. Darum geht es. Ums Aufpassen.

– Nimm sie noch einmal kurz runter, bitte, sagte B.

Natalie musste grinsen. Sie hob die unsichtbare Maus von Bs Nacken.

– Ich streck mich noch einmal durch, sagte B. Bevor es losgeht. Weil, das kann ich dann ja nicht.

– Doch, du kannst alles. Du musst es nur bewusst machen.

– Oh. Okay.

B schien tatsächlich beeindruckt von dem Konzept. Natalie setzte ihr die Maus zurück in den Nacken. B machte einige vorsichtige Dehnübungen. Dabei zeigte sie ihre Achsel, und Natalie starrte hin. Eine derart haarlose Achselhöhle hatte sie noch nie gesehen. Sie war wunderschön. Hell und glatt wie die noch unberührte Oberfläche einer Salbe, nachdem man die Dose zum ersten Mal aufgeschraubt hat. Ein komischer Gedanke huschte vorüber. Das Gesicht da hineinpressen und …

– Danke, sagte B. Das ist eine interessante Idee.

Sie kam näher und gab Natalie einen Kuss auf die Wange. Genauer: an den Rand der Wange, am Übergang zum Hals. Natalie hatte deutlich gehört – schließlich fand der ganze Vorgang dicht neben ihrem Ohr statt –, wie B. dabei die Luft durch die Nase einsog. Natalie blieb verwirrt und watteweich stehen. *In einer solchen Situation*, dachte sie. Wenn da der Leopard nicht endlich seine Streifen kriegt, wann dann.

– Ah, jetzt ist mir vorhin ganz schwindlig geworden vom Vornüberbücken. Das Blut geht einem sofort in den Kopf. Die Katje will zuhause immer diese dumme Vorrichtung bauen, an der man kopfüber von der Decke hängen kann.

Natalie wusste nicht, was der passende Gesichtsausdruck zu dieser Aussage war.

– Da stirbt man aber irgendwann, oder?, fragte sie.

– Ja, wegen dem Blut. Aber das dauert. Menschen sind fragil.

– Weil sie nicht kopfüber von der Decke hängen können, ohne zu sterben?

– Ja. Und außerdem: Welchem anderen Tier kann man ein Bein stellen und ihm damit ein großes Unrecht antun?

– Der komischen Eidechse, die auf zwei Beinen übers Wasser läuft?

– Aber ich wette, die kann man kopfüber aufhängen und sie ringelt sich nur und versucht, sich zu befreien, stirbt aber nicht am Blut im Kopf.

Natalie lachte.

– Und ich kann mich mit der Maus ohne weiteres bücken?, fragte B.

Sie versuchte es.

– Die Maus wandert immer mit. Wenn du's langsam tust.

– Das ist echt eine interessante Idee, sagte B. Ich glaube, damit könntest du Millionen verdienen.

– Finde ich auch.

Sollte sie B von ihrem Traum erzählen? Aber wie begann man einen solchen Bericht?

– Also langsam, sagte B.

Sie bückte sich und tastete unter dem Bett nach dem Semmelstück. Aber dann hielt sie inne und machte große Augen.

– Ah, machte sie.

– Hexenschuss?, fragte Natalie.

– Nein, sagte B leise. Ich hab da … Hab ich dich!

Und sie präsentierte ihr Fundstück. Ein schwarzer, verstaubter Gegenstand. Ein iPhone.

– Und ich hab schon gedacht, es wär verloren! Da war es also.

Sie befreite das Telefon von Staubflusen, blies darauf und drehte es um. Ja, da klebte ein kleiner Sticker, sie erkannte es wieder. Aber wie ist das möglich?, dachte Natalie. Bs Telefon lag doch bei ihr zuhause, sie hatte sich nie getraut, es zurückzugeben – und sonst vermisste keine der Betreuerinnen ihr iPhone, auch keiner der Bewohner.

– Und ich Dussel hab mir schon ein neues gekauft, lachte B.

Natalie fiel ein Stein aufs Herz.

Dictionary

Am Sonntagabend rief Herr Hollberg im Wohnheim an und kündigte seinen Besuch für nächste Woche an. Dorm jubelte. Natalie fühlte nichts. Macht ihr nur, dachte sie, ich bin sowieso krank. Danach erwarte ich ihn am Friedhof. Sie ging am Vorabend des Besuchstags ins Souterrain, um mit Frank und den anderen zu feiern. Es gab sogar irgendeinen offiziellen Grund dafür, ein Geburtstag oder so, wen interessiert's. Sie wollte sich selbst wegwischen, damit sie morgen glaubhaft krank sein konnte. Method Acting. Auch damit die Stimme kratzig klingt und rauchig und zahnrädrig … wie ein Wolf, ein Wölfnis … jawohl, ein zahnrädriges Wölfnis ruft morgen in der Arbeit an und krötet ihnen was vor. Natalie stand genau vor Augen, wie so ein Wölfnis aussah, auch wenn ihr das Wort gerade eben erst eingefallen war. Richtig unheimlich. Hoffentlich träum ich nicht davon. Draußen herrschte strenge Schneeluft. Aber im Souterrain war es heiß, die von Frank reparierte Heizung ließ sich nicht mehr regulieren, sondern heizte nur mehr auf vollen Touren, als ginge es darum, eine Lokomotive anzutreiben.

Als sie sich begrüßten, streichelte Frank über ihre nackten Arme. Er war ein klein wenig high, aber seine Freude, sie zu sehen, war aufrichtig.

– Entweder du streichelst mich sofort in die Gegenrichtung, sagte Natalie, oder ich muss eine Dusche nehmen.

Sie sagte es ganz ruhig. Nur ihre linke Hand schwebte in die Höhe und formte sich zu einer Kralle. Frank streichelte abwärts.

– Du hast so süße Härchen da, sagte er. So Flaum.

– Selber Flaum.

Sie wehrte ihn ab und schüttelte sich.

– Was denn?

– Du hast kein Gefühl für Symmetrie. Und ich mag heute nicht berührt werden. Ich bin morgen krank.

– Ach so, sagte Frank. Willst du mitspielen?
– Was spielt ihr?
– Dictionary, sagte Frank.

Natalie kannte das Spiel nicht. Aber sie mochte es, in eine bestimmte Richtung gezogen zu werden.

Lothar winkte, als er sie kommen sah.
– Yo, sagte er.
– Hallo, sagte Natalie in die Runde.
– Das Spiel geht erst ab vier, sagte Frank.
– Du bist fünfundzwanzig, sagte Lothar.

Auf seinem Schoß lag ein dickes Buch.
– Jelena kennst du, oder?

Natalie schüttelte den Kopf, aber beugte sich gleich höflich zu dem Mädchen hinunter, das neben Lothar saß, und gab ihr die Hand. Sie war eiskalt. Seine neue Freundin. Tina war wohl endlich vernünftig geworden.
– Okay dann, sagte Frank. Alles perfekt.

Natalie setzte sich zu ihnen auf den Boden, auf eines dieser komischen, sich ständig wie halb mit Wasser gefüllte Ballone verformenden Kissen, denen man es nie recht machen konnte, aber Natalie fand eine einigermaßen erträgliche Sitzposition.

Franks Kniegelenke knackten laut, als er sich hinhockte.
– Es ist total easy, sagte er. Du suchst ein Wort aus dem Fremdwörterbuch aus und liest es laut vor. Dann schreiben wir alle eine mögliche Definition auf und geben dir die Kärtchen, und du liest alle vier Definitionen vor, und wir müssen raten, welche die richtige ist.
– Der Sinn ist, sagte Lothar, dass man eine möglichst überzeugend klingende Definition findet, damit die anderen glauben, es wär die richtige. Während man selber auf die andere, äh, nächstplausiblere ... Hä? Ich entdeck immer mehr spieltheoretische Löcher in dem Spiel.
– Das Spiel ist in Ordnung, sagte Frank genervt. Fang nicht schon wieder damit an.

Er rückte etwas näher an Natalie heran.
– Habt ihr das nicht in der Schule gespielt?, fragte Jelena.

Sie sprach mit einem kaum wahrnehmbaren, aber deshalb umso angenehmeren Akzent. Eine Stimme wie Kopfhautmassage. Heute das, dachte Natalie. Und morgen Friedhof.

– Ich kenn es schon, sagte Lothar. Aber mir fallen erst jetzt die Fehler auf.

– Es gibt keine Fehler, sagte Frank. Du musst es nur richtig spielen.

– Mmmna, machte Lothar.

Er blätterte im Fremdwörterbuch. Die anderen schauten ihm zu. Frank verteilte Zettel und Bleistifte. Jelena begann sofort etwas zu schreiben.

– Du musst warten, bis ich das Wort sage!

– Ich schreib nur meinen Namen.

Lothar rollte mit den Augen.

Er blätterte, las. Dann tippte er mit dem Zeigefinger auf ein Wort, wie um es daran zu hindern, wegzukriechen. Natalie dachte an einen kleinen Wurm, der sich ringelte. Sie schrieb ebenfalls ihren Namen auf den Zettel.

– Das ist fantastisch, sagte Lothar. Bertillonage.

Jelena bat ihn, das Wort zu wiederholen.

– Bertillonage.

Er buchstabierte es.

– Okay, sagte Frank. Dann los.

Sie begannen zu schreiben. Natalies Kopf war vollkommen leer. Sie konnte an gar nichts denken. Nur daran, dass sie gern wieder Jelenas Stimme hören würde. Und daran, dass morgen ein interessanter Tag werden würde. Kein normaler Arbeitsbeginn, kein Betreten des Gebäudes, kein Reinigungsmittelgeruch, keine Stufen bis in den ersten Stock, kein Herzklopfen, das immer genau im Halbstock beginnt. Wie lange hielt man einen solchen Job wohl aus? Auf Dauer. In einer solchen Situation. Man konnte sich irgendwann nur noch die Pulsadern aufschneiden. Sie schrieb: *Das Zuspitzen von Rasierklingen.*

Aber morgen wird alles anders. Da geh ich ihm nach auf den Friedhof. Das heißt, ich erwarte ihn schon dort. Als sie aufblickte, sah sie, dass sie die Letzte war, die anderen hatten höflich gewartet, bis sie fertig war. Sie faltete ihren Zettel zusammen und übergab ihn Lothar.

– Mir ist nichts Gutes eingefallen, sagte sie.

– Schauen wir mal, sagte Lothar.

Er legte die Zettel in einen Hut, der Natalie bislang nicht aufgefallen war. Er brachte sie zum Lächeln. Es war immer beruhigend, in der Gegenwart eines schwarzen Hutes zu sein. Sie freute sich schon, sein filziges Inneres berühren zu dürfen.

– Meins ist auch doof, sagte Frank und berührte sie wieder an der Schulter.

– Also, sagte Lothar. Ich lese vor. Ich mach es alphabetisch anhand des ersten Buchstabens der Erklärung.

– Mein Gott, lies einfach, sagte Frank.

Jelena lachte und legte eine Hand auf Lothars Knie.

– Das Zuspitzen von Rasierklingen. Geräusch, das eine schadhafte Turbine macht. Kläranlagenfilterreinigung bei Wasserkraftwerken des Typs Schleusen-Kamm-Steuerung. Und: Überholtes Verfahren zur Wiedererkennung rückfälliger Verbrecher durch Registrierung unveränderlicher Körpermerkmale.

Stille.

– Wow, sagte Jelena.

– Die sind alle super, sagte Frank.

Er wirkte beruhigt.

– Ich bin für das Wasserkraftwerk, sagte Natalie.

– Nein, warte, sagte Frank und berührte sie an derselben Stelle. Wir müssen die Antworten aufschreiben, sonst wissen ja die anderen.

– Sonst wissen wir jetzt natürlich, sagte Lothar lachend, dass das Wasserkraftwerk nicht von dir ist.

Aber dann bekam sein Gesicht wieder den zweifelnden Ausdruck, und er sagte:

– Aber warum nicht? Was hilft's *mir*, wenn ich das weiß?

– Na ja, sagte Frank, wenn ich jetzt meinen Favoriten sage, dann weißt du, dass der nicht von mir ist. Und so geht es in der Runde. Und nach dem Ausschlussverfahren …

Er ließ seine Hand sinken, dachte nach.
– Whoa, sagte er. Warte mal.
– Ja, genau, sagte Lothar. Das ist doch egal, oder? Wir können es laut sagen. Es gibt gar kein Ausschlussverfahren, oder?
– Ich bin auch fürs Wasserkraftwerk, sagte Jelena.
– Okay, aber *jetzt*, sagte Lothar. Jetzt wissen wir, dass entweder Frank oder ich das Wasserkraftwerk geschrieben haben. Also ist es … Ja, aber jetzt ist es für Frank interessant. Weil, wenn er jetzt das Wasserkraftwerk nicht nimmt, dann heißt das, dass es von ihm ist.
– Ja, aber das macht es für mich nicht leichter, sagte Frank. Oder?
– Ich glaub … schon, sagte Lothar.
– Nein.
– Nehmen wir halt ein neues Wort, sagte Natalie.
– Kscht, machte Lothar, Frank ist dran.
Frank schaute ihn böse an. Dann blickte er kurz zu Natalie, irgendetwas geschah in seinem Gesicht und er sagte:
– Ich bin auch fürs Wasserkraftwerk.
– Yaay!, hob Jelena die Arme.
– Du bist ein Idiot!, sagte Lothar. Das hast du doch selbst geschrieben. Da! (Er hob den Zettel hoch.) Du spielst nicht rational, das ist sinnlos.
– Ich kann spielen, wie ich will.
– Nein, kannst du nicht. Sonst ist alles Dada. Spiel richtig!
– Okay, okay. Dann bin ich für das Ding mit dem, was war das, das mit dem …
– Oh Gott, du hast die anderen vergessen, oder?, sagte Lothar.
– Nein, hab ich nicht. Das mit dem Dings, dem Verbrecher-Einordnen.
Lothar verdrehte die Augen.
– Ja, aber das war jetzt auch nicht mehr schwer, sagte er. Scheiße, wir hätten es *doch* aufschreiben sollen.
– Sag ich ja, sagte Frank.
– Okay, noch eine Runde.
– Ein Punkt für Frank!, rief Jelena und klatschte.

Natalie klatschte mit.

Jelena hob die Hand, um das Fremdwörterbuch in Empfang zu nehmen, aber Lothar reichte es, ohne sie zu beachten, an Natalie weiter. Frank verteilte neue Zettel.

Natalie suchte. Es gab lustige, langflügelige Wörter, die ihr sofort entgegensprangen, und andere, die wie zerknitterte Süßigkeitenverpackungen aussahen. Sie fand eines, das hinreichend kompliziert aussah. Aber was, wenn dieses Wort hier eigentlich ganz bekannt war? Immerhin fand sie auf derselben Seite das Wort Henna: *Aus Blättern u. Stengeln des Hennastrauches gewonnenes rotgelbes Färbemittel, das im Orient kosmetischen Zwecken dient.* Man würde sie für dumm halten.

– Ich bin dumm, sagte sie. Ihr kennt das Wort sicher.

Lothar lachte. Natalie suchte weiter.

– Oh, hier.

– Sag's mal, sagte Frank.

– Aber ihr müsst ehrlich sagen, wenn ihr es schon kennt.

– Versprochen, sagte Frank.

– Helminthagogum.

– Was?

Lothar wirkte etwas enttäuscht, als er sagte:

– Fuck!

– Wie schreibt man das?

Natalie schrieb es auf ihren Zettel und legte ihn in die Mitte. Die anderen beugten sich darüber.

– Kenn ich nicht, sagte Jelena.

– Kann ich von mir auch nicht behaupten, sagte Lothar. Aber es sieht irgendwie bekannt aus. Ich glaube, ich weiß, in welche Richtung es geht.

Natalie nahm ihren Zettel zurück und schrieb die angenehm schlichte Definition aus dem Wörterbuch darauf: *Wurmmittel.* Aber die anderen kritzelten länger, also tat Natalie so, als schriebe sie ebenfalls etwas Längeres auf, damit sie den Unterschied nicht hörten. Man reichte ihr die zusammengefalteten Zettel. Natalie streckte die Hand nach dem Hut aus.

Wenn schon, dann richtig. Lothar verstand zuerst nicht, aber dann reichte er ihr den Hut. Das Innere dieses hübschen, zutraulichen Gegenstandes war eine Wohltat für die Finger. Im Grunde sollte man jeden Morgen, gleich nach dem Aufwachen, seine Hand in das kühlstoffliche Innere eines schönen, alten Hutes tauchen. Natalie faltete den ersten Zettel auf und las vor:

– Ein tragendes Gerüst bei einem griechischen Tempel.

Auf dem zweiten Zettel stand Jelenas Name. Sie hätte den Namen gar nicht dazuschreiben müssen, denn die Schrift war eindeutig weiblich: gleichmäßig, gusseisern, zaunornamentartig. Mit I-Punkten, die zweifellos erst nach Beendigung des ganzen Satzes über die Wörter gesprenkelt wurden. Jelenas Definition lautete: Belagerung von einer Stadt auf dem Mond. Natalie überlegte, ob sie den etwas falschen Ton dieses Satzes korrigieren sollte. Er klang nicht nach Wörterbuch. Er war mit hauchzartem Akzent gesprochen, und das machte ihn schön, aber … Sie blickte auf.

– Das ist sicher meins, sagte Frank grinsend. Meine Schrift kann nie wer lesen.

– Die Belagerung einer Stadt auf dem Mond.

– Mhmmm, machte Lothar.

Der dritte Zettel. Natalies Herz schlug. Sie hatte sich nicht getraut, zu Jelena hinzuschauen. Vielleicht hatte sie bemerkt, dass sie ihre Formulierung ein klein wenig verändert hatte. Bestimmt dachte sie jetzt, Natalie wolle sie bevormunden, verdammt, die Welt war ungerecht. Egal, wie man's macht, am Ende hassen dich alle. Dorm, undankbarer Sack. Aber was hätte sie denn sonst tun sollen? Der nächste Zettel war ihr eigener:

– Wurmmittel.

– Haha!, lachte Lothar und tippte Jelena mit dem Zeigefinger an.

Und schließlich der letzte Zettel. Natalies Augenbrauen hoben sich, aber sie konnte ein überraschtes Lachen gerade noch zurückhalten. Da stand:

– Krönende Abschlussfeier des Studiums der Helminthagogie.

Das war wirklich clever.

– Oh-kay, sagte Lothar. Ich bin für das Wurmmittel. Aber so was von. Oder, wenn ich's mir überlege, eigentlich das tragende Gerüst.

– Tragendes Gerüst, sagte Frank.

– Was war das Letzte?, fragte Jelena.

– Krönende Abschlussfeier des Studiums der Helminthagogie, wiederholte Natalie und fügte hinzu: Ohne, dass erklärt würde, was die Helminthagogie …

– Ah, nicht verraten!, rief Lothar. Dann wissen wir's doch wieder.

– Ist doch egal, sagte Frank. Wir haben schon abgestimmt.

– Ja, stimmt, sagte Lothar. Tragende Säulen.

– Gerüst, sagte Frank.

– Same thing.

– Ich bin für Wurmmittel, sagte Jelena.

Lothar schaute sie entsetzt an.

– Are you pulling a Frank on me, baby?, fragte er, in einem übertriebenen amerikanischen Akzent.

– Do I look like I'm pulling something?, fragte Jelena.

Ihr Englisch wirkte makellos, obwohl es auch nicht ihre Muttersprache war. Natalie war aufgeregt. Sie hielt ihren Zettel in die Höhe, sodass es alle lesen konnten.

– Nein!, sagte Lothar und ließ sich nach vorne fallen.

– Scheiße, sagte Frank. Schon wieder daneben.

– Was hast du geschrieben?, fragte Lothar seine Freundin.

– Belagerung von der Stadt auf dem Mond.

– Ein Punkt für Jelena, sagte Natalie.

– Oh! Ach so, die Stadt auf dem Mond. Ja. Also das hätte ich natürlich auch nicht gedacht, aber … Warte mal, von wem waren dann die tragenden Säulen?

– Gerüst, korrigierte Frank und zeigte auf.

– Du hast schon wieder für dich selber gestimmt?, rief Lothar. Aber. Das ist doch sinnlos! Wozu?

– Lass mich, ich hab Spaß, sagte Frank und legte seine Hand auf Natalies Rücken.

Sie wischte das punktförmige Nachgefühl der Berührung mit einer Hand weg und gab Lothar den Hut zurück.

– Jelena hat gewonnen, sagte Frank.

Natalie klatschte:

– Wuhuu!

Jelena stand auf.

– Toilette ist in die Richtung?, fragte sie.

– Ja, gleich da um die Ecke hinter der Küche. Und dann die Kabine. Kann man nicht übersehen.

– Paradox spielen ist so Neunziger, sagte Lothar.

– Ich spiel nicht paradox, sagte Frank.

– Du glaubst also, das ist zielgerichtet, was du tust? In der Wirtschaft wärst du längst kaputt. Mit einer Horde Gläubiger vorm Fenster. Jeden Morgen, wenn du aufwachst, stehen sie da, wie beim Führer unterm Balkon.

Natalie musste an das Bild von Alexander Dorms Gesicht denken, das langsam, wie eine aufgehende Sonnenscheibe, im Küchenfenster erschien. Und draußen die Menschen, die ihn, hau ruck, in die Höhe stemmten, mit vereinten Kräften. *In einer solchen Situation.*

– Paradoxspieler nerven, sagte Lothar. Nullsummenverweigerer.

– Jetzt bin eh ich dran, sagte Frank. Also kann ich nicht mehr mitstimmen.

– Pfff, machte Lothar.

Jelena kam zurück. Sie deutete an, sich neben Natalie setzen zu wollen. Natalie machte ihr sofort Platz.

– Übrigens, sagte Lothar in Natalies Richtung. Wegen deinem Dings, dem Mann mit der ehrlichen Arbeit.

– Was?

– Mario.

– Ja. Was ist mit ihm?

Lothar wechselte einen sekundenbruchteiligen Blick mit Frank:

– Hab ihn nie mehr gesehen. Weißt du was?
– Nein.
Natalie roch die Seife aus der Toilette. Es war immer dieselbe. Flüssigseife, bei der man oben auf den Kopf drücken musste, und schon kam sie herausgespritzt, samenhaft weiß und klebrig, aber dann wunderbar wasserlöslich.
– Schade, sagte sie. Ich hab gedacht, er kommt vielleicht noch.
– Nee, sagte Lothar. Der nicht.
Eine Melodie ertönte. Frank zog sein Handy hervor und schaute nach, wer ihn anrief.
– Eulemann?, fragte Lothar.
– God himself, nickte Frank.
Er ließ es klingeln. Man saß stumm da und hörte der Melodie zu, bis der Anruf erstarb.
– Du weißt immer noch nicht, wie man bei dem Handy den Anruf abweist?, fragte Lothar. Du bist voll iPhone-geschädigt. Du kannst nur noch –
Er machte eine Wischgeste in der Luft. Jelena blickte auf ihre Knie.
– Ich hab mir kein neues leisten können, sagte Frank. Das Hightech-Zeug kostet. Vermiss es übrigens gar nicht. Das iPhone, meine ich. Scheiß bevormundendes Stück Technologie.
Natalie dachte: B hat sich ein neues gekauft. Und ihr altes gefunden. Sie hat zwei. Davon könntest du eines … Aber dann fror dieser Gedankengang ein. Sie blickte Frank an. Er? Sie stand auf.
– Sorry, ich muss gehen.
– Was? Aber du bist doch gerade –
Frank wollte ebenfalls aufstehen.
– Nein, tut mir leid, sagte Natalie. Frauenprobleme. Bleibt sitzen. Ich bin morgen krank. Ich muss nach Hause.

Sie rief um fünf vor neun an. Es sei etwas Schlimmes passiert, sie müsse sofort zum Arzt. Nein, nichts Gefährliches, hoffentlich. B solle aber auf gar keinen Fall, *auf gar keinen Fall,* Herrn Hollberg anrufen, egal was das Protokoll des Arrangements normalerweise vorschreibe. Denn letzte Woche sei er schon nicht gekommen und Dorm sei deshalb, sie erinnere sich, ziemlich down gewesen. Jawohl: down.

– Ja, wiederholte B.

– Danke, krächzte Natalie. Ich liebe dich, B! Ich geh dann los.

– Oh, ach so, ja …

Ein verlegenes Lachen.

– Alles Gute!, sagte B. Ruf mich an, wenn du was weißt.

Ich hab von dir geträumt, du irres Weib, dachte Natalie. Das ist das Mindeste, was du im Gegenzug für mich tun kannst. Und dein Telefon hast du auch wieder. Du hast sogar zwei. Und ich hab hier ein anderes.

Sie schlug das unheimliche iPhone, das möglicherweise … nein, es konnte nicht Frank gehören. Aber wem sonst? Hollberg. Eines seiner Spielchen. Natürlich. Jedenfalls schlug sie es mit einem Hammer kaputt. Die Teile wollten aber gar nicht herrlich durch die Gegend spritzen, sondern lösten sich erst nach einer Weile voneinander und wurden immer kleiner. Eine unangenehme Erinnerung an den zerstörten Mund von Mario kam zurück. Blut überall. Sie schlug etwas fester zu, keuchte dabei. Dann stand sie da, wilde Frau mit zerzausten Stirnfransen. Ihre Haare im Nacken waren wieder ein wenig nachgewachsen. Wenn man darüber strich, machte es ein ähnlich intimes Geräusch, wie wenn man Kokosflocken zwischen den Zähnen hatte: *Rst. Rst.*

Den Rest des Vormittags verbrachte sie damit, die Zeit zu berechnen. Hollberg kam jetzt an. Er drehte bestimmt nicht gleich um und verließ das Gebäude, wenn er erfuhr, dass Natalie nicht da war. Wer weiß, vielleicht war es ihm sogar recht. B war ja da. Und sie musste jetzt länger bleiben, weil Natalie ausfiel. Vielleicht trug sie heute eine unsichtbare Therapiemaus. Als ihr Gefühl und ein Blick auf die Uhr ihr sagten, dass Hollberg jetzt mit hoher Wahrscheinlichkeit bei Dorm war, fuhr sie los.

Sie mochte den Augenblick, da man von der steinernen Versammlung der Toten empfangen wurde. Hier war ihr Bezirk, hier bestimmten sie über die genauen Mischverhältnisse von Schatten und Licht, während die Teilchen, aus denen sie früher bestanden hatten, mithilfe von Gras und Baumwurzeln langsam zurück ans Licht wuchsen.

Der Zentralfriedhof hatte selbst im Winter eine angenehme Parkatmosphäre. Ein Jogger, gekleidet wie ein Schiabfahrtsläufer, stand an dem kleinen Eingangstor und dehnte seine Beinmuskulatur. Er sah aus wie ein mysteriöser, eigensinnig über einen bestimmten, nur ihm allein bedeutsam erscheinenden bodennahen Vorgang gebeugter Schreitvogel.

Auf manchen Gräbern des Friedhofs stand UNSER HEIM. Natalie fuhr mit dem Fahrrad über die verschneiten Gehwege. Das Allerbeste an diesem Friedhof war, dass er direkt neben einem großen Betrieb lag, der vielfältige Geräusche produzierte, eiserne Tore wurden geschlossen und geöffnet, Lieferwagen schnauften in der Winterluft und fuhren los. Das Wort *Werft* stellte sich ein. *Hafenarbeiter. Container verladen.* Es gab ein großes, bogenförmiges Mahnmal mit Stufen, alle schneebesetzt. Eine Abteilung von absolut identischen Kreuzen für Gefallene des Ersten Weltkriegs, nicht einmal im Tod durften die Soldaten sich voneinander verabschieden und in unterschiedliche Richtungen davongehen. In einem versteckten, schneefreien Winkel unter einem niedrigen Bäumchen standen Dosen mit Trockenfutter für Streunerkatzen. Natalie schaute auf die Uhr. Noch hatte sie Zeit. Sie war schnell gewesen, der Besuch war wohl noch nicht vorüber. *Ja, Chris. Ja, Chris. Super. Ganz wunderbar. Oh, Chris, das ist eine tolle Idee!* Sie stellte das Fahrrad an einer Bank ab, wo es niemanden störte. Dann steckte sie sich die Kopfhörer in die Ohren, stellte auf ihrem iPhone die berühmte Benny-Hill-Titelmusik ein und schaute sich das Ergebnis an. Nach einer Weile kam ein alter Mann mit einer Gießkanne. Er füllte Wasser nach, und schon musste Natalie lachen. Gut, dass es so kalt war, denn so konnte man sich die Hände vors Gesicht halten, ohne seltsam auszusehen. Der Mann blickte kurz zu ihr herüber und ging dann weiter seine Gräber gießen. Aber was goss er, mitten im Winter? Den Schnee? Natalie merkte, dass sie durch diesen beunruhigenden Gedanken in Gefahr geriet, den Verstand zu verlieren, und dass sie durch das musikalische Gehüpfe der juchzenden Show-Musik Todesangst bekam, also schaltete sie sie aus. Als es still war, löste sich auch die beginnende Panikattacke auf. Ein interessanter Effekt. Sie stellte die Ouvertüre zur *Diebischen Elster* ein. Das war etwas anderes! Die perfekte Begleitmusik für das Entlangschreiten an Gräbern, voller Genugtuung darüber, dass man nicht selbst darin lag. Begleitmusik für das Jonglieren mit Motorsägen und für kontrollierte Sprengungen von Hochhäusern. *Unvergessen. In tiefer Trauer. Deine Familie. Unser neues Heim.*

Getragen von dieser mutspendenden, amoralischen Musik, gelangte sie in den Bereich der repräsentativen Grabstätten. Hier gab es bühnengroße Gruftplatten, einige Gräber wirkten wie Gartenhäuschen oder Miniaturkirchen. Prächtige Statuen standen herum, die Szenen aus dem Leben der Verstorbenen nachspielten: gerade stehen, miteinander irgendwas bereden, sich voller Gram über einen Stein beugen, sich von Pflanzen überwuchern lassen. All die Dinge eben, die zu Lebzeiten am meisten Spaß gemacht hatten. Wenn man sich an diesen riesigen Grabmälern entlangbewegte, schien es, als wäre man in eine versteinerte Arcade-Spielhalle geraten. Es war schade, dass man Gräber nicht *bedienen* konnte wie Flipperautomaten oder Spielkonsolen oder Zapfsäulen oder Bankomat-Terminals. Man konnte nur vor ihnen stehen und sich von ihnen durchschauen lassen, *auch du wirst einst sterben und zu Stein werden*, und so weiter.

In einem anderen Bereich der Anlage gab es Gräber, die offenbar niemand mehr besuchte und die vollkommen mit Efeu bedeckt waren. Auf einigen stand GRABRECHT ABGELAUFEN, ein gelbroter Aufkleber. Und auf demselben Stein eingemeißelt ein Spruch, der von diesem Urteil noch nichts ahnte: *In ewigem Gedenken*. Darüber ein prächtiger Afro aus Efeu, auf dem eine fromme Haube aus Schnee saß. Winterlich streetsmarte Krähen hockten auf Statuenköpfen und Engelsflügeln, watschelten hofrätisch und amtswichtig über den Kies oder schimpften aus nahen Bäumen.

Natalie wechselte auf ihrem iPhone zu einer Instrumentalnummer des japanischen Elektronikmusikers Yokota Susumu, *Water's Edge*. Und da fingen die kältegeplusterten Krähen auf einmal an, etwas zu bedeuten, und sogar die Tatsache, dass der Weg leicht anstieg und der Winterhimmel darüber grellweiß war, ordnete sich ein in einen größeren Zusammenhang. Alle Gedanken, die man sich zu dieser Musik machte, bekamen eine Färbung, als würde man in einem dämmrigen Zimmer Sachen sagen wie *Das Leben* oder *Mein Glaube* oder *In diesen schweren Zeiten*. Die Zeit verging wie in Auslassungspunkten. Sie nahm die Kopfhörer aus den Ohren und schaltete die Musik ab.

Oben am Hügel erhob sich das größte Kreuz von allen, eine komplizierte, mehrteilige Antenne, die nicht mehr zum Friedhof gehörte. Radio Gräberfeld. Vielleicht konnte man tote Menschen als Relaisstationen nutzen, Knotenpunkte in einem Rundfunksignal, das von Stadt zu Stadt gesendet wurde. Niemand Lebendiges hörte es, aber trotzdem war es da, ein Untergrundgemurmel, das alles andere trug und behütete. Nur Kinderwagen (einer war zusammen mit einer dick eingemummten Gestalt in einiger Entfernung unterwegs) empfingen das Signal, das die Babys um ihre Mittagsruhe brachte. Verkehrt durch die Welt geschoben werden. Die ersten Wege im Leben fährt man immer rückwärts. Natalie stellte fest, dass sich ihr Friedhofs-Gehgefühl langsam in jenes verwandelte, das sie bei GTA4 bekam, wenn sie sich an den existenziellen

Rändern des Computerspiels bewegte und Fehler und Glitches entdeckte, die sie froh machten. Auch hier gab es solche: Hinter den Soldatengräbern standen einige alte, schon ganz zur Vegetation gehörende Kreuze, taumelnd schief, auf einem hing ein alter Schuh, ein Grabstein lehnte an einem Baumstumpf. Hier herrschte ein sonderbar unzeremonieller Übergang zu einem anderen, friedhofsfremden Grundstück, der Zaun fehlte, und einige Tannenzweige waren zu einem sinnlosen Haufen aufgeschichtet worden. Dahinter ging es sogar noch weiter, und sie erreichte einen Platz, auf dem große Container herumstanden. In einem lagen entsorgte Kränze, in einem anderen Windlichter, alle zerbrochen, in einem dritten Stücke von Grabsteinen. Das war der *wirkliche* Friedhof, dachte sie, die reale Miniatur, die Speicherkarte, die den öffentlichen Friedhof von hier aus wie ein Museumshologramm ins Stadtbild projizierte, als tröstlichen 3D-Traum, in dem man herumwandern und Blätter und Schnee und Steine berühren konnte. Eine interaktive Fläche. In GTA4 hätte sie sich jetzt ein wenig an diesem Spielrand aufgehalten und sich den Himmel angeschaut oder darauf gewartet, dass etwas Lebendiges erschien. Sie bekam ein ungutes Gefühl in der Brust, steckte sich einen Kopfhörer ins rechte Ohr und hörte sich ihre Essgeräusche vom letzten Wochenende an. Das half ein wenig. Das iPhone konnte, sagte sie sich, außerdem jederzeit den Live-Stream von CNN abspielen, aber so stark war das Gefühl nicht. Noch ging es. Sie kehrte zurück auf das offizielle Gräberfeld und kontrollierte die Uhrzeit. Vielleicht würde er gar nicht auftauchen. Außerdem war die Anlage riesengroß. Sie hatte nicht die geringste Ahnung, welche Himmelsrichtung sich hinter welchen Gebäuden versteckte, also schaute sie auf dem Kartenprogramm nach. Okay, also, Herr Hollberg würde von hier, von Nordosten kommen und dann über den Karlauer Gürtel und die Triester Straße fahren, so zumindest schlug der gemeinsame Ratschluss der GPS-Satelliten es vor. Also würde er wohl am Haupteingang parken und den Friedhof von dort aus betreten. Sie setzte sich langsam in Bewegung. Von dem kleinen Hügel aus konnte sie Richtung Haupteingang blicken. Sie würde ihn sofort bemerken, sofern er sich an die breiten Gehwege hielt. Aber noch war niemand zu sehen.

Nach einer Weile erschien eine Gestalt. Männlich, bärtig, in etwa die richtige Größe. Auf dem Kopf einen auffälligen, knallgrünen Hut. Es war Hollberg. Er kam langsam den Weg herauf, rauchend. Der Hut sah ausgesprochen lächerlich aus. Also dann los. Sie schob sich ihren Schal vors Gesicht, nur die Augen schauten raus.

Die Verfolgung des Subjekts konnte beginnen.

Natalie stellte eine dazu passende Musik ein, etwas Stimmungsvolles, das zu Gedanken an Spionage passte und das gleichzeitig ein urbanes, warmes Gefühl vermittelte, eine Schutzblase, in der man sich bewegte. Zuerst versuchte sie es mit einem Track von Chihei Hatakeyama, *Bonfire on the Field*, das war so ein *drone*-Dings, immer derselbe Akkord im Grunde, aber trotzdem veränderte er sich und verschmolz sehr leicht mit dem Tag ringsum. Aber es war ein insgesamt doch zu beunruhigendes Stück, also schaltete sie auf *Grinning Cat* von Susumu Yokota, das passte perfekt. Natalie zog ihre Haube aus der Tasche und setzte sie auf. So wurden die Kopfhörer etwas tiefer in ihre Ohren gedrückt und die Schutzblase war vollständig geschlossen. Herr Hollberg bewegte sich langsam über den Gehweg. Er hielt etwas in der Hand. Es war – Natalie musste sich beherrschen, um nicht ein Foto zu machen – ein Geschenk. So richtig bescherungsmäßig, mit buntem Papier und Schleife. Und dazu der grüne Hut. Noch bevor sie sich Gedanken dazu gemacht hatte, warf er das Geschenk im Vorbeigehen in einen Müllkorb voller Schnee. Natalie merkte sich die Stelle. Sie würde es, wenn er weg war, herausholen und mitnehmen. Und zuhause untersuchen. Aber wahrscheinlich war es nur, ja, was sollte es sonst sein: ein Geschenk von Dorm an ihn. Trotzdem, sagte sie sich. Trotzdem.

Herr Hollberg bog ab und steuerte auf ein quadratisches, ein wenig abgetrennt daliegendes Gräberfeld in der Nähe des

Mahnmals zu. Aber dort lagen doch die … Natalie folgte ihm, *unauffällig,* wie ihre Kontrollstimme mehrmals betonte, und das bedeutete vor allem, zwischendurch hinter einem Grabstein oder Baum unsichtbar zu werden. Aber irgendwann gab es nichts mehr, hinter das sie sich stellen konnte, also blieb sie stehen und schaute. Tatsächlich, Herr Hollberg hatte gefunden, was er gesucht hatte.

Bei den *muslimischen* Gräbern?

Natalies Gedanken stürzten wild durcheinander. Hatte Mario nicht gesagt, dass es ein ganz normales Grab neben vielen anderen gewesen war? Herr Hollberg nahm seine Zigarette aus dem Mund, löschte die Glut sorgfältig im Schnee neben seinem Stiefel, dann wischte er die verbrannte Spitze mit seinen Handschuhfingern ab und setzte die Zigarette wie einen winzigen Schornstein auf den Grabstein. Trat zurück, stand eine Weile da. Und ging weiter. Aber er verließ den Friedhof nicht, sondern wanderte langsam in Richtung Norden. Natalie ging hinter ihm her, allerdings sehr vorsichtig; sein Verhalten war ihr rätselhaft. Vielleicht hatte Mario seinen Job etwas zu offensichtlich gemacht, und Herr Hollberg rechnete nun jedes Mal damit, beschattet zu werden. Beschattet! Was für ein Wort. Als wäre man ein hochhausgroßes Wesen, das einem kleinen Menschlein durch die Welt folgte. Und egal, wo es war und sich, seiner heliotropen Natur nachgebend, nach der Sonne drehte, immer fiel der riesige Schatten auf ihn, der Schatten seines Verfolgers.

Herr Hollberg musste nicht weit gehen. Von dem abgesonderten muslimischen Gräberbezirk aus erreichte er eine Stelle, wo tatsächlich, Mario hatte recht behalten, alles ganz durchschnittlich aussah. Natalie drehte sich um und ging ein paar Schritte in die andere Richtung. Unauffällig. Dann blieb sie stehen, tat so, als würde sie telefonieren, und schaute wieder zu Hollberg. Er stand vor dem Grab, ganz still, bewegte sich nicht. Manchmal behauchte er seine Handflächen. Sein bärtig dunkles Gesicht hob sich stark von der grellbeschneiten Umgebung ab. Den Hut hatte er abgenommen. Er beugte sich zum

Grab hinunter und tat irgendetwas, es war nicht genau auszumachen.

Zeit verging.

Natalie beobachtete Hollberg. Eine Krähe beobachtete Natalie.

Der augenlos schwarze Vogelkopf drehte sich leicht hin und her. Diese winzigen Zuckungen waren Korrekturen, dachte Natalie, damit das Hologramm heil blieb. Der Vogel war ein Virenscanprogramm und behielt sie im Auge, mit gutem Recht. Ich bin Spyware.

Natalie schaute auf die Uhr. Schon eine Viertelstunde. Wie lange standen normale Menschen am Grab ihrer Frau? Wenn sie über diese Frage nachdachte, fielen ihr nur dramatische Szenen ein, aus Filmen oder TV-Serien, in denen Menschen schluchzend zusammenbrachen und dem Verstorbenen in die Grube nachsprangen. Herr Hollberg war ein eingefrorener Mousecursor. Natalie tippte mit der Hand gegen ihre Hüfte, um den Stillstand zu durchbrechen. Es funktionierte nicht, der Mann stand immer noch da. Vielleicht würde er sich in eine Statue verwandeln und dort die Nacht verbringen. Und dann, in der Nacht, suchte er den Friedhof als steinerner Vampir heim. Bei jedem Schritt knirschte das Mineral, aus dem er bestand, und zerbrach, und nach einigen Minuten waren nur mehr Steinchen von ihm übrig. Kies. All diese Gehwege bestanden aus zerbrochenen Statuen, dachte Natalie. Und die realen Vorbilder der Statuen waren auch längst tot und lagen irgendwo unter der Erde.

Dann löste sich Herr Hollberg vom Grab und ging weg. Den Hut ließ er zurück. Im Gehen blickte er mehrmals auf die Uhr und streckte die Hand aus, wie um zu prüfen, ob es regnete. Erst nach einer Weile bemerkte Natalie, dass es verlangsamte Tanzbewegungen waren. Sie sahen allerdings gar nicht fröhlich oder beschwingt, sondern geduckt und auf eine pinguinhafte Weise gramgebeugt aus. Sie blickte ihm nach, bis er den Friedhof verlassen hatte, dann nahm sie die Kopfhörer aus den Ohren.

Jetzt: Einsammeln der Punkte, dachte sie. Das Spielfeld war frei. Von oben betrachtet, sah ein Friedhof tatsächlich aus wie *Pac-Man*. Der Gedanke an das alte Spiel verursachte ein kurzes, angenehmes Nostalgiezerren in ihren Gelenken, ein geschwisterliches Gefühl von Wir-gegen-den-Rest-der-Säugetierwelt: Karl hatte es immer gespielt, und ihr war es verboten gewesen, dabei zuzuschauen, wegen Trigger, aber trotzdem hatte sie es getan, scheiß auf Epilepsie. Karl hatte gespürt, dass sie sich über ein Verbot hinwegsetzte, wenn sie ihm beim Spielen zusah. Geborgenheit neben ihm. Großer Bruder. Dieser uralte, radiergummiartig abgewetzte Gameboy, den er von ihrem Onkel, der großen Wert auf altmodische Geschenke legte, einmal zu Ostern bekommen hatte. Natalie, dem analogen Kind, hatte er Legosteine geschenkt.

Zwischen Gräbern durfte man nicht laufen, weil es unfair war, Tote zu überholen, aber sie konnte immerhin die Benny-Hill-Musik einstellen. Obwohl sie sich die Stelle gemerkt hatte, fand sie den Müllbehälter nicht auf Anhieb. Er schien, aus der Nähe betrachtet, viel kleiner. Sie griff hinein, Schnee und Tannennadeln, und zog das schon nass angelaufene Geschenk hervor. Sollte sie es gleich öffnen? Was, wenn Hollberg zurückkam? Oder vielleicht irgendwo wartete? Nein, sie hatte ja gesehen, wie er hinausgegangen war. Er hatte nie in ihre Richtung geblickt. Sie riss das Geschenkpapier auf.

Ihre Überraschung war groß. Dann setzte eine gewisse Enttäuschung ein, und schließlich musste sie lachen. Die hab ich ihm geschenkt! Sie sah die Szene noch vor sich. Sie schüttelte den Kopf und steckte die Rollstuhlreifen-Handschuhe in ihre Jackentasche. Gut, meinetwegen, dachte sie. Bin nicht beleidigt deswegen. Wenn er lieber Schwielen und Reibblasen und Hornhaut bekommt. Bitte. Aber wozu es *ihm* schenken?

Rasch blickte sie sich um. Nein, niemand war da. Eine trauernde Engelsfigur hielt ein offenes Steinbuch in der Hand.

Die Geschenkverpackung warf sie zurück in den Müll.

Bling, dachte sie, ein leiser Nintendo-Sound. Erste Trophäe eingesammelt. Sie gab sich dafür hundert Punkte.

Nächste Station.

Es war eine weite Rasenfläche, auf der, aus irgendeinem Grund, kaum Schnee lag. Als wären die Gräber hier wärmer. Die Wiese separierte die muslimischen Grabstellen von den restlichen. Central Park, dachte Natalie. Dasselbe Bild, bloß in Miniatur. Grünfläche, hohe Bäume und dahinter Gebäudeartiges. Die Gräber hier waren viel kleiner und, ja, was war das richtige Wort ... elementarer? Ein winziges Holzkreuz mit einem Namen. Ein einfacher Stein. Irgendwie wirkten sie alle selbstgebastelt. Vielleicht, dachte Natalie, durften sich christlich-offizielle Friedhofsgärtner nicht um sie kümmern. Und merkwürdig, es gab nicht einmal einen *richtigen* Gehweg, der eine Verbindung zu den Wegen des Friedhofs herstellte. Man musste über die Rasenfläche gehen, an deren anderem Ende die christlichen Gräber ihre große Party feierten und ausschließlich miteinander sprachen.

Sie suchte den Grabstein mit der Zigarette und fand ihn. Sie machte ein Foto davon. Hollberg hatte extra den Schnee vom Grabsteinrand gewischt, bevor er seine sonderbare Verzierung angebracht hatte. Natalie versuchte, den Namen des Toten zu lesen. Aber es waren arabische Schriftzeichen. Sie machte auch davon ein Foto.

Sollte sie die Zigarette mitnehmen?

Nach weiteren hundert Punkten, die sich allerdings weniger verdient anfühlten, ging sie zur dritten Station auf dem Spielfeld. Das Grab. Als sie es erreichte – es war durch den knallgrünen Hut sehr leicht zu finden – zog ein Gänsehautschauder über ihre Schultern und Arme. Das ist es also. Ich hätte hier schon viel früher stehen sollen. Wie vorm Dormschwesterhaus. Ihre Augen konnten sich nicht entscheiden, wohin sie zuerst blicken sollten. Schlichter Stein, Inschriften, unauffällige Grabplatte. Keine Kerze. Das Todesdatum.

Ulrike Hollberg, geb. Hagel
22.7.1966-1.5.2003

Und darunter:

Stephan Andreas Hollberg
1986-2003

Natalie starrte den zweiten Namen lange an und dachte gar nichts. Dann: Wer ist das? Ihr Sohn? Siebzehnjährig verstorben. Der Todestag stand nicht da. Niemand hatte je einen Sohn erwähnt! Wer konnte es sonst sein? Ein Bruder von Christopher Hollberg? Nein, viel zu jung. Vielleicht adoptiert.

Natalie stutzte. Wie komme ich auf adoptiert?

Sie bemerkte, dass sie eine Hand in einer innig-ergriffenen Gebärde an ihre Wange gelegt hatte. *Verlangsamte Ohrfeige für die Schöpfung, deren Teil wir.* Schnell zog sie die Hand zurück, steckte sie in die Manteltasche und verfluchte im Stillen ihre Mutter. Es hatte zu schneien begonnen.

Sie machte ein Foto vom Grab. Trat näher. Machte noch eines. Trat zurück, blickte sich um. Stephan Andreas.

Wie hatte wohl die Beerdigung ausgesehen? Herr Hollberg war anwesend und wahrscheinlich noch einige Verwandte. Man schüttelte ihm die Hand, sprach Beileid aus. Mehrmals dieselbe Szene hintereinander. Begräbnisse waren immer entsetzlich. Aber dann gab es bei den meisten Begräbnissen diesen einen Moment, in dem sich die Frauen in kleinen Gruppen zusammenstellten, sich noch einmal ordentlich begrüßten und einige Tatsachen austauschten, während die Männer eher planlos herumstanden und nur daran dachten, wie es wäre, wenn sie jetzt selbst da drin lägen. Ohne diesen Moment würde die Welt aufhören, sich zu drehen. Oder sie würde immer schneller werden, sodass alle weggeweht werden würden, winzige, im Vakuum zappelnde Raupen, mein Gott, wie sie Ringelspiele hasste …

Natalie tauchte aus der planetaren Wirbelfantasie auf und blickte sich um. Hüfthohe Grabsteine, in unermüdlichen Variationen ein und desselben Themas, erstreckten sich über das Friedhofsgelände wie die Skyline einer Zwergenstadt.

Ein paar Birken schüttelten ihre langhaarigen Köpfe im Wind, Schnee staubte von den Ästen, es sah aus, als produzierte jeder Baum seine eigenen weißen Atemwolken. Natalie, der vor dem ungeheuerlichen Grab etwas mulmig zu werden begann, machte ein schnelles Kreuzzeichen und küsste ihren eigenen Daumennagel als Schutzzauber gegen das düster aufsteigende Gefühl. Das Grab sah ungewöhnlich ernst aus, wie ein heruntergeklapptes Visier. Als wären alle Steine und Platten und Teelichter ringsum nur ein albernes Spiel, von dem es nichts wissen wollte. Der Wind blätterte, ein ungeduldiger Leser, ständig den linken Kragen ihres Mantels um. Stephan Andreas Hollberg. Wer zum Teufel.

Das Erste, was sie sah, als sie den Friedhof durch den Haupteingang verließ, war eine Konditorei. Ein Bild von einem lachenden Croissant hing in einem der Fenster. Stephan Andreas. Die Gegend sah jetzt sehr eigenartig aus. Es war gegen halb vier am Nachmittag, also kurz bevor die Sonne verschwand, und in dieser Zeit wurde der Schnee immer blau. Dann wirkte der ganze Bezirk wie ein monochromer Siebdruck. Warhol, Yves Klein, Arztwartezimmer. Überall lag der bläuliche Schnee, türmte sich, als hätte ein Tetris-Profi ihn aufgetragen, auf schmalen Katzenbalance-Stellen: auf den feinen Ästen kleinerer Bäume, auf den Leitersprossen und schlaff gespannten Seilen der Kinderspielplätze und sogar auf dem oberen Rand von Satellitenschüsseln. Jeder Gegenstand war ein wenig dreidimensionaler als sonst.

Während der mehlige Schnee auf dem Gehsteig das Vorankommen mühsam machte – Natalie trat oft auf der Stelle, unfreiwilliger Moonwalk, und fiel mehrere Male beinahe hin –, rief sie sich das Vorgefühl ins Gedächtnis, in wenigen Minuten von Chat an der Wohnungstür begrüßt und angegurrt zu werden. Seine niedliche, in der Mitte geteilte Katzenschnauze, die fledermausigen Ohren und der Blick, verdutzt über die so frühe Rückkehr des menschlichen Astronauten vom Todesplaneten. Der Fellgeruch seines faustgroßen Köpfchens kam ihr in den Sinn, und sie nahm ihn für eine Sekunde tatsächlich wahr, während sie an der Ampel stand und zu dem in rotes Licht getauchten Flockenwirbel hochblickte. 1986-2003. Siebzehn Jahre. Wer immer er war, er hatte es nicht geschafft, erfolgreich vorzuspulen bis neunundfünfzig. Das Alter ihrer Mutter – warum musste sie die ganze Zeit an sie denken? Armer Junge. 2003. Seit so vielen Jahren verging die Zeit ohne ihn.

Im Gestöber fuhren die Autos durch das Schneemehl, Reifen gegen Pulver, ein dumpfes Knirschen. Der dicht besetzte Taxistand am Rand eines Parks bildete eine still erleuchtete Krippenszene. Sie ging weiter, in Gedanken versunken. Wie war er gestorben? War er seiner Mutter gefolgt? Sie musste fragen. Aber wen? Astrid. Nur sie konnte etwas wissen. Armer Junge. Vielleicht eine Krankheit. Als sie schon etwa einen Kilometer gegangen war, fiel ihr ein, dass ihr Fahrrad noch auf dem Friedhof stand, angekettet. Sie kämpfte die Frierende-Hunde-vor-dem-Supermarkt-Vorstellung nieder, die sich sofort aufdrängte, und beschloss, es morgen zu holen. Sie war müde, durchfroren und hungrig. Die Nacht auf dem Friedhof würde für das Fahrrad ein Abenteuer sein. Aber jeder Schritt fühlte sich unmöglich an, falsch. Sie spürte einen inneren Gegenwind. Das Fahrrad rief nach ihr. Sie drehte um.

Astrid

In Arbeitspausen schaute sie sich das Foto des Grabs an, zoomte mit den Fingerspitzen hinein, studierte den Namenszug des toten Jungen. Stephan Andreas. Ulrike Hollberg, geb. Hagel, 1966-2003. Hagel. Merkwürdig. Und das Todesdatum. Sie lief in die Betreuerküche und suchte das Dienstbuch, so nannte man im Wohnheim den Kalender. Hier standen alle Besuche, Ausflüge, Dienständerungen. Sie hatte niemals die Zeit vor ihrem Eintritt in den Betrieb nachgeschlagen. War Hollberg am 1. Mai dieses Jahres hier gewesen? Wenn ja, dann war er wirklich gefährlich. Am Todestag seiner Frau den Mör… nein, das Wort war falsch. Er hatte sie ja nicht ermordet. Sie fand die Seite im Dienstbuch: Ja, tatsächlich, am Todestag seiner Frau war er dagewesen – und es war nicht das übliche Dienstags- oder Samstagstreffen! Es wich ab vom Muster. Gott, warum komme ich erst jetzt auf all diese Dinge! Aber der Junge. Stephan Andreas Hollberg. Der Name hatte etwas unendlich Trauervolles. Bedeutete die Tatsache, dass sein Todesdatum nicht auf dem Grabstein verzeichnet worden war, dass es dasselbe war wie bei der Frau? Vielleicht eine Konvention, wenn es um Selbstmord ging? Doppelselbstmord. Selbstmord von Mutter und Sohn. Oder hatte sie zuerst ihn erschossen und dann sich selbst? Sie fand Astrid im Nachtdienstkämmerchen.

– Klopfklopf, sagte Natalie. Darf ich was fragen?

Astrid blickte auf. Heute trug sie ihre Frisur ein wenig anders. Es sah gar nicht schlecht aus. Der dynamische Scheitel machte einen gebändigten Eindruck. In ihrer Hand hielt sie eine Banane, geschält, bereit, gebissen zu werden.

– Du weißt ja, sagte Natalie, dass es in der letzten Zeit einige Dinge gegeben hat, mit dem Herrn Dorm und dem Hollberg und so.

– Ja.

– Aber es ist jetzt alles im Lot, sagte Natalie. Seit dem Treffen. Wollte ich nur sagen.

– Freut mich.

Astrid nahm ihre Brille ab und putzte sie, ohne die Banane beiseitezulegen, an ihrem Pullover.

– Er hat mir jetzt auch den Grund verraten, weshalb er so unter Druck war in den letzten Wochen. Und ich bin halt auch von Natur aus …

– Ja, nickte Astrid lächelnd. Ich weiß.

– Bei unserem Treffen hat er mir gesagt, dass sich der Todestag seiner Frau jährt, jetzt irgendwann. Deshalb war er so auf Konflikt aus. Ist einfach eine schwierige Zeit im Jahr.

Würde Astrid sie korrigieren? *Aber sie ist doch im Sommer gestorben.* Nein, sie tat es nicht. Stattdessen drehte Astrid den Bürostuhl so, dass sie nun etwas schräg zu Natalie saß. In ihrer Hand die Banane. Mikrofon.

– So, sagte sie. Wirklich, hm?

– Ja, sagte Natalie.

– Aha.

– Es war so ein Moment, weißt du. So ein Augenblick im Gespräch.

Astrid schaute sie an. Leicht zusammengekniffene Augen. Fast unsichtbares Lächeln. Nein, das war nicht Misstrauen. Es war, dachte Natalie, eher der Ausdruck einer Mutter, die einem Kind dabei zusieht, wie es einen frisch erlernten Trick vorzeigt. Amüsement, Belustigung. Und ein wenig Stolz?

– Schon bisschen verwirrend, sagte Natalie.

– Oh ja, sagte Astrid. Kann ich mir vorstellen.

Möglicherweise wurde die Banane zusammengedrückt.

– Solche Momente gibt es, sagte Natalie. Manchmal.

– Jaja …

– Und man weiß da natürlich nie, wie man reagieren soll.

– Aha.

– Was die richtige Reaktion ist und so.

– Jaja, sagte Astrid. Die richtige Reaktion. Die ist immer schwer zu finden.

Die Banane wanderte noch einen Zentimeter nach oben. Gleich würde sie abbrechen.

– Was meinst du, was hätte ich sagen sollen?
– Ich?, fragte Astrid. Oh. Ich weiß nicht.
– Ich war total überfordert mit der Situation.
– Was hast du denn gesagt?
– Gar nichts, sagte Natalie.

Astrid schnalzte mit der Zunge. Dann fiel ihr auf, dass sie diese geschälte Banane in der Hand hielt. Sie war immer noch unversehrt. Aber sie biss auch jetzt nicht von ihr ab, sondern faltete die Schale ordentlich zurück auf die Frucht und legte sie beiseite, als wäre ihr der Appetit vergangen.

– War das falsch?
– Falsch. Hm. Wer weiß das schon?

An Astrids Reaktion erkannte Natalie, dass sie Hollberg möglicherweise darauf ansprechen würde.

– Ich glaube, es war ihm selbst unangenehm, sagte sie. Am besten, wir tun so, als wäre es nicht passiert.
– Clean bleiben, hm?, sagte Astrid. Nein, meine Liebe. Das geht nicht. Man würde es oft gern, aber es funktioniert nicht. Man sollte nichts zurücknehmen. Das führt nur zu …

Mit einer Hand verwirbelte sie die Luft vor ihrem Gesicht.

– Chaos?, fragte Natalie.
– Ja, sagte Astrid. Genau. Chaos. Unübersichtlichkeit. Chaos ist das *Grab* der Kommunikation.

Natalie zuckte ein wenig zusammen. Das Grab. War das eine gebräuchliche Formulierung? Oder war es ein Zeichen, ein Signal, ein … irgendwas. Astrid wusste alles.

– Aber das war schon ein Vertrauensbeweis, sagte Astrid. Dass er dir das gesagt hat. Und sogar das genaue Datum, wow.

Natalie fiel auf, dass sie sich nicht mehr erinnern konnte, ob sie erwähnt hatte, dass er ihr das *genaue* Datum genannt oder nur erwähnt hatte, dass sich der Todestag irgendwann in den nächsten Wochen jährte. In einem Chatgespräch könnte sie jetzt hochscrollen und hätte die Antwort. Verdammt! Sie musste irgendwie das Thema ändern. Aber wenn Astrid sie wirklich testen wollte, würde sie bestimmt darauf zurückkommen.

– Äh, Astrid?
– Ja, Schätzchen?
– Ich mag nicht wieder davon anfangen, aber ich glaube wirklich nicht, dass das noch lange gutgeht.

Und nenn mich nicht Schätzchen.

– Ach, seufzte Astrid. Das hatten wir doch alles schon, oder? Ich dachte, es ist jetzt geklärt.
– Aber diese Besuche und die Quälerei. Und das vor euren Augen, vor meinen. Ich meine, ja, wir haben das alles besprochen. Aber trotzdem. Das ist doch –
– Niemand quält hier irgendwen, Natalie. Sie streiten sich vielleicht manchmal, die beiden, aber so ist das halt. Jeder ist freiwillig dabei.
– Aber Herr Dorm ist. Ich meine, er ist behindert, er kann nichts dafür, dass er so ist. Verliebt.
– Natalie, sagte Astrid und hob eine Hand. Du darfst das alles nicht so *zeitgleich* sehen. Das tut man als Neuling leider automatisch, weil man mit ganz viel Vorgeschichte auf einmal bombardiert wird. Die Gleichzeitigkeit des Ungleichzeitigen. Aber das ist eine Falle, in der man leider ganz schnell hängenbleibt. Denk lieber chronologisch. Historisch.

Sie schauten einander an.

– Das hab ich nicht kapiert, sagte Natalie.
– Ach, oje. Vielleicht wäre es besser, wenn wir. Naah.

Astrid seufzte.

– Nein, das geht auch nicht, sagte sie zu sich. Er findet dich ja ideal. Du kannst dir gar nicht vorstellen, was er mir für Komplimente gemacht hat wegen meiner Wahl. Und wir können es nicht dauernd umändern. Auch wegen Dorm nicht. Er hat sich inzwischen an dich gewöhnt. Er fragt jetzt immer nach dir, wenn du nicht da bist. Mein Gott, Natalie, es ist gerade alles im Gleichgewicht. Du darfst dich da nicht so verrennen in diese letzten paar Zweifel.
– Was meinst du mit *dauernd umändern*?
– Nein, sagte Astrid. Nein, nein. Wir warten bis zur Teamsitzung. Dann besprechen wir das noch mal in aller Ruhe. Okay?

Natalie deutete durch eine Änderung ihrer Haltung an, dass es nicht okay, aber *okay* war.

– Es ist alles gut, sagte Astrid. Wirklich. Es ist gut und gesund, dass du dir diese Gedanken machst. Dir liegt viel an deinem Bezugi, an seinem Wohlergehen, das ist gut. Das hab ich ja schon mal gesagt. Wirklich. Ich bewundere das. Du bist noch so jung. Das sieht man selten.

Nachtdienst. Natalie konnte nicht schlafen. Sie hatte schon zwei vierzigminütige ASMR-Videos angeschaut. In ihnen erklärte eine junge Frau, wie man Schals band und Kleider auf kunstvolle Weise faltete. Das angenehm kribbelnde Spannungsgefühl stellte sich ein, und Natalie genoss es für die Dauer der Videoclips, aber danach war wieder das Nachtdienstzimmer da, die Kammer mit ihren engen Verhältnissen und dem charakterlosen Bett. Außerdem war der Akku des iPhones leer und musste aufgeladen werden. Herr Zunegg schlief ausgerechnet heute Nacht mit geschlossenen Lidern.

Natalie saß vor dem Teamcomputer.

Stephan Andreas Hollberg.

Sie stellte sich vor, wie er von Feuerwehrleuten von einem Strick abgeschnitten wurde. Am Tag seines Todes war er körperlich immer noch vorhanden, aber er war vollkommen inputlos und unbeeindruckbar und unzugänglich für alles. In den kommenden Monaten vermischte er sich mit der Erde. Er empfand kein Verlangen mehr, keine Sympathie, keine Sorge. Natalie merkte, dass sie unruhig wurde, aber solange sie aufrecht sitzen blieb, war der Gedanke an den Tod erträglich, man wurde nur innerlich bronzener und krümeliger und polsterbezughafter davon. Es war zwar spät, aber sie musste ein wenig darüber nachdenken, allein schon, weil sie an dem Grab gewesen war. Der Zustand eines Toten war unheimlich, denn er konnte auf alles verzichten. Er war überlegen. Und man weiß, dass man selber einmal genau in dieser Überlegenheit existieren wird. Wie wenn ein Mann zu dir sagt: *Ich weiß, dass du mich bald hassen wirst.* Das sagt in gewisser Weise auch die Erde zu uns. All die Dinge, die schön sind, Früchte und Brettspiele und Live-Sendungen und große, langfingrige, adernreiche, kräftig-männliche Hände, hach Gott, all das wird dir irgendwann nichts mehr bedeuten. Könnte man sich die Zuneigung zu diesen Dingen abgewöhnen, wäre auch der bevorstehende Abschied von ihnen erträglicher. Aber es war so schwer, darüber einen klaren Gedanken zu fassen. Natalie nahm die Computermouse in die Hand und drehte sie auf den Rücken. In Amerika hatte es einmal ein Experiment gegeben, in dem man Studenten einen auf den Rücken gedrehten käferförmigen Roboter vorsetzte und einen Hammer in die Hand drückte. Die Studenten sollten auf den hilflos mit seinen Rädern in der Luft rollenden Roboter einschlagen, bis er kaputt war. Aber immer wenn der Roboter getroffen wurde, spielte er ein jämmerlich schluchzendes Tier-Quietschen vom Tonband ab. Die meisten Studenten brachten es nicht fertig, den Roboter zu zertrümmern. Einige drehten ihn um, damit er wegfahren konnte und die Auseinandersetzung zumindest einigermaßen fair erschien, und droschen dann auf ihn ein, bis das Wehklagen sie abschreckte. Natalie legte die Mouse zurück auf das Mousepad. Alles ist immer nur auf Trost aus, dachte sie. Trost, erträglich machen, Abschied erleichtern. Das ist alles, was das Gehirn kann. Musik, wohnen, fuchsiger Nackengeruch, unsichtbare Schultertiere, Ejakulationen in den Mund, all diese schönen Dinge sind nur dazu da, den Abschied am Ende schwerer zu machen, weil man sich nicht vorstellen kann, je ohne diese Dinge zu sein, aber genau *diesen Gedanken* hält der Verstand wiederum nicht aus. Es ist zum Amoklaufen. Eine totale Fehlkonstruktion, das Ganze! Ich brauche Trost, denn ich werde sterben, und das macht mich traurig, und dann ist dieser Trost wiederum so angenehm, dass man sich an ihn gewöhnt und nicht ohne ihn sein kann und es einem in der Folge noch schwerer fällt, zu sterben! Also braucht man immer mehr und noch mehr Trost, weil durch jeden früheren Trost das Abschiednehmen um ein paar Grad schwieriger und langsam wirklich absolut unerträglich geworden ist und man am liebsten den Reset-Knopf drücken würde, aber man würde ja bloß als Juan oder Salim auf die Welt kommen, leidgebeugt an irgendeinem scheiß Bahnübergang herumstehend.

Stephan Andreas Hollberg.

Sie gab den Namen im Suchfenster ein und studierte die Ergebnisse. Wie stellte man ein, dass man nur Seiten von 2003 oder früher sehen wollte? Sie hatte außerdem vergessen, den Namen unter Anführungszeichen zu setzen. Sie tat es, drückte auf Enter – keine Ergebnisse. Die Suchmaschine machte einen Alternativvorschlag. Gut, dachte Natalie, der zweite Vorname, den nannte man ja nicht überall. Sie versuchte es mit *Stephan Hollberg.*

68 Ergebnisse.

Sie klickte auf *Bilder.* Keine einzige der Abbildungen zeigte ein männliches Gesicht. Doch da, eines. Sie ging dem Link nach. Es war ein junger Mann aus Norddeutschland. Auf seiner Seite stand etwas über Beachvolleyball-Weltmeisterschaften. Sie kontrollierte die anderen Fundstellen. Der Name verwies jedes Mal auf eine noch lebende Person. Enttäuscht schloss sie das Fenster. Sie ging aus der Kammer und wanderte ein wenig über die Gänge. Aus manchen Zimmern kamen Fernsehgeräusche. Die Betreuerküche war dunkel. Natalie setzte sich auf einen Stuhl und schaute aus dem Fenster. Sie nahm sich vor, demjenigen, der ihr als Nächstes von weit entfernten Objekten im Universum erzählen würde, einen Schlag in den Bauch zu verpassen. Einfach so. *Andromedagalaxie* – khmm!, direkt in den Magen. Es sei denn, korrigierte sie schnell den Vorsatz (solange er noch flüssig und formbar war), es war ein Klient. Aber sonst, wer immer ihr gegenüber dieses oder jenes Millionen Lichtjahre entfernte Nänänänänä erwähnte, würde es bereuen. Weit entfernte Dinge hatten so wenig mit uns und überhaupt allem zu tun, dass sie einfach nur hassenswert waren, und auch das Interesse an ihnen war hassenswert. Jawohl, ein Schlag in die Magengrube. Oder direkt aufs Brustbein, diese ungute Stelle, die den Herzschlag durcheinanderbringt. Natalie boxte in die Dunkelheit. Dann wurde ihr bewusst, dass sie etwas schneller atmete als gewöhnlich, und außerdem saß sie in einem fast vollkommen dunklen Raum – und sie hatte ihr iPhone nicht dabei. Um sich zu beruhigen, dachte sie an ein schönes Wort. *Papiermühle.* Das war wirklich ein majestätisches Wort, spindeldürr und auf eine würdevolle Art unvollständig, wie das Fragment eines Strohsterns.

– Papiermühle, murmelte Natalie und ging zurück ins Kämmerchen. Papiermühle, Papiermü–

– Ja eh!

Der Schrei, den sie von sich gab, erschreckte auch die Gestalt neben ihr.

– Oh, sagte Natalie und versuchte, Matthias' Arme abzufangen. Tut mir leid. Ich hab mich erschreckt.

– Aaaah, machte Matthias ganz leise.

Er lachte nicht.

– Ich hab mich nur erschreckt, sagte Natalie. Wir haben uns beide erschreckt.

Nebenan ging eine Tür auf. Herr Dorm saß in seinem Rollstuhl. Er war nackt, hielt aber ein kleines rosa Kissen auf seinem Schoß.

– Was soll der verdammte Lärm mitten in der Nacht!, bellte er.

– Alles in Ordnung, sagte Natalie, gehen Sie wieder schlafen, ich hab mich nur erschreckt. Es war dunkel, ich habe nichts gesehen.

– Ich brauch den Lärm nicht! Verdammtes Irrenhaus!

Die Tür knallte zu.

– Nnnh, knurrte Matthias besorgt.

– Es ist schon vorbei, sagte Natalie zu ihm. Wir haben uns beide erschreckt. Ich hab dich nicht gesehen in der Dunkelheit.

– Ja eh.

Matthias schwankte hin und her.

– Ich begleite dich zurück ins Zimmer, okay?

Er ließ sich von ihr führen, aber beim Gehen drehte er sich noch einige Male nach der Tür von Herrn Dorms Wohneinheit um, als dürfe er sie nicht aus den Augen lassen. In seinem Zimmer setzte Natalie Matthias auf sein Bett und sagte ihm, er solle jetzt schlafen gehen.

– Eh.

– Sag mal, Matthias. Warum bist du denn vor dem Dorm seiner Tür gestanden? Hat er wieder was zu dir gesagt?

Matthias lächelte fröhlich und schaute zur Seite. Entweder war dort ein unterhaltsamer Käfer an der Wand, oder die ganze Angelegenheit war zu kompliziert, als dass er sie hätte in Worte fassen können.

– Matthias, hm?, sagte Natalie und stellte sich vor ihm auf. Was war da?

– Aaah, sagte Matthias und winkte ab, als hätte sie ihm ein übertriebenes Kompliment gemacht.

Er sah auf diese rübezahlmäßige Weise liebenswert aus, bärig und knuddelig. Sein Pharaonenbart war etwas unordentlich.

– War wirklich nichts? Nichts Schlimmes passiert, nein?

Er lächelte und schwankte hin und her. Dann führte er seine Hand an die Nase und roch an den Fingern.

– Hat der Dorm irgendwas zu dir gesagt? Oder hast du was gehört?

– Hahaha!

Er klatschte in die Hände. Dann roch er noch einmal an seinen Fingern.

– Alles okay mit deiner Hand?, fragte Natalie und nahm sie in ihre.

– Ja eh.

Aber Matthias zog sie fort und wedelte mit ihr vor seinem Gesicht herum. Dann fielen ihm seine Schuhe auf. Er zog sie aus und legte sie auf den Stuhl, wo sie immer gemeinsam die Nacht zubrachten.

Natalie richtete sich seufzend auf.

– Okay, sagte sie. Wenn du was brauchst, klopfst du einfach an die Kammer, in Ordnung?

Matthias legte sich auf sein Bett, lachte, zog die Beine an und umarmte seine Knie. Wie würde das Bild aussehen, dachte Natalie, wenn er nicht lachen, sondern traurig dreinblicken würde?

Trostlos.

Jammervoll.

Mitleiderregend.

– Soll ich dich zudecken?, fragte sie und hob die Bettdecke hoch.
– Aaah, hahaha.
Er konnte es selbst.

Der Rest der Nacht bestand aus Wälzen. Als sie am nächsten Morgen in den Spiegel im Betreuerbadezimmer schaute, sah ihr Gesicht aus wie eine Waffel. Ein Zaun-Muster auf beiden Wangen. Wie bei einem entlaufenden Sträfling, der im Elektrozaun endet.

Erst bei der Dienstübergabe an B begann sie schläfrig zu werden. Sie erzählte von der rätselhaften Szene mit Matthias und Dorm, aber hatte dabei ein Tagtraumbild von einen Korb vor Augen, gefüllt mit einem Wurf Kätzchen, klein wie Hanteln. Aber Chat, dachte sie. Das wär doch nicht nötig gewesen.
– Ansonsten alles ruhig?, fragte B.
Natalie nickte gähnend.

Die Reifen des Fahrrads fühlten sich an wie kuriose Erweiterungen ihrer Wirbelsäule. Alle Bewegungen waren federleicht und zugleich erdgebunden und träge. An den Kreuzungen musste sie besonders aufpassen, um nicht zu früh loszufahren. Zuhause würde sie sich mit einer Tablette betäuben. Heute eine ganze, obwohl eine halbe bestimmt genug wäre.

Sie lag schon im Bett, ausgestreckt, und an ihrem Gaumen brannte der bittere Geschmack der Xanor-Tablette, da fiel ihr ein, dass sie vergessen hatte, den Suchverlauf im Browser des Teamcomputers zu löschen. Nein, sie konnte unmöglich anrufen und B bitten, ihn zu löschen, das war gerade verkehrt, verdammtes Xanor, es verwirrte die Gedanken. Sollte sie sich übergeben und so etwas Zeit gewinnen für Überlegungen, Pläne? Noch war die Tablette bestimmt nicht ganz aufgelöst.

Sie konnte ja … Natalie atmete tief durch … sie konnte ja, hey, sie konnte einfach ein bisschen ausruhen, oder? Nur ein paar Stunden … und dann zurück in die Arbeit und die History löschen. Die Geschichte löschen. History. Bis zum nächsten Mal, bleiben Sie uns treu, Ihr Guido Knopp. Scheiße, ich bin so müde. Wie soll ich jetzt wieder da raus. Da ist Schnee und kalt und mag nicht. Okay, sie musste mit ihren Überlegungen in einen der inneren Kreise umziehen. Der äußere Kreis war gerade vom Beruhigungsmittel stillgelegt worden. Natalie fing noch einmal von vorn an. Es war ein Problem aufgetreten, eine Liste war zu lang, und man musste sie abtrennen. Ja, dafür musste man also umkehren und mit dem Fahrrad und der Krawattennadel zurückkehren, um den Schlips zu kürzen. Er war zu lang. Und das Beste war, wenn man in eine der inneren Randzonen übersiedelte, da es dort wärmer und sicherer war. Dort konnte ihr nichts passieren, erst recht nicht dem Mann mit der Papiermühle, dunkel, eins.

Sie erwachte gegen vierzehn Uhr, leicht verwirrt, aber entspannt, die Orientierungslosigkeit war angenehm. Wie Totsein. Für Stephan Andreas.

Sie machte sich einen starken Kaffee, stieg aufs Fahrrad und fuhr zurück ins Wohnheim. Dort war B sehr erstaunt, sie zu sehen.

– Ich hab was vergessen, mein Handy, sagte Natalie. Ist offenbar eine richtige Epidemie hier, haha.

Sie tat so, als suche sie im Nachtdienstkämmerchen. B stand in der Tür.

– Matthias tut die Hand weh, sagte sie zu Natalie. Ich glaube, er hat sie sich eingeklemmt. Ich warte mal, wie es sich entwickelt.

Geh weg, dachte Natalie, bitte. Sie schaute beim Computer nach. Er war glücklicherweise noch eingeschaltet. Aber sie konnte nicht, solange B da stand.

Sie stieg aufs Bett und zog, unsichtbar für B, das iPhone aus der Tasche. History repeats itself, dachte sie. Alle finden ihr Telefon wieder. Ihr Guido Knopp.

Aber ihre Finger waren ungeschickt, und es fiel ihr hinters Bett. In eine enge Spalte.

– Fuck!
– Hast du's?
– Äh, ja. Es ist da hinterm Bett. Mir ist schwindlig.
– Warte, Miezchen, ich helf dir.

Miezchen? Hatte sie das wirklich gesagt? Oder Mädchen? Ja, es musste Mädchen gewesen sein. B stand hinter ihr. Es kam zu dem sekundenlangen Slapstick zweier Menschen, die einander auf engem Raum ausweichen.

Während B nach dem iPhone tastete, bewegte Natalie die Mouse. Sie öffnete Safari. Jetzt nicht umdrehen.

B drehte sich um.

– Ich schau hier nur schnell was, sagte Natalie.
– Ich krieg's nicht raus, murmelte B.

Natalie starrte auf ihr voluminöses Hinterteil.

Die Browser-History war bereits gelöscht. Oder nein, es fehlten *nur* die paar Sucheinträge über Stephan Hollberg, die ASMR-Videos davor waren noch da, und dann waren auch einige gruppenausflugspezifische Suchanfragen von B dabei, von heute Morgen.

Natalie schaute zu B. Hatte sie …? Aber es war eine Frage, die man natürlich nicht stellen kann: Hast du den Verlauf für mich bereinigt? Wenn ja, warum? Oder hab ich gar nicht.

– Hab ich dich!

B brachte ihr das iPhone.

– Danke, sagte Natalie. Ich kann irgendwie nicht ohne sein.
– Versteh ich gut, Miezchen, sagte B.

Sie tätschelte Natalies Kopf und ging an ihr vorbei.

– Wie sagst du?
– Oh, sagte B. Ist nur so ein Wort. Tut mir leid.
– Nein, ist schön. Ich hab es nur nicht gekannt.
– Mein Kopf ist einfach voller Katzen, im Augenblick. Wegen dem Wurf.

Natalie schaute sie blöd an. Ihr wurde bewusst, dass sie blöd dreinschaute. Offener Mund, ausdruckslose Augen. Dorftrottelblick.

– Welcher Wurf?

– Von dem ich dir erzählt hab, heute Morgen.
– Ah ja, sagte Natalie. Ich dachte, das hätte ich geträumt.
– Welcome to the zone, sagte B. Also dann, schlaf dich aus, heute Nacht, kleines Kätzchen.

Treffen

Am grausamsten war die ewige Rückkehr in den Alltag. Es kam, egal welche Szenen sich in der Vorwoche ereignet hatten, doch immer wieder zu einem neuen Besuch. Man konnte nichts dagegen machen. Das Arrangement war hermetisch wie ein juristischer Apparat. Er könnte mich ohrfeigen, er könnte sich nackt ausziehen und tanzen, dachte Natalie, er könnte Dorm anpinkeln, er könnte ihn mit einem Baseballschläger verprügeln. Es würden Entschuldigungen folgen, und in der nächsten Woche käme es zu weiteren Besuchen. Immer die gleichen Abläufe. Das war schon fast wie Familie.

Am Vormittag besprach sie mit Mike Strategien zur Bewältigung seiner in jüngster Zeit entstandenen Hygiene-Probleme, und nach einer kurzen, mit Lesen im Sozialraum verbrachten Mittagspause bastelte sie mit Dorm an einem Kalender, der als Geschenk für Hollberg gedacht war. Nach einer Weile schweigsamer Falt- und Klebearbeit setzte eine kurze agoraphobische Attacke ein, und sie wünschte sich einen engen, warmen Kokon, der ihren Körper umgab. Die Glühbirne im Sozialraum sirrte und flimmerte, als hätte sie verstanden, und sendete die Anfrage weiter. Dorm blickte immer wieder böse in die Höhe. Heute Morgen hatte Astrid ihm die Haare geschoren. Sie durften nie nachwachsen. Dabei würde er, dachte Natalie, mit einer etwas volleren Frisur gar nicht schlecht aussehen. Weniger streng, weniger nackt, weniger dauerentsetzt.
– Wie ist die Zeit?, fragte er.

Er bestrich einen der letzten Kalenderzettel mit Klebstoff.
– Er müsste gleich da sein, sagte Natalie.
– Mist. Ich hab gedacht, mit Ihnen geht's schneller!
– Geht es auch, sagte Natalie. Ich hab die ganzen Blätter da geordnet. Schon vergessen?

Dorm brummelte etwas. Als er fertig war, brachte er das Gebilde in sein Zimmer.

Als Hollberg erschien, hatte er auch ein Geschenk dabei. Allerdings für Natalie. Eine Packung Schokoherzen von Milka. Er entschuldigte sich, während Dorm danebenstand und irritiert zwischen den beiden hin- und herblickte wie eine Katze zwischen Federballspielern, für den Kiefergriff und für sein Verhalten allgemein. Das sei unverzeihlich gewesen. Es sei vermutlich seine Medikation. Die mache allerhand Sachen mit ihm. Vieles laufe da unproduktiv im Kreis. Natalie ließ ihre Hand schlaff und locker, als er sie schüttelte. Er deutete auf den Tisch im Sozialraum, auf dem das Buch lag, in dem Natalie in der Mittagspause gelesen hatte.

– Ah, Stephen King, sagte Hollberg. The grandmaster himself. *Cujo.* Hab ich nie gelesen. Ist es gut?

– Na ja, sagte Natalie.

Das Buch handelte von einem tollwütigen Hund, der eine Mutter und ihren Sohn bedrohte. Die beiden saßen in einem defekten Auto fest. Draußen der Hund, drinnen die Angst und das Drama. Natalie schaffte pro Tag nur zehn, fünfzehn Seiten, danach wurde es ihr zu viel.

– Was glaubst du, sagte Herr Hollberg. Werden die Leute das noch lesen, wenn Stephen King selbst nicht mehr lebt?

– Auf jeden Fall, sagte Natalie.

– Hmmm.

Herr Hollberg schüttelte den Kopf.

– Ich weiß nicht, sagte er, ich frage mich das die ganze Zeit. Zum Beispiel, wenn du in eine Buchhandlung gehst, ja? Da stehen all diese Werke, viele, viele Meter lang. Und viele, natürlich, sehr, sehr viele, sind von Menschen geschrieben worden, die bereits tot sind. Nicht wahr? Das ist also wie ein gigantischer …

Natalie war plötzlich in der Szene. In the zone. Okay, es ging also schon wieder los. Das Zweideutige. Mist, sie hatte wenig trainiert in letzter Zeit. Er würde bestimmt gleich *Friedhof* sagen, oder? Ja, mit Sicherheit. Es war klar: Er hatte sie gesehen, sie war zu leichtsinnig gewesen, natürlich war er noch irgendwo in der Ferne herumgestanden und hatte das Grab betrachtet, wozu sonst der knallgrüne Hut, ich verdammte Idiotin, vielleicht hat er schon vorher bemerkt, dass ich ihm gefolgt bin, und er hat mich absichtlich zu den muslimischen Gräbern geführt –

– Speicher, sagte Herr Hollberg. Ja, ich denke, das ist der richtige Ausdruck. Ein Speicher voll Aussagen toter Menschen. Hauptsächlich toter Menschen, *in erster Linie* toter Menschen.

Er schaute jetzt Natalie direkt an. Der Punkt, um den es ihm ging, schien ihm sehr wichtig, aber er wirkte unzufrieden mit seiner eigenen Formulierung.

– Und wenn man eines dieser Bücher liest. Zum Beispiel eines wie das hier. Dann sieht man, dass es darin auch immer nur um eines geht.

Natalie wartete.

– Todesangst, sagte Herr Hollberg. Ich meine, schau dir den Hund auf dem Cover an. Die reine Todesangst, oder? Diese Augen. Also stell dir vor, wie das sein muss für diese Menschen, die Bücher schreiben wie das hier. Die haben alle Todesangst, immer. Sie sind bald tot. Sozusagen Tote *in spe*, die ihre Furcht einem Element anvertrauen, das selbst gar keinen Tod fassen oder in sich tragen kann: einem unbelebten Gegenstand. In ihm wächst nie eine Krankheit heran, er bleibt immer da. Aber auf jeder Seite sind die bitteren Kapseln ausgestreut.

– Ja, das Buch ist schon ziemlich zum Fürchten, sagte Natalie.

Nun hielt Herr Dorm es nicht mehr aus. Er gab leise vorfreudige Kehlgeräusche von sich und fuhr auf Hollberg zu, dann stellte er seinen Rollstuhl schräg vor ihm auf und streckte seine Arme aus. Er umfasste den Rumpf von Herrn Hollberg. Dieser ließ seine Arme fallen, aber die Hände berührten den Körper des aufgeregten Mannes im Rollstuhl nicht. Eine landete auf der Armlehne, die andere auf einem der Schiebegriffe. Dann, als sie sich voneinander lösten, legte Herr Hollberg für einen Augenblick eine Hand auf den ultrakurzen Haarflaum auf Dorms Schädel und drückte zu.

Die Geste wäre nicht so verstörend gewesen, hätte Hollberg nicht währenddessen Natalie weiter angeblickt.

– Jaja, sagte der Besucher. Der ist mir vielleicht einer. Aus, Lumpi, aus.

Dorm kicherte glücklich.

– Also dann, sagte Hollberg.

– Warte, Chris, ich, ich muss dir was zeigen, was ich für dich, was ich mir –

– Hm? Wie?

Als hätte er Schwierigkeiten, zu verstehen, beugte Hollberg sich zu Dorm hinunter und legte sogar in einer stummfilmartigen Gebärde die Hand hinters Ohr.

– Ich hab dir, wiederholte der aufgeregte Dorm, ich hab dir was, es ist eine Sammlung, ich hab sie heute fertig, und du, es ist, ich wollte sie dir zeigen –

– Ja, sagte Natalie. Es war viel Arbeit.

Dorm blickte sie irritiert an. Murmeltiertag, dachte Natalie. Immer dasselbe. Aber so funktioniert Realität. In einem Film wären längst alle tot oder klüger. End Credits, aufsteigend wie Kohlensäurebläschen über der nächtlichen Stadt.

– Na dann, na dann, schauen wir's uns an.

Herr Hollberg folgte Dorm in die Wohneinheit. Natalie wahrte einen gewissen höflichen Abstand. Sie blieb in der Tür stehen. Dorm präsentierte die Sammlung von Zeitungsausschnitten. Sie nähere sich langsam, aber sicher der Vollständigkeit. Auch an dem kleinen Altar habe er Verbesserungen vorgenommen, erzählte er stolz, es sei alles sehr leicht gegangen in letzter Zeit, obwohl es *an sich* gar keine leichte Zeit gewesen sei. Sehr viele Veränderungen und Umstellungen. Aber es stecke nun insgesamt sehr viel mehr Gutes in dem Altar.

– Ja, mhm, machte Herr Hollberg und schaute zu Natalie.

– Und da, da hab ich alle früheren Begegnungen, also, hab ich alle noch mal beschrieben, in Reinschrift sozusagen, damit es leichter lesbar ist, weil, meine eigene Handschrift ist so fetzig, so …

Er zeigte ihm den Kalender. Herr Hollberg nahm ihn in die Hand, blätterte darin und gab ihn gleich wieder zurück.

– Ist es okay?, fragte Dorm hoffnungsvoll. Ich meine, ist alles richtig so? Ich hab ihn für dich gemacht.

– Sicher, sicher.

Herr Hollberg deutete in Richtung Tür.

– Wollen wir dann? Es wird sonst spät, und uns läuft das Licht davon. Der Tag sinkt, Johnnie Walker geht.

– Hahaha!, lachte Dorm verzweifelt.

– Johnnie Walker, sagte Hollberg. Walker, Texas Ranger. Spaziergänger. Eins zwei, eins zwei.

Herr Hollberg ließ seine linke Hand mit zwei Fingerbeinen über seinen rechten Unterarm marschieren. Dorm strahlte ihn glücklich an und lachte:

– Hihihi.

– Dumdidumdidum, machte Hollberg. Ich gehe so dahin. Ich gehe mit meiner Laterne, weil ich ein Händchen bin.

– Haha, das ist großartig, Chris!

– Eins zwei, eins zwei, immer einen Fuß vor den anderen. Johnnie Walker. Aufgepasst, zwei drei vier –

Und er ließ die Hand einen Cancan tanzen und summte die bekannte Melodie dazu. Dorm klatschte fröhlich und warf sogar Natalie einen erleichterten *Ist-er-nicht-toll?*-Blick zu.

– Also dann, Gentlemen, sagte Herr Hollberg. Let's walk the walk and not just talk the talk! Abmarsch, in den Schnee.

Aber es lag nicht mehr viel Schnee. Die Temperaturen waren unberechenbar gewesen in den letzten Tagen, ein knieschwächend warmer Tag folgte auf einen unbarmherzig kalten. Der Schnee schmolz und fiel gleich wieder, es war wie in einem Computerspiel.

Um seine Beine hatte Dorm eine Decke gewickelt. Er fuhr dicht neben Hollberg und suchte ständig Augenkontakt. Fehlt nur noch die Leine, dachte Natalie.

Hollberg sang:

– *Und das Heupferd, das hat Beine, und die trägt es im Ge-*

sicht. Und der Alex sitzt im Rollstuhl, doch die Beine sieht man nicht.

Dorm kicherte und klatschte.

– Man möchte dir Hüte aufsetzen, sagte Hollberg. Gell, Natalie? Hüte. Einen über dem anderen.

– Ja, Chris, hahaha!

Natalie hasste es, von ihm beim Vornamen genannt zu werden. Vor allem vor Dorm. Die seltsamen Ereignisse von letzter Woche, diese ungesunde Nähe, die sie erzeugt hatten, waren ihr noch gut im Gedächtnis.

– Warte, sagte Hollberg. Ich hab doch … Ja!

Und er rannte in Richtung Parkplatz, zu seinem Wagen. Natalie und Dorm schauten ihm beide hinterher. Es war doch nicht so warm, wie es zuvor gewirkt hatte. Natalies Kopf begann zu frieren. Sie fasste in ihre Jackentasche nach der Haube, aber als sie ihre Hand hervorzog, waren es zwei Handschuhe. Das Geschenk. Aus der Mülltonne. Vom Friedhof. Die Handschuhe, die sie vor Wochen für Dorm gekauft hatte – und er hatte sie gesehen. Jetzt fiel ihr einer auch noch hinunter. Und lag da. Sie bückte sich schnell danach.

Dorm sagte kein Wort. Aber er hatte alles gesehen, und sein Mund stand offen.

Was hätte sie sagen sollen? Einen Satz wie: *Okay, ich weiß, wie das aussieht*? Oder sollte sie einfach erklären, Hollberg habe sie weggeworfen? Auf dem Friedhof. Vielleicht war der grüne Hut auch ein Geschenk von Dorm gewesen? Dorm würde natürlich glauben, Hollberg habe sie an Natalie weitergeschenkt. Weitergegeben. Ein Kreislauf. Wieder beim Ursprung angekommen.

– Meine Finger sind kalt, Entschuldigung, sagte sie und packte den Handschuh weg.

– Da!

Hollberg stand wieder neben ihnen. In seiner Hand hielt er einen grotesken Riesenhut, von ähnlich päpstlicher Bauart wie der grüne, aber ein bisschen breiter. Ascot Pferderennen, dachte Natalie.

– Okay, sagte er zu Dorm. Superman. Eine Frage für dich.
– Ja, Chris?

Dorms Stimme war noch beherrscht, nur eine Spur weinerlich. Hollberg merkte nichts.

– Wenn ich diesen Hut werfe, würdest du ihn dann fangen? Oder holen, wie ein Hund?

Auf Dorms Gesicht mischten sich Irritation und Zuneigung und ein drittes, namenloses Gefühl. Er hob eine Hand, machte eine Geste, ließ die Hand fallen.

– Natürlich, sagte er. Wenn dir das …
– Super, sagte Hollberg. Also.

Er warf den Hut wie einen Frisbee.

Dorm rollte hinterher. Es war eine recht lange Strecke, der Hut war weit geflogen. Natalie hatte seine Bahn verfolgt. Ich könnte, dachte sie, die Handschuhe jetzt an Hollberg zurückgeben und sagen, hier, die hab ich gefunden, die gehören doch dir, und vielleicht würde er dann vor Dorm sogar so tun, als wären es seine und als hätte Natalie nur kurz darauf aufgepasst oder so. Aber nein, das ging natürlich nicht, denn dann wüsste er, dass sie auf dem Friedhof gewesen war! Es war alles immer so festgefahren. Sie konnte weder vor noch zurück. Sie nahm sich vor, die Handschuhe zuhause auf dem Balkon zu verbrennen.

Nach dem dritten Hut-Apportierdurchgang sagte Hollberg zu Natalie:

– Witzig, er merkt es nicht mal.
– Was?
– Der Hut hat meiner Frau gehört. Einer von vielen. Ich werfe sie gerade alle raus.

Eine große, weite Erdensekunde verstrich. Ihre auf der Stelle tretenden Füße im Schnee und das sich entfernende Fahrgeräusch der Rollstuhlräder wurden nüchterner, klarer, alles fand hier und jetzt statt. Eine Halbschlaf-Myoklonie der ganzen Welt. Um ein Haar hätte Natalie die Handschuhe hervorgeholt.

– Deiner Frau?, fragte sie.

Die Stimmlage gelang ihr recht gut. Besorgt, höflich, anteilnehmend. Sie durfte ihm keinen Türspalt mehr bieten, in den er seine Schuhspitze zwängen konnte.

– Ja, sagte Hollberg. Ulrike. Hab ich das nicht erwähnt? Dir gegenüber, meine ich. Mit allem Drum und Dran?

– Nein.

– Nicht? Bin mir aber fast sicher. Na ja. War jedenfalls ihr Hut. Aber das merkt er offenbar nicht.

Dorm kam zurück.

– Aber, warum –

– Ah, ich kann es auch nicht erklären, sagte Hollberg. Damals, nach ihrem Tod, weißt du. He, Superman, hör kurz mal weg! Also, nach ihrem Tod, ja? Da bin ich Monate einfach nur herumgeirrt. Ich hab mir echt schlimme Dinge vorgestellt. Also richtig, richtig schlimme Dinge. Ich war in Russland, dann in der Mongolei. Ich hab wie ein Idiot Fotos gemacht, von allen möglichen Sachen. Mein Gott, es ist echt peinlich, das heute zuzugeben. Aber ich habe sogar einen Baum fotografiert, der durch mehrere Balkone gewachsen ist. So ein Idiot war ich! Ich weiß wirklich nicht, was ich mir dabei gedacht habe. Wahrscheinlich etwas wie: die unendliche Geduld des Holzes. Päh!

Er streckte seine Zunge heraus.

Dorm hielt ihm den Hut entgegen.

– Wunderbar, sagte Hollberg. Noch mal.

– Es ist kalt, Chris.

– Einmal noch, du kleine Sau, okay?

Natalie hätte ihm gerne den Hut aus der Hand gerissen. Aber sie schaffte es nicht. Ihre Hand blieb in ihrer Jackentasche, bei den Handschuhen.

Der Hut segelte davon.

Dorm drehte sich langsam um und fuhr ihm nach. Auch diesmal war er recht weit geflogen.

– Wo war ich? Ja, wahrscheinlich hatte ich so romantische Vorstellungen von dem Holz. Von seiner Fähigkeit, anorganische Materie in organische zu verwandeln. Wie in der Szene in dem Film von Werner Herzog über zum Tod verurteilte Verbrecher in Texas, in der sie den Wagen der ermordeten Familie auf einem Parkplatz aufsuchen und der Polizist erklärt: *Ein Baum ist von unten durchgewachsen, also mussten wir den Wagen woanders hinstellen.* Doch was da aus Holz war, bog sich und blieb. Langsames, Jahrhunderte in Kauf nehmendes Vorgehen. Wie gesagt, richtig peinlich.

– Ich finde das gar nicht peinlich, sagte Natalie. Aber vielleicht sollten wir uns etwas bewegen?

– Er bewegt sich doch, oder? Also damals, nach Ulrikes Tod (Natalie drückte die Handschuhe fest zusammen, als er diesen Namen zum zweiten Mal an diesem Tag laut und dann auch noch so selbstverständlich aussprach), da hab ich mir gedacht, dass ich möglicherweise. Na ja, die Idee war, ich könnte mich ja vielleicht dem Islam zuwenden.

Und er begann ihr davon zu erzählen, etwas hastig und in leiserem Tonfall, denn Dorm war schon auf dem Rückweg. Er fuhr langsam, der riesige Hut lag in seinem Schoß.

Er habe, so erzählte Hollberg, schon immer eine Vorliebe für die Ästhetik dieser Religion gehabt, es sei eine Religion des Tageslichts, der hellen Flächen, der wunderschönen Ornamente. Mildtätigkeit und Strenge. Es gebe Raum für Zorn, aber auch für Gastfreundschaft. Er habe sich vorgestellt, in ihr tiefer und besser atmen zu können, nachdem er einmal mit anderen Gläubigen beim gemeinsamen Gebet gewesen sei. Er habe sich das Fasten an Ramadan als angenehmes Glühen in der Bauchgegend ausgemalt. Aber dann habe es leider nicht funktioniert.

Dorm hielt Hollberg den Hut hin.

– Fertig, sagte er.

Er klang wie ein Kind.

– Hast du toll gemacht!, rief Hollberg. Noch mal.

Dorm schaute ihn an. Er lächelte nicht. Dann schüttelte er den Kopf. Atemwölkchen vor seinem Gesicht.

– Komm, noch mal, sagte Hollberg.

– Nein, sagte Dorm.

Er schaute zu Natalie. Diese nickte ihm ganz leicht zu.

– Er weigert sich. Ist das süß. Das hast du ihm beigebracht, oder?

– Nein, Chris, sagte Dorm.

Gänsehaut-Chor.

Herr Hollberg legte den Hut in den Schnee und trat darauf.

Natalie entfuhr ein Schreckenslaut.

– Au!, schrie Dorm. Hör auf, Chris!

– Dn, dn, dn, machte Hollberg, als er auf dem Hut herumtrampelte. Wie lange kennen wir uns jetzt schon? Hm? Sag! Wie lange?

Dorm schnaufte weinerlich.

– Schon seit immer, Chris, sagte er. Eine Ewigkeit.

– Genau, eine Ewigkeit, wiederholte Hollberg.

– Herr H… äh, Chris, sagte Natalie und fasste ihn am Arm.

Wenn heute schon der Tag der Vornamen-Premieren war.

Er blickte sie an.

– Ja?, sagte er. Was?

– Du solltest jetzt gehen.

Dorm protestierte nicht. Hollberg auch nicht. Sie ließ seinen Arm los.

Und so verlor der Leopard seine Flecken. Damit die Seele entweichen konnte. *You are the splatter film beneath my wings.* Der eingedrückte Teil des Hutes faltete sich wieder ein wenig auf.

– *Du solltest jetzt gehen*, wiederholte Hollberg. Das. Ist der nutzloseste Satz, den es gibt. Auf der ganzen Welt. Du kannst ihn sagen. Aber. (Er stellte einen Zeigefinger auf.) Er wirkt nie. Der Mensch wird trotzdem nicht von deiner Haustür verschwinden. Es gibt diesen Satz nicht einmal! Er ist ein Hirngespinst.

Dorm fing an zu heulen.

– Ich hab wirklich Geduld gehabt, sagte Hollberg. Ich hab die größte Geduld, die man sich vorstellen kann. Und ihr!

– Ja, sagte Natalie. Aber es ist nicht gut, wenn du –

– Gut, ich gehe, unterbrach er sie. Wenn ihr das beide wollt.

– Nein, Chris –

Jetzt streckte Dorm wieder die Arme nach ihm aus.
– Ihr, in eurer verkehrten Welt, schimpfte Hollberg. Werdet doch glücklich miteinander.

Er stapfte in Richtung Auto davon. Den Hut ließ er im Schnee zurück. Natalie hob ihn auf, putzte ihn ab.

Als sie Astrid fand, sprach diese gerade ins Diensthandy. Sie sah Natalie und ließ das Handy sinken.
– Ja?
– Ich glaube, es …

Was hätte sie noch sagen wollen? Es steht eine Katastrophe bevor? Es hat eine Szene gegeben? Es bahnt sich was Schlimmes an (Och. Echt?). Nichts passte. Nichts ergab Sinn. Murmeltiertag.

Astrid wartete.
– Ich bin mir nicht sicher, was passiert ist.
– Ich bin gerade dabei, das zu klären, sagte Astrid.

Sie kehrte zum Telefongespräch zurück. Also hatte Hollberg sie angerufen. So schnell. Er saß bestimmt noch draußen im Auto und telefonierte.
– Was für eine feige Sau, sagte Natalie.

Sie gleich winselnd anzuschwärzen bei ihrer Chefin! Aber gut, Koller-Verdyl, klar, die beiden waren ja so miteinander. Da gab es eine Connection. Die Koller-Connection. Kriminalfilm auf ORF2. Natalie schnaubte und schüttelte den Kopf. Irrenhaus.
– Stabil?, sagte Astrid irritiert. Natürlich ist er stabil. Darum geht es auch gar … Ja, aber wenn Sie mir keine andere Möglichk… Ich schreie nicht … Nein, tu ich nicht! Aber Sie … Ja, und ob mir das auffällt …

Natalie schäumte innerlich vor Wut: elender Unfug, Anschwärzen, Übergangenwerden und überhaupt ein Haufen Arschlöcher alle zusammen – und erst einige Sekunden später fiel ihr auf, dass Astrid ihren Anrufer siezte.
– Ich hör Ihnen ja zu … Nein, natürlich kümmern wir uns um ihn. Mike ist … Nein, das müssen Sie wirklich nicht … Nein,

auf keinen Fall … Ihr Mann ist bei uns … Ja … Ja, allerdings … Gut, dann nächste Woche … Ja, Ihnen auch.

Sie beendete das Gespräch und gab ein entnervtes Fauchen von sich.

– Was ist mit Mike?

– Nichts, sagte Astrid. Aber seine Frau dreht schon wieder durch. Weil seine Arbeiten in dem Katalog gezeigt werden sollen.

– Katalog?

– Alles okay, sagte Astrid. Du kannst gar nichts davon wissen. Ich wollte es dir erst sagen, wenn es fix ist. Es wären auch lauter alte Bilder gewesen, von vor über einem Jahr. Da warst du noch gar nicht da. Ein Kunstprojekt von der Frederik-Waggerl-Stiftung. Die geben alle zwei Jahre einen Katalog heraus. Wir haben die Bilder schon damals eingereicht. Und jetzt ist die Bestätigung gekommen. Aber es braucht eben noch das Okay von seinem gesetzlichen Vormund. Hahaaa, und das ist, ganz genau, Madame Hitler. Madame Hysterie. Hysteritler.

Natalie lachte. Allerdings nicht über das Wortspiel, sondern vor Erleichterung. Astrid stimmte mit ein.

– Ist doch wahr, sagte sie. Die ist wirklich eine Mischung aus Operndiva und Diktator. Sie will nicht, dass ihr Innenleben … oder sein Innenleben auf diese schamlose Weise, nänänänä. Hättest sie hören sollen. So ein dummes Weib. Sie glaubt, er zeichnet die meiste Zeit sie! Ihren Körper und so weiter. Keine Ahnung, wie sie darauf kommt! Die ist genauso gestört wie. Ich meine, sie wollte sogar Mike sprechen! Wollte zu ihm durchgestellt werden. Durchgestellt!

– Nein!

– Aber jetzt ist alles okay, sagte Astrid. Er hat es nicht mitgekriegt. Als ich ihm gesagt habe, dass es mit dem Katalog gut aussieht, ist er dich gleich suchen gegangen.

Mich suchen gegangen, dachte Natalie. Sie musste sich kurz zusammenreißen, damit nicht. Nein, ging schon. Nur ein Kloß im Hals. Wahrscheinlich noch die Rest-Erregung von der Szene vorhin. Er ist mich suchen gegangen.

– Am besten, du gehst jetzt zu ihm, sagte Astrid. Und erzähl ihm ruhig mehr von dem Katalog. Das wird ihn freuen. Ich prügle schon noch ein Okay aus dieser Weibsperson raus. Und wenn sie es mir mit ihren eigenen Zähnen als Kreideersatz auf den Gehsteig schreiben muss.

Beeindruckt und sonderbar beflügelt von der erfrischenden, ungewöhnlichen Brutalität des Bildes ging Natalie fort.

– Und wenn ich es nicht schaffe, rufst du sie wieder an, rief Astrid ihr hinterher. Vor dir hat sie Angst.

Sie klopfte an Mikes Tür, ein, zwei, sanfter, drei Mal, wartete kurz und betrat dann – das Werk der letzten Stunden. Wie üblich verschlug es ihr den Atem. Als sie merkte, dass Mikes Kopf abgewandt war, vollführte sie im Dämmerlicht des Zimmers jene verkrampft-triumphale Verrenkungsgeste, die einem allein noch übrigbleibt, wenn man niemanden zum High-fiven hat.

Ursula

Als es schon dämmerte, kam Ursula, die heute Nachtdienst hatte. Sie trug eine alberne, billardkugelrote Weihnachtsmannmütze auf dem Kopf.

– Warum sagt mir keiner, dass heute Tag der Hüte ist?, sagte Natalie. Ich hätte mir einen Zylinder organisieren können.

Ursula nahm die Mütze ab, schaute besorgt.

– Ist was passiert?, fragte sie.

– Ich weiß nicht, sagte Natalie. Der Hollberg hat heute einen Hut verprügelt. Von seiner Frau. Ulrike heißt die. Hast du das gewusst?

– Du liebe Zeit, sagte Ursula. Der Arme.

– Was?

– Ja, sagte Ursula. Ich stell mir das immer ganz schrecklich vor, seine eigene Frau zu verlieren. Und dann auch noch Selbstmord.

– Aber er müsste ja nicht herkommen, oder?

– Na ja, sagte Ursula. Das ist halt das Komplizierte an der Sache. Ist bestimmt nicht leicht für ihn.

– Aber warum besucht er ihn dann, ich weiß, dass ich das schon hundertmal gefragt habe, aber, Herrgott, es ergibt immer noch keinen Sinn. Heute hat er gebrüllt, dass er eine wahnsinnige Geduld hat und dass wir uns nicht vorstellen könnten, wie groß seine Geduld ist.

In Ursulas Blick lag Mitgefühl.

– Es gibt alles Mögliche auf der Welt, sagte Ursula. Alle möglichen Formen der Erkenntnis und der, äh, der späten Einsicht.

– Späte Einsicht, aha.

Ursula hob die Hände.

– Er besucht ihn nicht aus Nächstenliebe, sagte Natalie. So viel ist klar.

Ursula seufzte und tauschte ihre Stiefel gegen Hausschuhe.

– Warum eigentlich nicht?, sagte sie. Warum ist gerade diese Möglichkeit so schwer zu begreifen?

– Schwer zu begreifen ist sie nicht.
– Na ja, aber akzeptieren kannst du sie nicht.
– Warum sollte man auch?
– Ach, ich weiß nicht, es ist einfach nicht alles auf der Welt schwarz oder weiß, denke ich, manches liegt halt so dazwischen. In der Grauzone, verstehst du?

Natalie wusste genau, welches Wort sie wiederholen musste, um Ursula zu irritieren:
– Grauzone.

Menschen waren leicht zu bedienen.
– Ich kann mit fehlendem Glauben ganz gut umgehen, bekannte Ursula, aber mit fehlender Bereitschaft, in anderen den Glauben zur Veränderung wahrzunehmen, damit, also –
– Er quält ihn.
– Was?
– Er quält ihn.
– Wie jetzt, der Hollberg den Dorm?
– Nein, Prinz Charles den Grabstein von Lady Di. Er klebt ihn mit kleinen Diskettensymbolen voll. Und klickt dann drauf.

Ursula schaute sie angewidert an.
– Sorry, sagte Natalie in versöhnlichem Tonfall. War geschmacklos, ich weiß.
– Sie war eine außergewöhnliche Frau, sagte Ursula ernst. Ich glaub nicht, dass Prinz Charles sich über ihren Tod freut.
– Ja, sie hat viele Leute aus der Dunkelheit geführt, sagte Natalie.

Ursula nickte, immer noch unzufrieden mit Natalies Benehmen heute, aber zumindest waren ihre Bewegungen wieder etwas wärmer, zugekehrter und freundlicher geworden.
– Sie hat viele arme Menschen auf der Welt …

Noch kannst du den Satz nett aufhören lassen, warnte eine Stimme in Natalies Kopf. *Vielleicht solltest du dieses Mal nicht –*
– … aus dem dunklen Tunnel geführt, ins Licht.

Ursula schaute sie an.
– Ja, sagte sie dann. Ja, wahrscheinlich hat sie das.

Natalie verbarg ihr Grinsen.
– Aber im Ernst, sagte sie dann. Warst du schon mal dabei? Ich meine, wenn er ihn besucht? Wie er mit ihm redet, und seine Berührungen. Das ist voll psycho. Nach einer Weile wird man selbst wahnsinnig.
– Was ist auf dieser Welt schon normal?, fragte Ursula.
– Oh, ja genau, sagte Natalie. Hab ich vergessen.
Eine kurze Pause trat ein.
– Er hat einen Hut verprügelt?, fragte Ursula.
– Ja.
Natalie deutete eine kleine Pantomime des bemerkenswerten Vorgangs an.
– In der Frühchenstation, wo ich früher war, sagte Ursula, da war einmal ein Vater, der das auch nicht mehr ausgehalten hat. Seine Frau war zu schwach wegen der inneren Blutungen, also ist er Tag und Nacht da gesessen. Und er hat immer gesagt, dass ihn das Gesicht des kleinen Mauserls überhaupt nicht an seines erinnert. Das war ein Problem für ihn.
Sie sprach nicht weiter.
– Und dann?
– Ach so, ja, er hat immer gesagt, das Mauserl sieht aus wie Arthur Rubinstein. Das war ein Pianist. Der hatte so große Augen, die aber, selbst wenn sie offen waren, immer aussahen, als wären sie geschlossen. Und deshalb hat er einen Polster verprügelt, richtig wild. Wir haben ihn entfernen müssen.
– Den Mann oder den Polster?, fragte Natalie.
– Den Mann. Der Polster war schon kaputt.
– Und hat das Kind überlebt?
– Oh, ja, ja, lachte Ursula, innerlich sonnenbeschienen von der Erinnerung. Ja. Das kleine Mauserl hat es geschafft.

Das Kosewort für das zu früh geborene Kind tat Natalie unerwartet gut. Sie dachte an ihre eigene Therapiemaus im Nacken. Man müsste eine solche zu den Frühchen in den Brutkasten setzen, ein fürsorglich eingestelltes, unaufdringliches Gefährtenwesen. Und vielleicht könnte man eine dieser Kuppeln bauen, wie war das Wort, *geometrischen*, nein, jedenfalls die Kuppeln, die zu schweben beginnen. Mit Städten darunter. Aber einen Polster verprügeln, hm. Sie sah die Szene vor sich.

– Wie hast du das gemeint, er quält ihn?, fragte Ursula.

– Was?

Natalie tauchte aus der Polsterprügelei auf.

– Du hast gesagt, er quält ihn. Wie? Was macht er?

Jetzt wäre natürlich der Augenblick gekommen, um *Glaub mir, das willst du lieber nicht wissen* zu sagen und die große Ursula-Fantasiemaschine anlaufen zu lassen. Natalie sagte stattdessen:

– Kann ich nicht genau sagen. Aber eines hab ich bemerkt, was wirklich Interessantes.

Sie winkte Ursula etwas näher zu sich heran, was wegen der ohnehin schon geringen Entfernung, in der die beiden Frauen zueinander standen, etwas lächerlich wirkte, aber Ursula nahm den konspirativen Wink ernst. Sie neigte sogar, entzückend, ihr Öhrchen ein wenig dem zu erwartenden Schreckensbericht entgegen:

– Er …

Eine kurze Pause (wie das Blasen in ein noch glimmendes Holzfeuer). Dann holte sie Luft und sagte es:

– Er *beherrscht* sich.

– Beherrscht sich? Wer?

– Der Hollberg. Er beherrscht sich die ganze Zeit. Vom Moment der Begrüßung an bis zur Verabschiedung. Seine Muskeln, da und da und auch die am Hals, sind immer verkrampft. Er unterdrückt ein Schreien. Ich weiß genau, wie Leute bei so was aussehen.

– Ehrlich, woher?

Natalie musste wieder ihre Mundwinkel beherrschen.

– Glaub mir, Ursula, das willst du lieber nicht wissen.

Einen Augenblick war es still.

– Oh, sagte die Besiegte. Oh, okay. Aber jetzt weiß ich immerhin, was du meinst. Hm.

– Frohen Murmeltiertag, sagte Natalie. Ich geh dann.

– Danke, sagte Ursula. Ich schlaf jetzt immer wie eins. Hab an mir gearbeitet in der Hinsicht.
– Hätte ich mir auch nicht anders vorstellen wollen, sagte Natalie und holte ihren Mantel.

Anrufe

Wenn sie ungünstig stand, stahl ihr der Wind den Atem vom Mund und tat im Gesicht weh. Natalie zog sich ihren Schal vor Nase und Mund. Sie schlüpfte in die Rollstuhl-Handschuhe. Sie passten ihr überhaupt nicht, aber das war egal. Fingerfrei, was für eine unsinnige Erfindung. Durch den schmalen Sichtschlitz betrachtete sie die Straße wie einen Filmstreifen, ihr Blick hielt sich an Dingen fest, die gegen den scharfen Wind immun waren: Autoreifen mit Altschneeresten im Profil, Risse im Asphalt, mürrisch braune Erde unter windgeschüttelten Büschen. Als sie schon fast zuhause war, spürte sie die Vibration des iPhones.

– Arschloch, sagte sie. Ich geh nicht ran.

Es war zu kalt, zu laut, zu wind. Wer immer was von ihr wollte, musste warten.

Schließlich packte sie doch die Neugier, und außerdem war es möglich, dass Karl sie anrief. Er hatte gerade jetzt an sie gedacht und Sehnsucht nach seiner kleinen Schwester bekommen. Mit seinem komisch weichen Akzent. Leben in Dänemark.

Sie schaute nach, wer es war. Hollberg.

– Nein, sagte sie zu dem inzwischen stummen iPhone. Später. Nicht jetzt. Nicht die ganze Zeit.

Eine SMS informierte sie darüber, dass jemand eine Sprachnachricht hinterlassen hatte.

– Ja ja, toll, sagte sie und packte das iPhone wieder weg.

Nicht bei dieser Kälte. Zivilisationsfeindliches Wetter. Stress von allen Seiten. Außerdem Murmeltiertag.

Endlich erreichte sie ihr Haus. Niemand stand davor. Paranoide Gedanken. Was will er schon wieder von mir. Sie betrat das Treppenhaus und begutachtete den Boden vor der Parterrewohnung. Alles sauber, nicht ein einziges Stückchen Spielzeug. Dabei hätte sie es gerade heute gebraucht. Aber die Familie war möglicherweise in den Urlaub gefahren. Die Wohnung war dunkel, und es stapelten sich Tageszeitungen. Eine kurze Angstvorstellung: Christopher Hollberg war dort eingebrochen und hatte sie alle umgebracht oder hielt sie in einem Hinterzimmer gefangen und hörte Natalies Wohnung ab. Von hier aus.

Nein, ich kann nicht einfach anläuten, sagte sie sich. Ich verliere noch das Bezugsdings zur Wirklichkeit. Der Klingelknopf sah so aus, als würde er nicht oft betätigt. Er war wie das weiße Innere eines winzigen Cremedöschens. Vielleicht war er tatsächlich weich. Und kühl, wie Vanilleeis. Sie drückte darauf. Ein klassisches Dingdong ertönte. Sie wartete. Ihr würde der Grund, weshalb sie anläutete, schon einfallen. Chat. Ja, warum nicht. Ob sie den Kater gesehen hatten. Das war eine vernünftige Frage. Unter Nachbarn. Natalie Reinegger, aus der Wohnung über Ihnen. Ich bin die mit der Fernbedienung. Sie wissen schon, das Geisterauto, vor dem Ihr Sohn immer so Angst hat? Das für seine Albträume verantwortlich ist? Genau die. Ja, ich hab mich gefragt, ob Sie vielleicht den Kater gesehen haben, der hier manchmal herumsitzt. So ein hübsches, gestreiftes Tier.

Aber es war niemand da.

Als sie in ihrer Wohnung war, kam eine zweite SMS. Sie schaute nach.

– Gehen wir vielleicht was trinken?, fragte Hollberg. Ich kann unten auf dich warten.

Unten.

Okay. Ruhig bleiben. Geh nicht ans Fenster. Flashback zur Fenster-Szene, mit Mario. Eigentlich mit dem Drachen. Nicht ans Fenster, nicht. Sie schlich geduckt ins Badezimmer.

– nein bin müde, schrieb sie zurück.

– Ich hab immer Zeit, antwortete Hollberg nach einer Weile.

Sie wartete, ob noch was kam. Nein. Dann löschte sie die Unterhaltung und rief im Souterrain an. Dort war besetzt. Außerdem kannte er es bestimmt. Er kannte es, er hatte … Nein, dafür hatte sie keinen Beweis. Mario. Am liebsten wäre sie jetzt bei ihm gewesen, und wenn es in der Einfahrt eines

Wohnhauses wäre. Was Fixes. Was Eigenes. Ein geschützter Winkel. Für die Nacht. Nicht so der Wohnungstyp. Okay, wenn in den nächsten drei Minuten jemand an meiner Tür klingelt, oder auch nur an der Gegensprechanlage unten, sterbe ich. Herzinfarkt. Sie kroch auf allen vieren aus dem Bad, zurück in den Flur und bis zur Tür, wo die Gegensprechanlage an der Wand hockte. In ihr steckte ein Kabel, das genauso aussah wie das, das hinten aus dem WiFi-Router kam. Telefonkabel, Modem, keine Ahnung. Sie klipste es aus seiner Verankerung und ließ es baumeln. Jetzt konnte er unten auf die Klingel drücken, bis sein Daumen platzte. Wie der Kopf des Patienten mit dem hämorrhagischen Fieber, der einem in die Kehle geschoben wird. Ja, ich erinnere mich noch an das Bild, verdammtes Arschloch. Oder doch die Polizei? Aber sie hatte die Unterhaltung gelöscht! Warum hatte sie das getan?! Aber sie war ohnehin nicht beweiskräftig. Gehen wir was trinken, ich kann unten warten. Ich *kann*. Nicht ich *werde*. Gott. Es war alles so schwierig. Ich kann jedenfalls nicht hierbleiben. Es gab nur einen Platz, wo sie heute Nacht sicher war.

Es dauerte eine Weile, bis Ursula ranging.
– Ach, Natalie, hallo, sagte sie.
Natalie kam sofort auf den Punkt. Wäre es möglich, dass Ursula mit ihr den Nachtdienst tauschte?
– Heute ich, dafür morgen du.
– Äh. Ja, ich denke … Ist was passiert?
– Nein, es wäre nur sehr wichtig, dass ich morgen Abend. Dass ich da. Du weißt schon. Familiäres.
– Na ja, ich hab nichts dagegen, aber. Ist alles in Ordnung, du klingst irgendwie …
– Ja, ich komme gerade vom Laufen. Joggen.
– Oh. Also, hast du Astrid schon gefragt?
– Muss sie es denn absegnen?
– Ich denke schon, sagte Ursula.
– Wir können es ihr ja morgen sagen. Heute ist sie bestimmt schon im Bett.

– Ja, sagte Ursula. Wahrscheinlich. Ja, dann. Komm her, wann du magst. Ich geh dafür morgen mit dir ins, also … Nein, ich geh dann dafür morgen für dich hier, den Nachtdienst. Machen.

Mit dir ins Bett, hätte sie fast gesagt.

– Ihr wollt mich alle immer ins Bett bekommen, sagte Natalie.

Ursula war verheiratet. Ihr Mann züchtete Pferde oder so. Ponys.

– Nein, nein!, protestierte Ursula und kicherte pausenhofmäßig.

– Danke, sagte Natalie.

– Also, so hab ich das jetzt wirklich nicht gemeint, Natalie!

– Ja, trotzdem. Ist lieb von dir, dass du mit mir so spontan tauschst. Danke.

Sie legte auf.

Nattskift, die langsam vergehenden Stunden in dem ungemütlichen Zimmerchen. Nicht einmal die Tatsache, dass draußen alles verschneit war, half, die Geborgenheit zu erzeugen, die Natalie zum Schlafen brauchte. Aber wenigstens Sicherheit. Weil unbekannt. Ursula würde *ihm* den Nachtdiensttausch nicht melden. Oder? Nein. Natalie begann mit ihren Beinen unter der Bettdecke zu treten, wie es Katzen machen, wenn sie sich wohl fühlen. Als das nicht helfen wollte, nahm sie eine Tablette, hatte Schuldgefühle, bis die Tablette die Schuldgefühle wegzauberte, und dämmerte in künstlichem Frieden dahin. Dunkle Minuten, die so langsam vergingen, wie in Antiquariaten Wörter von alten Buchrücken verschwinden, weil unzählige Finger interessiert oder gelangweilt darüber streichender Kunden ein paar Atome der Druckfarbe mit sich nehmen. Ich darf mich bloß nicht fertigmachen lassen. Livestreams über das iPhone. Mich mit einigen simplen Aufgaben bei Verstand halten. Zugegeben, das war nicht leicht, vor allem wenn man die Ereignisse der vergangenen Tage berücksichtigte. Masturbation half überhaupt nicht mehr, denn da kam alles nur gesteigert hoch, Schleusen gingen auf, und sie kam sich hinterher wund und nackt vor, ein schalenloses Tier. All die Sommer-Streunereien, weit entfernt.

Beruhigend wirkte der Blick durch die kleine Nachtdienstzimmerluke hinaus auf den verschneiten Parkplatz. Dort standen, ein wenig weiter zur Straße hin, zwei große Laternen, die sich mit den still fallenden Flocken unterhielten. Ein Schneekugelbild, klar und ernst, es gab keine Ablenkungen, und man wurde auch nicht müde, hinzusehen und den rätselhaften Vorgang in sich aufzunehmen. Manchmal kamen Leute vorbei, denn irgendetwas gab es immer zu erledigen auf der Welt, egal wie spät es war. Meistens waren es Paare, der Winter erträgt sich leichter zu zweit. Gegen halb eins sah Natalie etwas Besonderes. Der Tee in der Tasse vor ihr war schon lange kalt –

er wurde sogar eindeutig kälter als die Luft im Zimmer, so als kommuniziere er über geheime Kanäle mit den Verhältnissen draußen. Atome, dachte Natalie. Als dieses winterlich strenge, pyramidenförmige Wort in ihrem Kopf auftauchte, erblickte sie ein ungewöhnliches Wesen auf dem Parkplatz. Einen Hund. Die Rasse war nicht genau auszumachen. Das Besondere an dem Tier war die Vorrichtung, die es trug. Wie eine Art Rucksack war sie auf den Rücken des Hundes geschnallt worden, vermutlich mit Gurten, allerdings war die Entfernung zu groß, als dass man diese hätte sehen können. Die Vorrichtung erinnerte an einen Kran: Eine kurze konische Struktur strebte nach oben, knickte im Neunzig-Grad-Winkel ab, strebte in Richtung des Hundekopfes und knickte noch einmal ab, diesmal nach unten – am Ende hing eine brennende Lampe. Der Hund ging im Licht seiner eigenen Glühbirne durch den Schnee. Niemand sonst begleitete ihn. Er schnüffelte an verschiedenen interessanten Stellen, markierte eine der Straßenlaternen und kehrte um. Natalie war nicht schnell genug gewesen, um ihn zu filmen.

Sie überlegte, ob sie nachsehen sollte. Immerhin war der Hund auf dem Gelände des Wohnheims gewesen. Und dann sah sie ihn noch einmal. In etwas größerer Entfernung schwänzelte er in unbeschwertem Trab über die Straße und wieder zurück, bewegte sich unter seinem mitwandernden Lichtkegel wie ein von einem UFO verfolgtes Familienauto in einem amerikanischen Film. Natalie merkte, dass ihr die Assoziationen durcheinandergerieten. Familienauto, UFO. Welcher Film war das gewesen? Sie war müde. Der Hund war verschwunden. Aber die verschneite Ecke, auf die sie blickte, war nach der Durchreise des seltsamen Lichtpassagiers verwandelt, der Schnee fiel anders, vieldeutiger und feiner, und die Laternen standen da wie frisch gepflanzte Setzlinge, bei denen noch nicht sicher ist, ob sie die Sprache, die der Boden unter ihnen spricht, je erlernen und sich in der Folge von ihm versorgen lassen würden, noch wirkten sie unverbunden und fremd. Natalie schüttelte sich. Sie mochte die Bilder nicht, die sich heute Nacht einstellten. Vielleicht war die Kombination der Tabletten nicht gut gewesen.

Nicht gut.

Da, das war eine normale Formulierung. Man konnte nichts falsch machen mit ihr. Ich hab einen Hund gesehen, dachte sie. Einen Hund mit Glühbirne. Und jetzt denke ich *nicht gut*.

Sie legte sich hin und massierte mit einem Wattestäbchen vorsichtig das Innere ihrer Ohren. Im Winter sind Ohren empfindlicher. Die Kälte setzt ihnen zu, und später, wenn sie in einem beheizten Raum auftauen, beginnen sie zu rauschen und rot anzulaufen. Das ist für gewöhnlich der perfekte Augenblick, um mit Stäbchen in ihr Inneres zu fahren und den speziellen Punkt zu suchen, der die Seele zum Schmelzen bringt. Natalie hatte sich angewöhnt, die Ohrenstäbchen folgendermaßen zu benutzen: in jeder Hand eines, jeweils nur ein Watteköpfchen mit heißem Wasser befeuchtet. Diese werden eingeführt und mit möglichst parallelen Bewegungen herumbewegt. Denn der spezielle Punkt, dessen Berührung so angenehm ist, dass alles andere auf der Welt egal wird, ist exakt spiegelbildlich vorhanden, obwohl er in ihrem linken Ohr ein klein wenig lebendiger war als in ihrem rechten. Sie liebte es, während der Prozedur im Zimmer auf und ab zu marschieren. Der Punkt war nahe, er kündigte sich an, noch ein paar Mal mit der feuchtwarmen Spitze darüber, und er würde aufblühen, in beiden Gehörgängen gleichzeitig, dann fand sie ihn tatsächlich und konnte beobachten, wie ihre eigenen Gehbewegungen weich und zeitlupig wurden. Wie wenn einer dieser roboterartigen Hip-Hop-Tänzer vorgab, einzufrieren und sich nur mehr ruckartig fortbewegen zu können. Man konnte nichts dagegen tun, denn die Finger und Hände waren nun außerstande, aufzuhören – und sobald das überwältigende Gefühl an Intensität nachließ, zog sie die Stäbchen aus den Ohren, die jetzt innen feucht und glitschig waren und, in ihrer Vorstellung, verblüfft wie Goldfischmäuler, denen man den Schnuller gestohlen hatte, und steckte die trockenen Enden hinein, die die Feuchtigkeit ansaugten und den eben erblühten Stellen noch einmal zu einem zweiten, kleineren Höhepunkt verhalfen, gemäßigter und friedlicher. Dann warf sie die Stäbchen weg. Ich bin die Frau mit den saubersten Ohren Europas. Und ich bin in Sicherheit. Niemand weiß, dass ich hier bin.

Sie hatte geglaubt, als Blitzableiterin fungieren zu können. Aber Hollberg war zu instabil geworden. Sie machte ihn nur noch wütender. Aber warum taten hier alle, was er sich in den Kopf gesetzt hatte? Bezahlte er für Dorm? – Diese letzte Frage war ihr schon einmal beantwortet worden, aber sie erinnerte sich nicht mehr, mit welchen Worten. Und wer wusste schon, ob sie der Wahrheit entsprochen hatten. Ob sie sich fühlte, wie Mütter sich fühlen?, fragte sie sich. Wenn sie ihre Kinder beschützten. Vor anderen Leuten. Es war ein beunruhigender Gedanke. Söhne. Stephan Andreas. Vielleicht war er eine Hintertür, durch die man Hollberg betreten und von innen her stilllegen konnte.

Um sechs Uhr früh wirkte der ganze Bezirk erloschen, winterstarr. Der Schnee sah an manchen Stellen aus wie der Schaum, der im Film *Ghostbusters* verspritzt wird, ganz am Ende, auf dem Dach des dämonischen Hochhauses. Natalie kam von ihrem Fünfminutenlauf zurück ins Wohnheim. Die eisige Kälte hatte sie wach gemacht, jetzt würde sie keinen Kaffee mehr brauchen.

Sie schrieb an Frank und fragte, ob er vielleicht Mario im Souterrain gesehen hatte. Aber sie ahnte schon die Antwort. Da keine SMS zurückkam, rief sie ihn an. Es meldete sich eine andere Stimme:

– Hallo?

– Hallo, sagte Natalie. Wer ist da?

– Natalie?

Es war Lothar.

– Hey, Lothar, sagte Natalie und machte eine Masturbationsgeste. Wie geht's meinem Löwenkopfkaninchen?

– Äh, wem?

– Never mind. Bist du im Sou?

– Ja.
– Ist Frank nicht da?
– Nein, seufzte Lothar (er klang etwas betrunken). Ich habe sein neues Handy an mich genommen. Weil, meines ist kaputtgegangen. Ich hab es auf dem Heizungskasten liegen lassen. Und der wird jetzt immer so wahnsinnig heiß, das Metall. Und da ist es geschmolzen.
– Ha, machte Natalie und zeigte der Luft vor ihr den Mittelfinger. Aber immerhin hat er die Heizung in Gang gebracht, oder?
– Wer?
– Frank.
– Oh. Jaja. Hat er. Schon im Sommer, der Idiot.
– Weiß ich, sagte Natalie. Du, aber etwas anderes. Du hast nicht zufällig Mario gesehen, oder? Im Souterrain oder anderswo. Mario?

Eine Pause.

– Ihr habt euch irgendwie besser gekannt, hm?, fragte Lothar. Ich meine nur, weil du echt dauernd nach ihm fragst. Aber ich hab dir ja schon gesagt, dass er nicht mehr kommt.

Lothar war verschnupft, nicht betrunken.

– Ja, er ist ein Freund von mir. Ich hab ihn …
– Ehrlich, der kommt nicht mehr, sagte Lothar. Definitiv.

Dieser Ton gefiel Natalie nicht.

– Was heißt das?
– Hm?
– Was meinst du damit, *der kommt nicht mehr*?
– Na, das, was es heißt.
– Hat er was gesagt?
– Nein. Woher kennst du ihn eigentlich?
– Hab ich dir doch schon gesagt. Er ist ein Freund von mir.
– Von dir? In echt jetzt?

Natalie erwürgte eine unsichtbare Säule direkt vor ihr.

– Ja, sagte sie. Passt dir das nicht?
– Wenn du es wissen musst: Er schuldet mir noch das Kickback. Dabei war ich großzügig, fifty-fifty statt dreißig-siebzig.

– Warte, sagte Natalie. Er schuldet dir? Wieso schuldet er dir was?

– Gut, er war nur bei einigen Partys dabei. Und die Typen fahren voll auf das ab, was er, äh, verkörpert. Diesen Mechanikerlook. Da zahlen die auch ordentlich.

– Welche Typen?

– Frank hat ihn ja immer gratis arbeiten lassen, ohne Kickback, sagte Lothar und räusperte sich. Völliger Irrsinn. Helfersyndrom oder was weiß ich. Keine Ahnung. Für mich war das einfach nur unverantwortlich. Damit lockt man bloß noch mehr Stricher an. Ich meine, ich hab nichts gegen die. Sollen sie tun, was sie wollen. Freies Land. Angebot und Nachfrage. Aber man muss denen schon Grenzen setzen. Sonst wuchern sie einem schnell über den Kopf mit ihrer Zunft.

Er hustete.

Stille.

Noch ein Husten.

– Was?, fragte Natalie.

– Geht mich ja nichts an, sagte Lothar. Was die untereinander tun.

– Rede nicht so über ihn!

– Als es noch dreißig-siebzig war, war er brav. Dann hab ich einmal nachgegeben, und bumm, jetzt soll es nur so gehen, wie die sich das vorstellen. Scheiß Toleranz.

Natalie legte auf.

Sie spürte, dass ihre Beine zitterten. Ich bring ihn um. Sie musste gegen irgendetwas treten. Ich bring dich um, dachte sie.

Als jemand sie von hinten berührte, direkt unterm Hintern, schrie sie auf und fuhr herum, bereit zuzuschlagen. Herr Dorm stand da, eine Hand an einem Greifreifen, die andere ihr entgegengestreckt. Er machte eine unwillkürliche Beruhigungsgeste, fuhr ein wenig zurück.

Er hielt ein Blatt seines Kalenders in der Hand. Entweder war es herausgefallen, oder er hatte es ausgerissen.

– Können Sie mir bitte helfen?, fragte er.

Aber es klang nicht höflich, der Ton war eher angriffslustig.

– Womit denn?, fragte Natalie.
– Oh, sagte Herr Dorm. Hab ich euch unterbrochen? Was hat er über mich gesagt? (Er imitierte Natalies Stimme) *Rede nicht so über ihn.* Als was hat er mich bezeichnet? Redet er viel über mich, wenn ihr zusammen seid?

Natalie trat einen Schritt zurück, weil er unangenehm nahe stand.
– Das war nicht Ihr Freund, Herr Dorm, sagte sie. Das war jemand anders.
– Och. Habt ihr gestritten?

Im Geiste schlug sie Dorm eine Axt direkt zwischen die Augen. Das Knacken der Schädelknochen, die dem Druck nachgaben. Angeblich zischte es, wenn Schädel gewaltsam geöffnet wurden.
– Es war nur ein Bekannter.
– Jaaa, sagte Dorm. Natürlich. Der Chris war das sicher nicht. Hat sich halt nur so angehört aus der Ferne. Für meine ungeübten Ohren.

Er kramte ein zweites Blatt aus seiner Hosentasche.
– Herr Dorm, sagte Natalie. Ich hab jetzt wirklich keine Zeit für diesen Unfug. Ich werde das Frühstück austeilen, und danach können wir über alles reden. Aber ohne diesen aggressiven Ton.
– Aggressiver Ton?, fragte Dorm. Wer ist aggressiv, du blöde Schlampe? Schau dich doch mal an.

Er deutete ihre Figur an: zwei parallele kerzengerade Handkantenschläge von oben nach unten.
– Später, ja?, sagte Natalie.
– Du mongoloides Stück Scheiße!, schrie er.

Eine Adrenalinwelle, ein Licht, das in ihrem Brustkorb anging. Sie drückte das Handy in ihrer Hand zusammen, bis sie an leises Winseln denken musste.
– Dreckschlampe, fauchte Dorm und fuhr ein paar Zentimeter auf sie zu. Ekelhafte, grausige Gitarre. Mit dieser Figur! Was soll das darstellen, hm? Brüste? Dir sollte jemand den Bauch aufschneiden.

Nein, bleib ruhig, es sind nur Worte. Dorm befand sich genau auf der richtigen Höhe, um ihm ins Gesicht zu treten. Ein blitzschneller Tritt gegen seinen Mund, zerbrochene Zähne. Heulen. Gerechtigkeit. Luft. Seele konnte entweichen.

Sie versuchte, an etwas Beruhigendes zu denken. Lothars Hals in einer Schlinge. Lothar, erfroren im Schnee. Lothar, gekreuzigt.

– Ja, heul nur, sagte Dorm. Ertappt. Jetzt kommt alles raus!

Natalie wischte sich die Augenwinkel. Mario war kein. So eine Frechheit. Aber sie wusste jetzt, sie würde ihn nie wiedersehen. Rausgeekelt von solchen Leuten wie Lothar. Fifty-fifty.

– Du verdammte Sau, sagte Herr Dorm leise.

Nein, sie durfte ihn nicht schlagen. Nicht einmal jetzt. Das endete nur mit Gefängnis. Sie blickte auf die Uhr. Wann kam endlich Ursula? Oder wer hatte heute Dienst? Ich hab getauscht mit ihr. Sie dachte an Karl, stellte sich Dänemark im Winter vor.

– Herr Dorm, sagte sie.

– Nix Herr Dorm, du Sau! Du dreckige Hure! Sag wenigstens die Wahrheit!

Es geschah nicht so blitzschnell wie ein Stiefeltritt in sein Gesicht, aber überrascht war er doch. Sie war einmal um ihn herumgegangen und hielt ihn am Nacken fest. Er griff nach hinten und versuchte sie abzuschütteln.

Sie neigte sich zu ihm und zischte:

– Ich bringe Sie jetzt in Ihr Zimmer, Herr Dorm. Da können Sie sich beruhigen.

– Du verdammte, du, warte, ich –

Er zappelte, aber sie hielt ihn fest und dirigierte ihn, denn sie war heute Morgen stärker als er, in Richtung seines Zimmers. Nach einer Weile gab er den Widerstand auf und schluchzte nur noch.

Sie schob ihn in seine Wohneinheit, schloss die Tür hinter sich. Er stand da, mitten im Raum, und heulte, schlug mit der Faust auf die Armlehne und die Reifen.

– Herr Dorm, sagte sie. Noch einmal. Das am Telefon, das war nicht Ihr Freund.
– Er hat einen Namen. Sag ihn!
– Er war es nicht.
– Sag ihn.
– Christopher.
– Er würde nie! Nie!
– Nein, ich weiß, sagte Natalie. Kein Grund zur Eifersucht. Alles okay. Wir beruhigen uns jetzt. Es war nicht Christopher.

Sie ließ ihn allein und holte das Frühstück aus der Speisekammer. Sie stellte die Frühstücksteller hin. Tassen klirrten, ihren Fingern entglitten Gabeln und Messer, sie atmete schwer. Ich muss ruhig bleiben. Still sagte sie einen Finger-Abzählreim auf.

Der erste Frühstücksgast war Matthias. Es gab im Wohnheim kein internatsmäßiges Zusammentrommeln der Bewohner, auch wenn das dem diensthabenden Betreuer die Morgenarbeit enorm erleichtert hätte. Die meisten kamen ohnehin von allein. Dorm würde, da war sich Natalie sicher, im Zimmer bleiben und verzweifelt sein. Eifersüchtig. *Mongoloides Stück Scheiße*. Das war hängengeblieben.

Aber nun sah sie ihn aus der Wohneinheit kommen, erschrak vor dem Anblick, aber verteilte einfach weiter Besteck und Teller. Ruhig, ruhig.
– He!, schrie er. Für mich brauchst du nichts hinzustellen! Ich geh weg!
– Nein, Herr Dorm, sagte sie.
Verdammt, ihre Stimme zitterte.
– Ich geh weg, wiederholte der verlorene Mann etwas leiser.
Er bewegte sich nicht von der Stelle.
– Es ist wahnsinnig kalt draußen, sagte Natalie.

Ich brauche Verstärkung, dachte sie. Sonst dreh ich noch durch. Ihr fiel der Teller aus der Hand, ausgerechnet, dabei wäre es der letzte gewesen, und er prallte einmal von der mit einem weißen Tuch bedeckten Tischplatte ab und sprang gegen ihre verkrampfte Hand, dann fiel er auf den Boden und zerbrach. Nur einmal in der Mitte, nicht in hundert Scherben. Das Wort *Husaren* kam von irgendwo her.

– Verdammtes Irrenhaus, sagte Dorm.

Er fuhr näher heran. In seiner Hand hielt er einen Spazierstock. Damit schob er einige Stühle, die im Weg standen, beiseite. Als Matthias den Stock sah, stand er von seinem Platz auf und lief, einen gepressten Eselslaut ausstoßend, davon.

– Herr Dorm!, rief Natalie. Legen Sie den Stock hin und gehen Sie sofort in Ihre Einheit zurück.

Sie bückte sich und hob die beiden Tellerhälften hoch. Aber da sie dabei den Mann im Rollstuhl nicht aus den Augen lassen mochte, schnitt sie sich an einer Bruchkante in die Handfläche. Der Schnitt war zuerst sauber, wie ein geschlossenes Lid, dann kam, gefährlich dunkelrot, das Blut hervor. Sie staunte es an. Er hat mich verletzt, dachte sie.

– Du verdammtes Weib, sagte Dorm mit Tränen im Gesicht (sie erstarrten im dick gepuderten Make-up).

Ein wenig Mut kehrte in Natalie zurück. Der Anblick ihrer verletzten Handfläche hatte die inneren Verhältnisse aufklaren lassen. Die Spinnweben waren fort. Sie wurde ruhiger. Also: Als Erstes würde sie ihm den Stock aus der Hand reißen. Und ihm dann damit. Nein. Ihn einfach noch mal ins Zimmer zurück.

– Totprügeln sollte man euch alle, sagte Dorm.

Sie stellte sich vor ihm auf. Nichts stand zwischen ihnen. Komm nur, dachte sie. Weg frei. Aber er bewegte sich nicht. Er hielt den Stock in die Höhe, in einer lächerlich ritterturnierhaften Haltung. Als wollte er damit ein Meer teilen. Einmal schlug er, Gorilla-Drohgebärde, mit dem Stock auf die Erde.

Sie erkannte, dass er viel mehr Angst hatte als sie. Er war verzweifelt, am Ende. Auch seine Welt war durcheinandergeraten. Und er hatte, im Unterschied zu ihr, keine Alternative, kein anderes Zuhause. Seine Lippen zitterten, seine Augen zeigten mühsam unterdrückte Panik. Er hatte ihren Nackengriff gespürt und wusste, dass er keine Chance hatte.

Ich kann einen Satz zu ihm sagen und ihn damit umbringen, dachte Natalie. Oder ihn damit beruhigen. Sie stand da und scannte ihn. Sie spürte eine Art unsichtbare Zone um sich, einen gläsernen Käfig, der unbetretbar war.

Noch ein Schlag auf den Boden, schon etwas schwächer.

– Sie wollen mich schlagen, Herr Dorm?, fragte sie.

Er schluckte Tränen hinunter.

Natalie fühlte einen Blutstropfen von ihrer Hand auf den Boden fallen.

– Das halte ich für keine gute Idee, sagte Natalie. Kennen Sie Endometriose? Sagt Ihnen der Begriff etwas?

Er erwiderte nichts, starrte sie nur an. Es war klar, dass er keine Ahnung hatte, wovon sie sprach.

Also erklärte sie es ihm. Mit allem Drum und Dran. Während sie sprach, wuchsen seine Augen. Er konnte nicht fassen, was ihm da gerade gesagt wurde. Wörter aus der Hölle! Das Gehirnareal, das bei ihm für Ekel vor Frauen zuständig war, blähte sich auf wie ein Ballon und erhöhte den Druck. Natalie deutete auf ihren Bauch, auf ihren Oberkörper, auf ihren Scheitel. Sie erläuterte ihm das Prinzip dieser seltenen Störung, als hielte sie eine Vorlesung vor interessierten, gebildeten Mittelschülern. Gleichzeitig dachte sie: Das ist definitiv das Irrste, was ich je gemacht habe. Diese Szene hier. Davon werde ich dereinst noch meinen Enkeln erzählen. Und den Enkeln von Chat.

Am Ende hatte sie einen völlig veränderten Dorm vor sich. Der Stock war ihm aus der schlaffen Hand gerutscht. Er selbst hing ratlos im Rollstuhl. Auf eine so radikale Abweichung von der gewöhnlichen Streit-Choreographie war er nicht gefasst gewesen. Nichts in ihm erlaubte eine adäquate Reaktion auf das eben Gehörte.

– Und genau das hab ich auch, schloss Natalie ihren Vortrag. Gebärmuttergewebe überall. Hier (sie deutete in ihre Handflächen) und hier (auf ihren Bauch). Einfach überall. Und einmal im Monat blutet das alles gleichzeitig, wissen Sie? Wenn Sie mich schlagen, dann spritzt es. Überall hin.

Herr Dorm blickte sie entsetzt an. Auf seiner Handfläche klebte noch der Kalenderzettel.

– Blut überall. Und dieses Mikrogewebe ist auch auf andere Menschen übertragbar. Wenn ich sie in dieser Zeit berühre. So wie Sie vorhin. Im Nacken.

Herr Dorm berührte seinen Nacken mit den Fingern. Sein Mund stand offen. Etwas wie ein Rülpsen entkam ihm.

Natalie zeigte ihm ihre rotverschmierte Handfläche.

– In den Achselhöhlen ist es ganz schlimm. Wissen Sie, wovon das kommt? Weil ich so dünn bin. Sie haben bestimmt schon bemerkt, dass ich … Was sag ich, Sie haben mich ja oft genug darauf hingewiesen, dass ich keine besonders weibliche Figur habe, nicht? Die kleinen Brüste und so.

Herr Dorm würgte und beugte sich nach vorne. Beinahe fiel er dabei aus dem Rollstuhl.

Okay, jetzt kannst du aufhören, sagte die Kontrollstimme. Genug Irrsinn.

– Das Problem dabei ist, sagte Natalie, ich habe auch Christopher davon zu kosten gegeben. Und ihm hat es natürlich gefallen. Das ist wie ein Pilz. Ein Parasit. Er infiltriert alles. Und verdreht einem den Kopf.

Dorm würgte.

– Sie werden die Wirkung auch bald spüren, sagte Natalie.

– Hrrr, hrrr …

Natalie wich aus und nahm den Stock an sich. Dorm würgte einen schmalen Schleimfaden hervor, spuckte, hielt sich am Rollstuhl fest.

In Filmen schreiten Menschen oft in Zeitlupe davon, während hinter ihnen Explosionen stattfinden. Sie spüren die Druckwelle und die Hitze des Feuerballs, seine muskulöse, dicksehnige Gewalt, seine majestätisch sich in den Raum schreibende Form.

Ablöse

Die Wachablöse kam um halb acht. Astrid hatte Schnee im Haar. Natalie war gerade dabei, das Erbrochene aufzuwischen. Sie ließ sich dafür extra Zeit, ging äußerst gründlich vor. Von dem Geschrei erschreckt, hatten sich die anderen Heimbewohner nicht mehr zum Frühstück getraut. Egal, dachte sie, das lässt sich nachholen. Nur Cori saß an einem der Tische, an einem anderen Platz als gewöhnlich, und nahm ihre Morgenmahlzeit ein, mit Bewegungen so fein und behutsam, dass sie silbern wirkten.

Astrid fragte zuerst, wo denn Ursula sei. Natalie erklärte ihr, sie hätten spontan getauscht. Astrid wollte wissen, weshalb sie ihr davon nichts gesagt hätten. Es sei ein Notfall gewesen, sagte Natalie, schon recht spät am Abend gestern.

– Gestern?, fragte Astrid.

– Ja, wir wollten dich nicht mehr wecken.

– Das wäre schon okay gewesen, sagte Astrid. Aber gut. Dann muss ich jetzt wohl den Plan neu abstimmen.

Sie seufzte und ging in die Küche. Musste sie ihn neu auspendeln? Was war das Problem? Nichts in diesem Haus geschah jemals auf unkomplizierte Weise.

Dorm war in seinem Zimmer. Er war nach dem Anfall von Übelkeit beinahe ohnmächtig geworden, hatte hyperventiliert, geweint. Er hatte keinerlei Widerstand geleistet, als sie ihn zurück in sein Zimmer schob. Sie vermied es, ihn zu berühren.

– Es war nur ein Spiel, sagte sie zu ihm. Und Sie haben verloren. Nichts von dem, was ich gesagt habe, entspricht der Wahrheit. Es war nur Unsinn. Das gibt es alles gar nicht.

Er nickte sogar. Dann stemmte er sich zittrig aus dem Rollstuhl, ließ sich auf sein Bett fallen und umarmte dort seine zu einer Wurst zusammengerollte Tagesdecke.

Natalie war klar, dass das alles ein Nachspiel haben würde. Wenn schon der kleine Diensttausch für Astrid ein beseufzenswertes Problem darstellte. Sie würde sich wieder in aller Form entschuldigen müssen. Und so weiter. Ein Leben aus Entschuldigungen. Murmeltier. Oder man würde sie wegen Grausamkeit entlassen. Oder wer weiß. Aber ging es hier nicht genau darum? Um grausames Verhalten gegenüber einem der Bewohner? Darauf war doch alles aufgebaut. Das war die geheime Batterie des Betriebs. Aber möglicherweise besaß Hollberg das Grausamkeitsmonopol.

Allmählich begann sie, sich schäbig zu fühlen.

Sie hatte das Bedürfnis, eine Dusche zu nehmen. Oder sich nackt in den Schnee zu legen. Nein, das war albern. Dusche, heiß und laut. Auf jeden Fall musste sie hier raus, nur für ein paar Stunden. Raus aus der Stadt. Etwas ganz anderes sehen und hören. Spaziergang im Wald oder so.

Natalie ging ins Betreuerbadezimmer und rief Markus an. Sie tippte auf den Buchstaben H, und sofort sprang ihr das erste Wort entgegen, sie drückte blind darauf, Haase war immer überall der Erste. Markus ging sofort ran.

– Ja?

– Hallo, sagte sie, du, ich frag mich gerade, ob du mit mir heute rausfahren könntest, ein bisschen aus der Stadt raus, nur für ein paar Stunden.

Wahrscheinlich musste er sich noch seine Brille aufsetzen. Sie hatte ihn geweckt.

– Wie?

– Ich würde gerne rausfahren, wiederholte Natalie ungeduldig. Und ich hab kein Auto.

– Okay. Wo musst du denn hin?

– Ich muss nirgends hin, sagte Natalie, ich will nur raus. Weg von hier. Für ein paar Stunden. Ich hab hier irgendwie, ich weiß nicht, einen Shitstorm angezettelt, glaube ich. Noch ist alles ruhig, aber ich will einfach weg, ist das denn so schwer zu verstehen!

– Nein, nein, sagte Markus. Entschuldige. Du hast mich geweckt.

– Bist du allein?, fragte Natalie.

– Was?
– Ob jemand bei dir ist. Im Bett mit dir. Oder was weiß ich. Eben bei dir.
– Nein, sagte Markus. Niemand da. Nur ich. Und der Aal von gestern.
– Wirf den Aal weg, sagte Natalie.
Markus lachte.
– Wann kannst du mich abholen?, fragte sie. Rette mich.
– Was? Warte mal, ich weiß noch nicht ganz, was das …
– Das ist doch alles nicht so schwierig, sagte Natalie und grub sich ihre Fingernägel in den Oberschenkel. Ich raus aus Stadt. Du hast Auto. Auto bringt Natalie raus aus Stadt.
– Du kannst doch gar nicht fahren, sagte Markus.
– Aaah!
Natalie trat gegen die Betreuerinnenbadewanne.
– War nur ein Witz, sagte Markus kleinlaut. Du hast voll Stress, hm?
– Ja, noch nicht, aber bald. Ich hab was sehr, sehr Dummes gemacht, und ich würde lieber … Ach, muss ich das jetzt alles erklären, bitte Markus, ich hab sonst niemanden! Entführ mich.
Es war eine Weile still.
– Okay, sagte er. Mach ich gern. Wenn du sonst niemanden hast.
– Danke, sagte sie. Um zehn bin ich hier fertig.
– Bist du in Gefahr?
– Nein, du Idiot. Also um zehn hier beim Wohnheim.
Sie gab ihm die Adresse. Sie buchstabierte sie ihm. Er sagte, ja, er kenne sie, aber dann bedankte er sich und versprach, pünktlich da zu sein. Natalie legte auf.

Astrid jammerte, dass sie ihre schöne Dienstordnung durcheinandergebracht hätten, das nächste Mal sollten sie ihr bitte am Abend davor Bescheid geben. Es sei doch nicht so schwer, nur ein kurzer Anruf. Natalie musste ein irres Lachen unterdrücken. Sie versprach, sich in Zukunft daran zu halten.

Dann erzählte sie, eher beiläufig, dass das Frühstück heute

nicht so stattfinden hatte können wie üblich. Astrid fragte sofort, inwiefern. Na ja, sagte Natalie, es sei leider so gewesen, dass Dorm herumgeschrien und sie mit einem Stock bedroht habe. Ja, und dadurch habe er die anderen, teilweise zumindest, verschreckt. Aber es sei ja noch nicht zu spät.

– Warte mal, sagte Astrid und stand auf. Alles der Reihe nach. Er hat was?

Natalie beschrieb die Szene. Sie ließ dabei einiges aus.

– Wo ist er jetzt?

– In seiner Einheit.

– Okay. Du gehst zu ihm und fragst ihn, ob er sich schon besser fühlt. Und ich frage bei den anderen Bewohnern nach, wer Hunger hat.

– Aber –

– Falls er Probleme macht, holst du mich einfach, okay?

Natalie blieb stehen. Markus, dachte sie. Er holt mich heute ab. Und dann fahren wir weg. Ich muss nur noch – sie blickte auf die Uhr – eineinhalb Stunden hier aushalten.

Cori ging an ihr vorbei und brabbelte leise mit sich selbst.

Sie klopfte an Dorms Tür. Natürlich erwartete sie kein *Herein* oder ein ähnliches Willkommenssignal. Sie trat ein. Er lag auf dem Bett. Atmend, wie Natalie mit einiger Erleichterung feststellte. Wach.

– Herr Dorm?, fragte sie.

Er reagierte nicht.

– Astrid hat mich zu Ihnen geschickt, begann sie.

– Mmmh, machte Dorm.

– Wegen der Sache von vorhin.

Stille.

Sie setzte sich auf einen Stuhl und wartete. Astrid hatte nicht gesagt, dass sie sich ausführlich mit ihm unterhalten musste. Sie sollte nur auf ihn aufpassen. Draußen hörte sie die Stimme von Astrid und das begeisterte Donnerlachen von Matthias. Später folgten andere Geräusche, Menschen gingen herum. Sie hatte Mike heute noch gar nicht gesehen.

– Es war wirklich nur Spaß. Das alles. Unsinn. Ist mir einfach so eingefallen.

Keine Reaktion.

– Mein Freund kommt mich heute abholen, sagte sie.

Nein, er war nicht mehr ihr Freund. Aber egal, das wusste Dorm ja nicht.

– Er heißt Markus. Er war das vorhin am Telefon. Nur damit Sie Bescheid wissen.

Auch das war gelogen. Egal.

– Mmmh.

– Sie haben mich attackiert, sagte Natalie. Also hab ich halt irgendwas. Aus Notwehr.

Wieder trat eine lange Pause ein. Dann hörte man ein leises Antwortbrummen.

– Ich mag Sie wirklich gern, Herr Dorm, sagte Natalie. Deshalb wollte ich nicht, dass Sie …

Ja, wie ging der Satz weiter? *Mit einem Stock auf mich losgehen*. Nein, so konnte man das nicht sagen. Und hatte sie das wirklich sagen wollen?

– Möchten Sie, dass wir zusammen Christopher anrufen? Dann könnten Sie das alles mit ihm besprechen. Alles aufklären.

Er reagierte nicht. Lag einfach da. Seine Beine sahen ungesund verdreht aus.

– Sind Sie wach?, fragte sie über seinem Gesicht.

Sie machte sich bereit, jederzeit zurückzuzucken, sollte sie einer unvermittelt auffahrenden Faust ausweichen müssen. Aber es kam nichts. Er äugte papageienhaft zu ihr in die Höhe. Ein einzelnes hellwaches Menschenauge, das sie wahrnahm.

– Soll ich Ihnen aus dem Bett helfen?

Er machte die Augen zu und winkte sie fort. Es wirkte verzweifelt, aber nicht direkt *unhöflich*.

– Na gut, sagte Natalie. Dann werde ich vielleicht.

Astrid hatte gesagt, sie solle bei ihm bleiben. Aber sie durfte nun bestimmt gehen. Immerhin hatte sie bald Dienstschluss. Und hier konnte sie ja doch nichts tun.

Nachspiel, dachte Natalie. Eine Welle am Horizont, einen Kilometer höher als der höchste Kirchturm der Stadt.

Herr Dorm stemmte sich plötzlich doch noch in die Höhe. Natalie erschrak, aber dann kam sie ihm zu Hilfe. Vor weniger als einer Stunde, dachte sie, wolltest du mich noch umbringen. Jetzt ließ er zu, dass sie ihn anfasste und stützte. Er saß am Rand des Bettes. Sie ließ los, er konnte das Gleichgewicht allein halten.

Er hatte verheulte Augen, das Make-up war zerlaufen, auch sein Lippenstift hätte nachgezogen werden müssen.

– Du kannst ihn haben, sagte er leise. Wenn er nur weiter herkommt.

– Herr Dorm, begann Natalie.

– Nein, nein, sagte er. Du kannst ihn haben.

Er atmete beherrscht. Als koste es ihn viel Mühe und Konzentration, das Folgende über die Lippen zu bringen.

– Ich hab das schon öfter mitgemacht, sagte er. Ich kenne das Arrangement. Es sind manchmal Veränderungen notwendig, damit es bestehen bleibt, damit wir weiter zusammenkommen können. Ich hab den Code zuerst nicht verstanden. Den Code, den er neuerdings verwendet, wenn du dabei bist. Ich habe ihn nicht gleich erkannt. Aber jetzt seh ich ihn. Du kannst ihn haben. Er wird deshalb nicht weniger oft herkommen. Wirst schon sehen.

– Herr Dorm, ich habe gar kein Interesse an –

– Ich hab doch gesagt, es ist okay, sagte er. Ihr löst euch ohnehin auf, mit der Zeit. Ihr neuen Betreuerinnen. Ihr seid nicht ewig hier, ihr geht wieder weg. Bis dahin halt ich es aus. Er hat mir gezeigt, wie. Ist ja nicht das erste Mal.

Natalie wusste nicht, wie sie reagieren sollte. Er sprach so *vernünftig*, zumindest nach der Logik seiner Welt.

– Er wird das Interesse an dir verlieren, sagte Dorm. Dann ist er wieder per Sie mit dir. Plötzlich. Von einem Tag zum nächsten. Wirst sehen, das wird so kommen. Aber du kannst ihn ruhig haben. Er hat Spaß dabei, man sieht es ihm an. Er spielt euch Weiber durch, wie Levels.

– Aha, sagte Natalie.
– Brauchst keine Angst zu haben, sagte Dorm und blickte sie an. Ich lass euch schon in Ruhe. Wird sich alles von selbst lösen. Wirst schon sehen.

Er wischte sich mit dem Ärmel übers Gesicht.

Natalie blieb nichts anderes übrig, als aus dem Zimmer zu gehen. Sie fragte Astrid, ob es in Ordnung sei, wenn sie ein wenig früher Schluss machte, ihr Freund hole sie gleich ab und sie wolle sich vorher draußen noch ein wenig nackt in den Schnee legen.
– Was?
– Nur Spaß, sagte Natalie.

Astrid lächelte. Die anderen Bewohner hatten ihr Frühstück bekommen. Das Betreuerinnenhandwerk verlief wieder in sicheren, gewohnten Bahnen. Alle versorgt, alle gefüttert. Bis auf Dorm, dachte Natalie. Der war vielleicht noch hungrig. Aber sie wies Astrid nicht darauf hin.

Das Innere von Markus' Auto war warm und voller Hip-Hop. Natalie tauchte in die Musik ein und war froh, ihn nicht umarmen zu müssen. Sie legte den Sicherheitsgurt an.
– Also?, fragte Markus unsicher. Wo geht's hin?
– Einfach nach Hause, sagte Natalie. Ginge das?

Markus schaute sie entsetzt an. Nein, nicht entsetzt, nur überrascht. Vielleicht auch enttäuscht. Er fuhr los.
– Ich bin total müde, sagte Natalie. Tut mir leid. Wenn du magst, können wir gern noch irgendwo was trinken gehen oder so.
– Nein, sagte Markus. Ich bring dich natürlich nach Hause. Wenn dir das lieber ist.

Natalie lehnte sich an die Scheibe. Sie fühlte sich benommen und abgestumpft. Als hätte jemand eine Glaskuppel über sie gestülpt. Die Musik war glücklicherweise laut. Noch mehr Stille hätte sie jetzt nicht ertragen.
– Du hast richtig verstört geklungen, sagte Markus. Am Telefon vorhin. Was war denn los?

– Ach, nichts. Hat sich alles aufgelöst. Löst sich immer auf, irgendwie. Geht alles vorbei, mit der Zeit.

– Ah, okay, sagte Markus. Das ist gut.

Er schaltete einen Track weiter. Es war die Wettervorhersage-Melodie des japanischen Senders NHK, die schönste Musik der Welt, hinterlegt mit Drumbeats. Natalie hatte diese Melodie manchmal nachts gehört, wenn sie auf der Suche nach Live-Sendungen bei den japanischen Nachrichten hängengeblieben war. Man wurde von der Melodie sofort in den Weltraum versetzt. In ein Raumschiff im geostationären Orbit. Zeitzonen ziehen unter dir dahin, Meere, Kontinente. Und Wirbelstürme, klein wie Knollenblätterpilze.

– Ich halt die Musik heute nicht aus, sagte Natalie. Such eine andere.

Markus tat es.

– Ich hab was für dich gemacht, sagte Markus.

– Ja?

Sie war müde.

– Hab es aber jetzt nicht dabei.

Fahrgeräusch, Güte, Ruhe. Natalie fielen die Augen zu.

– Ist okay, sagte sie. Sie können es mir nächstes Mal geben.

– Was?

– Hm? Oh, entschuldige. Ich war kurz. Ich meine, alles klar, Entschuldigung akzeptiert.

– Ich hab mich gar nicht, begann Markus lachend.

Aber dann sagte er:

– Du bist echt müde, hm?

Und er ließ sie in Frieden. Als sie vor ihrem Haus anhielten und Natalie aussteigen wollte, hielt sie mitten in der Bewegung inne und ließ sich noch einmal zurück ins Auto fallen.

– Schalte das lauter, sagte sie.

Es war das Lied. *Beneath my wings.* Der Refrain, er kam gleich wieder … You are the … wind? Wind! Das Wort hatte nur eine Silbe. Sie hatte sich die ganze Zeit geirrt, hatte einen Phantomtakt dazugeträumt. *Wind.* Das war es gewesen. You are the wind beneath my wings. Natürlich. All die Bilder von einem Tier, das seine schützenden Flügel über alle möglichen und unmöglichen Dinge der Welt ausbreitet, waren falsch gewesen! Es war nur der Wind. Sie saß da. Markus fragte, ob er ihr helfen solle. Sie schüttelte den Kopf und stieg aus, winkte ihm zu.

Treffen in der Einfahrt

Die Nacht war erholsam, die Träume blieben farblos und undramatisch. Nur einmal, gegen drei Uhr, war Natalie wach geworden, weil sie Stimmen im Nebenzimmer hörte. Aber es war nur der Fernseher. Sie schrieb Markus eine Dank-SMS, er hatte sich wirklich sehr anständig verhalten. Sie änderte seinen Nachnamen im iPhone-Register auf *SuperHaase*, als nette Geste. Man durfte Freundlichkeit nicht unerwidert lassen.

Am Morgen fuhr sie zur Arbeit und verbrachte dort einige ruhige Stunden in der Gesellschaft von Mike, dessen Finger- und Zehennägel geschnitten werden mussten. Sie ließ sich Zeit, und einmal wiederholte sie sogar leise ein paar Zeilen aus dem schwedischen Kinderreim. Mike schaute auf seine Knie und brummte ein paar Mal. Herrn Dorm begegnete sie nicht. B hatte Nachtdienst gehabt und war in unschuldigzeitenthobener Stimmung: Sie untersuchte alte Marmeladengläser in der Speisekammer, schraubte sie auf und roch an ihnen. Bei dieser Tätigkeit strahlte sie etwas Rabenkluges aus; jeden, der an der offenen Speisekammertür vorbeikam, äugte sie von der Seite her an, das Marmeladenglas vorm Gesicht. Ich bin offenbar noch nicht entlassen, dachte Natalie. Stunden wie schneegedämpfte Herzschläge zwischen Ruhe und Sturm.

B berichtete ihr, dass Herr Dorm äußerst ruhig und entspannt gewesen sei. Gestern Abend habe er sich lange mit Astrid unterhalten. Astrid habe das Gespräch hinterher als zufriedenstellend bezeichnet. Jetzt liege er schon den ganzen Tag im Bett und schlafe. Natalie könne sich gern selbst davon überzeugen.

Diese Aufforderung klang ein klein wenig bedrohlich. Natalie versuchte, das Gespräch in eine etwas hellere Richtung zu lenken, und fragte:

– Hast du das mit den Mäusen noch einmal ausprobiert?

B blickte verdutzt ins Innere der Speisekammer.

– Mäuse? Wo?

– Nein, die unsichtbaren. Für die Gelenke und so.
– Ach so. Nein.

Sie wich Natalies Blick aus. Ihr war schon vorher aufgefallen, dass B heute zwar höflich, aber viel weniger herzlich war als sonst.

– Ist es wegen gestern?, fragte Natalie. Ich habe mich schon bei ihm entschuldigt. Er ist auf mich losgegangen.

B blickte sie nicht an, schüttelte den Kopf.

– Was hab ich dann falsch gemacht?
– Hm?, fragte B. Nichts. Denke ich mal. Aber manchmal weiß man das erst hinterher.
– Was meinst du?
– Och, gar nichts. Du bist noch so ein junges Blühding.

Sie lächelte, als würde sie von der Seite fotografiert. Natalie bekam Angst.

– Hat der Dorm was gesagt?
– Mhm, nickte B. Aber nur zur Astrid. Die haben lang geredet, gestern. Geht mich ja nichts an. Man probiert halt viel aus in deinem Alter. Ich misch mich da nicht ein.
– Ich versteh nicht.

Doch, tust du.

B seufzte.

– Na ja, die letzten Wochen, sagte sie. Ich meine, klar. Wenn die Katje und ich uns in den Haaren liegen, dann ist es auch nicht weit bis zu einem Kiefergriff. Ich verstehe das alles. Wir gehen damit auch nicht immer sensibel um, denke ich.

Natalie stand im Nachtdienstkämmerchen. Sie brauchte einige Minuten Ruhe. Es war unglaublich. Gerade wenn man dachte, es könnte nicht schlimmer werden. Ihre einzige Verbündete. Verdammtes Irrenhaus. Und übermorgen hab ich wieder Nachtdienst. Da lag der Plan, frisch überarbeitet. Und da stand ihr Kürzel: NAT. *Junges Blühding. Viel ausprobieren. In den Haaren liegen.* Was wollte sie damit andeuten? Beziehungsstress zwischen ihr und Hollberg? Sie musste zugeben: Es passte exakt. Elegante Lösung. Natalie starrte auf die Socken von B, die auf dem Bett lagen. Nachtdienstschlafsocken, dunkelblau. Sie griff nach ihnen.

Nein, nicht.

Sie legte sie zurück.

Sie zog ihre Straßenschuhe an und lief hinunter in die Einfahrt. Sie trug nur ihren Kapuzensweater. Kälte empfing sie, wohltuend wie ein frischer Gedanke, ein Plan. Es war glatt, über Nacht war der frisch beregnete Schnee zu Eis geworden. Sie stellte sich vor, hinzufallen und sich die Knochen zu brechen. Ausgerechnet hier, fern von allen normalen Verhältnissen. Dann kam ein riesiges Wesen, halb Rache, halb Nonsense, riesig, weiß und makellos, und setzte sich auf sie, die da jammernd auf der gefrorenen Erde lag. Und durch das hohe Gewicht bricht der Boden ein, und sie fallen gemeinsam, Natalie unten, die riesige Vergeltungskugel oben, abwärts, immer schneller, ins Erdinnere.

– Da ist ja unsere kleine Siegerin!

Natalie sah ihn die Einfahrt hochkommen. Sie wich zurück. Er winkte begeistert, er pfiff irgendeine triumphale Melodie, etwas Amerikanisch-Bürgerkriegsmäßiges. Trommeln und Pfeifen. Heute war kein Besuchstag. Natalie geriet in Panik. Atemwölkchen vor ihrem Gesicht, wie ins Leere greifende Geister.

– Ich habe gehört, was du zu ihm gesagt hast, sagte Herr Hollberg. Haha! Absolut großartig. Aber zu viel. Viel zu viel. Man muss pianissimo spielen. Du hast gleich forte fortissimo angeschlagen. Anfängerfehler. Aber hey, absolut groß. Legendär.

– Ich bin kein Anfänger, sagte Natalie.

– Aber trotzdem, sagte Hollberg. Super. Eins a. Ich habe Tränen gelacht.

– Freut mich sehr.

– Du hast nicht wirklich geglaubt, es bleibt unter euch, oder?

– Nein, sagte Natalie. Es war ein Fehler.

Sie fror, aber bewegte sich nicht. Hol ich mir halt den Tod hier.

– Astrid war natürlich sauer, sagte Hollberg. Immer noch die alte Eifersucht. Aber ich habe sie beruhigt. Es wird nicht mehr erwähnt. You mark my words. Nicht ein Laut. Aber sag mal, ist dir nicht kalt hier draußen?

Natalie schüttelte den Kopf. Sie holte ihr iPhone aus der Hosentasche und tat so, als passierten auf dem Bildschirm interessante Dinge, die sie keinesfalls verpassen durfte. Sie stellte sich kleine Hologramm-Menschen vor, die sich vor ihren Augen paarten. Das half. Mr und Mrs Pac-Man auf einem quadratischen Bett. *Blip-blip-blip-bluup.* Eisige Winterluft drang in sie ein, grell und klar, wie Wodka in der Fernsehwerbung.

– Schau, da, sagte Hollberg.

– Hm?

Natalie blickte auf.

– Da drüben.

Hollberg deutete in Richtung der Parkplatzmülltonnen. Dort stand ein Mann auf der Straße, mit Schistöcken in den Händen. Er sah sehr komisch aus. Gerade neigte er sich zu Boden, als habe er etwas verloren.

– Stephan Andreas, sagte Natalie.

Herr Hollberg reagierte nicht. Der Mann mit den Schistöcken machte minimalistische Dehnübungen.

– Ah, du kennst ihn?, fragte Hollberg, ohne Natalie anzusehen. Gehört er irgendwie zu euch?

– Nein, sagte Natalie. Ich hab nur auf dem iPhone. Ein Bekannter hat mir geschrieben.

So, damit war die Chance vertan. Super gemacht.

– Ach so.

– Aber den Typen hab ich noch nie hier gesehen. Ich weiß nicht, wer das ist.

– Er hat Schistöcke, aber keine Schi unter den Füßen, sagte Hollberg.

Natalie beobachtete sein Gesicht, aber sie konnte nichts erkennen. Derselbe zwinkerig konzentrierte Ausdruck wie immer. Sie wiederholte den Namen, diesmal allerdings lautlos, in Gedanken: *Stephan Andreas.* Sollte sie deutlicher werden?

Vielleicht etwas sagen wie: Hübscher Name, oder? Findest du nicht? Stephan Andreas.

– Stephan Andreas, sagte sie. So hat mein Bekannter seinen Sohn getauft, hab gerade die SMS bekommen. Klingt sehr schön, finde ich.

Er ging nicht darauf ein. Aber sein Lächeln war verschwunden.

– Ja, es ist wirklich saukalt heute, sagte Hollberg.

Er holte einen kleinen Gegenstand aus seiner inneren Manteltasche. Zuerst konnte Natalie nichts erkennen. Dann trat sie einen Schritt zurück und hob die Hände.

– Nein, nein, sagte Hollberg. Ich weiß, dass du die nicht magst. Hm, ist etwas weich geworden. Ekelhaft. Aber lang nicht so ekelhaft wie die Namen, die manche Leute ihren Neugeborenen verpassen.

– Er ist gar nicht da, sagte Natalie.

– Magst du abbeißen, hm?

Er hielt ihr die Praline hin.

– Nein, danke.

– Sieh es als Initiationsgeschenk! Du wirst ja jetzt bald ein Profi. Ich hab wirklich Tränen gelacht.

Er deutete in Richtung Eingangstür. Die Kälte kroch Natalies Rücken hoch, ihr Hemd war aus der Hose gerutscht. Aber es war zu kalt, um sich zu bewegen und es reinzustecken.

– Er ist gar nicht da, sagte sie.

– Wie?

Hollberg schien überrumpelt. Er schaute zur Tür.

– Und wenn ich einfach reingehe und ihn überrasche?

– Es bringt nichts mehr, keuchte Natalie.

Hollberg ging ein paar Schritte in Richtung Eingang. Aber dann blieb er stehen und schaute zu ihr zurück. Er lächelte.

– Nein. Im Ernst? Tot?

Natalie schüttelte den Kopf.

– Nein, sagte sie. Geh jetzt.

– Ich soll gehen?

– Ja, ich denke, das wäre eine gute Idee.

– Ah, ah, ah! Das gibt es nicht. Nicht innerhalb dieses Arrangements. Eine gute Idee. Nein, nein. Ich hatte Tausende gute Ideen. Aber alles war umsonst. Also lassen wir den Unsinn. Wo ist er? Er will mich sehen. Ich will seinem verdammten Wunsch entsprechen. Es gibt nur Sieger in dem Arrangement.

Er kam auf sie zu und wollte sie am Nacken fassen, sie wich zurück.

– Sorry, sagte er leise. Aber du holst dir hier noch den Tod. Ich wollte dir nur die Kapuze überziehen.

– Er ist krank. Er liegt im Bett.

– Oh, sagte Hollberg. Natürlich, natürlich. Das kommt vor. Ja. Menschen werden krank. Zieh dir wenigstens die Kapuze über, ja?

Er stellte sich vor ihr auf. Dann neigte er seinen Kopf ein wenig zur Seite und imitierte jemanden, der mit mitfühlend vorgeschobener Unterlippe nachfragt:

– Was fehlt ihm denn?

Natalie sagte nichts.

– Aids?

– Es geht ihm einfach nicht gut.

– Aha, sagte Hollberg. Ja, das ist interessant. *Es geht. Ihm. Nicht gut.* Okay. Aber wie ist das möglich? Er hat doch alles, oder? Er hat doch gewonnen. Für immer und ewig. Bist du dir sicher, dass es nicht doch Aids ist? Du genießt deinen Sieg über ihn, oder? Du willst ihn mit niemandem teilen. Haha, du verwandelst dich total in mich, du kleine Sau.

Natalie behielt seine Arme im Auge, seine Hände. Er merkte es und ließ sie hängen.

– Gut. Dann werde ich jetzt gehen, sagte er. Aber eine Frage hätte ich noch.

Sie schaute ihn nur an. Boxerblick.

– Wie lange, glaubst du, dauert es, bis ein Mensch dir aus der Hand frisst? Ich meine, nicht im übertragenen Sinne, sondern buchstäblich, mit dem Mund von deiner Handfläche. Ganz egal, was du ihm vor die Nase hältst. Und ihr beginnt als Todfeinde. Was glaubst du, wie lange?

Die Kälte gewann. Natalie steckte die Hände in die Taschen des Kapuzensweaters. Aber das half nichts, also verschränkte sie die Arme vor ihrer Brust.

– Hau ab, du Freak.

– Wie viele Jahre, glaubst du?, fragte Hollberg. Vierzehn. Vier. Eines. Vielleicht bloß vier Monate. Nein? Keine Ahnung? Genau das ist das Problem. Du hast *keine Ahnung.* Niemand versteht mich. Nicht einmal du, dabei bist du noch so jung. Es müsste dir eigentlich leichtfallen, zu verstehen. Du hast noch vollen Zugriff auf deine Ressourcen.

– Das hast du alles schon mal gefragt, sagte sie. Jetzt geh.

– Gut, sagte er. Aber falls du es dir anders überlegst.

Aus seiner Hosentasche zog er ein zusammengefaltetes Kuvert. Sie erkannte es sofort, es war eines der ungesund gelben Eustrich-Kuverts, in die Herrn Dorms intime Korrespondenz gesteckt wurde. Hollberg legte die Praline hinein, verklebte das Kuvert und ließ es vor ihr in den Schnee fallen. Er machte eine alberne, an Hip-Hop-Gesten erinnernde Präsentationsgebärde und stapfte davon.

Zurück in der Wärme des Wohnheims. Aber die Wärme wartete noch, sie betrat einen so stark ausgekühlten Körper nur mit Vorbehalten. Dieser Körper hatte geglaubt, ohne sie zurechtzukommen, da draußen, hatte sich unabhängig gegeben, jetzt musste er sich gedulden.

Natalie zog sich den Mantel an und setzte sich auf die Toilette. Spülte. Starrte geradeaus. Ich habe nichts mehr, dachte sie. Keine Spiele, kein Streunen, keine Chatgespräche. Keinen Kater. Kein Streunen. Nur noch das hier. Es frisst einen auf. Wie künstliche Alterung. Als wäre ich in einem schwarzen Loch verschwunden und würde mich selbst von außen betrachten, in einer Webcam. Nur noch das Heim hier, Hollberg, Dorm. Dabei war sie erst seit Sommer hier. Wie fern alles lag: Joggen, Obst, Hitze, Paare teilen auf der Straße, Verehrungsspiel, unsichtbare Mäuse, Sex, Alephs.

Und jetzt werde ich mich bei ihm entschuldigen, dachte sie.

Sie stand auf. Ihr Zittern war nicht mehr so schlimm. Ich geh mich bei ihm entschuldigen, und dann kündige ich. Das heißt nächste Woche. Damit es nicht allzu kausal aussieht. Schlagzeile: Junges Blühding wirft alles hin.

Sie klopfte an die Tür und trat ein. Herr Dorm lag auf dem Bett, wie B es ihr beschrieben hatte. Sie setzte sich zu ihm, berührte ihn, er bewegte sich träge.

– Herr Dorm, ich bin gekommen, um mich noch einmal in aller Form zu entschuldigen. Ich war vollkommen überfordert mit … Herr Dorm?

– Mmmh, rnäh.

Er war verlangsamt, verwirrt. Wie nach einem Schlaganfall.

– Ja, sagte er leise. I'verstehe. Alsokay. Bin dabei.

Er hielt einen Daumen hoch.

– Herr Dorm, ist Ihnen nicht gut?

Ihr Blick fiel auf das Nachtkästchen neben dem Bett. Diese Packung kannte sie, sie stammte aus Herrn Zuneggs Zimmer. Beruhigungstabletten.

– Oh, sagte sie. Herr Dorm, können Sie mich verstehen?

– W'sind quitt, murmelte er.

– Okay, ja. Aber ich bin mir nicht sicher, ob Sie wissen, was ich …

Hör doch auf zu reden, du Idiotin, sagte sie sich. Du siehst doch, dass er vollkommen betäubt ist. Sie haben ihn vollgepumpt.

– Isser schon da?, nuschelte Dorm in den Polsterbezug, auf dem einige Sabberflecken sichtbar waren.

– Wer?

– Chrisser schon da?

– Nein, Herr Dorm, sagte Natalie und legte eine Hand auf seine Schulter. Er kommt heute nicht. Heute ist kein Besuchstag.

– Ich mach's au nie wieder, sagte er. Ich versprech's. Ich will für ihn da sein, ich mussnur. Nur erswieder …

Dorm war kaum zu verstehen. Er lallte und musste zwischen einzelnen Wörtern durch die Nase Luft holen. Merkwürdig, der Anblick tat Natalie mehr weh als alles, was sie bisher bei ihm gesehen hatte. Er war besiegt, durch Chemie. Das war kein faires Spiel. Andererseits war es ja auch kein Spiel, kein Wettkampf. Trotzdem, er hatte das Recht, auf alle seine Ressourcen zugreifen zu dürfen. *Ressourcen zugreifen*, sie ekelte sich vor dem Satz, vor dem Echo.

– Spieln wir jetz was, murmelte er.

– Was möchten Sie denn spielen, Herr Dorm?

Er holte Luft, bewegte seine Hand über die Bettdecke. Natalie wartete auf seine Antwort. Als sie ihre Hand von seiner Schulter nahm, begann er zu schnarchen. Im Zimmer roch es nach abgestandener Luft, Anti-Wundlieg-Salbe und Urin. Sie erwartete, von gemischten Gefühlen ergriffen zu werden, wenn sie ihn streichelte, aber zu ihrer Überraschung stellte sich überhaupt keines ein. Zwei Menschen in einem Zimmer, einer davon schlief, und der andere strich mit der Hand immer wieder über den Rücken des Schlafenden. Das war alles. Seine Verspannungen im Nackenbereich waren steinhart.

– Ich komm dann später wieder, sagte sie.

Als Natalie aus dem Zimmer trat, hörte sie, dass Astrid gekommen war. Sie hielt sich im Erdgeschoss auf und redete dort mit einem der Leute aus den Trainingswohnungen. Welloschek, und wie hießen die anderen beiden? Merkwürdig, dass jemand, der einem täglich so nah war, so unsichtbar bleiben konnte. Außer Herrn Welloschek nahm sie die Männer, die unten hausten, kaum wahr.

Dann kamen die üblichen Astrid-Schritte die Treppe herauf.

– Ah, sagte sie, als sie Natalie sah.

– Ah, grüßte Natalie zurück.

– Kann ich dich gleich kurz sprechen?

– Hat das nicht bis zur Teamsitzung Zeit?, fragte Natalie.

– Nein, leider nicht, sagte Astrid. Es ist außertourlich vereinbart, dass er heute kommt.

– Er.

– Ja, und sozusagen das aufräumt, was du … was da gestern.

Ja, sehr gut, dachte Natalie, komm schon, erwähn es, erwähn es, er hat behauptet, du würdest es nicht mehr erwähnen, zeig mir, dass er keine Macht über dich hat.

– Du weißt schon, sagte Astrid.

Sie lächelte beherrscht. Scheiße, dachte Natalie.

– Er war schon da, sagte sie. Aber ich hab ihn wieder weggeschickt.

Astrid fiel eine unsichtbare Zigarette aus dem Mund.

– Du hast was?

– Ihn weggeschickt.

– Ihn …?

– Ja.

– Warum, Natalie?

– Er war stark angetrunken.

Astrid schaute auf den Boden. Sie zog sich die Handschuhe aus, betrachtete sie.

– Ach so, nickte sie. Okay. Ich verstehe. Er wurde also ausfällig?

– Ja, das auch.

– Verstehe.

Eine Pause entstand. Der Farbton dieser Pause war ein feines Silbergrau. Solche Pausen wehten selten durch die Welt.

– Dann nehme ich an, sagte Astrid, dass es wohl wirklich besser war, ihm zu sagen, er solle ein andermal wiederkommen.

Natalie nickte.

– Aber nach all dem, was du gest… was sich da ereignet hat. Der Besuch wäre wirklich gut gewesen für den Klienten, weißt du? Eine gewisse Erdung. Aber gut, wenn er sub-nüchtern erscheint. Hast du ihm einen anderen Termin angeboten?

– Einen anderen Termin? Nein. Habe ich vergessen. Er war wirklich zu sehr –

Sie imitierte eine Slapstick-Stolperroutine.

– Ja, schon klar. Beeinträchtigt.

Jetzt erst fiel Natalie der Fehler in ihrer Geschichte auf. Astrid hielt ihr Telefon in der Hand. Natürlich hatte sie gerade mit ihm geredet und dabei festgestellt, dass er durchaus nicht betrunken klang. Dass die Unterhaltung draußen in der Kälte ganz anders verlaufen war.

– Er hat vorhin am Telefon tatsächlich etwas merkwürdig geklungen, sagte Astrid und seufzte. Ach, es ist schlimm, ihn so zu sehen. Am Anfang war er auch so. Musste sich oft erst Mut antrinken, bevor er herkam. Das tut einem richtig weh.

Augenblick, war ihre erfundene Version soeben Wirklichkeit geworden? Wenn ja, wie? Welcher Schalter hatte sich umgelegt? Natalie starrte auf Astrids Handy, das offenbar Zauberkräfte besaß.

– Wir werden einen neuen Besuchstermin vereinbaren. Vielleicht morgen oder übermorgen. Was hältst du davon?

– Also, sagte Natalie. Das kann ich nicht sagen. Ich weiß nicht, ob er sich im Griff hat.

Astrid seufzte wieder, nickte. Dann murmelte sie etwas von wegen Dienstplan und ging davon. Natalie blieb, wo sie war. Es dauerte eine Weile, bis sie sich traute, sich zu bewegen, zu unverdient, zu fragil, zu leicht kippbar erschien ihr der kleine, unbegreifliche Triumph, der ihr gewährt worden war. Ein Triumph, eingebettet in sein riesiges, unentrinnbares, unbewohnbares Gegenteil, wie ein überkuppeltes Städtchen auf dem Mond.

Briefkuvert

Schon als sie im Treppenhaus um die Ecke bog, erkannte sie es. Das Ding, das vor ihrer Wohnungstür lag. Sie wich zurück, blieb im Halbstock stehen. Es gab keinen Zweifel: ein weiteres Kuvert. Zuerst die Aktion mit der Praline und jetzt das. Hitze, Herzklopfen. Auch ein wenig Angst. War er noch im Gebäude? Hing er an der Decke wie Spiderman und stürzte sich brüllend auf sie, wenn sie unter ihm durchging. Tatsächlich kontrollierte sie die Decke. Bizarrerweise entdeckte sie einen Stiefelabdruck, aber man sah ihm an, dass er nichts mit der ganzen Sache zu tun hatte. Mondoberfläche, dachte sie.

Sie ging auf das Kuvert zu und gab ihm einen Tritt.

– Du, sagte sie und bückte sich. Du löst dich besser in Luft auf.

Sie blickte sich noch einmal um. Dann gab sie dem Kuvert einen weiteren Tritt, aber es war, wie beim ersten Mal, etwas unbefriedigend, weil ein flacher Gegenstand einer Schuhspitze keinen richtigen Widerstand bot.

Mit einem wütenden Schnauben krallte sie sich das Kuvert und trug es in ihre Wohnung. Auf dem Umschlag stand FÜR NATALIE. Daneben ein Herz.

Sie nahm zuerst die *Intensität* ihrer Wut wahr, dann erst die Wut selbst. Von ähnlichen Erfahrungen erzählen Verbrennungsopfer, die mit Brandbeschleunigern in Berührung gekommen sind. Dass sie zuerst die beeindruckend kühlen Flammen auf ihrem Körper beobachten und über sie staunen, sie wandern und nehmen immer weiter von ihnen Besitz, die Haut zunächst unversehrt, fast scheint es, als könnte man die Flammen nach seinem Willen wandern lassen, wie verspielte Tiere oder flüssige Jo-Jos.

Hollberg versuchte, sie einzuschüchtern. Oder sie verrückt zu machen. Ein Eustrich-Kuvert. Er hatte bestimmt die Szene vor sich gesehen: wie sie es mit zitternden Fingern öffnete und dann was immer es enthielte als verdiente Strafe empfing, wie sie las, wie sie es studierte, wie sie immer mehr Angst bekam vor ihm und seiner Allmacht.

Sie warf das Kuvert ungeöffnet in den Müll.

Dann stopfte sie noch ein paar faul gewordene Bananen hinterher und verpasste dem Mülleimer einen Tritt.

– Verdammtes Arschloch, schrie sie.

Etwas zuckte neben ihr zusammen. Sie erschrak. Es war der Kater. Er war hier? Aber warum – die Wohnungstür, natürlich, sie hatte sie offen stehen lassen. Sofort begrüßte sie ihn und ging auf ihn zu. Aber er wich vor ihr zurück und beäugte sie misstrauisch von der Seite. Er mochte unberechenbares Verhalten nicht. Es war bedenklich weit von der Geräuschlosigkeit entfernt, in der seine Art existierte. Als sie seinem Blick begegnete, zwinkerte er ihr zu.

– Jaja, sagte sie. Ich bin ruhig. Ganz ruhig. Ich werde nur jemanden umbringen.

War irgendetwas Zerreißbares in Reichweite? Die heutige Zeitung, aber die hatte sie noch nicht gelesen. Und außerdem war da das Foto eines Kindes auf dem Titelblatt. Da, ein Werbeflyer für ein Konzert. Sie riss ihn entzwei. Aber das war zu wenig, noch mehr, mehr – sie nahm einen Teelöffel aus der Besteckladе und bog ihn um. Dann schmiss sie den Löffel auf den Boden.

Jetzt wurde es dem Kater zu viel. Dieser Mensch führte sich unmöglich auf! Er lief aus dem Zimmer, durch die Wohnungstür und hinaus ins Treppenhaus.

– Nein!

Natalie rannte ihm hinterher. Er reagierte darauf, als jagte sie ihn fort. Auf dem glatten Stein der Treppenstufen rutschte er mit seinen Pfoten aus, fand erst einige Schritte weiter sein Gleichgewicht wieder. Im Halbstock blieb er stehen und sandte einen enttäuschten, kummervollen Katzenblick zu ihr empor.

– Komm, sagte Natalie mit ihrer sanftesten Stimme. Es ist alles in Ordnung. Ich hab nur. Komm.

Sie schnalzte mit der Zunge, ging in die Wohnung und wartete. Sie rief ihn in höherer Stimmlage. Sie klapperte mit seinem Schälchen. Aber als sie an die Tür zurückkehrte, war er nicht mehr da.

Natalie stand in ihrer Küche. Der erwürgte Löffel lag auf dem Boden. Er hat mir alles genommen. Mein Leben, meine Ruhe, meinen Kater. Scheiß Kuvert, verdammtes. Sie sah noch einmal danach. Da lag es, dünn und zerknittert, begraben unter Biomüll. Geschieht dir recht. Ich spiel nicht mehr mit.

Er kam einfach hierher. Er kam hierher, als gehörte das Haus ihm. Er durfte alles. Alle behandelten ihn, als wäre er Gott. Er kam einfach her und legte ihr – sie trat den Löffel auf die Seite. Und legte ihr so ein scheiß Kuvert hin! Als Gruß. Als Erziehungsmaßnahme. Als Wiedereingliederungsversuch in das Arrangement. Und Astrid kümmerte sich um den Rest. Warte nur, dachte sie. Ich kann auch. Ich kann genauso. Als wüsste ich nicht, wo du wohnst, du Stück Dreck.

Kälte gab es nicht. Natalie trat in die Pedale. Sie hatte in der Eile vergessen, sich eine Haube aufzusetzen, aber egal, sie war in Bewegung, sie musste weiter, weiter. Dieser verdammte. Sie einschüchtern, jaja, der würde schon sehen, was er. Sie stellte sich beim Fahren auf die Pedale, sie musste an Ampeln anhalten und warten, sie fluchte und fluchte. Überall braunes Schneemehl, und die Autos hatten es furchtbar eilig, jedes musste sie unbedingt überholen, auch auf die Gefahr hin, dass sie dadurch in die parkende Autoreihe abgedrängt wurde. Natalie brüllte mehreren Fahrern hinterher.

Als sie die Villengegend am Ragnitzbach erreichte, fiel wieder Schnee. Nicht besonders dicht, aber in feierlich wirbelnden, weihnachtlichen Flocken. Am Straßenrand stand ein Kind mit einem langen Stecken in der Hand und kratzte damit Spuren in die frische Puderschicht und die gefrorene Erde darunter. Es waren zwanghafte Scharrbewegungen. Wieder wurde Natalie von der Gewissheit gepackt, dass ein solches Kind ohne weiteres imstande sei, sie, Natalie, umzubringen. Niemandem würde ein spontaner Mord so leichtfallen wie diesem Kind. Sie stellte sich eine Szene in einem Wald vor. Es ist früher Abend. Natalie hat sich verletzt und liegt auf dem Boden. Sie kann nicht aufstehen, ruft um Hilfe, und endlich kommt jemand: dieses Kind hier. Mit derselben bunten Haube auf dem Kopf. Mit demselben langen Stecken in der Hand. Und diesem kleinen Puttengesicht, den mitleidlosen Augen, der Körpersprache, die sagt: *Ich weiß nicht, wofür ich da bin, also bist du auch für nichts.* Sie bittet um Hilfe, beschreibt ihre Verletzungen und erwähnt, dass sie große Schmerzen habe und ihr schrecklich kalt sei, und das Kind berührt sie mit dem Stecken, als wäre sie ein Strohsack. Stups, stups. Und dann dreht es sich um und geht davon. Natalie ruft ihm nach, bittet es, seine Eltern zu verständigen. Da lässt das Kind den Stecken fallen und geht weiter. Oder es beginnt, als es merkt, dass Natalie sich nicht wehren und sich auch aufgrund ihrer Knochenbrüche nur unbeholfen auf dem Waldboden hin und her rollen kann, nach ihr zu schlagen, zuerst leicht, dann immer fester, wie es das mit seinen Stofftieren immer macht, und der kleine Mund ist dabei ein verzerrter, glänzender Gummipfropfen. Die Augen eisklar, fast erloschen. Immer wieder auf ihren Kopf, ein Schlag nach dem anderen, Natalie schreit und weint, bittet um Gnade, aber das Kind will sehen, wo das hinführt. Also schlägt es weiter zu. Bis es das weiß.

Als sie an dem Jungen vorbeifuhr, zeigte sie ihm den Mittelfinger, allerdings inkognito, von hinten. Verdammter Mörder, dachte sie.

Einbruch

Zugegeben: Sie hatte keinen Plan. Bei Sätzen war es einfach, da musste man nur warten und darauf vertrauen, dass sich der richtige irgendwann einstellte. Aber hier und jetzt – nichts. Ihr Kopf war leer. Das Einzige, was sie wusste, war, dass es so nicht weitergehen durfte. Sie war vielleicht nicht stark genug für eine körperliche Auseinandersetzung, aber sie würde ihm zeigen, dass er mit ihr so nicht –

Als sie vor dem Haus hielt, blieb ihr das Herz stehen. Sie hatte schon öfter im Internet nach der Adresse gesucht, aber das hier war real. Sie wusste nichts über dieses Haus, kannte seine Fallen nicht, seine Alarmanlagen. Sie würde klingeln müssen, wie eine Kekse verkaufende Pfadfinderin. Sie staunte das große Gebäude eine Weile an und stellte sich die weiten und finsteren Kellergewölbe voller unaussprechlicher Laboratorien vor, Experimente gegen Gott. Diese Zinnen, lächerlich! Und die drei Türmchen, extravagante Architektur, in der sich eine gestörte Psyche wohlfühlte. Die Weihnachtsdekoration in den Fenstern, die schneeverklebte Buchsbaumhecke, das Hundewarnschild auf dem Einfahrtstor.

Aber es war das falsche Haus. Die richtige Hausnummer fand sich an dem, dem sie die ganze Zeit den Rücken zugekehrt hatte. Es sah erschreckend normal aus.

Ein Klingelschild gab es nicht, nur eine Klingel. Niemand reagierte, obwohl sie mehrmals und lange drückte. Sie drehte sich um zu dem *ursprünglichen* Haus. Es zürnte still vor sich hin, lauschte mit gespitzten Satellitenschüsseln dem Treiben des Eindringlings gegenüber. Natalie ging den Gartenzaun entlang. Von hier draußen konnte man in keines der Fenster sehen. Der Zaun endete an einer Querstraße. Sie war als Spazier- und Radweg gekennzeichnet, ein blaues Verkehrsschild mit weißen Figürchen darauf. Das Wort *Kellerfenster* stellte sich ein, eine Erinnerung an Filmszenen und Fantasien über

Einbrüche. Keines der Kellerfenster stand offen. Es gab nicht mal welche. Aber von hier aus konnte man in den Garten sehen. Eine Rasenfläche, schneebedeckt, und eine … war das eine Hollywoodschaukel? Klischee. Allerdings lag sie auf dem Boden, das Gestell, in dem sie schwingen sollte, war nirgends zu sehen. Gestrandetes Raumschiff. Hier konnte man eigentlich relativ leicht … Sie maß die Höhe des Zauns, indem sie vor und zurück trat, so machten es Katzen. Wäre das Kuvert nicht gewesen, säße sie jetzt mit Chat gemütlich vor dem Fernseher. Es war nur ein niedriger Holzzaun. Sie schaute sich um, kontrollierte die Umgebung. Kein Mensch da, auch keine Kameras. Feine Gegend.

Ein erster, nur angedeuteter, am Ende zu einem Karatekick abgeschwächter Schwingversuch des Beins. Ja, es ging. Sie nahm einen kurzen Anlauf – flankte über den Zaun, blieb an einem rätselhaften Luftwiderstand hängen und fiel auf der anderen Seite in den Schnee. Nein, alles okay, nichts verletzt. Sie raffte sich auf und schüttelte sich. Stand still. Horchte, ob es einen Hund gab. Das Bild eines Pinguins drängte sich auf. Lieber noch eine Weile in der Nähe des Zauns bleiben, für den Fall, dass eine schnelle Flucht notwendig wurde. Nein, alles still. Jetzt war sie also auf dem Grundstück. Erstes Level geschafft.

Sie musste an die traurigen Puppengesichter denken, vor mehr als siebzig Jahren, vielleicht war das Innere dieses Hauses vollgestopft mit solchen Puppen. Hollberg, der weltweit größte Sammler von Trauergegenständen. Urnen in jedem Zimmer. Hausaltäre in japanischem Stil. Und überall großformatige Bilder von Dorm, dem Zentrum seiner Gedanken.

Durch die Terrassentür konnte man ins Haus blicken. Es sah alles normal aus. Ein Spiegel. Eine Art Sofa, eigentlich mehr eine Sitzbank, wie in einem Wartezimmer. Teppich am Boden. Uhr an der Wand. Sie bedauerte, dass sie das Kuvert nicht mitgenommen hatte. Das wäre doch perfekt gewesen, ah, immer war man hinterher klüger! Warum hatte sie nicht daran gedacht? Das Kuvert kommentarlos und ungeöffnet zurück an seinen Ursprung zu schmuggeln und sich dann aus dem Staub zu machen, das wär's gewesen! Enttäuscht drückte sie die Klinke der Terrassentür hinunter. Natürlich abgesperrt. Kellerfenster? Nein, auch hier keine. Also ein Haus ohne Keller.

Es gab ein Fenster neben der Terrassentür, geschlossen zwar, aber es sah alt aus. Vielleicht konnte man es einschlagen.

Natalie zog das iPhone aus der Tasche und gab ein: *how to break into house*. Wenn die Überwachung so lückenlos funktionierte, wie alle immer behaupteten, würde das Auge des Staates in diesem Moment feststellen, dass sie nach diesen Begriffen suchte – und das an einem Ort, wo sie nicht zuhause war. Eins und eins zusammengezählt, Polizei informiert. Oder gleich den Inhaber des Grundstücks, der, wie der allwissende Staats-Aleph durch einen kurzen Blick in die entsprechenden Datenbanken feststellte, nicht mit ihr, Natalie Reinegger, 21, identisch war. Alarm, Swat-Teams.

Die Suchergebnisse waren lächerlich. *How to break into your house*, lautete der erste Eintrag. Warum sollte jemand in sein eigenes Haus einbrechen? Alle vorgeschlagenen Methoden stammten aus Filmen: Schraubenzieher, verbogener Kleiderbügel, Kreditkarte in Türschlitz, Gummiband auf Sicherheitskette, *find an open window*. Sie wischte die Seite weg und schaute sich die anderen an. Alles dasselbe filmreife Zeug! Bestimmt war das Absicht. Man brachte den Leuten diesen Unsinn bei, damit sie es verpatzten und geschnappt wurden. So wie bei Selbstmord-Tipps, auch alles Lügen. Oder bei Ernährungsberatern. Man wollte den Leuten keinen wirklichen Ausweg zeigen, sondern sie abhängig machen.

Ihr fiel ein, dass sie ihr Fahrrad draußen vor dem Haus angebunden hatte.

Hektisch tippte sie auf einen weiteren Link. Dann kam sie auf die Idee, ihre Suchanfrage zu modifizieren. *How to break house alternative.*

Aber *How to Break* war der Name einer Band aus der Alternative-Szene. Fast hätte Natalie ihr iPhone durchs Glas der Terrassentür geworfen.

Hmm.

Steine waren hier vorhanden. Gar nicht wenige. Aber der Lärm, das zerbrechende Glas. Und es war so still hier, die Nachbarn lauschten. Einfach umdrehen und nach Hause? Es war vielleicht genug, dass sie hier im Garten war. Sie konnte ja irgendwas in den Schnee schreiben. Bestimmt würde es für einige Stunden sichtbar bleiben. Man musste nur tief genug kratzen. Wie das Kind vorhin, ekelhaftes, mitleidloses, unmenschliches Ding.

Irgendwo hatte sie gelesen, dass Glas bei Minustemperaturen leichter brach. Man musste nur nach einem Bereich suchen, auf dem sich Eisblumen gebildet hatten. Außerdem war da noch etwas über eine Münze gestanden. Man behauchte und wärmte eine Münze und klebte sie auf die Scheibe. So irgendwie. Dann schlug man gegen die Münze und erzeugte so einen sauberen Bruch. Oberflächenspannung.

Hier war eine Münze, zwei Euro. Natalie behauchte sie, führte sie an die Lippen. Sie drückte sie an das Glas der Terrassentür. Die Münze fiel zu Boden. Vielleicht nicht warm genug. Sie probierte es ein zweites Mal – und tatsächlich, ein kurzer Saugeffekt war feststellbar. Warum war Hollberg eigentlich nicht zuhause? Noch hatte sie keinen Beweis, dass es *wirklich* sein Haus war. Nur die eingetragene Adresse in der Akte. Aber vielleicht war er vor kurzem umgezogen.

Du willst dich doch nur drücken, schimpfte sie mit sich selbst, jetzt hast du es so weit gebracht, bis hierher, jetzt schaffst du es auch *ins* Haus.

Die dumme Münze wollte immer noch nicht festkleben, Natalie drückte sie fest gegen das Glas. Verdammte Münze, bleib, bleib –

Die Scheibe löste sich, als Ganzes, einen Zentimeter weit, zwei, drei, ein leises Knirschen war zu hören. Natalie starrte auf den Zaubertrick. Was war passiert? Ihre Hand steckte fest, zwischen dem Glas, das messerscharf war, und dem Holzrahmen. Au, au … Sie zog ihre Hand zurück.

Okay, noch mal. Sie drückte gegen das Glas, und es gab wieder nach, als wäre es eine eigene kleine Tür, aber gleich darauf sperrte es sich, drohte zu zerbrechen, wenn sie noch mehr Kraft anwendete. Sie konnte, wenn sie ihren Ärmel hochschob, durch den Spalt fassen – ihre skelettal dürren Arme waren die Lösung, die Rettung – und den Schlüssel umdrehen, wie im Film! *You are the fucking film beneath my wings, the fucking key, the wind.*

Jetzt war die Tür offen. Sie zog ihren Arm zurück, schnitt sich nicht, es war perfekt, das Schönste, was sie seit langer Zeit gesehen hatte. Ich wollte, Chat könnte mich sehen, dachte sie. Und korrigierte dann: Karl. Sie fotografierte die auf Druck leicht nachgebende Scheibe. Insgesamt sieben Fotos, aus verschiedenen Winkeln. Die Sonne war inzwischen hinter den Häusern verschwunden.

Doch, es war sein Haus. Dasselbe fernsteuerbare Formel-1-Modellauto stand in einer Ecke. Sie ging durch die dunklen Räume bis zur Vordertür. Hier lag bestimmt irgendein weiteres Beweisstück. Schlüssel, Schirmständer. Die Jacke! Ja, die kannte sie. Also weiter. Es gab ein Obergeschoss, und zweifellos warteten dort all die wirklich interessanten Dinge. Einen Abgang zu einem Keller fand sie nicht.

Alte Radios überall, diese antiken Modelle aus Holz, in Spitzbogenform oder als Schränkchen, mit Knöpfen wie auf einer Waschmaschine, jahrhundertwendebraun, wie verzauberte Reisekoffer. Natalie stellte sich vor, diese Radios würden alle gleichzeitig zu spielen anfangen, immer zu einer bestimmten Tageszeit. Oder als Hausalarm. Oder vielleicht waren sie auch innen hohl, und kleine, in der Dunkelheit langsam verrückt werdende Singvögel wohnten darin, stießen im Aufflattern aneinander und prallten von der Holzwand ab. Und Hollberg schlief jeden Abend zu dem besänftigenden Geräusch ihrer Panik ein.

Am besten wird sein, ich kündige. Gleich morgen. Denn was soll noch kommen. Natalie wanderte von Raum zu Raum, stand schließlich wieder vor der Tür, die auf die Terrasse führte. Sie sah ihre Spuren draußen. Im Schnee. Ziemlich eindeutig. Sie würde sie verwischen müssen, wenn sie ging. Entweder das oder gleich signieren.

Die Küche. Von hier aus also. Das Fenster. Kopfmond, der aufging. Hau ruck, zu dritt. Inklusive Rollstuhl. Aber durch das Fenster blickte man in den Garten. Wie hätten drei Menschen, zufällige Passanten, sich in dem Garten aufhalten sollen? Vielleicht doch ein anderes Haus?

Ein Raum im Erdgeschoss sah aus wie der Empfangsbereich in einem Jugendgästehaus. Natalie wurde etwas mulmig. Ende des Levels. Verschwommenheit und Wirbel. Neues Level.

Sie stieg hinauf in den ersten Stock. Noch immer wusste sie nicht, was sie tun wollte. Ihre Wut war längst verraucht und einer scheuen Halbangst gewichen. Für so was wie das hier kam man einige Jahre ins Gefängnis. Und das nur wegen eines Briefkuverts. Vielleicht war ja ein Scheck drin. Oder ein Entschuldigungsschreiben. Oder ein Abschiedsbrief. Was mache ich, wenn ich ihn in seinem Bett finde, mit aufgeschlitzten Pulsadern?

Das Schlafzimmer war leer. Daneben etwas, das wohl ein Studierzimmer war. Schreibtisch, Bücherregal. Allmählich schwand die Angst, entdeckt zu werden, und ein allgemeines Museumsgefühl breitete sich aus. Nicht ein einziger Gegenstand sah uninteressant aus. Laptop. Tischkalender. Sie blätterte ihn durch, er enthielt ausschließlich die Besuchstage. Und was war dieser Haufen da? Fotos. Offenbar mit einer Digitalkamera aufgenommen und dann mit einem schlechten Tintenstrahldrucker ausgedruckt: einander abwechselnde Hell-Dunkel-Streifen, niedriger Füllstand der Tintenpatrone. Auf dem ersten Bild war ein Gesicht zu sehen. Es gehörte einer Frau, man sah es an den langen Haaren und dem femininen Hals, aber das Gesicht selbst war seltsam verquollen, als hätte man an verschiedenen Stellen etwas injiziert. Wie nach einer Schlägerei oder nach einer Operation. Allerdings ohne Blutergüsse oder andere sichtbare Verletzungen der Haut. Auf dem zweiten Bild ein weiblicher Oberkörper; mit den Brüsten war etwas Ähnliches geschehen wie mit dem Gesicht. Natalie starrte, reglos dastehend, einige Zeit auf die Bilder und stellte sich den abseitigen Tatort vor, an dem sie aufgenommen worden waren. Dann fand sie ein drittes, es lag noch im Drucker neben dem Laptop, und es bot die Lösung des Rätsels. Blödelei mit Klebestreifen. Die junge Frau beklebte sich gerade den unteren Teil ihres Gesichts und zeigte dabei ein dummes Grinsen. War es dieselbe Frau, die sie damals gesehen hatte? Das weinende Mädchen. *Empfängt heute niemanden.* Möglich. Dieselbe Farbe und Länge der Haare. Auf einem Foto war Hollberg zu sehen, allerdings ohne Vollbart. Lächelnd. An seinem Ohr klebten Tixostreifen. Sein dreitagebärtiges Kinn sah aus wie Brot. Natalie legte die Bilder zurück.

An der Wand im Arbeitszimmer hing ein auf A3-Format vergrößertes Foto, das offenbar bei einem Heavy-Metal-Konzert aufgenommen worden war. Es zeigte einen Fan beim *crowd surfing.* Er saß in einem Rollstuhl. Die anderen, dicht wie Getreide stehenden Konzertbesucher stemmten den Rollstuhl mit vereinten Kräften hoch. Der Fan, ein langhaariger Teenager, wirkte ekstatisch, vom Glück überwältigt, seine Arme in die Höhe gestreckt. Natalie zog sich die Ärmel des Pullovers über die Fäuste.

Das Haus war groß, sie musste weiter. Ewig konnte sie nicht herumschnüffeln. Aber das hier war so etwas wie das Herz, hier saß er und arbeitete. Vielleicht sollte sie seinen Laptop einschalten. Neben dem Fenster fiel ihr ein Bild auf (großformatig, Posterdruck einer Kohlezeichnung), auf dem man einen Raum sah, in dem eine Figur in einer Ecke saß. In einiger Entfernung von ihr standen ein paar Eimer, am Boden Unrat, graue Pfützen. Die Figur war mit Bändern gefesselt, einige hingen zerfetzt an ihr herunter. Die Bildunterschrift lautete OMELAS CITY. Auf dieses Bild starrte Hollberg, wenn er Dinge in den Computer tippte.

Ein Geräusch. Natalie duckte sich, lauschte. Es wiederholte sich. Eine Art Klicken. Vielleicht ein automatischer Raumspray? Aber es kam nicht aus diesem Zimmer, sondern von nebenan. Sie ging bis zur Schlafzimmertür, blickte hinein. Es war mit einem Teppichboden ausgelegt, und sie trug ihre Winterschuhe mit dem groben Profil. Sie hatte darauf geachtet, sie etwas abzutrocknen, um keine grau-wässrigen Schneematschspuren zu hinterlassen. Trotzdem zog sie die Schuhe aus, als sie das Schlafzimmer betrat.

Alles normal. Kleiderschrank. Bett. Und, hihi, ein altes Grammophon, wie kitschig. Daneben ein Plastikbecken. Mit einer durchsichtigen Kuppel. Sie trat näher.

In dem Becken lag etwas. Auf den ersten Blick sah es aus wie ein Stück Wurst, fleischrosa. Natalie erschrak. Es war eine dieser nackten Mäuse, wie man sie aus Berichten über Chemielabors kennt. Das arme Ding war echt. Das war sein Unglück. Nicht einmal im Tod, dachte Natalie etwas verwirrt, hatte es sich in etwas Anorganisches zurückverwandeln dürfen, sondern lag hier unter dieser käseglockenartigen Kuppel. Was war das für eine Vorrichtung? Die Kuppel bestand aus Dreiecken, die sich in einem bestimmten Muster aneinanderfügten. Sie berührte das Glas. Es ließ sich nicht bewegen. Die Maus lag auf der Seite. Ihr geschlossenes Auge sah aus wie der Schlitz in einem Ohrläppchen, das schon seit Jahren keinen Ring mehr getragen hat. Die Beine waren winzig, beinahe abstrakt, das Gesicht ohne Tasthaare.

Neben dem Becken, auf demselben Tisch, stand ein Teller, auf ihm eine dunkelbraune Praline. Natalies erster Gedanke war, dass dies sehr *platziert* wirkte. Als wäre es so arrangiert worden, für ihren Besuch. Arrangement. Unter dem Tisch befand sich ein mit einem Tuch bedecktes quaderförmiges Etwas, aus dem nun Geräusche drangen. Nein, dachte Natalie. Nein, bitte. Sie hob das Tuch hoch.

Natalie stürzte aus dem Zimmer, ohne Schuhe die Treppe hinunter und hinaus auf die Terrasse, dort würgte sie in den Schnee. Sie bemühte sich, möglichst keine lauten Geräusche von sich zu geben, aber davon wurde der Würgereiz nur noch schlimmer. Sie stand da, ihre Hände auf die Knie gestützt. Oh Gott, dachte sie, oh Gott, bitte, oh Gott. Sie richtete sich auf, machte ein paar Schritte und musste, um bei Verstand zu bleiben, in eine der erfrorenen Gießkannen schauen, die hier herumstanden. Ihr Entsetzen war wie ein extremes Schwindelgefühl, aber eines, das sich außerhalb ihres Körpers ausbreitete, wie ein Fußballländerspiel oder ein Konzert, das weit entfernt stattfand. Fernab wirbelte alles im Kreis, aber sie selbst stand hier auf ihren Beinen, und alles war grauenhaft, ihre Atmung würde gleich aussetzen, Leben im Inneren eines Propellers.

Sie musste umkehren. Die Schuhe standen noch oben. Und nicht nur das. Es hatte sich etwas ergeben, ein Blickkontakt. Zwischen ihr und einem kleinen, weißen Gesicht mit Knopfaugen. Natalie bückte sich und blieb lange so, konzentriert, ohne vom Tod gestreift zu werden, sie band sich ihre Schuhbänder zu. Dann holte sie die Maus aus dem abgedeckten Käfig. Sie erwartete, dass ihr das Tier sofort über den Arm wuseln würde, aber es blieb auf ihrer Handfläche sitzen und blickte sich um, die Tasthaare an der Seite der Schnauze bewegten sich, als würde es eilig etwas berichten. Mit einer Handfläche schränkte Natalie das Blickfeld der Maus ein. Sie sollte ihre nackte, tote Gefährtin unter der Kuppel nicht zu Gesicht bekommen. Bestimmt hatten die beiden einander gekannt. Das lebendige Nagetier trug sie hinunter ins Erdgeschoss und steckte es vorsichtig in ihre Manteltasche. Sie würde langsam fahren müssen, vielleicht sogar das Rad schieben. Sie ging hinaus in den Garten und überlegte, wie sie mitsamt der Fracht über den Zaun klettern sollte. Sie verwischte ihre Spuren im Schnee, zumindest jene, die sie im spärlichen Licht der Dämmerung noch erkennen konnte. Dann fiel ihr ein, dass sie auch einfach den Vordereingang benutzen konnte. Sie ging zurück ins Haus, schloss die Terrassentür, sperrte sie ab und verließ das Haus, wie normale Menschen es tun. Er würde es ohnehin merken. Bringst du mir ein Kuvert, nehme ich dir deine … Erst als sie die Kälte draußen empfing, platzte die Blase, die sie umgeben hatte, und ihr wurde bewusst, was sie getan hatte. Einbruch. Mehrere Jahre Gefängnis. Diebstahl. Aber die Maus, das Plastikbecken, die geschlossenen Augen. Die Kuppel. Pralinen. Totes Tier im Schlafzimmer, neben dem Bett. Es war grauenhaft. Man würde es der Polizei erzählen müssen. Wer weiß, ob er das wollte. Da stand ihr Fahrrad. Ich habe tatsächlich eine Maus in der Tasche! Der Gedanke war so absurd, dass sie noch einmal nachschauen musste, ob das Tier wirklich da war. Natürlich war es da. Sie konnte seine Bewegungen durch den Mantelstoff spüren. Was zum Teufel mache ich damit? Wo bringe ich es hin? Das Nachbarhaus ragte vor ihr auf, düster und allwissend, ein schlafender Drachenwal aus Stein. Sie stieg auf ihr Rad und fuhr davon.

Nur eine Nacht

Nein, sie konnte die Maus nicht behalten. Polizei, Durchsuchungsbefehl, Käfig mit Nagetier. Ist das Ihre Maus, Mr. Hollberg? Jawohl, das ist meine. Officer, verhaften Sie diese junge Dame hier! Aber sie freizulassen, war auch nicht möglich, sie war weiß, das bedeutete, sie kannte die freie Wildbahn gar nicht, ihre Gene hatten vergessen, wie man überlebte. Außerdem Winter, überall Schnee.

Zumindest eine Nacht. Dann würde man weitersehen.

Sie brachte die Maus nach Hause. Als sie an der Parterrewohnung vorbeiging, überlegte sie kurz, ob sie anläuten und fragen sollte. Aber das unbekannte Schicksal des Formel-1-Autos war ein Faktor, der dagegen sprach. Bestimmt war das Kind, so wie alle Kinder, ein endlos brutales Wesen, eines, das gern alles kaputt machte, das Radios und Uhrgehäuse aufschraubte, damit die Seele entweichen konnte, das Goldfische im Klo hinunterspülte, das Mädchen zwickte. *Gebt den Kindern das Kommando, sie berechnen nicht, was sie tun.* Und am Ende sind wir alle tot, zerfetzt und entstellt, und verwirrt dreinblickende apfelgesichtige Buben stehen herum, eine staunende Hand am Mund, und begreifen nicht, was sie angerichtet haben. Kleine Mörder. Nein, die Maus kam mit nach oben.

Sie fand eine geeignete Schachtel und füllte sie mit kleinen Stücken von Zeitungspapier, die sie, *à la Dorm*, zu Kügelchen zusammendrehte. Die Maus beschnupperte alles und lief, wie eine digitale Spielfigur, die vier Ecken der Schachtel ab.

– Es ist ja nur vorübergehend, sagte Natalie zu ihr. Ich leb auch nicht schöner.

Das provisorische Nest sah gar nicht schlecht aus. Jetzt noch Futter. Natalie füllte eine Schale mit Knabbernüssen, Cashews und Mandeln. Sie stellte sie in die Schachtel, wie ein riesiges Nahrungs-UFO landete das Schälchen neben der Maus,

die auswich und zu flüchten versuchte. Aber dann stemmte sie sich neugierig empor und schaute sich das Ganze aus der Nähe an. Winzig kleine, lichtschnelle Mausgedanken spielten sich in ihrem nussgroßen Kopf ab.
– Ich versuche, was Besseres zu finden, versprach Natalie.

Sie saß noch lange bei der Maus, die bald ruhiger wurde und sich in das Zeitungsnest setzte. Irgendwie hatte Natalie das Gefühl, etwas vergessen zu haben in der Pflege des Tiers. War ja auch nur provisorisch. Toilette, dachte sie. Aber das waren bestimmt nur so kleine, reiskorngroße. Einfach darauf achten und sie entfernen. Außerdem kann ich die Maus eh nicht behalten. Natalie war erschöpft, aber sie fühlte sich gut. Da war ein warmes Hintergrundglühen, vor dem ihre Tageserinnerungen als verlangsamter Diavortrag abliefen. Ich habe mich nicht in die Knie zwingen lassen, dachte sie.

Nun ging auch vom Eustrich-Kuvert im Müll keine bedrohliche Strahlung mehr aus. Seine Wirkung war neutralisiert worden, es konnte ihr nichts mehr tun. Arme tote Maus unter der Kuppel. Crowd-Surfing-Plakat. OMELAS. Kalender. Tixostreifengesichter.

Sie fischte das Kuvert aus dem Müll, es war feucht und fleckig, und riss es auf. Eine Klarsichtfolie kam zum Vorschein. Dann schauen wir uns die Drohgebärde mal an. Macht mir nichts mehr aus. Prallt und perlt von mir ab.

Gedanken eines weißen Kugeltiers

von Markus C. Haase

für N.

Ich verstehe viel von Händen und Oberflächen. Oberfläche bedeutet, ich berühre. Hände bedeutet, ich werde berührt. Eine Hand gibt es, die mir fehlt. Sie war früher da und ist es jetzt nicht mehr. Meine Zeit teilt sich in diese beiden Hälften: *vor* dieser Hand und *nach* dieser Hand. Ich weiß übrigens, dass ich wachse. Vielleicht wurde ich irgendwann zu groß für die Hand und spüre sie seither nicht mehr. Vielleicht fülle ich inzwischen das ganze Universum aus, und es berührt mich deshalb niemand. Weil niemand groß genug ist. Trotzdem: Es gab diese eine Hand. Manchmal lag ich in ihr, und sie trug mich und hob mich in warmes Wasser. Wasser ist Oberfläche, die einen überall berührt, überall gleichzeitig. Und dann lang nicht loslässt. Ich weiß nicht, warum ich so schnell gewachsen bin. Ich weiß nicht, ob es meine Schuld war. Es tut mir jedenfalls leid. Ich weiß nicht, was ich alles verdrängt habe. Ich kann meine Form nur erahnen. Ich weiß nicht mal, ob du mich hören kannst. Falls du die Hand kennst, die ich meine, sag ihr, ich hätte sie nie vergessen. Es ist jetzt immer sehr still in mir. Sehr einfach und rund und still. Man könnte sagen, ich warte. Ich werde manchmal gerollt, von wem oder was kann ich nicht sagen. Es hat keine Finger. Wasser gibt es ebenfalls noch, aber es kommt nur von einer Seite. Und manchmal spüre ich den Wind. Wind ist Wasser, das einen gleich wieder loslässt und nicht im Fell hängen bleibt. Der Wind wird jeden Tag stärker. Oder ich werde wieder kleiner. Vielleicht ist das Wachstum inzwischen vorbei? Es ist schwer zu sagen, aber möglich wär's. Ich wünschte, du wärst noch da.

Natalie gab ein Fauchen von sich. Sie las den Text noch einmal. Warum dieses. Auf diesem. Woher hatte er das Papier, ich meine. Ah, er hatte damals, aber das war doch nicht … Nein, das konnte nicht sein. War es ein Scherz von Hollberg? Aber er kannte Markus gar nicht, das heißt. Nein, das war von Markus. Natürlich war es von ihm, sie erkannte seinen Zeichenstil. *Er* hatte ihr das hingelegt. Vor die Tür. Niemand sonst kannte das weiße Kugeltier. Es war der Beweis.

Entwaffnet und koordinatenlos saß sie auf dem Küchenstuhl. Vor ihr die Schachtel mit der Maus. Wie Zeiger, die sich im Traum von einem Glockenturm lösen und in den Süden davonfliegen, fiel nach und nach alles, was Halt gab, von ihr ab. Bis der Stuhl irgendwo im Weltraum schwebte. Sie auf ihm. Ein Jägerhochsitz im Universum.

Sie betrachtete ihre Hände, den Fußboden, ihre Zehen. Und noch einmal das Blatt mit der Zeichnung. Das weiße Kugelwesen wohnte also in einem Park. Sie musste lachen. Dann kamen ihr die Tränen. Sie drückte die Zeichnung an ihre Brust und schaute zur Decke. Ihr irres Gelächter erfüllte den Raum. Dann weinte sie mit offenem Mund, obwohl sie wusste, wie pathetisch und dumm das aussehen musste, aber es ging nicht anders. Außerdem war niemand da. Abgesehen von der Maus. Und die kapierte sowieso nichts.

– Dummes kleines Vieh, sagte sie, dummes Vieh, dummes Vieh.

Sie holte ihr iPhone, drückte H für Markus' Nachnamen und tippte dann, in gewohnter Schnelligkeit und unter geschickter Umgehung aller Großbuchstaben und Satzzeichen, eine SMS:

– danke du verrückter danke für das weiße tier mein gott ich heul fast

Hoffentlich war Markus nicht zu faul, um zurückzuschreiben. Nach den Strapazen dieses Tages und der Auflösung der

Verwirrung um das Kuvert sehnte sie sich nach Non sequitur und Spiel und Unsinn. Markus, dieser Spinner. Wäre er hier gewesen, sie hätte ihm einen Kuss gegeben. Scheiß Stalker, legt da einfach ein Kuvert vor die Tür! Vermutlich hatte sie ihm leidgetan, im Auto. Wind beneath my wings. Er machte sich Sorgen und so. Trotzdem, ausgerechnet das Kuvert. Aber er wusste ja nicht. Ah, er wusste überhaupt nichts. Über ihr Leben, über die Situation. *In einer solchen*. Über das, was sie heute getan hatte. Sie hatte ein kleines Nagetier befreit. Wovon eigentlich? War es in Gefahr gewesen? Ja. Vielleicht. Mit Sicherheit. Wer weiß. Vielleicht bekam *Chris* seine Mäuse ja tatsächlich aus Laboren, wie er es einmal angedeutet hatte. Wenn sie schon sterben müssen. Was für ein Freak. Natalie musste sich beinahe wieder übergeben. Aber immerhin war diese Maus jetzt in Sicherheit, egal, was. Egal, inwiefern. Schreib zurück, schreib zurück, schreib zurück, dachte sie und stellte sich Markus vor, der in seinem Zimmer auf und ab ging und Atemluft verbrauchte und Raum beanspruchte auf Erden. Selbst in ihrer Vorstellung war er ihr zuwider, und, mein Gott, warum konnte er nicht zurückschreiben, bei ihm war immer alles zu viel verlangt!

Endlich summte das iPhone. Die Antwort lautete:

– Ich hab gleich an dich gedacht.

Natalie sank erleichtert zurück. Er war in das Spiel eingestiegen. Tiefe Dankbarkeit und Geborgenheit breiteten sich in ihr aus, ein warmes Lagerfeuergefühl. Wenn du wüsstest, was ich gerade hinter mir habe, dachte sie, würdest du tot umfallen. Ich bin bei jemandem eingebrochen, aber total umsonst, nur weil ich gedacht habe, war dann aber nicht so. Sondern du. Du Irrer. Du würdest tot umfallen, wenn du wüsstest. Aber sie dachte den Satz in einem fürsorglichen und friedlichen Tonfall. Sie schrieb:

– das weiße tier war echt unglücklich bei dir, schon ganz unrund und dünn, hm?

Sie wartete Markus' Antwort nicht ab, sondern fügte hinzu:

– jetzt wächst es in meinem schlafzimmer weiter anstatt im park

Gott sei Dank gab es Menschen, die mit dem Dorm-Hollberg-Scheiß nichts zu tun hatten. Gut, sie hatte Markus ein wenig hineingezogen, als sie die Fehler in den Geschichten zu finden versuchte, und er hatte sich als nützlich erwiesen. *Luminous Details.* Schreib schon, dachte sie und musste wieder lachen. In der Schachtel raschelte die Maus. Natalie stellte sich Markus in einer römischen Toga vor, auf dem eiskalten Balkon sitzend, eine alberne Schreibfeder in der rechten Hand, mit der linken tippte er ungeschickt auf seinem iPhone herum und produzierte ständig Freud'sche Vertipper.

– Wie bist du reingekommen?

Ha, dachte Natalie und ein noch wohligeres Gefühl als vorhin erfüllte sie. Es war das Angebot einer fantastischen Entführungsszene. Oh, du entzückender Irrer, du hast ja keine Ahnung! Sie tippte:

– zuerst über den schornstein und dann durch die internetleitungen und dann hat mir unser armes tier schon aus seinem schwimmbad entgegengeleuchtet

Sie überlegte, ob *entgegenleuchten* vielleicht ein zu starker Begriff war. Sie löschte ihn und schrieb stattdessen *entgegengeblickt ganz abgemagert.* Und drückte auf Senden.

Diesmal dauerte es, bis die Antwort kam.

– OK. Was glaubst du, wird jetzt passieren?

Natalie lächelte. Markus wusste, wie man solche entspannenden Nonsense-Unterhaltungen vorantrieb, das musste man ihm lassen. Wenn seine dichterischen Versuche weniger ernsthaft und verantwortungsvoll und, na ja, einfach weniger *dichterisch* gewesen wären, vielleicht hätte er ja Talent gehabt, wie John Die Nase Updike mit seinen golfspielenden Eheviechern.

– das weiße tier kann bei dir nicht wachsen, schrieb sie, das ist das problem und jetzt ist wird es endlich wieder rund wie ein riesiger golfball im park in freiheit endlich!

Ein Fehler: ist wird. Egal. Das war einer dieser fast unsichtbaren Fehler, die man leicht überlas. Markus' Antwort kam nach zwei Sekunden.

– Warum?

Natalie schrieb:

– na ja es braucht gefilterte luft und die gewissheit von livesendungen in der nähe und die möglichkeit einer insel

Natalie bedankte sich bei ihrer Bücherwand für die Inspiration. Sie hatte den Roman nie gelesen, weil er eigentlich Markus gehörte. Er hatte ihn ihr damals empfohlen, allein wegen des Endes, das sei so wahnsinnig traurig und majestätisch. Aber Geschichten über Inseln und Traurigkeit reizten Natalie nicht, also hatte sie das Buch ins Regal gestellt. Markus schrieb:

– Ich verstehe nicht.

– kannst du dich noch erinnern, sagte Natalie, wie es damals gewachsen ist während wir unter ihm im bett gelegen sind wie unter einem riesigen superlampion??

Sie drückte auf Senden und tippte gleich weiter:

– damals hat es sich von was ernähren können und ist riesig geworden und rund und jetzt ist es mager und leer deshalb lebt es jetzt bei mir

Sie wartete. Aber es kam keine Antwort.

Sie schrieb:

– es kugelt gerade lustig vor mir herum und ist endlich zuhause und geborgen

Markus ließ sich immer noch Zeit. Langweilig, dachte Natalie. Dann sagte sie das Wort laut und wiederholte es, ließ sich dabei auf den Küchenboden sinken und rollte herum. Soll ich ihm erzählen, was ich getan habe? Ich habe echt den Verstand verloren. Vielleicht ist er dann beeindruckt und tut etwas Unüberlegtes und Verrücktes. Aber er verschaffte ihr auch so Ablenkung, darin war er immer gut gewesen. Hatte sie sich überhaupt schon bedankt für die Zeichnung? Ja, indirekt natürlich. Es ging ja um sie.

Sie wärmte sich an Markus' entfernter Anwesenheit, der Tatsache, dass sein Daumen eine Antwort tippte, dass er überlegte und formulierte, dass er auf Rechtschreibung achtete, damit sie keinen schlechten Eindruck von ihm bekam, es waren nur unsichtbare Impulse in der Luft, Töne auf einem Musikinstrument für Außerirdische, aber man konnte sich trotzdem in ihnen einrollen und Ruhe finden. Sie hielt sich das Display des iPhones ganz nahe ans Gesicht.

Da war ein kleiner Fleck. Sie begann, ihn wegzukratzen.

– Ich glaube, ich hätte sie gerne zurück, lautete Markus' Antwort.

– kriegste nicht, schrieb Natalie. ein tier in form einer perfekten weißen kugel ist nichts für poeten! aber danke noch mal. es war wirklich total süß das bild

Warum schrieb Markus *sie*? Ach ja, die alte Diskussion, ob das rätselhafte runde Tier ein Männchen oder ein Weibchen war. Sie erinnerte sich. Ein schöner spätsommerlicher Nachmittag, der erste Besuch bei ihrer Mutter damals. Die kurze Fahrt im Zug zu ihr. Und der Augenblick, als ein anderer Zug aus der Gegenrichtung kam und in dieser wahnsinnigen Geschwindigkeit vorbeiraste, das Brüllen der eingequetschten Luft, der Dauerbeschuss der erleuchteten Abteilfenster. Und dann die frischen Getränke im Garten. Wespen. Radiomusik vom Nachbargarten. Markus, der auf alle Fragen ihrer Mutter höflich und steif reagierte. Und auf dem Baum über ihnen die reifen, sonnenkranken Äpfel, die noch nicht vom Ast gefallen waren. Nähe zum Haus tut Bäumen nicht gut.

– OK sehr witzig, sagte Markus. Aber im Ernst, ich hätte sie gerne zurück. Ich brauche sie noch.

Was?

Natalie setzte sich auf. Hatte das Gespräch irgendeine neue surreale Wendung genommen, die ihr nicht aufgefallen war? Sie scrollte schnell nach oben, las alles noch einmal, nein, alles in Ordnung, Geborgenheit spendendes Spiel. Dann fiel ihr der Name des Kontaktes auf.

Hollberg Christopher.

Nein. Oh nein. Nein, das war ihr nicht passiert. Das war nur ein. Oh Scheiße, nein! Fuck, fuck, fuck! Es war. Sie warf das iPhone auf die Tischplatte und stand auf. Sie ging aus dem Zimmer. Ihr Kopf wurde heiß. Scheiße. Schwindelattacke. Sie bekam keine Luft. Sie war erstens gefeuert. Zweitens kam bald die Polizei. Markus, dachte sie, ich bring dich um! Aber Markus konnte bestätigen, dass das weiße Tier nur ein Spiel war, das sie zusammen immer gespielt hatten. Er hatte es ja auch schriftlich festgehalten. Hier, da war der Beweis. Die Verwechslung. Verhöre. Polizei, die anklopft. Warum waren Sie in dem Haus? Hausfriedensbruch. Und was haben Sie mit der Maus gemacht? Warum genau dieses Eustrich-Briefpapier? Natalie schluchzte. Am liebsten hätte sie ihren Kopf gegen den Türstock gerammt, mit der dummen, nutzlosen Vieh-Stirn voraus. Du blödes, überflüssiges Stück Aas.

Sie ging zurück zum iPhone und drehte es mit einer Fingerspitze vorsichtig um, als hockte eine giftige Springspinne darunter.

Herr Hollberg hatte nichts mehr geschrieben.

Sollte sie anrufen und das Missverständnis aufklären?

Die Maus arbeitete in der Schachtel. Natalie sah, dass sie sich eine kleine sanddünenartige Kuhle gebaut hatte. Darin hockte sie jetzt. Das Zimmer war hell erleuchtet. Draußen war es dunkel. Noch nie im Leben hatte sich Natalie von der Unsichtbarkeit so weit entfernt gefühlt wie in diesem Augenblick. Ihr Herz klopfte, sie dachte an Gefängnis, an Anklage, an persönliche Rache. Er würde sie natürlich umbringen. Mit bloßen Händen. Er konnte das. Ihr auflauern. Und dann mit einer Uhr erschlagen. Sie dachte: Ich bring dich aber vorher um, du Freak, ich bring dich um. Er hatte nichts als den Tod verdient! Sie konnte ihn vor sich sehen, wie er jetzt in würdevoller Erregung mit dem Wohnheim telefonierte, mit Astrid, seiner Vertrauten. Wie er von dem Einbruch bei ihm erzählte. Von dem Diebstahl einer Maus. Ah, dann also diese Woche keine Pralinen für unseren Herrn Dorm. Astrid, die Verräterin. Aber vielleicht wusste sie gar nichts. Vielleicht rief er auch nirgends an, sondern wartete, stumm und bärtig und opfermäßig ruhig, dass sie zurückschrieb.

Natalie verpasste sich eine Ohrfeige.

Es war das erste Mal, dass sie sich geschlagen hatte. Es schockierte sie ein wenig. So fest. Und mit so viel Wut und so viel Verachtung. Sie hielt sich die Wange, wimmerte und taumelte ein paar Schritte rückwärts.

– Au, sagte sie leise.

Sie wünschte sich einen Anfall, möglichst *grand* und möglichst *mal*. Einen Stammhirninfarkt. Dann Locked-in-Syndrom für ein paar Jahre und dann Licht aus.

Sie schickte an Markus (*SuperHaase* statt *Haase*! Der verdammte Name war ans Ende der Kontaktliste gerutscht!) eine SMS, die nur aus einem Foto bestand, das sie vor einiger Zeit in Mikes Zimmer gemacht hatte. Nach etwa einer Minute kam eine Antwort:

– DAFUQ DID I JUST SEE????

Geschieht dir recht, dachte Natalie und schaltete das iPhone aus. Dann setzte sie sich neben der Wohnungstür auf den Boden und erwartete das Heulen der Sirenen und das Eintreffen der Beamten.

Sie erwachte in derselben Haltung. Niemand war da, die Wohnung still und friedlich. Als Erstes rannte sie auf die Toilette. Dann suchte sie das iPhone und schaltete es ein. Ängstlich wartete sie, ob irgendwelche Meldungen gekommen waren. Diese kurze Gnadenfrist, während sich das Telefon in seinem Heimatnetz anmeldet. Noch begrüßt es alle im Äther-Büro, setzt sich an seinen Schreibtisch, atmet tief durch und blickt dann auf die Memos, die sich in seiner Abwesenheit gestapelt haben.

Oder nicht gestapelt haben. Es kam nichts.

Doch – ein Anruf in Abwesenheit. Es war Markus. Das war absehbar, erlaubt und ungefährlich. Natalie wartete, ihr Gesicht halb hinter einer Hand verborgen, auf die nächste Meldung. Aber das war tatsächlich alles.

Verwirrt stand sie auf und ging in der Wohnung umher. Welcher Tag war heute? Hatte sie nicht Dienst? Ja, aber erst später. Sogar Nachtdienst. Schon wieder. Vielleicht sollte sie die Maus mitnehmen und im Heim als Therapietier ausbilden. Eine Weile leuchtete diese Möglichkeit vor ihr auf, und sie genoss die Bilder, die daraus entstanden: Matthias, der sich die Maus wie einen Telefonhörer an die Schläfe hielt und leise hineinsprach; der schlafende Herr Zunegg, dem die Maus übers Gesicht lief, wobei sie ihre winzigen befingerten Pfoten mitten auf seinen ungeschützten Augapfel setzte; B, die alles über Haltung und Pflege von Nagetieren wusste, mit der Maus auf der Schulter. Dann fiel ihr der Fehler auf. Ah ja. Klar. *Er* kam ja zu Besuch. Hatte sie fast schon vergessen. Arme Maus. Aber vielleicht fand sich ein anderer Platz für sie. Im Souterrain möglicherweise. Aber dort würden die ganzen alternativen Pseudos nur die Asche ihrer ironisch gerauchten Zigarillos in den Mäusewohnbereich schnippen. Irgendwie ekelte es sie neuerdings vor dem Souterrain und all dem Volk, das es anzog und versammelte, der Gedanke an Streunen und Sex war so fern wie der Mond. Das alles existierte nicht mehr, es gab nur mehr das hier, diese ungeheure Verstrickung. Sie schaute nach, wie es der Maus ging. Sie schlief in ihrem Nest. Es sah wahnsinnig gemütlich aus, Natalie spürte bitteren, kindlich-ohnmächtigen Neid. In einer Ecke des Kartons hatte die Maus ein kleines Loch geknabbert. Es war noch nicht groß genug, dass sie ganz durchpasste, aber bald würde es so weit sein. Da ihr nichts anderes einfiel, stellte Natalie den Karton mitsamt der Maus in die Badewanne. Dort würde sie, selbst wenn ihr der Ausbruch gelang, nicht so leicht entkommen. Genug zu essen hatte sie. Aber das Ganze sah irgendwie gefährlich aus. Natalie spannte einen Luftballon um den Wasserhahn. Damit er die Schachtel nicht langsam zutropfte und die Bewohnerin ertränkte. Die Maus war während des Umzugs aufgewacht und wuselte hin und her. Natalie nahm sie kurz aus dem Karton und streichelte sie. Sie schien viel wärmer als gestern. Natalie roch an ihr und musste lächeln. Vor allem am Kopf war der Geruch wunderbar.

Sie öffnete die Wohnungstür, um nachzusehen, ob sich draußen etwas Nennenswertes ereignet hatte. Kuvertähnliches. Aber da war nichts. Gut. Sie würde sich immer weiter hinausarbeiten, vom innersten in die äußeren Kreise. An irgendeiner Stelle würde sie Hollberg begegnen, das stand fest. Ich sollte mir eine Waffe besorgen.

Jemand kam durch das Treppenhaus herunter. Ein Nachbar, den Natalie schon ein paar Mal gesehen hatte. Schnauzbart, beginnende Glatze. Insgesamt ganz erträgliche Erscheinung. Er grüßte. Er hielt etwas in der Hand. Als sie sah, was es war, entfuhr ihr ein Mitleidslaut, und sie hätte sich am liebsten auf ihn gestürzt. Ein altes Telefonmodell. Schwarz. Mit Wählscheibe. Der Hörer an einer geringelten Schnur. Sie hatte es schon so lange nicht mehr gehört. Und jetzt wurde es –

– Entschuldigung?, fragte sie.

Der Mann drehte sich um. Sein Gesicht war so ausdruckslos, dass es wie ein Goldfischglas für den darin lebenden Schnurrbart wirkte.

– Werfen Sie das weg? Ich meine, brauchen Sie das noch?
– Das da?
Das Telefon wurde in die Höhe gehalten.
– Ja.
– Nein, sagte der Mann. Das funktioniert noch.
Und er ging weiter.

Natalie blieb stehen, nickend, beruhigt. Die Worte *Das funktioniert noch* hatte sie, fast gegen ihren Willen, wie ein Evangelium empfangen.

Der Gedanke, bald in die Arbeit fahren zu müssen, war angenehm und bedrohlich zugleich. Bedrohlich, weil er ihr bestimmt irgendwo auflauern würde. Er stand wohl nicht direkt unten auf der Straße, in einem schwarzen Lieferwagen wartend, das wäre selbst ihm nicht zuzutrauen, aber vielleicht schon ein paar Straßen weiter. Sie musste unbedingt eine andere Route nehmen, einen vom Zufall bestimmten Weg. Aber es gab auch etwas, worauf sie sich freute. Sie würde B wegen der Maus fragen. Nicht, ob sie sie nehmen konnte, denn B gehörte zum Wohnheim, was Hollberg-Territorium war, sondern nach Tipps für die Pflege und Fütterung. B war nicht mehr ihre Verbündete, aber sie kannte sich mit Nagetieren aus. Seltsam: Das war sogar eine der allerersten Informationen über B gewesen. Sie hatte es ihr selbst gesagt. Als hätte man erwartet, dass Natalie aus diesem Umstand irgendwann Kapital schlagen würde. – Natalie dachte über diese bemerkenswerte Koinzidenz nach, und dabei beschlich sie ein sanftes Gefühl von Paranoia. Hatten die anderen damals, gleich zu Beginn, schon geahnt, dass das alles passieren würde? Die anfänglichen Schwierigkeiten, die Auseinandersetzungen, der Einbruch und nun, am Ende, die Sache mit der Maus? Die Kuppel. Alles wie arrangiert. War es wie bei diesem verrückten russischen Dramatiker, von dem Markus ihr erzählt hatte, der in jedem seiner Stücke Jagdgewehre an den Wänden hängen hatte, mit denen am Ende immer auf jemanden geschossen wurde? Wer schaute sich solche Theaterstücke an?

Das Publikum sah das dumme Gewehr ja schon von Anfang an und wusste, wie die Sache ausging. Dasselbe Prinzip wie bei Filmen über Krebs oder Aids, am Ende war immer einer tot. Es schien nicht sehr wahrscheinlich, dass dasselbe Prinzip auch für ihre Situation galt, aber warum hätte B ihr sonst davon erzählt? Übrigens, ich kenne mich gut mit Nagetieren aus. Falls du es mal brauchst. Aber es hatte schon vor ihr einige Bezugsbetreuerinnen für Herrn Dorm gegeben. Vielleicht so viele, dass ein bestimmtes Muster erkennbar wurde. Die jungen *Bezugerinnen* stahlen alle am Ende eine Maus. Es war alles vorherbestimmt. Sie alle durchliefen dieselben Hollberg-Dorm-Stadien, genauso wie die Leute, die reihenweise nach dem Kübler-Ross-Schema starben.

Natalies Blick fiel auf den Nussbaum im Garten. Er wirkte verkrümmt, winterlich erschöpft, seine Äste griffen ins Leere. *In einer solchen Situation.* In einer solchen Situation hätte Markus sein Taufkettchen geküsst. Andere beteten. War es möglich, das Hollberg-Dorm-Schema zu durchbrechen? Denn selbst wenn alles nur Einbildung war und sie in Wirklichkeit die Erste war, die sich so verhielt, war es doch ein Schema, in dem sie sich bewegte. Noch hatte das Universum keine Gelegenheit gehabt, daraus ein Muster zu bilden. Sie war das erste Element in einer langen Reihe von Ereignissen, die kommen würden. Aber auch dem ersten Element war es gegeben, auszubrechen. Nicht das zu erfüllen, wozu es offenkundig bestimmt war.

Da sie auf einem vollkommen zufälligen Weg bestimmt länger zur Arbeit brauchen würde, ging sie gleich los. Sie hatte sich nicht einmal die Zähne geputzt und auch nichts gegessen. Gekämmt hatte sie sich nur mit den Fingern. Egal, das konnte sie alles unterwegs erledigen. Ja, es hatte Betreuerinnen vor ihr gegeben. Und hatte nicht Hollberg selbst angedeutet, dass es nie lange mit ihnen ging? Oder nein, Dorm. Er war es gewesen. Unter Tränen, in seinem Zimmer. Nach der Eifersuchtsszene. *Du kannst ihn haben.* Und was hatte er noch gesagt? *Ihr löst euch immer auf, mit der Zeit.* Etwas in der Art. Also sah zumindest er ein Muster. Es überraschte ihn nichts mehr.

Als Erstes ging sie in den Garten und tat so, als untersuche sie ihr Fahrrad. Dann kletterte sie über die Mauer in den Nachbargarten. Schnee rieselte von einigen Ästen, die sie streifte, direkt in ihren Mantelkragen. Sie versuchte, die Schneekristalle wegzuwischen, bevor sie schmolzen, aber sie war nicht schnell genug, ein kalter Tropfen rann ihren Rücken hinunter. Sie durchquerte den Garten und betrat das Treppenhaus des Nachbarhauses. Sie hielt den Kopf gesenkt, für den Fall, dass sie jemandem begegnete. Aber alles, was sie sah, waren ein paar Dosen Trockenfutter vor der Tür der Parterrewohnung. Sie blieb kurz davor stehen und nahm das Bild in sich auf. Dann ging sie, um ein paar Sekunden älter und trauriger, weiter, durch den Vordereingang hinaus auf die Straße.

Ihr Kopf steckte in einer Kapuze, und darunter trug sie eine Haube. Sie hielt ihren Mund verzogen, machte Froschlippen, damit jemand, der draußen auf der Straße in einem Auto saß und aufmerksam die Gegend scannte, sie nicht sofort erkennen würde. Sie ging einige Meter nach rechts und bog in eine andere Straße ein. Sie hatte eine ungefähre Idee, welchen Weg sie nehmen würde, aber zwischendurch musste es spontane Variationen geben. Hätte sie den Weg jetzt schon sicher gewusst, wäre es eine feststehende Information in der Welt – und dadurch erratbar.

Ergab das Sinn?

Natalie marschierte stumm dahin, Kopf gesenkt, Hände in betont uncharakteristischer Manier in den Hosentaschen. So gingen vierzehnjährige Burschen durch die Gegend.

Kannte Gott den Weg, den sie nahm? Gott vielleicht nicht, aber die Toten. Natalie dachte an Mario. Sie hatte den bitteren Gedanken lange von sich gewiesen. Schließlich gab es keine Beweise. Aber warum sollte er sonst. Und noch dazu genau dann. Bei einem Kiosk in der Nähe des Parks stand ein Mann und unterhielt sich mit einem Pitbull. Der Hund saß neben ihm und starrte auf eine Serviette, die der Mann in der Hand hielt und zum Gestikulieren verwendete. Worum es in der Unterhaltung ging, bekam Natalie nicht mit, sie ging zu schnell vorbei. Sie zwang sich dazu, sich nicht umzublicken, das würde nur die Aufmerksamkeit auf sie lenken. Wenn sie an spiegelnden Oberflächen wie Schaufenstern oder blanken Steinfassaden vorbeikam, nutzte sie die Gelegenheit, um zu überprüfen, ob jemand hinter ihr ging. Nein, es schien nicht so.

Was, wenn Hollberg einfach im Wohnheim auf sie wartete? Ganz offiziell. Mit Astrid als Verstärkung. Und mit Polizeibeamten.

Es hatte viele Betreuerinnen gegeben. Vielleich nicht viele, aber doch einige. Sie alle hatten nach kurzer Zeit wieder aufgehört. Natalie dachte an die Maus. Ob sie inzwischen aus ihrem Stützpunkt ausgebrochen war? Aus der Badewanne entkam sie bestimmt nicht. Viel zu glatte Wände. Und selbst wenn, es gab im Badezimmer, dessen Tür sie geschlossen hatte, nichts, womit sie sich verletzen oder wo sie feststecken oder verlorengehen konnte. Hinter der Waschmaschine, gut, da war ein enger Spalt. Aber bestimmt blieb sie einfach faul im Nest liegen, fraß hin und wieder von dem Futter, knabberte am Ausbruchsloch. Sie hatte ja alles. Bloß keine Gesellschaft.

Die alle paar Monate neu eingestellten Betreuerinnen von Herrn Dorm waren innerhalb der Welt des Arrangements vielleicht so etwas wie Testläufe ein und desselben Programms. Wenn eine sich als besonders langlebig erwies, merkten sich die anderen, allen voran Herr Hollberg, deren Eigenschaften – und diese wurden dann als unausgesprochene Kriterien bei der Neuausschreibung der frei gewordenen Stelle festgelegt. Wie diese Programme, die gegeneinander Gefangenendilemma spielten. Dieses lustige Beispiel aus dem Einstiegsseminar über Pflege und Opfer. Zwei Verbrecher werden getrennt verhört und können nur zwei Dinge tun, entweder den anderen anschwärzen oder schweigen. Wenn sie beide schweigen, kommen sie beide mit einer leichten Strafe davon. Wenn sie einander wechselseitig, *cross fire*, bezichtigen, kommen sie beide ins Gefängnis. Und wenn nur einer den anderen verpfeift und der andere schweigt, ist einer der Gewinner, der andere der Dumme. Und nun gab es all diese Computerprogramme, die man gegeneinander antreten ließ, sie spielten immer wieder das Gefangenendilemma durch, einmal geht es so aus, dann so, und sie merkten sich die Ergebnisse und kamen so zu neuen Entscheidungskriterien. Natalie erinnerte sich noch genau an die Overhead-Folie. Der Professor hatte die vielen kleinen Programme wie einen Glühwürmchenschwarm gezeichnet, jede Kollision war ein zackenförmiges Gebilde. Ein Sternchen. Das beste Programm produzierte die meisten Siege. Es gab total komplizierte und ganz simple. Und am Ende war das beste Programm jenes, das immer nur das tat, was das andere Programm ihm in der Vorrunde angetan hatte. Verpfeift mich – verpfeife ich ihn jetzt. Hat geschwiegen – mache ich jetzt auch. Das war alles. Das war die beste Strategie auf Erden. Was für ein Elend. Dumme Programm-Ameisen, wir sollten aussterben.

Sie sah einen Schornstein, der auf bemerkenswerte Art aus einer Versammlung von Dächern hervorleuchtete. Er war wie eine Lebensenergieanzeige in einem Computerspiel. Die verbotenen Stunden mit Karl. Vor lauter Verbotenheit und Aufregung hatte sie nie einen Anfall bekommen. Ihre Fingerspitzen wurden komisch taub, und das aurige Gefühl war da, wie ein Watte-Traum der sie umgebenden Atemluft, aber es kam zu keiner Entladung. Während sie dahinging, bewegten sich die Häuser um sie, die Dächer verschoben sich, das Spiel der Perspektive, aber der Schornstein schien still zu stehen. Durch diese mysteriöse Reglosigkeit baute sich zwischen ihr und ihm etwas Uraltes auf, ein Zustand des Anschauens, während dessen man den Namen des angeschauten Objekts vergaß, wie eine WiFi-Verbindung, ein subkutaner Datenstrom. In der Nähe der Sigmund-Freud-Klinik, wo sie vor anderthalb Jahren ein zweiwöchiges Sommerpraktikum gemacht hatte, gab es einen ähnlichen Schornstein. Er war etwas höher als dieser und frei stehend, der Rest einer früheren Ziegelei. Angesichts seiner leuchtenden Unabhängigkeit und Reinheit wurden die Geisteskranken in der Klinik immer verstörter. Er saugte ihre Gedanken ab. Wie diese Tempelsäulen in Indien, die von Tausenden Pilgerhandberührungen unnatürlich glatt und glänzend geworden waren, hatte er von den vielen Blicken der Kranken eine metaphysische Glasur bekommen.

Natalie bog in eine Seitenstraße ein und musste auf ihrem iPhone nachschauen, wo sie war. Sie hatte wirklich einen riesigen Umweg genommen, und als sie zu ihrer Überraschung hinter der nächsten Abzweigung eine Haltestelle entdeckte, an der gerade eine Straßenbahn hielt, stieg sie ein – aber bei der nächsten Gelegenheit schon wieder aus. Es war wie Musik, die man mit Richtungsentscheidungen anstelle von Tönen spielte. An einer Kreuzung musste sie vom Zebrastreifen zurück an den Gehsteigrand laufen, da ein Polizeiauto mit eingeschalteten Sirenen heranbrauste. Ein Truck manövrierte mühsam zur Seite, um es vorbeizulassen. Ein paar Meter weiter sah sie eine Krähe auf einem Fahrrad.

Zu ihrer großen Enttäuschung wurde bald klar, dass sie doch rechtzeitig zur Arbeit kommen würde. Sogar sehr pünktlich. Trotz des chaotischen Wegs. Sie blieb stehen. Dann ging sie weiter. Es spielte keine Rolle. Es gab kein Entrinnen. Ein niedriger Gott lenkte heute ihre Schritte. Sie zwang sich, an etwas anderes zu denken.

Es überraschte sie nicht, als sie Hollbergs Pick-up auf dem Parkplatz stehen sah. Astrid erwartete sie im Erdgeschoss. Wozu der ganze Umweg? Ich bin müde. Tut mit mir, was ihr wollt. Die Tür von einer der Trainingswohnungen stand offen. Da sie nicht wusste, was sie sonst tun sollte, begrüßte Natalie ihre Chefin in demselben Ton wie immer. Im Gegenzug bekam sie ein besorgtes Nicken. Astrid sagte:

– Du weißt Bescheid?

Natalie nickte. Nein, sie hatte keine Ahnung. Aber es gab ja keine andere Möglichkeit. Sie griff in ihre Tasche und schaltete das iPhone auf Tonaufnahme.

– Am besten gehst du gleich rein, sagte Astrid und tat dann etwas, was Natalie noch nie bei ihr gesehen hatte: Sie zuckte die Achseln.

Als wollte sie sagen: *Von hier an bist du auf dich allein gestellt, Mädchen.*

Natalie betrat die Trainingswohnung von Herrn Welloschek. Der Vorraum war leer, auch in der Küche war niemand, im Spülbecken ein Turm aus Töpfen. Am Fenster klebte ein kreisrund ausgeschnittenes Papiergesicht. Dann das winzige Wohnzimmer. Ein Tisch, an ihm zwei Männer. An der Wand hingen geblümte Zierteller und ein altes Gewehr, eine Steinschlossmuskete.

– Bitte setz dich, Natalie, sagte Hollberg.

Herr Welloschek saß neben ihm am Tisch. Aber er schien nicht wirklich bei Bewusstsein. Natalie fiel ein, dass er ja blind war.

– Der Siggi hier war so lieb und hat uns erlaubt, dass wir das bei ihm machen.

– Mhm, nickte Herr Welloschek.

– Er ist das ideale Publikum, sagte Hollberg. Er hört, wenn man lügt.

Natalie musste lachen. Sie machte einen Schritt zurück und stieß an die Wand.

– Entschuldigung, sagte sie und kicherte weiter.

Es war absurd. Andere mussten bezahlen für solche Szenen.

Christopher Hollberg trug unter dem Sakko ein Hemd mit der Aufschrift: MILLAND UNIVERSITY. Natalie stutzte ein wenig, als sie den Schriftzug las, und ihr Lachdrang wurde kontrollierbar. *Milland*, den Namen hatte sie schon mal gehört. Aber sie wusste nicht mehr, bei welcher Gelegenheit. Sie verband eine bestimmte Atmosphäre damit, ein Gefühl, als würde man durch ein Museum geführt …

– Milland?, sagte sie und deutete auf Hollbergs Brust.

Er schaute kurz auf die Stelle.

Dann öffnete er den Mund und – begann zu singen.

– *I will talk and Hollywood will listen* … Kennst du das?

– Äh, Robbie Williams?

– Genau, nickte Hollberg und schloss die Augen, als sei er froh, dass zumindest dieser Punkt zwischen ihnen geklärt war.

Natalie musste wieder lachen. Nehmt mich ruhig auf den Arm, dafür bin ich ja da. Aber die Muskete gefiel ihr. Nicht schlecht, dachte sie. Hat Charakter.

– Das Wichtige daran ist, dass ich, sagte Hollberg und setzte den Satz dann anders fort: Ich hab eine wichtige Sache gelernt. Nämlich. Es ist egal, mit welchen Intentionen man in eine Sache hineingeht. Wichtig sind nicht die Intentionen, sondern der Endzustand, in den sich das dynamische System (er ließ beide Fäuste übereinanderpurzeln) einpendelt. Der Attraktor. Das ist deshalb so wichtig, weil wir uns immer alles vorstellen als streng kausal, folgerichtig. Jemand tut dies, löscht diesen oder jenen Menschen aus, ein anderer bleibt übrig und so weiter. Das hat dann dies zur Folge und das wieder jenes. Die Vergangenheit schiebt ständig von hinten an, man hat diesen Rückenwind. Aber wenn man sich das Ganze umgekehrt vorstellt, nämlich von der Zukunft aus – bumm!

Er klatschte in die Hände.

– Bumm, echote Natalie, immer noch kichernd. Das hier war wie ein Drogentrip.

Woher kam dieses überwältigende Gefühl von Freiheit? Keine Polizei da. Außerdem gleich vorbei, Kündigung, danach Ruhe.

– Dann spürt man auf einmal, dass man gezogen wird von etwas, das in der Zukunft liegt und dessen Kontur man allerdings noch nicht erahnen kann. Man weiß nicht, wie es aussieht, aber es zieht einen weiter. Das ist der Attraktor.

– Ich hab keine Ahnung, was das alles heißen soll, sagte Natalie. Sag, wenn du deine Maus zurückhaben willst. Ich geb sie nicht her.

– Du glaubst, ich war einfach zu feig, oder?

– Wofür?, fragte Natalie müde.

– Um mich zu rächen. Ihm in der ersten unbewachten Sekunde die Hand umzudrehen und ihm einen Finger abzuhacken. Oder irgendwas Ähnliches.

Natalie überlegte, wie wohl die richtige Antwort lauten mochte.

– Nein, versuchte sie.

– Ah, nein, nein, nein, schüttelte Hollberg den Kopf. Das geht so nicht, so kann man keine Unterhaltung führen! Du darfst es ruhig sagen. Du denkst, ich war feig.

– Nein, sagte Natalie. Aber ich gebe eines zu.

Doch sie wusste noch nicht, was. Sie hatte zu schnell gesprochen. Sie fühlte sich so unbeschwert, ungezwungen. Es war ja vorbei. Der lange Umweg zur Arbeit war sinnlos gewesen. Das Bild eines zugefrorenen Teiches schob sich in ihr Bewusstsein.

– Und?, machte Hollberg.

– Ich gebe zu, äh, dass ich mir gedacht habe … Ich habe mir gedacht, ah, keine Ahnung. Ich kann das nicht mehr. Diese *Szenen*. Das alles hier. Diese dauernden Szenen, diese Inszenierung. Sorry, Herr Welloschek, das richtet sich nicht gegen Ihre Wohnung. Die ist voll super. Also, du willst deine Maus zurück. Lass dieses ganze feierliche Irgendwas, dann schauen wir weiter.

Hollberg machte eine Bond-Bösewicht-Geste mit beiden Armen, die Natalie wieder zum Lachen brachte.

– Mach dir wegen der Maus keine Sorgen, sagte er. Ich krieg leicht eine neue.

– Ah, du verdammter Freak, sagte Natalie.

– Er isst sie. Stückchen für Stückchen. Aber ich warte immer, bis sie gestorben ist. Sie haben ein normales Leben bei mir. Ich bringe sie nicht um. In diesem Sinn bin ich wirklich Buddhist.

– Freut mich, sagte Natalie.

Innerlich würgte es sie. Er verfütterte Mäuse an ihn.

– In den Pralinen, sagte sie.

– Es sind nur winzige Stückchen. Homöopathische Dosen. Aber er isst sie. Fünfzehn in den letzten Jahren.

Natalie musste ihren Kopf mit beiden Händen stützen.

– Gott, sagte sie.

Ich muss hier raus.

– Ich bin ein guter Mensch, Natalie. Das, was ich getan habe, ist so selbstlos, wie es nur geht. Eine Situation *ohne* Opfer. Er ist zufrieden. Ich bin zufrieden. Es gibt nur Gewinner. Bis auf dich, hm? Wie in der Milland-Story.

Er deutete demonstrativ auf sein Hemd.

– Hab ich von dem Namen. Ray Milland. Ein Schauspieler.

Die Geschichte, die B dir bei der ersten Teamsitzung erzählt hat? Die ist von mir. Hand-picked, sozusagen.

Natalie versuchte, sich unbeeindruckt zu zeigen. Aber es gelang ihr wohl nicht ganz, denn Herr Welloschek hob plötzlich den Arm. Ich könnte mich auf den Boden übergeben. Es war ein schöner, sauberer Fußboden. Die Wohnungen von Blinden waren meist sehr sauber. Sie dachte an die Maus zuhause, und ein überraschend warmes, mütterliches Gefühl breitete sich aus.

– Ja, sagte Hollberg zu Welloschek. Ich weiß. Das war deutlich.

– Okay, sagte Natalie. Was genau wollt ihr noch von mir? Ich würde dann nämlich gehen.

Hollberg deutete auf den Stuhl, der ihm gegenüber stand.

– Setz dich, sagte er.

Natalie seufzte und tat, was er wollte. Nein, sie fühlte sich nicht ferngesteuert. Aber es war ihr letzter Tag. Da konnte sie auch das noch hinter sich bringen. Fünfzehn. Ein bisschen traurig war es, wegen Mike. Fünfzehn. Aber die eine zuhause, in der Badewanne, in Sicherheit. Mike würde bald eine Ausstellung haben, das heißt seine Zeichnungen. Der Katalog. Es gab zwar noch kein definitives Okay seiner Frau, aber sie hätte es geschafft, sie dazu zu bringen. Sie war gut in so was. Und jetzt würde sie das nicht miterleben. – Die leichte Verschiebung in ihrer Stimmung, die dieser Gedanke auslöste, blieb nicht unbemerkt.

– Gut, sagte Hollberg. Du bist bei uns. Jetzt können wir reden.

Herr Welloschek hob wieder den Arm, wurde aber diesmal von Hollberg ignoriert.

– Also, sagte er. Ich hätte der Maus nichts getan. Wirklich. Ich hätte sie auf natürliche Weise sterben lassen. Ich bin nicht so. Du weißt, dass das wahr ist. Auch ohne unser Orakel hier.

Er deutete auf Herrn Welloschek, der nicht aussah, als fühlte er sich angesprochen.

– Stephan Andreas, sagte Natalie. Wer ist das?

Herr Hollberg blickte nicht erstaunt.

– Unser Sohn, sagte er. Gute Arbeit. Deine Vorgängerinnen sind nie so weit gekommen, aber egal. Er ist im Januar 2003 verunglückt. Hast du das auch herausgefunden?

Er fragte mit aufrichtigem Interesse, nicht angriffslustig. Natalie schüttelte den Kopf. Die Absurdität hatte den Raum verlassen.

– Ein Schilift, sagte Hollberg. Unglückliches Timing.

– Tut mir sehr leid.

– Ein paar Wochen ging es noch. Reha, Rollstuhl. Aber dann, in einer Nacht, ganz friedlich im Schlaf. Dann waren wir lang bei dem Trauertherapeuten, Dr. El-Tayyeb. Unglaublich lieber Mensch, klug, sehr kompetent. Aber starker Raucher. Die Praxis hat immer gestunken. Und hinterher unsere Mäntel.

Herr Welloschek hob die Hand. Hollberg bog sie sanft nach unten.

– Er ist dann leider an Lungenkrebs, na ja. Das geht oft schnell.

Die Zigarette auf der Schneehaube des muslimischen Grabs.

Natalie fragte sich, ob das Gespräch wieder langsam ins Hollberg-Märchenland wegdriftete, und überlegte, ob sie das Foto vorzeigen sollte. *Zum Beweis*, dachte sie. Aber Beweis wofür?

– Dann haben wir den Therapeuten gewechselt. Dr. Koller. Ganz okay, bisschen langsam. Im Vergleich zum alten El-Tayyeb nicht grade eine Springmaus. Na ja.

Das Klingelschild in der Hartenaugasse.

– Ein Verwandter von Astrid. Aber gut, damals war das natürlich noch kein Faktor. Wie klein die Welt immer ist, oder? Ich hab ihn dort zum ersten Mal gesehen, unseren Superman. War da mit seiner Mutter, sie hat seine Hand gehalten auf diese Verliebte-Paare-Art, Finger ineinander verschränkt. Ein Anblick. Er im Rollstuhl. Wir haben kurz geredet. Mir hätten seine Augen da schon auffallen müssen, sein fanatischer Blick. Ich war es, der ihn angesprochen hat. Er war nicht viel älter als … Ja, fataler Fehler. Das war der Anfang. Der Rest ist love at first sight.

Herr Welloschek kratzte sich in aller Ruhe, ohne Lidgeflimmer, den Augapfel. Ein Privileg der Blinden.

– Okay, sagte Natalie.

So war das also, dachte ein Teil von ihr, innerlich mitnickend. Aber es spielte keine Rolle mehr. Das Verbinden dieser Punkte geschah nach einem geometrischen Prinzip, wie End Credits. Gut zu wissen, das alles. Aber. Fünfzehn Mäuse. Danach Ruhe.

– So hat alles begonnen, sagte Hollberg. Ich und er, die Geschichte. Im Mai hat sie sich dann umgebracht. Man glaubt immer, so etwas geht jahrelang, so eine CAD-Verfolgung. Aber am Ende sind es immer nur ein paar Monate. Ein Kopf taucht in einem Küchenfenster auf und peng. Wie ein Zeitwirbel. Ein Vortex.

– Ja, das Küchenfenster, sagte Natalie.

Vor dem bin ich gestanden, wollte sie sagen. Es blickt auf den Garten, nicht auf die Straße. Sollte sie es sagen?

– Es gibt nur Sieger hier, sagte Hollberg. Verstehst du? Das Arrangement ist perfekt. Aber es passiert jedes Mal dasselbe. Die neue Betreuerin kommt und bumm.

– Jedes Mal, hm?, fragte Natalie.

– Nein, sagte Hollberg ernst. Bitte lass diesen Ton. Bleib auf Augenhöhe. Sag mir, Natalie, was geht jetzt durch deinen Kopf?

– Außer, dass das alles der irrste Scheiß ist, den ich je –

Hollberg stoppte sie.

– Bitte, sagte er. Nicht. Bleib *hier*. Hier bei uns.

– Okay, sagte Natalie. Ich denke mir: Ich bin zum letzten Mal hier. Ich denke mir: Wer war die ganze Zeit eingeweiht. Und wer nicht. Wer hat ein Problem damit und wer nicht. Und wer sagt es jetzt ihm.

– Wem?

– Na dem Dorm.

– Was soll man ihm sagen?, fragte Hollberg. Er hat alles. Er ist der Sieger. Er hat gewonnen.

Irgendwie muss ich hier rauskommen, dachte Natalie. Aber

es stellten sich nur falsche Gedanken ein, unbrauchbares Zeug, Schwemmgut aus anderen Kapiteln ihres Lebens. John Updike, dachte sie. Seine riesige Nase. Das Taufkettchen von Markus. *Folgen Sie diesem Ballon.* Das schreckliche Metallding in Marios Mund. *Ich beweg mich über den Platz.* Das entzückende Taufkettchen. Frank. Das Gespräch über Förderung, Eulemann, Souterrain. *Mi casa.* Vanillejoghurt. Chat. Das Pflaster in seinem Fell. Rauchender Zigarettenschornstein am Grab. Der Traum vom Mückenschwarm. Koller. Lampion. Sie suchte in diesem Dickicht nach einem Satz, der vielleicht einen Schalter umlegen konnte. Souterrain, Eulemann, Förderungen. Gefangenendilemma-Programme. Der leuchtende Schornstein. Eulemann. Gott. Er ist Gott.

Sie öffnete die Augen und sagte:

– Nein. Er ist nicht nur der Sieger. Er ist auch … Gott. Oder? Er ist Gott.

Der Satz war so albern, so verrückt und lächerlich, dass sie beinahe wieder in Gelächter ausgebrochen wäre. Aber der Satz war auch, das merkte sie erst jetzt, *textbook* karlesk.

Hollberg atmete auf eine seltsame Weise aus und sank in seinem Stuhl zurück. Er entdeckte einen Krümel auf seinem Hemd und wischte ihn weg.

Dann sah sie, dass er weinte. Herr Welloschek kratzte sich am Kinn.

Es war beeindruckend, ihn so zu sehen. Aber gleichzeitig war es so sinnlos, dass es kaum auszuhalten war. Nichts ergibt mehr einen Sinn, dachte Natalie. Man müsste diese ganze Szene, diese ganze Situation mit Benzin übergießen und anzünden. Wo ist ein Tunguska-Ereignis, wenn man eines braucht?

Hollberg weinte immer noch.

Jetzt zeigte er in ihre Richtung. Wahrscheinlich bedeutete das, dass er gleich antworten würde, sie solle bitte warten und nichts mehr sagen. Er wischte sich etwas theatralisch, aber zugleich auf eine eigenartig tapfere Art mit der Hand über die Augen. Er nahm seine Armbanduhr ab, steckte sie ein,

schluchzend, schniefend. Natalie hatte so ein Verhalten bisher nur einmal gesehen, in einer Dokumentation über Scientology. Ein Mann bei diesem Anfangsverhör, dem Auditing, er weinte und heulte und schrie, weil sie ihm immer und immer wieder dieselbe Frage stellten: *Was hast du gestern gemacht? Was hast du gestern gemacht?*, und ihm waren schon vor zwei Stunden die Antworten ausgegangen.
– So viele Jahre, würgte er. Du kannst dir nicht vorstellen, was das heißt. Niemand kann sich das vorstellen.

Herrn Welloscheks Arm ging in die Höhe. Aber Hollberg bemerkte es nicht.
– Ich wollte ihn massakrieren, sagte Hollberg, glaub mir. Ich habe alles geplant, alles schon fertig ausgeführt im Kopf. Aber ich hab es nicht getan. Und zum Dank dafür. Jedes Mal dasselbe. Warum müsst ihr jungen Leute immer so sein?
– Tut mir leid wegen dem Einbruch, sagte Natalie. War ja eigentlich ein Irrtum.

Hollberg trocknete sich die Wangen mit dem Ärmel seines Sakkos. Aber es war nicht der saugfreudigste Stoff, er schmierte nur herum.
– Es hätte groß werden können, sagte Hollberg. Gegen Ende. Stell dir vor, nicht vier, sondern *vierzig* Jahre im Arrangement! Der Endzustand, der Attraktor. Es wäre die großartigste Rache in der Geschichte der Menschheit gewesen. Ich weiß, lächerlich. Es klingt lächerlich. Aber stell dir vor!
– Vierzig Jahre?, fragte Natalie. Du hättest ihn doch irgendwann erwürgt. Letztes Mal hast du einen Hut zertreten.
– Ich kann neben dir nicht mehr, sagte Hollberg.

Wieder ein Satz, über den sie lachen musste.
– Ich kann nicht mehr, wenn jemand dabei ist, der nicht *drinnen* ist, so wie ich. So wie du am Anfang. Ich muss immer wieder von neuem beginnen, weil die drei da oben (er deutete zur Decke) ihren Job nicht machen wollen. Sie sind auch rausgewachsen. Aber ich muss die neue Frau immer lang anlernen. Aber du, Natalie, du hast schneller begriffen als alle deine Vorgängerinnen. Du warst perfekt.

– Hurra, machte Herr Welloschek und presste die Handflächen aneinander.
– Er ist glücklich. Ich bin glücklich. Aber ich kann das alles nicht noch einmal von vorne. Wieder bei null beginnen. Ich kann einfach nicht mehr. Es hängt alles an dir. Du bist die Einzige –

Natalie stand auf.

Sie holte das iPhone heraus, beendete, gut sichtbar für Hollberg, die Tonaufzeichnung, winkte und ging aus dem Zimmer.

Die Rettung

Astrid, die offenbar draußen gewartet hatte, bekam Natalies Namensschildchen in die Hand gedrückt. Verdutzter Blick. Doch, um Mike war es schade. Und um die anderen. Natalie hatte plötzlich das intensive Bedürfnis, einen Schwall Kälte zu tanken. Ihr Kopf fühlte sich dampfheiß und eng an.

Schon der erste Atemzug im Freien war wunderbar, obwohl er ein bisschen wehtat. Die Kälte strömte in ihre Lungen und ihren Kiefer. Sie ging durch den Schnee, und ihre Hosenbeine wurden nass, dabei hatte sie gar nichts zum Wechseln mit, sie würde sich auf den Heizkörper setzen müssen oder sich ausziehen und dann in Unterhosen herumlaufen – sie musste an das eine Mal denken, als Markus im Schneeregen nass geworden war und sich auf seine tollpatschige Art die Hose im Stehen von den Beinen gestrampelt hatte, oder besser: gestampft, er machte diese Marschierschritte, bis sie unten war, und dann ließ er sie einfach liegen, Reviermarkierung.

Helles Licht und überall Schnee. Freiheit. Sie beschirmte die Augen und schaute nach oben, wie Menschen es tun.

Hollberg kam ihr nach. Er fasste sie grob an der Schulter und drehte sie um.

– Gib her, sagte er.

– Was?

– Los, sagte er.

– Ich bin ja schon weg, sagte Natalie, macht ihr euren Wahnsinn ohne mich weiter. Ist mein letzter Tag. Gott, die ganze Energie.

Erst einige Sekunden später begriff sie, was geschehen war. Sie lag auf dem Rücken? Wie war sie …? Natürlich, wegen des Schlags. Wegen der Faust. Der Schmerz war noch nicht da, aber eine seltsame Lähmung, ein heißes Anschwellen. Sie stöhnte. Es klang krank, besiegt, kleinlaut. Sie versuchte aufzustehen, aber jemand hielt ihre Beine fest, sie bewegten sich nicht. Hollberg stand über ihr, und nun begriff sie, er war es gewesen, er, er hatte sie attackiert, sie musste sich wehren, sie war in Gefahr. Er griff nach ihr, er durchsuchte ihre Taschen, sie versuchte ihn zu beißen, aber er war stärker, sie hörte sich verzweifelt wimmern.

– Aaah!

Ein Schatten kam über sie. Natalie bedeckte ihr Gesicht mit den Händen. Aber das Ding verfehlte sie.

Jemand fiel in den Schnee neben ihr.

– Entschuldigung, sagte Natalie zu dem Schatten. Es tut mir leid, bitte.

– Natalie, sagte der Fremde.

Er schlug seine Kapuze zurück. Frank.

Atemwolken, Kälte, Nässe. Natalie wollte endlich aufstehen, er half ihr, aber sie fiel wieder hin.

– Was machst du hier?

– Ich?, sagte Frank. Ich wollte nur, also ich wollte –

Sie kniete zumindest schon mal. Jetzt noch der letzte Schritt zum Homo sapiens. Aufrechtes Stehen. Wenn nur das Herz nicht so …

– Natalie, ich hab gesehen, wie der Typ dir –

Frank zeigte auf etwas, das auf dem Boden lag. Es ging alles viel zu schnell.

– Also, sagte Natalie. Also dann hab ich. Ich glaube, ich möchte mich kurz.

Sie bemerkte eine Gestalt, die vor ihnen am Boden kroch. Hollberg im Schnee auf allen vieren. Eine Spur aus Bluttropfen war zu sehen, leuchtendes Rot. Wie Knöpfe auf dem Wams eines Schneemanns.

Natalie konnte an nichts Zusammenhängendes denken. Die Atemwolken vor ihrem Gesicht. Ein Wort drängte sich auf, kontextlos: *Carrerabahn.* Ein geriffeltes, kiemenbewehrtes Wort, außerdem schlangengrün. Sie schaute zurück zum Wohnheim. Dieses Gebäude enthielt Menschen. Konnte sie Frank hereinbitten? Aber es war ein Arbeitsplatz, kein … Ihr war sehr schwindlig.

– Wer hat dich gerufen?, fragte sie Frank.

Dann gaben ihre Beine nach, und sie kippte um, wurde gehalten.

– Ich ruf die Polizei, sagte er. Der Drecksack hat dir eine reingehauen!

Hollberg tastete im Schnee herum, als suche er seine Brille.

– Jaja, sagte Natalie benommen. Ist okay.

Die Kälte wurde grausam. Natalies Kiefer schmerzten, auf diese blau-metallische Weise. Und das Licht wurde immer heller. Frank verpasste Hollberg einen Tritt in die Seite, und dieser fiel schnaufend auf den Bauch. Natalie protestierte innerlich, aber es war nicht laut genug. Sie hatte das Gefühl, langsam unsichtbar zu werden.

Dann kam Hollberg auf die Beine, Frank deutete noch mal eine Attacke an und vertrieb ihn damit.

– So ein Arschloch, sagte Frank. Ist das einer deiner Irren?

Er stützte Natalie beim Gehen.

Als sie vor der Eingangstür waren, kam ihnen Dorm entgegen. Er schien Natalie gesucht zu haben.

– Ah, ja, sagte Natalie. Frank, das ist Herr Dorm, einer meiner Kli–

– Er kommt heute!, verkündete Dorm. Er hat vorhin angerufen. Wissen Sie, was er gesagt hat? Er hat gesagt, dass es *aus* ist zwischen Ihnen und ihm. Ha! Was hab ich Ihnen gesagt, hm? Was hab ich gesagt! Sie haben es nicht geglaubt, oder? Aber es ist schnell gegangen. Es geht immer schnell mit euch. Irgendwann löst ihr euch auf. Er wird gleich kommen.

Natalie blickte sich um. Aufgewühlter Schnee, Absturzstelle eines Engels. Ihre Nase tat weh. Ihr kam ein grausiger Verdacht:

– Er hat mich geschlagen, sagte sie leise zu Frank. Hat er mich …?

– Ja, Natalie, sagte Frank. Ich war dabei, ich hab's gesehen. Komm, gehen wir rein. Dann rufen wir die Polizei.

– Polizei?, fragte Dorm entsetzt. Wer sind Sie überhaupt?

Er blockierte den Eingang.

– Fuck, ich hab kein Handy, sagte Frank. Kann ich deines haben?

Natalie fasste in ihre Tasche. Er hatte sie geschlagen. Mit der Faust. Sie konnte ihr eigenes Gesicht schmecken. Merkwürdigerweise fühlte sie keinerlei Rachebedürfnis. Zuerst musste sie den Überblick zurückbekommen. Die Außenwelt war viel zu schnell für sie.

– Ist weg, sagte sie.

Ihre Tasche war leer.

– Au, mein Kopf …

– Könnten Sie bitte auf die Seite fahren?, sagte Frank.

Dorm schnaubte empört.

In diesem Augenblick kam ein Auto die Einfahrt herauf. Es fuhr über die Stiefelspuren, die Frank hinterlassen hatte. Sie waren, das bemerkte Natalie erst jetzt, überall auf dem Gelände. Out-of-body-Aleph-Blick von oben. Er war hier herumgelaufen. Langsam fuhr der Wagen auf sie zu, es war ein Pick-up, Dorm hob beide Hände zur Begrüßung.

– Er ist da!, sagte er.

Frank versuchte, ihn beiseitezudrängen.

Dorm schlug nach ihm. Dann wurde sein Gesicht plötzlich ernst. Fast fielen ihm dabei einige Blätter Papier, die auf seinem Schoß lagen, auf den Boden. Er blickte zum Auto, das in einiger Entfernung vor ihnen stehen blieb.

– Geh auf die Seite, verdammt!, schrie Frank.

Natalie wurde wieder schwindlig. Warum musste alles immer so laut und schnell gehen? Sie wollte sich setzen, wandt sich aus Franks Arm.

– Oh, sagte Dorm. Da.

Er deutete in Richtung des Pick-ups.

– Er hat dieses Gesicht, sagte er. Das kenn ich.

Er starrte.

– Das ist nicht gut, sagte er. Ich kenne ihn. Ich beobachte ihn schon lang. Schauen Sie –

Er tippte Natalie an, die vor ihm im Schnee hockte.

– Lass uns vorbei, sagte Frank und fasste nach dem Reifen.

Da packte Dorm den Arm des unverschämten Fremden und versuchte, ihn wie einen Ast umzubiegen. Frank zog seinen Arm zurück und Dorm, der sich daran festklammerte, aus dem Rollstuhl. Ein erschrockener Atemlaut, dann kurz Stille und ein dumpfer Aufprall. Frank trat den Rollstuhl aus der Tür. Dann half er Natalie auf und trug sie ins Innere des Gebäudes.

In diesem Augenblick hörte sie hinter sich eine Explosion. Splitter überholten sie, ein Teilchenstrom, etwas riss sie zu Boden. Die geborgene Schale, in der Natalie gelegen hatte, wurde unter ihr weggerissen. Ein Schatten, dunkel und nah, streifte sie, jemand brüllte. Dann Stille, inneres Dröhnen. Knirschen. Natalie stemmte sich gegen den Marmorboden, aber er klebte an ihr, sie bekam ihren Oberkörper nicht hoch. Dann schaffte sie es doch, und *oben* und *unten* kehrten an ihre angestammten Plätze zurück. Frank war nicht mehr neben ihr. Auch nicht unter ihr. Sie rollte sich auf die Seite. Der Rollstuhl lag, Reifen nach oben, in einer Menge winziger Glassplitter.

Natalie erhob sich zittrig, hustete Staub, ihre Arme funkelten. Dann sah sie Hollberg, wie er die Autotür von innen aufstieß, auf sie zukam. Er stand vor ihr. Natalie hob einen Arm.

– Chris!, schrie jemand hinter ihm.

Herr Dorm stand auf zwei Beinen. Später schien ihr, dass es allein dieses Detail war, das sie vor Schlimmerem bewahrt hatte. Dorm hielt ein weißes Blatt Papier in der Hand, mit dem er, traurig ineffektiv, in Hollbergs Richtung schlug. Um nicht umzufallen, musste er sich am zerstörten Rahmen der Eingangstür festhalten. Er schaffte einen weiteren Schritt vorwärts. Noch einen. Er keuchte und schnaufte. Es sah aus, als wiege jedes seiner Beine eine Tonne. Aus seinem Mund hing ein Angelhaken aus Speichel. Hollberg musste lachen, deutete auf Dorm.

– Superman, sagte er. Ein Wunder! Christopher fucking Reeve!

Er ging auf ihn zu und wollte ihm einen Klaps auf den Hinterkopf geben, da traf ihn das Papier an der Hand. Verblüfft zog er sie zurück. Ein Schnitt klaffte auf. Von allen fiesen Papierschnitten, die Natalie je gesehen hatte, war dieser mit Sicherheit der spektakulärste. Hollberg lachte zwar immer noch, aber seine Finger waren ernst und besorgt, sie tasteten über den Handballen, dann kam Blut. Natalie staunte. Hier dieser Schnitt. Und da drüben stand ein Auto zur Hälfte im Empfangsraum.

– Hör auf, Chris, sagte Dorm, heulend. Bitte, hör auf.

– Jajaja, sagte Hollberg, als hätte er etwas begriffen. Ich seh schon.

Er wusste anscheinend nicht mehr weiter. Immer noch betastete er seinen Schnitt.

– Hör auf, sagte Dorm. Lass sie, vergiss sie. Sie hat uns vergiftet. Komm zurück.

Er ließ das magische Blatt Papier sinken. Er keuchte schwer. Sein Gesicht war rot.

– Ich seh schon, ich seh schon, murmelte Hollberg und untersuchte die Wunde.

Natalies Gehirn hinkte allem hinterher. Jetzt erst sah sie, was passiert war. Der Rollstuhl, und wie er vom Auto durch die Glastür geschoben wurde. In Zeitlupe. Natalie staunte, dass es das auch in der Wirklichkeit gab: unterschiedliche Geschwindigkeiten. Dann der Aufprall. Eins nach dem anderen. Merkwürdigerweise hatte Dorm gebrüllt anstatt derjenige, der getroffen worden war. Als wäre der Rollstuhl ein Körperteil von ihm, der genauso Schmerz empfinden konnte. Am Ende ein dunkler Lichtpunkt im leeren Raum.

Später wurde ihr alles erklärt. Sie habe das Bewusstsein verloren. Bei den vielen Erinnerungen, die ihr durch den Kopf gingen, war dies schwer zu glauben. Aber einiges hörte sie tatsächlich zum ersten Mal: B habe die Polizei gerufen. Astrid sei angerannt gekommen, habe B das Handy aus der Hand gerissen und gerufen: Bist du verrückt geworden! Aber B habe es doch getan. Kurzes Gerangel um das Handy. In ungefähr dieser Reihenfolge. Und Hollberg sei von den Beamten in ihr Auto gesetzt worden, dann habe man sich um die Verletzten gekümmert. Man zog Frank die Schuhe aus. Blut, überall Blut. Blut auch auf der Armbanduhr. Ja, das war das Erste, woran sie sich gut erinnern konnte. Dass sie neben Frank auf der Erde saß, und das ganze Blut, der Skandal dieses Anblicks. Versteckte Kamera, Aleph. Man hatte den Rollstuhl von seinem Rücken heruntergehoben, und es war alles rot, also trauten sie sich nicht, ihn zu berühren. Die Sanitäter würden gleich kommen. Frank bat auch nicht darum, bewegt zu werden. Aber er war wach, und seine Augen suchten Natalie. Sie bemühte sich, immer in seinem Gesichtsfeld zu bleiben.

Die Polizisten, die nur zu zweit waren, konnten nicht beide bei Frank bleiben, da Hollberg im Auto zu brüllen und zu randalieren begann. Vielleicht aber war dies schon vorher geschehen. Hier geriet die Rekonstruktion aus der Bahn. Jedenfalls war Natalie irgendwann allein mit Frank. Leute rannten hin und her. Man hatte ihr den Auftrag gegeben, auf ihn achtzugeben, gleich werde. Gleich würden. Gleich müssten. Und sie hatte genickt, hatte einen Daumen hochgestreckt, alles okay. Ich kann das. Jemand bot ihr Taschentücher an, für ihr eigenes Gesicht, aber sie wehrte irritiert ab und belegte stattdessen Franks Körper mit Taschentüchern. Als wären weiße Tauben auf ihm gelandet. Dann war auf einmal B neben ihr, und sie hatte ein Telefon in der Hand, nach dem Natalie wie im Traum greifen wollte, sie hätte gern ein wenig Sicherheit gehabt. Wie in der Straßenbahn in einer Kurve: die Haltegriffe. Dann war B wieder fort, und die Bewohner des Heims marschierten an ihr vorbei.

– Natalie, sagte Frank leise. Ich muss aufs Klo.

– Ja, sagte Natalie.

– Ich weiß nicht, wie ich.

Was sollte sie ihm sagen? Sie hatte keine Ahnung. Aber das machte nichts, es würde schon kommen. Das Richtige. Das, was man jetzt sagen musste. Ich glaube an das Karleske im Menschen.

– Denk nicht dran, sagte sie.

– Okay.

– Hör nur mir zu. Stell dir vor. Stell dir vor, wie das wäre, wenn eine Bank ein Mann wäre.

– Au, au, au, flüsterte Frank.

Sie nahm seine Hand und legte sie sich in ihren Schoß.

– Bleib einfach liegen, sagte sie. Die sind gleich da und helfen dir. Wenn du so bleibst, kann nichts passieren. Hör nur auf mich.

– Ich glaube, ich mach mich grade an.

– Macht nichts, sagte Natalie und legte ihm eine Hand auf die Stirn. Konzentrier dich einfach auf mich, auf meine Stimme, okay?

Frank, weinerlich:

– Okay.

– Wenn eine Bank ein Mann wäre, dann würdest du reingehen, am Morgen, und sagen: Ich hätte gern mein Geld. Und die Bank würde lächelnd antworten, ohne von der Zeitung aufzublicken: Unser Geld, Schatz.

Frank lachte möglicherweise, indem er zweimal ausatmete.

– Und dann sagst du zur Bank: Ich hab aber doch gerade letzte Woche etwas eingezahlt, von meinem eigenen Ersparten, und das hätte ich gern. Darauf die Bank: Hey, das hast du ganz toll gemacht, tätscheltätschel, wir sind ein echt tolles Team in der Hinsicht.

– Ahaa, haa…

Es war halb Lachen, halb Weinen.
– Gleich kommt Hilfe, sagte Natalie und tätschelte Franks Schulter. Schau, sie sind schon da!
– Es läuft in mein Gesicht, jammerte Frank. Von innen.

Die Sanitäter drängten Natalie nicht auf die Seite, sondern griffen, so schien es ihr, einfach durch sie hindurch. Sie unterhielten sich mit Frank, berührten ihn, klopften einmal sogar auf seine Schenkel und stellten eine Frage dazu. Frank konnte nur mehr flüstern, sie mussten sich ganz zu ihm hinunterbeugen. Dann erschien eine der Länge nach v-förmig teilbare Trage, am oberen Ende so etwas wie das Beingelenk einer Gottesanbeterin, das Gebilde spaltete sich, zwei Windmühlenflügel, und die beiden Hälften schoben sie von links und rechts unter Frank. Wie ein Roboter, der sein verletztes Junges sanft hochhebt. Dann lag Frank auf der Trage, und sie schnallten ihn fest, zuerst vorsichtig die Nackenkrause –
– Hilfe.

Seine Stimme klang ängstlich, er streckte die Hand nach irgendetwas aus.
– Du machst das super!, rief Natalie ihm zu. Wirst sehen, es wird alles gut! Die geben dir gleich was.

Sie lief ihm nach, durch den Schnee, und redete immer weiter, es gab Hunderte Varianten desselben Satzes. Da trat einer der Sanitäter vor sie. Er bot ihr pantomimisch einen Platz im Rettungswagen an, zumindest konnte man die Geste so auslegen. Natalie lehnte stumm ab. Sie schlossen die Türen und fuhren davon.

Krankenhaus

Ich kann das, dachte Natalie, ich kann das ich kann das. Ich habe eine Ausbildung. Ich habe keine Berührungsängste. Sie ging in der schneidenden Kälte auf und ab. Ein breites Vordach über ihr hielt den Schnee davon ab, die Krankenhauseinfahrt zu bedecken. Die Flocken fielen außerhalb des Kraftfelds. Die automatische Tür hinter ihr öffnete sich, wenn sie ihr zu nahe kam. Natalie entschuldigte sich jedes Mal bei der Tür. Dann kamen ihr einige Medizinstudenten entgegen, und sie ließ sich von ihnen ins Gebäude fegen. Jetzt blieb ihr nichts anderes übrig, als doch hinaufzugehen. Lothar hatte ihr die Zimmernummer und die Station gesimst. Es war alles keine Hexerei, es gab sogar einen Lift.

Heute Morgen hatte sie Streit mit Chat gehabt. Der Kater witterte die Maus in der Badewanne und wollte hinein. Er sprang nach der Türklinke. Natalie drängte ihn zurück. Er ließ sich durch nichts ablenken, nicht mal durch Spielzeug. Schließlich musste sie ihn rauswerfen, in die Kälte. Er konnte nicht bleiben. Verwirrt und ungläubig tappte der Kater über die Stufen hinunter, weniger selbstsicher als sonst, wenn die Entscheidung, fortzugehen, aus ihm selbst kam. Er blieb im Halbstock stehen und äugte nach oben, vielleicht war das Ganze ein Spiel, vielleicht würde die Maus, im Winter eine Seltenheit, gleich ins Treppenhaus geschossen kommen. Aber dann ging die Tür zu. Natalie fühlte sich schrecklich danach. Er kam so selten, und dann das. Aber sie würde eine Lösung finden. Es fand sich immer eine, bei Tieren.

Sie fand Frank schlafend. Sie setzte sich auf einen Stuhl neben dem Bett. Sollte sie sich räuspern? Oder ihn berühren? Bestimmt war er sediert. Wegen der Schmerzen. Der Gedanke war beruhigend. Es gab Schmerzmittel, die konnten zaubern. Stell dir vor, all die Jahrhunderte, in denen Schmerzmittel noch nicht erfunden waren. Aber Frank lebte genau im richtigen Jahrhundert. Und ich lebe im selben Jahrhundert mit ihm. Und bin an allem schuld. Dummes, nutzloses Vieh. Natalie entdeckte Franks Armbanduhr auf dem Nachttisch neben dem Bett. Sie rückte sie so zurecht, dass sie parallel zur Tischkante lag. Dann fiel ihr auf, dass sie das nur tat, weil sie Angst hatte, also rückte sie sie schnell wieder in ihre alte Position. Von dem Geräusch wachte Frank auf.

– Hallo, sagte sie.

– Heyamama, machte er leise.

Sein Polster sah aus, als hielte er Franks Kopf im Maul. Ein unförmiges weißes Beißgespenst, das Köpfe befiel und benagte.

Er murmelte etwas, das sie nicht verstehen konnte.

– Es ist voll kalt draußen, sagte sie.

Frank wirkte verwirrt. Aber er lächelte. Seine Augen fielen immer wieder zu, und er musste tief Luft holen und sich anstrengen, um sie offen zu halten. Natalie fand seine Hand und hielt sie. Erst an der Berührung merkte sie, wie durchfroren ihre eigenen Finger waren.

Frank kam zu sich.

– Whoa, machte er. Eiskalte, kalte Finger. So kalt.

– Ja, saukalt, sagte Natalie und lachte verlegen.

Stille.

– Richtig abgefroren bin ich, sagte sie. Da draußen.

Frank drückte ihre Hand.

– Das kommt daher, weil ich zu Fuß gegangen bin.

– Schneit es?

– Ja, sagte Natalie. Aber über der Einfahrt unten, da haben sie so ein Vordach, also fällt da nichts hin.

Eine Pause.

– Ah, sagte Frank.

Er schaute nach links und rechts. Natalie zwang sich, nicht auf seine Beine zu achten. Die Beine, die noch nicht verraten wollten, ob sie auch weiterhin mit dem Rest des Körpers zusammenarbeiten wollten. Man piekste sie angeblich mit Nadeln und redete den Zehen gut zu. Frank deutete auf eine Trinkflasche auf dem Tisch.

Natalie reichte sie ihm.

– Lothar hat mir die Zimmernummer geschickt. Per SMS.

– Ja, sagte Frank und trank in kleinen Schlucken.

Als er fertig war, rülpste er schwach und sagte:

– Er war da, das stimmt.

– Hab ich mir gedacht, sagte Natalie. Wie hätte er sonst die Zimmernummer wissen sollen?

– Er war gestern da. Und dann noch wer.

– Ja, sagte Natalie. Es kommen alle zu dir.

Sie sah Lothars Kopf vor sich. Eine dumm grinsende Sonnenblume. Und sie stellte sich Christopher Hollberg in einer Gefängniszelle vor. Gitterstäbe, gab es das noch? Heute vermutlich einfach schwere Türen, die ins Schloss fielen. Und er auf einem Bett, sitzend. Das Bild rief keine besonderen Empfindungen in ihr wach.

– Noch wer von der Polizei, sagte Frank.

Er deutete vage auf die Stelle, wo vorher die Trinkflasche gestanden war. Natalie zeigte fragend auf die Armbanduhr, auf das Nachbarbett, auf die Wand. Was meinte er? Frank machte eine schwache, ungeduldige Geste, dann gab er auf. Er schloss die Augen, stöhnte und versuchte, sich ein wenig auf die Seite zu rollen.

– Erinnerst du dich, sagte er. An die. An die Geschichte über den Typen, der.

– Streng dich nicht zu sehr an, sagte Natalie. Wenn es noch wehtut. Warte mit dem Reden lieber.

– Nein, geht schon. Bin wach.

Frank angelte mit einer Hand nach der Plastiktriangel über seinem Bett, aber er erreichte sie nicht.

– Ich hab dir doch von dem, sagte er. Von dem Typen erzählt, der. Der das Souterrain anzünden wollte?

– Ja.

– Wir haben ihn überwältigt und dann, als er sich beruhigt hat, hat ihn jemand attackiert, aber. (Er musste Luft holen.) Aber wir haben nie erfahren, wer es war.

Natalie nickte.

– Also, sagte Frank. Das war eigentlich nicht so. Das heißt, ich weiß, wer ihn verletzt hat, am Hals. Mit der Schere. Ich wollte es nur nicht. Nur nicht sagen, damit du –

Sie legte einen Finger auf seine Lippen. Die Unterlippe wies einige schwarz verkrustete Linien auf, sauber verheilte Risse. Falls ihm diese Berührung wehtat, zeigte er es nicht. Er war ganz ruhig.

– Sag es mir nicht, sagte Natalie. Okay? Nicht heute.

– Mmmh.

Sie nahm den Finger weg.

– Entschuldige, sagte sie. Hab ich dir wehgetan?

– Nein.

– Sie haben dir sicher was gegeben. Wegen der Schmerzen.

– Äh, ja, sagte Frank, als müsste er sich erst entsinnen, was sie meinte. Aber ich hab es noch nie jemandem gesagt.

– Du musst es auch nicht sagen.

Es war auf eine beklemmende Weise still im Zimmer. Als wäre ein Autoalarm verstummt, gleichzeitig mit dem Geräusch des Regens. *Arboretum*, dachte Natalie, um das unangenehme Raumgefühl zu verscheuchen. Andere beruhigende Wörter fielen ihr nicht ein.

– Weißt du was?, sagte sie zu Frank. Du hast eine wirklich angenehme Stimme.

Er machte eine Bewegung, als hätte er etwas begriffen.

– Es ist eine dieser Stimmen, bei denen sich die Kopfhaut entspannt. Kennst du das?

Er zuckte möglicherweise mit den Achseln. Dann nahm er die Trinkflasche, klappte den Verschluss auf und steckte seinen kleinen Finger hinein. Natalie verfolgte den rätselhaften Vorgang.

– Er war gefährlich, sagte Natalie. Der Typ bei euch. Der mit dem Feuer.

– Der war harmlos, murmelte Frank.

– Aber das weiß man bei Menschen nie, sagte sie. Er war gefährlich, zumindest in der einen Sekunde. Es war wichtig, ihn zu stoppen.

– Ja, stoppen, genau.

Natalie nahm ihm die Flasche aus der Hand und umschloss seine Finger.

– Pass auf, sagte sie. Ich zeig dir was. Das wird dir gefallen.

– Natalie, sagte Frank. Ich hab, also, ich hab damals –

– Der Daumen heißt *tummen*, okay?

– Hä?

– Auf Schwedisch, sagte Natalie. Hör einfach zu, ja? Ich zeig dir was.

Sie bedeckte seine beiden Hände mit der weißen Bettdecke. Frank ließ es geschehen, er wirkte schlaff und verlangsamt, aber zugleich zeichnete sich auf seinem Gesicht ein leichtes Schmunzeln ab.

– Var är tummen? Var är tummen?, sang sie.

– Ist das *Frère Jacques*?

– Hör einfach zu. Var är tummen? Wo ist er? Hm?

Sie zog die Decke weg, und da waren die beiden Hände. Sie nahm die Daumen und bog sie so, dass sie nach oben zeigten. Dann hielt sie sie wie winzige Puppen, die fremdgesteuerte Bewegungen ausführten. Sie machten eine kleine Verneigung – der linke Daumen verbeugte sich vor dem rechten:

– Här är jag.

Der rechte verbeugte sich, noch um einiges würdevoller und feierlicher, vor dem linken.

– Här är jag!

– Ich versteh nicht, was du sagst, sagte Frank, aber es klingt sehr schön.

Er schien in dieser Haltung beim Sprechen besser Luft zu bekommen.

– Schwedisch, sagte Natalie. Hab ich dir schon gesagt. Aber konzentrier dich mal nur auf die Daumen, okay?

– Okay.

Sie hielt den rechten Daumen so, dass er sich zum linken lehnte, als wollte er ihm etwas ins Ohr flüstern.

– Hur mår du idag då?, sagte sie und übersetzte: Wie geht's dir denn heute?

Frank lachte. Er schaute gebannt auf das, was hier, wenige Zentimeter von seinem Gesicht entfernt, mit seinen Daumen geschah. Er wirkte nicht unglücklich.

– Tack, antwortete jetzt der linke Daumen (seine Stimme war etwas tiefer), jag mår så bra då.

Dann packte Natalie Franks Hände und ließ sie voreinander fliehen.

– Spring din väg! Spring din väg!

Sie warf den weißen Bettüberzug über sie, und sie waren verschwunden.

– Voilà, sagte sie.

Frank grinste dumm. Seine Hände bewegten sich unter dem Überzug.

– Und es gibt ja nicht nur Daumen, sagte Natalie und holte die beiden Hände zurück ans Tageslicht. Es gibt auch noch den Zeigefinger, der heißt Pekfinger, der Mittelfinger heißt Långfinger, der Ringfinger heißt Ringfinger (Frank lachte ein wenig) und der kleine Finger, was glaubst du, wie der heißt?

– Keine Ahnung, flüsterte Frank, kopfschüttelnd.

– Lillfinger, sagte Natalie. Ist das nicht süß? Lillfinger.

– Lillfinger, wiederholte Frank.

– Das hat mir meine Mutter beigebracht. Ich kann noch ein paar andere. Aber das ist der beste Abzählreim für Finger. Es gibt auch einige gute für Zehen. Für den Fall, dass man mehr zählen will als die Finger.

Natalie spürte, wie ihr die Hitze ins Gesicht stieg. Zehen. Fettnäpfchen.

– Aha, sagte Frank.

– Der Abzählreim bringt Ordnung in die Gedanken. Und du warst gerade in Unordnung, hast du's gemerkt?

Er nickte.

– Du wolltest mir was sagen, aber es hat dich nur verwirrt. Es wäre nur Chaos rausgekommen. Wenn man so etwas spürt, dann ist es immer gut, die Finger abzuzählen. Es bringt ein bisschen Ordnung. Und davon wird man dann ruhig.

Frank war während ihrer Erklärung wieder ganz zurück in

seinen Polster gesunken. Er lag jetzt auf der Seite und hörte ihr zu, mit geschlossenen Augen. Als sie fertig war, nahm er ihre Hand und legte sie sich an die Wange. Er drückte seine Nase gegen ihre Handfläche und schloss die Augen. Seine Nasenspitze war kalt, wie bei einem Hund.

– Ein Jammer, sagte er, dass ich dich. Damals noch nicht gekannt habe. Wäre alles anders gekommen.

Er schlief ein. Sie befreite ihre Hand aus seiner. Es ging ganz leicht. Sie stand auf. Jetzt, wo er sie nicht mehr wahrnahm, konnte sie seine Beine anstarren. Aber sie verrieten nichts über sich. Natalie beugte sich über den Schlafenden und setzte eine unsichtbare Maus auf seine Brust. Dabei fiel ihr Blick auf ein Gerät neben dem Bett, das vor sich hin blinkte. Es schien nicht direkt mit Frank verbunden, und es war auch nicht klar, was seine Aufgabe war. Eine regelmäßig blinkende Diode.

Später, als sie aus dem Krankenhaus kam, sah sie genau dieselbe Blinkfrequenz im bereits vollkommen dunklen Himmel des Dezembernachmittags. Aber es war nur ein kleines Flugzeug über der Stadt.

Gitarre

Bei ihrem Abschiedsbesuch sprach sie lange mit Mike. Er aß ein Erdbeerjoghurt und fragte zweimal etwas wegen Weihnachten. Sie dankte ihm für alles, er zuckte die Achseln, und dann streckte er ihr, sehr geschäftsmäßig, die Hand hin, und sie nahm sie. Nach einer Weile wollte er seine Hand zurückhaben.

Matthias ergriff sie bei den Schultern und starrte in ihr zerbeultes Gesicht, dann lachte er vorsichtig, als stünde ein Wutausbruch oder eine andere Art von Verwandlung unmittelbar bevor.

Natalie ging weiter zu Herrn Zunegg, verabschiedete sich und gab ihm einige seiner Tabletten zurück. Er wirkte sehr erleichtert.

Horst verabschiedete sich von ihr mit einem Niesanfall.

Von den Kolleginnen war nur Ursula anwesend, das war etwas seltsam. Und eine neue Person war da, eine Frau Dr. Alfora-Tümmler, die in Zukunft die Team-Supervision einmal im Monat leiten sollte, nachdem Dr. Fenneck unter plötzlichen und von niemandem näher hinterfragten Gründen seinen Beruf aufgegeben hatte. Große Veränderungen standen angeblich bevor. Es war die Rede von Transfer und Neustrukturierung.

Dorm war apathisch. Was aus ihm werden sollte, wusste niemand zu sagen. Er war nicht schwer verletzt worden, und es schien, als wundere ihn das selbst am meisten. Er stand wieder unter starken Medikamenten. Natalie gab ihm die Hand und entschuldigte sich mehrmals für alles. Sie wusste, dass sie sein Leben zerstört hatte, nachhaltiger und gründlicher, als sie es je für möglich gehalten hätte. Er sagte nichts. Er hielt eine seiner wollenen Wintersocken in der Hand wie einen Teddybären. Hin und wieder schnäuzte er sich hinein. Natalie brachte es nicht übers Herz, ihm frohe Weihnachten zu wünschen. Es wäre ohnehin noch ein wenig früh gewesen.

Natalie fühlte sich betäubt und auf eine seltsame Weise innerlich geräuschlos. Nicht einmal beim Einschlafen schwoll der übliche Chor erinnerter Stimmen an. Die Tage waren sanftpfotig ummantelt, immer wieder fiel etwas Schnee, der niederschlagreichste Winter seit hundertdreißig Jahren, ein oder zwei polizeilich-amtliche Briefe wurden zugestellt, nichts war überraschend. Auf CNN war viel die Rede von bevorstehenden Verkehrsproblemen für Pendler in New York. Natalie konnte kaum glauben, dass diese weit entfernte Millionenstadt existierte. Andromedagalaxie. Chat kehrte zurück, verhielt sich reserviert, aber hatte offenbar begriffen, dass das Badezimmer tabu war, dass die Tür geschlossen blieb und er Gefahr lief, wieder hinausgeworfen zu werden, wenn er nach der Türklinke sprang. Frank starb in der Nacht vom einundzwanzigsten auf den zweiundzwanzigsten. Natalie erfuhr es am nächsten Tag, um die Mittagszeit, durch einen Anruf von Lothar. Er erklärte ihr, was passiert war. Dann bat er sie, ins Souterrain zu kommen. Er wolle in Franks Wohnung gehen und schaffe es nicht allein.

Hätte Frank überlebt, wäre er vermutlich gelähmt geblieben. L3 bis L5 waren zertrümmert. Man fand ihn am Morgen des zweiundzwanzigsten neben seinem Bett. Er hatte sich in der Nacht offenbar aufgebäumt und war dabei zu Boden gestürzt. Er war erstickt. Vermutlich hatte eine in der Nacht einsetzende Lungenembolie ihn geweckt, und er hatte noch versucht, auf sich aufmerksam zu machen.

Lothar beschrieb Natalie lang und breit, wie sich das alles, seiner Fantasie nach, zugetragen hatte. Wie ihr Freund den Versuch unternommen hatte, auf starken Armen hinaus in den Gang zu robben und um Hilfe zu rufen. Das sei doch heroisch, so als letzter Versuch, oder? Natalie wollte es nicht hören, also redete Lothar weiter, der menschliche Geist sei manchmal echt unheimlich, richtig *creepy*, richtig *scary*, man könne vermutlich alles erreichen, was man wollte, mit der Band, in der Firma, egal was, wenn man nur an sich glaubte. An einer

Stelle gebrauchte Lothar das Wort *Ramifikationen*, das Natalie noch nie gehört hatte. Dictionary, dachte sie dumpf.

Frank habe eine fast leere Wohnung hinterlassen, erzählte Lothar. Er sei gestern schon kurz dort gewesen, aber noch einmal gehe er da nicht allein hin. Nur eine Gitarre liege einsam auf dem Bett. Keine Bettwäsche, kein Polster. Die Schränke stünden alle offen und seien offenbar niemals für die Lagerung irgendwelcher Gegenstände genutzt worden. Nicht einmal eine Waschmaschine oder einen Geschirrspüler gebe es, auch kein Festnetztelefon, keinen Fernseher, keine Bücher in Regalen. Ein paar Teller und Gläser in der Küche. Und im Kühlschrank etwa vierzig Becher Vanillejoghurt, alle seit kurzem abgelaufen. Strenge und Klarheit und Leere, sagte Lothar, mit einem Wort: *weird.*

– Ich hab ja versucht, ihn davon abzuhalten, dass er dir dauernd nachrennt, sagte Lothar. Dass er bei deiner Arbeit ums Haus schleicht. Aber er, keine Ahnung, er wollte unbedingt mit dem Kopf durch die Wand, denke ich. Du hast echt Pech mit Typen, weißt du das?

Natalie biss in ein kleines Hautstück an der Innenseite der Lippe und zog daran, bis es sich löste.

– Ich meine, nichts für ungut. Aber der andere mit der Lederjacke? Der sich hier durchgewieselt hat, auf seine spezielle Art. Du liebe Zeit. Es gibt echt unzuverlässige Menschen auf der Welt, sogar ein enger Freund enttäuscht einen am Ende mit creepy Verhalten.

Natalie blieb stehen, da sie fürchtete, sich übergeben zu müssen. Ich will, dachte sie. Ich will ja. Ist genau das Richtige jetzt. Aber dann kam nichts. Ihr Körper konnte nicht. Sie würgte, als kleine Starthilfe, beugte sich ein wenig nach vorne, damit es leichter ging. Aber nein.

– Die Gitarre, sagte Lothar. Er hat hinten was draufgemalt, auf die Rückseite. Du errätst nie, was das ist. Passt aber irgendwie zur Form.

– Was?

Lothar lachte.

– Ist echt schräg, sagte er kopfschüttelnd. Vor allem wegen Bett und so. Also dann, gehen wir rein?

Er hielt den Schlüssel der Wohnung in der Hand. Natalie stellte sich vor, ihn mit einem Telefonbuch langsam totzuprügeln. Sie musste jemanden anrufen, Karl, eine menschliche Stimme hören. Sie stellte sich vor, zu weinen. Unter einer schummrigen Bogenlampe, irgendwo auf der Straße. Sie bemerkte, dass ihre Beine zitterten, aber nur, wenn sie die Knie in einem bestimmten Winkel abgebogen hielt.

Bemalte Gitarre. Was hatte er. Nein, nicht fragen. Vermutlich eine Frau. Oder Teile der weiblichen Anatomie. Es war dieselbe Signatur, Frau und Gitarre, der Geheimcode, den das Universum verwendete, wenn es *Stalker* sagen wollte.

– Ich glaube aber schon, dass es ihm gutgeht, da, wo er jetzt ist, sagte Lothar.

– Du verdammter Sack, sagte Natalie.

– Hm?

Lothar schaute sie dumm und groß an.

– Nichts, sagte Natalie.

Ein karlesker Satz stellte sich ein, schob sich ins Magazin, bereit, abgefeuert zu werden. Oder nein, eigentlich war daran nichts Karleskes. Es war eine neue Kategorie. Denn er würde gar keine Wirkung haben, nur nach innen.

– Kennst du dich aus, fragte sie, mit dem Heizungsventil im Souterrain?

Lothar schaute auf seine Schuhe.

– Nein, sagte er. Das Problem hat sich doch erledigt, oder? Wieso?

– Kein besonderer Grund, sagte Natalie. Verdammter, dummer Sack.

– He, das hab ich schon beim ersten Mal gehört!, rief Lothar. Lass deinen Frust nicht an mir aus, okay? Ich kann nichts dafür, dass der Idiot dich gestalkt hat! Ich meine, er war unser Freund und auch menschlich voll okay und hilfsbereit und immer fürs Souterrain da und alles, aber dir die ganze Zeit nachsteigen, ich meine, was erwartet er?

Natalie hatte sich seit ihrer Kindheit nicht mehr auf jemanden gestürzt. Damals war es immer Karl gewesen, ihr großer Bruder, das galt eigentlich gar nicht, er war viel größer und weich und federnd und sowieso unzerstörbar. Aber Lothar knallte unter der Wucht ihres unerwarteten Angriffs gegen die Wand, schrie auf und fiel hin. Im nächsten Augenblick saß Natalie auf ihm.

– Was willst du jetzt tun, hm?, fragte sie und schlug ihm ins Gesicht.

– Hör auf!, jammerte er.

– Was tust du jetzt? Was fällt dir als Nächstes ein, hm? Was tust du?

– Geh runter von mir!

Sie gab ihm ein paar Ohrfeigen, zuerst leichte, dann härtere. Er wehrte sie mit unkoordiniertem Gefuchtel ab, was sich als gar nicht so ineffektiv erwies. Sie hatte Mühe, ihn festzuhalten. Wenn Dorm auf zwei Beinen gehen konnte, konnte sie das hier auch.

Natalie packte ihn mit beiden Händen am Kopf:

– Ich könnte dich zerdrücken, du Wurm!, schrie sie.

– Au! Was hab ich dir denn getan?

Sie ließ seinen Kopf los.

Noch eine Ohrfeige, eine letzte.

Dann stieg sie von ihm herunter. Ihr war heiß geworden. Sie hatte das Bedürfnis, sich Handschuhe abzustreifen, aber sie trug gar keine.

– Musste einfach sein, sagte sie. Tut mir leid. Du hättest dich ja wehren können. Mich umbringen oder so. Wäre alles gegangen. Poetische Gerechtigkeit am Ende.

– Aua, aua, jammerte Lothar am Boden.

– Das wird schon wieder, sagte Natalie.

Sie verpasste ihm einen Tritt in die Nieren, er brüllte auf. Alles wiederholt sich. Formen der äußeren Welt. Zuerst im Schnee, dann hier in diesem Raum. Tiere, die wissen, wann ihre Besitzer nach Hause kommen. Schläge gegen Köpfe. Ein Reigen, weitergereichte Gesten. Spuren in Raum und Zeit.

– Das wird schon!, schrie sie und trat noch einmal zu, aber schon etwas leichter. Das wird schon. Du kleiner, dreckiger Wichser, ich hoffe, du erstickst auch!

Sie ließ ihn liegen. Winterabend, fünf Uhr, die Sonne war längst untergegangen. Die Luft wirkte streng und verraucht, eine Stimmung wie industrielle Revolution, die Leute heizten auf Hochtouren. Weihnachten rückte näher, das Ende des Jahres, aber nicht das Ende der Kälte.

Wiedersehen

Als sie vor ihrem Haus stand, bemerkte sie Schritte hinter sich. Ein Hund stand da. Er hielt etwas im Maul. Ein kurzer Erinnerungsflash an Mario drängte sich auf, aber Natalie hatte keinen Schmerz mehr übrig, also tat es nicht weh. Der Hund schaute Natalie an. Schwarze Augen ohne Ausdruck. Hängebacken. Der Schweif stand in die Höhe. Es schien nicht so, als ginge Gefahr von ihm aus.

Trotzdem rief Natalie einmal:

– Hallo?

Es war niemand in der Nähe. Winterverrauchte Straßen.

Der Hund trug eine Art Korsett. Dies war zur Winterzeit nichts Ungewöhnliches, aber das hier wirkte merkwürdig sinnlos, weil er davon bestimmt nicht warm gehalten wurde.

Dann erkannte sie, was der Hund im Maul trug. Es war eine Vorrichtung aus Legosteinen, umwickelt und verstärkt mit langen, industrieleimfarbenen Gummibändern. Am Ende der Vorrichtung hing eine erloschene Glühbirne. Ein Modell, das Natalie in der freien Wildbahn noch nie gesehen hatte, vermutlich eine Lampe, die in Elektrogeräte eingebaut wurde. Sie ging einen Schritt auf den Hund zu. Dieser wich zurück, wurde unsicher. Vielleicht hatte er ihr nur sein Malheur zeigen wollen. Sie blieb stehen und schaute auf ihre Schuhe. Nicht zu viel anstarren, dachte sie, obwohl sie sich nicht sicher war, ob dies eine gute Strategie bei Hunden war. Bei Katzen galt es als höflich, einander zu ignorieren, aber Hunde waren mehrsprachig, also waren viele Interpretationen ihres Verhaltens möglich.

Sie sah ihre eigenen Atemwölkchen und erlebte einen kurzen Zeitsprung zurück um etwa zwanzig Minuten, als sie Lothar verprügelt hatte. Es hatte gutgetan, richtig gut, die Wiederherstellung eines gewissen Gleichgewichts.

Als sie aufblickte, stand jemand neben dem Hund. Eine junge Frau, die fast genauso gekleidet war wie Natalie.

– Da bist du!, sagte das Mädchen.

Es war Ilona. Von der Sekte. Aber sie schien Natalie nicht zu erkennen.

– Er war plötzlich da, sagte Natalie.

– Hast du es wieder verloren, sagte das Mädchen in typischem Tiergesprächstonfall.

Sie kniete nieder und sagte noch ein paar Dinge zu dem Hund, der zwinkerte und sich nach Natalie umblickte. Dann legte er die kaputte Vorrichtung in den Schnee und machte ein paar nervöse Schritte zur Seite.

– Jeff!, rief das Mädchen. Er hat schon wieder die Lampe verloren!

Ein großer, kräftiger Mann in einer glänzenden Lederjacke kam über die Straße. Natalie hatte ihn vorher gar nicht bemerkt. Er kam näher und seine Konturen und Gesichtszüge wurden deutlicher. Nein, nicht, dachte Natalie. Und gerade noch rechtzeitig verwandelte er sich in einen Fremden. Nicht Mario. Eindeutig. Trotzdem klopfte ihr das Herz bis zum Hals. Das Pärchen befragte den Hund und untersuchte die Vorrichtung, der Mann berührte die erloschene Glühlampe mit behandschuhten Händen, schüttelten den Kopf. Ilonas Haar war so lang geworden. Und zugenommen hatte sie. Richtig rund sah sie aus.

Natalie hatte gar nicht gemerkt, dass sie die ganze Zeit langsam rückwärts gegangen war. Aber nun stand sie an der Wand ihres Hauses. Sie drehte sich um und sperrte die Tür auf.

Vor der Parterrewohnung lag wieder Spielzeug. Sie hob eine kleine Gummifledermaus auf und drückte sie mit der Hand zusammen. Davon wurde ihr ein bisschen leichter. Sie hatte nicht mehr das Gefühl, schreien zu müssen. Sie schaffte den Rest des Weges bis in ihre Wohnung ruhig und gefasst, ihre Schritte verrieten keine Eile.

Von ihrem Küchenfenster aus hielt sie noch einmal nach dem Hund Ausschau. Aber von ihm waren nur Spuren übrig. Mauselöcher im Schnee. Natalie fragte sich, ob es eine gute Idee wäre, sich heute umzubringen. Jetzt. Einiges in der soeben erlebten Szene schien darauf hinzudeuten, obwohl es schwer war, zu sagen, was genau. Das hier war zu Ende. Alles. Das Fensterglas an ihrer Stirn war kalt.

Als sie einen Schritt zurück machte, trat sie in etwas Feuchtes. Flüssigkeit auf dem Boden, braun. Nein, rot. Blut. Ohne dass sich greifbare Gedanken einstellten, folgte ihr Blick der Spur. Sie war nicht lang. Vor der Couch, da, wo sie sonst immer saß, lag das Häuflein. Die Maus. Chat saß in einiger Entfernung auf seinem Schlafnest und reckte den Kopf, Ohren aufmerksam gespitzt und gespannt abwartend, ob sie sein Versöhnungsangebot bemerkt hatte. Natalie ging einen Schritt auf die tote Maus zu, der ein Ohr fehlte, und streckte dabei ihre linke Hand aus, als erwarte sie, gegen eine Glaswand zu laufen. Der Rücken der Maus war aufgerissen. Sie registrierte es wie das ferne Donnergemurmel nach einem Blitz. Dann schaute sie zu Chat, dessen Blick eine besondere Intensität angenommen hatte. Es war der Blick eines Geschöpfs, das eine Möglichkeit entdeckt hatte, zu erklären, dass es gerne bleiben würde, trotz der unerklärlichen Spannungen der letzten Tage, und dass es, obwohl es ahnt, wie riskant das sein kann, gern alle Fehler seines Gegenübers verzeiht, egal wie unberechenbar dessen Verhalten auch gewesen sein mag, wie schwierig daher manchmal die Zuneigung und wie rätselhaft die vielen Augenblicke gegenseitigen Missverstehens. Er neigte, ohne seinen Blick von Natalie abzuwenden, den Kopf und wartete, frei von jeder Ungeduld, auf ihre Antwort.

EPILOG

Zwei Jahre später

Genau wie Kinder: sobald sie nur ein wenig vom Leben wissen, zeichnen sie einen Menschen und eine Scheune gleich groß.

Djuna Barnes, *Nachtgewächs*

Nein, sie wusste die Adresse nicht. Aber der freundliche Taxifahrer, Natalie tippte auf Indien oder Sri Lanka, fand den Weg auch so, nach Natalies energischen Fingerzeigen. Wer merkte sich schon Straßennamen? Gut, sie hätte das iPhone fragen können, aber sie wollte nicht. Außerdem war der Akku fast leer, und die Kartenfunktion erhöhte schon nach wenigen Minuten rasant den Batterie- und Creditverbrauch. Sie war deswegen in dieser Woche schon dreimal ermahnt worden. Ihre Peers verstanden in dem Punkt wenig Spaß. Und vielleicht brauchte sie das id heute noch. Wie hatte sie nur je ohne diese App, ohne diese Community leben können? Für das Wochenende war ein großes Update angekündigt worden. Natalie schaute durch die Wagenfenster auf die vorbeiblitzenden Alleebäume. Das Flimmerlicht war nicht sehr angenehm, ihr wurde etwas seltsam davon im Kopf, auch die Zehen begannen, sich fremd zu fühlen. Aurig war das Gefühl noch nicht, aber sicherheitshalber machte sie die Augen zu und beschirmte sie zusätzlich mit ihren Händen.

– Ist Ihnen schlecht?, fragte der Taxifahrer.

Er hatte eine unglaublich gütige Stimme, die glücklicherweise von keinem Motorgeräusch gedämpft wurde, da das Auto ein Hybrid war. Man hörte nur die Reifen auf der Straße.

– Geht schon, sagte Natalie. Nur das Flimmern.

– Wir sind gleich da.

Makelloses Deutsch, aber ein leichter Akzent. Welcher?

– Darf ich fragen, woher Sie kommen?, fragte Natalie.

– Hohenems.

Natalie machte die Augen wieder auf. Die Allee lag hinter ihnen.

– Sie sprechen aber gut, sagte Natalie.

Dann lachte sie los, fast überdeutlich, damit er verstand, dass es ein Scherz gewesen war. Der Taxifahrer lachte mit. Dann sagte er etwas im Vorarlberger Dialekt.

Natalie hatte nichts verstanden und nickte.
– Jetzt da vorne links, sagte sie. Da sieht man es schon.
– Ah, da.
Der Fahrer hatte das Schild entdeckt.

Natalie stellte sich vor, dass das Taxi links und rechts unsichtbare Geisterschwingen besaß und damit alles streifte, aber nichts umwarf oder beschädigte. Alles wurde abgestaubt, saubergefegt, Kinder bekamen einen sanften Schubs, und manchen wehte es den eigenen Zigarettenrauch in die Augen.

Sie bezahlte übers id, der Taxifahrer zeigte sich beeindruckt. Er hatte schon davon gehört. Er stelle sich das sehr anstrengend vor, sagte er, während sie warteten, dass die Transaktion zustande kam. Alle Handlungen dauernd von seinen Freunden absegnen zu lassen.

Natalie lachte.
– Nicht Freunde, sagte sie. Peers.
– Ja, genau, sagte der Taxifahrer. Dieses komische Wort. Und die segnen immer alles ab?
– Nicht alles, sagte Natalie kopfschüttelnd.
Vorurteile, egal, wohin man blickte.

Während sie die Einfahrt der Klinik hinaufging, hörte sie einen Song von *Orchid Repair Shop*, der im id empfohlen worden war. Der Song hieß *Strange Things in the Sky* und kam von dem, wie einige Peers es formuliert hatten, *interstellar begabten* Comeback-Album *Stem Sells*.

We might as well try not to cry
and click on things in the sky
on strange things in the sky

Es war ein guter, belebender, sommerlicher Song mit einer tieferen Bedeutung. Die meisten Peers in Natalies id achteten darauf, gehaltvolle Songs zu empfehlen. Bei ihnen war man wirklich in guten Händen.

Mikes Geschenk, das winzige Häuschen, verwendete Natalie als allgemeinen iPhone-Hintergrund. Ihre Peers nannten es *die Scheune*. Wer sie innerhalb des id anpeilte, sah es als Erstes. Es war erstaunlich, wie schnell einem in so einem kleinen Habitat heimatlich zumute wurde. An manchen Tagen kam sie sich winzig klein vor, eine Empfindung, die die meisten ihrer Peers sehr nachvollziehbar fanden und mit Lob und Geborgenheit gleichsetzten. Ihr Icon innerhalb des id war ein Bild von Chat.

Schon einige Meter vor dem Betreten des Gebäudes meldete Natalie ihren Besuch an. Nach einer Weile zeichneten vier Peers ihn ab, ein fünfter enthielt sich seiner Stimme.

In der Anmeldekabine saß eine Frau, Natalie hielt ihr das iPhone mit dem Barcode hin. Türen öffneten sich, und Natalie ging lange durch leere Korridore. Sie alle waren vor allem für Pflegesat-Transit vorgesehen, man sah es an den Leitlinien an der Wand. Der Boden war ein organisch duftendes, tiefgrünes Moos. In den Ecken wuchs sogar ein wenig echtes Gras. An einem summenden Getränkeautomaten entdeckte Natalie ein Schild mit einem Barcode, der für eine halbe Stunde Gratis-Credits verhieß. Keine schlechte Idee, dann konnte sie sich mehr Zeit lassen. Als sie das iPhone mit dem Code konfrontierte, wies sie Amazon darauf hin, dass sie ihre Medizinlehrbücher updaten musste, da sie sonst nächste Woche unleserlich würden. Sie hatte sich schon an die allmählich verblassende Schrift gewöhnt, aber jetzt musste es wohl sein. Sie bestätigte die Gebühr von insgesamt 17,98 €, das Okay von zwei Peers folgte kurz darauf. Natalie dankte ihnen. In drei Wochen würde sie zur Pathologie-Prüfung antreten, also durfte sie, was Lernunterlagen betraf, kein Risiko eingehen. Das Verbindungssignal im Gebäude war nicht ideal. Natalie wanderte ein wenig den Korridor auf und ab, dann endlich waren alle Medizinbücher wieder da, eine lachende Banane erschien, und das id sandte Zufriedenheit aus. Natalie mochte die Wärme im Handrücken und unterm Kinn.

Christopher Hollberg sah nicht gut aus. Sein Haar war grau geworden, sein Körper fett.

– Natalie, Natalie, Natalie!

Ein Mann, der direkt neben Hollberg saß, stampfte bei dessen stürmischer Begrüßung mit dem Fuß auf, empört. Sein Gesicht wirkte streng, fast napoleonisch.

Der leichte Erregungszustand, in den Natalies Nerven während der Fahrt durch das Baumstämme-Geflimmer geraten waren, hielt noch an. Nur der Gedanke an die wieder problemlos lesbaren Studienbücher gab etwas Halt. Jemand aus der id-Community, der offenbar ihre Nervosität bemerkt hatte, zeigte ihr einen kleinen Luftballon, der Loopings flog, und sie musste lächeln.

Natalie schüttelte Hollberg die Hand. Er wollte sie, wie es schien, gar nicht mehr loslassen. Seine Bewegungen waren zackig, akinetisch. Sein glattrasiertes Gesicht wirkte fremd. Um den Hals trug er ein Tracking-Gerät. Natalie nahm ihren Rucksack ab und deutete auf die Sitzecke im Besuchsbereich. An der Wand glitt ein Satellit vorbei. Das Geräusch war sehr angenehm.

Sie setzten sich.

– Hast du meinen Brief bekommen?, fragte Hollberg. Entschuldige, dass ich damit gleich als Erstes. Aber du hast mir nie geantwortet, deshalb. Nicht, dass ich das erwartet hätte, wirklich nicht, nach allem. Absolut nicht. Aber ich hab mich nur gefragt –

– Hab ich. Danke. Es war sehr gut formuliert.

– Gut, nickte Hollberg.

Schon entstand die erste unangenehme Pause. Er schob die Lippen nach vorn.

– Ja, und jetzt bin ich also hier, sagte er. Wie man sieht.

Er lachte nervös.

– Wir haben uns lang nicht gesehen, sagte Natalie.

– Selbstredend, sagte Hollberg.

Er schaute überallhin, nur nicht in ihr Gesicht. Das Muster des Bodens schien ihn zu beschäftigen. Auf seinen Fingerknöcheln war etwas, das er wegkratzen musste. Dann fiel ihm etwas an seinen Schuhen auf. Es war eines dieser neuartigen

Modelle für Menschen in seiner Situation, unter Pflegern wurden sie oft spöttisch als *Spraykäse* bezeichnet.

– Du hast nicht zufällig eine Münze?, fragte Hollberg.

Natalie überlegte.

– Eine idCoin?, fragte sie. Habt ihr hier drin überhaupt Zugang?

– Nein, nein, sagte Hollberg und wurde rot im Gesicht. Nein, das gibt es hier nicht. Ich meine eine echte Münze.

Er zeichnete einen kleinen Kreis in die Luft. Natalie schüttelte den Kopf.

– Ah, schade. Ich hätte eine gebrauchen können. Für den Automaten. Der akzeptiert nämlich meine Kennung nicht mehr.

– Frag einen der Pfleger, schlug Natalie vor.

– Ja, das ist eben das Problem, sagte Hollberg. Ich versuche gerade, nicht so viel Kontakt mit ihnen zu haben, verstehst du? Ich weiß natürlich, dass es besser wäre und so. Dass man es dann weiter bringen kann innerhalb der Einrichtung, in der Hierarchie. Aber ich bin zu alt für den ganzen Unfug. Und ich bleibe außerdem nicht ewig hier drinnen.

– Nein, sagte Natalie, fragte sich allerdings im Stillen, für wie lange die Unterbringung in der Anstalt wohl angeordnet war. Die Entscheidungskriterien der dafür zuständigen Kommissionen waren oft undurchschaubar. Und er hatte, wie sie gehört hatte, den Fehler gemacht, während seiner U-Haft und auch noch danach öfter gewalttätig zu werden. Klar, es konnte trotzdem sein, dass er bald wieder freikam. Das Strafmaß betrug sechs Jahre unbedingter Haft.

– Und wie geht es euch so?, fragte er.

– Im Wohnheim?

– Ich halte es aus, sagte Hollberg. Egal, was du mir erzählst. Ich dreh nicht durch oder so. Brauchst also keine Angst zu haben. Superman geht mir nicht mehr im Kopf herum. Der Sieger. Aber wenn ich's mir überlege, hm, über ihn muss ich, glaube ich, doch nichts hören. Ja, besser du lässt ihn weg. Weil, all die Zeit zum Reflektieren, die sie einem hier geben, ich meine, absolut einmalig. So kommt man ziemlich schnell

sehr weit. In der persönlichen Entwicklung. Ich meine, nur allgemein. Generell. Also, wie geht's euch?
– Geht gut, log Natalie. Im Großen und Ganzen.
– Fein, fein. Und du hast sicher keine Münze? Nicht mal ein paar Cents?
– Leider, sagte Natalie.
– Du könntest nachschauen –
– Ich hab kein Portemonnaie dabei.
– Portemonnaie, wiederholte Hollberg belustigt. Sagt das wirklich noch irgendwer?
– Ich sag es.
– Jaja. Hab ich gemerkt. Portemonnaie. Haha.

Er untersuchte wieder den Boden, dann seine Handflächen.

Der Mann neben ihnen, der sich vorhin fußstampfend empört hatte, gab ein lautes, militärisch empörtes *Aha, so ist deees!* von sich. Natalie zuckte ein wenig zusammen. Er hatte die Stimmgewalt eines Opernsängers.
– Der ist harmlos, sagte Hollberg.
– Okay.
– Total harmlos. Wie eine Weinbergschnecke.
– Taaaage!, rief der Mann. E-taaaage!
– Wie bitte?, fragte Natalie in seine Richtung.
– Silbernetaaaage!
– Er ist harmlos, sagte Hollberg. Wirklich. Seine Frau hat vor kurzem silberne Hochzeit gefeiert.

Eine Pause entstand. Etwas weiter entfernt öffnete jemand eine Tür, die offenbar in einen Garten führte, das Geräusch eines Rasenmähers drang herein. Draußen war ein sonniger Tag.
– Ich wollte eigentlich nur sehen, wie es hier aussieht, sagte Natalie.

Diese Formulierung war etwas kalt, sie wusste das.
– Jaja, sagte Hollberg leise. Ich weiß das zu schätzen, wirklich.

Von irgendwo her kam Musik.
– Und sonst so?, fragte Hollberg.

Natalies id meldete etwas, aber sie ignorierte es.

– Was?, fragte sie.

– Ich hab gefragt, wie es sonst so. Also, da draußen. Die Welt steht schon noch, oder?

Ein verlegen hüstelndes Lachen.

– Ja, sagte Natalie. Fürs Erste.

– Gut zu hören, nickte Hollberg.

Er machte hin und wieder schmatzende Kaubewegungen, als versuche er, etwas aus seinen Zähnen zu lösen.

Natalie stand auf. Hollberg schien überrascht. Er erhob sich ebenfalls, schwankte kurz, dann deutete er scherzhaft an, sich ihr in den Weg stellen zu wollen, blickte aber gleich wieder ängstlich zur Wand.

– Ich kann nicht lange bleiben, sagte Natalie. Ich wollte nur kurz Hallo sagen.

– Ach so, ja, na dann, sagte er. Reisende soll man nicht aufhalten.

Trotz seines aufgeschwemmten Körpers waren seine Wangen eingefallen. Und sein Nasenrücken hatte eine zusätzliche Kante bekommen.

– Mach's gut, Christopher, sagte Natalie.

– Hey, kommst du mich wieder besuchen? Ich meine, vielleicht irgendwann?

Natalie überlegte. Sie steckte ihre Hand in die Jackentasche. Ihre Finger berührten eine Euromünze. Schon zweieinhalb Jahre. Ein Wunder, wie die Zeit verging.

– Na ja, sagte sie. Das werden wir dann sehen, oder?

Hollberg schaute sie an, aber sein Gesicht zeigte keine Reaktion. Dann streckte er seinen Arm aus und hielt einen Daumen hoch:

– Mega-Antwort, sagte er. Mega.

– Okay dann, sagte Natalie.

– Ja, sagte er. Absolut mega.

Er wandte sich ab und ging mit den schlurfenden Schritten, die sein Schuhwerk ihm gestattete, auf den Pflegesatelliten zu. Dieser wurde langsamer, je näher Hollberg ihm kam, und blieb schließlich ganz stehen. Eine Tür öffnete sich, und Hollberg ging hindurch. Natalie blieb zurück.

Durch die hohen Fenster des Besucherbereichs drang frisches, aufregend helles Sonnenlicht. Fast der ganze Raum wurde davon geflutet, das Gebäude genoss OpenArchitecture.

– Silbernenenetaaage!

Natalie ging zum Ausgang. Die Frau, bei der sie sich vorhin angemeldet hatte, erkannte sie wieder und winkte sie durch. Nur ihren Rucksack musste sie kurz in den Detektor halten. Ein Geräusch ertönte, und die Glastüren gingen auf, zuerst die inneren, dann die äußeren. Auf dem Parkplatz waren keine Menschen. Die Sonne stand hoch am Himmel und wärmte aus der Ferne den Planeten und alle seine Angelegenheiten, selbst der Asphalt unter Natalies dünnen Schuhsohlen wurde langsam heiß.

Über das id ließ Natalie ihren Peers die Nachricht zukommen:

Tapire haben Rüssel, die aussehen wie echte Rüssel.

Dreiundvierzig Peers antworteten begeistert.

Einer kommentierte: *A rose is a rose is a rose is a rüssel.*

Was die anderen – und auch Natalie – zum Lachen brachte.

Werde ich ihn wieder besuchen? Immer wieder, über die Jahre, und immer so weiter. Jede Woche. Bis er mir aus der Hand frisst. Die Frage tauchte vor ihr auf, wanderte ins Magazin. Aber wenn sie darüber nachdachte, wurde sie seltsam unscharf, ähnlich der langweiligen Überlegung, ob das hochsommerlich desktopblaue Firmament wirklich da oben war, mehrere Kilometer über uns, oder nicht vielmehr auf der Innenseite des eigenen Schädels, briefmarkengroß projiziert auf einen blanken Bereich – oder ob beides ein Irrtum war und in Wirklichkeit der Stoff, aus dem das Blau bestand, überall war, bloß ballte er sich in der Atmosphäre stärker zusammen, im Himmel, wo Fabelwesen der Vergangenheit ein Loch in die Ozonschicht geschlagen hatten, damit die Seele entweichen konnte. Einige abgelaufene Credits wurden vom iPhone automatisch umgewandelt und spendeten innerhalb des id

Freude und Zuneigung. Nach einer Weile stellte sich auch die entsprechende Musik ein. Natalie überquerte die Straße. Ein Windstoß erfasste sie. Sie holte die Münze aus ihrer Tasche und warf sie über den Zaun in einen fremden Garten.

Dank

Ich bedanke mich bei Julia, bei meiner Lektorin Doris Plöschberger, bei Katharina Weiß für die Zeichnung des Fellballwesens und bei Christine Bredenkamp für die schwedischen Fingerabzählreime. Ich bedanke mich bei Christian Kracht und bei Samuel R. Delany, ohne deren Werk mein Roman zweifellos in einem frühen Stadium implodiert wäre. Ich bedanke mich bei dem Team des Betreuten Wohnheims des Odilien-Instituts in Graz, das meine Gegenwart ein Jahr lang ertragen hat.

Der erste Satz des Kapitels »Kampf« ist eine schamlose Kopie des ersten und einzigen überlieferten Satzes eines verschollenen Romans des amerikanischen Dichters und Pechvogels David Schubert (1913-1946). Einige der Ideen zur telepathischen Sprache der Oktopusse wurden von Martin Moynihans Studie *Communication and Non-Communication by Cephalopods* inspiriert. Die im Kapitel »Ein Plan« entwickelte Fantasie eines in Einzelzellen zerlegten und, Funksignale sendend, über den halben Nachthimmel verteilten Gehirns enthält, glaube ich, denselben Grundgedanken wie *The Story of a Brain* von Arnold Zuboff. Und das an einigen Stellen verwendete Eigenschaftswort *zwirn* habe ich aus einem Gedicht von Oswald Egger (»Am Ahorn hängt die Schaukel klamm und zwirn«). So weit mein Elsterntum.